W0325416

Lew Tolstoi

Anna Karenina

NEUES LEBEN

Lew Tolstoi

Anna Karenina

Verlag
Neues Leben
Berlin

Aus dem Russischen von Hermann Asemissen

Illustrationen von Alexander Nikolajewitsch Samochwalow

ISBN 3-355-00523-1

© Für diese Ausgabe
Verlag Neues Leben, Berlin 1985
© Für die deutsche Übersetzung
Verlag Rütten & Loening, Berlin 1977
3. Auflage, 1988
Lizenz Nr. 303 (305/271/88)
LSV 7211
Schutzumschlag und Einband: Achim Kollwitz
Typografie: H.-Jürgen Malik
Schrift: 9 p Garamond
Lichtsatz:
Offizin Andersen Nexö, Graphischer Großbetrieb Leipzig
III/18/38
Druck und buchbinderische Weiterverarbeitung:
Karl-Marx-Werk Pößneck V 15/30
Bestell-Nr. 643 853 4
02480

Erster Teil

Die Rache ist mein;
ich will vergelten.

I

Alle glücklichen Familien gleichen einander, jede unglückliche Familie ist unglücklich auf ihre Art.

Im Hause der Oblonskis war alles aus dem Geleise geraten. Die Frau des Hauses hatte erfahren, daß ihr Mann mit der Französin, die früher bei ihnen als Gouvernante angestellt war, ein Verhältnis unterhielt, und hatte ihm erklärt, sie könne mit ihm nicht weiter unter demselben Dache leben. Dieser Zustand dauerte nun schon den dritten Tag an und bedrückte sowohl die Eheleute selbst als auch alle Familienmitglieder und das ganze Personal. Sämtliche Mitglieder der Familie und das Hausgesinde hatten das Empfinden, daß ihre Hausgemeinschaft sinnlos geworden sei und daß zwischen Leuten, die zufällig in einem Gasthof zusammentreffen, eine engere Verbindung bestehe als zwischen ihnen, den Mitgliedern der Familie Oblonski und ihrem Hausgesinde. Die Frau des Hauses verließ ihre Zimmer nicht, der Hausherr war seit zwei Tagen nicht zu Hause gewesen. Die Kinder irrten in der ganzen Wohnung wie verloren herum; die englische Erzieherin hatte sich mit der Wirtschafterin überworfen und an eine Freundin geschrieben, sie möchte sich nach einer anderen Stelle für sie umsehen; der Koch war bereits am Vortage während des Mittagessens seiner Wege gegangen, das Küchenmädchen und der Kutscher hatten ihren Dienst aufgesagt.

Am dritten Tage nach dem Zerwürfnis wachte Fürst Stepan Arkadjitsch Oblonski – Stiwa, wie er in der Gesellschaft genannt wurde – zur üblichen Stunde, das heißt um acht Uhr morgens, auf, allerdings nicht im ehelichen Schlafzimmer, sondern auf dem Lederdiwan in seinem Arbeitszimmer. Er drehte sich auf dem Diwan, der unter seinem korpulenten, gepflegten Körper federte, auf die andere Seite, schob die Hand unter das Kissen, vergrub das Gesicht darin und war dabei, nochmals fest einzuschlafen; plötzlich jedoch schnellte er in die Höhe, setzte sich aufrecht hin und öffnete die Augen.

Ja, ja, wie war das doch gleich? Er versuchte, sich das eben Geträumte ins Gedächtnis zu rufen. Wie war es denn? Ja! Alabin gab ein Diner in Darmstadt; nein, nicht in Darmstadt, irgendwo in Amerika. Ja, aber jenes Darmstadt, das lag in Amerika. Ja, Alabin gab ein Diner auf Tischen aus Glas, ja, und die Tische sangen: „Il mio tesoro“*, oder nein, nicht „Il mio tesoro“, sondern etwas Schöneres ... und dann diese kleinen Karaffen, die zugleich auch Frauen waren ...

Die Augen Stepan Arkadjitschs leuchteten freudig auf, und er lächelte versonnen. Ja, das war sehr schön. Noch vielerlei vortreffliche Dinge gab es dort, doch beim Erwachen kann man das nicht in Worten ausdrücken, und sogar die Gedanken lassen sich nicht aussprechen. Als er nun den Lichtstreifen bemerkte, der am Rande des Tuchvorhangs durch eines der Fenster ins Zimmer drang, setzte er die Füße mit einem übermütigen Schwung auf den Fußboden, angelte mit ihnen nach den goldschimmernden Saffianpantoffeln, die seine Frau bestickt und ihm im vorigen Jahr zum Geburtstag geschenkt hatte, und streckte, ohne aufzustehen, den Arm aus alter, neunjähriger Gewohnheit in die Richtung, in der im Schlafzimmer sein Schlafrock hing. Und jetzt besann er sich plötzlich darauf, daß und warum er nicht im gemeinsamen Schlafzimmer, sondern in seinem Arbeitszimmer geschlafen hatte, das Lächeln verschwand von seinem Gesicht, und er zog die Stirn kraus.

„Ach, ach, ach! O weh!“ jammerte er, als ihm alles einfiel, was geschehen war. In seinem Gedächtnis wurden jetzt wieder alle Einzelheiten des Zerwürfnisses mit seiner Frau lebendig, die ganze Hoffnungslosigkeit seiner Lage und – was am quälendsten war – sein eigenes Schuldbewußtsein.

Nein, sie wird nicht verzeihen und kann nicht verzeihen. Und das schrecklichste ist, daß ich an allem schuld bin – schuld bin, und doch eigentlich schuldlos. Darin liegt eben die ganze Tragik, sagte er sich in Gedanken. „Ach, ach, ach!“ murmelte er verzweifelt vor sich hin, als er sich der für ihn peinvollsten Momente der Auseinandersetzung mit seiner Frau erinnerte.

Am unangenehmsten war jener erste Augenblick gewesen, als er bei seiner Rückkehr aus dem Theater in angeregter, zufriedener Stimmung und mit einer riesigen, seiner Frau zugedachten Birne in der Hand in den Salon getreten war und Dolly dort nicht angetroffen hatte; zu seinem Erstaunen hatte er sie auch nicht in seinem Arbeitszimmer gefunden; schließlich hatte er sie im Schlafzimmer mit dem unglückseligen, alles verratenden Briefchen in der Hand entdeckt.

Dolly, diese rührige, ewig sorgende und, wie er meinte, ein we-

* Anmerkungen am Schluß des Buches.

nig beschränkte Frau, hatte regungslos mit dem Briefchen in der Hand in einem Sessel gesessen und ihn mit einem Blick empfangen, in dem sich Entsetzen, Verzweiflung und Zorn ausdrückten.

„Was ist das? Was?“ hatte sie gefragt und auf das Briefchen gedeutet.

Und als Stepan Arkadjitsch daran zurückdachte, ärgerte er sich, wie es häufig geschieht, nicht so sehr über das Vorkommnis selbst als vielmehr über die Art, wie er auf die Worte seiner Frau reagiert hatte.

Ihm war es in jenem Augenblick so ergangen, wie es den meisten Menschen ergeht, wenn sie unvorbereitet einer für sie sehr beschämenden Handlungsweise überführt werden. Er hatte es nicht verstanden, seine Haltung der Situation anzupassen, in der er seiner Frau nach Aufdeckung seiner Schuld gegenüberstand. Anstatt den Beleidigten zu spielen, zu leugnen, sich zu rechtfertigen, um Vergebung zu bitten oder auch einfach Gleichmut zu bewahren – alles wäre besser gewesen als sein Verhalten! –, hatte er sein Gesicht ganz mechanisch (auf Grund von Gehirnreflexen, meinte Stepan Arkadjitsch, der die Physiologie schätzte) zu seinem üblichen, gutmütigen und in dieser Lage albern wirkenden Lächeln verzogen.

Dieses alberne Lächeln konnte er sich nicht verzeihen. Angesichts seines Lächelns war Dolly wie unter einem physischen Schmerz zusammengezuckt, hatte ihrer Empörung mit der ihr eigenen Heftigkeit durch eine Flut harter Worte Luft gemacht und war aus dem Zimmer gelaufen. Seitdem weigerte sie sich, mit ihm zusammenzukommen.

„Schuld an allem ist dieses dumme Lächeln“, murmelte Stepan Arkadjitsch vor sich hin. „Aber was soll man machen? Was macht man bloß?“ fragte er sich verzweifelt und fand keine Antwort.

2

Stepan Arkadjitsch war sich selbst gegenüber ein ehrlicher Mensch. Er konnte sich keiner Selbsttäuschung hingeben und sich nicht einreden, daß er seine Handlungsweise bereue. Es war ihm einfach nicht möglich, Reue darüber zu empfinden, daß er, ein jetzt vierunddreißigjähriger, gutaussehender und leicht entflammbarer Mann, nicht mehr in seine Frau, die Mutter von fünf Kindern (zwei weitere Kinder waren gestorben) und nur ein Jahr jünger war als er, verliebt war. Er bereute lediglich, daß er es nicht besser verstanden hatte, seine Frau zu täuschen. Aber er war sich der ganzen Schwere seiner Lage bewußt und bedauerte seine Frau, die Kinder und sich selbst. Vielleicht wäre es ihm auch gelungen, sein Vergehen vor seiner Frau besser zu verbergen, wenn er geahnt hätte, daß diese Nachricht eine solche Wirkung auf sie ausüben würde. Er hatte über diese Frage nie genauer nachgedacht, aber undeutlich hatte er sich vorgestellt, daß seine Frau längst erraten habe, daß er ihr untreu sei, und daß sie ein Auge zudrücke. Er meinte sogar, daß sie, eine abgezehrte, gealterte und nicht mehr hübsche Frau, die sich durch nichts Besonderes auszeichnete und nichts weiter als eine gute Hausmutter war, schon aus Gerechtigkeitssinn nachsichtig gegen ihn sein müsse. Und nun hatte sich genau das Gegenteil herausgestellt.

„Ach, wie furchtbar! Oh, oh, oh, wie furchtbar!" sagte Stepan Arkadjitsch immer wieder vor sich hin und wußte sich keinen Rat. Und wie schön war doch das Leben bis jetzt, wie gut ist alles gegangen! Sie war zufrieden, war glücklich durch die Kinder, ich habe ihr nichts in den Weg gelegt, überließ es ihr, sich nach Belieben mit den Kindern abzugeben und im Haushalt zu schalten und walten, wie sie wollte. Gewiß, es ist nicht schön, daß *sie* als Gouvernante bei uns angestellt gewesen ist. Das ist nicht schön! Es hat immer einen trivialen, ordinären Beigeschmack, wenn man mit einer Gouvernante des eigenen Hauses flirtet. Aber was für eine Gouvernante! (Er stellte sich lebhaft die schalkhaften schwarzen Augen und das Lächeln von Mademoiselle Rolland vor.) Doch solange sie bei uns im Hause war, habe ich mir ja nichts erlaubt. Das schlimmste ist, daß sie auch schon ... Als ob alles verhext wäre! Oh, oh, oh! Was macht man bloß, was macht man bloß?

Er fand keine Antwort außer jener gewöhnlichen, die das Leben auf alle komplizierten und unlösbaren Fragen gibt. Diese Antwort lautet: Man muß in den Tag hinein leben, das heißt sich vergessen. In einem Traum Vergessen zu suchen, das war nicht mehr möglich, zum mindesten nicht vor der Nacht, und die Musik, die von jenen Karaffen ausgegangen war, die sich dann in Frauen verwandelt hatten, ließ sich nicht mehr zum Klingen bringen; es blieb also nichts anderes übrig, als ein Vergessen in dem zu suchen, was der Tag mit sich brachte.

Dann werden wir weitersehen, sagte sich Stepan Arkadjitsch, während er seinen grauen, mit blauer Seide gefütterten Schlafrock anzog und den an den Enden mit Troddeln versehenen Gürtel zu einer Schleife zusammenband; dann sog er die Luft mit Behagen in seinen breiten Brustkorb, ging mit seinen nach außen gekehrten Füßen, die seinen fülligen Körper so elastisch trugen, forschen Schrittes ans Fenster, zog den Vorhang zurück und setzte energisch die Klingel in Bewegung. Auf das Klingelzeichen trat sofort sein alter Freund, der Kammerdiener Matwej, ein und brachte die Kleider, die Schuhe und ein Telegramm. Hinter Matwej erschien auch der Friseur mit allem Zubehör zum Rasieren.

„Sind Akten aus dem Amt gebracht worden?“ fragte Stepan Arkadjitsch, als er Matwej das Telegramm abnahm und sich vor den Spiegel setzte.

„Sie liegen auf dem Frühstückstisch“, antwortete Matwej, wobei er fragend und besorgt auf seinen Herrn blickte und dann nach einer kurzen Pause mit einem listigen Lächeln hinzufügte: „Vom Fuhrunternehmer ist jemand hiergewesen.“

Stepan Arkadjitsch antwortete nichts und sah Matwej nur im Spiegel an. An dem Blick, den sie im Spiegel miteinander tauschten, war zu erkennen, wie gut sie einander verstanden. In dem Blick Stepan Arkadjitschs drückte sich die Frage aus: Warum sagst du das? Weißt du denn nicht Bescheid?

Matwej steckte die Hände in die Taschen seines Jacketts, trat einen halben Schritt zurück und blickte schweigend mit einem gutmütigen, kaum merkbaren Lächeln auf seinen Herrn.

„Ich habe ihm gesagt, er soll nächsten Sonntag kommen und bis dahin weder Sie noch sich selbst unnötig bemühen“, beantwortete er die stumme Frage Stepan Arkadjitschs mit einem Satz, für den er sich die Worte offenbar vorher zurechtgelegt hatte.

Stepan Arkadjitsch merkte, daß Matwej zum Scherzen aufgelegt war und die Aufmerksamkeit auf sich lenken wollte. Nachdem er das Telegramm aufgerissen und den wie immer verstümmelten Text entziffert hatte, verklärte sich sein Gesicht.

„Matwej, meine Schwester Anna Arkadjewna trifft morgen ein“, sagte er, wobei er für einen Augenblick die glänzende rundliche kleine Hand des Friseurs festhielt, die zwischen den beiden Hälften des langen gewellten Backenbarts eine blaßrosa Bahn zog.

„Gott sei Dank“, antwortete Matwej und gab damit zu verstehen, daß er sich ebenso wie sein Herr der Bedeutung dieses Besuches bewußt war und zu der Ansicht neigte, die Schwester Stepan Arkadjitschs, die dieser über alles liebte, könne eine Versöhnung zwischen Mann und Frau herbeiführen.

„Allein oder mit dem Herrn Gemahl?“ fragte Matwej.

Stepan Arkadjitsch, der nicht antworten konnte, weil der Friseur gerade an seiner Oberlippe beschäftigt war, hob einen Finger in die Höhe. Matwej nickte dem Spiegelbild zu.

„Allein. Sollen oben die Zimmer hergerichtet werden?“

„Melde es Darja Alexandrowna. Je nachdem, was sie bestimmt.“

„Darja Alexandrowna?“ wiederholte Matwej, gleichsam zweifelnd.

„Ja, melde es ihr. Hier, nimm auch das Telegramm mit und sage mir dann Bescheid, was sie gesagt hat.“

Er streckt die Fühler aus! dachte Matwej, aber laut sagte er nur: „Zu Befehl!“

Stepan Arkadjitsch, fertig rasiert und frisiert, war schon im Begriff, sich anzuziehen, als Matwej, bedächtig mit seinen knarrenden Stiefeln einherschreitend, mit dem Telegramm in der Hand ins Zimmer zurückkehrte. Der Friseur hatte sich inzwischen entfernt.

„Von Darja Alexandrowna soll ich melden, daß sie verreist. Man soll, das heißt, Sie sollen alles machen, wie es Ihnen beliebt“, sagte er mit einem nur in den Augen erkennbaren Lächeln, steckte die Hände in die Taschen, legte den Kopf auf die Seite und sah seinen Herrn erwartungsvoll an.

Stepan Arkadjitsch schwieg eine Weile. Dann erschien auf seinem hübschen Gesicht ein gutmütiges, aber etwas klägliches Lächeln.

„Na, Matwej?“ sagte er und wiegte den Kopf.

„Macht nichts, Herr, es wird schon werden“, antwortete Matwej.

„Wird werden?“

„Jawohl.“

„Meinst du? – Wer ist denn dort?“ fragte Stepan Arkadjitsch, als hinter der Tür das Rascheln eines Frauenkleides laut wurde.

„Ich bin's“, antwortete eine feste, angenehme Frauenstimme, und im Türspalt erschien das strenge pockennarbige Gesicht der Kinderfrau Matrjona Filimonowna.

„Was gibt's Matrjoscha?“ fragte Stepan Arkadjitsch und trat zu ihr an die Tür.

Obwohl Stepan Arkadjitsch seiner Frau gegenüber zutiefst im Unrecht war und dies selbst einsah, nahmen fast alle im Hause für ihn Partei, selbst die Kinderfrau, die ganz besonders an Darja Alexandrowna hing.

„Was gibt's?“ fragte er bedrückt.

„Gehen Sie zu ihr, Herr, bitten Sie noch einmal um Verzeihung. Vielleicht steht Ihnen Gott bei. Sie quält sich so, es ist nicht mit anzusehen, und im Hause geht auch alles drunter und drüber. Die Kinder, Herr, die Kinder sind zu bedauern. Leisten Sie Abbitte, Herr. Was hilft's? Hast du dir die Suppe eingebrockt, dann ...“

„Sie wird mich ja gar nicht zu sich lassen ...“

„Versuchen Sie's. Gott ist gnädig, beten Sie zu Gott, Herr, beten Sie zu Gott!“

„Nun gut, gehe jetzt“, sagte Stepan Arkadjitsch und wurde plötzlich rot. „So, nun reich mir die Kleider“, wandte er sich dann an Matwej und warf mit einer energischen Bewegung den Schlafrock ab.

Matwej pustete etwas Unsichtbares vom Hemd, das er schon wie ein Kummet bereithielt, und streifte es mit sichtlichem Vergnügen über den gepflegten Körper seines Herrn.

3

Nach beendeter Toilette besprühte sich Stepan Arkadjitsch mit Parfüm, zog an den Hemdsärmeln die Manschetten zurecht und verteilte mit gewohnten Handgriffen die Zigaretten, die Brieftasche, die Zündholzschachtel und die Uhr mit mehreren Anhängern, die an einer Doppelkette befestigt war, auf die verschiedenen Taschen; dann schwenkte er sein Taschentuch und begab sich mit dem Gefühl, sauber, duftend, gesund und ungeachtet allen Mißgeschicks im Vollbesitz seiner physischen Kraft zu sein, mit leicht wippenden Schritten ins Speisezimmer, wo bereits der Kaffee auf ihn wartete und neben dem Gedeck die eingegangenen Briefe und die aus dem Amt gebrachten Akten lagen.

Er las die Briefe. Einer darunter berührte ihn sehr unangenehm: er war von dem Kaufmann, mit dem er wegen des Verkaufs eines Waldstückes in Unterhandlung stand, das zum Gut seiner Frau gehörte. Dieser Wald mußte unbedingt verkauft werden; jetzt jedoch, bevor er sich nicht mit seiner Frau ausgesöhnt hatte, war gar nicht daran zu denken. Am unangenehmsten dabei war, daß sich auf diese Weise eine Geldfrage in die bevorstehende Versöhnung mit seiner Frau einschlich. Der Gedanke, daß er sich von einer Geldfrage leiten lassen und eine Versöhnung mit seiner Frau betreiben könnte, um den Wald zu verkaufen – allein dieser Gedanke schon beleidigte ihn.

Nachdem Stepan Arkadjitsch alle Briefe gelesen hatte, zog er die vom Amt gekommenen Schriftstücke zu sich heran; er blätterte schnell zwei Aktenstücke durch, machte mit einem dicken Bleistift einige Randnotizen, schob die Akten wieder beiseite und wandte sich dem Frühstück zu. Beim Kaffeetrinken entfaltete er die noch feuchte Morgenzeitung und begann zu lesen.

Stepan Arkadjitsch hielt eine liberale Zeitung – keine extreme, sondern ein Blatt jener Richtung, der die Mehrzahl seiner Bekannten huldigte. Und obwohl er sich im Grunde genommen weder für wissenschaftliche Belange noch für Kunst und Politik interessierte, vertrat er in allen diesen Fragen mit Entschiedenheit die gleichen Ansichten, die von dieser Mehrzahl und von seiner Zeitung vertreten wurden; er änderte sie nur, wenn die Mehrzahl sie änderte, oder, richtiger gesagt, nicht er änderte sie, sondern sie änderten sich von selbst in ihm, ohne daß er es merkte.

Stepan Arkadjitsch wählte nicht eine Richtung und Ansichten, sondern die Richtungen und Ansichten kamen zu ihm, genauso, wie er auch nicht die Fasson seiner Hüte und den Schnitt seiner Anzüge wählte, sondern sie so trug, wie sie gerade Mode waren. Ansichten zu haben aber war für ihn, der in einem bestimmten Kreise lebte und das Bedürfnis nach einer gewissen geistigen Beschäftigung empfand, wie es sich gewöhnlich in reiferen Jahren einstellt, ebenso eine Notwendigkeit wie der Besitz eines Hutes. Und wenn es auch einen Grund dafür gab, daß er die liberale Richtung der konservativen vorzog, der ebenfalls viele seiner Bekannten anhingen, so lag dieser Grund nicht darin, daß er die liberale Richtung für vernünftiger gehalten hätte, sondern in dem Umstand, daß sie besser zu seinem ganzen Lebensstil paßte. Die liberale Partei erklärte, daß in Rußland alles schlecht sei – und in der Tat, Stepan Arkadjitsch hatte viele Schulden und entschieden zuwenig Geld. Die liberale Partei erklärte, daß die Ehe eine überholte Einrichtung sei, die einer Umgestaltung bedürfe – und in der Tat, das Familienleben bereitete Stepan Arkadjitsch wenig Vergnügen und zwang ihn, zu lügen und sich zu verstellen, was seiner Natur höchst zuwider war. Die liberale Partei erklärte oder vielmehr sie war der Auffassung, daß die Religion lediglich ein Mittel zur Zügelung des unzivilisierten Teils der Bevölkerung sei – und in der Tat, Stepan Arkadjitsch vermochte selbst einem kurzen Gottesdienst nicht bis zu Ende beizuwohnen, ohne daß seine Füße geschmerzt hätten, und er konnte nicht begreifen, wozu in so schrecklichen und hochtönenden Worten vom Jenseits geredet wurde, da es sich doch auch in dieser Welt ganz gut leben ließ. Außerdem bereitete es Stepan Arkadjitsch, der einen guten Scherz liebte, Vergnügen, gelegentlich irgendein harmloses Gemüt durch die Bemerkung zu verblüffen, daß es, wenn man sich schon etwas auf seine Ahnen einbilde, nicht richtig sei, bei Rjurik haltzumachen und den Urvater – den Affen – zu verleugnen. Die liberale Richtung war Stepan Arkadjitsch somit zur Gewohnheit geworden, und er schätzte seine Zeitung ebenso, wie er nach dem Mittagessen eine Zigarre schätzte, die in seinem Kopf eine leichte Benebelung hervorrief. Er las den Leitartikel, in dem davon die Rede war, daß es gänzlich unberechtigt sei, darüber zu wehklagen, daß der Radikalismus angeblich alle konservativen Elemente zu vernichten drohe und daß die Regierung unbedingt Maßnahmen zur Unterdrückung der revolutionären Hydra ergreifen müsse, denn, so hieß es weiter, „die Gefahr liegt unseres Erachtens nicht in der vermeintlichen revolutionären Hydra, sondern in dem hartnäckigen Festhalten an Traditionen, die den Fortschritt hemmen". Ferner las er einen Artikel finanzpolitischen Inhalts, in dem Bentham und Mill erwähnt wurden und der einige Nadelstiche gegen das Ministerium enthielt. Dank seiner schnellen Auffassungsgabe durchschaute er die Bedeutung jeder Stichelei: er wußte, von wem sie ausging, gegen wen sie gerichtet und worauf sie gemünzt war, und das bereitete ihm stets ein gewisses Vergnügen. Heute war dieses Vergnügen allerdings durch die Erinnerung an die Ermahnungen Matrjona Filimonownas und durch die unerquicklichen Verhältnisse im Hause getrübt. Er las auch noch, daß Graf Beust dem Vernehmen nach ins Ausland, nach Wiesbaden, gereist sei, daß es ein Mittel gegen graue Haare gebe, daß jemand einen leichten Kutschwagen verkaufen wolle und daß eine junge Frau eine Stelle suche; aber er empfand diesmal nicht das stille, mit Ironie gemischte Vergnügen, das ihm das Lesen solcher Notizen sonst bereitete.

Als er mit der Zeitungslektüre fertig war, eine große Semmel mit Butter verzehrt und eine zweite Tasse Kaffee zu sich genommen hatte, stand er auf, schüttelte die Brotkrümel von der Weste ab, wölbte seine breite Brust und lächelte zufrieden – nicht etwa, weil ihm etwas besonders Angenehmes eingefallen wäre, sondern dank seiner guten Verdauung.

Doch dieses freudige Lächeln rief ihm auch sofort das Vorgefallene ins Gedächtnis, und er machte ein nachdenkliches Gesicht.

Hinter der Tür wurden zwei Kinderstimmen laut, in denen Stepan Arkadjitsch die Stimmen seines Söhnchens Grischa und des etwas älteren Töchterchens Tanja erkannte.

„Ich habe dir doch gesagt, daß man die Passagiere nicht aufs Dach setzen kann!" rief das Mädchen auf englisch. „Sammle sie jetzt auf!"

Alles ist in Unordnung geraten, dachte Stepan Arkadjitsch, sogar die Kinder sind sich selbst überlassen. Er ging an die Tür und rief die beiden zu sich. Sie ließen die Schachtel, die einen Eisenbahnwagen darstellen sollte, liegen und kamen zum Vater.

Tanja, Vaters Liebling, kam stürmisch hereingelaufen, umarmte ihn und blieb lachend an seinem Halse hängen, um mit Behagen den ihr wohlbekannten Duft einzuatmen, der von seinem Bart ausging. Nachdem sie endlich sein von der gebückten Stellung gerötetes und vor Zärtlichkeit strahlendes Gesicht geküßt hatte, zog sie die Arme zurück und wollte weglaufen; doch der Vater hielt sie zurück.

„Was macht Mama?" fragte er und strich mit der Hand über den weichen, zarten Nacken des Töchterchens. „Guten Morgen", fügte er lächelnd, zu dem Knaben gewandt, hinzu, der zur Begrüßung herangetreten war.

Er war sich bewußt, daß er den Knaben weniger liebte, und bemühte sich stets, die Kinder gleichmäßig zu behandeln; aber der Knabe spürte das und beantwortete das kalte Lächeln des Vaters nicht mit einem Lächeln.

„Mama? Sie ist aufgestanden", antwortete das Mädchen.

Stepan Arkadjitsch seufzte. Dann hat sie wieder die ganze Nacht nicht geschlafen! sagte er sich.

„Nun, ist sie guter Laune?"

Tanja wußte, daß Vater und Mutter sich verzankt hatten und daß die Mutter nicht guter Laune sein konnte; sie meinte auch, daß der Vater das wissen müsse und sich verstellte, wenn er so leichthin danach fragte. Und sie errötete für den Vater. Er merkte das sofort und wurde auch rot.

„Ich weiß nicht", antwortete Tanja. „Sie hat gesagt, wir brauchen heute nicht zu lernen und sollen mit Miss Hull zu Großmama gehen."

„Nun, dann gehe, mein Liebling. Ach so, warte mal", sagte er, hielt sie noch einmal zurück und streichelte ihr weiches Händchen.

Er nahm vom Kaminsims eine Schachtel mit Konfekt, die er am Abend zuvor dorthin gestellt hatte, und wählte für sie zwei Stück aus: ein Schokoladen- und ein Sahnepraliné, die ihr, wie er wußte, am besten schmeckten.

„Für Grischa?" fragte Tanja und zeigte auf das Schokoladenkonfekt.

„Ja, ja." Und nachdem er nochmals ihre schmale Schulter gestreichelt und sie auf Hals und Haarwurzeln geküßt hatte, gab er sie frei.

„Der Wagen ist vorgefahren", meldete Matwej. „Und eine Bittstellerin wartet auch noch", fügte er hinzu.

„Schon lange?" fragte Stepan Arkadjitsch.

„Ein halbes Stündchen vielleicht."

„Wie oft schon hat man dir gesagt, daß du immer sofort zu melden hast!"

„Man muß Ihnen doch wenigstens Zeit lassen, Kaffee zu trinken", antwortete Matwej in jenem freundschaftlich-groben Ton, den man ihm nie übelnehmen konnte.

„Nun, dann bitte sie jetzt aber ganz schnell herein", sagte Oblonski mit unwillig gerunzelter Stirn.

Die Bittstellerin, Witwe eines Stabshauptmanns Kalinin, hatte ein ganz unmögliches und sinnloses Anliegen. Aber seiner Gewohnheit gemäß nötigte er sie, Platz zu nehmen, hörte sie aufmerksam und ohne sie zu unterbrechen an und erteilte ihr einen ausführlichen Rat, was sie unternehmen und an wen sie sich wenden solle; er gab ihr sogar für die Persönlichkeit, die ihr nützlich sein konnte, eine durchaus gewandt verfaßte Empfehlung mit, die er in seiner forschen, breiten, schönen und deutlichen Handschrift niederschrieb. Nachdem er die Frau entlassen hatte, nahm er seinen Hut und blieb einen Augenblick stehen, um nachzudenken, ob er vielleicht etwas vergessen hätte. Nein, er hatte nichts vergessen, bis auf das eine, was er vergessen wollte, – den Gang zu seiner Frau.

„Ach ja!“ Er ließ den Kopf sinken, und sein hübsches Gesicht nahm einen betrübten Ausdruck an. Soll ich, oder soll ich nicht? fragte er sich selbst. Eine Stimme in seinem Innern sagte ihm, daß es zwecklos sei, zu seiner Frau zu gehen, daß dies nur zu einer Heuchelei führen würde und daß es keine Möglichkeit gebe, ihre Beziehungen zu verbessern und wiederherzustellen, weil es eben unmöglich sei, ihr aufs neue ein anziehendes, verführerisches Aussehen zu geben oder ihn in einen hinfälligen, nicht mehr der Liebe bedürftigen Greis zu verwandeln. Jetzt konnte alles nur auf Heuchelei und Lüge hinauslaufen; Heuchelei und Lüge aber waren seiner Natur zuwider.

„Ja, aber irgendwann muß es ja doch sein; bei dem jetzigen Zustand kann es doch nicht bleiben“, sagte er und versuchte sich Mut zuzusprechen. Er wölbte die Brust, nahm eine Zigarette, zündete sie an, machte zwei tiefe Züge, warf sie in die als Aschenbecher dienende Perlmuttmuschel, durchquerte mit schnellen Schritten den finsteren Salon und öffnete die andere Tür – die Tür zum Zimmer seiner Frau.

4

Darja Alexandrowna, in einer Morgenjacke, ihr einstmals dichtes und schönes, mittlerweile stark gelichtetes Haar im Nacken zu einem Knoten aufgesteckt, stand mit großen, erschrockenen, in dem hageren, eingefallenen Gesicht scharf hervortretenden Augen inmitten aller möglichen im Zimmer herumliegenden Sachen vor einer geöffneten Chiffonniere, aus der sie irgend etwas heraussuchte. Als sie die Schritte ihres Mannes hörte, hielt sie inne, blickte nach der Tür und versuchte vergeblich, ihrem Gesicht einen strengen und verächtlichen Ausdruck zu geben. Sie empfand Angst vor ihm, Angst vor der bevorstehenden Auseinandersetzung. Sie hatte eben erst versucht, das zu tun, wozu sie sich innerhalb dieser drei Tage wohl schon zehnmal angeschickt hatte:

die Kindersachen und ihre eigenen Kleider auszusuchen, die sie zu ihrer Mutter bringen wollte – und konnte sich wiederum nicht dazu entschließen. Nach wie vor jedoch hielt sie an der Überzeugung fest, daß es so nicht weitergehen könne, daß sie irgend etwas unternehmen müsse, um ihren Mann zu bestrafen, zu blamieren und ihm wenigstens zu einem geringen Teil das Leid heimzuzahlen, das er ihr zugefügt hatte. Sie redete sich immer noch ein, daß sie ihn verlassen werde, fühlte indessen, daß dies unausführbar sei; unausführbar deshalb, weil sie sich nicht an den Gedanken gewöhnen konnte, ihn fortan nicht mehr als ihren Mann anzusehen und nicht mehr zu lieben. Zudem dachte sie daran, daß es ihr schon hier, im eigenen Hause, schwergefallen war, mit ihren fünf Kindern allen Anforderungen gerecht zu werden, und daß es damit an jedem andern Ort, wenn sie mit der ganzen Kinderschar hinkäme, noch schlechter bestellt sein würde. Auch so schon war das jüngste in diesen drei Tagen erkrankt, weil man ihm sauer gewordene Bouillon zu trinken gegeben hatte, und die vier anderen waren gestern so gut wie ganz ohne Mittagessen geblieben. Sie fühlte, daß ein Verlassen des Hauses völlig unmöglich war; aber sie gab sich einer Selbsttäuschung hin, indem sie dennoch die Sachen aussortierte und so tat, als führe sie weg.

Als ihr Mann ins Zimmer trat, griff sie mit der Hand in die Schublade der Chiffonniere und gab sich den Anschein, dort etwas zu suchen. Zu ihm blickte sie sich erst um, als er dicht an sie herangetreten war, wobei jedoch ihr Gesicht, dem sie einen strengen und energischen Ausdruck geben wollte, nur Fassungslosigkeit und Kummer ausdrückte.

„Dolly!" sagte Stepan Arkadjitsch mit leiser, sanfter Stimme. Er zog den Kopf ein und bemühte sich, zerknirscht und demütig auszusehen, strahlte indessen dennoch Frische und Gesundheit aus.

Sie musterte mit einem schnellen Blick vom Kopf bis zu den Füßen seine von Frische und Gesundheit strotzende Erscheinung. Ja, er ist glücklich und zufrieden, dachte sie. Und ich? ... Seine ganze Gutmütigkeit, um derentwillen ihn alle lieben und loben, ist widerlich; ich hasse diese Gutmütigkeit! Sie preßte den Mund zusammen, und auf der rechten Wange ihres blassen, nervösen Gesichts wurde ein Zucken der Muskeln bemerkbar.

„Was wünschen Sie?" fragte sie hastig mit hohler, gleichsam fremder Stimme.

„Dolly!" wiederholte er mit einem Zittern in der Stimme. „Anna kommt heute zu uns."

„Was habe ich damit zu tun? Ich kann sie nicht empfangen!" rief sie aus.

„Aber das geht doch nicht, Dolly ..."

„Gehen Sie, gehen Sie, gehen Sie!“ schrie sie, ohne ihn anzusehen, und dieser Schrei klang so, als sei er von einem physischen Schmerz hervorgerufen.

Stepan Arkadjitsch hatte bei dem Gedanken an seine Frau bis jetzt die Ruhe bewahrt, hatte gehofft, daß „es schon werden wird“, wie Matwej sich ausgedrückt hatte, und es war ihm möglich gewesen, in Ruhe die Zeitung zu lesen und seinen Kaffee zu trinken; doch als er jetzt ihr gequältes, leidendes Gesicht vor sich hatte und den verzweifelten, herzzerreißenden Ton ihrer Stimme hörte, da verschlug es ihm den Atem, irgend etwas schnürte ihm die Kehle zusammen, und in seinen Augen schimmerten Tränen.

„Mein Gott, was habe ich angerichtet! Dolly! Um Gottes willen! Ich ...“ Er konnte nicht weitersprechen, Tränen erstickten seine Stimme.

Sie schlug die Schublade der Chiffonniere zu und sah ihm ins Gesicht.

„Dolly, was kann ich dir sagen? – Nur das eine: Vergib mir, vergib mir... Denke an die Vergangenheit: Wiegen denn neun Jahre unseres Lebens gar nichts gegen ein paar Augenblicke der ... der ...“

Sie schlug die Augen nieder, und während sie auf seine nächsten Worte wartete, schien sie ihn gleichsam anzuflehen, daß er sie irgendwie von seiner Schuldlosigkeit überzeugen möge.

„Augenblicke der Leidenschaft ...“, fuhr er fort und wollte weitersprechen, doch bei diesem Wort preßten sich Darja Alexandrownas Lippen erneut wie unter einem physischen Schmerz zusammen, und auf der rechten Wange begannen wieder die Gesichtsmuskeln zu zucken.

„Gehen Sie, gehen Sie!“ schrie sie noch erregter als zuvor. „Und reden Sie mir nicht von Ihrer Leidenschaft und Schändlichkeit!“

Sie schickte sich an, das Zimmer zu verlassen, wankte aber und griff nach einer Stuhllehne, um sich zu stützen. Das Gesicht Stepan Arkadjitschs verzog sich, die Lippen schwollen an, und seine Augen füllten sich mit Tränen.

„Dolly!“ stammelte er, gegen das Schluchzen ankämpfend. „Um Gottes willen, denke an die Kinder, sie sind schuldlos. Ich bin schuld, und du kannst mich bestrafen, kannst mich meine Schuld büßen lassen.

Ich bin zu allem bereit, was in meiner Macht steht! Ich bin schuld. Es gibt keine Worte dafür, wie groß meine Schuld ist! Aber dennoch, Dolly, verzeih mir!“

Sie setzte sich. Er hörte ihre schweren, lauten Atemzüge, und sie tat ihm unsagbar leid. Sie setzte mehrmals zum Sprechen an, war aber nicht fähig, ein Wort hervorzubringen. Er wartete.

„Du denkst an die Kinder, weil du mit ihnen spielen willst, aber ich denke an sie, weil ich weiß, daß sie so zugrunde gerichtet werden." Sie sprach offenbar einen der Gedanken aus, die sie sich während dieser drei Tage unzählige Male wiederholt hatte.

Er blickte sie dankbar an, weil sie ihn mit du angeredet hatte, und schickte sich an, nach ihrer Hand zu greifen; doch sie wandte sich mit Widerwillen von ihm ab.

„Ich denke an die Kinder und würde deshalb alles nur Erdenkliche tun, um sie zu retten. Aber ich weiß selbst nicht, wie ich sie retten soll: indem ich sie ihrem Vater entziehe oder indem ich sie einem Wüstling von Vater überlasse – ja, ja, einem Wüstling von Vater ... Sagen Sie selbst, ist denn nach dem ... was geschehen ist, noch ein Zusammenleben zwischen uns möglich? Ist das überhaupt möglich? Sagen Sie selbst, ist es überhaupt möglich?" wiederholte sie mit erhöhter Stimme. „Nachdem mein Mann, der Vater meiner Kinder, ein Verhältnis mit der Gouvernante seiner Kinder angefangen hat ..."

„Aber was soll man nun machen? Was soll man machen?" stammelte er mit kläglicher Stimme, ohne selbst zu wissen, was er sprach, und ließ den Kopf immer tiefer sinken.

„Sie sind mir zuwider, ich verabscheue Sie!" schrie sie, sich mehr und mehr ereifernd. „Ihre Tränen sind nichts als Wasser! Sie haben mich nie geliebt, Sie besitzen weder Herz noch Ehrgefühl! Sie sind mir verhaßt, widerwärtig, ein Fremder – ja, ein ganz Fremder!" fügte sie zornig und mit besonderer Verbitterung das ihr so schrecklich klingende Wort „Fremder" hinzu.

Er blickte sie an, und der Zorn, der aus ihrem Gesicht sprach, erschreckte und verwunderte ihn. Er begriff nicht, daß sein Mitleid für sie nur dazu beitrug, sie noch mehr zu reizen. Sie sah zwar, daß er sie bemitleidete, nicht aber, daß er sie liebte.

Nein, sie haßt mich, sie wird mir nicht verzeihen, ging es ihm durch den Kopf. Es ist furchtbar! Wirklich furchtbar!

In diesem Augenblick ertönte im Nebenzimmer der Schrei eines Kindes, das anscheinend hingefallen war. Darja Alexandrowna horchte auf, und ihr Gesicht nahm plötzlich einen milderen Ausdruck an.

Sie besann sich ein paar Sekunden, als wüßte sie nicht, wo sie sei und was sie tun solle; dann stand sie schnell auf und ging auf die Tür zu.

Demnach liebt sie doch mein Kind, sagte sich Stepan Arkadjitsch, als er die Veränderung ihres Gesichts beim Aufschrei des Kindes sah. Es ist *mein* Kind – wie kann sie mich da hassen?

„Dolly, noch ein Wort", sagte er und folgte ihr.

„Wenn Sie mir nachkommen, rufe ich die Leute zusammen, die

Kinder! Mögen alle erfahren, was für ein Schuft Sie sind! Ich reise noch heute ab, dann können Sie mit Ihrer Liebsten hier hausen!"

Sie ging und schlug krachend die Tür hinter sich zu.

Stepan Arkadjitsch stieß einen Seufzer aus, wischte sich das Gesicht ab und trat leise zurück. Matwej sagt: „Es wird schon werden." Aber wie? Ich sehe keinerlei Möglichkeit. Ach, ach, dieses Unglück! Und wie ordinär sie geschrien hat, sagte er zu sich selbst, als er an ihre Schreie und die Worte „Schuft" und „Liebste" dachte. Womöglich haben es sogar die Dienstboten gehört! Es ist ein Skandal, wirklich ein Skandal! Stepan Arkadjitsch blieb einige Sekunden stehen, trocknete sich die Augen, seufzte und verließ in aufrechter Haltung das Zimmer.

Es war ein Freitag, und der Uhrmacher, ein Deutscher, war gerade dabei, im Speisezimmer die Uhr aufzuziehen. Stepan Arkadjitsch lächelte, weil er sich daran erinnerte, daß er in bezug auf diesen pedantischen kahlköpfigen Uhrmacher einmal einen Witz gemacht und gesagt hatte, der Deutsche sei selbst fürs ganze Leben aufgezogen, um Uhren aufzuziehen. Stepan Arkadjitsch war ein Liebhaber guter Witze. – Vielleicht wird es auch wirklich werden? Das ist gut gesagt: Es wird schon werden! dachte er bei sich. Das muß man festhalten.

„Matwej! Für Anna Arkadjewna richtest du also mit Marja das Gästezimmer her", trug er dem Kammerdiener auf, als dieser auf seinen Ruf erschien.

„Jawohl."

Stepan Arkadjitsch zog seinen Pelz an und trat auf die Freitreppe hinaus.

„Kommen Sie zum Essen nach Hause?" fragte Matwej, der ihn zum Wagen begleitete.

„Wie es sich ergeben wird. Und hier – für die Einkäufe", sagte er und gab ihm aus seiner Brieftasche zehn Rubel. „Ist's genug?"

„Genug oder nicht genug, es muß halt reichen", antwortete Matwej beim Zuschlagen der Wagentür und trat auf die Treppe zurück. Darja Alexandrowna, die inzwischen das Kind beruhigt hatte, schloß aus dem Rädergerassel, daß ihr Mann abgefahren war, und kehrte ins Schlafzimmer zurück. Dies war der einzige Ort, wo sie Zuflucht vor den häuslichen Sorgen fand, die sofort auf sie einstürmten, wenn sie über die Schwelle trat. Auch jetzt, während ihres kurzen Aufenthalts im Kinderzimmer, hatten die englische Erzieherin und Matrjona Filimonowna ihr mehrere Fragen vorgelegt, die keinen Aufschub duldeten und nur von ihr entschieden werden konnten: was den Kindern für den Spaziergang anzuziehen sei, ob sie Milch bekommen sollten, ob man nicht einen neuen Koch ausfindig machen müsse.

„Ach, laßt mich in Ruhe, laßt mich in Ruhe!" hatte sie abgewehrt; und nun, als sie ins Schlafzimmer zurückgekehrt war, setzte sie sich auf denselben Platz, auf dem sie mit ihrem Mann gesprochen hatte; sie preßte die abgemagerten Hände zusammen, an deren knochigen Fingern die Ringe abrutschten, und begann in Gedanken das ganze Gespräch, das kurz zuvor stattgefunden hatte, zu rekapitulieren. Er ist losgefahren! Aber auf welche Weise hat er denn nun mit *ihr* Schluß gemacht? fragte sie sich. Oder kommt er am Ende auch jetzt noch mit ihr zusammen? Warum habe ich ihn nicht danach gefragt? Nein, nein, eine Versöhnung ist nicht möglich. Selbst wenn wir unter demselben Dache bleiben, werden wir füreinander Fremde sein. Fremde für immer! wiederholte sie abermals mit besonderer Betonung dieses für sie so schreckliche Wort. Und wie habe ich ihn doch geliebt, oh, mein Gott, wie habe ich ihn geliebt! Wie geliebt! Und liebe ich ihn etwa nicht auch jetzt? Vielleicht sogar noch stärker als früher? Am schlimmsten ist vor allem, daß ... Sie brach ihren Gedankengang ab, weil Matrjona Filimonowna den Kopf zur Tür hereinsteckte.

„Lassen Sie doch wenigstens meinen Bruder holen", sagte sie. „Irgendwie wird er schon ein Mittagessen herrichten; sonst kriegen die Kinder wieder so wie gestern bis um sechs nichts in den Magen."

„Nun gut, ich komme gleich und werde alles anordnen. Ist schon nach frischer Milch geschickt?"

Und Darja Alexandrowna vertiefte sich in die alltäglichen Sorgen und unterdrückte durch sie vorübergehend ihren Kummer.

5

Das Lernen in der Schule war Stepan Arkadjitsch dank seinen Fähigkeiten nicht schwergefallen, aber er war faul und ein Luftikus gewesen und hatte daher das Abschlußexamen als einer der letzten gemacht. Doch ungeachtet seines von jeher lustigen Lebenswandels, seiner erst kurzen Karriere und seines noch jugendlichen Alters bekleidete er jetzt bereits den ehrenvollen und gutdotierten Posten des Direktors einer Moskauer Behörde. Diesen Posten hatte ihm der Mann seiner Schwester Anna verschafft – Alexej Alexandrowitsch Karenin, der in dem Ministerium, dem die betreffende Behörde unterstand, einen der wichtigsten Posten einnahm. Aber auch wenn Karenin seinen Schwager nicht auf diesen Posten gesetzt hätte, würden noch hundert andere Personen mit Hilfe von Brüdern, Schwestern, Vettern, Onkels und Tanten dafür gesorgt haben, daß Stiwa Oblonski diesen oder einen ähnlichen Posten mit einem Gehalt von sechstausend Rubel erhalten hätte; und diese Summe brauchte er auch, weil seine finanziellen Verhältnisse trotz des ansehnlichen Vermögens seiner Frau dauernd zerrüttet waren.

Mit halb Moskau und halb Petersburg war Stepan Arkadjitsch verwandt oder befreundet. Er war in den Kreis jener Menschen hineingeboren, die zu den Mächtigen dieser Welt gehörten oder dazu geworden waren. Ein Drittel dieses Kreises, hohe Würdenträger in vorgeschrittenem Alter, hatte zum Freundeskreis seines Vaters gehört und ihn selbst schon als Baby gekannt; mit dem zweiten Drittel stand er auf Duzfuß, und der Rest bestand aus guten Bekannten. Alle, die irdische Güter zu vergeben hatten, sei es in Form guter Posten, günstiger Pachtverträge, Konzessionen und dergleichen mehr, gehörten somit zu seinem Freundeskreis und konnten einen der Ihrigen nicht übergehen. Oblonski hatte es nicht nötig, sich um einen guten Posten besonders zu bemühen; er brauchte ihn nur anzunehmen und nicht neidisch, zänkisch und übelnehmerisch zu sein, was er bei der ihm eigenen Gutmütigkeit ohnehin nie war. Es wäre ihm lächerlich vorgekommen, wenn ihm jemand gesagt hätte, er könne nicht einen Posten mit dem Gehalt bekommen, das er benötigte, zumal er keine übertriebenen Ansprüche stellte; er verlangte nur das, was seine Altersgenossen erhielten, und einen derartigen Posten ausfüllen konnte er ebensogut wie jeder andere.

Stepan Arkadjitsch war nicht nur bei allen, die ihn kannten, wegen seiner Gutmütigkeit, seines heiteren Gemüts und seiner unzweifelhaften Ehrlichkeit beliebt, sondern darüber hinaus war seiner schönen, lichten Erscheinung, den glänzenden Augen, dunklen Brauen und Haaren sowie dem frischen geröteten Gesicht auch rein körperlich ein solcher Charme eigen, daß jeder, der mit ihm zusammentraf, für ihn eingenommen und froh gestimmt wurde. „Sieh da! Stiwa! Oblonski! Da ist er ja!" riefen fast alle mit einem vergnügten Lächeln, wenn sie ihm begegneten. Und wenn sich nach dem Gespräch mitunter auch herausstellte, daß zu einer besonderen Freude gar kein Anlaß vorlag – am nächsten und übernächsten Tage wurde er von allen mit der gleichen Freude begrüßt.

In seiner Stellung als Direktor einer Moskauer Regierungsbehörde, die er seit drei Jahren einnahm, hatte sich Stepan Arkadjitsch außer der Zuneigung auch die Achtung seiner Kollegen, Untergebenen, Vorgesetzten und überhaupt aller erworben, mit denen er dienstlich zu tun hatte. Die Haupteigenschaften, die ihm diese allgemeine Achtung im Amt eingebracht hatten, bestanden erstens in seinem überaus nachsichtigen Verhalten, das auf dem Bewußtsein seiner eigenen Unzulänglichkeit beruhte, zweitens in seiner durch und durch liberalen Einstellung – nicht jener, die er aus den Zeitungen geschöpft hatte, sondern derjenigen, die ihm im Blute lag und auf Grund derer er jedermann, unabhängig von Stand und Vermögen, völlig gleichmäßig behandelte, und drittens – das war die Hauptsache – in dem völligen Gleichmut, mit dem er sein Amt versah, so daß er stets die Ruhe bewahrte und sich niemals zu unbedachten Handlungen hinreißen ließ.

An Ort und Stelle angekommen, ging Stepan Arkadjitsch, ehrerbietig geleitet vom Portier und mit seiner Aktentasche unter dem Arm, in sein kleines Privatbüro, legte den Dienstrock an und begab sich in den Sitzungssaal. Dort erhoben sich bei seinem Eintritt sämtliche Schreiber und Beamte und verneigten sich freundlich und respektvoll zu seiner Begrüßung. Stepan Arkadjitsch ging wie immer mit schnellen Schritten auf seinen Sessel zu, drückte den Herren am Sitzungstisch die Hand und nahm Platz. Nachdem er mit dem einen und anderen ein paar Worte gewechselt und gescherzt hatte – gerade so viel, wie es schicklich war –, wandte er sich den Akten zu. Niemand verstand es besser als Stepan Arkadjitsch, jene Mittellinie zwischen zwangloser und offizieller Haltung zu bestimmen, die zu einer angenehmen Abwicklung der dienstlichen Angelegenheiten nötig war. Der Sekretär trat freundlich und respektvoll, wie sich alle in Stepan Arkadjitschs Gegenwart verhielten, mit einem Aktenstück an ihn heran und sagte in dem ungezwungen-freimütigen Ton, den Stepan Arkadjitsch eingeführt hatte:

„Wir haben nun doch noch die Unterlagen von der Pensaer Gouvernementsverwaltung beschafft. Wünschen Sie vielleicht…"

„Ja? Ist es endlich gelungen?" sagte Stepan Arkadjitsch und schob einen Finger zwischen das Aktenstück. „Nun denn, meine Herren…" Und die Sitzung nahm ihren Anfang.

Wenn sie ahnten, dachte er, während er mit bedeutungsvoll auf die Seite gelegtem Kopf einen Bericht anhörte, als was für ein begossener Pudel ihr Vorsitzender vor knapp einer halben Stunde dagestanden hat! Und in seinen Augen spiegelte sich beim Verlesen des Berichts ein Lächeln.

Die Sitzung sollte programmgemäß ohne Unterbrechung bis zwei Uhr andauern; um zwei sollte dann eine Frühstückspause folgen. Es war noch nicht ganz zwei Uhr, als die große Glastür plötzlich geöffnet wurde und jemand den Sitzungssaal betrat. Von allen Seiten blickten sich die über eine kleine Abwechslung erfreuten Beamten neugierig zur Tür um; aber der an der Tür postierte Portier hatte den Eingetretenen sofort hinausgewiesen und schloß die Glastür hinter ihm.

Nachdem der Vortrag beendet war, stand Stepan Arkadjitsch auf, reckte die Glieder, entnahm, liberalen Gepflogenheiten der Zeit huldigend, noch im Sitzungssaal seinem Etui eine Zigarette und ging in sein Privatbüro. Zwei seiner Kollegen, der im Dienst alt und grau gewordene Nikitin und der Kammerjunker Grinewitsch, schlossen sich ihm an.

„Nach dem Frühstück werden wir fertig“, bemerkte Stepan Arkadjitsch.

„Ohne weiteres!“ bekräftigte Nikitin.

„Na, dieser Fomin muß doch ein ganz durchtriebener Bursche sein“, äußerte sich Grinewitsch über eine der Personen, die in der vorliegenden Sache eine Rolle spielten.

Stepan Arkadjitsch runzelte die Stirn und gab damit zu verstehen, daß es ungehörig sei, vor Abschluß der Sache ein Urteil abzugeben; er ließ die Bemerkung Grinewitschs unbeantwortet.

„Wer war da vorhin gekommen?“ fragte er den Portier.

„Irgendein Mann, Exzellenz; er ist ohne Erlaubnis eingedrungen, kaum daß ich mal den Rücken gekehrt hatte. Er wollte Sie sprechen. Er sagte: Wenn die Herren herauskommen, dann ...“

„Und wo ist er geblieben?“

„Er ist die ganze Zeit auf und ab gewandert und jetzt wahrscheinlich in den Flur gegangen. Da kommt er ja“, sagte der Portier und zeigte auf einen stämmigen, breitschultrigen Mann mit gewelltem Bart, der, ohne seine Lammfellmütze abzunehmen, mit leichten, schnellen Schritten die abgetretenen Stufen der Steintreppe heraufgeeilt kam. Ein hagerer Beamter, der mit einer Aktentasche unter dem Arm die Treppe hinunterging, blieb stehen, musterte mißbilligend die Füße des Laufenden und blickte dann fragend zu Oblonski hinüber.

Stepan Arkadjitsch stand am Treppengeländer. Sein gutmütig strahlendes Gesicht leuchtete über dem goldbestickten Kragen der Uniform noch heller auf, als er den Ankömmling erkannte.

„Er ist es wirklich! Lewin, endlich mal!“ rief er aus und musterte den auf ihn zukommenden Lewin mit einem herzlichen, ein wenig ironischen Lächeln. „Hast du dich gar nicht gescheut, mich in diesem Sündenpfuhl aufzusuchen?“ fragte er und ließ es nicht bei einem Händedruck bewenden, sondern küßte seinen Freund auch noch. „Schon lange hier?“

„Ich bin eben angekommen, und es lag mir sehr daran, dich gleich zu sprechen“, antwortete Lewin, wobei er halb verlegen, halb ärgerlich und unruhig um sich blickte.

„Nun, dann gehen wir in mein Zimmer“, sagte Stepan Arkadjitsch, der die Empfindlichkeit und übermäßige Schüchternheit seines Freundes kannte; er nahm ihn am Arm und zog ihn mit sich, als führe er ihn durch verschiedene Gefahren hindurch.

Stepan Arkadjitsch duzte sich fast mit allen seinen Bekannten: mit sechzig Jahre alten Männern und zwanzigjährigen Jünglingen, mit Schauspielern und Ministern, mit Kaufleuten und Generaladjutanten, so daß viele der Leute, die mit ihm auf Duzfuß standen, die beiden äußersten Pole der gesellschaftlichen Rangordnung einnahmen, und sie wären sehr erstaunt gewesen, wenn sie erfahren hätten, daß sie durch Oblonski als Bindeglied etwas miteinander gemein hatten. Er duzte sich mit jedem, mit dem er Champagner trank, und da er Champagner mit allen trank, kam es vor, daß er im Beisein seiner Untergebenen mit „kompromittierenden Duzbrüdern" zusammentraf, wie er scherzhaft manche seiner Freunde nannte, doch verstand er es dank dem ihm eigenen Takt, das für die Untergebenen Peinliche der Situation zu mildern. Lewin war kein „kompromittierender Duzbruder", aber da Stepan Arkadjitsch mit seinem Feingefühl erriet, daß Lewin der Meinung war, es könnte ihm unangenehm sein, ihre intime Freundschaft in Gegenwart Untergebener zu bekunden, beeilte er sich, ihn in sein Zimmer zu führen.

Lewin und Oblonski waren fast gleichaltrig und standen nicht nur infolge gemeinsamer Champagnergelage auf Duzfuß. Lewin war Oblonskis Kamerad und Freund von frühester Jugend an. Sie liebten einander trotz der Verschiedenheit ihrer Charaktere und Neigungen, wie eben Menschen aneinander hängen, deren Freundschaft bis in die erste Jugendzeit zurückreicht. Aber sie hatten sich auch unterschiedliche Wirkungskreise erwählt, und wie es in solchen Fällen häufig geschieht, betrachtete ein jeder die Tätigkeit des andern, obwohl er sie bei objektiver Überlegung nicht verurteilen konnte, im Grunde seines Herzens doch mit Geringschätzung. Jeder glaubte, das Leben, das er führte, sei das einzig wahre Leben, das des andern hingegen nur ein Trugbild. Oblonski konnte sich nie eines leicht ironischen Lächelns erwehren, wenn er Lewins ansichtig wurde. Lewin, der auf dem Lande irgendeinen Posten bekleidete, hatte Stepan Arkadjitsch schon so oft besucht, wenn er nach Moskau gekommen war, aber worin seine Tätigkeit auf dem Lande eigentlich bestand, das hatte Oblonski nie recht begriffen und sich auch nicht dafür interessiert.

Lewin, der es bei seinen Besuchen in Moskau immer sehr eilig hatte, sich aufregte, ein wenig verschüchtert und durch die eigene Schüchternheit gereizt war, kam fast jedesmal mit neuen Ansichten an. Stepan Arkadjitsch machte sich darüber lustig und fand daran Gefallen. Umgekehrt sah auch Lewin im Grunde seines Herzens mit Spott auf die städtische Lebensweise seines Freundes und dessen Dienst herab, den er für sinnlos hielt und über den er sich seinerseits lustig machte. Ein Unterschied bestand nur insofern, als Stepan Arkadjitsch, der das tat, was alle taten, selbstsicher und gutmütig spöttelte, während Lewin, dem diese Selbstsicherheit fehlte, sich mitunter sehr ereiferte.

„Wir haben dich schon lange erwartet“, sagte Stepan Arkadjitsch, als er mit Lewin sein Privatbüro betrat und, als ob nichts mehr zu befürchten sei, dessen Arm losließ. „Ich bin sehr, sehr froh, daß du gekommen bist“, fuhr er fort. „Nun, wie geht es dir? Was treibst du? Wann bist du angekommen?“

Lewin schwieg und musterte die Gesichter der beiden ihm unbekannten Kollegen Oblonskis, insbesondere die Hände des eleganten Grinewitsch mit ihren langen weißen Fingern, den langen gelben, an ihren Spitzen gewölbten Fingernägeln und den riesigen glänzenden Manschettenknöpfen; diese Hände schienen seine ganze Aufmerksamkeit in Anspruch zu nehmen und alle seine Gedanken zu paralysieren. Oblonski merkte es sofort und lächelte.

„Ach so, darf ich bekannt machen“, sagte er. „Meine Kollegen: Filipp Iwanytsch Nikitin, Michail Stanislawitsch Grinewitsch“, und auf Lewin deutend: „Ein Mitglied des Semstwos, ein Mann der Reformen, Sportbegeisterter, der fünf Pud mit einer Hand stemmt, Viehzüchter, Jäger und mein Freund, Konstantin Dmitritsch Lewin, ein Bruder Sergej Iwanytsch Kosnyschews.“

„Sehr angenehm“, murmelte der alte Nikitin.

„Ich habe die Ehre, Ihren Herrn Bruder Sergej Iwanytsch zu kennen“, sagte Grinewitsch und reichte ihm seine schmale Hand mit den langen Fingernägeln.

Lewins Gesicht verfinsterte sich; er drückte kühl die ihm dargebotene Hand und wandte sich dann sofort zu Oblonski um. Obwohl er seinen Stiefbruder, einen in ganz Rußland bekannten Schriftsteller, sehr verehrte, konnte er es nicht ausstehen, wenn man in ihm selbst nicht Konstantin Lewin, sondern den Bruder des berühmten Kosnyschew sah.

„Nein, mit dem Semstwo habe ich nichts mehr zu tun. Ich habe mich mit allen überworfen und besuche auch die Sitzungen nicht mehr“, sagte er, zu Oblonski gewandt.

„Das ist aber schnell gegangen!“ sagte Oblonski mit einem Lächeln. „Warum denn? Wieso?“

„Es ist eine lange Geschichte. Ich werde sie dir ein andermal erzählen“, sagte Lewin, fuhr aber dennoch gleich fort: „Nun, kurz gesagt, ich habe mich überzeugt, daß das ganze Semstwo keinen

Sinn hat und auch nicht haben kann“, sprudelte er so erregt hervor, als ob ihn eben jemand beleidigt hätte. „Einerseits ist das Ganze eine Spielerei, man spielt Parlament, und ich bin weder jung noch alt genug, an Spielzeug Gefallen zu finden; andererseits“ (er verhaspelte sich) „stellt es für die coterie dort ein Mittel dar, zu Geld zu kommen. Früher nahmen es die Treuhänder, die Gerichte, jetzt nehmen es die Semstwos, wenn auch nicht in Form von Schmiergeldern, so doch in Form unverdienter Gehälter“, sagte er mit solcher Heftigkeit, als hätte ihm jemand der Anwesenden widersprochen.

„Aha! Du schwimmst, wie ich sehe, wieder in einem neuen Fahrwasser, dem konservativen“, sagte Stepan Arkadjitsch. „Doch hierüber noch später.“

„Ja, später. Aber ich muß dich dringend sprechen“, sagte Lewin und starrte dabei wütend auf Grinewitschs Hand.

Über Stepan Arkadjitschs Gesicht huschte ein kaum merkliches Lächeln.

„Hast du nicht gesagt, du wolltest dich nie wieder nach europäischer Mode kleiden?“ fragte er, als er Lewins neuen, offenbar von einem französischen Schneider stammenden Anzug musterte. „Na ja, ich sehe schon: eine neue Phase.“

Lewin wurde plötzlich rot, doch nicht so, wie gelegentlich Erwachsene erröten, ohne es selbst zu bemerken, sondern wie ein kleiner Junge, der das Komische seiner Schüchternheit fühlt, sich dessen schämt und infolgedessen noch mehr errötet und nahe daran ist, in Tränen auszubrechen. Es war so peinlich, in diesem klugen, männlichen Gesicht eine so kindliche Verlegenheit wahrzunehmen, daß Oblonski unwillkürlich die Augen abwandte.

„Wo können wir uns also treffen?“ fragte Lewin. „Ich habe wirklich sehr, sehr dringend mit dir zu sprechen.“

Oblonski überlegte.

„Machen wir es so: Wir fahren zu Gurin, frühstücken dort und unterhalten uns dabei. Bis drei Uhr bin ich frei.“

„Nein“, antwortete Lewin nach kurzem Nachdenken, „ich muß vorher noch etwas erledigen.“

„Nun schön, dann essen wir eben danach gemeinsam zu Mittag.“

„Zu Mittag? Ich habe ja gar nichts Besonderes, nur zwei Worte, und aussprechen können wir uns immer noch.“

„Dann sage doch schon die zwei Worte, und beim Mittagessen plaudern wir dann gemütlich.“

„Nun, die zwei Worte – es ist übrigens nichts von Belang“, sagte Lewin.

Sein Gesicht nahm plötzlich einen bösen Ausdruck an, was von der Anstrengung herrührte, mit der er gegen seine Schüchternheit ankämpfte.

„Wie geht es bei den Stscherbazkis? Alles beim alten?" fragte er.

Stepan Arkadjitsch, der schon lange wußte, daß Lewin in seine Schwägerin Kitty verliebt war, unterdrückte ein Lächeln, und in seinen Augen erschien ein lustiges Fünkchen.

„Du sprachst von zwei Worten, aber in zwei Worten läßt sich das nicht beantworten, weil... Entschuldige einen Augenblick..."

Der Sekretär trat ein – in respektvoll-vertraulicher Haltung, in der sich zugleich ein wenig das allen Sekretären eigene Bewußtsein ausdrückte, in dienstlichen Angelegenheiten besser bewandert zu sein als der Chef; er legte Stepan Arkadjitsch ein Aktenstück vor und begann, scheinbar fragend, irgendeine Schwierigkeit zu erklären. Stepan Arkadjitsch unterbrach ihn jedoch und legte seine Hand freundlich auf den Arm des Sekretärs.

„Nein, halten Sie sich nur an meine Anweisungen", sagte er und milderte dabei durch ein Lächeln das Kränkende der Zurechtweisung; dann erklärte er nochmals in großen Zügen, wie er die Sache behandelt wissen wollte, schob das Aktenstück zurück und schloß: „Also machen Sie es bitte so, Sachar Nikititsch."

Der verwirrte Sekretär entfernte sich. Lewin, der seine Befangenheit während der Auseinandersetzung mit dem Sekretär endgültig abgeschüttelt und, beide Hände auf eine Stuhllehne gestützt, mit spöttischer Aufmerksamkeit zugehört hatte, sagte jetzt:

„Ich verstehe nicht, ich verstehe nicht..."

„Was verstehst du nicht?" fragte Oblonski vergnügt lächelnd und griff nach einer Zigarette. Er war darauf gefaßt, von Lewin irgendeine tolle Ansicht vorgetragen zu bekommen.

„Ich verstehe nicht, was ihr hier treibt", sagte Lewin und zuckte die Achseln. „Wie kannst du dich ernsthaft damit abgeben?"

„Wie meinst du das?"

„Es ist doch nur ein Zeitvertreib."

„Das scheint dir so; wir aber ertrinken in Arbeit."

„In Bürokratie. Nun ja, das liegt dir eben", fügte Lewin hinzu.

„Willst du damit sagen, ich sei nicht ernst zu nehmen?"

„Vielleicht auch das", antwortete Lewin. „Immerhin, ich bewundere trotzdem deine Würde und bin stolz, einen so wichtigen Mann zum Freunde zu haben. Aber meine Frage hast du mir immer noch nicht beantwortet", fügte er hinzu und blickte seinem Freund mit verzweifelter Anstrengung gerade in die Augen.

„Na, schön, schön. Warten wir ab, und auch du wirst noch dahin gelangen. Du hast gut reden, mit deinen dreitausend Deßjatinen im Kreise Karasinsk, mit solchen Muskeln und der Frische eines zwölfjährigen Mädchens – aber einmal wirst auch du zu uns kommen. Und was deine Frage betrifft: geändert hat sich nichts, aber es ist schade, daß du so lange ausgeblieben bist."

„Warum?" fragte Lewin bestürzt.

„Ich meinte nur so", entgegnete Oblonski. „Wir sprechen noch miteinander. Bist du diesmal aus einem bestimmten Grunde gekommen?"

„Ach, darüber wollen wir auch später sprechen", erwiderte Lewin und wurde wieder bis über beide Ohren rot.

„Nun gut, halten wir es so", sagte Stepan Arkadjitsch. „Sieh mal, ich würde dich ja zu uns einladen, aber meine Frau fühlt sich nicht ganz wohl. Übrigens, wenn dir daran liegt, kannst du die Damen heute wahrscheinlich zwischen vier und fünf im Zoologischen Garten treffen. Kitty läuft Schlittschuh. Fahre hin, ich hole dich ab, und dann essen wir zusammen."

„Ausgezeichnet. Also bis dann!"

„Paß aber auf, ich kenne dich ja – du vergißt es womöglich oder fährst in dein Dorf zurück!" rief ihm Stepan Arkadjitsch lachend nach.

„Nein, keine Sorge!" rief Lewin zurück und besann sich erst an der Tür darauf, daß er sich auch noch von Oblonskis Kollegen verabschieden mußte.

„Das scheint ja ein sehr energischer Herr zu sein", bemerkte Grinewitsch, als Lewin gegangen war.

„Ja, ja, mein Lieber, ein wahrer Glückspilz!" sagte Stepan Arkadjitsch und wiegte den Kopf von einer Seite auf die andere. „Dreitausend Deßjatinen im Kreise Karasinsk, das ganze Leben noch vor sich und dabei diese Frische. Anders als unsereins."

„Worüber haben Sie sich denn zu beklagen, Stepan Arkadjitsch?"

6

Als Oblonski Lewin gefragt hatte, ob er aus einem bestimmten Grunde nach Moskau gekommen sei, war Lewin rot geworden und hatte sich deswegen über sich selbst geärgert; denn rot geworden war er, weil er sich nicht zu der Antwort entschließen konnte: „Ich bin gekommen, um die Hand deiner Schwägerin anzuhalten", obwohl er einzig zu diesem Zweck gekommen war.

Die Familien der Lewins und Stscherbazkis waren alte Moskauer Adelsgeschlechter, die von jeher in nahen, freundschaftlichen Beziehungen zueinander gestanden hatten. Während der Studienzeit Lewins hatten sich die Beziehungen noch vertieft. Er hatte sich gemeinsam mit dem jungen Fürsten Stscherbazki, dem

Bruder Dollys und Kittys, auf das Studium vorbereitet und war zur gleichen Zeit wie er in die Universität eingetreten. Damals hatte Lewin viel bei den Stscherbazkis verkehrt und sich in ihr Haus verliebt. So merkwürdig es auch klingen mag, war es wirklich so, daß er sich buchstäblich in das Haus, in die Familie Stscherbazki verliebt hatte, und ganz besonders in ihre weiblichen Mitglieder. An seine eigene Mutter hatte er keine Erinnerung, und seine einzige Schwester war älter als er, so daß er im Hause der Stscherbazkis zum ersten Male das Milieu einer alten, gebildeten und gediegenen Adelsfamilie kennenlernte, was ihm infolge des frühen Todes seiner Eltern bis dahin nicht beschieden gewesen war. Es schien ihm, alle Mitglieder der Familie Stscherbazki, und namentlich die weiblichen, seien in einen geheimnisvollen, romantischen Schleier gehüllt, und er nahm an ihnen nicht nur keine Mängel wahr, sondern vermutete darüber hinaus, daß sich hinter dem Schleier, der sie einhüllte, die edelsten Gefühle und alle möglichen Vorzüge verbargen. Warum die drei jungen Damen abwechselnd einen Tag um den anderen französisch und englisch sprechen mußten; warum sie, eine die andere ablösend, zu bestimmten Tagesstunden Klavier spielten, was auch im Obergeschoß, wo die Studenten im Zimmer ihres Bruders arbeiteten, zu hören war; warum all die vielen Lehrer für französische Literatur, für Musik, Zeichnen und Tanz ins Haus kamen; warum alle drei jungen Damen mit Mademoiselle Linon zu bestimmten Stunden am Twerskoi Boulevard vorfuhren – Dolly in einem langen, Natalie in einem halblangen und Kitty in einem ganz kurzen pelzgefütterten Atlasmäntelchen, das ihre wohlgeformten Waden in den straff anliegenden roten Strümpfen frei ließ, und warum sie in Begleitung eines Lakaien, dessen Hut mit einer goldenen Kokarde geziert war, auf dem Twerskoi Boulevard promenieren mußten – alles dies und noch vieles andere, was in dieser geheimnisvollen Welt vor sich ging, war ihm ein Rätsel, aber er hielt alles, was dort vor sich ging, für wunderschön und war geradezu in das Geheimnisvolle der Vorgänge verliebt.

In seiner Studentenzeit hätte er sich beinahe in Dolly verliebt, die indessen sehr bald den Fürsten Oblonski heiratete. Anschließend bildete er sich ein, die zweite Schwester zu lieben. Er hatte gleichsam das Gefühl, daß er sich in eine der Schwestern verlieben müsse, und wußte nur nicht, in welche von ihnen. Aber auch Natalie fand, kaum daß sie in die Gesellschaft eingeführt war, einen Freier und heiratete den Diplomaten Lwow. Kitty war, als Lewin sein Studium abschloß, noch ein Kind. Der junge Fürst Stscherbazki war zur Marine gegangen und in der Ostsee ums Leben gekommen, worauf sich die Beziehungen Lewins zu den Stscherbazkis, ungeachtet seiner Freundschaft mit Oblonski, gelockert hatten. Doch als er in diesem Jahr zu Anfang des Winters nach einem einjährigen Aufenthalt auf dem Lande nach Moskau gekommen war und die Stscherbazkis besucht hatte, war ihm endgültig klar, welcher der drei Schwestern seine Liebe galt.

Nichts schien hiernach einfacher zu sein, als daß er, ein zweiunddreißigjähriger Mann von guter Herkunft, der eher reich als arm zu nennen war, um die Prinzessin Stscherbazkaja anhielt; alles sprach dafür, daß man ihn als gute Partie betrachtet hätte. Lewin aber war verliebt, und deshalb schien es ihm, Kitty verkörpere in jeder Hinsicht so sehr den Gipfel aller Vollkommenheit und sei ein alles Irdische so hoch überragendes Wesen, er selbst hingegen ein so armseliges Erdengeschöpf, daß man unmöglich annehmen könne, sie und die andern würden ihn als ihrer würdig befinden.

Nachdem er zwei Monate wie in einem Rausch in Moskau zugebracht hatte und mit Kitty fast täglich in Gesellschaften zusammengetroffen war, die er nur ihretwegen besuchte, war er plötzlich zu dem Ergebnis gelangt, daß aus der Sache nichts werden könne, und war aufs Land zurückgefahren.

Die Überzeugung Lewins, daß aus der Sache nichts werden könne, beruhte auf der Meinung, die Angehörigen der entzückenden Kitty müßten ihn für einen Freier halten, der ihrer unwürdig sei, ihr nicht genug bieten könne, und sie selbst könne ihn nicht lieben. In den Augen der Angehörigen, so meinte er, sei er ein Mann, der mit seinen zweiunddreißig Jahren keinen der üblichen Posten bekleide und in der Welt keine gefestigte Stellung einnehme, während alle seine gleichaltrigen Kameraden schon etwas darstellten: der eine war Oberst oder Flügeladjutant, ein anderer Professor, und noch andere waren als Direktoren in einer Bank, bei der Eisenbahnverwaltung oder, wie Oblonski, als Vorstand einer Behörde tätig. Er hingegen (er wußte ganz genau, wie andere über ihn urteilen mußten) war ein Gutsbesitzer, der sich mit Viehzucht, Jagd auf Doppelschnepfen und allen möglichen Bauten befaßte, das heißt ein ganz netter, aber unbegabter Mensch, der es zu nichts gebracht hatte und nun nach den in der guten Gesellschaft herrschenden Begriffen Dinge tat, die eben von Leuten getan werden, die zu nichts anderem taugen.

Und die entzückende, von Geheimnissen umwobene Kitty konnte einen so häßlichen und vor allem so unbedeutenden, sich durch nichts auszeichnenden Menschen, wie er sich selbst einschätzte, unmöglich lieben. Darüber hinaus glaubte er in seinem früheren Verhältnis zu Kitty – dem Verhältnis eines Erwachsenen zu einem Kinde, wie es sich aus seiner Freundschaft mit ihrem Bruder ergeben hatte – ein weiteres Hindernis für ihre Liebe zu sehen. Einen guten Menschen, wie er es zu sein glaubte, konnte man zwar, so meinte er, trotz seiner Häßlichkeit wie einen Freund lieben, aber um so geliebt zu werden, wie er seinerseits Kitty liebte, mußte man ein schöner und vor allem bedeutender Mensch sein.

Er hatte gelegentlich gehört, daß sich Frauen oft in häßliche, nichtssagende Männer verlieben, wollte es aber nicht glauben, weil er von sich auf andere schloß und selbst nur hübsche, geheimnisvolle und irgendwie besondere Frauen lieben konnte.

Doch nachdem er zwei Monate allein auf dem Lande zugebracht hatte, war er zu der Überzeugung gekommen, daß es sich diesmal nicht um eine bloße Schwärmerei handele, wie er sie manchmal in seiner frühen Jugend empfunden hatte; daß dieses Gefühl ihm seine ganze Ruhe raube; daß er nicht weiterleben könne, ohne daß die Frage entschieden sei, ob sie seine Frau werden wolle oder nicht, und daß seine Verzagtheit lediglich auf seiner durch nichts bewiesenen Einbildung beruhe, er würde einen Korb bekommen. Hierauf war er mit der festen Absicht nach Moskau gereist, um Kittys Hand anzuhalten und sie zu heiraten, wenn sein Antrag angenommen werden sollte. Andernfalls ... Aber er mochte nicht daran denken, was mit ihm geschehen würde, wenn er eine Ablehnung erhielte.

7

Lewin war mit dem Morgenzug in Moskau eingetroffen und bei seinem älteren Stiefbruder Kosnyschew abgestiegen, der aus der ersten Ehe seiner Mutter stammte. Nachdem er sich umgezogen hatte, ging er in das Arbeitszimmer des Bruders und wollte ihm sogleich mitteilen, weswegen er gekommen sei; aber Kosnyschew war nicht allein. Er traf bei ihm einen bekannten Professor der Philosophie an, der eigens aus Charkow gekommen war, um ein Mißverständnis aufzuklären, das wegen einer wichtigen philosophischen Frage zwischen ihnen entstanden war. Der Professor führte eine heftige Polemik gegen die Materialisten, die Sergej Kosnyschew mit Interesse verfolgte; auf Grund des letzten Artikels des Professors hatte er jedoch gemeint, daß dieser den Materialisten zu große Konzessionen gemacht habe, und hatte ihm in einem Brief seine Einwände auseinandergesetzt. Hierauf war der Professor nach Moskau gekommen, um die Sache zu erörtern. Es handelte sich um eine aktuelle Frage – nämlich darum, ob es eine Grenze zwischen den psychischen und physiologischen Erscheinungen im Leben der Menschen gebe und wo diese Grenze denn verlaufe.

Sergej Iwanowitsch begrüßte seinen Bruder mit jenem freundlich-kühlen Lächeln, mit dem er jedermann zu begrüßen pflegte, stellte ihn dem Professor vor und wandte sich wieder dem Gespräch zu.

Der Professor, ein kleiner Mann mit Brille, gelber Gesichtsfarbe und schmaler Stirn, hielt zur Begrüßung für einen Augenblick inne und fuhr in seiner Rede dann fort, ohne Lewin weiter zu beachten. Lewin setzte sich, und während er auf den Aufbruch des Professors wartete, wurde seine Aufmerksamkeit bald durch das Thema des Gesprächs erregt.

Wenn Lewin gelegentlich in Zeitschriften auf Artikel gestoßen war, die das gleiche Thema behandelten, hatte er sie gelesen und sich für sie interessiert, weil sie eine Ergänzung der Grundlagen der Naturwissenschaft darstellten, mit denen er dank seinen Studien an der Universität vertraut war, aber er hatte wissenschaftliche Folgerungen über die Entwicklung des Menschen vom Tier, über Reflexe, über Biologie und Soziologie nie mit der Frage in Verbindung gebracht, was Leben und Tod für ihn selbst bedeuteten – eine Frage, die ihn in letzter Zeit immer häufiger beschäftigte.

Während er dem Gespräch zwischen seinem Bruder und dem Professor zuhörte, fiel ihm auf, daß sie rein wissenschaftliche Fragen mit Fragen des seelischen Empfindens verbanden; sie waren mehrmals ganz nahe an diese Frage herangekommen, doch sobald sie sich dem seiner Ansicht nach wichtigsten Punkt genähert hatten, wichen sie schnell wieder zurück und vertieften sich in feine Analysen, Vorbehalte, Zitate, Andeutungen und Aussprüche von Autoritäten, so daß er nur mit Mühe dem Sinn ihrer Rede zu folgen vermochte.

„Ich vermag nicht zuzugeben", sagte Sergej Iwanowitsch mit der Klarheit und Eleganz der ihm eigenen Ausdrucksweise, „ich vermag Keyes unter keinen Umständen darin zuzustimmen, daß meine Vorstellung von der äußeren Welt nur auf Eindrücken beruhen könne. Den Grundbegriff vom Sein habe ich nicht durch Empfindung gewonnen, denn es gibt überhaupt kein besonderes Sinnesorgan für die Vermittlung dieses Begriffs."

„Ganz recht, aber sowohl Wurst als auch Knaust und Pripassow werden Ihnen entgegenhalten, daß sich Ihr Bewußtsein vom Sein aus der Gesamtheit aller Empfindungen ergebe, daß das bewußte Sein ein Resultat von Empfindungen sei. Wurst sagt geradezu, ohne Empfindungen könne es auch kein Bewußtsein des Seins geben."

„Ich behaupte im Gegenteil...", begann Sergej Iwanowitsch.

Doch hier schien es Lewin abermals, daß sie sich bei der Berührung des wichtigsten Punktes wieder zurückzogen, und er entschloß sich, an den Professor eine Frage zu richten.

„Wenn meine Gefühle aufhören, wenn der Körper abstirbt, ist demnach also keinerlei weitere Existenz möglich?" fragte er.

Der Professor sah sich unwillig, als sei ihm durch diese Unterbrechung ein geistiger Schmerz zugefügt worden, zu dem seltsamen Frager um, der eher einem Bauern als einem Philosophen glich, und blickte dann Sergej Iwanowitsch an, als wollte er fragen: Was soll man dazu sagen? Doch Sergej Iwanowitsch, der sich bei weitem nicht so ereifert und seinen Standpunkt nicht mit der gleichen Einseitigkeit vertreten hatte wie der Professor, verfügte in seinem Kopf über genügend Spielraum, um mit dem Professor zu disputieren und zugleich auch den einfachen und natürlichen Gesichtspunkt zu verstehen, von dem aus diese Frage gestellt war; er lächelte und sagte:

„Die Frage zu beantworten steht uns noch kein Recht zu..."

„Wir besitzen keine Anhaltspunkte", bekräftigte der Professor. „Nein", fuhr er fort, „wenn die Empfindung wirklich auf Eindrükken beruht, wie Pripassow behauptet, dann muß ich betonen, daß wir diese beiden Begriffe streng auseinanderhalten müssen."

Lewin hörte nicht mehr zu und wartete nur noch darauf, daß der Professor sich verabschiedete.

8

Nachdem der Professor gegangen war, wandte sich Sergej Iwanowitsch an seinen Bruder:

„Ich freue mich sehr über dein Kommen. Wie lange bleibst du? Was macht die Wirtschaft?"

Lewin wußte, daß sich sein älterer Bruder für die Wirtschaft wenig interessierte und die Frage lediglich ihm zuliebe gestellt hatte; er beschränkte sich deshalb in seiner Antwort darauf, über den Verkauf von Weizen und über Geldangelegenheiten zu berichten.

Lewin hatte sich vorgenommen und war sogar fest entschlossen gewesen, dem Bruder von seinen Heiratsplänen zu erzählen und seinen Rat einzuholen; doch als er seinem Bruder dann gegenüberstand, als er seinem Gespräch mit dem Professor zugehört hatte und nun den ungewollt gönnerhaften Ton wahrnahm, in dem er sich nach wirtschaftlichen Angelegenheiten erkundigte (das mütterliche Gut war nicht geteilt und wurde von Lewin allein verwaltet), da fühlte er, daß es ihm irgendwie unmöglich war, mit dem Bruder über seine Heiratsabsichten zu sprechen. Er fühlte, daß sein Bruder es nicht so aufnehmen würde, wie er es sich gewünscht hätte.

„Wie steht es denn bei euch mit dem Semstwo?" fragte Sergej Iwanowitsch, der sich für die Idee des Semstwos sehr interessierte und ihm große Bedeutung beimaß.

„Darüber bin ich nicht unterrichtet..."

„Wie? Du bist doch im Vorstand?"

„Nein, nicht mehr; ich bin ausgetreten", antwortete Konstantin Lewin, „und nehme auch an den Sitzungen nicht mehr teil."

„Schade!" bemerkte Sergej Iwanowitsch mit einem Stirnrunzeln.

Zu seiner Rechtfertigung begann Lewin davon zu erzählen, wie es in seinem Kreise bei den Versammlungen zugegangen war.

„Das ist immer so!" fiel ihm Sergej Iwanowitsch ins Wort. „Wir Russen machen es immer so. Vielleicht ist es auch ein guter Zug von uns, die Fähigkeit, unsere Mängel zu erkennen, aber wir übertreiben, wir trösten uns durch Ironie, mit der wir jederzeit bei der Hand sind. Ich kann dir nur sagen, wenn man dieselben Rechte, wie sie uns mit den Semstwos verliehen sind, einem anderen europäischen Volk einräumte – die Deutschen und die Engländer verstünden es, in diesen für die Freiheit zu arbeiten. Wir hingegen spotten nur."

„Ja, aber was soll man machen?" sagte Lewin kleinlaut. „Es war mein letzter Versuch. Und ich habe mich mit ganzem Herzen darangemacht. Es ging nicht. Ich bin ungeeignet."

„Ungeeignet! Nein, du siehst die Dinge nicht von der richtigen Seite an."

„Vielleicht", antwortete Lewin bedrückt.

„Weißt du auch, daß Nikolai wieder im Lande ist?"

Nikolai war ein leiblicher Bruder Konstantin Lewins – älter als dieser – und Stiefbruder Sergej Iwanowitschs, ein verkommener Mensch, der in fragwürdiger, äußerst anrüchiger Gesellschaft verkehrte, den größten Teil seines Vermögens durchgebracht und sich mit seinen beiden Brüdern überworfen hatte.

„Was du nicht sagst!" rief Lewin entsetzt. „Woher weißt du das?"

„Prokofi hat ihn auf der Straße gesehen."

„Hier, in Moskau? Wo hält er sich auf? Weißt du es?"

„Ich bedauere schon, daß ich es dir erzählt habe", sagte Sergej Iwanowitsch kopfschüttelnd, als er die Aufregung seines jüngeren Bruders sah. „Ich habe seine Adresse feststellen lassen und ihm den Wechsel zugeschickt, den er Trubin gegeben hatte und der von mir eingelöst wurde. Dies hat er darauf geantwortet."

Sergej Iwanowitsch nahm einen unter dem Briefbeschwerer liegenden Zettel und reichte ihn seinem Bruder.

Lewin überflog die in der sonderbaren, ihm vertrauten Handschrift seines Bruders geschriebenen Zeilen:

„Ich bitte ergebenst, mich in Ruhe zu lassen. Das ist das einzige, was ich von meinen lieben Brüdern verlange. Nikolai Lewin."

Nachdem Lewin diese Zeilen gelesen hatte, blieb er, ohne den Kopf zu heben, mit dem Zettel in der Hand vor Sergej Iwanowitsch stehen. In seinem Herzen kämpfte der Wunsch, in diesem Augenblick den unglücklichen Bruder zu vergessen, mit dem Gefühl, daß das nicht recht wäre.

„Er hat es offenbar darauf abgesehen, mich zu kränken, aber kränken kann er mich nicht", fuhr Sergej Iwanowitsch fort. „Ich würde ihm auch herzlich gern helfen, weiß jedoch, daß das nicht möglich ist."

„Ja, gewiß", sagte Lewin. „Ich verstehe und achte deine Einstellung ihm gegenüber; aber ich will ihn dennoch aufsuchen."

„Tue es, wenn du willst, aber ich rate dir ab", sagte Sergej Iwanowitsch. „Was mich betrifft, befürchte ich nichts, er wird zwischen uns keine Zwietracht säen; aber in deinem Interesse rate ich dir, es lieber zu unterlassen. Zu helfen ist ihm nicht. Im übrigen tue, was du für richtig hältst."

„Vielleicht ist ihm wirklich nicht zu helfen, aber ich fühle gerade jetzt – doch das ist eine Sache für sich –, ich fühle, daß ich keine Ruhe finden würde."

„Nun, das verstehe ich nicht", entgegnete Sergej Iwanowitsch. „Ich bin mir aber im klaren, daß dies eine Lehre der Demut ist. Über das, was man gemeinhin Niedertracht nennt, urteile ich anders und nachsichtiger, seitdem unser Bruder Nikolai zu dem geworden ist, was er jetzt ist … Du weißt, was er getan hat …"

„Ach, es ist furchtbar, es ist furchtbar!" sagte Lewin.

Nachdem er von Sergej Iwanowitschs Diener die Adresse des Bruders erfahren hatte, wollte Lewin auf der Stelle zu ihm fahren, besann sich indessen eines anderen und verschob den Besuch auf den Abend. Um seine Gemütsruhe wiederzuerlangen, mußte vor allem die Angelegenheit entschieden werden, um derenwillen er nach Moskau gekommen war. Er hatte daher nach der Aussprache mit Sergej Iwanowitsch zunächst Oblonski im Amt aufgesucht, und nachdem dieser ihm von den Stscherbazkis erzählt hatte, fuhr er dorthin, wo nach den Angaben Stepan Arkadjitschs Kitty anzutreffen sein sollte.

9

Um vier Uhr stieg Lewin am Zoologischen Garten klopfenden Herzens aus der Droschke und schlug den Weg ein, der zur Rodelbahn und zur Eisbahn führte. Daß er Kitty dort antreffen werde, wußte er jetzt mit Gewißheit, denn an der Auffahrt hatte er die Stscherbazkische Equipage bemerkt.

Es war ein kalter, sonniger Wintertag. Neben den Equipagen, Schlitten und Droschken, die reihenweise vor der Auffahrt parkten, standen Kutscher und Gendarmen. Am Eingang und auf den sauber gefegten Wegen, die sich zwischen russischen Blockhäuschen mit geschnitzten Giebeln hinzogen, drängten sich die Schaulustigen, deren Hüte in der Sonne glänzten. Die alten Birken des Parks ließen ihre krausen, mit dickem Schnee bedeckten Zweige herabhängen und schienen neue, festliche Gewänder angelegt zu haben.

Lewin ging den Weg zur Eisbahn hinunter und redete in Gedanken sich selbst gut zu: Du darfst dich nicht aufregen, mußt dich beruhigen. Warum regst du dich auf? Was hast du? Hör auf, sei nicht dumm! wandte er sich an sein Herz. Doch je mehr er sich zu beruhigen suchte, um so heftiger schlug sein Herz. Ein Bekannter, der ihm begegnete, rief ihn an, doch Lewin wußte in diesem Augenblick nicht einmal, wer es war. Er kam an die Rodelbahn, hörte das Klirren der Ketten von Schlitten, die hinaufgezogen wurden, das Knirschen der herabsausenden Schlitten und fröhliches Stimmengewirr. Nach einigen weiteren Schritten sah er die Eisbahn vor sich, auf der er unter all den vielen Schlittschuhläufern sogleich Kitty erkannte.

Daß sie da war, hatte er schon an der Freude und Angst gemerkt, von der sein Herz ergriffen wurde. Sie stand auf der gegenüberliegenden Seite der Eisbahn und unterhielt sich mit einer Dame. Nichts an ihrer Kleidung und ihrer Haltung war besonders auffallend, und doch hob sie sich für Lewin aus dieser Menge wie eine Rose unter Nesseln hervor. Alles verklärte sich durch sie. Sie war ein Lächeln, das allem um sie herum einen Glanz verlieh. Kann ich denn einfach hingehen, aufs Eis, und an sie herantreten? fragte er sich. Die Stelle, an der sie stand, schien ihm ein unantastbares Heiligtum, und einen Augenblick lang empfand er eine solche Bangigkeit, daß er nahe daran war umzukehren. Er mußte sich erst lange Mut zusprechen, bis er sich sagte, daß ja alle möglichen Menschen hier waren und daß auch er einfach zum Schlittschuhlaufen hergekommen sein konnte. Er begab sich auf die Eisbahn und vermied es lange, zu ihr hinzusehen, aber er sah sie, wie man die Sonne sieht, ohne zu ihr aufzublicken.

Die Leute, die an diesem Wochentag und zu dieser Tageszeit auf der Eisbahn zusammengekommen waren, gehörten alle einem bestimmten Kreis an und kannten einander. Neben erstklassigen Läufern, die mit ihrer Kunst paradierten, sah man Anfänger, die sich ängstlich und unbeholfen an Stuhlschlitten übten, und neben jungem Volk auch alte Leute, die aus Gesundheitsgründen Schlittschuh liefen; alle diese Menschen schienen Lewin vom Glück begünstigt, weil sie hier sein und sich in *ihrer* Nähe aufhalten konnten. Sie liefen, wie er sah, völlig gleichmütig an ihr vorüber, überholten sie, sprachen sogar mit ihr und gaben sich auf der guten Eisbahn und bei dem schönen Wetter ganz unabhängig von ihr ihrem Vergnügen hin.

Nikolai Stscherbazki, ein Vetter Kittys, der in einem kurzen Jackett und enganliegenden Hosen mit Schlittschuhen an den Füßen auf einer Bank saß, bemerkte Lewin und rief ihm zu:

„Sieh da! Der beste russische Eiskunstläufer! Schon lange hier? Die Bahn ist vorzüglich, schnallen Sie sich doch Schlittschuhe an."

„Ich habe nicht einmal Schlittschuhe mit", antwortete Lewin, der über eine solche Kühnheit und Ungezwungenheit in Kittys Gegenwart erstaunt war und sie keinen Moment aus den Augen verlor, obwohl er nicht zu ihr hinblickte. Er fühlte, daß die Sonne sich ihm näherte. Kitty kam, die zierlichen Füße in ziemlich hohen Halbstiefelchen, offensichtlich ein wenig ängstlich einen Bogen laufend, auf ihn zu. Ein Junge in russischer Tracht, der wie ein Irrsinniger die Arme schwenkte und den Oberkörper fast bis zur Erde beugte, überholte sie. Kitty lief nicht ganz sicher; sie hielt die Hände, die sie aus dem kleinen, an einer Schnur hängenden Muff gezogen hatte, ängstlich ausgebreitet, amüsierte sich selbst über ihre Ängstlichkeit und lächelte Lewin zu, den sie von weitem erkannt hatte. Als ihr der Bogen gelungen war, gab sie sich mit ihrem elastischen kleinen Fuß einen leichten Stoß und landete unmittelbar vor Stscherbazki; sie hielt sich an seinen Armen fest und nickte lächelnd zu Lewin herüber. Sie war noch schöner, als er sie sich vorgestellt hatte.

Sooft er an sie dachte, war ihm immer ihre ganze Erscheinung gegenwärtig und ganz besonders der Liebreiz des kleinen blonden Kopfes mit den kindlich-reinen gutherzigen Gesichtszügen, der sich so anmutig von den schmalen Mädchenschultern abhob. Der kindliche Ausdruck ihres Gesichts in Verbindung mit der zarten Schönheit ihrer Figur verlieh ihr einen besonderen Charme, dessen er sich immer gut erinnerte; doch was ihn an ihr stets aufs neue überraschte, waren der sanfte, ruhige und offene Ausdruck ihrer Augen und besonders ihr Lächeln, das ihn jedesmal in eine verzauberte Welt versetzte und ihn so gerührt und weich stimmte, wie er es nur aus einigen wenigen Augenblicken seiner frühesten Kindheit in Erinnerung hatte.

„Sind Sie schon lange hier?" fragte sie und reichte ihm die Hand. „Danke schön", fügte sie hinzu, als er das Taschentuch aufhob, das ihr aus dem Muff gefallen war.

„Ich? Nein, nicht lange, ich bin gestern ... vielmehr heute ... angekommen", antwortete Lewin, der ihre Frage vor Aufregung nicht gleich verstanden hatte. „Ich wollte Sie besuchen", fuhr er fort, und da er sich zugleich daran erinnerte, mit welchem Vorhaben er sie aufsuchen wollte, wurde er verwirrt und errötete. „Ich wußte gar nicht, daß Sie Schlittschuh laufen und daß Sie es so gut können."

Sie blickte ihn aufmerksam an, als wollte sie den Grund seiner Verwirrung erraten.

„Ihr Lob muß gewürdigt werden. Hier genießen Sie noch immer den Ruhm, ein unübertroffener Schlittschuhläufer zu sein", sagte sie, während sie mit ihrer kleinen Hand im schwarzen Handschuh den Reif abstreifte, der sich auf dem Muff gebildet hatte.

„Ja, früher einmal bin ich mit Leidenschaft Schlittschuh gelaufen; ich war darauf aus, den Gipfel der Vollkommenheit zu erreichen."

„Sie tun, glaube ich, alles mit Leidenschaft", sagte sie lächelnd. „Ich möchte so gern sehen, wie Sie laufen. Schnallen Sie sich doch Schlittschuhe an, und lassen Sie uns dann zusammen laufen."

Zusammen laufen! Sollte das wirklich möglich sein? ging es Lewin durch den Kopf, während er sie ansah.

„Ich will mir gleich welche holen", sagte er.

Und er ging, um sich Schlittschuhe anschnallen zu lassen.

„Sie haben sich lange nicht bei uns sehen lassen, gnädiger Herr", sagte der Pächter der Eisbahn, als er Lewins Fuß hob, um den Schlittschuh am Absatz anzuschrauben. „Einen Meister wie Sie hat es unter den Herrschaften nicht mehr gegeben ... Sitzt er so gut?" fragte er, als er den Riemen anzog.

„Ja, ja, gut, nur schneller, bitte", antwortete Lewin und konnte nur mit Mühe das glückselige Lächeln unterdrücken, das sich auf seinem Gesicht einstellen wollte. Ja, dachte er, das ist das Leben, das ist das Glück! *Zusammen,* hat sie gesagt, *lassen Sie uns zusammen laufen.* Soll ich es ihr jetzt sagen? Aber ich fürchte mich, es ihr zu sagen, gerade deswegen, weil ich jetzt glücklich bin, glücklich wenigstens durch die Hoffnung. Und weiter? Ja, ich muß, ich muß! Fort mit der Schwäche!

Lewin stand auf und legte den Mantel ab; dann nahm er auf dem holprigen Eis am Häuschen einen Anlauf, gelangte auf die ebene Eisfläche und glitt ohne jede Anstrengung über sie hin, als werde sein Lauf einzig durch seinen Willen gelenkt, beschleunigt oder verlangsamt. Er war befangen, als er auf Kitty zulief, doch ihr Lächeln beruhigte ihn wieder.

Sie gab ihm ihre Hand, und beide liefen nun Seite an Seite; sie beschleunigten den Lauf immer mehr, und je schneller sie liefen, um so fester drückte Kitty seine Hand.

„Mit Ihnen würde ich es bald erlernt haben", sagte sie. „Unter Ihrer Führung fühle ich mich so sicher."

„Und ich fühle mich auch sicher, wenn Sie sich auf mich stützen", sagte er, erschrak jedoch sofort über das, was er gesagt hatte, und wurde rot. Und wirklich, unmittelbar nach seinen Worten verlor ihr Gesicht auf einmal all seine Freundlichkeit, als ob die Sonne sich hinter eine Wolke zurückgezogen hätte, und Lewin nahm in ihm das ihm bekannte Mienenspiel wahr, das auf angestrengtes Nachdenken hindeutet: auf der ebenen Stirn erschien ein kleines Fältchen.

„Ist Ihnen etwas Unangenehmes eingefallen? Aber ich habe natürlich kein Recht, danach zu fragen", sagte er hastig.

„Warum meinen Sie? Nein, nichts Unangenehmes", antwortete sie kühl und fügte sogleich hinzu: „Haben Sie schon Mademoiselle Linon gesprochen?"

„Nein, noch nicht."

„Begrüßen Sie sie doch mal, sie hat Sie so gern."

Was bedeutet das? Herr du meine Güte, ich habe sie gekränkt! dachte Lewin, während er auf die alte Französin mit dem grauen Lockenkopf zulief, die auf einer Bank saß. Lächelnd zeigte sie ihre falschen Zähne und empfing ihn wie einen alten Freund.

„Ja, alles wächst heran", sagte sie, mit den Augen auf Kitty deutend, „und wir werden älter. Der tiny bear ist nun auch schon erwachsen", fuhr die Französin lachend fort und wollte ihn damit daran erinnern, daß er die drei jungen Mädchen einmal scherzhaft mit drei kleinen Bären aus einem englischen Märchen verglichen hatte. „Wissen Sie noch, Sie haben sie doch so genannt?"

Er konnte sich absolut nicht darauf besinnen, aber sie amüsierte sich schon zehn Jahre lang über diesen Scherz, der ihr so gut gefiel. „Nun, laufen Sie, laufen Sie ruhig weiter. Unsere Kitty kann es doch auch schon recht schön, nicht wahr?"

Als Lewin zu Kitty zurückkehrte, hatte ihr Gesicht nicht mehr den strengen Ausdruck, und die Augen blickten wieder offen und freundlich, aber Lewin glaubte an ihrer Freundlichkeit einen besonderen, absichtlich gelassenen Zug zu bemerken, der ihn bedrückte. Nachdem sie ein paar Worte über ihre alte Gouvernante und deren Eigenheiten gesagt hatte, erkundigte sie sich nach seiner Lebensweise.

„Ist das Leben auf dem Lande im Winter nicht sehr langweilig?"

„Nein, gar nicht langweilig, ich bin sehr beschäftigt", antwortete er und fühlte dabei, daß sie ihm ihren gelassenen Ton aufzwang und daß er jetzt ebensowenig imstande sein werde, von ihm loszukommen, wie damals, zu Anfang des Winters.

„Gedenken Sie, lange hierzubleiben?" fragte ihn Kitty.

„Ich weiß es nicht", antwortete er, ohne zu überlegen, was er sprach. Er sagte sich, wenn er sich ihrem ruhigen freundschaftlichen Ton unterwerfe, werde er abermals nach Hause zurückkehren, ohne eine Entscheidung herbeigeführt zu haben, und er entschloß sich aufzubegehren.

„Wie, Sie wissen es nicht?"

„Nein, ich weiß es nicht. Es hängt von Ihnen ab", sagte er und war im selben Augenblick über seine Worte entsetzt.

Sei es nun, daß sie seine Worte nicht gehört hatte, oder sei es, daß sie sie nicht hören wollte, sie tat jedenfalls so, als ob sie gestolpert sei, stampfte zweimal mit ihrem kleinen Fuß auf und lief schnell von ihm fort. Sie suchte Mademoiselle Linon auf, sagte ihr irgend etwas und begab sich in das Häuschen, in dem die Damen die Schlittschuhe ablegten.

„Mein Gott, was habe ich getan! Oh, mein Gott! Hilf mir, steh mir bei!" stammelte Lewin verzweifelt, und da er zugleich das Bedürfnis nach starker Bewegung empfand, nahm er einen Anlauf und beschrieb auf der Eisbahn weit ausholende Rechts- und Linkskurven.

In diesem Augenblick trat ein junger Mann, der unter dem Nachwuchs als der beste Schlittschuhläufer galt, mit seiner Zigarette im Mund und Schlittschuhen an den Füßen aus dem Kaffeehäuschen und jagte nach einem kurzen Anlauf mit polternden Sprüngen auf Schlittschuhen die Treppe hinunter. Er kam nach unten gesaust und lief, ohne auch nur die ungezwungene Haltung der Arme zu verändern, auf der Eisfläche weiter.

„Sieh da, ein neues Bravourstück!" sagte Lewin und lief sofort hinauf, um ebenfalls das neue Bravourstück auszuführen.

„Brechen Sie sich nicht den Hals, dazu gehört Übung!" rief ihm Nikolai Stscherbazki zu.

Lewin kam oben an, nahm dort, soweit es möglich war, einen Anlauf und sauste die Treppe hinunter, wobei er angesichts der ungewohnten Bewegung mit den Armen das Gleichgewicht ausbalancierte. Auf der untersten Stufe strauchelte er und berührte mit der Hand leicht das Eis, kam aber durch eine starke Bewegung gleich wieder in die Höhe und lief lachend auf dem Eis weiter.

Ein lieber Kerl! dachte Kitty, die gerade mit Mademoiselle Linon aus dem Häuschen kam und ihm wie einem geliebten Bruder mit einem zärtlichen Lächeln nachblickte. Und habe ich mir denn wirklich etwas zuschulden kommen lassen, etwas Unrechtes getan? Sie sagen, ich hätte mit ihm kokettiert. Gewiß, meine Liebe gehört nicht ihm, aber ich bin dennoch gern mit ihm zusammen, er ist so nett. Warum hat er das nur gesagt?

Als Lewin sah, daß Kitty und ihre Mutter, die sie an der Treppe erwartet hatte, sich zum Weggehen anschickten, blieb er, erhitzt von der schnellen Bewegung, stehen und überlegte. Er schnallte die Schlittschuhe ab und holte Mutter und Tochter am Ausgang des Gartens ein.

„Ich bin sehr erfreut, Sie wieder einmal hier zu sehen", sagte die Fürstin. „Besuchstag ist bei uns nach wie vor der Donnerstag."

„Also heute?"

„Wir werden uns sehr freuen, wenn Sie kommen", antwortete die Fürstin trocken.

Kitty empfand diesen trockenen Ton als kränkend und konnte dem Wunsch nicht widerstehen, die Unfreundlichkeit der Mutter wieder wettzumachen. Sie wandte den Kopf und rief Lewin lächelnd zu:

„Auf Wiedersehen!"

In diesem Augenblick betrat Stepan Arkadjitsch mit strahlendem Gesicht, glänzenden Augen und den Hut schief auf dem Kopf wie ein froher Sieger den Garten. Doch als er an seine Schwiegermutter herantrat und diese sich nach dem Befinden Dollys erkundigte, nahm sein Gesicht einen betrübten, schuldbewußten Ausdruck an. Und erst nachdem das bedrückende, kleinlaut geführte Gespräch mit der Schwiegermutter überstanden war, warf er sich wieder in die Brust und schob seinen Arm unter den Lewins.

„Nun, fahren wir?" fragte er. „Ich habe die ganze Zeit an dich gedacht und freue mich sehr, daß du hergekommen bist", fügte er hinzu und blickte Lewin vielsagend in die Augen.

„Ja, ja, fahren wir", antwortete der beglückte Lewin, in dessen Ohren noch immer das „Auf Wiedersehen!" nachklang und der noch das Lächeln vor Augen hatte, mit dem diese Worte gesagt worden waren.

„Ins ‚Angleterre' oder in die ‚Eremitage'?"

„Mir ist alles recht."

„Nun, also ins ‚Angleterre'", sagte Stepan Arkadjitsch, der sich für dieses Hotel entschied, weil sein Schuldkonto dort größer war als in der „Eremitage". Er hielt es daher für angebracht, das „Angleterre" nicht zu meiden. „Hast du eine Droschke? Sehr schön, denn meinen Wagen habe ich entlassen."

Während der Fahrt schwiegen die Freunde. Lewin dachte darüber nach, was die Veränderung in Kittys Gesichtsausdruck bedeuten mochte; bald redete er sich ein, daß er Grund zu hoffen habe, bald geriet er in Verzweiflung und war überzeugt, daß jede Hoffnung sinnlos sei, aber in jedem Falle hatte er das Empfinden, ein ganz anderer Mensch geworden zu sein, der nichts mit dem gemein hatte, der er vor dem Lächeln Kittys und vor ihren Worten „Auf Wiedersehen!“ gewesen war.

Stepan Arkadjitsch stellte unterwegs das Menü zusammen.

„Du magst doch turbot?“ fragte er Lewin, als der Wagen am „Angleterre“ vorfuhr.

„Was? Turbot?“ fragte Lewin zurück. „Ja, turbot mag ich schrecklich gern.“

10

Als Lewin mit Oblonski die Vorhalle des Hotels betrat, fielen ihm einige Eigentümlichkeiten im Gehaben seines Freundes auf, von dessen Gesicht und ganzer Gestalt gleichsam ein verhaltenes Strahlen ausging. Nachdem Stepan Arkadjitsch den Mantel abgelegt hatte, begab er sich, den Hut schief aufs Ohr gedrückt, in den Speisesaal und erteilte den befrackten Tataren, die sich, die Serviette unter den Arm geklemmt, an seine Fersen hefteten, schon im Gehen seine Anordnungen. Nach rechts und links den Bekannten zunickend, die er auch hier antraf und die ihn wie immer freudig begrüßten, ging er zum Büfett, um zu einem kleinen Imbiß einen Schnaps zu trinken; der französischen Büfettdame, die geschmückt und aufgeputzt, mit gedrehten Löckchen, Schleifen und Spitzen am Pult saß, flüsterte er dabei etwas zu, worüber selbst diese Französin herzlich lachen mußte. Lewin hingegen sah davon ab, einen Schnaps zu trinken, weil ihn die Französin, die ganz aus falschem Haar, poudre de riz und vinaigre de toilette zu bestehen schien, anwiderte. Er trat schnell vom Büfett zurück, als sei es ein unsauberer Ort. Seine ganze Seele war von der Erinnerung an Kitty erfüllt, und seine Augen strahlten ein triumphierendes und glückliches Lächeln aus.

„Bitte hier Platz zu nehmen, Durchlaucht, hier werden Euer Durchlaucht ungestört sein“, sagte ein alter, grauhaariger Tatar, der sich besonders um Oblonski bemühte und dessen Hüften so stark waren, daß sich die Frackschöße über ihnen spreizten. „Bitte sehr, Durchlaucht“, wandte er sich auch an Lewin, dem er als Gast Stepan Arkadjitschs die gleiche Ehrerbietung zollte wie diesem.

Nachdem er über einen runden Tisch, der an einem Bronzekandelaber stand und ohnehin mit einem Tischtuch bedeckt war, blitzschnell noch ein frisches Tischtuch ausgebreitet und Polsterstühle herangerückt hatte, pflanzte er sich, eine Serviette unter dem Arm und eine Speisekarte in der Hand, vor Stepan Arkadjitsch auf und erwartete dessen Befehle.

„Falls Euer Durchlaucht ein Separatzimmer genehm sein sollten – es wird gleich eins frei: Fürst Golizyn mit seiner Dame bricht auf. Frische Austern sind eingetroffen."

„Ah! Austern!"

Stepan Arkadjitsch überlegte.

„Ob wir unser Menü wohl ändern, Lewin?" fragte er, indem er mit dem Finger auf die Karte zeigte und ein ernstlich besorgtes Gesicht machte. „Sind die Austern auch gut? Sonst – sieh dich vor!"

„Flensburger sind es, Durchlaucht, Ostender sind nicht vorrätig!"

„Flensburger hin, Flensburger her – ob sie frisch sind, darauf kommt es an."

„Sie sind gestern eingetroffen."

„Nun, sollten wir da nicht doch mit Austern anfangen und dann unser ganzes Programm ändern? Was meinst du?"

„Mir ist alles recht. Ich esse am liebsten Kohlsuppe und Grütze; doch das gibt es hier ja wohl nicht."

„Ist vielleicht Grütze à la russe gefällig?" fragte der Tatar und beugte sich dabei zu Lewin hinunter wie eine Kinderfrau zu einem kleinen Kind.

„Nein, Scherz beiseite, mir ist alles recht, was du auswählen wirst. Ich bin Schlittschuh gelaufen und habe Hunger. Und du kannst auch gewiß sein", fügte er hinzu, als er in Oblonskis Gesicht einen Zug von Unzufriedenheit wahrnahm, „daß ich deine Wahl zu schätzen wissen werde. Ich werde mit Vergnügen gut speisen."

„Na also! Was man auch sagen mag, aber ein gutes Essen gehört zu den Freuden des Lebens", sagte Stepan Arkadjitsch. „So, mein Guter, du bringst uns also zwei – nein, das ist zuwenig, drei Dutzend Austern, eine Suppe mit Gemüseeinlage …"

„Printanière", fiel der Tatar ein. Doch Stepan Arkadjitsch gönnte ihm offenbar nicht das Vergnügen, die Gerichte französisch zu nennen.

„Mit Gemüseeinlage, verstehst du? Dann Steinbutt mit dicker Sauce, dann … Roastbeef; aber sieh ja zu, daß es gut ist. Dann vielleicht noch Kapaun und natürlich Kompott."

Der Tatar, der sich der Gepflogenheit Stepan Arkadjitschs erinnerte, die Gerichte nicht nach den französischen Bezeichnungen auf der Speisekarte zu bestellen, hatte sie im einzelnen nicht wiederholt, machte sich jetzt aber das Vergnügen, die ganze Bestellung auf französisch zu rekapitulieren: „Soupe printanière, turbot sauce Beaumarchaise, poularde à l'estragon, macédoine de frui ..." Hierauf legte er wie ein aufgezogener Mechanismus die eingebundene Speisekarte beiseite, ergriff schnell die ebenfalls eingebundene Weinkarte und reichte sie Stepan Arkadjitsch.

„Was trinken wir?"

„Was du willst, aber ich trinke nicht allzuviel. Champagner vielleicht ..."

„Wie? Gleich zu Anfang? Aber du magst recht haben. Trinkst du gern den weißgesiegelten?"

„Cachet blanc", fiel der Tatar ein.

„Gut, bring uns diese Marke zu den Austern; dann werden wir weitersehen."

„Zu Befehl. Und welcher Tischwein ist gefällig?"

„Nuits kannst du bringen. Oder nein, bleiben wir lieber beim klassischen Chablis."

„Zu Befehl. Käse Ihre übliche Sorte?"

„Ja, Parmesan. Oder ziehst du einen andern vor?"

„Nein, mir ist jeder recht", erwiderte Lewin, mit Mühe ein Lächeln unterdrückend.

Hierauf stürzte der Tatar mit flatternden Frackschößen davon und kehrte fünf Minuten später mit einer Schüssel geöffneter, in Perlmuttmuscheln liegender Austern und einer Flasche in den Händen zurück.

Stepan Arkadjitsch zerdrückte die gesteifte Serviette, befestigte sie an der Weste, setzte sich auf seinem Platz zurecht und machte sich an die Austern.

„Nicht übel", sagte er, während er die schlüpfrigen Austern mit einer kleinen silbernen Gabel aus den Perlmuttmuscheln löste und eine nach der andern verschluckte. „Nicht übel", wiederholte er und blickte mit seinen feuchten und leuchtenden Augen abwechselnd Lewin und den Tataren an.

Lewin aß ebenfalls einige Austern, obwohl ihm Weißbrot mit Käse lieber gewesen wäre. Er amüsierte sich über Oblonski.

Selbst der Tatar, der die Flasche entkorkt und den perlenden Champagner in die feinen, flachschaligen Gläser gegossen hatte, ließ jetzt, als er seine weiße Krawatte zurechtrückte, die Augen mit sichtlichem Vergnügen auf Stepan Arkadjitsch ruhen.

„Du machst dir wohl nicht viel aus Austern?" fragte Stepan Arkadjitsch und trank sein Glas aus. „Oder bedrückt dich etwas?"

Es lag ihm daran, seinen Freund in fröhlicher Stimmung zu sehen. Lewin war an sich auch gar nicht mißgestimmt, fühlte sich jedoch unbehaglich. Mit den Gefühlen, die sein Inneres bewegten, empfand er es als qualvoll und peinlich, in einem Lokal zu sitzen, zu dem Separatzimmer gehörten, in denen mit Damen diniert wurde; dieses ganze Hasten und Getriebe, die ganze Umgebung mit all den Bronzekandelabern, Spiegeln, Tüllvorhängen und Tataren – alles dies verletzte ihn. Er fürchtete, das zu entweihen, was seine Seele erfüllte.

„Mich? Ja, mich bedrückt etwas. Außerdem jedoch verwirrt mich hier alles", entgegnete er. „Du kannst dir gar nicht vorstellen, wie auf mich, einen Menschen vom Lande, alles dies befremdend wirkt, angefangen von den Fingernägeln jenes Herrn, den ich heute bei dir angetroffen habe."

„Ja, ich habe bemerkt, daß dich die Fingernägel des armen Grinewitsch außerordentlich interessierten", sagte Stepan Arkadjitsch lachend.

„Ich komme da nicht mit", entgegnete Lewin. „Versuche doch einmal, dich in meine Lage zu versetzen, die Dinge vom Standpunkt eines Menschen vom Lande zu betrachten. Wir Landleute trachten danach, unsere Hände in einen Zustand zu bringen, der sie tauglich zur Arbeit macht; zu diesem Zweck beschneiden wir die Fingernägel, krempeln wir zuweilen die Ärmel auf. Hier hingegen läßt man sich die Fingernägel wachsen, so lang es nur irgend geht, und trägt Manschettenknöpfe von der Größe kleiner Untertassen, so daß sich mit den Händen überhaupt nichts verrichten läßt."

Stepan Arkadjitsch lächelte belustigt.

„Ja, das ist eben ein Zeichen dafür, daß er grobe Arbeit nicht zu verrichten braucht. Bei ihm arbeitet der Geist..."

„Mag sein. Aber mir kommt es dennoch komisch vor, und ebenso komisch kommt mir auch unser Essen hier vor: Auf dem Lande bemühen wir uns, möglichst schnell satt zu werden, um uns wieder der Arbeit zuzuwenden, während wir beide darauf bedacht sind, möglichst lange nicht satt zu werden, und zu diesem Zweck Austern essen."

„Ja, natürlich", fiel Stepan Arkadjitsch ein. „Das ist ja eben der Sinn der Zivilisation, alles zu einem Genuß zu machen."

„Nun, wenn das ihr Sinn ist, dann ziehe ich es vor, ein Wilder zu sein."

„Du bist ohnehin ein Wilder – wie ihr Lewins allesamt."

Lewin seufzte. Er dachte an seinen Bruder Nikolai, machte sich im stillen Vorwürfe und zog die Stirn kraus. Doch Stepan Arkadjitsch berührte nun ein Thema, das ihn sofort von seinen trüben Gedanken ablenkte.

„Wie ist es nun? Willst du unsere Leute, die Stscherbazkis meine ich, heute abend besuchen?" fragte Oblonski und schob die leeren, rauhen Austernschalen beiseite, zog den Käse zu sich heran und blinzelte vielsagend.

„Ja, ich habe es mir bestimmt vorgenommen", erwiderte Lewin. „Es schien mir allerdings, daß die Fürstin mich nur widerstrebend eingeladen hat."

„Was redest du da! Unsinn! Das ist ihre Art ... So, mein Guter, bring jetzt die Suppe! – Das ist ihre Art, die Art der grande dame", sagte Stepan Arkadjitsch. „Ich werde auch kommen, muß aber vorher noch zur Gräfin Banina wegen einer Chorprobe. Aber ein Wilder bist du wirklich! Wie sonst ließe sich dein plötzliches Verschwinden aus Moskau erklären? Die Stscherbazkis haben mich immer wieder nach dir gefragt, als ob ich Bescheid wissen müßte. Aber ich weiß nur so viel, daß du immer das tust, was niemand anderes tun würde."

„Ja", sagte Lewin langsam und innerlich erregt. „Du hast recht, ich bin ein Wilder. Aber nicht deshalb, weil ich damals abgereist bin, sondern weil ich jetzt zurückgekehrt bin. Zurückgekommen bin ich, weil ..."

„Oh, du Glücklicher!" fiel ihm Stepan Arkadjitsch ins Wort und blickte ihm in die Augen.

„Wieso?"

„Wir erkennen Rassepferde,
wenn wir ihre Marken sehn;
doch die glücklich lieben, werde
ich an ihrem Blick verstehn",

deklamierte Stepan Arkadjitsch. „Du hast noch das ganze Leben vor dir."

„Hast du es schon hinter dir?"

„Das nicht gerade; aber dir gehört die Zukunft, während ich es mit der Gegenwart zu tun habe – mit dem, was sie so mit sich bringt."

„Was denn?"

„Man hat seine Sorgen. Doch von mir will ich nicht reden, und alles läßt sich sowieso nicht erklären", sagte Stepan Arkadjitsch. „Weswegen bist du also zurückgekommen? – Heda, räume ab!" rief er dem Tataren zu.

„Du hast es wohl schon erraten?" fragte Lewin und heftete seine aus der Tiefe leuchtenden Augen auf Stepan Arkadjitsch.

„Ich errate es zwar, kann aber meinerseits davon nicht anfangen. Schon hieraus kannst du ersehen, ob ich richtig rate oder nicht", erwiderte Stepan Arkadjitsch mit einem feinen Lächeln.

„Und was hast du mir dazu zu sagen?" fragte Lewin mit bebender Stimme und fühlte, daß in seinem Gesicht jeder Muskel zuckte. „Wie beurteilst du die Dinge?"

Stepan Arkadjitsch leerte bedächtig sein Glas, ohne den Blick von Lewin abzuwenden.

„Ich? Ich wünsche nichts heißer als das“, antwortete er. „Es wäre das Beste, was sich denken läßt.“

„Irrst du dich auch nicht? Bist du dir bewußt, wovon die Rede ist?“ fuhr Lewin fort und sah seinen Gesprächspartner durchdringend an. „Meinst du, daß es möglich sein könnte?“

„Das meine ich. Warum sollte es nicht möglich sein?“

„Glaubst du auch wirklich, daß es möglich ist? Sage mir ganz aufrichtig, was du denkst! Und wenn ich nun eine Absage bekomme? Ich bin sogar überzeugt ...“

„Warum glaubst du das?“ fragte Stepan Arkadjitsch, der über Lewins Aufregung lächeln mußte.

„Es scheint mir manchmal so. Das wäre schrecklich, für mich und auch für sie.“

„Nun, für ein junges Mädchen liegt darin nichts Schreckliches. Ein Antrag erfüllt jedes junge Mädchen mit Stolz.“

„Ja, jedes junge Mädchen, aber nicht sie.“

Stepan Arkadjitsch lächelte. Er kannte bereits die Gefühle Lewins und wußte, daß dieser alle jungen Mädchen der Welt in zwei Arten einteilte. Die eine Art – das waren sämtliche jungen Mädchen der Welt außer ihr, sehr gewöhnliche junge Mädchen, denen alle menschlichen Schwächen anhafteten; die zweite Art – das war sie allein, die keinerlei menschliche Schwächen besaß und höher stand als die ganze übrige Menschheit.

„Halt, nimm dir doch Sauce“, sagte er und hielt den Arm Lewins zurück, mit dem dieser die Sauciere wegschob.

Lewin nahm gehorsam etwas von der Sauce, ließ aber Stepan Arkadjitsch nicht zum Essen kommen.

„Nein, warte, warte“, sagte er. „Du mußt begreifen, daß es sich für mich um eine Frage über Leben und Tod handelt. Ich habe noch nie mit jemand darüber gesprochen. Und ich kann auch mit niemand anderem darüber sprechen als mit dir. Wir sind ja in allem verschieden: in unseren Neigungen, Ansichten, in allem; aber ich weiß, daß du mich gern hast und mich verstehst, und deshalb eben bist du mir so schrecklich lieb. Aber ich flehe dich an, sei völlig aufrichtig zu mir.“

„Ich sage dir, was ich denke“, erwiderte Stepan Arkadjitsch. „Und ich will dir noch mehr sagen: Meine Frau ist ein bewunderungswürdiges Geschöpf ...“ Stepan Arkadjitsch seufzte bei dem Gedanken an die Beziehungen zu seiner Frau, schwieg eine kleine Weile und fuhr fort: „Sie hat die Gabe, in der Zukunft zu lesen. Sie durchschaut die Menschen; doch damit nicht genug, sie sieht auch alle Ereignisse voraus, namentlich was Eheschließungen betrifft. So zum Beispiel hat sie vorausgesagt, daß aus der Schachowskaja und Brenteln ein Paar werden wird. Niemand wollte es glauben, und doch ist es eingetroffen. Und – sie nimmt Partei für dich."

„Wie soll ich das verstehen?"

„So sollst du das verstehen, daß sie dich nicht nur sehr gern hat, sondern auch mit aller Bestimmtheit behauptet, Kitty werde deine Frau werden." Bei diesen Worten verklärte sich Lewins Gesicht, und er war nahe daran, vor Rührung in Tränen auszubrechen.

„Das sagt sie!" rief er aus. „Ich habe ja immer gesagt, daß deine Frau ein wahres Kleinod ist. Doch nun genug davon, genug davon", fügte er hinzu und erhob sich von seinem Platz.

„Schön, aber bleib doch sitzen!"

Lewin konnte jedoch vor Erregung nicht sitzen. Er ging mit seinen festen Schritten in dem winzigen Zimmer ein paarmal auf und ab, blinzelte mit den Augen, um die Tränen zu verbergen, und setzte sich erst dann wieder an den Tisch.

„Begreife doch, daß dies nicht einfach Liebe ist", sagte er. „Ich bin schon verliebt gewesen, aber jetzt ist es etwas ganz anderes. Es sind nicht meine Empfindungen, sondern eine äußere Macht hat mich überwältigt. Ich bin ja abgereist, weil ich zu der Überzeugung gekommen war, daß so etwas unmöglich sei, daß es ein Glück wäre, wie es auf Erden nicht vorkommt. Aber nachdem ich lange mit mir gerungen habe, habe ich erkannt, daß es für mich eine Lebensfrage ist. Und sie muß entschieden werden ..."

„Warum bist du überhaupt abgereist?"

„Ach, warte doch! Ach, was alles zu bedenken ist! Wie viele Fragen drängen sich auf! Höre zu. Du kannst dir ja gar nicht vorstellen, was du mir mit deinen Worten gegeben hast. Ich bin so glücklich, daß mich das Glück sogar schlecht gemacht hat; ich denke an nichts anderes. Heute habe ich erfahren, daß mein Bruder Nikolai ... Weißt du, er ist jetzt hier ... Und auch ihn habe ich vergessen. Mir ist so, als ob auch er glücklich sein müsse. Es ist eine Art Wahnsinn. Aber eines ist entsetzlich. Du hast selbst geheiratet, du wirst dieses Gefühl kennen ... Entsetzlich finde ich es, daß wir, die wir das Leben schon kennen, schon eine Vergangenheit haben – nicht in der Liebe, sondern in der Sünde –, daß wir uns plötzlich einem reinen, unberührten Geschöpf nähern. Das ist abscheulich, und wir müssen uns deshalb eines solchen Glücks für unwürdig halten."

„Nun, dein Sündenregister wird nicht sehr lang sein."

„Immerhin: ‚Mit Abscheu lese ich, was einst mein Leben war, Verwünschung lebt in mir zuweilen, dann klag ich bitterlich ...' Jawohl!"

„Was soll man machen, so ist die Welt nun einmal beschaffen", bemerkte Stepan Arkadjitsch.

„Als einziger Trost bleibt, wie es auch in diesem mir von jeher sehr teuren Gebet heißt, daß nicht nach Verdienst verziehen wird, sondern aus Barmherzigkeit. Nur so kann auch sie verzeihen."

II

Lewin leerte sein Glas, und eine Weile schwiegen beide.

„Eins muß ich dir noch sagen. Kennst du Wronski?" fragte Stepan Arkadjitsch.

„Nein, ich kenne ihn nicht. Warum fragst du?"

„Bring noch eine", wandte sich Stepan Arkadjitsch an den Tataren, der die Gläser auffüllte und sich gerade immer dann um die beiden bemühte, wenn er störte.

„Warum sollte ich mich für Wronski interessieren?"

„Deshalb solltest du dich für ihn interessieren, weil er einer deiner Rivalen ist."

„Wer ist Wronski?" fragte Lewin, in dessen Gesicht der kindlich-begeisterte Ausdruck, an dem Oblonski eben noch seine Freude gehabt hatte, plötzlich in einen bösen und abweisenden überging.

„Wronski ist einer der Söhne des Grafen Kirill Iwanowitsch Wronski und einer der glänzendsten Vertreter der Petersburger Jeunesse dorée. Ich habe ihn in Twer kennengelernt, als ich dort Dienst tat und er zur Aushebung von Rekruten hinkam. Er ist ungeheuer reich, hübsch, hat ausgezeichnete Beziehungen, ist Flügeladjutant und alles in allem ein lieber, netter Kerl. Aber er ist mehr als nur ein netter Kerl. Nachdem ich ihn hier näher kennengelernt habe, kann ich hinzufügen, daß er auch gebildet und sehr klug ist – ein Mensch, der es einmal weit bringen wird."

Lewin machte ein finsteres Gesicht und schwieg.

„Nun, hier erschien er bald nach deiner Abreise auf der Bildfläche, und soviel ich davon verstehe, ist er bis über beide Ohren in Kitty verliebt. Du wirst begreifen, daß die Mutter ..."

„Entschuldige, aber ich begreife gar nichts", unterbrach ihn Lewin in mürrischem Ton. Ihm fiel jetzt sein Bruder Nikolai ein, und er dachte daran, wie schlecht es von ihm sei, ihn ganz vergessen zu haben.

„Erlaube, erlaube mal", sagte Stepan Arkadjitsch lächelnd und legte seine Hand auf Lewins Arm. „Ich habe dir mitgeteilt, was ich weiß, und wiederhole: Soweit in einer so feinen und delikaten Angelegenheit Mutmaßungen möglich sind, scheint mir, daß du es bist, der die größten Chancen hat."

Lewin lehnte sich in seinem Sessel zurück; sein Gesicht war blaß.

„Aber ich würde dir raten, die Sache möglichst bald zur Entscheidung zu bringen", fuhr Oblonski fort und schickte sich an, Lewins Glas nachzufüllen.

„Nein, danke, ich kann nicht mehr trinken", sagte Lewin, indem er sein Glas zurückzog. „Der Wein steigt mir zu Kopfe ... Nun, und was machst du, wie geht es dir?" fragte er, offenbar bestrebt, das Thema zu wechseln.

„Noch ein Wort: Ich rate dir, die Entscheidung in jedem Falle bald herbeizuführen", sagte Stepan Arkadjitsch. „Heute allerdings ist es nicht ratsam. Fahre morgen vormittag hin, um in aller Form deinen Antrag zu machen. Und Gott befohlen!"

„Du wolltest doch schon immer mal zur Jagd zu mir kommen? Sobald es Frühling wird, mußt du kommen", sagte Lewin.

Jetzt bedauerte er es aufs tiefste, sich mit Stepan Arkadjitsch in dieses Gespräch eingelassen zu haben. Durch das Gerede über die Rivalität irgendeines Petersburger Offiziers, verbunden mit den Mutmaßungen und Ratschlägen Stepan Arkadjitschs, fühlte er sich in seinen *besonderen* Empfindungen verletzt.

Stepan Arkadjitsch lächelte. Er wußte, was in Lewin vorging.

„Irgendwann werde ich schon kommen", erwiderte er. „Ja, mein Lieber, die Frauen – das ist nun einmal der Angelpunkt, um den sich alles dreht. Mit mir sieht es auch schlimm aus, äußerst schlimm. Und alles um der Frauen willen. Sage mir offen deine Meinung", fuhr er fort, indem er mit der einen Hand eine Zigarre nahm und mit der andern sein Glas hielt, „gib mir einen Rat."

„Worum handelt es sich denn?"

„Um folgendes. Angenommen, du bist verheiratet, du liebst deine Frau, hast dich aber von einer andern hinreißen lassen ..."

„Entschuldige, aber das ist mir ganz und gar unverständlich ... Das wäre ebenso unverständlich, als wenn ich jetzt, gleich nachdem ich mich hier satt gegessen habe, an einer Bäckerei vorüberkäme und eine Semmel stehlen würde." Die Augen Stepan Arkadjitschs leuchteten noch stärker als sonst.

„Warum nicht gar? Von einer Semmel geht manchmal ein solcher Duft aus, daß man ihm nicht widerstehen kann.

Himmlisch ist's, wenn ich bezwungen
meine irdische Begier;
aber noch wenn's nicht gelungen,
hatt ich auch recht hübsch Pläsier!" *

* Alle mit einem Sternchen versehenen Kursivstellen sind auch im russischen Original deutsch.

Beim Zitieren dieser Strophe lächelte Stepan Arkadjitsch spitzbübisch. Auch Lewin konnte ein Lächeln nicht unterdrükken.

„Ja, doch Scherz beiseite“, fuhr Oblonski fort. „Stell dir ein reizendes, sanftes Geschöpf vor, das dich liebt, eine arme, einsame Frau, die alles geopfert hat. Und nun, nachdem es geschehen ist, stell dir einmal vor, sollte man sie da verstoßen? Ja, eine Trennung ist notwendig, damit das Familienleben nicht zerstört wird – das sehe ich ein. Aber sollte man nicht auch Mitleid mit ihr haben, sie sicherstellen, ihr Schicksal mildern?“

„Nun, da mußt du mich schon entschuldigen, dafür habe ich kein Verständnis. Du weißt ja, für mich teilen sich alle Frauen in zwei Arten, oder richtiger gesagt, es gibt Frauen, und es gibt ... Mir sind reizende gefallene Geschöpfe noch nicht begegnet und werden mir auch nicht begegnen, solche aber wie jene geschminkte Französin dort am Pult mit ihren Löckchen sind mir ein Greuel, und dasselbe sind mir auch alle gefallenen Frauen.“

„Und die in der Bibel?“

„Ach, hör auf! Christus hätte jene Worte nie gesprochen, wenn er gewußt hätte, welchen Mißbrauch man mit ihnen treiben würde. Aus dem ganzen Evangelium sind bei den meisten einzig diese Worte haftengeblieben. Im übrigen sage ich dies alles nicht aus Überlegung, sondern aus dem Gefühl heraus. Gefallene Frauen sind mir widerwärtig. Du ekelst dich vor Spinnen und ich mich vor diesen Kreaturen. Aber das Leben der Spinnen hast du wahrscheinlich nicht erforscht, und ihre Moral ist dir unbekannt; ebenso ergeht es mir.“

„Du hast gut reden und erinnerst mich dabei an jenen Herrn bei Dickens, der alle schwierigen Probleme damit abtut, daß er sie mit der linken Hand über die rechte Schulter wirft. Doch die Verneinung einer Tatsache stellt noch keine Antwort dar. Was macht man bloß, sage mir, was macht man bloß? Die Frau altert, und du selbst bist noch voller Lebenskraft. Ehe du dich's versiehst, merkst du, daß du deine Frau, sosehr du sie auch verehren magst, doch nicht mehr mit der früheren Glut lieben kannst. Und wirst du dann plötzlich von einer neuen Leidenschaft ergriffen, dann bist du verloren, verloren!“ jammerte Stepan Arkadjitsch verzweifelt.

Lewin lächelte.

„Ja, verloren“, wiederholte Oblonski. „Aber was soll man tun?“

„Keine Semmel stehlen.“

Stepan Arkadjitsch lachte auf.

„Oh, du Moralist! Aber du mußt bedenken, daß hier zwei Frauen im Spiel sind: die eine pocht auf ihr Recht, das Recht, das sie auf deine Liebe hat, die du ihr nicht mehr geben kannst; die andere opfert alles für dich und verlangt überhaupt nichts. Was sollst du tun? Wie sollst du dich verhalten? Es ist ein tragischer Fall."

„Wenn du meine offenherzige Ansicht hierüber hören willst, kann ich dir nur sagen, daß ich an eine Tragik in diesem Falle nicht glaube. Und zwar aus folgendem Grunde nicht. Meiner Ansicht nach ist die Liebe ..., sind beide Arten von Liebe, die Plato, wie du dich erinnern wirst, in seinem ‚Gastmahl' erläutert, ein Prüfstein für die Menschen. Die einen huldigen nur der einen, die anderen der anderen Art von Liebe. Diejenigen, die nur die erotische Liebe gelten lassen, sprechen zu Unrecht von einer Tragik. Bei einer solchen Liebe kann es eine Tragik gar nicht geben. ‚Verbindlichen Dank für den Genuß und auf Wiedersehen!' – damit ist die Sache abgetan. Eine platonische Liebe aber kann nie tragisch sein, denn bei einer solchen Liebe ist alles klar und rein, weil ..."

Hier fielen Lewin seine eigenen Sünden ein und die Seelenkämpfe, die er ausgefochten hatte. Er fügte daher einigermaßen unvermittelt hinzu:

„Übrigens, du magst vielleicht auch recht haben. Es ist durchaus möglich ... Ich kann es nicht beurteilen, ich kann es wirklich nicht beurteilen."

„Ja, siehst du, du bist ein Mensch, der aus einem Guß gefertigt ist", sagte Stepan Arkadjitsch. „Darin liegt sowohl deine Stärke als auch deine Schwäche. Du selbst denkst sehr folgerichtig und möchtest, daß sich das ganze Leben aus folgerichtigen Erscheinungen zusammensetze, was indessen nicht möglich ist. Du siehst mit Geringschätzung auf die Beamtenlaufbahn herab, weil deiner Ansicht nach jede Tätigkeit jederzeit mit dem Zweck im Einklang stehen muß – und das gibt es nicht. Du möchtest auch, daß die Tätigkeit jedes einzelnen Menschen immer auf ein bestimmtes Ziel gerichtet sei, daß Liebe und Familienleben stets ein einheitliches Ganzes darstellen sollten. Aber das gibt es nicht. Der ganze Reiz, die ganze Mannigfaltigkeit und Schönheit des Lebens besteht aus Licht und Schatten."

Lewin seufzte und erwiderte nichts. Er hing seinen eigenen Gedanken nach und hörte nicht auf das, was Oblonski sagte.

Und plötzlich fühlten beide, daß sie, obwohl sie gut befreundet waren, obwohl sie gemeinsam gegessen und getrunken hatten, wodurch sie einander hätten eigentlich noch nähergekommen sein müssen, daß dennoch jeder von ihnen sich nur mit seinen eigenen Sorgen beschäftigte und daß einer mit dem andern nichts gemein hatte. Oblonski hatte schon häufig die Beobachtung gemacht, daß am Schluß eines gemeinsamen Essens eine Entfremdung statt einer Annäherung eingetreten war, und wußte, was in solchen Fällen zu tun ist.

„Zahlen!“ rief er und begab sich in den Hauptsaal, in dem er sofort auf einen befreundeten Adjutanten stieß, mit dem er ein Gespräch über eine Schauspielerin und ihren Liebhaber anknüpfte. Und in der Unterhaltung mit dem Adjutanten fand Oblonski auch sogleich eine Entspannung und Erholung von den Gesprächen mit Lewin, die ihn stets zu einer übermäßigen geistigen und seelischen Anstrengung zwangen.

Als der Tatar mit einer Rechnung von etwas mehr als sechsundzwanzig Rubel erschien, so daß einschließlich des Trinkgeldes auf jeden der Freunde vierzehn Rubel kamen, wäre Lewin als ein Mensch vom Lande unter anderen Umständen über die Höhe dieser Ausgabe entsetzt gewesen; jetzt jedoch beglich er mit gleichmütiger Miene seinen Anteil und begab sich nach Hause, um sich umzukleiden und zu den Stscherbazkis zu fahren, wo sich sein Schicksal entscheiden mußte.

12

Die Prinzessin Kitty Stscherbazkaja zählte achtzehn Jahre. In diesem Winter war sie erstmalig in die große Welt eingeführt worden. Ihre Erfolge in der Gesellschaft waren größer als die ihrer beiden älteren Schwestern und übertrafen sogar die Erwartungen der Fürstin. Nicht genug damit, daß die ganze männliche Jugend, die in Moskau die Bälle besuchte, in Kitty verliebt war, es waren gleich im ersten Winter auch zwei ernsthafte Freier aufgetreten: Lewin und, unmittelbar nach dessen Abreise, Graf Wronski.

Das Erscheinen Lewins zu Anfang des Winters, seine häufigen Besuche und seine unverkennbare Liebe zu Kitty hatten deren Eltern den ersten Anlaß zu ernstlichen Erörterungen über ihre Zukunft gegeben und zu Meinungsverschiedenheiten zwischen dem Fürsten und der Fürstin geführt. Der Fürst trat für Lewin ein und erklärte, er könne sich für Kitty keinen besseren Mann wünschen. Die Fürstin hingegen wich mit der den Frauen eigenen Gepflogenheit einer klaren Stellungnahme aus; sie führte an, daß Kitty zu jung sei, daß Lewin durch nichts ernste Absichten zu erkennen gegeben habe, daß Kitty ihm nicht zugetan sei und dergleichen mehr; sie verschwieg indessen die Hauptsache, daß sie nämlich für ihre Tochter eine bessere Partie erhoffte, daß ihr Lewin unsympathisch war und daß sie seine Lebensanschauung nicht verstand. Als Lewin dann plötzlich abgereist war, hatte sich die Fürstin gefreut und ihrem Mann triumphierend erklärt: „Siehst du, ich habe recht gehabt.“ Und als dann Wronski aufgetaucht war, hatte sie sich noch mehr gefreut und erst recht die Überzeugung gewonnen, daß Kitty nicht nur eine gute, sondern eine glänzende Partie machen müsse.

Für die Mutter gab es zwischen Wronski und Lewin überhaupt keinen Vergleich. An Lewin mißfielen der Mutter seine absonderlichen und schroffen Ansichten, seine Ungewandtheit in der Gesellschaft, die, wie sie annahm, auf Hochmut beruhte, und seine – ihren Anschauungen nach – rohe Lebensweise auf dem Lande, die ihn mit Vieh und Bauern in Berührung brachte. Ihr Mißfallen erregte es auch in hohem Maße, daß er, obwohl er in ihre Tochter verliebt war und anderthalb Monate lang ständig zu ihnen ins Haus kam, immer noch auf etwas zu warten, etwas auszukundschaften schien, als fürchte er, sich durch seinen Antrag etwas zu vergeben, und dabei gar nicht begriff, daß man in einer Familie, zu der ein heiratsfähiges junges Mädchen gehörte, nicht so rege verkehren konnte, ohne sich zu erklären. Und dann war er plötzlich ohne jede Erklärung abgereist. Nur gut, daß er so wenig anziehend ist und Kitty sich daher nicht in ihn verliebt hat! dachte die Mutter.

Wronski entsprach allen Wünschen der Mutter. Sehr reich, klug, von vornehmer Herkunft und auf dem besten Wege zu einer glänzenden militärisch-höfischen Karriere, war er auch als Mensch eine bezaubernde Persönlichkeit. Eine bessere Partie ließ sich gar nicht wünschen. Auf Bällen machte Wronski Kitty offenkundig den Hof, tanzte mit ihr und kam ins Haus, so daß an der Ernsthaftigkeit seiner Absichten kaum noch Zweifel möglich waren. Aber dennoch verlebte die Fürstin diesen ganzen Winter in großer Unruhe und Aufregung.

Ihre eigene Heirat war vor dreißig Jahren durch Vermittlung einer Tante zustande gekommen. Der Freier, über den man im voraus aufs genaueste unterrichtet war, kam, lernte die Braut kennen und wurde in Augenschein genommen; durch Vermittlung der Tante wurde der beiderseits empfangene Eindruck ausgetauscht; der Eindruck war gut; an einem festgesetzten Tage wurde hierauf den Eltern der erwartete Antrag gemacht und von diesen angenommen. Alles das hatte sich sehr leicht und einfach abgespielt. Zum mindesten war es der Fürstin so erschienen. Doch nun, an ihren eigenen Kindern, machte sie die Erfahrung, daß die Verheiratung von Töchtern durchaus nicht so leicht und einfach war, wie es aussah. Welche Aufregungen und Ausgaben hatte es gegeben, was war alles zu bedenken gewesen und zu wie vielen Zusammenstößen mit ihrem Mann war es gekommen, bevor Darja und Natalja, ihre beiden älteren Töchter, geheiratet hatten! Jetzt, nachdem sie die jüngste Tochter in die Gesellschaft eingeführt hatte, waren die gleichen Aufregungen und Erwägungen und noch heftigere Auseinandersetzungen mit ihrem Mann zu überstehen als bei der Verheiratung der beiden älteren. Der alte Fürst war, wie alle Väter, außerordentlich auf die Ehre und den Ruf seiner Töchter bedacht; er war geradezu eifersüchtig auf jeden, der sich ihnen und insbesondere seinem Liebling Kitty näherte, und warf der Fürstin auf Schritt und Tritt vor, sie kompromittiere ihre Tochter. Die Fürstin war dies schon von den älteren Töchtern her gewohnt, sah jedoch ein, daß die Sorge des Fürsten jetzt mehr Berechtigung hatte. Sie nahm wahr, daß sich in den Gepflogenheiten der Gesellschaft im Laufe der letzten Zeit vieles geändert hatte und daß die Pflichten einer Mutter noch schwieriger geworden waren. Sie sah, daß Kittys Altersgenossinnen alle möglichen Vereine bildeten, daß sie irgendwelche Vorlesungen besuchten, ungezwungen mit Männern umgingen, ohne Begleitung ausfuhren, teilweise das Knicksen aufgegeben hatten und vor allem fest überzeugt waren, die Wahl eines Mannes stehe ihnen selbst zu und nicht den Eltern. Heutzutage werden Ehen nicht mehr so zustande gebracht wie früher, dachten und sagten alle diese jungen Mädchen und sogar die älteren Leute. Doch wie nunmehr Ehen zustande gebracht werden sollten, das konnte die Fürstin von niemand erfahren. Die französische Sitte, der zufolge es den Eltern zustand, über das Schicksal ihrer Kinder zu entscheiden, wurde abgelehnt und verurteilt. Die englische Sitte, die den jungen Mädchen völlige Freiheit einräumte, wurde ebenfalls abgelehnt und war für die russischen Verhältnisse undenkbar. Die russische Sitte der Brautwerbung durch Vermittler wurde als eine Ungeheuerlichkeit bezeichnet, über die alle, die Fürstin selbst nicht ausgenommen, spotteten. Doch wie die Sache nun wirklich anzufangen war, das wußte niemand zu sagen. Alle, mit denen sich die Fürstin gelegentlich darüber unterhielt, erklärten übereinstimmend: „Um Gottes willen, es ist nun wirklich an der Zeit, von diesem überlebten Brauch abzukommen. Die Ehen sollen ja die jungen Leute eingehen und nicht die Eltern; somit muß es den jungen Leuten auch überlassen werden, ihr Leben nach eigenem Gutdünken aufzubauen." Freilich, denjenigen, die keine Töchter besaßen, fielen solche Ratschläge nicht schwer; die Fürstin hingegen fürchtete, daß ihre Tochter im Verkehr mit jungen Leuten ihr Herz verlieren und sich unter Umständen in jemand verlieben könnte, der gar keine Heiratsabsichten hatte oder für sie keine passende Partie war. Und soviel man der Fürstin auch vorhielt, daß die jungen Leute ihr Schicksal heutzutage selbst entscheiden müßten – sie vermochte das nicht einzusehen, ebensowenig wie sie es eingesehen hätte, daß das geeignetste Spielzeug für fünfjährige Kinder jemals geladene Pistolen sein könnten. Aus diesem Grunde machte sich die Fürstin Kittys wegen mehr Sorgen als bei ihren älteren Töchtern.

Sie wußte, daß sich Kitty bereits in Wronski verliebt hatte, und fürchtete jetzt, daß dieser sich darauf beschränken könnte, ihrer Tochter lediglich den Hof zu machen; eine gewisse Beruhigung war für sie allerdings der Gedanke, daß es sich bei Wronski um einen Ehrenmann handelte, von dem eine solche Handlungsweise nicht zu gewärtigen war. Nichtsdestoweniger war ihr klar, daß bei der jetzt üblichen Freiheit im Umgang einem jungen Mädchen sehr leicht der Kopf verdreht werden konnte, und sie wußte auch, daß die Männer so etwas im allgemeinen auf die leichte Schulter zu nehmen pflegten. In der vorigen Woche hatte Kitty der Mutter von einem Gespräch erzählt, das während der Masurka zwischen ihr und Wronski stattgefunden hatte. Dieses Gespräch beruhigte die Fürstin einigermaßen, obschon sie ihre Sorge nicht gänzlich abstreifen konnte. Wronski hatte zu Kitty gesagt, er und sein Bruder seien es so gewohnt, sich in allem ihrer Mutter unterzuordnen, daß sie nie eine wichtige Entscheidung treffen würden, ohne sich vorher mit ihr beraten zu haben. „Deshalb sehe ich jetzt der Ankunft meiner Mutter wie einem besonderen Glück entgegen", hatte er hinzugefügt.

Kitty hatte dies erzählt, ohne den Worten Wronskis eine besondere Bedeutung beizumessen. Ihre Mutter verstand sie indessen anders. Sie wußte, daß die Ankunft der alten Gräfin jeden Tag erwartet wurde, wußte auch, daß sie die Wahl ihres Sohnes gutheißen würde, und wunderte sich nur, daß dieser aus Furcht, seine Mutter zu verletzen, seinen Antrag immer noch unterließ; ihr lag indessen diese Heirat und vor allem die Befreiung von ihren Sorgen so sehr am Herzen, daß sie sich einredete, er zögere wirklich nur mit Rücksicht auf seine Mutter. So schmerzlich die Fürstin zur Zeit auch das Unglück Dollys, ihrer ältesten Tochter, empfand, die zu einer Trennung von ihrem Mann entschlossen war, angesichts der Aufregung über die bevorstehende Entscheidung im Schicksal ihrer jüngsten Tochter traten alle anderen Gefühle zurück. Das heutige Erscheinen Lewins hatte ihre Unruhe noch erhöht. Sie glaubte zu wissen, daß Kitty eine Zeitlang für Lewin recht herzliche Gefühle gehegt hatte, und fürchtete nun, daß sie Wronski aus übertriebener Gewissenhaftigkeit abweisen und daß überhaupt die so kurz vor einem glücklichen Abschluß stehende Angelegenheit durch die Ankunft Lewins verwirrt und aufgehalten werden könnte.

„Seit wann ist Lewin denn wieder hier?“ fragte die Fürstin, als sie zu Hause anlangten.

„Seit heute, Mama.“

„Ich will nur eins sagen …“, begann die Fürstin, an deren ernstem und erregtem Gesicht Kitty sogleich erkannte, wovon die Rede sein würde.

„Mama“, sagte sie erglühend und wandte sich der Mutter zu, „bitte, bitte, sprechen Sie nicht darüber. Ich weiß, was Sie meinen, ich weiß alles.“

Kittys Wünsche stimmten mit denen ihrer Mutter überein, aber die Beweggründe der Mutter verletzten sie.

„Ich will nur sagen, wenn man dem einen Hoffnung gemacht hat, dann …“

„Mama, liebste Mama, ich flehe Sie an, sagen Sie nichts mehr. Es ist so peinvoll, darüber zu sprechen.“

„Schon gut, schon gut“, sagte die Fürstin, als sie in den Augen der Tochter Tränen wahrnahm. „Nur eins noch, mein Liebling: Du hast mir versprochen, vor mir keine Geheimnisse zu haben. Bleibt es dabei?“

„Ganz gewiß, Mama, nie und nimmer werde ich Ihnen etwas verheimlichen“, erwiderte Kitty errötend und blickte der Mutter offen ins Gesicht. „Doch jetzt habe ich nichts zu sagen. Ich … ich … auch wenn ich wollte, wüßte ich nicht, was ich sagen sollte und wie … Ich weiß nicht …“

Nein, mit solchen Augen ist sie nicht fähig, die Unwahrheit zu sprechen! dachte die Fürstin bei sich und lächelte über die Aufregung ihrer glücklichen Tochter. Sie war gerührt darüber, wie groß und bedeutsam der guten Kitty das erschien, was jetzt in ihrer Seele vorging.

13

Nach dem Mittagessen und bis in den Abend hinein war Kitty von einem Gefühl beherrscht, wie es wohl ein Jüngling vor einer Schlacht empfinden mag. Sie hatte starkes Herzklopfen und war außerstande, ihre Gedanken zu konzentrieren.

Kitty ahnte, daß der heutige Abend, an dem Wronski und Lewin einander erstmalig begegnen würden, entscheidend für ihr Schicksal sein müsse. Sie stellte sie sich in Gedanken unaufhörlich vor, bald jeden für sich, bald beide zusammen. Wenn sie vergangener Zeiten gedachte, verweilte sie gern und mit zärtlichen Gefühlen bei der Erinnerung an ihr Verhältnis zu Lewin. Die Erinnerungen an die Kindheit und an die Freundschaft zwischen

Lewin und ihrem verstorbenen Bruder verliehen ihren Empfindungen für Lewin einen besonderen, poetischen Hauch. Seine Liebe zu ihr, von der sie überzeugt war, schmeichelte ihr und freute sie. Und es wurde ihr leicht, sich Lewin ins Gedächtnis zu rufen. Dachte sie hingegen an Wronski, dann mischte sich in ihre Gedanken irgend etwas Peinliches, obwohl er ein durch und durch weltgewandter und ausgeglichener Mensch war, es schien, als hätte sich in ihr Verhältnis eine falsche Note eingeschlichen, die jedoch nicht von ihm ausging, denn er gab sich sehr natürlich und offenherzig, sondern in ihr selbst begründet lag, während ihre Gedanken an Lewin völlig klar und unbefangen waren. Dafür aber schwebte ihr ein von Glanz und Glück erfülltes Bild vor, sobald sie sich die Zukunft an der Seite Wronskis vorstellte, während ihre Vorstellungen von einer gemeinsamen Zukunft mit Lewin gleichsam in Nebel gehüllt waren.

Als sie hinaufging, um sich für den Abend umzukleiden, und in den Spiegel blickte, stellte sie mit Freude fest, daß sie einen ihrer guten Tage hatte und sich im Vollbesitz ihrer ganzen Widerstandskraft befand, die sie für den bevorstehenden Abend so sehr benötigte; sie fühlte die Fähigkeit, äußerlich ruhig zu bleiben und sich zwanglos mit der ihr eigenen Anmut zu bewegen.

Um halb acht, als sie eben in den Salon heruntergekommen war, meldete einer der Lakaien: „Konstantin Dmitritsch Lewin." Die Fürstin befand sich noch in ihrem Zimmer, und der Fürst war auch noch nicht erschienen. Jetzt ist es soweit, sagte sich Kitty und fühlte, wie das Blut ihrem Herzen zuströmte. Sie erschrak über die Blässe ihres Gesichts, als sie einen Blick in den Spiegel warf.

Es konnte für sie jetzt keinen Zweifel mehr geben, daß er ihr einen Antrag machen wollte und mit Vorbedacht so früh gekommen war, um sie allein anzutreffen. Und erst jetzt stellte sich ihr die Lage von einer andern, einer ganz neuen Seite dar. Erst jetzt wurde ihr klar, daß die Frage nicht sie allein anging und daß es sich nicht nur darum handelte, mit wem sie glücklich werden sollte und wen sie liebte, sondern daß sie im nächsten Augenblick gezwungen sein würde, einen Menschen zu kränken, den sie liebhatte. Und schwer zu kränken ... Wofür? Dafür, daß dieser herzensgute Mensch sie liebte, in sie verliebt war. Aber es blieb nichts anderes übrig, es mußte sein.

Mein Gott, muß ich es ihm wirklich selbst sagen? fragte sich Kitty. Und was soll ich ihm sagen? Soll ich ihm sagen, ich liebe ihn nicht? Das wäre eine Unwahrheit. Was soll ich also sagen?

Daß ich einen anderen liebe? Nein, das ist unmöglich. Ich gehe fort, ich gehe ...

Sie war bereits bis an die Tür gekommen, als seine Schritte laut wurden. Nein, das wäre unehrenhaft! Warum fürchte ich mich? Ich habe nichts Unrechtes getan. Komme, was kommen mag! Ich werde die Wahrheit sagen. Er wird mich verstehen. Da ist er, sagte Kitty zu sich selbst, als er in seiner ganzen Größe unbeholfen vor ihr stand und ihr aus seinen glänzenden Augen entgegenblickte. Sie sah ihm, gleichsam um Mitleid flehend, offen ins Gesicht und reichte ihm die Hand.

„Ich bin voreilig gewesen, bin wohl zu früh gekommen?“ sagte er, während er sich in dem leeren Salon umblickte. Als er sah, daß er richtig gerechnet hatte und daß ihn jetzt nichts an einer Aussprache hindern würde, verfinsterte sich sein Gesicht.

„Durchaus nicht“, antwortete Kitty auf seine Frage und setzte sich an den Tisch.

„Es kam mir ja gerade darauf an, Sie allein anzutreffen“, begann er, ohne sich zu setzen, und blickte sie nicht an, um nicht den Mut zu verlieren.

„Mama wird gleich kommen. Sie war gestern sehr ermüdet. Gestern ...“

Sie sprach, ohne sich bewußt zu sein, was ihr über die Lippen kam, und sah ihm unverwandt mit zärtlich flehenden Augen ins Gesicht.

Er blickte zu ihr auf; sie errötete und verstummte.

„Ich habe Ihnen gesagt, ich wüßte nicht, wie lange ich hierbleibe ... es hinge von Ihnen ab ...“

Kitty ließ den Kopf immer tiefer herabsinken, und sie wußte selbst nicht, was sie auf das antworten würde, was jetzt kommen mußte.

„Daß es von Ihnen abhinge“, wiederholte er. „Ich wollte sagen ... Ich bin nach Moskau gekommen ... weil ... um ... meine Frau zu werden!“ stammelte er, ohne selbst zu wissen, was er sprach; doch als er nun fühlte, daß das Schwerste gesagt war, hielt er inne und blickte sie an.

Sie saß mit niedergeschlagenen Augen und atmete schwer. Alles in ihr jubelte. Ihr Herz war übervoll von Glück. Sie hätte nie geglaubt, daß das Geständnis seiner Liebe auf sie eine so große Wirkung ausüben würde. Doch das währte nur einen Augenblick. Dann dachte sie an Wronski. Sie richtete ihre klaren, treuherzigen Augen auf Lewin, sah die Verzweiflung, die sich in seinem Gesicht spiegelte, und sagte hastig:

„Es ist unmöglich ... Verzeihen Sie mir ...“

Wie nah war sie ihm vor wenigen Augenblicken gewesen, wie

wichtig für sein Leben! Und wie fremd war sie ihm jetzt geworden und in welch weite Ferne entrückt!

„Ich konnte nichts anderes erwarten", sagte er, ohne sie anzusehen.

Er verneigte sich und wollte gehen.

14

In diesem Augenblick jedoch betrat die Fürstin das Zimmer. Ihr Gesicht nahm einen bestürzten Ausdruck an, als sie Kitty allein mit Lewin vorfand und die verstörten Mienen der beiden bemerkte. Lewin verneigte sich vor ihr und sagte nichts. Kitty schlug die Augen nieder und schwieg. Gott sei Dank, sie hat ihm einen Korb gegeben! dachte die Fürstin, worauf in ihrem Gesicht das übliche freundliche Lächeln erschien, mit dem sie an ihren Donnerstagen die Gäste zu empfangen pflegte. Sie nahm Platz und begann Lewin nach seiner Lebensweise auf dem Lande auszufragen. Er setzte sich wieder und wollte das Eintreffen weiterer Gäste abwarten, um sich dann unauffällig zu entfernen.

Fünf Minuten später erschien die Gräfin Nordston, die mit Kitty befreundet war und im vorigen Winter geheiratet hatte.

Sie war eine hagere, kränkliche und nervöse Frau mit gelber Gesichtsfarbe und glänzenden Augen. Sie schwärmte für Kitty, und da sich ihre liebevollen Gefühle für sie, wie es bei verheirateten Frauen, die junge Mädchen bemuttern, stets der Fall ist, in dem Verlangen äußerten, für Kitty einen Mann zu finden, der ihren eigenen Begriffen von einem idealen Gatten entsprach, wünschte sie diese mit Wronski verheiratet zu sehen. Lewin, den sie zu Anfang des Winters häufig bei den Stscherbazkis angetroffen hatte, war ihr von jeher unsympathisch. Wenn sie ihm in der Gesellschaft begegnete, machte sie sich stets ein Vergnügen daraus, ihn zu bespötteln.

„Es gefällt mir ungemein, wenn er in seiner ganzen Erhabenheit auf mich herabblickt, sein geistreiches Gespräch abbricht, weil ich ihm zu dumm bin, oder sich gönnerhaft zu mir herabläßt", pflegte sie zu sagen. „Das liebe ich so: Er läßt sich herab! Ich bin nur froh, daß er mich nicht ausstehen kann."

Sie hatte recht, Lewin konnte sie wirklich nicht ausstehen und verurteilte gerade das, worauf sie sich etwas einbildete und was sie sich als Verdienst anrechnete: ihre Nervosität sowie die affektierte Gleichgültigkeit und Geringschätzung, mit der sie alle groben, alltäglichen Erscheinungen des Lebens betrachtete.

Zwischen der Gräfin Nordston und Lewin hatte sich jenes in der Gesellschaft nicht selten vorkommende Verhältnis herausgebildet, bei dem zwei Menschen im Verkehr miteinander wohl äußerlich eine höfliche Form wahren, in Wirklichkeit aber mit einer Geringschätzung aufeinander herabblicken, die so groß ist, daß sie jedes ernsthafte Gespräch zwischen ihnen unmöglich und den einen sogar unempfindlich für die Beleidigungen des anderen macht.

Die Gräfin fiel sofort über Lewin her.

„Ah, Konstantin Dmitritsch! Sie sind wieder einmal in unser lasterhaftes Babylon eingekehrt", sagte sie, indem sie ihm ihre winzige gelbe Hand reichte und auf eine Bemerkung Lewins anspielte, in der er zu Anfang des Winters Moskau bei irgendeiner Gelegenheit mit Babylon verglichen hatte. „Nun, ist die Moral Babylons gestiegen oder Ihre eigene gesunken?" fügte sie mit einem verschmitzten Blick auf Kitty hinzu.

„Es ist für mich ja sehr schmeichelhaft, Gräfin, daß Sie sich meine Worte so gut merken", entgegnete Lewin, der sich inzwischen gefaßt hatte und der Gräfin gegenüber sogleich seine übliche scherzhaft-feindselige Stellung bezog. „Sie scheinen ja einen großen Eindruck auf Sie gemacht zu haben."

„Aber selbstverständlich. Ich notiere mir alles. Nun, Kitty, bist du wieder Schlittschuh gelaufen?"

Und sie knüpfte ein Gespräch mit Kitty an. So peinlich es für Lewin auch war, in dieser Situation aufzubrechen, schien es ihm doch erträglicher, den peinlichen Eindruck in Kauf zu nehmen, anstatt den ganzen Abend dazubleiben und ständig Kitty vor Augen zu haben, die hin und wieder zu ihm herübersah, aber seinem Blick auswich. Er war schon im Begriff aufzustehen, wurde nun aber durch die Fürstin aufgehalten, die bemerkt hatte, daß er sich nicht an der Unterhaltung beteiligte.

„Wie lange gedenken Sie in Moskau zu bleiben? Sie sind, wenn ich nicht irre, im Semstwo tätig und sicherlich nicht für längere Zeit abkömmlich?"

„Nein, Fürstin, im Semstwo arbeite ich nicht mehr. Ich bin für einige Tage hergekommen."

Er ist heute ja so sonderbar und gibt gar nichts von seinen üblichen Doktrinen von sich, dachte die Gräfin Nordston; ihr fiel der strenge, ernste Zug in Lewins Gesicht auf. Aber ich werde ihn schon aufs Glatteis locken. Es bereitet mir solches Vergnügen, ihn in Kittys Gegenwart lächerlich zu machen, und es wird mir auch heute gelingen.

„Konstantin Dmitritsch", wandte sie sich an ihn, „erklären Sie mir doch bitte, was davon zu halten ist. Sie wissen ja in diesen

Dingen immer Bescheid: Die Bauern und Frauensleute unserer Kalugaer Besitzungen haben allesamt ihr ganzes Geld verjubelt und zahlen uns jetzt keine Abgaben. Was soll man dazu sagen? Sie sind ja immer des Lobes voll für die Bauern."

In diesem Augenblick trat eine weitere Dame ein, und Lewin stand auf.

„Entschuldigen Sie, Gräfin, aber ich kenne mich da wirklich nicht aus und kann Ihnen nichts dazu sagen", antwortete er und faßte zugleich den Offizier ins Auge, der nach der eben eingetretenen Dame in der Tür erschien.

Das muß Wronski sein! dachte Lewin und blickte, um sich zu vergewissern, auf Kitty. Sie hatte Wronski schon bemerkt und sah sich zu Lewin um. Und allein schon an dem Glanz, der ungewollt in ihre Augen getreten war, erkannte Lewin, daß sie diesen Mann liebte, erkannte er es ebenso sicher, als wenn sie es ihm mit Worten gesagt hätte. Doch wes Geistes Kind war dieser Mann?

Ob es richtig war oder nicht – Lewin konnte jetzt nicht anders als dableiben. Er mußte herausbekommen, was das für ein Mensch war, den sie liebte.

Manche Menschen sind, wenn sie jemand begegnen, der über sie auf irgendeinem Gebiet einen Sieg errungen hat, von vornherein blind für alles Gute, das ihm eigen ist, und sehen an dem erfolgreichen Rivalen ausschließlich schlechte Seiten. Andere hingegen trachten vor allem danach, die Vorzüge zu erkennen, durch die der Rivale die Oberhand über sie gewonnen hat, und suchen schmerzenden Herzens nur nach seinen guten Eigenschaften. Lewin gehörte zu dieser Art Menschen. Es kostete ihn freilich keine Mühe, in Wronski das Gute und Anziehende zu entdecken. Es fiel ihm sofort in die Augen. Wronski war nicht sehr groß, von untersetzter Statur und dunkelhaarig und hatte ein hübsches Gesicht mit gutmütigen, ungemein ruhigen und ausgeglichenen Zügen. Alles an seiner Erscheinung, angefangen von dem kurzgeschnittenen schwarzen Haar und dem frischrasierten Kinn bis zu der weiten, funkelnagelneuen Uniform, war schlicht und dabei elegant. Nachdem er der gleichzeitig mit ihm eingetroffenen Dame den Vortritt gelassen hatte, trat Wronski an die Fürstin und dann an Kitty heran.

Während er auf sie zuging, strahlten seine schönen Augen eine besondere Zärtlichkeit aus, und als er sich hierauf behutsam und ehrerbietig zu ihr hinabbeugte und ihr seine nicht große, aber breite Hand reichte, umspielte seine Lippen ein kaum merkliches Lächeln, in dem sich (so schien es Lewin) ein verhaltener Triumph und Glück ausdrückten.

Nachdem er alle Bekannten begrüßt und einige Worte mit

ihnen gewechselt hatte, setzte er sich, ohne dem ihn unverwandt anstarrenden Lewin die geringste Beachtung zu schenken.

„Darf ich bekannt machen", sagte die Fürstin, auf Lewin deutend: „Konstantin Dmitritsch Lewin – Graf Alexej Kirillowitsch Wronski."

Wronski erhob sich, blickte Lewin freundlich in die Augen und drückte ihm die Hand.

„Ich bin, glaube ich, in diesem Winter einmal zu einem Essen eingeladen gewesen, an dem auch Sie teilnehmen sollten", sagte er mit dem ihm eigenen natürlichen und offenen Lächeln. „Aber Sie waren damals plötzlich aufs Land gereist."

„Konstantin Dmitritsch haßt und verabscheut die Stadt und uns Städter", bemerkte die Gräfin Nordston.

„Meine Worte scheinen doch einen sehr großen Eindruck auf Sie zu machen, daß Sie sich jede Äußerung von mir so gut merken", entgegnete Lewin und wurde rot, weil ihm dabei einfiel, daß er das gleiche vorhin schon einmal gesagt hatte.

Wronski blickte auf Lewin, blickte auf die Gräfin Nordston und lächelte.

„Leben Sie dauernd auf dem Lande?" fragte er. „Ich denke, im Winter muß es langweilig sein?"

„Es ist nicht langweilig, wenn man eine Beschäftigung hat, und ich langweile mich auch nicht, wenn ich mir selbst überlassen bin", antwortete Lewin schroff.

„Ich bin gern auf dem Lande", sagte Wronski, der den schroffen Ton Lewins wahrnahm, aber so tat, als bemerke er ihn nicht.

„Ich möchte aber doch annehmen, Graf, daß Sie sich zu einem ständigen Leben auf dem Lande nicht entschließen würden", sagte die Gräfin Nordston.

„Das weiß ich nicht, ich habe es für längere Zeit nicht versucht. Aber ich habe eine merkwürdige Erfahrung gemacht", fuhr Wronski fort. „Ich habe mich nirgends so nach dem Landleben, nach dem russischen Landleben mit seinen Bastschuhen und seinen Bauern gesehnt wie in Nizza, als ich dort einen Winter mit meiner Mutter verlebte. Nizza an sich ist bekanntlich langweilig. Aber auch in Neapel und Sorrent ist es nur bei kürzerem Aufenthalt schön. Und gerade dort sehnt man sich besonders nach Rußland und namentlich nach dem russischen Landleben. Es ist, als ob ..."

Er richtete seine Worte sowohl an Kitty als auch an Lewin, ließ seinen ruhigen, freundlichen Blick bald auf dem einen, bald auf dem anderen ruhen und sagte offenbar das, was ihm gerade in den Sinn kam.

Da er bemerkte, daß die Gräfin Nordston etwas sagen wollte,

hielt er mitten im Satz inne und wandte sich ihr aufmerksam zu.

Das Gespräch brach keinen Augenblick ab, so daß die alte Fürstin, die für den Fall einer Stockung stets zwei schwere Geschütze in Bereitschaft hatte – die Frage der humanistischen oder der Realschulbildung und die allgemeine Wehrpflicht –, diese nicht einzusetzen brauchte und die Gräfin Nordston nicht dazu kam, sich über Lewin lustig zu machen.

Lewin wollte sich an der allgemeinen Unterhaltung beteiligen, war aber nicht dazu imstande; er sagte sich alle Augenblicke: Jetzt gehst du – blieb aber dennoch und wartete immer noch auf etwas.

Das Gespräch kam auf Tischrücken und Geisterbeschwörung, und die Gräfin Nordston, die an Spiritismus glaubte, erzählte von Wunderdingen, die sie irgendwo miterlebt hatte.

„Ach, Gräfin, tun Sie mir doch den Gefallen und nehmen Sie mich einmal mit! Ich habe noch nie etwas Übernatürliches erlebt, obwohl ich ständig danach suche“, sagte Wronski lächelnd.

„Schön, nächsten Sonnabend“, stimmte die Gräfin zu.

„Und Sie, Konstantin Dmitritsch, glauben Sie an Spiritismus?“ fragte sie Lewin.

„Warum fragen Sie mich? Sie wissen ja, was ich darauf antworten werde.“

„Ich möchte doch Ihre Meinung hören.“

„Meiner Meinung nach“, erklärte Lewin, „wird durch diese kreisenden Tische nur bewiesen, daß die sogenannte gebildete Gesellschaft auf keinem höheren geistigen Niveau steht als die Bauern. Jene glauben an den bösen Blick, an Hexereien und Zaubertränke, und wir …“

„Sie glauben also nicht daran?“

„Ich kann es nicht glauben, Gräfin.“

„Auch nicht, wenn ich es selbst gesehen habe?“

„Die Frauen auf dem Lande erzählen ebenfalls von Hausgeistern, die sie selbst gesehen haben.“

„Sie meinen demnach, daß ich die Unwahrheit sage?“ fragte sie und lachte schnippisch auf.

„Nicht doch, Mascha, Konstantin Dmitritsch sagt doch nur, daß er es nicht glauben kann“, sagte jetzt Kitty und errötete für Lewin, was dieser auch bemerkte; dadurch noch mehr gereizt, wollte er bereits antworten, als Wronski mit seinem offenen, heiteren Lächeln einsprang und dem sich immer mehr zuspitzenden Gespräch eine freundlichere Wendung zu geben suchte.

„Halten Sie eine solche Möglichkeit für völlig ausgeschlossen?“ fragte er Lewin. „Warum? Wir geben doch die Existenz der Elektrizität zu, von der wir nichts wissen; warum sollte nicht eine neue Kraft existieren, die wir noch nicht kennen, die …“

„Als die Elektrizität entdeckt wurde, handelte es sich zunächst nur um die Entdeckung ihres Vorhandenseins, ohne daß man wußte, wo sie herrührt und welche Kraft ihr innewohnt, und es vergingen Jahrhunderte, bevor man an ihre praktische Nutzanwendung dachte. Die Spiritisten hingegen haben damit begonnen, irgend etwas aus Tischen herauszudeuten und Geister erscheinen zu lassen, und erklärten dann erst, es handele sich um eine unbekannte Kraft."

Wronski, der ein guter Zuhörer war, hörte sich Lewin aufmerksam an und schien sich für das von ihm Gesagte zu interessieren.

„Ja, aber die Spiritisten erklären, jetzt wisse man zwar noch nicht, um was für eine neue Kraft es sich handele, aber diese Kraft existiere und werde unter den und den Voraussetzungen wirksam; nun sei es Sache der Gelehrten, herauszufinden, worin diese Kraft besteht. Und ich sehe nicht ein, warum es nicht eine neue Kraft geben sollte, wenn sie ..."

„Deshalb nicht", fiel ihm Lewin ins Wort, „weil bei der Elektrizität jedesmal eine bestimmte Wirkung erfolgt, wenn man Harz an Wolle reibt; hier aber erfolgt die Wirkung nicht jedesmal, und somit handelt es sich nicht um eine Naturerscheinung."

Da Wronski offenbar das Gefühl hatte, daß das Gespräch für einen Salon einen zu ernsten Charakter annahm, widersprach er nicht, sondern wandte sich in dem Bestreben, ihm die Spitze abzubiegen, mit einem vergnügten Lächeln den Damen zu.

„Lassen Sie uns doch gleich mal einen Versuch machen, Gräfin!" schlug er vor.

Aber Lewin beharrte darauf, seinen Gedankengang bis zu Ende auszuführen.

„Meiner Meinung nach", fuhr er fort, „ist der Versuch der Spiritisten, ihre Wunder durch irgendeine neue Kraft zu erklären, völlig verfehlt. Sie reden einerseits von einer geistigen Kraft und wollen sie andererseits praktischen Versuchen unterwerfen."

Alle warteten darauf, daß er enden sollte, und er fühlte es.

„Nun, ich glaube, Sie würden ein vorzügliches Medium abgeben", sagte die Gräfin Nordston. „Sie haben so etwas Exaltiertes an sich."

Lewin machte den Mund auf, wollte etwas sagen, errötete und sagte nichts.

„Ach bitte, Prinzessin, wir wollen es gleich mit den Tischen versuchen", sagte Wronski. „Sie erlauben doch, Fürstin?"

Er stand auf und sah sich nach einem Tisch um.

Kitty erhob sich, um ein geeignetes Tischchen ausfindig zu machen, und als sie an Lewin vorbeiging, begegneten sich beider Blicke. Er tat ihr von ganzem Herzen leid, und ihr Mitleid mit ihm war um so größer, als sie selbst die Ursache seines Kummers war. Wenn es Ihnen möglich ist, verzeihen Sie mir, sagte ihr Blick. Ich bin so glücklich.

Ich hasse alle, hasse Sie und hasse mich selbst! antwortete sein Blick, und er griff nach seinem Hut. Aber es war ihm nicht beschieden wegzukommen. Als die anderen sich um das Tischchen scharten und Lewin gerade gehen wollte, trat der alte Fürst ein. Er begrüßte die Damen und wandte sich dann Lewin zu.

„Ah!" rief er erfreut aus. „Wann bist du gekommen? Ich wußte gar nichts von deinem Hiersein. Sehr erfreut, Sie wiederzusehen."

Mal duzte der alte Fürst Lewin, mal sagte er Sie zu ihm. Er umarmte ihn, und während er mit ihm sprach, bemerkte er gar nicht, daß Wronski aufgestanden war und geduldig wartete, bis sich der Fürst ihm zuwenden würde.

Kitty fühlte, daß Lewin die Herzlichkeit ihres Vaters nach dem Vorgefallenen bedrücken mußte. Sie sah auch, wie kühl ihr Vater schließlich Wronskis Gruß erwiderte und wie gutmütig-erstaunt dieser den Fürsten anblickte und sich fragte, wieso und wodurch eine so unfreundliche Einstellung ihm gegenüber zustande gekommen sein konnte, aber keine Antwort darauf fand. Und sie errötete.

„Geben Sie uns Konstantin Dmitritsch frei, lieber Fürst", sagte die Gräfin Nordston. „Wir wollen ein Experiment machen."

„Was für ein Experiment? Tischrücken? Nun, nichts für ungut, meine Damen und Herren, aber nach meiner Ansicht ist ein Ringspiel amüsanter", sagte er und blickte auf Wronski, in dem er den Initiator des Vorhabens vermutete. „Im Ringspiel liegt doch wenigstens ein Sinn."

Wronski richtete seinen festen Blick erstaunt auf den Fürsten, lächelte kaum merklich und drehte sich dann zu der Gräfin Nordston um, mit der er ein Gespräch über den großen Ball anknüpfte, der in der nächsten Woche stattfinden sollte.

„Ich hoffe, Sie kommen auch hin?" wandte er sich an Kitty.

Sobald der Fürst ihn freigegeben hatte, zog sich Lewin unauffällig zurück, und der letzte Eindruck, den er von diesem Abend mitnahm, war das glückliche, lächelnde Gesicht Kittys, mit dem sie Wronski auf seine Frage wegen des Balles antwortete.

15

Nachdem die Gäste gegangen waren, erzählte Kitty ihrer Mutter von dem Gespräch mit Lewin, und ungeachtet des aufrichtigen Mitleids, das sie für ihn empfand, freute sie sich doch über die

Tatsache, daß ihr „ein Antrag“ gemacht worden war. Sie war überzeugt, richtig gehandelt zu haben. Aber als sie zu Bett gegangen war, konnte sie lange nicht einschlafen. Ein Eindruck verfolgte sie unablässig. Es war Lewins Gesicht mit den zusammengezogenen Brauen und den schwermütig-trostlos dreinschauenden gütigen Augen, wie er so dastand, dem Vater zugehört und zu ihr und Wronski herübergeblickt hatte. Sie wurde dabei von solchem Mitleid für Lewin ergriffen, daß ihr die Tränen in die Augen traten. Doch gleich darauf dachte sie an den, um dessentwillen sie Lewin abgewiesen hatte. Sie stellte sich lebhaft sein ernstes, männliches Gesicht vor, seine vornehme Ruhe und das herzliche Wohlwollen, das sein ganzes Wesen auf alle ausstrahlte; sie dachte an die Liebe dessen, den sie selbst liebte, ihr Herz schlug vor Freude wieder höher, und mit einem glückseligen Lächeln drückte sie den Kopf ins Kissen. „Er tut mir leid, unendlich leid, aber was kann ich tun? Ich bin nicht schuld“, murmelte sie vor sich hin; aber eine innere Stimme sagte ihr etwas anderes. War es Reue darüber, daß sie es mit Lewin so weit hatte kommen lassen, oder darüber, daß sie ihn abgewiesen hatte? Sie wußte es nicht. Aber ihr Glück war durch Zweifel getrübt. „Herrgott, erbarme dich! Herrgott, erbarme dich! Herrgott, erbarme dich!“ flüsterte sie vor sich hin, bis sie endlich einschlief.

Zur gleichen Zeit wiederholte sich im Erdgeschoß, in dem kleinen Arbeitszimmer des Fürsten, eine jener Szenen, die sich schon häufig wegen der vergötterten Tochter zwischen den Eltern abgespielt hatten.

„Was ich sage?“ schrie der Fürst, mit den Armen gestikulierend, und schlug seinen mit Fehfellen gefütterten Schlafrock, der sich dabei geöffnet hatte, schnell wieder übereinander. „Das sage ich, daß Sie keinen Stolz und keine Würde kennen, daß Sie Kitty bloßstellen und ins Unglück stürzen durch diese blöden, unwürdigen Manipulationen!“

„Um Gottes willen, was habe ich denn getan?“ stammelte die Fürstin, die nahe daran war, in Tränen auszubrechen.

Beglückt und befriedigt von dem Gespräch mit der Tochter, war sie zum Fürsten gekommen, um sich von ihm wie gewöhnlich für die Nacht zu verabschieden; und obwohl sie sich eine Bemerkung über Lewins Antrag und Kittys Absage verkniff, deutete sie ihrem Mann doch an, daß sie die Sache mit Wronski jetzt für endgültig gesichert halte und daß ihr Abschluß unmittelbar nach der Ankunft seiner Mutter zu erwarten sei. Und hierauf, im Anschluß an diese Mitteilung, war der Fürst plötzlich aufgebraust und in eine grobe Schimpferei ausgebrochen.

„Was Sie getan haben? Das will ich Ihnen sagen: Erstens haben

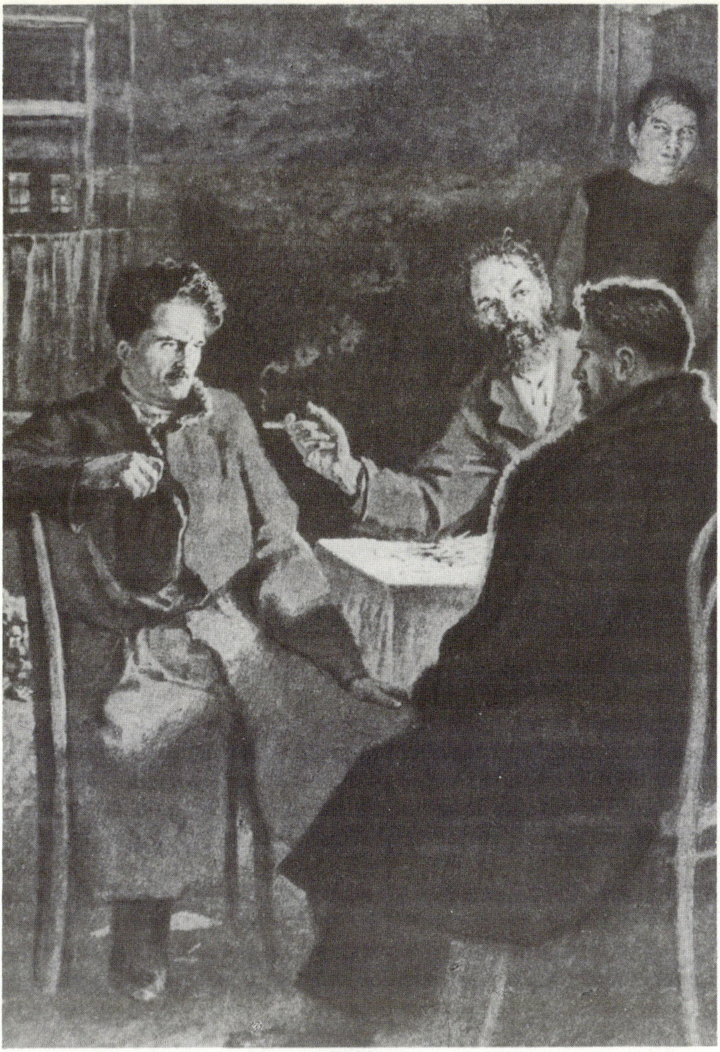

Sie einen Freier ins Haus gelockt, und ganz Moskau wird sich darüber aufhalten, und mit vollem Recht. Wenn Sie Gesellschaften geben, dann gehört es sich, alle Welt einzuladen und nicht nur auserwählte Heiratskandidaten. Laden Sie alle diese jungen Dachse ein" (so pflegte der Fürst die Moskauer jungen Männer zu nennen), „engagieren Sie einen Klavierspieler, dann mögen sie tanzen; aber nicht so, wie sie es heute gemacht haben – nur Freier. Mir ist diese Kuppelei ein Greuel, ein Greuel, und Sie haben es fertiggebracht, auch dem Mädel den Kopf zu verdrehen. Lewin ist ein tausendmal wertvollerer Mensch als dieser Petersburger Geck. Die werden alle in Massen hergestellt, alle nach derselben Schablone und sind allesamt einen Dreck wert. Und wenn er auch ein Prinz von Geblüt wäre – meine Tochter braucht niemandem nachzulaufen!"

„Ja, was habe ich denn getan?"

„Das getan, daß ...", rief der Fürst zornig.

„Das steht fest", unterbrach ihn die Fürstin, „wenn es nach dir ginge, dann würde unsere Tochter nie zu einem Mann kommen. Dann könnten wir auch gleich aufs Land ziehen."

„Das wäre auch am besten."

„Sei doch vernünftig. Bin ich denn jemandem nachgelaufen? Keine Spur bin ich nachgelaufen. Aber ein junger Mann, und zwar ein sehr ehrenwerter junger Mann, verliebt sich in sie, und sie, scheint mir ..."

„Ja, es scheint Ihnen! Doch wenn sie sich nun wirklich in ihn verliebt und er ebensowenig ans Heiraten denkt wie ich? Daß ich so etwas erleben muß! ‚Ach, Spiritismus! Ach, Nizza! Ach, auf dem Ball! ...'", ahmte der Fürst seine Frau nach und knickste bei jedem seiner Worte. „Und wenn wir unsere Kitty ins Unglück gestürzt haben, wenn sie sich wirklich in den Kopf setzt ..."

„Warum meinst du denn das?"

„Ich meine es nicht, ich weiß es; dafür haben wir ein besseres Auge als ihr Weiber. Ich sehe einen Menschen, der ernsthafte Absichten hat – das ist Lewin; und ich sehe einen Windbeutel, diesen Luftikus, dem es nur aufs Vergnügen ankommt."

„Ach, du siehst wirklich Gespenster ..."

„Du wirst noch zur Besinnung kommen, aber dann wird es zu spät sein, wie bei Dolly."

„Nun, schon gut, schon gut, wir wollen nicht streiten", fiel ihm die Fürstin ins Wort, als sie sich der unglücklichen Dolly erinnerte.

„Also schön, dann wünsche ich dir eine gute Nacht."

Sie bekreuzigten und küßten einander, fühlten aber beim Auseinandergehen, daß jeder von ihnen bei seiner Meinung geblieben war.

Die Fürstin war fest überzeugt gewesen, daß der heutige Abend Kittys Schicksal entschieden habe und daß an den ernsten Absichten Wronskis nicht mehr zu zweifeln sei. Doch nun hatten die Worte ihres Mannes sie wieder unsicher gemacht, und als sie in ihr Zimmer kam und voller Entsetzen an die Ungewißheit der Zukunft dachte, sagte sie genau wie Kitty mehrmals vor sich hin: „Herrgott, erbarme dich! Herrgott, erbarme dich! Herrgott, erbarme dich!"

16

Ein Familienleben hatte Wronski nie kennengelernt. Seine Mutter war in jungen Jahren eine glänzende Salondame gewesen, die während ihrer Ehe und namentlich nach dem Tode ihres Mannes zahlreiche, in der Gesellschaft vielbesprochene Liebesaffären gehabt hatte. Auf seinen Vater besann er sich kaum, und erzogen wurde er im Pagenkorps.

Nachdem er als blutjunger, glänzender Leutnant aus dem Pagenkorps entlassen worden war, geriet er in jenen Kreis, dem die reichen Petersburger Offiziere angehörten. Er besuchte zwar hin und wieder die Petersburger Gesellschaft, aber seine Liebesabenteuer hatten sich bis jetzt durchweg außerhalb der vornehmen Welt abgespielt.

Nach dem üppigen, ausschweifenden Leben in Petersburg hatte er jetzt in Moskau erstmalig die Freude kennengelernt, die das Zusammensein mit einem lieben, unberührten und ihm zugetanen jungen Mädchen aus vornehmer Familie bereitete. Daß in seinem Verhältnis zu Kitty etwas Tadelnswertes liegen könnte, kam ihm überhaupt nicht in den Sinn. Auf Bällen tanzte er vorwiegend mit ihr und verkehrte in ihrem Elternhaus. Er unterhielt sich mit ihr, wie man es in der Gesellschaft gewöhnlich tut, über alle möglichen belanglosen Dinge, aber er sagte diese Belanglosigkeiten ungewollt in einem Ton, aus dem sie einen besonderen Sinn heraushören mußte. Obwohl er ihr nie etwas sagte, was er nicht auch in Gegenwart anderer hätte sagen können, fühlte er, daß er sie immer mehr in seinen Bann zog, und je mehr er dies fühlte, um so mehr empfand er es als angenehm und um so zärtlicher wurde sein Gefühl für sie. Er wußte nicht, daß es für sein Verhalten Kitty gegenüber eine bestimmte Bezeichnung gab, daß es, ohne Heiratsabsichten, die Betörung eines jungen Mädchens war und daß eine solche Handlungsweise zu den üblen Gepflogenheiten gehörte, die unter schneidigen jungen Männern seiner Art gang und gäbe waren. Er glaubte, er habe diese Passion als erster entdeckt, und er gab sich dem Genuß seiner Entdeckung hin.

Wenn er an jenem Abend das Gespräch zwischen den Eltern Kittys belauscht, wenn er die Auffassung der Familie erfahren und gehört hätte, daß es für Kitty ein Unglück bedeutete, wenn er sie nicht heiratete – er wäre erstaunt gewesen und hätte es nicht geglaubt. Er vermochte sich nicht vorzustellen, daß in dem, was ihm und vor allem ihr so viel Freude und Genuß bereitete, etwas Unrechtes liegen könne. Noch weniger hätte er geglaubt, daß es ihn verpflichtete, sie zu heiraten.

Daß er jemals heiraten könnte, hatte er immer für ein Ding der Unmöglichkeit gehalten. Ein Familienleben hatte für ihn nicht nur keinen Reiz, sondern unter einer Familie und besonders unter einem Ehemann stellte er sich, wie die meisten ledigen jungen Leute des Kreises, in dem er sich bewegte, geradezu etwas Wesensfremdes, Feindseliges und vor allem Lächerliches vor. Wronski ahnte zwar nicht, was Kittys Eltern dachten, aber als er an jenem Abend von den Stscherbazkis aufbrach, hatte er dennoch das Gefühl, daß sich das unsichtbare seelische Band, das zwischen ihm und Kitty existierte, diesmal so gefestigt hatte, daß er irgend etwas unternehmen müsse. Aber was er eigentlich unternehmen könne und müsse, das wollte ihm nicht einfallen.

Das gerade ist ja so schön, sagte er sich, als er das Haus der Stscherbazkis verlassen und von dort nicht nur wie immer ein angenehmes Gefühl von Sauberkeit und Frische mitgenommen hatte (was zum Teil auch davon herrührte, daß er den ganzen Abend über nicht geraucht hatte), sondern auch eine ganz neuartige Rührung über Kittys Liebe empfand – das gerade ist ja so schön, daß wir, obwohl keiner von uns etwas darüber gesagt hat, einander dennoch so gut durch das geheime Gespräch der Blicke und durch den Tonfall verstehen, daß sie mir heute klarer denn je zuvor ihre Liebe zu erkennen gegeben hat. Und wie reizend, natürlich und vor allem voller Vertrauen hat sie es getan! Ich selbst fühle mich als ein besserer, reinerer Mensch, fühle, daß ich ein Herz habe und daß viel Gutes in mir schlummert. Ach, diese lieben, vor Glück strahlenden Augen! Als sie sagte: „Sogar sehr …“ Und weiter? Nun, gar nichts weiter. Ich habe meine Freude daran, und sie hat ihre Freude daran.

Und er überlegte, wo er den heutigen Abend beschließen könne.

Er ließ in Gedanken die in Betracht kommenden Lokale Revue passieren. Im Klub? Mit einer Partie Bésigue und bei einer Flasche Champagner mit Ignatow? Nein, dazu habe ich keine Lust. Im „Château des fleurs"? Dort würde ich Oblonski antreffen, und es gäbe Couplets und Cancan. Nein, dessen bin ich überdrüssig. Ich fahre lieber nach Hause. Im Hotel Dussot angelangt, ging er sofort auf sein Zimmer und ließ sich das Abendessen bringen; und als er sich dann ausgekleidet hatte, war er, kaum daß er den Kopf aufs Kissen gelegt hatte, wie immer im nächsten Augenblick fest und ruhig eingeschlafen.

17

Am nächsten Tag fuhr Wronski um elf Uhr vormittags zum Petersburger Bahnhof, um seine Mutter abzuholen, und der erste, dem er auf der breiten Freitreppe begegnete, war Oblonski, der mit demselben Zug seine Schwester erwartete.

„Ah! Euer Erlaucht!" rief ihm Oblonski zu. „Wen willst du denn abholen?"

„Meine Mutter", antwortete Wronski, auf dessen Gesicht wie bei allen, die mit Oblonski zusammentrafen, ein Lächeln erschien, als er ihm die Hand drückte und mit ihm die Treppe hinaufstieg. „Sie kommt mit dem Petersburger Zug an."

„Gestern habe ich bis zwei auf dich gewartet. Was hast du denn nach dem Abend bei den Stscherbazkis gemacht?"

„Ich bin nach Hause gefahren. Die Stunden bei den Stscherbazkis haben mir so wohlgetan, daß ich hinterher nichts mehr unternehmen wollte."

„Wir erkennen Rassepferde,
wenn wir ihre Marken sehn;
doch die glücklich lieben, werde
ich an ihrem Blick verstehn",

deklamierte Stepan Arkadjitsch, wie er es tags zuvor beim Essen mit Lewin getan hatte.

Wronski lächelte, und sein Lächeln schien anzudeuten, daß er dagegen nichts einzuwenden habe; aber er fing gleich von etwas anderem an.

„Und wen erwartest du?" fragte er.

„Ich? Eine schöne Frau", antwortete Oblonski.

„Sieh mal an!"

„Honny soit qui mal y pense! Meine Schwester Anna."

„Ach, die Frau Karenins?" fragte Wronski.

„Du kennst sie wahrscheinlich schon?"

„Ich glaube ja. Oder auch nicht ... Ich entsinne mich nicht", antwortete Wronski zerstreut; in Verbindung mit dem Namen Karenin schwebte ihm dunkel etwas Steifes und Langweiliges vor.

„Aber meinen berühmten Schwager, den kennst du doch ganz gewiß? Ihn kennt alle Welt."

„Nun ja, von seinem Ruf und vom Ansehen kenne ich ihn wohl. Ich weiß, daß er sehr klug und gelehrt ist, irgendwie in höheren Regionen schwebt ... Aber du weißt ja, das ist nicht ... not in my line", entgegnete Wronski.

„Ja, er ist ein hervorragender Mann; ein wenig konservativ, aber ein vorzüglicher Mensch", bemerkte Stepan Arkadjitsch. „Wirklich, ein vorzüglicher Mensch."

„Nun, um so besser für ihn", bemerkte Wronski. „Ach, du bist auch da", wandte er sich an den alten, hochgewachsenen Lakaien seiner Mutter, der an der Tür stand. „Komm mit hinein."

Abgesehen von der allgemeinen Wertschätzung, die Stepan Arkadjitsch von allen Seiten genoß, fühlte sich Wronski in der letzten Zeit noch ganz besonders zu Oblonski hingezogen, weil er ihn in Gedanken stets mit Kitty verband.

„Nun, wie ist es? Werden wir Sonntag ein Essen zu Ehren unserer ‚Diva' arrangieren?" fragte er und nahm Oblonski lächelnd am Arm.

„Unbedingt. Ich werde eine Liste aufstellen ... Was ich fragen wollte: hast du eigentlich gestern meinen Freund Lewin kennengelernt?" erkundigte sich Stepan Arkadjitsch.

„Natürlich. Aber er hat sich sehr früh zurückgezogen."

„Er ist ein lieber Kerl", fuhr Oblonski fort. „Findest du nicht auch?"

„Ich weiß nicht, woran es liegt", entgegnete Wronski, „daß alle Moskauer – Anwesende natürlich ausgenommen", unterbrach er sich lächelnd, „etwas Schroffes an sich haben. Es scheint immer, als lehnten sie sich gegen irgend etwas auf, als seien sie gekränkt und wollten irgend etwas beweisen."

„Ja, das stimmt, wirklich, das stimmt", gab Stepan Arkadjitsch lächelnd zu.

Wronski wandte sich an einen Bahnbeamten. „Nun, ist es bald soweit?"

„Der Zug ist gemeldet", antwortete der Beamte.

Die bevorstehende Ankunft des Zuges kündigte sich durch verschiedene Vorbereitungen auf dem Bahnhof immer deutlicher an: durch das Hinundherlaufen der Gepäckträger, das Erscheinen von Gendarmen und Bahnbeamten, die Ansammlung des Publikums, das sich zum Empfang von Verwandten oder Freunden eingefunden hatte. Im Dunst der kalten Winterluft zeichneten sich Bahnarbeiter in kurzen Pelzen und weichen Filzstiefeln ab, die über die Schienen der nach allen Seiten abzweigenden Gleise gingen. Man hörte das Pfeifen von Lokomotiven auf weiter abliegenden Gleisen und daß sich irgend etwas Schweres in Bewegung setzte.

„Nein", sagte Stepan Arkadjitsch, der darauf brannte, Wronski von den Absichten Lewins in bezug auf Kitty zu erzählen. „Nein, da hast du meinen Lewin falsch eingeschätzt. Gewiß, er ist sehr nervös und kann zuweilen unangenehm werden, aber dafür ist er ein andermal um so herzlicher. Er ist eine so ehrliche, aufrichtige Seele und hat ein goldenes Herz. Aber gestern lagen besondere Gründe vor", fuhr Stepan Arkadjitsch mit einem vielsagenden Lächeln fort und vergaß dabei ganz die innige Zuneigung, die er gestern für seinen Freund empfunden und die jetzt einer ebensolchen Zuneigung für Wronski Platz gemacht hatte. „Ja, er hatte einen Grund, entweder überaus glücklich oder überaus unglücklich zu sein."

Wronski blieb stehen und fragte geradeheraus: „Was soll das? Hat er gestern etwa um die Hand deiner belle-sœur angehalten?"

„Möglich ist es", erwiderte Stepan Arkadjitsch. „Es schien mir gestern beinahe so, als ob er sich mit solchen Absichten trüge. Und wenn er früh aufgebrochen und dazu noch in schlechter Stimmung gewesen ist, dann wird es wohl stimmen ... Er liebt sie schon lange und tut mir furchtbar leid."

„So, so! Ich glaube übrigens, daß sie auf eine bessere Partie rechnen kann", sagte Wronski, indem er sich aufrichtete und auf dem Bahnsteig wieder auf und ab zu gehen begann. „Übrigens kenne ich ihn nicht näher", fügte er hinzu. „Ja, das ist wirklich eine unangenehme Situation. Deshalb eben ziehen es die meisten auch vor, sich mit allen möglichen Dämchen abzugeben. Dort bedeutet Mißerfolg nur, daß man zuwenig Geld gehabt hat, hier dagegen geht es um deine Ehre. Doch da kommt ja der Zug."

Tatsächlich, in der Ferne hörte man schon die Lokomotive pfeifen. Wenige Augenblicke später erzitterte der Bahnsteig, und fauchend und Dampf ausstoßend, der sofort von der Kälte niedergedrückt wurde, rollte die Lokomotive mit dem sich langsam und gleichmäßig beugenden und wieder aufrichtenden Hebel des Mittelrades heran; der Lokomotivführer, vermummt und mit Reif bedeckt, neigte sich grüßend heraus. Hinter dem Tender, die Geschwindigkeit immer mehr vermindernd und den Bahnsteig immer stärker erschütternd, folgte der Wagen mit dem Gepäck und einem winselnden Hund; und schließlich fuhren, mit leichtem Rucken vor dem Stehenbleiben, die Personenwagen ein.

Der gewandte Zugführer, der bei der Einfahrt Signale aus seiner Pfeife gegeben hatte, sprang ab, dann erschienen, einer nach dem anderen, auch die ungeduldigen Fahrgäste in den Wagentüren: ein Gardeoffizier in aufrechter Haltung, der mit strenger Miene um sich blickte, ein zappliger, vergnügt lächelnder Handelsreisender mit einem Handkoffer und ein Bauer mit einem Sack über der Schulter.

Wronski stand neben Oblonski, ließ die Augen über die Wagen und die Aussteigenden schweifen und hatte seine Mutter vollständig vergessen. Das, was er soeben über Kitty erfahren hatte, erregte ihn und bereitete ihm Freude. Seine Brust wölbte sich unwillkürlich, und seine Augen leuchteten. Er fühlte sich als Sieger.

„Die Gräfin Wronskaja ist in diesem Abteil", sagte der gewandte Zugführer, an Wronski herantretend.

Die Anrede durch den Zugführer brachte ihn zur Besinnung und lenkte seine Gedanken wieder auf die Mutter und auf das bevorstehende Wiedersehen mit ihr. Im Grunde seines Herzens brachte er seiner Mutter wenig Achtung entgegen und hegte für sie, ohne sich dessen bewußt zu sein, auch keine Liebe; nichtsdestoweniger aber konnte er sich in Übereinstimmung mit den Anschauungen des Kreises, in dem er lebte, und auf Grund seiner Erziehung zu seiner Mutter kein anderes als ein auf absoluter Unterordnung und höchstem Respekt beruhendes Verhältnis vorstellen, und je weniger er sie im Grunde seines Herzens achtete und liebte, um so ergebener und respektvoller behandelte er sie nach außen hin.

18

Wronski folgte dem Zugführer in den Wagen und blieb an der Tür zum Abteil stehen, um einer heraustretenden Dame Platz zu machen. Mit dem sicheren Blick des gewandten Weltmannes stellte er schon nach der äußeren Erscheinung der Dame sofort ihre Zugehörigkeit zur großen Welt fest. Er entschuldigte sich und war schon im Begriff, ins Abteil zu treten, als es ihn trieb, sich nochmals nach der Dame umzusehen – nicht deshalb, weil sie außergewöhnlich schön war, nicht wegen der Eleganz und unaufdringlichen Anmut, die ihrer ganzen Erscheinung eigen waren, sondern deshalb, weil ihr liebliches Gesicht, als sie an ihm vorbeiging, einen besonders zärtlichen und freundlichen Ausdruck gehabt hatte. Als er sich umblickte, wandte auch sie den Kopf um. Sie ließ ihre leuchtenden grauen, unter den dichten Wimpern dunkel wirkenden Augen einen Moment mit wohlwollendem, prüfendem Ausdruck auf seinem Gesicht ruhen, als erinnere sie sich an jemand, und richtete sie dann schnell auf die sich auf dem Bahnsteig drängende Menge, unter der sie jemand zu suchen schien. Dieser kurze Blick hatte genügt, um Wronski die verhaltene Lebhaftigkeit wahrnehmen zu lassen, die sich in ihrem Gesicht spiegelte, die aus den leuchtenden Augen sprach und sich in dem kaum merklichen Lächeln zeigte, das ihre roten Lippen umspielte. Irgend etwas schien ihrem ganzen Wesen eigen, in solch einer Fülle, daß es gegen ihren Willen bald im Glanz der Augen, bald durch ein Lächeln zum Ausdruck kam. Sie war bemüht, den Glanz in ihren Augen abzuschwächen, der sich dennoch in einem kaum merklichen Lächeln widerspiegelte.

Wronski betrat das Abteil. Seine Mutter, eine hagere alte Dame mit Löckchen, kniff ihre schwarzen Augen zusammen und verzog die schmalen Lippen zu einem leichten Lächeln, als sie ihren Sohn betrachtete. Sie stand vom Polstersitz auf, übergab der Kammerjungfer eine kleine Reisetasche und streckte ihre kleine dürre Hand den Lippen des Sohnes entgegen; dann nahm sie seinen Kopf und küßte ihn auf die Wangen.

„Ist mein Telegramm angekommen? Und gesund bist du auch? Nun, Gott sei Dank."

„Hatten Sie eine gute Reise?" erkundigte sich Wronski und horchte, als er sich nun zu ihr setzte, ungewollt auf die Frauenstimme hinter der Tür. Er wußte, daß es die Stimme jener Dame war, der er vorhin begegnet war.

„Aber recht geben kann ich Ihnen dennoch nicht", hörte er die Dame sagen.

„Das ist ein Petersburger Gesichtspunkt, meine Gnädige."

„Nicht ein Petersburger, sondern einfach der einer Frau", antwortete sie.

„Wohlan, erlauben Sie jetzt, daß ich Ihnen die Hand küsse."

„Auf Wiedersehen, Iwan Petrowitsch. Und wenn Sie meinen Bruder sehen sollten, schicken Sie ihn doch bitte zu mir", sagte die Dame unmittelbar hinter der Tür und betrat das Abteil.

„Nun, haben Sie ihren Bruder gefunden?" wandte sich die Gräfin Wronskaja an die Dame.

Wronski erkannte in ihr jetzt Frau Karenina.

„Ihr Bruder ist hier", sagte er und stand auf. „Entschuldigen Sie, ich habe Sie nicht gleich erkannt; und so flüchtig, wie wir uns kennengelernt haben", fuhr er mit einer Verbeugung fort, „werden Sie sich meiner kaum noch erinnern."

„O nein", widersprach sie, „ich hätte Sie erkannt, weil wir, Ihre liebe Mutter und ich, auf der ganzen Reise fast nur von Ihnen gesprochen haben", fuhr sie fort und duldete es nun endlich, daß ihre Lebhaftigkeit, die nach Äußerung drängte, sich in einem Lächeln kundtat. „Aber von meinem Bruder ist noch nichts zu sehen."

„Suche doch mal nach ihm, Aljoscha", sagte die alte Gräfin.

Wronski begab sich auf den Bahnsteig und rief:

„Oblonski! Hierher!"

Als Anna Arkadjewna auf dem Bahnsteig ihren Bruder erblickte, wartete sie nicht erst, bis er sie im Abteil abholte, sondern verließ mit leichten, energischen Schritten den Zug. Und als Oblonski dann an sie herantrat, beobachtete Wronski entzückt die impulsive, anmutige Art, mit der sie den linken Arm um den Hals des Bruders legte, ihn an sich zog und herzhaft auf die Wangen küßte. Er blickte unverwandt zu ihr hinüber, lächelte und wußte selbst nicht, warum. Doch dann fiel ihm die wartende Mutter ein, und er ging in den Wagen zurück.

„Nicht wahr, sie ist reizend?" empfing ihn die Gräfin. „Ihr Mann hat sie zu mir gesetzt, und ich habe mich sehr darüber gefreut. Wir haben die ganze Reise über geplaudert. Nun, und du, höre ich ... vous filez le parfait amour. Tant mieux, mon cher, tant mieux."

„Ich weiß nicht, worauf sie anspielen, maman", antwortete Wronski kühl. „Doch nun können wir wohl aussteigen, maman."

Frau Karenina kam nochmals ins Abteil, um sich von der Gräfin zu verabschieden.

„So, Gräfin, Sie haben nun Ihren Sohn zur Seite, und ich habe auch meinen Bruder gefunden", sagte sie vergnügt. „Und weiter hätte ich auch nichts mehr zu erzählen gewußt; mein ganzer Vorrat an Geschichten ist erschöpft."

„Ach", sagte die Gräfin und ergriff ihre Hand, „mit Ihnen könnte ich um den ganzen Erdball reisen und würde mich doch nicht langweilen. Sie sind eine jener angenehmen Frauen, mit denen es sich ebensogut plaudern wie schweigen läßt. Und wegen Ihres Söhnchens dürfen Sie sich keine Gedanken machen; man kann doch nicht immer zu Hause sitzen."

Frau Karenina stand regungslos, in aufrechter Haltung; ihre Augen lächelten.

„Anna Arkadjewna hat ein achtjähriges Söhnchen, von dem sie sich noch nie getrennt hat", wandte sich die Gräfin erklärend an ihren Sohn. „Und nun quält sie sich bei dem Gedanken, ihn allein gelassen zu haben."

„Ja, wir haben die ganze Zeit von unseren Söhnen gesprochen, die Gräfin von ihrem und ich von meinem", sagte Anna Arkadjewna, zu Wronski gewandt, und wieder verklärte sich ihr Gesicht durch ein Lächeln, durch ein freundliches Lächeln, das ihm galt.

„Nun, das dürfte für Sie sehr langweilig gewesen sein", griff er im Fluge den Ball der Koketterie auf, den sie ihm zugeworfen hatte. Doch sie war offenbar nicht geneigt, das Gespräch in dem gleichen Ton fortzusetzen, und wandte sich wieder an die alte Gräfin.

„Ich bin Ihnen sehr dankbar. Die Zeit ist mir im Nu vergangen. Auf Wiedersehen, Gräfin."

„Auf Wiedersehen, meine Liebste", erwiderte die Gräfin. „Erlauben Sie, daß ich Ihr hübsches Gesichtchen küsse. Von mir, einer alten Frau, können Sie es sich sagen lassen, daß ich Sie ins Herz geschlossen habe."

So routinemäßig diese Worte auch sein mochten, Anna Arkadjewna empfand sie offenbar als aufrichtig und freute sich über sie. Sie errötete, beugte sich leicht vor, hielt ihre Wange den Lippen der Gräfin hin, richtete sich wieder auf und reichte Wronski mit jenem reizenden Lächeln, das sich im Mienenspiel zwischen Augen und Mund äußerte, die Hand. Er drückte die ihm dargebotene kleine Hand und freute sich über den überraschend kräftigen Druck, mit dem sie energisch und ungezwungen die seine schüttelte. Dann verließ sie mit schnellen, für ihre etwas üppige Figur erstaunlich elastischen Schritten das Abteil.

„Sie ist reizend", sagte die alte Gräfin.

Das gleiche dachte ihr Sohn. Er verfolgte sie mit den Blicken, bis ihre graziöse Gestalt verschwunden war, und ein Lächeln blieb auf seinem Gesicht. Durch das Fenster sah er dann, wie sie auf ihren Bruder zutrat, ihre Hand auf seinen Arm legte und lebhaft auf ihn einzureden begann; aber sie schien über etwas zu sprechen, was nicht mit ihm, Wronski, zu tun hatte, und das verstimmte ihn.

„Nun, maman, fühlen Sie sich vollkommen wohl?" wiederholte er, sich wieder der Mutter zuwendend.

„Vollkommen, in jeder Hinsicht. Alexandre war sehr lieb. Und Marie ist sehr hübsch geworden. Sie sieht sehr apart aus."

Und sie begann wieder von den Dingen zu erzählen, die sie am meisten interessierten – von der Taufe ihres Enkels, zu der sie nach Petersburg gereist war, und von der besonderen Gunst, die der Zar ihrem ältesten Sohn erweise.

„Da ist auch Lawrenti", sagte Wronski, als er durchs Fenster blickte. „Wir wollen aussteigen, wenn es Ihnen recht ist."

Der alte Haushofmeister, der die Gräfin begleitet hatte, kam ins Abteil und meldete, daß alles fertig sei, worauf sich die Gräfin erhob und zum Gehen anschickte.

„Kommen Sie, es sind jetzt nur noch wenig Menschen", sagte Wronski.

Die Kammerjungfer nahm die Reisetasche und das Hündchen,

der Haushofmeister und ein Gepäckträger die übrigen Sachen, und Wronski bot seiner Mutter den Arm. Doch als sie gerade im Begriff waren, aus dem Zug zu steigen, kamen plötzlich mehrere Personen mit verstörten Gesichtern vorbeigelaufen. Auch der Stationsvorsteher, der durch die Farbe seiner Mütze auffiel, kam gelaufen. Allem Anschein nach hatte sich etwas Außergewöhnliches ereignet. Das Publikum strömte dem Ende des Zuges zu.

„Wie? ... Was? ... Wo? ... Unter den Zug gefallen! ... Zermalmt! ...“, hörte man in der vorübereilenden Menge rufen.

Stepan Arkadjitsch und seine Schwester, die sich bei ihm eingehakt hatte, kamen ebenfalls mit bestürzten Gesichtern zurück und blieben, um der Menge auszuweichen, an der Wagentür stehen.

Die Damen stiegen wieder in den Zug, während Wronski und Stepan Arkadjitsch der Menge folgten, um Einzelheiten über das Unglück zu erfahren.

Ein Bahnwärter, der vielleicht betrunken oder wegen des strengen Frostes allzusehr eingemummt gewesen war, hatte die Rückwärtsbewegung eines rangierenden Zuges nicht gehört und war zermalmt worden.

Diese Einzelheiten erfuhren die Damen durch den Haushofmeister schon vor der Rückkehr Wronskis und Oblonskis.

Oblonski und Wronski hatten die verstümmelte Leiche gesehen. Oblonski war sichtlich erschüttert. In seinem Gesicht zuckte es, und er schien gegen die Tränen anzukämpfen.

„Ach, wie entsetzlich! Ach, Anna, wenn du das gesehen hättest! Ach, wie entsetzlich!“ wiederholte er ein um das andere Mal.

Wronski schwieg, und sein hübsches Gesicht hatte einen wenn auch ernsten, so doch völlig ruhigen Ausdruck.

„Ach, wenn Sie das gesehen hätten, Gräfin“, fuhr Stepan Arkadjitsch fort. „Seine Frau ist auch da ... Es ist nicht mit anzusehen ... Sie warf sich über die Leiche. Man sagt, er sei der alleinige Ernährer einer riesigen Familie gewesen. Das ist ja furchtbar!“

„Kann man der Frau nicht irgendwie helfen?“ flüsterte Anna Arkadjewna aufgeregt.

Wronski blickte sie an und verließ gleich darauf das Abteil.

„Ich bin gleich wieder zurück, maman“, sagte er beim Hinausgehen.

Als er wenige Minuten später zurückkam, unterhielt sich Stepan Arkadjitsch mit der Gräfin bereits über eine neue Sängerin, und die Gräfin blickte in Erwartung des Sohnes ungeduldig nach der Tür.

„So, nun wollen wir gehen“, sagte Wronski beim Betreten des Abteils.

Sie brachen gemeinsam auf. Wronski ging mit seiner Mutter

voran, Stepan Arkadjitsch und seine Schwester folgten. Am Ausgang wurden sie vom Stationsvorsteher eingeholt.

Er wandte sich an Wronski: „Sie haben meinem Gehilfen zweihundert Rubel übergeben. Belieben Sie noch zu bestimmen, wer das Geld erhalten soll?"

„Die Witwe", antwortete Wronski mit einem Achselzucken. „Ich verstehe nicht, was da noch viel zu fragen ist."

„Das haben Sie getan?" rief von hinten Oblonski. „Sehr nobel, wirklich, sehr nobel", fügte er hinzu und drückte den Arm seiner Schwester an sich. „Ein guter Kerl, nicht wahr? ... Ihr ergebenster Diener, Gräfin!"

Und er blieb mit seiner Schwester stehen, um nach deren Zofe Ausschau zu halten.

Als sie aus dem Bahnhof traten, war die Wronskische Equipage bereits abgefahren. Die aus dem Bahnhof kommenden Leute sprachen immer noch über den Unglücksfall.

„Was für ein furchtbarer Tod!" sagte ein vorüberkommender Herr. „In zwei Stücke soll er zerschnitten sein, heißt es."

„Ich meine im Gegenteil, ein so schneller Tod ist der leichteste", bemerkte ein anderer.

„Das man auch keine Vorsichtsmaßnahmen trifft!" sagte ein dritter.

Sie stiegen in den Wagen, und Stepan Arkadjitsch bemerkte dabei mit Erstaunen, daß die Lippen seiner Schwester zuckten und daß sie mit Mühe das Weinen unterdrückte.

„Was hast du, Anna?" fragte er, als sie ein Stück weitergefahren waren.

„Ein schlechtes Vorzeichen", antwortete sie.

„Was für ein Unsinn!" sagte Stepan Arkadjitsch. „Du bist gekommen, das ist die Hauptsache. Ich kann dir gar nicht sagen, welch große Hoffnungen ich auf dich setze."

„Bist du mit Wronski schon lange bekannt?" fragte sie.

„Ja. Weißt du, wir rechnen damit, daß er Kitty heiraten wird."

„So?" sagte Anna leise. „Doch nun wollen wir von dir reden", fuhr sie fort und machte eine Kopfbewegung, als wollte sie etwas Lästiges und sie Störendes abschütteln. „Wir wollen darüber sprechen, wie die Dinge bei dir stehen. Ich habe deinen Brief bekommen und bin gleich abgereist."

„Ja, du bist meine einzige Hoffnung", sagte Stepan Arkadjitsch. „Nun, dann erzähle mir alles."

Und Stepan Arkadjitsch begann zu erzählen.

Vor dem Hause angelangt, half Oblonski seiner Schwester aus dem Wagen, stieß einen Seufzer aus, drückte ihr die Hand und fuhr weiter, ins Amt.

19

Anna traf Dolly in einem kleinen Wohnzimmer an, wo sie ihrem semmelblonden, pausbäckigen Söhnchen, das schon jetzt dem Vater sehr ähnlich war, seine französische Leseübung abhörte. Der Knabe las und zupfte dabei unaufhörlich an einem locker gewordenen Knopf seiner Jacke, den er ganz und gar abreißen wollte. Die Mutter hatte seine Hand mehrmals zurückgezogen, aber das rundliche Patschhändchen griff immer wieder nach dem Knopf. Die Mutter riß den Knopf ab und steckte ihn in die Tasche.

„Halte die Hand ruhig, Grischa", sagte sie und wandte sich wieder ihrer Decke zu, an der sie schon lange arbeitete: zu dieser Arbeit griff sie jedesmal in schweren Stunden und so auch heute; sie strickte nervös und zählte mit hastigen Fingerbewegungen die Maschen. Obgleich sie ihrem Mann gestern hatte bestellen lassen, es gehe sie nichts an, ob seine Schwester käme oder nicht, hatte sie doch alles Nötige zur Ankunft ihrer Schwägerin vorbereitet und sah ihr jetzt mit Aufregung entgegen.

Dolly war zutiefst unglücklich und von ihrem Kummer niedergedrückt. Dessenungeachtet vergaß sie nicht, daß ihre Schwägerin die Frau eines der wichtigsten Würdenträger in Petersburg war und daß sie selbst in der Petersburger Gesellschaft eine grande dame war. Infolgedessen beharrte sie nicht auf dem, was sie ihrem Mann angedroht hatte, das heißt, sie gab die Absicht auf, den Besuch der Schwägerin zu ignorieren. Und schließlich trifft Anna ja keinerlei Schuld, sagte sich Dolly. Ich kenne sie nur als eine ausgezeichnete Frau, die zu mir immer sehr freundlich und liebevoll gewesen ist. Soweit sie sich des Eindrucks erinnerte, den sie in Petersburg bei einem Besuch der Karenins gewonnen hatte, war ihr allerdings die ganze Atmosphäre dieses Hauses nicht angenehm gewesen; der ganzen Form ihres Familienlebens schien irgend etwas Unnatürliches anzuhaften. Aber warum sollte ich ihr deshalb meine Gastfreundschaft versagen? fragte sich Dolly. Wenn sie nur nicht auf den Einfall kommt, mich trösten zu wollen. Alles, was mich milder stimmen, wozu man mich ermahnen könnte, oder ein Appell, aus Christenliebe zu verzeihen – alles das habe ich schon tausendmal durchdacht, aber nichts davon kann mir helfen.

Alle diese Tage hatte Dolly allein mit ihren Kindern verbracht. Über ihren Kummer wollte sie nicht sprechen, und mit einem solchen Kummer im Herzen über etwas anderes zu sprechen, dazu war sie nicht fähig. Sie wußte, daß es über kurz oder lang zu einer Aussprache mit Anna kommen werde, und bald freute sie sich bei dem Gedanken daran, wie sie ihr alles vorhalten würde, bald ärgerte sie sich über die Notwendigkeit, mit ihr, seiner Schwester, über ihre Demütigung sprechen und von ihr wahrscheinlich abgeschmackte Trostworte und Ermahnungen anhören zu müssen.

In Erwartung ihrer Schwägerin blickte sie alle Augenblicke auf die Uhr, aber – wie es in solchen Fällen oft geschieht – ihre Aufmerksamkeit war gerade in dem Moment abgelenkt, als die Erwartete wirklich eintraf, so daß sie das Klingeln überhörte.

Als unmittelbar vor der Tür das Rascheln eines Kleides und leichte Schritte laut wurden, drehte sie sich um, und auf ihrem zerquälten Gesicht drückte sich unwillkürlich weniger Freude als Überraschung aus. Sie stand auf und umarmte die Schwägerin.

„Wie, du bist schon hier?" sagte sie und küßte Anna.

„Dolly, wie freue ich mich, dich wiederzusehen!"

„Auch ich freue mich", antwortete Dolly mit einem schwachen Lächeln und versuchte aus Annas Gesichtsausdruck zu erraten, ob sie schon alles wisse oder nicht. Ja, sie muß es wissen, sagte sie sich, als sie in Annas Gesicht einen Zug von Mitleid zu entdecken glaubte. „Nun komm, ich werde dich in dein Zimmer führen", fuhr sie fort, um den Augenblick der Aussprache möglichst weit hinauszuschieben.

„Und das ist Grischa? Mein Gott, wie ist der Junge groß geworden!" sagte Anna und küßte ihn; sie hatte Dolly die ganze Zeit beobachtet und blieb jetzt errötend vor ihr stehen. „Ach, wenn es dir recht ist, laß uns doch erst einmal hierbleiben."

Sie legte ihr Tuch ab und schüttelte lachend den Kopf, um den Hut loszubekommen, der an einer Strähne ihres lockigen schwarzen Haares hängengeblieben war.

„Du strahlst ja förmlich vor Glück und Gesundheit!" bemerkte Dolly fast neidisch.

„Ich? Ach ja!" sagte Anna. „Mein Gott, da ist ja auch Tanja! Die Altersgenossin meines Serjosha", fügte sie hinzu und drehte sich zu dem Mädchen um, das ins Zimmer gelaufen kam. Sie hob es hoch und küßte es. „Ein reizendes Mädchen, wirklich reizend! Führe mir doch alle vor."

Sie zählte alle Kinder auf und nannte nicht nur ihre Namen, sondern hatte auch das genaue Alter, die Eigenheiten und überstandenen Krankheiten jedes einzelnen im Gedächtnis, worüber Dolly natürlich gerührt war.

„Nun, dann wollen wir zu ihnen gehen", sagte sie. „Schade, Wassja schläft jetzt gerade."

Nachdem sie die Kinder besucht hatten, setzten sie sich, nunmehr allein, im Wohnzimmer an den Kaffeetisch. Anna hantierte am Tablett herum und schob es dann mit einer kurzen Handbewegung von sich weg.

„Dolly“, sagte sie, „er hat mit mir gesprochen.“

Dolly machte ein abweisendes Gesicht. Sie erwartete jetzt erkünstelt mitleidige Redensarten, aber Anna sagte nichts Derartiges.

„Dolly, liebe Dolly“, fuhr sie fort. „Ich habe nicht vor, ihn in Schutz zu nehmen, und auch nicht, dich zu trösten – das ist nicht möglich. Ich will dir nur sagen, daß du mir leid tust, mein Liebling, von ganzem Herzen tust du mir leid.“

An den dichten Wimpern ihrer leuchtenden Augen schimmerten plötzlich Tränen. Sie rückte näher zu Dolly heran und ergriff mit ihrer kleinen, energischen Hand die der Schwägerin. Dolly ließ es geschehen, aber ihr Gesicht behielt den abweisenden Ausdruck.

„Trösten kann mich niemand“, sagte sie. „Nach dem, was geschehen ist, ist alles verloren, ist alles zunichte gemacht!“

Sobald sie diese Worte ausgesprochen hatte, entspannte sich ihr Gesicht und nahm einen weicheren Ausdruck an. Anna ergriff Dollys hagere, dürre Hand, küßte sie und sagte:

„Aber Dolly, was ist nun zu tun, was kann man machen? Welches ist der beste Ausweg aus dieser furchtbaren Lage – das müssen wir überlegen.“

„Alles ist aus, daran läßt sich nichts ändern“, erwiderte Dolly. „Und das schlimmste ist dabei, daß ich der Kinder wegen nicht weg kann, ich bin gebunden. Aber bei ihm bleiben kann ich auch nicht, schon sein Anblick ist mir eine Qual.“

„Dolly, Liebling, er hat mir ja alles erzählt, aber ich möchte es auch aus deinem Munde hören; erzähle mir doch, wie alles gekommen ist.“

Dolly blickte sie prüfend an. In Annas Gesicht drückten sich ungeheuchelte Teilnahme und Liebe aus.

„Gut, ich bin bereit“, sagte sie plötzlich. „Aber ich werde ganz von vorn anfangen. Du weißt, wie ich geheiratet habe. So, wie maman mich erzogen hat, war ich nicht nur ein Unschuldslamm, ich war dumm. Ich war völlig unerfahren. Man sagt, daß die Männer ihren Frauen nach der Heirat ihre Vergangenheit erzählen, aber Stiwa ... Stepan Arkadjitsch“, verbesserte sie sich, „Stepan Arkadjitsch hat mir nichts erzählt. Du wirst es vielleicht nicht glauben, aber ich bin bis jetzt überzeugt gewesen, ich sei die einzige Frau, die ihm nahegestanden hat. In diesem Glauben habe ich acht Jahre gelebt. Bedenke, ich habe an eine Untreue niemals gedacht, ja sie überhaupt für unmöglich gehalten. Und nun, stell dir vor, erfährst du, in einem solchen Glauben befangen, plötzlich das ganze Unheil, diese ganze Gemeinheit ... Du mußt dich in mich hineinversetzen. Man ist felsenfest von seinem Glück überzeugt,

und plötzlich…", fuhr Dolly, ein Schluchzen unterdrückend, fort, „plötzlich findet man einen Brief… einen Brief von ihm an seine Geliebte, an unsere Gouvernante. Nein, das ist einfach entsetzlich!" Sie zog hastig ihr Taschentuch hervor und preßte es vors Gesicht. „Einen vorübergehenden Liebesrausch", fuhr sie nach kurzem Schweigen fort, „das könnte ich noch verstehen. Aber mich mit Überlegung und Hinterlist zu betrügen… und mit wem? Die Ehe mit mir fortzusetzen und gleichzeitig … oh, das ist furchtbar! Du kannst dir nicht vorstellen…"

„O ja, ich kann es mir vorstellen! Ich verstehe dich, liebe Dolly, verstehe dich vollkommen", sagte Anna und drückte ihr die Hand.

„Und meinst du vielleicht, er verstünde die ganze Schwere meiner Lage? Nicht im geringsten! Er ist glücklich und zufrieden, er…"

„O nein!" fiel Anna ihr schnell ins Wort. „Er ist niedergeschlagen, er vergeht vor Reue und…"

„Ist er denn einer Reue überhaupt fähig?" unterbrach Dolly ihre Schwägerin und blickte ihr prüfend ins Gesicht.

„Ja, ich kenne mich in ihm aus. Ich konnte ihn nicht ohne Mitleid ansehen. Wir kennen ihn beide. Er hat ein gutes Herz, aber er ist stolz und fühlt sich jetzt so erniedrigt. Am allermeisten aber hat mich gerührt" (und damit hatte Anna das Richtige getroffen, um Dolly zu rühren), „daß ihn vor allem zweierlei quält: erstens die Scham vor den Kindern und zweitens, daß er, obwohl er dich liebt… ja, ja, über alles in der Welt liebt", fuhr sie hastig fort, um Dolly, die widersprechen wollte, nicht erst zu Wort kommen zu lassen, „daß er dir dennoch ein solches Leid angetan, dir das Herz gebrochen hat. ‚Nein, sie kann und wird mir nicht verzeihen', wiederholte er immer wieder."

Dolly hörte ihrer Schwägerin zu und blickte dabei nachdenklich an ihr vorbei ins Leere.

„Ja, ich begreife, daß seine Lage furchtbar ist; der Schuldige muß ja noch mehr leiden als der Unschuldige, wenn er einsieht, daß er an allem Unglück schuld ist", sagte sie. „Doch wie könnte ich ihm verzeihen, wie aufs neue seine Frau sein nach seinem Verhältnis mit jener? Das Zusammenleben mit ihm würde für mich eine Qual sein, gerade deshalb, weil mir meine frühere Liebe zu ihm so teuer ist …" Sie konnte vor Schluchzen nicht weitersprechen.

Doch merkwürdig: jedesmal wenn ihre Stimmung weicher geworden war, begann sie wieder von dem zu sprechen, was sie am meisten erboste.

„Natürlich, sie ist ja hübsch, sie ist ja jung. Aber bist du dir auch im klaren darüber, Anna, durch wen ich meine Jugendfrische, meine Schönheit eingebüßt habe? Durch ihn und seine Kinder! Ich habe ausgedient, ich habe mich in diesem Dienst verzehrt, und jetzt ist ihm natürlich ein frisches, wenn auch ordinäres Geschöpf lieber. Sie werden natürlich über mich gesprochen haben, stell dir vor, oder was noch schlimmer ist, sie haben sich meinetwegen überhaupt keine Gedanken gemacht", fuhr sie fort, und in ihren Augen flackerte wieder der Haß auf. „Und nach alldem wird er mir beteuern ... Kann ich ihm denn noch glauben? Nie und nimmermehr! Nein, jetzt ist alles hin, alles, was eine Freude, ein Ausgleich für alle Mühen und Qualen war ... Stell dir vor: ich habe Grischa eben bei seinen Aufgaben geholfen; früher machte mir das Freude, jetzt aber ist es eine Qual. Wofür arbeite ich, plage ich mich ab? Wozu überhaupt Kinder? Es ist entsetzlich, daß meine Gefühle plötzlich so umgeschlagen sind und daß mein Herz jetzt nicht mehr mit Liebe und Zärtlichkeit, sondern nur noch mit Haß, ja mit Haß gegen ihn angefüllt ist. Ich könnte ihn töten ..."

„Dolly, Liebling, ich begreife dich, aber du darfst dich nicht so quälen. Du bist dermaßen verbittert und erregt, daß du manches zu schwarz siehst."

Dolly verstummte, und eine Weile schwiegen beide.

„Überlege, was zu machen ist, Anna, hilf mir! Ich habe mir alles durch den Kopf gehen lassen, aber ich weiß mir keinen Rat."

Einen Rat wußte auch Anna nicht, aber ihr Herz krampfte sich bei jedem Wort, jeder Gebärde ihrer Schwägerin zusammen.

„Ich weiß nur eins", begann sie. „Er ist mein Bruder, ich kenne seinen Charakter, seine Fähigkeit, alles, alles in den Wind zu schlagen" (sie bewegte die Hand vor der Stirn hin und her), „diese Fähigkeit, sich in einem momentanen Rausch vollkommen zu vergessen, dafür aber nachträglich auch ebenso vollkommen zu bereuen. Er ist jetzt fassungslos und kann nicht verstehen, daß er so an dir handeln konnte."

„Doch, er versteht es, hat es sehr wohl verstanden!" widersprach Dolly. „Mir aber ... an mich denkst du dabei nicht ... ist mir damit geholfen?"

„Hör zu. Als ich mit ihm sprach, hatte ich, offen gesagt, noch nicht die ganze Schwere deiner Lage erfaßt. Ich sah nur, daß der häusliche Friede gestört war, und er tat mir leid; doch jetzt, nachdem ich mit dir gesprochen habe, sehe ich die Dinge als Frau und sehe sie anders. Ich sehe, wie du leidest, und kann dir gar nicht sagen, wie sehr du mir leid tust. Glaube mir, liebe Dolly, ich habe volles Verständnis für deinen Gram, aber ich weiß das eine nicht: ich weiß nicht ... ich weiß nicht, wieviel Liebe für ihn noch in deinem Herzen ist. Das mußt du wissen – ob sie ausreicht, um verzeihen zu können. Wenn ja, dann verzeihe!“

„Nein“, begann Dolly; doch Anna unterbrach sie und küßte ihr nochmals die Hand.

„Ich kenne die Welt besser als du“, sagte sie. „Ich weiß, wie Männer von der Art Stiwas über solche Dinge denken. Du sagtest, er habe mit *ihr* über dich gesprochen. Das hat er nicht getan. Männer dieser Art können untreu sein, aber ihren häuslichen Herd und ihre Frau, die betrachten sie als ein Heiligtum. Im Grunde genommen verachten sie diese Geschöpfe, und ihre Gefühle für die Familie werden durch sie nicht berührt. Sie ziehen gleichsam eine undurchdringliche Scheidewand zwischen ihrer Familie und jenen. Es ist mir unbegreiflich, aber es ist so.“

„Ja, aber er hat sie geküßt ...“

„Dolly, du gute Seele, höre, was ich dir sage. Ich habe Stiwa noch aus der Zeit vor Augen, als er in dich verliebt war. Ich erinnere mich, wie er weinte, wenn er damals zu mir kam und von dir sprach, wie er in dir das Sinnbild der Poesie und den Gipfel aller Vollkommenheit sah. Und ich weiß auch, daß du im Laufe eurer Ehe in seiner Achtung und Liebe immer höher gestiegen bist. Wir haben uns oft über ihn amüsiert, wenn er jedem zweiten Wort hinzufügte: ‚Dolly ist eine bewundernswerte Frau!‘ Er hat dich immer vergöttert und tut es auch jetzt noch, und sein Herz hat mit diesem Seitensprung ...“

„Und wenn sich der Seitensprung wiederholt?“

„Das halte ich nicht für möglich.“

„Ja, würdest du denn an meiner Stelle verzeihen?“

„Ich weiß es nicht, ich kann es nicht beurteilen ... Doch, ich weiß es!“ sagte Anna nach kurzem Nachdenken; und nachdem sie in Gedanken alle Umstände gegeneinander abgewogen hatte, wiederholte sie: „Ja, ich weiß es, ich weiß es! Ja, ich würde verzeihen. Ich wäre eine andere geworden, aber ich würde verzeihen, und so verzeihen, daß damit alles ausgelöscht wäre, als ob es nie vorgekommen wäre.“

„Nun, das ist selbstverständlich“, fiel Dolly schnell ein, als ob Anna nur das ausgesprochen hätte, worüber sie selbst während all dieser Tage nachgedacht hatte. „Sonst wäre es kein Verzeihen. Wenn man schon verzeiht, dann muß man voll und ganz verzeihen. Doch nun komm, ich werde dich jetzt in dein Zimmer führen“, sagte sie und umarmte Anna, als sie auf die Tür zugingen. „Meine Liebe, wie froh bin ich, daß du gekommen bist. Mir ist jetzt leichter ums Herz, viel, viel leichter.“

20

Diesen ganzen Tag verbrachte Anna zu Hause, das heißt im Oblonskischen Hause. Besucher empfing sie nicht, obwohl mehrere ihrer Bekannten bereits von ihrer Ankunft gehört hatten und gleich am ersten Tage vorsprachen. Den Vormittag verbrachte Anna mit Dolly und den Kindern. Außerdem sandte sie ihrem Bruder ein Briefchen mit der Ermahnung, das Mittagessen unbedingt zu Hause einzunehmen. „Komm, Gott ist barmherzig", schrieb sie.

Oblonski erschien zum Essen; die Unterhaltung bei Tisch drehte sich um ganz allgemeine Dinge, und seine Frau redete ihn im Gespräch mit du an, was sie bis dahin nicht getan hatte. In den Beziehungen zwischen den Eheleuten blieb zwar eine Entfremdung bestehen, aber von einer Trennung war nicht mehr die Rede, und Stepan Arkadjitsch sah eine Möglichkeit für die Aussprache und Versöhnung.

Unmittelbar nach dem Mittagessen erschien Kitty. Sie kannte Anna Arkadjewna, aber die Bekanntschaft war nur flüchtig, und als sie sich jetzt bei ihrer Schwester einfand, beunruhigte sie immerhin ein wenig der Gedanke, wie diese von allen so gepriesene Petersburger Weltdame sie aufnehmen würde. Doch sie gefiel Anna Arkadjewna, das sah sie sofort. Anna war offensichtlich von ihrer Schönheit und Jugendfrische entzückt, und ehe Kitty sich's versah, war sie nicht nur unter Annas Einfluß geraten, sondern sie hatte sich auch in sie verliebt, wie sich zuweilen junge Mädchen in ältere und verheiratete Frauen zu verlieben vermögen. Anna wirkte nicht wie eine Salondame oder Mutter eines achtjährigen Sohnes; nach der Geschmeidigkeit ihrer Bewegungen, ihrer Frische und der ihrem Gesicht innewohnenden Lebhaftigkeit, die sich einmal in einem Lächeln, dann in einem Blick äußerte, hätte man sie eher für ein zwanzigjähriges junges Mädchen halten können, wenn nicht der ernste, zuweilen wehmütige Ausdruck ihrer Augen gewesen wäre, der Kitty faszinierte und anzog. Kitty fühlte, daß sich Anna völlig natürlich gab und nichts verbarg, daß es aber in ihr eine andere, höhere Welt gab, von komplizierter und poetischer Art, die Kitty nicht zugänglich war.

Nach dem Mittagessen, als sich Dolly in ihr Zimmer zurückgezogen hatte, stand Anna schnell auf und trat an ihren Bruder heran, der sich eine Zigarre anzündete.

„Stiwa", sagte sie mit einem verschmitzten Augenblinzeln, bekreuzigte ihn und wies mit einer Kopfbewegung auf die Tür. „Geh, und Gott stehe dir bei!"

Er verstand sie, warf die Zigarre hin und verließ das Zimmer.

Als Stepan Arkadjitsch gegangen war, kehrte sie zum Sofa zurück, wo sie, umringt von den Kindern, gesessen hatte. Sei es nun, daß die Kinder die Sympathie ihrer Mutter für diese Tante merkten, oder sei es, daß sie selbst besonderes Gefallen an ihr fanden – die beiden ältesten und, ihrem Beispiel folgend, auch die jüngeren hatten sich, wie man das bei Kindern häufig beobachtet, schon vor dem Mittagessen an die Fersen der neuen Tante geheftet und wichen nicht von ihrer Seite. Zwischen ihnen war gleichsam eine Art Spiel entstanden, das darin bestand, möglichst nahe neben der Tante zu sitzen, sich an sie zu schmiegen, ihre kleine Hand zu halten, sie zu küssen, mit ihrem Ring zu spielen oder wenigstens die Rüsche ihres Kleides zu berühren.

„Nein, nein, genauso, wie wir vorhin gesessen haben", sagte Anna Arkadjewna, als sie wieder ihren Platz einnahm.

Und Grischa steckte aufs neue den Kopf unter ihren Arm, schmiegte ihn an ihr Kleid und strahlte voller Stolz und Glück.

„Wann soll denn der Ball stattfinden?" wandte sich Anna Arkadjewna an Kitty.

„In der nächsten Woche, und zwar ein sehr schöner Ball. Einer von den Bällen, auf denen es immer sehr vergnügt zugeht."

„Gibt es denn Bälle, auf denen es immer vergnügt zugeht?" fragte Anna mit einem leicht spöttischen Lächeln.

„Ja, so merkwürdig es ist, aber das gibt es. Bei den Bobristschews ist es immer lustig, bei den Nikitins ebenfalls, während man sich bei den Meshkows jedesmal langweilt. Finden Sie nicht auch, daß Bälle sehr verschieden sind?"

„Nein, mein Kind, Bälle, die Vergnügen bereiten, gibt es für mich nicht mehr", sagte Anna, und Kitty erblickte in ihren Augen jene besondere Welt, die ihr nicht zugänglich war. „Für mich gibt es allenfalls solche, die mehr, und andere, die weniger bedrückend und langweilig sind."

„Wie kann es für *Sie* auf einem Ball langweilig sein?"

„Warum sollte es gerade für *mich* auf einem Ball nicht langweilig sein können?" fragte Anna.

Kitty merkte, daß Anna ihre Antwort im voraus wußte.

„Weil Sie immer die Schönste von allen sein werden."

Anna errötete – sie hatte nämlich diese Eigenschaft – und antwortete:

„Erstens trifft das nicht zu; und zweitens, selbst wenn es zuträfe, was hätte ich davon?"

„Werden Sie diesen Ball mitmachen?" erkundigte sich Kitty.

„Ich glaube, es wird sich nicht umgehen lassen ... Hier, nimm diesen", sagte sie zu Tanja, die an einem Ring zog, der locker an einem ihrer zarten, am Ende spitz zulaufenden Finger saß.

„Ich würde mich sehr freuen, wenn Sie hinkämen. Ich möchte Sie so gern auf einem Ball sehen."

„Nun, wenn es nicht anders gehen sollte, würde ich mich wenigstens mit dem Gedanken trösten, Ihnen damit eine Freude zu bereiten ... Grischa, zupfe nicht an ihnen, sie sind ohnehin schon ganz zerzaust", sagte sie und strich eine Haarsträhne zurück, mit der Grischa spielte.

„Auf einem Ball stelle ich mir Sie in Lila vor."

„Warum denn ausgerechnet in Lila?" fragte Anna lächelnd. „So, Kinder, nun geht jetzt. Hört ihr? Miss Hull ruft zum Teetrinken", sagte sie, indem sie sich von den Kindern befreite und sie ins Speisezimmer schickte. „Ich weiß übrigens, warum Ihnen an meiner Anwesenheit auf dem Ball liegt. Sie versprechen sich viel von diesem Ball und möchten, daß alle dabeisein, alle an ihrer Freude teilnehmen sollen."

„Nun ... ja! Aber woher wissen Sie es?"

„Oh, wie glücklich ist man in Ihrem Alter!" fuhr Anna fort. „Ich kenne das und erinnere mich noch an den hellblauen Nebel, der, ähnlich jenem der Schweizer Berge, in dieser glückseligen Zeit alles um uns herum umgibt. Man ist gerade eben dem Kindesalter entwachsen und betritt frohgemut und doch stockenden Herzens den Weg, der aus dem weiten, von Glück und Frohsinn erfüllten Kreis der Kindheit hinausführt, immer enger und enger wird und sich in einer scheinbar so lichten und schönen Ferne verliert ... Wer hätte das nicht erlebt?"

Kitty lächelte, ohne etwas zu sagen. Wie mag sich das wohl in ihrem Falle abgespielt haben? Ich möchte so gern die ganze Geschichte ihrer Liebe kennenlernen, dachte sie, als sie sich das nüchterne Äußere Alexej Alexandrowitschs, ihres Mannes, vorstellte.

„Ja, ein wenig bin ich im Bilde", fuhr Anna fort. „Stiwa hat mir davon erzählt, und ich kann Sie nur beglückwünschen. Wronski gefällt mir sehr; ich bin mit ihm auf dem Bahnhof zusammengetroffen."

„Ach, er war auf dem Bahnhof?" fragte Kitty und errötete. „Was hat Ihnen Stiwa denn gesagt?"

„Stiwa hat mir alles verraten. Und ich würde mich von Herzen freuen. Wronskis Mutter und ich fuhren auf der Reise hierher im selben Abteil, und sie hat mir unermüdlich von ihm vorgeschwärmt; er ist ihr Liebling. Ich weiß, wie voreingenommen Mütter für ihre Kinder sind, aber ..."

„Was hat seine Mutter denn erzählt?"

„Ach, vielerlei. Und wenn ich auch weiß, daß er ihr Liebling ist, geht doch aus allem hervor, daß er etwas von einem Ritter an sich hat. Nun, so hat sie mir zum Beispiel erzählt, daß er auf das ganze Vermögen zugunsten seines Bruders verzichten wollte, daß er schon als Junge eine Heldentat vollbracht habe – ich glaube, er hat eine Frau vorm Ertrinken gerettet. Mit einem Wort: ein Held!“ sagte Anna lächelnd und dachte dabei auch an die zweihundert Rubel, die er auf dem Bahnhof gespendet hatte.

Aber von diesen zweihundert Rubel erwähnte sie nichts. Irgendwie war ihr die Erinnerung daran unangenehm. Sie hatte das Gefühl, daß damit etwas verbunden war, was sie persönlich anging und nicht hätte sein dürfen.

„Sie hat mich dringend eingeladen, sie zu besuchen“, fuhr Anna fort. „Ich freue mich auch, die alte Dame wiederzusehen, und werde sie morgen aufsuchen ... Nun, Stiwa verweilt ja Gott sei Dank recht lange bei Dolly“, fügte sie, das Thema wechselnd, hinzu und stand auf; irgend etwas schien sie, so kam es Kitty vor, verstimmt zu haben.

„Ich zuerst! Nein, ich zuerst!“ schrien die Kinder, die mit ihrem Tee fertig waren und auf die Tante Anna zugestürmt kamen.

„Alle miteinander!“ rief Anna und lief ihnen lachend entgegen, schloß sie in die Arme und schüttelte dann dieses ganze Knäuel kribbelnder und vor Vergnügen kreischender Kinder wieder von sich ab.

21

Zum Teetrinken der Erwachsenen erschien Dolly aus ihrem Zimmer. Stepan Arkadjitsch begleitete sie nicht. Er hatte das Zimmer seiner Frau offenbar durch eine andere Tür verlassen.

„Ich fürchte, du wirst oben frieren“, wandte sich Dolly an Anna. „Ich möchte dich nach unten umquartieren, dann sind wir auch näher beieinander.“

„Ach bitte, mach dir meinetwegen keine Sorge“, antwortete Anna, betrachtete aufmerksam Dollys Gesicht und bemühte sich, zu erkennen, ob die Aussöhnung erfolgt war oder nicht.

„Hier unten wird es dir aber vielleicht zu hell sein“, bemerkte Dolly.

„Sei ganz unbesorgt, ich schlafe immer und überall wie ein Murmeltier.“

„Worum geht es?“ wandte sich der aus seinem Arbeitszimmer kommende Stepan Arkadjitsch an Dolly.

Anna und auch Kitty erkannten an seinem Ton sofort, daß eine Versöhnung stattgefunden hatte.

„Ich möchte Anna nach unten umquartieren, aber dazu müßten

die Fenstervorhänge ausgewechselt werden. Das bringt niemand fertig, das muß ich selbst machen", antwortete Dolly, zu ihrem Mann gewandt.

Mein Gott, ob sie sich wirklich vollkommen versöhnt haben? dachte Anna, als sie den kühlen, ruhigen Ton hörte, in dem Dolly dies sagte.

„Ach, Dolly, mach doch nicht in allem solche Umstände", antwortete Stepan Arkadjitsch. „Aber gut, wenn du willst, mache ich es."

Doch, sie scheinen sich versöhnt zu haben, dachte Anna.

„Das kennen wir, wie du das machst! Du wirst Matwej Anweisungen geben, aus denen kein Mensch klug wird, und wirst dich selbst aus dem Staube machen; und Matwej wird dann alles durcheinanderbringen." Während sie das sagte, umspielte das gewohnte spöttische Lächeln ihre Mundwinkel.

Gott sei Dank, eine vollkommene, wirklich vollkommene Versöhnung! dachte Anna, und in dem freudigen Gefühl, die Friedensstifterin gewesen zu sein, trat sie an Dolly heran und küßte sie.

„Das stimmt nicht; warum schätzt du mich und den guten Matwej so gering ein?" sagte Stepan Arkadjitsch, sich mit einem kaum merklichen Lächeln an seine Frau wendend.

Den ganzen Abend über behandelte Dolly ihren Mann wie gewöhnlich mit einem leisen Anflug von Spott, Stepan Arkadjitsch war zufrieden und guter Dinge, aber so, daß nicht der Eindruck entstehen konnte, er fühle sich nun, nachdem ihm verziehen war, von jeder Schuld frei.

Um halb zehn wurde das familiäre, diesmal besonders harmonische und angenehme Beisammensein am Teetisch der Oblonskis durch einen Zwischenfall gestört, der an sich ganz belanglos zu sein schien, der aber von allen Anwesenden als sonderbar empfunden wurde. Man unterhielt sich über Petersburger Freunde, und als die Rede auf eine gemeinsame Bekannte kam, stand Anna rasch auf.

„Ich habe ein Bild von ihr in meinem Album mit", sagte sie. „Und zugleich kann ich euch dann auch meinen Serjosha zeigen", fügte sie mit dem stolzen Lächeln der Mutter hinzu.

Um die zehnte Stunde, die Zeit, da sie ihrem Söhnchen gewöhnlich gute Nacht sagte und ihn oft selbst zu Bett brachte, bevor sie zu einem Ball aufbrach, hatte sich ihrer eine wehmütige Stimmung bemächtigt; sie empfand es schmerzlich, von ihm so weit entfernt zu sein, und wovon auch gesprochen werden mochte, sie kehrte in Gedanken immer wieder zu ihrem Lockenkopf Serjosha zurück. Sie sehnte sich danach, sein Bild vor Augen zu haben und von ihm zu erzählen. So ergriff sie die erstbeste Gelegenheit, erhob sich und ging mit ihrem leichten, energischen Schritt hinaus, das Album zu holen. Die Treppe, die zu ihrem Zimmer hinaufführte, mündete im geheizten Treppenhaus auf ein Podest der breiten Haupttreppe.

Im selben Augenblick, als Anna das Wohnzimmer verließ, ertönte in der Vorhalle die Klingel.

„Wer kann das sein?“ fragte Dolly.

„Es ist noch zu früh, als daß ich abgeholt werden könnte, und für jeden anderen ist es zu spät“, bemerkte Kitty.

„Wahrscheinlich ein Bote mit Akten“, meinte Stepan Arkadjitsch.

Als Anna an der Treppenbrüstung entlangging, kam ein Diener die Treppe heraufgelaufen, um den Besucher zu melden, der unten an der Lampe stehengeblieben war. Anna blickte hinunter und erkannte sofort Wronski; in ihrem Herzen regte sich ein seltsames, aus Freude und Schreck gemischtes Gefühl. Er stand unten, ohne den Mantel abgelegt zu haben, und zog gerade etwas aus der Tasche. In dem Moment, als sie die Mitte der Treppe erreicht hatte, hob er den Kopf und erblickte sie, und sein Gesicht nahm einen verlegenen und gleichsam erschrockenen Ausdruck an. Sie ging nach einem leichten Neigen des Kopfes weiter und hörte dann, wie Stepan Arkadjitsch Wronski mit lauter Stimme zum Nähertreten aufforderte und wie dieser es mit seiner weichen Stimme in gedämpftem, ruhigem Ton ablehnte.

Als Anna mit dem Album zurückkehrte, hatte sich Wronski bereits entfernt, und Stepan Arkadjitsch erzählte, er sei gekommen, um sich wegen eines Essens zu erkundigen, das am folgenden Tage zu Ehren einer zugereisten berühmten Persönlichkeit gegeben werden sollte.

„Er wollte absolut nicht hereinkommen. Ein sonderbarer Mensch!“ fügte Stepan Arkadjitsch hinzu.

Kitty wurde rot. Sie meinte als einzige zu wissen, was Wronski hergetrieben hatte und weshalb er nicht hereingekommen war. Er ist bei uns gewesen, hat mich nicht angetroffen und dann vermutet, ich sei hier, dachte sie. Und hereingekommen ist er nicht, weil er fürchtete, es sei zu spät, und weil Anna hier ist.

Alle waren erstaunt, sagten jedoch nichts und begannen sich die Bilder in Annas Album anzusehen.

Es lag nichts Außergewöhnliches und Sonderbares darin, daß jemand zu einem Freund gekommen war, um Einzelheiten über ein geplantes Festessen zu erfahren, und daß er ein Nähertreten abgelehnt hatte, aber alle empfanden es als sonderbar. Und am meisten von allen empfand es Anna als sonderbar und ungut.

Der Ball hatte eben erst begonnen, als Kitty in Begleitung ihrer Mutter die breite, von Licht überflutete und mit blühenden Topfpflanzen dekorierte Treppe heraufkam, zu deren Seiten Lakaien in roten Livreen und gepuderten Perücken Aufstellung genommen hatten. Aus den Sälen drang wie aus einem summenden Bienenstock das eintönige Geräusch sich bewegender Menschen, und während die Damen in der Vorhalle vor einem der zwischen Palmen hängenden Spiegel noch ihre Frisuren und Kleider ordneten, erklangen im Tanzsaal die zaghaft einsetzenden Töne der Geigen, die den ersten Walzer anstimmten. Ein alter Herr in Zivil, der vor einem anderen Spiegel sein ergrautes Schläfenhaar gebürstet hatte und einen Wohlgeruch von Parfüm ausströmte, stieß mit ihnen auf der Treppe zusammen, machte ihnen Platz und war sichtlich von der ihm unbekannten Kitty entzückt. Ein bartloser junger Mann in auffallend tief ausgeschnittener Weste, einer jener Herrensöhnchen, die der alte Fürst Stscherbazki als „junge Dachse" bezeichnete, rückte im Gehen seine weiße Krawatte zurecht, verbeugte sich vor ihnen und kehrte, nachdem er schon vorbeigestürmt war, nochmals zurück, um Kitty zu einer Quadrille aufzufordern. Die erste Quadrille hatte sie bereits Wronski zugesagt, und für diesen Jüngling merkte sie nun die zweite vor. Ein Offizier, der an der Tür im Begriff war, seinen Handschuh zuzuknöpfen, trat zur Seite, strich sich über seinen Schnurrbart und blickte mit Wohlgefallen auf die rosige Kitty.

Obwohl ihre Toilette, die Frisur und alle anderen Vorbereitungen für den Ball mit viel Mühe und mannigfachen Erwägungen verbunden gewesen waren, betrat Kitty den Tanzsaal in ihrem kunstvoll gearbeiteten Tüllkleid mit einem rosafarbenen Unterkleid so natürlich und ungezwungen, als ob alle diese Rosetten und Spitzen, alles dieses Drum und Dran ihrer Toilette sie und ihre Angehörigen nicht das geringste Kopfzerbrechen gekostet hätten, als ob sie in diesem Tüll, in den Spitzen und der hohen, mit einer Rose und zwei kleinen Blättern geschmückten Frisur schon zur Welt gekommen wäre.

Als die alte Fürstin vor dem Betreten des Saals die an einer Stelle umgebogene Gürtelschärpe ihrer Tochter glätten wollte, wehrte Kitty leise ab. Sie hatte das Gefühl, daß alles an ihrer Erscheinung jetzt ganz von selbst schön und elegant sein müsse und daß nichts mehr einer Verbesserung bedürfe.

Kitty hatte einen ihrer glücklichen Tage. Das Kleid beengte sie nirgends, die Spitzenrüschen hingen an keiner Stelle herab, die Rosetten waren nicht zerdrückt und abgerissen; die rosa Tanzschuhe mit den hohen geschwungenen Absätzen drückten nicht, sondern paßten sich ihren zierlichen Füßen bequem an. Die dichten bandeaux aus blondem Haar saßen auf ihrem kleinen Kopf wie eigenes Haar. Von den langen Handschuhen, die ihre Arme umspannten, ohne deren Form zu verändern, hatte sich beim Zuknöpfen keiner der drei Knöpfe gelöst. Das schwarze Samtband mit einem Medaillon schmiegte sich ihrem Hals ungemein zart an. Dieses Samtband wirkte bezaubernd, und schon zu Hause, als sich Kitty im Spiegel betrachtet hatte, hatte sie gefühlt, daß dieses schwarze Band für sich sprach. Und mochte an allem anderen vielleicht noch ein Zweifel möglich sein – dieses Samtband war eine Augenweide. Auch hier auf dem Ball lächelte Kitty, als sie einen Blick in den Spiegel warf. In den entblößten Schultern und Armen empfand Kitty eine marmorne Kälte, ein Gefühl, das sie besonders gern hatte. Ihre Augen leuchteten, und im Bewußtsein ihrer Anmut konnte sie es nicht verhindern, daß sich ihre roten Lippen ganz von selbst zu einem Lächeln formten. Kaum hatte sie den Saal betreten und sich der Gruppe von Damen genähert, die in einer buntschillernden Woge von Tüll, Schleifen und Spitzen darauf warteten, zum Tanz engagiert zu werden (Kitty brauchte sich ihnen nie anzuschließen), als sie auch schon zum Walzer aufgefordert wurde, und zwar vom besten Tänzer und ersten Kavalier der Ballhierarchie, dem als Tanz- und Zeremonienmeister berühmten Jegoruschka Korsunski, einem verheirateten, sehr gut aussehenden Mann von stattlichem Wuchs. Als er, nachdem er die erste Tour mit der Gräfin Banina getanzt und sich von dieser eben getrennt hatte, sein Reich überschaute, in dem erst wenige Paare zum Tanz angetreten waren, erblickte er die gerade eintretende Kitty, eilte mit jenen leger tänzelnden Schritten, die nur Tanzmeistern eigen sind, auf sie zu, verbeugte sich und streckte, ohne erst ihre Zusage abzuwarten, den Arm aus, um ihre schlanke Taille zu umfassen. Sie blickte sich nach jemand um, dem sie ihren Fächer übergeben könnte, und die Frau des Hauses nahm ihn ihr mit einem freundlichen Lächeln ab.

„Wie schön, daß Sie pünktlich kommen", sagte Korsunski, als er den Arm um ihre Taille legte. „Dieses Zuspätkommen ist wirklich eine Unsitte."

Sie beugte den linken Arm, legte die Hand auf seine Schulter, und ihre kleinen Füße in den rosa Schuhen glitten mit schnellen, leichten und rhythmischen Schritten im Takt der Musik über das glatte Parkett.

„Es ist eine Erholung, mit Ihnen Walzer zu tanzen", sagte er, nachdem sie die ersten gemessenen Walzerschritte gemacht hatten. „Bewundernswert, welch eine Leichtigkeit und précision", fügte er hinzu, ein Kompliment, das er fast allen guten Bekannten zu machen pflegte.

Sie quittierte sein Lob mit einem Lächeln und setzte, über seine Schulter hinweg, ihre Beobachtungen im Saal fort. Es war nicht der erste Ball, den sie besuchte, so daß ihr nicht, wie bei einem Neuling, alle Gesichter zu einem einzigen zauberhaften Eindruck verschmolzen; aber sie gehörte auch nicht zu den jungen Mädchen, die von einem Ball zum andern geschleppt werden und denen auf Bällen alle Gesichter bis zum Überdruß bekannt sind; sie nahm eine Mittelstellung zwischen diesen beiden Gruppen ein, und obwohl sie erregt war, war sie doch genügend Herr ihrer selbst, um Beobachtungen anstellen zu können. In der linken Saalecke hatte sich, wie sie sah, die Creme der Gesellschaft zusammengefunden. Dort erkannte sie Liddy, die schöne, bis zur Unmöglichkeit dekolletierte Frau Korsunskis; dort stand die Frau des Hauses, von dort leuchtete die Glatze Kriwins herüber, der immer dort zu finden war, wo sich die Creme der Gesellschaft befand; dorthin blickten die Jünglinge, die sich nicht trauten, näher heranzutreten; und dort entdeckten ihre Blicke auch Stiwa und gleich darauf die bezaubernde Erscheinung Annas in einem schwarzen Samtkleid. *Er* befand sich ebenfalls dort. Kitty hatte ihn seit jenem Abend, an dem sie Lewin einen Korb gegeben hatte, nicht wiedergesehen. Dank ihrer guten Augen erkannte sie ihn sofort und bemerkte sogar, daß er zu ihr herübersah.

„Nun, noch eine Tour? Sind Sie nicht müde geworden?" fragte Korsunski, ein wenig außer Atem gekommen.

„Nein, ich danke."

„Wohin darf ich Sie führen?"

„Dort drüben glaube ich Frau Karenina bemerkt zu haben ... Führen Sie mich zu ihr."

„Ganz wie Sie wünschen."

Nach allen Seiten „Pardon, mesdames, pardon, pardon, mesdames!" rufend, walzte Korsunski nun mit langsameren Schritten gerade auf die Gruppe in der linken Saalecke zu, und nachdem er sich, ohne auch nur eine Faser zu streifen, mit seiner Dame glücklich durch dieses Meer von Spitzen, Tüll und Bändern durchlaviert hatte, führte er mit ihr eine so scharfe Wendung aus, daß ihre schlanken Beine in den durchbrochenen Strümpfen sichtbar wurden und ihre Schleppe sich fächerartig ausbreitete und über Kriwins Knie legte. Korsunski verbeugte sich, wölbte die Brust in der tief ausgeschnittenen Weste und reichte Kitty die Hand, um sie zu Anna Arkadjewna zu geleiten. Kitty zog ihre Schleppe errötend von Kriwins Knien und sah sich, ein wenig schwindlig geworden, nach Anna um. Anna war nicht in Lila erschienen, wie

Kitty es sich gewünscht hatte, sondern in einem schwarzen, tief ausgeschnittenen Samtkleid, das ihre vollen, wie aus altem Elfenbein geschnitzten Schultern, die Büste und die rundlichen Arme mit ihren winzig-zierlichen Handgelenken frei ließ. Das ganze Kleid war mit venezianischen Gipüren besetzt. In ihrem schwarzen Haar, das ohne Zuhilfenahme fremden Haares frisiert war, hatte sie ein paar Stiefmütterchen, und Stiefmütterchen waren auch zwischen weißen Spitzen an der schwarzen Schärpe des Gürtels befestigt. Ihre Frisur war nicht auffallend. Auffallend waren nur die kurzen, eigenwilligen Löckchen, die sich stets in ihrem Nacken und an den Schläfen hervorstahlen und sie so gut kleideten. Um ihren festen, ebenmäßigen Hals schmiegte sich eine Perlenkette.

Kitty war mit Anna täglich zusammengekommen, schwärmte für sie und hatte sie sich auf einem Ball nicht anders als in Lila vorstellen können. Doch nun, als sie Anna in Schwarz sah, wurde ihr bewußt, daß sie den ganzen Liebreiz ihrer Erscheinung vorher nicht erfaßt hatte. Sie hatte jetzt einen ganz neuen Eindruck von ihr, der sie überraschte. Jetzt begriff sie, daß es nicht Lila sein mußte und daß Annas Liebreiz gerade darin bestand, daß sie ihre Kleidung immer überragte, daß es auf die Kleidung bei ihr nicht so sehr ankam. Auch das schwarze Kleid mit seinem reichen Spitzenbesatz fiel an ihr gar nicht auf, es war lediglich der Rahmen; auf fiel allein sie selbst, ihre schlichte, natürliche und zugleich elegante, heitere und vitale Persönlichkeit.

Sie stand wie immer sehr gerade, hatte den Kopf dem Hausherrn zugewandt und unterhielt sich mit ihm über irgend etwas, als Kitty an die Gruppe herantrat.

„Nein, ich will auf niemanden einen Stein werfen“, antwortete sie auf eine Bemerkung von ihm, „aber unbegreiflich ist mir das Ganze“, fügte sie achselzuckend hinzu und wandte sich dann gleich mit einem freundlichen, wohlwollenden Lächeln zu Kitty um. Nachdem sie mit dem geübten Blick einer Frau blitzschnell deren Toilette gemustert hatte, machte sie eine kaum merkliche, aber von Kitty sofort verstandene Kopfbewegung, durch die sie ihre Zufriedenheit mit Kittys Toilette und ihrer Schönheit zu erkennen gab. „Sie tanzen ja schon beim Betreten des Saals“, fügte sie hinzu.

„Die Prinzessin ist eine meiner sichersten Stützen“, sagte Korsunski und verbeugte sich vor Anna Arkadjewna, die er noch nicht begrüßt hatte. „Sie trägt sehr dazu bei, daß ein Ball fröhlich und schön wird ... Einen Walzer, Anna Arkadjewna?“ forderte er sie mit einer Verbeugung auf.

„Sie sind miteinander bekannt?“ fragte der Hausherr.

„Mit wem wären wir nicht bekannt? Meine Frau und ich sind wie bunte Pudel bekannt, uns kennt jeder", antwortete Korsunski. „Einen Walzer, Anna Arkadjewna."

„Ich tanze nicht, wenn es nicht unbedingt sein muß", antwortete sie.

„Aber heute muß es sein", sagte Korsunski.

In diesem Augenblick trat Wronski hinzu.

„Nun, wenn es nicht anders geht, dann kommen Sie", sagte sie und legte die Hand, ohne Wronskis Verbeugung zu beachten, schnell auf Korsunskis Schulter.

Wodurch kann er sie wohl verärgert haben? fragte sich Kitty, der es nicht entgangen war, daß Anna Wronskis Gruß absichtlich übersehen hatte. Wronski trat an Kitty heran, erinnerte sie an die erste Quadrille und äußerte sein Bedauern darüber, sie so lange nicht gesehen zu haben. Kitty blickte bewundernd der tanzenden Anna nach und wartete zugleich darauf, was Wronski weiter sagen würde. Sie glaubte, daß er sie zum Walzer auffordern werde; aber er forderte sie nicht auf, und sie sah ihn befremdet an. Er wurde rot und beeilte sich nun, sie aufzufordern; doch kaum hatte er den Arm um ihre schlanke Taille gelegt und den ersten Schritt getan, da brach plötzlich die Musik ab. Kitty blickte ihm ins Gesicht, das dem ihren so nahe war, und noch lange nachher, wenn sie sich viele Jahre später dieses von Liebe erfüllten Blicks erinnerte, mit dem sie ihn damals angesehen und den er nicht erwidert hatte, krampfte sich ihr Herz vor Scham qualvoll zusammen.

„Pardon, pardon! Noch einen Walzer, noch einen Walzer!" schallte von der anderen Seite des Saals die Stimme Korsunskis herüber, der das erstbeste Mädchen ergriff, das ihm in den Weg lief, und mit ihm tanzte.

23

Wronski tanzte mit Kitty mehrere Touren Walzer. Nach dem Tanz begab sich Kitty zu ihrer Mutter; kaum hatte sie einige Worte mit der Gräfin Nordston gewechselt, als Wronski sie auch schon zur ersten Quadrille holte. Was sie während der Quadrille sprachen, war nicht von Belang, es war ein zwangloses Gespräch, das sich etwa um die Eheleute Korsunski drehte, die Wronski sehr witzig als zwei vierzigjährige Kinder charakterisierte, dann wieder um das geplante öffentliche Theater, und nur einmal wurde Kitty von der Unterhaltung tiefer berührt: als sich Wronski nach Lewin erkundigte, ob er auch hier sei, und hinzufügte, er habe ihm sehr gut gefallen. Doch mehr hatte sich Kitty von der

Quadrille auch nicht versprochen. Sie wartete stockenden Herzens auf die Masurka. Es schien ihr, bei der Masurka müsse sich alles entscheiden. Daß Wronski sie nicht schon während der Quadrille für die Masurka engagierte, beunruhigte sie nicht. Sei war überzeugt, daß er wie bei allen früheren Bällen auch diesmal die Masurka mit ihr tanzen würde, und hatte fünf andere Tänzer mit der Begründung abgewiesen, daß sie die Masurka bereits vergeben habe. Bis zur letzten Quadrille war Kitty der ganze Ball wie ein märchenhaftes, aus schillernden Farben, Klängen und Bewegungen bestehendes Traumbild erschienen. Sie tanzte fast pausenlos und gönnte sich nur eine kurze Erholung, wenn sie allzu ermüdet war. Doch als sie die letzte Quadrille mit einem langweiligen jungen Mann tanzte, den sie nicht gut hatte abweisen können, fügte es der Zufall, daß sie Wronski und Anna zum Gegenüber hatte. Nach der ersten Begegnung mit ihr zu Beginn des Balles hatte sie Anna aus den Augen verloren und war nun überrascht, sie plötzlich in einer völlig andern Verfassung anzutreffen. Sie nahm an ihr die ihr selbst so gut bekannten Anzeichen einer durch Erfolg hervorgerufenen Erregung wahr. Sie sah, daß Anna trunken war von dem Entzücken, das sie erregte. Sie kannte dieses Gefühl, kannte seine Anzeichen und sah sie jetzt bei Anna – sah den vibrierenden, aufflammenden Glanz in ihren Augen, das beglückte, erregte Lächeln, das ihre Lippen ungewollt umspielte, und die makellose Grazie, Sicherheit und Leichtigkeit ihrer Bewegungen.

Wer ist es? fragte sie sich. Alle oder einer? Und während sie teilnahmslos zusah, wie der junge Mann, mit dem sie tanzte, sich verzweifelt bemühte, den Faden des Gesprächs wiederzufinden, den er verloren hatte, während sie sich mechanisch den übermütig lauten Kommandos Korsunskis unterwarf, der die Tanzenden mal einen grand rond, mal eine chaîne bilden ließ – währenddessen beobachtete sie weiter, und ihr Herz krampfte sich mehr und mehr zusammen. Nein, nicht der Beifall der Menge hat sie berauscht, sondern die Bewunderung eines einzigen. Aber wer ist dieser eine? Sollte es wirklich *er* sein?

Jedesmal, wenn Wronski das Wort an Anna richtete, leuchteten ihre Augen fröhlich glänzend auf, und ein glückseliges Lächeln umspielte ihre Lippen. Sie war offenbar bemüht, diese Äußerungen der Freude zurückzuhalten, aber sie traten ganz von selbst auf ihrem Gesicht hervor. Und er? Kitty blickte zu ihm hin und schrak zusammen. Das gleiche, was sich so deutlich in Annas Gesicht spiegelte, nahm sie auch bei ihm wahr. Was war aus seiner sonst stets so gemessenen, selbstsicheren Haltung, dem unbekümmert ruhigen Ausdruck seines Gesichts geworden? Wenn er sich

Anna zuwandte, senkte er jedesmal leicht den Kopf, als wolle er ihr zu Füßen fallen, und aus seinem Blick sprachen bedingungslose Unterwürfigkeit und Furcht. Ich will dich nicht verletzen, schien jeder seiner Blicke zu sagen, sondern ich will mich retten und weiß nicht, wie. Sein Gesicht hatte einen Ausdruck, wie sie ihn noch nie bei ihm gesehen hatte.

Anna und Wronski unterhielten sich über gemeinsame Bekannte, führten ein ganz oberflächliches Gespräch, aber Kitty schien es, daß jedes von ihnen gesprochene Wort für beider und für ihr eigenes Schicksal entscheidend sei. Und merkwürdig: obgleich sie sich wirklich nur darüber unterhielten, wie komisch Iwan Iwanowitsch mit seinem Französisch wirke, und darüber, daß Mademoiselle Jelezkaja eigentlich eine bessere Partie hätte machen können, hatten diese Worte für sie eine Bedeutung, und sie fühlten das ebenso wie Kitty. Der ganze Ball, die ganze Welt, alles hüllte sich im Herzen Kittys in einen grauen Nebel. Nur die strenge Schule, die sie durch ihre Erziehung genossen hatte, hielt sie aufrecht und veranlaßte sie, das zu tun, was von ihr verlangt wurde, das heißt zu tanzen, auf Fragen zu antworten, sich zu unterhalten, ja sogar zu lächeln. Doch als zur Masurka gerüstet wurde, als man bereits mit dem Aufstellen der Stühle begann und mehrere Paare sich aus den kleineren Räumen in den großen Saal begaben, da kam für Kitty ein Augenblick völliger Verzweiflung. Sie hatte fünf Aufforderungen ausgeschlagen und war jetzt ohne Partner. Es bestand für sie auch nicht einmal die Hoffnung, jetzt noch aufgefordert zu werden, weil sie sich zu großer Erfolge erfreute und niemand auf den Gedanken kommen konnte, daß sie noch nicht engagiert sei. Sie hätte am liebsten ihrer Mutter gesagt, daß sie sich krank fühle und nach Hause möchte, doch dazu brachte sie die Kraft nicht auf. Sie war völlig gebrochen.

Sie zog sich in die Ecke eines kleinen Salons zurück und ließ sich in einen Sessel fallen. Der hauchdünne Überwurf ihres Kleides bauschte sich wie eine Wolke um ihre schlanke Gestalt; der eine ihrer entblößten zarten Mädchenarme hing kraftlos herab und versank in den Falten der rosa Tunika; in der anderen Hand hielt sie den Fächer und befächelte mit hastigen, kurzen Bewegungen ihr erhitztes Gesicht. Doch obwohl sie in diesem Augenblick einem Schmetterling glich, der sich eben auf einem Halm niedergelassen hat und jeden Moment bereit ist, seine farbenprächtigen Flügel zu entfalten und weiterzuflattern, preßte eine furchtbare Verzweiflung ihr Herz zusammen.

Aber vielleicht irre ich mich, vielleicht war es gar nicht so?

Und vor ihrem geistigen Auge entstand aufs neue alles, was sie gesehen hatte.

„Kitty, was bedeutet denn das?“ fragte die Gräfin Nordston, die auf dem Teppich unhörbar ins Zimmer getreten war. „Ich begreife das nicht.“

Kittys Unterlippe zuckte; sie stand schnell auf.

„Kitty, tanzt du denn die Masurka nicht mit?“

„Nein, nein“, antwortete Kitty mit tränenerstickter Stimme.

„Ich war dabei, als er sie zur Masurka aufforderte“, sagte die Gräfin, die ohne weiteres annahm, daß Kitty wissen werde, wer mit *er* und mit *sie* gemeint war. „Sie fragte ihn: ‚Haben Sie denn nicht die Prinzessin Stscherbazkaja engagiert?‘“

„Ach, mir ist alles gleichgültig!“ gab Kitty zur Antwort.

Niemand außer ihr selbst wußte, wie es um sie bestellt war, niemand ahnte, daß sie wenige Tage zuvor einen Menschen zurückgewiesen hatte, den sie vielleicht liebte, daß sie ihn zurückgewiesen hatte, weil sie einem andern vertraute.

Die Gräfin Nordston machte Korsunski ausfindig, der sie für die Masurka engagiert hatte, und veranlaßte ihn, Kitty aufzufordern.

Kitty tanzte mit Korsunski als erstes Paar und brauchte sich zu ihrem Glück nicht zu unterhalten, weil Korsunski als Tanzmeister dauernd Anordnungen zu geben hatte. Wronski und Anna saßen ihr fast unmittelbar gegenüber. Mit ihren scharf blickenden Augen sah Kitty die beiden von ihrem Platz aus, sie sah sie auch ganz in der Nähe, wenn die Paare einander beim Tanz begegneten, und je länger sie sie sah, um so mehr überzeugte sie sich, daß ihr Unglück besiegelt war. Sie sah, daß diese beiden Menschen in dem überfüllten Saal nur füreinander da waren. Und in den immer so ausgeglichenen und selbstbewußten Gesichtszügen Wronskis sah sie wieder jenen Ausdruck von Fassungslosigkeit und Unterwürfigkeit, der sie schon vorhin frappiert hatte und der sie an den Blick eines klugen Hundes erinnerte, der etwas verbrochen hat.

Anna lächelte – und das Lächeln teilte sich ihm mit. Sie sann über irgend etwas nach – und er wurde ernst. Eine übernatürliche Kraft schien Kitty zu zwingen, ihre Augen unablässig auf Anna zu richten. Diese sah in ihrem schlichten schwarzen Kleid bezaubernd aus; bezaubernd waren ihre vollen, mit Armbändern geschmückten Arme, bezaubernd der feste Hals mit der Perlenkette, bezaubernd die sich kräuselnden Haare der gelockerten Frisur, bezaubernd die leichten, graziösen Bewegungen ihrer Hände und Füße, bezaubernd ihr schönes Gesicht mit seinem angeregten Mienenspiel – aber es lag etwas Furchtbares und Grausames in diesem bezaubernden Aussehen.

Kitty war von Annas Schönheit noch mehr fasziniert als zuvor, und ihre Qual wurde immer größer. Sie fühlte sich wie vernichtet, und in ihrem Gesicht spiegelte sich das wider. Als Wronski mit ihr während der Masurka zusammentraf, erkannte er sie nicht gleich, so hatte sie sich verändert.

„Ein wunderschöner Ball“, sagte er zu ihr, um überhaupt etwas zu sagen.

„Ja“, antwortete sie.

Als Anna mitten in der Masurka eine komplizierte, von Korsunski erdachte Figur auszuführen hatte, trat sie in die Mitte des Kreises, wählte zwei Herren aus und winkte außer einer anderen Dame Kitty zu sich heran. Kitty folgte ihrem Wink mit erschrokkenem Gesicht. Anna kniff leicht die Augen zusammen, als sie an sie herantrat, und drückte ihr lächelnd die Hand. Doch als sie sah, daß Kitty ihr Lächeln nur mit einem Ausdruck von Verzweiflung und Befremden erwiderte, wandte sie sich von ihr ab und begann angeregt mit der andern Dame zu sprechen.

Ja, sie hat etwas Geheimnisvolles, Dämonisches und Faszinierendes an sich! dachte Kitty.

Anna wollte nicht zum Abendessen bleiben, aber der Hausherr versuchte sie zu überreden.

„Lassen Sie sich erweichen, Anna Arkadjewna“, mischte sich Korsunski ein und zog ihren entblößten Arm unter den seinen. „Sie werden sehen, welch einen famosen Kotillon ich ersonnen habe. Un bijou!“

Und er machte Miene, sie mit sich zu ziehen. Der Hausherr lächelte ermunternd.

„Nein, ich bleibe nicht“, antwortete Anna; sie lächelte dabei, aber sowohl Korsunski als auch der Hausherr merkten an dem entschiedenen Ton, in dem sie es sagte, daß sie wirklich nicht bleiben werde.

„Nein, ich habe ohnehin in Moskau schon allein auf ihrem heutigen Ball mehr getanzt als in Petersburg während des ganzen Winters“, fügte Anna hinzu und sah sich dabei nach Wronski um, der neben ihr stand. „Vor der Reise muß ich mich noch etwas ausruhen.“

„Sie wollen unwiderruflich morgen abreisen?“ fragte Wronski.

„Ja, das habe ich vor“, sagte Anna in einem Ton, als sei sie über die Kühnheit seiner Frage verwundert, zugleich aber versengte ihn das zitternde Glänzen in ihren Augen, das sie nicht verhindern konnte, und ihr Lächeln.

Anna blieb nicht zum Abendessen, sondern fuhr nach Hause.

Ja, ich habe etwas Unleidliches, Abstoßendes an mir, dachte Lewin, als er das Stscherbazkische Haus verlassen hatte und sich zu Fuß auf den Weg zu seinem Bruder machte. Ich passe nicht zu anderen Menschen. Man sagt, ich sei stolz. Nein, ich habe auch keinen Stolz. Wenn ich Stolz besäße, hätte ich mich nicht in eine solche Lage gebracht. Und er stellte sich Wronski vor, der so glücklich und gutmütig, so klug und ausgeglichen war und sich wahrscheinlich noch nie in einer so entsetzlichen Lage befunden hatte wie er an diesem Abend. Ja, ihre Wahl mußte auf ihn fallen. Das mußte so kommen, und ich habe mich über niemanden und über nichts zu beklagen. Schuld bin ich selbst. Was berechtigt mich zu der Annahme, sie könnte geneigt sein, ihr Leben mit dem meinen zu verbinden? Wer bin ich? Und was bin ich? Ein nichtssagender Mensch, den niemand braucht und an dem niemand Interesse hat. Sein Bruder Nikolai fiel ihm ein, und mit Vergnügen verweilte er bei dieser Erinnerung. Hat er nicht recht damit, daß alles auf Erden schlecht und widerwärtig ist? Ich glaube auch, wir urteilen über unsern Bruder Nikolai ungerecht und haben immer ungerecht über ihn geurteilt. Gewiß, von Prokofis Standpunkt ist er ein verachtenswerter Mensch, weil er ihn betrunken und in einem zerlumpten Pelz gesehen hat; aber ich kenne ihn anders. Ich kenne seine Seele und weiß, daß wir einander ähnlich sind. Und dennoch bin ich, anstatt ihn aufzusuchen, zuerst in ein Restaurant gefahren und dann hierhergekommen. Lewin trat an eine Laterne, las die Adresse seines Bruders, die er in seiner Brieftasche bei sich hatte, und rief eine Droschke herbei. Während der langen Fahrt bis zur Wohnung des Bruders vergegenwärtigte sich Lewin lebhaft alles, was ihm aus Nikolais Leben bekannt war. Er rief sich ins Gedächtnis, daß der Bruder während seines Studiums und noch ein ganzes Jahr lang danach ungeachtet der Spötteleien seiner Kameraden wie ein Mönch gelebt, daß er regelmäßig die Gottesdienste besucht, aufs strengste alle religiösen Bräuche und Fastenvorschriften befolgt hatte und jederlei Belustigungen, besonders den Frauen, aus dem Wege gegangen war; dann hatte er jählings aufbegehrt, und schließlich hatte er sich den heruntergekommensten Leuten angeschlossen und zügellosen Ausschweifungen hingegeben. Dann erinnerte er sich an die Geschichte mit dem Jungen vom Lande, den der Bruder zur Erziehung zu sich genommen und in einem Wutanfall so geschlagen und zugerichtet hatte, daß gegen ihn ein Verfahren wegen Körperverletzung eingeleitet worden war. Er erinnerte sich ferner an die Geschichte mit dem Falschspieler, dem der Bruder nach einem Verlust beim

Spiel einen Wechsel ausgestellt und den er dann selbst verklagt und des Betrugs bezichtigt hatte. (Hierbei handelte es sich um den Wechsel, der später von Sergej Iwanowitsch eingelöst worden war.) Er erinnerte sich, daß Nikolai einmal wegen einer Rauferei arretiert gewesen war und eine Nacht im Polizeirevier zugebracht hatte. Er erinnerte sich auch des unwürdigen Prozesses, den Nikolai gegen den Bruder Sergej Iwanowitsch angestrengt hatte, weil ihm von diesem angeblich sein Anteil am mütterlichen Vermögen vorenthalten worden war; und schließlich erinnerte er sich der letzten Sache: Nikolai hatte irgendwo in Westrußland eine Stellung angenommen und war vor Gericht gestellt worden, weil er den Gemeindevorsteher verprügelt hatte ... Alles das war furchtbar verwerflich, aber Lewin erschien es längst nicht so verwerflich, wie es anderen erscheinen mußte, die Nikolai Lewin nicht kannten, weder sein Herz noch seine ganze Lebensgeschichte.

Lewin dachte daran, daß damals, als Nikolai in seiner Frömmigkeit für nichts anderes als für Gottesdienste, Mönche und Fasten Sinn gehabt, als er in der Religion Hilfe und Zügel für seinen leidenschaftlichen Charakter gesucht hatte, daß ihm damals niemand eine Stütze gewesen war, sondern daß sich alle und auch er selbst über ihn lustig gemacht hatten. Man hatte ihn verspottet, hatte ihn einen zweiten Noah und einen Mönch genannt; und als er sich dann aufgelehnt hatte, war ihm niemand zu Hilfe gekommen, sondern alle hatten sich entsetzt und angeekelt von ihm abgewandt.

Lewin fühlte, daß sein Bruder Nikolai trotz aller Scheußlichkeit seines Lebens im Grunde, im tiefsten Grunde seiner Seele nicht schuldiger war als die Menschen, die mit Verachtung auf ihn herabsahen. Er war nicht schuld daran, daß er mit einem unbezähmbaren Charakter und mit einem Verstand geboren war, der durch irgend etwas gehemmt schien. Aber er ist immer bestrebt gewesen, ein guter Mensch zu sein. Ich werde ihm alles sagen, was ich denke, werde ihn veranlassen, sich auszusprechen, und werde ihn davon überzeugen, daß ich ihn liebe und deshalb auch verstehe, beschloß Lewin bei sich, als er gegen elf Uhr vor dem Gasthaus vorfuhr, dessen Adresse auf dem Zettel angegeben war.

„Oben, Zimmer zwölf und dreizehn", antwortete der Portier auf Lewins Frage.

„Ist er zu Hause?"

„Na, sicherlich doch."

Die Tür zum Zimmer Nummer zwölf stand halb offen, und mit einem Lichtstreifen drang der dichte Qualm von schlechtem, leichtem Tabak durch die Tür. Aus dem Zimmer war eine Stimme zu hören, die Lewin nicht kannte, aber er merkte sofort, daß sein

Bruder zugegen war: er hörte sein Hüsteln. Als Lewin eintrat, sagte die ihm unbekannte Stimme gerade:

„Alles hängt davon ab, daß man die Sache vernünftig und zweckentsprechend anfaßt."

Konstantin Lewin warf einen Blick durch die ins Nebenzimmer führende Tür und sah nun, daß es sich bei dem Sprechenden um einen jungen Mann mit gewaltigem Haarschopf handelte, der eine Weste anhatte, während eine junge pockennarbige Frau in einem einfachen ärmellosen Wollkleid ohne Kragen auf einem Sofa saß. Sein Bruder war nicht zu sehen. Schmerzhaft krampfte sich Konstantins Herz zusammen bei dem Gedanken, unter welch fremden Leuten sich das Leben seines Bruders abspielte. Niemand hatte Konstantin eintreten hören, und während er sich seiner Überschuhe entledigte, gab er darauf acht, was der Herr mit der Weste sagte. Er sprach von irgendeinem Unternehmen.

„Der Teufel soll sie holen, diese privilegierten Klassen!" hörte er jetzt, dauernd von Husten unterbrochen, seinen Bruder sagen. „Mascha! Bring uns was zum Abendessen und gib den Wein her, wenn noch etwas in der Flasche ist; sonst laß welchen holen."

Die Frau stand auf, trat an die Tür zum Vorraum und erblickte Konstantin.

„Ein Herr ist gekommen, Nikolai Dmitritsch", sagte sie.

„Zu wem wollen Sie?" erklang Nikolais gereizte Stimme.

„Ich bin es", antwortete Konstantin Lewin und trat in den Lichtschein.

„Wer ist *ich*?" wiederholte der für Konstantin immer noch unsichtbare Nikolai in noch gereizterem Ton. Man hörte, wie er hastig aufstand und über etwas stolperte, und gleich darauf erschien vor Lewin in der Tür die hagere, hochaufgeschossene und gekrümmte Gestalt seines Bruders, die ihm mit ihren großen, erschrocken blickenden Augen so vertraut war und ihn dennoch durch ihr verwahrlostes und krankhaftes Aussehen bestürzte.

Nikolai war noch hagerer als vor drei Jahren, als Konstantin ihn zum letztenmal gesehen hatte. Er trug einen kurzen Rock. Seine Hände und seine starken Knochen wirkten noch größer. Das Haar hatte sich gelichtet, aber der volle Schnurrbart verdeckte ebenso wie früher die Lippen, und die Augen, die auf den Eingetretenen gerichtet waren, hatten noch immer ihren merkwürdigen, naiven Ausdruck.

„Ah, Kostja!" rief er plötzlich aus, als er seinen Bruder erkannte, und seine Augen leuchteten freudig auf. Aber schon im nächsten Augenblick sah er sich zu dem jungen Mann um und machte die Konstantin so wohlbekannte krampfartige Bewegung mit Kopf und Hals, als fühle er sich durch seine Krawatte beengt; und ein ganz anderer, ein scheuer, gequälter und verbitterter Ausdruck erschien auf seinem eingefallenen Gesicht.

„Ich habe Ihnen wie auch Sergej Iwanytsch geschrieben, daß ich mit Ihnen nichts zu tun habe und nichts zu tun haben will. Was willst du, was wollen Sie von mir?"

Er war ganz anders, als Konstantin ihn sich vorgestellt hatte. Alles besonders Unangenehme und Unerträgliche in seinem Charakter, was den Umgang mit ihm so schwer machte, hatte Konstantin Lewin vergessen, als er an den Bruder gedacht hatte; jetzt erst, als er sein Gesicht und besonders diese krampfartige Kopfbewegung sah, fiel ihm dies alles wieder ein.

„Ich will nichts von dir", antwortete er schüchtern. „Ich bin einfach so gekommen, dich besuchen."

Die Schüchternheit seines Bruders stimmte Nikolai offensichtlich milder. Er zuckte mit den Lippen.

„Ah, nur so?" fragte er. „Nun, komm herein, nimm Platz. Willst du etwas essen? Mascha, bring drei Portionen. Nein, warte noch! Weißt du, wer das ist?" wandte er sich an den Bruder und zeigte auf den Herrn in der Weste. „Das ist Herr Krizki, mit dem ich schon in Kiew befreundet war, ein ausgezeichneter Mensch. Natürlich wird er von der Polizei verfolgt, weil er kein Gauner ist."

Hierauf sah er sich, wie es seine Gewohnheit war, im Kreise der Anwesenden um. Als sein Blick auf die Frau fiel, die an der Tür stand und gerade hinausgehen wollte, rief er ihr zu: „Du sollst doch warten, habe ich gesagt!" Und so unbeholfen und ungereimt, wie Konstantin es von jeher an ihm kannte, begann er nun, von einem zum anderen blickend, Krizkis Werdegang zu erzählen: wie man ihn von der Universität weggejagt, weil er einen Verein zur Unterstützung bedürftiger Studenten und Sonntagsschulen gegründet hatte, wie er dann Lehrer an einer Volksschule geworden war und auch dort an die Luft gesetzt wurde und wie man ihn schließlich wegen irgendeiner Sache gerichtlich belangt hatte.

„Sie waren auf der Kiewer Universität?" wandte sich Lewin an Krizki, um das peinliche Schweigen, das eingetreten war, zu unterbrechen.

„Ja, auf der Kiewer", antwortete Krizki mit einem wütenden Stirnrunzeln.

„Und die da", fiel Nikolai Lewin ein und zeigte auf die Frau, „das ist Marja Nikolajewna, meine Lebensgefährtin. Ich habe sie aus einem Freudenhaus geholt", fuhr er fort und machte bei diesen Worten wieder die krampfartige Halsbewegung. „Aber ich liebe und achte sie", fügte er mit erhobener Stimme hinzu und zog die Stirn kraus, „und alle, denen etwas an mir liegt, bitte ich, sie zu lieben und zu achten. Es ist dasselbe, als ob sie meine Frau wäre, genau dasselbe. So, nun weißt du, woran du bist. Und wenn du meinst, dir etwas zu vergeben, dann geh mit Gott, dort ist die Tür."

Und er ließ seine Blicke wieder fragend von einem zum andern wandern.

„Ich weiß nicht, warum ich mir etwas vergeben sollte."

„Nun, dann laß das Abendbrot bringen, Mascha: drei Portionen, Schnaps und Wein ... Nein, warte mal ... Nein, schon gut ... Geh nur."

25

„Siehst du", fuhr Nikolai Lewin fort, wobei er angestrengt die Stirn runzelte und mit dem Hals zuckte. Es fiel ihm offenbar schwer, mit sich darüber ins reine zu kommen, was er sagen und tun sollte. „Sieh mal!" Er zeigte auf etliche, in einer Ecke des Zimmers liegende Eisenstangen, die mit einem Strick zusammengebunden waren. „Kannst du sehen? Das ist der Anfang einer neuen Sache, die wir in Angriff nehmen. Es handelt sich um eine Produktionsgenossenschaft ..."

Konstantin hörte nur mit halbem Ohr zu. Er blickte unentwegt auf das krankhafte, schwindsüchtige Gesicht des Bruders und empfand immer mehr Mitleid mit ihm, und er war außerstande, das aufzunehmen, was der Bruder ihm von der Genossenschaft erzählte. Er merkte, daß diese Genossenschaft lediglich ein Rettungsanker für Nikolai war, der ihn vor der Selbstverachtung bewahren sollte. Dieser fuhr indessen fort:

„Du weißt, daß das Kapital den Arbeiter erdrückt; unsere Arbeiter, alle aus dem Bauernstande, tragen die ganze Last der Arbeit und sind so gestellt, daß sie, sosehr sie sich auch abplagen mögen, niemals aus ihrer erbärmlichen Lage herauskommen können. Alles, was ihnen vom Lohn übrigbleibt, womit sie ihre Lage verbessern, sich ein paar Mußestunden gönnen könnten und somit auch Bildung – alles das wird ihnen von den Kapitalisten weggenommen. So hat sich eben die Gesellschaftsordnung herausgebildet: je mehr sie arbeiten, um so mehr bereichern sich die Kaufleute und Grundbesitzer, sie selbst aber bleiben immer nur Arbeitsvieh. Und diese Ordnung muß geändert werden", schloß er und sah den Bruder fragend an.

„Ja, selbstverständlich", sagte Konstantin, der aufmerksam die roten Flecken betrachtete, die sich unterhalb der hervortretenden Backenknochen des Bruders zeigten.

„Und nun wollen wir also eine Schlossergenossenschaft errichten, in der die ganze Produktion, der Verdienst und vor allem die Produktionswerkzeuge Gemeingut sind."

„Wo soll die Genossenschaft denn errichtet werden?" fragte Konstantin Lewin.

„Im Dorf Wosdrema, im Kasaner Gouvernement."

„Warum denn in einem Dorf? In den Dörfern, meine ich, hat man ohnehin genug zu tun. Weshalb also soll die Schlossergenossenschaft in ein Dorf?"

„Deshalb, weil die Bauern noch immer solche Sklaven sind, wie sie es von jeher waren, und darum paßt es dir und Sergej Iwanytsch auch nicht, daß sie aus dieser Sklaverei befreit werden sollen", gab Nikolai Lewin, gereizt durch den Widerspruch, zur Antwort.

Konstantin Lewin, der sich während des Gesprächs in dem finsteren, schmutzigen Zimmer umblickte, seufzte. Dieser Seufzer schien Nikolai noch mehr zu reizen.

„Ich kenne deine und Sergej Iwanytschs aristokratische Anschauungen, kenne sie zur Genüge. Ich weiß, daß er seinen ganzen Verstand aufbietet, die bestehende Ungerechtigkeit zu rechtfertigen."

„Ich verstehe gar nicht, warum du immer von Sergej Iwanytsch sprichst", bemerkte Lewin lächelnd.

„Von Sergej Iwanytsch? Das will ich dir sagen, warum ich von ihm spreche!" Bei der Erwähnung von Sergej Iwanowitsch fuhr Nikolai Lewin auf. „Das will ich dir sagen! ... Aber was ist darüber viel zu reden? Nur das eine ... Warum bist du überhaupt gekommen? Dir ist das alles zuwider – nun schön, dann geh in Gottes Namen deiner Wege und damit basta!" schrie er und sprang von seinem Stuhl auf. „Geh nur, geh nur!"

„Mir ist gar nichts zuwider", sagte Konstantin Lewin beschwichtigend. „Und streiten will ich erst recht nicht."

In diesem Augenblick kam Marja Nikolajewna zurück. Aufgebracht blickte sich Nikolai Lewin nach ihr um. Sie trat schnell an ihn heran und flüsterte ihm etwas zu.

„Ich bin krank, meine Nerven versagen", fing Nikolai Lewin nach einer Weile wieder an; er hatte sich allmählich etwas beruhigt, atmete aber immer noch schwer. „Und dazu kommst du mir auch noch mit Sergej Iwanytsch und seinem Aufsatz. Das ist ein solcher Unsinn, ein solcher Lug und Trug, eine solche Selbsttäuschung. Was könnte auch ein Mensch über Gerechtigkeit schreiben, der sie selbst nicht kennt? Haben Sie seinen Aufsatz gelesen?" wandte er sich an Krizki und setzte sich wieder an den Tisch, auf dem er, um Platz zu gewinnen, die zur Hälfte fertiggestopften Zigaretten beiseite schob.

„Nein, das habe ich nicht", erwiderte in mürrischem Ton Krizki, der offenbar nicht geneigt war, sich am Gespräch zu beteiligen.

„Warum nicht?" fuhr Nikolai Lewin jetzt Krizki an.

„Weil ich es nicht für nötig halte, damit Zeit zu verschwenden."

„Erlauben Sie mal, woher wissen Sie denn, daß es eine Zeitverschwendung wäre? Viele Leute können seine Ausführungen nicht verstehen, weil sie über ihren Horizont gehen. Doch bei mir ist das etwas anderes, ich durchschaue seine Gedankengänge und kann beurteilen, warum sie falsch sind."

Alle schwiegen. Krizki stand langsam auf und griff nach seiner Mütze.

„Bleiben Sie nicht zum Abendbrot? Nun, dann auf Wiedersehen. Bringen Sie morgen den Schlosser mit."

Kaum war Krizki gegangen, da blinzelte Nikolai Lewin seinem Bruder lächelnd zu.

„Auch nichts Gescheites", sagte er. „Ich sehe ja…"

Doch da erschien Krizki nochmals in der Tür und rief ihn zu sich.

„Na, was gibt's noch?" fragte er und ging zu ihm in den Korridor hinaus. Mit Marja Nikolajewna allein geblieben, wandte sich Lewin an sie.

„Sind Sie schon lange bei meinem Bruder?" fragte er sie.

„Ja, schon das zweite Jahr. Mit seiner Gesundheit steht es schlecht. Er trinkt viel", sagte sie.

„Was trinkt er denn?"

„Wodka trinkt er, und das schadet ihm."

„Und trinkt er viel?" fragte Lewin leise.

„Ja", sagte sie und sah ängstlich zur Tür, in der Nikolai Lewin erschien und die Stirn runzelte.

„Worüber habt ihr gesprochen?" fragte er, und seine erschrockenen Augen wanderten von einem zum andern. „Worüber?"

„Über gar nichts", antwortete Konstantin verlegen.

„Nun, wenn ihr es nicht sagen wollt, dann eben nicht. Doch es gehört sich gar nicht, daß du mit ihr sprichst. Sie ist ein einfaches Frauenzimmer, und du bist ein feiner Herr", sagte er und zuckte mit dem Hals. „Du hast ja alles verstanden und dir ein Bild gemacht, und nun glaubst du, mich meiner Verirrungen wegen bedauern zu müssen; das sehe ich doch", fuhr er mit erhobener Stimme fort.

„Aber, Nikolai Dmitritsch, Nikolai Dmitritsch!" Marja Nikolajewna redete wieder flüsternd auf ihn ein und trat näher an ihn heran.

„Nun, schon gut, schon gut! Wie ist es denn nun mit dem Abendessen? Ah, da kommt er ja", sagte er, als er den Kellner mit einem Tablett eintreten sah. „Hierher, stell alles hierher!" Wütend gab er diese Anweisung und griff sofort zum Wodka, von dem er sich ein Glas eingoß und es gierig austrank. „Willst du?" wandte er sich, nunmehr schon in besserer Stimmung, an seinen Bruder. „Von Sergej Iwanytsch wollen wir jetzt nicht mehr sprechen! Ich freue mich immerhin, dich wiederzusehen. Da kann man sagen, was man will, Verwandtschaft bleibt Verwandtschaft. Aber trink doch! Und erzähle, wie es dir geht", fuhr er fort, während er gierig an einem Stück Brot kaute und sich ein zweites Glas eingoß. „Was treibst du?"

„Ich lebe allein auf dem Gut wie auch früher schon und beschäftige mich mit der Wirtschaft", antwortete Konstantin und bemühte sich dabei, das Entsetzen zu verbergen, das ihm die Gier einflößte, mit der sein Bruder trank und aß.

„Warum heiratest du nicht?"

„Es hat sich noch nicht ergeben", antwortete Konstantin errötend.

„Warum nicht? Ich – mit mir ist alles aus! Mein Leben ist verpfuscht. Aber das habe ich immer gesagt, und dabei bleibe ich: Hätte ich damals meinen Anteil bekommen, als ich ihn brauchte, dann wäre mein ganzes Leben anders verlaufen."

Konstantin Dmitritsch beeilte sich, das Gespräch auf ein anderes Thema zu bringen.

„Weißt du auch, daß dein Wanjuschka jetzt bei mir in Pokrowskoje als Kontorist arbeitet?"

Nikolai zuckte mit dem Hals und dachte nach.

„Ja, erzähle doch mal, was sich in Pokrowskoje tut. Steht das Haus noch an der gleichen Stelle? Und unser Schulzimmer und die Birken? Und Filipp, der Gärtner, lebt der auch noch? Wie gut erinnere ich mich noch der Laube und des Sofas! Aber du darfst ja nichts ändern im Hause, sondern mußt möglichst bald heiraten und dann das alte Leben einführen, wie es früher war. Dann werde ich dich besuchen, wenn deine Frau nett ist."

„Komm doch jetzt zu mir", sagte Lewin. „Wir könnten es uns so schön machen."

„Ich würde schon kommen, wenn ich sicher wäre, daß ich Sergej Iwanytsch nicht bei dir antreffe."

„Du wirst ihn nicht antreffen. Wir leben völlig getrennt voneinander."

„Ja, ja, aber was du auch sagen magst, du hast zu wählen zwischen ihm und mir", sagte er und sah dem Bruder ängstlich in die Augen. Sein ängstlicher Blick rührte Konstantin.

„Wenn du meine Einstellung zu den Zwistigkeiten zwischen dir und Sergej Iwanytsch wissen willst, kann ich dir nur in voller Offenheit sagen, daß ich weder für den einen noch für den anderen Partei ergreife. Ihr seid beide schuld. Dem Buchstaben nach bist du mehr schuld, dem Inhalt nach ist er es."

„Siehst du, siehst du! Hast du das erkannt, hast du das wirklich erkannt?" rief Nikolai triumphierend.

„Und was mein persönliches Gefühl betrifft, wenn dich das interessiert, so stehst du mir näher, weil..."

„Warum, warum?"

Konstantin konnte nicht gut sagen, daß er ihm deshalb näherstand, weil Nikolai unglücklich war und Freundschaft brauchte. Aber Nikolai begriff, daß er das meinte, runzelte die Stirn und griff wieder nach dem Wodka.

„Lassen Sie es genug sein, Nikolai Dmitritsch!" sagte Marja Nikolajewna und streckte ihren vollen, entblößten Arm nach der Karaffe mit Wodka aus.

„Weg da! Ärgere mich nicht! Ich schlage zu!" schrie er sie an.

Auf Marja Nikolajewnas Gesicht erschien ein sanftes, gutmütiges Lächeln, und als nun auch Nikolai lächeln mußte, nahm sie den Wodka an sich.

„Ja, hast du vielleicht geglaubt, daß sie gar nichts versteht? Das versteht sie besser als wir alle", sagte Nikolai. „Findest du nicht auch, daß sie etwas sehr Nettes und Liebes an sich hat?"

„Sind Sie noch nie in Moskau gewesen?" fragte Konstantin Marja Nikolajewna, um irgend etwas zu sagen.

„Sag doch nicht *Sie* zu ihr. Das schüchtert sie nur ein. Zu ihr hat noch niemand *Sie* gesagt, außer dem Richter, als sie angeklagt war, weil sie aus dem Freudenhaus weg wollte. Mein Gott, wie unsinnig ist das alles in der Welt!" rief er plötzlich aus. „Diese neuen Institutionen, die Friedensgerichte, die Semstwos, was ist das alles für ein Nonsens!"

Und er begann von den Zusammenstößen zu erzählen, die er mit den neuen Institutionen gehabt hatte.

Konstantin Lewin hörte ihm zu, und wenn er auch hinsichtlich der Sinnlosigkeit aller öffentlichen Institutionen der gleichen Meinung war wie sein Bruder und diese Meinung schon oft geäußert hatte, so war es ihm doch unangenehm, sie jetzt aus dem Munde des Bruders zu hören.

„Im Jenseits werden wir das alles verstehen", bemerkte er scherzhaft.

„Im Jenseits? Ach nein, das Jenseits liebe ich nicht! Ich liebe es nicht", sagte er, indes er seine erschrockenen Augen auf das Gesicht des Bruders richtete. „Und obwohl man eigentlich meinen sollte, es müsse angenehm sein, aus all dieser Niedertracht und Verwirrung, fremder und eigener, herauszukommen, fürchte ich doch den Tod, fürchte ich den Tod entsetzlich." Er zuckte zusammen. „Aber trink doch etwas! Willst du Champagner? Oder wollen wir irgendwohin fahren? Fahren wir zu den Zigeunern! Weißt du, an Zigeunern und russischen Liedern habe ich großes Gefallen gefunden."

Seine Zunge wollte ihm nicht mehr gehorchen, und ohne Übergang kam er von einem Gegenstand auf den anderen zu sprechen. Konstantin brachte ihn mit Maschas Hilfe davon ab, noch irgend etwas zu unternehmen, und schaffte den völlig Betrunkenen ins Bett.

Mascha versprach Konstantin, ihn zu benachrichtigen, falls es nötig sein sollte, und Nikolai zuzureden, zu ihm überzusiedeln.

26

Am nächsten Morgen reiste Konstantin Lewin aus Moskau ab, und gegen Abend kam er zu Hause an. Unterwegs, in seinem Abteil, unterhielt er sich mit den Mitreisenden über Politik und über neue Eisenbahnlinien, wobei er, ebenso wie in Moskau, verwirrt war von dem Durcheinander der Auffassungen, und es bemächtigte sich seiner eine Unzufriedenheit und so etwas wie ein Schamgefühl vor sich selbst. Doch als er nun beim Aussteigen auf seiner Station seinen einäugigen Kutscher Ignat mit dem hochgeschlagenen Mantelkragen erkannte, als er in dem matten Lichtschein, der aus den Fenstern des kleinen Bahnhofsgebäudes fiel, seinen Schlitten mit der gewirkten Decke und seine Pferde mit ihren aufgebundenen Schwänzen und den Ringen und Quasten am Geschirr erblickte, und als der Kutscher Ignat, noch während er das Gepäck verstaute, die örtlichen Neuigkeiten erzählte – daß ein Arbeitsvermittler angekommen sei und daß die Kuh Pawa gekalbt habe –, da merkte er, daß der Wirrwarr aus seinem Kopf allmählich wich und das Gefühl der Scham und der Unzufriedenheit mit sich selbst verschwand. Dies fühlte er schon beim Anblick Ignats und der Pferde; doch als er dann den ihm mitgebrachten Schafpelz angezogen, sich eingemummt und in den Schlitten gesetzt hatte, als er sich auf der Fahrt die in der Wirtschaft zu treffenden Maßnahmen überlegte und das Beipferd – Donsche Rasse übrigens – beobachtete, das ihm früher als Reitpferd gedient hatte und jetzt schon etwas abgearbeitet war, aber immer noch gute Dienste leistete, da erschienen ihm seine Erlebnisse der letzten Tage in einem ganz anderen Licht. Er fühlte sich als das, was er war, und wollte nichts anderes sein. Nur ein besserer Mensch, als er bisher gewesen war, wollte er werden. Erstens nahm er sich vor, von nun an nicht mehr einem außergewöhnlichen Glück nachzujagen, das er von der Ehe erhofft hatte, und daher auch nicht das zu mißachten, was er besaß. Zweitens gelobte er sich, nie wieder jener verwerflichen Leidenschaft nachzugehen, an die zu denken so peinvoll war, als er um Kittys Hand anhalten wollte. Seines Bruders Nikolai gedenkend, beschloß er ferner, ihn nie mehr zu vergessen, sondern sich um ihn zu kümmern und ihn im Auge zu behalten, um jederzeit zur Hilfe bereit zu sein, wenn es ihm schlecht gehen sollte. Und er fühlte, daß dies bald der Fall sein würde. Auch das Gespräch, das er mit seinem Bruder über den Kommunismus geführt und zunächst so wenig ernst genommen hatte, stimmte ihn jetzt doch nachdenklich. Er hielt die Umgestaltung der sozialen Verhältnisse für eine Utopie, aber er hatte den Überfluß, über den er im Vergleich zu der breiten Masse verfügte, schon immer als eine Ungerechtigkeit empfunden, und obwohl er auch bisher viel gearbeitet und sich keinen besonderen Luxus erlaubt hatte, beschloß er, künftig noch mehr zu arbeiten und sich noch weniger Luxus zu erlauben, um ein vollkommen reines Gewissen zu haben. Und alles dies schien ihm so leicht ausführbar, daß er in Gedanken daran die ganze Fahrt in bester Stimmung zurücklegte.

Angeregt von der Hoffnung auf ein neues, besseres Leben, langte er schließlich gegen neun Uhr abends vor seinem Hause an.

Aus dem Zimmer Agafja Michailownas, der alten Kinderfrau, die jetzt die Pflichten einer Haushälterin wahrnahm, fiel ein Lichtschein auf den schneebedeckten Vorplatz des Hauses. Sie schlief noch nicht. Der von ihr aus dem Bett geholte Kusma kam schlaftrunken und barfuß auf die Außentreppe gelaufen. Die Jagdhündin Laska, die Lewin ebenfalls entgegengesprungen war und Kusma dabei beinahe umgeworfen hätte, winselte, rieb sich an seinen Knien, richtete sich auf und konnte sichtlich nur mit Mühe dem Wunsch widerstehen, die Vorderpfoten auf seine Brust zu legen.

„Sie sind ja schnell wieder heimgekehrt, mein Guter“, begrüßte ihn Agafja Michailowna.

„Ich habe Heimweh gehabt, Agafja Michailowna. Gast zu sein ist schön, aber am schönsten ist es zu Hause“, antwortete er ihr und begab sich in sein Arbeitszimmer.

Das Zimmer wurde allmählich durch den Lichtschein der hereingebrachten Kerze erhellt, und aus dem Dunkel traten nach und nach die ihm vertrauten Einrichtungsgegenstände hervor: Hirschgeweihe, Bücherregale, der spiegelblanke Ofen mit der Abzugsvorrichtung, die schon längst einer Reparatur bedurfte, das väterliche Sofa, ein großer Tisch und auf dem Tisch ein aufgeschlagenes Buch, ein beschädigter Aschbecher und ein Heft mit seinen Schriftzügen. Als er alles dies überblickte, befielen ihn für einen Augenblick Zweifel, ob es ihm gelingen würde, jenes neue Leben zu verwirklichen, von dem er unterwegs geträumt hatte. Alle diese zu seinem bisherigen Leben gehörenden Gegenstände nahmen gleichsam Besitz von ihm und schienen zu sagen: Nein, du entrinnst uns nicht und wirst kein anderer werden, du wirst bleiben, wie du gewesen bist, mit deinen Zweifeln und der ewigen Unzufriedenheit mit dir selbst, mit den vergeblichen Besserungsversuchen und der ihnen folgenden Resignation und mit der ständigen Hoffnung auf ein Glück, das dir nicht bestimmt ist und nie kommen wird.

Doch während ihm dies die leblosen Gegenstände zuraunten, sagte ihm eine innere Stimme, daß man sich der Vergangenheit nicht überlassen dürfe und durch Arbeit an sich selbst alles erreichen könne. Und dieser Stimme folgend, holte er sich die beiden je ein Pud schweren Hanteln, die er in einer Ecke des Zimmers liegen hatte, und begann mit ihnen gymnastische Übungen zu machen, um dadurch seine Lebensgeister zu wecken. Doch da wurde vor der Tür das Knarren von Stiefeln laut, und er legte die Hanteln wieder fort.

Der Verwalter trat ein, und nachdem er gemeldet hatte, daß Gott sei Dank alles in bester Ordnung sei, berichtete er noch, daß der Buchweizen in der neuen Darre angebrannt sei. Diese Mitteilung verstimmte Lewin. Die neue Darre, die zum Teil nach Lewins eigenen Ideen konstruiert war, hatte dem Verwalter schon von vornherein nicht zugesagt, und nun meldete er mit verhaltener Genugtuung, daß der Buchweizen angebrannt sei. Lewin war fest überzeugt, dies sei nur darauf zurückzuführen, daß man seine immer wieder erteilten Anweisungen nicht beachtet hatte. Er ärgerte sich und rügte den Verwalter. Aber ein anderes Ereignis war von großer Bedeutung und sehr erfreulich: Pawa hatte gekalbt, die beste Kuh im Stall, die er für eine hohe Summe auf einer Ausstellung gekauft hatte.

„Kusma, bringe mir den Pelz … Und Sie“, wandte er sich an den Verwalter, „Sie sorgen für eine Laterne; ich will selbst mal hinschauen.“

Der Stall für die wertvollen Kühe lag unmittelbar hinter dem Hause. Lewin ging auf dem Hof um den Schneehaufen am Fliedergebüsch herum und kam an den Stall. Als die vereiste Tür geöffnet wurde, umfing ihn der scharfe Geruch des warmen, dampfenden Kuhmists, und die Kühe, erstaunt über den ungewohnten Lichtschein der Laterne, rührten sich auf ihrem frischen Stroh. In einem der Verschläge zeichnete sich glänzend der glatte, breite Rücken einer schwarzweißgescheckten holländischen Kuh ab. Berkut, der Bulle, lag mit seinem durch die Lippe gezogenen Ring im Verschlag und machte Anstalten aufzustehen, besann sich aber eines anderen und schnaufte nur ein paarmal, als die Männer vorübergingen. Pawa, ein Prachttier von der Größe eines Nilpferdes, drehte den Eintretenden ihren roten Rücken zu, um ihr Junges zu verdecken, und beschnupperte es.

Lewin trat in den Verschlag, sah sich Pawa an und stellte das Kälbchen auf seine schwankenden langen Beine. Pawa wurde unruhig und wollte schon brüllen, beruhigte sich jedoch, als Lewin ihr das Kälbchen zuschob, holte tief Atem und begann es mit ihrer rauhen Zunge zu belecken. Das Kälbchen stieß mit der Schnauze suchend in die Weichen der Mutter und wedelte mit dem Schwänzchen.

„Hierher mußt du leuchten, Fjodor, halte die Laterne hierher!" sagte Lewin und betrachtete das Kälbchen eingehend. „Ganz die Mutter! Wenn es auch die Farbe vom Vater hat. Ein schönes Tier. Gestreckt und mit breiten Lenden. Nicht wahr, Wassili Fjodorowitsch, es ist gut geraten?" wandte er sich an den Verwalter, dem er in seiner Freude über das Kälbchen den angebrannten Buchweizen verziehen hatte.

„Nach wem sollte es auch schlecht geraten?" entgegnete der Verwalter. „Und noch eins: der Arbeitsvermittler Semjon ist schon am Tage nach Ihrer Abreise angekommen. Wir werden wohl mit ihm abschließen müssen, Konstantin Dmitritsch. Von der Maschine habe ich Ihnen schon früher berichtet."

Es war eine Einzelheit, aber auch sie schon nötigte Lewin, sich in alle Details seines großen und komplizierten Wirtschaftsbetriebes zu vertiefen, und er ging aus dem Viehstall unverzüglich ins Büro, wo er mit dem Arbeitsvermittler Semjon verhandelte und dem Verwalter Anweisungen gab. Hierauf kehrte er ins Haus zurück und begab sich in das im oberen Stockwerk gelegene Wohnzimmer.

27

Das Haus war geräumig und alt, und obwohl Lewin allein lebte, benutzte er doch sämtliche Räume und ließ sie auch alle heizen. Er wußte, daß dies unvernünftig, ja sogar tadelnswert war und seinen neuen Vorsätzen widersprach, aber dieses Haus bedeutete für ihn eine ganze Welt. Es war die Welt, in der seine Eltern gelebt hatten und gestorben waren. Sie hatten ein Leben geführt, das Lewin als Inbegriff der Vollkommenheit erschien, und er träumte davon, es einstmals mit seiner Frau und seiner eigenen Familie zu erneuern.

An seine Mutter konnte sich Lewin kaum entsinnen, aber das Bild, das ihm von ihr vorschwebte, war für ihn ein geheiligtes Andenken, und seine künftige Frau stellte er sich in seinen Träumen immer als eine Nachschöpfung jenes bezaubernden, von einem Glorienschein umgebenen Wesens vor, das seine Mutter für ihn gewesen war.

Die Liebe zu einer Frau konnte er sich nicht anders als in einer Ehe vorstellen: ja, er dachte in erster Linie an die Familie und erst dann an die Frau, die ihm die Familie schenken sollte. Seine Auffassung von einer Heirat wich daher sehr wesentlich von der Auffassung der meisten seiner Bekannten ab, die in der Heirat lediglich einen Brauch unter vielen anderen herkömmlichen Bräuchen sahen; für Lewin stellte sie den bedeutsamsten Schritt im Leben dar, von dem das ganze Lebensglück abhing. Und nun sollte er diesem Glück entsagen!

Als er das kleine Wohnzimmer betrat, in dem er stets seinen Tee trank, und sich mit einem Buch in seinen Sessel setzte, während Agafja Michailowna den Tee brachte und mit der üblichen Bemerkung: „Ich werde mich zu Ihnen setzen, mein Guter", ihren Platz am Fenster einnahm, da fühlte er, daß er sich, so merkwürdig es auch war, auch jetzt noch nicht von seinen Träumen getrennt hatte und ohne ihre Verwirklichung nicht leben konnte. Ob nun mit ihr, ob mit einer andern – erfüllen werden sie sich bestimmt! Er las in seinem Buch, dachte über das Gelesene nach und blickte von Zeit zu Zeit auf, um der unermüdlich plappernden Agafja Michailowna zuzuhören; und zur gleichen Zeit tauchten in seiner Phantasie verschiedene unzusammenhängende Bilder aus der Wirtschaft und aus seinem künftigen Familienleben auf. Er fühlte, daß in der Tiefe seiner Seele etwas im Entstehen begriffen war, Form annahm und sich konsolidierte.

Er hörte zu, wie Agafja Michailowna erzählte, daß Prochor von Gott verlassen sei, da er ohne Unterlaß trinke und das ganze Geld verjubele, das Lewin ihm zum Kauf eines Pferdes geschenkt hatte, und daß er seine Frau halbtot geprügelt habe; er hörte eine Weile zu, las wieder in seinem Buch und rekapitulierte alle Gedanken, zu denen er durch das Gelesene angeregt worden war. Es war das Buch von Tyndall über die Wärme. Er erinnerte sich, daß ihm in dem Buch schon von Anfang an die Selbstzufriedenheit mißfallen hatte, mit der Tyndall von der geschickten Durchführung seiner Experimente sprach, und daß er an seinen Darlegungen jeden philosophischen Blick vermißt hatte. Und plötzlich tauchte dazwischen ein freudiger Gedanke auf: In zwei Jahren werde ich zwei holländische Kühe im Stall haben. Pawa selbst kann noch am Leben sein, dazu zwölf junge Kühe, Berkuts Töchter – welche Aussichten bieten sich damit für die Zucht! Großartig! Er griff wieder nach dem Buch.

Nun gut, Elektrizität und Wärme mögen ein und dasselbe sein; aber ist es denn möglich, bei der Lösung einer Aufgabe in der Gleichung die eine Größe für die andere zu setzen? Nein. Was ergibt sich also daraus? Den Zusammenhang aller Naturkräfte ahnt man ohnehin instinktiv ... Besonders freue ich mich auf die Zeit, wenn Pawas Kälbchen schon zu einer rotscheckigen Kuh herangewachsen sein wird, und dann die ganze Herde, die aus diesen dreien hervorgehen soll. Wundervoll! Ich trete mit meiner Frau und unsern Gästen vor die Tür, die heimkehrende Herde zu betrachten ... Meine Frau sagt: Dieses Kalb haben Konstantin und ich wie ein Kind großgezogen ... Wie können Sie dafür so viel Interesse aufbringen? fragt ein Gast ... Alles, was ihn interessiert, interessiert auch mich ... Aber wer ist diese *sie*? Hier erinnerte er sich an das, was er in Moskau erlebt hatte ... Doch was soll man machen? Ich habe mir nichts zuschulden kommen lassen. Aber von nun an wird alles anders werden. Das ist Unsinn, daß das Leben, daß die Vergangenheit das nicht zuließen. Ich muß darum kämpfen, ein besseres, ein viel besseres Leben zu führen ...

Er hob den Kopf und versank in Gedanken. Die alte Laska, die sich aus Freude über seine Rückkehr noch immer nicht ganz beruhigen konnte, war auf den Hof gelaufen, um ihren Gefühlen durch Bellen Luft zu machen, und kam jetzt, den Geruch frischer Luft mit sich bringend, ins Zimmer zurück; sie kam schwanzwedelnd an Lewin heran, steckte die Schnauze in seine Hand und gab durch klägliches Winseln zu verstehen, daß sie gestreichelt sein wollte.

„Nur sprechen kann sie nicht“, sagte Agafja Michailowna, „ist doch bloß ein Hund ... Aber sie versteht, daß ihr Herr nach Hause gekommen ist und Kummer hat.“

„Wieso Kummer?“

„Hab ich denn keine Augen, mein Guter? Es ist wohl an der Zeit, daß ich meine Herrschaft genau kenne. Von Kindesbeinen an bin ich bei ihr. Aber grämen Sie sich nicht, mein Guter. Die Hauptsache ist, daß man gesund bleibt und ein reines Gewissen hat.“

Lewin sah sie aufmerksam an, ganz erstaunt darüber, daß sie ihn so gut durchschaute.

„Nun, soll ich Ihnen noch etwas Tee bringen?“ fragte sie, nahm seine Tasse und ging hinaus.

Laska steckte immer wieder die Schnauze in seine Hand. Er streichelte sie, worauf sie sich sofort zusammengekauert zu seinen Füßen niederließ und den Kopf auf die vorgestreckte Hinterpfote legte. Und zum Zeichen dafür, daß jetzt alles gut und in Ordnung sei, öffnete sie ein wenig das Maul, schmatzte ein paarmal, brachte die feuchten Lippen über ihren alten Zähnen in eine bequeme Lage und versank in eine glückselige Ruhe.

Ganz wie ich! sagte Lewin, der Laskas letzte Bewegungen aufmerksam verfolgt hatte, zu sich selbst. Ganz wie ich! Trotz alledem! ... Es wird schon werden.

28

Am Morgen des Tages nach dem Ball telegraphierte Anna Arkadjewna an ihren Mann, daß sie noch am gleichen Tage aus Moskau abreisen werde.

„Nein, ich muß, ich muß unbedingt nach Hause", erklärte sie ihrer Schwägerin die Änderung ihrer ursprünglichen Absichten, und dies in einem Ton, als seien ihr tausenderlei Dinge eingefallen, die sie gar nicht alle aufzählen könne. „Nein, es ist besser, ich fahre schon heute."

Stepan Arkadjitsch aß außer Hause zu Mittag, hatte aber versprochen, sich um sieben Uhr einzufinden, um seine Schwester zu begleiten.

Kitty, die auch nicht gekommen war, hatte ein kurzes Briefchen mit der Mitteilung geschickt, daß sie Kopfschmerzen habe. Dolly und Anna nahmen das Mittagessen allein in Gemeinschaft mit den Kindern und der englischen Erzieherin ein. Ob es nun daran lag, daß Kinder unbeständig sind, oder daran, daß sie ein besonders feines Gefühl dafür haben und spürten, daß sich Anna nicht mehr für sie interessierte und überhaupt ganz anders war als an jenem Tage, an dem sie sie so liebgewonnen hatten, – jedenfalls machten sie keine Anstalten, mit der Tante zu spielen, bekundeten keine Zärtlichkeit und nahmen teilnahmslos die Mitteilung von ihrer bevorstehenden Abreise auf. Anna hatte den ganzen Vormittag mit Reisevorbereitungen zugebracht. Sie hatte kurze Briefe an ihre Moskauer Bekannten geschrieben, ihre Ausgaben notiert und ihre Sachen gepackt. Überhaupt schien es Dolly, als sei Anna von einer besonderen Unruhe ergriffen, von jener mit Sorge gemischten Unruhe, von der Dolly aus eigener Erfahrung nur zu gut wußte, daß sie nicht ohne Grund entsteht und meist eine Unzufriedenheit mit sich selbst verbirgt.

Nach dem Mittagessen ging Anna in ihr Zimmer, um sich umzukleiden, und Dolly folgte ihr.

„Du bist ja heute so sonderbar", sagte Dolly.

„Sonderbar? Findest du? Ich bin nicht sonderbar, aber ich tauge heute nichts. Das kommt manchmal bei mir vor. Ich möchte immerfort weinen. Es ist sehr dumm, aber es vergeht auch wieder", sagte Anna und beugte ihr errötetes Gesicht schnell über die zierliche kleine Reisetasche, in die sie ein Nachthäubchen und einige Batisttaschentücher steckte. Ihre Augen hatten einen besonderen Glanz und füllten sich dauernd mit Tränen. „Zuerst fiel mir die Abreise aus Petersburg so schwer, und jetzt kann ich mich von hier nicht trennen."

„Du bist hergekommen und hast ein gutes Werk getan", sagte Dolly, wobei sie sie aufmerksam betrachtete.

Anna blickte mit tränenfeuchten Augen zu ihr auf.

„Sage das nicht, Dolly. Ich habe absolut nichts getan und konnte auch gar nichts tun. Es kommt mir manchmal geradezu vor, als hätten sich alle verschworen, mich eingebildet zu machen. Was habe ich schon getan, und was konnte ich tun? In deinem Herzen war genügend Liebe, und so konntest du verzeihen ..."

„Weiß Gott, wie ohne dich alles gekommen wäre! Was für ein glückliches Wesen bist du doch, Anna!" sagte Dolly. „In deiner Seele ist alles klar und gut."

„Ach, ein jeder hat in der Seele seine Skeletons, wie die Engländer sagen."

„Was könntest du denn für Skeletons haben? An dir ist alles so klar."

„Doch, ich habe sie!" sagte Anna, und – ganz unerwartet unmittelbar nach den Tränen – ein spitzbübisches Lächeln umspielte ihre Lippen.

„Nun, dann sind deine Skeletons jedenfalls heiterer und nicht betrüblicher Natur", meinte Dolly lächelnd.

„Nein, sie sind betrüblich. Weißt du auch, weshalb ich schon heute und nicht erst morgen reise? Das, was mich so bedrückt, will ich dir jetzt gestehen", sagte Anna, sich entschlossen im Sessel zurücklehnend, und blickte Dolly gerade in die Augen.

Und Dolly sah mit Verwunderung, daß Anna bis über die Ohren, ja bis zu den sich in ihrem Nacken hervorstehlenden schwarzen Löckchen errötet war.

„Ja", fuhr Anna fort. „Weißt du auch, warum Kitty nicht zum Essen gekommen ist? Sie ist auf mich eifersüchtig. Ich habe ihr ... bei mir liegt die Ursache dafür, daß ihr der gestrige Ball zu einer Qual statt zu einer Freude geworden ist. Aber ich bin wirklich und wahrhaftig nicht schuld daran, oder doch nur ein klein wenig schuld", sagte sie, wobei sie die Worte „ein klein wenig" besonders betont und gedehnt aussprach.

„Ach, welch eine Ähnlichkeit hattest du eben mit Stiwa, als du dies sagtest", sagte Dolly lachend.

Anna war gekränkt.

„O nein, o nein! Ich bin nicht Stiwa", sagte sie und zog die Brauen zusammen. „Ich kann mit dir darüber sprechen, weil ich mir auch nicht einen Augenblick gestatte, an mir selbst zu zweifeln", sagte Anna.

Doch schon während sie diese Worte aussprach, wurde ihr bewußt, daß sie nicht der Wahrheit entsprachen; sie zweifelte nicht nur an sich, sondern wurde schon bei dem Gedanken an Wronski von einer inneren Unruhe ergriffen und hatte ihre Abreise nur deshalb vorverlegt, weil sie ein weiteres Zusammentreffen mit ihm vermeiden wollte.

„Ja, Stiwa hat mir erzählt, daß du mit Wronski die Masurka getanzt hast und daß er ..."

„Du kannst dir gar nicht vorstellen, wie seltsam sich das alles ergeben hat. Ich wollte nur in Kittys Interesse ein wenig nachhelfen, und da kam es plötzlich ganz anders. Vielleicht habe ich ungewollt ..."

Sie wurde rot und brach ab.

„Ja, dafür sind die Männer immer empfänglich", sagte Dolly.

„Ach, ich wäre todunglücklich, wenn seinerseits etwas Ernsteres mitspielen sollte", fiel Anna ein. „Aber ich bin überzeugt, daß sich alles wieder geben wird und daß Kitty mir dann nicht mehr grollt."

„Offen gesagt, Anna, mir ist für Kitty gar nicht so sehr an dieser Heirat gelegen. Wenn Wronski fähig war, sich innerhalb eines einzigen Tages in dich zu verlieben, ist es am besten, daß aus der Sache nichts wird."

„Oh, mein Gott, das wäre ja schrecklich!" erwiderte Anna, und wieder überzog eine tiefe Röte ihr Gesicht, aber diesmal war es ein Gefühl der Genugtuung, weil sie das, womit sie sich in Gedanken beschäftigt hatte, jetzt in Worten ausgesprochen hörte. „Und nun reise ich ab, nachdem ich mir Kitty, die ich so liebgewonnen habe, zur Feindin gemacht habe. Sie ist ein so liebes Geschöpf! Aber du wirst schon alles wieder in Ordnung bringen, Dolly, nicht wahr?"

Dolly unterdrückte mit Mühe ein Lächeln. Sie liebte Anna, aber es tat ihr wohl, zu sehen, daß auch sie Schwächen hatte.

„Zur Feindin? Das ist unmöglich!"

„Ich wünsche mir so sehnlich, von euch allen ebenso geliebt zu werden, wie ich euch liebe; und jetzt habe ich euch noch inniger liebgewonnen", fügte sie mit Tränen in den Augen hinzu. „Ach, wie dumm bin ich heute!"

Sie wischte mit dem Taschentuch über das Gesicht und begann mit dem Umkleiden.

Stepan Arkadjitsch hatte sich aufhalten lassen und erschien, mit gerötetem, strahlendem Gesicht und den Duft von Wein und Zigarren ausströmend, erst unmittelbar vor Abfahrt des Zuges.

Annas Rührung teilte sich auch Dolly mit, und als sie ihre Schwägerin zum letztenmal umarmte, flüsterte sie ihr zu:

„Verlaß dich darauf, Anna, daß ich nie vergessen werde, was du für mich getan hast. Und sei gewiß, daß ich dich liebhabe und immer liebbehalten werde als meine beste Freundin."

„Ich weiß nicht, wodurch ich das verdient habe", sagte Anna, küßte sie und hielt die Tränen zurück.

„Du hast mich verstanden und verstehst mich immer. Lebe wohl, mein Herzblatt!"

29

So, nun ist Gott sei Dank alles überstanden! war das erste, was sich Anna sagte, nachdem sie zum letztenmal ihren Bruder umarmt hatte, der bis zum dritten Glockenzeichen in der Tür des Abteils stehengeblieben war. Sie setzte sich auf den Polstersitz neben Annuschka und sah sich im halbdunklen Schlafwagen um. Gott sei Dank, morgen werde ich Serjosha und Alexej Alexandrowitsch wiedersehen, und mein Leben wird seinen glatten, gewohnten Lauf nehmen.

Immer noch in derselben, eine gewisse Besorgnis verratenden Stimmung, in der sie sich während des ganzen Tages befunden hatte, traf Anna jetzt mit Eifer und Gründlichkeit ihre Vorbereitungen für die Fahrt. Sie schloß mit ihren geschickten Händen ihre rote Reisetasche auf und wieder zu, legte sich das kleine Kissen, das sie ihr entnommen hatte, auf die Knie, hüllte ihre Beine sorgfältig ein und setzte sich bequem auf ihrem Sitz zurecht. Eine kranke Dame machte sich bereits zum Schlafen zurecht. Zwei andere Damen knüpften mit Anna ein Gespräch an, und eine alte korpulente Frau wickelte sich die Füße ein und machte eine Bemerkung über die Heizung. Anna antwortete den beiden Damen mit ein paar Worten, aber da sie sich von einer Unterhaltung mit ihnen nichts versprach, ließ sie sich von Annuschka ein kleines Leselämpchen aus dem Koffer geben, befestigte es an der Sessellehne und entnahm ihrer Tasche ein Papiermesser und einen englischen Roman. Anfangs konnte sie sich nicht konzentrieren.

Zuerst störte das Hinundherlaufen und das allgemeine Getriebe; dann, nachdem sich der Zug in Bewegung gesetzt hatte, war es ihr unmöglich, nicht dem Rattern und Stampfen der Räder zu lauschen; dann wurde sie durch den Schnee abgelenkt, der gegen das linke Fenster schlug und sich an der Scheibe festsetzte, durch die Vermummung des vorbeikommenden Schaffners, der an der einen Seite ganz mit Schnee bedeckt war, und durch die Gespräche, die die anderen über die Heftigkeit des Schneesturms führten. Doch dann war alles immer wieder ein und dasselbe: das Rattern und Stampfen der Räder, der gegen das Fenster getriebene Schnee, die jähen Übergänge von Hitze zu Kälte und wiederum zu Hitze, die sich im Halbdunkel abzeichnenden Gesichter und die Stimmen, und Anna begann zu lesen und das Gelesene in sich aufzunehmen. Annuschka war schon eingeschlummert; sie hielt die auf ihren Knien liegende rote Reisetasche mit ihren großen Händen umklammert, die in Handschuhen steckten, von denen der eine zerrissen war. Anna Arkadjewna las wohl und nahm das Gelesene auch in sich auf, aber es bereitete ihr keine Freude, zu lesen und im Roman das Leben anderer Menschen zu verfolgen; dazu dürstete es sie zu sehr danach, selbst zu leben. Las sie, wie die Heldin des Romans einen Kranken pflegte, dann hatte sie den Wunsch, sich selbst mit lautlosen Schritten im Krankenzimmer zu bewegen; las sie von der Rede, die ein Mitglied des Parlaments gehalten hatte, dann wünschte sie, diese Rede selbst zu halten; las sie davon, wie Lady Mary hinter der Meute einhergesprengt war, ihre Schwägerin herausgefordert und die ganze Jagdgesellschaft durch ihre Kühnheit in Erstaunen versetzt hatte, so wünschte sie, es ihr gleichzutun. Aber das waren müßige Gedanken, und während ihre kleinen Hände mit dem glatten Papiermesser spielten, zwang sie sich zum Weiterlesen.

Schon war der Held des Romans dabei, das zu erlangen, was jeder Engländer für so begehrenswert hält – die Baronetswürde und ein Gut –, und es lockte Anna, mit ihm zusammen auf dieses Gut zu fahren, als sie plötzlich das Gefühl überkam, er müsse sich schämen und sie müsse sich ebenfalls schämen. Doch aus welchem Grunde sollte er sich schämen müssen? Und warum sollte ich mich denn schämen? fragte sie sich erstaunt und gekränkt. Sie legte das Buch weg, lehnte sich zurück und umklammerte das Papiermesser mit beiden Händen. Es gab nichts, dessen sie sich zu schämen hatte. Sie rief sich alles ins Gedächtnis, was sie in Moskau erlebt hatte; es war nur Gutes und Schönes. Sie verweilte in Gedanken bei dem Ball, stellte sich Wronski mit dem verliebten, ergebenen Gesichtsausdruck vor und dachte über ihre Beziehungen zu ihm nach: sie hatte sich nichts vorzuwerfen. Und dennoch, gerade bei diesen Erinnerungen verstärkte sich das Gefühl der Scham, und sobald sie an Wronski dachte, war es, als riefe ihr eine innere Stimme zu: „Warm, sehr warm, heiß!" Mit einer energischen Bewegung setzte sie sich auf ihrem Platz zurecht. Was soll das? fragte sie sich. Was hat das zu bedeuten? Scheue ich mich etwa, einer Tatsache gerade ins Gesicht zu sehen? Was bedeutet es also? Ist es überhaupt denkbar, daß zwischen mir und diesem knabenhaften Offizier andere Beziehungen bestehen könnten, als sie unter Bekannten üblich sind? Sie lächelte spöttisch und nahm wieder das Buch zur Hand; aber jetzt war sie völlig unfähig, ihre Gedanken auf das Gelesene zu konzentrieren. Sie fuhr mit dem Papiermesser über die Fensterscheibe, legte dann seine kalte, glatte Fläche an ihre Wange und hätte aus einem unerklärlichen Gefühl der Freude beinahe laut aufgelacht. Sie hatte das Gefühl, daß sich ihre Nerven spannten, als würden sie wie Saiten durch einen kleinen Griff immer straffer und straffer angezogen. Ihre Pupillen weiteten sich, sie spürte ein nervöses Zucken in den Fingern und Fußspitzen, irgend etwas benahm ihr den Atem, und sie fühlte, daß alle Bilder und Laute in diesem schwankenden Halbdunkel mit ungewöhnlicher Intensität auf sie einwirkten. Zuweilen war es ihr unklar, ob sich der Zug vorwärts oder rückwärts bewegte oder ob er überhaupt stehengeblieben sei. War es Annuschka, die neben ihr saß, oder eine Fremde? Was lag dort auf der Lehne, ein Pelz oder ein Tier? Und wie war sie selbst hierhergekommen? War sie es überhaupt, oder war es jemand anders? Es war für sie eine Pein, sich diesem Spiel ihrer Phantasie hinzugeben. Aber irgend etwas verlockte sie immer wieder dazu, und sie vermochte sich ihm nach Belieben hinzugeben oder zu entziehen. Sie stand auf, um sich auf sich selbst zu besinnen, schlug das Plaid zurück und legte den Umhang, den sie über dem warmen Kleid trug, ab. Für einen Augenblick klärten sich ihre Gedanken; sie begriff, daß es sich bei dem hageren Mann, der ins Abteil trat und nach dem Thermometer sah, um den Heizer handelte, und sie sah auch, daß an seinem langen Nankingmantel ein Knopf fehlte und daß bei seinem Eintritt Wind und Schnee ins Abteil drangen. Doch dann verwirrte sich wiederum alles ... Der eingetretene Mann mit dem langen Oberkörper machte sich an der Wand zu schaffen; die alte Dame streckte ihre Beine in der ganzen Länge des Wagens aus und füllte ihn wie eine schwarze Wolke aus; irgendwo begann ein furchtbares Knarren und Stampfen, als werde etwas zermalmt; dann wurden ihre Augen durch ein grelles Licht geblendet, und gleich darauf verschwand alles hinter einer Wand. Anna hatte das Gefühl, in die Tiefe zu stürzen. Doch alles das war nicht schrecklich, sondern belustigend. Die Stimme eines vermummten und mit Schnee bedeckten Mannes schrie ihr etwas ins Ohr. Sie stand auf und versuchte sich zurechtzufinden; es wurde ihr klar, daß der Zug auf einer Station hielt und daß dieser Mann der Schaffner war. Sie ließ sich von Annuschka ihr Tuch und den vorhin abgenommenen Umhang reichen, legte beides um und ging zur Tür.

„Wünschen Sie auszusteigen?“ fragte Annuschka.

„Ja, ich will ein wenig frische Luft schöpfen. Es ist so heiß hier.“

Als sie die Tür einen Spalt breit geöffnet hatte, schlug ihr der Schneesturm entgegen, und die Tür widersetzte sich dem Öffnen. Dieser Kampf mit Schneegestöber und Sturm amüsierte sie. Sie stemmte sich gegen die Tür, öffnete sie und trat hinaus. Der Wind, der auf sie nur gewartet zu haben schien, empfing sie mit einem übermütigen Pfeifen, umfaßte sie und wollte sie mit sich forttragen. Aber sie hielt sich an der vereisten Stange fest, raffte ihren Rock zusammen und stieg auf den Bahnsteig hinunter, wo sie Deckung hinter dem Wagen suchte. Nur auf dem Tritt hatte der Sturm so heftig getobt, dagegen war es auf dem Bahnsteig im Schutze der Wagen fast windstill. Sie atmete mit Wonne in vollen Zügen die kalte Schneeluft ein und ließ, vor dem Wagen stehenbleibend, den Blick über den Bahnsteig und über das erleuchtete Bahnhofsgebäude wandern.

30

Ein furchtbarer Sturm fegte mit großer Wucht um die Ecke des Bahnhofsgebäudes, fuhr pfeifend zwischen die Räder der Eisenbahnwagen und rüttelte an den Pfeilern. Die Wagen, die Pfeiler, die Menschen, überhaupt alles, was sich Annas Augen darbot, war an einer Seite mit einer dicken Schneeschicht bedeckt, und sie wurde immer dicker. Hin und wieder ließ der Sturm nach, brach jedoch schon im nächsten Augenblick wieder mit solchem Ungestüm los, daß er alles umzureißen drohte. Unterdessen ging die breite Tür des Bahnhofsgebäudes ununterbrochen auf und zu, und Reisende, die angeregt miteinander sprachen, liefen über den knarrenden Dielenbrettern des Bahnsteigs hin und her. Der Schatten eines gebückten Mannes huschte unter Anna vorüber, und man hörte auf Eisen fallende Hammerschläge. „Gib doch das Telegramm her!“ schallte eine zornige Stimme von der anderen Seite des Bahnsteigs aus der aufgewühlten Finsternis herüber. „Hierher, bitte!“ – „Nr. 28!“ hörte man verschiedene andere Stimmen rufen, und vermummte und mit Schnee bedeckte Gestalten liefen den Bahnsteig entlang. Zwei Herren mit brennender Zigarette im Mund gingen an Anna vorbei. Sie sog mit einem tiefen Atemzug noch einmal die frische Luft ein und hatte schon die Hand aus dem Muff genommen, um nach der Stange zu greifen und wieder einzusteigen, als unmittelbar neben ihr eine Gestalt in einem Militärmantel auftauchte und ihr das Licht der schwankenden Laterne verdeckte. Sie blickte sich um und erkannte sofort Wronski. Er legte die Hand an die Mütze, verbeugte sich und fragte, ob sie nicht irgendwelche Wünsche habe, ob er ihr vielleicht behilflich sein könne. Sie sah ihn eine geraume Weile an, ohne etwas zu antworten, und nahm, obgleich Schatten auf sein Gesicht fiel, den Ausdruck seiner Gesichtszüge und Augen wahr oder glaubte wenigstens, ihn wahrzunehmen. Es war wiederum jener Ausdruck ehrerbietiger Bewunderung, der gestern eine so tiefe Wirkung auf sie ausgeübt hatte. Wie viele Male hatte sie sich in den letzten Tagen und auch eben erst gesagt, daß Wronski für sie lediglich einer jener Hunderte von jungen Männern sei, die alle einander gleichen und überall anzutreffen sind, und daß sie sich nie erlauben werde, auch nur an ihn zu denken; jetzt aber, im ersten Augenblick, da sie ihn wiedersah, wurde sie von einem Gefühl freudigen Stolzes ergriffen. Sie brauchte nicht erst zu fragen, warum er hier sei. Sie wußte es so genau, als ob er ihr schon gesagt hätte, daß er hier war, um dort zu sein, wo sie war.

„Ich wußte nicht, daß Sie auch reisen. Warum reisen Sie?“ fragte sie und ließ die Hand sinken, die sie nach der Stange ausgestreckt hatte. Eine freudige, nicht unterdrückbare Erregung leuchtete in ihrem Gesicht.

„Warum ich reise?“ wiederholte er und blickte ihr gerade in die Augen. „Sie wissen ja, daß ich reise, um dort zu sein, wo Sie sind“, sagte er. „Ich kann nicht anders.“

In diesem Augenblick, gleichsam als habe er nun alle Schranken durchbrochen, fegte der Sturm den Schnee von den Dächern der Wagen, irgendwo schlug klirrend eine losgerissene Eisenplatte auf, und an der Spitze des Zuges ertönte wehmütig und finster der durchdringende Pfiff der Lokomotive. Der ganze Schrecken des Schneesturms faszinierte Anna jetzt mehr als vorher. Wronski hatte das ausgesprochen, was sie im Herzen gehofft, was sie aber mit ihrer Vernunft gefürchtet hatte. Sie antwortete nichts, und er sah ihrem Gesicht an, daß sie mit sich kämpfte.

„Verzeihen Sie mir, wenn ich etwas gesagt habe, was Ihnen unangenehm ist“, fuhr er ergeben fort.

Er sprach respektvoll und ehrerbietig, aber in einem so festen, beharrlichen Ton, daß sie sich lange nicht zu einer Antwort aufraffen konnte.

„Es ist unrecht von Ihnen, so zu sprechen, und wenn Sie ein guter Mensch sind, bitte ich Sie zu vergessen, was Sie gesagt haben, wie auch ich es vergessen werde“, sagte sie endlich.

„Kein einziges Ihrer Worte, keine einzige Ihrer Bewegungen werde ich jemals vergessen, und ich vermag nicht...“

„Genug, genug!“ rief sie und versuchte vergeblich, ihrem Gesicht, an dem seine leidenschaftlichen Blicke hingen, einen strengen Ausdruck zu geben. Sie griff nach der kalten Stange, stieg die Stufen hinauf und trat schnell in den Gang des Wagens. In diesem kleinen Gang jedoch blieb sie stehen und dachte über das Geschehene nach. Obwohl sie sich nicht an die Worte erinnern konnte, die er und sie selbst gesagt hatten, fühlte sie instinktiv, daß sie einander durch dieses kurze Gespräch beängstigend nähergekommen waren; und dieses Gefühl erschreckte und beglückte sie. Nachdem sie ein paar Augenblicke verweilt hatte, ging sie ins Abteil und nahm ihren Platz ein. Der angespannte Zustand, der sie vorher gequält hatte, trat aufs neue ein und steigerte sich jetzt sogar bis zu einem solchen Grade, daß sie jeden Augenblick fürchtete, in ihrem Innern werde infolge übermäßiger Anspannung etwas reißen. Sie schlief die ganze Nacht nicht. Doch dieser Anspannung und den Bildern, die ihr ihre Phantasie vorgaukelte, war nichts Unangenehmes und Finsteres eigen, im Gegenteil, von ihnen ging etwas Freudiges, Glühendes und Erregendes aus. Gegen Morgen schlummerte Anna auf ihrem Platz ein, und als sie wieder aufwachte, war alles ringsum schon hell und licht, und der Zug näherte sich Petersburg. Und jetzt wurde sie sofort durch die Gedanken an ihr Heim, ihren Mann, ihren Sohn und an die Sorgen, die ihr heute und an den folgenden Tagen bevorstanden, in Anspruch genommen.

Als sie in Petersburg nach Ankunft des Zuges unverzüglich ausstieg, war das erste Gesicht, auf das ihr Blick fiel, das ihres Mannes. O mein Gott, wie ist er bloß zu diesen Ohren gekommen? fragte sie sich, während sie seine stattliche Erscheinung betrachtete, die vornehme Kälte ausstrahlte; seine knorpeligen Ohren, die an den Rand des runden Hutes stießen, fielen ihr jetzt besonders auf. Als er sie erblickte und auf sie zukam, verzog er seine Lippen zu dem ihm eigenen spöttischen Lächeln und sah ihr mit seinen großen, müden Augen gerade ins Gesicht. Als sie seinem müden, beharrlichen Blick begegnete, preßte ein eigentümlich unangenehmes Gefühl ihr Herz zusammen; es war, als hätte sie sich ihn in Gedanken anders vorgestellt. Besonders frappierte sie das Gefühl der Unzufriedenheit mit sich selbst, das sie bei der Begegnung mit ihm befiel. Dieses Gefühl, der Heuchelei nicht unähnlich, war ihr nicht neu, denn sie hatte es ihrem Mann gegenüber schon immer empfunden; aber während sie dieses Gefühl früher kaum beachtet hatte, wurde sie sich seiner in diesem Augenblick deutlich und schmerzlich bewußt.

„Ja, wie du siehst, dein zärtlicher Mann, zärtlich wie im zweiten Jahr der Ehe, brannte darauf, dich wiederzusehen", sagte er mit seiner dünnen Stimme und in jenem gelassenen Ton, dessen er sich im Gespräch mit ihr fast immer bediente; es klang so, als wollte er sich über jemand lustig machen, der wirklich das gesagt hätte, was er sagte.

„Ist Serjosha gesund?" erkundigte sie sich.

„Und das soll nun die ganze Belohnung für meinen heißen Eifer sein?" fragte er. „Ja, ja, er ist gesund ..."

31

In dieser Nacht machte Wronski gar nicht erst den Versuch zu schlafen. Er starrte entweder vor sich ins Leere, oder er musterte die Ein- und Aussteigenden, und wenn er schon sonst Leute, die ihn nicht kannten, durch seine unerschütterliche Ruhe oft irritiert und aus der Fassung gebracht hatte, so machte er jetzt vollends den Eindruck, stolz und unnahbar zu sein. Er blickte auf die Menschen, als seien es Gegenstände. Ein nervöser junger Mann, Beamter beim Kreisgericht, der ihm gegenübersaß, wurde wegen dieses Ausdrucks in seinem Gesicht geradezu von Haß gegen ihn erfüllt. Er hatte ihn um Feuer gebeten, hatte versucht, mit ihm ins Gespräch zu kommen, und ihm sogar einen Stoß versetzt, um ihn fühlen zu lassen, daß er kein Gegenstand sei, sondern ein Mensch; aber Wronski sah ihn nach wie vor an, als hätte er eine Laterne vor sich, und der junge Mann verzerrte das Gesicht, weil er fühlte, daß er im Begriff war, angesichts einer solchen Nichtanerkennung seiner Menschenwürde die Selbstbeherrschung zu verlieren.

Wronski hatte für nichts und für niemanden ein Auge. Er fühlte sich als König, nicht etwa, weil er geglaubt hätte, auf Anna Eindruck gemacht zu haben – das glaubte er noch nicht –, sondern weil er durch den Eindruck, den sie auf ihn gemacht hatte, glücklich und stolz gestimmt war.

Was sich daraus ergeben würde, wußte er nicht, und er dachte auch gar nicht darüber nach. Er fühlte, daß sich alle seine bisher zersplitterten und ungezügelten Kräfte gesammelt hatten und mit ungeheurer Energie auf ein einziges verheißungsvolles Ziel gerichtet waren. Und das beglückte ihn. Er wußte nur, daß es die

Wahrheit war, als er ihr gesagt hatte, er fahre dorthin, wo sie sei, daß sein ganzes Lebensglück, der ganze Sinn seines Lebens nur noch darin bestehe, sie zu sehen und zu hören. Als er in Bologowo ausgestiegen war, um ein Glas Selterswasser zu trinken, und Anna erblickt hatte, waren seine ersten Worte an sie nur der spontane Ausdruck dessen gewesen, was er dachte. Und er freute sich darüber, daß er es ihr gesagt hatte, daß sie es jetzt wußte und daran dachte. Er schlief die ganze Nacht nicht. In sein Abteil zurückgekehrt, wurde er nicht müde, sich jedes ihrer Worte, jede Haltung, in der er sie gesehen hatte, immer wieder ins Gedächtnis zu rufen, und in seiner Phantasie malte er sich Zukunftsmöglichkeiten aus, die sein Herz stocken ließen.

Als er in Petersburg ausstieg, fühlte er sich nach der schlaflos verbrachten Nacht frisch und angeregt wie nach einem kalten Bad. Er blieb an der Tür des Eisenbahnwagens stehen, um ihr Vorüberkommen abzuwarten. Ich werde sie noch einmal sehen, sagte er sich und lächelte ungewollt. Ich werde ihre Bewegungen sehen, ihr Gesicht; sie wird vielleicht ein Wörtchen sagen, wird den Kopf wenden, aufblicken, und vielleicht wird sie lächeln. Doch noch bevor er sie kommen sah, erblickte er ihren Mann, den der Bahnhofsvorsteher ehrerbietig durch das Gedränge geleitete. Ach ja, der Gatte! Erst jetzt wurde Wronski zum erstenmal klar, daß dieser Mann fest mit ihr verbunden war. Es war ihm zwar bekannt, daß sie einen Mann hatte, aber an dessen Existenz hatte er nicht glauben wollen, und erst jetzt wurde sie ihm bewußt, als er ihn vor sich sah, mit seinem Kopf, seinen Schultern und den Beinen in den schwarzen Hosen, und besonders, als er beobachtete, wie der Mann im sicheren Bewußtsein seines Besitzes Annas Arm nahm.

Als er Alexej Alexandrowitsch in seiner Petersburger Frische, in seiner strengen, selbstbewußten Haltung, mit seinem runden Hut und dem ein wenig gewölbten Rücken vor Augen hatte, da war er von dessen Existenz überzeugt und wurde von einem unangenehmen Gefühl ergriffen, wie es wohl ein Mensch empfinden mag, der vor Durst vergeht, endlich an eine Quelle kommt und an dieser einen Hund, ein Schaf oder ein Schwein vorfindet, die das Wasser aufgewühlt und ausgetrunken haben. Der Gang von Alexej Alexandrowitsch, wie er das ganze Becken bewegte, und seine plumpen Beine reizten Wronski besonders. Das Recht, Anna lieben zu dürfen, gestand er allein sich zu. Sie aber war wie immer, und ihr Anblick, der ihn wie immer physisch belebte, sein Herz höher schlagen ließ und es mit Glück erfüllte, tat das Seinige. Er befahl seinem deutschen Diener, der aus einem Wagen zweiter Klasse auf ihn zueilte, das Gepäck zu nehmen und nach

Hause zu fahren; er selbst ging kurz entschlossen auf die beiden zu. Er hatte die erste Begegnung zwischen Mann und Frau beobachtet und mit dem geschärften Blick eines Verliebten bei Anna in der Unterhaltung mit ihrem Mann eine leichte Befangenheit gespürt. Nein, sie liebt ihn nicht und kann ihn nicht lieben, entschied er bei sich.

Schon als er sich ihr von hinten näherte, nahm er mit Freude wahr, daß sie sein Herankommen spürte; sie wandte schnell den Kopf um, erkannte ihn und wandte sich wieder ihrem Mann zu.

„Haben Sie die Nacht gut verbracht?" fragte Wronski und verbeugte sich vor Anna und ihrem Mann, wobei er es dem Gutdünken Alexej Alexandrowitschs überließ, diese Verbeugung auch auf sich zu beziehen und sich seiner zu erinnern oder nicht.

„Danke, sehr gut", antwortete sie.

Ihr Gesicht sah müde aus und entbehrte jenes Mienenspiels, bei dem sonst durch ein Lächeln oder durch ein Aufleuchten der Augen ihre innere Lebendigkeit zum Ausdruck kam. Nur für einen kurzen Moment sprühte in ihren Augen, als sie ihn ansah, ein kleines Fünkchen auf, und obwohl dieses Fünkchen sofort wieder erlosch, fühlte sich Wronski durch diesen kurzen Augenblick beglückt. Anna sah ihren Mann an, um sich zu vergewissern, ob er Wronski erkannt hatte. Alexej Alexandrowitsch blickte Wronski unzufrieden und zerstreut an und besann sich allmählich auf ihn. Die Ruhe und Selbstsicherheit Wronskis waren auf das kalte, anmaßende Selbstbewußtsein Karenins gestoßen wie eine Sense auf Granit.

„Graf Wronski", sagte Anna.

„Ah! Wir kennen uns schon, glaube ich?" sagte Alexej Alexandrowitsch in gleichgültigem Ton und reichte ihm die Hand. „Hingefahren bist du mit der Mutter und zurückgekommen mit dem Sohn", fuhr er, zu seiner Frau gewandt, fort und sprach die Worte so akzentuiert aus, als verschenke er mit jedem einzelnen einen Rubel. „Sie kommen wohl vom Urlaub zurück?" fragte er Wronski und wandte sich, ohne erst eine Antwort abzuwarten, gleich wieder in seinem scherzend-ironischen Ton an Anna: „Nun, sind beim Abschied in Moskau viele Tränen geflossen?"

Indem er diese Frage an seine Frau richtete, gab er Wronski zu verstehen, daß er mit ihr allein sein wollte, und er griff, sich ihm zuwendend, an seinen Hut. Doch Wronski wandte sich an Anna Arkadjewna:

„Ich hoffe, Sie werden mir die Ehre erweisen und mir erlauben, Ihnen einen Besuch abzustatten."

Alexej Alexandrowitsch blickte Wronski mit seinen müden Augen an.

„Wir werden uns sehr freuen“, sagte er kühl. „Unser Empfangstag ist der Montag.“ Und als er Wronski endgültig verabschiedet hatte, wandte er sich wieder in unverändert scherzhaftem Ton an seine Frau: „Wie schön, daß ich gerade eine halbe Stunde Zeit hatte, dich abzuholen und dir so meine Zärtlichkeit zu beweisen.“

„Du beteuerst deine Zärtlichkeit so beflissen, daß ich sie nicht sehr hoch bewerten kann“, bemerkte sie in dem gleichen scherzhaften Ton und horchte dabei unwillkürlich auf die Schritte Wronskis, der ihnen folgte. Doch was geht mich das an? dachte sie und fragte ihren Mann, wie Serjosha während ihres Wegseins die Zeit zugebracht habe.

„Oh, ausgezeichnet! Mariette sagt, daß er sehr artig gewesen sei und – ich muß dich betrüben – längst nicht so unter Sehnsucht nach dir gelitten hat wie dein Mann. Doch nochmals merci dafür, meine Liebste, daß du diesen Tag für mich erübrigt hast. Unser guter Samowar wird entzückt sein.“ (Mit Samowar meinte er die bekannte Gräfin Lydia Iwanowna, und zwar deshalb, weil sie über alles und jedes in Wallung und Hitze geriet.) „Sie hat sich nach dir erkundigt. Und weißt du, wenn ich mir einen Rat erlauben darf, es wäre gut, wenn du sie gleich heute aufsuchen würdest. Du weißt ja, wie sie sich alles zu Herzen nimmt. Neben allen ihren übrigen Sorgen macht sie sich jetzt auch noch Gedanken über die Aussöhnung der Oblonskis.“

Die Gräfin Lydia Iwanowna war mit Annas Mann befreundet und war der Mittelpunkt jenes Kreises der Petersburger Gesellschaft, mit dem Anna durch ihren Mann am stärksten verbunden war.

„Ich habe ihr doch geschrieben.“

„Sie muß doch alles ganz ausführlich wissen. Fahre schon hin, Liebste, wenn du nicht zu müde bist. Und nun wird Kondrati dich nach Hause bringen, und ich fahre ins Komitee. Jetzt werde ich beim Mittagessen wenigstens nicht mehr allein sein“, sagte Alexej Alexandrowitsch, der den scherzhaften Ton von vorhin nun aufgegeben hatte. „Du glaubst gar nicht, wie ich mich daran gewöhnt habe …“

Er drückte ihr lange die Hand und half ihr dann mit einem ganz besonderen Lächeln in den Wagen.

32

Der erste, von dem Anna zu Hause begrüßt wurde, war ihr Sohn. Er kam ihr, ungeachtet aller Zurufe der Gouvernante, schon auf der Treppe entgegengesprungen und schrie ausgelassen und begeistert: „Mama! Mama!“ Als er sie erreicht hatte, fiel er ihr um den Hals.

„Ich habe ja gesagt, daß es Mama ist!“ rief er der Gouvernante zu. „Ich wußte es!“

Doch ebenso wie es ihr mit ihrem Mann ergangen war, rief jetzt auch das Wiedersehen mit ihrem Sohn in Anna eine gewisse Enttäuschung hervor. Sie hatte ihn in ihrer Vorstellung idealisiert und mußte nun erst zur Wirklichkeit herabsteigen, um an ihm auch so, wie er tatsächlich war, Freude zu haben. Aber auch so, wie er war, sah er ganz bezaubernd aus, mit seinen blonden Locken, den blauen Augen und den strammen, wohlgeformten Beinen in den straffsitzenden Strümpfen. Seine Zärtlichkeit und die Empfindung seiner Nähe lösten bei Anna ein fast körperliches Behagen aus, und wenn sie seinem treuherzigen und zutraulichen, von Liebe erfüllten Blick begegnete und sich seine kindlichen Fragen anhörte, fühlte sie so etwas wie eine seelische Entspannung. Sie packte die Geschenke aus, die Dollys Kinder für ihn mitgeschickt hatten, und erzählte ihm, daß es in Moskau ein liebes Mädchen namens Tanja gebe und daß Tanja schon lesen könne und sogar den andern Kindern das Lesen beibringe.

„Und ich bin schlechter als sie?“ fragte Serjosha.

„Für mich bist du der Beste auf der ganzen Welt.“

„Das weiß ich“, sagte Serjosha lächelnd.

Anna hatte noch nicht ihren Kaffee zu Ende getrunken, da wurde schon die Gräfin Lydia Iwanowna gemeldet. Die Gräfin Lydia Iwanowna war eine hochgewachsene korpulente Dame mit ungesunder gelber Gesichtsfarbe und einem versonnenen Ausdruck in ihren schwarzen, auffallend schönen Augen. Anna mochte sie gern, nahm heute aber gleichsam zum erstenmal auch alle ihre Fehler wahr.

„Nun, liebste Freundin, haben Sie den Ölzweig hingebracht?“ fragte die Gräfin Lydia Iwanowna, sobald sie ins Zimmer getreten war.

„Ja, es ist alles wieder in Ordnung, und es war übrigens auch gar nicht so schlimm, wie wir angenommen hatten“, antwortete Anna. „Meine belle-sœur ist überhaupt mit ihren Entschlüssen immer sehr schnell bei der Hand.“

Aber die Gräfin Lydia Iwanowna, die sich um alles kümmerte, was sie nichts anging, hatte die Angewohnheit, nie zuzuhören, wenn über die Angelegenheit, für die sie sich interessiert hatte, berichtet wurde; sie unterbrach Anna:

„Ja, es gibt viel Gram und Böses in der Welt; ich bin heute ganz zermürbt."

„Warum denn?" fragte Anna und konnte nur mit Mühe ein Lächeln unterdrücken.

„Ich bin es allmählich müde, immer vergebens eine Lanze für die Wahrheit zu brechen, und manchmal bin ich am Ende meiner Kraft. Die Sache mit der Schwesternschaft" (es handelte sich um eine philanthropische, religiös-patriotisch aufgezogene Stiftung) „schien sich so gut anzulassen, aber mit diesen Herrschaften ist ja nichts anzufangen", erzählte die Gräfin Lydia Iwanowna im Ton spöttischer Schicksalsergebenheit. „Sie haben den Gedanken aufgegriffen, dann haben sie ihn verunstaltet und beurteilen nun alles so kleinlich und engstirnig. Zwei oder drei Personen, darunter Ihr Mann, haben die ganze Bedeutung der Sache begriffen, aber die andern entwürdigen sie nur. Gestern erhielt ich einen Brief von Prawdin ..."

Prawdin war ein bekannter Panslawist, der im Ausland lebte, und die Gräfin erzählte nun den Inhalt seines Briefes.

Nachdem die Gräfin noch von verschiedenen Unannehmlichkeiten und Intrigen gegen die Einigungsbewegung der Kirchen berichtet hatte, brach sie in großer Eile auf; sie mußte an jenem Tage noch den Sitzungen in einer Gesellschaft und im Slawischen Komitee beiwohnen.

Sie ist doch schon immer so gewesen, wie mag es nur kommen, daß es mir früher nicht aufgefallen ist? fragte sich Anna. Oder war sie heute durch irgend etwas besonders gereizt? Es ist aber wirklich merkwürdig: ihr Streben ist auf Wohltätigkeit gerichtet, und sie ist eine Christin, aber dennoch ist sie immer aufgebracht und sieht ringsum nur Feinde, und alle sind Feinde des Christentums und der Wohltätigkeit.

Nachdem sich die Gräfin Lydia Iwanowna verabschiedet hatte, erschien eine Freundin Annas, die Frau eines Kanzleidirektors, und erzählte alle Stadtneuigkeiten. Um drei Uhr verabschiedete auch sie sich, versprach jedoch, zum Essen wiederzukommen. Alexej Alexandrowitsch hielt sich noch im Ministerium auf. Allein geblieben, verbrachte Anna die Zeit bis zum Essen damit, ihrem Sohn beim Essen Gesellschaft zu leisten (für ihn wurde besonders gedeckt), ihre Sachen in Ordnung zu bringen und die Briefe und Zuschriften zu lesen und zu beantworten, die sich auf ihrem Schreibtisch angesammelt hatten.

Das grundlose Schuldgefühl, unter dem sie auf der Reise gelitten hatte, und die Aufregung waren jetzt gänzlich verschwunden.

Unter den gewohnten Lebensbedingungen fühlte sie sich wieder selbstsicher und makellos.

Wenn sie an ihren gestrigen Zustand dachte, konnte sie für ihn keine Erklärung finden. Was war denn geschehen? Nichts. Wronski hatte eine Dummheit gesagt, dem war leicht ein Ende zu machen, und ich habe ihm darauf geantwortet, was nötig war. Mit meinem Mann darüber zu sprechen ist nicht notwendig und nicht angebracht. Darüber zu sprechen, das hieße der Sache eine Bedeutung beilegen, die ihr nicht zukommt. Dabei erinnerte sie sich eines andern Falls: sie hatte ihrem Mann einmal erzählt, daß ihr von einem seiner jungen Untergebenen fast so etwas wie eine Liebeserklärung gemacht worden war, worauf Alexej Alexandrowitsch geantwortet hatte, daß im gesellschaftlichen Leben jede Frau einer solchen Möglichkeit ausgesetzt sei, daß er sich aber vollkommen auf ihr Taktgefühl verlasse und sich nie erlauben würde, sie und sich selbst durch Eifersucht zu entwürdigen. Ich brauche ihm also auch jetzt nichts zu erzählen. Und es liegt ja gottlob auch nichts vor, was des Erzählens wert wäre, sagte sie sich.

33

Alexej Alexandrowitsch kehrte um vier Uhr aus dem Ministerium zurück, fand aber, wie das häufig vorkam, keine Zeit, zu Anna hineinzublicken. Er ging direkt in sein Arbeitszimmer, um die schon wartenden Bittsteller abzufertigen und verschiedene Schriftstücke zu unterzeichnen, die der Kanzleidirektor gebracht hatte. Zum Essen (es waren stets mehrere Gäste geladen) erschienen diesmal: eine alte Kusine Alexej Alexandrowitschs, der Kanzleidirektor mit seiner Frau und ein junger Beamter, den Alexej Alexandrowitsch auf Grund einer Empfehlung protegierte. Anna unterhielt sich mit den Gästen zunächst im Salon. Punkt fünf Uhr, noch ehe der letzte Schlag der Bronzeuhr aus der Zeit Peters I. verklungen war, betrat Alexej Alexandrowitsch das Zimmer; da er gleich nach dem Essen wieder wegfahren mußte, trug er einen Frack, eine weiße Krawatte und hatte zwei Orden an der Brust. In Alexej Alexandrowitschs Leben war die Zeit bis auf die Minute genau eingeteilt und ausgefüllt. Und um alles schaffen zu können, was ihm jeden Tag bevorstand, befleißigte er sich der größten Pünktlichkeit. „Ohne Hast und ohne Rast", lautete seine Devise. Er betrat den Speisesaal, begrüßte alle Anwesenden und setzte sich, seiner Frau zulächelnd, unverzüglich auf seinen Platz.

„Ja, nun hat meine Vereinsamung ihr Ende gefunden. Du

glaubst gar nicht, wie deprimierend es ist“ (das Wort *deprimierend* betonte er besonders), „allein am Tisch zu sitzen.“

Während des Essens fragte er seine Frau das eine und andere über ihren Moskauer Aufenthalt und lächelte spöttisch, als er sich nach Stepan Arkadjitsch erkundigte; aber zum größten Teil war die Unterhaltung bei Tisch eine allgemeine und betraf dienstliche und gesellschaftliche Angelegenheiten von Petersburg. Nach der Mahlzeit verweilte er eine halbe Stunde bei den Gästen; dann verabschiedete er sich, drückte seiner Frau, wieder mit einem Lächeln, die Hand und ging hinaus, um zur Ratssitzung zu fahren. Anna blieb heute zu Hause; sie fuhr weder zur Fürstin Betsy Twerskaja, die von ihrer Rückkehr gehört und sie zum Abendessen eingeladen hatte, noch ins Theater, wo sie für diesen Abend eine Loge hatte. Sie nahm davon hauptsächlich deshalb Abstand, weil ein Kleid, mit dem sie gerechnet hatte, nicht fertig geworden war. Überhaupt war sie durch die Musterung ihrer Garderobe, die sie nach dem Weggang der Gäste vorgenommen hatte, sehr verstimmt. Sie verstand es meisterhaft, sich ohne übermäßige Kosten gut anzuziehen, und hatte ihrer Schneiderin vor der Abreise nach Moskau drei Kleider zum Ändern gegeben. Die Kleider sollten durch die Änderung ein ganz neues Aussehen erhalten und hätten schon vor drei Tagen fertig sein müssen. Nun stellte sich heraus, daß zwei der Kleider überhaupt noch nicht fertig waren und daß die Schneiderin das dritte nicht so geändert hatte, wie Anna es gewünscht hatte. Die Schneiderin war gekommen und hatte zu ihrer Rechtfertigung versichert, das Kleid sehe so besser aus, aber Anna hatte sich dabei dermaßen ereifert, daß ihr der Gedanke daran jetzt peinlich war. Um sich endgültig zu beruhigen, ging sie ins Kinderzimmer, verbrachte den ganzen Abend mit ihrem Sohn und brachte ihn auch selbst zu Bett, bekreuzigte ihn und deckte ihn zu. Sie freute sich nun, nirgends hingefahren zu sein und den Abend so schön verlebt zu haben. Es war ihr so leicht ums Herz, sie fühlte sich vollkommen ruhig und erkannte jetzt deutlich, daß alles, was ihr auf der Reise so bedeutsam erschienen war, nur einen der üblichen belanglosen Zwischenfälle des gesellschaftlichen Lebens darstellte und daß es nichts gab, dessen sie sich vor irgend jemand und vor sich selbst zu schämen brauchte. Sie setzte sich mit einem englischen Roman an den Kamin und wartete auf ihren Mann. Genau um halb zehn hörte sie ihn klingeln, und er betrat das Zimmer.

„Endlich bist du da!“ sagte sie und streckte ihm die Hand entgegen. Er küßte ihr die Hand und setzte sich zu ihr.

„Im großen und ganzen scheint deine Reise ja erfolgreich gewesen zu sein“, sagte er zu ihr.

„Ja, sehr“, antwortete sie und begann ihm alles der Reihe nach zu schildern: die Fahrt in Gesellschaft der Gräfin Wronskaja, ihre Ankunft in Moskau, den Unglücksfall auf dem Bahnhof. Anschließend erzählte sie ihm, wie sehr ihr zuerst ihr Bruder und dann Dolly leid getan hätten.

„Nach meinem Dafürhalten kann es für ein solches Verhalten keine Entschuldigung geben, auch wenn es sich um deinen Bruder handelt“, sagte Alexej Alexandrowitsch streng.

Anna lächelte. Sie begriff, was er damit sagen wollte: Er wollte zum Ausdruck bringen, daß ihn auch verwandtschaftliche Rücksichten nicht davon abhalten könnten, unumwunden seine wahre Meinung zu äußern. Ihr war diese Gesinnung ihres Mannes bekannt, und sie schätzte sie an ihm.

„Ich freue mich aber, daß alles ein gutes Ende genommen hat und daß ich dich wieder hier habe“, fuhr er fort. „Nun, was sagt man dort zu den neuen Bestimmungen, die ich im Plenum durchgesetzt habe?“

Anna hatte mit niemandem über diese Bestimmungen gesprochen und machte sich jetzt Vorwürfe, daß sie so leicht etwas vergessen konnte, was für ihn von so großer Wichtigkeit war.

„Hier hat die Angelegenheit viel Staub aufgewirbelt“, sagte er mit einem selbstzufriedenen Lächeln.

Anna merkte, daß Alexej Alexandrowitsch ihr in diesem Zusammenhang gern etwas mitgeteilt hätte, was ihm Freude bereitet hatte, und sie ermunterte ihn durch Fragen zum Erzählen. Er schilderte ihr nun, immer noch selbstzufrieden lächelnd, die Beifallskundgebungen, die ihm wegen der Einführung jener Bestimmungen zuteil geworden waren.

„Ich habe mich sehr, sehr darüber gefreut. Es beweist doch, daß sich bei uns endlich ein vernünftiger und fester Standpunkt in dieser Frage durchzusetzen beginnt.“

Nachdem Alexej Alexandrowitsch sein zweites Glas Tee mit Sahne getrunken und etwas Brot dazu gegessen hatte, stand er auf, um sich in sein Arbeitszimmer zurückzuziehen.

„Du hast heute gar nichts unternommen – ist es für dich nicht sehr langweilig gewesen?“ fragte er sie, als er sich zum Gehen anschickte.

„O nein!“ antwortete sie und stand ebenfalls auf, um ihn durch den Saal bis zu seinem Arbeitszimmer zu begleiten. „Was liest du jetzt?“ fragte sie.

„Ich lese jetzt Duc de Lille, ‚Poésie des enfers‘“, antwortete er. „Ein ausgezeichnetes Buch.“

Anna lächelte, wie man über Schwächen von Menschen lächelt, die man liebhat, legte ihren Arm in den seinen und begleitete ihn bis zur Tür seines Zimmers. Sie kannte seine Gewohnheit, die für ihn zu einer Notwendigkeit geworden war, abends noch zu lesen. Sie wußte, daß er es ungeachtet seiner vielen dienstlichen Verpflichtungen, die fast seine ganze Zeit in Anspruch nahmen, für seine Pflicht hielt, alles zu verfolgen, was auf geistigem Gebiet von Bedeutung war. Sie wußte auch, daß ihn eigentlich nur politische, philosophische und theologische Bücher interessierten und daß er seiner ganzen Veranlagung nach mit der Kunst keinerlei Berührungspunkte hatte, aber dennoch oder gerade deswegen nichts unbeachtet ließ, was auf diesem Gebiet Aufsehen erregte, sondern daß er sich verpflichtet fühlte, alles zu lesen. Sie wußte, daß er in Fragen der Politik, Philosophie und Theologie Zweifel hegte oder den Dingen auf den Grund zu gehen suchte, wohingegen er sich im Bereich der Kunst und der Poesie, besonders aber der Musik, zu der ihm jeglicher Zugang versagt war, eine ganz bestimmte, unumstößliche Meinung gebildet hatte. Er liebte es, sich über Shakespeare, Raffael und Beethoven zu unterhalten sowie über die Bedeutung neuer Richtungen in der Poesie und Musik, die er alle verfolgte und mit großer Präzision zu charakterisieren wußte.

„Nun, dann geh mit Gott", sagte Anna vor der Tür seines Arbeitszimmers, in dem neben seinem Sessel bereits eine abgeschirmte Kerze und eine Karaffe mit Wasser bereitgestellt waren. „Und ich, ich werde jetzt noch nach Moskau schreiben."

Er nahm ihre Hand und küßte sie abermals.

Wie dem auch sei, er ist ein wertvoller Mensch, ein wahrheitsliebender, gütiger und auf seinem Gebiet hervorragender Mann, sagte sich Anna nach der Rückkehr in ihr Zimmer, als wollte sie ihn gegen jemand in Schutz nehmen, der ihn kritisiert und behauptet hätte, man könne ihn nicht lieben. Wenn nur seine Ohren nicht so merkwürdig abständen! Oder hat er sich gerade das Haar schneiden lassen?

Genau um zwölf Uhr, als Anna noch an ihrem Schreibtisch saß und dabei war, ihren Brief an Dolly abzuschließen, wurde das Schlurfen von Pantoffeln laut, und Alexej Alexandrowitsch, gewaschen, frisiert und mit einem Buch unter dem Arm, trat zu ihr.

„Es wird Zeit, es wird Zeit", sagte er mit einem besonderen Lächeln und begab sich ins Schlafzimmer.

Und welches Recht hatte er überhaupt, ihn so anzusehen? fragte sich Anna in Gedanken, als sie sich des Blicks erinnerte, mit dem Wronski ihren Mann gemustert hatte.

Sie kleidete sich aus und ging ins Schlafzimmer. Aber in ihrem Gesicht war jetzt nichts mehr von der inneren Lebendigkeit, die sich während ihres Aufenthalts in Moskau immer wieder in einem

Lächeln und geradezu sprühenden Aufleuchten der Augen Bahn gebrochen hatte; im Gegenteil, jenes Feuer in ihr schien erloschen zu sein oder irgendwo in einem verborgenen Winkel zu glimmen.

34

Bei seiner Abreise aus Petersburg hatte Wronski seine große Wohnung in der Morskaja seinem Kameraden und guten Freund Petrizki zur Verfügung gestellt.

Petrizki war ein junger Leutnant von nicht besonders vornehmer Herkunft, er besaß keine Reichtümer, vielmehr steckte er bis über beide Ohren in Schulden, abends war er immer betrunken, und wegen verschiedener, teils komischer, teils schlüpfriger Geschichten hatte er die Nacht schon häufig auf der Hauptwache zugebracht; dennoch erfreute er sich sowohl bei den Kameraden als auch bei den Vorgesetzten großer Beliebtheit. Als Wronski, vom Bahnhof kommend, gegen zwölf Uhr an seiner Wohnung vorfuhr, stand vor dem Portal ein ihm bekannter Mietswagen. Während er klingelte und auf das Öffnen der Tür wartete, hörte er in der Wohnung eine zwitschernde Frauenstimme und lautes Männergelächter, aus dem die Stimme Petrizkis herausklang: „Nicht hereinlassen, wenn es jemand von den Bösewichtern ist!" Wronski wies den Burschen an, ihn nicht zu melden, und trat leise ins erste Zimmer. Petrizkis Freundin, eine Baronin Schilton, saß mit ihrem zarten, rosig angehauchten Gesichtchen in einem lila Atlaskleid strahlend an einem runden Tisch, war mit dem Zubereiten von Kaffee beschäftigt und erfüllte mit ihrem pariserischen Gezwitscher das ganze Zimmer. Petrizki im Mantel und Rittmeister Kamerowski in voller Uniform – sie waren offenbar eben erst vom Dienst gekommen – saßen rechts und links von der Baronin.

„Bravo! Wronski!" schrie Petrizki und sprang polternd von seinem Stuhl auf. „Der Hausherr in Person! Baronin, er soll eine Tasse Kaffee aus der neuen Maschine haben! Das ist ja eine Überraschung! Ich hoffe, du wirst mit dieser Verschönerung deines Arbeitszimmers zufrieden sein", sagte er und zeigte auf die Baronin. „Ihr seid doch miteinander bekannt?"

„Selbstverständlich!" antwortete Wronski und drückte mit einem vergnügten Lächeln die winzige Hand der Baronin. „Selbstverständlich, wir sind alte Freunde."

„Sie kommen von der Reise nach Hause, da will ich schnell verschwinden“, sagte die Baronin. „Ich fahre augenblicklich weg, wenn ich störe.“

„Sie sind zu Hause, Baronin, wo immer Sie sein mögen“, sagte Wronski. „Guten Tag, Kamerowski“, fügte er, zu diesem gewandt, hinzu und drückte ihm kühl die Hand.

„Sehen Sie, so nette Dinge sagen Sie nie“, sagte die Baronin zu Petrizki.

„Wieso denn nicht? Nach dem Essen werde ich nicht weniger nett sein als er.“

„Ja, nach dem Essen, da ist es kein Verdienst! ... Nun“, wandte sich die Baronin an Wronski, „dann werde ich Sie mit Kaffee bewirten, wenn Sie sich gewaschen und erfrischt haben.“ Sie setzte sich wieder an den Tisch und drehte behutsam an der kleinen Schraube der neuen Kaffeemaschine. „Pierre, reichen Sie mir doch mal den Kaffee!“ sagte sie zu Petrizki, den sie in Abwandlung des Namens Petrizki meist Pierre zu nennen pflegte, ohne aus ihren Beziehungen zu ihm ein Hehl zu machen. „Ich will etwas zuschütten.“

„Sie werden ihn noch verderben.“

„Nein, das werde ich nicht ... Und wie steht es nun mit Ihrer Frau?“ unterbrach sie plötzlich Wronski, der mit seinem Kameraden sprach. „Wir haben Sie hier verheiratet. Haben Sie sich eine Frau mitgebracht?“

„Nein, Baronin, ich bin als Zigeuner geboren, und als Zigeuner werde ich auch sterben.“

„Um so besser, um so besser! Geben Sie mir Ihre Hand.“

Die Baronin ließ Wronski nicht wieder los, überschüttete ihn mit Späßen und begann ihm ihre neuesten Pläne für ihr Leben zu erzählen, für die sie seinen Rat wünschte.

„Er widersetzt sich noch immer der Scheidung!“ (*Er* war ihr Mann.) „Wie soll ich mich nun verhalten? Ich will einen Prozeß anstrengen. Was raten Sie mir? – Kamerowski, passen Sie doch auf den Kaffee auf, er läuft über; Sie sehen doch, daß ich etwas zu besprechen habe! Ich muß prozessieren, weil ich mein Vermögen heraus haben will. Stellen Sie sich nur diese Dummheit vor: ich soll ihm untreu sein“, sagte sie verächtlich, „und das dient ihm als Vorwand, sich an meinem Vermögen zu bereichern.“

Wronski hörte sich mit Vergnügen das übersprudelnde Geplapper der hübschen Frau an, gab ihr bereitwillig recht, erteilte ihr halb scherzhafte Ratschläge und ging überhaupt sofort wieder zu dem Ton über, an den er im Umgang mit Frauen dieser Art gewöhnt war. Für die Leute, mit denen er in Petersburg verkehrte, teilte sich die ganze Menschheit in zwei einander völlig entgegengesetzte Gattungen. Die eine Gattung war niederer Art: zu ihr gehörten jene ordinären, dummen und vor allem lächerlichen Menschen, die in der Überzeugung lebten, ein Ehemann müsse der Frau, mit der er verheiratet ist, treu bleiben, jedes junge Mädchen müsse auf seine Unschuld bedacht sein, jede Frau habe schamhaft, jeder Mann tapfer, solide und charakterfest zu sein, man sei verpflichtet, seine Kinder zu erziehen, sich durch Arbeit sein Brot zu verdienen, seine Schulden zu bezahlen – und dergleichen Dummheiten mehr. Dies war die Gattung der altmodischen und lächerlichen Menschen. Aber es gab auch eine andere Gattung, zu der jene richtigen Menschen gehörten, denen sie sich selbst zuzählten und denen es vor allem darauf ankam, elegant, hübsch, großzügig, dreist und fröhlich zu sein, die sich, ohne rot zu werden, jeder Leidenschaft hingaben und über alles andere spotteten.

Wie aus einer andern Welt zurückgekehrt und noch unter dem Einfluß der Moskauer Eindrücke, war Wronski nur im ersten Augenblick betroffen; doch dann fühlte er sich gleich wieder in seiner früheren fröhlichen und angenehmen Welt zu Hause, so als hätte er die Füße in ausgetretene Schuhe gesteckt.

Ein trinkbarer Kaffee kam zwar nicht zustande, er lief über, alle wurden bespritzt, und er hinterließ große Flecke auf dem wertvollen Teppich und auf dem Kleid der Baronin, aber damit hatte er immerhin gerade das bewirkt, worauf es hier ankam: Anlaß zu Lärm und Gelächter.

„So, nun will ich Sie verlassen, sonst kommen Sie nie dazu, sich zu waschen, und ich müßte mir Gewissensbisse machen, der Grund für Ihre Unsauberkeit, das größte Verbrechen jedes anständigen Menschen, gewesen zu sein. Sie raten mir also, ihm das Messer an die Kehle zu setzen?“

„Unbedingt, und zwar so, daß Ihr Händchen beinahe seine Lippen berührt. Er wird Ihr Händchen küssen, und alles wird ein gutes Ende nehmen“, antwortete Wronski.

„Also bis heute abend im Französischen Theater!“ sagte die Baronin und rauschte zur Tür hinaus.

Kamerowski hatte sich ebenfalls erhoben, doch Wronski wartete nicht ab, bis er gegangen war, sondern reichte ihm die Hand und begab sich ins Ankleidezimmer. Während er sich wusch, schilderte ihm Petrizki in großen Zügen seine Lage, soweit sie sich seit Wronskis Abreise geändert hatte. Er war gänzlich ohne Geld. Sein Vater weigere sich, ihm weiteres Geld zu geben und seine Schulden zu bezahlen. Der Schneider wolle ihn arretieren lassen, und ein anderer Gläubiger habe ihm ebenfalls sehr energisch mit Arrest gedroht. Vom Regimentskommandeur sei ihm erklärt worden, er müsse seinen Abschied nehmen, wenn diese Skandalgeschichten nicht aufhörten. Die Baronin sei ihm zuwider geworden wie ein bitterer Rettich, besonders deshalb, weil sie ihm immer Geld aufdrängen wolle; aber er habe schon eine andere ins Auge gefaßt, er werde sie Wronski zeigen, ein wahres Wunder an Liebreiz, ganz in streng orientalischem Stil, „in der Art der Sklavin Rebekka, weißt du". Mit Berkoschew sei er gestern auch in Streit geraten, und er habe ihm seine Sekundanten angekündigt, aber daraus werde natürlich nichts werden. Im übrigen aber sei alles wunderschön und bereite großes Vergnügen. Ohne Wronski Zeit zu lassen, sich in die Einzelheiten seiner Lage zu vertiefen, begann Petrizki nun, ihm alle interessanten Neuigkeiten zu erzählen. Und während sich Wronski die ihm in ihrer Art so gut bekannten Geschichten Petrizkis anhörte in der ihm ebenso gut bekannten Umgebung seiner Wohnung, die er sich vor drei Jahren hier eingerichtet hatte, überkam ihn das angenehme Gefühl, in sein vertrautes, unbekümmertes Petersburger Leben zurückgekehrt zu sein.

„Das ist nicht möglich!" rief er und drosselte die Wasserzufuhr über dem Waschtisch, wo er sich seinen geröteten, kräftigen Hals abbrauste. „Das ist nicht möglich!" rief er, als er hörte, daß Lora eine Verbindung mit Milejew eingegangen sei und sich von Fertinghof getrennt habe. „Und ist er immer noch so albern und selbstzufrieden? Was macht übrigens Busulukow?"

„Ach, mit Busulukow hat es eine Geschichte gegeben – einfach köstlich!" schrie Petrizki. „Er ist doch ein so leidenschaftlicher Ballbesucher und versäumt keinen einzigen der Hofbälle. Er kommt also zu einem großen Ball mit dem neuen Helm. Hast du die neuen Helme gesehen? Sehr nett, sie sind leichter. Da steht er nun ... Nein, höre doch nur zu!"

„Ich höre ja zu", entgegnete Wronski, der dabei war, sich mit einem Frottierhandtuch abzureiben.

„Wie er so dasteht, kommt eine Großfürstin mit einem Botschafter vorbei, und zu seinem Unglück sind sie gerade auf die neuen Helme zu sprechen gekommen. Die Großfürstin will einen neuen Helm zeigen ... Sie sehen den guten Busulukow stehen." (Petrizki machte vor, wie er mit dem Helm dastand.) „Die Großfürstin bittet ihn, ihr den Helm zu reichen – er tut es nicht. Was bedeutet das? Alles ist entsetzt, raunt ihm zu, macht Zeichen: Gib den Helm! Er tut es nicht. Steht da wie eine Bildsäule. Stell dir nur vor ... Da streckt dieser – wie heißt er doch gleich? – schon die Hand nach dem Helm aus ... er gibt ihn nicht her! ... Der entreißt ihm den Helm und reicht ihn der Großfürstin. ‚Dies ist einer der neuen Helme', sagt die Großfürstin. Sie dreht den Helm um, und nun stell dir mal das Bild vor: plauz! fällt da eine Birne und alles mögliche Konfekt aus ihm heraus, zwei Pfund Konfekt! ... Das hatte er alles in seinem Helm verschwinden lassen, unser guter Freund!“

Wronski bog sich vor Lachen. Und noch lange danach, als sich das Gespräch schon andern Dingen zugewandt hatte, brach er immer wieder in schallendes Gelächter aus, sobald er sich der Geschichte mit dem Helm erinnerte, und wenn er so lachte, war die lückenlose Reihe seiner kräftigen Zähne zu sehen.

Nachdem Wronski alle Neuigkeiten erfahren hatte, zog er mit Hilfe des Dieners seine Uniform an und bestieg seinen Wagen, um sich zurückzumelden. Anschließend wollte er seinen Bruder und Betsy aufsuchen und noch einige weitere Besuche machen, um den Verkehr mit jenen Kreisen anzubahnen, in denen er mit Anna Arkadjewna zusammenzutreffen hoffte. Wie es in Petersburg die Regel war, verließ er auch diesmal das Haus in der Gewißheit, erst spät in der Nacht zurückzukehren.

Zweiter Teil

I

Gegen Ende des Winters fand im Hause der Stscherbazkis ein Ärztekonsilium statt, das über Kittys Gesundheit befinden und darüber entscheiden sollte, was zu unternehmen sei, damit der bei ihr eingetretene Schwächezustand überwunden werden könnte. Sie war krank, und mit dem Herannahen des Frühlings verschlechterte sich ihr Befinden weiter. Der Hausarzt hatte zuerst Lebertran, dann Eisen und schließlich Lapis verordnet; da aber durch keins dieser Mittel eine Besserung eingetreten war und er es nicht für ratsam hielt, die Kranke im Frühling in Moskau zu lassen, sondern eine Reise ins Ausland empfahl, hatte man sich entschlossen, eine Kapazität hinzuzuziehen. Diese, ein berühmter Arzt, ein sehr gut aussehender, noch junger Mann, hielt eine eingehende Untersuchung der Patientin für erforderlich. Er schien mit besonderem Vergnügen darauf zu pochen, daß mädchenhafte Schamhaftigkeit nur ein Überbleibsel einstiger Unkultur sei und daß es nichts Natürlicheres in der Welt gebe, als daß ein noch junger Mann den entblößten Körper eines jungen Mädchens abtaste. Er hielt dies für natürlich, weil er es jeden Tag tat, und da er sich dabei seiner Ansicht nach weder von schlechten Gefühlen noch von schlechten Gedanken leiten ließ, sah er in der Schamhaftigkeit eines jungen Mädchens nicht nur ein Überbleibsel einstiger Unkultur, sondern betrachtete sie auch als eine Beleidigung für sich selbst.

Man mußte sich fügen, denn ungeachtet dessen, daß alle Ärzte durch dieselbe Schule gegangen waren und alle ihre Weisheit aus ein und denselben Büchern geschöpft hatten, und obwohl von mancher Seite behauptet wurde, diese berühmte Kapazität sei ein schlechter Arzt, hatte sich im Hause der Fürstin und in ihren Kreisen aus irgendwelchen Gründen die Ansicht durchgesetzt, daß dieser berühmte Arzt als einziger ein besonderes Heilmittel wisse und nur er imstande sei, Kitty zu retten. Nachdem der berühmte Arzt die vor Scham vergehende und fassungslose Kranke eingehend untersucht und abgehorcht und sich anschließend sorgfältig die Hände gewaschen hatte, stand er nun im Salon und sprach mit dem Fürsten. Der Fürst hörte sich mit gerunzelter Stirn an, was der Arzt zu sagen hatte; ab und zu hüstelte er. Als ein Mann mit Lebenserfahrung, der selbst kerngesund und keineswegs dumm war, hatte er zu der medizinischen Wissenschaft kein Zutrauen und ärgerte sich im Grunde seines Herzens über diese ganze Komödie, um so mehr, als er wohl der einzige war, der den wahren Grund von Kittys Krankheit erkannt hatte. So ein Blender! dachte er von dem berühmten Arzt, während er sich dessen Geschwätz über die bei seiner Tochter festgestellten Krankheitssymptome anhörte. Der Arzt seinerseits verhehlte nur mit Mühe die Geringschätzung, die ihm dieser altmodische Junker einflößte, und hatte Mühe, sich zu dessen beschränktem Auffassungsvermögen herabzulassen. Er erkannte, daß es zwecklos sei, mit dem Alten zu sprechen, und daß die erste Rolle in diesem Hause die Frau spielte. Vor ihr gedachte er um so mehr zu brillieren. Da trat die Fürstin auch schon in Begleitung des Hausarztes ins Zimmer. Der Fürst zog sich zurück, bemüht, sich nicht anmerken zu lassen, wie lächerlich ihm diese ganze Komödie vorkam. Die Fürstin war fassungslos und wußte nicht, was sie tun sollte. Sie fühlte sich Kitty gegenüber schuldig.

„Nun, Doktor, entscheiden Sie unser Schicksal! Sagen Sie mir alles“, begann die Fürstin. Besteht noch eine Hoffnung? wollte sie fortfahren, aber ihre Mundwinkel begannen zu zucken, und sie war nicht fähig, diese Frage über die Lippen zu bringen. „Was ist nun, Doktor?“

„Ich werde mich sofort mit dem Kollegen besprechen, Fürstin, und mir dann die Ehre geben, Ihnen meine Ansicht vorzutragen.“

„Da sollen wir Sie wohl allein lassen?“

„Ganz wie Sie belieben.“

Die Fürstin stieß einen Seufzer aus und zog sich zurück.

Sobald die beiden Ärzte allein waren, begann der Hausarzt zaghaft seine Meinung darzulegen, die dahingehend lautete, daß sich das Anfangsstadium einer tuberkulösen Erkrankung abzeichne, daß aber ... und so weiter. Der berühmte Arzt hörte sich den Hausarzt an und warf, während dieser noch sprach, einen Blick auf seine massive goldene Taschenuhr.

„So“, sagte er. „Indessen ...“

Der Hausarzt hielt ehrerbietig mitten in seiner Rede inne.

„Das Anfangsstadium einer tuberkulösen Erkrankung mit Sicherheit festzustellen sind wir, wie Sie wissen, nicht in der Lage; solange keine Kavernen in Erscheinung treten, läßt sich nichts Bestimmtes sagen. Aber wir können Mutmaßungen hegen. Und Anzeichen sind vorhanden: schlechte Nahrungsaufnahme, nervöse

Reizbarkeit und so weiter. Die Frage ist also die: Was ist, bei Mutmaßung einer tuberkulösen Erkrankung, zu tun, damit der Appetit angeregt wird?"

„Ja, aber wie Sie wissen, spielen in solchen Fällen auch immer seelische und geistige Ursachen mit", erlaubte sich der Hausarzt mit einem feinen Lächeln einzuwerfen.

„Ja, das versteht sich von selbst", entgegnete der berühmte Arzt und blickte wieder auf die Uhr. „Entschuldigen Sie eine Frage: Ist die Jausa-Brücke wieder in Ordnung, oder muß man immer noch einen Bogen fahren?" erkundigte er sich. „So, sie ist in Ordnung! Nun, dann habe ich noch zwanzig Minuten Zeit. Wir sagten also, daß es sich darum handelt, den Appetit anzuregen und die Nerven zu beruhigen. Eins hängt mit dem anderen zusammen, es muß für beides gesorgt werden."

„Und eine Reise ins Ausland?" fragte der Hausarzt.

„Ich bin ein Gegner von Auslandsreisen. Und berücksichtigen Sie bitte eins: Wenn es sich um den Beginn einer tuberkulösen Erkrankung handeln sollte, was wir nicht wissen können, dann wäre ihr mit einer Reise ins Ausland nicht geholfen. Es muß ein Mittel angewandt werden, durch das die Ernährung gefördert wird und das nicht schädlich ist."

Hierauf entwickelte der berühmte Arzt seinen Plan, der in der Heilung durch eine Sodener Trinkkur bestand, für die er sich offenbar in erster Linie deshalb entschieden hatte, weil sie nicht schaden konnte.

Der Hausarzt hörte ihm aufmerksam und respektvoll zu.

„Zugunsten einer Reise ins Ausland spricht immerhin die damit verbundene Abwechslung, die Entfernung aus der mit Erinnerungen belasteten Umgebung. Zudem möchte es die Mutter gern", sagte er.

„So! Nun, wenn die Dinge so liegen, dann mögen sie ruhig fahren; wenn nur diese deutschen Quacksalber keinen Schaden anrichten … Sie müssen sich an unsere Anweisungen halten … Also gut, mögen sie fahren."

Er blickte wiederum auf die Uhr.

„Oh! Meine Zeit ist um", sagte er und ging auf die Tür zu.

Der berühmte Arzt erklärte der Fürstin (hierzu fühlte er sich anstandshalber bewogen), daß er die Patientin nochmals sehen müsse.

„Wie? Eine nochmalige Untersuchung?" rief die Mutter voller Entsetzen.

„O nein, es kommt mir nur noch auf einige Einzelheiten an."

„Dann bitte!"

Und die Mutter begab sich in Begleitung des Arztes ins Wohnzimmer zu Kitty. Abgemagert, mit geröteten Wangen und infolge der Scham, die sie empfunden hatte, mit einem unnatürlichen Glanz in den Augen, stand Kitty in der Mitte des Zimmers. Beim Eintreten des Arztes schoß ihr das Blut ins Gesicht, und ihre Augen füllten sich mit Tränen. Ihre Krankheit und das ganze Herumdoktern an ihr kamen ihr so unsinnig und geradezu lächerlich vor. Dieses Herumdoktern erschien ihr ebenso unsinnig wie der Versuch, die Scherben einer zerbrochenen Vase zusammenzukitten. Ihr Herz war zerbrochen. Was wollten sie da mit Pillen und Pulvern erreichen? Doch es ging nicht an, die Mutter zu kränken, die ohnehin an Schuldbewußtsein litt.

„Haben Sie die Güte, sich zu setzen, Prinzessin", sagte der berühmte Arzt.

Er nahm lächelnd ihr gegenüber Platz, fühlte ihr den Puls und begann wieder, belanglose Fragen zu stellen. Sie antwortete ihm eine Weile, bis sie plötzlich die Geduld verlor und empört aufstand.

„Entschuldigen Sie, Herr Doktor, aber diese Fragen führen wirklich zu nichts. Sie fragen mich nun schon zum drittenmal immer wieder dasselbe."

Der berühmte Arzt war nicht gekränkt.

„Krankhafte Reizbarkeit", sagte er zur Fürstin, nachdem Kitty das Zimmer verlassen hatte. „Übrigens, ich bin fertig ..."

Der berühmte Arzt begann nun, der Fürstin, als einer außergewöhnlich aufgeschlossenen Frau, in wissenschaftlichen Formulierungen den Zustand der Prinzessin auseinanderzusetzen, und schloß mit den genauen Anweisungen darüber, wie die Trinkkur durchzuführen sei, die im Grunde genommen völlig zwecklos war. Als die Fürstin die Frage einer Reise ins Ausland anschnitt, versank der Arzt in Nachdenken, als sei eine schwerwiegende Entscheidung zu treffen. Endlich gab er seine Entscheidung kund: Man möge reisen, solle aber den Quacksalbern kein Vertrauen schenken, sondern sich in allem an ihn wenden.

Nachdem der Arzt das Haus verlassen hatte, war es, als hätte sich etwas Erfreuliches ereignet. Die Mutter kehrte in aufgemunterter Stimmung zu Kitty zurück, und Kitty gab sich den Anschein, als sei sie ebenfalls aufgelebt. Sie war häufig, ja fast ständig gezwungen, sich zu verstellen.

„Wirklich, maman, mir fehlt nichts. Doch wenn Sie Lust zu der Reise haben, dann lassen Sie uns reisen", sagte sie; sie gab sich Mühe, Interesse für die bevorstehende Reise zu zeigen, und begann von den Vorbereitungen zu sprechen.

2

Nach dem Besuch des Arztes erschien Dolly. Sie wußte, daß für diesen Tag ein Konsilium vorgesehen war, und obwohl sie erst kürzlich vom Wochenbett aufgestanden war (sie hatte gegen Ende des Winters einem kleinen Mädchen das Leben geschenkt) und ungeachtet ihrer eigenen Sorgen und Kümmernisse, hatte sie sich von dem Neugeborenen und vom Krankenbett eines ihrer Mädchen losgerissen und war gekommen, sich nach Kittys Schicksal zu erkundigen, über das heute entschieden werden sollte.

„Nun, wie steht es?“ fragte sie, während sie ins Wohnzimmer trat, ohne erst den Hut abgelegt zu haben. „Ihr seid alle vergnügt. Das bedeutet gewiß Gutes?“

Nun sollte ihr der Befund des Arztes mitgeteilt werden, aber obschon dieser sehr lange und formvollendet gesprochen hatte, erwies es sich als ganz unmöglich, den Sinn seiner Rede wiederzugeben. Interessant war einzig die Tatsache, daß man eine Reise ins Ausland beschlossen hatte.

Dolly mußte unwillkürlich seufzen. Der ihrem Herzen am nächsten stehende Mensch, ihre Schwester, sollte verreisen. Und ihr eigenes Leben war nicht heiter. Ihre Beziehungen zu Stepan Arkadjitsch hatten nach der Versöhnung einen für sie demütigenden Charakter angenommen. Die von Anna vorgenommene Lösung hatte sich als nicht dauerhaft erwiesen, und die Familieneintracht zerbrach wieder an derselben Stelle. Etwas Bestimmtes lag zwar nicht vor, aber Stepan Arkadjitsch war fast nie zu Hause. Geld war auch fast nie vorhanden, und Dolly litt unter dem Argwohn, von ihrem Mann betrogen zu werden; sie bemühte sich indessen, den Gedanken daran nicht aufkommen zu lassen, weil sie vor den bereits erduldeten Qualen der Eifersucht zurückschreckte. Der erste Ausbruch von Eifersucht, einmal erduldet, konnte sich nicht in seiner elementaren Form wiederholen; selbst wenn sie einer Untreue ihres Mannes auf die Spur gekommen wäre, hätte dies nicht mehr eine so große Wirkung auf sie ausgeübt wie beim erstenmal. Aber eine solche Entdeckung hätte ihre hausfraulichen Gewohnheiten gestört, und so fand sie sich damit ab, betrogen zu werden, und verachtete ihren Mann und vor allem sich selbst wegen ihrer Schwäche. Überdies war sie dauernd von den Sorgen geplagt, die in einer großen Familie niemals fehlen: mal machte die Ernährung des Säuglings Schwierigkeiten, mal hatte die Kinderfrau gekündigt, mal war, wie eben jetzt, eins der Kinder erkrankt.

„Wie geht es zu Hause?“ fragte die Mutter.

„Ach, maman, bei uns gibt es auch viel Kummer. Lily ist krank, und ich fürchte, es ist Scharlach. Ich bin eben noch schnell hergekommen, um alles zu erfahren, denn wenn es, Gott behüte, wirklich Scharlach sein sollte, bin ich fest ans Haus gebunden."

Nachdem sich der Arzt entfernt hatte, kam nun auch der alte Fürst wieder aus seinem Zimmer zurück; er hielt Dolly seine Wange zum Kuß hin, sprach einige Worte mit ihr und wandte sich dann an seine Frau:

„Nun, habt ihr die Reise beschlossen? Und was gedenkt ihr mit mir zu tun?"

„Ich meine, du bleibst am besten hier, Alexander", sagte seine Frau.

„Wie ihr wollt."

„Warum soll Papa denn nicht mitkommen, maman?" fragte Kitty. „Das wäre für ihn kurzweiliger und für uns auch."

Der alte Fürst stand auf und strich Kitty mit der Hand über das Haar. Sie hob das Gesicht zu ihm auf und sah ihn mit einem erzwungenen Lächeln an. Es schien ihr immer, als verstünde er sie von allen ihren Angehörigen am besten, obwohl er wenig mit ihr sprach. Sie als die Jüngste war der Liebling des Vaters, und es schien ihr, daß die Liebe, die er für sie empfand, seinen Blick geschärft hatte. Als sie jetzt in seine gütigen blauen Augen blickte, die sie aufmerksam betrachteten, hatte Kitty das Gefühl, als durchschaue der Vater sie und erkenne all das Ungute, das in ihr vorging. Sie beugte sich errötend zu ihm und erwartete einen Kuß, aber er wühlte nur ein wenig in ihrem Haar und murrte:

„Diese albernen Chignons! Bis zu seiner wahren Tochter dringt man gar nicht durch und liebkost statt dessen das Haar toter Weiber ... Nun, Dollychen", wandte er sich an die älteste Tochter, „wie geht es deinem großartigen Helden?"

„Ach, danke, Papa", antwortete Dolly, die verstand, daß ihr Mann gemeint war. „Er ist dauernd unterwegs, ich bekomme ihn kaum zu Gesicht", fügte sie hinzu und war nicht fähig, ein verächtliches Lächeln zu unterdrücken.

„Ist er denn nicht aufs Land gefahren, ein Stück Wald zu verkaufen?"

„Nein, dazu trifft er immer noch Vorbereitungen."

„So, so", murmelte der Fürst und wandte sich, während er Platz nahm, wieder an seine Frau: „Und ich soll also auch Reisevorbereitungen treffen? Dein Wunsch ist mir Befehl!" sagte er und wandte sich nun an seine jüngste Tochter: „Du aber, Katja, wirst dir eines schönen Morgens, wenn du aufwachst, sagen: ‚Ich bin ja ganz gesund und frohen Muts, da will ich mit Papa wieder einmal einen Morgenspaziergang durch die kalte Winterluft machen!' Was meinst du?"

Es schien so natürlich, was der Vater sagte, aber Kitty wurde bei seinen Worten rot und verwirrt wie ein ertappter Verbrecher. Ja, er weiß alles, versteht alles und will mir mit diesen Worten sagen, daß man, so schmachvoll auch alles ist, die Schmach dennoch überwinden muß! Es ging über ihre Kraft, dem Vater zu antworten. Zwar setzte sie zum Sprechen an, doch da brach sie plötzlich in Tränen aus und stürzte aus dem Zimmer.

„So, das hast du von deinen Scherzen!" rief die Fürstin, über ihren Mann herfallend. „Immer mußt du ...", begann sie vorwurfsvoll.

Der Fürst hörte sich eine geraume Weile die Vorhaltungen seiner Frau an, ohne etwas zu sagen; nur sein Gesicht verfinsterte sich beim Zuhören immer mehr.

„Sie ist so zerschmettert, die Ärmste, so zerschmettert, und da fühlst du gar nicht, daß sie jede Anspielung auf die Ursache für ihr Leid schmerzen muß. Ach, wie kann man sich doch in den Menschen täuschen!" fügte die Fürstin hinzu, und an ihrem veränderten Ton erkannten Dolly und der Fürst, daß mit den letzten Worten Wronski gemeint war. „Ich verstehe gar nicht, daß es keine Gesetze gegen eine solche Gemeinheit und Ehrlosigkeit gibt."

„Ach, das kann ich gar nicht mehr hören!" sagte der Fürst unwillig und stand auf; er schien das Zimmer verlassen zu wollen, blieb indessen an der Tür stehen. „Gesetze, meine Liebe, die gibt es, und wenn du mich schon dazu herausgefordert hast, will ich dir auch sagen, wer an allem schuld ist: du, du, ganz allein du! Gesetze gegen solche Gesellen hat es immer gegeben und gibt es auch jetzt. Ja, wenn nichts mitgespielt hätte, was nicht hätte sein dürfen – ich bin ein alter Mann, aber ich würde ihn vor die Schranken des Gerichts gefordert haben, diesen Gecken. Nun aber muß der Schaden geheilt werden, und dazu ruft man diese Quacksalber ins Haus."

Der Fürst, schien es, hatte noch vieles vorzubringen, doch sobald die Fürstin seinen Ton vernahm, lenkte sie, wie sie es bei wichtigen Fragen immer zu tun pflegte, sofort ein und wurde von Reue ergriffen.

„Alexander, ach, Alexander", flüsterte sie, auf ihn zukommend, und schluchzte auf.

Als der Fürst sie weinen sah, wurde auch er weich gestimmt. Er trat an sie heran.

„Nun, schon gut, schon gut! Du leidest auch darunter, das weiß ich. Was läßt sich machen? Ein großes Unglück ist es gar nicht.

Und Gott ist gnädig... Ich danke dir...", sagte er, ohne sich noch des Sinns seiner Worte bewußt zu sein, gleichsam als Antwort auf den Kuß der Fürstin, den er tränenfeucht auf seiner Hand fühlte. Er wandte sich ab und ging hinaus.

Schon als Kitty, in Tränen aufgelöst, das Zimmer verlassen hatte, war es Dolly dank ihrem mütterlichen und weiblichen Einfühlungsvermögen klar, daß hier eine Aufgabe vorlag, die von einer Frau übernommen werden mußte, und sie hatte sogleich beschlossen, sich dieser Aufgabe anzunehmen. Sie legte ihr Hütchen ab, in Gedanken krempelte sie sich sozusagen die Ärmel hoch und war bereit, zur Tat überzugehen. Als die Mutter den Vater mit Vorwürfen überschüttet hatte, war sie bemüht gewesen, die Fürstin, soweit es ihr der Respekt vor der Mutter erlaubte, zu beschwichtigen. Als der Vater aufgebraust war, hatte sie geschwiegen: erst hatte sie sich für die Mutter geschämt, und dann, als gleich wieder seine Güte zum Durchbruch gekommen war, hatte sie für den Vater Zärtlichkeit empfunden. Doch nun, nachdem sich der Vater entfernt hatte, schickte sie sich an, das zu tun, was am dringendsten nötig war – zu Kitty zu gehen und sie zu beruhigen. „Ich wollte schon immer mit Ihnen darüber sprechen, maman: Wissen Sie, daß Lewin bei seinem letzten Hiersein die Absicht hatte, um Kittys Hand anzuhalten? Er hat es Stiwa gesagt."

„Nun, und? Ich verstehe nicht..."

„Vielleicht hat Kitty ihn abgewiesen? Hat sie Ihnen nichts gesagt?"

„Nein, sie hat mir nichts gesagt, weder über den einen noch über den andern, dazu ist sie zu stolz. Ich weiß nur, daß alles durch diesen..."

„Aber stellen Sie sich bloß vor, wenn sie Lewin wirklich abgewiesen haben sollte – und das hätte sie bestimmt nicht getan, wenn nicht der andere im Spiel gewesen wäre, das weiß ich... Und dieser hat sie dann so nichtswürdig getäuscht."

Der Fürstin war es zu peinvoll, sich die ganze Größe der Schuld vorzustellen, die sie wegen des Schicksals der Tochter traf; sie antwortete gereizt:

„Ach, ich verstehe überhaupt nichts mehr! Heutzutage wollen die Jungen alles besser wissen, der Mutter wird nichts gesagt, und dann..."

„Maman, ich werde zu ihr gehen."

„Geh nur. Verwehre ich es dir etwa?" sagte die Fürstin.

3

Als Dolly zu Kitty in deren kleines Boudoir kam, ein hübsches, in Rosa gehaltenes Zimmerchen, das mit seinen Altmeißener Nippesfigürchen einen ebenso jugendlichen, rosigen und heiteren Eindruck machte, wie Kitty selbst es noch vor zwei Monaten getan hatte, da erinnerte sie sich daran, mit welcher Freude und Liebe sie und Kitty dieses kleine Zimmer im vorigen Jahr eingerichtet hatten. Ihr Herz krampfte sich zusammen, als sie Kitty erblickte, die auf einem niedrigen Stuhl in der Nähe der Tür saß und reglos auf eine Ecke des Teppichs starrte. Kitty blickte zu ihrer Schwester auf, aber ihr Gesicht behielt seinen kalten und finsteren Ausdruck.

„Ich fahre jetzt nach Hause und werde für einige Zeit ans Haus gebunden sein, und du darfst vorläufig nicht zu mir", sagte Darja Alexandrowna und setzte sich neben sie. „Ich möchte noch mit dir sprechen."

Kitty hob erschrocken den Kopf. „Worüber?" fragte sie hastig.

„Worüber sonst als über deinen Kummer."

„Ich habe keinen Kummer."

„Sei doch vernünftig, Kitty! Meinst du wirklich, daß ich nicht Bescheid wüßte? Ich weiß alles. Doch glaube mir, das ist alles so bedeutungslos ... Wir alle haben so etwas durchgemacht."

Kitty schwieg, und ihr Gesicht hatte einen strengen Ausdruck.

„Er ist es nicht wert, daß du dich seinetwegen grämst", fuhr Darja Alexandrowna ohne Umschweife fort.

„Ja, deshalb nicht wert, weil er mich verschmäht hat", erwiderte Kitty mit bebender Stimme. „Sprich nicht davon! Bitte!"

„Wer hat dir denn das gesagt? So etwas hat niemand gesagt. Ich bin überzeugt, daß er in dich verliebt gewesen ist und dich auch jetzt noch liebt, aber ..."

„Ach, am fürchterlichsten sind mir diese Mitleidsbezeugungen!" rief Kitty, plötzlich aufbegehrend. Sie drehte sich auf dem Stuhl um, wurde rot und begann hastig die Finger zu bewegen, indem sie bald mit der einen, bald mit der anderen Hand die Schnalle ihres Gürtels umklammerte. Dolly kannte diese nervösen Handbewegungen an ihrer Schwester, wenn sie erregt war; sie wußte auch, daß Kitty im Zustand der Erregung leicht die Selbstbeherrschung verlor und dann manchmal sehr ausfällig werden konnte; sie wollte sie daher beruhigen, doch es war schon zu spät.

„Was willst du mir denn zum Bewußtsein bringen, was eigentlich?" sprudelte Kitty hervor. „Daß ich in einen Menschen verliebt gewesen bin, der nichts von mir wissen wollte, und daß ich mich aus Liebe zu ihm zu Tode gräme? Und das sagt mir meine Schwester und bildet sich dabei ein, daß … daß … daß sie mich bemitleidet! … Ich will diese Mitleidsbezeigungen und diese ganze Heuchelei nicht hören!“

„Kitty, du bist ungerecht.“

„Warum willst du mich quälen?“

„Aber ganz im Gegenteil, ich … Ich sehe, daß du leidest, da …“

Doch Kitty hörte in ihrer Erregung nicht auf sie.

„Es gibt gar nichts, worüber ich mich zu grämen brauchte, und auch nichts, wozu ich des Trostes bedürfte. Ich bin zu stolz, als daß ich mich jemals so weit erniedrigen würde, einen Menschen zu lieben, der meine Liebe nicht erwidert.“

„Das habe ich doch gar nicht gesagt … Nur noch eins“, fuhr Darja Alexandrowna fort und griff nach der Hand ihrer Schwester. „Sage mir – aber sprich die Wahrheit –, sage mir, ob Lewin mit dir gesprochen hat.“

Die Erwähnung Lewins brachte Kitty offensichtlich um den letzten Rest ihrer Selbstbeherrschung; sie sprang vom Stuhl auf, schleuderte die Gürtelschnalle auf den Boden und rief, aufgeregt mit den Händen fuchtelnd:

„Nun kommst du auch noch mit Lewin! Ich begreife nicht, was dich dazu treibt, mich zu quälen. Ich habe gesagt und wiederhole, daß ich meinen Stolz besitze und nie, *niemals* so handeln würde, wie du es tust – zu einem Mann zurückkehren, der dir untreu geworden ist, der sich in eine andere Frau verliebt hat! Das ist mir unbegreiflich, ganz unbegreiflich. Du bist dazu fähig, ich aber kann es nicht!“

Nachdem sie sich durch diese Worte Luft gemacht hatte, blickte sie zur Schwester, und als sie sah, daß Dolly, ohne etwas zu erwidern, bekümmert zu Boden blickte, verließ Kitty nicht das Zimmer, wie sie es beabsichtigt hatte, sondern setzte sich wieder an die Tür, senkte den Kopf und preßte das Taschentuch vors Gesicht.

Einige Minuten schwiegen beide. Dolly dachte an ihr eigenes Los. Die Erniedrigung, die sie immer empfand, kam ihr jetzt besonders schmerzlich zum Bewußtsein, da die Schwester sie daran erinnerte. Sie hatte eine solche Grausamkeit von der Schwester nicht erwartet und war ihr böse. Doch plötzlich hörte sie zugleich mit dem Rascheln eines Kleides ein unterdrücktes Schluchzen, und zwei Arme umschlangen von unten her ihren Hals. Vor ihr kniete Kitty.

„Dollychen, ich bin ja so unglücklich, so namenlos unglücklich!“ flüsterte sie schuldbewußt.

Und das liebe, von Tränen überströmte Gesicht verbarg sich in den Falten von Darja Alexandrownas Rock.

Es schien fast so, als seien die Tränen das Öl, das nötig gewesen war, um die Maschine in Gang zu bringen, die die Verständigung zwischen den Schwestern zuwege brachte: nachdem sie vergossen waren, sprachen die Schwestern miteinander, und wenn sie auch nicht über das sprachen, was ihnen auf dem Herzen lag, sondern über nebensächliche Dinge, so verstand doch jede von ihnen die andere. Kitty begriff jetzt, daß sie ihre arme Schwester durch ihre in der Erregung gesagten Worte über die Untreue ihres Mannes und über ihre Erniedrigung aufs tiefste verletzt hatte, daß diese ihr jedoch verzieh. Und Dolly ihrerseits hatte über alles Klarheit gewonnen, was sie wissen wollte; sie sah ihre Vermutung bestätigt, daß der Kummer, der unheilbare Kummer Kittys eben darin bestand, daß sie den ihr von Lewin gemachten Antrag abgelehnt hatte und dann von Wronski betrogen worden war, daß sie Wronski jetzt haßte und bereit gewesen wäre, Lewin ihre Liebe zu schenken. Kitty selbst aber sagte hierüber kein Wort; sie sprach nur von ihrer Gemütsverfassung.

„Es ist nicht Kummer, was mich quält", sagte sie, nachdem sie sich ein wenig beruhigt hatte. „Und ich weiß auch nicht, ob du begreifen kannst, daß mich alles abstößt und verletzt, daß ich gegen alles und vor allem gegen mich selbst Widerwillen empfinde. Du kannst dir gar nicht vorstellen, welch scheußliche Gedanken ich mir über alles mache."

„Was können es schon für scheußliche Gedanken sein, die du dir machst?" fragte Dolly lächelnd.

„Die allerscheußlichsten und widerwärtigsten, ich kann es dir gar nicht sagen. Es ist nicht Gram, nicht Mißmut, was mich bewegt, sondern etwas viel Schlimmeres. Als ob sich alles Gute, was mir eigen gewesen ist, verborgen hätte und nur das Schlechte zurückgeblieben wäre. Wie soll ich es dir erklären?" fuhr sie fort, als sie die verständnislos auf sich gerichteten Augen der Schwester sah. „Eben hat Papa mit mir gesprochen ... mir scheint, er denkt nur daran, ich müsse heiraten. Mama führt mich auf einen Ball – und mir scheint, sie tut es nur, um mich möglichst schnell zu verheiraten und loszuwerden. Ich weiß, daß dies nicht zutrifft, bin jedoch außerstande, mich dieser Gedanken zu erwehren. Die sogenannten Freier kann ich schon gar nicht mehr sehen. Mir ist immer so, als nähmen sie Maß an mir. Früher war es für mich einfach ein Vergnügen, wenn ich in einem Ballkleid ausfuhr, ich freute mich, schön auszusehen; jetzt macht es mich befangen, ich schäme mich. Es ist nun einmal so! Dann der Arzt... Und..."

Kitty stockte; es lag ihr auf der Zunge, hinzuzufügen, daß ihr, seitdem diese Veränderung in ihr vorgegangen war, Stepan Arkadjitsch unausstehlich geworden sei und daß sie ihm nicht begegnen könne, ohne sich die abstoßendsten und widerwärtigsten Vorstellungen zu machen.

„Nun ja, mir stellt sich jetzt alles als grob und widerwärtig dar", fuhr sie fort. „Darin besteht meine Krankheit. Vielleicht wird es vergehen ..."

„Du mußt das Grübeln sein lassen ..."

„Ich kann es nicht. Nur mit den Kindern, nur bei dir fühle ich mich wohl."

„Schade, daß du vorläufig nicht mehr kommen kannst."

„Doch, ich werde kommen. Scharlach habe ich schon gehabt, und maman werde ich überreden."

Kitty setzte ihren Willen durch, siedelte zur Schwester über und half während der ganzen Krankheit, die sich wirklich als Scharlach herausgestellt hatte, bei der Pflege der Kinder. Unter der Obhut der beiden Schwestern überstanden alle sechs Kinder die Krankheit wohlbehalten, aber Kittys Gesundheitszustand hatte sich nicht gebessert, und zu Beginn der Fastenzeit vor Ostern trat die Familie Stscherbazki die Reise ins Ausland an.

4

Die Petersburger höhere Gesellschaft stellt an und für sich einen geschlossenen Kreis dar; jeder kennt den anderen, und die meisten verkehren auch miteinander. Aber innerhalb dieser großen Gemeinschaft haben sich einzelne Zirkel gebildet. Anna Arkadjewna Karenina hatte Freunde in drei verschiedenen Zirkeln, und zu diesen besaß sie auch engere Beziehungen. Der eine war der dienstliche, offizielle Kreis ihres Mannes, zu ihm gehörten dessen Kollegen und Untergebene, die in gesellschaftlicher Hinsicht bunt zusammengewürfelt und oft auf recht seltsame Weise miteinander verbunden oder voneinander unterschieden waren. Anna konnte sich jetzt nur noch mit Mühe das fast an Ehrfurcht grenzende Gefühl vorstellen, das ihr diese Personen in der ersten Zeit eingeflößt hatten. Jetzt kannte sie alle so gut, wie man einander in einer Provinzstadt kennt, kannte die Gewohnheiten und Schwächen der einzelnen und wußte, wo jeden von ihnen der Schuh drückte; sie war über die Beziehungen unterrichtet, die sie untereinander und mit dem Zentrum des Kreises verbanden, wußte, durch wen und auf welche Weise dieser und jener gestützt wurde und wer mit wem harmonierte oder nicht harmonierte. Doch diesem Kreis, der von den dienstlichen Belangen der Männer beherrscht wurde, vermochte sie, ungeachtet der Empfehlungen der Gräfin Lydia Iwanowna, kein wirkliches Interesse abzugewinnen, und soweit wie möglich mied sie ihn.

Der zweite Kreis, zu dem Anna nahe Beziehungen hatte, war jener, mit dessen Hilfe Alexej Alexandrowitsch seine Karriere gemacht hatte. Den Mittelpunkt dieses Kreises bildete die Gräfin Lydia Iwanowna. Zu ihm gehörte eine Gruppe alter, häßlicher und frommer Frauen, die alle sehr sittenstreng waren, und eine Anzahl kluger, gelehrter und ehrgeiziger Männer. Einer der klugen Männer, der diesem Zirkel angehörte, hatte ihn „Das Gewissen der Petersburger Gesellschaft" genannt. Bei Alexej Alexandrowitsch erfreute sich dieser Zirkel besonders großer Wertschätzung, und Anna, die sich jedermann so gut anzupassen verstand, hatte in der ersten Zeit ihres Petersburger Lebens auch innerhalb dieses Kreises Freunde gefunden. Doch nun, nach ihrer Rückkehr aus Moskau, empfand sie diesen Zirkel als unerträglich. Es schien ihr, daß sie und alle seine Mitglieder sich dauernd verstellten, und sie fühlte sich in ihrer Gesellschaft so gelangweilt und unbehaglich, daß sie ihre Besuche bei der Gräfin Lydia Iwanowna auf das unumgänglich notwendige Maß beschränkte.

Der dritte Kreis endlich, zu dem Anna Beziehungen unterhielt, war die eigentliche große Welt, jene Welt der Bälle, Diners und glänzenden Toiletten, die sich mit einer Hand an den Hof klammerte, um nicht zur Halbwelt herabzusinken, die die Angehörigen dieses Kreises zu verachten meinten, mit der sie indessen nicht nur ähnliche, sondern genau die gleichen Neigungen gemein hatten. Annas Verbindung mit diesem Kreis wurde durch die Fürstin Betsy Twerskaja aufrechterhalten, die mit einem Vetter Annas verheiratet war und über ein Einkommen von hundertzwanzigtausend Rubel verfügte; sie hatte Anna schon bei ihrem ersten Erscheinen in der Gesellschaft besonders liebgewonnen, hatte sie unter ihre Fittiche genommen und, den Kreis um die Gräfin Lydia Iwanowna bespöttelnd, in ihren eigenen Kreis eingeführt.

„Wenn ich erst alt und häßlich geworden bin, werde ich ebenso sein", hatte Betsy gesagt. „Aber für Sie, eine junge, hübsche Frau, ist dieses Altersheim noch verfrüht."

Anfangs hatte sich Anna dem Kreis der Fürstin Twerskaja nach Möglichkeit ferngehalten, da er Ausgaben erforderte, die ihre Mittel überstiegen, und weil ihr überdies ihrer Veranlagung nach der andere Kreis mehr zusagte. Nach ihrer Moskaureise indessen war das Gegenteil eingetreten. Sie mied jetzt ihre auf Moral bedachten Freunde und verkehrte vorwiegend in der großen Welt. Hier traf sie Wronski und empfand bei den Begegnungen mit ihm eine erregende Freude. Am häufigsten begegnete er ihr bei Betsy, die, eine geborene Wronskaja, eine Kusine von ihm war. Wronski fand sich überall ein, wo er Anna vermuten konnte, und sprach ihr bei jeder sich bietenden Gelegenheit von seiner Liebe. Sie ermunterte ihn in keiner Weise, doch jedesmal, wenn sie ihm begegnete, flammte in ihrem Herzen das gleiche belebende Gefühl auf, das sie schon damals bei ihrem ersten Zusammentreffen mit ihm im Eisenbahnwagen empfunden hatte. Sie merkte selbst, daß ihr, sobald sie seiner ansichtig wurde, die Freude aus den Augen leuchtete und daß auf ihren Lippen ein Lächeln erschien, und sie war nicht fähig, diese Äußerungen der Freude zu unterdrücken.

In der ersten Zeit war Anna ehrlich überzeugt gewesen, sie ärgere sich über Wronski, weil er sich erlaubte, sie zu verfolgen. Doch als sie bald nach ihrer Rückkehr aus Moskau eine Gesellschaft besuchte, in der sie ihn anzutreffen erwartet hatte, und er nicht gekommen war, da erkannte sie an dem Mißmut, von dem sie ergriffen wurde, mit aller Deutlichkeit, daß sie sich einer Selbsttäuschung hingegeben hatte und daß ihr dieses Verfolgtwerden durch ihn keinenwegs unangenehm war, sondern sogar ihr ganzes Interesse am Leben ausmachte.

Die berühmte Sängerin trat zum zweitenmal auf, und die große Welt hatte sich vollzählig in der Oper eingefunden. Als Wronski von seinem Sessel in der ersten Parkettreihe seine Kusine erblickte, wartete er nicht erst die Zwischenpause ab, sondern begab sich zu ihr in die Loge.

„Warum sind Sie gestern nicht zum Essen erschienen?" fragte sie ihn. „Diese Fähigkeit zum Voraussehen bei Verliebten ist doch erstaunlich", fügte sie lächelnd und nur für ihn hörbar hinzu. „*Sie* ist auch ausgeblieben. Aber kommen Sie bitte nach der Vorstellung."

Wronski sah sie fragend an. Sie senkte bejahend den Kopf. Er dankte ihr mit einem Lächeln und nahm neben ihr Platz.

„Und wie gut entsinne ich mich noch Ihrer Spötteleien!" fuhr die Fürstin Betsy fort, der es ein besonderes Vergnügen bereitete, die Entwicklung dieser Leidenschaft zu beobachten. „Wo sind alle Ihre Vorsätze geblieben! Sie sind gefangen, mein Lieber."

„Ich wünsche mir auch gar nichts anderes, als gefangen zu sein", antwortete Wronski mit seinem ruhigen, gutmütigen Lächeln. „Wenn ich mich über etwas zu beklagen habe, so allenfalls darüber, daß ich zuwenig gefangen bin, ganz offen gesagt. Ich verliere allmählich die Hoffnung."

„Was können Sie denn überhaupt für Hoffnungen hegen?" fragte Betsy, scheinbar gekränkt für ihre Freundin. „Entendonsnous ..." Doch in ihren Augen huschten Fünkchen hin und her, die besagten, daß sie sehr gut und ebenso wie er wußte, mit welchen Hoffnungen er sich trug.

„Gar keine“, antwortete Wronski und zeigte lachend die lückenlose Reihe seiner Zähne. „Erlauben Sie“, fügte er hinzu, indem er ihr das Opernglas abnahm, um über ihre entblößten Schultern hinweg die gegenüberliegende Logenreihe zu mustern. „Ich fürchte, mich nachgerade lächerlich zu machen.“

Er wußte sehr gut, daß er keineswegs Gefahr lief, sich in den Augen Betsys oder bei sonst jemand aus diesem Kreis lächerlich zu machen. Er wußte sehr gut, daß in den Augen dieser Leute wohl jemand lächerlich wirken konnte, der sich, ohne Gegenliebe zu finden, in ein junges Mädchen oder überhaupt in eine ledige Frau verliebt hat, daß hingegen die Rolle eines Mannes, der einer verheirateten Frau den Hof macht und sein ganzes Leben darauf einstellt, sie zum Ehebruch zu verleiten, niemals lächerlich sein konnte, sondern in den Augen jener Leute etwas Schönes und Imponierendes an sich hatte; und als er nun das Glas von den Augen nahm und seine Kusine ansah, umspielte, von dem Schnurrbart kaum verdeckt, ein stolzes und fröhliches Lächeln seine Lippen.

„Und warum sind Sie zum Essen ausgeblieben?“ fragte sie, indes sie ihren Blick mit Wohlgefallen auf seinem Gesicht ruhen ließ.

„Das muß ich Ihnen erzählen. Ich war in Anspruch genommen, und wodurch? Ich wette hundert, wette tausend gegen eins – Sie erraten es nicht. Den Friedensstifter habe ich zu spielen versucht zwischen einem Ehemann und jemand, der dessen Frau beleidigt hatte. Es ist wirklich wahr!“

„Und ist es Ihnen auch gelungen?“

„Beinahe.“

„Das müssen Sie mir erzählen“, sagte sie und stand auf. „Kommen Sie in der nächsten Pause.“

„Unmöglich, ich muß ins Französische Theater.“

„Wie? Auf die Nilson wollen Sie verzichten?“ fragte Betsy entsetzt, obwohl sie völlig unfähig war, die Nilson von der erstbesten Choristin zu unterscheiden.

„Es läßt sich nicht ändern. Ich habe dort eine Verabredung, immer noch im Zusammenhang mit meiner Rolle als Friedensstifter.“

„Selig sind die Friedensstifter, denn sie werden erlöst werden“, sagte Betsy, der es einfiel, etwas Ähnliches gelegentlich schon gehört zu haben. „Nun, dann bleiben Sie gleich hier und erzählen Sie, was los ist.“

Und sie setzte sich wieder auf ihren Platz.

5

„Die Geschichte ist ein wenig delikat, aber so reizend, daß ich darauf brenne, sie Ihnen zu erzählen", begann Wronski und sah sie mit lachenden Augen an. „Ich werde keine Namen nennen."

„Um so besser, dann werde ich sie erraten."

„Also hören Sie zu: Zwei lebenslustige junge Männer ..."

„Natürlich Offiziere Ihres Regiments?"

„Ich sage nicht Offiziere, sondern einfach zwei junge Männer, die gerade gefrühstückt haben ..."

„Mit anderen Worten: angetrunken sind."

„Vielleicht. Sie sind in allerbester Stimmung und fahren zu einem Kameraden, der sie zum Essen eingeladen hat. Da werden sie plötzlich auf eine schöne Frau aufmerksam, von der sie in einer Droschke überholt werden, die sich umsieht und ihnen, so kommt es ihnen wenigstens vor, lachend zunickt. Selbstverständlich nehmen sie die Verfolgung auf. Jagen in rasender Fahrt hinter ihr her. Da sehen sie zu ihrem Erstaunen, daß der Wagen der Schönen vor demselben Hause hält, in das auch sie wollen. Die Schöne eilt die Treppe zur obersten Etage hinauf. Sie nehmen nur die rosigen Lippen wahr, die unter dem kurzen Schleier hervorlugen, und die reizenden kleinen Füßchen."

„Sie schildern das so anschaulich, daß ich vermute, einer der beiden sind Sie selbst gewesen."

„Und was haben Sie mir eben erst gesagt? Die beiden jungen Männer kommen also zu ihrem Kameraden, der ein Abschiedsessen gibt. Hier nun, das ist gut möglich, trinken sie vielleicht wirklich ein wenig über den Durst, wie das bei solchen Gelegenheiten immer der Fall ist. Im Laufe des Essens erkundigen sie sich nach den Bewohnern des obersten Stockwerks. Niemand kennt sie, und erst als sie den Diener des Gastgebers fragen, ob oben ‚Dämchen' wohnen, antwortet dieser, daß ihrer dort sehr viele hausen. Nach dem Essen begeben sich die jungen Männer ins Arbeitszimmer des Gastgebers, um einen Brief an die Unbekannte zu schreiben. Sie setzen einen leidenschaftlich gehaltenen Brief auf, eine Liebeserklärung, und gehen damit selbst nach oben, um noch zu erläutern, was im Brief vielleicht nicht ganz verständlich zum Ausdruck gekommen sein könnte."

„Warum erzählen Sie mir solche widerwärtigen Dinge? Nun, und?"

„Sie klingeln. Ein Dienstmädchen öffnet, sie übergeben ihm den Brief und versichern, sie beide seien so verliebt, daß sie auf der Stelle sterben würden. Das verdutzte Mädchen verhandelt mit ihnen. Plötzlich erscheint ein Herr mit krebsrotem Gesicht und einem Backenbart, dessen beide Zipfel wie Würstchen aussehen; er erklärt, daß hier niemand außer ihm und seiner Frau wohne, und befördert beide zur Tür hinaus."

„Woher wissen Sie denn, daß die Zipfel seines Barts, wie Sie sagen, wie Würstchen aussehen?"

„Hören Sie weiter. Heute bin ich dort gewesen, Frieden zu stiften."

„Nun, und?"

„Jetzt kommt das Interessanteste. Es stellt sich heraus, daß in jener Wohnung ein Titularrat in glücklicher Ehe mit der Frau Titularrätin haust. Der Titularrat reicht eine Beschwerde ein, und ich werde entsandt, den Friedensvermittler zu spielen, und was für einen! Ich versichere Sie, Talleyrand ist nichts dagegen."

„Was war denn so schwierig?"

„Passen Sie auf ... Wir entschuldigen uns, wie es sich gehört: ‚Wir sind verzweifelt, bitten, das unglückselige Mißverständnis zu verzeihen!' Der Titularrat mit den Würstchen taut langsam auf, möchte aber auch seinen Empfindungen Ausdruck geben, und sobald er dazu ansetzt, sie auszudrücken, ereifert er sich aufs neue und wird grob, so daß ich abermals alle meine diplomatischen Fähigkeiten ins Feld führen muß. ‚Ich gebe zu, daß die jungen Leute unrecht gehandelt haben, bitte aber auch zu berücksichtigen, daß es auf Grund eines Mißverständnisses und im jugendlichen Übermut geschehen ist, im Anschluß an ein Frühstück. Sie werden dafür Verständnis haben. Beide bereuen es aus vollem Herzen und bitten Sie, ihnen ihre Schuld zu verzeihen.' Der Titularrat ist wieder milder gestimmt. ‚Ich pflichte Ihnen bei, Herr Graf, und bin bereit zu verzeihen, aber Sie müssen verstehen, daß es sich um meine Frau handelt, eine ehrbare Frau, ausgesetzt den Nachstellungen, Unflätigkeiten und Frechheiten irgendwelcher hergelaufener Grünschnäbel und Hal ...' Und nun müssen Sie sich vorstellen, daß jener Grünschnabel danebensteht und daß ich eine Versöhnung zustande bringen soll. Wiederum setze ich meine diplomatischen Künste ein, und wiederum, als schon alles vor einem glücklichen Abschluß zu stehen scheint, beginnt mein Titularrat sich zu ereifern, das Blut steigt ihm in den Kopf, die Würstchen sträuben sich in die Höhe, und ich ergehe mich erneut in diplomatischen Spitzfindigkeiten."

„Ach, das müssen Sie sich anhören!" Betsy wandte sich lachend an eine in die Loge eintretende Dame. „Er hat mich so zum Lachen gebracht ... Nun, bonne chance", fügte sie, zu Wronski gewandt, hinzu und reichte ihm den Finger, den sie zum Halten des Fächers nicht benötigte. Gleichzeitig rückte sie mit einer Schulterbewegung das nach oben gerutschte Mieder des Kleides zurecht, um, wie es sich gehörte, völlig dekolletiert zu sein, wenn sie an die Brüstung der Loge treten und im Schein der Gaslampen den Blicken aller ausgesetzt sein würde.

Wronski fuhr ins Französische Theater, wo er in der Tat den Regimentskommandeur treffen wollte, der im Französischen Theater keine einzige Vorstellung versäumte; er hatte vor, mit ihm die Angelegenheit seiner Friedensvermittlung zu besprechen, die ihn nun schon seit drei Tagen beschäftigte und amüsierte. Verwickelt in die Sache war erstens Petrizki, den er sehr gern hatte, und zweitens der junge, erst kürzlich ins Regiment eingetretene Fürst Kedrow, ein netter Kerl und ausgezeichneter Kamerad. Vor allem aber stand der Ruf des Regiments auf dem Spiel.

Beide Offiziere gehörten derselben Eskadron an wie Wronski. Jener Beamte, ein Titularrat Wenden, war beim Regimentskommandeur erschienen, um sich über Offiziere zu beschweren, die ihm unterstanden und die seine Frau beleidigt hatten. Seine junge Frau, so erzählte der erst seit einem halben Jahr verheiratete Titularrat, sei mit ihrer Mutter in der Kirche gewesen und dort von einem mit einem gewissen Zustand zusammenhängenden Unwohlsein ergriffen worden; sie habe nicht länger stehen können und die erstbeste Droschke genommen, um nach Hause zu fahren. Unterwegs nun sei sie von den Offizieren verfolgt worden, durch den Schreck habe sich ihr Zustand noch verschlimmert, und zu Hause angelangt, sei sie die Treppe hinaufgelaufen. Er selbst, der Titularrat Wenden, habe nach seiner Rückkehr aus dem Amt das Klingeln an der Tür und fremde Stimmen gehört, sei hinausgegangen und habe die beiden betrunkenen Offiziere, die er mit einem Brief im Vorzimmer antraf, hinausgeworfen. Er bestehe auf einer strengen Bestrafung.

„Nein, da können Sie sagen, was Sie wollen", hatte der Regimentskommandeur zu Wronski gesagt, den er zu sich gebeten hatte. „Dieser Petrizki macht sich nachgerade unmöglich. Keine einzige Woche vergeht ohne eine von ihm eingebrockte Geschichte. Der Beamte wird die Sache nicht auf sich beruhen lassen, er wird weitere Schritte unternehmen."

Wronski hatte sofort erkannt, daß hier eine äußerst heikle Angelegenheit vorlag und daß man, da in diesem Falle ein Duell nicht in Frage kommen würde, alles aufbieten müsse, den Titularrat zu beschwichtigen und die Sache gütlich beizulegen. Der Regimentskommandeur hatte sich gerade an Wronski gewandt, weil er dessen vornehme, vernünftige Gesinnung kannte und vor allem auch wußte, daß ihm die Ehre des Regiments am Herzen lag. Sie berieten miteinander und waren zu dem Ergebnis gekommen, daß

Petrizki und Kedrow sich in Begleitung Wronskis zum Titularrat begeben sollten, um sich bei ihm zu entschuldigen. Sowohl der Regimentskommandeur als auch Wronski sagten sich, daß der Name Wronskis und die Abzeichen eines Flügeladjutanten wesentlich dazu beitragen würden, den Titularrat milder zu stimmen. In der Tat, diese beiden Momente hatten eine gewisse Wirkung ausgeübt, aber eine endgültige Bereinigung der Sache war, wie Wronski seiner Kusine erzählt hatte, doch noch zweifelhaft.

Im Französischen Theater angelangt, suchte Wronski den Regimentskommandeur auf und begab sich mit ihm ins Foyer, um ihm zu berichten, was er erreicht und was er noch nicht erreicht hatte. Nach reiflicher Überlegung beschloß der Regimentskommandeur, nichts weiter zu unternehmen; spaßeshalber erkundigte er sich jedoch bei Wronski noch nach dem genauen Verlauf der Zusammenkunft und konnte sich vor Lachen gar nicht beruhigen, als dieser ihm schilderte, wie der bereits einigermaßen beschwichtigte Titularrat bei dem Gedanken an die einzelnen Momente des Vorfalls immer wieder aufs neue in Wut geraten war und wie er, Wronski, sich schließlich nach einer halbwegs als Vergebung auslegbaren Erklärung des Titularrats schleunigst zurückgezogen und Petrizki vor sich hergestoßen habe.

„Eine böse Geschichte, aber wirklich urkomisch. Kedrow kann sich ja schließlich mit diesem Herrn nicht schlagen! Er ist also ganz aus dem Häuschen geraten?“ fragte er nochmals lachend. „Doch was sagen Sie heute zur Claire? Großartig!“ äußerte er sich über eine neu engagierte französische Schauspielerin. „Sooft man sie auch sieht, sie ist jedesmal eine andere. Dazu sind nur die Franzosen fähig.“

6

Die Fürstin Betsy verließ die Oper, ohne den Schluß des letzten Aktes abzuwarten. Zu Hause hatte sie kaum Zeit gefunden, in ihr Ankleidezimmer zu gehen, ihr schmales blasses Gesicht zu pudern und den Puder wieder abzureiben, die Frisur in Ordnung zu bringen und den Tee in den großen Salon zu bestellen, als auch schon eine Equipage nach der anderen vor ihrem imposanten Haus in der Bolschaja Morskaja vorfuhr. Die Gäste stiegen vor der breiten Freitreppe aus, und der wohlbeleibte Portier, der während der Vormittagsstunden hinter der großen Glastür zu sitzen und dort zum Ergötzen des Straßenpublikums seine Zeitung zu lesen pflegte, öffnete geräuschlos die riesige Tür und ließ die Angekommenen passieren.

Als die Frau des Hauses durch die eine Tür den großen, dunkel tapezierten und mit weißen Teppichen ausgelegten Salon betrat, in dem auf einem üppig beleuchteten Tisch das schneeweiße Tischtuch, der silberne Samowar und das hauchdünne Porzellan der Teegedecke im Schein der vielen Kerzen glänzten, traten, fast zur gleichen Zeit, durch eine andere Tür die Gäste ein.

Die Frau des Hauses setzte sich an den Samowar und zog ihre Handschuhe aus. Die Gäste nahmen auf den Stühlen Platz, die von den sich lautlos bewegenden Lakaien zurechtgerückt wurden, und bildeten zwei Gruppen: die einen gruppierten sich um die am Samowar sitzende Frau des Hauses, die anderen am gegenüberliegenden Ende des Salons um die hübsche Frau eines Gesandten in schwarzem Samtkleid und mit schwarzen, sich scharf abzeichnenden Brauen. Die Unterhaltung, immer wieder unterbrochen durch neu eintreffende Gäste, durch deren Begrüßung und das Servieren des Tees, war in beiden Gruppen, wie es in den ersten Minuten meist zu sein pflegt, vorläufig noch unzusammenhängend, als taste sie das Terrain erst ab, auf dem sie verweilen könne.

„Ihre schauspielerischen Fähigkeiten sind hervorragend; man sieht, daß sie Kaulbach studiert hat", ließ sich ein Diplomat im Kreise der Gesandtengattin vernehmen. „Haben Sie beobachtet, wie sie zusammenbrach?"

„Ach, lassen wir jetzt die Nilson beiseite! Über sie läßt sich doch nichts Neues mehr sagen", bemerkte eine korpulente Dame mit rotem, brauenlosem Gesicht und blondem, ohne Chignons frisiertem Haar in einem alten Seidenkleid.

Es war die Fürstin Mjagkaja, die durch ihre ungezierte Art und ihre derben Umgangsformen bekannt war und allgemein das enfant terrible genannt wurde. Die Fürstin saß in der Mitte der beiden Gruppen, hörte zu und griff bald bei der einen, bald bei der anderen Gruppe ins Gespräch ein. „Wie auf Verabredung haben mir heute schon drei Personen die gleiche Phrase über Kaulbach gesagt; sie scheint ihnen, ich weiß nicht, warum, besonders zu gefallen."

Durch diese Bemerkung der Fürstin war das Gespräch unterbrochen, und es mußte nach einem neuen Thema Ausschau gehalten werden.

„Erzählen Sie uns etwas, was amüsant ist, ohne boshaft zu sein", wandte sich die Frau des Gesandten an den Diplomaten, der ebenfalls nicht wußte, zu welchem Thema er jetzt greifen sollte. Sie war eine große Meisterin der in elegantem Plauderton geführten Unterhaltung, die von den Engländern small talk genannt wird.

„Es heißt ja, das sei sehr schwer und nur im Boshaften liege etwas Belustigendes", begann er lächelnd. „Doch ich will es versuchen. Nennen Sie ein Thema. Das Thema ist die Hauptsache. Sobald ein Thema gegeben ist, läßt es sich leicht ausspinnen. Ich stelle mir oft vor, daß die berühmten Redekünstler des vorigen Jahrhunderts heutigentags in Verlegenheit wären, etwas Geistreiches zu sagen. Alles Geistreiche ist so abgedroschen ..."

„Auch das ist nichts Neues", fiel ihm die Frau des Gesandten lachend ins Wort.

Das Gespräch hatte sich nett angelassen, doch eben weil es so nett war, kam es wieder ins Stocken. Man mußte zu einem altbewährten, nie versagenden Mittel greifen – zum Klatsch.

„Finden Sie nicht auch, daß Tuschkewitsch irgendwie an Louis XV. erinnert?" fragte der Diplomat und wies mit den Augen auf einen blonden, gutaussehenden jungen Mann, der am Tisch stand.

„O ja! Er fügt sich hier ausgezeichnet in den Stil des Salons ein und kommt deshalb auch so häufig her."

Dieses Gespräch brach nicht so bald ab, weil es sich andeutungsweise um Dinge drehte, die in diesem Salon eigentlich nicht erörtert werden sollten: um die Beziehungen zwischen Tuschkewitsch und der Fürstin Betsy.

Beim Samowar, in der Gruppe um die Frau des Hauses, hatte sich die Unterhaltung unterdessen auch eine Zeitlang um die drei unvermeidlichen Themen gedreht – die letzten gesellschaftlichen Neuigkeiten, das Theater und die Verurteilung der lieben Nächsten –, und erst beim letzten Thema, das heißt beim Klatsch, war sie richtig in Fluß gekommen.

„Haben Sie schon gehört, daß die Maltistschewa – nicht die Tochter, sondern die Mutter – ein Kostüm diable rose bestellt hat?"

„Nicht möglich! Nein, das ist ja reizend!"

„Ich wundere mich nur, daß eine Frau mit ihrem Verstand – denn dumm ist sie ja nicht – gar nicht sieht, wie lächerlich sie sich macht."

Jeder wußte etwas zur Schmähung und Verspottung der unglückseligen Maltistschewa beizutragen, und das Gespräch prasselte nun so lustig wie ein lodernder Holzstapel.

Der Mann der Fürstin Betsy, ein dicker, gutmütiger Herr und passionierter Sammler von Kupferstichen, kam, bevor er in den Klub fuhr, in den Salon, nachdem ihm gesagt worden war, daß seine Frau Gäste habe. Auf dem weichen Teppich war er lautlos an die Fürstin Mjagkaja herangetreten.

„Wie hat Ihnen die Nilson gefallen?"

„Nein, wie kann man sich bloß so heranschleichen! Sie haben mich zu Tode erschreckt", sagte sie. „Und fragen Sie mich bitte nicht nach der Oper, Sie verstehen ja nichts von Musik. Lieber will ich mich schon zu Ihnen herablassen und mich mit Ihnen über Ihre Majoliken und Kupferstiche unterhalten. Nun, was war es denn für eine Kostbarkeit, die Sie neulich auf dem Trödelmarkt erstanden haben?"

„Wenn Sie wollen, zeige ich sie Ihnen. Aber Sie haben ja dafür kein Verständnis."

„Zeigen Sie nur. Ich habe mich von diesen ... wie heißen sie gleich ... nun, von diesen Bankmenschen belehren lassen ... die besitzen wunderschöne Kupferstiche. Sie haben sie uns gezeigt."

„Wie, Sie haben die Schützburgs besucht?" fragte die Frau des Hauses vom Samowar her.

„Das haben wir, ma chère. Sie hatten meinen Mann und mich zu einem Essen eingeladen, und ich habe gehört, daß die Sauce bei diesem Essen tausend Rubel gekostet haben soll", erzählte die Fürstin mit erhobener Stimme, weil sie fühlte, daß alle ihr zuhörten. „Und die Sauce schmeckte miserabel, es war so etwas Grünes. Wir mußten sie nun auch einladen, und ich habe eine Sauce für fünfundachtzig Kopeken zubereitet, die allen vorzüglich gemundet hat. Saucen, die tausend Rubel kosten, kann ich mir nicht leisten."

„Sie ist einmalig!" sagte die Frau des Hauses.

„Bewundernswert!" pflichtete jemand anders bei.

Die Wirkung, die die Reden der Fürstin Mjagkaja hervorriefen, war immer gleich groß, und das Geheimnis dieser Wirkung bestand darin, daß, obwohl ihre Äußerungen manchmal wenig angebracht waren, wie eben jetzt, sich alles, was sie sagte, durch Natürlichkeit auszeichnete und einen Sinn hatte. In dem Kreise, zu dem sie gehörte, wirkten solche Äußerungen wie ein besonders geistreicher Scherz. Die Fürstin selbst war keineswegs imstande, zu begreifen, worauf diese Wirkung beruhte, aber sie wußte durchaus, daß sie eine solche Wirkung hervorrief, und nutzte das aus.

Während die Fürstin Mjagkaja sprach, hatten ihr alle zugehört, und da die Unterhaltung in der Gruppe der Gesandtengattin infolgedessen unterbrochen worden war, wollte die Frau des Hauses die ganze Gesellschaft vereinigen; sie wandte sich an die Frau des Gesandten:

„Wollen Sie wirklich keinen Tee trinken? Wollen Sie sich nicht zu uns herübersetzen?"

„Ach nein, wir sitzen hier sehr gut", antwortete die Frau des Gesandten lächelnd und nahm das unterbrochene Gespräch wieder auf.

Es war ein sehr angeregtes Gespräch. Man sprach von den Karenins, über ihn und über sie.

„Anna hat sich seit ihrer Moskaureise sehr verändert", sagte eine Freundin Annas. „Sie ist so merkwürdig geworden."

„Die Veränderung besteht vor allem darin, daß sie mit Alexej Wronski als Schatten zurückgekehrt ist", bemerkte die Frau des Gesandten.

„Warum auch nicht? Es gibt ein Märchen von Grimm: Der Mann ohne Schatten. Aus irgendeinem Anlaß ist er zur Strafe seines Schattens beraubt. Wieso das eine Strafe sein soll, habe ich nie begreifen können. Für eine Frau muß es allerdings unangenehm sein, keinen Schatten zu besitzen."

„Ja, aber Frauen mit Schatten nehmen meist ein schlechtes Ende", sagte die Freundin Annas.

„Wollen Sie wohl Ihre böse Zunge im Zaum halten!" mischte sich plötzlich die Fürstin Mjagkaja ein, die diese Bemerkung aufgefangen hatte. „Anna Arkadjewna ist eine wunderbare Frau. Für ihren Mann habe ich keine Sympathie, aber für sie ja, sie ist mir sehr sympathisch."

„Warum ist Ihnen denn der Mann unsympathisch? Er ist doch eine derart hervorragende Persönlichkeit", sagte die Frau des Gesandten. „Mein Mann behauptet sogar, es gebe in Europa nicht sehr viele Staatsmänner von seinem Rang."

„Auch mein Mann versichert das, aber ich glaube es nicht", erwiderte die Fürstin Mjagkaja. „Wenn unsere Männer nicht darüber schwatzen würden, dann würden wir die Dinge so sehen, wie sie in Wirklichkeit sind, und Alexej Alexandrowitsch halte ich einfach für dumm. Aber dies sage ich nur unter uns ... Nicht wahr, damit klärt sich doch der ganze Sachverhalt auf? Früher, als man mich nötigte, ihn für klug zu halten, habe ich mich lange darum bemüht und schließlich gemeint, ich müsse selbst dumm sein, weil ich seine Klugheit nicht entdecken konnte. Doch nun, seitdem ich mir, wenn auch nur für mich, sage: ‚Er ist dumm', ist alles ganz klargeworden. Stimmt es?"

„Wie boshaft Sie heute sind!"

„Durchaus nicht. Ich finde nur keine andere Lösung. Einer von uns beiden muß dumm sein. Und Sie wissen ja, von sich selbst will man das nie zugeben."

„Niemand ist zufrieden mit seiner Lage, und jedermann ist zufrieden mit seinem Verstand", zitierte der Diplomat einen französischen Aphorismus.

„Ja, ja, das ist es eben", stimmte ihm die Fürstin Mjagkaja lebhaft zu. „Aber es handelt sich vor allem darum, daß ich auf Anna nichts kommen lasse. Sie ist eine so liebe, reizende Frau. Was kann sie denn dafür, daß sich jeder in sie verliebt und sich ihr wie ein Schatten an die Fersen heftet?"

„Es liegt mir auch ganz fern, sie zu verurteilen", verteidigte sich die Freundin Annas.

„Wenn uns selbst niemand wie ein Schatten folgt, gibt uns das noch lange nicht das Recht, andere zu verurteilen."

Nachdem die Fürstin Mjagkaja auf diese Weise Annas Freundin gehörig zurechtgewiesen hatte, stand sie auf und ging mit der Frau des Gesandten zum Teetisch hinüber, an dem ein allgemeines Gespräch über den König von Preußen im Gange war.

„Nun, über wen sind Sie dort hergezogen?"

„Wir sprachen über die Karenins. Die Fürstin hat ein Charakterbild Alexej Alexandrowitschs entworfen", antwortete die Frau des Gesandten lächelnd und setzte sich an den Tisch.

„Schade, daß wir das nicht mit angehört haben", sagte die Frau des Hauses und warf einen Blick auf die zur Vorhalle führende Tür. „Ah! Da sind Sie ja endlich!" wandte sie sich mit einem Lächeln an Wronski, der in diesem Augenblick den Salon betrat.

Wronski war nicht nur mit allen bekannt, die er hier antraf, sondern er kam auch tagtäglich mit ihnen zusammen und trat daher so selbstsicher ein, wie man zu Leuten kommt, von denen man sich erst vor kurzem getrennt hat.

„Woher ich komme?" antwortete er auf eine Frage der Frau des Gesandten. „Ich muß es wohl bekennen: aus der Buffa. Ich bin wohl schon zum hundertsten Male dort gewesen und jedesmal mit neuem Vergnügen. Reizend! Es mag vielleicht beschämend sein: in der Oper schlafe ich ein, aber bei Buffas harre ich bis zum letzten Augenblick aus und amüsiere mich köstlich. Heute zum Beispiel ..."

Er nannte eine französische Darstellerin und wollte von dieser etwas erzählen, wurde jedoch von der Frau des Gesandten mit gespieltem Entsetzen unterbrochen:

„Um Gottes willen, erzählen Sie nichts von diesen Scheußlichkeiten!"

„Nun, dann werde ich es bleibenlassen, zumal diese Scheußlichkeiten ohnehin jedem bekannt sind."

„Und alle würden dorthin fahren, wenn es ebenso üblich wäre wie der Besuch der Oper", fiel die Fürstin Mjagkaja ein.

7

In der Vorhalle wurden Schritte laut, und die Fürstin Betsy, die wußte, daß es Anna war, warf einen Blick zu Wronski. Er sah auf die Tür, und sein Gesicht nahm einen neuen, seltsamen Ausdruck an. Sichtlich erfreut, blickte er der Eintretenden halb gespannt, halb verlegen entgegen und stand langsam auf. Anna trat in den Salon. In ihrer üblichen geraden Haltung und, wie immer, fest und leicht auftretend, wodurch sie sich von allen übrigen Damen der Gesellschaft unterschied, legte sie, ohne zur Seite zu blicken, mit wenigen schnellen Schritten die kurze Entfernung zurück, die sie von der Frau des Hauses trennte, drückte dieser mit einem Lächeln die Hand und drehte sich, immer noch lächelnd, zu Wronski um.

Wronski begrüßte sie durch eine tiefe Verbeugung und schob ihr den Stuhl hin.

Sie dankte nur durch ein leichtes Neigen des Kopfes, wurde rot und runzelte die Stirn. Doch schon im nächsten Augenblick nickte sie nach allen Seiten den Bekannten zu, drückte die ihr entgegengestreckten Hände und wandte sich an die Frau des Hauses:

„Ich habe die Gräfin Lydia besucht und wäre schon früher hiergewesen, wenn ich mich nicht hätte aufhalten lassen. Sir John war bei ihr. Er ist ein sehr interessanter Mann."

„Ach, das ist wohl der Missionar, der erst vor kurzem hier eingetroffen ist?"

„Ja, er erzählte viel Interessantes aus dem Leben der Indianer."

Das allgemeine Gespräch, unterbrochen durch das Hinzukommen Annas, flackerte wieder eine Zeitlang hin und her wie die Flamme einer ausgehenden Lampe.

„Sir John! Ja, Sir John. Ich bin mit ihm zusammengetroffen. Er ist ein guter Erzähler. Die Wlassjewa ist förmlich verliebt in ihn."

„Ist es denn wahr, daß ihre jüngste Tochter Topow heiratet?"

„Ja, es soll beschlossene Sache sein."

„Ich begreife die Eltern nicht. Man sagt ja, es sei eine reine Liebesheirat."

„Eine Liebesheirat? Was haben Sie für vorsintflutliche Ansichten! Wo gibt es heutzutage noch Heiraten aus Liebe?" ereiferte sich die Frau des Gesandten.

„Es läßt sich nicht ändern, diese dumme alte Mode hält sich immer noch", bemerkte Wronski.

„Um so schlimmer für diejenigen, die sich dieser Mode unterwerfen. Alle glücklichen Ehen, die ich kenne, sind aus Vernunftgründen zustande gekommen."

„Andererseits ist zu bedenken, wie oft das Glück der sogenannten Vernunftehen in Staub zerfällt, sobald die Liebe, die man nicht wahrhaben wollte, auf ihre Rechte pocht", sagte Wronski.

„Unter Vernunftehen verstehen wir eben solche Ehen, bei denen sich beide Partner schon vorher ausgetobt haben. Es ist wie bei einer Kinderkrankheit, das muß überstanden werden."

„Dann müßte man dazu übergehen, die Menschen künstlich gegen Liebe zu impfen wie gegen Pocken."

„In meiner Jugend bin ich in einen Küster verliebt gewesen", sagte die Fürstin Mjagkaja. „Ob es mich immun gemacht hat, weiß ich nicht."

„Nein, Scherz beiseite, ich glaube, um die wahre Liebe kennenzulernen, muß man sich zuerst irren und dann eine Korrektur vornehmen", erklärte die Fürstin Betsy.

„Auch dann, wenn die Ehe schon geschlossen ist?" fragte die Frau des Gesandten mit einem verschmitzten Lächeln.

„Für die Reue ist es nie zu spät", zitierte der Diplomat ein englisches Sprichwort.

„Das ist es ja, was ich sage", fiel Betsy ein, „man muß sich erst irren und dann den Fehler gutmachen. Wie denken Sie darüber?" wandte sie sich an Anna, die das Gespräch schweigend mit einem steten, kaum wahrnehmbaren Lächeln verfolgt hatte.

„Ich meine", erwiderte Anna, während sie mit ihrem Handschuh spielte, „ich meine ... ebenso wie man ‚Soviel Köpfe, soviel Sinne' sagt, kann es auch heißen ‚Soviel Herzen, soviel Arten von Liebe'."

Wronski hatte Anna angesehen und mit klopfendem Herzen auf ihre Antwort gewartet. Als er ihre Worte hörte, atmete er auf wie nach einer überstandenen Gefahr.

Da drehte sich Anna plötzlich zu ihm um:

„Ich habe einen Brief aus Moskau erhalten. Man teilt mir mit, daß Kitty Stscherbazkaja sehr ernst erkrankt ist."

„Wirklich?" fragte Wronski, und sein Gesicht verfinsterte sich.

Anna maß ihn mit einem strengen Blick.

„Interessiert es Sie nicht?"

„Im Gegenteil, außerordentlich. Was schreibt man Ihnen darüber, wenn ich fragen darf?"

Anna stand auf und trat an Betsy heran.

„Geben Sie mir bitte eine Tasse Tee", sagte sie, hinter Betsys Stuhl stehenbleibend.

Während die Fürstin Betsy mit dem Eingießen des Tees beschäftigt war, kam Wronski hinzu.

„Was hat man Ihnen geschrieben?" wiederholte er seine Frage.

„Mir scheint oft, daß die Männer nicht wissen, was unehrenhaft ist, und immer nur davon sprechen", sagte Anna, ohne auf seine

Frage einzugehen. „Ich wollte Ihnen schon lange sagen, daß ..." Sie ging ein paar Schritte weiter und setzte sich an einen mit Alben vollgelegten Ecktisch.

„Der Sinn Ihrer Worte ist mir nicht ganz klar", sagte Wronski, wobei er ihr die Tasse reichte.

Sie deutete mit den Augen auf den freien Platz neben sich, und er setzte sich sofort zu ihr auf das Sofa.

„Ja, ich wollte Ihnen sagen", setzte sie, ohne ihn anzusehen, den abgebrochenen Satz fort, „daß Sie schlecht, sehr, sehr schlecht gehandelt haben."

„Dessen bin ich mir vollkommen bewußt, daß ich schlecht gehandelt habe. Aber wer ist denn die Ursache für meine schlechte Handlungsweise gewesen?"

„Warum sagen Sie mir das?" fragte sie und sah ihm streng in die Augen.

„Sie wissen, warum", antwortete er, während er unbeirrt und froh ihrem Blick standhielt.

Nicht er war jetzt verlegen, sondern sie.

„Ihre Worte beweisen nur, daß Sie kein Herz besitzen", entgegnete sie. Aber ihrem Blick war abzulesen, daß sie sehr wohl wußte, daß er ein Herz besitze und daß sie ihn deshalb fürchtete.

„Das, worauf Sie eben angespielt haben, ist ein Irrtum gewesen, nicht Liebe."

„Vergessen Sie nicht, daß ich Ihnen verboten habe, dieses Wort, dieses garstige Wort auszusprechen", sagte Anna und zuckte zusammen; im selben Augenblick war sie sich bewußt geworden, daß sie allein schon durch das Wort „verboten" bekundet hatte, gewisse Rechte auf ihn zu besitzen, und daß sie ihn damit ermunterte, von seiner Liebe zu sprechen. „Ich wollte Ihnen das schon lange sagen", fuhr sie fort und blickte ihm, während sich eine glühende Röte über ihr ganzes Gesicht ergoß, entschlossen in die Augen. „Und heute bin ich eigens dazu hergekommen; ich wußte, daß Sie hier sind. Ich bin gekommen, um Ihnen zu sagen, daß es aufhören muß. Bis jetzt habe ich nie und vor niemand zu erröten brauchen, Sie aber bringen mich dazu, mich irgendwie schuldig zu fühlen."

Er sah sie an und war von der durchgeistigten Schönheit ihres Gesichts betroffen, die ihren Zügen einen ganz neuen Ausdruck verlieh.

„Was verlangen Sie von mir?" fragte er schlicht und ernst.

„Ich wünsche, daß Sie nach Moskau fahren und Kitty um Verzeihung bitten", sagte sie.

„Das wünschen Sie nicht", antwortete er.

Er sah, daß sie sich ihre Worte abgezwungen hatte und daß sie nicht das ausdrückten, was sie wirklich zu sagen wünschte.

„Wenn Sie mich lieben, wie Sie es versichern, dann lassen Sie mir meine Ruhe“, sagte sie leise.

Sein Gesicht verklärte sich.

„Sie wissen genau, daß Sie für mich das ganze Leben bedeuten; aber Ruhe kenne ich nicht und vermag sie auch Ihnen nicht zu geben. Mein ganzes Sein, meine Liebe ... ja! Ich bin nicht fähig, mir Sie und mich getrennt vorzustellen. Sie und ich, wir beide sind für mich ein einziges Ganzes. Und ich sehe weder für mich noch für Sie eine Möglichkeit, jemals Ruhe zu finden. Ich sehe nur die Möglichkeit einer von Leid und Verzweiflung erfüllten Zukunft ... oder aber einer Zukunft des Glücks – und welchen Glücks! ... Sollte es wirklich nicht möglich sein?“ fügte er, kaum noch die Lippen bewegend, ganz leise hinzu; aber sie hörte es.

Sie spannte ihre ganze Willenskraft an, um ihm das zu antworten, was nötig war; aber die Worte kamen ihr nicht über die Lippen, und sie heftete nur ihren von Liebe erfüllten Blick auf sein Gesicht, ohne ihm jedoch eine Antwort zu geben.

Es ist erreicht! frohlockte er in Gedanken. Ich hatte schon alle Hoffnung aufgegeben und geglaubt, nie zum Ziel zu kommen, und nun – es ist erreicht! Sie liebt mich. Sie gibt es zu.

„Tun Sie es mir zuliebe und sprechen Sie mir nie mehr davon, sondern lassen Sie uns einfach gute Freunde bleiben“, sagte sie, aber ihr Blick drückte etwas ganz anderes aus als ihre Worte.

„Einfach gute Freunde zu sein, das ist, Sie wissen es selbst, für uns nicht möglich. Aber ob wir die glücklichsten oder die unglücklichsten aller Menschen sein werden, das zu bestimmen liegt in Ihrer Macht.“

Sie wollte etwas erwidern, doch er unterbrach sie, indem er weiterredete:

„Ich bitte Sie ja nur um eins: um das Recht, der Hoffnung leben und mich quälen zu dürfen wie bisher; doch wenn auch das nicht möglich sein sollte, dann heißen Sie mich, aus Ihren Augen zu verschwinden, und ich werde es tun. Sie werden mich nicht wiedersehen, wenn meine Gegenwart für Sie eine Qual bedeutet.“

„Es liegt mir fern, Sie zu vertreiben.“

„Dann unternehmen Sie bitte gar nichts. Lassen Sie alles, wie es jetzt ist“, flüsterte er ihr mit bebender Stimme zu. „Da kommt Ihr Mann.“

In der Tat, Alexej Alexandrowitsch tauchte gerade in der Tür auf und betrat mit seinen gemessenen, schwerfälligen Bewegungen den Salon. Nachdem er seine Frau und Wronski mit einem Seitenblick gestreift hatte, ging er auf die Frau des Hauses zu und begann bei einer Tasse Tee mit seiner ruhigen, durchdringenden Stimme die Unterhaltung.

„Ihr Rambouillet ist ja vollzählig versammelt“, sagte er, indem er die ganze Gesellschaft überblickte, in seinem üblichen scherzhaften, immer ein wenig spöttisch klingenden Ton. „Die Grazien und die Musen.“

Die Fürstin Betsy konnte indessen diesen Ton – sie nannte ihn „sneering“ – an ihm nicht ausstehen, und als gewandte Gastgeberin beeilte sie sich, das Gespräch auf die allgemeine Wehrpflicht zu lenken. Alexej Alexandrowitsch ging sofort interessiert auf dieses Thema ein und widerlegte, nunmehr schon in ernstem Ton, die Einwürfe der Fürstin Betsy, die diese gegen das neue Gesetz vorgebracht hatte.

Wronski und Anna verweilten immer noch an dem kleinen Ecktisch.

„Das wird nachgerade anstößig“, flüsterte eine der Damen und deutete mit den Augen auf Wronski, auf Anna und auf deren Mann.

„Habe ich es nicht gesagt?“ bemerkte die Freundin Annas.

Doch nicht nur diese beiden Damen, sondern auch fast alle anderen Anwesenden, selbst die Fürstin Mjagkaja und Betsy, hatten schon wiederholt zu dem abgesondert sitzenden Paar hinübergeblickt, das sich zurückgezogen hatte, als fühle es sich durch die übrige Gesellschaft gestört. Einzig Alexej Alexandrowitsch blickte kein einziges Mal in jene Ecke und ließ sich von dem begonnenen interessanten Gespräch nicht ablenken.

Als die Fürstin Betsy den peinlichen Eindruck bemerkte, den das Ganze auf alle Anwesenden machte, schob sie Alexej Alexandrowitsch jemand anders als Gesprächspartner zu und begab sich selbst an den Ecktisch.

„Ich bewundere stets die klare, prägnante Ausdrucksweise Ihres Mannes“, sagte sie zu Anna. „Selbst die transzendentesten Begriffe werden mir in seiner Darstellung verständlich.“

„O ja!“ antwortete Anna mit einem glückseligen Lächeln und ohne auch nur ein Wort von dem zu verstehen, was Betsy zu ihr sagte.

Sie ging zum großen Tisch hinüber und beteiligte sich an der allgemeinen Unterhaltung.

Alexej Alexandrowitsch blieb eine halbe Stunde, dann trat er zu seiner Frau und schlug ihr vor, mit ihm zusammen nach Hause zu fahren; aber Anna erklärte, sie wolle zum Abendessen bleiben, wobei sie es vermied, ihn anzusehen. Alexej Alexandrowitsch verabschiedete sich und verließ die Gesellschaft.

Der mit zwei Grauen bespannte Wagen Annas war am Portal vorgefahren, und der Kutscher, ein alter, dicker Tatar in glänzendem Ledermantel, mußte seine ganze Kraft aufbieten, das durchgefrorene und sich bäumende linke Pferd zu bändigen. Ein Lakai stand wartend am geöffneten Wagenschlag. Der Portier stand dienstbereit an der Außentür. Anna Arkadjewna löste mit ihrer kleinen flinken Hand eine Spitzenrüsche ihres Ärmels von einem Häkchen des Pelzes und lauschte mit gesenktem Kopf voller Entzükken auf das, was Wronski, der sie hinausbegleitete, zu ihr sprach.

„Sie haben nichts zugesagt, und ich verlange ja auch nichts", sagte er. „Aber Sie wissen, daß es nicht einfache Freundschaft ist, wonach ich begehre; das Glück meines Lebens birgt sich in dem einen Wort, das Ihnen so unlieb ist – ja, in dem Wort Liebe ..."

„Liebe ...", wiederholte sie langsam, mit einer gleichsam aus ihrem Innern kommenden Stimme, und gleich darauf, während sie noch mit dem Loslösen der Rüsche beschäftigt war, fügte sie hastig hinzu: „Ich hasse dieses Wort gerade deshalb, weil es für mich soviel bedeutet, viel mehr, als Sie begreifen können." Sie blickte ihm ins Gesicht. „Auf Wiedersehen!"

Sie reichte ihm die Hand, eilte mit schnellen, elastischen Schritten am Portier vorbei und verschwand in dem Wagen.

Ihr Blick und die Berührung ihrer Hand hatten ihn versengt. Er drückte einen Kuß auf die Stelle seiner Hand, die sie berührt hatte, und fuhr in dem beglückenden Bewußtsein nach Hause, sich seinem Ziel an diesem einen Abend mehr genähert zu haben als während der vorangegangenen zwei Monate.

8

Alexej Alexandrowitsch hatte nichts Merkwürdiges und Anstößiges darin gesehen, daß seine Frau und Wronski an einem besonderen Tisch gesessen und sich lebhaft über irgend etwas unterhalten hatten; aber da es ihm nicht entgangen war, daß es die übrigen Gäste für merkwürdig und anstößig gehalten hatten, hielt er es jetzt ebenfalls für ungehörig. Er beschloß, mit seiner Frau darüber zu sprechen.

Nach Hause gekommen, ging Alexej Alexandrowitsch wie gewöhnlich in sein Arbeitszimmer, setzte sich in den Sessel, schlug ein Buch über den Papismus an der durch einen hineingelegten Brieföffner kenntlich gemachten Stelle auf und las, wie er es meist zu tun pflegte, bis ein Uhr nachts; nur hin und wieder rieb er sich seine hohe Stirn und schüttelte den Kopf, als wollte er etwas verscheuchen. Zur gewohnten Stunde stand er auf und bereitete sich für die Nacht vor. Anna Arkadjewna war noch nicht zu Hause. Er klemmte das Buch unter den Arm und ging nach oben; doch an diesem Abend waren es nicht wie sonst dienstliche Angelegenheiten und Maßnahmen, die seine Gedanken beschäftigten, sondern seine Frau und irgend etwas Unangenehmes, das mit ihr zusammenhing. Entgegen seiner Gewohnheit ging er nicht gleich zu Bett, sondern legte die Hände auf dem Rücken zusammen und begann durch die Zimmer auf und ab zu wandern. Er fühlte, daß er keinen Schlaf finden würde, ohne vorher die neu entstandene Lage überdacht zu haben.

Als Alexej Alexandrowitsch zu dem Beschluß gekommen war, daß eine Aussprache mit seiner Frau notwendig sei, hatte er dies für sehr einfach und sehr leicht gehalten; doch nun, als er über die neu entstandene Lage nachzudenken begann, schien ihm das höchst kompliziert und heikel.

Alexej Alexandrowitsch war nicht eifersüchtig. Durch Eifersucht, so dachte er, beleidigt man seine Frau, und zu seiner Frau muß man Vertrauen haben. Warum er Vertrauen haben mußte, das heißt die feste Zuversicht, daß seine junge Frau ihn unwandelbar lieben werde, diese Frage hatte er sich nie vorgelegt; aber da er von Natur nicht mißtrauisch war, hatte er eben Vertrauen und hatte sich immer gesagt, es müsse so sein. Obwohl seine Überzeugung, daß Eifersucht ein unwürdiges Gefühl sei und daß man Vertrauen haben müsse, auch jetzt nicht erschüttert war, hatte er doch das Gefühl, nun etwas Unlogischem und Sinnlosem gegenüberzustehen, und er wußte nicht, was er tun sollte. Alexej Alexandrowitsch stand jetzt dem Leben gegenüber, der Möglichkeit, daß seine Frau auch für jemand anders als für ihn Liebe empfinden könne, und das schien ihm so sinnlos und unbegreiflich, weil es das wirkliche Leben war. Er hatte zeit seines Lebens mit Akten und dienstlichen Angelegenheiten zu tun gehabt, die nur Reflexe des Lebens darstellten. Und bei jeder Berührung mit dem Leben war er ihm ausgewichen. Jetzt empfand er das, was wohl ein Mensch empfinden mag, der sorglos über eine Brücke gewandert ist und plötzlich sieht, daß die Brücke eingestürzt ist und daß unter ihr ein Abgrund gegähnt hat. Der Abgrund, das war das wirkliche Leben, die Brücke jenes künstlichen Daseins, das Alexej Alexandrowitsch gelebt hatte. Zum erstenmal stellte er sich die Frage, ob seine Frau einen anderen liebgewinnen könne, und der Gedanke an diese Möglichkeit bestürzte ihn.

Ohne sich auszukleiden, ging er mit seinen gleichmäßigen Schritten über das knarrende Parkett des nur durch eine Lampe erleuchteten Speisezimmers hin und zurück, dann über den Teppich im dunklen Salon, in dem nur ein Lichtschein auf das große Porträt über dem Sofa fiel, das kürzlich von ihm gemacht worden war, und schließlich durch ihr Zimmer, in dem zwei Kerzen brannten und die Bilder ihrer Angehörigen und Freundinnen sowie die hübschen, ihm so wohlvertrauten Nippes auf ihrem Schreibtisch beleuchteten. Ihr Zimmer durchschreitend, kam er an die Tür des Schlafzimmers und kehrte wieder um.

In jedem Zimmer, das er durchwanderte, vor allem aber auf dem Parkett des erleuchteten Speisezimmers, blieb er stehen und sagte sich: Ja, das muß klargestellt und muß unterbunden werden, ich werde ihr meine Ansicht hierüber und meine Entscheidung mitteilen. Und er kehrte um. Aber was eigentlich mitteilen? Welche Entscheidung? fragte er sich im Salon und fand keine Antwort. Und schließlich, was ist schon geschehen? überlegte er, bevor er sich ihrem Zimmer zuwandte. Gar nichts. Sie hat sich lange mit ihm unterhalten. Was will das schon besagen? Ist es denn etwas Besonderes, wenn sich eine Frau in der Gesellschaft mit dem einen oder anderen unterhält? Und deswegen eifersüchtig sein, damit erniedrigt man sie und sich selbst! sagte er sich, als er das Zimmer betrat. Aber dieser Grundsatz, der für ihn bisher so großes Gewicht besessen hatte, wog jetzt nichts mehr und hatte seine Bedeutung eingebüßt. Vor der Schlafzimmertür machte er wieder kehrt und ging zum Saal zurück; doch sobald er den dunklen Salon betrat, sagte ihm eine Stimme, daß es eben doch anders sei und, wenn die anderen es gemerkt hätten, auch etwas dran sein müsse. Und im Speisezimmer sagte er sich aufs neue: Ja, das muß klargestellt und muß unterbunden werden, ich werde ihr meine Ansicht auseinandersetzen ...

Und im Salon fragte er sich wiederum, bevor er sich ihrem Zimmer zuwandte: Welche Ansicht? Und als er sich dann fragte, was eigentlich geschehen sei, antwortete er: Gar nichts! und besann sich darauf, daß Eifersucht ein Gefühl sei, durch das man seine Frau erniedrigt, kam aber gleich darauf im Salon wieder zu der Überzeugung, daß doch etwas geschehen sei. Seine Gedanken bewegten sich ebenso wie sein Körper im Kreise, ohne etwas Neues zu entdecken. Er wurde sich dessen bewußt, rieb sich die Stirn und setzte sich in Annas Zimmer.

Hier nun, als er auf ihrem Schreibtisch eine malachitfarbene Briefmappe sah, in der eine angefangene Notiz lag, nahmen seine Gedanken plötzlich eine andere Wendung. Er begann über seine Frau nachzudenken, über das, was sie sinnen und fühlen mochte. Zum ersten Male stellte er sich eindringlich ihr persönliches Leben vor, ihre Gedanken und Wünsche, und der Gedanke daran, daß sie ein eigenes Leben haben könne und müsse, erfüllte ihn mit solchem Entsetzen, daß er ihn schleunigst verscheuchte. Hier gähnte der Abgrund, in den hinabzublicken ihn schauderte. Sich in die Gedanken und Empfindungen eines anderen Wesens hineinzuversetzen, das war etwas, was Alexej Alexandrowitsch fremd war. So etwas hielt er für eine schädliche und gefährliche Phantasterei.

Und das schlimmste ist, sagte er sich, daß gerade jetzt, wo ich kurz vor dem Abschluß stehe (er hatte dabei das Projekt im Auge, das er im Amt durchführte) und der ganzen Sammlung und Kraft meines Geistes bedarf, daß gerade jetzt diese sinnlose Sorge auf mich einstürmt. Doch wie dem auch sei, ich gehöre nicht zu jenen Menschen, die sich mit besorgniserregenden Zwischenfällen abfinden und nicht die Kraft aufbringen, ihnen zu trotzen.

„Ich muß mir alles überlegen, muß eine Entscheidung treffen und der Sache ein Ende machen", murmelte er vor sich hin.

Die Frage nach ihren Gefühlen, nach dem, was in ihrer Seele vor sich geht und vielleicht künftig vor sich gehen wird, das ist nicht meine Sache, das betrifft ihr Gewissen und ihre religiöse Einstellung, überlegte er weiter und fühlte sich bei dem Gedanken erleichtert, nun sozusagen den Paragraphen des Gesetzes gefunden zu haben, mit dem er die neu entstandene Lage beurteilen konnte.

Somit ist die Frage nach ihren Gefühlen und was damit zusammenhängt eine Sache, die ihr Gewissen angeht, und darum kann ich mich nicht kümmern, sagte sich Alexej Alexandrowitsch. Was meine Pflicht ist, ergibt sich daraus ganz klar. Als Familienoberhaupt bin ich verpflichtet, sie zu leiten, und zum Teil habe ich daher auch die Verantwortung zu tragen; ich muß sie auf die Gefahr hinweisen, die ich sehe, muß sie warnen und nötigenfalls sogar einen Zwang ausüben. Das werde ich ihr auseinandersetzen.

Alexej Alexandrowitsch war sich jetzt völlig darüber im klaren, was er seiner Frau sagen würde. Als er sich den Wortlaut überlegte, bedauerte er zwar, daß er genötigt war, auf eine häusliche Angelegenheit so viel Zeit und Gedankenarbeit zu verwenden, aber er legte sich in seinem Kopf dennoch klar und genau wie für einen Vortrag die Form und den folgerichtigen Aufbau seiner bevorstehenden Rede zurecht. Ich muß ihr folgendes vortragen und klarlegen: erstens die Bedeutung der öffentlichen Meinung und des Anstandes; zweitens die religiöse Bedeutung der Ehe; drittens, wenn es nötig sein sollte, das Unglück, das möglicherweise für unseren Sohn entstehen könnte; viertens die unglückseligen Folgen für sie selbst. Und Alexej Alexandrowitsch verschränkte die Finger und drückte die Handflächen nach unten, so daß die Finger in den Gelenken knackten.

Diese Geste, eine häßliche Angewohnheit, die Hände ineinanderzulegen und mit den Fingern zu knacken, wirkte auf ihn stets beruhigend und gab ihm sein Gleichgewicht wieder, dessen er jetzt so dringend bedurfte. Draußen wurde das Geräusch eines am Hause vorfahrenden Wagens laut. Alexej Alexandrowitsch blieb in der Mitte des Saales stehen.

Frauenschritte kamen die Treppe herauf. Alexej Alexandrowitsch, bereit zu seiner Rede, drückte seine verschränkten Finger gegeneinander und horchte, ob der eine oder andere noch knakken würde. Einer von ihnen knackte wirklich noch.

Schon an den leichten Schritten auf der Treppe hatte er erkannt, daß seine Frau kam, und obwohl er mit seiner vorbereiteten Rede zufrieden war, graute ihm jetzt doch vor der bevorstehenden Auseinandersetzung.

9

Anna hielt, als sie hereinkam, den Kopf gesenkt und spielte mit den Quasten ihrer Kapuze. Von ihrem Gesicht ging ein intensives Leuchten aus; aber es war kein freudiges Leuchten – es erinnerte an den furchtbaren Feuerschein einer nächtlichen Feuersbrunst. Als sie ihren Mann erblickte, hob sie, gleichsam erwachend, den Kopf und lächelte.

„Du bist noch nicht im Bett? So ein Wunder!“ sagte sie, während sie die Kapuze abwarf und sich anschickte, ohne stehenzubleiben, ins Ankleidezimmer zu gehen. „Es wird Zeit, Alexej Alexandrowitsch“, rief sie ihm von der Tür aus zu.

„Anna, ich muß mit dir sprechen.“

„Mit mir?“ fragte sie erstaunt, trat von der Tür zurück und sah ihn an. „Was gibt es denn? Worüber sprechen?“ fuhr sie fort und setzte sich. „Nun, meinetwegen können wir sprechen, wenn es sein muß. Lieber würde ich freilich schlafen gehen.“

Anna sagte, was ihr gerade einfiel, und war, während sie sich sprechen hörte, selbst erstaunt, wie geschickt sie sich verstellen konnte. Wie ungezwungen und natürlich klangen ihre Worte, und wie glaubwürdig war es, daß sie einfach schlafen wollte! Sie hatte das Gefühl, mit einem undurchdringlichen Panzer der Lüge angetan zu sein. Es schien ihr, daß eine unsichtbare Macht ihr beistehe und ihr Kraft verleihe.

„Anna, ich möchte dich warnen“, sagte er.

„Warnen?“ fragte sie. „Wovor?“

Sie sah ihn so unbefangen und heiter an, daß jemand, der sie weniger gut kannte als er, nichts Unnatürliches, weder im Ton noch im Sinn ihrer Worte, gemerkt hätte. Für ihn indessen, der sie so gut kannte, der wußte, daß er nicht fünf Minuten später als gewöhnlich zu Bett gehen konnte, ohne daß sie es bemerkt und nach dem Grunde gefragt hätte, der gewohnt war, daß sie mit allem, was sie bewegte, mit all ihren Freuden und Leiden sogleich zu ihm kam – für ihn besagte es viel, daß sie seine Verfassung jetzt ignorierte und nicht das Bedürfnis hatte, ein Wort über sich selbst zu sagen. Er sah, daß ihre Seele, die ihm so lange offengestanden hatte, jetzt für ihn verschlossen war. Und damit nicht genug, er hörte an ihrem Ton, daß sie dadurch gar nicht verwirrt war, sondern ihm geradezu zu sagen schien: Ja, sie ist verschlossen, das ist so in Ordnung und wird fortan so bleiben. In diesem Augenblick empfand er das, was jemand empfinden muß, der nach Hause kommt und die Tür zu seiner Wohnung verschlossen findet. Aber vielleicht läßt sich noch ein Schlüssel finden! dachte Alexej Alexandrowitsch.

„Ich möchte dich darauf aufmerksam machen“, begann er leise, „daß du dich aus Unvorsichtigkeit und Gedankenlosigkeit dem Gerede der Leute aussetzen kannst. Dein etwas allzu lebhaftes Gespräch mit dem Grafen Wronski“ – er sprach den Namen mit fester, ruhiger Stimme und scharf akzentuiert aus – „ist heute aufgefallen.“

Er sprach, und während er beim Sprechen in ihre lachenden und ihn jetzt durch ihre Unergründlichkeit erschreckenden Augen blickte, begriff er, daß alle seine Worte nutzlos und müßig waren.

„So bist du immer“, erwiderte sie, und indem sie sich den Anschein gab, ihn überhaupt nicht zu begreifen, griff sie mit Vorbedacht von alldem, was er gesagt hatte, nur seine letzten Worte auf. „Mal hast du auszusetzen, daß ich zu teilnahmslos, ein andermal, daß ich zu lebhaft bin. Ich habe mich gut unterhalten. Nimmst du mir das übel?“

Alexej Alexandrowitsch zuckte zusammen; er legte die Hände ineinander und schickte sich an, mit den Fingern zu knacken.

„Ach, laß das doch bitte, ich kann es nicht ertragen“, sagte Anna.

„Anna, bist du es noch?“ stammelte Alexej Alexandrowitsch, sich mit Mühe beherrschend, und verzichtete auf die Bewegung seiner Hände.

„Ja, was soll denn das alles bedeuten?“ fragte sie, scheinbar ganz ehrlich erstaunt und belustigt. „Was willst du von mir?“

Alexej Alexandrowitsch schwieg eine Weile und rieb sich die

Stirn und die Augen. Er erkannte, daß er von dem abgekommen war, was er sich vorgenommen hatte, nämlich seine Frau davor zu warnen, sich durch unbedachtes Benehmen in den Augen der Gesellschaft bloßzustellen, und daß er statt dessen gegen eine imaginäre Wand angerannt war und sich ungewollt etwas zu Herzen genommen hatte, was ihr Gewissen anging.

„Was ich dir sagen will", fuhr er in ruhigem, kaltem Ton fort, „ist folgendes, und ich bitte dich, mich ausreden zu lassen. Eifersucht halte ich, wie du weißt, für ein verletzendes und erniedrigendes Gefühl, und ich werde mir nie erlauben, mich von diesem Gefühl leiten zu lassen; aber es gibt gewisse Gesetze des Anstands, die sich nicht ungestraft übertreten lassen. Ich selbst habe zwar nichts bemerkt, aber urteilt man nach dem Eindruck, den es auf die übrige Gesellschaft gemacht hat, dann hast du dich heute nicht ganz so benommen und verhalten, wie es zu wünschen ist."

„Ich verstehe absolut nichts", sagte Anna und zuckte die Achseln. Ihm selbst ist es gleichgültig, dachte sie bei sich, aber der Gesellschaft ist etwas aufgefallen, und darüber regt er sich auf. „Du bist krank, Alexej Alexandrowitsch!" fügte sie laut hinzu und stand auf, um zur Tür zu gehen; aber da beugte er sich vor, als wollte er sie zurückhalten.

Sein Gesicht war verzerrt und finster, wie Anna es noch nie gesehen hatte. Sie blieb stehen und begann, den Kopf seitlich zurückgeneigt, mit behenden Griffen die Haarnadeln aus der Frisur zu ziehen.

„Nun gut, dann will ich mir anhören, was weiter kommt", sagte sie ruhig und mit einem spöttischen Lächeln. „Und sogar mit Interesse werde ich es anhören, denn ich möchte doch herausbekommen, um was es sich eigentlich handelt."

Während sie dies sagte, wunderte sie sich selbst, wie gut sie den richtigen, natürlich-ruhigen Ton traf und wie geschickt sie die Worte wählte, die sie gebrauchte.

„Allen Einzelheiten deiner Gefühle nachzuspüren, dazu habe ich kein Recht, und ich halte es überdies für nutzlos und sogar für schädlich", begann Alexej Alexandrowitsch. „Wenn wir in unserer Seele wühlen, stoßen wir manchmal auf etwas, was besser unentdeckt geblieben wäre. Deine Gefühle sind Sache deines Gewissens. Aber ich bin dir, mir selbst und Gott gegenüber verpflichtet, dich auf deine Pflichten hinzuweisen. Unser beider Leben ist durch ein festes Band vereinigt, nicht von Menschen vereinigt, sondern von Gott. Zerreißen kann man dieses Band nur durch ein Verbrechen, und ein Verbrechen dieser Art zieht eine harte Strafe nach sich."

„Ich verstehe nichts! Und zu allem Unglück bin ich auch noch todmüde“, sagte sie und durchsuchte dabei ihr Haar mit schnellen Fingerbewegungen nach etwa zurückgebliebenen Haarnadeln.

„Anna, um Gottes willen, sprich nicht so“, entgegnete er sanftmütig. „Vielleicht irre ich mich, aber glaube mir, bei dem, was ich sage, habe ich genauso dein Interesse im Auge wie mein eigenes. Ich bin dein Mann, und ich liebe dich.“

Für einen kurzen Moment hatte sie den Kopf gesenkt, und der spöttische Funke in ihren Augen war erloschen; doch die Erwähnung seiner Liebe ließ sie wieder aufbegehren. Sie dachte: Er liebt mich? Kann er denn überhaupt lieben? Wenn er nicht vom Hörensagen wüßte, daß es so etwas wie Liebe gibt, würde er dieses Wort nie gebrauchen. Er hat ja keine Ahnung, was Liebe ist.

„Alexej Alexandrowitsch, ich verstehe wirklich nichts“, wandte sie sich an ihn. „Drücke dich deutlicher aus, damit …“

„Warte, laß mich bitte aussprechen. Ich liebe dich. Aber ich denke nicht an mich; vor allem handelt es sich hierbei um unsern Sohn und um dich. Vielleicht scheinen dir meine Worte unnötig und unangebracht; vielleicht, ich wiederhole es, bin ich in einem Irrtum befangen. In diesem Falle bitte ich dich, mir zu verzeihen. Aber wenn du selbst fühlen solltest, daß auch nur der geringste Grund vorliegt, dann bitte ich dich, darüber nachzudenken und dich mit mir, wenn dein Herz dich dazu drängt, ganz offen auszusprechen.“

Ohne es selbst zu merken, sagte Alexej Alexandrowitsch etwas ganz anderes, als er sich zurechtgelegt hatte.

„Ich habe mich über nichts auszusprechen. Und außerdem …“, fiel sie schnell ein und unterdrückte nur mit Mühe ein Lächeln, „außerdem ist es nun wirklich Zeit, schlafen zu gehen.“

Alexej Alexandrowitsch stieß einen Seufzer aus und ging, ohne noch etwas zu sagen, ins Schlafzimmer.

Als Anna das Schlafzimmer betrat, lag er bereits im Bett. Seine Lippen waren fest zusammengepreßt, und die Augen blickten ins Leere. Anna legte sich in ihr Bett und wartete jeden Augenblick darauf, nochmals von ihm angeredet zu werden. Teils fürchtete sie ein weiteres Gespräch, teils wünschte sie es sich. Doch er schwieg. Regungslos im Bett liegend, wartete sie lange, bis sie ihn schließlich ganz vergaß. Ihre Gedanken wanderten zu dem anderen, sie sah ihn vor sich und fühlte, wie ihr Herz bei dieser Vorstellung von einer erregenden und frevelhaften Freude ergriffen wurde. Plötzlich vernahm sie ein ruhiges, gleichmäßiges Pfeifen durch die Nase. Im ersten Augenblick schien Alexej Alexandrowitsch von seinem Pfeifen selbst erschreckt zu sein und hörte damit auf; doch nach wenigen Atemzügen ertönte das Pfeifen aufs neue mit ruhiger Gleichmäßigkeit.

„Zu spät, zu spät, nun ist es zu spät!“ flüsterte sie lächelnd vor sich hin. Sie verharrte noch lange Zeit bewegungslos, und während sie ins Dunkel blickte, schien ihr, sie sähe darin den Glanz ihrer eigenen Augen.

10

Von jenem Abend an begann für Alexej Alexandrowitsch und seine Frau ein neues Leben, obschon nichts Besonderes vorgefallen zu sein schien. Anna besuchte nach wie vor Gesellschaften, fand sich besonders häufig bei der Fürstin Betsy ein und traf allenthalben mit Wronski zusammen.

Alexej Alexandrowitsch wußte es, konnte es jedoch nicht verhindern. Allen seinen Versuchen, eine Aussprache mit ihr herbeizuführen, stellte sie eine unüberwindliche Barriere heiterer Verwunderung entgegen. Äußerlich war alles beim alten geblieben, doch ihr inneres Verhältnis zueinander hatte sich völlig verändert. Alexej Alexandrowitsch, dieser im Staatsdienst so mächtige Mann, fühlte sich hier hilflos. Einem Stier ähnlich, der ergebungsvoll den Kopf gesenkt hat, wartete er auf den Hieb, der, das fühlte er, jeden Augenblick auf ihn niedersausen konnte. Sooft er sich in Gedanken damit beschäftigte, trieb es ihn, nochmals einen Versuch zu machen; vielleicht, dachte er, bestünde doch noch die Hoffnung, sie durch Güte, Zärtlichkeit und Beschwörungen zur Besinnung zurückzurufen und sie zu retten, und er nahm sich jeden Tag vor, mit ihr zu sprechen. Doch jedesmal, wenn er ein paar Worte mit ihr gesprochen hatte, fühlte er, daß der von Lug und Trug erfüllte Geist, der sich ihrer bemächtigt hatte, auch auf ihn selbst übergriff, und er sagte ihr etwas ganz anderes und in einem ganz anderen Ton, als er es beabsichtigt hatte. Ohne es selbst zu merken, verfiel er im Gespräch mit ihr in seinen üblichen, scherzhaft-spöttischen Ton, der immer so klang, als mache er sich über jemand lustig, der im Ernst so spräche. Dieser Ton aber eignete sich nicht dazu, das zu sagen, was er zu sagen hatte.

Das, was für Wronski fast ein ganzes Jahr lang der einzige Wunsch seines Lebens gewesen war und ihm alle früheren Wünsche ersetzt hatte, das, was Anna als ein nicht zu verwirklichender, furchtbarer und daher um so berückenderer Glückstraum erschienen war – es hatte seine Erfüllung gefunden. Bleich, mit zitterndem Unterkiefer, stand er über sie gebeugt und beschwor sie, sich zu beruhigen, worüber und wodurch wußte er selber nicht.

„Anna! Anna!" stammelte er mit bebender Stimme. „Anna, um Gottes willen!"

Doch je eindringlicher er sprach, um so tiefer senkte sie ihr einst so stolzes und fröhliches, jetzt aber vor Scham verzerrtes Gesicht; vornübergebeugt auf dem Diwan sitzend, sank sie immer mehr in sich zusammen und wäre zu seinen Füßen auf den Teppich geglitten, wenn er sie nicht gehalten hätte.

„Oh, mein Gott! Verzeih mir!" flehte sie ihn schluchzend an und preßte seine Hände an ihre Brust.

Sie war so erdrückt von dem Bewußtsein ihrer Schuld und ihres Vergehens, daß ihr nichts anderes übrigblieb, als sich zu demütigen und um Verzeihung zu bitten; und da es in ihrem Leben jetzt niemand gab außer ihm, richtete sie an ihn auch ihre Bitte um Verzeihung. Während sie zu ihm aufblickte, empfand sie ihre Erniedrigung physisch und war außerstande, ein weiteres Wort hervorzubringen; und er seinerseits hatte ein Gefühl, das ein Mörder empfinden muß, der auf den entseelten Körper seines Opfers blickt. Dieser von ihm des Lebens beraubte Körper war ihre Liebe, das erste Stadium ihrer Liebe. Es lag etwas Schauerliches und Abstoßendes in der Besinnung darauf, was durch diese furchtbare Schmach erkauft worden war. Die Scham über ihre seelische Entblößung übertrug sich auch auf ihn. Doch ungeachtet des Entsetzens, das einen Mörder beim Anblick des Ermordeten ergreift, muß der Mörder die Leiche auch noch in Stücke zerlegen, um sie zu verbergen, muß er sich dessen bemächtigen, was ihm durch den Mord anheimgefallen ist.

Und so, wie sich der Mörder mit Erbitterung, gleichsam von einer Ekstase ergriffen, auf den entseelten Körper stürzt, an ihm zerrt und ihn zerstückelt, ebenso bedeckte Wronski das Gesicht und die Schultern Annas mit seinen Küssen. Sie hielt seine Hand umklammert und rührte sich nicht. Ja, diese Küsse sind es, die erkauft werden durch diese Schmach. Und diese Hand, die nun immer mir gehören wird, es ist die Hand meines Mitschuldigen! Sie führte seine Hand an ihre Lippen und küßte sie. Er kniete vor ihr nieder und wollte ihr ins Gesicht blicken; aber sie verbarg es und schwieg. Schließlich, gleichsam sich selbst überwindend, richtete sie sich auf und stieß ihn zurück. Ihr Gesicht hatte nichts von seiner Schönheit eingebüßt, aber um so erschütternder war sein Ausdruck.

„Alles ist aus!" sagte sie. „Ich habe jetzt niemand mehr außer dir. Vergiß das nicht."

„Wie sollte ich jemals vergessen, was mir das Leben bedeutet. Für einen einzigen Augenblick solchen Glücks ..."

„Glück?" fiel sie ihm angewidert und voller Entsetzen ins Wort, und ihr Entsetzen teilte sich unwillkürlich auch ihm mit. „Kein Wort mehr, um Gottes willen, kein Wort mehr!"

Sie stand schnell auf und trat von ihm weg.

„Kein Wort mehr!" wiederholte sie nochmals, als sie sich mit einem ihm unbegreiflichen Ausdruck starrer Verzweiflung im Gesicht von ihm trennte.

Sie sah sich außerstande, in diesem Augenblick das Gefühl der Scham, Freude und Angst, das sie vor einem solchen Eintritt in ein neues Leben empfand, in Worte zu kleiden; sie wollte von dem, was sie empfand, nicht sprechen, um es nicht durch unpassend gewählte Worte zu entweihen. Doch auch nachher, auch am nächsten und übernächsten Tage fand sie nicht die Worte, die geeignet gewesen wären, ihre Gefühle in ihrer ganzen Kompliziertheit auszudrücken, und sie vermochte nicht einmal ihre Gedanken zu sammeln, um im stillen alles zu überdenken, was ihre Seele bewegte.

Sie sagte sich: Nein, jetzt kann ich darüber nicht nachdenken; später, wenn ich ruhiger bin. Aber diese Ruhe zur Besinnung trat nie ein; jedesmal wenn sie daran dachte, was sie getan hatte, was aus ihr werden sollte und was sie jetzt tun müsse, wurde sie von Entsetzen ergriffen und schüttelte diese Gedanken ab. Später, später, sagte sie sich immer wieder, wenn ich ruhiger bin!

Doch im Schlaf, wenn sie nicht Herr ihrer Sinne war, erschien ihr ihre Lage um so deutlicher in ihrer ganzen widerwärtigen Nacktheit. Ein Traum wiederholte sich fast Nacht für Nacht. Es träumte ihr, sie sei mit beiden zugleich verheiratet, und jeder von ihnen überschütte sie mit seinen Liebkosungen. Alexej Alexandrowitsch weinte, küßte ihr die Hände und sagte: „Wie schön ist es jetzt!" Und gleichzeitig war auch Alexej Wronski bei ihr und war ebenfalls ihr Mann. Und verwundert darüber, daß ihr dies früher unmöglich erschienen war, erklärte sie ihnen lachend, daß es so viel einfacher sei, da nun beide zufrieden und glücklich seien. Aber dieser Traum quälte sie wie ein schwerer Alpdruck, und sie erwachte mit Entsetzen.

12

Wenn Lewin in der ersten Zeit nach seiner Rückkehr aus Moskau bei der Erinnerung an die ihm widerfahrene Schmach jedesmal zusammengezuckt und rot geworden war, hatte er sich zu beruhigen versucht: Ebenso bin ich rot geworden und zusammengezuckt und habe alles für verloren gehalten, als ich im zweiten Semester in Physik eine Fünf erhielt und nicht versetzt wurde; ebenso verzweifelt bin ich gewesen, als ich bei der mir anvertrauten Wahrnehmung der Interessen meiner Schwester einen Fehler begangen hatte. Und nun, wenn ich jetzt, nachdem Jahre vergangen sind, daran zurückdenke, wundere ich mich, daß ich es mir damals so zu Herzen nehmen konnte. So wird es auch diesmal mit meinem Kummer sein. Im Laufe der Zeit werde ich auch hieran mit Gleichmut zurückdenken.

Doch es vergingen drei Monate, ohne daß er gleichmütig geworden wäre, und die Erinnerung an das Geschehene war ihm noch ebenso schmerzlich wie in den ersten Tagen. Er vermochte sich nicht zu beruhigen, weil er, nachdem er so lange von einem Familienleben geträumt und sich dafür reif gefühlt hatte, nun doch noch immer unverheiratet und weiter denn je von einer Heirat entfernt war. Schmerzlich empfand er, ebenso wie seine Umgebung, daß es für einen Mann in seinem Alter nicht gut sei, allein zu sein. Ihm fiel ein, daß er zu seinem Viehknecht Nikolai, einem treuherzigen Bauern, mit dem er sich gelegentlich gern unterhielt, vor seiner Abreise nach Moskau gesagt hatte: „Weißt du, Nikolai, ich habe vor zu heiraten", und daß Nikolai darauf, als handele es sich um die selbstverständlichste Sache der Welt, prompt geantwortet hatte: „Es wird aber auch wirklich Zeit, Konstantin Dmitritsch!" Aber es bestand für ihn jetzt weniger Aussicht auf eine Heirat als je zuvor. Der Platz in seinem Herzen war nicht frei, und wenn er sich auf diesem Platz ein anderes junges Mädchen seines Bekanntenkreises vorstellte, erkannte er, daß keine von ihnen ihn ausfüllen konnte. Darüber hinaus quälte ihn die Erinnerung an seinen abgewiesenen Antrag und an die Rolle, die er dabei gespielt hatte. Sosehr er sich auch einredete, sich nichts vergeben zu haben, trieb ihm die Erinnerung daran ebenso wie andere, seinen Stolz in ähnlicher Weise verletzende Erinnerungen die Schamröte ins Gesicht und ließ ihn zusammenzucken. Es gab in seiner Vergangenheit, wie im Leben jedes Menschen, schlechte Handlungen, deren er sich bewußt war und die sein Gewissen belasten mußten; doch wenn er an diese schlechten Handlungen dachte, quälte er sich bei weitem nicht so wie bei diesen nichtigen, aber seinen Stolz verletzenden Erinnerungen. Solche Wunden vernarben nie. Und nun war zu diesen Erinnerungen noch die Ablehnung seines Antrags hinzugekommen sowie die Rolle, die er an jenem Abend in den Augen der anderen gespielt haben mußte. Aber Zeit und Arbeit taten das Ihrige. Die quälenden Erinnerungen wurden mehr und mehr von unscheinbaren, für das ländliche Leben indes bedeutsamen Ereignissen zurückgedrängt. Mit jeder Woche dachte er jetzt seltener an Kitty. Er wartete mit Ungeduld auf die Nachricht, daß sie bereits geheiratet habe oder in den nächsten Tagen heiraten werde, denn er hoffte, daß ihn diese Nachricht endgültig von allen Qualen befreien werde, ebenso wie es beim Ziehen eines Zahns ist.

Mittlerweile war der Frühling gekommen, ein schöner, freundlicher Frühling, der nicht auf sich warten ließ und nicht trog, einer von jener seltenen Art, die Pflanzen, Tiere und Menschen gleichermaßen erfreut. Dieser schöne Frühling spornte Lewin noch mehr an und bestärkte ihn in seinem Vorhaben, sich von allem Gewesenen loszusagen, um seinem einsamen Leben eine feste, unabhängige Form zu geben. Und wenn auch viele der Pläne, mit denen er aufs Land zurückgekehrt war, unausgeführt geblieben waren, so hatte er doch den wichtigsten Vorsatz befolgt, seinen Lebenswandel rein zu halten. Er empfand allmählich keine Beschämung mehr, die ihn gewöhnlich nach einer Niederlage gepeinigt hatte, und konnte den Menschen frei ins Auge blicken. Schon im Februar hatte er von Marja Nikolajewna einen Brief mit der Mitteilung erhalten, daß sich der Gesundheitszustand seines Bruders Nikolai verschlechtert habe, daß er sich jedoch weigere, etwas dagegen zu tun; hierauf war er nach Moskau gefahren und hatte seinen Bruder schließlich dazu gebracht, einen Arzt zu konsultieren und zu einer Kur ins Ausland zu fahren. Es war ihm so glänzend gelungen, den Bruder zu überreden, und er hatte ihn, ohne ihn zu reizen, auch dazu bewegen können, von ihm leihweise das für die Reise erforderliche Geld anzunehmen, so daß er in dieser Hinsicht mit sich zufrieden war. Abgesehen von der Bewirtschaftung des Gutes, die im Frühjahr besonderer Sorgfalt bedurfte, hatte Lewin auch Zeit zum Lesen gefunden und zu Anfang des Winters sogar mit der Abfassung einer Abhandlung über Wirtschaftsfragen begonnen, in der er nachweisen wollte, daß der Charakter des Arbeiters in der Landwirtschaft ebenso wie das Klima und die Bodenbeschaffenheit als feststehende Größe anzusehen sei und daß infolgedessen alle Leitsätze der Agrarwissenschaft nicht nur vom Klima und von der Bodenbeschaffenheit auszugehen hätten, sondern neben Klima und Bodenbeschaffenheit auch den feststehenden, unveränderlichen Charakter des Arbeiters berücksichtigen müßten. So war das Leben Lewins ungeachtet oder gerade infolge seiner Abgeschiedenheit außerordentlich ausgefüllt, und es kam höchst selten vor, daß er sich für einen Gedankenaustausch über die in seinem Kopf spukenden Ideen auch noch einen anderen Gesprächspartner als Agafja Michailowna gewünscht hätte, mit der er sich freilich recht oft über Physik, landwirtschaftliche Theorien und Philosophie unterhielt; Philosophie war das Steckenpferd Agafja Michailownas.

Der Frühling hatte lange auf sich warten lassen. Während der letzten Fastenwochen hatte klares Frostwetter geherrscht. Am Tage taute es in der Sonne, aber nachts sank das Thermometer bis auf sieben Grad unter Null, und die Schneekruste war so hart, daß die Wagen außerhalb der Wege fahren konnten. Es hatte weiße Ostern gegeben. Dann, am zweiten Ostertag, war plötzlich ein lauer Wind aufgekommen, Wolken hatten sich zusammengeballt, und drei Tage und drei Nächte lang war ein ungestümer warmer Regen niedergegangen. Am Donnerstag nach Ostern legte sich der Wind, und ein dichter grauer Nebel breitete sich aus und schien dazu bestimmt zu sein, die Geheimnisse der sich in der Natur vollziehenden Veränderungen zu verbergen. Von Nebel verhüllt, begannen die Gewässer zu rauschen, knisterten die sich in Bewegung setzenden Eisschollen, strömten die trüben, schäumenden Bäche schneller, und am Sonntag gegen Abend lichtete sich der Nebel, die Wolkendecke löste sich in weiße Lämmerwölkchen auf, der klare Himmel kam zum Vorschein, und der Frühling entfaltete sich mit voller Macht. Morgens brachte die strahlend aufgehende Sonne die dünne Eisschicht, die sich auf den Pfützen gebildet hatte, schnell zum Zerrinnen, und die warme Luft erzitterte von den sie durchdringenden Ausdünstungen der zu neuem Leben erwachten Erde. In frischem Grün schimmerten das alte Gras und die nadelförmig hervorlugenden jungen Halme, die Knospen auf dem Schneeballgebüsch und den Johannisbeersträuchern begannen zu schwellen, und aus den Ästen der saftstrotzenden Birken sprossen klebrig die jungen Triebe hervor; aus ihren ins Freie gebrachten Körben kamen die munter gewordenen Bienen herausgeflogen und schwirrten summend über dem mit goldgelben Blütenkätzchen überschütteten Weidengebüsch aus. Über dem Samt des jungen Grüns und den noch vereisten Stoppeln trillerten unsichtbar die Lerchen, Kiebitze stießen über den Sümpfen und über den mit braunem, angestautem Wasser überschwemmten Niederungen ihre Klagerufe aus, und hoch in den Lüften flogen mit frühlingsfrohem Geschnatter Kraniche und Wildgänse vorüber. Auf den Weiden brüllten die Rinder, die ihr Winterfell erst teilweise verloren hatten, und krummbeinige Lämmchen umkreisten spielerisch die blökenden, frisch geschorenen Mutterschafe; schnellfüßige Kinder liefen die allmählich trocken werdenden Fußpfade entlang und hinterließen dort die Abdrücke ihrer bloßen Füße; am Teich wurde das fröhliche Geplapper der mit ihrem Leinenzeug gekommenen Frauen laut, und aus den Höfen schallten die Beilhiebe der Bauern herüber, die die Pflüge und Eggen in Ordnung brachten. Es war richtig Frühling geworden.

13

Lewin zog hohe Stiefel an und trug dazu erstmalig nicht den Pelz, sondern eine Tuchjoppe; er wollte einen Rundgang durch die Wirtschaft machen. Er überquerte die in der Sonne glitzernden Bäche, durch die die Augen geblendet wurden, und trat bald auf Eis, bald watete er durch breiigen Schmutz.

Der Frühling ist die Zeit des Planens und Projektierens. Und ähnlich einem Baum, der im Frühling noch nicht weiß, wie und wohin sich die noch in den quellenden Knospen verborgenen jungen Triebe und Zweige ausdehnen werden, war sich auch Lewin noch nicht ganz im klaren darüber, welche Vorhaben er in seinem geliebten Reich jetzt in Angriff nehmen würde; aber er fühlte, daß er sich mit den besten Plänen und Vorsätzen trug. Zuerst suchte er das Vieh auf. Die Kühe, die ins eingehegte Freigelände herausgelassen worden waren und sich mit ihren neuen, glänzend glatten Fellen in der Sonne erwärmt hatten, gaben durch Brüllen ihr Verlangen nach der Weide zu erkennen. Lewin erfreute sich eine Weile an den Kühen, die er bis in die kleinsten Einzelheiten genau kannte, und gab die Anweisung, sie auf die Weide zu treiben und die Kälber ins Gehege zu lassen. Der erfreute Hirt machte sich sofort auf den Weg, um sich für die Weide auszurüsten. Die Viehmägde schürzten die Röcke und liefen, mit ihren bloßen weißen, noch nicht von der Sonne gebräunten Füßen durch den Schmutz watend und in den Händen Ruten schwingend, hinter den blökenden, vor Frühlingsfreude außer Rand und Band geratenen Kälbern her, um sie in den Hof zu treiben.

Nachdem Lewin mit Befriedigung den außergewöhnlich guten Zuwachs des letzten Jahres betrachtet hatte – die älteren Kälber hatten die Größe einer ausgewachsenen Bauernkuh, und Pawas drei Monate altes Kälbchen sah aus wie ein einjähriges –, befahl er, ihnen einen Futtertrog ins Freie zu bringen und die Krippen mit Heu zu füllen. Doch nun ergab sich, daß die erst im letzten Herbst angefertigten Krippen in dem während des Winters nicht benutzten Gehege zerbrochen waren. Er schickte nach dem Zimmermann, der gemäß seinen Anweisungen mit der Reparatur der Dreschmaschine beschäftigt sein mußte. Aber es stellte sich heraus, daß der Zimmermann noch mit der Ausbesserung der Eggen beschäftigt war, die schon für die Fastnachtswoche vorgesehen gewesen war. Lewin war darüber sehr verstimmt. Er ärgerte sich über diese unaufhörliche Unordnung im Wirtschaftsbetrieb, gegen die er nun schon seit Jahren mit seiner ganzen Energie ankämpfte. Man hatte, wie er nun erfuhr, die im Winter nicht gebrauchten Krippen in den Stall der Arbeitspferde gebracht, und dort waren sie zerbrochen, weil sie, da für Kälber bestimmt, von leichter Bauart waren. Und zugleich mußte er nun feststellen, daß man die Reparaturen an den Eggen und an den übrigen landwirtschaftlichen Geräten, die er schon im Winter angeordnet hatte und für die eigens drei Zimmerleute eingestellt worden waren, nicht ausgeführt hatte und die Eggen erst jetzt ausbesserte, wo sie schon gebraucht wurden. Lewin schickte nach dem Verwalter, machte sich aber zugleich auch selbst auf, um ihn zu suchen. Der Verwalter, in einer kurzen, mit Lammfell besetzten Pelzjoppe, kam ihm, in der Hand einen Strohhalm zerdrückend, von der Tenne entgegen und strahlte wie alle an diesem Tage.

„Warum arbeitet der Zimmermann nicht an der Dreschmaschine?"

„Ja, ich wollte es schon gestern melden: die Eggen müssen ausgebessert werden. Wir wollen doch pflügen."

„War denn im Winter nicht genug Zeit dazu?"

„Brauchen Sie den Zimmermann zu einem besonderen Zweck?"

„Wo sind die Krippen vom Kälberhof geblieben?"

„Ich habe angeordnet, sie wieder anzubringen. Aber was macht man schon mit diesem Volk", sagte der Verwalter mit einer verächtlichen Handbewegung.

„Nicht mit diesem Volk, sondern mit einem solchen Verwalter!" brauste Lewin auf. „Wozu habe ich Sie denn eigentlich?" schrie er ihn an. Doch als er sich dann besann, daß mit dem Schimpfen nichts geholfen war, brach er es mitten in der Rede ab und seufzte nur. „Wie ist es nun mit der Aussaat? Kann damit angefangen werden?" fragte er nach kurzem Schweigen.

„Hinter Turkino wird es sich morgen oder übermorgen machen lassen."

„Und der Klee?"

„Ich habe Wassili und Mischka losgeschickt, die säen. Nur weiß ich nicht, ob sie damit weit kommen werden, weil solcher Morast ist."

„Auf wieviel Deßjatinen?"

„Auf sechs."

„Warum denn nicht auf allen?" rief Lewin empört.

Daß für den Klee nur sechs Deßjatinen statt zwanzig vorbereitet waren, ärgerte ihn noch mehr als alles andere. Er wußte sowohl aus der Fachliteratur als auch aus eigener Erfahrung, daß mit einem guten Klee nur dann zu rechnen war, wenn die Aussaat sehr frühzeitig, womöglich noch bei der Schneeschmelze vorgenommen wurde. Doch das hatte er nie durchsetzen können.

„Es fehlt an Leuten. Was soll man mit diesem Volk machen? Drei Mann sind ausgeblieben. Und Semjon, der ..."

„Hätten Sie doch ein paar Mann vom Stroh weggenommen."

„Das habe ich sowieso schon gemacht."

„Was tun denn all die Leute?"

„Fünf sind mit dem Kompott beschäftigt." (Er meinte Kompost.) „Vier schütten den Hafer um; wenn er nur nicht muffig geworden ist, Konstantin Dmitritsch."

Lewin wußte nur zu gut, daß dieses „wenn er nur nicht muffig geworden ist" zu bedeuten hatte, daß der englische Saathafer bereits verdorben war, daß man seine Anweisungen wieder nicht befolgt hatte.

„Ich habe doch schon in der Fastenzeit gesagt, daß man ihn umschütten muß!" schrie er den Verwalter an.

„Seien Sie unbesorgt, es wird alles rechtzeitig gemacht."

Lewin winkte wütend mit der Hand ab, ging in den Speicher, um sich den Hafer anzusehen, und kehrte dann zum Pferdestall zurück. Der Hafer war noch nicht verdorben. Aber die Arbeiter schütteten ihn mit Schaufeln um, statt ihn durch Rohre unmittelbar in das untere Stockwerk abzuleiten; nachdem Lewin die Arbeiter entsprechend angewiesen und zwei von ihnen zum Aussäen des Klees abkommandiert hatte, legte sich sein Zorn über den Verwalter. Der Tag war so schön, daß man unmöglich lange zornig sein konnte.

„Ignat!" rief er dem Kutscher zu, der seine Ärmel aufgekrempelt hatte und am Brunnen die Kutsche wusch. „Sattle mir ..."

„Welches Pferd wünschen Sie?"

„Nun, nehmen wir mal den Kolpik."

„Zu Befehl."

Während das Pferd gesattelt wurde, rief Lewin nochmals den Verwalter zu sich heran, der sich in seiner Nähe herumdrückte; er wollte sich mit ihm versöhnen und begann über die bevorstehenden Frühjahrsarbeiten und über seine Pläne zu sprechen.

Mit der Abfuhr des Düngers sollte möglichst bald begonnen werden, damit sie bis zur ersten Heuernte beendet sein konnte. Das Pflügen der entlegenen Felder mußte ohne Unterbrechung durchgeführt werden, damit sie noch eine Zeitlang brachliegen konnten. Das Heu wollte er nicht gegen Halbpacht von Bauern, sondern ausschließlich von Gutsarbeitern einbringen lassen.

Der Verwalter hörte aufmerksam zu und war sichtlich bemüht, sich eine Billigung der Pläne seines Herrn abzuringen, machte dabei jedoch jene Lewin so gut bekannte und ihn stets reizende Miene, in der sich Hoffnungslosigkeit und Mißmut ausdrückten. Diese Miene besagte: Das ist alles ganz schön und gut, aber ob es gelingt, das liegt in Gottes Hand.

Nichts verdroß Lewin so sehr wie dieser Ton. Aber der gleiche Ton war sämtlichen Verwaltern eigen gewesen, so viele er auch schon gehabt hatte. Sie alle waren seinen Plänen mit demselben Gleichmut begegnet, so daß es ihn jetzt gar nicht mehr aufregte, sondern nur verstimmte und noch mehr zum Kampf gegen jene gleichsam elementare Macht anspornte, die sich ihm ständig entgegenstellte und die er nicht anders als „Gottes Hand" zu nennen wußte.

„Soweit wir es schaffen werden, Konstantin Dmitritsch", sagte der Verwalter.

„Warum sollten wir es denn nicht schaffen?"

„Wir müssen unbedingt noch fünfzehn Mann einstellen. Aber es kommen keine. Heute haben sich ein paar gemeldet, die wollten siebzig Rubel für den Sommer haben."

Lewin schwieg. Wiederum stellte sich ihm jene Macht entgegen. Er wußte, daß es trotz aller Bemühungen nie gelungen war, mehr als vierzig Arbeiter zum normalen Lohnsatz einzustellen; mal waren es siebenunddreißig, mal achtunddreißig gewesen, aber über vierzig waren sie nie hinausgekommen. Doch die Bemühungen mußten fortgesetzt werden.

„Schicken Sie nach Sury, nach Tschefirowka, wenn sich keine melden. Man muß hinterher sein."

„Schicken kann ich ja", antwortete Wassili Fjodorowitsch verdrießlich. „Aber mit den Pferden ist auch nicht mehr viel anzufangen."

„Dann werden wir noch welche kaufen. Aber ich weiß ja", fuhr er lachend fort, „Sie wollen immer alles in den engsten und bescheidensten Grenzen halten; doch in diesem Jahr werde ich Sie nicht mehr schalten und walten lassen, wie Sie wollen. Ich werde mich um alles selbst kümmern."

„Sie kommen, meine ich, auch so schon wenig zum Schlafen. Uns macht's ja nur Freude, wenn der Herr mittut."

„Also hinter dem Birkengrund sind sie beim Kleesäen? Ich will mal hinreiten, es mir ansehen", sagte er und bestieg den kleinen graubraunen Kolpik, den der Kutscher vorgeführt hatte.

„Durch den Bach kommen Sie nicht durch, Konstantin Dmitritsch“, rief der Kutscher ihm nach.

„Nun, dann durch den Wald.“

Und im munteren Zeltergang des stallmüden Pferdchens, das beim Überqueren der Pfützen schnaubte und an den Zügeln zerrte, ritt Lewin über den aufgeweichten Boden des Hofes durchs Tor und ins Freie hinaus.

Hatte es Lewin schon wohlgetan, durch den Viehhof und durch die Speicher zu gehen, so fühlte er sich jetzt im Freien erst recht wohl. Während er sich beim Zeltergang des braven Gauls gemächlich hin und her wiegte und über den morschen, im Walde hie und da noch liegengebliebenen Schnee mit kaum noch erkennbaren Spuren ritt, atmete er in vollen Zügen die milde, erfrischend nach Schnee duftende Luft ein und freute sich über den Besitz jedes einzelnen Baumes, auf dem die Knospen schwollen und das Moos auf der Rinde wieder zu grünen begann. Als er den Wald durchritten hatte, breitete sich vor ihm wie ein glatter Teppich die riesige, nirgends von kahlen oder versumpften Stellen unterbrochene Fläche der aufgehenden Wintersaat aus, auf der sich nur vereinzelte Vertiefungen mit Resten tauenden Schnees wie dunkle Flecke abzeichneten. Weder ärgerte er sich über die beiden Bauernpferde, die seine Wintersaat zerstampften (er beauftragte einen des Weges kommenden Bauern, sie zu vertreiben), noch über die spöttische und dumme Antwort des Bauern Ipat, der ihm begegnete und ihm auf seine Frage: „Nun, Ipat, ist die Zeit zum Säen heran?“ antwortete: „Zuerst muß gepflügt werden, Konstantin Dmitritsch.“ Je weiter er seinen Ritt ausdehnte, um so mehr hob sich seine Stimmung, und verschiedene wirtschaftliche Pläne gingen ihm durch den Kopf, einer besser als der andere; so wollte er zum Beispiel alle Felder, die sich in südlicher Richtung hinzogen, mit Weidenhecken umpflanzen, und zwar so, daß der Schnee nicht zu lange unter den Hecken liegenbleiben konnte; die ganze Anbaufläche wollte er in neun Felder aufteilen, sechs davon düngen und drei in Reserve halten und zunächst mit Grünfutter bestellen; schließlich hatte er vor, am äußersten Ende der Felder einen Teich anzulegen, einen Viehhof einzurichten und durch transportable Verschläge die Düngung zu erleichtern. Das ergäbe dreihundert mit Weizen, hundert mit Kartoffeln und hundertfünfzig mit Klee bestellte Deßjatinen, und kein einziges Stückchen Land bliebe unausgenutzt.

Mit seinen Gedanken bei solchen Plänen, lenkte er das Pferd behutsam an den Rainen entlang, um die Wintersaat nicht zu zerstampfen, und näherte sich den beiden Arbeitern, die mit dem Aussäen von Klee beauftragt waren. Der Wagen mit dem Samen stand nicht auf dem Zwischenweg, sondern auf dem Felde, und der aufgehende Winterweizen war von den Rädern aufgewühlt und durch die Pferde zerstampft. Beide Arbeiter saßen am Rain und hatten sich offenbar vorgenommen, gemeinsam eine Pfeife zu rauchen. Die im Wagen liegende Erde, der der Samen beigemischt war, bestand aus Klumpen, die sich durch langes Liegen oder durch den Frost gebildet hatten, und war nicht zerbröckelt. Als die Arbeiter Lewin bemerkten, ging Wassili an den Wagen, und Mischka schickte sich an, mit der Aussaat zu beginnen. Das war alles nicht in der Ordnung, aber Arbeitern gegenüber war Lewin gewöhnlich nachsichtig. Als Wassili zu ihm herantrat, wies er ihn an, das Pferd auf den Weg zu führen.

„Das ist nicht schlimm, Herr, er wird schon nachwachsen“, warf Wassili ein.

„Rede nicht lange und tu gefälligst, was man dir sagt“, antwortete Lewin.

„Zu Befehl“, sagte Wassili und nahm das Pferd an die Zügel. „Aber eine Saat ist es, Konstantin Dmitritsch – das Beste vom Besten!“ sagte er liebedienerisch. „Nur das Vorwärtskommen ist eine Qual. Man schleppt ein Pud Morast an jedem Stiefel mit sich mit.“

„Warum ist denn die Erde nicht zuerst gesiebt worden?“ fragte Lewin.

„Wir zerdrücken sie ja“, antwortete Wassili, nahm einen Klumpen und zerrieb ihn zwischen den Händen.

Wassili traf keine Schuld, wenn man ihm ungesiebte Erde mitgegeben hatte, aber ärgerlich war es doch.

Lewin hatte, wenn er einmal verstimmt war, schon oft zu einem Mittel gegriffen, durch das alles, was ihm zuerst schlecht erschienen war, wieder ein freundlicheres Aussehen annahm. Dieses Mittel hatte sich stets bewährt, und er wandte es auch jetzt an. Er blickte zu Mischka hin, der mit riesigen, an den Stiefeln haftengebliebenen Erdklumpen weiterstapfte, saß ab, ließ sich von Wassili den Beutel mit Samen geben und schickte sich an, selbst zu säen.

„Wo hast du aufgehört?“

Wassili zeigte mit dem Fuß auf ein Merkzeichen, und Lewin begann, so gut er konnte, die mit Samen vermischte Erde auszustreuen. Das Vorwärtskommen war schwierig, man stapfte wie durch einen Sumpf, und als Lewin mit einer Ackerfurche fertig war, schwitzte er; er blieb stehen und gab den Beutel mit Samen zurück.

„Na, Herr, für diese Furche habe ich aber im Sommer nicht geradezustehen“, sage Wassili.

„Wie meinst du das?“ fragte Lewin fröhlich, der bereits die Wirkung des angewandten Mittels spürte.

„Ja, warten Sie mal den Sommer ab. Sie wird abstechen. Sehen Sie nur, wie ich im vorigen Jahr gesät habe. Wie abgezirkelt! Ich tue ja, was ich kann, Konstantin Dmitritsch, wie für den leiblichen Vater bemühe ich mich. Ich liebe es, alles ordentlich zu machen, und halte auch die anderen dazu an. Des Herrn Nutzen ist auch unser Nutzen. Wenn man sich das so ansieht", sagte Wassili und zeigte aufs Feld, „dann freut sich das Herz."

„Haben wir nicht einen schönen Frühling, Wassili?"

„Ja, auf einen solchen Frühling, auf den können sich auch die Großväter nicht besinnen. Ich bin gerade zu Hause gewesen, da hat unser Vater auch drei Achtelchen Weizen gesät. Nicht von Roggen, sagt er, kann man ihn unterscheiden."

„Seit wann sät ihr denn auch Weizen?"

„Sie haben uns ja selbst im vorvorigen Sommer dazu angehalten und mir zwei Maß geschenkt. Ein Viertel haben wir verkauft und drei Achtel ausgesät."

„Aber nun sieh auch zu, daß du die Klumpen wirklich zerdrückst", sagte Lewin und ging zu seinem Pferd. „Und paß auf, daß Mischka es auch tut. Wird der Klee gut, bekommst du fünfzig Kopeken für jede Deßjatine."

„Danke ergebenst. Wir können uns ja, will ich meinen, auch so schon nicht über Sie beklagen."

Lewin bestieg sein Pferd und ritt zuerst zu dem Acker mit vorjährigem Klee und dann zu dem Feld, das gepflügt und für die Aussaat des Sommerweizens vorbereitet war.

Der Klee auf dem Stoppelfeld war prachtvoll aufgegangen. Er war schon recht kräftig und zeichnete sich in saftigem Grün von den geknickten Stengeln des vorjährigen Weizens ab. Das Pferd versank bis an die Knöchel in der halb aufgetauten Erde, und es entstand jedesmal ein schmatzender Laut, wenn es die Füße herauszog. Über das gepflügte Gelände zu reiten war überhaupt nicht möglich; der Boden trug nur dort, wo er noch gefroren war, während die Füße des Pferdes in den aufgetauten Furchen bis über die Knöchel im Schlamm versanken. Der Zustand der Felder war ausgezeichnet: in zwei Tagen würde man eggen und säen können. Alles war wunderschön, alles war erfreulich. Auf dem Rückweg gedachte Lewin den Bach zu überqueren, denn er nahm an, daß das Wasser inzwischen gefallen sein würde. Er kam auch wirklich gut hinüber und scheuchte dabei zwei Wildenten auf. Dann muß es hier auch Waldschnepfen geben! sagte er sich, und als er an dem zum Hause abbiegenden Weg zufällig den Waldpächter traf, bestätigte ihm dieser die Richtigkeit seiner Annahme. Lewin ritt in forschem Trab heimwärts, um noch Zeit zum Mittagessen zu haben und sein Gewehr für den Abend vorzubereiten.

14

Als er sich in bester Stimmung dem Hause näherte, hörte er Schellengeläut von der Hauptauffahrt her.

Da muß jemand von der Bahn kommen, dachte er, es ist gerade die Ankunftszeit des Moskauer Zuges ... Wer mag es wohl sein? Ob gar mein Bruder Nikolai? Er hat ja gesagt, daß er vielleicht in ein Bad fahren, vielleicht aber auch zu mir kommen würde. Im ersten Augenblick war er bei diesem Gedanken betroffen und fürchtete, der Bruder würde ihm durch seine Anwesenheit seine schöne Frühlingsstimmung zerstören. Doch gleich darauf schämte er sich dieses Gefühls, und nun öffnete er dem Bruder in Gedanken seine Arme und wünschte mit aufrichtiger Freude und von ganzem Herzen, daß er es wirklich sein möge. Er trieb das Pferd an, und als er um die Akazie bog, erblickte er eine vom Bahnhof kommende Mietstroika, in der ein Herr im Pelz saß. Sein Bruder war es nicht. Ach, wenn es doch ein angenehmer Besuch wäre, mit dem man sich aussprechen könnte! dachte er bei sich.

„Sieh da!" rief Lewin erfreut und hob beide Arme in die Höhe. „Das ist wirklich mal ein willkommener Gast! Nein, wie ich mich über dein Kommen freue!" rief er, als er Stepan Arkadjitsch erkannte.

Nun werde ich auch erfahren, ob sie geheiratet hat oder wann sie heiraten wird! fügte er in Gedanken hinzu.

Und an diesem schönen Frühlingstag fühlte er, daß die Erinnerung an sie für ihn gar nicht schmerzlich war.

„Nun, das hast du wohl nicht erwartet?" fragte Stepan Arkadjitsch, als er mit Schmutzspritzern auf dem Nasenrücken, auf einer Wange und über einer Braue, aber strahlend vor Vergnügen und Gesundheit aus dem Schlitten stieg. „Ich bin gekommen, dich zu besuchen – dies zum ersten", sagte er, während er ihn umarmte und küßte, „etwas auf dem Anstand zu stehen – zum zweiten, und den Wald in Jerguschowo zu verkaufen – zum dritten."

„Ausgezeichnet! Und was sagst du zu dem Frühling? Wie bist du überhaupt mit dem Schlitten durchgekommen?"

„Mit dem Wagen geht es noch schlechter, Konstantin Dmitritsch", sagte der Kutscher, den Lewin schon kannte.

„Nun, ich freue mich jedenfalls sehr, wirklich sehr, dich hier zu haben", sagte Lewin mit einem herzlichen, kindlich strahlenden Lächeln.

Lewin geleitete seinen Gast ins Fremdenzimmer, wohin auch das Gepäck Stepan Arkadjitschs gebracht wurde: eine Reisetasche, das im Futteral steckende Gewehr und eine Zigarrentasche; dann ließ er ihn zum Waschen und Umkleiden allein, um selbst inzwischen ins Kontor zu gehen und wegen des Klees und des Pflügens Bescheid zu sagen. Im Flur wurde er von Agafja Michailowna empfangen, die immer sehr auf die Ehre des Hauses bedacht war und nun Anweisungen für das Mittagessen haben wollte.

„Macht, was ihr wollt, nur schnell muß es gehen", sagte er und ging weiter zum Verwalter.

Als er zurückkam, trat Stepan Arkadjitsch frisch gewaschen und frisiert mit einem strahlenden Lächeln aus seinem Zimmer, und sie begaben sich zusammen ins Obergeschoß.

„Wie froh bin ich, dich hier einmal aufgestöbert zu haben! Jetzt werde ich mir auch vorstellen können, worin dein geheimnisvolles Wirken hier besteht. Aber wirklich, du bist zu beneiden. Welch ein Haus, wie schön ist alles! So hell, so freundlich", schwärmte Stepan Arkadjitsch, ohne daran zu denken, daß nicht immer Frühling war und nicht immer so heiteres Wetter wie heute. „Und deine alte Kinderfrau ist ja wirklich ein Prachtexemplar! Ein niedliches Stubenmädchen mit einem Schürzchen wäre freilich vorzuziehen; aber für dein Mönchtum und deine strengen Grundsätze ist es gerade das Rechte."

Stepan Arkadjitsch erzählte viele interessante Neuigkeiten, von denen Lewin am meisten die Nachricht interessierte, daß sich sein Bruder Sergej Iwanowitsch mit der Absicht trage, den Sommer bei ihm auf dem Gut zu verbringen.

Kitty und überhaupt die Stscherbazkis erwähnte Stepan Arkadjitsch mit keinem Wort; er bestellte lediglich Grüße von seiner Frau. Lewin war ihm für sein Zartgefühl dankbar und freute sich über seine Gesellschaft. Wie immer hatte sich bei ihm während der Zeit seiner Einsamkeit eine Unzahl von Gedanken und Gefühlen angesammelt, über die er sich in seiner Umgebung mit niemand aussprechen konnte, und nun schüttete er Stepan Arkadjitsch sein Herz aus; er bekundete seine poetisch angehauchte Freude über den Frühling, sprach über Pläne und Mißerfolge in der Wirtschaft, über Bücher, die er gelesen, und über die Gedanken, die sie in ihm geweckt hatten, und insbesondere auch über die Idee, die seiner eigenen Abhandlung zugrunde lag und in ihren Grundzügen, ohne daß er es merkte, eine Verurteilung alles dessen darstellte, was bisher über landwirtschaftliche Fragen geschrieben worden war. Stepan Arkadjitsch, der ohnehin immer freundlich war und alles im Fluge aufgriff, offenbarte diesmal eine ganz besondere Freundlichkeit, der überdies, wie Lewin wahrzunehmen glaubte, auch noch ein neuer Zug schmeichelhafter Wertschätzung und Zuneigung für ihn beigemischt war.

Der Eifer Agafja Michailownas und des Kochs, das Mittagessen besonders gut zuzubereiten, hatte nur die Folge, daß die beiden

Hunger verspürenden Freunde schon bei einem Gläschen Schnaps ausgiebig dem aus Brot, Butter, geräucherter Gänsebrust und eingemachten Pilzen bestehenden Imbiß zusprachen und Lewin die Suppe bringen ließ, ohne auf die Pastetchen zu warten, durch die der Koch den Gast besonders zu verblüffen gedacht hatte. Aber Stepan Arkadjitsch, obwohl an ganz andere Menüs gewöhnt, fand alles vorzüglich: den Kräuterschnaps, das Brot, die Butter und namentlich die Gänsebrust wie auch die Pilze, die Nesselsuppe, das Huhn mit holländischer Sauce und den weißen Krimwein – alles war vorzüglich und mundete ausgezeichnet.

„Wundervoll, wundervoll", sagte er, als er sich nach dem Braten eine dicke Zigarette anzündete. „Ich fühle mich so, als sei ich von einem ratternden und schaukelnden Dampfer zu dir an ein stilles Gestade gekommen. Du sagst also, man müsse die Arbeiterschaft als solche noch besonders studieren und bei der Wahl der Wirtschaftsmethoden berücksichtigen? Ich bin hierin ja Laie; aber ich meine, daß diese Theorie und ihre Anwendung auch auf die Arbeiter selbst nicht ohne Einfluß sein würde."

„Nein, paß auf: ich spreche nicht von der Nationalökonomie, sondern habe die Agrarwissenschaft im Auge. Diese muß die gegebenen Verhältnisse berücksichtigen und die Arbeiterschaft mit ihren ökonomischen, ethnographischen ..."

In diesen Augenblick erschien Agafja Michailowna mit eingemachten Früchten.

„Nun, Agafja Michailowna", wandte sich Stepan Arkadjitsch ihr zu und küßte dabei die Spitzen seiner rundlichen Finger. „Eine solche Gänsebrust, einen solchen Kräuterschnaps lasse ich mir wirklich gefallen! ... Wird es nicht Zeit, Kostja?" fügte er, zu Lewin gewandt, hinzu.

Lewin warf einen Blick durchs Fenster auf die hinter den kahlen Baumkronen untergehende Sonne.

„Ja, es ist Zeit!" sagte er. „Kusma, laß den Jagdwagen anspannen!" rief er und lief gleich selbst hinunter.

Als Stepan Arkadjitsch ins Erdgeschoß kam, zog er eigenhändig mit großer Sorgfalt den Segeltuchbezug von einem lackierten Kasten, öffnete diesen und entnahm ihm sein wertvolles Gewehr neuesten Modells. Kusma, der bereits ein erkleckliches Trinkgeld witterte und Stepan Arkadjitsch nicht von der Seite wich, zog ihm die Strümpfe und die Stiefel an, was sich dieser bereitwillig gefallen ließ.

„Kostja, gib bitte Anweisung, daß man den Kaufmann Rjabinin, wenn er kommt, eintreten und auf mich warten läßt; ich habe ihn für heute hierherbestellt."

„Willst du denn den Wald an Rjabinin verkaufen?"

„Ja; kennst du ihn?"

„Natürlich. Ich habe mit ihm ‚absolut und effektiv' zu tun gehabt."

Stepan Arkadjitsch lachte. „Absolut und effektiv", das waren die Lieblingsausdrücke des Kaufmanns.

„Ja, er drückt sich ungemein komisch aus ... Die da weiß auch schon, was ihr Herr vorhat", fügte er hinzu und klopfte Laska auf den Rücken, die winselnd um Lewin herumscharwenzelte und abwechselnd seine Hand, seine Stiefel und das Gewehr beleckte.

Der leichte Jagdwagen stand bereits vor der Tür, als sie aus dem Haus traten.

„Ich habe anspannen lassen, obwohl es nicht weit ist. Oder wollen wir zu Fuß gehen?"

„Nein, wir fahren lieber", erwiderte Stepan Arkadjitsch und ging auf den Wagen zu. Er stieg ein, umwickelte die Beine mit der getigerten Wagendecke und zündete sich eine Zigarre an. „Daß du nicht rauchst, ist mir unverständlich. Eine Zigarre, das ist nicht einfach ein Genuß, sondern die Krönung und das Symbol des Genusses. Ist das ein Leben! Wundervoll! So möchte ich auch leben!"

„Wer hindert dich denn daran?" meinte Lewin lächelnd.

„Nein, du bist wirklich ein glücklicher Mensch. Alles, wonach dein Herz begehrt, steht dir zu Gebote. Deine Wirtschaft, Pferde, Hunde, ein Jagdrevier – alles ist da."

„Insofern bin ich vielleicht glücklich, als ich mich an dem erfreue, was ich besitze, und nicht dem nachtrauere, was mir nicht beschieden ist", entgegnete Lewin und dachte dabei an Kitty.

Stepan Arkadjitsch erriet seine Gedanken, sagte indessen nichts.

Lewin war Oblonski dankbar dafür, daß er nicht auf die Stscherbazkis zu sprechen kam, nachdem er mit dem ihm von jeher eigenen Feingefühl bemerkt hatte, daß sein Freund ein solches Gespräch vermeiden wollte. Nun aber hätte Lewin sich doch gern über die ihn so quälende Frage Klarheit verschafft; doch er brachte es nicht über sich, davon anzufangen.

„Nun, und wie stehen die Dinge jetzt bei dir?" fragte er, weil er es als unrecht empfand, immer nur an sich selbst zu denken.

Stepan Arkadjitschs Augen leuchteten fröhlich auf. „Du willst ja nicht gelten lassen, daß es jemand nach einer Semmel gelüsten kann, obwohl er eine ihm angemessene Ration hat – du hältst das für eine Schandtat; für mich hingegen gibt es kein Leben ohne Liebe", antwortete er, die Frage Lewins auf seine Art auslegend. „Was kann ich dafür, ich bin nun einmal so geschaffen. Und wirklich, man tritt damit kaum jemand zu nahe und hat selbst so viel Freude ..."

„Wie? Schon wieder eine neue Leidenschaft?" fragte Lewin.

„Jawohl, mein Lieber! Sieh mal, du kennst doch den Ossianischen Frauentypus ... jene Frauen, die einem im Traum erscheinen. Aber manchmal erscheinen diese Frauen auch in der Wirklichkeit ... und dann sind sie furchtbar. Eine Frau, siehst du, das ist eben ein Wesen, das sich, soviel man es auch studieren mag, immer wieder als etwas ganz Neues offenbart."

„Dann läßt man ein solches Studieren am besten bleiben."

„Nein. Irgendein Mathematiker hat einmal gesagt, der Genuß bestehe nicht in der Entdeckung der Wahrheit, sondern in der Suche nach ihr."

Lewin hörte schweigend zu, und obwohl er sich die größte Mühe gab, gelang es ihm nicht, sich in die Seele und in die Gefühle seines Freundes hineinzuversetzen und zu begreifen, welchen Reiz das Studium solcher Frauen für ihn haben konnte.

15

Das Jagdgelände war nicht weit, in einem jungen Espenwald am Flüßchen. Am Walde angelangt, stieg Lewin aus und führte Oblonski an den Rand einer moosigen, sumpfigen Lichtung. Er selbst kehrte zur gegenüberliegenden Seite zurück, lehnte sein Gewehr gegen den weit unten vorspringenden dürren Ast einer doppelstämmigen Birke, legte den Überrock ab, zog den Gürtel fester und probierte die Bewegungsfreiheit der Arme.

Die alte, ergraute Laska, die ihm gefolgt war, setzte sich behutsam ihm gegenüber hin und spitzte die Ohren. Hinter dem Walde ging die Sonne unter, und die im Espengehölz verstreuten jungen Birken zeichneten sich mit ihren hängenden Zweigen und ihren schwellenden, zum Aufbruch bereiten Trieben deutlich im Abendrot ab.

Aus dem Dickicht des Waldes, in dem noch Schnee lag, floß das Schmelzwasser in schmalen, gewundenen, kaum hörbar plätschernden Bächlein ab. Die kleineren Vögel zwitscherten und flogen hin und wieder von einem Baum zum anderen.

Wenn ab und zu völlige Stille eintrat, war das Rascheln der vorjährigen Blätter zu vernehmen, die durch das Auftauen der Erde und durch das emporsprießende Gras bewegt wurden.

Es ist kaum zu glauben! Man sieht und hört förmlich, wie das Gras wächst! dachte Lewin, als er bemerkte, wie sich neben der Spitze eines jungen Grashalms ein feuchtes, schieferfarbenes Espenblatt bewegte. Er stand, horchte und blickte mal auf die feuchte moosige Erde hinab, mal auf die ihre Ohren spitzende Laska und dann wieder auf das Meer kahler Baumkronen, das sich vor ihm am Fuße der Anhöhe erstreckte, oder auf den verblassenden, mit weißen Wolkenstreifen durchsetzten Himmel. Hoch über den sich in der Ferne abzeichnenden Wald flog mit gemächlichem Flügelschlag ein Habicht hin; ein zweiter flog in der gleichen Richtung vorüber und verschwand. Das Gezwitscher der Vögel im Dickicht wurde immer lauter und aufgeregter. Irgendwo ganz in der Nähe wurde der Schrei eines Uhus laut, und Laska zuckte zusammen, ging vorsichtig ein paar Schritte vor und spitzte die Ohren, wobei sie den Kopf auf die Seite legte. Vom Flüßchen her ertönten die Rufe eines Kuckucks; nachdem er zweimal in der üblichen Weise gerufen hatte, begann er zu krächzen, zu hasten und verhaspelte sich.

„Hast du gehört? Schon ein Kuckuck!" sagte Stepan Arkadjitsch und trat aus dem Gebüsch hervor.

„Ja, ich habe gehört", sagte Lewin, der unzufrieden war, die Stille des Waldes durch seine Stimme zu stören, die ihm selbst unangenehm in den Ohren klang. „Jetzt ist es gleich soweit."

Stepan Arkadjitsch tauchte wieder im Gebüsch unter, und Lewin sah nur noch das Aufflammen eines Zündhölzchens, dem das rote Glimmen einer Zigarette und ein bläuliches Rauchwölkchen folgten.

„Tschick! Tschick!" Man hörte, wie Stepan Arkadjitsch die Hähne seines Gewehrs spannte.

„Was ist denn das für ein Schrei?" Stepan Arkadjitsch machte Lewin auf einen gedehnten, vibrierenden Laut aufmerksam, der an das helle Wiehern eines übermütigen Füllens erinnerte.

„Kennst du ihn nicht? Es ist das Rufen eines Hasenmännchens. Doch nun still! Horch, es kommt eine geflogen!" rief Lewin beinahe grob und spannte den Hahn.

In der Ferne erklang ein heller Pfiff und in gleichmäßigen, dem Jäger so vertrauten Abständen von zwei Sekunden ein zweiter und dritter, und unmittelbar nach dem dritten konnte man auch schon das Krächzen des Vogels hören.

Lewin spähte nach rechts und nach links und entdeckte unmittelbar vor sich über den zarten, miteinander verschmelzenden Trieben der Espenzweige die am blaßblauen Himmel auftauchende Waldschnepfe. Sie kam direkt auf ihn zugeflogen: das Krächzen, das an ruckartiges Zerreißen von straff gespanntem Gewebe erinnerte, wurde jetzt unmittelbar über seinem Kopf laut, und er konnte schon den Hals und den langen Schnabel des Vogels erkennen. Da flammte, während Lewin das Gewehr in Anschlag brachte, aus dem Gebüsch, hinter dem Oblonski stand, auch schon ein greller Blitz auf; der Vogel schoß wie ein Pfeil hinunter und schwang sich wieder in die Höhe. Abermals flammte ein Blitz auf, dem ein Knall folgte; der Vogel hielt im Flug inne, flatterte eine Weile mit den Flügeln, als wolle er sich in der Luft halten, und stürzte mit lautem Aufprall auf den sumpfigen Boden nieder.

„War es ein Fehlschuß?“ rief Stepan Arkadjitsch, dem der Rauch die Sicht verdeckte.

„Schau her!“ sagte Lewin und zeigte auf Laska, die das eine Ohr gesteift hatte und, mit dem hoch erhobenen Ende ihres buschigen Schwanzes wedelnd, gemessenen Schrittes, als wolle sie das Vergnügen ausdehnen, auf ihren Herrn zukam und ihm gleichsam lächelnd den erlegten Vogel brachte.

„Nun, es freut mich, daß es dir geglückt ist“, sagte Lewin, nicht ohne zugleich von einem leisen Neidgefühl ergriffen zu werden, weil es ihm nicht selbst gelungen war, diese Waldschnepfe zu erledigen.

„Der rechte Lauf hat völlig versagt“, sagte Stepan Arkadjitsch, während er sein Gewehr lud. „Pst ... es kommt eine.“

Es ertönten auch wirklich die durchdringenden, schnell aufeinanderfolgenden Pfiffe. Zwei spielende und einander jagende Waldschnepfen kreisten pfeifend, aber ohne zu krächzen, unmittelbar über den Köpfen der Jäger. Es entluden sich vier Schüsse; aber die Waldschnepfen führten mit der Geschwindigkeit von Schwalben eine Schwenkung aus und entzogen sich den Blicken.

Alles ging vorzüglich. Stepan Arkadjitsch schoß zwei weitere Schnepfen, und auch Lewin erlegte zwei, von denen aber eine nicht aufzufinden war. Allmählich dunkelte es. Tief im Westen sah man zwischen den Birken bereits das zarte Leuchten der silberhellen Venus durchschimmern, und hoch am östlichen Himmel schillerte in seinem rötlichen Glanz der finstere Arktur. Hoch über sich erkannte Lewin die Sterne des Großen Bären und verlor sie wieder aus den Augen. Schnepfen kamen nicht mehr; aber Lewin wollte noch warten, bis die Venus, die er jetzt unterhalb eines Birkenastes sah, über diesen hinaufgestiegen und das ganze Sternbild des Großen Bären deutlich zu erkennen sein würde. Die Venus erschien oberhalb des Astes, der Wagen des Großen Bären zeichnete sich mitsamt seiner Deichsel jetzt deutlich erkennbar am dunkelblauen Himmel ab, aber Lewin wartete immer noch.

„Wollen wir nicht aufbrechen?“ fragte Stepan Arkadjitsch.

Im Wald war völlige Stille eingetreten, kein Vögelchen rührte sich mehr.

„Warten wir noch etwas“, antwortete Lewin.

„Wie du willst.“

Sie standen jetzt etwa fünfzehn Schritt voneinander entfernt.

„Stiwa!" sagte Lewin unvermittelt. „Willst du mir denn gar nicht sagen, ob deine Schwägerin nun geheiratet hat oder wann sie es zu tun gedenkt?"

Lewin fühlte sich so ruhig und seiner selbst so sicher, daß ihn, so glaubte er, keine Antwort erregen könnte, wie sie auch immer ausfallen mochte. Aber auf das, was Stepan Arkadjitsch ihm jetzt antwortete, war er dennoch nicht gefaßt.

„Sie hat gar nicht daran gedacht und denkt auch jetzt nicht daran zu heiraten; sie ist schwer krank, und die Ärzte haben sie ins Ausland geschickt. Man fürchtet sogar für ihr Leben."

„Was sagst du?" rief Lewin aus. „Schwer krank? Was fehlt ihr denn? Hat sie ..."

Während dieses Gesprächs hatte Laska die Ohren gespitzt und blickte bald zum Himmel hinauf, bald mit vorwurfsvoller Miene auf die Jäger.

Da haben sie sich die richtige Zeit zum Unterhalten ausgesucht! schien Laskas Blick auszudrücken. Und da kommt eine geflogen ... Wirklich, da ist sie schon ... Sie werden sie noch verpassen ...

Doch im selben Augenblick wurden auch die beiden Jäger durch einen durchdringenden Pfiff aufmerksam und griffen schnell nach ihren Gewehren; zwei Blitze leuchteten auf, zwei Schüsse entluden sich gleichzeitig, und die in großer Höhe fliegende Schnepfe legte jählings die Flügel zusammen und fiel, die jungen Triebe knickend, ins nahe Gebüsch.

„Sehr schön! Eine gemeinsame Jagdbeute!" rief Lewin und lief mit Laska ins Gebüsch, die Schnepfe suchen. Ach ja, was war es doch? Er suchte sich zu besinnen. Ja, Kitty ist krank ... Das ist ja sehr bedauerlich, sie tut mir leid, dachte er.

„Nun, da hast du sie ja! Bist ein braver Hund", sagte er, als er Laska den noch warmen Vogel aus dem Maul nahm und ihn in die ziemlich gefüllte Jagdtasche steckte. „Stiwa, wir haben sie!" rief er dem Freund zu.

16

Auf dem Rückweg erkundigte sich Lewin in allen Einzelheiten nach Kittys Krankheit und nach den Plänen der Stscherbazkis, und obwohl er sich Vorwürfe gemacht hätte, wenn er sich dessen bewußt geworden wäre, bereiteten ihm die Mitteilungen Stepan Arkadjitschs Freude. Er freute sich darüber, daß für ihn nun noch eine Hoffnung bestand, und eine noch größere Freude empfand er bei dem Gedanken, daß sie jetzt litt, sie, die ihm so weh getan hatte. Doch als Stepan Arkadjitsch auf die Ursachen von Kittys Erkrankung zu sprechen kam und dabei den Namen Wronski erwähnte, unterbrach ihn Lewin:

„Ich habe keinerlei Anspruch darauf, in familiäre Einzelheiten eingeweiht zu werden, und offen gesagt, sie interessieren mich auch nicht."

Stepan Arkadjitsch lächelte kaum merklich, als er den jähen, ihm so wohlbekannten Wechsel in Lewins Gesicht bemerkte, das sich im gleichen Maße verfinstert hatte, wie es eben noch heiter gewesen war.

„Bist du mit Rjabinin wegen des Waldes schon einig geworden?" fragte Lewin.

„Ja. Er zahlt einen sehr guten Preis – achtunddreißigtausend. Achttausend gleich und den Rest auf sechs Jahre verteilt. Mich hat die Sache viel Mühe gekostet. Mehr wollte niemand geben."

„Das bedeutet, daß du den Wald so gut wie verschenkt hast", erklärte Lewin finster.

„Wieso denn verschenkt?" fragte Stepan Arkadjitsch mit einem gutmütigen Lächeln; er wußte im voraus, daß Lewin jetzt an allem etwas auszusetzen haben würde.

„Deshalb, weil der Wald mindestens fünfhundert Rubel die Deßjatine wert ist", erwiderte Lewin.

„Ach, ihr Landwirte seid doch alle gleich!" sagte Stepan Arkadjitsch in scherzhaftem Ton. „Mit eurer Geringschätzung uns armen Städtern gegenüber! Aber wenn es darauf ankommt, ein Geschäft zustande zu bringen, dann machen wir es besser als ihr. Ich versichere dir, daß ich alles berechnet und den Wald sehr vorteilhaft verkauft habe, so daß ich sogar fürchte, Rjabinin könnte noch zurücktreten. Es handelt sich ja nicht um Nutzholz", sagte Stepan Arkadjitsch, der Lewin durch den Ausdruck „Nutzholz" endgültig von der Haltlosigkeit seiner Beanstandung überzeugen wollte, „sondern hauptsächlich um Brennholz. Und mehr als dreißig Sashen je Deßjatine wird er nicht bringen, ich aber bekomme für jede meine zweihundert Rubel."

Lewin lächelte verächtlich. Das kenne ich schon, dachte er, diese Manier, die nicht nur ihm, sondern allen Städtern eigen ist; sie sind in zehn Jahren vielleicht zweimal aufs Land gekommen, haben sich zwei oder drei landwirtschaftliche Ausdrücke gemerkt und gebrauchen diese nun, wo sie am Platze oder auch nicht am Platze sind, in der festen Überzeugung, daß damit alles getan sei. Nutzholz, dreißig Sashen bringen – er redet drauflos und versteht selbst nicht, was er spricht.-

„Mir würde es nie einfallen, dich über Dinge zu belehren, mit denen du in deinem Amt zu tun hast, und wenn nötig, würde ich mich bei dir erkundigen", sagte er. „Du hingegen bildest dir ein, das ganze Abc der Forstwirtschaft auswendig zu kennen. Es ist nicht leicht. Hast du die Bäume gezählt?"

„Wie sollte man denn die Bäume zählen?" lachte Stepan Arkadjitsch, der dauernd bemüht war, die schlechte Laune seines Freundes zu verscheuchen. „Des Sandes Körner und der Sterne Strahlen vermag vielleicht ein hoher Geist zu zählen..."

„Schön, aber der Geist Rjabinins ist hoch genug, sie zu zählen. Und kein einziger Kaufmann wird kaufen, ohne gezählt zu haben, wenn er nicht das Ganze umsonst bekommt, wie von dir. Deinen Wald kenne ich. Ich komme dort jedes Jahr zur Jagd hin und kann dir sagen, dein Wald ist fünfhundert Rubel die Deßjatine wert, und zwar bar auf den Tisch, du aber bekommst zweihundert in Raten. Somit hast du an ihn die dreißigtausend Rubel geschenkt."

„Das sind müßige Betrachtungen", sagte Stepan Arkadjitsch. „Warum hat denn aber niemand mehr geboten als Rjabinin?"

„Weil sie alle unter einer Decke stecken; er zahlt den anderen einen Abstand. Ich habe mit allen diesen Brüdern zu tun gehabt, ich kenne sie. Es sind ja nicht Kaufleute, sondern Wucherer. Auf ein Geschäft, an dem er zehn oder fünfzehn Prozent verdienen kann, läßt er sich gar nicht erst ein, er wartet, bis er den Rubel für zwanzig Kopeken kaufen kann."

„Nun, übertreibe nicht! Du bist in schlechter Laune."

„Ganz und gar nicht", entgegnete Lewin, während sie sich dem Hause näherten.

Vor der Haustür stand bereits ein kleiner, mit Leder bezogener und mit massiven Eisenbeschlägen ausgestatteter Wagen, vor den mit straffen Kumtriemen ein wohlgenährtes Pferd gespannt war. Im Wagen saß mit straff angezogenem Gurt der vor Gesundheit strotzende Gehilfe Rjabinins, der auch den Kutscher spielen mußte. Rjabinin selbst war bereits im Haus und kam den Freunden im Flur entgegen. Er war ein hagerer, hochaufgeschossener Mann mittleren Alters, mit Schnurrbart, glattrasiertem, vorspringendem Kinn und trüben, vorstehenden Augen. Er hatte einen langschößigen blauen Rock mit hinten ungewöhnlich tief sitzenden Knöpfchen an und dazu hohe, an den Knöcheln faltige und nach oben hin glatte Stiefel, die in großen Gummischuhen steckten. Er wischte sich mit seinem Taschentuch rundum das Gesicht ab, zog den Rock zurecht, der ohnehin sehr gut saß, und begrüßte die Eintretenden lächelnd, wobei er Stepan Arkadjitsch die Hand so entgegenstreckte, als hasche er nach etwas.

„Ah, da sind Sie ja", sagte Stepan Arkadjitsch und gab ihm die Hand. „Ausgezeichnet."

„Ich habe mich nicht erkühnt, die Aufforderung Euer Durchlaucht unbefolgt zu lassen, obwohl der Weg hierher außerordentlich schlecht ist. Ich mußte effektiv die ganze Strecke zu Fuß gehen, bin aber pünktlich zur Stelle. Konstantin Dmitritsch, habe die Ehre", wandte er sich an Lewin und versuchte auch dessen Hand zu erhaschen. Doch Lewin tat so, als sähe er die Hand nicht, und machte sich stirnrunzelnd daran, die Schnepfen aus der Jagdtasche zu nehmen.

„Die Herren haben, wie ich sehe, den Jagdfreuden gehuldigt. Was sind das eigentlich für Vögel?" fügte Rjabinin mit einem verächtlichen Blick auf die Waldschnepfen hinzu. „Sie müssen ja wohl schmecken." Er schüttelte mißbilligend den Kopf und schien zu bezweifeln, daß solches Kroppzeug den Aufwand wert sei.

„Willst du mit ihm in mein Arbeitszimmer gehen?" fragte Lewin Stepan Arkadjitsch mit finsterer Miene auf französisch. „Folgen Sie dem Fürsten in mein Arbeitszimmer, dort können Sie verhandeln", sagte er zu Rjabinin.

„Sehr gern, ganz wie es beliebt", erwiderte Rjabinin mit herablassender Würde, als wollte er zu verstehen geben, daß manch andere vielleicht in Verlegenheit sein könnten, wie sie sich in diesem oder jenem Falle zu benehmen hätten, während er nie und durch nichts aus der Fassung zu bringen sei.

Als Rjabinin in Lewins Arbeitszimmer eintrat, blickte er sich aus Gewohnheit suchend nach dem Heiligenbild um, ohne sich indessen zu bekreuzigen, als er es gefunden hatte. Er musterte die mit Büchern gefüllten Schränke und Regale, und ebenso verächtlich lächelnd wie beim Betrachten der Waldschnepfen schüttelte er auch jetzt mißbilligend den Kopf, denn hier konnte es für ihn überhaupt keinen Zweifel geben, daß diese Passion den Aufwand nicht lohne.

„Nun, haben Sie das Geld mitgebracht?" fragte Oblonski. „Nehmen Sie Platz!"

„Am Geld soll es nicht fehlen. Gekommen bin ich, um mit Ihnen zusammenzutreffen und zu sprechen."

„Worüber sprechen? Setzen Sie sich doch."

„Sehr gern", sagte Rjabinin und setzte sich so ungeschickt in den Sessel, daß seine Arme auf eine für ihn höchst unbequeme Art durch die Seitenlehnen behindert wurden. „Sie müssen den Preis ermäßigen, Fürst. Er ist nicht zu verantworten. Das Geld ist schon abgezählt, bis auf die letzte Kopeke. Wegen des Geldes wird es keine Verzögerung geben."

Lewin, der inzwischen sein Gewehr in den Schrank gestellt hatte und schon an der Tür stand, drehte sich um, als er hörte, was Rjabinin sagte.

„Sie haben den Wald ohnehin so gut wie umsonst bekommen", sagte er. „Er ist zu spät zu mir gekommen, sonst hätte ich den Preis festgesetzt."

Rjabinin stand auf und schaute Lewin mit einem wortlosen Lächeln von unten bis oben an.

„Konstantin Dmitritsch kann nie genug bekommen", wandte er sich lächelnd an Stepan Arkadjitsch. „Mit ihm kann man absolut nicht handelseinig werden. Ich wollte bei ihm Weizen kaufen, habe ihm einen guten Preis geboten."

„Wie käme ich dazu, mein Hab und Gut an Sie zu verschenken? Ich habe es weder auf der Straße gefunden noch gestohlen."

„Aber ich bitte Sie, Stehlen, das ist heutigentags effektiv unmöglich geworden. Heutigentags gibt es für alles die öffentliche Gerichtsbarkeit, alles geht absolut anständig zu; von Stehlen kann keine Rede sein. Wir haben in Treu und Glauben verhandelt. Der Preis für den Wald ist zu hoch, man kommt dabei nicht auf seine Rechnung. Ich bitte wenigstens um einen kleinen Nachlaß."

„Ist das Geschäft nun abgeschlossen oder nicht? Wenn ja, dann erübrigt sich das Feilschen; ist es aber noch nicht abgeschlossen", sagte Lewin, „dann kaufe ich den Wald."

Das Lächeln in Rjabinins Habichtsgesicht war plötzlich verschwunden. Es nahm einen habgierigen, grausamen Ausdruck an. Er knöpfte mit seinen behenden, knöchernen Fingern den Rock auf, wobei sein Russenhemd, die kupfernen Westenknöpfe und die Uhrkette zum Vorschein kamen, und zog hastig eine dicke alte Brieftasche hervor.

„So, nehmen Sie gefälligst, der Wald gehört mir", sagte er, indes er sich schnell bekreuzigte und die Hand mit dem Geld ausstreckte. „Dein ist das Geld, mein ist der Wald! So macht Rjabinin Geschäfte, er feilscht nicht um jeden Groschen", fügte er mit finsterer Miene hinzu und schwenkte die Brieftasche in der Luft.

„Ich würde mich an deiner Stelle mit dem Verkauf nicht beeilen", sagte Lewin.

„Aber ich bitte dich", erwiderte Oblonski befremdet. „Ich habe doch mein Wort gegeben."

Lewin ging hinaus und schlug knallend die Tür hinter sich zu. Rjabinin blickte auf die Tür und schüttelte lächelnd den Kopf.

„Ach, diese Jugend, dieser kindliche Unverstand! Ich kaufe ja nur, das versichere ich Ihnen bei meiner Ehre, sozusagen des Renommees wegen, damit es heißt, Rjabinin und nicht ein anderer hat den Oblonskischen Wald gekauft. Wie ich dabei auf meine Rechnung kommen werde, das liegt noch in Gottes Hand, so wahr ich hier stehe. Bitte sehr, wenn es genehm ist, wollen wir jetzt den Vertrag aufsetzen …"

Eine Stunde später schloß der Kaufmann sorgfältig seinen Rock, knöpfte den Mantel zu und stieg mit dem Vertrag in der Tasche in seinen solid mit Eisen beschlagenen Wagen, um nach Hause zu fahren.

„Ach, diese großen Herren!“ sagte er zu seinem Gehilfen. „Alles die gleiche Sorte.“

„Das stimmt“, antwortete der Gehilfe, während er ihm die Zügel übergab und die lederne Schutzdecke einhakte. „Wie wär's, Michail Ignatjitsch? Soll der Handel nicht begossen werden?“

„Nu, nu ...“

17

Die Tasche vollgestopft mit den Reichsschatzscheinen, die er von dem Kaufmann für drei Monate im voraus erhalten hatte, kam Stepan Arkadjitsch nach oben. Der Handel mit dem Wald war abgeschlossen, das Geld hatte er in der Tasche, und die Jagd war gut gewesen, so daß Stepan Arkadjitsch in bester Laune war und um so mehr das Bedürfnis verspürte, die Verstimmung zu verscheuchen, die sich Lewins bemächtigt hatte. Er wünschte, den Tag beim Abendessen ebenso angenehm zu beenden, wie er ihn begonnen hatte.

In der Tat, Lewin war schlecht gelaunt, und sosehr er sich auch bemühte, zu seinem lieben Gast freundlich und liebenswürdig zu sein, gelang es ihm nicht, sich selbst zu überwinden. Die Nachricht, daß Kittys Heirat nicht zustande gekommen war, hatte ihn aufgewühlt und setzte ihm allmählich immer mehr zu.

Er wußte Kitty unverheiratet und krank, krank durch die Liebe zu einem Menschen, der sie verschmäht hatte. Hierin, meinte er, lag eine Kränkung auch für ihn. Wronski hatte Kitty verschmäht, und er, Lewin, war von Kitty verschmäht worden. Folglich war Wronski berechtigt, auf ihn mit Geringschätzung herabzublicken, und er wiederum mußte in Wronski einen Feind sehen. Doch in dieser Deutlichkeit stellte sich Lewin dies nicht vor. Er hatte nur das unklare Gefühl, daß etwas für ihn Verletzendes vorliege, und ärgerte sich jetzt nicht über die ursprüngliche Ursache seiner Verstimmung, sondern ließ seine schlechte Laune an allem aus, was ihm in den Weg kam. Vor allem war es der unvernünftige Verkauf des Waldes, die Übertölpelung Oblonskis, die zudem noch in seinem Hause vor sich gegangen war, das empörte ihn.

„Nun hast du alles erledigt?“ fragte Lewin Stepan Arkadjitsch, der die Treppe heraufkam. „Wollen wir jetzt essen?“

„Ja, ich habe nichts dagegen. Mein Appetit auf dem Lande ist geradezu erstaunlich! Warum hast du denn Rjabinin nichts zu essen angeboten?"

„Den soll der Teufel holen!"

„Nein, du behandelst ihn wirklich schlecht", sagte Oblonski. „Nicht einmal die Hand hast du ihm gegeben. Was verliert man schon, wenn man ihm die Hand gibt?"

„Ich gebe ja auch einem Diener nicht die Hand, und jeder Diener ist es hundertmal mehr wert."

„Was bist du doch für ein Reaktionär!" sagte Oblonski. „Und die Verschmelzung der Stände?"

„Wer sich verschmelzen will – in Gottes Namen! Mir aber ist es zuwider."

„Ich sehe, du bist wirklich ein Reaktionär."

„Was ich bin, darüber habe ich nie nachgedacht. Ich bin Konstantin Lewin – nichts weiter."

„Und zwar ein sehr übelgelaunter Konstantin Lewin", bemerkte Stepan Arkadjitsch lächelnd.

„Ja, ich bin schlechter Laune, und weißt du auch, weswegen? Wegen deines, nimm mir den Ausdruck nicht übel, wegen deines dummen Verkaufs."

Stepan Arkadjitsch verzog gutmütig das Gesicht, wie jemand, der unverdient gekränkt und beschuldigt wird.

„Ach, hör doch auf!" sagte er. „Ist es wohl jemals vorgekommen, daß jemand, der etwas verkauft hat, nicht gleich nach Abschluß des Handels zu hören bekommen hätte, das verkaufte Objekt sei weit mehr wert? Aber solange die Sache in der Schwebe ist, gibt niemand mehr ... Nein, ich sehe schon, du hast ein Vorurteil gegen diesen unglückseligen Rjabinin."

„Das mag sein. Aber weißt du auch, warum? Du wirst mir wieder vorhalten, ich sei ein Reaktionär oder sonst etwas Schreckliches; aber es ärgert mich und kränkt mich, diese Verarmung des Adels ringsum zu beobachten; mit dem Adel bin ich verwachsen, ihm anzugehören freue ich mich trotz aller Verschmelzung der Stände. Und diese Verarmung ist nicht eine Folge luxuriösen Lebens, das ginge noch an; sein Hab und Gut auf Herrenart zu vergeuden – das hat Stil, das versteht nur der Adel. Jetzt kaufen die Bauern in unserer Gegend das Land auf, dagegen will ich nichts sagen. Der Herr liegt auf der Bärenhaut, der Bauer arbeitet und verdrängt den Nichtstuer. Das ist ganz in der Ordnung. Und ich gönne es den Bauern von Herzen. Aber es schmerzt mich, zu sehen, wenn die Verarmung auf eine – wie soll ich es nennen? –, auf eine gewisse Einfalt zurückzuführen ist. Mal hört man, daß ein polnischer Pächter einer Gutsbesitzerin, die ihr Leben in Nizza zubringt, ein prachtvolles Gut für den halben Betrag des

Wertes abgekauft hat. Ein andermal hat man das Land an einen Kaufmann für einen Rubel je Deßjatine verpachtet, obwohl es das Zehnfache wert ist. Und hier nun hast du diesem Gauner aus freien Stücken dreißigtausend Rubel geschenkt."

„Was sollte ich denn tun? Die einzelnen Bäume zählen?"

„Natürlich. Du hast es nicht getan, aber Rjabinin hat sie gezählt. Rjabinins Kinder werden einmal die nötigen Mittel zum Lebensunterhalt und für ihre Bildung haben, aber ob deine Kinder sie haben werden, das steht noch nicht fest."

„Nun, nichts für ungut, aber ich finde, ein solches Zählen ist doch recht kleinlich. Wir haben unsere Tätigkeit, sie haben die ihrige, und ihren Verdienst müssen sie ja auch finden. Im übrigen ist die Sache nun abgeschlossen, also Schluß damit! Und da werden auch schon Spiegeleier gebracht, mein Lieblingsgericht unter den Eierspeisen! Vielleicht wird uns Agafja Michailowna dazu auch noch ein Gläschen von diesem wundervollen Kräuterschnaps einschenken ..."

Stepan Arkadjitsch setzte sich an den Tisch und scherzte mit Agafja Michailowna, der er versicherte, seit langem nicht ein solches Mittagessen und Abendbrot gegessen zu haben.

„Ja, Sie loben wenigstens", sagte Agafja Michailowna, „aber Konstantin Dmitritsch, dem kann man vorsetzen, was man will, und wenn es nur eine Brotrinde wäre – er ißt es auf und geht seiner Wege."

Sosehr sich Lewin auch bemühte, seine Verstimmung zu unterdrücken, er blieb finster und schweigsam. Es lag ihm daran, Stepan Arkadjitsch etwas zu fragen, aber er konnte sich nicht dazu aufraffen und fand weder die Form noch den passenden Augenblick, seine Frage vorzubringen. Stepan Arkadjitsch war mittlerweile in sein Zimmer hinuntergegangen, hatte sich ausgezogen und abermals gewaschen, hatte sein in Falten gelegtes Nachthemd angezogen und lag bereits im Bett, aber Lewin, der bei ihm war, zögerte immer noch, sprach über alle möglichen nichtigen Dinge und brachte es nicht über sich, die Frage zu stellen, die ihm am Herzen lag.

„Es ist doch erstaunlich, was es heutzutage für Seife gibt", sagte er, während er ein Stück duftender Seife auswickelte und betrachtete, das Agafja Michailowna bereitgelegt, das aber Oblonski nicht benutzt hatte. „Sieh dir das an, es ist geradezu ein Kunstwerk."

„Ja, es sind auf allen Gebieten große Fortschritte erzielt worden", bemerkte Stepan Arkadjitsch und gähnte behaglich. „Die Theater zum Beispiel und alle diese Vergnügungs... aaah!" gähnte er wieder. „Allenthalben elektrisches Licht... aaah!"

„Ja, elektrisches Licht", wiederholte Lewin. „Übrigens, wo ist Wronski jetzt?" fragte er unvermittelt und legte die Seife weg.

„Wronski?" Stepan Arkadjitsch unterbrach sein Gähnen. „Wronski ist in Petersburg. Er ist kurz nach dir abgereist und seitdem nicht wieder in Moskau gewesen. Und weißt du, Kostja, ich will ganz offen mit dir reden", fuhr er fort, wobei er sich mit dem Ellenbogen auf den Nachttisch stützte und Lewin sein hübsches, rosiges Gesicht zuwandte, aus dem die öligen, gutmütigen und schlaftrunkenen Augen wie Sterne hervorleuchteten. „Du bist selbst schuld gewesen. Du hast dich durch den Rivalen einschüchtern lassen. Ich weiß nicht – und das habe ich dir auch damals schon gesagt –, ich weiß nicht, wessen Chancen größer waren. Warum bist du nicht auf Biegen oder Brechen vorgegangen? Ich habe dir damals gesagt, daß..." Er machte eine krampfhafte Bewegung mit den Kinnbacken und unterdrückte das Gähnen.

Ob er wohl weiß, daß ich ihr einen Antrag gemacht habe? fragte sich Lewin mit einem prüfenden Blick auf Stepan Arkadjitsch. Wahrscheinlich, denn er macht eine so verschmitzte, diplomatische Miene, dachte er, und da er fühlte, wie ihm das Blut ins Gesicht stieg, sagte er nichts und blickte Oblonski schweigend in die Augen.

„Sofern auf sie damals überhaupt etwas gewirkt hat, ist es der Eindruck seiner äußeren Erscheinung gewesen", fuhr Oblonski fort. „Durch diese vollendete Noblesse, weißt du, und durch die künftige Stellung in der Gesellschaft hat sich, wenn nicht sie selbst, so doch zum mindesten die Mutter stark blenden lassen."

Lewin zog die Brauen zusammen. Die Kränkung, die er durch die Ablehnung seines Antrags erduldet hatte, begann in seinem Herzen wie eine frische, ihm eben erst zugefügte Wunde zu brennen. Aber er war zu Hause, und die eigenen vier Wände geben Kraft.

„Warte mal, warte mal", fiel er Oblonski ins Wort. „Du sagst – Noblesse. Da möchte ich dich doch fragen, worin die Noblesse besteht, über die Wronski oder wer es auch sein mag verfügt. Und ob diese Noblesse mit dem Recht verbunden ist, auf mich von oben herabzusehen? Du hältst Wronski für einen Aristokraten, ich hingegen tue es nicht. Ein Mensch, dessen Vater dank seiner Durchtriebenheit aus dem Nichts an die Oberfläche gekrochen ist und dessen Mutter Gott weiß mit wem alles ein Verhältnis unterhalten hat... Nein, nimm es mir nicht übel, für einen Aristokraten halte ich mich und Leute meinesgleichen, die in der Vergangenheit drei oder vier Generationen untadeliger Vorfahren aufweisen können, Vorfahren, die auf der höchsten Bildungsstufe gestanden haben (Begabung und Verstand, das ist etwas anderes) und nie an jemandem gemein gehandelt und niemanden um Hilfe gebeten haben. So haben mein Vater und mein Großvater gelebt, und Menschen solcher Art kenne ich viele. Du findest es kleinlich, daß ich die Bäume im Walde zähle, und verschenkst selbst dreißigtausend Rubel an Rjabinin: aber dir winkt eine Pension, und ich weiß nicht, was sonst noch, während ich nichts Derartiges zu erhoffen habe und deshalb am Ererbten und Erarbeiteten hänge ... Wir sind die Aristokraten und nicht jene, die nur von den Almosen der Mächtigen dieser Erde existieren und für ein Zwanzigkopekenstück käuflich sind."

„Worüber ereiferst du dich eigentlich? Ich gebe dir recht", sagte Stepan Arkadjitsch belustigt und war dabei auch ganz aufrichtig, obwohl er fühlte, daß Lewins Bemerkung über die Leute, die man durch ein Zwanzigkopekenstück bestechen könne, auch auf ihn gemünzt war. Die Lebhaftigkeit Lewins gefiel ihm sehr. „Worüber ereiferst du dich? Vieles von dem, was du über Wronski gesagt hast, trifft zwar nicht zu, doch davon will ich nicht sprechen. Ich sage dir nur ganz offen, daß ich an deiner Stelle nach Moskau mitkommen würde und ..."

„Nein, ich weiß nicht, ob du unterrichtet bist, aber du kannst es ruhig erfahren, und ich will es dir jetzt sagen: Ich habe ihr einen Antrag gemacht und bin abgewiesen worden, und Katerina Alexandrowna ist für mich jetzt eine schmerzliche und schmachvolle Erinnerung."

„Warum denn? Unsinn!"

„Nun, sprechen wir nicht darüber. Verzeih mir bitte, wenn ich grob zu dir gewesen bin", sagte Lewin, der sich jetzt, nachdem er seinem Herzen Luft gemacht hatte, wieder so gab wie am Morgen. „Bist du mir nicht böse, Stiwa? Sei bitte nicht böse", fuhr er lächelnd fort und griff nach seiner Hand.

„Nein, nicht im geringsten, und ich hätte auch gar keinen Grund dazu. Ich freue mich, daß wir uns ausgesprochen haben. Übrigens, in den Morgenstunden pflegt die Schnepfenjagd sehr lohnend zu sein. Wollen wir? Ich würde gar nicht erst schlafen und dann von der Jagd direkt zur Bahn fahren."

„Sehr schön!"

18

Obwohl Wronskis Innenleben ganz von seiner leidenschaftlichen Liebe erfüllt war, rollte sein äußeres Leben unverändert und unaufhaltsam in dem gewohnten Gleis weiter, das durch gesellschaftliche und kameradschaftliche Beziehungen und Interessen vorgezeichnet war. Die Interessen seines Regiments nahmen in Wronskis Leben einen wichtigen Platz ein, nicht nur deshalb, weil er dem Regiment von sich aus anhing, sondern in noch höherem Maße infolge der Beliebtheit, der er sich bei seinen Kameraden erfreute. Er war im Regiment nicht nur beliebt, sondern genoß auch großes Ansehen und galt als eine Zierde des Regiments; man war stolz darauf, daß sich dieser immens reiche, hochgebildete und befähigte Mann, dem der Weg zu jedem denkbaren Erfolg und zur Befriedigung von Ehrgeiz und Eigenliebe offenstand, über alle anderen wichtigen Interessen hinwegsetzte und den Interessen des Regiments und dem Kameradschaftsgeist in seinem Herzen den ersten Platz einräumte. Wronski war sich dieser Einstellung seiner Kameraden ihm gegenüber bewußt, und abgesehen davon, daß er diese Lebensweise liebte, hielt er sich auch für verpflichtet, das einmal erworbene Ansehen weiterhin zu rechtfertigen.

Es versteht sich von selbst, daß er mit keinem der Kameraden über seine Liebe sprach, sich auch bei den wüstesten Gelagen kein Wort darüber entschlüpfen ließ (er betrank sich übrigens nie so, daß er die Herrschaft über sich selbst verloren hätte), und er stopfte jenen leichtfertigen Kameraden den Mund, die es sich einfallen ließen, auf sein Verhältnis anzuspielen. Nichtsdestoweniger war seine Liebe in der ganzen Stadt bekannt – alle errieten mehr oder weniger richtig die Art seiner Beziehungen zu Anna Karenina –, und die meisten jungen Männer beneideten ihn gerade um das, was seine Liebe am stärksten belastete: um den Umstand, daß Karenin eine so hohe Stellung bekleidete, und um das große Aufsehen, das dieses Verhältnis daher in der ganzen Petersburger Gesellschaft erregte.

Die meisten der jungen Frauen, die auf Anna schon immer neidisch gewesen waren und sich geägert hatten, wenn von ihr als von einer sittenstrengen Frau gesprochen wurde, gaben sich mit Freude ihren Mutmaßungen hin und warteten nur noch auf den endgültigen Umschwung der allgemeinen Meinung, um mit der ganzen Wucht ihrer Empörung über sie herzufallen. Sie bereiteten schon die Schmutzklumpen vor, mit denen sie Anna zu gegebener Zeit zu bewerfen gedachten. Die meisten älteren Leute und solche, die hohe Stellungen einnahmen, sahen dem heranreifenden Skandal mit Mißbehagen entgegen.

Als die Mutter Wronskis von seinem Verhältnis erfuhr, hatte sie sich zunächst gefreut, erstens, weil in ihren Augen nichts so sehr zur letzten Vollendung eines jungen Weltmanns beitragen konnte wie ein Verhältnis in der großen Welt, und zweitens, weil sich nun herausstellte, daß Anna, die ihr so gut gefallen und die ihr so viel von ihrem Söhnchen erzählt hatte, letzten Endes auch nicht anders geartet war als alle anderen hübschen und nach den Begriffen der Gräfin Wronskaja anständigen jungen Frauen. Doch nachdem ihr kürzlich zu Ohren gekommen war, daß ihr Sohn eine ihm angetragene, für seine ganze Karriere wichtige Stellung nur deshalb ausgeschlagen hatte, um im Regiment bleiben und die Verbindung mit Anna aufrechterhalten zu können, und da sie zudem gehört hatte, daß er sich damit die Unzufriedenheit hochgestellter Persönlichkeiten zugezogen habe, änderte sie ihre Meinung. Überdies mißfiel ihr, daß es sich bei dieser Verbindung nach allem, was sie gehört hatte, nicht um ein glänzendes, galantes Verhältnis handelte, wie es in der großen Welt üblich war und wie es ihre Billigung gefunden hätte, sondern daß irgendwelche überspannten Gefühle mitspielten, die an Werthers Leiden erinnerten und die ihren Sohn zu unbesonnenen Handlungen verleiten konnten. Sie hatte ihn seit seiner plötzlichen Abreise aus Moskau nicht mehr gesehen und ihn durch ihren ältesten Sohn auffordern lassen, zu ihr zu kommen.

Auch der ältere Bruder war mit dem jüngeren unzufrieden. Er kümmerte sich nicht um die Art der Liebe seines Bruders; ob sie groß oder klein, leidenschaftlich oder nicht leidenschaftlich, verwerflich oder nicht verwerflich war, das berührte ihn nicht (er selbst, ein Familienvater, hielt eine Tänzerin aus und war daher in diesem Punkt nachsichtig); aber er wußte, daß diese Liebe in jenen Kreisen Mißfallen erregte, deren Gunst man sich erhalten mußte, und daher verurteilte er die Handlungsweise des Bruders.

Neben seinem Dienst im Regiment und dem Verkehr in der Gesellschaft hatte Wronski noch eine besondere Passion – den Reitsport, dem er sich mit großer Leidenschaft hingab.

Für dieses Jahr war ein Hindernisrennen für Offiziere angesetzt. Wronski hatte sich für dieses Rennen eintragen lassen, hatte sich eine englische Vollblutstute gekauft und war nun, obwohl er sich eine gewisse Zurückhaltung auferlegte, ungeachtet seiner Liebe in hohem Grade von dem Gedanken an das bevorstehende Rennen beherrscht.

Die eine Leidenschaft tat der anderen keinen Abbruch. Im Gegenteil, er brauchte eine von seiner Liebe unabhängige Beschäftigung und Zerstreuung, die ihm Erholung und Entspannung von allzu heftigen seelischen Erregungen bot.

19

Am Tage des in Krasnoje Selo angesetzten Rennens fand sich Wronski früher als gewöhnlich im Speisesaal des Regimentskasinos ein, um ein Beefsteak zu verzehren. Eine besondere Beschränkung im Essen brauchte er sich nicht aufzuerlegen, da sein Gewicht genau der vorgeschriebenen Höhe von viereinhalb Pud entsprach; aber er durfte auch nicht zunehmen und mied daher Mehlspeisen und Süßigkeiten. In Erwartung des bestellten Beefsteaks saß er am Tisch, der Rock über der weißen Weste war geöffnet, den Kopf hatte er auf beide Arme gestützt und blickte in einen französischen Roman, der vor ihm auf dem Teller lag. Er gab sich seinen Gedanken hin und sah nur in das Buch, um nicht mit den ein und aus gehenden Offizieren sprechen zu müssen.

Er dachte daran, daß Anna ihm für heute, im Anschluß an das Rennen, ein Zusammentreffen versprochen hatte. Da er sie indessen seit drei Tagen nicht gesprochen hatte und ihr Mann inzwischen von seiner Auslandsreise zurückgekehrt war, wußte er nicht, ob dies heute möglich sein würde und wie er sich Gewißheit verschaffen könnte. Zuletzt war er mit Anna im Landhaus seiner Kusine Betsy zusammengekommen. Besuche im Kareninschen Landhaus vermied er nach Möglichkeit. Jetzt wollte er jedoch hinfahren, und er überlegte, wie es am besten auszuführen sei.

Natürlich werde ich sagen, Betsy habe mich geschickt und lasse fragen, ob sie zum Rennen kommen werde. Ja, ich fahre einfach hin! beschloß er bei sich und sah vom Buch auf. Beglückt von der Vorstellung des bevorstehenden Wiedersehens, strahlte er über das ganze Gesicht.

„Schicke jemand in meine Wohnung und laß bestellen, man soll sofort eine Troika anschirren“, sagte er zu dem Bedienten, der ihm auf einer heißen silbernen Platte das Beefsteak servierte. Dann zog er die Platte zu sich heran und begann zu essen.

Aus dem anstoßenden Billardzimmer hörte man das Geräusch der Kugeln, Stimmen und Gelächter. Durch die Eingangstür betraten zwei Offiziere den Speisesaal: der eine, ein ganz junger Mensch mit feinem, schmächtigem Gesicht, war kürzlich aus dem Pagenkorps ins Regiment eingetreten: der andere, ein beleibter Offizier, schon im vorgeschrittenen Alter, hatte kleine, verschwommene Augen, und am Handgelenk trug er ein Armband.

Wronski streifte sie mit einem flüchtigen Blick und zog die Brauen zusammen; er tat so, als sähe er sie nicht, blickte wieder in sein Buch und begann zu essen, während er las.

„Nun, stärkst du dich für die Arbeit?“ sagte der beleibte Offizier und setzte sich zu ihm.

„Wie du siehst", antwortete Wronski unwillig und wischte sich den Mund ab, ohne aufzusehen.

„Fürchtest du nicht, zuzunehmen?" fragte jener und rückte für den jungen Offizier einen Stuhl zurecht.

„Wie?" fragte Wronski schroff und verzog angewidert das Gesicht, so daß die lückenlose Reihe seiner Zähne sichtbar wurde.

„Fürchtest du nicht, zuzunehmen?"

„Ein Glas Jerez!" rief Wronski dem Bedienten zu, und ohne die Frage zu beantworten, legte er sein Buch auf die andere Seite des Gedecks und las weiter.

Der beleibte Offizier nahm die Weinkarte und wandte sich an den jungen.

„Du kannst selber wählen, was wir trinken wollen", sagte er, indem er ihm die Karte reichte und ihn fragend ansah.

„Am besten vielleicht Rheinwein", bemerkte der junge Offizier, der schüchtern zu Wronski hinüberblickte und bemüht war, mit den Fingern das Schnurrbärtchen zu erhaschen, das sich eben erst auf seiner Oberlippe abzeichnete. Als er sah, daß Wronski ihm keine Beachtung schenkte, stand er auf.

„Wir wollen ins Billardzimmer gehen", sagte er.

Der beleibte Offizier stand bereitwillig auf, und beide gingen auf die Tür zu.

In diesem Augenblick betrat der große und stattliche Rittmeister Jaschwin den Raum; er nickte den beiden Offizieren geringschätzig von oben herab zu und trat zu Wronski.

„Ah! Da haben wir ihn ja!" rief er und versetzte ihm mit seiner großen Hand einen kräftigen Schlag auf das Schulterstück. Wronski drehte sich wütend um, aber schon im selben Augenblick nahm sein Gesicht den ihm eigenen Ausdruck ruhiger und fester Freundlichkeit an.

„Sehr vernünftig, Aljoscha", sagte der Rittmeister in seinem durchdringenden Bariton. „Iß jetzt etwas und trinke dazu auch ein Gläschen."

„Ich habe gar keinen Appetit."

„Die sind ja unzertrennlich", fuhr Jaschwin fort und blickte den beiden Offizieren, die gerade den Raum verließen, spöttisch nach. Er nahm neben Wronski Platz und krümmte dabei seine langen Beine in den engen Reithosen zu einem spitzen Winkel, weil die Stühle zu niedrig waren. „Warum bist du eigentlich gestern nicht ins Krasnojer Theater gekommen? Die Numerowa war gar nicht übel. Was hast du gemacht?"

„Ich bin bei den Twerskois gewesen und kam zu spät weg."

„Ah!" machte Jaschwin.

Jaschwin, ein Spieler und Zechbruder, der keinerlei oder vielmehr höchst unmoralische Grundsätze hatte, dieser Jaschwin war im Regiment der intimste Freund Wronskis. Wronski war ihm sowohl wegen seiner ungewöhnlichen physischen Kraft zugetan, die sich hauptsächlich darin äußerte, daß er wie ein Faß trinken und ohne Schlaf auskommen konnte, ohne daß ihm etwas anzumerken gewesen wäre, als auch wegen seines energischen Auftretens im Umgang mit den Vorgesetzten und Kameraden, wodurch er sich allerseits Respekt und Achtung erworben hatte und das er auch beim Spiel an den Tag legte, bei dem es um fünfstellige Summen ging und das ihm trotz des genossenen Weines stets mit solcher Eleganz und Festigkeit gelang, daß er im Englischen Klub als der beste Spieler galt. Ganz besonders aber schätzte ihn Wronski, weil er wußte, daß Jaschwin nicht wegen seines Namens und wegen seines Reichtums an ihm hing, sondern um seiner selbst willen. Von allen Menschen, die er kannte, war Jaschwin der einzige, mit dem er bereit gewesen wäre, über seine Liebe zu sprechen. Obwohl Jaschwin jederlei Gefühlsregung zu verachten schien, glaubte Wronski, daß nur er imstande sei, die große Leidenschaft zu begreifen, die jetzt sein ganzes Leben erfüllte. Überdies war er überzeugt, daß Jaschwin ganz gewiß an Klatsch und Skandalgeschichten kein Vergnügen finden würde, sondern daß er für sein Gefühl das richtige Verständnis aufbringen, das heißt erkennen und ihm glauben würde, daß diese Liebe kein Scherz und Zeitvertreib, sondern etwas weit Ernsteres und Bedeutsameres war.

Wronski hatte mit ihm nie über seine Liebe gesprochen, aber er fühlte, daß Jaschwin alles wußte und richtig verstand, und es war ihm angenehm, dies seinen Augen abzulesen.

„Ach so!“ sagte er, als Wronski seinen Besuch bei den Twerskois erwähnte; dabei blitzten seine schwarzen Augen, und er griff nach seiner linken Schnurrbartspitze, um sie in den Mund zu zwingen, was eine schlechte Angewohnheit von ihm war.

„Und was hast du gestern angefangen? Im Spiel gewonnen?“ fragte Wronski.

„Ja, achttausend. Aber dreitausend sind faul, die werden kaum einzutreiben sein.“

„Nun, dann ist es ja nicht so schlimm, wenn du durch mich verlieren solltest!“ Wronski lachte (Jaschwin hatte auf Wronskis Pferd einen hohen Betrag gesetzt).

„Ich werde bestimmt nicht verlieren. Gefährlich ist einzig Machotin.“

Und das Gespräch ging über zu Mutmaßungen über das bevorstehende Rennen, das einzige, wofür Wronski momentan ein Interesse aufbringen konnte.

„Laß uns gehen, ich bin fertig“, sagte Wronski, stand auf und ging auf die Tür zu. Jaschwin stand ebenfalls auf und bog seine riesenhaften Beine und den langen Rücken gerade.

„Mit dem Mittagessen ist es für mich noch zu früh, aber ich muß etwas trinken. Ich komme gleich ... Hallo, Wein!" kommandierte er mit seiner durchdringenden Stentorstimme, die alle Fensterscheiben erzittern ließ. „Nein, laß mal!" rief er dem Bedienten gleich wieder nach. „Wenn du nach Hause gehst, komme ich mit", sagte er zu Wronski. Und beide gingen.

20

Wronski hatte sein Quartier in einem sauberen, geräumigen finnischen Bauernhäuschen, in dem es nur einen durch eine Trennwand aufgeteilten Raum gab. Er wohnte auch im Lager mit Petrizki zusammen. Als Wronski und Jaschwin hereinkamen, schlief Petrizki noch.

„Steh auf, Schluß mit dem Schlafen!" rief Jaschwin, der hinter die Bretterwand getreten war und den mit zersaustem Haar im Bett liegenden Petrizki, der seine Nase ins Kissen vergraben hatte, an den Schultern rüttelte.

„Dein Bruder war hier", sagte dieser zu Wronski. „Er hat mich geweckt, der Teufel soll ihn holen; er will wiederkommen." Damit raffte er die Decke zusammen und warf sich aufs Kissen zurück. „Hör doch auf, Jaschwin", rief er diesem wütend zu, weil der ihm die Decke wegzog. „Laß das!" Er drehte sich um und schlug die Augen auf. „Rate mir lieber, was ich trinken soll; ich habe einen so widerlichen Geschmack im Munde, daß ich ..."

„Dann ist Schnaps das beste", trompetete Jaschwin. „Tereschtschenko, bring dem Herrn Leutnant Schnaps und Gurken!" rief er dem Burschen zu und fand offensichtlich Gefallen daran, seine eigene Stimme zu hören.

„Schnaps meinst du? Ja?" fragte Petrizki und rieb sich stirnrunzelnd die Augen. „Wirst du auch trinken? Wenn du mithältst, bin ich bereit. Wronski, hältst du mit?"

Er stand auf und wickelte sich bis unter die Arme in die getigerte Decke ein. In diesem Aufzug ging er zu Wronski in den Nebenraum, erhob die Arme und stimmte auf französich an: „‚Es war ein König in Thu-u-le ...', Wronski, trinkst du mit?"

„Scher dich zum Teufel!" rief Wronski, der gerade seinen Rock anzog, den ihm der Diener hinhielt.

„Wohin willst du denn?" fragte Jaschwin. „In einer Troika?" fügte er erstaunt hinzu, als er den in diesem Augenblick vorfahrenden Wagen erblickte.

„In den Stall, und außerdem muß ich auch noch zu Brjanski wegen der Pferde", antwortete Wronski.

Er verhielt sich wirklich so, daß er Brjanski, der zehn Werst von Peterhof entfernt wohnte, versprochen hatte, ihm das Geld für die Pferde zu bringen, und daß er dies auch vor dem Rennen erledigen wollte. Doch die Kameraden errieten sofort, daß dies nicht sein einziges Vorhaben sei.

Petrizki sang weiter, kniff ein Auge zu und machte ein Gesicht, als wollte er sagen: Wir wissen schon, was hinter diesem Brjanski steckt.

Jaschwin sagte lediglich: „Sieh nur zu, daß du dich nicht verspätest!" Und um auf etwas anderes zu sprechen zu kommen, warf er durchs Fenster einen Blick auf das Mittelpferd, das er Wronski verkauft hatte, und fragte: „Nun, tut mein Brauner seine Schuldigkeit?"

„Halt!" schrie Petrizki Wronski nach, der bereits auf die Tür zuging. „Dein Bruder hat für dich einen Brief und einen Zettel hinterlassen. Warte mal, wo habe ich sie gleich hingesteckt?"

Wronski blieb stehen.

„Nun, wo sind sie?"

„Ja, wo sind sie? Das eben ist die Frage", erwiderte Petrizki in pathetischem Ton und fuhr sich mit dem Zeigefinger von unten nach oben über die Nase.

„Nun sag schon, wo sie sind; das ist doch albern!" sagte Wronski lächelnd.

„Den Ofen habe ich nicht geheizt. Sie müssen irgendwo hier sein."

„Laß das Geschwätz! Wo hast du den Brief hingetan?"

„Wirklich, ich habe es vergessen. Oder habe ich das alles nur geträumt? Warte mal, warte mal! Reg dich doch nicht gleich auf! Wenn du so eine Zecherei mitgemacht hättest wie ich gestern, vier Flaschen pro Mann, dann wüßtest du überhaupt nicht, wo dir der Kopf steht. Warte, gleich werde ich's haben!"

Petrizki ging in den Nebenraum und streckte sich auf seinem Bett aus.

„Siehst du! So lag ich, dort stand er. Ja –ja –ja –ja ... Da ist er schon!" rief Petrizki und zog den Brief unter der Matraze hervor, wohin er ihn gesteckt hatte.

Wronski nahm den Brief und den von seinem Bruder geschriebenen Zettel an sich. Es war genau das, was er erwartet hatte: ein Brief seiner Mutter, in dem sie ihm wegen seines Fernbleibens Vorhaltungen machte, und die Mitteilung des Bruders, daß er ihn sprechen müsse. Wronski wußte, daß es sich immer um ein und dasselbe handelte. Was geht es sie an? dachte er und steckte den

Brief und den Zettel zusammengefaltet zwischen die Knöpfe seiner Uniform, um sie unterwegs genauer zu lesen. Im Flur begegneten ihm zwei Offiziere: der eine gehörte zu seinem, der andere zu einem anderen Regiment.

Wronskis Quartier war immer ein Sammelpunkt für sämtliche Offiziere.

„Wohin?"

„Ich muß nach Peterhof."

„Ist denn dein Pferd aus Zarskoje schon da?"

„Ja, aber ich habe es mir noch nicht angesehen."

„Es heißt, Machotins Gladiator habe sich den Fuß verletzt und hinke."

„Quatsch! Aber wie wollt ihr bei diesem Schlamm überhaupt reiten?" bemerkte der andere.

„Da sind sie ja, meine Retter!" schrie Petrizki beim Eintritt der beiden Offiziere; sein Bursche hielt ihm gerade ein Tablett mit Schnaps und Salzgurken hin. „Jaschwin behauptet, man müsse trinken, damit man frisch wird."

„Ihr habt es gestern aber wirklich wüst getrieben", sagte einer der hinzugekommenen Offiziere. „Die ganze Nacht über habt ihr uns nicht schlafen lassen."

„Am schönsten war der Abschluß!" erzählte Petrizki. „Wolkow war aufs Dach geklettert und erklärte, ihm sei wehmütig zumute. Darauf ich: ‚Musik her! Einen Trauermarsch!' Und da ist er auf dem Dach wirklich unter den Klängen des Trauermarsches eingeschlafen."

„Trinke, du mußt unbedingt Schnaps trinken und hinterher Selterswasser mit reichlich Zitrone", versicherte Jaschwin, der sich über Petrizki beugte wie eine Mutter, die ihrem Kind gut zuredet, die Medizin einzunehmen. „Und anschließend etwas Champagner, wenigstens ein Fläschchen."

„Das läßt sich hören. Warte noch, Wronski, trink mit."

„Nein, meine Herren, auf Wiedersehen! Heute trinke ich nicht."

„Wohl des Gewichts wegen? Nun, dann trinken wir eben allein ... Bring Selterswasser und Zitronen!"

„Wronski!" rief ihm einer der Offiziere nach, als er schon bis in den Flur gekommen war.

„Was ist los?"

„Du solltest dir die Haare schneiden lassen, sie machen dich zu schwer, besonders auf der Glatze."

Wronski, dessen Kopf vorzeitig kahl zu werden begann, rückte lachend, dabei seine prachtvollen Zähne zeigend, die Mütze auf die kahle Stelle, ging hinaus und stieg in den Wagen.

„Zum Stall!“ befahl er und schickte sich an, die Briefe hervorzuziehen, die er noch lesen wollte; aber dann ließ er es doch sein, um sich vor dem Rennen durch nichts abzulenken. Nachher! sagte er sich.

21

Der improvisierte Stall, eine aus Brettern gezimmerte Baracke, war unmittelbar neben der Rennbahn errichtet worden und mußte seit gestern auch Wronskis Pferd beherbergen. Er hatte es noch nicht gesehen. In den letzten Tagen war er nicht persönlich zum Einreiten herausgekommen, sondern hatte den Trainer damit beauftragt, so daß er jetzt noch nicht wußte, in welchem Zustand sein Pferd angekommen war und sich augenblicklich befand. Kaum war er aus dem Wagen gestiegen, da führte sein Stalljunge, der sogenannte Groom, der sein Gespann bereits von weitem erkannt hatte, auch schon den Trainer zu ihm. Dieser, ein spindeldürrer Engländer in hohen Stiefeln und kurzem Jackett, mit einem kleinen Bärtchen unter dem Kinn, das beim Rasieren stehengeblieben war, kam ihm in der ungeschickten Art, die allen Jockeis beim Gehen eigen ist, schaukelnd und die Ellbogen spreizend, aus dem Stall entgegen.

„Nun, was macht Frou-Frou?“ fragte Wronski ihn auf englisch.

„All right, Sir, alles in Ordnung“, antwortete der Engländer mit seiner kehligen Stimme. „Gehen Sie lieber nicht hinein“, fügte er hinzu und lüftete den Hut. „Ich habe gerade die Nasenriemen angelegt, und das Pferd ist unruhig. Es ist besser, Sie gehen nicht zu ihm, das Pferd regt sich dadurch auf.“

„Trotzdem will ich hineingehen. Ich möchte es mir ansehen.“

„Dann kommen Sie“, sagte der Engländer immer in derselben Tonart, ohne richtig den Mund zu öffnen, und ging mit finsterer Miene und mit den Armen schlenkernd in seiner saloppen Haltung voraus.

Sie kamen in den kleinen, vor der Baracke liegenden Hof. Der diensttuende Stallknecht, ein schmucker Bursche in sauberem Kittel und mit einem Besen in der Hand, grüßte die Eintretenden und folgte ihnen. In der Baracke standen fünf Pferde in den Boxen, und Wronski wußte, daß heute auch sein gefährlichster Gegner, Gladiator, der riesige Fuchs Machotins, hergebracht worden war und sich demnach in einer der Boxen befinden mußte. Noch lieber als sein eigenes Pferd hätte Wronski den Fuchs Machotins in Augenschein genommen; aber er wußte, daß es nach den Anstandsregeln des Rennsports auch schon für unfair galt, sich nach einem fremden Pferd zu erkundigen, geschweige denn, es zu besichtigen. Während er durch den Mittelgang ging, öffnete ein Stalljunge die Tür zur zweiten Box auf der linken Seite, und Wronski sah, daß dort ein stattlicher Fuchs mit weißen Beinen stand. Er wußte, daß es Machotins Pferd war, wandte aber sofort den Kopf, wie es wohl jemand tut, dem zufällig ein entfalteter, nicht für ihn bestimmter Brief zu Gesicht kommt, und trat an die Box seines eigenen Pferdes heran.

„Dort steht das Pferd Mak ... Mak ... ich kann den Namen nie richtig aussprechen", sagte der Engländer über die Schulter hinweg und wies mit seinem schwarzgeränderten Daumen auf den Verschlag Gladiators.

„Machotins? Es ist das einzige Pferd, das mir gefährlich werden kann", bemerkte Wronski.

„Wenn Sie es reiten würden", sagte der Engländer, „würde ich auf Sie setzen."

„Frou-Frou ist sensibler, der Fuchs robuster", erwiderte Wronski und quittierte das ihm als Reiter gemachte Kompliment mit einem Lächeln.

„Bei einem Hindernisrennen kommt alles auf den Reiter und dessen pluck an", fuhr der Engländer fort.

An pluck oder, mit anderen Worten, an Energie und Wagemut, das fühlte Wronski, fehlte es ihm nicht, und was noch viel wichtiger war, er hatte auch die feste Überzeugung, daß niemand anders mehr Energie und Wagemut besitzen könne als er.

„Sind Sie sich auch ganz gewiß, daß nicht ein noch intensiveres Training nötig gewesen wäre?"

„Es war nicht nötig", antwortete der Engländer. „Sprechen Sie bitte nicht laut. Das Pferd regt sich auf", fügte er mit einem Blick auf die geschlossene Box hinzu, vor der sie stehengeblieben waren und wo sie hören konnten, wie das Pferd im Stroh mit den Beinen stampfte.

Er öffnete die Tür, und Wronski betrat die nur durch ein winziges Fensterchen spärlich erhellte Box. In der Box stand ein braunes Pferd mit angelegten Nasenriemen, das im frischen Stroh von einem Bein auf das andere trat. Nachdem sich Wronski im Halbdunkel der Box zurechtgefunden hatte, konnte er es nicht lassen, nochmals mit einem Blick die ganze Statur des ihm so lieben Pferdes zu umfangen. Frou-Frou war eine Stute von mittlerer Größe und im Körperbau nicht makellos. Ihr Knochengerüst war im ganzen schmal; obwohl der Brustkorb nach vorn stark ausgebuchtet war, hatte die Brust doch nur eine geringe Breite. Die Hinterpartie fiel leicht nach unten ab, und die Beine, namentlich die Hinterbeine, wiesen eine beträchtliche Krümmung auf. Die Muskeln der Vorder- und Hinterbeine waren nicht besonders stark entwikkelt; doch dafür war der Körper in der Gegend des Sattelgurts ungewöhnlich breit, was jetzt, da bei dem Training der Bauch des Tieres eingefallen war, besonders in die Augen sprang. Die Knochen der Beine schienen, von vorn gesehen, unterhalb der Knie nicht dicker als ein Finger zu sein, erwiesen sich indessen als außergewöhnlich breit, sobald man sie von der Seite betrachtete. Mit Ausnahme der Rippen machte der Körper den Eindruck, als sei er von den Seiten zusammengedrückt und in der Länge auseinandergezogen. Doch Frou-Frou besaß in hohem Maße einen Vorzug, der alle Mängel vergessen ließ; dieser Vorzug war ihr Blut, ein Blut, das durchschlägt, wie die Engländer sagen. In dem Adernetz, das die dünne, atlasglatte und bewegliche Haut durchzog, zeichneten sich die Muskeln plastisch ab und wirkten so stabil wie Knochen. Der sehnige Kopf mit den hervortretenden, glänzenden, samtenen Augen verbreiterte sich an den gewölbten, inwendig stark durchbluteten Nüstern. Dem ganzen Körper und vornehmlich dem Kopf war ein bestimmter Zug von Energie und zugleich Zartheit eigen. Frou-Frou war eines jener Tiere, die nur deshalb nicht zu sprechen scheinen, weil die technische Beschaffenheit ihres Maules es ihnen nicht gestattet.

Wronski zum mindesten schien es, die Stute begreife alles, was er in diesem Augenblick, als er sie betrachtete, empfand.

Nachdem sie beim Eintritt Wronskis tief Luft geholt und das eine ihrer sich vorwölbenden Augen so verdreht hatte, daß das Weiße rot anlief, blickte sie den Eintretenden von der gegenüberliegenden Seite der Box entgegen, zerrte an den Nasenriemen und trat elastisch von einem Bein aufs andere.

„Da sehen Sie, wie aufgeregt sie ist“, sagte der Engländer.

„Oh, du meine Gute! Nun, nun!“ Wronski suchte die Stute zu beruhigen und ging auf sie zu.

Doch je näher er an sie herankam, um so mehr steigerte sich ihre Erregung. Erst als er sich ihrem Kopf zuwandte, wurde sie plötzlich ruhig, und unter dem dünnen, zarten Fell erzitterten die Muskeln. Wronski streichelte ihren gestrafften Hals, streifte auf dem scharfen Widerrist eine Strähne zurück, die von der anderen Seite herübergefallen war, und beugte sich mit dem Gesicht zu ihren geblähten Nüstern vor, die so dünn waren wie die Flügel einer Fledermaus. Sie atmete geräuschvoll durch ihre geblähten Nüstern, zuckte zusammen, schmiegte die spitzen Ohren an den Kopf und schob ihre feste schwarze Lippe vor, als wollte sie Wronski am Ärmel fassen. Doch als sie sich auf die Nasenriemen besann, versuchte sie sie abzuschütteln und begann wieder auf ihren Beinen, die wie gemeißelt aussahen, hin und her zu tänzeln.

„Beruhige dich, meine Gute, beruhige dich!" Wronski redete ihr gut zu und fuhr ihr mit der Hand noch einmal über die Schenkel. Als er die Box verließ, hatte er das beglückende Gefühl, sein Pferd in bester Verfassung zu wissen.

Die Erregung des Pferdes hatte sich auch auf Wronski übertragen. Er fühlte, wie das Blut seinem Herzen zuströmte und ihn in einen Zustand versetzte, bei dem er sich am liebsten wie das Pferd durch Bewegungen und Bisse Luft gemacht hätte; es war ein zugleich beängstigendes und beglückendes Gefühl.

„Ich verlasse mich also auf Sie", wandte er sich an den Engländer. „Um halb sieben muß alles bereit sein."

„Geht in Ordnung", antwortete der Engländer. „Wohin wollen Sie denn noch fahren, Mylord?" fragte er und gebrauchte überraschenderweise die Anrede Mylord, deren er sich sonst fast nie bediente.

Wronski, befremdet von der Dreistigkeit der Frage, hob erstaunt den Kopf, und mit einem Blick, wie nur er ihn hatte, sah er dem Engländer nicht in die Augen, sondern auf die Stirn. Doch als er dann begriff, daß der Engländer bei seiner Frage in ihm nicht den Brotherrn, sondern nur den Reiter gesehen hatte, antwortetet er ihm:

„Ich muß noch zu Brjanski, bin aber in einer Stunde zurück."

Zum wievielten Male wird heute diese Frage an mich gerichtet! dachte er bei sich und wurde rot, was bei ihm selten vorkam. Der Engländer sah ihn aufmerksam an. Und als wüßte er, wohin Wronski fahren wollte, fügte er hinzu:

„Vor allem kommt es darauf an, vor dem Rennen die Ruhe zu bewahren. Gehen Sie jedem Anlaß zu einer Verstimmung aus dem Wege und regen Sie sich über nichts auf."

„All right!" antwortete Wronski lächelnd, indem er in den Wagen sprang und den Kutscher anwies, nach Peterhof zu fahren.

Sie waren kaum ein paar Schritte gefahren, als sich die Wolke, die schon vormittags am Himmel aufgezogen war, in einem Platzregen entlud.

Fatal! sagte sich Wronski und klappte das Verdeck herunter. Der Boden war ohnehin schon aufgeweicht und wird sich nun vollends in einen Sumpf verwandeln. Und während er sich im geschlossenen Wagen ungestört seinen Gedanken überließ, zog er den Brief seiner Mutter und den Zettel des Bruders hervor und las beides durch.

Ja, es war immer wieder das gleiche Lied. Seine Mutter, sein Bruder, alle hielten es für nötig, sich in seine Herzensangelegenheiten einzumischen. Diese Einmischung versetzte ihn in Empörung, und er empörte sich nur selten. Was geht es sie an? fragte er sich. Warum hält sich jeder verpflichtet, sich um mich zu kümmern? Und warum setzen sie mir zu? Darum, weil sie sehen, daß es etwas ist, was sie nicht begreifen können. Wenn sie es mit einem der in der Gesellschaft üblichen trivialen Verhältnisse zu tun hätten, würden sie mich in Ruhe lassen. Sie fühlen, daß dies etwas anderes ist, nicht eine Spielerei, und daß mir diese Frau mehr bedeutet als mein Leben. Das eben ist ihnen unbegreiflich und verstimmt sie. Wie immer sich unser Schicksal gestalten mag, wir haben es uns selbst gewählt und beklagen uns nicht über unser Los, sagte er sich und faßte in Gedanken Anna und sich selbst durch das Wörtchen „wir" zusammen. Doch nein, sie wollen uns weismachen, wie man zu leben hat. Sie haben nicht einmal eine Vorstellung davon, was Glück ist, und wissen nicht, daß es für uns ohne unsere Liebe weder Glück noch Unglück, ja überhaupt kein Leben gibt.

Ihn empörte die Einmischung von allen Seiten gerade deshalb, weil er im Grunde seines Herzens fühlte, daß alle, die sich einmischten, recht hatten. Er fühlte, daß die Liebe, die ihn mit Anna verband, nicht eine flüchtige Leidenschaft war, die vergänglich sein würde wie alle in der Gesellschaft üblichen Liaisons, die im Leben der Beteiligten keine anderen Spuren hinterlassen als angenehme oder unangenehme Erinnerungen. Er fühlte die ganze Qual seiner und ihrer Lage, die ganze Schwierigkeit, in ihrer exponierten Stellung ihre Liebe zu verbergen, zu lügen und zu betrügen und ständig an andere zu denken, obwohl die Leidenschaft, die sie miteinander verband, so elementar war, daß sie beide alles um sich herum vergaßen außer ihrer Liebe.

Er erinnerte sich lebhaft der vielen, sich ständig wiederholenden Fälle, in denen Lüge und Täuschung, die seiner Natur so widersprachen, notwendig gewesen waren; und besonders lebhaft erinnerte er sich, schon oft wahrgenommen zu haben, daß Anna bei diesem Zwang zu lügen und zu betrügen unter dem Gefühl der Scham litt. Beschäftigt mit solchen Gedanken, wurde er von einem seltsamen Gefühl ergriffen, das er seit seiner Verbindung mit Anna schon mehrmals empfunden hatte. Es war so etwas wie ein Ekel gegen jemanden: ob gegen Alexej Alexandrowitsch, ob gegen sich selbst oder gegen die ganze Gesellschaft, das war ihm nicht klar. Doch dieses seltsame Gefühl hatte er stets zu verscheuchen gesucht. Er schüttelte es auch jetzt ab und gab sich wieder seinen Gedanken hin.

Gewiß, sie ist früher unglücklich gewesen, aber zugleich stolz und ruhig; jetzt hingegen hat sie ihre Ruhe und das Bewußtsein der eigenen Würde eingebüßt, obwohl sie sich nichts anmerken läßt. Ja, das muß ein Ende finden! beschloß er bei sich.

Und zum erstenmal kam ihm klar zum Bewußtsein, daß dieses Lügen aufhören müsse, und zwar je eher, desto besser. Sie und ich, wir beide müssen alles aufgeben und uns allein irgendwohin mit unserer Liebe zurückziehen, sagte er sich.

22

Der heftige Regen hielt nicht lange an, und als sich der Wagen mit dem in vollem Galopp laufenden Mittelpferd, das die ungezügelt durch den Schmutz trabenden Seitenpferde mit sich zog, Peterhof näherte, blickte die Sonne wieder hervor, und die Dächer der Landhäuser und die alten Linden in den Gärten zu beiden Seiten der Hauptstraße schimmerten in feuchtem Glanz, während das Wasser lustig von den Zweigen tropfte und in Strömen von den Dächern rann. Wronski dachte jetzt nicht mehr daran, daß der Platzregen die Rennbahn aufgeweicht haben würde, sondern freute sich vielmehr bei dem Gedanken, daß er Anna infolge des Regens wahrscheinlich zu Hause und zudem allein antreffen werde, da ihr Mann, der kürzlich von seiner Kur zurückgekehrt war, nicht nach Peterhof übergesiedelt, sondern, wie Wronski wußte, in Petersburg wohnen geblieben war.

In der Hoffnung, sie allein anzutreffen, und um möglichst wenig Aufsehen zu erregen, ließ Wronski, wie er es stets zu tun pflegte, den Wagen schon vor der Brücke halten und ging zu Fuß weiter. Er vermied den Eingang von der Straße und betrat den Hof.

„Ist der Herr gekommen?" erkundigte er sich beim Gärtner.

„Nein, er ist nicht hier. Die gnädige Frau ist zu Hause. Aber bemühen Sie sich doch bitte nach vorn; dort sind Leute, man wird Ihnen öffnen."

„Nein, ich gehe durch den Garten."

Nun, da er sie allein wußte, gedachte er sie zu überraschen, denn er hatte seinen Besuch für heute nicht angekündigt, und sie rechnete sicherlich nicht damit, daß er noch vor dem Rennen kommen könne; er hielt daher den Säbel fest und ging behutsam über den Kiesweg, der von Blumenbeeten eingefaßt war, zur Terrasse, die nach dem Garten zu lag. All die Gedanken, die er sich auf der Fahrt über die Schwierigkeiten und über das Peinvolle seiner Lage gemacht hatte, waren jetzt vergessen. Er dachte nur noch daran, daß er sie im nächsten Augenblick vor sich sehen würde, nicht nur in seiner Phantasie, sondern leibhaftig, in ihrer ganzen wirklichen Gestalt. Doch als er bereits, möglichst geräuschlos auftretend, die flachen Stufen zur Terrasse hinaufstieg, fiel ihm plötzlich etwas ein, was er stets vergaß und was doch das Bedrükkendste in seinen Beziehungen zu ihr war – die Existenz ihres Sohnes mit dessen fragendem und, wie ihm schien, trotzigem Blick.

Dieser Knabe behinderte ihre Beziehungen mehr als jeder andere. Wronski und Anna vermieden es nicht nur aufs peinlichste, in seinem Beisein über irgend etwas zu sprechen, was nicht jeder hätte hören können, sie erlaubten sich nicht einmal, etwas anzudeuten, was der Knabe nicht verstanden hätte. Das war zwischen ihnen nicht besonders verabredet, es hatte sich von selbst ergeben. Dieses Kind zu hintergehen hielten sie für unter ihrer Würde. In seiner Gegenwart unterhielten sie sich miteinander wie gute Bekannte. Doch ungeachtet aller Vorsicht spürte Wronski oft den prüfenden und befremdeten Blick des Kindes, der auf ihn gerichtet war, und er nahm in dessen Benehmen eine merkwürdig scheue Art wahr, eine Unausgeglichenheit, die sich abwechselnd in Zärtlichkeit, Ablehnung oder Schüchternheit äußerte. Es war, als ob der Knabe ahnte, daß zwischen diesem Mann und seiner Mutter ein wichtiges Verhältnis bestehen müsse, dessen Bedeutung er nicht verstehen konnte.

Der Knabe fühlte auch wirklich, daß er nicht fähig war, dieses Verhältnis zu verstehen, und bemühte sich vergeblich, sich darüber klarzuwerden, was er diesem Mann gegenüber empfinden sollte. Mit dem Feingefühl, das Kindern für Gefühlsregungen anderer eigen ist, erkannte er, daß sein Vater, die Gouvernante, die Kinderfrau – daß niemand Wronski liebte, sondern daß alle, obwohl sie nicht davon sprachen, mit Widerwillen und Schrecken auf ihn blickten, während seine Mutter ihn wie den besten Freund behandelte.

Was bedeutet das? Wer ist dieser Mann? Was soll ich für ihn fühlen? Bin ich schuld, wenn ich es nicht verstehe, bin ich ein dummer oder ungezogener Junge? dachte der Knabe; und daraus resultierten der prüfende, fragende, mitunter feindselige Ausdruck wie auch die Schüchternheit und Ungleichmäßigkeit in seinem Benehmen, das Wronski so sehr irritierte. Die Gegenwart dieses Kindes rief in Wronski jedesmal und unabwendbar jenes seltsame, gegenstandslose Gefühl von Ekel hervor, das ihn in letzter Zeit häufig befiel. Die Gegenwart des Kindes flößte Wronski und Anna ein Gefühl ein, wie es ein Seefahrer empfinden mag, der am Kompaß erkennt, daß sich sein Schiff in schneller Fahrt in einer Richtung fortbewegt, die von der vorgeschriebenen stark abweicht, der sich aber außerstande sieht, die Fahrt aufzuhalten, der mit jeder Minute immer weiter von der richtigen Route abgetrieben wird, sich dies aber nicht eingestehen will, weil er weiß, daß ein solches Eingeständnis gleichbedeutend mit seinem Verderben wäre.

Das Kind mit seiner einfältigen Auffassung vom Leben war der Kompaß, der ihnen zeigte, was sie wohl wußten, aber nicht wissen wollten: wie weit sie vom Wege abgeirrt waren.

Diesmal war Serjosha nicht da; er war spazierengegangen und vom Regen überrascht worden, und Anna, die den Diener und das Mädchen ausgeschickt hatte, ihn zu suchen, war ganz allein zu Hause und erwartete ihren Sohn auf der Terrasse. Sie hatte ein weißes, mit breiter Stickerei verziertes Kleid an, saß in einer Ecke der Terrasse hinter den dort aufgestellten Blumen und hörte ihn nicht kommen. Ihren schwarzlockigen Kopf hatte sie vorgebeugt und die Stirn an die kalte, auf dem Geländer stehende Gießkanne gedrückt, die sie mit ihren schönen Händen, an denen er die ihm so wohlbekannten Ringe erkannte, umfaßt hielt. Die Schönheit ihrer ganzen Erscheinung, des Gesichts, des Halses und der Arme frappierte ihn jedesmal erneut wie eine Offenbarung. Er blieb stehen und blickte entzückt zu ihr hinüber. Doch kaum hatte er sich angeschickt, einen Schritt weiter zu tun und auf sie zuzugehen, da spürte sie auch schon seine Nähe, stieß die Gießkanne zurück und wandte ihm ihr glühendes Gesicht zu.

„Was ist Ihnen? Fehlt Ihnen etwas?“ fragte er, während er auf sie zuschritt, auf französisch. Er wäre am liebsten auf sie zugestürzt; doch da ihm einfiel, daß jemand von den Dienstboten in der Nähe sein konnte, blickte er sich nach der ins Haus führenden Tür um und wurde rot, wie er stets zu erröten pflegte, wenn er gezwungen war, vorsichtig zu sein und sich in acht zu nehmen.

„Nein, mir fehlt nichts“, erwiderte sie, indem sie aufstand und seine ihr entgegengestreckte Hand drückte. „Ich war nicht darauf gefaßt, daß ... du kommen würdest.“

„Mein Gott, diese kalten Hände!“ rief er aus.

„Du hast mich erschreckt“, sagte sie. „Ich bin allein und warte auf Serjosha, der spazierengegangen ist; sie müssen von dieser Seite kommen.“

Sie gab sich Mühe, ruhig zu sein, aber ihre Lippen zitterten.

„Verzeihen Sie, daß ich gekommen bin, aber ich konnte es nicht über mich bringen, den Tag vergehen zu lassen, ohne Sie gesehen zu haben“, fuhr er auf französisch fort, wie er immer mit ihr sprach, wenn er sowohl das zwischen ihnen unmögliche und kalt klingende russische Sie als auch das gefährliche Du vermeiden wollte.

„Was hätte ich zu verzeihen? Ich bin ja so froh."

„Aber Sie fühlen sich nicht gut, oder es bedrückt Sie etwas?" fuhr er fort und beugte sich, ohne ihre Hand loszulassen, über sie. „Woran haben Sie gedacht?"

„Immer an ein und dasselbe", sagte sie lächelnd.

Sie sprach die Wahrheit. Wann immer, in welchem Augenblick man sie auch gefragt hätte, woran sie denke, sie hätte jederzeit unbedenklich zur Antwort geben können: Nur an eins – an mein Glück und an mein Unglück. Jetzt, im Augenblick seines Erscheinens, hatte sie gerade darüber nachgedacht, woran es lag, daß ein solcher Zustand allen anderen und zum Beispiel auch Betsy (sie wußte von deren geheimer Verbindung mit Tuschkewitsch) so leichtfiel, ihr hingegen solche Qualen bereitete. Heute hatte sie der Gedanke daran aus bestimmten Gründen besonders gequält. Sie erkundigte sich nach dem Rennen. Er antwortete ihr, und da er sah, daß sie erregt war, schilderte er ihr, um sie zu zerstreuen, in einfachem Plauderton die Einzelheiten der für das Rennen getroffenen Vorbereitungen.

Sage ich es ihm, oder sage ich es ihm nicht? überlegte sie, während sie in seine ruhig und liebevoll blickenden Augen sah. Er ist so glücklich, so mit seinem Rennen beschäftigt, daß er es nicht richtig aufnehmen, nicht voll erfassen wird, was es für uns bedeutet.

„Sie haben aber noch nicht gesagt, woran Sie gerade dachten, als ich kam", unterbrach er seine Schilderung. „Sagen Sie es doch bitte!"

Sie schwieg und sah ihn mit leicht geneigtem Kopf von der Seite prüfend aus ihren schönen, unter den langen Wimpern hervorleuchtenden Augen an. Ihre Hand, die mit einem abgerissenen Blatt spielte, zitterte. Er beobachtete es, und sein Gesicht nahm jenen Ausdruck demütiger, bedingungsloser Ergebenheit an, die so bestechend auf sie wirkte.

„Ich sehe doch, daß irgend etwas vorgefallen ist. Bei dem Gedanken, daß Sie einen Kummer haben, den ich nicht mit Ihnen teile, könnte ich keinen Augenblick Ruhe finden. Um Gottes willen, sprechen Sie!" bat er sie inständig.

Ich würde es ihm ja nie verzeihen, wenn er meine Mitteilung nicht in ihrer ganzen Bedeutung begriffe. Am besten, ich sage es ihm gar nicht, warum die Probe machen? dachte sie, während sie ihn unverwandt ansah und fühlte, wie das Blatt in ihrer Hand immer heftiger zitterte.

„Um Gottes willen, sprechen Sie!" wiederholte er und griff nach ihrer Hand.

„Soll ich es sagen?"

„Ja, ja, ja ..."

„Ich erwarte ein Kind", sagte sie langsam und leise.

Das Blatt in ihrer Hand begann noch heftiger zu zittern, aber sie wandte die Augen nicht von ihm ab, sondern wollte sehen, wie er aufnehmen würde, was sie ihm eröffnet hatte. Er wurde blaß, wollte etwas sagen, hielt jedoch inne, gab ihre Hand frei und senkte den Kopf. Ja, er hat es in seiner ganzen Tragweite erfaßt, sagte sie sich und drückte dankbar seine Hand.

Doch sie irrte sich, wenn sie annahm, daß er die Bedeutung der Nachricht so verstanden hatte, wie sie als Frau sie verstand. Als er sie hörte, wurde er in zehnfacher Stärke von jenem seltsamen Gefühl des Ekels ergriffen, das er schon oft empfunden hatte, ohne zu wissen, gegen wen. Zugleich aber wurde ihm klar, daß die Krisis, die er sich gewünscht hatte, jetzt herangereift war, daß man den Mann nicht länger hintergehen könne und diesen unnatürlichen Zustand so oder so schnellstens beenden müsse. Außerdem aber hatte sich ihre Aufregung rein physisch auch auf ihn übertragen. Er blickte ihr mit demütiger Rührung in die Augen, küßte ihre Hand, stand auf und begann auf der Terrasse schweigend auf und ab zu gehen.

„Ja", sagte er und trat entschlossen vor sie hin. „Als eine Spielerei haben ohnehin weder Sie noch ich unser Verhältnis angesehen, aber jetzt hat sich unser Schicksal entschieden. Mit dem Lügengewebe", fuhr er fort und blickte sich dabei zur Tür um, „mit dem Lügengewebe, in dem wir leben, muß Schluß gemacht werden."

„Schluß gemacht? Wie sollen wir denn Schluß machen, Alexej?" fragte sie leise. Sie hatte sich inzwischen beruhigt, und ihr Gesicht war durch ein zärtliches Lächeln verklärt.

„Indem du dich von deinem Mann trennst und wir beide unser Leben vereinen."

„Es ist auch so vereint", flüsterte sie kaum hörbar.

„Ja, aber ganz, ganz und gar."

„Aber wie, Alexej? Zeige mir den Weg, wie wir das machen sollen", sagte sie und verzog bei dem Gedanken an die Trostlosigkeit ihrer Lage das Gesicht zu einem wehmütig-spöttischen Lächeln. „Gibt es überhaupt einen Ausweg aus einer solchen Lage? Bin ich meinem Mann denn nicht angetraut?"

„Einen Ausweg gibt es aus jeder Lage. Wir müssen einen festen Entschluß fassen", sagte er. „Jeder andere Zustand ist besser als der, in dem du jetzt lebst. Ich sehe ja, wie dich alles quält, der Gedanke an die Gesellschaft, an deinen Sohn, an deinen Mann."

„Ach, an meinen Mann gar nicht", sagte sie mit einem natürlichen Lächeln. „Ich weiß es nicht zu erklären, aber ich denke nicht an ihn. Er existiert für mich nicht."

„Du bist nicht aufrichtig. Ich kenne dich. Du quälst dich auch um seinetwillen."

„Er weiß es ja gar nicht", sagte sie und wurde plötzlich über und über rot; ihre Wangen, die Stirn, der Hals röteten sich, und Tränen der Scham traten ihr in die Augen. „Wir wollen auch nicht von ihm sprechen."

23

Wronski hatte schon mehrfach, wenn auch nicht mit solchem Nachdruck wie jetzt, versucht, Anna zu einer Erörterung ihrer Lage zu bewegen, er war indessen stets auf die gleiche Oberflächlichkeit gestoßen, und sie hatte seine Bemühungen ebenso leichthin abgetan wie eben jetzt. Es war, als gäbe es etwas, worüber sie sich nicht klarwerden konnte oder wollte; sobald sie darüber zu sprechen begann, zog sich die wahre Anna gleichsam in sich selbst zurück, und statt ihrer trat ihm eine andere, seltsame und fremde Frau entgegen, die er nicht liebte, die ihm Furcht einflößte und sich ihm widersetzte. Doch heute war er entschlossen, alles zu sagen.

„Ob er es weiß oder nicht", sagte er in der ihm eigenen ruhigen und festen Art, „ob er es weiß oder nicht, ist für uns ohne Bedeutung. Wir können nicht ... Sie können nicht in dieser Weise weiterleben, besonders jetzt nicht."

„Was soll ich denn Ihrer Ansicht nach tun?" fragte sie und schlug wieder den leicht spöttischen Ton an. Sie, die so gefürchtet hatte, daß er die Nachricht von ihrer Schwangerschaft möglicherweise nicht mit dem nötigen Ernst aufnehmen würde, ärgerte sich jetzt, daß er daraus die Notwendigkeit ableitete, es müsse etwas unternommen werden.

„Sie müssen ihn über alles aufklären und sich von ihm trennen."

„Sehr schön; angenommen, ich würde es tun – wissen Sie auch, was er darauf antworten würde?" fragte sie, und in ihren eben noch so zärtlich blickenden Augen blitzte ein boshafter Funke auf. „Ich kann es Ihnen im voraus sagen: ‚Ah, Sie lieben einen anderen und sind mit ihm ein frevelhaftes Verhältnis eingegangen?" (Sie ahmte ihren Mann nach, sprach genauso wie Alexej Alexandrowitsch und betonte besonders das Wort „frevelhaftes".) „‚Ich habe Sie gewarnt und Sie auf die Folgen in religiöser, rechtlicher und die Familie betreffender Hinsicht aufmerksam gemacht. Sie haben nicht auf mich gehört. Jetzt kann ich nicht zulassen, daß mein Name ...'" (und der meines Sohnes, hatte sie eigentlich sagen wollen, aber es widerstrebte ihr, den Sohn in ihren Spott einzubeziehen), „,daß mein Name dem Schimpf ausgesetzt wird.' Und so weiter in dieser Art", fügte sie hinzu. „Kurz und gut, er wird mir in seiner feierlich-offiziellen Art klar und deutlich erklären, daß er mich nicht freigeben könne, aber alle ihm zu Gebote stehenden Mittel anwenden werde, um einen Skandal zu vermeiden. Und dann wird er seelenruhig und aufs sorgfältigste alles ausführen, was er gesagt hat. Das wird das Ergebnis sein. Er ist ja kein Mensch, sondern eine Maschine, und eine böse Maschine, wenn er in Zorn gerät", schloß sie und rief sich dabei in allen Einzelheiten die ganze Erscheinung Alexej Alexandrowitschs, seine Art zu sprechen und seinen Charakter ins Gedächtnis; sie rechnete ihm alle seine Fehler, auf die sie sich irgendwie besinnen konnte, als Schuld an, ohne sich durch das furchtbare Vergehen, dessen sie sich ihm gegenüber schuldig gemacht hatte, in ihrem Urteil nachsichtig stimmen zu lassen.

„Aber Anna", sagte Wronski beschwörend, in weichem, besänftigendem Ton. „Gesagt werden muß es ihm doch trotz allem, und dann können wir das Weitere von seinen Maßnahmen abhängig machen."

„Etwa fliehen?"

„Warum nicht auch fliehen? Ich halte es für unmöglich, diesen Zustand fortzusetzen. Nicht meinetwegen, aber ich sehe ja, wie Sie leiden."

„Also ich soll fliehen und Ihre Mätresse werden?" fragte sie höhnisch.

„Anna!" flüsterte er in zärtlich-vorwurfsvollem Ton.

„Ja, Ihre Mätresse werden und alles dem Verderben ausliefern ..."

Sie hatte wieder sagen wollen: „meinen Sohn", brachte aber dieses Wort nicht über die Lippen.

Wronski war es unbegreiflich, daß sie, die Frau mit dem ausgeprägten, aufrichtigen Charakter, ein Dasein ertragen konnte, das so vollständig auf Lüge aufgebaut war, und daß sie nicht den Wunsch hatte, diesen Zustand zu beenden; er wußte nicht, daß der Hauptgrund dafür der Sohn war, etwas, was sie nicht auszusprechen vermochte. Wenn sie an ihren Sohn dachte und sich vorstellte, was er künftig für die Mutter empfinden würde, die seinen Vater verlassen hatte, ergriff sie ein solches Entsetzen über das, was sie getan hatte, daß sie sich nach Frauenart durch trügerische Argumente und Worte zu beruhigen suchte; sie hatte in solchen Augenblicken nur den einen Wunsch, daß alles beim alten bleiben möge, um der furchtbaren Frage nach dem künftigen Geschick des Sohnes enthoben zu werden.

„Ich bitte dich, ich flehe dich an", sagte sie plötzlich in einem ganz anderen, innigen und herzlichen Ton und ergriff seine Hand. „Ich flehe dich an, mit mir nie wieder darüber zu sprechen!"

„Aber Anna..."

„Niemals. Überlasse alles mir. Ich weiß, wie schrecklich und würdelos meine Lage ist, aber das läßt sich nicht so leicht ändern, wie du es dir denkst. Überlasse es mir und höre auf mich. Fange nie wieder davon an. Versprichst du es mir? ... Nein, nein, du mußt es versprechen...!"

„Ich verspreche dir alles, aber ich kann nicht ruhig sein, besonders nicht nach dem, was du mir mitgeteilt hast. Ich kann nicht ruhig sein, wenn du nicht ruhig sein kannst..."

„Ich!" wiederholte sie. „Gewiß, ich quäle mich mitunter. Doch das wird sich geben, wenn du mit mir nie wieder darüber sprichst. Es quält mich nur, wenn du darüber sprichst."

„Ich verstehe nicht...", sagte er.

„Ich weiß", unterbrach sie ihn, „wie sehr deinem geraden Charakter das Lügen widerstrebt, und du tust mir leid. Wie oft denke ich daran, daß du um meinetwillen dein Leben zerstört hast."

„Und ebenso dachte ich eben daran, wie du meinetwegen alles geopfert hast. Ich kann mir nicht verzeihen, dich unglücklich gemacht zu haben."

„Unglücklich?" Sie trat auf ihn zu und sah ihn mit einem von Liebe verklärten Lächeln an. „Ich bin einem ausgehungerten Menschen ähnlich, der zu essen bekommen hat. Er mag frieren, seine Kleider mögen zerrissen sein, und er schämt sich vielleicht, aber er ist nicht unglücklich. Ich soll unglücklich sein? Nein, das ist mein Glück..."

Sie vernahm die Stimme ihres zurückkehrenden Sohnes, warf schnell einen Blick über die Terrasse und stand hastig auf. In ihren Augen erschien das ihm schon vertraute Feuer, mit einer raschen Bewegung streckte sie ihm ihre schönen, ringgeschmückten Hände entgegen, umfaßte seinen Kopf, blickte ihn lange an, beugte ihr Gesicht mit den geöffneten, lächelnden Lippen zu ihm, küßte ihn schnell auf den Mund und beide Augen und stieß ihn zurück. Sie wollte gehen, doch er hielt sie zurück.

„Wann?" fragte er flüsternd und mit einem entzückten Blick in ihre Augen.

„Heute, um eins", hauchte sie kaum hörbar und ging, einen schweren Seufzer ausstoßend, mit ihren leichten, schnellen Schritten dem Sohn entgegen.

Serjosha war in dem weitläufigen Garten vom Regen überrascht worden und hatte mit der Kinderfrau solange in einer Laube gesessen.

„Nun denn, auf Wiedersehen!" sagte sie zu Wronski. „Es wird bald Zeit für das Rennen. Betsy wollte mich abholen."

Wronski blickte auf die Uhr und brach eilig auf.

24

Als Wronski beim Abschied von Anna auf die Uhr blickte, war er so aufgeregt und mit seinen Gedanken beschäftigt, daß er wohl die Zeiger auf dem Zifferblatt sah, nicht aber zu begreifen vermochte, wie spät es eigentlich war. Er begab sich auf die Chaussee und ging, vorsichtig durch den Schmutz stapfend, auf seinen Wagen zu. Vollkommen von seinen Gefühlen für Anna erfüllt, dachte er gar nicht daran, ob ihm noch genügend Zeit zur Verfügung stand, zu Brjanski zu fahren. Seinem Gedächtnis war, wie das in ähnlichen Fällen häufig vorkommt, nur die äußere Funktionsfähigkeit verblieben, so daß er sich lediglich erinnerte, was alles zu tun war und in welcher Reihenfolge. Er trat an den Kutscher heran, der in dem schon schrägfallenden Schatten einer dichtbelaubten Linde auf dem Bock eingeschlummert war, bewunderte einen Augenblick den schillernden Mückenschwarm, der über den schweißbedeckten Pferden wogte, sprang in den Wagen und befahl dem Kutscher, den er geweckt hatte, zu Brjanski zu fahren. Erst nachdem sie bereits sieben Werst gefahren waren, kam er so weit zur Besinnung, daß er auf die Uhr sah und sich bewußt wurde, daß es halb sechs war und daß er sich zu lange aufgehalten hatte.

Für diesen Tag waren mehrere Rennen angesetzt: ein Rennen der Leibwache, dann ein Rennen über zwei und eins über vier Werst für Offiziere und das, an dem er teilnehmen sollte. Zu seinem Rennen konnte er es zeitlich noch schaffen, doch wenn er vorher noch zu Brjanski fahren wollte, würde er erst im letzten Augenblick eintreffen, nach dem Erscheinen des ganzen Hofes. Das war unangenehm. Da er aber Brjanski seinen Besuch fest zugesichert hatte, beschloß er, die Fahrt zu ihm fortzusetzen, und wies den Kutscher an, die Pferde nicht zu schonen.

Er langte bei Brjanski an, hielt sich fünf Minuten bei ihm auf und fuhr in rasendem Tempo zurück. Die schnelle Fahrt wirkte auf ihn beruhigend. All das Bedrückende, das seinem Verhältnis zu Anna innewohnte, das ganze Unbehagen über die ungeklärte Lage, das nach dem Gespräch mit ihr zurückgeblieben war, alles dies verflüchtigte sich aus seinem Kopf; er dachte mit enthusiastischer Freude und Erregung an das Rennen, freute sich, daß er trotz allem noch rechtzeitig hinkommen würde, und dazwischen durchzuckte der Gedanke an das Glück, das ihm das Wiedersehen in der kommenden Nacht verhieß, wie ein grelles Aufleuchten ab und zu seine Phantasie.

Er überholte die aus den Villenkolonien und aus Petersburg zur Rennbahn fahrenden Equipagen, und je weiter er in die Atmosphäre der Rennen vordrang, um so intensiver wurde die Spannung, die das bevorstehende Rennen in ihm erzeugte.

In seiner Wohnung traf er niemand mehr an; alle hatten sich bereits zur Rennbahn begeben, und nur sein Diener erwartete ihn an der Toreinfahrt. Während er sich umzog, berichtete ihm der Diener, daß das zweite Rennen schon begonnen habe; es seien zahlreiche Herren dagewesen, die nach ihm gefragt hätten, und auch der Stalljunge sei zweimal angelaufen gekommen.

Nachdem sich Wronski ohne Hast umgekleidet hatte (er ließ sich immer Zeit und verlor nie die Selbstbeherrschung), ließ er sich zu den Baracken fahren. Schon von den Baracken aus bot sich ihm ein Blick auf das Meer der Equipagen, Fußgänger und Soldaten, die die Rennbahn umgaben, und auf die von Menschen wimmelnden Tribünen. Anscheinend war das zweite Rennen im Gange, denn als er sich den Baracken näherte, ertönte gerade ein Glockenzeichen. Auf dem Wege zum Stall begegnete er Gladiator, dem weißbeinigen Fuchs Machotins, der in einem orangefarbenen, blaueingefaßten Überhang, unter dem die in blauen Hüllen steckenden Ohren mächtig groß erschienen, zur Rennbahn geführt wurde.

„Wo ist Cord?" fragte Wronski den Stallknecht.

„Im Stall, beim Satteln."

Frou-Frou, bereits gesattelt, stand in der geöffneten Box und sollte gerade hinausgeführt werden.

„Komme ich noch rechtzeitig?"

„All right! All right! Alles ist in bester Ordnung", versicherte der Engländer. „Regen Sie sich nur nicht auf."

Wronski ließ den Blick nochmals über die wundervollen Formen des geliebten Pferdes schweifen, das am ganzen Körper zitterte, und verließ, nachdem er sich nur mit Mühe von diesem Anblick losgerissen hatte, die Baracke. Vor den Tribünen kam er insofern in einem günstigen Augenblick an, als aller Aufmerksamkeit gerade abgelenkt war und seine Ankunft nicht auffiel. Das Rennen über zwei Werst ging soeben seinem Ende entgegen, und alle Augen waren auf den an der Spitze galoppierenden Gardekavalleristen und den an zweiter Stelle liegenden Leibhusaren gerichtet, die sich dem Pfahl näherten und alles aufboten, aus ihren Pferden das Letzte herauszuholen. Aus der Mitte des Kreises und von außen drängte die Menge zum Pfahl hin, und die dort versammelten Offiziere und Soldaten des Gardekavallerieregiments brachen in Erwartung des Sieges ihres Kameraden und Vorgesetzten in laute Freudenrufe aus. Als sich Wronski unauffällig unter das Publikum mischte, ertönte gerade das abschließende Glockenzeichen, und der stattliche, mit Schmutz bespritzte Gardekavallerist, der als erster durchs Ziel gegangen war, ließ erschöpft die Zügel seines grauen, von Schweiß dunkelgefärbten und schweratmenden Hengstes herabsinken.

Der Hengst stampfte mit den Füßen angestrengt auf den Boden, um den Schwung seines mächtigen Körpers aufzuhalten, indessen der Gardekavallerieoffizier wie aus einem schweren Schlaf erwacht um sich blickte und gezwungen lächelte. Eine große Anzahl von Freunden und anderen Zuschauern umringte ihn.

Wronski mied mit Vorbedacht die auserlesene Gesellschaft der großen Welt, die ruhig und ungezwungen vor den Tribünen promenierte und sich unterhielt. Er erkannte unter anderen auch Anna, Betsy und die Frau seines Bruders, ging aber nicht zu ihnen, weil er sich durch nichts ablenken lassen wollte. Dennoch traf er auf Schritt und Tritt mit Bekannten zusammen, die ihn anhielten, ihm Einzelheiten der vorangegangenen Rennen schilderten und sich nach dem Grund seines späten Kommens erkundigten.

Als die siegreichen Reiter in die Loge gerufen wurden, um ihre Preise in Empfang zu nehmen, und sich alle dorthin umwandten, trat Wronskis älterer Bruder Alexander, ein Oberst mit den Achselschnüren des Generaladjutanten, an ihn heran; er war von mittlerem Wuchs und ebenso stämmig wie Alexej, aber hübscher; wie alle Trinker war er rotwangig, hatte eine gerötete Nase und einen offenherzigen Blick.

„Hast du mein Briefchen bekommen?“ fragte er. „Du bist ja nie anzutreffen.“

Obwohl er ausschweifend lebte und stark trank, was allgemein bekannt war, waren Alexander Wronski die Manieren des vollendeten Weltmannes eigen.

Während er jetzt mit seinem Bruder über höchst unangenehme Dinge sprach und sich bewußt war, dem Blick vieler Augenpaare ausgesetzt zu sein, verzog er das Gesicht zu einem Lächeln, als unterhielte er sich mit dem Bruder über eine harmlose und amüsante Sache.

„Bekommen habe ich es, aber ich verstehe wirklich nicht, warum gerade du dir meinetwegen Sorgen machst“, antwortete Alexej.

„Darum mache ich mir Sorgen, weil ich mir eben sagen lassen mußte, daß du vermißt wirst und daß man dich am Montag in Peterhof gesehen habe.“

„Es gibt Dinge, die einzig und allein der Beurteilung derjenigen unterliegen, die sie angehen, und die Angelegenheit, die dir solche Sorgen macht, ist eben von dieser Art.“

„Ja, doch dann darf man nicht Offizier sein, nicht ...“

„Ich bitte dich, jede Einmischung zu unterlassen, und damit basta!“

Das finstere Gesicht Alexej Wronskis wurde blaß, und der vorstehende Unterkiefer begann zu zucken, was bei ihm selten vorkam. Äußerst gutmütig von Natur, geriet er selten in Zorn, doch wenn er einmal zornig wurde und sein Kinn zitterte, dann war er, was auch Alexander Wronski wußte, in diesem Zustand gefährlich. Alexander Wronski machte ein fröhlich lächelndes Gesicht.

„Ich wollte dir lediglich Mamas Brief überbringen. Antworte ihr, und rege dich jetzt nicht auf. Bonne chance!“ fügte er hinzu und ging weiter.

Doch anschließend wurde Wronski schon wieder durch eine freundschaftliche Begrüßung aufgehalten.

„Deine Freunde sind wohl Luft für dich? Guten Tag, mon cher!“ grüßte Stepan Arkadjitsch, der hier, inmitten der Creme der Petersburger Gesellschaft, mit seinem rosigen Gesicht und dem geschniegelten, nach beiden Seiten gebürsteten Backenbart eine nicht minder glänzende Figur machte als in Moskau. „Ich bin seit gestern hier und freue mich, deinem Sieg beiwohnen zu können. Wann treffen wir uns?“

„Schau morgen mal zu uns ins Kasino herein“, sagte Wronski; er drückte, sich gleichsam entschuldigend, Stepan Arkadjitschs Arm und ließ ihn stehen, um sich in die Mitte der Rennbahn zu begeben, wohin bereits die Pferde für das große Hindernisrennen geführt wurden.

Die erschöpften, schweißbedeckten Pferde des vorangegangenen Rennens wurden von den Stallknechten zurückgeführt, und es erschienen ausgeruht und frisch eins nach dem anderen die jetzt an die Reihe kommenden Pferde, zum größten Teil englische Rasse, die mit ihren Kapuzen und den eingefallenen Bäuchen riesengroßen fremdartigen Vögeln ähnelten. Rechter Hand wurde die prachtvolle, sehnige Frou-Frou herangeführt, die mit ihren elastischen, ziemlich langen Fesseln federnd einen Fuß vor den anderen setzte. Ein Stück weiter war man dabei, den langohrigen Gladiator von seinem Überwurf zu befreien. Die Schönheit der mächtigen, vollkommen regelmäßigen Formen des Hengstes mit seinen wundervollen Schenkeln und den ungewöhnlich kurzen, unmittelbar über den Hufen sitzenden Fesseln zog unwillkürlich die Aufmerksamkeit Wronskis auf sich. Als er sich seinem Pferd zuwenden wollte, redete ihn wieder ein Bekannter an.

„Da kommt auch Karenin", sagte der Bekannte im Laufe des Gesprächs. „Er sucht wohl seine Frau, die in der Mitte der Loge sitzt. Haben Sie sie nicht gesehen?"

„Nein, ich habe sie nicht gesehen", erwiderte Wronski und ging, ohne sich auch nur nach der Loge umzusehen, in der Anna sitzen sollte, auf sein Pferd zu.

Wronski war noch nicht dazu gekommen, den Sattel auf eine etwa notwendige Verbesserung im Sitz zu prüfen, als die Reiter auch schon zur Loge beordert wurden, um ihr Los zu ziehen und Anweisungen für den Start entgegenzunehmen. Ernst, mit strengen, zum Teil auch bleichen Gesichtern versammelten sich die Offiziere, siebzehn an der Zahl, vor der Loge und zogen ihre Lose. Wronski zog die Nummer sieben. Gleich darauf ertönte das Kommando „Aufsitzen!".

In dem Bewußtsein, zusammen mit den übrigen Reitern im Mittelpunkt des allgemeinen Interesses zu stehen, trat Wronski, der im Zustand innerer Spannung gewöhnlich eine ruhige Haltung annahm, langsam und gelassen zu seinem Pferd. Cord hatte sich zur Feier des Tages in Gala geworfen: er trug einen schwarzen, bis obenhin zugeknöpften Rock und dazu einen steifgestärkten Kragen, der gegen seine Wangen stieß, einen runden schwarzen Hut und hohe Stiefel. Ruhig und selbstbewußt wie immer stand er neben dem Pferd, das er eigenhändig an den Zügeln hielt. Frou-Frou zitterte noch immer wie vom Fieber geschüttelt. Das eine ihrer blitzenden Augen schielte Wronski entgegen. Wronski steckte einen Finger unter den Sattelgurt. Das Pferd wandte den Kopf noch weiter um, fletschte die Zähne und legte die Ohren an den Kopf. Der Engländer verzog den Mund zu einem spöttischen Lächeln, weil es jemanden einfiel, eine von ihm vorgenommene Besattelung zu prüfen.

„Steigen Sie aufs Pferd, Sie werden sich dann weniger aufregen."

Wronski sah sich ein letztes Mal nach seinen Gegnern um. Er wußte, daß er sie während des Rennens nicht mehr zu Gesicht bekommen würde. Zwei Offiziere ritten bereits an die Stelle, von der aus sie starten sollten. Galzin, einer der gefährlichen Gegner Wronskis, mit dem er befreundet war, bemühte sich um seinen Braunen, der sich nicht besteigen lassen wollte. Ein kleiner Leibhusar in engen Reithosen galoppierte vorüber und hatte sich, einen Engländer nachahmend, wie eine Katze an den Hals des Pferdes geschmiegt. Der Fürst Kusowljow saß mit bleichem Gesicht auf seiner aus dem Grabower Gestüt stammenden Vollblutstute, die ein englischer Jockei am Zügel führte. Wronski und allen seinen Kameraden war bekannt, daß sich Kusowljow durch schwache Nerven und ungeheuren Ehrgeiz auszeichnete. Sie wußten, daß ihm alles Furcht einflößte, daß er sich im Dienst sogar fürchtete, ein einfaches Reitpferd zu besteigen; aber jetzt, gerade deshalb, weil es sich um ein Wagnis handelte, weil sich manch einer dabei den Hals brach und an jedem Hindernis ein Arzt, ein mit rotem Kreuz versehener Krankenwagen und eine Krankenschwester postiert waren, gerade deshalb hatte er sich entschlossen, am Rennen teilzunehmen. Ihre Blicke trafen sich, und Wronski lächelte ihm freundlich und ermunternd zu. Nur einen sah er nirgends: seinen gefährlichsten Gegner Machotin auf Gladiator.

„Bewahren Sie Ruhe“, sagte Cord zu Wronski. „Und merken Sie sich eins: Sie dürfen das Pferd vor den Hindernissen weder hemmen noch antreiben; überlassen Sie es ihm selbst, wie es am besten zurechtkommt.“

„Schön, schön“, erwiderte Wronski und griff nach den Zügeln.

„Wenn möglich, übernehmen Sie die Führung, aber geben Sie bis zum letzten Augenblick nicht die Hoffnung auf, selbst dann nicht, wenn Sie zurückbleiben sollten.“

Das Pferd hatte sich kaum gerührt, als sich Wronski mit einer elastischen, kräftigen Bewegung in den stählernen, ausgezackten Steigbügel schwang und seinen trainierten Körper leicht und sicher in den knarrenden Ledersattel gleiten ließ. Während er den rechten Fuß in den Steigbügel steckte, ordnete er zwischen den Fingern mit geübten Griffen die doppelten Zügel, und Cord zog seine Hand zurück. Als ob sie nicht wüßte, welchen Fuß sie zuerst vorsetzen sollte, zerrte Frou-Frou mit ihrem langen Hals an den Zügeln und setzte sich, den Reiter auf dem geschmeidigen Rücken schaukelnd, in Bewegung. Cord folgte im Laufschritt. In dem Bemühen, den Reiter zu täuschen, zog die Stute mal von der einen, mal von der anderen Seite an den Zügeln, und Wronski bemühte sich vergebens, das aufgeregte Tier durch Zuspruch und Handbewegungen zu beruhigen.

Wronski näherte sich auf dem Weg zu der Stelle, von der aus gestartet werden sollte, bereits einem zum Stauen gebrachten Flüßchen. Viele der Reiter ritten vor ihm, andere folgten ihm. Plötzlich hörte Wronski hinter sich auf dem aufgeweichten Boden Pferdegetrappel, und Machotin kam auf seinem weißbeinigen, langohrigen Gladiator vorbeigaloppiert. Machotin lächelte und zeigte dabei seine langen Stoßzähne, während Wronski ihm nur einen wütenden Blick zuwarf. Machotin war ihm ohnehin unsympathisch, und da er in ihm überdies seinen gefährlichsten Gegner beim Rennen sah, ärgerte er sich über ihn, weil er durch sein Vorbeigaloppieren Frou-Frou nervös gemacht hatte. Die Stute setzte mit dem linken Vorderfuß zum Galopp an, machte zwei Sätze und ging, unwillig an den gestrafften Zügeln zerrend, in einen federnden Trab über, der den Reiter im Sattel emporschnellen ließ. Cord ärgerte sich ebenfalls und kam fast atemlos hinter Wronski hergelaufen.

25

Siebzehn Offiziere nahmen an diesem Rennen teil. Es sollte auf der großen, vier Werst langen Bahn ausgetragen werden, die sich ellipsenförmig vor der Tribüne ausdehnte. Innerhalb der Rennstrecke waren neun Hindernisse zu überwinden: das gestaute Flüßchen, eine zwei Arschin hohe Barriere unmittelbar vor der Tribüne, ein trockener und ein mit Wasser gefüllter Graben, eine Anhöhe, eine irische Bankette (eins der schwierigsten Hindernisse), die aus einem mit Reisig verkleideten Wall bestand, hinter dem sich, für das Pferd unsichtbar, noch ein Graben hinzog, so daß das Pferd mit einem einzigen Satz beide Hindernisse nehmen oder halsbrecherisch stürzen mußte; dann kamen nochmals ein trockener und zwei mit Wasser gefüllte Gräben; gegenüber der Tribüne war das Ziel. Gestartet wurde allerdings nicht auf dem Rennplatz selbst, sondern etwa hundert Sashen seitlich davon entfernt, und auf dieser Strecke mußte das erste Hindernis überwunden werden – das gestaute, drei Arschin breite Flüßchen, das die Reiter nach Belieben entweder überspringen oder von den Pferden durchwaten lassen konnten.

Die Reiter hatten schon dreimal zum Start angesetzt, aber jedesmal war eins der Pferde aus der Reihe vorgeprescht, und die Aufstellung mußte wiederholt werden. Oberst Sestrin, ein versierter Starter, war nahe daran, die Geduld zu verlieren, doch als er nun zum viertenmal „Los!" kommandierte, gelang der Start endlich.

Schon während der Aufstellung hatten sich alle Augen, alle Ferngläser auf das bunte Häufchen der Reiter gerichtet.

„Jetzt! Sie jagen los!" Nach der gespannten Stille wurden von allen Seiten Rufe laut.

Die Zuschauer begannen einzeln und in Gruppen von einem Platz zum andern zu laufen, um besser sehen zu können. Das zusammengeballte Häufchen der Reiter löste sich gleich in den ersten Augenblicken in eine lange Reihe auf, und man sah, wie sie sich hintereinander zu zweien, zu dreien und einzeln dem Flüßchen näherten. Für die Zuschauer hatte es ausgesehen, als seien sie alle zusammen losgaloppiert; in Wirklichkeit gab es indessen Abstände von Sekunden, die für die Reiter von großer Bedeutung waren.

Die erregte und nervöse Frou-Frou hatte den ersten Moment verpaßt, und mehrere Pferde waren vor ihr losgaloppiert; doch noch bevor sie das Flüßchen erreicht hatten, überholte Wronski, der mit aller Kraft das sich in die Zügel legende Pferd zurückhielt, mühelos drei der Reiter, so daß ihm nur noch der leicht und gleichmäßig laufende rote Gladiator Machotins, unmittelbar vor ihm, voraus war sowie die prächtige, ganz an der Spitze liegende Diana, auf der sich, mehr tot als lebendig, Kusowljow im Sattel hielt.

Während der ersten Augenblicke war Wronski weder seiner selbst noch des Pferdes Herr geworden. Bis zum ersten Hindernis, dem Flüßchen, gelang es ihm nicht, sein Pferd zu regieren.

Gladiator und Diana erreichten zusammen das Ufer, setzten fast im gleichen Augenblick zum Sprung an und flogen auf die andere Seite hinüber. Kaum spürbar, gleichsam fliegend, schwang sich nach ihnen Frou-Frou über das Flüßchen, und im selben Augenblick, als er sich noch durch die Luft getragen fühlte, nahm Wronski nahezu unter den Füßen Frou-Frous den Fürsten Kusowljow wahr, der sich mit seinem Pferd am jenseitigen Ufer wälzte. Kusowljow hatte nach dem Sprung die Zügel losgelassen, und das Pferd war mit ihm kopfüber zu Boden gestürzt. Doch diese Einzelheiten erfuhr Wronski erst später, jetzt sah er nur, daß die Hufe Frou-Frous möglicherweise die Beine oder den Kopf Dianas treffen konnten. Aber Frou-Frou machte, ähnlich einer fallenden Katze, in der Luft eine angestrengte Bewegung mit Füßen und Rücken und raste an dem am Boden liegenden Pferd vorüber.

Oh, du meine Gute! dachte Wronski.

Nach dem Passieren des Flüßchens hatte Wronski das Pferd vollständig in seine Gewalt bekommen und begann es zurückzuhalten, weil er die große Hürde erst nach Machotin zu nehmen gedachte, um dann auf der folgenden hindernislosen Strecke von etwa zweihundert Sashen den Versuch zu machen, ihn zu überholen.

Die Hürde war unmittelbar vor der Zarenloge errichtet. Der Herrscher, der ganze Hof und das zahlreiche Publikum – alle richteten die Augen auf sie, auf ihn und auf den eine Pferdelänge vor ihm liegenden Machotin, als sie sich dem Teufel (so wurde die große Hürde genannt) näherten. Wronski spürte die von allen Seiten auf ihn gerichteten Blicke, ohne aber etwas anderes zu sehen als Ohren und Hals seines Pferdes und die unter ihm vorüberhuschende Erde sowie die Kruppe und die weißen Füße Gladiators, die vor ihm in schnellem Takt bei immer gleichbleibendem Abstand auf den Boden stampften.

Gladiator setzte, ohne auch nur anzustoßen, über die Hürde, schwenkte einmal den kurzen Schweif und entschwand Wronskis Blicken.

„Bravo!“ rief irgendwo eine einzelne Stimme.

Im selben Moment tauchte vor Wronskis Augen die Wand der Hürde auf. Das Pferd bäumte sich, ohne im geringsten seinen Lauf zu ändern, unter ihm auf, die Wand verschwand, und nur hinter sich hörte er den Widerhall eines Aufschlags. Angefeuert durch den vor ihr laufenden Gladiator, hatte sich Frou-Frou vor der Hürde ein wenig zu früh erhoben und war mit einem Hinterhuf an die Bretter gestoßen. Ihr Lauf änderte sich indessen nicht, und Wronski, dem ein Klumpen Schmutz ins Gesicht geflogen war, merkte gleich, daß der Abstand zwischen ihm und Gladiator der gleiche geblieben war. Er hatte nach wie vor dessen Kruppe, seinen kurzen Schweif und die sich schnell bewegenden, aber nicht entfernenden Füße vor Augen.

Als Wronski eben daran dachte, daß jetzt der Augenblick gekommen sei, Machotin zu überholen, hatte auch Frou-Frou seine Gedanken schon erraten; sie wartete nicht erst eine Aufmunterung ab, sondern beschleunigte aus eigenem Antrieb ihren Lauf und versuchte, sich Machotin von der Seite des Abgrenzungsseils zu nähern, die zum Überholen am günstigsten war. Machotin gab diesen Weg nicht frei, und während Wronski noch überlegte, ob er es von der Außenseite versuchen sollte, wechselte Frou-Frou bereits den Schritt und tat genau das, woran er gedacht hatte. Die sich allmählich vom Schweiß dunkel färbenden Schultern Frou-Frous schnellten zu der Kruppe Gladiators vor. Ein paar Augenblicke liefen beide Pferde Seite an Seite. Doch vor dem nächsten Hindernis begann Wronski, der den weiten Außenkreis vermeiden wollte, mit den Zügeln zu arbeiten, und unmittelbar vor der Anhöhe jagte er in schnellem Tempo an Machotin vorbei. Er sah einen kurzen Augenblick dessen Gesicht und glaubte sogar zu erkennen, daß er lächelte. Wronski hatte Machotin zwar überholt, aber er fühlte dessen Nähe unmittelbar hinter sich, hörte ununterbrochen das gleichmäßige Aufstampfen Gladiators und spürte den immer noch frischen Atem, der stoßweise seinen Nüstern entströmte.

Die nächsten beiden Hindernisse, ein Graben und eine Hürde, bereiteten keine Schwierigkeiten, aber Wronski hörte jetzt das Schnaufen und Stampfen Gladiators deutlicher. Er trieb sein

Pferd an und merkte mit Freude, daß es mühelos seinen Lauf beschleunigte und daß die Hufschläge Gladiators wieder aus der früheren Entfernung zu hören waren.

Wronski lag an der Spitze, und da er somit das erreicht hatte, was er wollte und was dem Rat Cords entsprach, fühlte er sich jetzt seines Erfolges sicher. Seine Aufregung und Freude und sein Entzücken über Frou-Frou steigerten sich immer mehr. Er hätte sich gern umgeblickt, riskierte es aber nicht und suchte sich zu beruhigen, um nicht der Versuchung zu unterliegen, das Pferd anzutreiben, dem er unbedingt eine solche Reserve an Kraft erhalten wollte, wie sie seinem Gefühl nach Gladiator noch zur Verfügung stand. Nun mußte das schwierigste von allen Hindernissen genommen werden; gelang es ihm, dieses vor den anderen zu nehmen, dann konnte er gewiß sein, als erster durchs Ziel zu gehen. Er sprengte auf die irische Bankette zu, die sich schon von weitem vor ihm und seinem Pferd abzeichnete, und beide, er sowohl als auch sein Pferd, wurden einen Augenblick von einem leichten Zweifel befallen. Da er die Unentschlossenheit an den Ohren des Pferdes bemerkte, hob er die Peitsche, fühlte aber im selben Augenblick, daß seine Befürchtung unbegründet war: Frou-Frou wußte, was sie zu tun hatte. Sie steigerte das Tempo, stieg elastisch auf, stieß sich vom Boden ab und überließ sich der Schwungkraft des Körpers, von der sie, genauso wie Wronski es sich vorgestellt hatte, weit über den Graben hinweggetragen wurde; und im selben Takt und im gleichen Tempo setzte sie mühelos das Rennen fort.

„Bravo, Wronski!" riefen ihm mehrere Regimentskameraden und Freunde zu, die sich an diesem Hindernis aufgestellt hatten; er erkannte auch die ihm wohlbekannte Stimme Jaschwins, ohne ihn jedoch zu sehen.

Ach, du mein Kleinod! Er bedachte Frou-Frou in Gedanken mit einem Lob, während er gleichzeitig auf das horchte, was hinter ihm vorging. Er ist herüber! sagte er sich, als hinter seinem Rükken das Getrappel Gladiators laut wurde. Jetzt war als letztes Hindernis nur noch ein zwei Arschin breiter, mit Wasser gefüllter Graben zu nehmen. Wronski maß ihm keinerlei Bedeutung bei; da er aber den Wunsch hatte, vor den anderen mit einem weiten Vorsprung durchs Ziel zu gehen, begann er kreisförmig mit den Zügeln zu arbeiten und den Kopf des Pferdes im Takt des Galopps hinauf und herunter zu ziehen. Er fühlte, daß Frou-Frou im Begriff stand, ihre letzte Kraftreserve zu verausgaben, nicht nur ihr Hals und die Schultern waren naß vom Schweiß, sondern auch auf dem Widerrist, dem Kopf und auf ihren spitzen Ohren traten große Schweißtropfen hervor, und sie atmete schwer und kurz.

Doch er war überzeugt, daß diese Kraftreserve für die letzten zweihundert Sashen ausreichen würde. Nur daran, daß er sich dem Boden näher fühlte, und an der besonders weichen Bewegung erkannte Wronski, um wieviel die Stute schneller lief. Über den Graben setzte sie hinüber, als mache es ihr gar nichts aus. Sie flog wie ein Vogel über ihn hinweg; doch im selben Augenblick merkte Wronski zu seinem Erstaunen, daß er einen schweren, unverzeihlichen Fehler begangen hatte, als er, für ihn selbst ganz unerklärlich, den Bewegungen des Pferdes nicht genügend gefolgt war und sich mit voller Wucht in den Sattel zurückgesetzt hatte. Sein Körper nahm plötzlich eine veränderte Stellung ein, und er begriff, daß etwas Furchtbares geschehen sein mußte. Er war sich noch nicht im klaren darüber, was sich ereignet hatte, als unmittelbar neben ihm bereits die weißen Beine des Fuchses auftauchten und Machotin in schnellem Ritt an ihm vorbeijagte. Wronski berührte mit einem Fuß den Boden, und der Körper des Pferdes fiel auf sein Bein. Als es ihm endlich gelungen war, das Bein zu befreien, sank das Pferd schwer keuchend auf die Seite; den schlanken, schweißbedeckten Hals hielt es vorgestreckt, und in dem vergeblichen Bemühen, sich zu erheben, am ganzen Körper flatternd wie ein angeschossener Vogel, blieb es zu seinen Füßen liegen. Wronski hatte ihm durch seine ungeschickte Bewegung das Rückgrat eingedrückt. Doch dies wurde ihm erst viel später klar. Vorläufig sah er nur, daß sich Machotin schnell entfernte, während er taumelnd, allein und verlassen auf der schmutzigen, teilnahmslosen Erde stand und das schweratmende Pferd, das vor ihm lag, ihm den Kopf zuwandte und ihn aus seinen wundervollen Augen ansah. Wronski begriff immer noch nicht, was geschehen war, und zerrte das Pferd an den Zügeln. Es begann aufs neue, wie ein Fisch um sich zu schlagen, wobei die Sattelflügel knarrten, es streckte die Vorderbeine aus, aber unfähig, sich mit der Hinterpartie aufzurichten, taumelte es wieder und sank auf die Seite zurück. Das Gesicht vor Erregung entstellt, bleich und mit zuckendem Unterkiefer, stieß Wronski dem Tier mit dem Stiefelabsatz in den Bauch und begann nochmals an den Zügeln zu zerren. Doch das Pferd rührte sich nicht, sondern steckte nur die Schnauze in die Erde und blickte seinen Herrn aus seinen sprechenden Augen an.

„Oh, oh, oh!" stöhnte Wronski und griff sich an den Kopf. „Oh, oh, oh! Was habe ich getan!" schrie er auf. „Das Rennen ist verloren! Und durch meine Schuld, eine schmachvolle und unverzeihliche Schuld! Und dieses liebe, unglückliche Tier ist zugrunde gerichtet! Oh, oh, oh, was habe ich getan!"

Es kamen Leute gelaufen, ein Arzt und ein Sanitäter, Offiziere seines Regiments. Zu seinem Kummer merkte er, daß er selbst unversehrt geblieben war. Das Pferd hatte sich das Rückgrat gebrochen, und man beschloß, es zu erschießen. Wronski war unfähig, Fragen zu beantworten, war außerstande, mit jemand zu sprechen. Er drehte sich um und verließ die Rennbahn, ohne die ihm vom Kopf gefallene Mütze aufzuheben und ohne selbst zu wissen, wohin. Er war zutiefst unglücklich. Zum erstenmal in seinem Leben hatte ihn ein schweres Unglück betroffen, ein Unglück, das nicht wiedergutzumachen war und das er selbst verschuldet hatte.

Jaschwin kam ihm mit der Mütze nachgelaufen und begleitete ihn nach Hause, und nach einer halben Stunde kam Wronski wieder zu sich. Aber dieses Rennen blieb noch lange die bedrückendste und schmerzlichste Erinnerung seines Lebens.

26

In den äußeren Beziehungen zwischen Alexej Alexandrowitsch und seiner Frau hatte sich nichts geändert. Der einzige Unterschied bestand darin, daß er noch mehr beschäftigt war als früher. Wie alljährlich hatte er zu Beginn des Frühlings eine Reise ins Ausland angetreten, um dort in einem Kurort seine während des Winters durch die sich ständig mehrende Arbeit angegriffene Gesundheit wiederherzustellen, und wie gewöhnlich war er im Juli zurückgekehrt und hatte sich sofort mit verdoppelter Energie an seine Arbeit gemacht. Seine Frau war, wie immer im Sommer, in das Landhaus übergesiedelt, während er in Petersburg geblieben war.

Seit jenem Gespräch, das zwischen ihm und Anna damals im Anschluß an die Abendgesellschaft bei der Fürstin Twerskaja stattgefunden hatte, war er nicht wieder auf seine Vermutungen und seine Eifersucht zurückgekommen, und der bei ihm übliche Ton, mit dem er einen imaginären Dritten nachzuahmen pflegte, eignete sich aufs beste für sein jetziges Verhältnis zu seiner Frau. Er behandelte sie lediglich um eine Nuance kühler als früher. Es schien, als sei er gegen sie nur wegen jenes nächtlichen Gesprächs, in dem sie nicht auf ihn eingegangen war, etwas verstimmt. In seinem Umgang mit ihr machte sich ein gewisser Mißmut bemerkbar – nicht mehr. Du hast dich mit mir nicht aussprechen wollen, schien er in Gedanken zu sagen, um so schlimmer für dich! Jetzt wirst du mich vielleicht bitten, aber dann werde ich es sein, der eine Aussprache ablehnt. Um so schlimmer für dich! sagte er in Gedanken, und er war damit einem

Menschen ähnlich, der sich vergeblich bemüht, ein Feuer zu löschen, und angesichts seiner erfolglosen Anstrengungen wütend ausruft: Das hast du davon! Es geschieht dir nur recht, daß du verbrennst!

Er, ein so kluger Mensch und hervorragender Staatsmann, erkannte die ganze Unsinnigkeit nicht, die einem solchen Verhältnis zu seiner Frau innewohnte. Er erkannte sie nicht, weil er davor zurückschreckte, seine gegenwärtige Lage zu erfassen, und hatte in seinem Innern jenes Fach verschlossen und versiegelt, das seine Gefühle für die Familie, das heißt für seine Frau und den Sohn, enthielt. War er bisher ein zärtlicher Vater gewesen, so ging er gegen Ende des Winters dazu über, den Sohn auffallend kühl zu behandeln und ihm gegenüber den gleichen leicht spöttischen Ton anzuschlagen, dessen er sich im Umgang mit seiner Frau bediente: „Nun, junger Mann!" pflegte er ihn anzureden.

Alexej Alexandrowitsch war überzeugt und versicherte, nie zuvor derartig mit dienstlichen Obliegenheiten überlastet gewesen zu sein wie in diesem Jahr; er ließ indessen außer acht, daß er sich die neuen Obliegenheiten selbst ersann, daß sie eines der Mittel waren, die ihn von der Öffnung des Faches abhielten, das die Gefühle für die Familie und seine Frau sowie seine Gedanken an diese barg, die immer bedrückender wurden, je länger sie dort lagen. Wenn jemand das Recht gehabt hätte, Alexej Alexandrowitsch zu fragen, was er über das Benehmen seiner Frau dachte, dann wäre der sanfte und friedliebende Alexej Alexandrowitsch über denjenigen, der ihm eine solche Frage vorlegte, sehr entrüstet gewesen und hätte ihn keiner Antwort gewürdigt. Hieran lag es auch, daß Alexej Alexandrowitschs Gesicht stets einen merkwürdig stolzen und strengen Ausdruck annahm, wenn sich jemand bei ihm nach dem Befinden seiner Frau erkundigte. Alexej Alexandrowitsch wollte sich über das Benehmen und die Gefühle seiner Frau keine Gedanken machen, und er dachte auch tatsächlich nicht darüber nach.

Der ständige Sommersitz der Karenins war in Peterhof, und gewöhnlich war auch die Gräfin Lydia Iwanowna nach Peterhof übergesiedelt und hatte den Sommer in der Nachbarschaft und in regem Verkehr mit Anna zugebracht. In diesem Jahr hatte die Gräfin Peterhof als Sommeraufenthalt abgelehnt; sie hatte Anna auch kein einziges Mal besucht und Alexej Alexandrowitsch andeutungsweise darauf aufmerksam gemacht, daß der intime Verkehr seiner Frau mit Betsy und Wronski einen peinlichen Eindruck mache. Alexej Alexandrowitsch war ihr ins Wort gefallen, hatte in strengem Ton erklärt, daß seine Frau über jedes Gerede erhaben sei, und vermied es seitdem, mit der Gräfin Lydia Iwanowna zusammenzutreffen. Er wollte nicht sehen und sah nicht, daß seine Frau in der Gesellschaft schon von vielen scheel angesehen wurde; er wollte nicht begreifen und begriff es nicht, warum Anna so viel daran lag, nach Zarskoje überzusiedeln, wo Betsy wohnte und von wo es nicht weit bis zum Sommerlager von Wronskis Regiment war. Er weigerte sich, darüber nachzudenken, und er tat es auch nicht; aber obwohl er es sich nie eingestand und keinerlei Verdachtsgründe, geschweige denn Beweise hatte, war er sich im Grunde seines Herzens doch bewußt, von seiner Frau hintergangen zu werden, und war darüber zutiefst unglücklich.

Wie oft, wenn er im Laufe seiner achtjährigen glücklichen Ehe von untreuen Frauen und betrogenen Männern gehört hatte, wie oft hatte sich Alexej Alexandrowitsch dann gefragt: Wie kann man es nur so weit kommen lassen? Warum macht man diesem skandalösen Zustand nicht ein Ende? Doch nun, als das Unglück ihn selbst betroffen hatte, machte er sich nicht nur keine Gedanken darüber, wie man diesem Zustand ein Ende bereiten könne, sondern er wollte ihn überhaupt nicht zur Kenntnis nehmen, gerade deshalb nicht zur Kenntnis nehmen, weil er allzu schrecklich, allzu widersinnig war.

Seit der Rückkehr von seiner Auslandsreise war Alexej Alexandrowitsch zweimal in das Landhaus hinausgekommen. Das eine Mal hatte er dort das Mittagessen eingenommen und das zweite Mal den Abend dort mit Gästen verbracht; aber er war nicht einmal die Nacht über dageblieben, wie er es in früheren Jahren zu tun pflegte.

Der Tag, an dem das Rennen stattfand, war für Alexej Alexandrowitsch ein sehr arbeitsreicher Tag. Aber er hatte schon morgens eine genaue Einteilung der Zeit vorgenommen und beschlossen, früh Mittag zu essen, um gleich im Anschluß daran zu seiner Frau in das Landhaus und von dort zu den Rennen zu fahren, denen der ganze Hof beiwohnen sollte und wo er nicht fehlen durfte. Zu seiner Frau wollte er fahren, weil er es sich zur Regel gemacht hatte, sie anstandshalber einmal in der Woche zu besuchen. Außerdem mußte er ihr das Geld bringen, daß er ihr gemäß der eingeführten Ordnung am Fünfzehnten jeden Monats für die laufenden Ausgaben auszuhändigen hatte.

Stets Herr seiner Gedanken, ließ er es auch jetzt, da er alles, was seine Frau anbetraf, überdacht hatte, nicht zu, daß sich seine Überlegungen auf Dinge erstreckten, mit denen er sich augenblicklich nicht befaßte.

Am Vormittag war Alexej Alexandrowitsch außerordentlich in

Anspruch genommen. Tags zuvor hatte ihm die Gräfin Lydia Iwanowna eine kleine Broschüre eines berühmten, gerade in Petersburg weilenden Chinareisenden übersandt und ihn in einem beigefügten Brief gebeten, den Reisenden persönlich zu empfangen, da es sich um eine in vielerlei Hinsicht interessante und wichtige Persönlichkeit handelte. Alexej Alexandrowitsch war am Abend zuvor nicht mehr dazu gekommen, die Broschüre vollständig zu lesen, und las das letzte Kapitel morgens. Dann erschienen Bittsteller, Berichte mußten angehört und Besucher empfangen werden. Ernennungen und Entlassungen waren zu beschließen, Fragen über Auszeichnungen, Pensionen und Gehälter standen zur Erörterung, der Schriftwechsel – all jener Alltagskram, wie Alexej Alexandrowitsch es nannte, der so viel Zeit beanspruchte, mußte erledigt werden. Hierauf folgten als private Angelegenheiten der Besuch seines Arztes und eine Besprechung mit dem Vermögensverwalter. Der Vermögensverwalter hielt ihn nicht lange auf. Er händigte ihm nur die benötigte Summe aus und erstattete einen kurzen Bericht über die Vermögenslage, der nicht besonders günstig ausfiel; die häufigen Reisen in diesem Jahr hatten große Ausgaben erfordert, so daß ein Defizit entstanden war. Der Arzt hingegen, eine berühmte Petersburger Kapazität, der mit Alexej Alexandrowitsch persönlich befreundet war, nahm ihn lange in Anspruch. Alexej Alexandrowitsch hatte ihn heute gar nicht erwartet und war von seinem Besuch um so mehr überrascht, als der Arzt ihn sehr ausführlich nach seinem Gesundheitszustand befragte, ihm die Brust abhörte und beklopfte und die Leber abtastete. Alexej Alexandrowitsch wußte nicht, daß seine alte Freundin Lydia Iwanowna, die seit einiger Zeit seinen gar nicht guten Gesundheitszustand wahrgenommen hatte und dadurch beunruhigt war, den Arzt gebeten hatte, ihn aufzusuchen und einer Untersuchung zu unterziehen. „Tun Sie es um meinetwillen!" hatte die Gräfin Lydia Iwanowna hinzugefügt.

„Ich werde es um Rußlands willen tun, Gräfin", hatte der Arzt geantwortet.

„Ja, er ist ein Mann von unschätzbarem Wert!" hatte die Gräfin abschließend gesagt.

Der Arzt war mit seinem Befund äußerst unzufrieden. Er fand die Leber erheblich vergrößert und stellte einen unbefriedigenden Ernährungszustand fest; die Kur war völlig ohne Erfolg geblieben. Der Arzt ordnete möglichst viel körperliche Bewegung an, verbot geistige Überanstrengung und vor allem jegliche Aufregung – also gerade das, was Alexej Alexandrowitsch ebensowenig vermeiden konnte wie das Atmen; und als er dann ging, ließ er Alexej Alexandrowitsch mit dem unangenehmen Gefühl zurück, daß irgend etwas bei ihm nicht in Ordnung sei und daß sich dies nicht beheben lasse.

Beim Verlassen des Hauses traf der Arzt vor der Tür mit Sljudin, dem Kanzleidirektor Alexej Alexandrowitschs, zusammen, den er gut kannte. Sie waren Studienfreunde, und obwohl sie nur selten zusammenkamen, schätzten sie einander und waren sehr befreundet, so daß der Arzt seiner Ansicht über den Zustand des Patienten niemanden anderem als gerade Sljudin gegenüber so offenherzig Ausdruck geben konnte.

„Ich freue mich ja so, daß Sie ihn aufgesucht haben", empfing ihn Sljudin. „Es steht nicht gut mit ihm, und ich glaube ... Doch was meinen Sie?"

„Sehen Sie, es ist so", sagte der Arzt und machte seinem Kutscher über Sljudins Kopf hinweg ein Zeichen, mit dem Wagen vorzufahren. „Es ist so", wiederholte er, indem er einen Finger seiner Glacéhandschuhe in seine gepflegten Hände nahm und ihn straffzog. „Wenn eine Saite nicht gespannt ist und man will sie zerreißen, ist das sehr schwer; ist sie hingegen bis aufs äußerste gespannt und man drückt mit der ganzen Kraft des Fingers auf die gespannte Saite, dann platzt sie. Und bei der Verbissenheit und Gewissenhaftigkeit, mit denen er seinen dienstlichen Obliegenheiten nachgeht, ist er eben bis aufs äußerste angespannt; und ein Druck von außen ist vorhanden, und sogar ein schwerer", schloß der Arzt und zog vielsagend die Brauen hoch. „Kommen Sie zu den Rennen?" fügte er hinzu, während er auf den vorgefahrenen Wagen zuging. „Ja, natürlich, es nimmt viel Zeit in Anspruch", beantwortete der Arzt eine Bemerkung Sljudins, ohne sie recht verstanden zu haben.

Gleich nach dem Arzt, der Alexej Alexandrowitsch so lange aufgehalten hatte, erschien der berühmte Reisende, und Alexej Alexandrowitsch, der seine ohnehin vorhandenen Kenntnisse auf dem betreffenden Gebiet durch die eben gelesene Broschüre ergänzt hatte, verblüffte den Besucher durch die Gründlichkeit seiner Sachkenntnis und die Tiefe und Aufgeschlossenheit seiner Ansichten.

Mit dem Reisenden war auch die Ankunft des Gouvernementsadelsmarschalls gemeldet worden, der nach Petersburg gekommen war und mit dem eine Besprechung stattfinden mußte. Nachdem sich dieser wieder entfernt hatte, war die Erledigung der laufenden Angelegenheiten mit dem Kanzleidirektor abzuschließen, und wegen einer besonderen schwierigen und wichtigen Frage war noch der Besuch bei einer hochgestellten Persönlichkeit erforderlich. Alexej Alexandrowitsch schaffte es nicht, früher als gegen fünf Uhr nach Hause zu kommen, zu welcher Zeit er üblicherweise sein Mittagessen einnahm; er hatte dazu den Kanzleidirektor mitgebracht und lud diesen nach dem Essen ein, ihn auch ins Landhaus und zu den Rennen zu begleiten.

Ohne sich dessen bewußt zu sein, war Alexej Alexandrowitsch in letzter Zeit darauf bedacht, bei den Zusammenkünften mit seiner Frau stets einen Dritten zugegen zu haben.

27

Anna stand im Obergeschoß vor dem Spiegel und war im Begriff, an ihrem Kleid mit Hilfe Annuschkas die letzte Schleife zu befestigen, als vor dem Hause auf dem Kies das Knirschen von Rädern laut wurde.

Betsy kann es noch nicht sein, überlegte Anna; und als sie dann durchs Fenster schaute, erblickte sie die Equipage, in deren Tür gerade der schwarze Hut und die ihr so wohlbekannten Ohren Alexej Alexandrowitschs auftauchten. Ach, wie ungelegen! Ob er gar übernachten will? dachte sie, und alle Folgen, die sich daraus ergeben konnten, stellten sich ihr so furchtbar und schrecklich dar, daß sie kurz entschlossen hinunterging und den Ankömmlingen mit heiterem, strahlendem Gesicht entgegentrat; sie fühlte, wie sich ihrer der schon gewohnte Geist von Lug und Trug bemächtigte, gab sich ihm sofort hin und begann zu sprechen, ohne sich vorher zu überlegen, was sie sagte.

„Ach, das ist aber nett!" sagte sie, als sie ihrem Mann die Hand reichte und Sljudin, der zu den intimen Freunden des Hauses gehörte, mit einem Lächeln begrüßte. „Ich hoffe, du bleibst zur Nacht?" lauteten die ersten Worte, die ihr der Geist der Lüge in den Mund legte. „Nun können wir ja zusammen fahren. Nur schade, daß ich mich mit Betsy verabredet habe. Sie holt mich ab."

Als sie den Namen Betsy nannte, verfinsterte sich das Gesicht Alexej Alexandrowitschs.

„Oh, ich will die Unzertrennlichen nicht trennen", sagte er in seinem üblichen spöttischen Ton. „Ich werde mit Michail Wassiljewitsch fahren. Übrigens haben mir die Ärzte Bewegung empfohlen. Da kann ich unterwegs ein Stück zu Fuß gehen und werde mir einbilden, im Kurpark zu promenieren."

„Es ist ja noch viel Zeit. Trinken Sie eine Tasse Tee?" fragte sie und klingelte.

„Bringen Sie Tee und sagen Sie Serjosha Bescheid, daß Alexej Alexandrowitsch gekommen ist ... Nun, wie geht es dir? ... Sie sind noch gar nicht hier gewesen, Michail Wassiljewitsch; sehen

Sie sich nur an, wie schön es auf der Terrasse ist", sagte sie, indem sie sich einmal an den einen und dann wieder an den anderen wandte.

Anna sprach ungezwungen und natürlich, aber ein wenig zu viel und zu schnell. Sie merkte das selbst, zumal sie an der Aufmerksamkeit, mit der Michail Wassiljewitsch sie betrachtete, zu erkennen glaubte, daß er sie beobachtete.

Michail Wassiljewitsch folgte ihrer Aufforderung sogleich und trat auf die Terrasse hinaus.

Sie setzte sich zu ihrem Mann.

„Du siehst nicht sehr gut aus", bemerkte sie.

„Ja", sagte er, „heute ist auch der Doktor zu mir gekommen und hat mich eine ganze Stunde aufgehalten. Ich vermute, er ist von einem meiner Freunde geschickt worden; für so kostbar wird meine Gesundheit gehalten."

„Und was hat er gesagt?"

Sie erkundigte sich nach seiner Gesundheit und seiner Arbeit, riet ihm, sich mehr Erholung zu gönnen und zu ihr überzusiedeln.

Alles dies brachte sie hastig, in heiterem Ton und mit einem besonderen Glanz in den Augen vor. Aber Alexej Alexandrowitsch schenkte ihrem Ton jetzt keine Beachtung; er hörte lediglich ihre Worte und las aus ihnen nicht mehr heraus als ihre buchstäbliche Bedeutung. Er antwortete in natürlichem, wenn auch scherzhaftem Ton. In dem ganzen Gespräch lag nichts Besonderes; doch nie konnte sich Anna in späterer Zeit dieser kurzen Szene erinnern, ohne von brennender Scham gequält zu werden.

Serjosha erschien in Begleitung seiner Gouvernante. Wenn Alexej Alexandrowitsch dafür einen Blick gehabt hätte, wäre ihm nicht entgangen, mit welch verschüchtertem, hilflosem Ausdruck Serjosha den Vater und anschließend die Mutter ansah. Doch er wollte nichts merken und merkte auch nichts.

„Ah, der junge Mann! Er wird groß, sieht schon ganz erwachsen aus. Guten Tag, junger Mann!"

Mit diesen Worten reichte er dem erschrockenen Serjosha die Hand.

Serjosha war seinem Vater gegenüber schon immer schüchtern gewesen; jetzt jedoch, seitdem Alexej Alexandrowitsch ihn „junger Mann" zu nennen pflegte und der Knabe sich Gedanken darüber machte, ob Wronski als Freund oder Feind zu betrachten sei, flößte ihm der Vater geradezu Furcht ein. Er sah sich gleichsam schutzflehend zur Mutter um. Die Mutter war die einzige, bei der er sich wohl fühlte. Alexej Alexandrowitsch, der ein Gespräch mit der Gouvernante angeknüpft hatte, hielt den Sohn während der ganzen Zeit an der Schulter fest, und Serjosha stand dabei eine solche Qual aus, daß er, wie Anna sah, nahe daran war, in Tränen auszubrechen. Anna war schon beim Eintreten des Sohnes errötet, und als sie nun Serjoshas Zustand merkte, sprang sie schnell auf und nahm Alexej Alexandrowitschs Hand von seiner Schulter; sie küßte den Sohn, führte ihn auf die Terrasse hinaus und kam dann gleich wieder zurück.

„Doch nun wird es allmählich Zeit", sagte sie mit einem Blick auf ihre Uhr. „Ich verstehe nicht, wo Betsy bleibt."

„Übrigens", sagte Alexej Alexandrowitsch und stand auf, legte die Hände ineinander und knackte mit den Fingern, „übrigens bin ich auch gekommen, um dir Geld zu bringen, denn von schönen Worten allein wird niemand satt. Du wirst es brauchen können, nehme ich an."

„Nein, ich brauche keins … oder doch …", erwiderte sie, ohne ihn anzusehen, und wurde bis unter die Haarwurzeln rot. „Aber ich denke doch, du kommst nach dem Rennen wieder?"

„O ja!" antwortete Alexej Alexandrowitsch. „Und da ist auch schon die Zierde Peterhofs, die Fürstin Twerskaja", fügte er hinzu, als er bei einem Blick durchs Fenster ein Gespann englischer, Scheuklappen tragender Pferde vor einer Equipage mit ungewöhnlich hoch sitzender, winzig kleiner Karosserie wahrnahm. „Welche Eleganz! Fabelhaft! Nun, dann wollen wir ebenfalls aufbrechen!"

Die Fürstin Twerskaja stieg nicht aus, und nur ihr Lakai, in Stiefeletten, kurzer Pelerine und schwarzem Hütchen, sprang vor der Haustür vom Wagen ab.

„Ich komme schon!" rief Anna. „Auf Wiedersehen!" Sie küßte ihren Sohn, ging auf Alexej Alexandrowitsch zu und reichte ihm die Hand. „Es war sehr lieb von dir, daß du gekommen bist."

Alexej Alexandrowitsch küßte ihr die Hand.

„Also, bis nachher! Du wirst zum Tee wiederkommen, das ist fein!" sagte sie und ging strahlend heiter hinaus. Doch sobald sie ihn nicht mehr vor Augen hatte, spürte sie auf ihrer Hand die von seinen Lippen berührte Stelle und zuckte angewidert zusammen.

28

Als Alexej Alexandrowitsch auf der Rennbahn erschien, saß Anna bereits in der Loge an der Seite Betsys, in jener Loge, die der Sammelpunkt der großen Welt war. Sie bemerkte ihren Mann schon von weitem. Zwei Menschen, ihr Mann und der Geliebte, waren für sie die Angelpunkte ihres Lebens, und auch ohne Zuhilfenahme der äußeren Wahrnehmungsorgane spürte sie deren Nähe. Auch diesmal hatte sie schon von weitem die Annäherung ihres Mannes gefühlt, und ungewollt beobachtete sie nun, wie er sich durch die Menschenwoge weiterbewegte. Sie sah, wie er auf dem Wege zur Tribüne hier eine ehrerbietige Verbeugung durch ein herablassendes Kopfnicken erwiderte, dort freundlich, aber zerstreut Gleichgestellte begrüßte oder respektvoll auf den Blick irgendeines Mächtigen dieser Welt wartete und seinen großen runden Hut lüftete, der gegen die Spitzen seiner Ohren stieß. Sie kannte dieses ganze Gehabe, das ihr so widerwärtig war. Nur Ehrgeiz, nur die Sucht nach Erfolg, das ist alles, was seine Seele bewegt, dachte sie, und die hochtrabenden Gedankengänge, die Vorliebe für Aufklärung, die Religion – alles das ist für ihn nichts weiter als Mittel zum Zweck.

An der Art, wie er seine Augen über die Damenloge wandern ließ (sein Blick ruhte eine Weile auf Anna, doch in diesem Meer von Tüll, Schleifen, Federn, Sonnenschirmen und Hüten erkannte er sie nicht), merkte sie, daß er sie suchte; aber sie kam ihm absichtlich nicht zu Hilfe.

„Alexej Alexandrowitsch!“ rief ihn die Fürstin Betsy an. „Sie können anscheinend Ihre Frau nicht finden; hier ist sie!“

Er verzog das Gesicht zu seinem üblichen kühlen Lächeln.

„Hier herrscht ein solcher Glanz, daß die Augen geblendet werden“, sagte er beim Betreten der Loge. Er lächelte Anna zu, wie es sich für einen Mann gehört, der seiner Frau, mit der er eben erst zusammen gewesen ist, begegnet; er begrüßte die Fürstin und auch die übrigen Bekannten und zollte jedem die gebührende Achtung, indem er die Damen mit einem Scherzwort bedachte und mit den Herren kurze Begrüßungen austauschte. Unten an der Logenbrüstung stand ein von Alexej Alexandrowitsch sehr geschätzter Generaladjutant, der für außergewöhnlich klug und gebildet galt. Alexej Alexandrowitsch sprach ihn an.

Es war gerade eine Pause zwischen zwei Rennen, so daß man sich ungeniert unterhalten konnte. Der Generaladjutant mißbilligte das Abhalten von Rennen. Alexej Alexandrowitsch widersprach und setzte sich für den Rennsport ein. Anna hörte seine dünne, monotone Stimme; ihr entging keins seiner Worte, und jedes Wort kam ihr geheuchelt vor und klang ihr schmerzhaft in den Ohren.

Als sie sich bei Beginn des großen Hindernisrennens vorbeugte und unverwandt zu Wronski hinüberblickte, der auf sein Pferd zuging und dann aufsaß, hörte sie zugleich diese widerwärtige Stimme ihres Mannes, der immer weitersprach. Sosehr sie auch unter der Sorge um Wronski litt, noch mehr litt sie unter dem ihr so gut bekannten Tonfall der dünnen Stimme ihres Mannes, die überhaupt nicht mehr verstummen wollte.

Ich bin eine schlechte, eine verworfene Frau, sagte sie sich in Gedanken, aber ich hasse die Lüge und kann sie nicht ertragen; für *ihn* hingegen ist das Lügen die tägliche Nahrung. Er weiß alles, sieht alles – was kann er fühlen, wenn er dennoch fähig ist, sich so ruhig zu unterhalten? Wenn er mich, wenn er Wronski töten wollte, würde er mir Achtung einflößen. Doch nein, ihm ist es nur um ein Trugbild und um den äußeren Anstand zu tun, dachte Anna, ohne sich vorzustellen, was sie eigentlich von ihrem Mann wollte und wie er sich ihren Wünschen nach verhalten sollte. Sie begriff auch nicht, daß die heute so große Redseligkeit Alexej Alexandrowitschs, die ihr so auf die Nerven fiel, nur der Ausdruck seiner inneren Erregung und Unruhe war. Wie ein Kind, das sich verletzt hat, herumspringt und sein Blut in Bewegung bringt, um den Schmerz zu betäuben, in ähnlicher Weise mußte Alexej Alexandrowitsch sein Gehirn in Bewegung setzen, um jene Gedanken an seine Frau zu unterdrücken, die sich in ihrer und Wronskis Gegenwart und bei der häufigen Wiederholung von dessen Namen ganz von selbst einstellten. Und wie für das Kind das Springen ein natürlicher Ausweg ist, ebenso natürlich war es für ihn, in klugen und wohlformulierten Reden Ablenkung zu suchen. Er sagte:

„Das Moment der Gefahr ist bei Pferderennen, bei Rennen für Offiziere eine unerläßliche Bedingung. Wenn England in der Geschichte seiner Kriege auf so glänzende Leistungen der Kavallerie hinweisen kann, so ist dies ausschließlich darauf zurückzuführen, daß es die hierzu erforderlichen Fähigkeiten bei Menschen und Tieren im Laufe von Jahrhunderten entwickelt hat. Dem Sport kommt meiner Ansicht nach eine große Bedeutung zu; aber wir sehen wie gewöhnlich nur die Oberfläche der Sache."

„Nicht nur die Oberfläche", warf die Fürstin Twerskaja ein. „Einer der Offiziere hat sich, wie ich höre, zwei Rippen gebrochen."

Alexej Alexandrowitsch verzog den Mund zu einem Lächeln, das nur die Zähne bloßlegte, ohne sonst etwas auszudrücken.

„Zugegeben, Fürstin, daß ein Rippenbruch nichts Oberflächliches ist, sondern etwas Tiefergehendes", sagte er. „Doch nicht darum handelte es sich", fuhr er fort und wandte sich wieder dem General zu, mit dem er in ernsthaftem Ton sprach. „Wir dürfen nicht vergessen, daß es Offiziere sind, die das Rennen austragen, Männer, die sich diesen Beruf selbst gewählt haben, und Sie werden zugeben, daß jeder Beruf auch seine Kehrseite hat. Hier haben wir es mit etwas zu tun, was unmittelbar mit den Obliegenheiten eines Offiziers zusammenhängt. Der rohe Sport des Faustkampfes oder der spanischen Toreadore ist ein Zeichen von Barbarei. Aber der spezialisierte Sport ist ein Merkmal kultureller Entwicklung."

„Nein, ich komme kein zweites Mal her; es regt mich zu sehr auf", sagte die Fürstin Betsy. „Findest du nicht auch, Anna?"

„Aufregend ist es wohl, aber man kann sich nicht losreißen", bemerkte eine andere Dame. „Wenn ich als Römerin geboren wäre, hätte ich keinen einzigen Gladiatorenkampf versäumt."

Anna sagte nichts; sie nahm das Fernglas keinen Moment von den Augen und blickte unverwandt in ein und dieselbe Richtung.

In diesem Augenblick betrat ein hoher Offizier die Loge. Alexej Alexandrowitsch hielt in seiner Rede inne, stand hastig, aber nicht ohne Würde auf und verneigte sich tief vor dem vorübergehenden Offizier.

„Reiten Sie nicht mit?" fragte der Offizier scherzend.

„Mein Rennen ist von schwierigerer Art", antwortete Alexej Alexandrowitsch höflich.

Und obwohl diese Antwort rein gar nichts besagte, machte der Offizier ein Gesicht, als habe er von einem klugen Mann ein kluges Wort gehört und durchaus la pointe da la sauce verstanden.

„Wir müssen zweierlei unterscheiden", nahm Alexej Alexandrowitsch das unterbrochene Gespräch wieder auf, „einmal die Ausübenden und zum zweiten die Zuschauer. Ich gebe zu, daß die Freude an solchen Darbietungen das sicherste Merkmal für eine niedrige Entwicklungsstufe der Zuschauer ist, aber andererseits ..."

„Fürstin, machen wir eine Wette!" ertönte von unten die Stimme Stepan Arkadjitschs, dessen Anruf Betsy galt. „Wer ist Ihr Favorit?"

„Anna und ich setzen auf den Fürsten Kusowljow", antwortete Betsy.

„Ich auf Wronski. Um ein Paar Handschuhe!"

„Abgemacht!"

„Es ist doch faszinierend, nicht wahr?"

Alexej Alexandrowitsch schwieg, solange um ihn herum gesprochen wurde, ergriff dann aber sofort wieder das Wort.

„Ich bestreite nicht, daß Spiele, die Mut erfordern ...", begann er.

Doch in diesem Augenblick starteten die Reiter, und alle Gespräche wurden abgebrochen. Alexej Alexandrowitsch verstummte ebenfalls; alle erhoben sich und blickten zu dem Flüßchen. Da sich Alexej Alexandrowitsch für Rennen nicht interessierte, beobachtete er nicht die Reiter, sondern ließ seine müden Augen über die Zuschauer schweifen. Sein Blick blieb auf Anna haften.

Ihr Gesicht war blaß und hatte einen strengen Ausdruck. Sie sah offensichtlich nichts und niemanden, ausgenommen einen einzigen. Ihre Hand umklammerte krampfhaft den Fächer, und sie hielt den Atem an. Alexej Alexandrowitsch blickte eine Weile zu ihr hin, wandte sich dann schnell ab und begann die anderen Gesichter zu mustern.

Ja, jene Dame dort und die anderen sind ebenfalls sehr aufgeregt; das ist natürlich, sagte sich Alexej Alexandrowitsch. Er wollte nicht zu seiner Frau hinsehen, aber ungewollt wurden seine Augen von ihr angezogen. Sein Blick blieb abermals auf Anna haften, und wenn er sich auch sträubte, von ihrem Gesicht abzulesen, was so deutlich in ihm geschrieben stand, so mußte er doch dort zu seinem Entsetzen das wahrnehmen, was er durchaus nicht wissen wollte.

Der Sturz Kusowljows, kurz nach Beginn des Rennens am Flüßchen, versetzte alle in Aufregung; aber an dem triumphierenden Ausdruck in Annas blassem Gesicht erkannte Alexej Alexandrowitsch deutlich, daß nicht derjenige gestürzt war, den sie mit ihren Augen verfolgte. Als Machotin und Wronski die große Hürde genommen hatten und der ihnen folgende Offizier einen Kopfsturz machte und bewußtlos liegenblieb, ging ein Raunen des Entsetzens durch die ganze Menge; Alexej Alexandrowitsch jedoch sah, daß Anna das Geschehene überhaupt nicht bemerkt hatte und nur mit Mühe erfaßte, wovon eigentlich um sie herum die Rede war. Jetzt blickte er immer häufiger zu ihr hinüber und beobachtete sie immer hartnäckiger. Anna, ganz hingerissen von dem Anblick des über die Bahn sprengenden Wronski, fühlte von der Seite den auf sie gerichteten Blick der kalten Augen ihres Mannes.

Sie sah sich für einen kurzen Augenblick um, blickte ihn fragend an und wandte sich mit einem leichten Stirnrunzeln wieder ab.

Ach, mir ist alles gleichgültig, schien ihre Miene ihm sagen zu wollen, und von nun an blickte sie sich kein einziges Mal mehr zu ihm um.

Das Rennen stand unter keinem glücklichen Stern: von den siebzehn Reitern waren mehr als die Hälfte gestürzt und verletzt. Gegen Ende des Rennens hatte sich aller eine starke Erregung bemächtigt, die noch dadurch gesteigert wurde, daß der Herrscher seine Unzufriedenheit zu erkennen gab.

29

Alle äußerten laut ihr Mißfallen, alle wiederholten die von irgend jemand gebrauchte Phrase: „Nun fehlt nur noch der Zirkus mit Löwen", und da das gesamte Publikum von Entsetzen ergriffen war, lag nichts Besonderes darin, daß Anna bei dem Sturz Wronskis laut aufstöhnte. Doch gleich darauf hatte sich Annas Gesichtsausdruck in einer Weise verändert, die unpassend war. Sie hatte völlig die Fassung verloren; sie flatterte wie ein gefangener Vogel hin und her: bald wollte sie aufstehen und irgendwohin gehen, bald wandte sie sich wieder zu Betsy.

„Wir wollen fahren, wir wollen fahren", sagte sie.

Doch Betsy hörte sie nicht. Sie hatte sich über die Brüstung gebeugt und unterhielt sich mit einem General, der zu ihr herangetreten war.

Alexej Alexandrowitsch ging auf Anna zu und hielt ihr zuvorkommend seinen Arm hin.

„Wir wollen gehen, wenn es Ihnen recht ist", sagte er auf französisch; aber Anna lauschte auf das, was der General erzählte, und bemerkte ihren Mann gar nicht.

„Er soll sich ebenfalls ein Bein gebrochen haben, heißt es", sagte der General. „Das ist doch wirklich des Guten zuviel."

Anna hob das Fernglas an die Augen und blickte, ohne ihrem Mann etwas zu antworten, in die Richtung, wo Wronski gestürzt war; aber es war zu weit, und es drängten sich dort so viele Menschen, daß sie nichts sehen konnte. Sie ließ das Glas sinken und wollte gehen. Doch in diesem Augenblick kam ein Offizier herangesprengt und berichtete dem Herrscher irgend etwas. Anna beugte sich vor und lauschte.

„Stiwa! Stiwa!" rief sie ihrem Bruder zu.

Doch der Bruder hörte sie nicht. Sie schickte sich wieder zum Gehen an.

„Ich biete Ihnen nochmals meinen Arm an", sagte Alexej Alexandrowitsch und berührte ihren Arm.

Sie zog sich angewidert von ihm zurück und antwortete, ohne ihn anzusehen:

„Nein, nein, lassen Sie mich, ich bleibe hier."

Sie sah jetzt, daß von der Stelle, an der Wronski gestürzt war, ein Offizier über den Rasen auf die Loge zugelaufen kam. Betsy winkte ihm mit dem Taschentuch.

Der Offizier berichtete, daß der Reiter unverletzt geblieben sei, das Pferd sich aber das Rückgrat gebrochen habe.

Als Anna dies hörte, setzte sie sich schnell auf ihren Platz zurück und verdeckte das Gesicht mit dem Fächer. Alexej Alexandrowitsch sah, daß sie weinte; sie war außerstande, die Tränen zurückzuhalten, und ihre Brust hob sich unter ihrem heftigen Schluchzen. Alexej Alexandrowitsch stellte sich vor sie hin, um sie den Blicken des Publikums zu entziehen und ihr Zeit zu lassen, die Fassung wiederzugewinnen.

„Ich biete Ihnen zum drittenmal meinen Arm“, redete er sie nach einer Weile wieder an. Anna blickte ihm ins Gesicht und wußte nicht, was sie sagen sollte. Die Fürstin Betsy kam ihr zu Hilfe:

„Nein, Alexej Alexandrowitsch, ich habe Anna hergebracht und habe ihr versprochen, sie auch wieder zurückzubringen.“

„Verzeihen Sie, Fürstin“, sagte er mit einem verbindlichen Lächeln und blickte ihr zugleich fest in die Augen. „Aber da ich sehe, daß sich Anna nicht ganz wohl fühlt, wünsche ich, daß sie mit mir fährt.“

Anna blickte erschrocken auf, erhob sich gehorsam und schob ihren Arm unter den ihres Mannes.

„Ich werde zu ihm schicken und Ihnen Nachricht geben, was ich erfahren habe“, flüsterte ihr Betsy zu.

Beim Verlassen der Loge wechselte Alexej Alexandrowitsch wie immer ein paar Worte mit entgegenkommenden Bekannten, und Anna war gezwungen, wie sonst Rede und Antwort zu stehen; aber sie war nicht mehr sie selbst und schritt wie im Traum am Arm ihres Mannes dahin.

Ist er verletzt oder nicht? Ist es auch wahr, was man erzählt? Wird er herkommen oder nicht? Werde ich ihn heute wiedersehen? Die Gedanken schwirrten ihr durch den Kopf.

Sie nahm wortlos in Alexej Alexandrowitschs Wagen Platz und verharrte auch bei ihrem Schweigen, als sie sich aus dem Wirrwarr der wartenden Equipagen gelöst hatten. Ungeachtet alles dessen, was Alexej Alexandrowitsch mit eigenen Augen gesehen hatte, schrak er davor zurück, sich den wahren Zustand seiner Frau vorzustellen. Er schenkte lediglich den äußeren Erscheinungen Beachtung. Es war ihm nicht entgangen, daß sie sich ungebührlich benommen hatte, und er hielt es für seine Pflicht, ihr das zu sagen. Es fiel ihm indessen sehr schwer, ihr nur dies zu sagen und alle Umschweife zu unterlassen. Er öffnete den Mund, um seiner Frau ihr ungehöriges Benehmen vorzuhalten, sagte jedoch etwas ganz anderes:

„Es ist doch erstaunlich, welches Vergnügen wir alle an solchen gräßlichen Schauspielen finden. Mir fällt auf ...“

„Wie? Ich verstehe nichts“, unterbrach Anna verächtlich.

Er fühlte sich gekränkt und ging nun sofort dazu über, das zu sagen, worauf es ihm ankam.

„Ich muß Ihnen sagen", fing er an.

Jetzt kommt die Auseinandersetzung! dachte Anna; ihr schauderte.

„Ich muß Ihnen sagen", wiederholte er auf französich, „daß Sie sich heute ungehörig benommen haben."

„Wodurch habe ich mich denn ungehörig benommen?" fragte sie in gereiztem Ton und blickte, sich ihm zuwendend, ihm gerade in die Augen; in ihrem Gesicht spiegelte sich jetzt nicht mehr jene erkünstelte Heiterkeit, die über ihre wahren Gefühle hinwegtäuschen sollte, sondern es hatte einen energischen Ausdruck, unter dem sie mit Mühe ihre Angst verbarg.

„Beachten Sie bitte ...", sagte er und deutete auf das offene Fenster hinter dem Kutschbock.

Er beugte sich vor und zog die Scheibe in die Höhe.

„Was haben Sie ungehörig gefunden?" wiederholte sie.

„Jene Verzweiflung, die Sie beim Sturz eines der Reiter nicht zu verbergen verstanden."

Er war auf Widerspruch gefaßt; doch sie sagte nichts und blickte schweigend vor sich hin.

„Ich habe Sie schon früher gebeten, sich in der Öffentlichkeit so zu benehmen, daß Ihnen böse Zungen nichts nachsagen können. Einstmals habe ich von unseren inneren Beziehungen gesprochen; von diesen spreche ich jetzt nicht. Jetzt spreche ich von dem äußeren Eindruck. Sie haben sich ungehörig benommen, und ich möchte mir ausbitten, daß sich das nicht wiederholt."

Sie hörte nur mit halbem Ohr zu, fürchtete sich vor ihm und dachte darüber nach, ob es auch wohl zuträfe, daß Wronski keinen Schaden genommen hatte. Hatte sie recht gehört, daß er unverletzt geblieben sei und daß sich nur sein Pferd das Rückgrat gebrochen habe? Als Alexej Alexandrowitsch endete, zwang sie sich nur ein spöttisches Lächeln ab und antwortete nichts, weil sie den Sinn seiner Worte gar nicht erfaßt hatte. Alexej Alexandrowitsch hatte seine Rede in selbstsicherem Ton begonnen, doch als er sich mit aller Klarheit vergegenwärtigte, worüber er sprach, ergriff die Furcht, von der Anna gequält wurde, auch ihn. Er bemerkte ihr Lächeln und wurde von einer seltsamen Verwirrung erfaßt.

Sie macht sich über meinen Argwohn lustig. Sicherlich wird sie gleich dasselbe sagen, was sie mir das vorige Mal geantwortet hat: daß mein Argwohn unbegründet sei, daß ich mich damit lächerlich mache.

Jetzt, da er im nächsten Moment vielleicht genötigt sein würde, den Tatsachen ins Auge zu blicken, war es sein heißester Wunsch, daß sie auch diesmal erklären möge, sein Verdacht sei lächerlich und entbehre jeder Begründung. Das, was er wußte, war so entsetzlich, daß er bereit gewesen wäre, alles zu glauben. Doch der Ausdruck ihres verstörten und finsteren Gesichts ließ nicht einmal eine Täuschung zu.

„Vielleicht irre ich mich", sagte er. „In diesem Falle bitte ich um Verzeihung".

„Nein, Sie irren sich nicht", antwortete sie langsam und blickte mit dem Mut der Verzweiflung in sein kaltes Gesicht. „Sie irren sich nicht. Ich war verzweifelt und kann auch jetzt nicht anders als verzweifelt sein. Ich höre Sie an und denke an ihn. Ich liebe ihn, ich bin seine Geliebte. Ich kann Sie nicht ausstehen, ich fürchte, ich hasse Sie ... Fangen Sie mit mir an, was Sie wollen."

Sie sank schluchzend in die Polster des Wagens zurück und bedeckte das Gesicht mit den Händen. Alexej Alexandrowitsch saß regungslos auf seinem Platz und blickte unverwandt geradeaus. Aber sein ganzes Gesicht hatte plötzlich die feierliche Starrheit eines Toten angenommen und behielt diesen Ausdruck unverändert während der ganzen Fahrt bei. Als der Wagen am Hause vorfuhr, wandte er sich mit immer noch demselben Gesichtsausdruck zu ihr um.

„So! Aber ich bestehe auf einer Beachtung der äußeren Anstandspflichten so lange ...", hier begann seine Stimme zu zittern, „bis ich die erforderlichen Maßnahmen zur Wahrung meiner Ehe getroffen und sie Ihnen mitgeteilt habe."

Er stieg vor ihr aus und half ihr aus dem Wagen. Er drückte ihr mit Rücksicht auf den Diener schweigend die Hand, stieg in den Wagen zurück und fuhr nach Petersburg.

Bald darauf erschien ein Diener der Fürstin Betsy und überbrachte Anna ein Briefchen.

„Ich habe zu Alexej geschickt und fragen lassen, wie es ihm geht; er schreibt, daß er gesund und unverletzt, aber verzweifelt sei."

Also wird er kommen! dachte Anna. Wie gut, daß ich ihm (sie meinte ihren Mann) alles gesagt habe.

Sie blickte auf die Uhr. Bis zur verabredeten Zeit waren es noch drei Stunden, und die Erinnerung an die Einzelheiten ihres letzten Zusammenseins brachte ihr Blut in Wallung.

Mein Gott, wie hell es ist! Es ist beängstigend und doch so schön, sein liebes Gesicht in dieser zauberhaften Beleuchtung zu sehen ... Mein Mann? Ach ja, richtig ... Nun, Gott sei Dank, daß das vorüber ist.

Wie es überall geschieht, wo sich eine größere Anzahl von Menschen zusammenfindet, gab es auch in dem kleinen deutschen Kurort, in den der Fürst Stscherbazki mit seiner Frau und jüngsten Tochter gereist war, so etwas wie einen gesellschaftlichen Kristallisationsprozeß, der jedem Kurgast einen bestimmten, ein für allemal feststehenden Platz zuwies. Ebenso sicher und unvermeidlich wie ein Teilchen Wasser bei Kälte eine bestimmte Form von Schneekristall annimmt, genauso wurde hier jedem neu zugereisten Kurgast der ihm gemäße Platz eingeräumt.

Durch eine Kristallisation dieser Art erhielten auch *Fürst Stscherbazki samt Gemahlin und Tochter** sofort den Platz, der ihnen sowohl in Anbetracht der Wohnung, die sie gemietet hatten, als auch auf Grund ihres Namens und der Bekannten, die sie hier antrafen, zustand und vorausbestimmt war.

In diesem Jahr weilte in dem Kurort eine deutsche Fürstin aus regierendem Hause, was zur Folge hatte, daß die Kristallisation noch gründlicher durchgeführt wurde als sonst. Die Fürstin Stscherbazkaja brannte darauf, Ihrer Durchlaucht ihre Tochter vorzustellen, und brachte diese feierliche Zeremonie bereits am zweiten Tage zustande. Kitty führte in ihrem aus Paris bezogenen „ganz schlichten", das heißt höchst eleganten Sommerkleid sehr graziös einen tiefen Knicks aus. Die deutsche Fürstin sagte: „Ich hoffe, daß die Rosen auf diesem hübschen Gesichtchen bald wieder aufblühen werden." Damit war die Lebensführung der Stscherbazkis in bestimmte, genau vorgezeichnete Bahnen gelenkt, die nicht mehr verlassen werden konnten. Sie machten die Bekanntschaft einer englischen Lady und ihrer Familie, lernten eine deutsche Gräfin und deren im letzten Kriege verwundeten Sohn kennen, ferner einen schwedischen Gelehrten sowie Monsieur Canut und dessen Schwester. Es ergab sich indessen ganz von selbst, daß sie die meiste Zeit in Gesellschaft einer Moskauer Dame, Marja Jewgenjewna Rtistschewas, und deren Tochter – die letztere konnte Kitty deshalb nicht leiden, weil sie, ebenso wie sie selbst, an Liebeskummer erkrankt war – und in Gesellschaft eines Moskauer Obersten verbrachten, den Kitty von Kindheit an nie anders als in Uniform und mit Schulterstücken gesehen und gekannt hatte und der hier mit seinen kleinen Augen, dem offenen Hals und einer bunten Krawatte ungemein komisch wirkte und dadurch lästig fiel, daß man ihn nie loswerden konnte. Als alles dies zu einer feststehenden Regel geworden war, langweilte sich Kitty sehr, zumal der Fürst nach Karlsbad weitergereist und sie mit der Mutter allein zurückgeblieben war. Für die ihr bereits bekannten Kurgäste interessierte sie sich nicht, weil sie fühlte, daß von diesen nichts Neues zu erwarten war. Ihr hauptsächlichster Zeitvertreib bestand darin, im Kurpark die fremden Kurgäste zu beobachten und über sie Vermutungen anzustellen. Ihrer ganzen Veranlagung nach neigte Kitty dazu, bei allen und namentlich bei ihr unbekannten Menschen die allerbesten Eigenschaften vorauszusetzen. So malte sie sich auch jetzt, wenn sie zu ergründen suchte, was jeder darstellte und welche Beziehungen zwischen den verschiedenen Menschen bestanden, lauter edle und erhabene Charaktere aus und glaubte in ihren Beobachtungen eine Bestätigung zu finden.

Am meisten interessierte sich Kitty für ein junges russisches Mädchen, das als Begleiterin einer kranken russischen Dame angekommen war, einer Madame Stahl, wie sie allgemein genannt wurde. Madame Stahl gehörte der obersten Gesellschaftsschicht an; sie war so gebrechlich, daß sie nicht gehen konnte und nur an besonders schönen Tagen in einem Rollstuhl auf der Kurpromenade erschien. Madame Stahl mied jeden Verkehr mit den russischen Kurgästen, was die Fürstin Stscherbazkaja nicht sosehr auf ihr Leiden, als vielmehr auf ihren Hochmut zurückführte. Das junge russische Mädchen pflegte Madame Stahl, widmete sich darüber hinaus aber auch allen übrigen Schwerkranken, deren es hier eine große Anzahl gab und die sie, wie Kitty beobachtete, aufs rührendste betreute. Das junge russische Mädchen war, sofern Kittys Beobachtungen stimmten, nicht mit Madame Stahl verwandt, sie stand aber auch nicht in einem gewöhnlichen Dienstbotenverhältnis zu ihr. Madame Stahl nannte sie Warenka, und von den anderen wurde sie Mademoiselle Warenka genannt. Ganz abgesehen davon, daß sich Kitty aufs lebhafteste für die Art der Beziehungen interessierte, die das junge Mädchen mit Madame Stahl und anderen ihr unbekannten Kurgästen verbanden, fühlte sie sich, wie es in solchen Situationen häufig vorkommt, auf eine unerklärliche Weise zu Mademoiselle Warenka hingezogen und merkte auch, wenn sich ihre Blicke einmal trafen, daß ihre Sympathie erwidert wurde.

Man konnte nicht sagen, daß Mademoiselle Warenka die erste Jugend bereits hinter sich habe; sie machte vielmehr den Eindruck eines Wesens, dem die Jugend überhaupt etwas Fremdes ist, und sie konnte ebensogut auf neunzehn wie auf dreißig Jahre geschätzt werden. Wenn man ihre Züge im einzelnen betrachtete, war sie ungeachtet ihrer ungesunden Gesichtsfarbe eher hübsch als häßlich zu nennen. Auch ihre Figur hätte Gefallen finden können, wenn sie nicht allzu hager und der Kopf im Verhältnis zum übrigen Körper nicht etwas zu groß gewesen wäre; wie auch immer, sie war kein Typ für Männer. Sie erinnerte an eine schöne, noch vollblättrige, aber schon im Verblühen begriffene und nicht mehr duftende Blume. Um auf Männer anziehend zu wirken, fehlte ihr außerdem das, was Kitty im Überfluß besaß: eine verhaltene Lebensglut und das Bewußtsein der eigenen Anziehungskraft.

Sie schien immer etwas zu erledigen, was unbedingt notwendig war, und daher keine Zeit zu finden, sich für nebensächliche Dinge zu interessieren. Dieser Gegensatz zu ihrer eigenen Lebensweise zog Kitty besonders an. Kitty glaubte in Warenka und in deren Lebensweise ein Vorbild dafür gefunden zu haben, wonach sie jetzt so verzweifelt suchte: eine ernste und würdige Lebensauffassung, zum Unterschied von der in ihren Kreisen üblichen Einstellung der jungen Mädchen zu Männern, die ihr jetzt Abscheu einflößte und wie eine schamlose Schaustellung auf Käufer wartender Ware vorkam. Je länger Kitty ihre unbekannte Freundin beobachtete, um so mehr festigte sich in ihr die Überzeugung, daß dieses junge Mädchen wirklich so ein vollkommenes Geschöpf war, wie sie es vermutet hatte, und um so lebhafter empfand sie den Wunsch, ihre Bekanntschaft zu machen.

Die beiden jungen Mädchen begegneten einander mehrmals täglich, und bei jeder Begegnung war Kittys Augen abzulesen: Wer sind Sie? Was sind Sie? Nicht wahr, Sie sind doch das bewundernswerte Geschöpf, für das ich Sie halte? Doch fürchten Sie ja nicht, fügte ihr Blick hinzu, daß ich so vermessen bin, Ihnen meine Bekanntschaft aufzudrängen. Ich habe Sie einfach gern und habe Freude daran, Sie zu sehen. – Ich habe Sie ebenfalls gern, Sie sind sehr, sehr lieb. Und ich würde Sie noch lieber haben, wenn ich Zeit hätte, antwortete der Blick des fremden jungen Mädchens. Und Kitty sah auch, daß Mademoiselle Warenka in der Tat ununterbrochen beschäftigt war: bald geleitete sie die Kinder einer russischen Familie von den Quellen wieder nach Hause, bald kam sie mit einem Plaid, um eine Kranke einzuwickeln, bald suchte sie einen nervösen Kranken zu zerstreuen, oder sie war unterwegs, um für jemand Gebäck zum Kaffee auszuwählen und zu kaufen.

Kurze Zeit nach der Ankunft der Stscherbazkis stellten sich beim morgendlichen Brunnentrinken zwei neue Kurgäste ein, die allgemein unliebsames Aufsehen erregten. Es war ein hochaufgeschossener Mann in einem abgetragenen, für ihn viel zu kurzen Mantel, mit gekrümmtem Rücken, ungewöhnlich großen Händen und mit schwarzen Augen, die einen kindlichen und zugleich finsteren Ausdruck hatten, und eine pockennarbige, an sich ganz hübsche, aber sehr schlecht und geschmacklos gekleidete Frau.

Als Kitty merkte, daß es Russen waren, begann sie sofort dieses Paar in ihrer Phantasie mit einem wunderschönen und rührenden Roman zu umgeben, aber die Fürstin, die aus der *Kurliste** ersehen hatte, daß es sich um Nikolai Lewin und Marja Nikolajewna handelte, erklärte ihrer Tochter, was für ein schlechter Mensch dieser Lewin sei, wodurch alle Traumbilder über diese beiden Personen zerstört wurden. Nicht sosehr das, was ihr die Mutter erzählt hatte, als vielmehr der Umstand, daß dieser Lewin ein Bruder Konstantins war, trug dazu bei, daß Kitty die beiden neuen Kurgäste plötzlich in höchstem Grade unsympathisch fand. Durch seine Angewohnheit, mit dem Kopf zu zucken, flößte ihr Nikolai Lewin fortan einen unüberwindlichen Widerwillen ein.

Sie glaubte in seinen großen finsteren Augen, mit denen er sie beharrlich verfolgte, einen Ausdruck von Haß und Spott zu erkennen, und sie bemühte sich, ihm aus dem Wege zu gehen.

31

Es war ein trüber Tag, den ganzen Vormittag regnete es, und die mit Regenschirmen bewaffneten Kurgäste drängten sich in der Wandelhalle.

Kitty promenierte mit ihrer Mutter in Begleitung des Moskauer Obersten, der vergnügt in seinem nach europäischer Mode gearbeiteten Anzug einherstolzierte, den er sich in Frankfurt fertig gekauft hatte. Sie hielten sich auf der einen Seite der Halle, um nicht mit Lewin zusammenzutreffen, der auf der anderen Seite promenierte. Warenka, wie immer dunkel gekleidet und mit einem schwarzen Hut, dessen Rand nach unten gebogen war, wandelte mit einer blinden Französin von einem Ende der Halle zum anderen, und jedesmal, wenn sie an Kitty vorbeikam, lächelten beide einander freundlich zu.

„Mama, darf ich sie ansprechen?“ fragte Kitty, die ihrer unbekannten Freundin nachgeblickt und bemerkt hatte, daß sie an die Quelle herangetreten war, wo sich die Gelegenheit geboten hätte, ein Gespräch anzuknüpfen.

„Wenn dir so viel daran liegt, will ich zuerst Erkundigungen einziehen und dann selbst die Bekanntschaft vermitteln“, antwortete die Mutter. „Aber was findest du denn Besonderes an ihr? Eine Gesellschafterin, allem Anschein nach. Wenn du willst, kann ich mich ja mit Madame Stahl bekannt machen. Ich habe ihre belle-sœur gekannt“, fügte die Fürstin hinzu und erhob stolz den Kopf.

Kitty wußte, daß die Fürstin gekränkt war, weil Madame Stahl es anscheinend absichtlich unterließ, ihre Bekanntschaft zu machen. Sie beharrte nicht auf ihrem Wunsch.

„Nein, sie ist wirklich bewunderungswürdig!“ sagte Kitty, als sie beobachtete, wie Warenka der Französin ein Glas mit Wasser reichte. „Sehen Sie nur, mit welch natürlicher Anmut sie alles tut.“

„Deine engouements wirken nachgerade komisch“, bemerkte die Fürstin. „Doch nun laß uns lieber umkehren“, fügte sie hinzu, als sie sah, daß ihnen Lewin mit seiner Dame entgegenkam und laut und wütend auf einen ihn begleitenden deutschen Arzt einredete.

Sie waren schon im Begriff zurückzugehen, als das laute Sprechen plötzlich in Geschrei überging. Lewin war stehengeblieben und schrie, und auch der Arzt ereiferte sich jetzt. Es entstand ein Auflauf. Die Fürstin zog sich mit Kitty schleunigst zurück, während sich der Oberst der Menge zugesellte, um den Sachverhalt zu erfahren.

Nach einigen Minuten holte der Oberst sie wieder ein.

„Was hat es denn gegeben?“ erkundigte sich die Fürstin.

„Es ist eine Blamage!“ antwortete der Oberst. „Man fürchtet sich förmlich, im Ausland mit Russen zusammenzutreffen. Dieser hochaufgeschossene Herr ist mit dem Arzt in Streit geraten, hat ihn mit Grobheiten traktiert, weil er ihn nicht richtig behandele, und ihm mit dem Stock gedroht. Eine Schande geradezu!“

„Ach, wie unangenehm!“ sagte die Fürstin. „Und womit hat es geendet?“

„Nur gut, daß sich jene da ... nun, die mit dem pilzförmigen Hut, eingemischt hat. Auch eine Russin anscheinend“, sagte der Oberst.

„Mademoiselle Warenka?“ fiel Kitty lebhaft ein.

„Ja, ja. Die wußte sich schneller als alle anderen zu helfen: sie nahm diesen Herrn am Arm und führte ihn weg.“

„Sehen Sie wohl, Mama“, sagte Kitty zu ihrer Mutter. „Und da staunen Sie noch, daß ich sie bewundere.“

Als Kitty am nächsten Tag ihre unbekannte Freundin beobachtete, sah sie, daß Mademoiselle Warenka zu Lewin und dessen Begleiterin bereits in demselben Verhältnis stand wie zu ihren anderen protégés. Sie trat an sie heran, unterhielt sich mit ihnen und dolmetschte für die Frau, die keiner fremden Sprache kundig war.

Kitty bestürmte ihre Mutter nun noch dringender und erbat sich die Erlaubnis, sich mit Warenka bekannt machen zu dürfen. So unangenehm es der Fürstin auch war, gewissermaßen den ersten Schritt zur Anbahnung einer Bekanntschaft mit Madame Stahl tun zu müssen, die sich herausnahm, auf irgend etwas eingebildet zu sein, zog sie nun doch Erkundigungen über Warenka ein; und da die erhaltenen Auskünfte darauf schließen ließen, daß von einer Bekanntschaft mit ihr keinerlei Schaden, wenn auch nicht sonderlich viel Nutzen zu erwarten war, setzte sie sich ihrerseits mit Warenka in Verbindung und machte sich mit ihr bekannt.

Sie paßte einen Moment ab, da sich ihre Tochter zur Quelle begeben hatte; Warenka war vor der Auslage eines Bäckerladens stehengeblieben, und so ging die Fürstin auf sie zu.

„Erlauben Sie, daß ich mich mit Ihnen bekannt mache", sagte sie mit ihrem würdevollen Lächeln. „Meine Tochter schwärmt für Sie", fuhr sie fort. „Sie kennen mich vielleicht nicht. Ich bin ..."

„Das beruht ganz auf Gegenseitigkeit, Fürstin", beeilte sich Warenka zu versichern.

„Sie haben gestern ein so gutes Werk an unserem bedauernswerten Landsmann vollbracht", fuhr die Fürstin fort.

Warenka errötete.

„Ich weiß gar nicht, warum; ich habe doch eigentlich nichts getan", entgegnete sie.

„Nun, Sie haben diesen Lewin jedenfalls vor Unannehmlichkeiten bewahrt."

„Ach ja, sa compagne hatte sich an mich gewandt, und ich suchte ihn zu beruhigen; er ist sehr krank und unzufrieden mit dem Arzt. Ich habe im Umgang mit Kranken schon Übung."

„Soviel ich gehört habe, leben Sie in Mentone mit Madame Stahl zusammen, die ja wohl, wenn ich nicht irre, eine Tante von Ihnen ist. Ich war mit ihrer belle-sœur bekannt."

„Nein, eine Tante von mir ist sie nicht. Ich nenne sie wohl maman, bin aber nicht verwandt mit ihr; sie hat mich erzogen", antwortete Warenka und errötete abermals.

Alles, was sie sagte, klang so natürlich und ungekünstelt, und ihr offenes Gesicht hatte dabei einen so reizenden und treuherzigen Ausdruck, daß die Fürstin jetzt begriff, warum ihre Tochter Warenka liebgewonnen hatte.

„Und was wird nun aus diesem Lewin?" fragte die Fürstin.

„Er reist ab", antwortete Warenka.

In diesem Augenblick kam Kitty, die schon von weitem sah, daß sich ihre Mutter mit Warenka bekannt gemacht hatte, freudestrahlend von der Quelle zurück.

„So, Kitty, nun ist auch dein sehnlicher Wunsch, die Bekanntschaft mit Mademoiselle ..."

„Warenka", fiel diese lächelnd ein. „So nennen mich alle."

Kitty errötete vor Freude und drückte schweigend die Hand ihrer neuen Freundin, deren Hand den Druck nicht erwiderte, sondern regungslos in der ihren lag. Warenka erwiderte zwar den Händedruck Kittys nicht, aber ihr Gesicht verklärte sich durch ein stilles, glückliches, wenn auch ein wenig wehmütiges Lächeln, das ihre großen, doch schönen Zähne sichtbar werden ließ.

„Ich habe es mir auch schon lange gewünscht", sagte sie.

„Aber Sie haben doch so viel zu tun …"

„Ach nein, ich habe gar nichts zu tun", antwortete Warenka; doch schon im gleichen Augenblick mußte sie sich von ihren neuen Bekannten trennen, weil die beiden Töchterchen eines kranken Russen sie holen kamen.

„Warenka, Mama läßt rufen!" schrien sie.

Und Warenka folgte ihnen.

32

Die Einzelheiten, die die Fürstin über die Vergangenheit Warenkas und über deren Beziehungen zu Madame Stahl sowie über diese selbst in Erfahrung gebracht hatte, waren folgende:

Madame Stahl, von der die einen behaupteten, sie habe ihren Mann zu Tode gequält, während andere versicherten, sie sei von ihm durch seinen ausschweifenden Lebenswandel ins Unglück gestürzt worden, war offenbar von jeher eine kränkliche und exaltierte Frau. Als sie, von ihrem Mann bereits geschieden, ihr erstes Kind zur Welt gebracht hatte, war dieses Kind unmittelbar nach der Geburt gestorben, und ihre Verwandten, die ihren sensiblen Charakter kannten und fürchteten, sie würde den Schmerz hierüber nicht überleben, hatten ihr ein fremdes Kind untergeschoben, nämlich das in derselben Nacht und in demselben Hause in Petersburg geborene Töchterchen eines Hofkochs. Dieses fremde Kind war Warenka. Später erfuhr Madame Stahl, daß Warenka nicht ihre Tochter war, aber sie ließ ihr weiterhin ihre Erziehung angedeihen, wozu sie sich um so mehr bewogen fühlte, als Warenkas Eltern inzwischen gestorben waren.

Madame Stahl lebte nun schon seit über zehn Jahren ununterbrochen im Ausland, im südlichen Frankreich, und war dauernd ans Bett gefesselt. Manche sagten ihr nach, sie hätte ihr Eintreten für Religion und Wohlfahrt als Aushängeschild benutzt, um sich eine angesehene Stellung in der Öffentlichkeit zu schaffen, während andere meinten, sie wäre wirklich ein so edler, hochsinniger, nur auf das Wohl ihres Nächsten bedachter Mensch, wie sie zu sein vorgäbe. Niemand wußte, welcher Konfession sie angehörte, ob der katholischen, protestantischen oder orthodoxen; fest stand nur so viel, daß sie freundschaftliche Beziehungen zu den höchsten Würdenträgern aller Kirchen und Bekenntnisse unterhielt.

Warenka lebte mit ihr ständig im Ausland, und alle, die Madame Stahl kannten, kannten auch Mademoiselle Warenka, wie sie allgemein genannt wurde, und hatten sie lieb.

Nachdem die Fürstin alle diese Einzelheiten erfahren hatte, fand sie, daß gegen einen Verkehr ihrer Tochter mit Warenka nichts einzuwenden sei, zumal Warenka allerbeste Umgangsformen hatte, ausgezeichnet Französisch und Englisch sprach und überhaupt über eine vorzügliche Bildung verfügte. Und was die Hauptsache war: sie richtete der Fürstin von Madame Stahl aus, daß diese es sehr bedauere, sich infolge ihrer Krankheit das Vergnügen versagen zu müssen, die Bekanntschaft der Fürstin zu machen. Jetzt, im persönlichen Verkehr mit Warenka, nahm Kittys Bewunderung für ihre Freundin noch immer mehr zu, und sie entdeckte an ihr täglich neue Vorzüge. Die Fürstin hatte gehört, daß Warenka eine schöne Stimme habe, und lud sie daraufhin ein, abends einmal zu ihnen zu kommen und etwas zu singen.

„Kitty spielt, und wir haben ein Klavier, wenn auch kein sehr gutes; aber Sie würden uns eine große Freude bereiten", sagte die Fürstin mit ihrem gezierten Lächeln, das Kitty diesmal besonders unangenehm war, weil sie merkte, daß Warenka nicht gern vorsang. Immerhin, Warenka erschien abends und brachte ein Notenheft mit. Die Fürstin hatte für diesen Abend auch Marja Jewgenjewna mit ihrer Tochter und den Oberst eingeladen. Warenka schien durch die Anwesenheit der ihr unbekannten Gäste nicht im geringsten verlegen und ging ohne weiteres zum Klavier. Sie konnte sich nicht selbst begleiten, sang indessen sehr gut vom Blatt. Kitty, die eine gute Klavierspielerin war, übernahm die Begleitung.

„Sie sind außergewöhnlich begabt", sagte die Fürstin, nachdem Warenka das erste Lied sehr schön vorgetragen hatte.

Marja Jewgenjewna und ihre Tochter bedankten sich bei Warenka und spendeten ihr ebenfalls Lob.

„Sehen Sie nur", sagte der Oberst bei einem Blick durchs Fenster, „welch ein Auditorium sich zusammengefunden hat, Ihnen zuzuhören." In der Tat hatte sich draußen eine ganz ansehnliche Anzahl Menschen versammelt.

„Ich freue mich sehr, wenn es Ihnen Vergnügen bereitet", antwortete Warenka schlicht.

Kitty blickte mit Stolz auf ihre Freundin. Sie war entzückt von ihrer Kunst, ihrer Stimme und ihrem Gesicht und bewunderte dabei am allermeisten die gelassene Art, mit der Warenka, die sich offensichtlich auf ihren Gesang gar nichts einbildete, den ihr gespendeten Beifall hinnahm; in ihrem Gesicht schien sich lediglich die Frage auszudrücken: Soll ich weitersingen, oder ist es genug?

Wenn ich an ihrer Stelle wäre, dachte Kitty bei sich, mit welchem Stolz würde mich das alles erfüllen! Welche Freude empfände ich beim Anblick dieser unter den Fenstern versammelten Menge! Ihr hingegen ist alles gleichgültig. Sie ist nur bestrebt, keine Bitte abzuschlagen und maman einen Gefallen zu erweisen. Wie kommt das? Woher nimmt sie diese Kraft, sich über alles hinwegzusetzen und diese selbstsichere Ruhe zu bewahren? Wie gern möchte ich das wissen und von ihr lernen! sagte sich Kitty, als sie das ruhige Gesicht ihrer Freundin betrachtete. Die Fürstin bat Warenka, noch etwas zu singen, und Warenka, die in aufrechter Haltung am Klavier stand und mit ihrer hageren, gebräunten Hand den Takt angab, trug ein weiteres Lied ebenso schön, korrekt und sicher vor wie das erste.

Nun folgte im Notenheft ein italienisches Lied. Kitty spielte die Einleitung und wandte sich zu Warenka um.

„Dieses wollen wir auslassen", sagte Warenka und wurde rot. Kitty blickte ihr erschrocken und fragend ins Gesicht.

„Nun, dann nehmen wir ein anderes", sagte sie und beeilte sich, das Blatt umzuschlagen, weil sie sofort begriff, daß es mit diesem Lied eine besondere Bewandtnis haben mußte.

„Nein", widersprach Warenka und legte ihre Hand lächelnd auf das Notenheft, „ich will es doch singen." Und sie sang auch dieses Lied ebenso schön, ruhig und gelassen wie die vorhergehenden.

Als sie geendet hatte, sprachen ihr alle Zuhörer nochmals ihren Dank aus und wandten sich dann dem Teetisch zu. Kitty und Warenka gingen in das hinter dem Hause liegende Gärtchen.

„Nicht wahr, mit jenem Lied ist für Sie irgendeine Erinnerung verknüpft?" fragte Kitty. „Sie sollen mir nichts Genaueres erzählen", fügte sie schnell hinzu. „Sagen Sie nur, ob ich damit recht habe."

„Warum sollte ich es verbergen? Ich kann es Ihnen ruhig sagen", antwortete Warenka und fuhr, ohne eine Entgegnung abzuwarten, in schlichtem Ton fort: „Ja, es hängt eine Erinnerung damit zusammen, unter der ich früher einmal sehr gelitten habe. Ich hatte einst einen Mann lieb, und dieses Lied habe ich ihm oft vorgesungen." Gerührt und mit großen, weitgeöffneten Augen blickte Kitty ihrer Freundin ins Gesicht.

„Ich liebte ihn, und er liebte mich; doch seine Mutter war dagegen, und er hat eine andere geheiratet. Er wohnt jetzt nicht weit von uns, und hin und wieder begegne ich ihm ... Sie haben sich wohl nicht vorgestellt, daß auch ich eine Liebesgeschichte hinter mir haben könnte?" schloß sie, und in ihrem hübschen Gesicht leuchtete für einen Augenblick der Widerschein jenes Feuers auf, das einstmals – Kitty fühlte es – ihr ganzes Wesen durchglüht haben mußte.

„Warum sollte ich so etwas denken? Wenn ich ein Mann wäre und Sie kennengelernt hätte, könnte ich keine andere lieben als Sie. Ich begreife nur nicht, wie er Sie der Mutter zuliebe aufgeben und unglücklich machen konnte. Er muß herzlos sein."

„O nein, er ist ein sehr guter Mensch, und ich bin auch gar nicht unglücklich; im Gegenteil, ich bin sehr glücklich ... Nun, für heute wollen wir es wohl genug sein lassen mit dem Musizieren?" fügte sie hinzu, als sie wieder dem Hause zuschritten.

„Wie gut Sie sind, ach, wie gut!" rief Kitty aus, indem sie sie umarmte und küßte. „Wenn ich Ihnen doch nur ein klein wenig ähnlich wäre!"

„Warum wollen Sie jemand anders ähneln? Sie sind sehr lieb und gut, so wie Sie sind!" erwiderte Warenka mit ihrem milden, müden Lächeln.

„Nein, ich bin nicht ein bißchen gut. Aber sagen Sie... Kommen Sie, wir wollen noch ein Weilchen sitzen bleiben", sagte Kitty und zog sie wieder zu sich auf die Bank zurück. „Sagen Sie, ist denn der Gedanke für Sie gar nicht demütigend, daß ein Mann Ihre Liebe verschmäht, daß er Sie im Stich gelassen hat?"

„Verschmäht hat er mich ja nicht: ich bin überzeugt, daß er mich geliebt hat, aber er glaubte, nicht gegen den Willen der Mutter handeln zu dürfen."

„Wie aber, wenn er nicht der Mutter zuliebe so gehandelt hätte, sondern so... von sich aus?" fragte Kitty und fühlte zugleich, daß sie zu weit gegangen war und daß die Schamröte, die ihr Gesicht bedeckte, ihr Geheimnis verriet.

„Dann hätte er schlecht gehandelt, und es täte mir um ihn nicht leid", erwiderte Warenka, die offenbar begriffen hatte, daß es sich jetzt nicht mehr um sie handelte, sondern um Kitty.

„Ja, aber die Kränkung? Eine solche Kränkung kann man nicht vergessen, niemals vergessen", fuhr Kitty fort und dachte dabei an den Blick, mit dem sie Wronski auf dem letzten Ball angesehen hatte, als plötzlich die Musik abgebrochen war.

„Worin besteht denn die Kränkung? Sie selbst haben sich doch nichts zuschulden kommen lassen?"

„Schlimmer als das – ich habe mich dem Spott ausgesetzt."

Warenka schüttelte den Kopf und legte ihre Hand auf Kittys Arm.

„Wieso denn Spott? Einem Mann, dem Sie gleichgültig waren, werden Sie nicht gesagt haben, daß Sie ihn lieben?"

„Natürlich nicht. Ich habe nie ein Wort davon gesagt, aber gewußt hat er es doch. Man merkt es ja an Blicken, an allem... Und wenn ich hundert Jahre alt werden sollte, ich würde es bis an mein Lebensende nicht überwinden."

„Wieso denn das? Ich verstehe Sie nicht. Es fragt sich doch nur, ob Sie ihn auch jetzt noch lieben oder nicht", sagte Warenka, die alles beim richtigen Namen zu nennen liebte.

„Ich hasse ihn. Ich kann es mir nicht verzeihen."

„Was nicht verzeihen?"

„Die Schmach, die Kränkung, der ich mich ausgesetzt habe."

„Ach, wenn alle so feinfühlig wären wie Sie", sagte Warenka. „Es gibt kein einziges junges Mädchen, das nicht das gleiche durchgemacht hätte. Und alles das ist so unwichtig."

„Ja, was ist denn wichtig?" fragte Kitty verwundert und blickte ihr gespannt in die Augen.

„Ach, vielerlei ist wichtig", antwortete Warenka lächelnd.

„Was, zum Beispiel?"

„Ach, es gibt so vieles, was wichtiger ist", antwortete Warenka ausweichend, weil sie nicht recht wußte, was sie sagen sollte. Doch in diesem Augenblick ertönte aus dem Fenster die Stimme der Fürstin:

„Kitty, es wird kühl. Nimm ein Tuch oder komm ins Zimmer."

„Für mich wird es auch Zeit", sagte Warenka und stand auf. „Ich muß noch bei Madame Berthe vorsprechen; sie hat mich gebeten zu kommen."

Kitty hielt Warenkas Hand in der ihren, und in ihrem flehenden Blick stand die brennende Frage geschrieben: Was ist es denn, was ist das Allerwichtigste, durch das man diese Ruhe gewinnt? Sie wissen es; sagen Sie es mir doch! Doch Warenka verstand nicht einmal, wonach Kittys Blick sie fragte. Jetzt dachte sie nur daran, daß sie noch den Besuch bei Madame Berthe zu erledigen hatte und um zwölf zum Tee bei maman sein mußte. Sie ging ins Haus, nahm ihre Noten und schickte sich, nachdem sie sich von allen verabschiedet hatte, zum Gehen an.

„Erlauben Sie, daß ich Sie begleite", sagte der Oberst.

„Ja, wirklich, es ist spät, da können Sie doch nicht allein gehen", pflichtete ihm die Fürstin bei. „Ich werde Ihnen wenigstens Parascha mitgeben."

Kitty sah, daß Warenka nur mit Mühe ein Lächeln unterdrückte, weil man glaubte, sie nicht ohne Begleitung gehen lassen zu können.

„Nein, danke, ich gehe immer allein, ohne daß mir jemals etwas zugestoßen wäre", sagte sie und setzte ihren Hut auf. Und nachdem sie Kitty nochmals geküßt hatte, ging sie festen Schrittes hinaus und verschwand, mit ihren Noten unter dem Arm, im Halbdunkel der Sommernacht, ohne verraten zu haben, was denn nun eigentlich wichtig sei und was ihr diese beneidenswerte Ruhe und Würde verlieh.

33

Kitty lernte auch Madame Stahl kennen, und die Bekanntschaft mit ihr, ergänzt durch die Freundschaft mit Warenka, übte nicht nur einen starken Einfluß auf sie aus, sondern gewährte ihr auch Trost in ihrem Kummer. Sie fand diesen Trost, weil sich ihr durch diese Bekanntschaft eine völlig neue Welt erschloß, die nichts mit ihrer Vergangenheit gemein hatte, eine schöne, erhabene Welt, von deren Höhen sie ruhig auf das Gewesene zurückblicken konnte. Ihr kam zum Bewußtsein, daß es außer dem instinktiven Leben, dem sie sich bis jetzt hingegeben hatte, auch ein geistiges Leben gab. Dieses Leben offenbarte sich in der Religion, einer Religion freilich, die sich sehr wesentlich von jener unterschied, mit der Kitty von Kindheit an vertraut war und die sich darin erschöpfte, daß man die Gottesdienste und Messen im Witwenasyl besuchte, wo man Bekannte antreffen konnte, und bei dem Priester altslawische Bibeltexte auswendig lernte; hier handelte es sich um eine erhabene, mit vielen schönen Gedanken und Motiven verbundene Lehre, an die man nicht nur deshalb glaubte, weil es vorgeschrieben war, sondern die man auch von sich aus lieben konnte.

Kitty schöpfte diese Erkenntnis nicht aus Worten. Madame Stahl, die mit Kitty wie mit einem lieben Kinde zu sprechen pflegte, an dem man sich in Erinnerung an die eigene Jugend erfreut, hatte nur ein einziges Mal erwähnt, daß es für alles menschliche Leid Trost im Glauben und in der Liebe gäbe und daß Christus auch für unseren nichtigsten Kummer Erbarmen hätte, und war dann gleich zu einem anderen Thema übergegangen. Doch aus jeder ihrer Bewegungen, aus jedem Wort und aus jedem ihrer Blicke, die Kitty himmlisch nannte, vor allem jedoch aus ihrer ganzen Lebensgeschichte, die Kitty durch Warenka erfahren hatte, lernte sie, was *wichtig* war und was sie bis dahin nicht gwußt hatte.

Doch so edel auch Madame Stahls Charakter war, so rührend ihre ganze Lebensgeschichte und so erhaben und gütig ihre Reden auch klangen, Kitty nahm an ihr doch einige Züge wahr, die sie verwirrten. Als Madame Stahl sie eines Tages nach ihrer Verwandtschaft befragte, fiel ihr auf ihrem Gesicht ein verächtliches Lächeln auf, das sich nicht mit christlicher Nächstenliebe in Einklang bringen ließ. Und als sie bei einem ihrer Besuche Madame Stahl in Gesellschaft eines katholischen Geistlichen antraf, bemerkte sie, daß diese ihr Gesicht mit Vorbedacht im Schatten des Lampenschirms hielt und merkwürdig lächelte. So belanglos diese beiden Beobachtungen auch waren, sie brachten Kitty doch in

Verwirrung und machten sie Madame Stahl gegenüber mißtrauisch. Dafür hatte sie jedoch in Warenka, diesem einsamen Geschöpf ohne Angehörige, ohne Freunde, das eine bittere Enttäuschung erlebt hatte, sich nichts wünschte und sich um nichts grämte, wirklich etwas so Vollkommenes gefunden, daß alle ihre früheren Vorstellungen übertroffen wurden. Am Beispiel Warenkas erkannte Kitty, daß man nur sich selbst zu vergessen brauche und seine Nächsten lieben müsse, um ruhig, glücklich und edel zu sein. Und das eben wollte Kitty werden. Nachdem sie nun erkannt hatte, was *das Allerwichtigste* war, begnügte sie sich nicht damit, sich an diesem Gedanken zu erbauen, sondern sie gab sich dem neuen Leben, das sich vor ihr aufgetan hatte, sofort mit ihrer ganzen Seele hin. Nach dem, was ihr Warenka von dem Wirkungskreis Madame Stahls und verschiedener anderer von ihr angeführter Persönlichkeiten mitgeteilt hatte, entwarf Kitty bereits einen Plan für ihr künftiges Leben. Sie nahm sich vor, ebenso wie Madame Stahls Nichte Aline, von der ihr Warenka viel erzählt hatte, wo immer sie sich aufhalten würde, die Unglücklichen aufzusuchen und ihnen nach bestem Vermögen zu helfen, das Neue Testament zu verteilen und Kranken, Verbrechern und Sterbenden das Evangelium vorzulesen. Für den Gedanken, Verbrechern das Evangelium vorzulesen, wie Aline es tat, begeisterte sich Kitty besonders. Doch alles dies waren zunächst geheime Vorsätze, über die Kitty weder mit ihrer Mutter noch mit Warenka sprach.

Bis zu dem Zeitpunkt, da sie ihre Pläne verwirklichen zu können hoffte, fand Kitty übrigens schon jetzt im Kurort, in dem es so viele kranke und unglückliche Menschen gab, hinreichend Gelegenheit, ihre neuen Grundsätze anzuwenden und es Warenka gleichzutun. Anfangs bemerkte die Fürstin lediglich, daß Kitty sehr stark unter den Einfluß ihres engouement, wie sie es nannte, für Madame Stahl und insbesondere für Warenka geraten war. Sie sah zunächst nur, daß Kitty ihrer Freundin nicht nur in ihrer Tätigkeit nacheiferte, sondern sie unwillkürlich auch in der Art, zu gehen, zu sprechen und mit den Augen zu blinzeln, nachahmte. Doch dann bemerkte sie auch über die Passion hinaus eine ernste seelische Umwandlung bei ihrer Tochter.

Die Fürstin nahm wahr, daß Kitty neuerdings abends in einer ihr von Madame Stahl geschenkten französischen Ausgabe des Neuen Testaments las, womit sie sich früher nie abgegeben hatte. Ferner beobachtete sie, daß sie ihre Bekannten aus den höheren Ständen mied und sich den von Warenka betreuten Kranken widmete, insbesondere der in Not lebenden Familie eines kranken Malers namens Petrow. Kitty war offenbar stolz darauf, in dieser Familie die Pflichten einer Barmherzigen Schwester zu erfüllen.

Alles das war ganz schön, und die Fürstin fand nichts dagegen einzuwenden, zumal es sich bei der Gattin Petrows um eine durchaus anständige Frau handelte und die deutsche Fürstin, der von Kittys Tätigkeit zu Ohren gekommen war, sich lobend über sie geäußert und sie einen trostbringenden Engel genannt hatte. Alles wäre sehr gut gegangen, wenn Kitty den Bogen nicht überspannt hätte. Die Fürstin aber sah, daß Kitty ihren Eifer übertrieb, und gab ihr dies auch zu verstehen.

„Il ne faut jamais rien outrer", sagte sie zu ihr.

Doch die Tochter gab hierauf keine Antwort; sie dachte nur bei sich, daß es in Dingen der Nächstenliebe eine Übertreibung überhaupt nicht geben könne. Wie konnte man von einer Übertreibung sprechen, wenn es um die Befolgung einer Lehre ging, in der es hieß, man solle die andere Wange hinhalten, wenn jemand die eine geschlagen habe, und man solle noch das Hemd dazugeben, wenn einem der Rock genommen werde. Wie dem auch sei, der Fürstin mißfiel eine solche Übertreibung, und erst recht mißfiel es ihr, daß Kitty, wie sie merkte, nicht bereit war, der Mutter ihre ganze Seele zu enthüllen. In der Tat, Kitty unterließ es, ihre Mutter in ihre neuen Grundsätze und Empfindungen einzuweihen. Sie unterließ es keineswegs aus Mangel an Achtung und Liebe für die Mutter, sondern einzig deshalb, weil es eben ihre Mutter war. Jedem anderen hätte sie sie eher enthüllt als ihr.

„Woran mag es liegen, daß Anna Pawlowna" (die Frau Petrows) „sich gar nicht mehr blicken läßt?" fragte die Fürstin eines Tages. „Ich habe sie eingeladen. Aber ihr schien irgend etwas nicht zu passen."

„Ich habe nichts bemerkt, maman", antwortete Kitty und wurde feuerrot.

„Bist du längere Zeit nicht bei ihnen gewesen?"

„Wir haben uns für morgen einen Ausflug in die Berge vorgenommen", antwortete Kitty.

„Nun, das könnt ihr ja machen", erwiderte die Fürstin und blickte ihrer Tochter prüfend ins Gesicht; sie sah, daß sie verlegen war, und versuchte, den Grund ihrer Verlegenheit zu erraten.

Als bald darauf Warenka erschien, die zum Mittagessen eingeladen war, teilte sie mit, daß sich Anna Pawlowna eines anderen besonnen habe und von dem für morgen geplanten Ausflug Abstand nehmen wolle. Dabei merkte die Fürstin, daß Kitty wiederum errötete.

„Kitty, hast du vielleicht irgendwelche Unannehmlichkeiten mit den Petrows gehabt?" fragte die Fürstin, als sie wieder allein waren. „Es ist doch merkwürdig, daß sie gar nicht mehr die Kinder schickt und auch selbst nicht kommt."

Kitty antwortete, daß zwischen ihnen nichts vorgefallen sei und daß sie sich absolut nicht erklären könne, warum Anna Pawlowna anscheinend gegen sie verstimmt sei. Kitty sprach die Wahrheit. Sie kannte den Grund für das veränderte Verhalten Anna Pawlownas ihr gegenüber nicht, dennoch ahnte sie ihn. Sie vermutete etwas, was sie der Mutter nicht sagen konnte und was zu glauben ihr selbst widerstrebte. Es war einer der Fälle, in denen man etwas weiß, es aber auch sich selbst nicht zugeben will, weil ein Irrtum allzu schrecklich und beschämend wäre.

Immer und immer wieder versuchte sie, sich alle Momente ihrer Beziehungen zu dieser Familie ins Gedächtnis zu rufen. Sie dachte an die naive Freude, die ihr jedesmal aus dem gutmütigen runden Gesicht Anna Pawlownas entgegengestrahlt war, wenn sie zusammengekommen waren; sie dachte an ihre geheimen Beratungen über den Kranken, an die Vorwände, die sie erfanden, um ihn von der ihm verbotenen Arbeit abzuhalten und zu einem Spaziergang zu bewegen; und sie gedachte der Anhänglichkeit des jüngsten Knaben, der sie „meine Kitty“ nannte und sich nur von ihr zu Bett bringen lassen wollte. Wie schön hatte sich alles angelassen! Dann stellte sie sich die abgemagerte, eingefallene Gestalt Petrows in seinem braunen Jackett vor, mit dem langen Hals, dem spärlichen, gewellten Haar und dem fragenden Ausdruck in seinen blauen Augen, die sie in der ersten Zeit so erschreckt hatten, sowie seine krampfhaften Bemühungen, sich in ihrer Anwesenheit forsch und lebhaft zu zeigen. Sie erinnerte sich der Anstrengung, die es sie in der ersten Zeit gekostet hatte, den Widerwillen zu überwinden, den sie allgemein gegen Schwindsüchtige empfand, und wie schwer es ihr gefallen war, ihm gegenüber die richtigen Worte zu finden. Sie erinnerte sich auch des schüchternen, gerührten Blicks, mit dem er sie gewöhnlich beobachtete, und wie bei ihr das seltsame, aus Mitleid und Verlegenheit gemischte Gefühl, das sie dabei empfand, allmählich in das Bewußtsein übergegangen war, ein gutes Werk zu tun. Wie schön war alles das gewesen! Doch alles dies waren Erinnerungen aus der ersten Zeit. Vor einigen Tagen war ein jäher Umschwung eingetreten. Anna Pawlowna behandelte Kitty neuerdings nur noch mit erzwungener Liebenswürdigkeit und beobachtete, wenn sie anwesend war, mißtrauisch ihren Mann und Kitty.

Sollte die rührende Freude, die ihr Kommen jedesmal bei ihm hervorrief, wirklich der Grund für Anna Pawlownas reserviertes Benehmen sein?

Ja, erinnerte sie sich, vorgestern ist mir an ihr tatsächlich ein merkwürdiger, zu ihrer Gutmütigkeit gar nicht passender Zug aufgefallen, als sie mich mit der gereizten Bemerkung empfing:

„Da hat er nun so lange auf Sie gewartet und ohne Sie nicht seinen Kaffee trinken wollen, obwohl er schon ganz ermattet ist!"

Hat sie es mir gar übelgenommen, daß ich ihm neulich die Decke auf die Knie legte? Es war ja gar nichts Besonderes, aber er nahm es so ungeschickt auf und bedankte sich mit einer solchen Herzlichkeit, daß es mir peinlich war. Und dazu das Bild von mir, auf dem er mich so gut getroffen hat. Vor allem aber diese halb schüchterne, halb zärtliche Art, mich anzusehen! Ja, ja, es ist so! sagte sich Kitty voller Entsetzen, um gleich wieder das Gedachte zu widerrufen: Nein, es ist undenkbar, es darf nicht sein! Er tut mir so leid!

Solche Zweifel vergällten ihr die Freude an ihren neuen Lebenszielen.

34

Fürst Stscherbazki, der seine Kur vorzeitig abgebrochen hatte und von Karlsbad noch nach Baden und Kissingen gereist war, um dort befreundete Landsleute zu besuchen und, wie er sagte, seinen russischen Geist aufzufrischen, kehrte früher als vorgesehen zu den Seinen zurück.

Über das Leben im Ausland hatten der Fürst und die Fürstin grundverschiedene Ansichten. Die Fürstin fand alles herrlich und war, ungeachtet der festen Position, die sie in der russischen Gesellschaft einnahm, immer bemüht, im Ausland wie eine europäische Dame aufzutreten, die sie nun einmal nicht war; sie verkörperte vielmehr in allem die russische „Herrin" und legte sich daher einen Zwang auf, der ihr oft lästig fiel. Der Fürst hingegen hatte im Ausland an allem etwas auszusetzen; er litt unter dem westlichen Lebensstil, und indem er demonstrativ seine heimatlichen Gewohnheiten herausstellte, rief er im Ausland absichtlich den Eindruck hervor, weniger europäisch gesinnt zu sein, als er es in Wirklichkeit war.

Der Fürst hatte beträchtlich abgenommen und kehrte mit schlaff herabhängenden Wangen, aber in allerbester Stimmung zurück. Seine gute Laune steigerte sich noch, als er Kitty so gut erholt vorfand. Die Nachricht von der Freundschaft Kittys mit Madame Stahl und Warenka in Verbindung mit den Mitteilungen, die ihm die Fürstin über eine in Kitty vor sich gegangene Veränderung machte, irritierte ihn freilich und rief in ihm jenes Gefühl von Eifersucht wach, das er immer empfand, wenn sich seine Tochter für irgend etwas oder jemand anders interessierte als für ihn, zumal er in diesem Fall fürchtete, die Tochter könne sich seinem Einfluß entziehen und sich auf ein ihm nicht zugängliches Gebiet begeben. Doch diese unangenehmen Gedanken gingen in dem Übermaß von Gutmütigkeit und Frohsinn unter, das ihm ohnehin eigen war und sich durch die Karlsbader Kur noch verstärkt hatte.

Am Tage nach seiner Ankunft machte sich der Fürst in Begleitung seiner Tochter auf den Weg in den Kurpark und war in allerbester Stimmung; er trug seinen langen Mantel, sein typisch russisches Gesicht mit den faltigen und schlaffen Wangen wurde teilweise durch den steifen Stehkragen verdeckt.

Es war ein wunderschöner Morgen; die sauberen, schmucken Häuser mit Vorgärten, der Anblick der rotwangigen, rotarmigen, vom Biertrinken kräftigen deutschen Dienstmädchen, die munter ihrer Arbeit nachgingen, und die strahlende Sonne erfreuten das Herz. Doch je näher sie dem Kurpark kamen, um so häufiger begegneten sie Kranken, die in dem gewohnten Rahmen des wohlgeordneten deutschen Lebens einen besonders niederdrückenden Eindruck machten. Kitty war von diesem Gegensatz nicht mehr betroffen. Sie war es schon gewohnt, in den grellen Sonnenstrahlen, dem ringsum fröhlich leuchtenden Grün und den Klängen der Musik den natürlichen Rahmen für all die ihr bekannten Gesichter zu sehen, die sie daraufhin betrachtete, ob ihnen eine Besserung oder Verschlechterung abzulesen war; der Fürst hingegen empfand dieses Leuchten und Strahlen des Junimorgens, die Musik des Orchesters, das einen flotten modernen Walzer spielte, und namentlich den Anblick der von Gesundheit strotzenden Dienstmädchen in Verbindung mit den sich mühsam weiterbewegenden Elendsgestalten, die sich hier von allen Enden Europas zusammengefunden hatten, als etwas Ungehöriges und Abstoßendes.

Obwohl er stolz war und sich gleichsam in die eigene Jugend zurückversetzt fühlte, als er so Arm in Arm mit der geliebten Tochter durch die Straßen ging, genierte er sich jetzt beinahe wegen seiner forschen Haltung und seiner gut gepolsterten Gliedmaßen. Er hatte fast das Empfinden, als bewege er sich unbekleidet in der Öffentlichkeit.

„Stell mich doch deinen neuen Freunden vor“, sagte er zu Kitty und stieß sie mit dem Ellenbogen an. „Ich habe mich sogar mit diesem scheußlichen Soden versöhnt, seitdem du dich hier so gut erholt hast. Aber deprimierend, furchtbar deprimierend ist es dennoch hier. Wer ist das?“

Kitty nannte ihm die ihr persönlich oder auch nur vom Sehen bekannten Personen, denen sie begegneten. Unmittelbar vor dem Eingang zum Kurpark trafen sie die blinde Madame Berthe in Begleitung einer Führerin, und der Fürst freute sich über den Ausdruck von Rührung, den das Gesicht der alten Französin annahm, als sie Kittys Stimme hörte. Sie redete sofort mit übersprudelnder französischer Liebenswürdigkeit auf ihn ein, machte ihm ein Kompliment wegen seiner reizenden Tochter und hob die verlegen daneben stehende Kitty, die sie ein Kleinod, eine Perle und einen trostbringenden Engel nannte, geradezu in den Himmel.

„Nun, damit hätten wir schon den zweiten Engel“, sagte der Fürst lächelnd. „Als Engel Nummer eins hat sie mir Mademoiselle Warenka genannt.“

„Oh! Mademoiselle Warenka – ja, die ist wirklich ein Engel, allez“, bekräftigte Madame Berthe.

In der Wandelhalle trafen sie auch Warenka. Sie kam ihnen, ein elegantes rotes Täschchen in der Hand, entgegengeeilt.

„So, nun ist auch Papa angekommen“, sagte Kitty zu ihr.

Warenka machte einfach und so natürlich, wie sie alles zu tun pflegte, eine zwischen Verbeugung und Knicks liegende Bewegung und begann sich mit dem Fürsten sofort frei und unbefangen zu unterhalten, wie sie mit allen sprach.

„Aber gewiß doch, ich kenne Sie, kenne Sie sehr gut“, versicherte ihr der Fürst mit einem Lächeln, an dem Kitty zu ihrer Freude erkannte, daß ihre Freundin dem Vater gefiel. „Wohin eilen Sie denn so?“

„Maman ist hier“, sagte Warenka und wandte sich an Kitty. „Sie hat die ganze Nacht nicht geschlafen, und der Arzt meinte, frische Luft würde ihr guttun. Ich bringe ihr ihre Handarbeit.“

„Das war also der Engel Nummer eins“, meinte der Fürst, als sich Warenka entfernt hatte.

Kitty merkte, daß er sich gern auf Kosten Warenkas ein wenig lustig gemacht hätte, es aber nicht recht fertigbrachte, weil Warenka ihm gefallen hatte.

„Nun, so werde ich ja wohl alle deine Freunde zu sehen bekommen“, fuhr er fort. „Auch Madame Stahl, wenn sie sich herabläßt, sich meiner zu erinnern.“

„Kennst du sie denn schon von früher, Papa?“ fragte Kitty erschrocken, weil sie sah, daß in den Augen des Fürsten bei diesen Worten ein spöttischer Funke aufgeblitzt war.

„Ich habe sie und ihren Mann schon flüchtig gekannt, bevor sie sich dem Pietismus verschrieben hat.“

„Was ist Pietismus, Papa?“ fragte Kitty, die es stutzig machte, daß es für das, was sie an Madame Stahl so hochschätzte, überhaupt eine Bezeichnung gab.

„Das weiß ich selbst nicht genau. Ich weiß nur, daß sie für alles, was ihr zustößt, für jedes Unglück, Gott dankt und daß sie Gott auch gedankt hat, als ihr Mann gestorben war. Nun, das wirkt eben etwas komisch, denn die Ehe ist nicht gut gewesen ... Wer ist das dort? Er sieht ja ganz erbärmlich aus!" Der Fürst deutete auf einen mittelgroßen Kurgast, der in einem braunen Mantel auf einer Bank saß und dessen weiße Hosen über seinen ausgemergelten Beinen seltsame Falten bildeten. Als er jetzt seinen Strohhut lüftete, wurden sein spärliches, gewelltes Haar und die hohe Stirn sichtbar, die sich unter dem Hut mit einer krankhaften Röte bedeckt hatte.

„Er ist ein Maler, Petrow heißt er", antwortete Kitty und wurde rot. „Und das dort ist seine Frau." Sie deutete auf Anna Pawlowna, die sich bei ihrem Näherkommen anscheinend absichtlich erhoben hatte und ihrem Kinde nachging, das auf einen Seitenweg gelaufen war.

„Er ist ja ganz entkräftet und hat dabei ein so sympathisches Gesicht", sagte der Fürst. „Warum bist du nicht zu ihm gegangen? Er schien dir etwas sagen zu wollen."

„Nun, dann wollen wir es noch tun", antwortete Kitty und kehrte mit einer entschlossenen Bewegung um. „Wie fühlen Sie sich heute?" fragte sie, an Petrow herantretend.

Petrow stand mit Hilfe seines Stockes mühsam auf und blickte den Fürsten schüchtern an.

„Das ist meine Tochter", sagte der Fürst. „Ich freue mich sehr, Sie kennenzulernen."

Der Maler verbeugte sich und lächelte, wobei seine weißen, merkwürdig glänzenden Zähne sichtbar wurden.

„Wir haben gestern auf Sie gewartet, Prinzessin", wandte er sich an Kitty.

Er schwankte, als er dies sagte, und bemühte sich, durch eine Wiederholung dieser Bewegung den Anschein zu erwecken, als habe er sie absichtlich gemacht.

„Ich hatte vor zu kommen, aber Anna Pawlowna ließ mir ja durch Warenka bestellen, daß Sie den Ausflug aufgegeben hätten."

„Wieso aufgegeben?" wunderte sich Petrow, der ganz rot geworden war, von einem Hustenanfall befallen wurde und sich suchend nach seiner Frau umsah. „Annette, Annette!" rief er laut, wobei auf seinem mageren weißen Hals wie dicke Schnüre die Adern hervortraten.

Anna Pawlowna kam heran.

„Warum hast du der Prinzessin sagen lassen, wir hätten den Ausflug aufgegeben?" zischte er ihr mit versagender Stimme gereizt zu.

„Guten Tag, Prinzessin", sagte Anna Pawlowna mit einem erkünstelten Lächeln, das so gar nicht ihrer früheren Herzlichkeit entsprach. „Sehr angenehm, Sie kennenzulernen, Fürst“, wandte sie sich diesem zu. „Sie wurden schon lange erwartet.“

„Wie bist du dazu gekommen, der Prinzessin so etwas sagen zu lassen?“ wiederholte der Maler heiser und in noch gereizterem Ton; daß seine Stimme versagte und er nicht fähig war, seinen Worten den gewünschten Ausdruck zu geben, steigerte seine Empörung offenbar noch mehr.

„Ach, mein Gott! Ich habe eben gedacht, es würde aus dem Ausflug nichts werden“, antwortete seine Frau unwillig.

„Wieso denn, da alles...“ Er konnte vor Husten nicht weitersprechen und machte eine resignierende Handbewegung.

Der Fürst lüftete den Hut und zog sich mit seiner Tochter zurück.

„O weh, o weh! Diese unglücklichen Menschen“, murmelte er mit einem schweren Seufzer.

„Ja, Papa“, pflichtete Kitty ihm bei. „Doch man muß bedenken, daß sie drei Kinder haben, ohne jede Bedienung auskommen müssen und fast ganz ohne Mittel sind. Eine kleine Unterstützung bekommt er von der Akademie“, erzählte sie lebhaft, um die Erregung zu unterdrücken, die sich ihrer bemächtigt hatte, nachdem sich Anna Pawlowna so merkwürdig verändert ihr gegenüber verhalten hatte.

„Und dort ist nun auch Madame Stahl.“ Kitty deutete auf einen Rollstuhl, in dem sich unter einem Sonnenschirm, in Kissen gebettet, ein in graue und blaue Tücher gehülltes Etwas abzeichnete.

Es war Madame Stahl. Hinter ihr stand mit finsterem Gesicht ein kraftstrotzender deutscher Bedienter, dem das Schieben des Rollstuhls oblag, und neben ihr ein blonder schwedischer Graf, den Kitty dem Namen nach bereits kannte. Etliche Kurgäste verlangsamten beim Vorübergehen den Schritt und starrten diese Dame wie eine ungewöhnliche Erscheinung an.

Der Fürst ging auf sie zu, und Kitty nahm in seinen Augen wiederum den spöttischen Funken wahr, der sie schon vorhin irritiert hatte. Er trat an Madame Stahl heran und redete sie sehr höflich und ehrerbietig in jenem makellosen Französisch an, das heute so selten geworden ist.

„Ich weiß nicht, ob Sie sich meiner erinnern, aber es drängt mich, Ihnen für die große Güte zu danken, die Sie meiner Tochter entgegenbringen“, sagte er und zog den Hut, ohne ihn wieder aufzusetzen.

„Fürst Alexander Stscherbazki“, sagte Madame Stahl und schlug ihre himmlischen Augen zu ihm auf, in denen Kitty einen Ausdruck von Unzufriedenheit zu erkennen glaubte. „Ich freue mich sehr. Ihre Tochter ist mir so ans Herz gewachsen."

„Und Ihre Gesundheit läßt immer noch zu wünschen übrig?"

„Nun, daran habe ich mich schon gewöhnt", erwiderte Madame Stahl und machte den Fürsten mit dem schwedischen Grafen bekannt.

„Sie haben sich aber kaum verändert", wandte sich der Fürst wieder an sie. „Es sind zehn oder elf Jahre her, daß ich das letztemal die Ehre hatte, Sie zu sehen."

„Ja, wem Gott ein Kreuz auferlegt, dem verleiht er auch die Kraft, es zu tragen. Ich wundere mich oft, warum sich ein solches Leben noch hinzieht ... Von der anderen Seite", wandte sie sich gereizt an Warenka, die ihr eine Decke nicht nach Wunsch um die Füße wickelte.

„Wahrscheinlich, um gute Werke zu vollbringen", antwortete der Fürst mit einem Lächeln in den Augen.

„Darüber haben wir nicht zu urteilen", entgegnete Madame Stahl, der der Anflug von Spott in dem Gesichtsausdruck des Fürsten nicht entgangen war. „Sie werden also so liebenswürdig sein und mir das Buch schicken, lieber Graf? Ich bin Ihnen sehr dankbar", wandte sie sich an den jungen Schweden.

„Ah!" rief der Fürst aus, als er den in einiger Entfernung stehenden Oberst aus Moskau erkannte. Er verabschiedete sich von Madame Stahl und ging mit seiner Tochter und dem Moskauer Oberst, der sich ihnen anschloß, weiter.

„Ja, das ist unsere Aristokratie, Fürst!" sagte der Moskauer Oberst spöttisch, der auf Madame Stahl nicht gut zu sprechen war, weil sie nicht den Wunsch geäußert hatte, ihn kennenzulernen.

„Sie ist immer noch die gleiche", entgegnete der Fürst.

„Sie haben sie wohl schon vor ihrer Erkrankung gekannt, ich meine, bevor sie bettlägerig wurde, Fürst?"

„Ja, ich habe das miterlebt."

„Man sagt ja, sie sei seit zehn Jahren nicht aufgestanden."

„Nein, sie steht nicht auf, weil sie kurzbeinig ist. Sie ist sehr schlecht gebaut ..."

„Papa, das ist unmöglich!" rief Kitty aus.

„Böse Zungen behaupten es, mein Liebling. Und deine Warenka wird es mit ihr ganz gewiß nicht leicht haben", fügte er hinzu. „Mit solchen herrischen kranken Damen ist es schon eine Last!"

„O nein, Papa", widersprach Kitty heftig. „Warenka vergöttert sie. Und sie tut ja auch so viel Gutes! Das wird dir jeder bestätigen, den du fragst. Sie und Aline Stahl kennt jeder."

„Das mag wohl sein", sagte er und drückte ihren Arm. „Doch lieber ist es mir, wenn man das Gute so tut, daß niemand, wen man auch fragen mag, davon etwas zu sagen weiß."

Kitty schwieg; sie schwieg nicht deshalb, weil sie nichts zu sagen gehabt hätte, sondern weil sie ihre geheimen Gedanken auch dem Vater nicht verraten wollte. Doch sonderbar: obwohl sie fest entschlossen war, sich vom Vater nicht beeinflussen zu lassen und ihm keinen Zutritt in ihr Heiligtum zu gewähren, fühlte sie dennoch, daß jenes glorifizierte Bild der Madame Stahl, das sie einen ganzen Monat in ihrem Herzen getragen hatte, unwiederbringlich verschwunden war, ebenso wie eine Gestalt verschwindet, wenn sie das Kleid, mit dem sich unsere Vorstellung von ihr verband, abgeworfen hat und wir dieses Kleid nun als leere Hülle vor uns liegen sehen. Übriggeblieben war lediglich eine kurzbeinige Frau, die deshalb nicht aufstand, weil sie schlecht gebaut war, und die die geduldige Warenka quälte, wenn diese sie nicht nach Wunsch in die Decke hüllte. Und ungeachtet aller Anstrengungen gelang es ihrer Phantasie nicht, Madame Stahl wieder wie früher zu sehen.

35

Der Fürst übertrug seine gute Stimmung nicht nur auf seine Angehörigen, sondern auch auf alle Bekannten und sogar auf den deutschen Wirt, bei dem die Stscherbazkis Quartier genommen hatten.

Als er mit Kitty aus dem Kurpark zurückkehrte und zum Kaffeetrinken auch noch den Oberst, Marja Jewgenjewna und Warenka mitbrachte, ließ er Tisch und Sessel in den kleinen Garten bringen und dort unter einem Kastanienbaum das Frühstück servieren. Angesteckt von seiner Fröhlichkeit, waren auch der Wirt und die Dienstboten aufgelebt. Sie kannten die Freigebigkeit des Fürsten, und eine halbe Stunde später blickte der kranke Doktor aus Hamburg durch das Fenster seines im Obergeschoß liegenden Zimmers voller Neid auf die fröhliche Gruppe gesunder russischer Menschen hinunter, die sich unter dem Kastanienbaum zusammengefunden hatte. An dem weißgedeckten Tisch, auf dem Kaffeegeschirr, Brot, Butter, Käse und kaltes Wildbret standen, saß unter den zitternden Schattentupfen der Blätter die Fürstin in einem mit lila Schleifen garnierten Häubchen und verteilte die Tassen und belegte Brötchen. Ihr gegenüber saß der Fürst, der eifrig dem Frühstück zusprach und sich laut und angeregt unterhielt. Neben ihm lagen einige geschnitzte Kästchen, verschiedenartige Papiermesser und andere Kleinigkeiten, die er überall, wo er hingekommen war, in großen Mengen erstanden hatte und nun an jedermann verschenkte, darunter auch an das Stubenmädchen Lieschen und den Wirt, dem er in seinem komischen gebrochenen Deutsch versicherte, seine Tochter verdanke ihre Gesundung nicht der Brunnenkur, sondern der ausgezeichneten Verpflegung und ganz besonders der Suppe mit Backpflaumen. Die Fürstin zog ihren Mann ob seiner russischen Gepflogenheiten auf, war aber ebenfalls so aufgelebt und fröhlich wie noch nie während des ganzen Kuraufenthalts. Der Oberst amüsierte sich wie immer über die Witze des Fürsten; doch was Europa betraf, das er, wie er meinte, gründlich studiert hatte, teilte er die Ansichten der Fürstin. Die gutmütige Marja Jewgenjewna bog sich jedesmal vor Lachen, wenn der Fürst etwas Komisches gesagt hatte; und selbst Warenka war, was Kitty noch nie erlebt hatte, von dem verhaltenen, aber nicht zu unterdrückenden Lachen, zu dem die Scherze des Fürsten sie reizten, ganz erschöpft.

Die allgemeine Fröhlichkeit belustigte auch Kitty, sie vermochte jedoch nicht, ihre Sorgen zu verscheuchen. Sie konnte nicht mit der Frage fertig werden, vor die sie ihr Vater durch seine übermütigen Ansichten über ihre Freunde und die ihr so am Herzen liegenden Lebensziele ungewollt gestellt hatte. Hinzu kam noch die Veränderung in ihrem Verhältnis zu den Petrows, die heute so kraß und unverkennbar in Erscheinung getreten war. Alle anderen waren in fröhlicher Stimmung, nur sie konnte nicht fröhlich sein, und das bedrückte sie noch mehr. Sie empfand ungefähr das gleiche, was sie als Kind empfunden hatte, wenn sie zur Strafe in ihr Zimmer eingeschlossen worden war und das fröhliche Lachen ihrer Schwestern zu ihr herüberdrang.

„Wozu hast du dir all dieses Zeug aufschwatzen lassen?" fragte die Fürstin lächelnd, als sie ihrem Mann eine Tasse Kaffee reichte.

„Ja, wenn man so herumspaziert und an einen Verkaufsstand kommt, wollen die Leute einem etwas verkaufen: *‚Erlaucht, Exzellenz, Durchlaucht!'* * Nun, und wenn sie erst *‚Durchlaucht'* * sagen, kann ich nicht anders: zehn Taler sind hin."

„Das kommt nur davon, weil du nichts Besseres zu tun hast", bemerkte die Fürstin.

„Natürlich, weil ich nichts zu tun habe. Man weiß ja vor Langeweile überhaupt nicht, was man mit sich anfangen soll, meine Liebe."

„Wie kann man sich nur so langweilen, Fürst?" fragte Marja Jewgenjewna. „Es gibt jetzt so viel Interessantes in Deutschland."

„Ja, aber alle diese interessanten Dinge kenne ich schon: die Suppe aus Backpflaumen kenne ich, und die Erbswurst kenne ich auch. Ich kenne alles."

„Nein, Fürst, da kann man sagen, was man will, aber daß ihre Einrichtungen interessant sind, ist nicht zu bestreiten", mischte sich der Oberst ein.

„Was ist denn schon interessant? Sie bersten alle vor Selbstzufriedenheit, sie haben ringsum gesiegt. Nun, und womit soll ich zufrieden sein? Ich habe niemand besiegt und bin gezwungen, mir selbst die Stiefel auszuziehen und muß sie obendrein auch noch selbst vor die Tür stellen. Morgens soll man auch gleich aufstehen und sich sofort anziehen und in den Speisesaal kommen, um dort den schauderhaften Tee zu trinken. Da ist es doch zu Hause ganz anders! Man wacht gemächlich auf, man ärgert sich ein wenig über irgend etwas, schimpft ein bißchen, besinnt sich in aller Ruhe, denkt über etwas nach, und alles geht ohne Hast vor sich."

„Aber Zeit ist Geld, das lassen Sie außer acht", meinte der Oberst.

„Was heißt Zeit! Manchmal möchte man für einen Fünfziger einen ganzen Monat hergeben, und ein andermal ist einem eine halbe Stunde für keinen noch so hohen Preis feil. Stimmt es, Katenka? Warum machst du denn so ein trübseliges Gesicht?"

„Ich? Wieso?"

„Wohin so eilig? Bleiben Sie doch noch ein Weilchen", wandte er sich an Warenka.

„Ich muß nach Hause", erwiderte Warenka und konnte sich wieder vor Lachen nicht halten. Nachdem sie einigermaßen zu sich gekommen war, verabschiedete sie sich und ging ins Haus, ihren Hut zu holen. Kitty folgte ihr. Selbst Warenka schien ihr jetzt eine andere. Sie war nicht schlechter, aber eben doch anders, als Kitty sie sich bis jetzt vorgestellt hatte.

„Ach, so herzlich gelacht habe ich schon lange nicht mehr", sagte sie, während sie sich nach ihrem Sonnenschirm und ihrem Handtäschchen umsah. „Ihr Papa ist ja ganz reizend!"

Kitty schwieg.

„Wann sehen wir uns wieder?" fragte Warenka.

„Mama hat vor, die Petrows zu besuchen. Werden Sie auch dort sein?" fragte Kitty und blickte Warenka erwartungsvoll an.

„Ja, ich will auch hin", antwortete Warenka. „Sie rüsten zur Reise, und ich habe versprochen, ihnen beim Packen zu helfen."

„Nun, dann werde ich auch kommen."

„Ach, das ist doch nicht nötig."

„Warum nicht? Warum nicht? Warum nicht?" Kitty bestürmte ihre Freundin und ergriff ihren Schirm, um Warenka am Fortgehen zu hindern; dabei waren ihre Augen weit geöffnet. „Sagen Sie mir erst, warum nicht?"

„Ich meinte nur so; Sie haben jetzt Ihren Vater hier, und den Petrows würde Ihre Hilfe nur peinlich sein."

„Nein, Sie müssen mir sagen, was Sie dagegen haben, daß ich die Petrows häufiger besuche. Sie haben doch etwas dagegen? Was ist es also?"

„Das habe ich nicht gesagt", entgegnete Warenka ruhig.

„Nein, ich bitte Sie, sagen Sie es mir!"

„Soll ich alles sagen?" fragte Warenka.

„Ja, alles, alles!" fiel Kitty ein.

„Etwas Besonderes liegt ja gar nicht vor; nur daß Michail Alexejewitsch" (so hieß der Maler) „früher immer zur Abreise gedrängt hat und jetzt noch länger hierbleiben will", berichtete Warenka lächelnd.

„Weiter! Weiter!" drängte Kitty mit einem finsteren Blick auf Warenka.

„Nun, da hat ihm Anna Pawlowna bei irgendeiner Gelegenheit vorgehalten, er wolle nicht abreisen, weil Sie hier sind. Das war natürlich unrecht von ihr und hat zu einem Streit, zu einer Auseinandersetzung Ihretwegen geführt. Und Sie wissen ja, wie reizbar diese Kranken sind."

Kitty, deren Gesicht sich immer mehr verfinstert hatte, schwieg und überließ das Wort Warenka, die das Gesagte abzuschwächen und Kitty zu beruhigen suchte, weil sie sah, daß sich in ihr ein Gefühlsausbruch vorbereitete, ohne vorerst zu wissen, ob in Worten oder in Tränen.

„Sie gehen also am besten gar nicht hin ... Aber Sie dürfen es sich nicht zu Herzen nehmen, Sie müssen verstehen ..."

„So geschieht es mir recht! So geschieht es mir recht!" brach Kitty plötzlich los, entriß Warenka den Schirm und starrte am Gesicht ihrer Freundin vorbei ins Leere.

Warenka mußte angesichts des kindlichen Zornausbruchs ihrer Freundin lächeln, unterdrückte aber das Lächeln, weil sie fürchtete, Kitty zu kränken.

„Wieso geschieht es Ihnen recht? Ich verstehe Sie nicht", sagte sie.

„Deshalb, weil alles auf Heuchelei beruhte, weil es ausgedacht war und nicht aus dem Herzen kam. Was hatte ich mit diesen fremden Menschen zu tun? Und nun ist es so weit gekommen, daß ich die Ursache für ein Zerwürfnis geworden bin, weil ich etwas getan habe, worum mich niemand gebeten hat. Weil alles Heuchelei war, nichts als Heuchelei, Heuchelei!"

„Warum sollten Sie denn geheuchelt haben?" fragte Warenka sanft.

„Ach, wie töricht, wie schlecht war das alles! Und ich mußte es ja gar nicht ... Alles war erheuchelt!“ stieß sie hervor, indes sie den Schirm aufspannte und wieder zusammenklappte.

„Was hat Sie denn dazu bewogen?“

„Der Wunsch, den anderen, mir selbst, Gott vorzutäuschen, ich sei ein besserer Mensch, und alle habe ich dabei betrogen. Lieber will ich meine Fehler haben, aber als Heuchlerin und Betrügerin will ich nicht leben!“

„Wer ist denn eine Betrügerin?“ fragte Warenka vorwurfsvoll. „Sie tun ja so, als ob ...“

Doch Kitty war wieder einmal in Rage geraten und ließ sie nicht ausreden.

„Ich spreche nicht von Ihnen, ganz und gar nicht. Sie sind die Vollkommenheit in Person. Ja, ja, ich weiß, daß Sie in allem vollkommen sind. Doch ich, was kann ich dafür, daß ich schlecht bin? Alles das hätte nicht geschehen können, wenn ich nicht schlecht wäre. Ich will lieber das sein, was ich bin, und nichts vortäuschen. Was geht mich Anna Pawlowna an? Sie mögen leben, wie sie wollen, und ich so, wie ich es will. Ich kann mich nicht ändern ... Das ist alles nicht das Richtige, nicht das Richtige!“

„Was soll nicht das Richtige sein?“ fragte Warenka befremdet.

„Alles. Ich kann nicht anders leben, als mein Herz es mir vorschreibt; Sie aber und alle, die so denken wie Sie, leben nach Regeln. Ich habe Sie einfach liebgewonnen, weil Sie mir gefallen, Sie aber haben mich wahrscheinlich nur gern, weil Sie mich retten und belehren wollen!“

„Sie sind ungerecht“, sagte Warenka.

„Ich werfe niemandem etwas vor, nur mir selbst.“

„Kitty!“ ertönte die Stimme der Fürstin. „Komm doch und zeige Papa deine Korallen.“

In stolzer Haltung und ohne sich mit ihrer Freundin versöhnt zu haben, nahm Kitty die auf dem Tisch in einem Schächtelchen liegenden Korallen und ging zur Mutter.

„Was ist mit dir? Warum bist du so rot?“ wurde sie von Vater und Mutter wie aus einem Munde gefragt.

„Nichts. Ich komme gleich wieder“, antwortete sie und lief ins Haus zurück.

Ja, sie ist noch da! dachte Kitty. O mein Gott! Was soll ich ihr nur sagen? Was habe ich getan, was habe ich alles geredet! Warum habe ich sie gekränkt? Was soll ich tun? Was soll ich ihr sagen? fragte sie sich und blieb an der Tür stehen.

Warenka saß im Hut und mit ihrem Sonnenschirm in den Händen am Tisch und untersuchte den Mechanismus, den Kitty zerbrochen hatte. Sie hob den Kopf.

„Warenka, verzeihen Sie mir, verzeihen Sie!“ flüsterte Kitty und

ging auf sie zu. „Ich weiß nicht, was ich alles gesagt habe. Ich …"
„Ich hatte wirklich nicht die Absicht, Sie zu kränken", erwiderte Warenka lächelnd.

Der Friede war geschlossen. Doch mit der Ankunft des Vaters hatte die ganze Welt, in der sie hier lebte, für Kitty ein anderes Aussehen bekommen. Sie verwarf keineswegs das, was sie hinzugelernt hatte, erkannte aber auch, daß sie sich selbst täuschte, wenn sie annahm, so sein zu können, wie sie wollte. Sie war gleichsam erwacht: Es wurde ihr klar, wie ungeheuer schwer es war, sich ohne Heuchelei und Prahlerei auf jener Höhe zu halten, die ihr als Ziel vorgeschwebt hatte. Darüber hinaus empfand sie jetzt die ganze Schwere der Atmosphäre, in der sie hier unter unglücklichen, kranken und sterbenden Menschen lebte. Die Anstrengungen, die sie gemacht hatte, um ein solches Leben zu lieben, erschien ihr jetzt als eine unerträgliche Qual, und sie sehnte sich danach, so schnell wie möglich wieder in frische Luft zu kommen, nach Rußland, nach Jerguschowo, wohin, wie sie aus einem Brief wußte, ihre Schwester Dolly mit den Kindern bereits übergesiedelt war.

Ihren Gefühlen für Warenka hatte dies indessen keinen Abbruch getan. Beim Abschied drang Kitty in sie, zu einem Besuch zu ihnen nach Rußland zu kommen.

„Ich werde kommen, wenn Sie Ihre Hochzeit feiern", sagte Warenka.

„Heiraten werde ich nie."

„Dann werde ich auch nie kommen."

„Nun, dann werde ich wohl allein schon deshalb heiraten müssen. Aber daß Sie mir nicht Ihr Versprechen vergessen!" sagte Kitty.

Die Erwartungen des Arztes hatten sich als berechtigt erwiesen. Kitty kehrte gesund nach Rußland und nach Hause zurück. Sie lebte nicht so unbeschwert und fröhlich in den Tag hinein wie früher, war aber ruhig. Ihre Moskauer Kümmernisse waren nur noch eine Erinnerung.

Dritter Teil

1

Sergej Iwanowitsch Kosnyschew wollte sich von seiner geistigen Arbeit erholen und fuhr diesmal, statt wie gewöhnlich ins Ausland zu reisen, Ende Mai zu seinem Bruder aufs Land. Er hielt das Leben auf dem Lande überhaupt für das denkbar vernünftigste und war nun zum Bruder gekommen, um es in vollen Zügen zu genießen. Konstantin Lewin freute sich hierüber sehr, zumal er mit dem Besuch seines Bruders Nikolai für diesen Sommer nicht mehr rechnete. Doch ungeachtet aller Liebe und Achtung, die er für Sergej Iwanowitsch empfand, fühlte er sich durch dessen Gesellschaft auf dem Lande irgendwie geniert. Es berührte ihn unangenehm, ja verdroß ihn sogar, das Verhältnis des Bruders zum Landleben zu sehen. Für Konstantin Lewin war das Land der Schauplatz seines Lebens, das heißt seiner Freuden, Leiden und seines Schaffens; für Sergej Iwanowitsch war das Leben auf dem Lande eine Erholung und darüber hinaus ein wirksames Mittel gegen demoralisierende Einflüsse, das er gern und von seiner Nützlichkeit überzeugt anwandte. Konstantin Lewin liebte das Land, weil es für ihn das Feld einer unbestreitbar nutzbringenden Tätigkeit bedeutete; Sergej Iwanowitsch liebte es besonders deshalb, weil er sich hier dem Nichtstun nicht nur hingeben konnte, sondern sogar hingeben mußte. Überdies fühlte sich Konstantin durch die Einstellung Sergej Iwanowitschs zu den Bauern ein wenig gereizt. Sergej Iwanowitsch, der sich mit den Bauern oft in ein Gespräch einließ, dabei sehr gut den richtigen Ton zu finden wußte und sich überhaupt im Umgang mit ihnen ganz einfach gab, versicherte, daß er das Volk liebe, und zog aus jedem Gespräch Schlußfolgerungen zugunsten der Bauern und zum Beweis dafür, wie gut er das Volk kenne. Eine solche Einstellung zu den Bauern mißfiel Konstantin Lewin. Konstantin sah in den Bauern lediglich die Hauptbeteiligten am gemeinsamen Werk und beurteilte sie unbeschadet der Achtung und der gleichsam brüderlichen Gefühle, die er für sie empfand und die er, wie er selbst sagte, wahrscheinlich mit der Milch seiner Amme, einer Bäuerin, eingesogen hatte, keineswegs kritiklos; er, der mit den Bauern eine gemeinsame Aufgabe hatte und oftmals die Kraft, die Demut und den Gerechtigkeitssinn seiner Leute bewunderte, konnte indessen, wenn die gemeinsame Aufgabe noch andere Eigenschaften erforderte, über ihre Unzuverlässigkeit, Nachlässigkeit, Trunksucht und Verlogenheit mitunter in große Wut geraten. Wenn man Konstantin Lewin gefragt hätte, ob er das Volk liebe, wäre er um eine Antwort sehr verlegen gewesen. Er liebte das Volk und liebte es wiederum auch nicht, wie dies seinen Gefühlen zu den Menschen überhaupt entsprach. Gütig von Natur, war er selbstverständlich geneigt, alle Menschen und somit auch die Bauern eher zu lieben als nicht zu lieben. Das Volk als etwas Besonderes herauszugreifen und zu lieben oder nicht zu lieben war ihm jedoch nicht gegeben, nicht nur, weil er mitten unter ihm lebte und alle seine eigenen Interessen mit denen des Volkes verbunden waren, sondern auch deshalb, weil er sich selbst als einen Teil des Volkes betrachtete und weder an sich noch am Volk besondere Vorzüge oder Mängel sah, die ihn in einen Gegensatz zum Volk bringen könnten. Außerdem besaß er, obwohl er schon lange in engsten Beziehungen zum Volk lebte, als Gutsherr, Schlichter von Streitigkeiten und namentlich als Ratgeber (die Bauern hielten viel von seiner Meinung und legten mitunter bis zu vierzig Werst zurück, um seinen Rat einzuholen), nichtsdestoweniger über das Volk kein ein für allemal feststehendes Urteil, so daß für ihn die Frage, ob er das Volk kenne, ebenso schwierig zu beantworten gewesen wäre wie die, ob er das Volk liebe. Zu erklären, daß er das Volk kenne, wäre für ihn gleichbedeutend mit der Behauptung gewesen, er kenne die Menschen. Da er ständig Gelegenheit hatte, die verschiedenartigsten Leute kennenzulernen und zu beobachten, und dabei oft auch auf Bauern stieß, die er für wertvolle und interessante Menschen hielt, an denen er immer wieder neue Züge entdeckte, kam es häufig vor, daß er seine bisherigen Ansichten über sie änderte und sich ein neues Urteil bildete. Ganz anders Sergej Iwanowitsch. Ebenso wie er das Leben auf dem Lande liebte und lobte, weil er in ihm das Gegenstück zu der Lebensweise sah, die er nicht liebte, ebenso gefiel ihm das einfache Volk als Gegensatz zu jener Gesellschaftsschicht, die er nicht liebte, und genauso betrachtete er das Volk als etwas der allgemeinen Menschheit Entgegengesetztes. In seiner disziplinierten Art zu denken hatten sich bei ihm ganz bestimmte Vorstellungen vom Volksleben herausgebildet, die er zum Teil unmittelbar aus den Lebensbedingungen des Volkes, überwiegend jedoch aus Vergleichen mit der Lebensführung anderer Schichten abgeleitet hatte. Er ließ sich durch nichts in seiner Einstellung und seinen Sympathien für das Volk beirren.

Wenn es zwischen den Brüdern zu Meinungsverschiedenheiten in der Beurteilung des Volkes kam, gewann Sergej Iwanowitsch über den Bruder gerade dadurch stets die Oberhand, daß er sich vom Volk, dessen Charakter, Eigenschaften und Neigungen bestimmte Vorstellungen gebildet hatte; Konstantin Lewin hingegen besaß in dieser Hinsicht nicht ein bestimmtes, unabänderliches Urteil, so daß es für seinen Bruder meist ein leichtes war, ihn der eigenen Widersprüchlichkeit zu überführen.

Sergej Iwanowitsch sah in seinem jüngeren Bruder einen lieben Kerl, der (er drückte das französisch aus) das Herz auf dem rechten Fleck hatte und über einen ziemlich regen Verstand verfügte, der sich aber leicht von Eindrücken des Augenblicks leiten ließ, so daß er sich oft in Widersprüche verwickelte. Er unternahm es manchmal, ihn mit der überlegenen Herablassung des älteren Bruders über die wahre Bedeutung der Dinge zu belehren, fand jedoch in den Auseinandersetzungen mit Konstantin keine Befriedigung, weil dessen Argumente allzu leicht zu widerlegen waren.

In den Augen Konstantin Lewins war sein Bruder ein außergewöhnlich kluger, gebildeter und im wahrsten Sinne des Wortes vornehmer Mensch, der alle Fähigkeiten besaß, für das Allgemeinwohl zu wirken. Doch je älter er wurde und je besser er seinen Bruder kennenlernte, um so häufiger regte sich in der Tiefe seines Herzens der Gedanke, daß diese Fähigkeit, für das Allgemeinwohl zu wirken, die ihm selbst gar nicht gegeben war, vielleicht gar kein Vorzug, sondern im Gegenteil in gewisser Hinsicht sogar ein Mangel sei – nicht etwa ein Mangel an guten, aufrichtigen und edlen Absichten und Neigungen, wohl aber ein solcher an Lebenskraft, an dem, was man mit dem Herzen dabeisein nennt, an jenem Streben, das den Menschen dazu bewegt, von all den zahllosen Lebenswegen, die sich ihm darbieten, einen einzigen auszuwählen und sich keinen andern zu wünschen. Je besser er seinen Bruder kennenlernte, um so deutlicher erkannte er, daß die Hingabe an das Allgemeinwohl bei Sergej Iwanowitsch ebenso wie bei vielen anderen Männern, die zum Besten der Allgemeinheit wirkten, nicht vom Herzen ausging, sondern daß sie diese Tätigkeit nur deshalb ausübten, weil sie sie mit ihrem Verstand als lobenswert erkannt hatten. In dieser Annahme wurde Lewin auch noch durch die Beobachtung bestärkt, daß den Bruder Fragen, die das Allgemeinwohl und die Unsterblichkeit der Seele betrafen, keineswegs stärker bewegten als etwa eine Schachpartie oder die originelle Konstruktion einer neuen Maschine.

Außerdem fühlte sich Konstantin Lewin hier auf dem Lande durch die Anwesenheit des Bruders auch noch deshalb geniert, weil er, namentlich im Sommer, alle Hände voll mit der Wirtschaft zu tun hatte, so daß ihm selbst die langen Sommertage noch zu kurz waren, um alles Notwendige zu schaffen, während Sergej Iwanowitsch seiner Erholung nachging. Er hatte jetzt zwar Ferien gemacht, das heißt, er arbeitete nicht an seinem Buch, war aber so sehr an eine geistige Beschäftigung gewöhnt, daß er das Bedürfnis hatte, die ihm gerade durch den Kopf gehenden Gedanken in schöner, konzentrierter Form zum Ausdruck zu bringen, und er hatte es gern, wenn jemand da war und ihm zuhörte. Es verstand sich von selbst, daß als Zuhörer in erster Linie der Bruder in Betracht kam. Konstantin war es deshalb ungeachtet der zwanglos freundschaftlichen Art ihres Umgangs peinlich, ihn allein zu lassen. Sergej Iwanowitsch liebte es, sich ins Gras zu legen, sich dort zu sonnen und dabei gemächlich zu plaudern.

„Du glaubst gar nicht", sagte er manchmal zum Bruder, „ wie sehr ich dieses Faulenzerleben genieße. Man hat keinen einzigen Gedanken im Kopf, er ist leer, wie ausgekehrt."

Konstantin Lewin bedrückte es jedoch, müßig neben ihm zu sitzen und ihm zuzuhören, zumal er wußte, daß die Arbeiter den Dünger ohne sein Beisein auf das unparzellierte Feld bringen und ihn Gott weiß wie abladen würden, wenn er nicht nach dem Rechten sähe; und an den Pflügen würden sie die Schneidezähne nicht gründlich festschrauben, sondern sie entfernen und dann erklären, daß die neuen Pflüge nichts taugten und daß es mit den altgewohnten Hakenpflügen ein ganz anderes Arbeiten gewesen sei und dergleichen mehr.

„Warum willst du bei dieser Hitze aufs Feld gehen?" pflegte Sergej Iwanowitsch zu sagen.

„Ich muß nur für einen Augenblick ins Kontor", antwortete Lewin und lief schnurstracks auf das Feld.

2

In den ersten Junitagen geschah es, daß die einstige Kinderfrau und jetzige Wirtschafterin Agafja Michailowna einen Topf soeben von ihr selbst eingesalzener Pilze in den Keller bringen wollte, dabei ausglitt und sich beim Fallen das Handgelenk verstauchte. Man holte den von dem zuständigen Semstwo angestellten Arzt, einen jungen, geschwätzigen, eben erst mit seinem Studium fertig gewordenen Menschen. Er sah sich die Hand an, stellte fest, daß sie nicht ausgerenkt sei, und blieb, nachdem er einen Umschlag gemacht hatte, zum Mittagessen.

Bei Tisch genoß er es sichtlich, sich mit dem berühmten Sergej

Iwanowitsch Kosnyschew unterhalten zu können, dem er zwecks Bekundung seiner fortschrittlichen Ansichten den gesamten lokalen Klatsch erzählte und sein Leid über die schlechten Zustände in dem Semstwo klagte. Sergej Iwanowitsch, der aufmerksam zuhörte, seinerseits Fragen stellte und, angeregt durch den neuen Zuhörer, selbst gesprächig geworden war, gab etliche treffende und gewichtige, von dem jungen Arzt mit gebührender Achtung aufgenommene Äußerungen von sich und geriet allmählich in jene aufgeräumte, seinem Bruder schon gut bekannte Stimmung, die sich bei ihm gewöhnlich im Laufe eines angeregten und geistreichen Gesprächs einstellte. Nachdem der Arzt aufgebrochen war, äußerte Sergej Iwanowitsch den Wunsch, zum Angeln an den Fluß zu fahren. Er angelte gern und kokettierte ein wenig damit, daß er an einer so albernen Beschäftigung Vergnügen finden konnte. Konstantin Lewin, der noch zu den mit Pflügen beschäftigten Arbeitern und auch noch auf die Wiesen mußte, erbot sich, den Bruder in seinem Kabriolett an den Fluß zu bringen.

Es war jene Zeit des Jahres, in der der Sommer schon so weit vorgerückt ist, daß sich der Ertrag der diesjährigen Ernte schon übersehen läßt, die Aussaat für das nächste Jahr bedacht werden muß und die Heuernte vor der Tür steht; der Roggen hat eine beträchtliche Höhe erreicht, und seine graugrünen, noch nicht ausgereiften Ähren wiegen sich leicht im Winde; der grüne Hafer geht auf den zum zweitenmal bestellten, von gelben Grasbüscheln durchsetzten Feldern ungleichmäßig auf, und der frühe Buchweizen beginnt anzuschwellen und verdeckt die Erde; die vom Vieh steinhart gestampften Brachfelder, auf denen sich die Pfade abzeichnen, in die der Hakenpflug nicht eindringt, sind zur Hälfte gepflügt, der Geruch des auf die Felder gebrachten, schon etwas trockenen Düngers vermischt sich bei Sonnenuntergang mit dem Duft der honighaltigen Gräser, und in den Niederungen breiten sich wie ein Meer die eingehegten, der Sense harrenden Wiesen aus, auf denen sich dunkel die ausgejäteten Haufen von Sauerampfer abzeichnen.

Es war jene Zeit, zu der in der Landwirtschaft vor Beginn der sich alljährlich wiederholenden und alljährlich die gesamte Kraft des Landvolkes beanspruchenden Ernte eine kurze Ruhepause eintritt. Die Ernte versprach vorzüglich zu werden, und den klaren, heißen Sommertagen folgten kurze, taufeuchte Nächte.

Um zu den Wiesen zu gelangen, mußten die Brüder durch einen Wald fahren. Sergej Iwanowitsch erfreute sich die ganze Zeit an der Schönheit des in dichtes Grün getauchten Waldes, er machte den Bruder bald auf eine alte, kurz vor dem Erblühen stehende Linde aufmerksam, auf deren dunkler Schattenseite sich malerisch die gelben Nebenblättchen abzeichneten, bald wies er ihn auf die diesjährigen Triebe hin, die smaragdfarben an den Bäumen glänzten. Konstantin Lewin liebte es nicht, sich über die Schönheit der Natur zu unterhalten. Für sein Empfinden wurde die Schönheit dessen, was er sah, durch Worte zerstört. Er gab dem Bruder kurze, zustimmende Antworten, wandte seine Gedanken aber unwillkürlich anderen Dingen zu. Als sie an den Waldrand kamen, wurde seine ganze Aufmerksamkeit von einem Brachfeld in Anspruch genommen, das sich über einen Hügel erstreckte; es war stellenweise noch mit verdorrtem Gras bedeckt, stellenweise schon gesäubert und quadratförmig durchfurcht, hier und da mit abgeladenem Dünger bedeckt und zum Teil auch schon umgepflügt. Über den Acker bewegte sich eine lange Wagenkette. Lewin zählte die Wagen und stellte mit Befriedigung fest, daß die erforderliche Menge Dünger herangeschafft wurde. Als sein Blick dann auf die Wiesen fiel, beschäftigte er sich in Gedanken schon mit der bevorstehenden Heuernte. Die Heuernte war eine Aktion, bei der Lewin stets mit ganzem Herzen dabei war. Als sie die Wiesen erreicht hatten, hielt er den Wagen an.

In der Tiefe des dichten Grases hatte sich noch der Morgentau erhalten, und Sergej Iwanowitsch, der sich keine nassen Füße holen wollte, bat seinen Bruder, ihn im Wagen bis zu jenem Weidengebüsch zu bringen, wo es so viele Barsche gab. So leid es Konstantin Lewin auch tat, sein Gras zu zerdrücken, er fuhr dennoch in die Wiese hinein. Das hohe Gras schmiegte sich weich um die Räder und um die Beine des Pferdes und ließ seinen Samen auf den nassen Speichen und Naben der Räder zurück.

Sergej Iwanowitsch setzte sich unter einen Busch und machte sich an seinen Angeln zu schaffen, während Lewin das Pferd zur Seite führte und anband. Dann ging er in das riesige, graugrüne, von keinem Windhauch bewegte Meer der Wiesen hinein. Das seidenweiche, nahezu ausgereifte Gras reichte ihm an den durch Überschwemmung bewässerten Stellen fast bis an den Gürtel.

Nachdem Lewin quer durch die Wiese gegangen war, kam er auf einen Weg und begegnete dort einem alten Mann mit einem geschwollenen Auge, der einen Bienenkorb trug.

„Wohin damit, Fomitsch? Oder hast du einen neuen Schwarm gefangen?“ erkundigte sich Lewin.

„Ach woher, gefangen, Konstantin Dmitritsch! Man freut sich schon, wenn man die eigenen behält. Diese hier haben sich schon zum zweitenmal auf und davon gemacht. Ein Glück nur, daß die Burschen sie noch eingeholt haben. Jene, die bei Ihnen gerade den Acker pflügen. Sie haben ein Pferd ausgespannt und sind ihnen nachgejagt.“

„Nun, was meinst du, Fomitsch? Fängt man mit dem Mähen an, oder soll man noch warten?"
„Was soll ich sagen? Wir halten es so, daß wir bis Peter-Paul warten. Sie mähen ja aber immer schon früher. Es wird wohl gehen mit Gottes Hilfe; das Gras steht ja prächtig. Und das Vieh wird es gut haben."
„Und was hältst du vom Wetter?"
„Das liegt in Gottes Hand. Vielleicht wird sich auch das Wetter halten."
Lewin ging zu seinem Bruder zurück. Sergej Iwanowitsch hatte nichts gefangen, nahm sich das aber nicht weiter zu Herzen und schien in bester Stimmung. Angeregt durch das Gespräch mit dem Arzt, hatte er offenbar das Bedürfnis, sich zu unterhalten. Lewin hingegen war es darum zu tun, möglichst schnell nach Hause zu kommen, um für morgen die Mäher bestellen zu lassen und damit endgültig den Beginn der Heuernte festzulegen, um die sich alle seine Gedanken drehten.
„Ich denke, wir fahren jetzt", schlug er vor.
„Warum solche Eile? Laß uns noch ein Weilchen sitzen! Du bist ja bis auf die Haut durchnäßt! Ich fühle mich so wohl, selbst wenn ich nichts fange. Der Reiz jeder Art von Jagd liegt darin, daß man mit der Natur in Berührung kommt. Welch eine Pracht ist zum Beispiel dieser stahlfarbene Wasserspiegel! Diese grünen Ufer", fuhr er fort, „erinnern mich immer an ein Rätsel – kennst du es? Das Gras spricht zum Wasser: Und wir wollen schwanken, schwanken."
„Ich kenne kein solches Rätsel", antwortete Lewin verzagt.

3

„Weißt du, ich habe mich eben in Gedanken mit dir beschäftigt", fuhr Sergej Iwanowitsch fort. „Nach dem, was mir der Arzt vorhin erzählt hat, spotten die Zustände hier in eurem Kreis ja jeder Beschreibung; er ist ein ganz gescheiter Bursche. Ich habe dir schon mal gesagt, und ich bleibe dabei: es ist nicht recht von dir, daß du nicht an den Versammlungen teilnimmst und dich überhaupt von den Semstwos zurückgezogen hast. Wenn sich die anständigen Leute zurückhalten, ist natürlich Gott weiß was zu erwarten. Das ganze Geld, das wir hergeben, wird für Gehälter verbraucht, und für Schulen, Apotheken, Feldschere, Hebammen und so weiter wird nicht gesorgt."

„Ich habe es ja versucht", erwiderte Lewin kleinlaut und widerstrebend. „Ich kann es nicht! Es ist nun einmal so."

„Was kannst du nicht? Ich muß schon sagen, daß ich das nicht verstehe. Gleichgültigkeit und Unfähigkeit scheiden von vornherein aus; ist es wirklich einfach Trägheit?"

„Weder das eine noch das andere und auch nicht das dritte. Ich habe es versucht und erkannt, daß ich nichts ausrichten kann."

Lewin hörte dem Bruder nur mit halbem Ohr zu. Er blickte zu dem Acker auf dem jenseitigen Ufer hinüber und suchte zu erkennen, ob der schwarze Punkt, den er dort bemerkte, nur ein Pferd war oder ob der Verwalter geritten kam.

„Warum kannst du nichts ausrichten? Du hast einen Versuch gemacht, der deiner Ansicht nach mißlungen ist, und da wirfst du gleich die Flinte ins Korn. Man muß doch auch seinen Ehrgeiz haben."

„Was das mit Ehrgeiz zu tun haben soll, verstehe ich nicht", antwortete Lewin, der sich durch die Worte des Bruders verletzt fühlte. „Wenn mir auf der Universität jemand gesagt hätte, daß andere die Integralrechnung verstehen, ich aber nicht, dann könnte das den Ehrgeiz berühren. Hier hingegen muß man zunächst einmal davon überzeugt sein, bestimmte Fähigkeiten für solche Dinge zu besitzen, und vor allem davon, daß alle diese Dinge sehr wichtig sind."

„Was willst du damit sagen? Sind sie etwa nicht wichtig?" fragte Sergej Iwanowitsch; er war gereizt, weil sein Bruder etwas für unwichtig hielt, was ihn beschäftigte, und vor allem, weil dieser ihm offenbar gar nicht recht zugehört hatte.

„Ich halte es nicht für wichtig, es reizt mich nicht – was kann ich dafür?" antwortete Lewin, nachdem er unterdessen festgestellt hatte, daß das, was er am jenseitigen Ufer gesehen hatte, der Verwalter war, der anscheinend die Leute vom Pflügen entließ, denn sie kippten die Hakenpflüge um. Sollten sie wirklich schon mit dem ganzen Acker fertig sein? fragte er sich.

„Nun, weißt du", sagte der ältere Bruder und legte sein schönes und kluges Gesicht in Falten. „Alles hat seine Grenzen. Es ist ja ganz schön, den Sonderling zu spielen und ein gerader Mensch zu sein, dem jede Unaufrichtigkeit verhaßt ist – das weiß ich alles; aber das, was du sagst, hat entweder gar keinen oder einen höchst üblen Sinn. Wie kannst du es für unwichtig halten, daß das Volk, das du doch liebst, wie du behauptest ..."

Das habe ich nie behauptet! dachte Lewin.

„... daß dieses Volk ohne Hilfe dahinsiecht? Die Neugeborenen sterben unter den Händen roher Weiber, und das Volk vegetiert stumpfsinnig dahin und ist der Willkür jedes Schreibers ausgeliefert; du aber hast es in der Hand, für Abhilfe zu sorgen, tust es indessen nicht, weil das deiner Ansicht nach nicht wichtig ist."

Und Sergej Iwanowitsch stellte ihn vor eine Alternative: Entweder sei er so begriffsstutzig, daß er nicht übersehe, was alles in seiner Macht stehe, oder er weigere sich aus Bequemlichkeit, Eitelkeit oder Gott weiß aus welchem Grunde, das ihm Mögliche zu tun.

Konstantin Lewin fühlte, daß ihm nichts anderes übrigblieb, als sich zu unterwerfen oder einen Mangel am Interesse für das Gemeinwohl zuzugeben. Das kränkte und verdroß ihn.

„Das eine sowohl als auch das andere", sagte er entschlossen. „Ich sehe nicht, wie es möglich sein soll ..."

„Wie? Es sollte nicht möglich sein, bei richtiger Verwendung des Geldes ärztliche Hilfe zu gewährleisten?"

„Es ist nicht möglich, nach meinem Dafürhalten ... Bei den viertausend Quadratwerst, die unser Kreis umfaßt, bei den aufgeweichten Wegen im Frühjahr, bei Schneestürmen und auch in der Erntezeit sehe ich keine Möglichkeit, überall ärztliche Hilfe zu gewährleisten. Und auf die Kunst der Ärzte gebe ich ohnehin nichts."

„Erlaube mal, das ist ungerecht ... Ich kann dir Tausende von Beispielen anführen ... Nun, und Schulen?"

„Wozu Schulen?"

Na, hör mal! Kann es denn am Nutzen der Bildung überhaupt einen Zweifel geben? Was dir selbst recht ist, ist auch jedem andern billig."

Konstantin Lewin sah sich moralisch in die Enge getrieben, geriet infolgedessen in Erregung und verriet ungewollt den Hauptgrund für die Gleichgültigkeit, mit der er dem Gemeinwohl gegenüberstand.

„Das mag alles ganz schön sein; aber warum soll ich mich für die Errichtung ärztlicher Ambulatorien einsetzen, die ich nie benutzen werde, und für Schulen, in die ich meine Kinder nicht schikken werde und in die auch die Bauern ihre Kinder nicht schicken wollen, ganz abgesehen davon, daß ich noch gar nicht überzeugt bin, ob es gut ist, wenn sie die Schule besuchen", erklärte er.

Sergej Iwanowitsch war im ersten Augenblick über diese unerwartete Argumentation verdutzt, faßte sich jedoch schnell und entwarf sofort einen neuen Angriffsplan.

Er schwieg eine Weile, zog eine der Angeln heraus, warf sie wieder aus und wandte sich lächelnd zum Bruder um.

„Erlaube mal ... Daß ärztliche Ambulatorien gebraucht werden, haben wir schon gesehen. Wir haben doch eben erst für Agafja Michailowna nach dem Arzt geschickt."

„Nun, ich glaube, die Hand wird dennoch steif bleiben."

„Das bleibt abzuwarten ... Und ein lesekundiger Bauer wird dir als Arbeiter auch lieber und nützlicher sein als ein Analphabet."

„Nein, da kannst du fragen, wen du willst, die Leute mit Schulbildung leisten als Arbeiter viel weniger", erwiderte Konstantin Lewin sehr bestimmt. „Und was die Wege betrifft, die lassen sich nicht in Ordnung bringen; die Brücken aber, wollte man welche errichten, würden gestohlen werden, kaum daß sie fertig sind."

„Übrigens", sagte Sergej Iwanowitsch und runzelte die Stirn, weil er Widerspruch nicht vertragen konnte, namentlich dann nicht, wenn jemand dabei dauernd von einem Thema zum anderen sprang und ohne jeden Zusammenhang neue Argumente anführte, so daß man nicht wußte, worauf man zuerst antworten sollte. „Übrigens, darum handelt es sich nicht. Erlaube mal. Gibst du zu, daß Bildung für das Volk von Nutzen ist?"

„Das gebe ich zu", antwortete Lewin unbedachterweise und wurde sich im selben Augenblick klar, daß er etwas gesagt hatte, was nicht seiner Meinung entsprach. Er war überzeugt, daß der Bruder ihm auf Grund dieses Eingeständnisses nachweisen werde, wie dumm und sinnlos die von ihm vertretenen Ansichten seien. Wie er es ihm nachweisen werde, wußte er nicht, aber er wußte, daß es zweifellos in sehr logischen Worten geschehen werde, und wartete nun auf diese Beweisführung.

Die Beweisführung fiel erheblich einfacher aus, als Konstantin Lewin es erwartet hatte.

„Wenn du den Nutzen einer Sache anerkennst", sagte Sergej Iwanowitsch, „dann ist es unmöglich, daß du ihr als rechtschaffener Mensch deine Sympathie und dein Interesse versagst, und dann kannst du dich auch nicht weigern, an ihr mitzuwirken."

„Ich gebe noch gar nicht zu, daß es eine gute Sache ist."

„Wie? Du sagtest doch eben ..."

„Nein, ich halte sie weder für gut noch für ausführbar."

„Das kannst du nicht wissen, bevor du dich dafür eingesetzt hast."

„Nun, nehmen wir an", sagte Lewin, obwohl er es gar nicht annahm, „nehmen wir an, daß es so ist; aber ich sehe dennoch nicht ein, warum ich mich dafür einsetzen soll."

„Wie meinst du das?"

„Wenn wir auf diese Dinge schon mal zu sprechen gekommen sind, dann erkläre mir deine Ansicht auch vom philosophischen Standpunkt aus", erwiderte Lewin.

„Ich verstehe nicht, was das mit Philosophie zu tun hat", sagte Sergej Iwanowitsch, und Lewin glaubte aus seinem Ton herauszuhören, daß er ihm das Recht abspräche, über philosophische Fragen zu urteilen. Er fühlte sich daher gereizt.

„Das will ich dir sagen!“ erwiderte er erregt. „Ich meine, daß die Triebfeder aller unserer Handlungen das persönliche Glück ist. In den jetzigen Einrichtungen des Semstwos finde ich, ein Mitglied des Adels, jedoch nichts, was meinem Wohlergehen förderlich sein könnte. Die Wege sind nicht besser geworden und können nicht besser werden; meine Pferde fahren mich auch auf schlechten Wegen. Ärzte und Ambulatorien brauche ich nicht; einen Friedensrichter brauche ich ebensowenig – ich habe mich noch nie an ihn gewandt und werde mich nie an ihn wenden. Schulen halte ich nicht nur für unnötig, sondern sogar für schädlich, wie ich dir schon gesagt habe. Für mich bringen die Semstwos nur die Pflicht mit sich, achtzehn Kopeken je Deßjatine Abgaben zu zahlen, in die Stadt zu fahren, mich dort beim Übernachten von Wanzen plagen zu lassen und mir allen möglichen Unsinn anzuhören, ohne daß ich ein persönliches Interesse daran hätte.“

„Erlaube mal“, fiel Sergej Iwanowitsch mit einem Lächeln ein. „An der Aufhebung der Leibeigenschaft hatten wir auch kein persönliches Interesse, und nichtsdestoweniger haben wir uns für sie eingesetzt und ...“

„Du irrst“, unterbrach ihn Lewin, der sich immer mehr ereiferte. „Mit der Leibeigenschaft war es etwas ganz anderes. Dabei spielte ein persönliches Interesse mit. Wir wollten jenes Joch abschütteln, das alle anständigen Menschen bedrückte. Hier hingegen muß ich als Abgeordneter darüber beraten, wieviel Abortreiniger benötigt werden und wie man die Wasserleitung in der Stadt anzulegen hat, in der ich nicht wohne; ich muß als Geschworener über einen Bauern zu Gericht sitzen, der einen Schinken gestohlen hat, und mir sechs Stunden lang all den Unsinn anhören, den der Staatsanwalt und die Verteidiger zusammenfassen, und wie sich der Vorsitzende an meinen alten närrischen Aljoschka wendet: ‚Geben Sie zu, Herr Angeklagter, den Schinken entwendet zu haben?‘ und der dann fragt: ‚Hä?‘“

Konstantin Lewin war in seiner Erregung vom Thema abgekommen; er ahmte den Vorsitzenden und den Narren Aljoschka nach und meinte, daß alles das zur Sache gehöre.

Sergej Iwanowitsch zuckte die Achseln.

„Nun, und was willst du damit beweisen?“

„Ich will nur sagen, daß ich die Rechte, die mich selbst, meine eigenen Interessen berühren, jederzeit mit aller Energie verteidigen werde; daß ich damals, als bei uns, den Studenten, Haussuchungen durchgeführt und unsere Briefe von Gendarmen gelesen wurden, auch bereit gewesen bin, mit aller Energie diese Rechte zu verteidigen, meine Rechte auf Bildung und Freiheit. Ich will nichts sagen, wenn es sich zum Beispiel um die Wehrpflicht handelt, die das Schicksal meiner Kinder, meiner Brüder und mein eigenes berührt; über Fragen, die mich selbst angehen, bin ich auch bereit zu beraten; aber über die Verwendung von vierzigtausend Rubel aus der Semstwokasse zu beraten oder den närrischen Aljoschka abzuurteilen – dafür habe ich kein Verständnis, und das kann ich nun einmal nicht."

Der Redefluß Konstantin Lewins hatte gleichsam einen Damm durchbrochen. Sergej Iwanowitsch lächelte.

„Und wenn man dich selbst morgen vor Gericht stellen würde – wäre es dir etwa angenehm, vor dem alten Gericht zusammen mit Kriminellen abgeurteilt zu werden?"

„Man wird mich nicht vor Gericht stellen. Ich werde niemand umbringen und brauche nicht abgeurteilt zu werden. Na, überhaupt unsere Semstwos!" fuhr er fort und irrte wieder völlig vom Thema ab. „Das kommt mir alles vor wie die Birkenäste, die wir zu Pfingsten in die Erde stecken, um einen Wald vorzutäuschen, einen in Europa gewachsenen Wald; ich bringe es aber nicht fertig, diese Birken zu begießen und im Ernst zu glauben, es wären Bäume!"

Sergej Iwanowitsch zuckte die Achseln, um damit sein Befremden über das plötzliche Auftauchen dieser Birken auszudrücken, obwohl er sofort verstanden hatte, worauf sein Bruder hinauswollte.

„Aber erlaube mal, das sind doch keine Argumente", bemerkte er.

Aber Konstantin Lewin war daran gelegen, sich wegen jenes Fehlers, dessen er sich bewußt war – seiner Gleichgültigkeit gegenüber dem Wohl der Allgemeinheit –, zu rechtfertigen, und er ließ sich nicht aus dem Konzept bringen.

„Ich meine", fuhr er fort, „daß eine Tätigkeit auf die Dauer Nutzen bringen kann, wenn sie nicht auf persönlichem Interesse beruht. Das ist eine Binsenwahrheit, eine philosophische", sagte er und betonte dabei geflissentlich das Wort „philosophische", als wünschte er zu unterstreichen, daß er ebensogut wie jeder andere berechtigt sei, über Philosophie zu sprechen.

Sergej Iwanowitsch lächelte wiederum. Auch er, dachte er bei sich, hat sich da eine Philosophie zurechtgelegt, auf die sich seine Neigungen stützen sollen.

„Nun, die Philosophie laß lieber aus dem Spiel", sagte er. „Die Hauptaufgabe der Philosophie hat zu allen Zeiten darin bestanden, jene Übereinstimmung zu entdecken, die zweifellos zwischen persönlichen und allgemeinen Interessen besteht. Doch das hat nichts mit der Sache zu tun, und zudem bekommt die Sache ein ganz anderes Gesicht, sobald ich an deinem Vergleich eine Korrektur vornehme. Die Birken werden nicht einfach hineingesteckt, sondern teils gepflanzt, teils gesät und erfordern eine sorgfältige Behandlung. Nur solche Völker haben eine Zukunft, nur solchen Völkern kann eine geschichtliche Mission zugesprochen werden, die ein Gefühl für das Wichtige und Bedeutsame in ihren Einrichtungen besitzen und sie zu schätzen wissen."

Hierauf griff Sergej Iwanowitsch auf das philosophisch-historische Gebiet über, das Konstantin Lewin nicht zugänglich war, und wies ihm die ganze Unhaltbarkeit seiner Ansichten nach.

„Und was deine Abneigung gegen alles dies betrifft, so nimm es mir nicht übel, aber sie beruht auf unserer russischen Trägheit und unserem Herrenstandpunkt; im übrigen bin ich überzeugt, daß es sich bei dir nur um eine zeitweilige Verirrung handelt, die vergehen wird."

Konstantin schwieg. Er fühlte sich auf der ganzen Linie geschlagen, sagte sich indessen zugleich, daß das, was er hatte sagen wollen, von seinem Bruder nicht verstanden worden war. Er wußte nur nicht, woran das lag: ob daran, daß er das, was er sagen wollte, nicht klar auszudrücken verstanden hatte, ob der Bruder ihn nicht verstehen wollte oder ob er vielleicht nicht fähig war, ihn zu verstehen. Er beschäftigte sich indessen nicht weiter mit dieser Frage und richtete, ohne dem Bruder zu widersprechen, seine Gedanken auf eine ganz andere, persönliche Angelegenheit.

Sergej Iwanowitsch wickelte die letzte Angel auf und band das Pferd los, worauf sie den Heimweg antraten.

4

Mit der persönlichen Angelegenheit, die Lewin während des Gesprächs mit seinem Bruder eingefallen war, hatte es folgende Bewandtnis. Als er sich zur Zeit der vorjährigen Heuernte einmal über den Verwalter geärgert hatte und auf die Wiesen gekommen war, hatte er zu seinem üblichen Beruhigungsmittel gegriffen: Er hatte einem der Arbeiter die Sense abgenommen und selbst gemäht.

Diese körperliche Arbeit hatte ihm so gefallen, daß er sie mehrmals wiederholte und damals die ganze Wiese vor dem Haus abmähte. In diesem Jahr hatte er sich schon zu Beginn des Frühlings vorgenommen, zusammen mit den Arbeitern mehrere Tage hindurch vom Morgen bis zum Abend zu mähen. Nach der Ankunft des Bruders waren ihm jedoch Zweifel gekommen, ob er sich persönlich am Mähen beteiligen sollte oder nicht. Es war ihm peinlich, den Bruder tagelang allein zu lassen, und überdies fürchtete er, sich in dessen Augen damit lächerlich zu machen. Doch als er vorhin über die Wiesen gegangen war, hatte er sich unter dem Einfluß der Erinnerung an seine vorjährige Mitarbeit so gut wie endgültig entschlossen, auch diesmal selbst zu mähen. Und eben dieser Vorsatz war ihm anschließend an das gereizte Gespräch mit dem Bruder wieder eingefallen.

Ich muß mir körperliche Bewegung verschaffen, damit mein Charakter nicht völlig verdirbt, sagte er sich und war nun fest entschlossen, sich selbst am Mähen zu beteiligen, ohne Rücksicht darauf, ob es seinen Bruder und die Leute befremden würde oder nicht.

Gegen Abend begab sich Konstantin Lewin ins Kontor und traf Anordnungen für die Arbeiten, er veranlaßte, daß in die verschiedenen Dörfer geschickt wurde, um für den nächsten Morgen die Mäher zu bestellen, die mit dem Mähen der Kalinowschen Wiese beginnen sollten, der größten und besten von allen.

„Ja, und meine Sense schicken Sie bitte zu Tit, damit er sie schärft und morgen mit hinausbringt; ich werde vielleicht auch selbst mähen", fügte er hinzu und bemühte sich, seine Verlegenheit zu unterdrücken.

Der Verwalter lächelte und antwortete:

„Wie Sie wünschen."

Abends beim Tee sagte Lewin es auch seinem Bruder.

„Das Wetter scheint jetzt beständig zu bleiben. Morgen fangen wir mit dem Mähen an."

„Das Mähen ist, finde ich, etwas sehr Schönes", sagte Sergej Iwanowitsch.

„Es macht mir furchtbar viel Freude. Ich habe hin und wieder auch schon selbst mit den Bauern gemäht und beabsichtige, es morgen den ganzen Tag über zu tun."

Sergej Iwanowitsch hob den Kopf und sah den Bruder erstaunt an.

„Wie? Seite an Seite mit den Bauern und den ganzen Tag hindurch?"

„Ja, es ist sehr schön", sagte Lewin.

„Es ist schön als körperliche Entspannung, doch ich bezweifle, daß du es durchhalten kannst", bemerkte Sergej Iwanowitsch ohne jeden Spott.

„Ich habe es schon versucht. Zuerst fällt es schwer, doch dann arbeitet man sich ein. Ich glaube, ich werde Schritt halten ..."

„Sieh mal an! Aber sage mal, wie nehmen es denn die Bauern

auf? Sie machen sich wahrscheinlich über die Schrullen ihres Herrn lustig?"

„Das glaube ich nicht; es ist übrigens eine so fröhliche und zugleich doch so schwere Arbeit, daß man zum Nachdenken gar keine Zeit findet."

„Willst du denn auch draußen gemeinsam mit den Arbeitern Mittag essen? Dir Rotwein und Putenbraten hinausschicken zu lassen geht wohl nicht gut an."

„Nein, wenn sie ihre Mittagspause machen, unterbreche auch ich die Arbeit und komme zum Essen nach Hause."

Am nächsten Morgen stand Lewin früher als gewöhnlich auf; da er jedoch durch alle möglichen Anordnungen in der Wirtschaft aufgehalten wurde, langte er auf der Wiese erst an, als die Mäher bereits bei der zweiten Reihe waren.

Schon von der Anhöhe aus bot sich ihm der Blick auf die Niederung, in der sich im Schatten die grauen Streifen des bereits abgemähten Teils der Wiese und als dunkle Häufchen die Röcke der Mäher abzeichneten, die diese an der Stelle zurückgelassen hatten, von der aus sie mit dem Mähen begonnen hatten.

Als er näher heranritt, sah er, wie die Bauern – manche hatten noch ihre Röcke an, manche nur Hemd und Hose – in einer langgezogenen Reihe, einer hinter dem anderen, die Sensen verschiedenartig schwangen. Er zählte und stellte fest, daß es im ganzen zweiundvierzig Mann waren.

Sie bewegten sich langsam über den unebenen Wiesengrund, in dem früher einmal ein Staubecken gewesen war. Einige seiner eigenen Leute konnte Lewin jetzt schon erkennen. Er bemerkte den alten Jermil in einem ungewöhnlich langen Russenhemd, der sich jedesmal, wenn er mit der Sense ausholte, vorbeugte; ferner Wassili, einen jungen Burschen, der bei Lewin Kutscherdienste versah; er holte jedesmal weit aus. Und da war auch Tit, ein kleines, schmächtiges Bäuerlein, das Lewin im Mähen unterwiesen hatte; er schritt in aufrechter Haltung an der Spitze, und wenn er das Gras in breiten Garben niederlegte, dann sah es so aus, als spiele er nur mit der Sense.

Als Lewin vom Pferd stieg und dieses am Gatter anband, kam Tit mit einer zweiten Sense auf ihn zu, die er hinter einem Busch hervorgeholt hatte.

„Sie ist in Ordnung, Herr; sie rasiert nur so, mäht ganz von selbst", sagte Tit lächelnd, während er seine Mütze zog und Lewin die Sense reichte.

Lewin nahm die Sense und holte probeweise ein paarmal aus. Die Mäher, die mit ihren Reihen fertig waren, traten schweißbedeckt und fröhlich, einer nach dem anderen, auf den Weg und begrüßten lächelnd ihren Herrn. Alle beobachteten ihn, aber keiner von ihnen sagte etwas, bis ein hochgewachsener alter Mann mit zerfurchtem, bartlosem Gesicht, der eine kurze Lammfelljoppe anhatte, auf den Weg trat und ihn anredete.

„Denk daran, Herr, wer mal angefangen hat, muß auch durchhalten", sagte er, worauf unter den Mähern ein verhaltenes Gelächter laut wurde.

„Ich werde mich bemühen, nicht zurückzubleiben", antwortete Lewin; er stellte sich hinter Tit und wartete auf den Wiederbeginn der Arbeit.

„Denk daran!" rief ihm der alte Bauer nochmals zu.

Tit setzte sich in Bewegung, und Lewin folgte ihm. Hier am Rande der Wiese war das Gras niedrig, und Lewin, der seit langem nicht mehr gemäht hatte und von den Blicken der ihn beobachtenden Bauern irritiert wurde, mähte zunächst schlecht, obwohl er mit der Sense weit ausholte. Hinter ihm wurden Stimmen laut:

„Die Sense ist schlecht gestielt, der Griff ist zu hoch; seht, wie er sich bücken muß", sagte einer der Bauern.

„Drücke doch mit dem Hacken mehr auf!" rief ihm ein anderer zu.

„Laß nur, er wird sich schon einarbeiten", mischte sich der alte Bauer wieder ein. „Siehst du, jetzt legt er los ... Du holst zu weit aus, wirst sehr schnell müde werden ... Ja, wenn sich der Herr anstrengt, ist's sein eigener Nutzen! Aber sieh mal, was für einen Streifen du stehengelassen hast! Da würde unsereins was zu hören bekommen."

Jetzt kam weicheres Gras, und Lewin, der alle Bemerkungen hörte, aber nichts antwortete, ging hinter Tit her und war bemüht, seine Sache so gut wie nur möglich zu machen. Sie hatten etwa hundert Schritt zurückgelegt. Tit ging immer weiter, blieb keinen Augenblick stehen und zeigte keine Spur von Müdigkeit. Lewin hingegen war ziemlich erschöpft und hegte bereits große Befürchtungen, daß er die Arbeit nicht durchhalten würde.

Er merkte, daß er die Sense nur noch unter Aufgebot seiner letzten Kraft heben konnte, und wollte Tit bitten, eine Pause zu machen. Doch da blieb Tit schon von selbst stehen; er bückte sich, nahm eine Handvoll Gras, rieb die Sense ab und begann sie zu schärfen. Lewin reckte die Glieder, atmete tief auf und blickte sich um. Hinter ihm kam ein Bauer, der offenbar ebenso ermüdet war, denn er blieb, noch bevor er Lewin erreicht hatte, stehen und begann seine Sense zu schärfen. Nachdem Tit sowohl seine eigene als auch Lewins Sense geschärft hatte, nahmen sie die Arbeit wieder auf.

Beim zweiten Anlauf war es nicht anders. Tit schwang ununterbrochen die Sense, blieb keinen Augenblick stehen und wurde nicht müde. Lewin folgte ihm und bemühte sich, nicht zurückzubleiben, aber es wurde ihm immer schwerer; einige Male glaubte er sich am Ende seiner Kraft, doch dann blieb auch Tit jedesmal stehen, um die Sensen zu schärfen.

So beendeten sie die erste Reihe. Diese lange Reihe war Lewin schwerer gefallen, als er erwartet hatte; doch nun, als Tit am Ende der Reihe seine Sense über die Schulter nahm und mit langsamen Schritten auf den Spuren zurückging, die seine Stiefelabsätze auf dem gemähten Streifen hinterlassen hatten, konnte Lewin ihm auch mit Genugtuung auf dem von ihm selbst gemähten Streifen folgen. Ungeachtet des Schweißes, der ihm in Strömen über das Gesicht rann und von der Nase tropfte, und obwohl sein Rücken so naß war, als sei Lewin eben aus dem Wasser gezogen worden, fühlte er sich ungemein wohl. Am meisten beglückte ihn jetzt das sichere Gefühl, daß es ihm möglich sein werde, durchzuhalten.

Etwas beeinträchtigt wurde seine Freude nur dadurch, daß seine Reihe nicht besonders gut ausgefallen war. Ich muß weniger den Arm und vielmehr den ganzen Körper schwingen, dachte er bei sich, als er den schnurgeraden, von Tit gemähten Streifen mit seinem eigenen verglich, der sich ungleichmäßig in einer Zickzacklinie hinzog.

Lewin hatte beobachtet, daß Tit, der seinen Herrn wahrscheinlich auf die Probe stellen wollte, beim Mähen der ersten Reihe ungewöhnlich schnell vorgegangen war, und es war eine besonders lange Reihe gewesen. Mit den folgenden Reihen kam Lewin schon besser zurecht, wenn er auch seine ganze Kraft aufbieten mußte, um nicht hinter den Bauern zurückzubleiben.

Er dachte an nichts anderes und war nur von dem einen Wunsch beseelt, nicht hinter den Bauern zurückzustehen und seine Arbeit so gut wie möglich zu verrichten. Er hörte nichts als das Sausen der im Halbkreis geschwungenen Sensen und sah vor sich nur den aufrecht schreitenden Tit, die sich langsam und wellenförmig über die Schneide seiner Sense neigenden Gräser und Blumenköpfchen und ganz vorn das Ende der Reihe, wo seine Erholung winkte.

Ohne sich darüber im klaren zu sein, was es war und wodurch es hervorgerufen wurde, verspürte er plötzlich mitten in der Arbeit auf seinen erhitzten, schweißbedeckten Schultern eine wohltuende Kühle. Als wieder die Sensen geschärft werden mußten, blickte er zum Himmel auf. Eine dunkle, niedrig hängende Wolke, die unbemerkt aufgezogen war, entlud sich in einem heftigen Regenguß. Einige der Bauern eilten zu ihren Kleidern und zogen die Röcke an, während die andern, ebenso wie Lewin, nur mit den Schultern zuckten und sich erfreut der angenehmen Erfrischung aussetzten.

Sie mähten eine Reihe zu Ende und wandten sich dann der nächsten, der übernächsten zu. Es gab längere Reihen und auch kürzere, mit gutem Gras und auch mit schlechtem. Lewin hatte jetzt jeden Maßstab für die Zeit verloren und wußte nicht, ob es noch früh oder schon spät war. Während seiner Arbeit bemerkte er jetzt eine Veränderung, die ihn sehr beglückte. Während des Mähens kam es vor, daß er minutenlang vergaß, was er tat, daß er sich plötzlich erleichtert fühlte und in solchen Minuten fast ebenso gleichmäßig und gut mähte wie Tit. Doch er brauchte sich nur darauf zu besinnen, was er tat, und sich um ein möglichst gleichmäßiges Mähen zu bemühen, dann fühlte er auch sofort wieder die ganze Schwere der Arbeit, und die Reihe wurde schlecht.

Als er eine weitere Reihe zu Ende gemäht hatte und nach vorn gehen wollte, um mit der nächsten zu beginnen, wurde er von Tit zurückgehalten, der auf den alten Bauern zuging und diesem etwas zuflüsterte. Beide blickten zur Sonne auf.

Worüber mögen sie wohl sprechen, und warum zögern sie weiterzumähen? fragte sich Lewin, der gar nicht daran dachte, daß die Bauern mindestens vier Stunden ununterbrochen gemäht hatten und nun auch frühstücken mußten.

„Wir wollen frühstücken, Herr“, sagte der alte Bauer.

„Ist es denn schon soweit? Nun, dann frühstückt.“

Lewin gab Tit die Sense und ging mit den Bauern, die ihr Brot aus den Röcken holen wollten, die sie abgelegt hatten, zu seinem Pferd zurück. Und erst jetzt, als er über den langgestreckten, abgemähten Teil der vom Regen etwas feuchten Wiese ging, wurde ihm bewußt, daß er sich mit dem Wetter verrechnet hatte und durch den Regen das Heu naß werden würde.

„Das Heu wird noch verderben“, sagte er.

„Laß nur, Herr“, antwortete der alte Bauer. „Wer im Nassen mäht, fährt im Trocknen ein.“

Lewin band sein Pferd los und ritt nach Hause zum Kaffeetrinken.

Sergej Iwanowitsch stand gerade erst auf. Lewin trank seinen Kaffee und ritt zur Wiese zurück, bevor Sergej Iwanowitsch mit dem Ankleiden fertig war und im Speisezimmer erschien.

5

Nach der Frühstückspause war Lewin nicht mehr auf seinem bisherigen Platz, er schritt jetzt zwischen dem humorvollen Alten, der ihn aufgefordert hatte, an seiner Seite zu mähen, und einem jungen, erst seit dem Herbst verheirateten Bauern, der in diesem Sommer zum erstenmal bei der Heuernte mitarbeitete.

Der alte Bauer, der hochaufgerichtet voranging, setzte seine nach außen gekehrten Füße gleichmäßig und breitspurig und legte mit einer genau abgepaßten, stets gleichbleibenden Bewegung, die ihn anscheinend nicht mehr Mühe kostete als das gewöhnliche Schwenken der Arme beim Gehen, wie spielend eine Schicht des hohen Grases nach der andern nieder. Es schien, als sei nicht er es, der arbeitete, sondern als sause die scharfe Sense von selbst ins saftige Gras.

Hinter Lewin mähte der junge Mischka. In seinem hübschen jugendlichen Gesicht – das Haar wurde von einem Gewinde aus frischem Gras zusammengehalten – arbeitete vor Anstrengung jeder Muskel; er lächelte jedoch, sobald man ihn ansah. Offensichtlich wäre er eher bereit gewesen zu sterben, als zuzugeben, daß ihm die Arbeit schwerfiel.

Lewin mähte zwischen diesen beiden. In der heißen Mittagssonne empfand er das Mähen als weniger anstrengend. Der Schweiß, der an ihm herunterrann, wirkte kühlend, und die Sonne, die auf seinem Rücken, dem Kopf und den bis zum Ellbogen entblößten Armen brannte, schien seine Kraft und Ausdauer bei der Arbeit noch zu verstärken. Immer häufiger stellten sich jetzt jene Minuten der Selbstvergessenheit ein, in denen man nicht daran zu denken braucht, was man tut. Die Sense mähte wie von selbst. Es waren beglückende Minuten. Noch beglückender war es indessen, wenn man das Flußufer erreicht hatte; dort endeten die Reihen, und dort rieb der alte Bauer die Sense mit einem dicken Büschel feuchten Grases ab, spülte ihre stählerne Klinge in dem klaren Flußwasser, schöpfte den Blechbehälter des Wetzsteins voll und hielt ihn Lewin zum Trinken hin.

„Versuch mal von meinem Kwas! Schmeckt er nicht fein?" sagte er und zwinkerte dabei mit den Augen.

Und in der Tat, Lewin glaubte, noch nie ein so köstliches Getränk getrunken zu haben wie dieses warme Wasser, auf dem etwas Grünes schwamm und das einen metallenen, vom Blechbehälter herrührenden Beigeschmack hatte. Und unmittelbar darauf folgte ein langsamer, erquickender Gang mit der Sense in der Hand, bei dem man Zeit fand, sich den Schweiß aus dem Gesicht zu wischen, aus voller Brust Atem zu holen und die ganze sich lang hinziehende Reihe der Mäher zu beobachten und auch das, was im Walde und auf dem Felde vorging.

Je länger Lewin mähte, um so häufiger gab es bei ihm jene Minuten der Selbstvergessenheit, in denen es schien, als ob die Sense nicht von den Armen geschwungen würde, sondern ihrerseits seinen ganzen Körper regierte, der von bewußtem Leben durchdrungen war, und als ob sich die Arbeit wie durch Zauberei, ohne daß er an sie dachte, ordnungsgemäß und einwandfrei gleichsam wie von selbst verrichtete. Das waren die schönsten Augenblicke.

Schwierig wurde es freilich, wenn man die mechanisch ausgeführten Bewegungen unterbrechen und nachdenken mußte, so zum Beispiel, wenn es darauf ankam, einen kleinen, mit Gras bewachsenen Erdhügel zu mähen oder eine beim Jäten übersehene Sauerampferstaude. Der alte Bauer machte das sehr einfach. Sobald er auf einen Erdhügel stieß, änderte er die Bewegung und benutzte mal den Hacken, mal die Spitze der Sense, um mit kurzen Hieben den Hügel von beiden Seiten abzumähen. Und während er so arbeitete, paßte er scharf auf und übersah nichts, was ihm in den Weg kam; mal pflückte er eine Siegwurz, die er selbst aß oder Lewin anbot, mal räumte er mit der Sensenspitze einen Zweig aus dem Wege, mal sah er sich ein Wachtelnest an, aus dem das Weibchen erst beim Sensenstreich herausgeflogen kam, oder er stieß auf eine kleine Schlange, die er mit der Sense wie mit einer Gabel aufhob, Lewin zeigte und dann fortschleuderte.

Lewin und dem jungen Bauern, der hinter ihm mähte, machten derartige Bewegungswechsel Schwierigkeiten. Wenn sie eine gewisse Routine gewonnen hatten und richtig in Gang gekommen waren, brachten sie es nicht fertig, den Arbeitsgang zu ändern und auf das zu achten, was ihnen in den Weg kam.

Lewin merkte nicht, wie die Zeit verging. Wenn ihn jemand gefragt hätte, wie lange er schon mähe, würde er eine halbe Stunde angegeben haben – und dabei ging es bereits auf den Mittag zu. Als sie wieder einmal die Reihe zurückgingen, um mit einer neuen anzufangen, machte der alte Bauer Lewin auf eine Anzahl kleiner Mädchen und Jungen aufmerksam, die, hinter dem hohen Gras kaum sichtbar, auf den Wiesen und Wegen aus verschiedenen Richtungen näher kamen und die Bündel mit Brot und die mit Lappen zugestopften Krüge mit Kwaß für die Mäher nur mit Mühe in ihren kleinen Händen hielten.

„Sieh mal, da kommen die Käferchen angekrabbelt!" Er zeigte auf sie, dann blickte er, die Augen mit der hohlen Hand abschirmend, zur Sonne. Nachdem sie zwei weitere Reihen gemäht hatten, blieb der Alte stehen.

„So, Herr, jetzt erst mal Mittag essen!" sagte er entschieden. Die am Fluß angelangten Mäher gingen die gemähten Reihen entlang zu ihren Kleidern zurück, neben denen bereits die Kinder saßen und mit dem Essen auf sie warteten. Die Bauern setzten sich gruppenweise zusammen – die aus entfernteren Ortschaften im Schatten ihrer Wagen, die aus der Nachbarschaft unter Weidengebüsch, über das sie Gras warfen.

Lewin gesellte sich zu ihnen; er hatte keine Lust, nach Hause zu reiten.

Jegliche Befangenheit vor dem Herrn war längst verschwunden. Die Bauern bereiteten sich auf das Essen vor. Einige wuschen sich, die jungen Burschen badeten im Fluß, andere richteten sich ein Lager zum Ausruhen, banden die Bündel auf und öffneten die Krüge mit Kwaß. Der alte Bauer zerkrümelte in einer Schale Brot, zerdrückte es mit dem Löffelstiel, übergoß es aus dem Wetzsteinbehälter mit Wasser, tat nochmals kleingeschnittenes Brot und etwas Salz hinzu und begann, sich nach Osten umwendend, zu beten.

„Nun, Herr, koste mal meine Brotsuppe", sagte er und hockte sich vor der Schale nieder.

Die Brotsuppe schmeckte Lewin so gut, daß er es endgültig aufgab, zum Mittagessen nach Hause zu reiten. Er aß mit dem alten Bauern und fragte ihn nach seinen häuslichen Verhältnissen, die sein lebhaftes Interesse erregten; dann erzählte er dem Alten von seiner eigenen Wirtschaft und teilte ihm alle Vorkommnisse und Umstände mit, die ihn interessieren konnten. Er fühlte sich diesem alten Bauern enger verbunden als seinem eigenen Bruder, und er lächelte unwillkürlich über das warme Gefühl, das er für ihn empfand. Als der Alte dann aufstand, wieder betete, sich an Ort und Stelle unter einem Strauch ausstreckte, nachdem er sich etwas Gras unter den Kopf geschoben hatte, tat Lewin das gleiche; und ungeachtet all der in der Sonne besonders aufdringlichen Fliegen und der anderen Insekten, die sich auf sein schweißbedecktes Gesicht und auf den Körper setzten, schlief er unverzüglich ein und wachte erst auf, als die Sonne auf ihrer Wanderung den Strauch umgangen hatte und er ihren Strahlen ausgesetzt war. Der Alte hatte seinen Schlaf schon lange beendet und war dabei, die Sensen der jungen Burschen zu schärfen.

Lewin blickte um sich und erkannte die Gegend nicht wieder, so sehr hatte sich alles verändert. Der weitaus größte Teil der riesigen Wiese war bereits gemäht, und die Reihen des am Boden liegenden und schon nach Heu duftenden Grases leuchteten in den schrägen Strahlen der Abendsonne in einem besonderen Glanz. Die Sträucher am Flußufer, um die ringsum das Gras weggemäht war, und der Fluß selbst, den man vorher nicht hatte sehen können und der sich jetzt mit seinen Windungen wie glitzernder Stahl von der Landschaft abhob, die sich bückenden und wieder aufrichtenden Mäher, die steile Wand des Grases auf dem noch nicht gemähten Teil der Wiese und die über der kahlen Wiese kreisenden Habichte – alles dies war völlig neu. Als Lewin zu sich kam, überlegte er, wieviel bereits gemäht war und wieviel bis zum Abend noch zu schaffen sein würde.

Die zweiundvierzig Männer hatten eine ungewöhnlich große Leistung vollbracht. Fast die ganze große Wiese, an der zur Zeit der Fronarbeit dreißig Mäher zwei Tage lang zu tun gehabt hatten, war nun schon abgemäht. Zu mähen blieben nur noch die Ekken mit den kurzen Reihen. Lewin, dem es darauf ankam, gleich am ersten Tage möglichst viel zu schaffen, ärgerte sich über die Sonne, die ihm zu schnell zu sinken begann. Er verspürte überhaupt keine Müdigkeit und war nur von dem einen Wunsch beseelt, die Arbeit fortzusetzen, das Tempo zu beschleunigen und möglichst viel fertigzubringen.

„Was meinst du“, wandte er sich an den alten Bauern, „ob wir den Maschkin-Hügel heute noch schaffen?“

„Das steht bei Gott; die Sonne will schon untergehen. Gibt es für die Burschen nachher auch ein Schnäpschen?“

Als man sich zur Vesper setzte und die Raucher ihren Tabak zur Hand nahmen, erklärte der Alte den Leuten: „Wenn wir den Maschkin-Hügel noch schaffen, gibt's Schnaps!“

„Natürlich schaffen wir ihn! Fang an, Tit! Das geht im Nu! Satt essen können wir uns auch noch abends. Los!“ wurde von allen Seiten gerufen, und die noch am letzten Stück Brot kauenden Mäher machten sich an die Arbeit.

„So, Kinder, nun haltet euch ran!“ rief Tit und ging, an der Spitze mähend, fast im Sturmschritt voran.

„Schneller, schneller!“ trieb ihn der Alte an, der ihm folgte und ihn mühelos einholte. „Sieh dich vor, ich schneide dich gleich!“

Jung und alt mähte gleichsam um die Wette. Doch obwohl sich alle beeilten, arbeiteten sie doch sorgfältig, und die Reihen fielen ebenso ordentlich und gleichmäßig aus wie zuvor. Der letzte vorgeschobene Zipfel wurde in fünf Minuten abgemäht. Noch ehe die letzten Mäher am Ende ihrer Reihe angelangt waren, warfen sich die ersten bereits ihre Röcke über die Schultern, überquerten den Weg und gingen auf den Maschkin-Hügel zu.

Die Sonne neigte sich bereits den Bäumen zu, als sie mit den in ihren Blechbehältern klappernden Wetzsteinen die kleine Waldschlucht am Maschkin-Hügel erreichten. Das Gras, das ihnen im Grunde des Tals bis an den Gürtel reichte, war hier zart, weich und breithalmig und im Walde stellenweise mit Kuhblumen durchsetzt.

Nach kurzer Beratung, ob man längs oder quer mähen solle, trat Prochor Jermilin, ein hünenhafter, schwarzhaariger Bauer und zugleich ein bewährter Mäher, vor. Er schritt eine Reihe ab, kehrte um und begann zu mähen; alle schlossen sich ihm der Reihe nach an und mähten zuerst bis ins Tal hinunter und dann den Hügel hinauf unmittelbar bis an den Waldrand. Die Sonne verschwand hinter den Bäumen. Jetzt fiel schon Tau, und nur noch auf der Spitze des Hügels kamen die Mäher in den Bereich der Sonnenstrahlen, während die im Tal, über dem Dunst aufstieg, und auf der anderen Seite des Hügels von kühlem, taufeuchtem Schatten umfangen wurden. Die Arbeit war in vollem Gang.

Das hohe, würzig duftende Gras sank unter den Streichen der Sensen mit einem saftig klatschenden Laut zu Boden. Bei der Kürze der Reihen kamen die Mäher ins Gedränge, ihre Sensen stießen aneinander und klirrten, die Blechbehälter klapperten; unter lautem Knirschen schärften sie die stumpf gewordenen Sensen und feuerten einander durch fröhliche Zurufe an. Lewin hatte seinen Platz auch hier zwischen dem jungen Burschen und dem Alten. Der alte Bauer, der seine Lammfelljoppe angezogen hatte, war noch immer so fröhlich, so zum Spaßen aufgelegt und beweglich wie den ganzen Tag schon. Im Wald stießen die Mäher ununterbrochen auf Kapuzinerpilze, die in dem saftigen Gras ganz glitschig geworden waren und von den Sensen mitgemäht wurden. Nur der Alte bückte sich jedesmal, wenn er auf einen Pilz stieß, pflückte ihn und steckte ihn unter die Bluse. „Da kann ich meiner Alten doch etwas mitbringen“, murmelte er dabei vor sich hin.

So leicht sich das nasse, schlaffe Gras auch mähen ließ, es war doch sehr anstrengend, den steil abfallenden Abhang hinunter- und wieder hinaufzusteigen. Dem Alten machte das indessen nichts aus. Ununterbrochen die Sense schwingend, arbeitete er sich in seinen großen Bastschuhen mit kurzen, festen Schritten den Abhang hinauf, und obwohl er am ganzen Körper zitterte und ihm die bis unter den Hemdrand gerutschten Hosen um die Beine schlotterten, ließ er sich kein einziges Grashälmchen, keinen einzigen Pilz entgehen und scherzte nach wie vor mit den anderen Bauern und mit Lewin. Während dieser ihm folgte, dachte er oft, er müsse unweigerlich fallen, wenn er sich mit der Sense in den Händen eine steile Böschung hinaufarbeitete, die selbst ohne Behinderung durch die Sense nicht ohne Mühe zu erklimmen war; doch er kam hinauf und tat, was nötig war. Er hatte das Gefühl, durch irgendeine äußere Einwirkung in Bewegung gesetzt zu werden.

6

Der Maschkin-Hügel war abgemäht; die Mäher mähten die letzten Reihen, zogen ihre Röcke an und traten fröhlich den Heimweg an. Lewin, der sich nur mit Bedauern von den Bauern trennte, bestieg sein Pferd und ritt nach Hause. Auf der Höhe des Berges drehte er sich um und blickte zurück; die Mäher waren in dem aus der Niederung aufsteigenden Nebel nicht zu sehen; man hörte ihre fröhlichen, rauhen Stimmen, Gelächter und das Klirren aufeinanderstoßender Sensen.

Sergej Iwanowitsch, der schon längst gespeist hatte, trank in seinem Zimmer Zitronenwasser mit Eis und sah die eben mit der Post eingetroffenen Zeitungen und Zeitschriften durch, als Lewin mit zerzausten, an der Stirn klebenden Haaren und mit dem über Brust und Rücken von Schweiß durchnäßten und dunkelgefärbten Hemd in übermütiger Stimmung zu ihm hereingestürzt kam.

„Wir haben wirklich die ganze Wiese geschafft! Ach, wie schön war es, wie herrlich! Und was hast du getrieben?" sprudelte Lewin los, der das unangenehme Gespräch vom Tage zuvor gänzlich vergessen hatte.

„Mein Gott, wie siehst du aus!" rief Sergej Iwanowitsch, als er sich im ersten Augenblick ziemlich unwillig zu seinem Bruder umsah. „Und die Tür! Mach doch die Tür zu!" schrie er. „Jetzt hast du mindestens ein ganzes Dutzend Fliegen ins Zimmer hereingelassen."

Sergej Iwanowitsch konnte Fliegen nicht ausstehen; er öffnete die Fenster seines Zimmers nur zur Nacht und achtete sorgfältig darauf, daß die Türen geschlossen waren.

„Woher denn? Keine einzige! Und wennschon, dann werde ich sie gleich fangen. Du glaubst gar nicht, was das für ein Genuß war! Wie hast du den Tag verbracht?"

„Ganz gut. Aber du, hast du wirklich den ganzen Tag gemäht? Du mußt ja hungrig sein wie ein Wolf, denke ich mir. Kusma hat alles für dich vorbereitet."

„Nein, ich habe gar keinen Hunger. Ich habe dort gegessen. Nur waschen will ich mich jetzt."

„Ja, geh nur, geh nur, ich komme dann gleich nach", sagte Sergej Iwanowitsch und betrachtete seinen Bruder kopfschüttelnd. „Geh schon", fügte er lächelnd hinzu, während er seine Bücher zusammenlegte und sich ebenfalls zum Gehen anschickte. Auch er war plötzlich in gute Laune gekommen und wollte sich nicht vom Bruder trennen. „Und wo bist du während des Regens gewesen?"

„Das kann man doch nicht Regen nennen. Die paar Tropfen! Ich komme also gleich. Und du hast den Tag gut verbracht? Das ist schön", sagte Lewin und ging, um sich anzuziehen.

Fünf Minuten später trafen sich die Brüder im Speisezimmer wieder. Lewin glaubte zwar, gar keinen Hunger zu haben, und setzte sich nur an den Tisch, weil er Kusma nicht kränken wollte; doch als er erst einmal zu essen angefangen hatte, mundete ihm alles vorzüglich. Sergej Iwanowitsch beobachtete ihn lächelnd.

„Ach ja, für dich ist ein Brief gekommen", sagte er. „Hol ihn doch bitte mal, Kusma, er liegt unten. Und vergiß nicht, wieder die Tür zu schließen."

Der Brief war von Oblonski. Lewin las ihn vor. Oblonski schrieb aus Petersburg:

„Ich habe einen Brief von Dolly erhalten, die nach Jerguschowo übergesiedelt ist und dort gar nicht zurechtkommt. Fahre doch bitte mal zu ihr und stehe ihr mit gutem Rat bei, du weißt ja in allem Bescheid. Du wirst ihr mit deinem Besuch eine große Freude bereiten. Sie ist ganz allein, die Ärmste. Meine Schwiegermutter und die anderen sind noch nicht von ihrer Auslandsreise zurück."

„Das ist fein! Ich werde unbedingt hinfahren", sagte Lewin.

„Willst du nicht mitkommen? Sie ist eine so prachtvolle Frau. Findest du nicht auch?"

„Ist es denn nicht weit von hier?"

„Dreißig Werst ungefähr. Nun, es können auch vierzig sein. Aber der Weg ist sehr gut. Wir werden eine schöne Fahrt haben."

„Gut, ich komme gern mit", willigte Sergej Iwanowitsch ein, der immer noch lächelte. Durch den Anblick des jüngeren Bruders wurde er unwillkürlich in gute Stimmung versetzt.

„Du hast ja wirklich einen erstaunlichen Appetit!" sagte er, während er dessen sonnengebräuntes Gesicht, das über den Teller gebeugt war, und den ebenso braunen Hals betrachtete.

„Ja, es schmeckt mir! Du glaubst gar nicht, wie heilsam eine solche Lebensweise gegen alle möglichen Grillen ist. Ich will die medizinische Terminologie durch einen neuen Ausdruck bereichern: *Arbeitskur**."

„Nun, für dich ist eine solche Kur doch nicht vonnöten, will ich meinen."

„Doch jedenfalls für verschiedene Nervenkranke."

„Das könnte ja erprobt werden. Ich wollte übrigens hinauskommen und dir bei der Arbeit zusehen, aber die Hitze war so unerträglich, daß ich nicht weiter als bis an den Waldrand gekommen bin. Ich habe mich ein Weilchen hingesetzt und bin dann durch den Wald zur Siedlung hinuntergegangen, wo ich deine alte Amme getroffen und sie ein wenig ausgehorcht habe, wie die Bauern über deine Mitarbeit denken. Soviel ich verstanden habe, billigen sie sie nicht. Sie sagte: ‚Das ist nichts für Herrschaften.' Überhaupt habe ich den Eindruck, daß sich im Volk sehr feste Begriffe für das herausgebildet haben, was sie als ‚herrschaftliche' Tätigkeit bezeichnen. Sie mögen es nicht, wenn der Gutsherr bei der Arbeit die Grenzen verläßt, die sie ihm in ihrer Vorstellung gezogen haben."

„Vielleicht; aber mir hat diese Arbeit einen solchen Genuß bereitet, wie ich ihn in meinem ganzen Leben noch nicht empfunden habe. Und etwas Tadelnswertes ist es ja nicht", erwiderte Lewin. „Habe ich nicht recht? Wenn es ihnen mißfällt, kann ich es nicht ändern. Und im übrigen glaube ich auch, daß es damit nicht viel auf sich hat. Was meinst du?"

„Nun, ich sehe jedenfalls, daß du von deinem Tagewerk befriedigt bist", sagte Sergej Iwanowitsch.

„Ja, sehr. Wir haben die ganze Wiese gemäht. Und was für einen wundervollen alten Bauern ich dabei kennengelernt habe! Du kannst dir gar nicht vorstellen, was für ein Prachtkerl er ist!"

„Nun, da bist du also mit deinem Tagesablauf zufrieden. Ich mit dem meinigen ebenfalls. Zuerst habe ich zwei Schachaufgaben gelöst, von denen die eine ungemein interessant war; die Eröffnung erfolgt durch einen originellen Bauernzug. Ich werde es dir zeigen. Und dann habe ich über unser gestriges Gespräch nachgedacht."

„Wie? Über unser gestriges Gespräch?" fragte Lewin, der nach beendeter Mahlzeit vor Behagen die Augen zusammenkniff und sich prustend zurücklehnte, sich aber beim besten Willen nicht darauf besinnen konnte, worüber sie gestern gesprochen hatten.

„Ich finde, daß du zum Teil recht hast", fuhr Sergej Iwanowitsch fort. „Unsere Meinungsverschiedenheit besteht darin, daß du die Triebfeder zu allen Handlungen im persönlichen Interesse siehst, während ich der Auffassung bin, daß sich jeder Mensch, der eine bestimmte Bildungsstufe erreicht hat, von den Interessen der Allgemeinheit leiten lassen muß. Vielleicht hast du darin recht, daß eine mit materiellen Vorteilen verbundene Tätigkeit wünschenswerter wäre. Du bist überhaupt zu sehr eine primesautière Natur, wie die Franzosen es nennen; du willst dich für jede Sache entweder mit ganzer Leidenschaft und Energie einsetzen oder gar nicht."

Lewin ließ den Bruder reden, ohne indessen etwas zu verstehen oder auch nur verstehen zu wollen. Er fürchtete nur, der Bruder könne ihm eine Frage stellen, bei der dieser erkennen würde, daß er gar nicht zugehört hatte.

„So ist es, lieber Freund", sagte Sergej Iwanowitsch und klopfte ihm auf die Schulter.

„Ja, gewiß! Das kann schon stimmen. Ich will durchaus nicht rechthaberisch sein", erwiderte Lewin mit einem kindlichen, schuldbewußten Lächeln. Worüber haben wir uns überhaupt gestritten? überlegte er. Natürlich habe ich recht, und er hat auch recht, und alles ist wunderschön. Aber jetzt muß ich ins Kontor gehen und Anweisungen geben...

Er stand auf, reckte sich und lächelte wieder.

Sergej Iwanowitsch lächelte ebenfalls.

„Wenn du noch ein Stückchen gehen willst, komme ich mit", sagte er; er wollte sich nicht vom Bruder trennen, von dem förmlich ein Strom der Frische und Munterkeit ausging. „Komm, ich werde dich auch ins Kontor begleiten, wenn du dort noch etwas zu tun haben solltest."

„Mein Gott!" rief Lewin plötzlich so laut aus, daß Sergej Iwanowitsch zusammenschrak.

„Was hast du denn?"

„Wie geht es denn Agafja Michailowa mit ihrer Hand?" fragte Lewin und schlug sich vor die Stirn. „Daran habe ich gar nicht mehr gedacht."

„Es ist bedeutend besser."

„Nun, ich will aber doch mal zu ihr hineinschauen. Bis du deinen Hut geholt hast, bin ich wieder da."

Und er stürmte, laut mit den Stiefelabsätzen polternd, die Treppe hinunter.

7

Während Stepan Arkadjitsch nach Petersburg gereist war – wobei er fast alles im Hause vorhandene Geld mitgenommen hatte –, um eine durchaus natürliche und dringende, allen Beamten vertraute, obschon den Nichtbeamten unverständliche Pflicht zu erfüllen, ohne deren Beachtung eine Tätigkeit im Staatsdienst unmöglich ist – nämlich, sich im Ministerium in Erinnerung zu bringen –, und während er, in Erfüllung dieser Pflicht, die Zeit sehr vergnügt und angenehm auf Rennplätzen und bei Bekannten in den Villenkolonien zubrachte – während dieser Zeit war Dolly mit den Kindern aufs Land übergesiedelt, um die Ausgaben aufs äußerste einzuschränken. Sie war auf das ihr als Mitgift zugefallene Gut Jerguschowo gefahren, das nämliche Gut, zu dem der im Frühjahr verkaufte Wald gehört hatte und das etwa fünfzig Werst von Pokrowskoje, dem Besitztum Lewins, entfernt lag.

Das große alte Herrenhaus in Jerguschowo war schon lange abgerissen, und nur den einen Flügel hatte der Fürst noch restaurieren und ausbauen lassen. Damals, vor zwanzig Jahren, als Dolly noch ein Kind gewesen war, hatte dieser genügend Raum und auch Bequemlichkeit geboten, obwohl seine Längsseite, wie alle Flügel, parallel zur Anfahrtsallee und nach Süden lag. Jetzt hingegen war er alt und morsch. Schon im Frühjahr, als Stepan Arkadjitsch zum Verkauf des Waldes nach Jerguschowo gefahren war, hatte Dolly ihn gebeten, sich das Haus anzusehen und alles Nötige in Ordnung bringen zu lassen. Stepan Arkadjitsch, der, wie alle untreuen Männer, sehr auf die Bequemlichkeit seiner Frau bedacht war, hatte das Haus persönlich besichtigt und alles angeordnet, was seiner Ansicht nach erforderlich war. Nach seinem Dafürhalten mußte man sämtliche Möbel mit Kretonne beziehen, Gardinen anbringen, den Garten säubern, über dem Teich eine kleine Brücke errichten und Blumen anpflanzen; er vergaß indessen viele andere notwendige Dinge, deren Fehlen Darja Alexandrowna in der Folge noch großen Kummer bereiten sollte.

Sosehr sich Stepan Arkadjitsch auch bemühte, ein fürsorgender Vater und Ehegatte zu sein, vermochte er sich doch auf keine Weise an den Gedanken zu gewöhnen, daß er Frau und Kinder hatte. Seine Neigungen waren die eines Junggesellen, und ausschließlich von diesen ließ er sich leiten. Nach Moskau zurückgekehrt, hatte er seiner Frau mit Stolz verkündet, es sei alles in die Wege geleitet, das Haus werde wie ein Schmuckkästchen aussehen, und er rate ihr dringend hinzufahren. Die Übersiedlung seiner Frau aufs Gut war für Stepan Arkadjitsch in vielfacher Hinsicht sehr angenehm: den Kindern tat die Landluft gut, die Ausgaben verringerten sich, und er selbst war ungebundener. Darja Alexandrowna hielt es ebenfalls für notwendig, im Interesse der Kinder für den Sommer aufs Land überzusiedeln, namentlich mit Rücksicht auf ihr Töchterchen, das sich nach dem Scharlach noch immer nicht recht erholen wollte; darüber hinaus aber war es ihr auch angenehm, sich all den kleinen Demütigungen zu entziehen, die mit den ständigen Schulden beim Holzlieferanten, Fischhändler oder Schuhmacher verbunden und ihr so peinlich waren. Und schließlich bestand ein weiterer Reiz des Landaufenthalts für sie darin, daß sie auf einen Besuch ihrer Schwester Kitty hoffte, die im Hochsommer aus dem Ausland zurückkehren mußte und auf Anraten der Ärzte kalt baden sollte. Kitty hatte ihr aus dem Kurort geschrieben, daß sie sich nichts mehr wünsche, als den Sommer mit ihr in Jerguschowo zu verleben, mit dem so viele gemeinsame Kindheitserinnerungen verknüpft seien.

Die erste Zeit während dieses Landaufenthaltes war für Dolly äußerst schwer. Sie hatte als Kind auf dem Lande gelebt, und aus jener Zeit hatte sich in ihr die Vorstellung festgesetzt, daß das Landleben eine Erlösung von allen Unannehmlichkeiten der Stadt darstelle, daß es zwar nicht sehr abwechslungsreich (damit konnte sich Dolly leicht abfinden), dafür aber billig und bequem sei: alles, was man brauche, stünde zur Verfügung, alles sei billig, alles sei erhältlich, und die Kinder hätten es gut. Nun jedoch, da sie als Hausfrau aufs Land gekommen war, sah sie, daß sich alles ganz anders verhielt, als sie gedacht hatte.

Am Tage nach ihrer Ankunft goß es in Strömen, und in der Nacht regnete es im Flur und im Kinderzimmer durch, so daß die Bettchen ins Wohnzimmer hinübergetragen werden mußten. Eine Köchin für das Gesinde gab es nicht. Von den neun Kühen waren nach Angaben der Viehmagd die einen trächtig, die anderen hatten zum erstenmal gekalbt, und noch andere waren alt oder harteutrig; die Butter und die Milch reichten nicht einmal für die Kinder. Eier gab es nicht. Ein Huhn war nicht zu beschaffen; man briet und kochte alte, sehnige Hähne mit lilaschimmerndem Fleisch. Zum Scheuern der Fußböden ließen sich keine Frauen auftreiben, weil alle auf den Kartoffelfeldern arbeiteten. Spazierfahrten konnte man nicht unternehmen, denn eins der Pferde war störrisch und schlug aus, wenn es in die Deichsel gezwängt wurde. Baden war unmöglich; das ganze Ufer war vom Vieh zerstampft und lag zur Straße hin frei. Man konnte nicht einmal spazierengehen, weil das Vieh durch den zerbrochenen Zaun in den Garten eindrang und ein Stier, der immer entsetzlich brüllte, wahrscheinlich auch Menschen angefallen hätte. Kleiderschränke gab es nicht oder doch nur solche, die sich nicht schließen ließen und von selbst aufgingen, wenn jemand an ihnen vorbeikam. Töpfe zum Kochen und Schmoren waren nicht vorhanden; in der Waschküche fehlte der Kessel, und im Mädchenzimmer gab es nicht einmal ein Plättbrett.

Als sich Darja Alexandrowna, statt Ruhe und Erholung zu finden, in diese ihren Begriffen nach menschenunwürdigen Verhältnisse versetzt sah, war sie zunächst ganz verzweifelt; sie mühte sich von früh bis spät ab, nahm die Ausweglosigkeit ihrer Lage wahr und mußte dauernd gegen die Tränen ankämpfen, die ihr immer wieder in die Augen traten. Der Verwalter, ein ehemaliger Wachtmeister, der zuerst als Portier gedient hatte und von Stepan Arkadjitsch, der ihn wegen seiner guten Erscheinung und respektvollen Haltung gut leiden mochte, auf diesen Posten gesetzt war, zeigte für Darja Alexandrownas Nöte keinerlei Verständnis. „Da ist nichts zu machen, so ist das Volk hier nun einmal“, sagte er respektvoll und half ihr in keiner Weise.

Aus dieser Lage schien es keinen Ausweg zu geben. Aber wie es in allen Haushaltungen zu sein pflegt, gehörte auch zum Oblonskischen Haushalt eine zwar wenig in Erscheinung tretende, indessen höchst wichtige und nützliche Persönlichkeit, nämlich Matrjona Filimonowna. Sie beruhigte ihre Herrin, versicherte, „es wird schon alles werden" (dies war ihr Lieblingsausdruck, den Matwej von ihr übernommen hatte), und machte sich, ohne Hast und ohne sich aufzuregen, ans Werk.

Sie befreundete sich unverzüglich mit der Frau des Verwalters, und als sie mit ihr und dem Verwalter gleich am ersten Tage unter den Akazienbäumen Tee trank, benutzte sie die Gelegenheit, mit ihnen die ganze Lage zu erörtern. Mit Matrjona Filimonowna an der Spitze bildete sich unter den Akazienbäumen sehr bald ein Zirkel, dem außer ihr selbst die Frau des Verwalters, der Dorfälteste und der Schreiber angehörten, und dank diesem Zirkel glätteten sich allmählich die Unebenheiten des Lebens, so daß innerhalb einer Woche wirklich „alles geworden war". Das Dach war ausgebessert, eine Gevatterin des Dorfältesten wurde als Köchin eingestellt, und die Kühe gaben jetzt auch Milch; man kaufte Hühner, der Garten wurde eingehegt, der Zimmermann reparierte die Wäscherolle; die Schränke waren jetzt mit Haken versehen, so daß sie sich ordnungsgemäß schließen ließen, und im Mädchenzimmer, in dem sich zwischen der Kommode und einer Stuhllehne ein mit Militärstoff bezogenes Plättbrett präsentierte, verbreitete sich der vom heißen Plätteisen ausgehende Geruch.

„Na also! Und Sie wollten schon den Mut verlieren", sagte Matrjona Filimonowna und zeigte auf das Plättbrett.

Man hatte mit Hilfe von Strohmatten sogar ein Badegelände abgeteilt. Lily begann zu baden, und Darja Alexandrownas Hoffnung auf ein bequemes – wennschon nicht sorgloses – Leben auf dem Lande hatte sich wenigstens teilweise erfüllt. Sorgen gab es für Darja Alexandrowna mit ihren sechs Kindern freilich immer. Mal erkrankte eins, und bei einem andern war eine Erkrankung zu befürchten, mal fehlte irgend etwas für eins der Kinder, oder es machten sich bei einem Anzeichen einer schlechten Veranlagung bemerkbar und dergleichen mehr. Sehr, sehr selten wurden die Sorgen durch eine kurze Ruhepause unterbrochen. Aber dieses unruhige, von Arbeit ausgefüllte Leben bot für Darja Alexandrowna die einzige Möglichkeit, sich glücklich zu fühlen. Unter anderen Umständen hätte sie sich den Gedanken über ihren Mann, von dem sie wußte, daß er sie nicht mehr liebte, hingeben können. Im übrigen wurden die Sorgen, die sie sich wegen einer möglichen Erkrankung der Kinder oder der Anzeichen schlechter Charakterzüge machte, so schmerzlich sie sie als Mutter auch empfand, von den kleinen Freuden aufgewogen, die ihr von den Kindern auch jetzt schon bereitet wurden. Diese Freuden waren so geringfügig, daß sie nicht augenfälliger in Erscheinung traten als Gold im Sande, und in schweren Minuten sah sie nur ihren Kummer, nur den Sand; doch gab es auch glückliche Minuten, in denen sie nur die Freuden, nur das Gold sah.

Hier in der Einsamkeit des Landlebens kamen ihr diese Freuden immer häufiger zum Bewußtsein. Oft, wenn sie ihre Kinder beobachtete, versuchte sie, sich auf jede Weise einzureden, daß sie befangen wäre und nach Art der Mütter an ihren eigenen Kindern nur die guten Seiten sähe; doch zum Schluß kam sie dennoch immer wieder zu der Überzeugung, daß ihre Kinder ganz reizend wären – jedes auf seine Art, aber alle sechs so lieb und gut, wie man Kinder nicht oft antrifft. Und dann war sie stolz auf sie und fühlte sich glücklich.

8

Ende Mai, nachdem sich alles bereits mehr oder weniger eingespielt hatte, erhielt Darja Alexandrowna von ihrem Mann eine Antwort auf ihren Brief, in dem sie sich über die auf dem Gut vorgefundenen Zustände beklagt hatte. Er bat sie, zu entschuldigen, daß er nicht alles bedacht habe, und versprach, bei der ersten sich bietenden Möglichkeit zu kommen. Aber diese Möglichkeit bot sich nicht, und bis Anfang Juni hauste Darja Alexandrowna allein auf dem Gut.

Während der Petrifasten fuhr Darja Alexandrowna an einem Sonntag in die Kirche, um mit allen ihren Kindern das Abendmahl zu nehmen. In freimütigen Gesprächen über weltanschauliche Fragen verblüffte Darja Alexandrowna die Mutter, ihre Schwestern und Freunde sehr oft durch ihre freigeistigen Ansichten hinsichtlich der Religion. Sie hatte sich eine eigene, sonderbare, auf der Seelenwanderung beruhende Religion zurechtgelegt, an der sie festhielt, ohne sich sonst viel um die Dogmen der Kirche zu kümmern. In der Familie jedoch achtete sie streng darauf – und nicht etwa nur, um ein Vorbild zu geben, sondern aus voller Überzeugung –, alle Forderungen der Kirche zu erfüllen; die Tatsache, daß ihre Kinder seit ungefähr einem Jahr nicht mehr zum Abendmahl gewesen waren, lag ihr daher schwer auf dem Herzen, und mit Zustimmung und voller Billigung Matrjona Filimonownas war nun beschlossen worden, dies jetzt im Sommer nachzuholen.

Darja Alexandrowna hatte schon viele Tage vorher überlegt, wie sie alle ihre Kinder anziehen sollte. Tagelang wurden Kleider gewaschen, genäht und geändert, Volants und Säume wurden ausgelassen, Knöpfe waren anzunähen, und Schleifen mußten vorbereitet werden. Allein schon das Kleid für Tanja, dessen Anfertigung die englische Gouvernante übernommen hatte, kostete Darja Alexandrowna viel Nerven. Die Engländerin hatte beim Ändern an der falschen Stelle Abnäher angebracht und die Armlöcher zu hoch angeschnitten, so daß das Kleid fast unbrauchbar geworden war. Tanjas Arme waren darin so eingezwängt, daß einem schon der Anblick weh tat. Glücklicherweise kam Matrjona Filimonowna auf den Einfall, Keile einzusetzen und das Ganze durch eine kleine Pelerine zu verdecken. Der Schaden wurde behoben, aber mit der Engländerin wäre es beinahe zu einem Zerwürfnis gekommen. Bis zum Sonntagmorgen jedoch war alles in Ordnung gebracht, und um neun Uhr – der Priester hatte zugesagt, bis zu dieser Zeit mit dem Beginn des Gottesdienstes zu warten – standen die Kinder schmuck gekleidet und strahlend vor Freude an dem vor der Haustür haltenden Wagen und erwarteten ihre Mutter.

Dank der Fürsprache Matrjona Filimonownas war an Stelle des störrischen Braunen das graue Pferd des Verwalters angeschirrt, und Darja Alexandrowna, die bis zum letzten Augenblick mit Sorgen um die eigene Toilette zu tun gehabt hatte, erschien in einem weißen Musselinkleid in der Tür und ging auf den Wagen zu.

Darja Alexandrowna hatte sich sorgfältig und mit klopfendem Herzen frisiert und angekleidet. Früher hatte sie es um ihrer selbst willen getan, in dem Wunsche, schön auszusehen und zu gefallen; später, mit zunehmendem Alter, war es ihr immer unangenehmer geworden, Toilette zu machen, weil sie dabei sah, wie sehr ihr Aussehen gelitten hatte. Heute jedoch hatte sie sich wieder mit Vergnügen und innerer Teilnahme angezogen. Heute war es ihr nicht um sich selbst, um ihr eigenes Aussehen zu tun, sondern darum, als Mutter dieser prächtigen Kinder nicht den Gesamteindruck zu beeinträchtigen. Bei einem letzten Blick in den Spiegel hatte sie ihr Aussehen durchaus befriedigt. Sie sah hübsch aus. Es war nicht jene Schönheit, um die sie sich einstmals bei Vorbereitungen für einen Ball bemüht hatte, aber ihr Aussehen entsprach dem, was sie heute zu erreichen wünschte.

Die Kirche war ausschließlich von Bauern und Knechten und von deren Frauen besucht. Dennoch bemerkte Darja Alexandrowna oder glaubte zum mindesten zu bemerken, daß sie mit ihren Kindern allgemeine Bewunderung erregte. Die Kinder waren bewundernswert, nicht nur dank ihrer schmucken Kleidung, sondern nicht weniger wegen ihres sittsamen Betragens. Freilich, Aljoscha stand nicht ganz ruhig: er drehte sich dauernd um und wollte seine Jacke von hinten besehen; aber ungemein lieb war er dennoch. Tanja stand da wie eine Große und achtete auf die jüngeren Geschwister. Und Lily, die Jüngste, entzückte durch das naive Staunen, mit dem sie alles um sich herum betrachtete, und es war schwer, ein Lächeln zu unterdrücken, als sie nach Entgegennahme des Abendmahls sagte: „Please, some more."

Auf der Heimfahrt standen die Kinder unter dem Eindruck, daß etwas Feierliches vor sich gegangen war, und benahmen sich sehr artig.

Auch zu Hause ging zunächst alles gut. Doch beim Frühstück begann Grischa zu pfeifen, und was noch schlimmer war, er widersetzte sich der englischen Gouvernante, die ihm zur Strafe den Kuchen vorenthielt. Darja Alexandrowna hätte es, wenn sie zugegen gewesen wäre, an diesem Tage nicht zu einem solchen Mißton kommen lassen; nun jedoch mußte die Autorität der Gouvernante gewahrt werden, und sie billigte es daher, daß Grischa keinen Kuchen bekommen sollte. Durch diesen Zwischenfall wurde die allgemeine Freude etwas getrübt.

Grischa weinte und behauptete, Nikolenka habe ebenfalls gepfiffen, sei aber nicht bestraft worden, und er selbst weine auch gar nicht wegen des Kuchens – aus dem mache er sich gar nichts –, sondern wegen der Ungerechtigkeit. Das ging dem Mutterherzen denn doch zu nahe, und Darja Alexandrowna beschloß, zur Engländerin zu gehen und nach einer Rücksprache mit ihr dem Söhnchen zu verzeihen. Aber als sie auf dem Wege zu ihr durch den Saal kam, bot sich ihr dort ein Bild, das ihr Herz mit solcher Freude erfüllte, daß ihr Tränen in die Augen traten und sie dem Übeltäter spontan verzieh, ohne vorher mit der Engländerin gesprochen zu haben.

Der kleine Sünder saß auf dem Fensterbrett des Eckfensters, und vor ihm stand Tanja mit einem Teller in der Hand. Unter dem Vorwand, ihren Puppen etwas zu essen bringen zu wollen, hatte sie die Engländerin um Erlaubnis gebeten, ihren Kuchen ins Kinderzimmer mitnehmen zu dürfen; statt dessen war sie mit ihm zum Bruder gegangen. Immer noch über die ihm widerfahrene Ungerechtigkeit weinend, aß er den ihm von der Schwester gebrachten Kuchen und redete schluchzend auf sie ein: „Iß auch selbst, es reicht für uns beide ... alle beide."

Auf Tanja, die zunächst nur Mitleid mit Grischa gehabt hatte, wirkte nun auch das Bewußtsein ihrer guten Tat, und ihr traten ebenfalls Tränen in die Augen; sie weigerte sich indessen nicht und verzehrte ihren Teil.

Als sie die Mutter bemerkten, erschraken die Kinder, doch als sie an ihrem Gesicht sahen, daß sich die Mutter über sie freute, lachten sie auf, wischten sich den mit Kuchen vollgestopften Mund mit dem Handrücken ab und beschmierten ihre strahlenden Gesichter von unten bis oben mit Tränen und Marmelade.

„Kinder! Das neue weiße Kleid! Tanja! Grischa!" rief die Mutter und versuchte, das Kleid noch zu retten; sie tat es mit Tränen der Rührung in den Augen und glückseligem Lächeln um die Lippen.

Die neuen Kleider mußten abgelegt werden, den Mädchen wurden Blusen und den Knaben alte Jäckchen angezogen; dann wurde der Wagen bestellt (zum Verdruß des Verwalters wieder mit dem Grauen als Deichselpferd), um zum Pilzesuchen und zum Baden zu fahren. Ein Jubelgeschrei brach im Kinderzimmer aus und hielt an, bis die Zeit der Abfahrt herangerückt war.

Man sammelte einen ganzen Korb voll Pilze, und sogar Lily fand einen Kapuzinerpilz. Sonst hatte sich dies gewöhnlich so abgespielt, daß Miss Hull Lily auf einen Pilz aufmerksam gemacht hatte; diesmal jedoch war sie selbst auf einen großen Kapuzinerpilz gestoßen, was mit allseitigem Jubelgeschrei aufgenommen wurde: „Lily hat einen Pilz gefunden!"

Dann fuhren sie an den Fluß, wo sie den Wagen unter den Birken stehenließen, und begaben sich zu ihrem eingezäunten Badegelände. Nachdem der Kutscher Terenti die Pferde, die sich mit ihren Schweifen der Bremsen erwehrten, an einen Baum gebunden hatte, streckte er sich, das Gras niederdrückend, im Schatten einer Birke aus und rauchte seinen Bauerntabak, während vom Badestrand das übermütige, keinen Augenblick verstummende Jauchzen der Kinder zu ihm herüberschallte.

Obwohl es viel Mühe kostete, die ganze Kinderschar zu beaufsichtigen und ihren Übermut zu zügeln, und so schwer es auch war, alle diese Strümpfchen, Höschen und zu den verschiedenen Füßchen gehörenden Schuhchen auseinanderzuhalten, ohne sie zu verwechseln, und die Unzahl von Bändchen und Knöpfchen aufzubinden, aufzuknöpfen und zuzubinden, so gab es doch nichts, was Darja Alexandrowna, die selbst gern badete und es für nützlich für die Kinder hielt, so viel Freude machte wie dieses gemeinsame Baden mit ihren Kindern. Alle diese rundlichen Beinchen beim Anziehen der Strümpfe zu betasten, die nackten Körperchen auf den Arm zu nehmen und ins Wasser zu tauchen und dabei das vergnügte oder erschrockene Kreischen zu hören; diese treuherzigen, außer Atem gekommenen Gesichtchen mit den erschrockenen oder fröhlichen Augen zu sehen und alle ihre übermütig planschenden und spritzenden Engelchen um sich zu haben, das bereitete ihr großes Vergnügen.

Als die Kinder zum Teil schon wieder angezogen waren, kamen einige sonntäglich gekleidete Bäuerinnen, die Wolfsmilch und Bärenklau gesucht hatten, an der Badestelle vorbei und blieben verlegen stehen. Matrjona Filimonowna rief eine von ihnen zu sich, um ihr ein Badelaken und ein Hemd, die ins Wasser gefallen waren, zum Trocknen zu geben, und Darja Alexandrowna kam mit den Frauen ins Gespräch. Die Bäuerinnen, die sich anfangs lachend die Hand vor den Mund hielten, weil sie nicht verstanden, wonach sie gefragt wurden, faßten bald Mut und gingen aus sich heraus, wobei sie sich durch die ehrliche Bewunderung, die sie für die Kinder zum Ausdruck brachten, von vornherein die Gunst Darja Alexandrownas erwarben.

„Seht mal an, diese Schöne, weiß wie Zucker", sagte die eine, indes sie Tanja betrachtete und bewundernd den Kopf schüttelte. „Aber so mager…"

„Ja, sie ist krank gewesen."

„Seht mal, der Knirps da hat wohl auch schon gebadet", sagte eine andere und zeigte auf den Säugling.

„Nein, er ist erst drei Monate alt", antwortete Darja Alexandrowna stolz.

„Sieh mal an!"

„Hast du auch Kinder?"

„Vier habe ich gehabt, zwei sind am Leben: ein Junge und ein Mädel. Das Mädel hab ich gerade vor den letzten Fasten entwöhnt." – „Wie alt ist es denn?" – „Ein Jahr schon und etwas."

„Warum hast du es denn so lange genährt?"

„Das machen wir immer so: drei Fasten über…"

Nun war das Gespräch bei Fragen angelangt, die Darja Alexandrowna am meisten interessierten: wie die Niederkunft verlaufen war, welche Krankheiten das Kind überstanden hatte, wo der Mann sei, ob er oft nach Hause komme…

Darja Alexandrowna mochte sich von den Bäuerinnen gar nicht trennen, so sehr interessierte sie das Gespräch mit ihnen und so sehr stimmten ihre eigenen Interessen mit denen dieser Frauen überein. Die größte Freude aber bereitete es ihr, zu sehen, wie die Bäuerinnen die große Zahl und die Lieblichkeit ihrer Kinder bewunderten. Sie erheiterten Darja Alexandrowna auch und kränkten gleichzeitig die Engländerin, indem sie sich über sie lustig machten, ohne daß diese begriff, warum. Als sich die Engländerin als letzte ankleidete und den dritten Rock anzog, konnte nämlich eine der jüngeren Bäuerinnen, die sie beobachtet hatte, ihr Staunen nicht unterdrücken. „Seht nur, sie schwingt und schwingt ihre Röcke und findet kein Ende!" sagte sie, und alle brachen in lautes Gelächter aus.

9

Der Wagen, in dem um Darja Alexandrowna, die sich ein Tuch um den Kopf geschlungen hatte, alle ihre frisch gebadeten Kinder mit nassen Köpfen saßen, näherte sich bereits dem Hause, als der Kutscher sagte: „Da kommt ein Herr; es scheint der Gutsherr aus Pokrowskoje zu sein."

Darja Alexandrowna blickte aus dem Wagen und freute sich, als sie in der Gestalt, die ihnen in einem grauen Mantel und grauen Hut entgegenkam, Lewin erkannte. Sie freute sich immer, wenn sie ihm begegnete, und diesmal war ihre Freude um so größer, als sie sich ihm in ihrer ganzen Würde als Hausmutter zeigen konnte. Sie wußte, daß niemand größeres Verständnis dafür hatte als er.

Als Lewin sie so vor sich sah, hatte er gleichsam eins jener Bilder vor Augen, die er sich von seinem künftigen Familienglück ausmalte.

„Man glaubt ja, eine Henne mit ihren Küken vor sich zu haben, Darja Alexandrowna!"

„Ach, wie ich mich freue!" sagte sie und streckte ihm ihre Hand entgegen.

„Sie freuen sich, haben sich aber nicht gemeldet. Ich habe augenblicklich meinen Bruder zu Besuch. Daß Sie hier sind, habe ich erst durch ein Briefchen von Stiwa erfahren."

„Von Stiwa?" fragte Darja Alexandrowna erstaunt.

„Ja, er schreibt, daß Sie übergesiedelt seien, und meint, Sie würden mir erlauben, Ihnen irgendwie behilflich zu sein", sagte Lewin und wurde, kaum daß er dies gesagt hatte, verlegen; er hielt inne, ging schweigend neben dem Wagen her und kaute an den jungen Trieben, die er von den Linden abriß. Verlegen geworden war er, weil er fürchtete, Darja Alexandrowna könne es unangenehm sein, die Hilfe eines Außenstehenden anzunehmen in Angelegenheiten, deren Erledigung eigentlich ihrem Mann oblag. Es war auch wirklich so, daß Darja Alexandrowna diese Neigung Stepan Arkadjitschs, die Erledigung seiner häuslichen Pflichten anderen aufzubürden, sehr mißfiel. Sie begriff sofort, daß Lewin das erraten hatte. Gerade wegen seines Zartgefühls und des feinen Verständnisses, das er in solchen Fällen bekundete, war er ihr so lieb.

„Ich habe natürlich gleich verstanden, daß Sie mich nur einmal einladen wollten, und war sehr erfreut darüber", sagte Lewin. „Aber ich kann mir auch denken, daß es Ihnen, einer an städtische Verhältnisse gewöhnten Hausfrau, hier an manchem fehlt, und wenn ich Ihnen irgendwie nützlich sein kann, stehe ich gern zu Diensten."

„Ach nein, danke!“ erwiderte Dolly. „Zuerst hat es zwar mancherlei Schwierigkeiten gegeben, aber inzwischen hat sich alles gut eingespielt, nicht zuletzt dank der Tüchtigkeit meiner alten Kinderfrau“, sagte sie und deutete auf Matrjona Filimonowna, die bereits verstanden hatte, daß von ihr die Rede war, und Lewin zulächelte, wobei sie über das ganze Gesicht strahlte. Sie kannte ihn, kannte auch sein Interesse für das gnädige Fräulein und wünschte, daß daraus etwas werden möge.

„Steigen Sie doch bitte ein, wir können ja zusammenrücken“, sagte sie zu ihm.

„Danke, aber ich will mir etwas Bewegung machen. Kinder, wer läuft mit mir um die Wette mit den Pferden?“

Die Kinder kannten Lewin nur wenig; sie wußten nicht mehr, wann sie ihn gesehen hatten, bekundeten ihm gegenüber jedoch nicht jene aus Schüchternheit und Abneigung gemischte Zurückhaltung, mit der Kinder der oft nur erheuchelten Freundlichkeit Erwachsener begegnen und für die sie so oft empfindlich bestraft werden. Durch Heuchelei, in welchem Zusammenhang sie auch erfolgen mag, können selbst sehr kluge und scharfblickende Menschen getäuscht werden; aber das beschränkteste Kind erkennt sie, so raffiniert sie auch verborgen ist, und wird von ihr abgestoßen. Lewin mochte manche Fehler haben, aber Heuchelei war etwas, was ihm völlig fernlag, und die Kinder brachten ihm deshalb das gleiche Zutrauen entgegen, das sie bei der Mutter für ihn bemerkten.

Die beiden Ältesten kamen flugs seiner Aufforderung nach, sprangen vom Wagen und liefen Seite an Seite mit ihm ebenso ungezwungen, wie sie es mit der Kinderfrau, Miss Hull oder ihrer Mutter getan hätten. Lily streckte ebenfalls die Ärmchen nach ihm aus, und die Mutter reichte sie ihm hin; er nahm sie und ließ sie auf seinen Schultern reiten.

„Keine Angst, keine Angst, Darja Alexandrowna!“ rief er fröhlich lachend der Mutter zu. „Ich lasse sie bestimmt nicht fallen, ihr geschieht nichts.“

Und während sie seine geschickten, sicheren, fast übertrieben vorsichtigen Bewegungen beobachtete, beruhigte sich auch Darja Alexandrowna und sah ihm fröhlich lächelnd zu.

Hier, in der ländlichen Umgebung, in Gesellschaft der Kinder und der ihm sympathischen Darja Alexandrowna, geriet Lewin in jene kindlich-übermütige Stimmung, die sich oft bei ihm einstellte und die Darja Alexandrowna an ihm besonders gefiel. Er lief mit den Kindern, turnte mit ihnen, belustigte Miss Hull durch sein schlechtes Englisch und erzählte Darja Alexandrowna von seiner Arbeit auf dem Gut.

Nach dem Essen, als Darja Alexandrowna mit ihm allein auf der Veranda saß, erwähnte sie im Laufe der Unterhaltung Kitty.

„Wissen Sie schon? Kitty will kommen und mit mir hier den Sommer verbringen."

„Wirklich?" Er war über und über rot geworden und fügte, um das Gespräch auf etwas anderes zu bringen, gleich hinzu:

„Soll ich Ihnen also zwei Kühe schicken? Sofern Sie unbedingt wollen, können Sie mir ja für jede fünf Rubel monatlich zahlen, wenn das Ihr Gewissen beruhigt."

„Nein, es ist wirklich nicht nötig. Wir bekommen jetzt genug Milch."

„Nun, dann will ich mir wenigstens Ihre Kühe hier ansehen und, wenn es Ihnen recht ist, Anweisung geben, wie sie zu füttern sind. Vom Futter hängt alles ab."

Lewin, dem es nur darauf ankam, das Gespräch in andere Bahnen zu lenken, begann nun, Darja Alexandrowna die ganze Theorie der Milchwirtschaft auseinanderzusetzen, die darauf hinauslief, daß die Kuh lediglich eine Maschine sei, durch die das Futter zu Milch umgewandelt werde und so weiter.

Er redete von der Milchwirtschaft und brannte doch darauf, Näheres über Kitty zu erfahren, wovor er andererseits auch wieder zurückschrak. Er fürchtete, dadurch seine mit so großer Mühe wiedergewonnene Ruhe einzubüßen.

„Ja, gewiß; aber alles das erfordert eine ständige Beaufsichtigung, und wer soll das tun?" antwortete Darja Alexandrowna zurückhaltend.

Sie hatte ihre Wirtschaft mit Matrjona Filimonownas tatkräftiger Hilfe so gut in Ordnung gebracht, daß sie jetzt nichts mehr zu ändern wünschte; überdies hatte sie zu Lewins landwirtschaftlichen Kenntnissen kein großes Zutrauen. Seine Ansicht, daß die Kuh eine Maschine zur Herstellung von Milch sei, machte sie mißtrauisch. Sie meinte, daß sich derartige Ansichten nur schädlich auf die Wirtschaft auswirken könnten. Ihr schien das alles weit einfacher zu sein: man brauchte die Pestrucha und Belopacha, wie Matrjona Filimonowna sagte, nur reichlich zu füttern und zu tränken und mußte darauf achten, daß der Koch das Spülwasser vom Geschirr nicht für die Kuh der Wäscherin wegtrug. Das war einleuchtend. Die Betrachtungen über Grün- und Mehlfutter hingegen waren zweifelhaft und unklar. Vor allem aber: ihr lag daran, über Kitty zu sprechen.

„Kitty schreibt, sie sehne sich nach nichts so sehr wie nach Einsamkeit und Ruhe“, unterbrach Dolly nach einer Weile das Schweigen.

„Wie steht es denn mit ihrer Gesundheit? Ist eine Besserung eingetreten?“ erkundigte sich Lewin, mit Mühe seine Erregung verbergend.

„Ja, Gott sei Dank, sie ist jetzt wieder ganz gesund. Ich habe ohnehin nie an eine innere Krankheit geglaubt.“

„Ach, das freut mich aber“, sagte Lewin, und als er sie nach diesen Worten schweigend ansah, glaubte Dolly in seinem Gesicht einen Zug rührender Hilflosigkeit wahrzunehmen.

„Sagen Sie, Konstantin Dmitritsch“, fuhr Darja Alexandrowna mit ihrem gutmütigen, leicht ironischen Lächeln fort, „warum sind Sie Kitty eigentlich böse?“

„Ich? Ich bin ihr nicht böse“, widersprach Lewin.

„Doch, Sie sind es. Warum sonst haben Sie weder uns noch Stscherbazkis besucht, als Sie in Moskau waren?“

„Darja Alexandrowna“, sagte er und wurde bis unter die Haarwurzeln rot, „ich begreife gar nicht, daß Sie bei Ihrer Herzensgüte kein Gefühl dafür haben. Wie können Sie mich so quälen, da Sie doch wissen ...“

„Was weiß ich?“

„Sie wissen, daß ich um ihre Hand angehalten habe und abgewiesen wurde“, entgegnete Lewin, und das ganze warme Gefühl, das er noch einen Augenblick zuvor für Kitty empfunden hatte, wurde in seinem Herzen von der Verbitterung über die ihm widerfahrene Kränkung verdrängt.

„Warum glauben Sie denn, daß ich es weiß?“

„Weil alle es wissen.“

„Nun, da sind Sie aber völlig im Irrtum; ich habe es zwar vermutet, aber nicht gewußt.“

„So! Nun, dann wissen Sie es jetzt.“

„Ich habe lediglich gewußt, daß es etwas gab, worunter sie sehr gelitten hat, und sie hat mich selbst gebeten, nie darüber zu sprechen.

Und wenn sie schon mir nichts gesagt hat, dann hat sie mit anderen ganz gewiß nicht darüber gesprochen. Was hat es denn zwischen Ihnen und ihr gegeben? Sagen Sie es mir doch.“

„Ich habe es Ihnen ja schon gesagt.“

„Wann war es denn?“

„Damals, als ich Sie das letztemal besuchte.“

„Ich muß schon sagen, sie tut mir entsetzlich leid, ganz entsetzlich leid", fuhr Darja Alexandrowna fort. „Bei Ihnen ist es nur verletzter Stolz ..."

„Vielleicht", warf Lewin ein, „aber ...".

Sie unterbrach ihn:

„Aber mit ihr, der Ärmsten, habe ich unendliches Mitleid. Jetzt ist mir alles klar."

„Entschuldigen Sie, Darja Alexandrowna, ich muß nun aufbrechen", sagte er und stand auf. „Auf Wiedersehen, Darja Alexandrowna! Alles Gute!"

„Nein, bleiben Sie noch", erwiderte sie und hielt ihn am Arm fest. „Bleiben Sie noch, setzen Sie sich."

„Ich bitte Sie von ganzem Herzen, lassen wir dieses Gespräch", sagte er, und während er sich wieder auf seinen Platz setzte, fühlte er, daß sich eine längst begrabene Hoffnung in seinem Herzen regte und wieder lebendig wurde.

„Wenn ich Sie nicht so gern hätte", sagte Darja Alexandrowna mit Tränen in den Augen, „wenn ich Sie nicht so gut kennen würde, wie ich Sie kenne ..."

Das totgeglaubte Gefühl gewann immer mehr Leben, war wieder da und bemächtigte sich seines Herzens.

„Ja, jetzt ist mir alles klar geworden", fuhr Darja Alexandrowna fort. „Sie als Mann können das nicht verstehen; die Männer können frei wählen, sie wissen immer, wen sie lieben. Ein junges Mädchen hingegen, mit seinem weiblichen Schamgefühl, muß abwarten; es kann den Männern nicht ins Herz blicken, glaubt ihnen alles, was sie sagen, und kann leicht in eine Lage kommen, in der es nicht weiß, was es sagen soll."

„Ja, wenn das Herz nicht spricht ..."

„Doch, das Herz spricht wohl, aber Sie müssen alle Umstände bedenken. Ein Mann, der es auf ein junges Mädchen abgesehen hat, nimmt den Verkehr in ihrem Elternhaus auf, lernt sie kennen, stellt Beobachtungen an und erwägt, ob alles zutrifft, was sein Herz begehrt; und wenn er sich überzeugt hat, daß er sie wirklich liebt, kommt er und macht einen Antrag ..."

„Nun, ganz so ist es denn doch nicht."

„Immerhin, er macht einen Antrag, wenn seine Liebe herangereift ist oder wenn, falls er zwischen zwei jungen Mädchen zu wählen hat, sich die Waagschale zugunsten der einen gesenkt hat. Die jungen Mädchen hingegen werden nicht gefragt. Es heißt immer, sie sollen ihre Wahl treffen; sie haben aber gar nicht die Möglichkeit zu wählen, sondern können nur mit Ja oder Nein antworten."

Ja, eine Wahl zwischen Wronski und mir! dachte Lewin bei sich, und jenes in seinem Innern zu neuem Leben erwachte Gefühl erstarrte wieder und bedrückte sein Herz nur noch schmerzhaft.

„Darja Alexandrowna", fing er an, „auf solche Weise wählt man, wenn man ein Kleid oder sonst etwas kauft, nicht aber, wenn es sich um Liebe handelt. Die Wahl ist getroffen und steht fest ... Eine Wiederholung ist nicht möglich."

„Ach, dieser Stolz, dieser Stolz!" sagte Darja Alexandrowna in einem Ton, als sei sein Stolz, im Vergleich zu jenem nur Frauen verständlichen Gefühl, etwas Verächtliches. „Damals, als Sie Kitty um ihre Hand gebeten haben, da war sie eben in jener Lage, in der sie sich nicht entscheiden konnte. Sie war im Zweifel. Wen sollte sie wählen: Sie oder Wronski? Mit ihm kam sie täglich zusammen, Sie waren lange ausgeblieben. Gewiß, wenn sie älter gewesen wäre – für mich zum Beispiel hätte es einen Zweifel gar nicht geben können. Ich habe ihn nie leiden können und mit meinem Gefühl schließlich auch recht behalten."

Lewin erinnerte sich der Antwort Kittys. Sie hatte gesagt: *Nein, es ist unmöglich* ...

„Darja Alexandrowna", sagte er trocken, „ich schätze das Vertrauen, das Sie in mich setzen; ich glaube, Sie irren sich. Doch ob nun dieser Stolz, den Sie so verächtlich finden, berechtigt ist oder nicht, er bewirkt jedenfalls, daß mir jeder Gedanke an Katerina Alexandrowna unmöglich ist, verstehen Sie recht – völlig unmöglich."

„Ich will nur noch eins sagen: Sie müssen bedenken, daß es meine Schwester ist, von der ich spreche und die ich nicht weniger liebe als meine eigenen Kinder. Ich behaupte nicht, daß sie Sie liebt, sondern wollte nur sagen, daß ihre Ablehnung damals in jenem Augenblick nichts beweist."

„Das weiß ich nicht!" rief Lewin und sprang auf. „Wenn Sie wüßten, wie Sie mich quälen! Es ist das gleiche, als wenn eins Ihrer Kinder gestorben wäre und man Ihnen nun vorhielte, was alles aus ihm hätte werden können und wieviel Freude Sie an ihm gehabt hätten, wenn es am Leben geblieben wäre. Aber es ist gestorben, gestorben, gestorben ..."

„Sie sind wirklich komisch", sagte Darja Alexandrowna und konnte trotz der Erregung Lewins ein wehmütiges Lächeln nicht unterdrücken. „Ja, jetzt begreife ich allmählich alles", fuhr sie nachdenklich fort. „Sie werden uns dann wohl gar nicht besuchen, wenn Kitty erst hier ist?"

„Nein, ich werde nicht kommen. Aus dem Wege gehen werde ich Katerina Alexandrowna selbstverständlich nicht, aber soweit es mir möglich ist, werde ich danach trachten, sie nicht der Unannehmlichkeit meiner Gegenwart auszusetzen."

„Sie sind sehr, sehr komisch", wiederholte Darja Alexandrowna und blickte ihn voll Zärtlichkeit an. „Nun gut, wir wollen also vergessen, worüber wir eben gesprochen haben... Was möchtest du, Tanja?" wandte sich Darja Alexandrowna auf französisch an ihr Töchterchen, das soeben eintrat.

„Wo ist meine Schaufel, Mama?"

„Ich frage dich auf französisch, dann hast du auch ebenso zu antworten."

Tanja wollte es sagen, hatte jedoch vergessen, wie Schaufel auf französisch heißt; die Mutter belehrte sie und sagte ihr weiter auf französisch, wo die Schaufel zu finden sei. Das berührte Lewin unangenehm.

Jetzt fand er im Hause Darja Alexandrownas und an ihren Kindern bei weitem nicht mehr alles so nett wie zuvor.

Und warum spricht sie überhaupt mit den Kindern französisch? fragte er sich. Wie unnatürlich und affektiert das ist! Das fühlen auch die Kinder. Man lehrt sie das Französische und entfremdet sie dem Natürlichen, dachte er bei sich, ohne zu wissen, daß Darja Alexandrowna hierüber schon zwanzigmal nachgedacht hatte und dennoch zu der Überzeugung gekommen war, daß es notwendig sei, ihre Kinder, wenn auch auf Kosten der Natürlichkeit, in dieser Weise zu erziehen.

„Warum haben Sie es denn so eilig? Bleiben Sie doch noch."

Lewin blieb zum Tee; aber seine gute Stimmung war dahin, und er fühlte sich unbehaglich.

Nach dem Tee war er in den Flur gegangen, um anspannen zu lassen, und als er ins Zimmer zurückkehrte, fand er Darja Alexandrowna in großer Aufregung, mit verstörtem Gesicht und Tränen in den Augen. Während seiner Abwesenheit hatte sich etwas ereignet, was Darja Alexandrowna die ganze beglückende Schönheit des Tages und den Stolz auf ihre Kinder jählings zerstört hatte. Wegen eines Balles war es zwischen Grischa und Tanja zu einer Prügelei gekommen! Auf das aus dem Kinderzimmer herüberdringende Geschrei war Darja Alexandrowna hingelaufen und hatte die Kinder in einem fürchterlichen Zustand vorgefunden. Tanja hatte sich in Grischas Haaren festgekrallt, während er, das Gesicht vor Wut verzerrt, blindlings mit den Fäusten auf sie einschlug. Irgend etwas in Darja Alexandrownas Herzen war bei diesem Anblick zersprungen. Über ihrem Leben hatte sich gleichsam eine schwarze Wolke zusammengeballt: sie erkannte, daß ihre Kinder, die sie mit solchem Stolz erfüllt hatten, gar nichts Besonderes, sondern vielmehr unartige, schlecht erzogene und bösartige Kinder mit rohen, tierischen Neigungen waren.

Außerstande, an etwas anderes zu denken und über etwas anderes zu sprechen, konnte Darja Alexandrowna nicht umhin, Lewin ihr Leid zu klagen.

Lewin sah, daß sie unglücklich war, und versuchte sie zu trösten; er sagte, daß solche Vorkommnisse durchaus keine Schlechtigkeit bewiesen, daß sich alle Kinder gelegentlich einmal rauften. Doch während er dies sagte, dachte er bei sich: Nein, ich werde mit meinen Kindern nicht französisch sprechen, und ich werde ganz andere Kinder haben. Man darf sie nur nicht verderben und künstlich verbilden, dann werden es prächtige Kinder. Ja, meine Kinder werden anders sein.

Er verabschiedete sich und fuhr ab; sie hielt ihn nicht mehr zurück.

II

Mitte Juli erschien bei Lewin der Dorfälteste aus dem Besitztum seiner Schwester, das zwanzig Werst von Pokrowskoje entfernt lag, und legte ihm einen Rechenschaftsbericht über den Stand der Wirtschaft und über die Heuernte vor. Der Hauptertrag aus dem schwesterlichen Gut wurde durch die im Frühjahr alljährlich überschwemmten Wiesen erzielt. In früheren Jahren war den Bauern die Heuernte für zwanzig Rubel je Deßjatine überlassen worden. Als Lewin die Verwaltung des Gutes übernommen und sich die Wiesen angesehen hatte, war er zu der Überzeugung gelangt, daß der Pachtzins zu niedrig sei, und hatte den Preis für die Deßjatine auf fünfundzwanzig Rubel festgesetzt. Die Bauern weigerten sich, diesen Preis zu zahlen, und hielten, wie Lewin vermutete, andere Interessenten zurück. Hierauf hatte er die Sache selbst in die Hand genommen und in der Weise geregelt, daß die Bauern bei der Heuernte zum Teil gegen Barlohn arbeiteten und zum Teil am Ertrag beteiligt wurden. Die Gutsbauern widersetzten sich dieser Neuerung mit allen Mitteln, aber die Sache spielte sich dennoch ein, und schon im ersten Jahr wurde durch die Heuernte nahezu der doppelte Gewinn erzielt. Bis zum letzten Jahr hatte der Widerstand der Bauern noch angehalten, und die Heuernte hatte sich in derselben Weise wie bisher abgewickelt. In diesem Jahr hingegen hatten die Bauern die ganze Arbeit für ein Drittel des Ertrages übernommen, und der Dorfälteste war nun mit der Mitteilung gekommen, daß man mit der Heuernte fertig sei und daß er, da Regen gedroht habe, die Aufteilung unter Hinzuziehung des Gutsschreibers bereits vorgenommen habe; für das Gut hätten sich dabei elf Schober ergeben. Aus den unbestimmten Angaben, mit denen der Dorfälteste die Frage nach dem Ertrag der größten Wiese beantwortete, sowie aus der Eile, mit der er die Aufteilung ohne vorherige Rückfrage vorgenommen hatte, und aus der ganzen Haltung des Bauern schloß Lewin jedoch, daß mit der Teilung des Heus etwas nicht stimmte, und er beschloß, den Sachverhalt an Ort und Stelle zu prüfen.

Er kam um die Mittagszeit im Dorf an, ließ sein Pferd im Stall eines befreundeten Bauern zurück, der mit der einstigen Amme seines Bruders verheiratet war, und suchte ihm in seiner Imkerei auf, um von ihm Näheres über die Heuernte zu erfahren. Parmjonytsch, ein gesprächiger, würdevoll aussehender alter Bauer, empfing Lewin sehr herzlich, zeigte ihm seine ganze Wirtschaft und erzählte ihm alles mögliche von seinen Bienen und den diesjährigen Schwärmen; Lewins Fragen nach der Heuernte beantwortete er indessen nur widerstrebend und ausweichend. Das bestärkte Lewin noch in seinen Vermutungen. Er begab sich auf die Wiese und sah sich die Schober an. Es schien ihm ausgeschlossen, daß die Schober aus je fünfzig Fuhren zusammengesetzt waren. Um die Bauern überführen zu können, schickte Lewin sofort nach den Gespannen, die das Heu eingebracht hatten, und hieß die Bauern einen Schober aufladen und das Heu in die Scheune fahren. Der Schober enthielt nur zweiunddreißig Fuhren. Obwohl der Dorfälteste geltend machte, daß das Heu locker gewesen und in den Schobern gesackt sei, und obwohl er hoch und heilig beteuerte, es sei alles rechtschaffen zugegangen, beharrte Lewin auf seinem Standpunkt, daß man die Teilung ohne seine Anweisung vorgenommen habe und er daher nicht bereit sei, dieses Heu mit fünfzig Fuhren je Schober zu verrechnen. Nach langen Auseinandersetzungen kam man schließlich überein, daß die Bauern diese elf Schober, den Schober zu je fünfzig Fuhren, auf ihren Anteil zu übernehmen hätten und daß die Schober für das Gut neu gestapelt werden sollten. Die Verhandlungen hierüber und die Aufteilung zogen sich bis zur Vesperzeit hin. Als das letzte Heu aufgeteilt war, übertrug Lewin die weitere Aufsicht dem Gutsschreiber, setzte sich auf einen durch eine Weidenrute kenntlich gemachten Heuhaufen und ergötzte sich am Anblick der von Menschen wimmelnden Wiese.

Vor ihm, an einer Biegung, die der Fluß hinter einem kleinen Sumpf beschrieb, bewegte sich eine bunte Reihe laut und fröhlich schnatternder Bäuerinnen, und aus dem verstreut liegenden Heu entstanden im Handumdrehen graue Wälle, die sich in Windungen über das hellgrüne Grummet hinzogen. Den Frauen folgten Heugabeln bewaffnete Männer, die aus den Wällen breite, hohe und bauschige Haufen auftürmten. Linker Hand kamen über den

bereits abgeräumten Teil der Wiese Wagen angerumpelt, und die Haufen verschwanden, einer nach dem andern, sie verwandelten sich, in mächtigen Ballen auf die Wagen hinaufgereicht, in schwere Fuhren duftenden Heus, das bis auf die Hinterteile der Pferde herunterhing.

„Ein Wetterchen zum Heuen! Wird das ein Heu geben!" sagte ein alter Bauer, der sich zu Lewin setzte. „Nicht Heu – der reinste Tee, kann man sagen! Als ob man Enten Futter hingestreut hat, so flink geht es bei ihnen", fügte er hinzu und zeigte auf die mit dem Aufladen des Heus beschäftigten Bauern. „Gut die Hälfte haben sie seit Mittag abgefahren.

Die letzte?" rief er einem jungen Burschen fragend zu, der auf dem Wagenkasten einer vorbeikommenden Fuhre stand und die Enden der hanfenen Leine schwang.

„Die letzte, Väterchen!" schrie der Bursche, das Pferd ein wenig zurückhaltend, dem Alten zu; er blickte sich lächelnd zu einer fröhlichen, ebenfalls lächelnden rotwangigen Bäuerin um, die im Wagenkasten saß, und trieb dann wieder das Pferd an.

„Wer war das?" fragte Lewin. „Ein Sohn von dir?"

„Mein Jüngster", antwortete der Alte mit einem verklärten Lächeln.

„Ein stattlicher Bursche!"

„O ja, das ist er wohl."

„Schon verheiratet?"

„Ja, zwei Jahre waren es zu den Weihnachtsfasten."

„Und sind auch Kinder da?"

„Kinder? Kein Gedanke! Ein Jahr lang hat er überhaupt nichts verstanden, er hat sich geschämt", antwortete der Alte. „Ja, ein Heu! Der reine Tee!" wiederholte er, offenbar in dem Wunsch, das Thema zu wechseln.

Lewin wandte sein Augenmerk Iwan Parmjonow und seiner Frau zu. Sie beluden in einiger Entfernung von ihm einen Wagen. Iwan Parmjonow stand auf dem Wagen, nahm seiner hübschen jungen Frau die mächtigen Heuballen ab, die sie ihm zuerst mit den Armen und dann mit der Gabel geschickt hinaufreichte, verteilte sie und stampfte das Heu mit den Füßen fest. Die junge Frau arbeitete leicht, munter und gewandt. Das zu großen Klumpen zusammengeballte Heu ließ sich mit der Gabel nicht ohne weiteres aufnehmen. Sie lockerte es erst, legte sich dann mit dem ganzen Gewicht ihres Körpers auf den Stiel der ins Heu gesteckten Gabel, richtete sich mit einer schnellen, elastischen Bewegung wieder auf, wobei sie den Körper – sie hatte einen roten Gürtel um die Taille – weit nach hinten bog, so daß sich ihre vollen Brüste unter dem weißen Hemd spannten; mit geschickten Griffen umfaßte sie den Gabelstiel und schleuderte das Heu mit einem kräftigen Schwung auf die Fuhre. Iwan, der offensichtlich darauf bedacht war, seiner Frau jede überflüssige Anstrengung zu ersparen, beeilte sich, ihr das Heu mit weit ausgebreiteten Armen abzunehmen, und verteilte es auf die Fuhre. Nachdem sie ihm das letzte Heu mit der Harke hinaufgereicht, die ihr in den Nacken gerutschte Spreu abgeschüttelt und über der weißen, von der Sonne nicht gebräunten Stirn ihr rotes Tuch zurechtgerückt hatte, kroch sie unter den Wagen, um die Fuhre zu verschnüren. Iwan belehrte sie, wie und wo sie den Strick verknoten sollte, und brach über etwas, was sie zu ihm hinaufrief, in lautes Gelächter aus. Dem Ausdruck der beiden Gesichter war eine starke, junge, erst vor kurzem erwachte Liebe abzulesen.

12

Die Fuhre war verschnürt. Iwan sprang hinab und nahm das stattliche, wohlgenährte Pferd am Zügel. Seine Frau warf die Harke auf die Fuhre und ging, munter ausschreitend und die Arme schwenkend, zu den übrigen Bäuerinnen hinüber, die sich zu einer Gruppe zusammengeschlossen hatten. Iwan fuhr auf den Weg und schloß sich den anderen Fuhren an. Die Frauen, die Harke über die Schulter gelegt, folgten in ihren grelleuchtenden Kleidern laut und fröhlich plappernd dem Wagenzug. Eine der Frauen stimmte mit derber, rauher Stimme ein Lied an und sang eine Strophe, worauf ein halbes Hundert kräftiger, teils feiner, teils derber Stimmen einmütig wie aus einem Munde in den Gesang einfiel und denselben Text noch einmal sang.

Die Frauen mit ihrem Gesang näherten sich Lewin, und es schien ihm, als käme ihm eine Wolke ausgelassenen Frohsinns entgegen. Die Wolke entlud sich, erfaßte ihn – und der Heuhaufen, auf dem er lag, die übrigen Heuhaufen, die Fuhren, die ganze Wiese und das sich in der Ferne abzeichnende Feld, alles geriet in Bewegung und begann im Takt des wilden, überschäumenden, von Rufen, Pfeifen und Klatschen begleiteten Gesangs hin und her zu wogen. Lewin wurde angesichts dieser gesunden Fröhlichkeit von Neid erfaßt; er hätte sich gern an diesen Äußerungen der Lebensfreude beteiligt. Doch er konnte nichts anderes tun als liegenzubleiben, zuzuhören und zuzusehen. Als sich die Leute seinen Blicken entzogen hatten und ihr Gesang in der Ferne verklungen war, wurde Lewin ob seiner Einsamkeit, seiner körperlichen Untätigkeit und seiner feindseligen Einstellung zu dieser Welt von einer bedrückenden Schwermut ergriffen.

Einige der Bauern, die sich wegen des Heus am heftigsten mit ihm gestritten hatten, die von ihm zurechtgewiesen worden waren, weil sie versucht hatten, ihn zu betrügen – die nämlichen Bauern grüßten ihn jetzt vergnügt und hatten offenbar keinen Groll auf ihn; sie konnten auch keinen haben und machten sich wegen des beabsichtigten Betrugs nicht nur keine Gewissensbisse, sondern dachten überhaupt nicht mehr daran. Alles das war in dem Meer fröhlicher, gemeinsamer Arbeit untergegangen. Gott hat den Tag, Gott hat die Kraft gegeben. Der Tag und die Kraft sind der Arbeit geweiht, und die Arbeit selbst stellt den Lohn dar. Aber für wen wird die Arbeit verrichtet? Welches werden die Früchte der Arbeit sein? Das sind Fragen von nebensächlicher, untergeordneter Bedeutung.

Lewin hatte diese Art des Lebens schon oft mit Wohlgefallen beobachtet und hatte die Menschen beneidet, die ein solches Leben führten; heute jedoch, und besonders, nachdem er die Beziehungen zwischen Iwan Parmjonow und seiner jungen Frau beobachtet hatte, kam ihm zum ersten Male klar zum Bewußtsein, daß es nur von ihm abhing, das bedrückende, müßige und unnatürliche, nur auf sich selbst bezogene Leben, das er führte, gegen jenes andere, reine und schöne, von Arbeit und gemeinsamen Interessen erfüllte Leben auszutauschen.

Der alte Bauer, der sich ihm vorhin zugesellt hatte, war längst nach Hause gegangen; die Leute hatten sich zerstreut. Die in der Umgegend ansässigen Bauern waren nach Hause gefahren, die aus entfernteren Dörfern gekommenen Bauern hatten sich zum Abendessen und zum Übernachten auf der Wiese niedergelassen. Lewin, von den Leuten nicht bemerkt, blieb immer noch auf seinem Heuhaufen liegen, stellte Beobachtungen an, hörte zu und hing seinen Gedanken nach. Die Leute, die zum Übernachten auf der Wiese zurückgeblieben waren, kamen während der kurzen Sommernacht so gut wie gar nicht zum Schlafen. Zuerst, als sie Abendbrot aßen, hörte man ein allgemeines fröhliches Stimmengewirr und Gelächter, dann wurde wieder gesungen und abermals gelacht.

Der ganze lange Arbeitstag hatte diesen Menschen nichts angehabt, er hatte sie vielmehr in fröhliche Stimmung versetzt. Erst kurz vor Morgengrauen trat Stille ein. Nur die im Sumpf unermüdlich quakenden Frösche und die im aufsteigenden Morgennebel schnaubenden Pferde waren jetzt zu hören. Lewin erwachte aus seinen Träumen, stieg von seinem Heuhaufen hinunter und erkannte, als er zu den Sternen aufblickte, daß die Nacht vorüber.

Was soll ich also tun? Und wie kann ich es ausführen? fragte er sich in dem Bemühen, alles das, was er in dieser kurzen Nacht überdacht und empfunden hatte, für sich selbst auf eine Formel zu bringen. Alles, was er überdacht und empfunden hatte, ließ sich auf drei Überlegungen zurückführen. Bei der ersten handelte es sich um die Abkehr von seinem bisherigen Leben, von seinen überflüssigen Kenntnissen, seiner Bildung, für die es keinerlei Nutzen gab. An diese Abkehr, die ihm leicht und einfach vorkam, dachte er mit Freude. Seine nächsten Gedanken und Vorstellungen betrafen das Leben, das er fortan zu führen gedachte. Die Natürlichkeit, Sauberkeit und Rechtschaffenheit, die einem solchen Leben innewohnen mußten, empfand er mit großer Klarheit, und er war auch überzeugt, daß er in ihm jene Befriedigung, Gemütsruhe und Würde finden werde, die er jetzt so schmerzlich entbehrte. Doch als dritter Punkt seiner Überlegungen kam nun die Frage, wie dieser Übergang vom bisherigen zum neuen Leben auszuführen sei. Und hier bemühte er sich vergebens, zu einem klaren Ergebnis zu kommen. Soll ich heiraten? Soll ich arbeiten, und muß ich unbedingt arbeiten? Pokrowskoje aufgeben? Ein Stück Land kaufen? Einer Genossenschaft beitreten? Eine Bäuerin zur Frau nehmen? Und wie soll ich das alles ausführen? fragte er sich immer wieder und fand keine Antwort. Übrigens, ich habe die ganze Nacht nicht geschlafen und kann jetzt keinen klaren Gedanken fassen, dachte er. Ich werde es später klären. Fest steht jedoch, daß diese Nacht mein Schicksal entschieden hat. Alle meine früheren Träume von einem Familienglück sind unsinnig, sind nicht das rechte, sagte er sich. Das andere Leben ist viel einfacher und besser …

Ach, wie schön! dachte er, als er hoch über sich am Himmel eine Gruppe weißer Lämmerwölkchen wahrnahm, die sich zu einem seltsamen, einer Perlmuttmuschel ähnlichen Gebilde zusammengeschlossen hatten. Wie bezaubernd ist alles in dieser zauberhaften Nacht! Und wie hat diese Muschel nur so schnell zustande kommen können? Ich habe doch eben erst zum Himmel hinaufgesehen und nichts anderes als zwei weiße Streifen bemerkt. Ja, ja, ebenso unbemerkt hat sich auch meine Auffassung vom Leben verändert.

Er verließ die Wiese und schlug den breiten Fahrweg ein, der ins Dorf führte. Ein leichter Wind war aufgekommen, und alles ringsum sah grau und unfreundlich aus. Jener trübe Moment war eingetreten, der gewöhnlich dem Sonnenaufgang, dem vollen Sieg des Lichts über die Finsternis, vorausgeht.

Fröstelnd, die Schultern hochgezogen und die Augen auf den Boden geheftet, ging Lewin mit schnellen Schritten den Weg hinunter. Was ist denn das? Ein Wagen? Er hob den Kopf, als er vor sich Schellengeläut hörte. Auf dem breiten Feldweg erblickte er, etwa vierzig Schritte von sich entfernt und ihm entgegenkommend, eine vierspännige Reisekutsche. Die Deichselpferde drängten zur Seite, aber der geschickte Kutscher, der schräg auf dem Bock saß, hielt sie zurück und sorgte dafür, daß die Räder in den ausgefahrenen glatten Furchen blieben.

Lewin, der nur diesen Vorgang beobachtet und sich keine Gedanken darüber gemacht hatte, wer die Reisenden sein könnten, blickte zerstreut in den vorüberfahrenden Wagen.

In einer Ecke der Kutsche schlummerte eine alte Frau, während am Fenster ein junges Mädchen saß, das offenbar eben erst aufgewacht war und die Bänder ihres weißen Häubchens in den Händen hielt. In Gedanken versunken, ganz beseelt von einem schönen und komplizierten Innenleben, das Lewin fremd war, blickte sie mit verklärtem Gesicht über ihn hinweg auf den geröteten Morgenhimmel.

Erst in dem Augenblick, als diese Erscheinung schon im Entschwinden war, traf ihn der Blick ihrer reinen Augen. Sie erkannte ihn, und ein freudiges Erstaunen leuchtete in ihrem Gesicht auf.

Er konnte sich nicht irren. Solche Augen gab es auf Erden nicht ein zweites Mal. Nur ein einziges Geschöpf gab es auf Erden, in dem sich für ihn das ganze Licht, der ganze Sinn des Lebens verkörperte. Das war sie. Es war Kitty. Er begriff jetzt, daß sie von der Bahn kam und nach Jerguschowo fuhr. Und alle Gedanken, die ihn in dieser schlaflosen Nacht erregt hatten, alle Entschlüsse, die er gefaßt hatte, waren plötzlich wie ausgelöscht. Er erinnerte sich mit Widerwillen, daß er erwogen hatte, eine Bäuerin zu heiraten. Nur dort, in jenem sich schnell entfernenden und gerade auf die andere Seite des Weges hinüberwechselnden Wagen, nur dort gab es eine Möglichkeit, die Rätsel seines Lebens zu lösen, die ihn in letzter Zeit so schmerzlich bedrückt hatten.

Sie hatte nicht mehr aus dem Wagen zurückgeblickt. Das Geräusch der federnden Karosserie war nicht mehr zu hören, kaum noch hörbar verklang das Schellengeläut in der Ferne. Hundegebell deutete darauf hin, daß der Wagen das Dorf passierte – und zurückgeblieben waren ringsum nur die öden Felder, das Dorf vor ihm und er selbst, ein einsamer Wanderer auf einer langen, verwahrlosten Landstraße, der niemandem etwas bedeutete.

Er blickte zum Himmel, an dem er noch jene Muschel zu finden hoffte, die ihn vorhin so erfreut hatte und die ihm wie eine Verkörperung alles dessen erschienen war, was er in der vergangenen Nacht überdacht und empfunden hatte. Am Himmel war nichts mehr zu sehen, was an eine Muschel erinnerte. Dort, in unerreichbarer Höhe, hatte sich bereits eine geheimnisvolle Veränderung vollzogen. Die Muschel war spurlos verschwunden, und an ihrer Stelle breitete sich über die Hälfte des Himmels ein ebenmäßiger Teppich aus, der aus immer kleiner und kleiner werdenden Lämmerwölkchen bestand. Der Himmel wurde blauer und beantwortete aus seiner nach wie vor unerreichbaren Höhe mit seinem freundlichen Leuchten den fragend zu ihm gerichteten Blick Lewins.

Nein, dachte er bei sich, so löblich dieses einfache und von Arbeit ausgefüllte Leben auch sein mag, ich kann nicht zu ihm zurückkehren. Denn ich liebe *sie.*

13

Niemand außer den Menschen, die Alexej Alexandrowitsch am nächsten standen, wußte, daß diesem scheinbar so kalt und nüchtern denkenden Mann eine mit seiner ganzen Wesensart gar nicht in Einklang stehende Schwäche eigen war. Alexej Alexandrowitsch konnte nicht gleichmütig mit ansehen und mit anhören, wenn ein Kind oder eine Frau weinte. Der Anblick von Tränen verwirrte ihn und versetzte ihn in einen Zustand, in dem er gänzlich unfähig war, seine Gedanken zu sammeln. Der Leiter seiner Kanzlei und sein Sekretär wußten dies und machten Bittstellerinnen darauf aufmerksam, daß sie ja nicht weinen dürften, wenn sie ihr Anliegen nicht zum Scheitern bringen wollten. „Er würde zornig werden und Sie gar nicht ausreden lassen“, sagten sie zu den Frauen.

Und in der Tat, die seelische Verwirrung, die bei Alexej Alexandrowitsch durch Tränen hervorgerufen wurde, entlud sich in solchen Fällen gewöhnlich in einem jähen Zornesausbruch. „Ich kann nichts tun, absolut nichts tun! Belästigen Sie mich jetzt bitte nicht länger!“ schrie er dann die Bittstellerinnen an.

Als Anna ihn bei der Rückfahrt vom Rennen über ihre Beziehungen zu Wronski aufgeklärt und dann das Gesicht mit den Händen bedeckt hatte und in Tränen ausgebrochen war, hatte Alexej Alexandrowitsch ungeachtet seiner Erbitterung gegen sie jene seelische Verwirrung verspürt, die durch Tränen immer bei ihm hervorgerufen wurde. Da er diesen Zustand kannte und wußte, daß er in diesem Augenblick unfähig sein würde, seinen Gefühlen einen der Lage entsprechenden Ausdruck zu geben, hatte er sich bemüht, jedes Anzeichen von Leben zu unterdrükken, hatte sich nicht gerührt und seine Frau nicht angesehen.

Hierdurch war auf seinem Gesicht auch jener sonderbare Ausdruck von Leblosigkeit entstanden, der Anna so frappiert hatte.

Nachdem der Wagen am Hause vorgefahren und Alexej Alexandrowitsch ihr beim Aussteigen behilflich gewesen war, hatte er sich unter Selbstüberwindung wie immer zuvorkommend von ihr verabschiedet und dabei eine Bemerkung gemacht, die ihn zu nichts verpflichtete; er hatte gesagt, er werde ihr morgen seine Entscheidung mitteilen.

Die Worte seiner Frau, die seine schlimmsten Befürchtungen bestätigten, hatten in Alexej Alexandrowitschs Herzen einen heftigen Schmerz ausgelöst. Durch das merkwürdige, gleichsam physische Mitleid mit ihr, das ihre Tränen in ihm hervorgerufen hatten, war dieser Schmerz noch gesteigert worden. Doch als er nun allein im Wagen saß, fühlte er sich zu seiner Überraschung und Freude sowohl von diesem Mitleid als auch von all den Qualen, die, hervorgerufen durch seine Eifersucht, ihn in letzter Zeit gepeinigt hatten, auf einmal völlig befreit.

Er fühlte das gleiche, was jemand empfindet, dem ein Zahn gezogen ist, der ihm lange Zeit große Schmerzen bereitet hat. Nach einem furchtbaren Schmerz und der Empfindung, daß etwas Riesengroßes, größer als der Kopf selbst, aus dem Kiefer herausgezogen wird, spürt plötzlich der Patient, der sein Glück noch gar nicht fassen kann, daß das, was ihm so lange das Leben vergällt und all sein Denken und Tun beansprucht hat, nicht mehr existiert, daß er nun wieder leben und sich für alle möglichen Dinge interessieren kann, ohne ständig an seinen Zahn zu denken. Ein solches Gefühl hatte Alexej Alexandrowitsch. Es war ein furchtbarer, absonderlicher Schmerz gewesen, aber nun war er vergangen. Er spürte, daß er wieder leben konnte, ohne unablässig an seine Frau zu denken.

Ohne Ehrgefühl, ohne Herz, ohne Gottesfurcht – eine verworfene Frau! Das habe ich immer gewußt und immer gesehen, wenn ich auch aus Mitleid für sie mich selber zu täuschen gesucht habe, sagte er sich. Und er glaubte auch wirklich, dies alles schon immer gesehen zu haben; er rief sich Einzelheiten aus ihrem früheren, gemeinsamen Leben ins Gedächtnis, an denen er nie etwas Schlechtes gefunden hatte; jetzt aber glaubte er deutlich zu erkennen, daß sie von jeher verworfen gewesen war. Es war ein Fehler von mir, mein Leben mit dem ihren zu verbinden, dachte er. Aber in meinem Fehler liegt nichts Verwerfliches, und ich kann mich daher auch nicht unglücklich fühlen. Die Schuld, überlegte er sich, trifft nicht mich, sondern sie. Sie aber geht mich nichts an. Sie existiert nicht für mich …

Wie sich Annas Leben und das ihres Sohnes, für den sich seine

Gefühle ebenso geändert hatten wie für sie, in Zukunft gestalten würden, das hatte aufgehört, ihn zu interessieren. Das einzige, was ihn jetzt beschäftigte, war die Frage, welches die beste, korrekteste, für ihn selbst bequemste und demnach gerechteste Weise sei, den Schmutz abzuschütteln, mit dem sie ihn bei ihrem Fall bespritzt hatte, damit er den Weg seines tätigen, rechtschaffenen und nützlichen Lebens fortsetzen konnte.

Weil eine verachtenswerte Frau frevelhaft gehandelt hat, kann ich nicht unglücklich sein; ich muß nur den besten Ausweg aus dieser schwierigen Lage finden, in die sie mich gebracht hat. Und ich werde ihn auch finden, sagte er sich mit immer finsterer werdendem Gesicht. Ich bin nicht der erste und werde nicht der letzte sein. Und außer den vielen geschichtlichen Beispielen – angefangen bei Menelaus, der durch die „Schöne Helena" gerade in aller Gedächtnis aufgefrischt war – fielen Alexej Alexandrowitsch aus neuerer Zeit eine ganze Reihe von Fällen ein, in denen Frauen der höheren Gesellschaft ihre Männer betrogen hatten. Darjalow, Poltawski, Fürst Karibanow, Graf Paskudin, Dram – ja, auch Dram, ein so ehrlicher, tüchtiger Mensch –, Semjonow, Tschagin, Sigonin. Alexej Alexandrowitsch rief sich die betrogenen Ehemänner ins Gedächtnis. Gewiß, auf solche Männer fällt eine gewisse widersinnige ridicule, aber ich habe darin nie etwas anderes als ein Mißgeschick gesehen, für das ich immer Verständnis gehabt habe, dachte Alexej Alexandrowitsch, obwohl es nicht stimmte; im Gegenteil, er hatte für Mißgeschicke dieser Art nie Verständnis gehabt und sich um so mehr auf sich selbst eingebildet, je häufiger ihm Fälle von untreuen Frauen zu Ohren gekommen waren. Es ist ein Mißgeschick, das jeden treffen kann. Jetzt bin ich es, den dieses Mißgeschick betroffen hat. Es kommt nur darauf an, wie man eine solche Lage am besten überwindet. Und er dachte darüber nach, wie sich andere Männer verhalten hatten, die in einer ebensolchen Lage gewesen waren wie er jetzt.

Darjalow hatte sich duelliert…

Ein Duell war etwas, womit sich Alexej Alexandrowitsch als junger Mann in Gedanken gerade deshalb oft beschäftigt hatte, weil er selbst von Natur aus ein zaghafter Mensch war und dies auch wußte. Alexej Alexandrowitsch war außerstande, ohne Entsetzen an eine auf sich gerichtete Pistole zu denken, und hatte in seinem ganzen Leben nie zu einer Waffe gegriffen. Dieses Entsetzen hatte ihn in seinen jungen Jahren häufig dazu bewogen, über das Wesen des Duells nachzudenken und sich die Situation auszumalen, in der er gezwungen wäre, sein Leben aufs Spiel zu setzen. Nachdem er Karriere gemacht und eine feste Position im Leben erlangt hatte, waren diese Gedanken längst vergessen. Aber die Macht der Gewohnheit tat das Ihrige, und das Bewußtsein seiner Ängstlichkeit übte auch jetzt noch auf ihn eine so starke Wirkung aus, daß er zwar lange und eingehend mit dem Gedanken an ein Duell spielte, aber doch von vornherein wußte, daß er sich unter keinen Umständen duellieren würde.

Zweifellos steht unsere obere Gesellschaftsschicht kulturell noch auf einer so tiefen Stufe, daß – anders als in England – sehr viele (und unter diesen waren gerade diejenigen, um deren gute Meinung es Alexej Alexandrowitsch besonders zu tun war) ein Duell gutheißen würden. Doch was wäre das Resultat? Angenommen, ich würde ihn fordern, setzte Alexej Alexandrowitsch seinen Gedankengang fort. Und als er sich dabei aufs lebhafteste ausmalte, wie er die Nacht nach der Forderung zubringen würde, und als er sich dann die auf sich gerichtete Pistole vorstellte, zuckte er zusammen und begriff, daß er dies nie tun werde. Angenommen, dachte er weiter, ich würde ihn fordern: Man könnte mich ja unterweisen, ich würde mich auf den mir bezeichneten Platz stellen, abdrücken, und dann stellte sich heraus, daß ich ihn getötet habe. Bei dieser Vorstellung schloß Alexej Alexadrowitsch die Augen und schüttelte den Kopf, um solche dummen Gedanken zu verscheuchen. Soll ich einen Menschen töten, um mein Verhältnis zu meiner schuldigen Frau und zu meinem Sohn zu klären? Welchen Sinn hätte das für mich? Ich hätte immer noch zu beschließen, wie ich mit ihr zu verfahren habe. Aber noch wahrscheinlicher, ja so gut wie sicher ist, daß ich selbst getötet oder verwundet werden würde. Ich, der ich völlig unschuldig bin, der Hintergangene würde getötet oder verwundet. Eine noch größere Unsinnigkeit! Doch damit nicht genug: eine Forderung meinerseits wäre ein unehrliches Verhalten. Weiß ich doch im voraus, daß meine Freunde es nie zu einem solchen Duell kommen lassen, es nie zulassen würden, daß das Leben eines Staatsmannes, den Rußland braucht, einer solchen Gefahr ausgesetzt wird. Was wäre also daraus zu folgern? Zu folgern wäre, daß ich, wohl wissend, daß die Sache für mich nie gefährlich werden kann, mir durch diese Forderung zum Duell nur einen falschen Nimbus verschaffen wollte. Das wäre unehrlich und unfair, wäre eine Täuschung anderer und auch eine Selbsttäuschung. Ein Duell wäre sinnlos und wird mir von niemandem zugemutet. Mein Ziel besteht darin, mir mein Ansehen zu bewahren, das ich für die reibungslose Fortsetzung meiner Tätigkeit brauche. Seine dienstliche Tätigkeit, der er schon immer große Bedeutung beigemessen hatte, erschien ihm jetzt besonders wichtig.

Nachdem Alexej Alexandrowitsch die Frage eines Duells erwogen und verworfen hatte, wandte er sich der Möglichkeit einer

Scheidung zu – einem andern Ausweg, den hintergangene Männer in mehreren der ihm bekannten Fälle beschritten hatten. Als er in seinem Gedächtnis alle diese Fälle durchging (in den ihm vertrauten höchsten Kreisen hatte es sehr viele Scheidungen gegeben), fand er keinen einzigen, bei dem die Scheidung das erreicht hatte, was ihm vorschwebte. In allen diesen Fällen hatte der Ehemann seine untreue Frau freigegeben oder sie verkauft, und die Frau, die als schuldiger Teil nicht das Recht hatte, nochmals zu heiraten, war eine durch künstliche Manipulation legalisierte neue Ehe eingegangen. Alexej Alexandrowitsch erkannte indessen, daß eine ordnungsgemäße Scheidung, das heißt eine Scheidung, bei der die Frau allein schuldig erklärt worden wäre, in seinem Falle nicht in Betracht kommen konnte. Er erkannte, daß die komplizierten Bedingungen, unter denen sich sein Leben abspielte, nicht jene grobe Beweisführung zuließen, die das Gesetz für die Verurteilung der schuldigen Frau erforderte; er erkannte, daß die verfeinerte Lebensart seiner Kreise die erforderliche Beweisführung, selbst wenn sie möglich gewesen wäre, nicht zuließ und daß eine solche Beweisführung seinem eigenen Ansehen in der Öffentlichkeit mehr schaden würde als dem ihren.

Der Versuch einer Scheidung konnte nur zu einem Skandalprozeß führen, der seinen Feinden einen willkommenen Anlaß böte, ihn mit Schmutz zu bewerfen und seine hohe Stellung im öffentlichen Leben zu untergraben. Das Hauptziel, das darin bestand, die Lage unter möglichst weitgehender Vermeidung krasser Maßnahmen zu regeln, ließ sich demnach auch durch eine Scheidung nicht erreichen. Außerdem würde bei einer Scheidung, ja selbst schon bei einem entsprechenden Versuch, offen zutage treten, daß seine Frau die Beziehungen zu ihm gelöst hatte, um ihren Geliebten zu heiraten. Aber ungeachtet dessen, daß Alexej Alexandrowitsch für seine Frau jetzt, wie es ihm schien, nichts anderes mehr empfand als eine verächtliche Gleichgültigkeit, war in seiner Seele doch ein Wunsch verblieben, der sich auf sie bezog: er wollte ihr nicht eine unbehinderte Heirat mit Wronski ermöglichen, wollte nicht, daß sie aus ihrer verwerflichen Handlungsweise Nutzen zöge. Allein schon der Gedanke an eine solche Möglichkeit brachte Alexej Alexandrowitsch derartig auf, daß er vor innerem Schmerz aufstöhnte, sich erhob und den Platz im Wagen wechselte, und noch lange war er damit beschäftigt, seine knochigen, kalt gewordenen Beine in die flauschige Decke zu wikkeln, wobei er ein finsteres Gesicht machte.

Abgesehen von einer offiziellen Scheidung könnte ich auch so verfahren, wie es Karibanow, Paskudin und dieser gutmütige Dram getan haben – ich könnte getrennt von meiner Frau leben, überlegte er weiter, nachdem er sich etwas beruhigt hatte. Doch auch diese Maßnahme wäre mit denselben beschämenden Begleitumständen verbunden wie eine Scheidung, und vor allem – sie würde seine Frau genauso wie eine reguläre Scheidung in Wronskis Arme treiben. „Nein, das ist unmöglich, ganz unmöglich!" murmelte er vor sich hin und griff nach der Decke, um sie sich fester um die Beine zu wickeln. „Mich würde eine Trennung nicht unglücklich machen, aber sie und er sollen dadurch auch nicht glücklich werden."

Die Eifersucht, die ihn während der Zeit der Ungewißheit gequält hatte, war in dem Augenblick vergangen, als ihm seine Frau durch ihre Mitteilung auf schmerzhafte Weise den Zahn gezogen hatte. Aber an die Stelle der Eifersucht war etwas anderes getreten: der Wunsch, daß sie nicht frohlocken, sondern für ihre frevelhafte Tat büßen sollte. Er gestand sich diesen Wunsch nicht ein, aber in der Tiefe seiner Seele verlangte ihn danach, sie möge dafür zu leiden haben, daß sie seine Ruhe gestört und seine Ehre verletzt hatte. Und nachdem Alexej Alexandrowitsch nochmals alle mit einem Duell, einer Scheidung oder einer einfachen Trennung verknüpften Umstände erwogen hatte, verwarf er diese drei Möglichkeiten aufs neue und kam zu der Überzeugung, daß es nur einen Ausweg gebe: seine Frau bei sich zu behalten, das Geschehene vor der Öffentlichkeit zu vertuschen und alle in seiner Macht stehenden Maßnahmen zu ergreifen, um ihr Verhältnis zu unterbinden und vor allem – dies wollte er sich nicht eingestehen –, um sie zu bestrafen. Ich muß ihr erklären, daß ich nach Erwägung der schwierigen Lage, in die sie die Familiengemeinschaft versetzt hat, zu dem Beschluß gekommen bin, daß jede andere Regelung für beide Parteien nachteiliger wäre als die äußere Beibehaltung des Status quo; daß ich zu dessen Beibehaltung bereit bin, jedoch nur unter der strikten Bedingung, daß sie meinen Willen respektiert, indem sie die Beziehungen zu ihrem Geliebten abbricht. Nachdem Alexej Alexandrowitsch bereits endgültig zu dieser Entscheidung gekommen war, fiel ihm ein weiterer wichtiger Umstand ein, der ihn noch mehr in seinem Beschluß bestärkte. Nur bei einer solchen Regelung handele ich im Einklang mit den Vorschriften der Religion, sagte er sich. Nur bei einer solchen Regelung verstoße ich nicht meine sündige Frau, sondern gebe ihr die Möglichkeit zur Einkehr und, so schwer es mir auch fallen wird, ich verwende dabei sogar einen Teil meiner Kraft auf ihre Besserung und Rettung. Ungeachtet dessen, daß sich Alexej Alexandrowitsch bewußt war, keinen moralischen Einfluß auf seine Frau zu haben, so daß alle Versuche, sie zu bessern, nichts anderes als Heuchelei sein konnten, und obwohl er in den soeben durchlebten schweren Augenblicken kein einziges Mal daran gedacht hatte, Richtlinien in der Religion zu suchen, fühlte er sich doch sehr befriedigt und zum Teil auch beruhigt, als er jetzt diese Übereinstimmung seiner Entscheidung mit den Forderungen der Religion zu erkennen glaubte und für seine Beschlüsse eine religiöse Sanktion erhalten hatte. Ihn befriedigte der Gedanke, daß niemand in der Lage sein würde, ihm nachzusagen, er habe in einer so lebenswichtigen Angelegenheit nicht im Einklang mit den Vorschriften der Religion gehandelt, deren Banner er inmitten der allgemeinen Abkühlung und Gleichgültigkeit jederzeit hochgehalten hatte. Als Alexej Alexandrowitsch über weitere Einzelheiten nachdachte, sah er nicht einmal einen Grund dafür, warum seine Beziehungen zu seiner Frau nicht fast die gleichen bleiben sollten wie bisher. Seine Achtung würde er ihr natürlich nie wieder schenken können; aber nichts zwang ihn, und es gab auch nichts, was ihn dazu zwingen konnte, sein Leben zu zerstören und deshalb zu leiden, weil sie eine schlechte und untreue Frau war. Ja, die Zeit überwindet alles, und wenn eine gewisse Zeit vergangen sein wird, werden unsere Beziehungen auch wieder ihre frühere Form annehmen, dachte Alexej Alexandrowitsch bei sich, das heißt so weit ihre frühere Form annehmen, daß sie nicht den gewohnten ruhigen Ablauf meines Lebens stören. Sie wird natürlich unglücklich sein; mich hingegen trifft keine Schuld, und ich brauche daher auch nicht unglücklich zu sein.

14

Als sich der Wagen Petersburg näherte, war Alexej Alexandrowitsch nicht nur fest entschlossen, bei seiner Entscheidung zu bleiben, sondern er hatte sich in Gedanken auch schon den Brief zurechtgelegt, den er an seine Frau zu schreiben gedachte. Zu Hause angekommen, warf er in der Portiersloge einen Blick auf die aus dem Ministerium gebrachten Briefe und Schriftstücke und gab Anweisung, sie ihm in sein Arbeitszimmer zu bringen.

„Alles zurückstellen und niemand vorlassen!" sagte er auf eine Frage des Portiers, wobei er mit einem gewissen Behagen, das seine gute Stimmung erkennen ließ, die Worte „niemand vorlassen" mit besonderem Nachdruck aussprach.

Nachdem Alexej Alexandrowitsch in seinem Arbeitszimmer zweimal auf und ab gegangen war, blieb er an seinem mächtigen Schreibtisch stehen, auf dem der Kammerdiener, der ihm vorausgeeilt war, bereits sechs Kerzen angezündet hatte; dann knackte er mit den Fingern, setzte sich und schob die Schreibutensilien zurecht. Die Arme auf den Tisch gelegt, neigte er den Kopf zur Seite und dachte ein paar Augenblicke nach, worauf er zu schreiben begann und die Feder bis zum Schluß kein einziges Mal absetzte. Er schrieb den Brief ohne besondere Anrede und in französischer Sprache, weil das Sie im Französischen nicht so kalt klingt wie im Russischen.

Im Anschluß an unser letztes Gespräch sagte ich Ihnen, daß ich Ihnen meine Entscheidung bezüglich des Gegenstands dieses Gesprächs mitteilen würde. Nach reiflicher Überlegung aller Umstände schreibe ich Ihnen jetzt, um meinem Versprechen nachzukommen. Meine Entscheidung lautet folgendermaßen: Welcher Art Ihre Handlungsweise auch sein mag, ich halte mich nicht für berechtigt, das Band zu zerreißen, durch das uns eine höhere Macht miteinander verbunden hat. Eine Familie kann nicht durch die Laune, die Willkür, ja nicht einmal durch ein Vergehen eines der Ehepartner zerstört werden, und unser Leben muß ebenso weitergehen wie bisher. Das ist in meinem, in Ihrem und im Interesse unseres Sohnes notwendig. Ich bin der festen Überzeugung, daß Sie das, was den Anlaß zu diesem Brief gegeben hat, bereut haben und weiterhin bereuen und daß Sie mich dabei unterstützen werden, die Ursache unseres Zerwürfnisses mit der Wurzel auszureißen und das Gewesene zu vergessen. Andernfalls können Sie sich selbst vorstellen, was Ihrer und Ihres Sohnes harren würde. Alles dies hoffe ich gelegentlich einer mündlichen Aussprache ausführlicher mit Ihnen zu erörtern. Da die übliche Zeit des Landaufenthalts zu Ende geht, möchte ich Sie bitten, möglichst bald, jedenfalls nicht später als Dienstag, nach Petersburg zurückzukehren. Alles Nötige für Ihre Übersiedlung wird veranlaßt werden. Ich bitte, davon Notiz zu nehmen, daß ich der Befolgung meiner vorstehenden Bitte besondere Bedeutung beilege.

A. Karenin

PS: Diesem Brief ist eine Geldsumme beigefügt, die Sie vielleicht für Ihre Ausgaben benötigen.

Er las den Brief durch und war befriedigt, besonders auch über seinen Einfall, das Geld beizufügen; seine Zeilen enthielten kein scharfes Wort, keinen Vorwurf, aber sie beschönigten auch nichts. Und die Hauptsache: es war eine goldene Brücke zur Rückkehr gebaut. Er faltete den Brief, glättete die Kanten mit seinem großen Brieföffner aus massivem Elfenbein und befand sich, als er den Brief nun zusammen mit dem Geld in einen Umschlag steckte, in jener guten Stimmung, in die ihn die Beschäftigung mit seinen sorgfältig in Ordnung gehaltenen Schreibutensilien stets versetzte. Dann klingelte er.

„Den Brief hier gibst du dem Kurier, damit er ihn morgen Anna Arkadjewna ins Landhaus überbringt", sagte er und stand auf.

„Zu Befehl, Exzellenz! Wünschen Exzellenz den Tee ins Arbeitszimmer?"

Alexej Alexandrowitsch ließ sich den Tee ins Arbeitszimmer bringen und ging, zerstreut mit dem massiven Brieföffner spielend, auf den Sessel zu, neben dem auf einem Tisch bereits eine Lampe angezündet und ein französisches Buch über die Eugubinischen Inschriften bereitgelegt war, das er zu lesen angefangen hatte. Über dem Sessel hing in einem ovalen Goldrahmen ein ausgezeichnet gelungenes Bildnis Annas, das von einem berühmten Maler stammte. Alexej Alexandrowitsch warf einen Blick auf das Bild. Die rätselhaften Augen blickten ihm ebenso spöttisch und unverfroren entgegen wie an jenem Abend, als er sich zum letztenmal mit ihr ausgesprochen hatte. Die vom Maler ungemein kunstvoll ausgeführten schwarzen Spitzen auf dem Kopf, das dunkle Haar, die schöne weiße Hand, der mit Ringen geschmückte Goldfinger – alles empfand Alexej Alexandrowitsch als unerträglich herausfordernd und provozierend. Nachdem er das Bild einige Augenblicke betrachtet hatte, schauerte er zusammen, um seine Mundwinkel zuckte es, und mit einem „Brr!", das sich seinen Lippen entrang, wandte er sich ab. Er setzte sich schnell in den Sessel, schlug das Buch auf und versuchte zu lesen. Doch das lebhafte Interesse, das die Eugubinischen Inschriften vorher in ihm geweckt hatten, wollte sich absolut nicht wieder einstellen. Er blickte ins Buch und dachte an etwas anderes. Er dachte jetzt nicht an seine Frau, sondern an eine Komplikation, die kürzlich im Bereich seiner staatsmännischen Tätigkeit entstanden war und ihn zur Zeit mehr beschäftigte als alle anderen dienstlichen Angelegenheiten. Alexej Alexandrowitsch fühlte, daß er jetzt tiefer denn je in die Materie dieser Komplikation eingedrungen und daß in seinem Kopf – er konnte das ohne Selbstüberhebung sagen – eine grandiose Idee im Entstehen war, die das Ganze entwirren, ihn in seiner Karriere fördern, seine Feinde niederschlagen und somit dem ganzen Lande den größten Nutzen bringen mußte. Sobald sich der Bediente, der mit dem Tee gekommen war, wieder entfernt hatte, stand Alexej Alexandrowitsch auf und ging zu seinem Schreibtisch hinüber. Er zog die Mappe mit den laufenden Angelegenheiten in die Mitte des Tisches, nahm mit einem leisen selbstgefälligen Lächeln einen Bleistift aus dem Ständer und vertiefte sich in die von ihm angeforderten Akten, die sich auf die bewußte Komplikation bezogen. Mit dieser Komplikation hatte es folgende Bewandtnis:

Wie jeder im Staatsdienst auf hohem Posten stehende Beamte zeichnete sich auch Alexej Alexandrowitsch durch einen besonderen, nur ihm eigenen Charakterzug aus, durch den er in Verbindung mit seinem ausgeprägten Ehrgeiz, seiner Selbstbeherrschung, Rechtschaffenheit und Selbstsicherheit zu Erfolg und Würden gelangt war und der darin bestand, daß er alle bürokratischen Gepflogenheiten verabscheute, den behördlichen Schriftwechsel einschränkte, jede Sache tunlichst vom Standpunkt des gesunden Menschenverstandes anpackte und in allem auf größte Sparsamkeit bedacht war. Nun war kürzlich der Fall eingetreten, daß sich die berühmte Kommission vom 2. Juni mit der Berieselung der Felder im Gouvernement Saraisk befaßt hatte, eine Angelegenheit, für die das Ministerium Alexej Alexandrowitschs zuständig war und die ein krasses Beispiel für unrentable Ausgaben und eine bürokratische Einstellung zur Sache darstellte. Alexej Alexandrowitsch wußte, daß die vorgebrachten Einwände berechtigt waren. Die Berieselung der Felder im Gouvernement Saraisk war von dem Vorgänger seines Vorgängers eingeleitet worden. In der Tat waren und wurden immer noch große Summen in gänzlich unproduktiver Weise für diese Sache ausgegeben, aus der offenbar nie etwas werden konnte. Seinerzeit, bei der Übernahme seines Postens, hatte Alexej Alexandrowitsch dies sofort erkannt und eigentlich einschreiten wollen; da er sich aber zu Anfang in seiner Position noch zuwenig gesichert fühlte und außerdem wußte, daß die Sache sehr vielseitige Interessen berührte, hatte er ein Eingreifen seinerseits zunächst für unklug gehalten, und später hatte er es, abgelenkt durch die Beschäftigung mit anderen Angelegenheiten, einfach vergessen. Einmal in Gang gekommen, war sie ganz von selbst weitergelaufen. (Es gab viele Leute, die von diesem Projekt lebten, darunter besonders auch eine sehr sittenstrenge und musikalische Familie, in der sämtliche Töchter Saiteninstrumente spielten. Alexej Alexandrowitsch war mit dieser Familie bekannt und hatte bei der Hochzeit der einen Tochter den Brautvater gespielt.) Nun hatte sich aber ein mißgünstig gesinntes Ministerium eingemischt, und das hielt Alexej Alexandrowitsch für unfair; denn es gab in jedem Ministerium auch noch ganz andere Dinge, die auf Grund gewisser im Dienst geltender Anstandsregeln von niemandem aufgegriffen wurden. Jetzt jedoch, nachdem ihm der Fehdehandschuh hingeworfen worden war, hatte er ihn auch mutig aufgehoben und seinerseits die Ernennung einer besonderen Kommission gefordert; sie sollte die Arbeit der Kommission, die für die Berieselung der Felder im Saraisker Gouvernement eingesetzt war, studieren und prüfen. Doch zugleich war er nun auch entschlossen, auf jene Herrschaften keinerlei Rücksicht mehr zu nehmen. Er beantragte außerdem die Ernennung einer besonderen Kommission zum Studium der Lebensbedingungen der fremdstämmigen Bevölkerung. Diese Angelegenheit, die in der Sitzung der Kommission vom 2. Juni zufällig zur Sprache gekommen war, hatte Alexej Alexandrowitsch energisch aufgegriffen und im Hinblick auf den jämmerlichen Zustand, in dem die fremdstämmige Bevölkerung lebte, als äußerst dringend bezeichnet. In der Sitzung war es dieserhalb zu heftigen Auseinandersetzungen zwischen mehreren Ministerien gekommen. Das Alexej Alexandrowitsch feindlich gesinnte Ministerium hatte behauptet, daß diese Bevölkerung in den glänzendsten Verhältnissen lebe und daß die vorgeschlagenen Änderungen ihr Wohlergehen zerstören könnten; wenn aber wirklich etwas auszusetzen sei, dann liege es nur daran, daß das Ministerium Alexej Alexandrowitschs die Durchführung der gesetzlich vorgeschriebenen Maßnahmen unterlassen habe. Nunmehr beabsichtigte Alexej Alexandrowitsch, folgendes zu fordern: erstens die Ernennung einer neuen Kommission mit dem Auftrag, die Verhältnisse der fremdstämmigen Bevölkerung an Ort und Stelle zu untersuchen; zweitens, wenn es sich erweisen sollte, daß die Verhältnisse, in denen die fremdstämmige Bevölkerung lebte, wirklich mit den im Besitz des Komitees befindlichen amtlichen Unterlagen übereinstimmten, die Ernennung einer weiteren, wissenschaftlichen Kommission, die die Ursachen der unerquicklichen Lage dieser Bevölkerung nach folgenden Gesichtspunkten zu untersuchen hätte: a) vom politischen, b) vom administrativen, c) vom ökonomischen, d) vom ethnographischen, e) vom materiellen und f) vom religiösen; drittens eine Anweisung an das gegnerische Ministerium, über die Maßnahmen zu berichten, die dieses Ministerium im Laufe der letzten Jahrzehnte ergriffen hat, um der ungünstigen Lage vorzubeugen, in der sich die fremdstämmige Bevölkerung gegenwärtig befindet; und viertens endlich sollte das Ministerium darüber Auskunft geben, warum es, wie sich aus den dem Komitee vorliegenden Akten unter Nr. 17015 und 18308 vom 5. Dezember 1863 und vom 7. Juni 1864 ergibt, dem Sinn des richtunggebenden Grundgesetzes vom …, Abschnitt 18, und der Anmerkung zum Abschnitt 36 direkt zuwidergehandelt hat. Alexej Alexandrowitschs Gesicht rötete sich vor innerer Erregung, als er mit schnellen Zügen in einem Konzept seine Gedanken niederschrieb. Nachdem er einen ganzen Bogen beschrieben hatte, stand er auf, klingelte und übergab dem Diener ein für den Leiter seiner Kanzlei bestimmtes Briefchen, durch das er die benötigten

Akten anforderte. Als er hierauf wieder auf und ab zu gehen begann und nochmals auf das Bild blickte, zog er die Stirn kraus und lächelte verächtlich. Nachdem er mit neu erwachtem Interesse noch eine Weile in dem Buch über die Eugubinischen Inschriften gelesen hatte, begab er sich um elf Uhr zur Ruhe; und als er sich dann im Bett an den Vorfall mit seiner Frau erinnerte, erschien er ihm jetzt gar nicht mehr in einem so düsteren Licht.

15

Obwohl Anna mit verbissener Hartnäckigkeit widersprochen hatte, als Wronski ihr das Unerträgliche ihrer Lage vorgehalten und sie zu überreden versucht hatte, alles ihrem Mann zu eröffnen, war sie sich im Grunde ihrer Seele der Verlogenheit und Unehrenhaftigkeit ihrer Lage bewußt und sehnte sich danach, sie zu ändern. Auf der Rückfahrt von der Rennbahn hatte sie ihrem Mann in einem Augenblick aufwallender Erregung alles mitgeteilt, und ungeachtet des Schmerzes, den sie dabei empfunden hatte, war sie darüber froh. Dann, als ihr Mann weitergefahren war, hatte sie sich eingeredet, sie freue sich, daß sich jetzt alles klären und zum mindesten das von Lug und Trug erfüllte Leben aufhören werde. Sie war überzeugt gewesen, daß sich ihre Lage jetzt ein für allemal klären müsse. Sie würde vielleicht schlecht sein, diese neue Lage, aber sie würde Klarheit schaffen und nicht mit Lügen und Zweifeln verbunden sein. Der Schmerz, den sie sich und ihrem Mann durch ihre Worte zugefügt hatte, würde jetzt dadurch belohnt werden, daß sich alles klären müsse, dachte sie. Sie kam noch am selben Abend mit Wronski zusammen, sagte ihm jedoch nichts von dem, was zwischen ihr und ihrem Mann vorgefallen war, obwohl es notwendig gewesen wäre, wenn sich die Lage klären sollte.

Das erste, was ihr am nächsten Morgen beim Erwachen einfiel, waren die Worte, die sie zu ihrem Mann gesagt hatte, und diese Worte kamen ihr so furchtbar vor, daß sie nicht begreifen konnte, wie sie es über sich gebracht hatte, solche sonderbaren, rohen Worte auszusprechen; auch konnte sie sich nicht vorstellen, was die Folge sein würde. Aber die Worte waren gesprochen, und Alexej Alexandrowitsch war weitergefahren, ohne etwas gesagt zu haben. Ich bin mit Wronski zusammen gewesen und habe ihm nichts gesagt. Noch im letzten Augenblick, als er schon ging, wollte ich ihn zurückhalten und es ihm sagen. Aber ich unterließ es, weil es merkwürdig gewesen wäre, daß ich es nicht gleich zu

Anfang gesagt habe. Wie kommt es, daß ich es ihm sagen wollte und dennoch nicht gesagt habe? Als Antwort auf diese Frage überzog sich ihr Gesicht mit einer glühenden Schamröte. Sie begriff, was sie davon abgehalten hatte; sie begriff, daß sie sich geschämt hatte. Ihre Lage, von der sie gestern abend geglaubt hatte, sie sei geklärt, erschien ihr jetzt plötzlich nicht nur ungeklärt, sondern geradezu trostlos. Bei dem Gedanken an die Schande, an die sie bis jetzt gar nicht gedacht hatte, wurde sie von Angst beschlichen. Wenn sie nur überlegte, welche Maßnahmen von ihrem Mann zu erwarten waren, befielen sie schon die schlimmsten Vorstellungen. Sie stellte sich vor, der Verwalter könne gleich kommen, um sie des Hauses zu verweisen, und daß ihre Schande dann in der ganzen Welt bekannt würde. Sie fragte sich, wohin sie sich wenden sollte, wenn man sie aus dem Hause jagte, und fand keine Antwort.

Wenn sie an Wronski dachte, schien es ihr, daß er sie nicht mehr liebe und ihrer bereits überdrüssig sei; sie sagte sich, daß sie sich ihm doch nicht aufdrängen könne, und bei solchen Gedanken empfand sie für ihn Feindseligkeit. Ihr war, als habe sie die Worte, die sie ihrem Mann gesagt hatte und die sie sich in Gedanken ununterbrochen wiederholte, in Gegenwart aller gesprochen und alle hätten sie gehört. Sie scheute sich, den Hausgenossen in die Augen zu blicken. Sie brachte es nicht über sich, ihre Zofe zu rufen, und erst recht schien es ihr unmöglich, hinunterzugehen und dort mit ihrem Sohn und der Gouvernante zusammenzutreffen.

Die Zofe, die schon eine ganze Weile horchend vor der Tür gewartet hatte, kam schließlich ungerufen ins Zimmer. Anna schrak zusammen, errötete und blickte sie fragend an. Die Zofe entschuldigte sich und sagte, es sei ihr vorgekommen, als habe es geklingelt. Sie brachte Annas Kleid und ein Briefchen. Das Briefchen war von Betsy. Betsy erinnerte daran, daß heute vormittag Lisa Merkalowa und Baronesse Stoltz zu ihr kämen und ihre Verehrer, Kalushski und den alten Stremow, mitbrächten, um bei ihr eine Partie Krocket zu spielen. „Kommen Sie doch auch, schon des moralischen Anschauungsunterrichts wegen. Ich erwarte Sie", schrieb sie zum Schluß.

Anna las die Zeilen und stieß dabei einen schweren Seufzer aus.

„Ich brauche nichts, brauche nichts", sagte sie zu Annuschka, die sich anschickte, die Flakons und Bürsten auf dem Toilettentisch zu ordnen. „Geh nur, ich ziehe mich gleich an und komme hinunter. Ich brauche nichts, brauche nichts."

Annuschka ging, doch Anna machte keine Anstalten, sich anzukleiden, sondern blieb in derselben Stellung mit gesenktem Kopf und herabhängenden Armen sitzen; von Zeit zu Zeit zuckte sie mit dem ganzen Körper zusammen und schien irgendeine Bewegung zu machen oder etwas sagen zu wollen, sank aber gleich wieder in den regungslosen Zustand zurück. Sie murmelte unaufhörlich: „Mein Gott! Mein Gott!" vor sich hin. Aber sie tat es gedankenlos, ohne daß die Worte „Gott" und „mein" einen Sinn für sie gehabt hätten. Der Gedanke, in ihrer Lage Hilfe in der Religion zu suchen, lag ihr, obwohl sie an der Religion, in der sie erzogen worden war, nie gezweifelt hatte, ebenso fern wie der, Alexej Alexandrowitsch um Hilfe anzugehen. Sie wußte nur zu gut, daß von der Religion eine Hilfe nur unter der Bedingung zu erhalten war, daß sie allem entsagte, was für sie den ganzen Sinn des Lebens ausmachte. Es war ihr nicht nur schwer ums Herz, sondern sie begann sich auch vor dem neuen, nie zuvor gekannten Seelenzustand zu fürchten. Sie hatte das Gefühl, daß sich in ihrer Seele alles zu verdoppeln beginne, so wie man mit müden Augen die Gegenstände mitunter doppelt sieht. Zeitweilig wußte sie nicht, wovor sie sich fürchtete und was sie sich wünschte. Ob es der gegenwärtige Zustand oder ein noch kommender war, ob sie ihn sich wünschte oder ihn fürchtete und was eigentlich sie sich wünschte – sie wußte es nicht.

Ach, was soll ich tun! sagte sie zu sich selbst und verspürte plötzlich einen Schmerz zu beiden Seiten des Kopfes. Als sie zu sich kam, merkte sie, daß sie mit beiden Händen in ihr Haar an den Schläfen gegriffen hatte und sie krampfhaft zusammenpreßte. Sie sprang auf und begann auf und ab zu gehen.

„Der Kaffee ist aufgetragen, und Mamsell wartet unten mit Serjosha", sagte Annuschka, die wieder gekommen war und Anna noch immer in demselben Zustand vorfand.

„Serjosha? Was ist mit Serjosha?" fuhr Anna mit plötzlicher Lebhaftigkeit auf; zum erstenmal während des ganzen Morgens wurde sie sich der Existenz ihres Sohnes bewußt.

„Er scheint etwas verbrochen zu haben", erwiderte Annuschka lächelnd.

„Etwas verbrochen?"

„Sie hatten im Erker doch Pfirsiche liegen; von denen hat er wohl heimlich einen gegessen."

Die Besinnung auf ihren Sohn befreite Anna mit einem Schlag aus dem hoffnungslosen Zustand, in dem sie sich bis jetzt befunden hatte. Ihr fiel ein, wie sie in den letzten Jahren die Rolle einer nur für ihren Sohn lebenden Mutter gespielt hatte (was teils zutraf, teils aber stark übertrieben war), und sie hatte nun das beglückende Gefühl, in ihrer jetzigen Lage einen Halt zu besitzen,

unabhängig davon, wie sich künftig ihr Verhältnis zu ihrem Mann und zu Wronski gestalten würde. Dieser Halt war ihr Sohn. Was immer auch geschehen sollte, ihren Sohn konnte sie nicht verlassen. Mochte ihr Mann sie mit Schimpf und Schande verstoßen, mochte Wronski sie zu lieben aufhören und sein ungebundenes Leben fortsetzen (sie dachte wieder mit Bitterkeit und vorwurfsvoll an ihn), von ihrem Sohn würde sie sich nicht trennen. Sie sah ein Lebensziel vor sich. Und sie mußte handeln; handeln, um sich den Besitz des Sohnes zu sichern und um zu verhindern, daß er ihr genommen wurde. Sogar ohne Verzug, so schnell wie irgend möglich mußte sie handeln, bevor man dazu kam, ihn ihr wegzunehmen. Mit ihrem Sohn auf und davon zu fahren, das schien ihr das einzige, was sie jetzt zu tun hatte. Sie brauchte etwas, was sie zu beruhigen vermochte und aus diesem qualvollen Zustand herausführte. Der Gedanke an ein bestimmtes Vorhaben, das mit ihrem Sohn in Zusammenhang stand, der Gedanke daran, daß sie sofort irgendwohin mit ihm fahren müsse, gab ihr diese Beruhigung.

Sie zog sich schnell an, ging hinunter und betrat mit entschlossenen Schritten das Wohnzimmer, wo gewöhnlich der Kaffee und Serjosha mit seiner Gouvernante auf sie warteten. Serjosha, ganz in Weiß, hatte sich mit Brust und Kopf über den Tisch gebeugt, der unter dem Spiegel stand, und beschäftigte sich, mit dem gespannten Gesichtsausdruck, den sie an ihm kannte und durch den er seinem Vater ähnelte, irgendwie mit den Blumen, die er ins Zimmer gebracht hatte.

Die Gouvernante machte ein besonders strenges Gesicht. Serjosha stieß, wie er es oft tat, einen durchdringenden Ruf aus: „Ah, Mama!“ und blieb unschlüssig stehen; er wußte nicht, ob er die Mutter sofort begrüßen und die Blumen im Stich lassen oder zuerst den Kranz zu Ende winden und mit diesem zu ihr gehen sollte.

Die Gouvernante begann nach der Begrüßung lang und ausführlich über Serjoshas Missetat zu berichten, doch Anna hörte gar nicht hin; sie überlegte, ob sie sie mitnehmen sollte. Nein, ich nehme sie nicht mit, beschloß sie in Gedanken. Ich werde allein, nur mit meinem Sohn fahren.

„Ja, das war sehr schlecht von dir“, sagte Anna und legte ihre Hand auf die Schulter des Sohnes; sie sah ihn mit einem Blick an, eher befangen als streng, der den Knaben verwirrte und erfreute, und küßte ihn. „Lassen Sie ihn bei mir“, wandte sie sich an die verdutzte Gouvernante und nahm, den Sohn an der Hand behaltend, am gedeckten Kaffeetisch Platz.

„Mama, ich … ich … werde nicht …“, sagte er und suchte aus

ihrem Gesichtsausdruck zu erraten, was seiner wegen des Pfirsichs harre.

„Serjosha“, sagte sie, sobald die Gouvernante das Zimmer verlassen hatte, „das war nicht schön von dir, aber du wirst es nicht wieder tun, nicht wahr? Liebst du mich?“

Sie fühlte, daß ihr Tränen in die Augen traten. Kann ich denn anders, als ihn lieben? dachte sie bei sich, als sie sein erschrockenes und zugleich erfreutes Gesicht sah. Und ist es denn denkbar, daß er gemeinsame Sache mit dem Vater machen und mich verdammen könnte? Wird er wirklich kein Mitleid mit mir haben? Die Tränen rannen jetzt über ihr Gesicht, und um sie zu verbergen, stand sie hastig auf und eilte fast laufend auf die Terrasse hinaus.

Nach den Gewitterschauern der letzten Tage war es kalt und klar geworden. Trotz des hellen Sonnenscheins, der durch das vom Regen abgespülte Laub drang, war die Luft kühl.

Ihr schauderte, sowohl vor Kälte als auch infolge des inneren Entsetzens, das sie in der frischen Luft mit erneuter Heftigkeit überkam.

„Geh zu Mariette, geh schon“, sagte sie zu Serjosha, der ihr nachkommen wollte, und begann auf der mit einer Strohmatte ausgelegten Terrasse auf und ab zu gehen. Ist es wirklich möglich, daß sie mir nicht verzeihen, daß sie nicht begreifen werden, daß alles nur so gekommen ist, wie es kommen mußte? fragte sie sich in Gedanken.

Sie blieb stehen, und als sie auf die vom Winde bewegten Wipfel der Espen mit ihren rein gewaschenen, in der kalten Sonne glänzenden Blätter blickte, begriff sie, daß sie von niemandem Verzeihung zu erwarten habe und daß alles und alle mit ihr sowenig Mitleid haben würden wie dieser Himmel, wie dieses Laub. Und wiederum fühlte sie den Zwiespalt in ihrer Seele.

Ich darf nicht, darf nicht nachdenken, ging es ihr durch den Kopf. Doch wohin? Und wann? Wen soll ich mitnehmen? Ja, nach Moskau, mit dem Abendzug. Nur mit Annuschka und Serjosha und den notwendigsten Sachen. Doch vorher muß ich an beide schreiben. Sie ging schnell ins Haus zurück, begab sich in ihr Zimmer, setzte sich an den Schreibtisch und begann einen Brief an ihren Mann.

„Nach dem, was vorgefallen ist, kann ich nicht länger in Ihrem Hause bleiben. Ich fahre weg und nehme meinen Sohn mit mir. Da ich in den Gesetzen nicht bewandert bin, weiß ich nicht, wem von den Eltern es zukommt, den Sohn zu behalten; aber ich nehme ihn mit, weil ich ohne ihn nicht leben kann. Seien Sie hochherzig und belassen Sie ihn mir.“

Bis zu dieser Stelle hatte sie schnell und ihrem Gefühl folgend geschrieben; der Appell an seine Hochherzigkeit indessen, die sie ihm in Wirklichkeit nicht zusprach, und die Notwendigkeit, dem Brief einen irgendwie zu Herzen gehenden Abschluß zu geben, ließ sie zaudern.

„Von meiner Schuld und meiner Reue kann ich nicht sprechen, denn..."

Sie hielt wieder inne und war unfähig, ihre Gedanken zusammenhängend auszudrücken. Nein, es ist nicht nötig, sagte sie zu sich selbst und zerriß den Brief; sie schrieb ihn noch einmal, ohne seine Hochherzigkeit zu erwähnen, und schloß den Umschlag.

Ein weiterer Brief mußte an Wronski geschrieben werden. „Ich habe meinem Mann erklärt", fing sie an, brach ab und blieb lange regungslos sitzen, ohne die Kraft zum Weiterschreiben aufzubringen. Ihr kamen die Worte so brutal, so unweiblich vor. Und was kann ich ihm auch schreiben? fragte sie sich. Ihr fiel sein gelassenes Verhalten ein, ihr Gesicht wurde wieder von Schamröte übergossen, und in der Verbitterung, die in ihr gegen ihn aufwallte, zerriß sie das Blatt mit dem angefangenen Satz in kleine Stücke. Sie schloß die Schreibmappe, ging nach oben, erklärte der Gouvernante und dem Hauspersonal, daß sie noch heute nach Moskau abreise, und begann unverzüglich mit dem Einpacken.

16

In allen Zimmern des Landhauses gingen Hausknechte, Gärtner und Diener ein und aus und trugen Gepäck hinaus. Die Schränke und Kommoden standen offen; zweimal schon hatte man beim Kaufmann weitere Stricke geholt, auf dem Fußboden lag Zeitungspapier herum. Zwei große Koffer, mehrere Reisesäcke und in Plaids eingeschlagene Gepäckstücke waren ins Vorzimmer gebracht worden. Vor der Haustür standen die Equipage und zwei Droschken. Anna, die im Eifer des Packens von ihrer inneren Erregung abgelenkt war, stand in ihrem Zimmer am Tisch und packte ihre Reisetasche, als sie von Annuschka auf das Geräusch eines am Hause vorfahrenden Wagens aufmerksam gemacht wurde. Sie ging ans Fenster und erkannte den Kurier Alexej Alexandrowitschs, der vor der Haustür stand und klingelte.

„Geh hinunter und hör mal, was er will", sagte sie und setzte sich, auf alles gefaßt, mit über den Knien verschränkten Händen ruhig in den Sessel. Ein Diener brachte einen dicken Brief, dessen Umschlag die Schriftzüge Alexej Alexandrowitschs aufwies.

„Der Kurier hat Anweisung, eine Antwort mitzubringen", sagte der Diener.

„Gut", erwiderte Anna und riß, sobald der Diener gegangen war, mit bebenden Fingern den Umschlag auf. Ihm entfiel ein noch mit dem Kontrollstreifen versehenes Bündel ungefalteter Geldscheine. Sie zog den Brief heraus und überflog zuerst den Schluß. „Alles Nötige für Ihre Übersiedlung wird veranlaßt werden... daß ich der Befolgung meiner... Bitte... Bedeutung beilege...", las sie. Sie las weiter, las den ganzen Brief und las ihn noch einmal von vorn. Als sie damit fertig war, fühlte sie, daß sie fror und daß ein so furchtbares Unglück über sie hereingebrochen war, wie sie es nicht erwartet hatte.

Sie hatte am Morgen die Worte bereut, die sie ihrem Mann gesagt hatte, und sich sehnlich gewünscht, diese Worte wären niemals ausgesprochen worden. Hier lag ein Brief vor ihr, der das Gesagte als nicht gesagt gelten ließ und das erfüllte, was sie sich gewünscht hatte. Doch jetzt erschien ihr dieser Brief als das Furchtbarste, was sie sich vorstellen konnte!

„Er hat recht! Er hat recht!" stammelte sie vor sich hin. Natürlich, er hat immer recht, er ist ein Christ, ist hochherzig! Nein, er ist ein niedriger, schlechter Mensch! Aber niemand außer mir erkennt das und wird es erkennen; und ich kann ihnen nicht die Augen öffnen. Alle sagen, er sei religiös, sittenstreng, ehrlich und klug; doch sie kennen ihn nicht so, wie ich ihn kenne. Sie wissen nicht, wie er acht Jahre lang mein Leben mit Füßen getreten und alles erstickt hat, was in mir lebendig gewesen ist; daß er kein einziges Mal daran gedacht hat, daß ich ein lebendiges Wesen bin, das der Liebe bedarf. Sie wissen nicht, wie er mich auf Schritt und Tritt gedemütigt hat und wie selbstzufrieden er dabei gewesen ist. Habe ich mich etwa nicht nach besten Kräften bemüht, mich mit meinem Leben auszusöhnen? Habe ich nicht versucht, ihn zu lieben und meinen Sohn zu lieben, als ich den Mann nicht mehr lieben konnte? Doch dann begriff ich schließlich, daß ich zu dieser Selbsttäuschung nicht länger fähig war, daß ich ein lebendiges Wesen bin und nicht schuld bin, wenn Gott mich so geschaffen hat, daß mich nach Liebe und einem wirklichen Leben dürstet. Und nun? Wenn er mich, wenn er ihn töten wollte – ich würde alles ertragen, alles verzeihen; aber nein, er...

Daß ich nicht schon im voraus erraten habe, was er tun würde! Daß er so handeln würde, wie es seiner niedrigen Gesinnung entspricht! Er behält recht, und mich, die ich am Boden liege, tritt er nun erst recht und noch ärger mit Füßen. „Andernfalls können Sie sich selbst vorstellen, was Ihrer und Ihres Sohnes harren würde", erinnerte sie sich eines anderen Satzes in seinem Brief. Er droht damit, mir den Sohn zu nehmen, und so sinnlos wie manche Gesetze sind, kann er es wahrscheinlich auch. Aber ich weiß ja, was er mit diesen Worten bezweckt. Er glaubt auch nicht an meine Mutterliebe, oder er verhöhnt sie, wie er sie schon immer bespöttelt hat; er verhöhnt sie, weiß aber, daß ich meinen Sohn nicht aufgeben werde und nicht aufgeben kann, daß es für mich ohne meinen Sohn kein Leben gibt, selbst mit dem Mann nicht, den ich liebe, und daß ich, wenn ich meinen Sohn dennoch im Stich ließe und selbst das Weite suchte, als eine schändliche, nichtswürdige Frau dastünde; das weiß er, und er weiß auch, daß ich dazu nicht fähig bin.

„Unser Leben muß ebenso weitergehen wie bisher", fiel ihr ein weiterer Satz aus seinem Brief ein. Dieses Leben ist von Anfang an bedrückend gewesen und in letzter Zeit zu einer unerträglichen Qual geworden. Wie würde es erst künftig damit sein? Und das weiß er alles; er weiß: Ich kann mir keinen Vorwurf machen, daß ich atme, daß ich liebe; er weiß, daß sich daraus nichts anderes als Lug und Trug ergeben kann; aber er hat das Bedürfnis, mich weiterhin zu quälen. Ich kenne ihn, ich weiß, daß er sich in diesem Lügengewebe so wohl fühlt wie ein Fisch im Wasser. Doch nein, diesen Genuß soll er nicht haben! Ich werde dieses Lügennetz, mit dem er mich umgarnen will, zerreißen – mag kommen, was will. Alles ist besser als dieser Lug und Trug!"

Aber wie? O Gott! O Gott! Ist jemals eine Frau so unglücklich gewesen wie ich?...

„Doch, ich werde, ich werde es zerreißen!" rief sie aus und sprang, mit Mühe die Tränen zurückhaltend, vom Stuhl auf. Sie ging an den Schreibtisch, um an ihren Mann einen anderen Brief zu schreiben. Aber im Grunde ihrer Seele fühlte sie bereits, daß sie nicht die Kraft haben werde, irgend etwas zu zerreißen, nicht die Kraft haben werde, sich aus dem bisherigen Zustand zu befreien, wie verlogen und unehrenhaft er auch sein mochte.

Sie setzte sich an den Schreibtisch, doch statt zu schreiben, legte sie die Arme auf den Tisch, ließ den Kopf auf die Arme sinken und brach in Tränen aus; sie weinte unter stoßweisem Aufschluchzen und mit der ganzen Brust bebend, wie Kinder weinen. Sie weinte, weil ihre Hoffnung, daß sich ihre Lage klären und endgültig regeln würde, für immer zerstört war. Sie wußte im voraus, daß alles nicht nur beim alten bleiben würde, sondern noch viel schlimmer werden mußte als bisher. Sie fühlte, daß ihr die Stellung, die sie in der Welt einnahm und an die sie am Morgen mit solcher Geringschätzung gedacht hatte, daß ihr diese Stellung in Wirklichkeit teuer war und daß sie nicht die Kraft aufbringen würde, sie gegen die Stellung einer geächteten Frau einzutauschen, die ihren Mann und ihren Sohn verlassen und sich mit ihrem Geliebten verbunden hat; sie fühlte, daß sie, sosehr sie sich auch bemühen mochte, nicht ausführen konnte, was über ihre Kraft ging. Ihr würde nie eine ungehinderte Liebe beschieden sein, sie würde vielmehr jeden Augenblick gewärtigen müssen, als eine verworfene Frau entlarvt zu werden, die ihren Mann betrügt und ein schändliches Verhältnis mit einem fremden, ungebundenen Menschen unterhält, mit dem ein gemeinsames Leben nicht möglich ist. Sie wußte, daß alles so kommen mußte, und stellte es sich so entsetzlich vor, daß sie gar nicht daran zu denken wagte, wie alles enden sollte. Und sie weinte so hemmungslos, wie Kinder weinen, die bestraft worden sind.

Die vor der Tür laut werdenden Schritte des Dieners brachten sie zur Besinnung; sie drehte ihm den Rücken zu und tat so, als schreibe sie.

„Der Kurier bittet um die Antwort", berichtete der Diener.

„Die Antwort? Schön", sagte Anna, „er soll warten. Ich werde klingeln."

Was kann ich schreiben? fragte sie sich. Was kann ich allein beschließen? Was weiß ich? Was will ich? Wen liebe ich? Sie hatte abermals das Gefühl, daß sich in ihrer Seele alles verdoppele. Diese wiederkehrende Empfindung erschreckte sie, und sie griff zu dem erstbesten Anlaß, etwas zu tun, was sie von ihrer Beschäftigung mit sich selbst ablenken konnte. Ich muß Alexej sprechen (Alexej nannte sie in Gedanken Wronski), er ist der einzige, der mir sagen kann, was ich tun soll. Ich werde zu Betsy fahren, vielleicht treffe ich ihn dort an, dachte sie und vergaß dabei ganz, daß sie ihm gestern gesagt hatte, sie werde nicht zur Fürstin Twerskaja fahren, und daß er darauf erklärt hatte, er würde dann ebenfalls wegbleiben. Sie ging an den Schreibtisch und schrieb an ihren Mann: „Ich habe Ihren Brief erhalten. A." Dann klingelte sie und übergab das Schreiben dem Diener.

„Wir fahren nicht", sagte sie, als Annuschka ins Zimmer trat.

„Wie? Überhaupt nicht?"

„Vorläufig nicht; mit dem Auspacken kann bis morgen gewartet werden, und der Wagen soll auch warten. Ich will zur Fürstin fahren."

„Welches Kleid soll ich bringen?"

17

An der Krocketpartie, zu der die Fürstin Twerskaja Anna eingeladen hatte, sollten auch zwei andere Damen und deren Verehrer teilnehmen. Diese beiden Damen waren die wichtigsten Repräsentantinnen eines erlesenen Kreises, der sich kürzlich in Petersburg zusammengeschlossen und in Nachahmung eines phantastischen Vorbildes den Namen „Les sept merveilles du monde" zugelegt hatte. Der Kreis, dem die beiden Damen angehörten, setzte sich zwar aus Vertretern der höchsten Gesellschaftsschicht zusammen, er stand jedoch in strengem Gegensatz zu den Kreisen, in denen Anna verkehrte. Der alte Stremow, der Verehrer Lisa Merkalowas und einer der einflußreichsten Männer in Petersburg, war überdies im Dienst ein Gegner Alexej Alexandrowitschs. Aus allen diesen Erwägungen heraus hatte Anna der Einladung zuerst nicht folgen wollen, und auf ihre Ablehnung bezogen sich die Anspielungen, die in dem Briefchen der Fürstin Twerskaja enthalten waren. Da sie nun aber auf ein Zusammentreffen mit Wronski hoffte, wollte sie dennoch hinfahren.

Anna traf früher bei der Fürstin Twerskaja ein als die übrigen Gäste.

Als sie das Haus betreten wollte, trat gerade auch Wronskis Diener ein, der mit seinem auseinandergebürsteten Backenbart wie ein Kammerjunker aussah. Er blieb an der Tür stehen, zog die Mütze und ließ ihr den Vortritt. Anna erkannte ihn und besann sich erst jetzt darauf, daß Wronski ihr gestern gesagt hatte, er werde nicht kommen. Wahrscheinlich war der Diener mit einem entsprechenden Bescheid gekommen.

Während sie im Vorzimmer ihren Mantel ablegte, hörte sie, wie der Diener, der sogar das R wie ein Kammerjunker aussprach, einen Brief aushändigte und dabei sagte: „Vom Grafen für die Fürstin."

Sie hätte ihn am liebsten gefragt, wo sein Herr sei. Sie wäre am liebsten umgekehrt, um ihn in einem Brief aufzufordern, zu ihr zu kommen, oder um selbst zu ihm zu fahren. Doch weder das eine noch das andere ließ sich jetzt noch ausführen; vorn waren bereits Glockenzeichen ertönt, die die Ankunft der Gäste anzeigten, und ein Diener der Fürstin hatte bereits neben der geöffneten Tür Aufstellung genommen und wartete darauf, sie in die inneren Räume zu führen.

„Die Fürstin ist im Garten, Ihre Ankunft wird sofort gemeldet. Belieben Sie vielleicht, selbst in den Garten zu gehen?" So empfing sie ein anderer Diener in einem anderen Zimmer.

Die Ungewißheit, die Unmöglichkeit, zu einer Entscheidung zu kommen, war hier die gleiche wie zu Hause; ja es war hier noch schlimmer, weil sie nichts unternehmen, nicht mit Wronski in Verbindung treten konnte, sondern dableiben mußte, in einer Gesellschaft, die ihr nicht lag und so wenig zu ihrer Stimmung paßte. Indessen, sie hatte ein Kleid an, in dem sie, wie sie wußte, sehr vorteilhaft aussah; sie war nicht allein, sie hatte die gewohnte, auf Müßiggang eingestellte festliche Umgebung um sich und fühlte sich weniger bedrückt als zu Hause; sie brauchte nicht darüber nachzudenken, was sie tun sollte. Alles ergab sich ganz von selbst. Als Betsy in einem weißen Kleid, das Anna durch seine Eleganz überraschte, auf sie zukam, lächelte sie ihr genauso entgegen wie immer. Die Fürstin Twerskaja wurde von Tuschkewitsch und einer jungen Verwandten begleitet, die zur größten Freude ihrer in der Provinz lebenden Eltern den Sommer bei der vielgepriesenen Fürstin zubrachte.

Anna war in ihrem Wesen wahrscheinlich anders als sonst, da es der Fürstin sofort auffiel.

„Ich habe schlecht geschlafen", antwortete sie und sah gespannt auf den ihnen entgegenkommenden Diener, der, wie sie vermutete, die Absage Wronskis bringen mußte.

„Wie freue ich mich, daß Sie gekommen sind", sagte Betsy. „Ich fühle mich matt und wollte gerade noch eine Tasse Tee trinken, bevor die anderen eintreffen. Sie könnten eigentlich mit Mascha mal auf den Krocketplatz gehen", wandte sie sich an Tuschkewitsch, „und ausprobieren, ob der Rasen gut geschoren ist. Und wir beide wollen uns inzwischen beim Tee nach Herzenslust ausplaudern – we'l have a cosy chat, nicht wahr?" sagte sie zu Anna und drückte ihr lächelnd die Hand, in der Anna den Sonnenschirm hielt.

„Lange kann ich allerdings nicht bleiben, ich muß unbedingt noch zur alten Wrede. Ich habe es ihr schon seit undenkbaren Zeiten versprochen", sagte Anna, der das Lügen, das an sich ihrem ganzen Wesen widersprach, im gesellschaftlichen Verkehr nicht nur geläufig und zur Gewohnheit geworden war, sondern sogar Vergnügen bereitete.

Warum sie etwas sagte, woran sie eine Sekunde zuvor noch nicht gedacht hatte, das hätte sie beim besten Willen nicht erklären können. Sie sagte es nur in der Erwägung, daß sie sich jetzt, da Wronski hier nicht mehr zu erwarten war, nicht binden dürfe und versuchen müsse, auf irgendeine andere Art mit ihm zusammenzutreffen. Doch warum sie gerade auf die alte Hofdame Wrede gekommen war, bei der ein Besuch nicht dringender war als bei vielen anderen ihrer Bekannten, dafür hätte sie keine Erklärung zu finden vermocht. Doch obwohl sie sonst für eine Zusammenkunft mit Wronski die spitzfindigsten Mittel und Wege zu finden wußte, hätte ihr diesmal, wie sich noch zeigen wird, gar nichts Besseres einfallen können.

„Nein, ich lasse Sie unter keinen Umständen fort", antwortete Betsy mit einem prüfenden Blick in Annas Gesicht. „Ich würde wirklich böse werden, wenn ich Sie nicht so gern hätte. Es sieht ja fast so aus, als ob Sie sich durch meine Gäste zu kompromittieren fürchteten... Bringen Sie uns den Tee bitte in den kleinen Salon", sagte sie zu dem Diener und kniff die Augen zusammen, was sie im Umgang mit Dienstboten immer tat. Sie nahm ihm den Brief ab und las ihn. „Alexej hat einen falschen Sprung gemacht", wandte sie sich auf französisch an Anna. „Er schreibt, es sei ihm nicht möglich zu kommen", fügte sie in einem so natürlichen, harmlosen Ton hinzu, als käme sie nie auf den Gedanken, daß Wronski für Anna etwas anderes bedeuten könnte als ein Partner beim Krocket.

Anna wußte, daß Betsy alles bekannt war; doch wenn sie hörte, wie sie in ihrem Beisein über Wronski sprach, kam sie im ersten Augenblick jedesmal zu der Überzeugung, daß sie nichts wisse.

„Ah!" bemerkte Anna so gleichmütig, als habe diese Nachricht für sie wenig Interesse, und lächelnd fügte sie hinzu: „Wie könnten Leute, die in Ihrem Hause verkehren, irgend jemand kompromittieren?" Dieses Spiel mit Worten, dieses Vertuschen von Geheimnissen hatte auch für Anna, wie für alle Frauen, einen großen Reiz. Dabei bestand dieser Reiz gar nicht in der Notwendigkeit, irgend etwas zu vertuschen, nicht in einem bestimmten Zweck, der damit erreicht werden sollte, sondern in der Geheimnistuerei an sich. „Ich kann doch nicht päpstlicher sein als der Papst", fuhr sie fort. „Stremow und Lisa Merkalowa sind sozusagen die crème der crème in der großen Welt. Ihnen stehen alle Türen offen, und ich" (das Wörtchen „ich" betonte sie besonders) „bin niemals streng und engherzig gewesen. Ich bin einfach in Eile."

„Oder wollen Sie vielleicht einer Begegnung mit Stremow aus dem Wege gehen? Er und Alexej Alexandrowitsch mögen ja im Amt die Klingen kreuzen – das geht uns nichts an. Aber im privaten Verkehr ist er der liebenswürdigste Mensch, den ich kenne, und ein passionierter Krocketspieler. Sie werden es selbst sehen. Und so komisch die Rolle auch sein mag, die er in seinem Alter als Lisas Liebhaber spielt – es ist erstaunlich, wie geschickt er mit dieser Rolle fertig wird. Er ist sehr nett. Und Sappho Stoltz kennen Sie noch nicht? Das ist eine neue, eine ganz neue Note."

Betsy plauderte unbekümmert drauflos, aber Anna entnahm dem fröhlichen Mienenspiel ihres klugen Gesichts, daß sie ihre

Lage im wesentlichen erkannt und irgend etwas im Sinn hatte. Sie saßen im kleinen Salon.

„Ich muß Alexej immerhin antworten“, sagte Betsy; sie setzte sich an ihren Schreibtisch, schrieb ein paar Zeilen und steckte sie in einen Umschlag. „Ich habe ihn zum Mittagessen eingeladen. Mir fehlt für eine der Damen ein Tischherr. Lesen Sie doch bitte einmal nach, ob meine Einladung dringend genug ausgefallen ist. Und entschuldigen Sie mich, wenn ich Sie nun für einen Augenblick allein lasse. Den Brief verschließen Sie dann bitte, damit er abgeschickt werden kann“, fügte Betsy von der Tür aus hinzu. „Ich will inzwischen noch einige Anordnungen treffen.“

Ohne einen Augenblick zu zaudern, ging Anna mit Betsys Brief an den Schreibtisch und schrieb, ohne ihn gelesen zu haben, einen Nachsatz hinzu: „Ich muß Sie unbedingt sprechen. Kommen Sie in den Wredeschen Park. Ich werde um sechs Uhr dort sein.“ Sie verschloß den Brief, und Betsy übergab ihn, als sie zurückkam, in Annas Beisein dem Diener.

Beim Tee, der ihnen auf einem Serviertischchen in den kleinen, angenehm kühlen Salon gebracht wurde, kam es dann auch zwischen den beiden Frauen zu dem cosy chat, das die Fürstin Twerskaja bis zum Eintreffen der Gäste in Aussicht gestellt hatte. Sie bekrittelten der Reihe nach die erwarteten Personen und blieben bei Lisa Merkalowa hängen.

„Sie ist sehr nett und mir immer sympathisch gewesen“, sagte Anna.

„Sie müssen ihr auch gut sein. Sie ist ganz entzückt von Ihnen. Als sie gestern nach dem Rennen zu mir kam, war sie verzweifelt, Sie nicht mehr anzutreffen. Sie sagt, Sie seien eine wahre Romanheldin, und wenn sie ein Mann wäre, würde sie um Ihretwillen tausenderlei Tollheiten anstellen. Stremow hält ihr vor, sie tue das ohnehin.“

„Doch sagen Sie mir eins, woraus ich nie klug geworden bin“, begann Anna nach einem kurzen Schweigen in einem Ton, aus dem deutlich herauszuhören war, daß sie nicht eine eitle Frage stellte, sondern daß das, wonach sie fragte, für sie eine größere Bedeutung hatte, als normalerweise zu erwarten gewesen wäre. „Sagen Sie mir, was für Beziehungen unterhält sie eigentlich zum Fürsten Kalushski oder Mischka, wie er allgemein genannt wird? Ich bin lange nicht mit ihnen zusammengetroffen. Welche Bewandtnis hat es damit?“

Betsy lächelte verschmitzt und blickte Anna aufmerksam an. „Es ist eine neue Manier“, sagte sie. „Diese Manier wird jetzt allgemein gehuldigt. Man wirft seine Hauben über die Mühlen. Es kommt nur darauf an, wie man sie hinüberwirft.“

„Ja, aber welcher Art ist denn ihr Verhältnis zu Kalushski?"

Betsy brach plötzlich in ein übermütiges, nicht enden wollendes Gelächter aus, was bei ihr selten war.

„Das gehört in den Bereich der Fürstin Mjagkaja. So kann nur ein schrecklich naives Kind fragen", sagte sie und wurde, trotz aller Mühe, sich zu beherrschen, aufs neue von einem so mitreißenden Lachen geschüttelt, wie es mitunter gerade bei Menschen vorkommt, die selten lachen. „Danach müssen Sie die beiden selber fragen", brachte sie unter Tränen hervor.

„Ja, Sie lachen", sagte Anna, die nun ebenfalls lachen mußte. „Aber ich habe das nie verstanden. Ich verstehe nicht, welche Rolle der Ehemann dabei spielt."

„Der Ehemann? Der trägt Lisa Merkalowa das Plaid hinterher und steht jederzeit zu Diensten. Und was weiter dahintersteckt, darum kümmert sich niemand. Sie wissen ja, daß man in guter Gesellschaft über gewisse Details der Toilette nicht spricht und sich nicht einmal in Gedanken mit ihnen befaßt. So ist es auch hier."

„Werden Sie das Fest mitmachen, das die Rolandakis veranstalteten?" fragte Anna, um das Thema zu wechseln.

„Wahrscheinlich nicht", antwortete Betsy und begann, ohne ihre Freundin anzusehen, den duftenden Tee behutsam in die kleinen, hauchdünnen Tassen zu gießen. Sie schob Anna eine Tasse zu, steckte eine winzige Zigarette in ihre silberne Zigarettenspitze und begann zu rauchen.

„Sie sehen, ich bin in einer glücklichen Lage", sagte sie, jetzt wieder ernst geworden, und nahm ihre Tasse in die Hand. „Ich verstehe Sie und verstehe auch Lisa. Lisa gehört zu jenen naiven Naturen, die – wie Kinder – nicht wissen, was gut und was schlecht ist. Zum mindesten hat sie es nicht gewußt, solange sie sehr jung war. Und jetzt weiß sie, daß diese Naivität sie gut kleidet. Jetzt gibt sie sich vielleicht absichtlich unwissend", sagte Betsy mit einem feinen Lächeln. „Aber es kleidet sie dennoch gut. Sehen Sie, man kann ein und dieselbe Sache tragisch nehmen und aus ihr eine Qual machen, oder man kann sie leichtnehmen und sogar von der heiteren Seite betrachten. Vielleicht neigen Sie dazu, die Dinge allzu tragisch zu nehmen."

„Wie sehr wünschte ich, andere so gut zu kennen, wie ich mich kenne", sagte Anna ernst und versonnen. „Bin ich schlechter als sie oder besser? Ich glaube, schlechter."

„Sie sind wirklich ein Kind! Ein wahres Kind!" wiederholte Betsy. „Doch da sind sie auch schon."

Es wurden Schritte und eine Männerstimme laut, dann war eine weibliche Stimme und Gelächter zu hören, und schließlich traten die erwarteten Gäste ein: Sappho Stoltz und ein vor Gesundheit strotzender junger Mann, den alle Waska nannten. Man sah es ihm an, daß der Genuß von blutigem Rumpsteak, Trüffeln und Burgunder ihm gut bekam. Waska verbeugte sich vor den Damen, schenkte ihnen indessen nur für eine Sekunde seine Aufmerksamkeit; nachdem er zusammen mit Sappho den Salon betreten hatte, folgte er ihr auf Schritt und Tritt, als ob er an sie angebunden wäre, und schien sie mit seinen glänzenden Augen, die er keinen Moment von ihr abwendete, förmlich verschlingen zu wollen. Sappho Stoltz hatte blondes Haar und schwarze Augen. Sie kam in ihren hochhackigen Schuhen mit schnellen Schritten in den Salon getrippelt und begrüßte die Damen mit einem festen Händedruck.

Anna war diesem neuaufgegangenen Stern vorher noch nicht begegnet und war überrascht sowohl von ihrer Schönheit als auch von der auf die Spitze getriebenen Extravaganz ihrer Kleidung und der Freiheit ihrer Umgangsformen. Ihre aus eigenem und fremdem Haar aufgebaute Frisur schimmerte zartgolden und war so gewaltig, daß der Kopf nicht viel kleiner schien als ihre schöngeformte, tief ausgeschnittene Büste. Sie bewegte sich so schnell, daß sich unter dem Kleid bei jeder Bewegung die Knie und Schenkel abzeichneten und sich einem unwillkürlich die Frage aufdrängte, wo in diesem aufgetürmten und schaukelnden Kleiderberg eigentlich der wirkliche, kleine schlanke Körper, der vorn so entblößt und nach hinten so sorgfältig verborgen war, anfing und wo er aufhörte.

Betsy beeilte sich, Anna mit Sappho bekannt zu machen.

„Denken Sie sich, wir haben beinahe zwei Soldaten überfahren", begann diese sofort, lächelnd und mit den Augen blinzelnd, zu erzählen und zog ihre Schleppe zurück, die sie zu sehr auf eine Seite geschwungen hatte. „Ich fuhr mit Waska... Ach ja, Sie sind nicht bekannt ..." Sie errötete und lachte laut auf, weil sie den Fehler begangen hatte, den jungen Mann einer Fremden gegenüber Waska zu nennen, und stellte ihn nun mit seinem Familiennamen vor.

Waska verbeugte sich nochmals vor Anna, sprach aber nicht mit ihr. Er wandte sich an Sappho:

„Die Wette haben Sie verloren. Wir sind zuerst angekommen. Ich bitte um Begleichung", sagte er lachend.

Sappho lachte noch vergnügter auf.

„Aber doch nicht auf der Stelle“, sagte sie.

„So oder so, was mir zukommt, werde ich bekommen.“

„Schön, schön ... Ach ja!“ wandte sie sich plötzlich an die Frau des Hauses. „Ich bin ja gut ... das hätte ich beinahe vergessen ... Ich habe Ihnen einen Gast mitgebracht. Hier ist er!“

Der nicht erwartete junge Gast, den Sappho mitgebracht und vergessen hatte, war indessen ein so wichtiger Gast, daß ungeachtet seiner Jugend beide Damen aufstanden, um ihn zu begrüßen.

Es handelte sich um einen neuen Verehrer Sapphos, der jetzt ebenso wie Waska ihren Spuren folgte.

Bald trafen auch Fürst Kalushski und Lisa Merkalowa mit Stremow ein. Lisa, schmächtig und brünett, hatte die phlegmatischen Gesichtszüge einer Orientalin und wunderschöne, von allen als unergründlich bezeichnete Augen. Ihre dunkel gehaltene Kleidung – Anna bemerkte und würdigte dies sofort – harmonierte vortrefflich mit der Eigenart ihrer Schönheit. Während sich Sappho straff und gerade hielt, war Lisa weich und gelöst.

Nach Annas Geschmack war Lisa bedeutend anziehender. Betsy hatte ihr gesagt, daß sie sich nur den Anschein eines naiven Kindes gebe, doch als Anna sie jetzt vor sich sah, fühlte sie, daß das nicht zutraf. Sie war zwar verdorben, aber dennoch ein naives, sanftes und liebenswertes Geschöpf. Gewiß, sie hatte die gleichen Allüren wie Sappho: auch ihr folgten wie angebunden zwei Verehrer, die sie mit den Augen verschlangen, ein junger und ein alter, aber ihr war etwas eigen, das sie aus ihre Umgebung hervorhob wie der Glanz den echten Brillanten unter Imitationen aus Glas. Diesen Glanz strahlten ihre schönen, wirklich unergründlichen Augen aus. Der müde und zugleich leidenschaftliche Ausdruck ihrer dunkel umränderten Augen bestach durch seine Offenherzigkeit. Jeder, der ihr in die Augen blickte, glaubte sie bis auf den Grund ihrer Seele erkannt zu haben, und wer sie erkannt hatte, konnte nicht umhin, sie zu lieben. Als sie Anna erblickte, wurde ihr ganzes Gesicht plötzlich von einem freudigen Lächeln verklärt.

„Ach, wie freue ich mich, Sie zu treffen!“ sagte sie, auf Anna zutretend. „Ich wollte Sie gestern auf dem Rennplatz begrüßen, aber Sie waren eben abgefahren. Mir lag gestern besonders viel daran, Sie zu sprechen. Nicht wahr, es war doch schrecklich?“ sagte sie und sah Anna mit einem offenen Blick an, der ihre ganze Seele bloßzulegen schien.

„Ja, ich habe mir gar nicht vorgestellt, daß es so aufregend sein könne“, erwiderte Anna errötend.

Die Gäste erhoben sich jetzt, um in den Garten zu gehen.

„Ich gehe nicht mit", sagte Lisa und setzte sich lächelnd zu Anna. „Sie auch nicht? Was ist es schon für ein Vergnügen, Krokket zu spielen!"

„Nun, ich spiele es ganz gern", bemerkte Anna.

„Wie bringen Sie es nur fertig, daß Sie sich nie langweilen? Wenn man Sie ansieht, wird man heiter gestimmt. Sie leben, und ich vergehe vor Langeweile."

„Warum denn? Sie verkehren doch in der fröhlichsten Gesellschaft Petersburgs", meinte Anna.

„Es mag ja sein, daß sich andere, die nicht zu unserem Kreis gehören, noch mehr langweilen; aber uns, mir zumindest, bereitet es kein Vergnügen, sondern entsetzliche, unbeschreibliche Langeweile."

Sappho zündete sich eine Zigarette an und ging mit den beiden jungen Leuten in den Garten. Betsy und Stremow blieben am Teetisch sitzen.

„Wieso Langeweile?" warf Betsy ein. „Sappho erzählt doch, es sei bei Ihnen gestern abend sehr vergnügt zugegangen."

„Ach, es war so langweilig!" erwiderte Lisa. „Nach dem Rennen fuhren wir alle zu mir nach Hause. Und immer wieder dasselbe, immer wieder dasselbe! Immer ein und dasselbe. Man drückt sich den ganzen Abend auf den Sofas herum. Ist das ein Vergnügen? Nein, wie stellen Sie es nur an, daß Sie sich nicht langweilen?" wandte sie sich wieder an Anna. „Man braucht Sie nur anzuschauen und sieht auf den ersten Blick: hier ist eine Frau, die glücklich oder unglücklich sein, aber niemals sich langweilen kann. Verraten Sie mir doch, wie Sie das fertigbringen."

„Ich tue nichts dazu", antwortete Anna, die bei diesen aufdringlichen Fragen errötet war.

„Das ist auch das sicherste Mittel", mischte sich Stremow in das Gespräch ein.

Stremow, ein etwa fünfzig Jahre alter, noch rüstiger Mann mit graumeliertem Haar, war sehr häßlich, hatte jedoch ein kluges, ausdrucksvolles Gesicht. Mit Lisa, einer Nichte seiner Frau, pflegte er seine ganze freie Zeit zu verbringen. Im Dienst ein Gegner Alexej Alexandrowitschs, ließ er es sich als kluger und vollendeter Weltmann bei der Begegnung mit Anna besonders angelegen sein, die Frau seines Gegners mit größter Zuvorkommenheit zu behandeln.

„Ganz gewiß", fuhr er mit einem feinen Lächeln fort, „es ist das sicherste Mittel. Ich habe Ihnen ja immer wieder gesagt", wandte er sich an Lisa Merkalowa, „daß man der Langeweile am besten aus dem Wege geht, indem man nicht daran denkt, daß man sich langweilen werde. Das ist wie mit dem Schlaf, den man auch nicht findet, wenn man von vornherein fürchtet, nicht einschlafen zu können. Das gleiche hat eben Anna Arkadjewna gesagt."

„Ich wäre sehr froh, wenn ich das gesagt hätte, denn es ist nicht nur klug, sondern auch zutreffend", bemerkte Anna lächelnd.

„Nein, Sie müssen mir sagen, was man machen muß, damit man einschlafen kann und damit man sich nicht langweilt!"

„Um einschlafen zu können, muß man gearbeitet haben, und um sich zerstreuen zu können, muß man ebenfalls arbeiten."

„Warum soll ich denn arbeiten, wenn niemand meine Arbeit braucht? Und etwas vorzutäuschen, das verstehe ich nicht und will ich nicht."

„Sie sind unverbesserlich", sagte Stremow, ohne sie anzusehen, und wandte sich aufs neue an Anna.

Da er Anna nur selten begegnete, konnte er sich mit ihr mangels anderer Berührungspunkte nur über belanglose Dinge unterhalten; doch indem er sich erkundigte, wann sie nach Petersburg zurückzukehren gedenke, und ihr erzählte, wie gern die Gräfin Lydia Iwanowna sie habe, sprach er von diesen Belanglosigkeiten in einem Ton, der deutlich erkennen ließ, wie sehr ihm daran lag, ihr etwas Angenehmes zu sagen und ihr seine Ehrerbietung und sogar noch mehr zu bezeigen.

Tuschkewitsch kam mit der Mitteilung ins Zimmer, daß die ganze Gesellschaft auf die Teilnehmer am Krocketspiel warte.

„Ach, bleiben Sie doch bitte", bat Lisa Anna, als sie hörte, daß diese schon aufbrechen wollte. Stremow schloß sich ihren Bitten an.

„Es wäre doch ein zu großer Kontrast, wenn Sie im Anschluß an die Gesellschaft hier zur alten Wrede führen", sagte er. „Zudem würden Sie ihr nur einen Anlaß zum Lästern bieten, während Sie hier ganz andere, die allerbesten und jeder Lästerung direkt entgegensetzten Empfindungen erwecken", sagte er zu ihr.

Anna überlegte einen Augenblick und wurde unschlüssig. Die schmeichelhaften Reden dieses klugen Mannes, die naive kindliche Sympathie, die ihr Lisa Merkalowa entgegenbrachte, dieses ganze gewohnte Milieu der großen Welt – alles dies war so leicht, während ihr etwas so Schweres bevorstand, daß sie einen Augenblick zauderte, ob sie nicht bleiben und den schweren Moment der Aussprache noch etwas hinausschieben sollte. Doch als sie sich darauf besann, was ihrer zu Hause harrte, wenn sie nicht eine Entscheidung herbeiführte, als sie an das selbst in der Erinnerung noch grauenvolle Gefühl dachte, mit dem sie ihre Hände in die Haare verkrallt hatte, da verabschiedete sie sich und fuhr.

19

Trotz des leichtfertigen und weltmännischen Lebens, das Wronski führte, verabscheute er doch jede Unordnung. In seiner Jugend, als er im Pagenkorps einmal in Geldverlegenheit gewesen war, hatte er bei dem Versuch, sich etwas zu leihen, das Demütigende einer Ablehnung kennengelernt, und seitdem war er ängstlich darauf bedacht, sich nie wieder in eine solche Lage zu bringen.

Um seine Angelegenheiten jederzeit in Ordnung zu haben, zog er sich etwa fünfmal im Jahr, je nach den Umständen häufiger oder seltener, an seinen Schreibtisch zurück und klärte den Stand seiner Verhältnisse. Er nannte das „Großreinemachen" oder „faire la lessive".

Als Wronski am Morgen nach dem Rennen erst spät aufwachte, zog er, ohne sich rasiert und gebadet zu haben, seinen Hausrock an, breitete sein ganzes Geld, alle Rechnungen und Briefe auf dem Tisch aus und machte sich an die Arbeit. Petrizki, der wußte, daß mit ihm in solchen Augenblicken nicht gut Kirschen essen war, zog sich, nachdem er beim Aufwachen seinen Kameraden am Schreibtisch erblickt hatte, leise an und ging, um ihn nicht zu stören, aus dem Zimmer.

Jeder, der die ganze Schwierigkeit der ihn umgebenden Verhältnisse bis in alle Einzelheiten kennt, nimmt unwillkürlich an, daß die Komplikation dieser Verhältnisse und die Schwierigkeit ihrer Klärung nur auf seinem persönlichen, zufälligen Mißgeschick beruhen, und kann sich nicht vorstellen, daß andere mit ebenso schwierigen persönlichen Verhältnissen zu tun haben wie er selbst. Dieser Meinung war auch Wronski. Er glaubte daher mit einem gwissen und nicht unberechtigten Stolz, daß jeder andere in Verwirrung geraten wäre und sich genötigt gesehen hätte, etwas Unrechtes zu tun, wenn er sich in einer ebenso schwierigen Lage befunden hätte. Doch Wronski war sich auch bewußt, daß er gerade jetzt reinen Tisch machen und seine Lage klären mußte, wenn er nicht in Verwirrung geraten wollte.

Zuerst wandte er sich dem zu, was mit den geringsten Schwierigkeiten verbunden war – seinen finanziellen Verhältnissen. Nachdem er mit seiner kleinen Schrift seine sämtlichen Schulden auf einen Bogen Briefpapier geschrieben hatte, rechnete er sie zusammen und stellte fest, daß sie im ganzen siebzehntausend und einige Hundert Rubel ausmachten, welch letztere er der besseren Übersicht wegen wegstrich. Als er nun auch sein bares Geld einschließlich seines Bankguthabens aufrechnete, ergab sich, daß ihm tausendachthundert Rubel zur Verfügung standen, und weiteres Geld hatte er bis zum Jahresende nicht zu erwarten. Nachdem er nochmals die Aufstellung seiner Schulden durchgesehen hatte, schrieb er sie noch einmal ab und teilte seine Schulden in drei Kategorien ein. Zur ersten Kategorie gehörten solche Schulden, die sofort zu bezahlen waren oder für die das Geld jederzeit zur Verfügung stehen mußte, damit sie bei der ersten Anforderung ohne die geringste Verzögerung beglichen werden konnten. Diese Schulden machten ungefähr viertausend Rubel aus – davon tausendfünfhundert für das Pferd und zweitausendfünfhundert für eine Bürgschaft, die er für Wenewski, einen jungen Regimentskameraden, übernommen hatte, als dieser diese Summe in seinem Beisein an einen Falschspieler verloren hatte. Wronski hatte das Geld damals sofort hergeben wollen (er hatte genügend bei sich), aber da er selbst am Spiel nicht beteiligt gewesen war, hatten Wenewski und Jaschwin widersprochen und erklärt, sie würden zahlen. Das war alles sehr schön, aber Wronski hatte jedenfalls damit zu rechnen, daß er wegen dieser unsauberen Affäre, obwohl er an ihr nur insofern beteiligt war, als er sich für Wenewski mündlich verbürgt hatte, die zweitausendfünfhundert in Bereitschaft haben mußte, um sie dem Gauner hinzuwerfen und allen weiteren Auseinandersetzungen mit ihm enthoben zu sein. Mithin benötigte er für diese erste und wichtigste Kategorie seiner Verbindlichkeiten viertausend Rubel. Zur zweiten Kategorie gehörten die weniger wichtigen Schulden, die im ganzen achttausend Rubel ausmachten. Es waren vorwiegend solche Posten, die er in Verbindung mit dem Rennstall zu zahlen hatte: an den Lieferanten des Hafers und Heus, an den Sattler, den Engländer und so weiter. Für diese Verbindlichkeiten mußte er, um völlig ruhig sein zu können, ebenfalls etwa zweitausend Rubel bereitstellen. Die letzte Kategorie von Schulden – in Geschäften, Restaurants, beim Schneider – waren solcher Art, daß er sich ihretwegen keine Gedanken zu machen brauchte. Für die laufenden Ausgaben benötigte er also mindestens sechstausend Rubel; greifbar waren aber nur tausendachthundert. Für einen Mann mit einem Jahreseinkommen von hunderttausend Rubel – so hoch wurden Wronskis Einkünfte allgemein eingeschätzt – konnten solche Schulden, sollte man meinen, keine Schwierigkeit bedeuten; es verhielt sich indessen so, daß sein Einkommen in Wirklichkeit erheblich niedriger war. Die riesigen Besitztümer, die dem Vater gehört hatten und allein schon jährlich nahezu zweihunderttausend Rubel abwarfen, waren unter den Brüdern nicht aufgeteilt. Als der ältere Bruder, der bis über die Ohren in Schulden steckte, die Prinzessin Warja Tschirkowa, die völlig vermögenslose Tochter eines Dekabristen, geheiratet hatte, hatte Alexej ihm die Einkünfte von sämtlichen väterlichen Gütern abgetreten und sich lediglich fünfundzwanzigtausend Rubel ausbedungen. Alexej hatte seinem Bruder damals gesagt, er könne mit dieser Summe auskommen, bis er heirate, was voraussichtlich nie geschehen werde. Und der Bruder, Kommandeur eines der kostspieligsten Regimenter und eben in den Ehestand getreten, hatte nicht umhingekonnt, dieses Geschenk anzunehmen. Außer der ausbedungenen Summe von fünfundzwanzigtausend Rubel erhielt Alexej auch noch annähernd zwanzigtausend Rubel jährlich von seiner Mutter, die ihr eigenes Vermögen besaß, und er hatte stets das ganze Geld verbraucht. Seit einiger Zeit jedoch waren die Geldsendungen der Mutter, die sich wegen seiner Verbindung mit Anna und seiner Abreise aus Moskau mit ihm überworfen hatte, ausgeblieben. Infolgedessen befand sich Wronski, der seine Lebensweise bereits auf ein Einkommen von fünfundvierzigtausend Rubel eingestellt und in diesem Jahr nur fünfundzwanzigtausend bekommen hatte, gegenwärtig in Geldverlegenheit. Zur Überwindung dieser Verlegenheit seine Mutter um Geld anzugehen kam für ihn nicht in Betracht. In ihrem letzten, tags zuvor erhaltenen Brief hatten ihn besonders die Andeutungen geärgert, durch die sie ihm zu verstehen gab, sie sei wohl bereit, ihm im Interesse seiner gesellschaftlichen Stellung und seiner dienstlichen Karriere zu helfen, jedoch nicht, um ihm ein Leben zu ermöglichen, das in der gesamten vornehmen Gesellschaft Anstoß errege. Der Versuch seiner Mutter, ihn durch Geld zu bestechen, hatte ihn aufs tiefste verletzt, und seine Gefühle für sie waren noch mehr abgekühlt. Aber von dem hochherzigen Verzicht zugunsten seines Bruders konnte er auch nicht zurücktreten, obgleich ihn jetzt manchmal eine dunkle Vorahnung beschlich, daß sich der hochherzige Verzicht als leichtfertig erweisen könnte und in Verbindung mit seinem Verhältnis zu Anna gewisse Umstände eintreten könnten, unter denen er auch ohne zu heiraten die ganze Summe von hunderttausend Rubel benötigen würde. Doch der Verzicht ließ sich nicht rückgängig machen. Er brauchte sich nur die Frau seines Bruders vorzustellen und daran zu denken, wie ihm die liebe, nette Warja bei jeder geeigneten Gelegenheit zu verstehen gab, daß sie seiner Großherzigkeit eingedenk sei und sie ihm hoch anrechne, um die Unmöglichkeit zu erkennen, das Versprochene nicht mehr gelten zu lassen. Möglich und erforderlich war nur ein Ausweg, zu dem sich Wronski, ohne lange zu zaudern, entschloß: er mußte bei einem Wucherer zehntausend Rubel leihen, was keine Schwierigkeiten bereiten konnte, mußte seine Ausgaben insgesamt einschränken und die Rennpferde verkaufen. Nachdem er diesen Beschluß gefaßt hatte, schrieb er sofort an Rolandaki, der sich schon wiederholt mit dem Wunsch an ihn gewandt hatte, Pferde von ihm zu kaufen. Sodann bestellte er den Engländer und einen Geldverleiher zu sich und verteilte das vorhandene Geld auf die einzelnen Posten. Nachdem er dies erledigt hatte, schrieb er einen kühlen und schroffen Antwortbrief an seine Mutter. Anschließend entnahm er seiner Brieftasche drei Briefchen von Anna, las sie noch einmal durch, verbrannte sie und versank in Gedanken, als er sich des gestrigen Geprächs mit ihr erinnerte.

20

Was Wronskis Leben so glücklich gestaltete, war namentlich der Umstand, daß er ein Register von Grundregeln besaß, die unumstößlich festlegten, was man durfte und was nicht. Diese Regeln beschränkten sich auf sehr enge Grenzen, waren dafür aber unumstößlich, und Wronski, der diese Grenzen in keinem Falle übertrat, zauderte niemals auch nur einen Augenblick, das auszuführen, was nötig war. Diese Regeln legten unumstößlich fest, daß man einem Falschspieler nichts schulden dürfe, den Schneider hingegen nicht zu bezahlen brauche, daß eine Lüge unter Männern nicht zulässig, Frauen gegenüber aber statthaft sei, daß man niemanden hintergehen dürfe, ausgenommen den Ehemann, den man mit seiner Frau betrügt, daß Beleidigungen nicht zu dulden seien, man selbst indessen das Recht habe, andere zu beleidigen, und dergleichen mehr. Mochten alle diese Regeln vielleicht auch unvernünftig und nicht lobenswert sein, so waren sie doch unumstößlich, und indem Wronski sie befolgte, hatte er das Gefühl, ruhig sein und den Kopf hoch tragen zu können. Erst in allerletzter Zeit, im Zusammenhang mit seinem Verhältnis zu Anna, begann in Wronski die Erkenntnis zu dämmern, daß das Register seiner Regeln nicht allen Lebenslagen gerecht werde, und für die Zukunft sah er Schwierigkeiten und Zweifel voraus, für die seine Regeln ihm keine Richtschnur sein konnten.

Sein augenblickliches Verhältnis zu Anna und ihrem Mann war für ihn einfach und klar. Es war durch die Regeln, von denen er sich leiten ließ, genau und eindeutig festgelegt.

Sie war eine anständige Frau, die ihm ihre Liebe geschenkt hatte und die er seinerseits liebte, und er sah daher in ihr eine Frau, die ebensoviel und sogar noch mehr Achtung verdiente als eine rechtmäßig angetraute Lebensgefährtin. Eher wäre er bereit gewesen, sich eine Hand abhacken zu lassen, als daß er sich erlaubt hätte, sie durch ein Wort, eine Anspielung zu verletzen oder ihr in irgendeiner Weise die Achtung zu versagen, auf die nur eine Dame Anspruch hat.

Seine Einstellung zur Gesellschaft war ebenfalls klar. Alle durften es wissen und vermuten, doch niemand durfte sich herausnehmen, darüber zu sprechen. Hätte es dennoch jemand getan, dann würde er ihn zum Schweigen gebracht und ihn gezwungen haben, die nicht existierende Ehre der Frau, die er liebte, zu respektieren.

Seine Beziehungen zu ihrem Mann waren von allen die klarsten. Von dem Augenblick an, da Anna Wronski liebte, glaubte er, als einziger ein unbestreitbares Recht auf sie zu besitzen. Der Mann war lediglich eine überflüssige und störende Person. Gewiß, er befand sich in einer bedauernswerten Lage, doch daran ließ sich nichts ändern. Das einzige, wozu der Mann berechtigt war, bestand darin, mit der Waffe in der Hand Genugtuung zu fordern, und einer solchen Forderung zu genügen, war Wronski jederzeit bereit.

Nun jedoch, in letzter Zeit, waren in ihrer inneren Einstellung zueinander neue Momente hinzugekommen, die Wronski durch ihre Unklarheit beunruhigten. Gestern erst hatte sie ihm mitgeteilt, daß sie in anderen Umständen sei. Und er hatte gefühlt, daß diese Mitteilung und die an sie geknüpften Erwartungen Annas irgend etwas von ihm erforderten, was in dem Kodex seiner Lebensregeln nicht genau festgelegt war. Er war in der Tat überrascht gewesen, und im ersten Augenblick nach ihrer Mitteilung hatte ihm eine innere Stimme gesagt, daß er auf eine Trennung von ihrem Mann drängen müsse. Er hatte es auch getan, kam jetzt jedoch, als er darüber nachdachte, zu der Überzeugung, daß man eine Trennung doch lieber vermeiden sollte; zugleich aber schlich sich in diese Überlegung die Befürchtung ein, daß er damit etwas Unrechtes wünschte.

Wenn ich gesagt habe, sie solle sich von ihrem Manne trennen, so bedeutet das gleichzeitig, daß sie zu mir kommen soll. Bin ich auch wirklich dazu bereit? Wie könnte ich es gegenwärtig machen, da es mir an Geld fehlt? Gewiß, das ließe sich irgendwie einrichten... Doch wie soll ich sie zu mir nehmen, wenn ich weiter im Dienst bin? Wenn ich so etwas gesagt habe, so muß ich auch die Voraussetzungen schaffen, das heißt für Geld sorgen und bereit sein, meinen Dienst zu quittieren.

Er wurde nachdenklich. Die Frage, ob er seinen Abschied nehmen solle oder nicht, rief in ihm geheime, nur ihm selbst bekannte Empfindungen wach, die fast das wichtigste, wenn auch verborgene Interesse seines Lebens berührten.

Sein Ehrgeiz, der ihn schon in seiner Kindheit und frühen Jugend beherrscht hatte, war, obwohl er es sich nicht eingestand, so stark, daß er jetzt auch mit seiner Liebe in Wettstreit trat. Seine ersten Schritte im gesellschaftlichen Leben und im Dienst waren von Erfolg gekrönt gewesen, aber vor zwei Jahren hatte er einen groben Fehler begangen. In dem Wunsch, seine Unabhängigkeit zu zeigen und Karriere zu machen, hatte er einen ihm damals angetragenen Posten ausgeschlagen und gehofft, dadurch sein Ansehen zu erhöhen; doch es erwies sich, daß er zu kühn gewesen war und bei der Besetzung anderer Posten umgangen wurde. Da er sich wohl oder übel in die Rolle eines unabhängigen Menschen schicken mußte, spielte er diese Rolle sehr fein und klug, indem er sich den Anschein gab, als ärgere er sich über niemanden, fühle sich durchaus nicht zurückgesetzt, sondern fühle sich wohl und habe nur den einen Wunsch, in Ruhe gelassen zu werden. In Wirklichkeit fühlte er sich jedoch schon seit Jahresfrist, schon seit seiner letzten Reise nach Moskau, nicht mehr wohl. Er fühlte, daß sein Ruf, ein unabhängiger Mensch zu sein, der Großes vollbringen könnte und es nur nicht wollte, allmählich im Schwinden begriffen war und daß viele bereits glaubten, er sei gar nicht so befähigt, sondern nur ein guter, ehrlicher Kerl. Seine Beziehungen zu der Frau Karenins, die so viel Staub aufwirbelten und die allgemeine Aufmerksamkeit auf sich lenkten, hatten ihm neuen Glanz verliehen und seinen bohrenden Ehrgeiz zeitweilig beruhigt; doch seit einer Woche war dieser bohrende Ehrgeiz mit neuer Kraft in Tätigkeit getreten. Ein Gefährte seiner Kindheit, der denselben Kreisen, derselben Gesellschaftsschicht angehörte wie er, der sein Klassenkamerad im Pagenkorps gewesen und zugleich mit ihm entlassen worden war, Serpuchowskoi, mit dem er beim Unterricht, beim Turnen, bei lustigen Streichen und in ehrgeizigen Zukunftsträumen gewetteifert hatte, war dieser Tage aus Zentralasien zurückgekehrt, nachdem er dort zweimal befördert worden war und eine Auszeichnung erhalten hatte, die so jungen Generälen selten zuteil wird.

Gleich nach seiner Ankunft in Petersburg begann man von ihm als von einem neuaufgehenden Stern erster Größe zu sprechen. Im selben Alter stehend und aus demselben Pagenkorps hervorgegangen wie Wronski, war er schon General und sah einer Berufung entgegen, die ihm Einfluß auf den Gang der Staatsgeschäfte verschaffen konnte, während Wronski ein zwar glänzender Offizier war, der sich seiner Unabhängigkeit und der Liebe einer reizenden Frau erfreute, aber immerhin erst den Rang eines Rittmeisters bekleidete, dem man es überließ, sich so unabhängig zu fühlen, wie er mochte. Selbstverständlich liegt es mir fern und muß es mir fernliegen, Serpuchowskoi gegenüber Neid zu empfinden; doch seine Karriere zeigt mir, daß ein Mann meinesgleichen nur den richtigen Moment abzupassen braucht, um sehr schnell vorwärtszukommen. Vor drei Jahren war er in der gleichen Stellung wie ich. Nehme ich meinen Abschied, dann verbrenne ich meine Schiffe. Bleibe ich im Dienst, verliere ich nichts. Sie hat ja selbst gesagt, daß sie ihre Lage nicht zu ändern wünscht. Und im Besitz ihrer Liebe, habe ich keinen Grund, Serpuchowskoi zu beneiden. Er erhob sich, zwirbelte mit langsamen Bewegungen seinen Schnurrbart auf und begann im Zimmer auf und ab zu gehen. Seine Augen leuchteten besonders hell, und er befand sich jetzt in jener sicheren, ruhigen und angenehmen Gemütsverfassung, in die er immer versetzt wurde, wenn er seine Lage geklärt hatte. Wie immer nach solchen Abrechnungen war jetzt alles klar und ins reine gebracht. Er nahm ein kaltes Bad, rasierte sich und trat hinaus.

21

„Ich komme schon, dich zu holen", wurde er von Petrizki empfangen. „Dein Großreinemachen hat diesmal lange gedauert. Bist du nun fertig?"

„Das bin ich", antwortete Wronski mit einem nur in den Augen bemerkbaren Lächeln und drehte die Enden seines Schnurrbarts so behutsam in die Höhe, als fürchte er, die Ordnung, die er in seine Angelegenheiten gebracht hatte, könne durch jede hastige und unvorsichtige Bewegung zerstört werden.

„Du siehst anschließend jedesmal aus, als hättest du ein Schwitzbad genommen", sagte Petrizki. „Grizka" (so nannten sie den Regimentskommandeur) „hat mich geschickt. Man wartet auf dich."

Wronski sah seinen Kameraden an, antwortete aber nicht und hing seinen eigenen Gedanken nach.

„Ach, die Musik ist wohl bei ihm?" fragte er aufhorchend, als die vertrauten tiefen Polka- und Walzertöne der Trompeten zu ihnen herüberklangen. „Wird etwas gefeiert?"

„Serpuchowskoi ist gekommen."

„Ah!" sagte Wronski. „Ich habe nichts davon gewußt."

Das Lächeln in seinen Augen trat noch leuchtender hervor.

Nachdem Wronski mit sich selbst darüber ins reine gekommen war, daß er durch seine Liebe glücklich sei und um ihretwillen seinen Ehrgeiz preisgegeben habe – oder nachdem er sich zumindest diese Rolle zugelegt hatte –, konnte er gegen Serpuchowskoi weder Neid empfinden noch ihm verübeln, daß er bei einem Besuch des Regiments nicht zuerst zu ihm gekommen war. Serpuchowskoi war ein guter Freund von ihm, und er freute sich auf das Wiedersehen.

„Ach, das freut mich sehr."

Der Regimentskommandeur Demin hatte sein Standquartier im großen Gutshaus. Die ganze Gesellschaft war in der geräumigen Veranda versammelt. Das erste, was Woronski in die Augen fiel, war eine Gruppe von Sängern, die neben einem Fäßchen mit Schnaps stand, und die kräftige, fröhliche Erscheinung des Regimentskommandeurs, der von Offizieren umringt war; er trat gerade an die ersten Stufen der Veranda, gab von dort aus irgendwelche Anweisungen und winkte die Soldaten heran, die seitwärts Aufstellung genommen hatten; dabei übertönte er die Kapelle, die eine Offenbachsche Quadrille spielte, mit seiner lauten Stimme. Die Gruppe Soldaten, ein Wachtmeister und mehrere Unteroffiziere näherten sich im selben Augenblick wie Wronski der Veranda. Nachdem er an den Tisch zurückgegangen war, kam der Regimentskommandeur mit einem Glas in der Hand zur Treppe zurück und brachte ein Hoch aus: „Auf das Wohl unseres ehemaligen Kameraden, des tapferen Generals Fürst Serpuchowskoi! Hurra!" Nach dem Regimentskommandeur trat auch Serpuchowskoi, lächelnd und mit einem Glas in der Hand, an die Stufen.

„Du wirst ja immer jünger, Bondarenko", wandte er sich an den forschen, rotwangigen Wachtmeister, der unmittelbar vor ihm stand und schon seine zweite Dienstzeit beim Militär absolvierte.

Wronski hatte Serpuchowskoi seit drei Jahren nicht mehr gesehen. Er wirkte jetzt männlicher, hatte sich einen Backenbart stehenlassen, war aber immer noch schlank und bestach weniger durch Schönheit als vielmehr durch den feinen, edlen Schnitt seines Gesichts und durch seine ganze Erscheinung. Die einzige Veränderung, die Wronski an ihm wahrnahm, war jenes verhaltene, ständige Leuchten, das sich auf den Gesichtern von Menschen einstellt, die Erfolg haben und überzeugt sind, daß ihr Erfolg allgemein anerkannt wird. Wronski, dem dieses Leuchten bekannt war, fiel es bei Serpuchowskoi sofort auf.

Als Serpuchowskoi die Stufen hinunterging, bemerkte er Wronski, und ein freudiges Lächeln erhellte sein Gesicht. Er nickte ihm zu, hob sein Glas zum Gruß und gab ihm gleichzeitig zu verstehen, daß er nicht umhinkonnte, zuerst zu dem Wachtmeister zu gehen, der sich bereits in Positur geworfen hatte und die Lippen zum Kuß spitzte.

„Da ist er ja!" rief der Regimentskommandeur aus. „Und dabei hat mir Jaschwin gesagt, du seist heute in deiner finstern Gemütsverfassung."

Serpuchowskoi küßte die frischen, feuchten Lippen des forschen Wachtmeisters und kam, während er sich den Mund mit dem Taschentuch abwischte, auf Wronski zu.

„Nein, wie ich mich freue!“ sagte er, indem er ihm die Hand drückte und mit ihm zur Seite ging.

„Nimm dich seiner an!“ rief der Regimentskommandeur, auf Wronski deutend, Jaschwin zu und ging selbst zu den Soldaten hinunter.

„Warum bist du gestern nicht zum Rennen gekommen? Ich dachte, ich würde dich dort treffen“, sagte Wronski zu Serpuchowskoi und sah ihn prüfend an.

„Gekommen bin ich schon, aber zu spät. Entschuldige einen Augenblick“, fügte er hinzu und wandte sich an seinen Adjutanten. „Lassen Sie dies bitte in meinem Namen unter die Leute so verteilen, daß alle gleich viel erhalten.“

Er entnahm seiner Brieftasche hastig drei Hundertrubelscheine und wurde rot.

„Wronski! Ißt du oder trinkst du etwas?“ fragte Jaschwin. „Heda! Bring dem Herrn Grafen etwas zu essen! ... Und dies hier trinke mal!“

Das Gelage beim Regimentskommandeur währte lange.

Es wurde sehr viel getrunken. Man schwenkte Serpuchowskoi und warf ihn in die Höhe. Anschließend wurde der Regimentskommandeur geschwenkt. Dann tanzte der Regimentskommandeur höchst persönlich mit Petrizki zu den Liedern der Sänger. Hierauf, nun schon etwas ermattet, setzte sich der Regimentskommandeur im Hof auf eine Bank und begann Jaschwin die Überlegenheit Rußlands gegenüber Preußen, namentlich in der Kavallerieattacke, auseinanderzusetzen, und für eine kurze Weile trat Ruhe ein. Serpuchowskoi ging ins Haus zur Toilette, um sich die Hände zu waschen, und traf dort Wronski. Wronski duschte sich den Kopf; er hatte seinen Rock abgelegt, hielt seinen roten, behaarten Hals unter den Hahn des Wasserbehälters und massierte sich Hals und Kopf. Als er damit fertig war, gesellte er sich zu Serpuchowskoi. Sie setzten sich auf eine kleine Polsterbank, und ein für beide sehr interessantes Gespräch entspann sich.

„Ich bin durch meine Frau dauernd über dich unterrichtet gewesen“, sagte Serpuchowskoi. „Es freut mich, daß du häufig mit ihr zusammengekommen bist.“

„Sie ist mit Warja befreundet, und das sind die einzigen Damen der Petersburger Gesellschaft, mit denen ich gern zusammen bin“, antwortete Wronski lächelnd. Er lächelte, weil er voraussah, welchem Thema sich das Gespräch zuwenden würde, und er freute sich darauf.

„Die einzigen?“ fragte Serpuchowskoi lächelnd.

„Und ich bin über dich unterrichtet gewesen, aber nicht durch deine Frau“, sagte Wronski und gab durch seinen strengen Gesichtsausdruck zu verstehen, daß er diese Anspielung nicht dulde. „Ich habe mich sehr über deine Erfolge gefreut, bin aber durchaus nicht erstaunt gewesen. Ich habe noch mehr erwartet.“

Serpuchowskoi lächelte. Es war ihm sichtlich angenehm, eine solche Meinungsäußerung über sich zu hören, und er hielt es auch nicht für nötig, daraus ein Hehl zu machen.

„Ich hingegen habe, offen gesagt, weniger erwartet. Doch ich freue mich, freue mich sehr. Ich bin ehrgeizig, das ist meine Schwäche, zu der ich mich auch bekenne.“

„Du würdest dich vielleicht nicht zu ihr bekennen, wenn du keinen Erfolg gehabt hättest“, meinte Wronski.

„Ich glaube nicht“, erwiderte Serpuchowskoi und lächelte wieder. „Ich will nicht sagen, daß es sich ohne Ehrgeiz nicht leben ließe, aber es wäre langweilig. Ich kann mich natürlich irren, bin jedoch der Meinung, daß ich für das Tätigkeitsfeld, das ich mir erwählt habe, einige Fähigkeiten besitze und daß ich von Machtbefugnissen jeglicher Art, die man mir übertragen könnte, gegebenenfalls besser Gebrauch zu machen verstünde als viele andere Leute, die ich kenne“, sagte Serpuchowskoi im Bewußtsein seines Erfolges mit strahlender Miene. „Und deshalb freue ich mich über jeden Schritt, der mich diesem Ziel näher bringt.“

„Es mag wohl sein, daß das für dich zutrifft, nicht jedoch für alle“, wandte Wronski ein. „Ich habe ebenso gedacht, finde jetzt aber, daß es sich nicht lohnt, nur um des Ehrgeizes willen zu leben, und fühle mich auch so ganz wohl.“

„Das ist es eben! Das ist es eben!“ fiel Serpuchowskoi lachend ein. „Ich ging ja davon aus, daß ich über dich unterrichtet sei, und auch von deiner Ablehnung habe ich gehört … Selbstverständlich habe ich dir recht gegeben. Doch es kommt jeweils auf die Art an. Und da meine ich eben, daß dein Schritt an sich wohl richtig war, daß du ihn aber nicht so ausgeführt hast, wie es nötig gewesen wäre.“

„Was getan ist, ist getan, und du weißt ja, daß ich von dem, was ich einmal getan habe, nie zurücktrete. Außerdem finde ich es sehr schön so.“

„Sehr schön – das mag für eine Zeit gelten. Doch auf die Dauer wird es dich nicht befriedigen. Zu deinem Bruder würde ich das nicht sagen. Der ist ein liebes Kind, genauso wie unser Gastgeber. Das ist er!“ fügte er hinzu, als er hörte, wie jemand „Hurra!“ rief. „Er fühlt sich wohl dabei, dich hingegen kann so etwas nicht befriedigen.“

„Ich sage ja nicht, daß es mich befriedigt.“

„Und nicht nur das. Männer deines Schlages werden gebraucht.“

„Von wem?“

„Von wem? Von der Allgemeinheit. Rußland braucht Männer, braucht eine Partei, die verhindert, daß alles drunter und drüber geht."

„Was für eine Partei? Etwa die Partei Bertenews gegen die russischen Kommunisten?"

„Nein", erwiderte Serpuchowskoi und runzelte unwillig die Stirn, weil ihm jemand solche törichten Ansichten zutraute. „Tout ça est une blague. Das war von jeher so und wird auch so bleiben. Kommunisten gibt es überhaupt nicht. Aber es gibt immer Ränkeschmiede, die als Schreckgespenst eine schädliche, gefährliche Partei erfinden. Das ist ein alter Trick. Nein, wir brauchen eine führende Partei, die aus Männern besteht, die so unabhängig sind wie du und ich."

„Aber warum eigentlich?" Wronski nannte mehrere Persönlichkeiten, die hohe Posten bekleideten. „Sind sie denn nicht unabhängig?"

„Sie sind es schon deshalb nicht, weil sie nicht die Unabhängigkeit besitzen oder von Geburt besessen haben, die ein großes Vermögen gibt, weil sie keinen Namen hatten, weil sie sich nicht jenes Platzes an der Sonne erfreuten, auf den wir schon durch unsere Geburt gestellt sind. Solche Leute sind durch Geld oder Gunstbezeigungen zu kaufen. Und um sich zu behaupten, müssen sie sich irgendeine Devise ersinnen. Sie lassen sich von Gedanken leiten, von einer Devise, an die sie selbst nicht glauben und die nur Schaden anrichtet; und alles das ist für sie nur ein Mittel, sich eine Dienstwohnung und ein bestimmtes Gehalt zu sichern. Cela n'est pas plus fin que ça, wenn du ihnen in die Karten siehst. Vielleicht bin ich weniger wert und dümmer als sie, obwohl ich nicht einsehe, warum ich weniger wert sein sollte. Jedenfalls besitze ich ganz gewiß dadurch einen wichtigen Vorzug, daß ich zu den Leuten gehöre, die nicht so leicht zu bestechen sind. Und solche Leute werden dringender denn je gebraucht."

Wronski hörte aufmerksam zu, interessierte sich aber nicht sosehr für die Einzelheiten des Gesagten als vielmehr für die ganze Einstellung Serpuchowskois, der sich bereits zu einem Kampf um die Macht anschickte und dabei seine Sympathien und Antipathien hatte, während ihn selbst in seinem eigenen Dienstbereich nur die Belange seiner Schwadron beschäftigten. Wronski erkannte auch, daß Serpuchowskoi dank seiner unzweifelhaften Fähigkeit, die Dinge nüchtern zu betrachten und zu verstehen, dank seinem Verstand und seiner Rednergabe, wie man sie in den Kreisen, in denen er lebte, nur selten antraf, eine große Macht ausüben konnte. Und er wurde, sosehr er sich auch dagegen wehrte, von Neid ergriffen.

„Wie dem auch sei, mir fehlt dazu eine wichtige Voraussetzung: der Wunsch nach Macht", sagte er. „Ich habe ihn einmal gehabt, doch das ist vergangen."

„Entschuldige, aber das stimmt nicht", warf Serpuchowskoi lächelnd ein.

„Doch, es stimmt, es stimmt!" Und um sich streng an die Wahrheit zu halten, fügte Wronski hinzu: „Wenigstens jetzt."

„Ja, *jetzt*, das mag stimmen, das ist eine andere Sache; aber dieses *jetzt* wird nicht immer währen."

„Vielleicht", erwiderte Wronski.

„Du sagtst *vielleicht*", fuhr Serpuchowskoi, gleichsam Wronskis Gedanken erratend, fort. „Ich aber sage dir: *bestimmt*. Und deshalb wollte ich dich auch sprechen. Du hast so gehandelt, wie es dir richtig schien. Dafür habe ich Verständnis, doch du darfst dich nicht darauf versteifen. Du brauchst mir nur eine carte blanche zu geben. Ich will mich nicht zu deinem Protektor aufwerfen ... Obwohl ich nicht einsehe, warum ich dich nicht auch protegieren sollte. Du hast mich so oft protegiert! Ich hoffe, unsere Freundschaft ist über kleinliche Gefühle erhaben. Ja", sagte er so einschmeichelnd wie eine Frau und lächelte ihn an, „gib mir freie Hand, verlaß das Regiment, und ich werde dir unauffällig den Weg ebnen."

„Aber ich versichere dir, daß das alles nicht nötig ist und daß ich keinen anderen Wunsch habe als den, es möge alles so bleiben, wie es ist", antwortete Wronski.

Serpuchowskoi stand auf und stellte sich aufrecht vor ihn hin.

„Du sagst, es möge alles so bleiben, wie es ist. Ich weiß, was du damit sagen willst. Doch höre zu: Wir sind gleichaltrig, und du hast vielleicht eine größere Anzahl Frauen kennengelernt als ich."

Durch ein Lächeln und durch Gebärden gab Serpuchowskoi zu verstehen, daß Wronski nicht zu fürchten brauche, er würde die wunde Stelle auch nur zart und behutsam berühren.

„Aber ich bin verheiratet, und glaube mir, wenn jemand erst seine eigene Frau kennt und sie liebt, dann hat er in ihr, wie irgend jemand gesagt hat, die Frauen besser kennengelernt, als wenn er mit Tausenden von Frauen bekannt wäre."

„Wir kommen gleich!" rief Wronski einem Offizier zu, der in der Tür erschienen war und sie abholen wollte, um mit ihnen zum Regimentskommandeur zu gehen.

Wronski lag jetzt daran, Serpuchowskoi ausreden zu lassen und zu hören, was dieser ihm sagen würde.

„Und nun will ich dir meine Meinung sagen. Die Frauen sind der hauptsächlichste Hemmschuh in der Tätigkeit eines Mannes. Es ist schwer, eine Frau zu lieben und gleichzeitig etwas anderes zu tun. Will man unbeschwert und unbehindert lieben, dann gibt es nur ein Mittel: man muß heiraten. Wie soll ich dir nur verständlich machen, was ich meine", sagte Serpuchowskoi, der gern zu Vergleichen griff. „Warte mal, warte mal! Ja, angenommen, du hättest eine fardeau zu tragen, dann könntest du mit den Händen nur dann etwas verrichten, wenn die fardeau auf den Rücken gebunden ist – so ist es auch mit der Heirat. Diese Erfahrung habe ich selbst nach meiner Heirat gemacht. Ich hatte auf einmal die Hände frei bekommen. Schleppt man eine solche fardeau hingegen als Unverheirateter mit sich, dann sind beide Hände gebunden, und du kannst mit ihnen nichts anderes tun. Nimm nur Masankow oder Krupow. Sie haben sich ihre Karriere durch Frauen verpfuscht."

„Was waren das auch für Frauen!" rief Wronski in der Erinnerung an die Französin und die Schauspielerin, mit denen die Genannten ein Verhältnis gehabt hatten.

„Um so schlimmer; je angesehener die Stellung der Frau in der Gesellschaft ist, um so schlimmer. Dann ist es, als ob man die fardeau nicht nur zu schleppen hätte, sondern sie erst einem anderen entreißen müßte."

„Du hast nie geliebt", sagte Wronski leise und dachte, vor sich hinblickend, an Anna.

„Vielleicht. Aber denke daran, was ich dir gesagt habe. Und noch eins: Die Frauen sind alle realistischer als wir Männer. Wir machen aus der Liebe etwas ungeheuer Erhabenes, während sie immer terre-à-terre bleiben."

„Gleich, gleich!" wandte er sich an einen ins Zimmer kommenden Diener. Aber der Diener war nicht gekommen, sie nochmals zu rufen, wie er angenommen hatte. Er brachte für Wronski einen Brief.

„Den hat ein Bote der Fürstin Twerskaja für Sie abgegeben."

Wronski riß den Umschlag auf und wurde feuerrot.

„Ich habe Kopfschmerzen und will nach Hause gehen", sagte er zu Serpuchowskoi.

„Nun, dann lebe wohl. Gibst du mir die carte blanche?"

„Darüber sprechen wir noch. Ich werde dich in der Stadt aufsuchen."

22

Die Uhr ging bereits auf sechs, und um rechtzeitig hinzukommen, ohne seinen eigenen Wagen zu benutzen, den alle kannten, setzte er sich in Jaschwins Mietskutsche und trieb den Kutscher zur Eile an. Die alte, viersitzige Mietskutsche war geräumig. Er setzte sich in eine Ecke, legte die Füße auf den Rücksitz und versank in Gedanken.

Die unklare Empfindung, Ordnung in seine Angelegenheiten gebracht zu haben, die undeutliche Erinnerung an die freundschaftlichen und schmeichelhaften Worte Serpuchowskois, der ihn für einen dem Staat notwendigen Mann hielt, und vor allem die Erwartung des Wiedersehens – alles verschmolz bei ihm zu einem einzigen Gefühl beglückender Lebensfreude. Dieses Gefühl war so stark, daß er ungewollt lächelte. Er zog die Beine zurück, legte ein Bein über das andere und tastete die pralle Wade ab, die er sich gestern beim Sturz verletzt hatte; dann lehnte er sich in die Polster zurück und holte mehrmals tief Luft.

Schön, sehr schön! dachte er bei sich. Die Empfindung seines Körpers hatte in ihm auch schon früher ein freudiges Gefühl geweckt, doch niemals zuvor hatte er sich selbst, seinen Körper, so intensiv geliebt wie jetzt. Es war ihm angenehm, den leichten Schmerz in seinem kräftigen Bein zu empfinden und, wenn er Atem holte, die Muskelbewegungen in seiner Brust zu spüren. Dieser klare, kühle Augusttag, der auf Anna so entmutigend gewirkt hatte, wurde von ihm als aufrüttelnd und belebend empfunden und erfrischte seinen nach der Dusche erhitzten Hals und Kopf. Der Duft nach Pomade, der von seinem Schnurrbart ausging, erschien ihm in dieser frischen Luft besonders angenehm. Alles, was sich seinen Blicken aus dem Wagenfenster darbot, alles in dieser reinen, kühlen Luft, in diesem blassen Licht der Abenddämmerung war ebenso frisch, fröhlich und stark wie er selbst: die Dächer der Häuser, die in den Strahlen der untergehenden Sonne glänzten, die scharfen Umrisse der Zäune und der Ecken von Gebäuden, die Silhouetten der ab und zu entgegenkommenden Fußgänger und Equipagen, das unbewegte Grün der Bäume und Gräser, die Felder mit ihren sich in regelmäßigen Reihen hinziehenden Kartoffelstauden, die schrägen Schatten, die von den Häusern, den Bäumen, den Sträuchern und selbst von den Kartoffelstauden auf den Boden fielen. Alles war so hübsch wie ein eben vollendetes und lackiertes Bild einer lieblichen Landschaft.

„Schneller, schneller!“ rief er, sich aus dem Fenster lehnend, dem Kutscher zu und zog einen Dreirubelschein aus der Tasche, den er dem sich umblickenden Kutscher zusteckte. Die Hand des Kutschers griff tastend nach einem Gegenstand neben der Laterne, das Sausen einer Peitsche wurde laut, und der Wagen rollte mit großer Geschwindigkeit die ebene Chaussee entlang.

Nichts, gar nichts brauche ich außer diesem Glück, dachte er, während er den zwischen den Fenstern angebrachten beinernen Druckknopf der Klingel betrachtete und sich Anna so vorstellte, wie er sie vom letztenmal in Erinnerung hatte. Und je länger, um so mehr steigert sich meine Liebe. So, da haben wir auch schon den Park zu dem der Hofdame Wrede zugewiesenen Landsitz. Wo kann sie hier nur sein? Wo? Wieso? Warum hat sie diesen Ort zu einem Zusammentreffen gewählt, und wie kommt es, daß sie es in einem Brief von Betsy hinzugeschrieben hat? überlegte er erst jetzt. Doch zum Nachdenken war es zu spät; er hieß den Kutscher halten, ohne ganz bis an die Allee heranzufahren, öffnete den Wagenschlag, sprang aus dem noch fahrenden Wagen und betrat die auf das Haus zuführende Allee. In der Allee war niemand zu sehen; doch als er nach rechts blickte, bemerkte er dort Anna. Ihr Gesicht war von einem Schleier verhüllt, aber mit freudigem Blick umfing er die besondere, nur ihr allein eigene Art zu gehen, die etwas abfallenden Schultern und die Haltung des Kopfes, und zugleich war ihm, als habe ein elektrischer Strom seinen Körper durchdrungen. Mit neuer Intensität wurde er sich seiner selbst bewußt: der elastischen Bewegungen der Beine, des An- und Abschwellens der Lungen beim Atmen und eines Kitzelgefühls auf den Lippen.

An ihn herangekommen, begrüßte sie ihn mit einem festen Händedruck.

„Bist du nicht böse, daß ich dich hierherbestellt habe? Ich mußte dich unbedingt sprechen", sagte sie. Und der ernste, strenge Zug um ihren Mund, den er unter dem Schleier wahrnahm, veränderte auf der Stelle seine Gemütsverfassung.

„Ich – und böse sein! Doch wie bist du hergekommen, wo willst du hin?"

„Das ist gleichgültig", sagte sie und schob ihren Arm in den seinen. „Komm, ich muß mit dir sprechen."

Er begriff, daß etwas vorgefallen sein mußte und daß dieses Beisammensein kein freudiges werden würde. In ihrer Gegenwart war er nie Herr seines Willens; ohne noch den Grund ihrer Aufregung zu kennen, fühlte er bereits, daß sich ihre Aufregung ganz von selbst auch ihm mitteilte.

„Was ist es denn? Was?" fragte er, während er ihren Arm mit dem Ellenbogen an sich preßte und ihrem Gesicht abzulesen suchte, was sie dachte.

Sie ging schweigend einige Schritte weiter, sammelte sich und blieb plötzlich stehen.

„Ich habe dir gestern verschwiegen", begann sie, schnell und heftig atmend, „daß ich Alexej Alexandrowitsch auf der Rückfahrt nach Hause alles mitgeteilt habe ... ihm gesagt habe, ich könne nicht mehr seine Frau sein und ... alles habe ich ihm gesagt."

Er hörte ihr zu und neigte sich instinktiv mit dem ganzen Oberkörper zu ihr hinüber, als wollte er ihr dadurch die Schwere ihrer Lage erleichtern. Doch sobald er ihre Worte vernommen hatte, richtete er sich schnell auf, und sein Gesicht nahm einen stolzen und strengen Ausdruck an.

„Ja, ja, so ist es besser, tausendmal besser! Ich verstehe, wie schwer es für dich gewesen sein muß."

Doch sie hörte nicht auf seine Worte, sie suchte seine Gedanken aus dem Mienenspiel in seinem Gesicht zu erraten. Sie ahnte nicht, daß der erste Gedanke, der ihm durch den Kopf gegangen war – daß jetzt ein Duell unvermeidlich geworden sei –, seine Züge so verändert hatte. An ein Duell hatte sie überhaupt nie gedacht, und deshalb erklärte sie sich diesen vorübergehend strengen Gesichtsausdruck anders.

Als sie den Brief ihres Mannes erhalten hatte, war sie sich im Grunde ihres Herzens bereits bewußt geworden, daß alles beim alten bleiben würde, daß sie nicht die Kraft aufbringen würde, sich über ihre Stellung hinwegzusetzen, den Sohn zu verlassen und sich ihrem Geliebten anzuschließen. Der Vormittagsbesuch bei der Fürstin Twerskaja hatte sie darin noch bestärkt. Nichtsdestoweniger legte sie dieser Zusammenkunft mit Wronski große Bedeutung bei. Sie hoffte noch, daß diese Zusammenkunft die Lage ändern und ihr eine Erlösung bringen würde. Wenn er nach ihrer Mitteilung entschlossen, leidenschaftlich, ohne sich einen Augenblick zu besinnen, gesagt hätte: „Gib alles auf und fliehe mit mir!" – sie wäre bereit gewesen, den Sohn im Stich zu lassen und ihm zu folgen. Doch ihre Mitteilung hatte in ihm nicht das bewirkt, was sie erwartete; er schien lediglich aus irgendeinem Grunde gekränkt zu sein.

„Schwergefallen ist es mir gar nicht. Es hat sich von selbst ergeben", sagte sie gereizt. „Und hier ..." Sie zog den Brief ihres Mannes hervor, den sie in den Handschuh gesteckt hatte.

„Ich verstehe, verstehe", fiel er ihr ins Wort; er nahm ihr den Brief ab, las ihn aber nicht und war darauf bedacht, sie zu beruhigen. „Ich habe nur den einen Wunsch gehabt, dich nur um das eine gebeten: diesem Zustand ein Ende zu machen und mir die Möglichkeit zu geben, mein Leben deinem Glück zu weihen."

„Warum sagst du mir das?“ fragte sie. „Wie könnte ich daran zweifeln? Wenn ich zweifelte ...“

„Wer kommt da?“ fragte Wronski plötzlich und deutete auf zwei ihnen entgegenkommende Damen. „Vielleicht sind es Bekannte“, fügte er hinzu und bog, sie mit sich ziehend, schnell in einen Seitenweg ein.

„Ach, mir ist alles gleichgültig!“ erwiderte sie. Ihre Lippen zuckten, und es schien ihm, daß sie ihn durch den Schleier mit einem seltsam verbitterten Ausdruck in den Augen anblickte. „Ich meinte nur, darum handelt es sich jetzt nicht, daran kann es für mich keinen Zweifel geben. Aber nach seinem Brief – lies doch, was er schreibt“, forderte sie ihn auf und blieb wieder stehen.

Wiederum, wie schon im ersten Augenblick, nachdem Anna ihm das Zerwürfnis mit ihrem Mann mitgeteilt hatte, gab sich Wronski beim Lesen des Briefes unbewußt jenem natürlichen Gefühl hin, das ihn jedesmal ergriff, wenn er an sein Verhältnis zu dem hintergangenen Ehemann dachte. Jetzt, mit dessen Brief in der Hand, stelle er sich unwillkürlich vor, wie er wahrscheinlich schon heute oder morgen zu Hause eine Forderung von ihm vorfinden werde und wie er sich dann bei der Austragung des Duells nach seinem in die Luft abgegebenen Schuß mit dem gleichen kalten und stolzen Ausdruck, den sein Gesicht jetzt hatte, der Kugel des beleidigten Ehemanns aussetzen würde. Und zugleich erinnerte er sich plötzlich an das, was er eben von Serpuchowskoi gehört und morgens auch selbst gedacht hatte: daß es besser sei, sich nicht zu binden. Doch er wußte, daß er ihr das nicht sagen konnte.

Nachdem er den Brief gelesen hatte, schlug er die Augen zu ihr auf, aber in seinem Blick lag keine Entschlossenheit. Anna sah ihm sofort an, daß er schon über alles nachgedacht hatte. Sie wußte: was immer er ihr auch sagen würde, es wäre doch nicht alles, was er dachte. Und sie begriff, daß ihre letzte Hoffnung trügerisch gewesen war. Sie hatte nicht das gefunden, was sie erwartet hatte.

„Du siehst, was das für ein Mensch ist“, sagte sie mit bebender Stimme. „Er ...“

„Nimm es mir nicht übel, aber ich freue mich darüber“, unterbrach Wronski sie. „Höre mich an, laß mich ausreden“, fügte er hinzu, und in seinem flehenden Blick drückte sich die Bitte aus, ihm Zeit zu lassen, die Bedeutung seiner Worte zu erklären. „Ich freue mich deshalb, weil es unter keinen Umständen, unter gar keinen Umständen so bleiben kann, wie er es sich denkt.“

„Warum sollte es nicht so bleiben können?“ fragte Anna, die mit Mühe die Tränen zurückhielt und offenbar dem, was er jetzt noch sagen würde, keinerlei Bedeutung mehr beilegte. Sie fühlte, daß ihr Schicksal entschieden war.

Wronski hatte vor, zu sagen, daß nach dem von ihm für unvermeidlich gehaltenen Duell eine Fortdauer des bisherigen Zustands nicht möglich sei; doch er sagte etwas anderes.

„Es kann nicht dabei bleiben. Ich hoffe, daß du dich jetzt von ihm trennen wirst. Ich hoffe …" – hier stockte er und wurde rot –, „daß du mir erlauben wirst, zu überlegen, wie wir miteinander leben und uns einrichten wollen. Morgen …", wollte er fortfahren, wurde aber von ihr unterbrochen.

„Und mein Sohn?" schrie sie auf. „Hast du gelesen, was er schreibt? Ich soll mich von ihm trennen, aber das kann ich nicht und will ich nicht."

„Aber bedenke doch, was leichter zu ertragen ist: eine Trennung von deinem Sohn oder dieser erniedrigende Zustand."

„Für wen ist er erniedrigend?"

„Für alle und am allermeisten für dich."

„Du sagst, erniedrigend … das mußt du nicht sagen. Diese Worte haben für mich keinen Sinn", sagte sie mit zitternder Stimme. Sie wollte nicht, daß er in diesem Augenblick die Unwahrheit sprach. Ihr war nichts anderes übriggeblieben als seine Liebe, und sie wollte ihn lieben. „Du mußt begreifen, daß sich für mich seit dem Tage, da ich dich liebgewonnen habe, alles verändert hat. Für mich gibt es einzig und allein deine Liebe. In ihrem Besitz fühle ich mich so erhaben, so selbstsicher, daß mich nichts zu erniedrigen vermag. Ich bin stolz auf meine Lage, weil … stolz darauf … stolz …" Sie konnte nicht weitersprechen, und das, worauf sie stolz war, blieb ungesagt. Tränen der Scham und Verzweiflung erstickten ihre Stimme. Sie brach ab und begann zu schluchzen.

Auch er verspürte ein eigentümliches Gefühl in der Kehle, einen leichten Kitzel in der Nase und merkte zum erstenmal in seinem Leben, daß er nahe daran war zu weinen. Was ihn eigentlich so rührte, hätte er nicht sagen können; sie tat ihm leid, und er fühlte nicht nur, daß er ihr nicht helfen konnte, sondern wußte zugleich, daß er an ihrem Unglück schuld war und unrecht gehandelt hatte.

„Ist denn eine Scheidung nicht möglich?" fragte er unsicher. Sie schüttelte, ohne etwas zu antworten, den Kopf. „Kannst du nicht deinen Sohn behalten und dich dennoch von ihm trennen?"

„Ja: doch das hängt alles von ihm ab. Jetzt muß ich zu ihm", sagte sie trocken. Ihre Vorahnung, daß alles beim alten bleiben würde, hatte sie nicht getäuscht.

„Dienstag komme ich nach Petersburg, dann wird sich alles entscheiden."

„Ja", sagte sie. „Doch nun wollen wir nicht mehr davon sprechen."

Annas Wagen, den sie weggeschickt hatte und der sie am Gittertor des Wredeschen Parks abholen sollte, kam vorgefahren. Anna verabschiedete sich von Wronski und fuhr nach Hause.

23

Am Montag fand dem Turnus nach eine Sitzung der Kommission vom 2. Juni statt. Alexej Alexandrowitsch betrat den Sitzungssaal, begrüßte die Mitglieder und den Vorsitzenden in gewohnter Weise, setzte sich auf seinen Platz und legte die Hand auf die für ihn bereitgelegten Aktenstücke. Unter diesen Akten befanden sich auch die von ihm benötigten Unterlagen und ein stichwortartig entworfenes Konzept für die Erklärung, die er abzugeben gedachte. Übrigens, er bedurfte gar keiner Unterlagen. Er beherrschte die ganze Materie und hielt es nicht für nötig, das, was er sagen wollte, erst noch in seinem Gedächtnis aufzufrischen. Wenn der Augenblick gekommen sein würde, wenn er seinen Gegner vor sich sehen und wahrnehmen würde, wie dieser sich vergebens bemühte, seinem Gesicht einen gleichmütigen Ausdruck zu geben, dann, so wußte er, würde ihm seine Rede ganz von selbst und besser über die Lippen fließen, als wenn er sie sich erst lange zurechtgelegt hätte. Er fühlte, daß die Wirkung seiner Rede ungeheuer groß und jedes Wort bedeutsam sein würde. Doch vorläufig, während er den üblichen Bericht mit anhörte, saß er mit der unschuldigsten, harmlosesten Miene da. Niemand, der seine weißen, von plastisch hervortretenden Adern durchzogenen Hände betrachtete, deren lange Finger so behutsam beide Ränder des vor ihm liegenden weißen Aktenbogens betasteten, und dazu seinen mit müdem Gesichtsausdruck auf die Seite geneigten Kopf sah, hätte geglaubt, daß sich über seine Lippen im nächsten Augenblick Worte ergießen könnten, die einen furchtbaren Sturm entfesseln, die einander unterbrechenden Mitglieder zu lautem Geschrei bringen und den Vorsitzenden zu Ordnungsrufen nötigen würden. Als der Bericht beendet war, erklärte Alexej Alexandrowitsch mit seiner leisen, dünnen Stimme, daß er einige Erwägungen bezüglich der Verhältnisse vorzutragen habe, unter denen die fremdstämmige Bevölkerung lebte. Aller Aufmerksamkeit wandte sich ihm zu. Alexej Alexandrowitsch räusperte sich, und indem er seine Augen nicht auf seinen Gegner richtete, sondern, wie er es immer tat, wenn er eine Rede hielt, auf die am nächsten vor ihm sitzende Person, einen kleinen, sanftmütigen alten Mann, der in der Kommission noch nie eine eigene Meinung geäußert hatte, begann er mit seinen Ausführungen. Als er auf das in der Verfassung verankerte Grundgesetz zu sprechen kam, sprang sein Gegner auf und widersprach. Stremow, der auch Mitglied der Kommission war und gegen den sich ebenfalls die Angriffe Alexej Alexandrowitschs richteten, suchte sich zu rechtfertigen, und die Sitzung gestaltete sich überhaupt turbulent. Doch Alexej Alexandrowitsch behauptete das Feld, und seine Vorschläge wurden angenommen; es wurden drei neue Kommissionen eingesetzt, und am nächsten Tage war in den interessierten Kreisen Petersburgs von nichts anderem die Rede als von dieser Sitzung. Alexej Alexandrowitsch hatte einen Erfolg errungen, der sogar seine eigenen Erwartungen übertraf.

Am Morgen des nächsten Tages, einem Dienstag, erinnerte sich Alexej Alexandrowitsch beim Erwachen mit Vergnügen seines gestrigen Sieges, und obwohl er sich bemühte, gleichmütig zu scheinen, gelang es ihm nicht, ein Lächeln zu unterdrücken, als sein Kanzleidirektor, der ihm schmeicheln wollte, ihm von den Gerüchten berichtete, die er über die Vorgänge in der Kommission gehört hatte.

Abgelenkt durch die Besprechungen mit dem Kanzleidirektor, hatte Alexej Alexandrowitsch ganz vergessen, daß heute Dienstag war, der Tag, den er für Annas Rückkehr festgesetzt hatte, und er war erstaunt und unangenehm berührt, als ihm der Diener ihre Ankunft meldete.

Anna traf am frühen Morgen in Petersburg ein; da man ihr auf ihre telegraphische Anforderung einen Wagen geschickt hatte, konnte sie annehmen, daß Alexej Alexandrowitsch auf ihre Ankunft vorbereitet sei. Doch als sie zu Hause eintraf, kam er nicht zu ihrem Empfang heraus. Man sagte ihr, daß er das Haus noch nicht verlassen habe und mit dem Kanzleidirektor beschäftigt sei. Sie ließ ihrem Mann ihre Ankunft melden, ging in ihr Zimmer und begann, in der Annahme, daß er zu ihr kommen werde, mit dem Auspacken und Ordnen ihrer Sachen. Doch es verging eine Stunde, und er kam nicht. Sie nahm irgendwelche notwendigen Anordnungen zum Anlaß, ins Speisezimmer zu gehen, und sprach absichtlich laut, weil sie erwartete, daß er dann dorthin kommen werde; aber er ließ sich nicht sehen, obwohl sie hörte, daß er sein Arbeitszimmer verließ, um dem Kanzleidirektor das Geleit zu geben. Ihr war bekannt, daß er anschließend gewöhnlich bald ins Amt fuhr, und es lag ihr daran, vorher mit ihm zusammenzukommen, damit ihre gegenseitigen Beziehungen eine Klärung erführen.

Nachdem sie ein paarmal im Saal auf und ab gegangen war, begab sie sich entschlossen zu ihm. Als sie sein Arbeitszimmer betrat, saß er in seiner Dienstuniform an einem kleinen Tisch, augenscheinlich zur Abfahrt bereit; die Ellenbogen hatte er aufgestützt und blickte trübselig vor sich hin. Sie hatte ihn früher bemerkt als er sie, und es war ihr klar, daß er an sie dachte.

Als er sie bemerkte, machte er Anstalten aufzustehen, zauderte jedoch und wurde feuerrot, was Anna an ihm gar nicht kannte; dann stand er hastig auf und kam ihr entgegen, wobei er ihr nicht in die Augen, sondern über diese hinweg auf die Stirn und die Frisur sah. Er trat auf sie zu, nahm sie an die Hand und nötigte sie, Platz zu nehmen.

„Ich bin sehr froh, daß Sie gekommen sind", sagte er und setzte sich neben sie; er wollte offensichtlich noch etwas hinzufügen, blieb aber stecken. Er setzte noch mehrmals zum Sprechen an, kam aber nicht von der Stelle damit ... Obwohl sie sich im Hinblick auf diese Zusammenkunft darauf vorbereitet hatte, ihn mit Verachtung zu behandeln und ihm alle Schuld zuzuschieben, wußte auch sie jetzt nicht, was sie ihm sagen sollte, und er tat ihr leid. So währte das Schweigen zwischen ihnen ziemlich lange.

„Ist Serjosha wohlauf?" fragte er endlich, und ohne eine Antwort abzuwarten, fügte er hinzu: „Ich bin zum Essen heute nicht zu Hause und muß gleich aufbrechen."

„Ich hatte vor, nach Moskau zu reisen", sagte Anna.

„Nein, Sie haben sehr, sehr recht daran getan, daß Sie gekommen sind."

Da sie sah, daß er außerstande war, ein Gespräch in Gang zu bringen, ergriff sie ihrerseits das Wort.

„Alexej Alexandrowitsch", begann sie und blickte ihm frei ins Gesicht, ohne ihre Augen vor seinem Blick zu senken, der immer noch auf ihre Frisur gerichtet war, „ich bin eine treulose Frau, eine schlechte Frau, und ich bin es auch jetzt noch ebenso wie neulich, als ich Ihnen alles mitgeteilt habe; ich bin gekommen, Ihnen zu sagen, daß ich daran nichts ändern kann."

„Ich habe Sie nicht danach gefragt und habe es mir ohnehin gedacht", erwiderte er, plötzlich zu einem entschlossenen Ton übergehend, und blickte ihr haßerfüllt gerade in die Augen. Unter der Einwirkung seines Zornes war er offenbar wieder Herr aller seiner Fähigkeiten geworden. „Doch was ich Ihnen damals schon gesagt und dann geschrieben habe", fuhr er mit scharfer, dünner Stimme fort, „wiederhole ich auch jetzt: ich bin nicht verpflichtet, dies zu wissen. Ich ignoriere es. Nicht alle Frauen sind so gütig wie Sie und haben es so eilig, ihren Männern eine so angenehme Nachricht zur Kenntnis zu bringen." Das Wort „angenehme" sprach er mit besonderem Nachdruck aus. „Ich ignoriere es so lange, wie die Öffentlichkeit nichts davon weiß und mein Name nicht verunglimpft ist. Und deshalb mache ich Sie lediglich darauf aufmerksam, daß unsere Beziehungen unverändert bleiben müssen, so wie sie immer gewesen sind, und daß ich nur dann, wenn Sie sich *kompromittieren* sollten, Maßnahmen zur Wahrung meiner Ehre ergreifen müßte."

„Aber unsere Beziehungen können nicht bleiben, wie sie gewesen sind", warf Anna zaghaft ein und blickte ihn erschrocken an.

Als sie seine ruhigen Gebärden sah und diese durchdringende kindliche und spöttische Stimme hörte, vernichtete der Widerwille, den er ihr einflößte, das vorher empfundene Mitleid, und sie fürchtete ihn jetzt nur noch; doch es kam ihr darauf an, um jeden Preis ihre Lage zu klären.

„Ich kann nicht Ihre Frau sein, wenn ich...", begann sie.

Er brach in ein kaltes, gehässiges Gelächter aus.

„Die Lebensweise, die Sie sich gewählt haben, hat anscheinend auf Ihre Begriffe abgefärbt. Ich achte das eine so sehr, wie ich das andere verachte – ich achte das Vergangene und verachte Ihre Gegenwart –, so daß ich weit davon entfernt bin, meinen Worten den Sinn zu geben, den Sie hineingelegt haben."

Anna seufzte und ließ den Kopf sinken.

„Im übrigen", fuhr er fort und ereiferte sich immer mehr, „verstehe ich nicht, wie eine Frau, die so vorurteilslos ist wie Sie und ihrem Mann ohne alle Umschweife ihre Untreue mitteilt und an dieser anscheinend gar nicht Anstößiges findet, wie sie Anstoß daran nehmen kann, die Pflichten zu erfüllen, die einer Frau ihrem Manne gegenüber obliegen."

„Alexej Alexandrowitsch! Was verlangen Sie von mir?"

„Ich verlange, daß dieser Mensch mir hier nicht unter die Augen kommt und daß Sie sich so benehmen, daß weder die *Gesellschaft* noch die *Dienstboten* Ihnen etwas nachsagen *können*... daß Sie sich nicht mit ihm treffen. Ich glaube, das ist nicht zuviel verlangt. Und als Entgelt werden Sie die Rechte einer ehrbaren Frau genießen, ohne deren Pflichten erfüllen zu müssen. Das ist alles, was ich Ihnen zu sagen habe. Jetzt muß ich fahren. Zum Essen komme ich nicht."

24

Jene Nacht, die Lewin auf einem Heuhaufen zugebracht hatte, war an ihm nicht spurlos vorübergegangen; seine bisherige Betätigung in der Wirtschaft war ihm seitdem zuwider geworden und hatte für ihn jegliches Interesse verloren. Ungeachtet der ausgezeichneten Ernte waren – oder es schien ihm wenigstens so – nie so viele Fehlschläge und ein so feindseliges Verhältnis zwischen ihm und den Bauern zu verzeichnen gewesen wie in diesem Jahr, und die Ursache der Fehlschläge und jener feindseligen Atmosphäre war ihm jetzt völlig klar. Die Freude, die ihm seine tätige Mitarbeit bereitet hatte und die davon herrührte, daß er den Bauern nähergekommen war, die Lebensweise der Bauern, um die er sie beneidete, und der Wunsch, zu einer ebensolchen Lebensweise überzugehen, der sich in jener Nacht zu einem festen Vorsatz verdichtet und dessen Ausführung er im einzelnen bereits überlegt hatte – all das hatte seine Ansichten über die in seiner Wirtschaft eingeführte Ordnung so stark verändert, daß er ihr nicht mehr das frühere Interesse abzugewinnen vermochte und daß er auch nicht das Unerfreuliche an seiner Einstellung zu den Bauern verkennen konnte, von der alles herrührte. Eine Herde rassisch hochgezüchteter Kühe, die Pawa nicht nahestanden; das ganze, durchweg gepflügte und kultivierte Ackerland; neun gleich große, mit Weidengebüsch eingehegte Felder; neunzig Deßjatinen mit tief eingepflügtem Dünger; die Reihensämaschine und anderes mehr – alles wäre höchst erfreulich gewesen, wenn er die Arbeit allein oder in Gemeinschaft mit ihm freundlich gesinnten, verständnisvoll mitarbeitenden Leuten verrichtet hätte. Nun hingegen war er zu der Erkenntnis gekommen – das agrarwissenschaftliche Werk, an dem er arbeitete und in dem er entwickelte, daß der Arbeiter das wichtigste Element der Landwirtschaft sei, hatte diese Erkenntnis wesentlich gefördert –, nun war er zu der Erkenntnis gekommen, daß die Wirtschaft, so wie er sie führte, lediglich einen erbitterten, hartnäckigen Kampf zwischen ihm und den Arbeitern darstellte, in dem die eine Partei, das heißt er, dauernd und angespannt bestrebt war, die als gut erkannten Vorbilder in die Tat umzusetzen, während die andere Partei an der natürlichen Ordnung der Dinge festhielt. Und er sah, daß dieser Kampf, den er seinerseits unter Anspannung seiner ganzen Kraft, die Arbeiter hingegen ohne jede Anstrengung und sogar unbewußt ausfochten, im Endergebnis um nichts und wieder nichts geführt wurde und nur einen völlig nutzlosen Verschleiß der schönen Maschinen, der prächigen Tiere und des Landes bedeutete. Vor allem aber: die ganze Energie, die er dafür aufbrachte, ging nicht nur völlig nutzlos verloren, sondern jetzt, nachdem sich ihm der Sinn seiner Wirtschaftsführung offenbart hatte, mußte er sich überdies sagen, daß das Ziel, auf das sie gerichtet war, jeder Würde entbehrte. Worin bestand denn im Grunde genommen der Kampf? Er setzte seine Energie für jeden Groschen ein (und mußte es auch tun, denn bei einem Nachlassen seiner Energie hätte ihm nicht genügend Geld zur Entlohnung der Arbeiter zur Verfügung gestanden), während es den Arbeitern ausschließlich darauf ankam, ruhig und bequem zu arbeiten, das heißt so, wie sie es gewohnt waren. In seinem Interesse lag es, daß jeder Arbeiter möglichst viel leistete, daß er sich dabei nicht gehenließ, sondern darauf achtete, nicht die Kornschwinge, die Pferdeharke oder die Dreschmaschine zu beschädigen, daß er mit Überlegung arbeitete; den Arbeitern hingegen war es nur darum zu tun, die Arbeit möglichst angenehm, mit Ruhepausen zu gestalten und vor allem sorglos zu arbeiten, ohne sich viele Gedanken dabei zu machen. Davon hatte sich Lewin in diesem Sommer auf Schritt und Tritt überzeugt. Er schickte seine Leute hinaus, damit sie Klee mähten, der als Heu verfüttert werden sollte. Dazu hatte er einige Deßjatinen ausgesucht, wo der Klee mit Gras und Wermut durchsetzt und für die Saatzucht ungeeignet war; die Leute aber mähten der Reihe nach mehrere Deßjatinen mit bestem Saatklee ab, rechtfertigten sich mit einer angeblichen Anordnung des Verwalters und erklärten zu seinem Trost, daß dieser Klee ein besonders gutes Heu abgeben werde; er wußte jedoch, daß sie es nur getan hatten, weil das Mähen dort leichter war. Er schickte zum Wenden des Heus eine Heuwendemaschine auf die Wiese, und sie wurde gleich zu Beginn zerbrochen, weil es dem Bauer nicht behagte, auf dem Bock zu sitzen, unter den Flügeln, die sich über ihm drehten; ihm aber wurde erklärt: „Keine Sorge, die Frauensleute werden es im Handumdrehen durchrütteln.“ Die Pflüge erwiesen sich als unbrauchbar, weil der Bauer nicht auf den Einfall kam, das aufgerichtete Pflugmesser herunterzulassen, und durch gewaltsame Bewegungen die Pferde quälte und den Boden verunstaltete; er aber wurde gebeten, sich nicht zu beunruhigen. Die Pferde waren in den Weizen eingebrochen, weil keiner der Arbeiter den Nachtwächter spielen wollte und die Leute sich, obwohl er es verboten hatte, in der Nachtwache ablösten; Wanka aber, der nach der ganztägigen Arbeit müde war, hatte seine Zeit verschlafen und bekannte sich schuldig, indem er sagte: „Wie Sie belieben.“

Drei der besten Kälber verendeten, weil man die Tiere, ohne sie zu tränken, ins Kleegrummet getrieben hatte, und man wollte durchaus nicht glauben, daß der Klee ihnen den Leib aufgebläht hatte, und tröstete Lewin damit, daß beim Nachbarn innerhalb von drei Tagen hundertzwölf Tiere krepiert seien.

Alles dies geschah aber nicht etwa deshalb, weil jemand Lewin oder seiner Wirtschaft hätte Schaden zufügen wollen; im Gegenteil, er wußte, daß er bei den Leuten beliebt war und von ihnen als „einfacher“ Herr bezeichnet wurde (was das höchste Lob bedeutete); es war lediglich darauf zurückzuführen, daß alle vergnügt und sorglos arbeiten wollten und daß seine Interessen ihnen nicht nur fremd und unbegreiflich waren, sondern darüber hinaus in einem fatalen Gegensatz zu ihren eigenen, durchaus berechtigten Interessen standen. Sein Verhältnis zur Wirtschaft hatte Lewin schon seit langem mit Unzufriedenheit erfüllt. Ihm war nicht entgangen, daß sein Boot leckte, aber er hatte das Leck nicht gefunden und – vielleicht, um sich selbst zu täuschen – auch nicht nach ihm gesucht. Doch nun war ihm eine solche Selbsttäuschung nicht mehr möglich. Seine Tätigkeit in der Wirtschaft hatte für ihn nicht nur jegliches Interesse verloren, sondern war ihm sogar zuwider geworden, und er sah sich außerstande, sie weiter fortzusetzen.

Dazu kam, daß sich in einer Entfernung von dreißig Werst Kitty Stscherbazkaja aufhielt, die er wiedersehen wollte und nicht wiedersehen konnte. Als er Darja Alexandrowna Oblonskaja besucht hatte, war er von ihr aufgefordert worden wiederzukommen: wiederzukommen, um nochmals um die Hand ihrer Schwester anzuhalten, und sie hatte durchblicken lassen, daß Kitty seinen Antrag jetzt annehmen würde. Als Lewin Kitty auf der Landstraße begegnet war, hatte er erkannt, daß er sie noch immer liebte; doch mit der Gewißheit, sie dort anzutreffen, brachte er es nicht über sich, zu den Oblonskis zu fahren. Durch die Tatsache, daß er ihr einen Antrag gemacht und daß sie diesen abgelehnt hatte, war zwischen ihr und ihm eine unüberwindliche Schranke aufgerichtet. Ich kann sie nicht bitten, nur deshalb meine Frau zu werden, weil ein anderer, dessen Frau sie werden wollte, sie nicht geheiratet hat, sagte er sich. Dieser Gedanke erzeugte in ihm ein kaltes, feindseliges Gefühl gegen sie. Es wird ihm nicht gelingen, im Gespräch mit ihr einen vorwurfsvollen Ton zu unterdrücken und sie ohne Verbitterung anzusehen, was nur die ganz natürliche Folge haben wird, sie noch mehr gegen mich einzunehmen. Und wie könnte ich jetzt, nach diesem Gespräch mit Darja Alexandrowna, überhaupt zu ihnen fahren? Könnte ich denn so tun, als wüßte ich nicht, was sie mir gesagt hat? Sähe es nicht aus, als käme ich aus Großmut – ihr zu verzeihen, zu vergeben? Ich würde vor ihr als Verzeihender dastehen, der sich herabläßt, sie seiner Liebe für würdig zu befinden! ... Warum hat mir Darja Alexandrowna das nur gesagt! Bei einem zufälligen Zusammentreffen hätte sich alles von selbst ergeben, doch jetzt ist es unmöglich, ganz unmöglich!

Von Darja Alexandrowna erhielt er ein Briefchen, in dem sie ihn um einen Damensattel für Kitty bat. „Ich habe gehört, Sie hätten einen", schrieb sie. „Ich hoffe, Sie werden ihn selbst bringen."

Das war ihm denn doch zuviel. Wie war es nur möglich, daß eine kluge, feinfühlige Frau ihre Schwester so entwürdigte! Er schrieb zehnmal eine Antwort hin, zerriß eine nach der anderen und übersandte den Sattel ganz ohne Begleitschreiben. Zu schreiben, daß er sie besuchen würde, war ihm nicht möglich, weil er nicht hinfahren konnte; zu schreiben, daß er nicht kommen könne, weil er verhindert sei oder verreise, wäre noch peinlicher gewesen. Er schickte den Sattel ohne Antwort; und in dem Bewußtsein, unschön gehandelt zu haben, übertrug er am nächsten Tag die ganze Wirtschaftsführung, die ihn nicht mehr interessierte, dem Verwalter und begab sich auf die Reise zu seinem Freund Swijashski, von dem er kürzlich in einem Brief an den längst in Aussicht genommenen Besuch erinnert worden war und der seinen Wohnsitz in einem der entfernteren Kreise hatte, wo es ausgezeichnete sumpfige Jagdgründe für Doppelschnepfen gab. Diese schnepfenreichen Sümpfe im Surowschen Gebiet waren für Lewin schon lange verlockend gewesen, aber infolge seiner Inanspruchnahme durch die Wirtschaft hatte er die Reise dorthin immer wieder verschoben. Jetzt indessen war er froh, sich der Nachbarschaft der Stscherbazkis und vor allem seinem Wirtschaftsbetrieb gerade durch eine Fahrt zur Jagd zu entziehen, die ihn über alle Kümmernisse stets am besten hinwegtröstete.

25

Im Kreise Surow gab es weder eine Eisenbahnverbindung, noch verkehrten dort Postkutschen, so daß Lewin seinen eigenen Reisewagen benutzte und mit eigenen Pferden fuhr. Auf halbem Wege kehrte er zum Füttern der Pferde bei einem reichen Bauern ein. Der kahlköpfige, aber noch rüstige Bauer mit einem rötlichen, an den Seiten graumelierten Vollbart öffnete das Tor und drückte sich an den Pfosten, um die Troika durchzulassen. Nachdem er dem Kutscher auf dem sauberen, ordentlichen Hof, in dem mehrere angekohlte Hakenpflüge abgestellt waren, einen Platz unter dem Schutzdach angewiesen hatte, nötigte er Lewin, in die Wohnstube zu gehen. Im Flur des noch ganz neuen Hauses scheuerte eine sauber gekleidete junge Bäuerin, mit Gummischuhen an den bloßen Füßen, den Fußboden. Sie schrak aus ihrer gebückten Stellung auf und stieß einen Schrei aus, als hinter Lewin dessen Hund hereingelaufen kam, lachte dann aber gleich über sich selbst, als sie hörte, daß er nicht beiße. Nachdem sie Lewin mit dem Arm, an dem der Ärmel aufgekrempelt war, zur Tür der Wohnstube gewiesen hatte, entzog sie ihr hübsches Gesicht seinem Blick, indem sie sich wieder bückte und mit dem Scheuern fortfuhr.

„Soll ich vielleicht den Samowar bringen?“ fragte sie.

„Ja, bitte.“

Die Wohnstube, in der ein holländischer Ofen stand, war groß und durch eine Trennwand geteilt. Unter den Heiligenbildern waren ein mit Verzierungen bemalter Tisch, eine Bank und zwei Stühle aufgestellt. Neben der Eingangstür stand ein kleiner Schrank mit Geschirr. Die Fensterläden waren geschlossen, es gab nur wenig Fliegen im Zimmer, und alles sah so sauber aus, daß Lewin seiner Laska, die unterwegs gelaufen war und in den Pfützen gebadet hatte, einen Platz in einer Ecke an der Tür anwies, damit sie nicht etwa den Fußboden beschmutze. Nachdem er sich die Stube angesehen hatte, ging Lewin hinaus auf den hinteren Hof. Die hübsche junge Bäuerin lief in ihren Gummischuhen und mit den am Tragjoch hängenden Eimern schlenkernd vor ihm her. Sie wollte aus dem Brunnen Wasser holen.

„Flink, flink!“ rief der alte Bauer ihr fröhlich zu und trat zu Lewin. „Also, zu Nikolai Iwanowitsch Swijashski sind Sie unterwegs, Herr? Er beehrt uns auch manchmal“, begann er und stützte sich, zum Plaudern aufgelegt, auf das Treppengeländer vor der Tür.

Mitten in der Erzählung des Alten von seiner Bekanntschaft mit Swijashski knarrte das Tor aufs neue, und die vom Felde zurückkehrenden Arbeiter kamen mit Hakenpflügen und Eggen in den Hof gefahren. Die vor die Pflüge und Eggen gespannten Pferde waren wohlgenährt und von stattlicher Größe. Zwei der Arbeiter, noch junge Burschen in Kattunhemden und Schirmmützen, gehörten offenbar zur Familie; die beiden anderen – ein alter und ein junger – waren angeworben und hatten Hemden aus Hanfleinwand an. Der alte Bauer verließ das Treppengeländer und ging zu den Pferden, die er auszuspannen begann.

„Was habt ihr gepflügt?“ erkundigte sich Lewin.

„Den Kartoffelacker. Ein bißchen Landwirtschaft betreiben wir ja auch … Hör mal, Fedot, den Wallach laß jetzt hier und stell ihn an den Futterkasten; wir können ein anderes Pferd anspannen.“

„Sag, Väterchen, ich habe nach den Pflugeisen geschickt, hat er sie gebracht?“ fragte ein hochgewachsener, gesunder Bursche, offenbar ein Sohn des Alten.

„Dort... im Schlitten liegen sie", antwortete der Alte, der die abgeschirrten Leinen aufgewickelt hatte und sie auf den Boden warf. „Bring sie in Ordnung, solange die anderen zu Mittag essen."

Die hübsche junge Bäuerin ging mit den vollen Eimern, unter der Last ihr das Tragjoch die Schultern niederdrückte, ins Haus zurück.

Von irgendwoher tauchten noch mehr Frauen auf: junge, hübsche Frauen mittleren Alters und alte, häßliche, teils mit Kindern, teils ohne.

Der Samowar begann zu summen. Die Arbeiter und Familienmitglieder, die inzwischen die Pferde versorgt hatten, gingen zum Mittagessen. Lewin holte seinen Proviant aus dem Wagen und forderte den Alten auf, mit ihm zusammen Tee zu trinken.

„Eigentlich haben wir ja heute schon getrunken", erwiderte der Alte, als er mit sichtlichem Vergnügen die Einladung annahm, „aber zur Gesellschaft kann ich ja mithalten."

Beim Tee erfuhr Lewin von dem Alten die ganze Geschichte des Hofes. Er hatte vor zehn Jahren bei einer Gutsbesitzerin hundertzwanzig Deßjatinen gepachtet, hatte diese im vorigen Jahr käuflich erworben und von dem benachbarten Gutsbesitzer noch weitere dreihundert dazugepachtet. Einen kleinen Teil des Landes, und zwar den schlechtesten, hatte er weiterverpachtet, während er an die vierzig Deßjatinen Ackerland selber mit seiner Familie und zwei gedungenen Arbeitern bestellte. Der alte Bauer klagte über den schlechten Stand der Wirtschaft. Aber es war Lewin klar, daß er anstandshalber klagte und daß seine Wirtschaft florierte. Wenn es ihm wirklich schlecht ginge, wäre er nicht in der Lage gewesen, Land zu hundertfünf Rubel die Deßjatine zu kaufen, drei Söhne und einen Neffen zu verheiraten und zweimal nach Feuerschäden alles neu, und zudem jedesmal besser, wieder aufzubauen. Trotz der Klagen des Alten sah man, daß er sich mit Recht auf seinen Wohlstand etwas einbildete, daß er stolz war auf seine Söhne und Schwiegertöchter, auf den Neffen, die Pferde und Kühe und besonders darauf, daß er diese ganze Wirtschaft in Gang hielt. Aus dem Gespräch des Alten ersah Lewin, daß dieser auch Neuerungen nicht ablehnend gegenüberstand. Er baute in großem Umfang Kartoffeln an, und Lewin hatte schon beim Vorbeifahren vom Wagen aus gesehen, daß seine Kartoffeln bereits abblühten und Knollen ansetzten, während die Kartoffeln bei ihm zu Hause erst zu blühen anfingen. Er hatte den Boden für die Kartoffeln mit „der Pflüge" bearbeitet, wie er den vom Gutsbesitzer entliehenen Pflug nannte. Weizen baute er ebenfalls an. Besonders erstaunt war Lewin, als er hörte, daß der Alte nach dem Jäten des Roggens den ausgejäteten Roggen als Pferdefutter benutzte. Wie oft schon hatte sich Lewin geärgert, daß dieses wertvolle Futter ungenutzt umkam, und es einsammeln lassen wollen; aber das hatte sich immer als unausführbar erwiesen. Der Bauer hier indessen brachte es fertig und war des Lobes voll über dieses gute Futter.

„Was macht das den Frauensleuten schon viel aus? Sie legen die Häufchen an den Wegrand, und der Wagen kommt herangefahren.“

„Ja, aber bei uns, bei den Gutsbesitzern, will es mit den Arbeitern gar nicht klappen“, sagte Lewin und reichte ihm ein Glas Tee.

„Danke schön“, sagte der Alte, als er ihm das Glas abnahm; den Zucker lehnte er jedoch ab und zeigte dabei auf das angebissene Stück, das er noch liegen hatte. „Wie soll das Wirtschaften mit Arbeitern auch klappen?“ fuhr er fort. „Ein Ruin ist es, nichts anderes. Nehmen wir nur Swijashski. Ich kenne den Boden bei ihm – eine reine Goldgrube! Aber mit seiner Ernte ist auch er nicht recht zufrieden! Die Aufsicht fehlt eben.“

„Aber du wirtschaftest doch auch mit Arbeitern?“

„Bei uns Bauern ist es was anderes. Wir sind überall selber hinterher. Taugt einer nichts – dann weg mit ihm! Wir schaffen's auch allein.“

„Väterchen, Finogen braucht Teer, läßt er sagen“, wandte sich die Frau mit den Gummischuhen, die ins Zimmer gekommen war, an den Alten.

„Ja, so ist es, Herr“, sagte der alte Bauer und stand auf; er bekreuzigte sich mehrmals, bedankte sich bei Lewin und ging hinaus.

Als Lewin die Gesindestube betrat, um seinen Kutscher zu rufen, traf er dort die ganze männliche Sippe um den Tisch sitzend an. Die Frauen bedienten sie, ohne sich selbst zu setzen. Einer der Söhne, ein kräftiger junger Bursche, der den Mund mit Grütze vollgestopft hatte, erzählte etwas Komisches, und alle lachten; die Frau mit den Gummischuhen war gerade dabei, Kohlsuppe in die Schüsseln nachzufüllen, und lachte am fröhlichsten von allen.

Es ist leicht möglich, daß das hübsche Gesicht der jungen Bäuerin in Gummischuhen wesentlich zu dem guten Eindruck beitrug, den dieser wohlgeordnete Bauernhaushalt auf Lewin machte; wie dem auch sei, dieser Eindruck war so stark, daß er sich ihm gar nicht wieder entziehen konnte. Während der ganzen restlichen Fahrt mußte er immer wieder an die Wirtschaft dieses alten Bauern zurückdenken, in der er etwas kennengelernt zu haben glaubte, was seine besondere Aufmerksamkeit verdiente.

Swijashski war der Adelsmarschall in seinem Kreise. Er war fünf Jahre älter als Lewin und schon seit langem verheiratet. Zum Haushalt gehörte auch seine Schwägerin, ein Lewin sehr sympathisches junges Mädchen. Lewin wußte, daß sowohl Swijashski wie auch seine Frau den lebhaften Wunsch hatten, dieses junge Mädchen mit ihm zu verheiraten. Er wußte dies so genau, wie es in solchen Fällen alle jungen Männer, die als Heiratskandidaten gelten, zu wissen pflegen, obwohl er es nie und niemandem gegenüber zugegeben hätte; doch ungeachtet dessen, daß er wirklich heiraten wollte und alles dafür sprach, daß dieses reizende junge Mädchen eine ausgezeichnete Frau abgeben würde, wußte er auch, daß für ihn eine Heirat mit ihr, selbst wenn er nicht Kitty Stscherbazkaja geliebt hätte, ebensowenig möglich war wie ein Aufstieg in den Himmel. Und dieses Wissen vergällte ihm den Genuß, den er sich von seinem Besuch bei Swijashski versprochen hatte.

Als Swijashskis Brief mit der Einladung zur Jagd eingetroffen war, hatte Lewin das sofort bedacht, er hatte sich aber dennoch zu der Reise entschlossen, weil er sich sagte, daß er ja Swijashski keinerlei Veranlassung gegeben habe, bei ihm derartige Absichten vorauszusetzen. Außerdem sprach im Grunde seines Herzens der Wunsch mit, sich einer Selbstprüfung zu unterziehen und Beobachtungen anzustellen, ob dieses junge Mädchen zu ihm passen würde. Das häusliche Leben bei Swijashski spielte sich zudem in höchst angenehmen Formen ab, und Swijashski selbst, der in Lewins Augen den besten Typ eines im Semstwo tätigen Mannes verkörperte, war für ihn von jeher eine äußerst interessante Persönlichkeit gewesen.

Swijashski gehörte zu jenen Menschen, die Lewin immer wieder in Erstaunen versetzten; ihre sehr folgerichtige, wenn auch nie selbständige Lebensauffassung war eine Sache für sich, während sich ihr Leben in außerordentlich bestimmten und festen Bahnen ganz unabhängig von ihrer Auffassung abspielt und zu dieser fast immer in Widerspruch steht. Swijashski war äußerst liberal gesinnt. Er verachtete den Adel und hielt die meisten Adligen für heimliche Anhänger der Leibeigenschaft, die das nur aus Mangel an Mut nicht zugeben wollten. Er hielt Rußland für einen Staat, der, ähnlich der Türkei, dem Untergang geweiht war, und die Regierung Rußlands für so schlecht, daß er sie nicht einmal einer ernsthaften Beurteilung für würdig befand, doch zugleich bekleidete er eine amtliche Stellung, war er ein vorbildlicher Adelsmarschall und setzte stets seine rotgeränderte, mit einer Kokarde geschmückte Mütze auf, wenn er irgendwo hinzufahren hatte. Er war der Meinung, daß ein menschenwürdiges Leben nur im Ausland möglich sei, wohin er auch reiste, sooft er die Möglichkeit dazu hatte; doch zugleich besaß er in Rußland einen sehr komplizierten und modernisierten Wirtschaftsbetrieb, wie er auch mit großem Interesse alles verfolgte und über alles orientiert war, was in Rußland vor sich ging. Er sah im russischen Bauern ein Geschöpf, das in seiner Entwicklung auf einer Stufe zwischen Affen und Menschen angelangt war; doch zugleich drückte er bei Wahlversammlungen zum Semstwo besonders gern gerade den Bauern die Hand und hörte sich ihre Ansichten an. Er glaubte weder an Tod noch Teufel, trat indessen mit großem Eifer dafür ein, die Lebensbedingungen der Geistlichen zu verbessern und die Kirchsprengel zu verkleinern, wobei ihm besonders darum zu tun war, daß die Kirche in seinem Dorf belassen werde.

In der Frauenfrage stand er auf seiten der extremsten Verfechter der uneingeschränkten Freiheit der Frauen und im besonderen ihres Rechtes auf Arbeit; aber mit seiner eigenen Frau führte er ein solches Dasein, daß jeder seine Freude daran hatte, das einträchtige kinderlose Familienleben der beiden zu beobachten, und den Tagesablauf seiner Frau hatte er so geregelt, daß sie überhaupt nichts tat und auch nichts tun konnte, als sich gemeinsam mit ihrem Mann darum zu bemühen, möglichst angenehm und vergnügt die Zeit zu verbringen.

Wenn Lewin nicht die Eigenschaft besessen hätte, alle Menschen von ihrer besten Seite zu beurteilen, dann würde es ihm keinerlei Schwierigkeiten bereitet haben, sich den Charakter Swijashskis zu erklären; er hätte sich gesagt: ein Dummkopf oder Lump, womit alles geklärt gewesen wäre. Aber für einen Dummkopf konnte er ihn nicht halten, denn Swijashski war zweifellos nicht nur ein sehr intelligenter, sondern auch ein sehr gebildeter Mensch, der freilich seine Bildung nicht aufdringlich zur Schau trug. Es gab kein Gebiet, auf dem er nicht beschlagen gewesen wäre; doch er offenbarte sein Wissen immer nur dann, wenn er sich dazu genötigt sah. Noch weniger hätte Lewin sagen können, er sei ein Lump; denn Swijashski war ohne Zweifel ein anständiger, guter und kluger Mensch, der immer vergnügt und voller Eifer Dinge verrichtete, die von seiner ganzen Umgebung hoch eingeschätzt wurden, und es war ganz undenkbar, daß er jemals bewußt etwas Unrechtes getan hätte oder auch nur dazu fähig gewesen wäre.

Lewin bemühte sich, ihn zu begreifen, aber es gelang ihm nicht, und er blickte auf Swijashski und dessen Leben immer wie auf ein lebendiges Rätsel.

Sie waren miteinander befreundet, und Lewin konnte es sich daher leisten, Swijashski mitunter auf den Zahn zu fühlen und seiner Lebensauffassung bis auf den Grund nachzuspüren; doch es war stets ergebnislos geblieben. Jedesmal, wenn Lewin den Versuch unternommen hatte, weiter als bis in die allen offenstehenden Empfangsräume seines Geistes vorzudringen, war Swijashski in eine leichte Verwirrung geraten; als fürchte er, Lewin könne ihn durchschauen, hatte sich in seinem Gesicht dann eine kaum merkliche Angst gezeigt, und er hatte sich gutmütig und fröhlich zur Wehr gesetzt.

Nach der Enttäuschung, die Lewin mit seiner Wirtschaft erlebt hatte, erschien ihm ein Zusammensein mit Swijashski jetzt besonders verlockend. Ganz abgesehen davon, daß ihm der Anblick dieses glücklichen, mit sich selbst und der ganzen Welt zufriedenen Täubchenpaares und ihres wohlbestellten Nestes großes Vergnügen bereitete, wollte er jetzt, da er von seinem Leben so unbefriedigt war, Swijashskis Geheimnis enträtseln, das diesem ein so klares, bestimmtes und heiteres Leben ermöglichte. Überdies rechnete er damit, bei Swijashski mit den benachbarten Gutsbesitzern zusammenzutreffen, und war besonders daran interessiert, sich mit ihnen über Wirtschaftsfragen, über die Ernte, die Anwerbung von Arbeitern und ähnliche Themen zu unterhalten, die zwar gewöhnlich, wie er wußte, sehr von oben herab angesehen wurden, seiner Meinung nach indessen die einzigen zur Zeit wichtigen Fragen waren. Zur Zeit der Leibeigenschaft mögen solche Fragen nicht wichtig gewesen sein, und in England mögen sie auch jetzt keine Wichtigkeit haben; in beiden Fällen aber bestand oder besteht eine feste Ordnung. Bei uns in Rußland hingegen, wo alles in der Umwandlung begriffen ist und sich erst formt, ist die Frage, welche Verhältnisse sich herausbilden werden, die einzige Frage, die gegenwärtig wichtig ist, dachte Lewin.

Die Jagdergebnisse fielen nicht so gut aus, wie Lewin es erwartet hatte. Der Sumpf war ausgetrocknet, und es gab so gut wie gar keine Schnepfen. Er war den ganzen Tag herumgestreift und hatte nur drei Schnepfen erlegt; doch dafür brachte er, wie immer von der Jagd, einen ausgezeichneten Appetit mit, eine glänzende Stimmung und jene geistig angeregte Gemütsverfassung, die eine starke körperliche Betätigung stets bei ihm hervorrief. Während der Jagd, als er überhaupt an nichts denken wollte, war ihm immer wieder jener alte Bauer mit seiner Familie eingefallen, und es schien ihm, als ob dieser Eindruck nicht nur seine Aufmerksamkeit verlangte, sondern darüber hinaus eine Entscheidung über etwas, was mit ihm, Lewin, zusammenhing.

Abends, als beim Tee noch zwei Gutsbesitzer zugegen waren,

die mit Swijashski irgendeine Vormundschaftssache besprechen wollten, kam es auch zu jener interessanten Unterhaltung, die Lewin erwartet hatte.

Lewin saß am Teetisch neben der Frau des Hauses und mußte sich mit ihr und der Schwägerin unterhalten, die ihren Platz ihm gegenüber hatte. Die Frau des Hauses, blond und nicht sehr groß, hatte ein rundes Gesicht mit Grübchen, das ständig von einem Lächeln erhellt wurde. Lewin bemühte sich, durch sie der ihm so wichtigen Lösung des Rätsels näher zu kommen, das ihr Mann für ihn darstellte; aber er war unfähig, seine Gedanken zu sammeln, weil er sich äußerst unbehaglich fühlte. Unbehaglich fühlte er sich deshalb, weil ihm gegenüber die Schwägerin saß und, wie es ihm schien, nur seinetwegen ein Kleid mit einem auffallenden trapezförmigen Ausschnitt, der den weißen Brustansatz sehen ließ, angezogen hatte. Dieser viereckige Ausschnitt machte es Lewin unmöglich, einen klaren Gedanken zu fassen, vor allem wohl deshalb, weil die Brust so weiß war. Er bildete sich ein, irrtümlicherweise wahrscheinlich, daß dieses Kleid nur ihm zuliebe so ausgeschnitten sei, glaubte, nicht hinsehen zu dürfen, und war bemüht, es zu vermeiden; aber er hatte das Gefühl, ihn träfe schon allein deshalb eine Schuld, weil der Ausschnitt überhaupt da war. Es schien ihm, daß er jemand täusche, daß er irgend etwas aufklären müsse, was sich auf keine Weise erklären ließe, und deshalb errötete er alle Augenblicke und war unruhig und verlegen. Seine Verlegenheit übertrug sich auch auf die hübsche Schwägerin. Doch die Frau des Hauses schien das nicht zu bemerken und war darauf bedacht, sie ins Gespräch zu ziehen.

„Sie sagen“, fuhr sie in dem begonnenen Gespräch fort, „daß mein Mann für nichts Interesse hat, was russisch ist. Im Gegenteil, er fühlt sich im Ausland zwar wohl, aber doch nie so wie hier. Hier ist er in seinem Element. Er hat so viel zu tun und besitzt die Gabe, für alles Interesse aufzubringen. Ach, in unserer Schule sind Sie wohl noch gar nicht gewesen?“

„Ich habe das Haus gesehen … Es ist doch wohl das kleine efeuberankte Gebäude?“

„Ja; das ist Nastjas Reich“, sagte sie und zeigte auf ihre Schwester.

„Unterrichten Sie selbst?“ fragte Lewin und bemühte sich, am Ausschnitt vorbeizusehen; aber er fühlte, daß sein Blick, sobald er nur in jene Richtung sah, unvermeidlich auf den Ausschnitt fallen mußte.

„Ja, ich habe früher unterrichtet und unterrichte auch jetzt, aber wir haben außerdem eine ausgezeichnete Lehrerin. Turnunterricht haben wir jetzt auch eingeführt.“

„Nein, vielen Dank, ich trinke nicht mehr", sagte Lewin, und obwohl er sich bewußt war, damit eine Unhöflichkeit zu begehen, stand er errötend auf; er fühlte sich außerstande, dieses Gespräch länger fortzusetzen. „Ich höre, daß man sich dort über ein sehr interessantes Thema unterhält", fügte er hinzu und ging an das andere Ende des Tisches hinüber, wo der Hausherr mit den beiden Gutsbesitzern saß.

Swijashski saß schräg am Tisch, hatte einen Arm auf den Tisch gelegt und drehte seine Tasse mit der Hand hin und her; mit der anderen Hand drückte er seinen Bart zusammen, hob ihn zuweilen an die Nase, als wollte er an ihm riechen, und ließ ihn dann wieder los. Der eine der Gutsbesitzer, ein Mann mit grauem Schnurrbart, ereiferte sich im Gespräch, und Swijashski, der ihn mit seinen blitzenden schwarzen Augen ansah, schien sich über das, was er sagte, zu amüsieren. Der Gutsbesitzer war mit seinen Leuten unzufrieden. Lewin war überzeugt, daß Swijashski in der Lage gewesen wäre, dem Gutsbesitzer eine Antwort zu erteilen, die dessen Argumente auf der Stelle zunichte gemacht hätte, daß er sich aber mit Rücksicht auf seine Stellung eine solche Antwort nicht gestatten konnte und sich nun mit einem gewissen Vergnügen die komischen Ansichten des Gutsbesitzers anhörte.

Bei dem Gutsbesitzer mit dem grauen Schnurrbart handelte es sich offenbar um einen eingefleischten Anhänger der Leibeigenschaft und einen leidenschaftlichen Landwirt, der mit Leib und Seele an seinem Gut hing. Anzeichen hierfür erblickte Lewin in seiner Kleidung, dem altmodischen, blankgescheuerten Gehrock, in dem er sich sichtlich unbehaglich fühlte, in seinen klugen Augen unter den zusammengezogenen Brauen, in der urwüchsig russischen Ausdrucksweise, in seinem offenbar durch lange Gewohnheit entstandenen Befehlston und in den energischen Bewegungen seiner großen, schönen, von der Sonne gebräunten Hände mit einem alten Trauring am Ringfinger als einzigem Schmuck.

27

„Wenn es einem nicht so leid täte, alles aufzugeben, was man sich geschaffen hat... worin so viel Arbeit steckt – ich würde auf alles pfeifen, würde alles verkaufen und losfahren, um mir wie Nikolai Iwanytsch ... ‚Die schöne Helena' anzuhören", sagte der Gutsbesitzer mit einem gewinnenden Lächeln, bei dem sich sein ganzes ausdrucksvolles altes Gesicht erhellte.

„Nun, Sie geben es aber nicht auf", warf Nikolai Iwanowitsch Swijashski ein. „Dann muß es doch Vorteile haben."

„Der einzige Vorteil besteht darin, daß ich auf angestammtem Grund und Boden lebe, nicht auf gekauftem oder gepachtetem. Und man hofft ja noch immer, daß die Leute zur Besinnung kommen werden. Denn sonst – diese Trunksucht, diese Unzucht ist einfach nicht zu glauben! Alles haben sie untereinander verschachert, bis auf den letzten Gaul, die letzte Kuh. Sie verrecken vor Hunger, aber stellt man sie zur Arbeit ein, dann sind sie bockbeinig, richten allen möglichen Schaden an und laufen schließlich noch zum Friedensrichter."

„Ihnen steht es ja ebenfalls frei, zum Friedensrichter eine Klage einzureichen", meinte Swijashski.

„Ich – eine Klage einreichen? Um nichts in der Welt! Ein Gerede gäbe es dann, daß man nur Verdruß davon hätte! Neulich in der Fabrik zum Beispiel: da haben sie das Handgeld genommen und sind ihrer Wege gegangen. Und was tut der Friedensrichter? Er hat ihnen recht gegeben. Einzig durch das Bezirksgericht und den Gemeindeältesten wird alles noch einigermaßen zusammengehalten. Der läßt ihnen nach altem Brauch eine Tracht Prügel verabfolgen. Wenn es auch das nicht mehr gäbe, dann wäre überhaupt alles aus! Schnür dein Bündel und suche in der weiten Welt dein Heil!"

Der Gutsbesitzer hatte es offenbar darauf abgesehen, Swijashski zu reizen; doch dieser ärgerte sich keineswegs, sondern schien sich sogar darüber zu amüsieren.

„Nun, andere führen doch auch ihre Wirtschaft und kommen ohne solche Maßnahmen zurecht; ich selbst zum Beispiel, Lewin und auch Michail Petrowitsch", sagte er lächelnd und wies auf den anderen Gutsbesitzer.

„Ja, Michail Petrowitsch kommt zurecht, aber fragen Sie nur nicht, wie! Kann man das denn eine rationelle Wirtschaft nennen?" erwiderte der Gutsbesitzer, den es offensichtlich befriedigte, mit dem Ausdruck „rationell" zu paradieren.

„Meine Wirtschaft ist einfach, Gott sei Dank", sagte Michail Petrowitsch. „In meiner Wirtschaft geht es nur darum, daß man im Herbst die nötigen Sümmchen für die Abgaben bereitliegen hat. Da kommen dann die armen Schlucker und bitten: ‚Väterchen, du Guter, hilf uns aus!' Nun, es sind ja alles Bauern aus der Nachbarschaft, sie tun einem leid. Da gibt man ihnen eben das erste Drittel und ermahnt sie nur: ‚Vergeßt nicht, Kinder, daß ich euch beigestanden habe, da müßt auch ihr mir beistehen, wenn es not tut – sei es nun im Herbst, beim Aussäen des Hafers, oder später, beim Heuen, beim Einbringen der Ernte.' Und was jeder zu leisten und dafür zu bekommen hat, wird auch gleich ausgemacht. Gewissenlose gibt es natürlich auch unter ihnen, das ist wahr."

Lewin, der diese patriarchalischen Bräuche hinreichend genug kannte, wechselte mit Swijashski einen Blick und unterbrach Michail Petrowitsch, indem er sich wieder an den Gutsbesitzer mit dem grauen Schnurrbart wandte.

„Was halten Sie denn nun für richtig?" fragte er. „Wie muß man heutzutage seine Wirtschaft führen?"

„Nun, so muß man sie führen, wie Michail Petrowitsch es tut: entweder man macht mit den Bauern halbpart, oder man überläßt ihnen pachtweise Land; das geht natürlich auch, aber gerade dadurch wird der allgemeine nationale Wohlstand zugrunde gerichtet. Dasselbe Land, auf dem ich zu Zeiten der Leibeigenschaft und bei richtiger Bewirtschaftung das Neunfache der Aussaat geerntet habe, bringt heute nur das Dreifache. Die Emanzipation der Bauern hat Rußland ruiniert!"

Swijashski blickte mit einem Lächeln in den Augen zu Lewin herüber und machte ihm unauffällig sogar ein spöttisches Zeichen. Doch Lewin fand an den Worten des Gutsbesitzers gar nichts zum Lachen; sie waren ihm klarer als die Einstellung Swijashskis. Und vieles von dem, was der Gutsbesitzer dann noch als Beweis dafür anführte, daß die Bauernbefreiung Rußland zugrunde gerichtet habe, war für ihn neu und erschien ihm durchaus zutreffend und unwiderlegbar. In den Worten des Gutsbesitzers drückten sich unverkennbar, was so selten der Fall ist, eigene Gedanken aus; es waren nicht Gedanken, zu denen ihn etwa der Wunsch geführt hatte, den müßigen Geist zu beschäftigen, sondern solche, die aus den Bedingungen hervorgegangen waren, unter denen er lebte, über denen er in seiner ländlichen Einsamkeit gebrütet und die er nach allen Seiten hin überlegt hatte.

„Die Sache, sehen Sie, ist die: Fortschritt wird nur durch Ausübung von Zwang erreicht", sagte er, offensichtlich, um zu zeigen, daß er durchaus nicht ganz ungebildet war. „Nehmen wir die von Peter, von Katharina, von Alexander durchgeführten Reformen. Nehmen wir die Geschichte Europas. Um so mehr trifft es auf Fortschritte in der Landwirtschaft zu. Denken wir nur an die Kartoffel – auch sie wurde mit Zwang eingeführt. Mit Hakenpflügen hat man ja auch nicht immer gepflügt. Sie sind vielleicht auch zu Zeiten der Lehnherrschaft eingeführt worden und ganz gewiß unter Anwendung von Zwang. In unseren Zeiten, solange die Leibeigenschaft bestand, haben wir Gutsbesitzer unsere Wirtschaftsführung vervollkommnet; Trockenböden, Worfelmaschinen, das Düngen des Bodens, die verschiedenen Geräte – alles das haben wir kraft unserer Befehlsgewalt eingeführt, und die Bauern haben sich zuerst widersetzt und uns dann nachgeahmt. Jetzt, nach Aufhebung der Leibeigenschaft, hat man uns unsere Macht genommen, und unsere Wirtschaft, die wir auf ein hohes Niveau gebracht haben, muß wieder in den ursprünglichen, vorsintflutlichen Zustand hinabsinken. Das ist meine Meinung."

„Warum meinen Sie das?" fragte Swijashski. „Wenn eine Wirtschaft rationell ist, kann man sie auch unter den heutigen Arbeitsbedingungen führen."

„Die Macht fehlt halt. Mit wem soll ich sie führen, möchte ich Sie fragen?"

Da haben wir's! Die Arbeitskräfte als wichtigstes Element der Landwirtschaft! dachte Lewin.

„Mit angeworbenen Arbeitern."

„Die Arbeiter wollen nicht gut arbeiten und wollen nicht mit guten Geräten arbeiten. Unser Arbeiter versteht nur eins: sich wie ein Schwein zu betrinken; und wenn er dann betrunken ist, richtet er alles zugrunde, was ihm unter die Finger kommt. Die Pferde tränkt er ohne jede Vernunft, das gute Geschirr zerreißt er, die beschlagenen Räder tauscht er aus und verjubelt sie, in die Dreschmaschine steckt er einen Bolzen, damit sie zerbricht. Ihm ist alles zuwider, was nicht nach seinem Sinn ist. Eben dadurch ist das Niveau der Wirtschaft so gesunken. Das Land verwildert, ist von Unkraut überwuchert, oder man hat es unter die Bauern aufgeteilt, und wo früher eine Million Tschetwert geerntet wurden, sind es jetzt ein paar Hunderttausend. Der allgemeine Wohlstand hat sich verringert. Wenn man schon so etwas machen wollte, dann hätte man es mit Überlegung machen müssen ..."

Und er begann seinen Plan einer Bauernbefreiung auseinanderzusetzen, bei dem alle diese Mißhelligkeiten weggefallen wären.

Hierfür interessierte sich Lewin nicht, aber er kam, als der Gutsbesitzer geendet hatte, auf den Ausgangspunkt des Gesprächs zurück und wandte sich an Swijashski, den er zu einer ernsthaften Stellungnahme herausfordern wollte.

„Daß das Niveau der Landwirtschaft sinkt und daß bei unserem Verhältnis zu den Arbeitern eine rationelle Wirtschaftsführung unmöglich ist, trifft durchaus zu", sagte er.

„Das finde ich nicht", erwiderte Swijashski nunmehr in ernstem Ton. „Ich sehe nur, daß wir nicht zu wirtschaften verstehen, und bin der Meinung, daß das Niveau unserer Landwirtschaft auch zu Zeiten der Leibeigenschaft kein besonders hohes, sondern im Gegenteil ein sehr niedriges gewesen ist. Uns fehlt es an Maschinen, an guten Zugtieren, an einer richtigen Verwaltung, wir verstehen nicht zu rechnen. Fragen Sie einen Landwirt, und Sie werden sehen, daß er gar nicht weiß, was für ihn vorteilhaft und was unvorteilhaft ist."

„Italienische Buchführung", sagte der Gutsbesitzer ironisch. „Da kann man rechnen, wie man will, wenn alles zugrunde gerichtet wird, läßt sich kein Vorteil herausschlagen."

„Warum soll es denn zugrunde gerichtet werden? Eine klapprige Dreschmaschine, Ihren russischen Stampfer, den werden sie zugrunde richten, nicht aber meine Dampfmaschine. Die russischen Pferdchen – wie heißt es gleich? – echt Schwanzer Rasse, weil man sie am Schwanz ziehen muß, die wird man Ihnen vielleicht zugrunde richten, aber wenn Sie sich Percherons oder andere gute Lastpferde zulegen, denen wird man nichts anhaben können. Und so ist es mit allem. Wir müssen unsere Landwirtschaft auf einen höheren Stand bringen."

„Ja, wenn man das nötige Geld dazu hätte, Nikolai Iwanytsch! Sie haben es gut; ich dagegen muß einen Sohn auf der Universität unterhalten und für die jüngeren das Gymnasium bezahlen. Da bleibt für Percherons nichts übrig."

„Dafür gibt es ja Banken."

„Um das letzte, was man hat, unter den Hammer zu bringen? Nein, dafür danke ich!"

„Ich kann Ihrer Ansicht, daß man das Niveau unserer Landwirtschaft noch weiter heben muß und kann, nicht beipflichten", sagte Lewin. „Ich habe es versucht, ich besitze die Mittel dazu, und dennoch habe ich nichts erreicht. Wem die Banken nützen, weiß ich nicht. Ich jedenfalls habe jedesmal, wenn ich Geld in die Wirtschaft gesteckt habe, Verluste gehabt; so war es mit dem Vieh, so war es mit den Maschinen."

„Das ist ein wahres Wort!" pflichtete ihm der Gutsbesitzer mit dem grauen Schnurrbart bei und lachte sogar vor Vergnügen.

„Und so geht es nicht mir allein", fuhr Lewin fort. „Ich kann mich auf alle Landwirte berufen, die ihre Wirtschaft rationell betreiben; sie alle, mit wenigen Ausnahmen, wirtschaften mit Verlust. Ja, können Sie selbst etwa sagen, daß Ihnen Ihre Wirtschaft Gewinn einbringt?" fragte Lewin und bemerkte in Swijashskis Blick sofort wieder jenen flüchtigen ängstlichen Ausdruck, den er jedesmal wahrnahm, wenn er weiter als bis in die Empfangszimmer seines Geistes vordringen wollte.

Im übrigen war diese Frage Lewins nicht ganz korrekt. Die Frau des Hauses hatte ihm beim Tee eben erst erzählt, sie hätten sich in diesem Sommer aus Moskau einen in der Buchhaltung sachkundigen Deutschen kommen lassen, der für ein Honorar von fünfhundert Rubel ihre Wirtschaft überprüft und einen Verlust von über dreitausend Rubel festgestellt habe. Den genauen Betrag wußte sie nicht mehr, aber der Deutsche hatte ihn auf den Bruchteil einer Kopeke errechnet.

Der Gutsbesitzer lächelte, als Lewin die Frage nach dem Gewinn der Wirtschaft Swijashskis aufwarf, denn er wußte wahrscheinlich, wie es mit dem Gewinn bei seinem Nachbarn, dem Adelsmarschall, bestellt war.

„Möglicherweise wirft sie keinen Gewinn ab", erwiderte Swijashski. „Das würde aber nur beweisen, daß ich entweder ein schlechter Landwirt bin oder Kapital zur Erhöhung der Rente anlege."

„Ach, die Rente!" rief Lewin entsetzt. „Es mag sein, daß es in Europa, wo der Boden durch die aufgewandte Arbeit verbessert wird, eine Rente gibt; doch bei uns wird der Boden durch die aufgewandte Arbeit nur verschlechtert, weil man ihn aussaugt. Folglich fällt die Rente weg."

„Wieso fällt die Rente weg? Sie ist gesetzlich festgelegt."

„Dann stehen wir eben außerhalb des Gesetzes; die Aussicht auf eine Rente hat für uns keine Bedeutung, sondern verwirrt nur die Lage. Sagen Sie selbst, wie ein Rentensystem möglich sein soll, wenn ..."

„Mögen Sie ein Schälchen dicke Milch? ... Mascha, laß uns doch dicke Milch oder Himbeeren bringen", wandte sich Swijashski an seine Frau. „Die Himbeeren halten sich in diesem Jahr außergewöhnlich lange."

Bei diesen Worten erhob sich Swijashski in allerbester Stimmung und trat beiseite; er hielt das Gespräch offenbar für beendet, während Lewin gerade erst an dem Punkt angelangt zu sein glaubte, wo es beginnen sollte.

Nachdem er seinen Gesprächspartner verloren hatte, setzte Lewin die Unterhaltung mit dem Gutsbesitzer fort; er suchte ihm nachzuweisen, daß alle Schwierigkeiten darauf zurückzuführen seien, daß man sich nicht um die Eigenart und Gewohnheiten seiner Arbeiter kümmere. Doch wie alle Eigenbrötler, die sich ihre Ansicht in der Einsamkeit bilden, konnte sich der Gutsbesitzer schwer in den Gedankengang eines anderen hineinversetzen und war zu sehr von seinem eigenen befangen. Er behauptete steif und fest, der russische Bauer sei ein Schwein und fühle sich nur im Schmutz wohl, und um ihn aus diesem Zustand herauszuführen, bedürfe es der Macht, die nicht vorhanden sei; der Stock werde gebraucht, indessen seien wir so liberal geworden, daß wir die seit tausend Jahren bewährte Prügelstrafe mit Hilfe aller möglichen Anwälte plötzlich durch Haftlokale ersetzt hätten, in denen man die nichtsnutzigen, stinkenden Bauern mit guter Suppe füttere und ausrechne, wieviel Kubikfuß Luft sie benötigen.

„Warum", fragte Lewin, der sich bemühte, beim Thema zu bleiben, „warum glauben Sie denn, daß es nicht möglich sei, ein solches Verhältnis zu den Arbeitskräften zu finden, daß die geleistete Arbeit produktiv wird?"

„Das wird mit den russichen Bauern nie zu erreichen sein! Die Macht fehlt", antwortete der Gutsbesitzer.

„Welche neuen Bedingungen sollte man noch ausfindig machen können?" warf Swijashski ein, der jetzt, nachdem er seine saure Milch gegessen und sich eine Zigarette angezündet hatte, wieder zu den Disputierenden zurückkehrte. „Das Verhältnis zu den Arbeitskräften ist nach allen nur denkbaren Richtungen studiert und bereits festgelegt", sagte er. „Die ursprüngliche Dorfgemeinschaft mit ihrer genossenschaftlichen Haftpflicht, jenes Überbleibsel der Barbarei, zerfällt von selbst, die Leibeigenschaft ist aufgehoben, und es bleibt nur die freiwillige Arbeit übrig, deren Formen sich bereits herausgebildet haben und angewandt werden müssen. Gutsarbeiter, Tagelöhner, Pächter – auf die ist man jetzt angewiesen."

„In Europa ist man mit diesen Formen jedoch unzufrieden."

„Man ist unzufrieden und sucht nach neuen. Und man wird sie wahrscheinlich auch finden."

„Das ist es ja, was ich sage", fiel Lewin ein. „Warum sollten wir nicht auch unsererseits nach neuen Formen suchen?"

„Das wäre das gleiche, als wollte man nach neuen Methoden zum Bau der Eisenbahn suchen. Sie stehen bereits fest, sind schon erfunden."

„Aber wenn sie nun für uns nicht passen und widersinnig sind?" fragte Lewin beharrlich.

Wieder nahm er in Swijashskis Augen einen ängstlichen Ausdruck wahr.

„Ja, natürlich, wir werden alle übertrumpfen, wir werden das entdecken, wonach Europa sucht! Alles das ist mir bekannt; doch entschuldigen Sie, wissen Sie auch, was alles in Europa unternommen wurde, um die Arbeiterfrage zu regeln?"

„Nein, nur wenig."

„Diese Frage beschäftigt jetzt die besten Geister Europas. Da gibt es die Richtung von Schulze-Delitzsch... Ferner die umfangreiche Literatur über die Arbeiterfrage von der liberalen Lassalleschen Richtung... Die Mühlhausensche Gesellschaft – das sind doch Tatsachen, die Ihnen sicherlich bekannt sind."

„Ich habe eine Vorstellung davon, aber sie ist ziemlich unklar."

„Nein, das sagen Sie nur so; sicherlich sind Sie über alles dies nicht weniger gut unterrichtet als ich. Ich bin natürlich kein Professor der Soziologie, habe mich jedoch für diese Dinge interessiert, und wirklich, wenn Sie dafür Interesse haben, sollten Sie sich auf dem laufenden halten."

„Und wozu hat alles dies geführt?"
„Entschuldigen Sie einen Augenblick..."
Die Gutsbesitzer brachen auf, und Swijashski, der Lewins unangenehme Gewohnheit kannte, einen Blick hinter die Empfangsräume seines Geistes tun zu wollen, hatte ihn abermals daran gehindert; er geleitete seine Gäste hinaus.

28

In der Gesellschaft der Damen fühlte sich Lewin an jenem Abend unerträglich gelangweilt, weil ihn mehr denn je der Gedanke erregte, daß die Unzufriedenheit, die er augenblicklich über seine Wirtschaft empfand, nicht ausschließlich auf seiner eigenen Lage beruhte, sondern mit dem allgemeinen Stand der Dinge in Rußland zusammenhing und daß die Schaffung von Arbeitsbedingungen, unter denen die Leute so arbeiten würden wie bei jenem Bauern, bei dem er unterwegs eingekehrt war, keine fixe Idee sei, sondern daß eine Lösung dieser Aufgabe möglich sei, und er hielt es für notwendig, den Versuch zu unternehmen.

Nachdem sich Lewin von den Damen verabschiedet und zugesagt hatte, den ganzen nächsten Tag noch dazubleiben, um gemeinsam mit ihnen auszureiten und eine interessante Bodensenkung im Staatsforst zu besichtigen, trat er vor dem Schlafengehen noch ins Arbeitszimmer des Hausherrn, um sich einige Bücher über die Arbeiterfrage zu holen, die ihm von Swijashski empfohlen worden waren. Swijashskis Arbeitszimmer war ein riesiger Raum, dessen Wände von Bücherschränken eingenommen waren; in der Mitte des Zimmers stand der mächtige Schreibtisch, und auf einem andern, einem runden Tisch, waren um die Lampe herum sternförmig die neuesten Ausgaben von Zeitungen und Zeitschriften in verschiedenen Sprachen ausgelegt. Neben dem Schreibtisch war ein Ständer mit Schubfächern aufgestellt, an denen goldglänzende Schildchen den jeweiligen Inhalt anzeigten.

Swijashski holte die Bücher und setzte sich in einen Schaukelstuhl.

„Was sehen Sie sich an?" wandte er sich an Lewin, der am runden Tisch stehengeblieben war und die Zeitschriften durchsah.

„Ach ja, da werden Sie einen äußerst interessanten Artikel finden", sagte Swijashski mit einem Blick auf die Zeitschrift, die Lewin in die Hand genommen hatte. „Es erweist sich jetzt", fuhr er mit großer Lebhaftigkeit fort, „daß der Hauptschuldige an der Teilung Polens gar nicht Friedrich gewesen ist. Es erweist sich..."

Und er erzählte mit der ihm eigenen Prägnanz in knapper Form von dieser neuen, sehr wichtigen und interessanten Entdeckung. Lewin interessierte sich jetzt zwar mehr für die seine Wirtschaft betreffenden Dinge, aber während er nun dem Hausherrn zuhörte, drängte sich ihm dennoch die Frage auf: Was steckt eigentlich in diesem Menschen? Und warum bloß interessiert er sich so für die Teilung Polens? Als Swijashski geendet hatte, fragte Lewin unwillkürlich: „Nun, und weiter?" Doch weiter gab es nichts. Interessant war lediglich die Tatsache, daß etwas „erwiesen" war; Swijashski erklärte nicht und hielt es nicht für nötig zu erklären, warum ihn das so interessierte.

„Ja, aber mich hat dieser erboste Gutsbesitzer sehr interessiert", sagte Lewin mit einem Seufzer. „Er ist nicht dumm, und vieles, was er gesagt hat, ist wahr."

„Ach, wo denken Sie hin! Ein eingefleischter Anhänger der Leibeigenschaft ist er insgeheim, wie alle diese Brüder!"

„Deren Anführer Sie als ihr Adelsmarschall sind ..."

„Ja, aber ich führe sie in die entgegengesetzte Richtung!" sagte Swijashski lachend.

„Mich beschäftigt folgendes", fuhr Lewin fort. „Er hat ganz recht damit, daß wir mit unserer Wirtschaft, das heißt mit einer rationell betriebenen Wirtschaft, nicht weiterkommen, daß man nur weiterkommt, wenn man eine Wucherwirtschaft betreibt wie jener Sanftmütige oder eine ganz primitive. Woran liegt das?"

„Natürlich an uns selbst. Im übrigen stimmt es nicht, daß man nicht weiterkommen kann. Wassiltschikow kommt doch weiter."

„Mit einer Fabrik ..."

„Immerhin, ich verstehe nicht, worüber Sie sich wundern. Die breite Volksmasse steht materiell und kulturell auf einer so niedrigen Entwicklungsstufe, daß sie offenbar nicht anders kann, als sich allem zu widersetzen, was ihr fremd ist. In Europa klappt es mit der rationellen Wirtschaft, weil das Volk gebildet ist. Wir müssen also für die Bildung des Volkes sorgen – das ist alles."

„Wie kann man das Volk denn bilden?"

„Für die Bildung des Volkes braucht man dreierlei Dinge: Schulen, Schulen und nochmals Schulen."

„Aber Sie sagten doch selbst, die breite Masse stehe in materieller Hinsicht auf einer niedrigen Entwicklungsstufe. Was helfen Schulen dabei?"

„Wissen Sie, Sie erinnern mich an eine Anekdote von einem Kranken, dem man gute Ratschläge gibt: ‚Sie sollten es mal mit einem Abführmittel versuchen.' – ‚Das habe ich getan: es ist schlimmer geworden.' – ‚Machen Sie einen Versuch mit Blutegeln.' – ‚Ich hab's versucht: es ist schlimmer geworden.' – ‚Nun, dann bleibt nichts anderes übrig, als zu Gott zu beten.‘ – ‚Ich hab's versucht: es ist schlimmer geworden.‘ So ähnlich ist es mit uns beiden. Ich spreche von Nationalökonomie, Sie sagen, das taugt nichts. Ich spreche von Sozialismus – der taugt nichts. Bildung? – Auch die taugt nichts.“

„Ja wirklich, was können denn Schulen helfen?“

„Sie werden im Volk andere Bedürfnisse hervorrufen.“

„Das ist nun etwas, was ich noch nie begriffen habe“, widersprach Lewin erregt. „Auf welche Weise könnten Schulen die materielle Lage des Volkes verbessern? Durch Schulen, durch Bildung, sagen Sie, würden neue Bedürfnisse hervorgerufen. Um so schlimmer, denn das Volk hat ja keine Möglichkeit, sie zu befriedigen. Wie aber die Kenntnis von Additions- und Subtraktionsregeln und des Katechismus eine Verbesserung der materiellen Lage des Volkes herbeiführen kann, ist mir immer schleierhaft gewesen. Vorgestern abend begegnete mir eine Bäuerin mit einem Säugling; ich fragte sie, wohin sie gehe. Sie sagte: ‚Bei der weisen Frau bin ich gewesen; mein Kleiner war von einem Schreikrampf befallen, da hab ich ihn hingebracht, damit sie ihn kuriert.‘ Ich fragte, wie die weise Frau den Schreikrampf kuriere. ‚Sie setzt das Kindchen zu den Hühnern auf die Hühnerstange und murmelt irgendwas dabei.‘“

„Nun, sehen Sie, da sagen Sie es selbst!“ rief Swijashski mit einem vergnügten Lächeln. „Damit sie ihr Kind zum Kurieren nicht auf eine Hühnerleiter bringt, dazu brauchen wir eben …“

„Ach nein!“ unterbrach Lewin ihn mißmutig. „In dieser Art zu kurieren sehe ich nur ein Gleichnis für den Gedanken, dem Übel des Volkes durch Schulen beizukommen. Die breite Masse ist arm und unzivilisiert; das sehen wir ebensogut, wie die Frau den Schreikrampf merkt, weil das Kind eben schreit. Doch inwiefern dieses Übel – Armut und Unkultur – durch Schulen behoben werden kann, ist ebenso unbegreiflich, wie unverständlich ist, daß die Hühner auf der Stange einen Schreikrampf heilen könnten. Man muß das Übel an der Wurzel heilen.“

„Nun, wenigstens hierin stimmen Sie mit Spencer überein, für den Sie ja sonst sowenig übrig haben. Auch er ist der Ansicht, daß die Zivilisation durch vermehrten Wohlstand und größere Lebensbequemlichkeiten, durch häufigeres Waschen, wie er sagt, erreicht werden kann und nicht davon abhängt, ob man des Lesens und Rechnens kundig ist.“

„Nun, ich freue mich sehr, oder im Gegenteil, ich freue mich gar nicht darüber, mit Spencer übereinzustimmen; aber das alles habe ich längst erkannt. Schulen werden nichts helfen; helfen kann nur eine Regelung der wirtschaftlichen Verhältnisse, die dem Volk einen größeren Wohlstand und mehr freie Zeit bringen wird – dann wird es auch Schulen geben."

„In ganz Europa ist immerhin schon jetzt die allgemeine Schulpflicht eingeführt."

„Und Sie selbst? Stimmen Sie in diesen Fragen mit Spencer überein?"

In Swijashskis Augen tauchte für einen Moment der furchtsame Ausdruck auf, und er wich lächelnd aus:

„Nein, diese Geschichte mit dem Schreikrampf ist wirklich köstlich! Haben Sie sie tatsächlich selbst erlebt?"

Lewin gab die Hoffnung auf, den Zusammenhang zwischen den Erwägungen und dem wirklichen Leben dieses Mannes zu entdecken. Offenbar war es Swijashski völlig gleichgültig, zu welchem Ergebnis seine Erwägungen führten; es war ihm lediglich um den Prozeß des Erwägens an sich zu tun. Deshalb war es ihm unangehm, wenn er mit seinen Erwägungen in eine Sackgasse geriet. Das war das einzige, was er dabei fürchtete, und er wich dann aus, indem er das Gespräch auf einen heiteren, belustigenden Gegenstand lenkte.

Alle Erlebnisse dieses Tages, angefangen bei dem Eindruck, den er auf dem Wege hierher von dem Bauern gewonnen hatte und der gewissermaßen den Grund für alle heutigen Eindrücke und Gedanken gelegt hatte, erregten Lewin innerlich stark. Dieser nette Swijashski, der bestimmte Ansichten nur für den allgemeinen Gebrauch bereithielt und offenbar noch andere, für Lewin nicht erkennbare Lebensgrundsätze besaß und in seiner Stellung, wie unzählige andere, die öffentliche Meinung durch Ideen beeinflußte, die seiner wahren Einstellung nicht entsprachen; jener ergrimmte Gutsbesitzer, der mit seinen verbitterten, aus den Nöten des Lebens geborenen Ansichten völlig recht hatte, aber seinen Groll zu Unrecht gegen eine ganze Klasse, und zwar gegen die beste Klasse des Landes, richtete; die Unzufriedenheit mit seiner eigenen Tätigkeit und die unklare Hoffnung, eine Abhilfe ausfindig machen zu können – alle diese Gedanken erzeugten in Lewin eine innere Unruhe und das Gefühl einer nahe bevorstehenden Entscheidung. Als Lewin in dem für ihn vorbereiteten Zimmer allein war und sich hingelegt hatte, lag er auf einer Sprungfedermatratze, die seine Arme und Beine bei jeder Bewegung plötzlich emporschnellen ließ, und konnte lange nicht einschlafen. Von den Gesprächen mit Swijashski hatte ihn, obwohl dieser viel Kluges gesagt hatte, kein einziges interessiert; aber die Argumente des Gutsbesitzers mußten überdacht werden. Lewin erinnerte sich unwillkürlich aller seiner Äußerungen und korrigierte in Gedanken die Antworten, die er selbst darauf gegeben hatte.

Ja, ich hätte ihm erwidern sollen: Sie sagen, unsere Wirtschaft gedeihe deshalb nicht, weil die Bauern alle Vervollkommnungen hassen und diese daher zwangsweise eingeführt werden müßten; doch damit hätten Sie nur dann recht, wenn sich eine Wirtschaft ohne die Vervollkommnung überhaupt nicht betreiben ließe. Aber sie läßt sich betreiben und gedeiht auch, wenn die Bauern im Einklang mit ihren Gewohnheiten arbeiten können, wie ich es unterwegs bei jenem alten Bauern gesehen habe. Wenn wir alle mit unserer Wirtschaft unzufrieden sind, muß der Grund dafür bei uns selbst oder bei den Arbeitern liegen. Wir quälen uns schon lange damit ab, nach unserem Gutdünken, nach europäischem Zuschnitt zu wirtschaften, ohne Rücksicht auf die Eigenart der Arbeiter. Versuchen wir es doch einmal, in den Leuten, die die Arbeit leisten, nicht eine ideale Arbeitskraft, sondern den *russischen Bauern* mit allen seinen Charaktereigenschaften zu sehen und die Art unserer Wirtschaft damit in Einklang zu bringen! Stellen Sie sich vor – hätte ich ihm sagen sollen –, daß Sie Ihre Wirtschaft so führten wie jener alte Bauer, daß Sie ein Mittel gefunden hätten, die Leute am Erfolg ihrer Arbeit zu interessieren und sie in bestimmten Grenzen für Neuerungen, die ihnen zusagen, zu gewinnen, dann würden Sie, ohne mit dem Boden Raubbau zu treiben, zwei- oder dreimal so viel ernten wie früher. Machen Sie mit den Leuten halbpart, treten Sie den Arbeitern die Hälfte des Ertrages ab; der Ihnen verbleibende Rest wird dennoch größer sein als bisher, und auf die Arbeiter wird ebenfalls mehr entfallen. Um dies zu erreichen, müssen wir die Arbeitsmethoden vereinfachen und die Arbeiter am Erfolg der Wirtschaft interessieren. Wie dies auszuführen ist, das muß man im einzelnen überlegen, aber daß es sich ausführen läßt, daran besteht kein Zweifel.

Diese Gedanken versetzten Lewin in große Erregung. Er schlief die halbe Nacht nicht und überlegte sich im einzelnen, wie seine Pläne zu verwirklichen seien. Eigentlich hatte er am nächsten Tag noch dableiben wollen, doch nun beschloß er, gleich am frühen Morgen nach Hause zu fahren. Überdies rief die Schwägerin mit ihrem ausgeschnittenen Kleid in ihm ein Gefühl hervor, als habe er sich wegen irgend etwas zu schämen und sich eine schlechte Handlungsweise vorzuwerfen. Vor allem aber lag ihm deshalb daran, ohne jeden Verzug abzufahren, weil seine neuen Pläne den Bauern noch vor Beginn der Winteraussaat unterbreitet werden mußten, damit diese bereits unter den neuen Bedingungen vor sich gehen konnte. Er war entschlossen, seine ganze Wirtschaft umzugestalten.

29

Mit der Ausführung seines Planes war Lewin auf große Schwierigkeiten gestoßen; doch er hatte unter Aufgebot seiner ganzen Energie gekämpft, und wenn er auch nicht alles erreicht hatte, was er sich wünschte, so doch so viel, daß er sich ohne Selbsttäuschung sagen konnte, der Einsatz habe sich gelohnt. Einer der größten Schwierigkeiten bestand darin, daß die Wirtschaft im Gange war, daß man nicht alles anhalten und wieder von vorn anfangen konnte, sondern, wie bei einer laufenden Maschine, umschalten mußte.

Als er am Abend nach seiner Rückkehr dem Verwalter seine Pläne mitteilte, hatte dieser mit sichtlichem Vergnügen alles gebilligt, soweit sich aus Lewins Mitteilungen der Beweis ableiten ließ, daß die bisherigen Methoden unsinnig und unvorteilhaft gewesen seien. Der Verwalter erklärte, daß er das ja schon längst gesagt, aber kein Gehör gefunden habe. Was hingegen Lewins Vorschlag betraf, er solle künftig zusammen mit den Arbeitern auf genossenschaftlicher Grundlage am gesamten Wirtschaftsbetrieb beteiligt werden, so reagierte der Verwalter hierauf nur mit einer höchst trübseligen Miene, ohne eine bestimmte Meinung zu äußern, und kam sofort darauf zu sprechen, daß man am nächsten Tage den restlichen Hafer einfahren und das Feld neu pflügen müsse, so daß Lewin merkte, daß er für die Besprechung nicht den rechten Augenblick gewählt hatte.

Als er wegen derselben Angelegenheit mit den Bauern sprach und den Vorschlag machte, ihnen das Land zu neuen Bedingungen zu überlassen, stieß er ebenfalls auf Schwierigkeiten, und zwar hauptsächlich deshalb, weil sie so stark mit den gerade laufenden Arbeiten beschäftigt waren, daß sie keine Zeit hatten, über die Vorteile und Nachteile des neuen Unternehmens nachzudenken.

Der einfältige Bauer Iwan, der das Vieh zu versorgen hatte, schien Lewins Vorschlag, er solle mit seiner Familie künftig an dem durch den Viehhof erzielten Gewinn beteiligt sein, durchaus begriffen zu haben und diese Regelung vorbehaltlos gutzuheißen. Doch sobald Lewin ihm seine künftigen Vorteile vor Augen führen wollte, nahm Iwans Gesicht einen besorgten und bekümmerten Ausdruck an; er hatte dann auf einmal keine Zeit, Lewin bis zu Ende anzuhören, und dachte sich schnell irgendeine Arbeit aus, die keinen Aufschub duldete: entweder griff er nach einer Forke, um Heu aus dem Verschlag zu holen, oder er ging daran, Wasser nachzufüllen oder den Stall auszumisten.

Eine weitere Schwierigkeit bestand in dem unüberwindlichen

Mißtrauen der Bauern, die sich absolut nicht vorzustellen vermochten, daß ein Gutsbesitzer etwas anderes im Schilde führen könnte, als sie so gut wie möglich auszuplündern. Sie waren fest überzeugt, daß seine wahren Absichten (was immer er ihnen auch sagen mochte) in dem zu suchen seien, was er ihnen verschwieg. Und auch wenn sie sich ihrerseits aussprachen, redeten sie zwar viel, doch sie sagten nie, was sie wirklich im Sinne hatten. Außerdem (Lewin merkte, daß der gallige Gutsbesitzer hierin recht hatte) machten die Bauern jederlei Übereinkunft zuallererst und unabänderlich von der Bedingung abhängig, daß sie nicht gezwungen sein würden, unter irgendwelchen neuen Wirtschaftsmethoden zu arbeiten und neuartige Geräte zu benutzen. Sie gaben zu, daß mit dem neuzeitlichen Pflug besser zu pflügen sei, daß man mit dem kleinen, handlichen Hakenpflug schneller vorwärts komme, wußten indessen tausenderlei Gründe ausfindig zu machen, warum sie weder den einen noch den anderen benutzen könnten; und wenn Lewin auch überzeugt war, daß er seine Wirtschaft vereinfachen müsse, so tat es ihm doch leid, auf Vervollkommnungen zu verzichten, deren Vorzüge so offen auf der Hand lagen.

Doch ungeachtet aller Schwierigkeiten war es ihm gelungen, seinen Willen durchzusetzen, und zu Beginn des Herbstes kam alles in Fluß, oder zum mindesten schien es ihm so.

Anfangs hatte Lewin daran gedacht, dem Verwalter und den Bauern den gesamten Wirtschaftsbetrieb, so wie er war, zu den neuen, genossenschaftlichen Bedingungen zu übergeben; doch schon sehr bald erkannte er, daß dies nicht möglich sei, und er entschloß sich, die Wirtschaft aufzuteilen. Er wollte die Felder, Wiesen, Gemüseäcker, Obstgärten und den Viehhof in mehrere Abteilungen gliedern, von denen jede für sich betrieben werden sollte. Der einfältige Viehknecht Iwan, der das Ganze, wie es Lewin schien, von allen am besten begriffen hatte, brachte eine vorwiegend aus Mitgliedern seiner Familie bestehende Arbeitsgenossenschaft zustande und wurde Teilhaber am Viehhof. Ein entlegenes Feld, das seit acht Jahren nicht mehr bestellt worden war, wurde durch Vermittlung des gescheiten Zimmermanns Fjodor Resunow von sechs Bauernfamilien auf genossenschaftlicher Grundlage übernommen, und der Bauer Schurajew übernahm zu den gleichen Bedingungen sämtliche Gemüsegärten. Alles übrige war vorläufig beim alten geblieben, aber schon diese drei Genossenschaften, die den Auftakt zu einer neuen Wirtschaftsordnung darstellten, beschäftigten Lewin vollauf.

Allerdings, auf dem Viehhof funktionierte die Sache bis jetzt nicht besser als früher, und Iwan, der sich hartnäckig gegen warme Ställe für die Kühe und gegen das Buttern aus süßer Sahne sträubte, behauptete, daß die Kühe im Kalten weniger Futter benötigten und das Buttern aus saurer Sahne vorteilhaft sei; auch verlangte er seinen Lohn in der althergebrachten Weise und interessierte sich nicht im geringsten dafür, daß der ihm ausgezahlte Betrag keinen Lohn, sondern einen Vorschuß auf seinen Gewinnanteil darstellte.

Allerdings, die vom Fjodor Resunow geführte Arbeitsgenossenschaft hatte den brachliegenden Boden vor der Aussaat nicht gründlich durchgepflügt und redete sich damit heraus, die Zeit sei zu kurz gewesen. Allerdings, die Bauern dieser Gruppe, die das Land ja auf genossenschaftlicher Grundlage übernommen hatten, betrachteten es nicht als Gemeingut, sondern als auf halbpart gepachtet, und sowohl die Bauern dieser Gruppe als auch Resunow selbst hatten zu Lewin schon wiederholt gesagt: „Sie sollten sich doch lieber den Pachtzins auszahlen lassen; für Sie wär's bequemer, und wir wären ungebundener." Außerdem hatten die Bauern den Viehstall und die Getreidedarre, die sie vereinbarungsgemäß auf ihrem Land errichten sollten, immer noch nicht gebaut und die Sache unter allen möglichen Vorwänden bis zum Winter verschoben.

Allerdings, Schurajew hatte Anstalten gemacht, die von ihm übernommenen Gemüseäcker zu parzellieren und an die Bauern zu vergeben. Er schien die Bedingungen, unter denen ihm das Land überlassen worden war, völlig falsch auszulegen, und anscheinend tat er das sogar bewußt.

Allerdings, wenn sich Lewin mit den Bauern unterhielt und ihnen alle Vorteile des Unternehmens erläuterte, hatte er oft den Eindruck, daß sie nur auf den Klang seiner Stimme hörten und fest entschlossen waren, sich von ihm durch keine noch so schönen Worte betören zu lassen. Am stärksten hatte er diesen Eindruck, wenn er mit Resunow, dem intelligentesten der Bauern, sprach und das Spiel seiner Augen beobachtete, in denen sowohl Spott über Lewin zu erkennen war als auch die feste Überzeugung, daß, wenn schon jemand, so doch bestimmt nicht er, Resunow, der Übertölpelte sein werde.

Doch ungeachtet aller dieser Mißhelligkeiten glaubte Lewin, daß er die Sache nun in Gang gebracht habe und daß es ihm bei strenger Rechnungsführung und beharrlichem Festhalten an seinem Willen auch gelingen werde, die Bauern mit der Zeit von den Vorteilen dieser Regelung zu überzeugen, und daß dann alles von selbst laufen würde.

Diese Angelegenheit sowie die übrige Wirtschaft, die in seinen Händen verblieben war, und die Weiterarbeit an seinem Buch hatten Lewin den ganzen Sommer über so stark in Anspruch genommen, daß er kaum einmal zur Jagd gekommen war. Ende August war von einem Diener der Oblonskis der Sattel zurückgebracht worden, und Lewin hatte bei dieser Gelegenheit erfahren, daß die Familie nach Moskau abgereist sei. Indem er den Brief Darja Alexandrownas unbeantwortet gelassen und damit eine Ungezogenheit begangen hatte, die ihm jedesmal, wenn er ihrer gedachte, die Schamröte ins Gesicht trieb, hatte er, dessen war er sich bewußt, alle Brücken abgebrochen und sich die Möglichkeit genommen, sie jemals wieder zu besuchen. Ebenso ungehörig hatte er sich den Swijashskis gegenüber benommen, von denen er abgefahren war, ohne sich zu verabschieden. Aber auch zu ihnen, sagte er sich, würde er nie wieder hinfahren. Jetzt war ihm alles gleichgültig. Die Umgestaltung seiner Wirtschaft beschäftigte ihn so stark wie nichts zuvor in seinem ganzen Leben. Er las die von Swijashski mitgebrachten Bücher, bestellte sich noch andere, die er nicht besaß, und studierte die verschiedensten einschlägigen Werke nationalökonomischen und sozialistischen Inhalts, ohne indessen, wie er es im voraus geahnt hatte, in ihnen etwas zu finden, das auf das von ihm eingeleitete Unternehmen anzuwenden gewesen wäre. In den nationalökonomischen Werken – zum Beispiel bei Mill, den er mit großem Eifer als ersten studiert hatte, von Seite zu Seite hoffend, er werde eine Lösung der Fragen entdecken, die ihn beschäftigten – fand er lediglich Schlußfolgerungen, die aus der Wirtschaftslage in den europäischen Staaten abgeleitet waren, und er konnte absolut nicht einsehen, daß diesen Schlußfolgerungen, die auf Rußland nicht zutrafen, Allgemeingültigkeit zukommen sollte. Mit den sozialistischen Werken verhielt es sich ebenso: entweder handelte es sich um schöne Phantasien, die ihn einstmals in seiner Studentenzeit begeistert hatten, aber praktisch nicht anwendbar waren, oder es waren Verbesserungsvorschläge, wie man die Lage in Europa verändern könne, die aber mit der in Rußland nichts gemein hatte. Die Nationalökonomie behauptete, daß die Gesetze, nach denen sich der Wohlstand Europas entwickelt habe und entwickele, allgemeingültig und unwiderlegbar seien. Die sozialistische Lehre behauptete, daß eine Entwicklung nach diesen Gesetzen zum Ruin führe. Doch weder diese noch jene gab eine Antwort oder auch nur den leisesten Hinweis darauf, was er, Lewin, und die Gesamtheit der russischen Bauern und Grundbesitzer tun müßten, um ihre Millionen von Arbeitshänden und Deßjatinen dem allgemeinen Wohlstand am besten nutzbar zu machen.

Nachdem er die Sache nun einmal in Angriff genommen hatte, las er gewissenhaft alles, was sich auf diese Frage bezog; darüber hinaus beabsichtigte er, im Herbst ins Ausland zu reisen und die Verhältnisse auch noch an Ort und Stelle zu studieren, damit er wenigstens im Zusammenhang mit dieser Frage nicht mehr so in Verlegenheit kommen könne, wie es ihm bei verschiedenen andern Fragen mehr als einmal passiert war. Wie oft war es vorgekommen, daß er in einem Gespräch, wenn er die Auffassung des Gesprächspartners gerade begriffen und mit der Darlegung seiner eigenen begonnen hatte, plötzlich unterbrochen worden war: „Und Kaufmann? Und Jones? Und Dubois? Und Miceli? Die haben Sie nicht gelesen. Tun Sie es noch; die haben sich gründlich mit diesem Problem befaßt."

Ihm war es jetzt klar, daß Kaufmann und Miceli ihm nichts zu sagen hatten. Er wußte, was er wollte. Er sah, daß es in Rußland ausgezeichnetes Land und ausgezeichnete Arbeiter gab und daß die Arbeiter dem Land in manchen Fällen, wie zum Beispiel bei dem Bauern, den er auf der Fahrt zu Swijashski besucht hatte, einen großen Ertrag abrangen, während in den meisten Fällen, wenn man mit dem Kapital nach europäischen Methoden wirtschaftete, nur ein geringer Ertrag erzielt wurde; und er sagte sich, daß dies ausschließlich daran liege, daß die Bauern nur auf die ihnen eigene Art willig und gut arbeiteten und daß ihr Widerstreben gegen Neuerungen nicht zufällig, sondern angestammt und im Charakter des Volkes begründet sei. Er glaubte, daß das russische Volk, das dazu berufen war, riesige, noch ungenutzte Gebiete zu besiedeln und zu bearbeiten, bis zur Erschließung dieser Gebiete bewußt an seinen hierzu erforderlichen Methoden festhalte und daß diese Methoden gar nicht so schlecht seien wie man gemeinhin annehme. Den Nachweis hierfür wolle er theoretisch in seinem Buch und praktisch in seiner Wirtschaft führen.

30

Ende September war auf dem der Genossenschaft überlassenen Gelände das Holz für den Bau des Viehstalls abgeladen, die Butter aus der Molkerei war verkauft und der Gewinn verteilt. In der Wirtschaft nahm alles einen ausgezeichneten Verlauf, oder zum mindesten schien es Lewin so. Um alle Umstände theoretisch zu klären und sein Buch abzuschließen – das nach Lewins Plänen nicht nur eine Umwälzung in der Nationalökonomie herbeiführen, sondern diese Wissenschaft völlig beseitigen und sie durch eine ganz neue ersetzen sollte, die das Verhältnis des Landvolkes zum Boden behandelte –, mußte er nur noch ins Ausland reisen, um an Ort und Stelle zu studieren, was dort in dieser Richtung unternommen worden war, und um schlüssige Beweise dafür zu finden, daß alles dort Unternommene falsch und abwegig ist. Lewin wollte nur noch den Weizen abliefern, das Geld dafür kassieren und dann abreisen. Aber es setzte ein Dauerregen ein, der das Einbringen des noch auf dem Felde verbliebenen Getreides und der Kartoffeln unmöglich machte, alle Arbeiten zum Stillstand brachte und selbst die Abfuhr des Weizens verhinderte. Auf den Wegen hatte sich eine zähflüssige Schlammschicht gebildet, zwei Mühlen waren vom Hochwasser weggeschwemmt, und das Wetter wurde von Tag zu Tag schlechter.

Am 30. September hatte sich morgens die Sonne gezeigt, und in der Hoffnung, daß sich das Wetter nun bessern werde, begann Lewin energisch zur Abreise zu rüsten. Er ließ den Weizen aufladen, beauftragte den Verwalter, beim Händler das Geld zu kassieren, und trat selbst einen Ritt durch die Wirtschaft an, um vor seiner Abreise die letzten Anordnungen zu treffen.

Doch als er alles erledigt hatte und gegen Abend zwar munter und in bester Stimmung nach Hause ritt, war er von den Wasserströmen, die ihm über die Lederjoppe hinweg mal in den Nacken, mal in die Stiefelschäfte geflossen waren, tüchtig durchnäßt, Gegen Abend hatte sich das Wetter noch verschlechtert, und der Hagel peitschte das nasse, an allen Gliedern zitternde Pferd so schmerzhaft, daß es sich beim Laufen zur Seite drehte. Aber Lewin fühlte sich unter seiner Kapuze wohl und blickte vergnügt um sich; er betrachtete die Bäche, die den durchfurchten Weg entlangströmten; die Regentropfen, die an jedem kahlen Zweig hingen; die weißschimmernden Hagelkörner, die auf den Brettern der Brücke stellenweise noch nicht getaut waren, und das saftige, noch fleischige Laub, das in einer dichten Schicht rund um den Stamm einer entblätterten Ulme lag. Ungeachtet des düsteren Eindrucks, den die ihn umgebende Natur machte, war er in einer besonders angeregten Stimmung. Aus den Gesprächen, die er in dem entlegenen Dorf mit den Bauern geführt hatte, war hervorgegangen, daß sie sich allmählich an die jetzige Ordnung gewöhnten. Ein alter Bauer, bei dem er eingekehrt war, um seine Kleider zu trocknen, fand an Lewins Plan offenbar Gefallen und hatte von sich aus vorgeschlagen, der Vieheinkaufsgenossenschaft beizutreten.

Ich muß nur beharrlich mein Ziel verfolgen, dann werde ich meinen Willen schon durchsetzen, dachte Lewin. Und dieses Ziel ist die Arbeit und Mühe gewiß wert. Es handelt sich nicht um mein persönliches Interesse, sondern um das Gemeinwohl. Das gesamte Wirtschaftsgefüge und vor allem die Lebensbedingungen des ganzen Volkes müssen von Grund auf umgewandelt werden. Statt Armut muß es allgemeinen Wohlstand und Zufriedenheit, statt Feindschaft Eintracht und Gemeinsamkeit der Interessen geben. Mit einem Wort, eine Revolution ohne Blutvergießen, aber allergrößten Ausmaßes, zuerst in dem kleinen Bereich unseres Kreises, dann des Gouvernements, Rußlands, der ganzen Welt. Denn es ist nicht möglich, daß eine auf Gerechtigkeit begründete Idee unfruchtbar bleiben kann. Und daß gerade ich mich dazu berufen fühle, der sich so nichtig und unbedeutend vorkommende Konstantin Lewin, der zu einem Ball mit einer schwarzen Krawatte erschienen ist und von Kitty Stscherbazkaja einen Korb bekommen hat, das will gar nichts besagen. Ich bin überzeugt, daß Franklin bei seiner Einschätzung seiner selbst ebensolche Minderwertigkeitsgefühle besessen und sich nichts zugetraut hat. Und auch er wird seine Agafja Michailowna gehabt haben, der er seine Pläne anvertraut hat.

Es war schon dunkel, als Lewin, vertieft in solche Gedanken, zu Hause ankam.

Der Verwalter war von seiner Fahrt zum Händler bereits zurückgekehrt und hatte einen Teil der Verkaufssumme für den Weizen mitgebracht. Der Vertrag mit den Bauern wurde aufgesetzt. Unterwegs hatte der Verwalter gehört, daß das Einbringen des Getreides überall ins Stocken geraten war, so daß die hundertsechzig Puppen, die Lewin noch auf dem Felde hatte, im Vergleich mit denen der anderen Güter überhaupt nicht ins Gewicht fielen.

Nachdem Lewin gegessen hatte, setzte er sich wie gewöhnlich mit einem Buch in den Sessel und dachte beim Lesen weiter über seine bevorstehende Reise nach. An diesem Tag stellte sich ihm die ganze Bedeutung seines Vorhabens mit besonderer Klarheit dar, und ganz von selbst formten sich in seinem Kopf ganze Abschnitte, die die Grundzüge seiner Gedanken enthielten. Das muß ich mir notieren, sagte er sich. Das eignet sich zu einer kurzen Einleitung, die ich eigentlich für unnötig gehalten hatte. Er stand auf und ging an den Schreibtisch, und Laska, die zu seinen Füßen gelegen hatte, stand ebenfalls auf, reckte sich und blickte ihn an, als wolle sie fragen, wohin sie gehen solle. Doch er hatte jetzt nicht mehr Zeit, etwas zu notieren, weil die Vorarbeiter gekommen waren, um sich ihre Anweisungen zu holen, und Lewin ging zu ihnen in den Flur hinaus.

Nachdem er die Anweisungen für die Arbeiten des nächsten Tages gegeben und anschließend alle Bauern abgefertigt hatte, die wegen verschiedener Anliegen zu ihm gekommen waren, ging er in sein Arbeitszimmer und machte sich ans Werk. Laska streckte sich unter dem Tisch aus, und Agafja Michailowna setzte sich mit einem Strickstrumpf in der Hand auf ihren gewohnten Platz.

Nachdem er eine Weile geschrieben hatte, erinnerte er sich plötzlich mit besonderer Deutlichkeit an Kitty, wie sie ihn abgewiesen hatte und wie er ihr zum letztenmal begegnet war. Er stand auf und begann im Zimmer auf und ab zu gehen.

„Ja, ja, Sie langweilen sich", fing Agafja Michailowna an. „Warum sitzen Sie auch immer zu Hause? In ein Bad fahren sollten Sie, mit heißen Quellen, wenn Sie sich schon mal aufgerafft haben."

„Ich fahre ja übermorgen, Agafja Michailowna. Die Sache muß zum Abschluß gebracht werden."

„Nun, was ist das schon wieder für eine Sache! Haben Sie die Bauern nicht sowieso schon genug verwöhnt? Es heißt schon: ‚Euer Herr wird dafür vom Zaren belohnt werden.' Und wirklich: warum müssen Sie sich immer um die Bauern sorgen?"

„Ich sorge mich nicht um sie, ich tue es meinetwegen."

Agafja Michailowna war in alle Einzelheiten der Wirtschaftspläne Lewins eingeweiht. Er setzte ihr oft seine kompliziertesten Gedanken auseinander, stritt manchmal mit ihr und ließ ihre Einwände nicht gelten. Doch diesmal hatte sie seine Worte ganz anders aufgefaßt, als sie gemeint waren.

„Das versteht sich von selbst, vor allem muß man an sein eigenes Seelenheil denken", sagte sie mit einem Seufzer. „Da ist zum Beispiel der Parfjon Denissytsch; wenn er auch nicht lesen und schreiben konnte, aber gestorben ist er! So einen Tod möge Gott jedem schenken", sagte sie und gedachte damit eines kürzlich verstorbenen Gutsknechts. „Das heilige Abendmahl hat er bekommen, die Letzte Ölung."

„Das meine ich nicht", sagte Lewin. „Ich meine, daß ich es zu meinem eigenen Nutzen tue. Für mich ist es vorteilhafter, wenn die Bauern besser arbeiten."

„Da können Sie schon anstellen, was Sie wollen, wenn einer ein Faulpelz ist, dann wird nie etwas Rechtes aus ihm werden. Hat einer ein Gewissen, dann wird er arbeiten, hat er keins – dann hilft alles nichts."

„Nun ja, aber Sie sagen doch auch, daß Iwan das Vieh jetzt besser versorgt."

„Ich sage nur das eine", erwiderte Agafja Michailowna, offenbar nicht zufällig, sondern als Resultat einer streng folgerichtigen Gedankenarbeit: „Sie müssen heiraten, das ist es!"

Daß Agafja Michailowna nun auch auf das zu sprechen kam, woran er selbst eben erst gedacht hatte, verstimmte und kränkte ihn. Er machte ein finsteres Gesicht, setzte sich, ohne ihr zu antworten, wieder an seine Arbeit und rekapitulierte in Gedanken alles, was ihm an dieser Arbeit bedeutsam erschien. Nur ab und zu wurde er in der nun eingetretenen Stille durch das Klappern der Stricknadeln Agafja Michailownas abgelenkt, und wenn ihm dabei wieder das einfiel, woran er sich nicht erinnern wollte, nahm sein Gesicht aufs neue einen finsteren Ausdruck an.

Um neun Uhr wurde draußen Schellengeläut laut, und man hörte das dumpfe Geräusch eines sich schaukelnd durch den Schlamm arbeitenden Wagens.

„Nun, es scheinen ja Gäste zu kommen, da werden Sie sich nicht mehr langweilen", sagte Agafja Michailowna im Aufstehen und ging auf die Tür zu. Doch Lewin eilte ihr nach und lief selbst hinaus. Er war jetzt zum Arbeiten nicht mehr aufgelegt und freute sich über jeden Besuch, wer auch immer es sei.

31

Als Lewin bis zur Mitte der Treppe gekommen war, hörte er unten im Flur ein Hüsteln, das ihm bekannt vorkam; es wurde jedoch von dem Geräusch seiner eigenen Schritte übertönt, und er hoffte, sich geirrt zu haben. Gleich darauf erblickte er in ihrer ganzen Größe eine hochaufgeschossene, ihm gut bekannte knochige Gestalt, und obwohl jetzt ein Irrtum nicht mehr gut möglich war, hoffte er noch immer, daß er sich täusche und daß der baumlange Mann, der sich hüstelnd seinen Pelz auszog, nicht sein Bruder Nikolai sei.

Lewin liebte seinen Bruder, aber ein Zusammensein mit ihm war für ihn von jeher eine Qual. Und da er sich unter dem Einfluß wach gewordener Erinnerungen und der Bemerkung Agafja Michailownas in einer unklaren, wirren Gemütsverfassung befand, stellte er sich das bevorstehende Wiedersehen mit seinem Bruder um so bedrückender vor. Statt eines fröhlichen, gesunden Gastes, eines ihm ferner stehenden Menschen, der ihm, wie er gehofft hatte, in seiner seelischen Zerrissenheit eine Ablenkung gewesen wäre, sollte er nun seinen Bruder zum Gesellschafter haben, der ihn bis auf den Grund seiner Seele durchschaute, an die ihn zutiefst bewegenden Gedanken rühren und ihn zu einer offenherzigen Aussprache nötigen würde. Eine solche aber wollte er vermeiden.

Lewin machte sich wegen dieser unschönen Gedanken selbst Vorwürfe, als er jetzt ins Vorzimmer hinuntereilte. Doch sobald er seinem Bruder Auge in Auge gegenüberstand, schwand dieses

Gefühl persönlicher Enttäuschung und machte der Empfindung von Mitleid Platz. Obwohl sein Bruder Nikolai durch seine Hagerkeit und Kränklichkeit schon immer einen erschreckenden Eindruck gemacht hatte, war er jetzt noch mehr abgemagert und sah nur noch wie ein mit Haut bezogenes Knochengerüst aus.

Er stand im Vorzimmer, zerrte von seinem langen, zuckenden Hals den Schal herunter und lächelte kläglich. Als Lewin dieses demütige, gottergebene Lächeln sah, schnürte sich seine Kehle zusammen.

„So, nun bin ich zu dir gekommen", sagte Nikolai mit dumpfer Stimme und ohne seine Augen auch nur für eine Sekunde vom Gesicht des Bruders abzuwenden. „Ich hatte es schon lange vor, habe mich aber immer schlecht gefühlt. Doch inzwischen habe ich mich sehr gut erholt", sagte er und fuhr sich mit seinen großen, mageren Händen über den Bart.

„Ja, ja!" erwiderte Lewin. Sein Entsetzen verstärkte sich, als er den Bruder nun auf die ausgemergelten Wangen küßte und seine großen, absonderlich glänzenden Augen aus nächster Nähe sah.

Vor einigen Wochen hatte Lewin seinem Bruder geschrieben, daß sich aus dem Verkauf jenes kleinen, bislang noch nicht aufgeteilten Restes der gemeinsamen Erbschaft für ihn ein Anteil von etwa zweitausend Rubel ergeben habe, der ihm jetzt zur Verfügung stehe.

Nikolai sagte, er sei gekommen, diese Summe in Empfang zu nehmen und vor allem weil er eine Zeitlang im heimatlichen Nest verweilen und, wie die Recken, aus der Berührung mit der Heimaterde Kraft für seine künftige Tätigkeit schöpfen wolle. Ungeachtet seiner noch krummeren Haltung und der im Verhältnis zu seiner Größe besonders erschreckend wirkenden Magerkeit des Körpers waren seine Bewegungen ebenso hastig und ruckartig wie früher. Lewin führte ihn in sein Arbeitszimmer.

Nikoali hatte sich mit besonderer Sorgfalt angezogen, was er sonst nicht zu tun pflegte; sein spärliches, strähniges Haar war glatt gebürstet, und er folgte seinem Bruder lächelnd ins Obergeschoß.

Er befand sich in einer überaus sanften und heiteren Gemütsverfassung, wie Lewin ihn aus der Zeit der Kindheit in Erinnerung hatte. Sogar Sergej Iwanowitsch erwähnte er gesprächsweise ohne Verbitterung. Beim Zusammentreffen mit Agafja Michailowna scherzte er mit ihr und fragte sie nach den alten Dienstboten aus. Als er hörte, daß Parfjon Denissytsch gestorben sei, berührte es ihn unangenehm, und in seinem Gesicht malte sich Bestürzung; doch dann faßte er sich gleich wieder.

„Er war ja schon alt", sagte er und ging zu einem andern Thema über. „Ja, einen Monat oder auch zwei will ich nun bei dir bleiben, und dann geht's nach Moskau. Weißt du, Mjagkow hat mir eine Stelle versprochen, ich werde eine Anstellung annehmen. Jetzt werde ich mein ganzes Leben anders einrichten", fuhr er fort. „Weißt du, jene Frau habe ich mir vom Halse geschafft."

„Wie, Marja Nikolajewna? Warum denn?"

„Ach, sie war eine unausstehliche Person. Eine Menge Unannehmlichkeiten hat sie mir bereitet", sagte er. Aber er sagte nicht, welcher Art diese Unannehmlichkeiten gewesen waren. Er konnte nicht gut sagen, daß er sich Marja Nikolajewna deshalb vom Halse geschafft hatte, weil ihm der Tee zu dünn gewesen war, und vor allen Dingen, weil sie ihn wie einen Kranken gepflegt hatte. „Und überhaupt, ich will jetzt mein ganzes Leben umgestalten. Natürlich, ich habe Dummheiten gemacht wie jeder andere auch, aber meinem Vermögen trauere ich nicht nach, das kommt an letzter Stelle. Hauptsache ist die Gesundheit, und meine Gesundheit hat sich Gott sei Dank sehr gebessert."

Lewin hörte seinem Bruder zu, sann dabei nach, was er ihm antworten könnte, und fand nichts. Das hatte Nikolai anscheinend gemerkt; er begann ihn über seine Wirtschaft auszufragen, und Lewin war froh, nun von sich selbst sprechen zu können, weil er sich hierbei nicht zu verstellen brauchte. Er erzählte dem Bruder von seiner Arbeit und seinen Plänen.

Nikolai hörte zu, interessierte sich aber offensichtlich nicht dafür.

Diese beiden Menschen waren so vertraut miteinander und so eng verbunden, daß ihnen jede noch so leise Bewegung, jeder Tonfall der Stimme des anderen mehr sagte, als sich durch Worte ausdrücken ließ.

Jetzt waren alle beide von ein und demselben Gedanken beherrscht, dem Gedanken an die Krankheit und den nahen Tod Nikolais, der alles andere erdrückte. Doch weder der eine noch der andere hatte den Mut, davon zu sprechen, und so kam es, daß alles, was immer sie auch sagten, unaufrichtig war, weil es doch nicht das ausdrückte, womit allein sich ihre Gedanken beschäftigten. Noch nie zuvor hatte sich Lewin über das Näherrücken der Nacht und die Notwendigkeit, schlafen zu gehen, so gefreut wie an diesem Abend. Noch nie zuvor hatte er sich in einem Gespräch mit ihm gleichgültigen Fremden oder bei einem offiziellen Besuch so unaufrichtig und heuchlerisch benommen wie jetzt mit seinem Bruder. Und die Erkenntnis seiner Unaufrichtigkeit und die Vorwürfe, die er sich ihretwegen machte, führten nur dazu, daß er sich noch mehr verstellte. Er hätte angesichts seines todkranken Bruders, den er liebte, am liebsten geweint und mußte nun anhören und sich mit ihm darüber unterhalten, wie er künftig sein Leben zu gestalten gedachte.

Da es im Hause feucht und nur ein Zimmer geheizt war, brachte Lewin den Bruder zur Nacht in seinem eigenen Schlafzimmer hinter einer Trennwand unter.

Der Bruder ging zu Bett, und ob er nun schlief oder wach war, er wälzte sich wie ein Kranker hustend von einer Seite auf die andere und murmelte irgend etwas, wenn er nicht richtig abhusten konnte. Von Zeit zu Zeit seufzte er schwer auf und sagte: „Oh, mein Gott!“ Ein andermal, wenn der Schleim ihn würgte, brummte er wütend: „Pfui Teufel!“ Lewin hörte es und konnte lange nicht einschlafen. Er dachte an die mannigfaltigsten Dinge, aber am Ende aller seiner Gedanken stand immer ein und dasselbe: der Tod.

Der Gedanke an den Tod, der allem unausweichlich ein Ende setzt, übermannte ihn zum erstenmal mit unwiderstehlicher Gewalt. Und der Tod, von dem nebenan sein geliebter Bruder gezeichnet war, der im Halbschlaf stöhnte und mechanisch aus Gewohnheit bald Gott, bald den Teufel anrief, war gar nicht so fern, wie es ihm bis jetzt vorgekommen war. Er verbarg sich auch in ihm selbst, das fühlte er. Kam er nicht heute, dann morgen, und wenn nicht morgen, dann nach dreißig Jahren – was war das schon für ein Unterschied? Doch was dieser unentrinnbare Tod eigentlich bedeutete, das wußte er nicht; er hatte sich nie Gedanken darüber gemacht, hatte überhaupt nicht verstanden und nicht gewagt, darüber nachzudenken.

Ich arbeite, ich will etwas schaffen und habe außer acht gelassen, daß allem ein Ende gesetzt ist – durch den Tod.

Er saß im Dunkeln zusammengekauert auf dem Bett, umschlang mit den Armen seine Knie und hielt vor Spannung den Atem an, als er jetzt darüber nachdachte. Doch je angestrengter er nachdachte, um so klarer erkannte er, daß es sich wirklich so verhielt, daß er einen kleinen Nebenumstand des Lebens nicht berücksichtigt und übersehen hatte – den Umstand nämlich, daß der Tod kommen und alles beenden würde, daß es sich gar nicht lohne, irgend etwas zu beginnen, und daß es dafür keine Abhilfe gebe. Ja, das war furchtbar, aber es war nun einmal so.

Ja, aber jetzt lebe ich doch noch! Was soll ich denn nun tun, was beginnen? fragte er sich verzweifelt. Er zündete eine Kerze an, stand leise auf, ging an den Spiegel und betrachtete sein Gesicht und das Haar. Ja, an den Schläfen zeigten sich graue Haare. Er öffnete den Mund; die Backenzähne begannen schadhaft zu werden. Er entblößte seine muskulösen Arme; ja, an Kraft fehlte es ihm nicht. Doch auch Nikolenka, der nebenan mit den Überresten seiner Lungen atmete, hatte einstmals einen gesunden Körper besessen. Und plötzlich fiel ihm ein, wie sie als Kinder gemeinsam zu Bett gegangen waren und nur gewartet hatten, bis sich hinter Fjodor Bogdanytsch die Tür geschlossen hatte, um sich gegenseitig mit Kissen zu bewerfen und in Gelächter auszubrechen, in ein so mitreißendes Gelächter, daß selbst die Angst vor Fjodor Bogdanytsch nicht imstande gewesen war, diese überschäumende, unbezähmbare Freude am Leben zu unterdrücken.

Und nun diese eingefallene hohle Brust ... und ich, der nicht weiß, wozu ich lebe und was aus mir werden wird ...

„Kcha! Kcha! Zum Teufel! Was wirtschaftest du da herum, warum schläfst du nicht?" rief sein Bruder zu ihm herüber.

„Ich weiß nicht, ich finde keinen Schlaf."

„Ich aber habe gut geschlafen, ich schwitze jetzt auch nicht mehr. Komm mal, fühle das Hemd an. Es ist doch ganz trocken?"

Lewin befühlte das Hemd, ging wieder hinter die Trennwand und löschte die Kerze; doch er war noch lange wach. Gerade erst war er mit sich ein wenig darüber ins reine gekommen, wie er sein Leben gestalten müsse, da stellte sich ihm schon wieder eine neue unlösbare Frage entgegen: der Tod.

So stirbt er nun hin, zum Frühjahr wird er bestimmt sterben. Und wie soll ich ihm helfen? Was kann ich ihm sagen? Was weiß ich davon? Ich habe ja sogar vergessen, daß es überhaupt so etwas gibt.

32

Lewin hatte schon oft die Erfahrung gemacht, daß Menschen, durch deren übertriebene Nachgiebigkeit und Demut man zunächst in Verlegenheit versetzt wird, sehr bald zu übertriebenen Ansprüchen und einer unausstehlichen Nörgelei übergehen. Er sah voraus, daß er das gleiche auch mit seinem Bruder Nikolai erleben würde. Und in der Tat, dessen Demut hielt nicht lange vor. Schon am nächsten Morgen war er gereizt und befleißigte sich, mit dem Bruder Händel zu suchen, indem er seine wundesten Punkte berührte.

Lewin fühlte sich schuldig, sah sich jedoch außerstande, Abhilfe zu schaffen. Er wußte, daß sie beide, wenn sie sich nicht verstellen würden, sondern gewissermaßen ihr Herz sprechen lassen wollten, das heißt ihre wahren Gedanken und Gefühle zum Ausdruck brächten, daß sie sich dann darauf beschränken würden, einander in die Augen zu blicken, und er selbst nur sagen würde: „Du stirbst, du stirbst, du stirbst!" und Nikolai zur Antwort gäbe:

„Ich weiß, daß ich sterbe; aber ich habe Angst, habe Angst, habe Angst!" Und nichts weiter würden sie sagen, wenn sie zueinander aufrichtig wären. Da dies indessen nicht möglich war, versuchte Konstantin das zu tun, was er sein ganzes Leben lang versucht und doch nie fertiggebracht hatte, was viele andere seinen Beobachtungen nach so gut verstanden und ohne das man nicht leben kann: er versuchte etwas anderes zu sagen als das, was er wirklich dachte, und er fühlte, daß seine Worte falsch klangen, daß sein Bruder ihn durchschaute und sich darüber ärgerte.

Nachdem drei Tage vergangen waren, ließ sich Nikolai von seinem Bruder nochmals dessen Pläne auseinandersetzen und verurteilte sie nicht nur, sondern unterschob ihnen auch kommunistische Ideen.

„Du hast lediglich eine fremde Idee aufgegriffen, hast sie verstümmelt und willst sie anwenden, wo es gar nicht paßt."

„Ich sage dir doch, daß dies mit Kommunismus überhaupt nichts zu tun hat. Die Kommunisten verwerfen das Privateigentum, die Kapitalwirtschaft, das Erbrecht, während ich diesen wichtigsten Stimulus" (Lewin widerstrebte der Gebrauch derartiger Ausdrücke, doch seitdem er sich in die Arbeit an seinem Buch vertieft hatte, kam es immer häufiger vor, daß ihm Fremdwörter unterliefen) „nicht ablehne, sondern nur die Arbeitsverhältnisse regeln will."

„Das ist es eben, daß du dich einer fremden Idee bemächtigt hast, von ihr alles abstreichst, was ihre Kraft ausmacht, und nun behaupten willst, es sei etwas Neues", sagte Nikolai und zerrte wütend an seiner Krawatte.

„Was ich beabsichtige, hat ja gar nichts gemein mit ..."

„Der Kommunismus", fuhr Nikolai ironisch lächelnd fort und sah seinen Bruder mit boshaft funkelnden Augen an, „hat wenigstens den Reiz einer sozusagen geometrischen Klarheit, an der sich nichts deuteln läßt. Vielleicht ist es eine Utopie. Aber angenommen, daß es wirklich möglich wäre, mit allem Gewesenen tabula rasa zu machen: wenn es dann kein Privateigentum, keine Familie gäbe, kämen auch die Arbeitsverhältnisse in Ordnung. Du hingegen hast nichts zu bieten ..."

„Warum wirft du alles durcheinander? Ich bin nie für den Kommunismus gewesen."

„Ich aber bin es gewesen, und wenn ich seine Durchführung auch für verfrüht halte, bin ich doch überzeugt, daß er vernünftig ist und eine Zukunft hat ebenso wie das Christentum in den ersten Jahrhunderten."

„Ich vertrete nur die Meinung, daß man die Arbeiterschaft vom Standpunkt der naturbedingten Gegebenheiten beurteilen muß, das heißt, daß es nötig ist, sie zu studieren, ihre Eigenheit anzuerkennen und ..."

„Das ist völlig überflüssig. Die Arbeiterschaft wird gemäß ihrer Entwicklung von selbst eine bestimmte Art finden, in Funktion zu treten. Überall hat es Sklaven gegeben, dann métayers; auch wir haben das Halbpartsystem, haben Pächter, Tagelöhner – was willst du noch mehr?"

Bei diesen Worten des Bruders stieg in Lewin eine Hitzewelle auf, denn er fürchtete, daß sie der Wahrheit entsprächen, daß er sich wirklich anschickte, zwischen Kommunismus und bestehenden Formen zu lavieren, und daß dies kaum möglich sei.

„Ich will ein Mittel finden, die Arbeit sowohl für mich wie auch für die Arbeiter nutzbringend zu gestalten", antwortete er erregt. „Ich will es so regeln ..."

„Gar nichts willst du regeln! Du willst dich einfach, wie du es dein ganzes Leben getan hast, durch Originalität hervortun, willst zeigen, daß du die Bauern nicht einfach ausbeutest, sondern nach einer bestimmten Idee."

„Nun, wenn das deine Meinung ist, dann brauchen wir nicht weiter darüber zu reden", sagte Lewin.

„Du hast nie Überzeugungen gehabt und hast sie auch jetzt nicht. Dir kommt es nur darauf an, deinen Ehrgeiz zu befriedigen."

„Nun schön, dann laß mich in Ruhe!"

„Das werde ich auch! Ich hätte schon längst wieder fahren sollen! Scher dich zum Teufel! Es tut mir überhaupt leid, daß ich hergekommen bin!"

Sosehr sich Lewin hernach auch bemühte, seinen Bruder zu beruhigen, Nikolai wollte nichts hören; er erklärte, es sei am besten, sie trennten sich, und es wurde Konstantin klar, daß der Bruder seinem unerträglich gewordenen Leben einfach nicht mehr gewachsen war.

Als Nikolai bereits seine Sachen packte, kam Konstantin noch einmal zu ihm und bat den Bruder mit erzwungener Freundlichkeit, ihm zu vergeben, wenn er ihn durch irgend etwas verletzt habe.

„Ach, welche Großmut!" erwiderte Nikolai und lächelte. „Wenn dir daran liegt, recht zu behalten, kann ich dir dieses Vergnügen bereiten. Du hast recht, aber fahren werde ich trotzdem!"

Erst im letzten Augenblick vor der Abreise küßte Nikolai seinen Bruder und sah ihn plötzlich mit seltsam ernstem Gesichtsausdruck an.

„Trotz allem, Kostja, gedenke meiner nicht mit Groll!" sagte er, und seine Stimme zitterte.

Dies waren die einzigen Worte, die aufrichtig gemeint waren. Lewin wußte, daß diese Worte bedeuteten: Du siehst und weißt, daß es mit mir schlecht steht und wir uns vielleicht nicht mehr wiedersehen werden. Lewin faßte sie richtig auf, und die Tränen stürzten ihm aus den Augen. Er küßte den Bruder noch einmal, war jedoch unfähig, zu sprechen und die richtigen Worte zu finden.

Am dritten Tag nach der Abreise des Bruders trat auch Lewin seine Auslandsreise an. Im Zug traf er mit Kittys Vetter, dem jungen Fürsten Stscherbazki, zusammen, der sich sehr über Lewins düstere Stimmung wunderte.

„Was ist mit dir?" fragte er ihn.

„Nichts Besonderes; es gibt eben wenig Erfreuliches in der Welt."

„Wie das? Komm doch mit nach Paris, anstatt nach Mulhouse, oder wie es heißt, zu fahren. Da wirst du sehen, wie lustig es sich dort leben läßt!"

„Nein, mit dem Leben habe ich schon abgeschlossen. Für mich ist es Zeit zu sterben."

„Da hört sich doch alles auf!" rief Stscherbazki lachend. „Und ich fange gerade erst an, richtig zu leben."

„Ebenso habe auch ich bis vor kurzem gedacht, doch jetzt weiß ich, daß ich bald sterben werde."

Lewin sprach das aus, was er wirklich seit einiger Zeit dachte. Er sah bei allem nur den Tod oder das Herannahen des Todes. Doch mit um so größerem Eifer widmete er sich dem von ihm eingeleiteten Unternehmen. Man mußte ja irgend etwas erreicht haben, bevor der Tod kam! Alles um ihn herum war in Dunkelheit gehüllt; doch gerade infolge dieser Dunkelheit glaubte er, sein Unternehmen sei der einzige Strohhalm, an den er sich in dieser Dunkelheit halten könnte, und er klammerte sich an ihn mit allen seinen Kräften und hielt sich an ihm fest.

Vierter Teil

I

Alexej Alexandrowitsch Karenin und seine Frau führten ihr Leben weiter in ein und demselben Haus und kamen täglich miteinander in Berührung, aber sie waren sich völlig fremd geworden. Damit das Hauspersonal es sich nicht herausnehmen könne, irgendwelche Mutmaßungen anzustellen, hatte Alexej Alexandrowitsch es sich zur Regel gemacht, täglich mit seiner Frau zusammenzukommen, und vermied es nur, das Mittagessen zu Hause einzunehmen. Wronski kam nie ins Kareninsche Haus, doch Anna traf sich mit ihm außerhalb des Hauses, und ihr Mann wußte das.

Die Lage war für alle drei qualvoll, und keiner von ihnen wäre imstande gewesen, sie auch nur einen Tag zu ertragen, wenn er nicht angenommen hätte, daß sie sich ändern werde und nur durch zeitweilige, unglückliche Umstände bedingt sei. Alexej Alexandrowitsch hoffte, daß diese Leidenschaft verginge, wie alles vergeht, daß Gras über die Sache wachsen und sein guter Name unangetastet bleiben werde. Anna, von der die Lage abhing und die am meisten unter ihr litt, ertrug sie, weil sie nicht nur annahm, sondern sogar der festen Überzeugung war, daß sich alles sehr bald entwirren und klären müsse. Sie wußte keineswegs, auf welche Weise eine solche Entwirrung eintreten könnte, glaubte indessen zuversichtlich, daß sie in allernächster Zeit bevorstehe. Wronski, der sich ungewollt von ihr beeinflussen ließ, hoffte ebenfalls, daß ohne sein Zutun irgendein Ereignis eintreten und alle Schwierigkeiten beseitigen werde.

In der Mitte des Winters gab es für Wronski eine sehr mißliche Woche. Er wurde einem besuchsweise nach Petersburg gekommenen ausländischen Prinzen beigegeben, dem er die Sehenswürdigkeiten Petersburgs zeigen sollte. Wronski, der selbst eine sehr gute Figur machte und überdies die Gabe besaß, Respekt mit Selbstachtung zu vereinen, hatte im Umgang mit solchen Persönlichkeiten bereits Übung; aus diesem Grunde hatte man ihn zum Begleiter des Prinzen gewählt. Er empfand seine Obliegenheiten indessen als sehr bedrückend. Der Prinz wollte nichts versäumen, wonach man ihn zu Hause fragen könnte, ob er es in Rußland gesehen habe, und hatte außerdem den Wunsch, so ausgiebig wie möglich die russischen Vergnügungen persönlich kennenzulernen. Wronski oblag es nun, sowohl in der einen als auch in der anderen Richtung den Mentor zu spielen. Die Vormittage verbrachten sie mit der Besichtigung von Sehenswürdigkeiten, abends wurden typisch russische Vergnügungslokale aufgesucht. Der Prinz erfreute sich eines selbst für Prinzen ungewöhnlich guten Gesundheitszustands und hatte diesen durch Gymnastik und sorgfältige Pflege seines Körpers auf eine solche Höhe gebracht, daß er ungeachtet der Hemmungslosigkeit, mit der er sich seinen Passionen hingab, so frisch aussah wie eine große, glänzend grüne holländische Gurke. Er war viel gereist und sah den Hauptvorzug der neuzeitlichen Reiseverbindungen darin, daß man leicht die verschiedenen nationalen Vergnügungen erreichen konnte. Er war in Spanien gewesen, wo er Serenaden veranstaltet und ein Verhältnis zu einer Spanierin angeknüpft hatte, die Mandoline spielte. In der Schweiz hatte er eine Gemse erlegt. In England war er in rotem Frack über Zäune galoppiert und hatte gelegentlich einer Wette zweihundert Fasanen geschossen. In der Türkei hatte er einen Harem besucht, in Indien war er auf einem Elefanten geritten, und in Rußland wollte er nun alle echt russischen Vergnügungen genießen.

Wronski, dem gewissermaßen die Rolle eines Oberzeremonienmeisters zugefallen war, kostete es große Mühe, alle die russischen Vergnügungsmöglichkeiten vorzuführen, die dem Prinzen von verschiedenen Seiten vorgeschlagen worden waren. Da gab es Traberfahrten, Bliny-Essen, Bärenjagden, Ausflüge in Troikas, Zigeunerkapellen und Trinkgelage, die auf echt russische Weise mit dem Zertrümmern des Geschirrs endeten. Der Prinz paßte sich ungemein leicht dem russischen Geist an, schlug das Geschirr von den Tabletts hinunter, nahm sich ein Zigeunermädchen auf den Schoß und machte bei allem ein Gesicht, als wollte er fragen: Was kommt nun noch, oder ist das alles, was den russischen Geist ausmacht?

Den größten Gefallen bei allen russischen Vergnügungen fand der Prinz jedoch an den französischen Schauspielerinnen, an einer Ballettänzerin und an dem Champagner mit weißem Siegel. Für Wronski war der Umgang mit Prinzen nichts Ungewöhnliches; sei es nun aber, daß er sich selbst in letzter Zeit geändert hatte oder daß er mit diesem Prinzen in allzunaher Fühlung stand, ihm fiel jedenfalls diese Woche sehr schwer. Er empfand während dieser ganzen Woche ungefähr das gleiche, was wohl jemand empfinden mag, der einen Irrsinnigen zu bewachen hat, sich vor diesem fürchtet und zugleich bange ist, durch das nahe Zusammensein mit ihm selbst den Verstand zu verlieren. Wronski stand unausgesetzt unter dem Zwangsgefühl, keinen Augenblick von dem Ton streng offizieller Ehrerbietung abweichen zu dürfen, wenn er sich nicht einer Beleidigung aussetzen wollte. Für die Leute, die sich zu Wronskis Verwunderung die Beine ausrissen, um den Prinzen mit den russischen Vergnügungsarten bekannt zu machen, hatte dieser nur Geringschätzung übrig. Die Art, wie er die russischen Frauen beurteilte, die er studieren wollte, trieb Wronski oft die Zornesröte ins Gesicht. Der Hauptgrund dafür, daß der Prinz ihm so unerträglich war, bestand indessen darin, daß er in ihm eine Widerspiegelung seiner selbst zu sehen glaubte. Und das, was er in diesem Spiegel sah, war für seine Eigenliebe wenig schmeichelhaft. Es war ein sehr dummer, sehr selbstbewußter, sehr gesunder und sehr auf Reinlichkeit bedachter Mensch – nichs weiter. Der Prinz war ein Gentleman, das stand fest und konnte von Wronski nicht bestritten werden. Er war gelassen und Höhergestellten gegenüber nicht liebedienerisch, gab sich ungezwungen und natürlich im Umgang mit ihm Gleichgestellten und behandelte unter ihm Stehende mit herablassend gutmütiger Geringschätzung. Wronski besaß die gleichen Eigenschaften und hielt sie für einen großen Vorzug; doch im Verhältnis zum Prinzen war er der Untergeordnete, und die gutmütig herablassende Art, mit der dieser ihn behandelte, empörte ihn.

So ein Rindvieh! dachte er bei sich. Bin ich wirklich ebenso?

Wie dem auch sei, als er sich am siebenten Tag, vor der Weiterreise des Prinzen nach Moskau, von ihm verabschiedete und dieser sich bei ihm bedankte, war er glücklich, aus dieser peinlichen Lage und von dem unangenehmen Spiegel befreit zu sein. Er verabschiedete sich von ihm auf dem Bahnhof, nachdem sie eben erst von einer Bärenjagd zurückgekehrt waren, bei der man ihnen während der ganzen Nacht Beispiele russischen Draufgängertums vorgeführt hatte.

2

Nach Hause zurückgekehrt, fand Wronski ein Briefchen von Anna vor. Sie schrieb:

„Ich bin krank und unglücklich. Ich bin ans Haus gebunden, aber außerstande, länger auf ein Wiedersehen mit Ihnen zu verzichten. Kommen Sie abends zu mir. Alexej Alexandrowitsch fährt um sieben ins Ministerium und wird vor zehn nicht zurück sein."

Nachdem er einen Augenblick gezaudert und sich gewundert hatte, daß sie ihn ungeachtet des Verbots ihres Mannes zu sich ins Haus lud, beschloß er, ihrer Aufforderung nachzukommen.

Wronski, der in diesem Winter zum Oberst befördert und aus dem Regiment ausgeschieden war, wohnte jetzt für sich allein. Unmittelbar im Anschluß an das Frühstück legte er sich auf den Diwan und war in den ersten fünf Minuten noch in der Erinnerung an die widerlichen Szenen befangen, die er im Laufe der letzten Tage miterlebt hatte und die sich nun in seinem Geiste verwirrten und mit Anna und jenem Treiber verbanden, der bei der Jagd eine wichtige Rolle gespielt hatte; dann schlief er ein. Als er aufwachte, war es schon dunkel, und, bebend vor Entsetzen, zündete er schnell eine Kerze an. Was war das? Was? Was war das Entsetzliche, wovon ich geträumt habe? Ach ja, das war jener Treiber, glaube ich, dieser kleine schmutzige Mann mit zerzaustem Bart, der sich über irgendeinen Gegenstand beugte, an dem er etwas vornahm, und der dann plötzlich etwas Unverständliches auf französisch sagte. Ja, das war alles, was ich geträumt habe. Doch warum kam es mir denn so entsetzlich vor? – Er dachte wieder an jenen Bauer und an die merkwürdigen französischen Worte, die er gesagt hatte, und ein kalter Schauder lief ihm über den Rücken.

Welch ein Unsinn! dachte Wronski bei sich und sah auf die Uhr.

Es war schon halb neun. Er klingelte nach seinem Diener, zog sich schnell an, und als er dann aus dem Hause trat, hatte er seinen Traum bereits völlig vergessen und machte sich nur Vorwürfe, die Zeit verschlafen zu haben. Als er am Kareninschen Haus vorfuhr und wieder auf die Uhr blickte, sah er, daß es zehn Minuten vor neun war. Vor dem Portal stand eine hohe, schmale, mit zwei Apfelschimmeln bespannte Equipage. Er erkannte in ihr den Wagen Annas. Sie will zu mir kommen, sagte sich Wronski. Das wäre auch richtiger gewesen. Es widerstrebt mir, dieses Haus zu betreten. Doch es soll mir egal sein; ich kann mich nicht verstecken, dachte er, während er aus dem Schlitten stieg und in der ihm schon von klein auf anerzogenen Haltung eines Menschen, der sich vor nichts zu schämen braucht, auf die Tür zuging. Die Tür wurde geöffnet, und der Portier trat mit einem Plaid über dem Arm heraus und rief den Wagen heran. Wronski, der für nebensächliche Dinge gewöhnlich kein Auge hatte, bemerkte jetzt immerhin das Erstaunen, mit dem ihn der Portier ansah. In der Tür wäre er beinahe mit Alexej Alexandrowitsch zusammengeprallt. Der Schein der Gasflamme fiel direkt auf dessen blutloses, hohlwangiges Gesicht unter dem schwarzen Hut und auf die weiße Krawatte, die aus dem Biberkragen des Mantels hervorschimmerte. Die trüben, starren Augen Karenins hefteten sich auf Wronskis Gesicht. Wronski grüßte, und Alexej Alexandrowitsch machte eine kauende Mundbewegung, führte die Hand an den Hut und ging vorüber. Wronski sah, wie er, ohne sich umzublikken, in den Wagen stieg, durch das Fenster das Plaid und ein Opernglas in Empfang nahm und hierauf im Innern des Wagens verschwand. Wronski trat in die Vorhalle. Seine Brauen waren zusammengezogen, und in seinen Augen leuchtete ein böser und stolzer Glanz.

Ist das eine Situation! dachte er. Ja, wenn er bereit wäre, sich zu duellieren, seine Ehre zu verteidigen, dann könnte ich aktiv werden und meinen Gefühlen Ausdruck verleihen; doch statt dessen diese Schwäche oder Niedertracht … Er zwingt mir die Rolle eines Betrügers auf, der ich nie sein wollte und nicht sein will.

Seit jener Aussprache mit Anna im Wredeschen Park hatte sich Wronskis Einstellung sehr verändert. Indem er sich ungewollt der Energielosigkeit Annas unterwarf, die sich ihm vorbehaltlos hingegeben hatte und nur von ihm die Entscheidung über ihr Schicksal erwartete, in die sie sich schon im voraus fügte, hatte er längst den Gedanken aufgegeben, daß eine Lösung dieses Verhältnisses möglich sei, wie er es sich damals vorgestellt hatte. Seine ehrgeizigen Pläne waren wieder in den Hintergrund gedrängt, und da er erkannte, daß er jenen Wirkungskreis, in dem alles genau festgelegt war, verlassen hatte, gab er sich ganz seinen Gefühlen hin, und diese Gefühle fesselten ihn immer stärker an Anna.

Schon in der Vorhalle hörte er ihre Schritte, die sich entfernten. Sie hatte offenbar auf ihn gewartet, hatte gehorcht und ging nun ins Wohnzimmer zurück.

„Nein!“ rief sie aus, als sie ihn erblickte, und beim ersten Laut ihrer Stimme füllten sich ihre Augen mit Tränen. „Nein, wenn das so weitergeht, wird es noch früher, noch viel früher geschehen!“

„Was denn, Liebste?“

„Was? Ich warte hier, quäle mich, eine Stunde, zwei Stunden … Nein, nein, ich werde nicht …! Ich kann dir nicht böse sein. Sicherlich bist du verhindert gewesen. Nein, ich mache dir keine Vorwürfe!“

Sie legte beide Hände auf seine Schultern, und strahlend vor Glück, blickte sie ihm lange tief und zugleich prüfend in die Augen. In der Zeit, die seit ihrem letzten Zusammensein vergangen war, hatte sie sich immer wieder seine Gesichtszüge ins Gedächtnis gerufen, und wie bei jedem Wiedersehen versuchte sie, das Bild, das sie sich in Gedanken von ihm machte und das unvergleichlich besser war als die Wirklichkeit, ja unvereinbar mit ihr, mit seinem wahren Bild zu verschmelzen.

3

„Du bist ihm begegnet?" fragte sie, als sie sich an den Tisch unter die Lampe setzten. „Das war die Strafe für deine Verspätung!"

„Ja, aber wie ist es zu erklären? Er sollte doch im Ministerium sein?"

„Er ist früher zurückgekommen und dann noch einmal irgendwohin gefahren. Doch das macht nichts. Wir wollen nicht mehr davon sprechen. Wo bist du gewesen? Immer noch mit dem Prinzen zusammen?"

Sie war über alle Einzelheiten seines Tun und Lassens unterrichtet. Er wollte erwidern, daß er die ganze Nacht nicht geschlafen habe und zu Hause eingeschlafen sei, doch als er in ihr erregtes, glückliches Gesicht sah, brachte er es nicht übers Herz. Er sagte, er habe über die Abreise des Prinzen Bericht erstatten müssen.

„Doch jetzt ist es damit vorbei? Er ist also abgereist?"

„Ja, Gott sei Dank, es ist vorbei. Du glaubst gar nicht, wie unerträglich es mir gewesen ist."

„Wieso? Es ist doch das übliche Leben, an das ihr jungen Männer alle gewöhnt seid", sagte sie mit zusammengezogenen Brauen und griff nach der auf dem Tisch liegenden Handarbeit, aus der sie, ohne Wronski anzusehen, den Häkelhaken herauszunesteln begann.

„Dieses Leben habe ich schon seit langem aufgegeben", antwortete er, verwundert über ihren veränderten Gesichtsausdruck und bemüht, den Grund dafür zu erraten. „Und ich muß gestehen", fuhr er mit einem Lächeln fort, wobei seine kräftigen weißen Zähne zum Vorschein kamen, „ich habe mich während dieser Woche gleichsam wie in einem Spiegel betrachtet und angesichts dieses Lebens nicht gerade angenehme Empfindungen gehabt."

Sie hielt eine Handarbeit in Händen, häkelte aber nicht und sah mit merkwürdig glänzenden, feindselig blickenden Augen zu ihm hinüber.

„Heute vormittag hat mich Lisa besucht – trotz der Gräfin Lydia Iwanowna haben ja doch nicht alle Angst, sich durch mich zu kompromittieren –, und sie hat mir von eurem Athener Abend erzählt. Wie scheußlich!"

„Ich wollte nur sagen ..."

Sie unterbrach ihn.

„War es jene Thérèse, die du schon von früher kanntest?"

„Ich wollte sagen ..."

„Wie schlecht seid ihr bloß, ihr Männer! Ihr begreift gar nicht, daß sich eine Frau über so etwas nicht hinwegsetzen kann", sagte sie, und indem sie sich immer mehr ereiferte, offenbarte sie ihm den Grund ihrer Gereiztheit. „Besonders eine Frau, die nichts von deinem Leben weiß. Was weiß ich? Was habe ich jemals gewußt? Nur das", fuhr sie fort, „was du mir sagst. Aber wie soll ich wissen, ob du mir die Wahrheit sagst?"

„Anna! Du beleidigst mich! Vertraust du mir denn nicht? Habe ich dir denn nicht gesagt, daß ich jeden meiner Gedanken mit dir teile?"

„Ja, gewiß", sagte sie, sichtlich bemüht, die ihr von der Eifersucht eingegebenen Gedanken zu verscheuchen. „Doch wenn du wüßtest, wie ich leide! Ich vertraue dir, vertraue dir bestimmt ... Was wolltest du also sagen?"

Doch er konnte sich nicht gleich darauf besinnen, was er hatte sagen wollen. Ihre Anfälle von Eifersucht, die sich seit einiger Zeit immer häufiger wiederholten, flößten ihm Entsetzen ein und kühlten, sosehr er es auch zu verbergen trachtete, seine Gefühle für sie ab, obwohl er wußte, daß der Grund zu ihrer Eifersucht nur in ihrer Liebe zu ihm lag. Wie oft hatte er sich gesagt, daß ihre Liebe ihn glücklich machen werde; und nun, da sie ihn mit der ganzen Hingabe einer Frau liebte, für die alle Güter des Lebens hinter ihrer Liebe zurücktraten, hatte er das Empfinden, vom Glück viel weiter entfernt zu sein als damals, als er ihr aus Moskau gefolgt war. Damals hatte er sich unglücklich gefühlt, aber das Glück vor sich gehabt; jetzt hingegen hatte er das Gefühl, daß der Höhepunkt des Glücks bereits überschritten sei. Sie war jetzt ganz anders als in der ersten Zeit ihrer Bekanntschaft. Sowohl im Wesen als auch im Äußeren hatte sie sich zum Nachteil verändert. Sie war in die Breite gegangen, und ihre Augen hatten, als sie von der Schauspielerin sprach, einen bösen, das ganze Gesicht entstellenden Ausdruck angenommen. Er betrachtete sie, wie jemand eine von ihm gepflückte und bereits verwelkte Blume betrachtet und dabei nur mit Mühe die Schönheit wiedererkennt, um derentwillen er sie gepflückt und dem Verderben preisgegeben hat. Und obwohl er glaubte, daß er damals, als seine Liebe noch groß war, stark genug gewesen wäre, diese Liebe aus seinem Herzen zu reißen, wenn er es ernstlich gewollt hätte, wußte er, daß jetzt, wo er – wie es ihm in diesem Augenblick schien – keine Liebe mehr für sie empfand, eine Lösung des Verhältnisses zu ihr unmöglich war.

„Nun, schon gut, schon gut! Was wolltest du also vom Prinzen sagen? Ich habe den Dämon ausgetrieben, ganz ausgetrieben", fügte sie hinzu. (Mit Dämon bezeichneten sie untereinander die Eifersucht.) „Was war es also, was du vom Prinzen sagen wolltest? Warum ist er dir so zur Last gefallen?"

„Ach, es war unerträglich", antwortete er und bemühte sich, den abgerissenen Gedankenfaden wiederzufinden. „Er gewinnt nicht bei näherer Bekanntschaft. Soll ich ihn kurz charakterisieren, kann ich nur sagen, daß er jenem prachtvollen Mastvieh gleicht, das auf Ausstellungen mit goldenen Medaillen ausgezeichnet wird, mehr nicht."

„Aber wie ist das zu verstehen?" fragte sie, verwundert über seinen verbitterten Ton. „Er ist doch immerhin in der Welt herumgekommen, ist gebildet?"

„Die Bildung solcher Herrschaften ist von ganz anderer Art. Seine Bildung hat er sich offenbar nur erworben, um von ihr das Recht abzuleiten, Bildung zu verachten, wie seinesgleichen alles außer tierischen Genüssen verachtet."

„Nun, für solche tierischen Genüsse seid ihr doch alle", erwiderte sie, und abermals fiel ihm das Finstere in ihrem Blick auf, der dem seinen auswich.

„Warum setzt du dich eigentlich so für ihn ein?" fragte er lächelnd.

„Ich setze mich gar nicht für ihn ein, mir ist das alles völlig gleichgültig. Aber ich meine, wenn du nicht selbst Freude an solchen Genüssen hättest, brauchtest du dich nicht an ihnen zu beteiligen. Dir bereitet es jedoch Vergnügen, diese Thérèse im Evakostüm zu sehen, und ..."

„Schon wieder dieser Dämon!" sagte Wronski und führte ihre Hand, die sie auf den Tisch gelegt hatte, an seine Lippen.

„Ja, aber ich kann nichts dafür. Du weißt nicht, wie ich bei diesem Warten auf dich gelitten habe. Ich glaube, ich bin nicht eifersüchtig. Eifersucht ist es nicht. Ich vertraue dir, wenn du hier, wenn du bei mir bist; doch wenn du irgendwo, losgelöst von mir, dein Leben führst, das mir nicht zugänglich ist, dann ..."

Sie entzog sich ihm; endlich bekam sie den Häkelhaken aus der Handarbeit frei und reihte nun schnell unter Zuhilfenahme des Zeigefingers Masche um Masche der weißen, im Schein der Lampe glänzenden Wolle aneinander – flink und nervös bewegte sich ihr feines Handgelenk in der bestickten Manschette.

„Wie war es denn?" fragte sie plötzlich in gezwungenem, unnatürlichem Ton. „Wo bist du Alexej Alexandrowitsch begegnet?"

„Wir stießen in der Haustür zusammen."

„Und mit solch einem Gesicht hat er dich wohl gegrüßt?"

Sie zog den Mund nach unten, schloß die Augen halb und veränderte schnell den Gesichtsausdruck, so daß Wronski, als sie nun mit ineinandergelegten Händen dasaß, in ihrem schönen Gesicht plötzlich genau den gleichen Ausdruck wahrnahm, mit dem Alexej Alexandrowitsch ihn gegrüßt hatte. Er lächelte, während sie in jenes angenehme, aus dem Herzen kommende Lachen ausbrach, das einen ihrer größten Reize ausmachte.

„Ich kann ihn beim besten Willen nicht verstehen", sagte Wronski. „Ja, wenn er mit dir nach der Aussprache in der Sommerfrische gebrochen, wenn er mich gefordert hätte... doch wie er eine solche Lage ertragen kann, ist mir unverständlich. Er leidet darunter, das sieht man."

„Er? Nein, er ist völlig zufrieden", erwiderte sie mit einem höhnischen Lächeln.

„Warum quälen wir uns alle, während doch alles so schön sein könnte?"

„Er quält sich nicht. Ich kenne ihn nur zu gut und weiß, wie alles an ihm von Lüge durchdrungen ist ... Kann denn jemand, der eines Gefühls fähig ist, so leben, wie er mit mir lebt? Er versteht nichts, ihm geht jedes Gefühl ab. Kann denn ein Mensch, der etwas fühlt, mit der Frau, die ihn hintergeht, unter demselben Dach hausen? Kann er es über sich bringen, mit ihr zu sprechen, sie mit ‚du' anzureden?"

Und abermals ahmte sie ihn nach: „‚Du, ma chère, du, Anna?' – Er ist kein Mann, kein Mensch, er ist eine Puppe! Niemand sieht es, nur ich allein sehe es. Oh, wenn ich an seiner Stelle wäre, ich hätte so eine Frau, wie ich es bin, schon längst getötet, längst in Stücke gerissen und würde nicht zu ihr sagen: ‚Du, ma chère Anna.' Er ist kein Mensch, er ist eine Amtsmaschine. Er begreift nicht, daß ich deine Frau bin und daß er für mich ein fremder und überflüssiger Mensch ist... Ich mag nicht, ich mag gar nicht davon sprechen!"

„Du bist ungerecht, sehr ungerecht, Liebste", sagte Wronski und suchte sie zu beruhigen. „Doch wie dem auch sei, wir wollen nicht mehr von ihm sprechen. Erzähle mir, wie es dir ergangen ist. Was fehlt dir? Was ist es für eine Krankheit, was hat der Arzt gesagt?"

Sie sah ihn mit spottlustigem Übermut an. Offenbar waren ihr noch andere lächerliche und abstoßende Seiten ihres Mannes eingefallen, und sie wartete nur den passenden Augenblick ab, von ihnen zu erzählen.

Wronski fuhr indessen fort:

„Ich kann mir denken, daß es keine eigentliche Krankheit ist, sondern mit deinem Zustand zusammenhängt. Wann wird es soweit sein?"

Der spöttische Glanz ihrer Augen erlosch, und ein anderes Lächeln, in dem sich das Wissen von ihm unbekannten Dingen und eine verhaltene Wehmut ausdrückten, traten an seine Stelle.

„Bald, sehr bald, Du sagtest, unsere Lage sei quälend und müsse entspannt werden. Wenn du wüßtest, wie sehr ich unter ihr leide und was ich darum gäbe, wenn ich frank und frei meine Liebe zu dir bekennen könnte! Ich hätte nicht mehr zu leiden und würde dich nicht mit meiner Eifersucht quälen... Und das wird sich bald ereignen, doch nicht so, wie wir es uns denken."

Und bei dem Gedanken daran, was sich ereignen werde, übermannte sie ein solches Mitleid mit sich selbst, daß ihr Tränen in die Augen traten und sie nicht weitersprechen konnte. Sie legte ihre weiße Hand, an der im Schein der Lampe die Ringe funkelten, auf seinen Arm.

„Es wird nicht so kommen, wie wir es uns denken. Ich wollte dir nichts davon sagen, aber du hast mich dazu gezwungen. Bald, schon bald wird sich alles entwirren, und wir alle werden zur Ruhe kommen und uns nicht länger zu quälen haben."

„Ich verstehe dich nicht", sagte er, obwohl er wußte, was sie meinte.

„Du fragtest, wann es geschehen werde. Bald. Und ich werde es nicht überleben. Laß mich ausreden!" sagte sie, als er sie unterbrechen wollte, und fuhr hastig fort: „Ich weiß es und weiß es mit voller Sicherheit. Ich werde sterben und freue mich sehr darüber, daß ich sterben und mich selbst und euch von allen Qualen befreien werde."

Die Tränen rannen ihr über die Wangen. Er beugte sich über ihre Hand, und indem er sie mit Küssen bedeckte, bemühte er sich, seine Aufregung zu verbergen, die er für unbegründet hielt, aber dennoch nicht zu unterdrücken vermochte.

„Ja, so ist es, so ist es am besten", sagte sie und umfaßte mit einem festen Griff seine Hand. „Es ist das einzige, die einzige Möglichkeit, die uns noch geblieben ist."

Er gewann seine Fassung wieder und hob den Kopf.

„Welch ein Unsinn! Was für unsinniges Zeug redest du da zusammen!"

„Nein, es ist die Wahrheit."

„Was, was soll die Wahrheit sein?"

„Daß ich sterben werde. Ich habe einen Traum gehabt."

„Einen Traum?" wiederholte Wronski und erinnerte sich plötzlich jenes Bauern, von dem er selbst geträumt hatte.

„Ja, einen Traum", antwortete sie. „Es ist schon lange her, daß ich das geträumt habe. Ich kam in mein Schlafzimmer gelaufen und wollte dort irgend etwas holen, mich von irgend etwas überzeugen – du weißt ja, wie es im Traum manchmal ist", erzählte sie mit vor Entsetzen weit aufgerissenen Augen. „Da sehe ich, in einer Ecke des Zimmers steht jemand..."

„Ach, welch ein Unsinn! Wie kann man ernsthaft..."

Doch sie duldete nicht, daß er sie unterbrach. Das, wovon sie sprach, hatte für sie eine zu große Bedeutung.

„Da dreht sich dieser Jemand zu mir um, und ich sehe, daß es ein kleiner, grauenhaft aussehender Bauer mit zerzaustem Bart ist. Als ich weglaufen wollte, beugte er sich über einen Sack und begann mit den Händen darin zu wühlen…"

Sie zeigte, wie er im Sack herumgewühlt hatte. In ihrem Gesicht malte sich Entsetzen, und Wronski, der seines eigenen Traums gedachte, fühlte, wie sein Herz von einem ebensolchen Entsetzen gelähmt wurde.

„Er wühlte im Sack und sagte dabei mit schnarrender, sich überhastender Stimme auf französisch: ‚Il faut le battre le fer, le broyer le pétrir…' Von Angst gepackt, bemühte ich mich aufzuwachen… und ich wachte auch auf, aber nur im Traum. Ich dachte nach, was dies zu bedeuten habe. Da sagte Kornej zu mir: ‚Im Wochenbett, im Wochenbett werden Sie sterben, meine Gute, im Wochenbett…' Und ich wachte auf…"

„Welch ein Unsinn! Welch ein Unsinn!" wiederholte Wronski und merkte zugleich, daß seine Worte keineswegs überzeugend klangen.

„Doch lassen wir es jetzt genug sein! Klingele bitte, ich will uns Tee bringen lassen. Nein, warte noch, jetzt werde ich bald…"

Sie hielt plötzlich inne. Ihr Gesichtsausdruck hatte sich auf einmal verändert. Angst und Erregung wichen einer ruhigen, ernsten, von Glück beseelten Spannung. Wronski vermochte die Bedeutung dieser Veränderung nicht zu begreifen. Anna hatte unter ihrem Herzen die Regung neuen Lebens verspürt.

4

Nach seinem Zusammentreffen mit Wronski in der Haustür fuhr Alexej Alexandrowitsch ins Theater, wo er sich eine italienische Oper anhören wollte. Er blieb während der ersten beiden Akte und begrüßte alle, auf die es ihm ankam. Wieder nach Hause gekommen, sah er sich aufmerksam den Garderobenständer an, und als er dort keinen Offiziersmantel entdeckte, begab er sich wie gewöhnlich ohne Verzug in sein Zimmer. Entgegen seiner Gewohnheit ging er jedoch nicht sofort zu Bett, sondern wanderte bis drei Uhr morgens in seinem Arbeitszimmer auf und ab. Die Entrüstung über seine Frau, die sich über die Gebote des Anstands und die einzige ihr auferlegte Bedingung hinwegsetzte, indem sie in seinem Hause ihren Geliebten empfing, ließ ihn nicht zur Ruhe kommen. Sie hatte sich nicht an seine Forderung gehalten, und er sah sich jetzt genötigt, sie zu bestrafen und seine Drohung wahr zu machen, das heißt, die Scheidung zu betreiben und ihr den Sohn zu nehmen. Er kannte alle Schwierigkeiten, die mit einer solchen Sache verbunden waren, aber da er es ihr nun einmal angedroht hatte, mußte er es jetzt auch ausführen. Die Gräfin Lydia Iwanowna hatte ihm zu verstehen gegeben, daß dies der beste Ausweg aus seiner Lage sein würde, und das Verfahren bei Scheidungen hatte sich im übrigen in letzter Zeit so vervollkommnet, daß Alexej Alexandrowitsch es für möglich hielt, die formellen Schwierigkeiten zu überwinden. Und da überdies ein Unglück selten allein kommt, hatten sich in Verbindung mit der Berieselung der Felder im Saraisker Gouvernement und den Lebensbedingungen der fremdstämmigen Bevölkerung für Alexej Alexandrowitsch in letzter Zeit so viele dienstliche Unannehmlichkeiten ergeben, daß er sich dauernd in gereizter Stimmung befand.

Er schlief die ganze Nacht nicht, und sein Zorn, der in einer phantastischen Progression anstieg, erreichte gegen Morgen seinen Höhepunkt. Er kleidete sich hastig an, und als trüge er die volle Schale seines Zornes und sei besorgt, etwas zu verschütten und zugleich damit einen Teil der Energie zu verlieren, die er für die Auseinandersetzung mit seiner Frau benötigte, begab er sich zu Anna, sobald er erfuhr, daß sie aufgestanden war.

Anna, die sich einbildete, ihren Mann so gut zu kennen, war dennoch über sein Aussehen bestürzt, als er zu ihr ins Zimmer trat. Seine Stirn war in Falten gelegt, und die Augen starrten finster geradeaus und wichen ihrem Blick aus; die Lippen waren fest und verächtlich zusammengepreßt. In seinem Gang, in den Bewegungen und in seinem Tonfall drückten sich eine Entschlossenheit und Energie aus, wie Anna es in diesem Maße noch nie an ihm erlebt hatte. Er trat ins Zimmer und ging, ohne sie zu begrüßen, direkt auf ihren Schreibtisch zu, nahm die Schlüssel und öffnete ein Schubfach.

„Was wollen Sie da?“ schrie sie auf.

„Die Briefe Ihres Geliebten“, antwortete er.

„Die sind nicht hier“, sagte sie und schickte sich an, das Schubfach zu schließen. Doch an ihrer hastigen Bewegung erkannte er, daß er auf der richtigen Spur war; er stieß heftig ihre Hand zurück und bemächtigte sich schnell der Mappe, in der sie, wie er wußte, die wichtigsten Papiere aufzubewahren pflegte. Sie versuchte, ihm die Mappe zu entreißen, aber er stieß sie zurück.

„Setzen Sie sich! Ich habe mit Ihnen zu sprechen“, sagte er und preßte die Mappe mit dem Ellbogen so fest an sich, daß sich dabei seine Schulter hob.

Anna, erstaunt und verschüchtert, sah ihm schweigend ins Gesicht.

„Ich habe Ihnen gesagt, daß ich die Besuche Ihres Geliebten in meinem Hause nicht dulde."

„Ich mußte ihn sprechen, um ..."

Sie stockte, weil ihr keine passende Ausrede einfiel.

„Es interessiert mich nicht, im einzelnen zu erfahren, warum eine Frau mit ihrem Geliebten zusammenkommen muß."

„Ich wollte, ich wollte nur ...", erwiderte sie auffahrend. Seine Grobheit wirkte aufstachelnd auf sie und weckte ihren Mut. „Haben Sie denn gar kein Gefühl dafür, wie leicht es für Sie ist, mich zu beleidigen?" fragte sie ihn.

„Beleidigen kann man einen anständigen Mann und eine anständige Frau; wenn man hingegen zu einem Dieb sagt, daß er ein Dieb ist, dann ist das lediglich la constatation d'un fait."

„Diesen neuen Zug – die Grausamkeit – habe ich an Ihnen noch nicht gekannt."

„Sie nennen es Grausamkeit, wenn ein Mann seiner Frau volle Freiheit gewährt, sie mit seinem ehrlichen Namen schirmt und nur die Bedingung daran knüpft, daß der Anstand gewahrt werden muß. Ist das Grausamkeit?"

„Es ist schlimmer als Grausamkeit, es ist eine Gemeinheit, wenn Sie es genau wissen wollen!" rief Anna wutentbrannt und stand auf, um zu gehen.

„Nein!" schrie er mit seiner schrillen Stimme, die jetzt noch um einen Ton höher klang als gewöhnlich; er umklammerte ihr Handgelenk mit seinen großen Fingern so fest, daß das gegen die Haut gepreßte Armband rote Spuren hinterließ, und zwang sie auf ihren Platz zurück. „Gemeinheit? Eine Gemeinheit, wenn Sie dieses Wort schon gebrauchen wollen, ist es, um des Geliebten willen Mann und Sohn aufzugeben und weiter das Brot des Mannes zu essen!"

Sie senkte den Kopf. Sie sagte jetzt nicht, was sie gestern zu ihrem Geliebten gesagt hatte, daß *er* ihr Mann und der rechtmäßige Ehemann ganz überflüssig sei, nein, sie dachte es nicht einmal mehr. Sie war sich der ganzen Berechtigung seiner Worte bewußt und sagte nur leise:

„Sie können meine Lage nicht schwärzer ausmalen, als ich sie selbst sehe; doch warum sagen Sie das alles?"

„Warum ich es sage? Warum, fragen Sie?" fuhr er mit unvermindertem Zorn fort. „Damit Sie wissen, daß ich jetzt, nachdem Sie meinen Willen hinsichtlich der Wahrung des Anstandes nicht respektiert haben, Maßnahmen zur Beendigung dieses Zustandes ergreifen werde."

„Er wird ohnehin bald, schon sehr bald beendet sein", sagte sie, und bei dem Gedanken an den nahen und jetzt erwünschten Tod füllten sich ihre Augen wiederum mit Tränen.

„Er wird schneller beendet sein, als es Ihren und Ihres Geliebten Plänen entspricht! Ihnen ist es einzig um die Befriedigung sinnlicher Begierden zu tun ..."

„Alexej Alexandrowitsch! Ich will gar nicht von Hochsinnigkeit sprechen, aber es ist unanständig, jemand zu schlagen, der am Boden liegt."

„Ja, Sie denken nur an sich selbst, und die Leiden eines Menschen, der so lange Ihr Mann gewesen ist, interessieren Sie nicht. Ihnen ist es gleichgültig, daß sein ganzes Leben zerstört ist, gleichgültig, was er dul ... dul ... durlgemacht hat."

Alexej Alexandrowitsch sprach so schnell, daß er sich verhaspelte und dieses Wort auf keine Weise über die Lippen brachte. Er sagte schließlich „dulchgemacht". Sie mußte innerlich lachen und empfand es zugleich als beschämend, daß sie sich in einem solchen Augenblick über etwas zu amüsieren vermochte. Und zum erstenmal dachte sie an ihn, versetzte sich in seine Lage und empfand Mitleid mit ihm. Doch was konnte sie sagen oder tun? Sie senkte den Kopf und schwieg. Auch er schwieg eine Weile, und als er dann wieder zu sprechen begann und dabei die einzelnen Worte willkürlich, gar nicht ihrer Bedeutung entsprechend, betonte, klang seine Stimme nicht mehr ganz so schrill und kalt wie zu Anfang.

„Ich bin gekommen, Ihnen zu sagen ...", fing er an.

Sie blickte zu ihm auf. Nein, ich habe mich getäuscht, sagte sie sich in Gedanken an das Gesicht, das er gemacht hatte, als er sich mit dem Wort „durchgemacht" verhaspelt hatte. Ist denn ein Mensch mit so trüben Augen und einer so selbstgefälligen Ruhe überhaupt fähig, etwas zu fühlen?

„Ich kann nichts ändern", sagte sie leise.

„Ich bin gekommen, Ihnen zu sagen, daß ich morgen nach Moskau reise und in dieses Haus nicht zurückkehren werde; meine Entscheidung werden Sie durch den Rechtsanwalt erfahren, den ich mit der Durchführung der Scheidung zu beauftragen gedenke. Mein Sohn wird unterdessen zu meiner Schwester übersiedeln", fügte Alexej Alexandrowitsch hinzu, der sich nur mit Mühe darauf besann, was er hinsichtlich des Sohnes sagen wollte.

„Für Sie ist Serjosha ein Mittel, mir weh zu tun", sagte sie, mit finsterem Blick sein Gesicht betrachtend. „Sie lieben ihn nicht ... Lassen Sie mir Serjosha!"

„Ja, sogar die Liebe zu meinem Sohn ist erkaltet, weil er mich an Sie erinnert und an den Abscheu, den ich gegen Sie empfinde.

Aber meinen Anspruch auf ihn gebe ich dennoch nicht auf. Adieu!"

Er wollte gehen, doch nun hielt sie ihn auf.

„Alexej Alexandrowitsch, lassen Sie mir Serjosha!" stammelte sie nochmals. „Weiter habe ich nichts zu sagen. Lassen Sie ihn mir bis ... Ich werde bald niederkommen, lassen Sie ihn mir!"

Alexej Alexandrowitsch schoß das Blut in den Kopf; er entriß ihr seine Hand und verließ wortlos das Zimmer.

5

Das Wartezimmer des berühmten Petersburger Rechtsanwalts, das Alexej Alexandrowitsch betrat, war überfüllt. Drei Damen (eine alte, eine junge und eine Kaufmannsfrau) sowie drei Herren (ein deutscher Bankier mit einem Ring am Finger, ein bärtiger Kaufmann und ein mürrisch dreinschauender Beamter in Dienstuniform mit einem Orden am Halse) saßen da und warteten anscheinend schon lange. Zwei Bürogehilfen saßen schreibend und mit ihren Federn kratzend an zwei Tischen. Die Schreibutensilien, für die Alexej Alexandrowitsch stets ein Auge hatte, waren von außergewöhnlich guter Beschaffenheit. Alexej Alexandrowitsch konnte nicht umhin, ihnen seine Aufmerksamkeit zu schenken. Einer der Schreiber kniff die Augen zusammen und wandte sich, ohne aufzustehen, in barschem Ton an Alexej Alexandrowitsch: „Sie wünschen?"

„Ich möchte den Herrn Rechtsanwalt sprechen."

„Er ist beschäftigt", antwortete der Schreiber streng, wies mit der Feder auf die Wartenden und wandte sich wieder seiner Arbeit zu.

„Vielleicht kann er dennoch einen Augenblick für mich erübrigen?" meinte Alexej Alexandrowitsch.

„Er hat keinen Augenblick frei, er ist immer beschäftigt. Haben Sie die Güte, zu warten."

„Dann haben Sie die Güte, ihm meine Karte zu übergeben", sagte Alexej Alexandrowitsch würdevoll, denn er hielt es nun doch für angezeigt, sein Inkognito zu lüften.

Der Schreiber nahm ihm die Karte ab, musterte sie mißbilligend und ging mit ihr ins Nebenzimmer.

Im Prinzip hielt Alexej Alexandrowitsch die öffentliche Gerichtsbarkeit für gut, aber einige Einzelheiten ihrer Handhabung in Rußland, von denen er dank seinen Beziehungen zu den höheren Dienststellen Kenntnis hatte, fanden nicht seinen vollen Beifall und wurden von ihm verurteilt, soweit es mit seinen Anschauungen zu vereinbaren war, etwas zu verurteilen, was die allerhöchste Bestätigung gefunden hatte. Sein ganzes Leben war im Rahmen administrativer Tätigkeit verlaufen, und wenn etwas sein Mißfallen erregte, wurde dieses Mißfallen durch die Erkenntnis gemildert, daß Fehler überall vorkommen und auch berichtigt werden können. In der neuen Gerichtsordnung mißfiel ihm die Rolle, die den Rechtsanwälten eingeräumt war. Er hatte indessen noch nie mit Rechtsanwälten zu tun gehabt und ihre Tätigkeit daher bis jetzt nur theoretisch mißbilligt; nun jedoch wurde sein Mißfallen durch den unangenehmen Eindruck verstärkt, den er im Wartezimmer des Rechtsanwalts empfing.

„Der Herr Rechtsanwalt kommt gleich", sagte der Schreiber, und zwei Minuten später erschien in der Tür auch wirklich die hochaufgeschossene Gestalt eines alten Rechtsgelehrten, der mit dem Rechtsanwalt konferiert hatte, und hinter ihm dieser selbst.

Der Rechtsanwalt, kahlköpfig, mit dunklem, ins Rötliche übergehendem Bart, langhaarigen hellen Brauen und vorspringender Stirn, war klein und untersetzt. Er war aufgeputzt wie ein Heiratskandidat, angefangen von der Krawatte und der doppelten Uhrkette bis hinab zu den Lackschuhen. Er war geckenhaft und mit schlechtem Geschmack gekleidet, hatte aber das verschlagene Gesicht eines klugen Bauern.

„Bitte", wandte sich der Rechtsanwalt an Alexej Alexandrowitsch; er ließ ihn mit finsterem Blick an sich vorbei in sein Zimmer treten und schloß dann die Tür.

„Bitte Platz zu nehmen." Er zeigte auf einen Sessel, der neben dem mit Schriftstücken bedeckten Schreibtisch stand; er selbst setzte sich auf den Präsidialplatz, rieb sich die kleinen Hände, deren kurze Finger mit weißen Haaren bewachsen waren, und legte den Kopf auf die Seite. Doch kaum war er in dieser Stellung zur Ruhe gekommen, als über dem Schreibtisch eine Motte auftauchte. Er breitete mit einer Geschwindigkeit, die man ihm gar nicht zugetraut hätte, die Arme aus, fing die Motte und nahm wieder die frühere Stellung ein.

„Bevor ich meine Angelegenheit vortrage", sagte Alexej Alexandrowitsch, der erstaunt die Bewegungen des Rechtsanwalts verfolgt hatte, „muß ich vorausschicken, daß die Sache, die ich mit Ihnen besprechen möchte, geheimgehalten werden muß."

Ein kaum merkliches Lächeln schob den herabhängenden rötlichen Schnurrbart des Rechtsanwalts auseinander.

„Ich wäre kein Rechtsanwalt, wenn ich mir anvertraute Geheimnisse nicht zu hüten wüßte. Doch wenn es Ihnen um eine ausdrückliche Versicherung zu tun ist..."

Alexej Alexandrowitsch blickte dem Rechtsanwalt ins Gesicht und sah, daß dessen kluge graue Augen lachten und alles bereits zu wissen schienen.

„Kennen Sie mich dem Namen nach?" fuhr Alexej Alexandrowitsch fort.

„Ich kenne Sie und Ihre" – er fing wieder eine Motte – „Ihre segensreiche Tätigkeit wie jeder Russe", erwiderte der Rechtsanwalt mit einer leichten Verbeugung.

Alexej Alexandrowitsch seufzte und nahm seinen Mut zusammen. Da er nun einmal zu einem Entschluß gekommen war, begann er mit schriller Stimme, ohne zu zaudern und ohne sich zu verhaspeln, sein Anliegen unter besonderer Betonung einzelner Worte vorzutragen.

„Ich habe das Unglück, ein betrogener Ehemann zu sein", fing Alexej Alexandrowitsch an, „und wünsche die Verbindung mit meiner Frau auf dem gesetzlich festgelegten Wege zu lösen, das heißt, mich von ihr scheiden zu lassen, und zwar unter der Bedingung, daß der Sohn nicht der Mutter zugesprochen wird."

Die grauen Augen des Rechtsanwalts bemühten sich, nicht zu lachen, aber sie hüpften dennoch vor unaufhaltsamer Freude, und Alexej Alexandrowitsch sah, daß es sich nicht allein um die Freude über einen vorteilhaften Auftrag handelte – nein, er hatte hier ein Triumphieren und Jubeln vor sich und nahm einen Glanz wahr, der an jenen unheildrohenden Glanz erinnerte, den er aus den Augen seiner Frau kannte.

„Sie wünschen meinen Beistand zur Durchführung der Scheidung?"

„Ganz recht; allerdings muß ich dabei den Vorbehalt machen, daß ich Ihre Aufmerksamkeit vielleicht unnötigerweise in Anspruch nehme. Zunächst bin ich nur gekommen, um die Sache mit Ihnen zu besprechen. Ich wünsche eine Scheidung, aber für mich sind die Bedingungen wichtig, unter denen sie sich durchführen läßt. Es ist durchaus möglich, daß ich davon Abstand nehme, eine Scheidungsklage anzustrengen, sofern die Bedingungen nicht meinen Forderungen entsprechen."

„Oh, so ist es allgemein üblich", sagte der Rechtsanwalt. „Und Sie bleiben ganz ungebunden."

Der Rechtsanwalt heftete seine Augen auf Alexej Alexandrowitschs Füße, denn er fürchtete, daß der Anblick seiner unbändigen Freude den Klienten verletzen könne. Er blickte einer Motte nach, die an seiner Nase vorbeiflog, und hob schon die Hand, um sie zu fangen; doch aus Rücksicht auf Alexej Alexandrowitschs Lage ließ er es bleiben.

„Unsere gesetzlichen Bestimmungen auf diesem Gebiet sind mir zwar in großen Zügen bekannt", fuhr Alexej Alexandrowitsch fort, „aber ich wünsche allgemein etwas über die Formen zu hören, in denen sich Fälle dieser Art in der Praxis abwickeln."

„Sie wünschen", antwortete, ohne die Augen zu heben, der Rechtsanwalt, der sich ein Vergnügen daraus machte, auf den Ton seines Klienten einzugehen, „daß ich Ihnen darlege, auf welchen Wegen eine Erfüllung Ihres Wunsches möglich ist?"

Und auf das bejahende Kopfnicken Alexej Alexandrowitschs setzte er seine Rede fort, während der er nur ab und zu einen flüchtigen Blick auf die roten Flecke warf, die auf Alexej Alexandrowitschs Gesicht erschienen.

„Unseren Gesetzen zufolge", sagte er in einem Ton, aus dem eine leichte Mißbilligung dieser Gesetze herausklang, „ist eine Scheidung in folgenden Fällen möglich ... Warten!" rief er dem Bürogehilfen zu, der den Kopf durch den Türspalt steckte; aber er stand dennoch auf, sagte ein paar Worte zu ihm und setzte sich dann wieder auf seinen Platz. „In folgenden Fällen: bei physischen Gebrechen der Ehegatten, sodann nach fünfjähriger Abwesenheit mit unbekanntem Verbleib", fuhr er fort und bog jedesmal einen seiner behaarten kurzen Finger um, „sodann bei Ehebruch." (Diese Worte sprach er mit sichtlichem Behagen aus.) „Die Unterteilungen sind folgende: physische Gebrechen des Mannes oder der Frau, sodann Ehebruch seitens des Mannes oder der Frau." Er bog weiterhin seine dicken Finger um, obwohl sich die Fälle und Unterteilungen offenbar nicht gleichmäßig bewerten ließen, und da er auf diese Weise sämtliche Finger benötigt hatte, bog er sie wieder auseinander und fuhr fort: „Dies ist der theoretische Sachverhalt, doch darf ich wohl annehmen, daß Sie mich mit Ihrem Besuch beehrt haben, um die praktischen Folgerungen zu erfahren. Und da kann ich Ihnen auf Grund meiner Praxis nur sagen, daß alle Entscheidungen unter folgenden Voraussetzungen zustande kommen ... physische Gebrechen liegen ja wohl, wenn ich recht verstanden habe, nicht vor? Und auch keine Abwesenheit mit unbekanntem Verbleib?"

Alexej Alexandrowitsch schüttelte verneinend den Kopf.

„Also unter folgenden Voraussetzungen: Ehebruch eines der Ehegatten und Überführung des schuldigen Teils zufolge gegenseitiger Vereinbarung oder Überführung des schuldigen Teils ohne dessen Einverständnis. Bemerken muß ich allerdings, daß der letzte Fall in der Praxis nur selten vorkommt." Der Rechtsanwalt blickte flüchtig zu Alexej Alexandrowitsch auf und schwieg eine Weile, ähnlich einem Waffenhändler, der die Vorzüge zweier Pistolen erklärt hat und nun die Wahl seines Kunden abwartet. Alexej Alexandrowitsch sagte indessen nichts, und der

Rechtsanwalt fuhr daher fort: „Am gebräuchlichsten, einfachsten und vernünftigsten ist meiner Ansicht nach ein Ehebruch auf Grund gegenseitiger Vereinbarung. Ich würde mir nicht erlauben, mich in dieser Weise auszudrücken, wenn ich es mit einem ungebildeten Mann zu tun hätte", sagte der Rechtsanwalt, „nehme jedoch an, daß wir uns richtig verstehen."

Alexej Alexandrowitsch war indessen so verstört, daß er nicht gleich den Sinn eines gegenseitig vereinbarten Ehebruchs begriff und den Rechtsanwalt verständnislos ansah; doch dieser kam ihm sofort zu Hilfe:

„Zwei Menschen können nicht mehr miteinander leben – das ist der Sachverhalt. Und wenn beide einverstanden sind, dann haben die Einzelheiten und Formalitäten keine Bedeutung. Zumal ja dies der einfachste und sicherste Weg ist."

Nunmehr hatte Alexej Alexandrowitsch alles begriffen. Doch seine religiösen Überzeugungen ließen ein solches Verfahren nicht zu.

„Das kommt in diesem Falle nicht in Frage", sagte er. „Hier gibt es nur eine Möglichkeit: eine unfreiwillige Überführung, erhärtet durch Briefe, die sich in meinem Besitz befinden."

Bei Erwähnung der Briefe preßte der Rechtsanwalt die Lippen zusammen und gab durch einen dünnen, verächtlichen Laut sein Bedauern zu erkennen.

„Belieben Sie zu bedenken", fing er an, „daß Affären solcher Art bekanntlich von den geistlichen Behörden entschieden werden; die ehrwürdigen Protopopen aber sind in diesen Dingen sehr auf die kleinsten Einzelheiten erpicht", sagte er mit einem Lächeln, in dem sich sein Verständnis für den Geschmack der Protopopen verriet. „Briefe können natürlich zum Teil als Bekräftigung dienen; aber die Beweise müssen direkt beigebracht werden, das heißt durch Zeugenaussagen. Überhaupt, wenn Sie mir die Ehre erweisen, mir Ihr Vertrauen zu schenken, überlassen Sie am besten mir die Wahl der Mittel, die anzuwenden sind. Wer zum Ziel kommen will, muß auch die Mittel billigen."

„Wenn die Dinge so liegen ...", begann Alexej Alexandrowitsch, dessen Gesicht sich plötzlich verfärbt hatte; doch da stand der Rechtsanwalt gerade auf und ging wieder an die Tür, in der abermals der Schreiber erschienen war und etwas wissen wollte.

„Sagen Sie ihr, daß wir hier keinen Ausverkauf haben", sagte er und kehrte zu Alexej Alexandrowitsch zurück.

Auf dem Wege zu seinem Platz fing er unauffällig eine weitere Motte. Bis zum Sommer wird mein Rips schön aussehen! dachte er verdrießlich.

„Sie sagten also ..."

„Ich werde Ihnen meinen Entschluß schriftlich mitteilen", unterbrach ihn Alexej Alexandrowitsch; er stand auf, stützte sich auf den Tisch, blieb eine Weile schweigend stehen und fuhr dann fort: „Ihren Worten nach kann ich also mit der Möglichkeit einer Scheidung rechnen. Ich möchte Sie nun noch bitten, mir Ihre Bedingungen mitzuteilen."

„Möglich ist alles, wenn Sie mir volle Handlungsfreiheit geben", antwortete der Rechtsanwalt, ohne auf die Frage nach den Bedingungen einzugehen. „Wann darf ich Ihre Nachricht erwarten?" erkundigte er sich, als er Alexej Alexandrowitsch in seinen glänzenden Lackstiefeletten und mit ebenso glänzenden Augen zur Tür geleitete.

„In einer Woche. Und Ihren Bescheid, ob und zu welchen Bedingungen Sie bereit sind, die Durchführung dieser Angelegenheit zu übernehmen, werden Sie so gut sein mir noch mitzuteilen."

„Sehr gern."

Der Rechtsanwalt verneigte sich respektvoll, ließ den Klienten zur Tür hinaus und gab sich, nachdem er allein geblieben war, seiner frohen Stimmung hin. Er war in so gute Laune geraten, daß er seinen Grundsätzen zuwider der feilschenden Dame entgegenkam und mit der Jagd auf Motten aufhörte; sein Entschluß stand jetzt fest, die Möbel zum Winter mit Samt beziehen zu lassen, wie er es bei Sigonin gesehen hatte.

6

Am 17. August hatte Alexej Alexandrowitsch in der Kommissionssitzung zwar einen glänzenden Sieg errungen, aber die Folgen dieses Sieges brachten ihm empfindliche Nackenschläge ein. Die neue Kommission zur Untersuchung der Lebensbedingungen der fremdstämmigen Bevölkerung war auf Betreiben Alexej Alexandrowitschs mit außergewöhnlicher Energie und Schnelligkeit gebildet worden und in die betreffenden Gebiete abgereist. Nach Verlauf dreier Monate lag der Bericht über die Ergebnisse der Untersuchung vor. Man hatte die Lebensbedingungen der fremdstämmigen Bevölkerung in politischer, administrativer, ökonomischer, ethnographischer, materieller und religiöser Hinsicht untersucht. Auf alle diese Fragen waren ausgezeichnet abgefaßte Antworten erteilt worden, und zwar Antworten, an deren Richtigkeit kein Zweifel möglich war, weil sie nicht auf einer stets Irrtümern ausgesetzten menschlichen Geistesarbeit beruhten, sondern das Ergebnis amtlicher Tätigkeit darstellten. Allen diesen Antworten lagen amtliche Unterlagen zugrunde: die Berichte der Gouverneure und Bischöfe, die sich auf Berichte der weltlichen und geistlichen Kreisobrigkeit stützten, die ihrerseits auf Berichten der Gemeindeverwaltungen und des örtlichen Klerus fußten! Die Richtigkeit aller dieser Antworten war demnach über jeden Zweifel erhaben. Alle derartigen Fragen, wie zum Beispiel die, worauf die Mißernten zurückzuführen seien und aus welchen Gründen die Bevölkerung an ihren konfessionellen Überzeugungen festhalte, alle diese Fragen, die ohne die Bequemlichkeiten der Amtsmaschinerie gar nicht zu klären sind und Jahrhunderte hindurch ungeklärt geblieben waren, hatten jetzt eine einwandfreie Klärung gefunden. Und das Ergebnis war zugunsten des von Alexej Alexandrowitsch vertretenen Standpunkts ausgefallen. Nun indessen ging Stremow, der bei der letzten Sitzung aufs höchste gereizt worden war, auf Grund der von der Kommission eingegangenen Berichte zu einer für Alexej Alexandrowitsch überraschenden Taktik über. Gemeinsam mit mehreren anderen, von ihm beeinflußten Kommissionsmitgliedern wechselte er plötzlich auf die Seite Alexej Alexandrowitschs über und setzte sich nicht nur mit großem Eifer für die von diesem vorgeschlagenen Maßnahmen ein, sondern schlug seinerseits in derselben Richtung auch noch andere, rigorosere Maßnahmen vor. Diese Maßnahmen, die weit über die ursprünglichen Absichten Alexej Alexandrowitschs hinausgingen, wurden angenommen, und nun offenbarte sich der Sinn der von Stremow eingeschlagenen Taktik. Diese überspitzten Maßnahmen erwiesen sich plötzlich als so unvernünftig, daß auf einmal sowohl die amtlichen Stellen als auch die öffentliche Meinung, die klugen Damen und die Zeitungen über sie herfielen und sich nicht nur über die Maßnahmen selbst, sondern auch über Alexej Alexandrowitsch entrüsteten, der als ihr geistiger Vater galt. Stremow aber, der sich jetzt zurückzog, gab sich den Anschein, als sei er nur blind dem Plan Karenins gefolgt und sei selbst über das Geschehene erstaunt und empört. Dadurch wurde die Stellung Alexej Alexandrowitschs untergraben. Doch ungeachtet seiner angegriffenen Gesundheit und seiner privaten Kümmernisse streckte Alexej Alexandrowitsch nicht die Waffen. In der Kommission kam es zu einer Spaltung. Die von Stremow angeführten Mitglieder rechtfertigten ihre Fehler damit, daß sie sich auf die von Alexej Alexandrowitsch inspirierte Revisionskommission verlassen hätten, und bezeichneten deren Berichte als Unsinn und nutzlos verschwendetes Papier. Alexej Alexandrowitsch und seine Anhänger, die das Gefährliche einer so revolutionären Einstellung amtlichen Schriftstücken gegenüber erkannten, verteidigten weiterhin die Ergebnisse, die die Arbeit der Revisionskommission gezeitigt hatte. Auf diese Weise entstand in den höheren Regierungskreisen und selbst in der Öffentlichkeit eine solche Verwirrung, daß niemand, obwohl sich alle sehr dafür interessierten, aus dem Sachverhalt klug werden konnte: Mußte die fremdstämmige Bevölkerung nun wirklich hungern und zugrunde gehen, oder lebte sie in ausgezeichneten Verhältnissen? Hierdurch und zum Teil auch durch die Mißachtung, mit der man ihn im Zusammenhang mit der Untreue seiner Frau beurteilte, wurde Alexej Alexandrowitschs Stellung stark erschüttert. In dieser Situation faßte Alexej Alexandrowitsch einen schwerwiegenden Entschluß. Er überraschte die Kommission durch die Erklärung, daß er um die Genehmigung nachsuchen werde, zur Untersuchung der Verhältnisse persönlich in die betreffenden Gebiete zu reisen. Und als die Genehmigung erteilt war, trat er die Reise in die entlegenen Gouvernements an.

Die Abreise Alexej Alexandrowitschs wirbelte viel Staub auf, zumal er unmittelbar vor der Abfahrt in aller Form mit einem Begleitschreiben die Reisespesen zurückerstattet hatte, die ihm für die Fahrt bis zum Bestimmungsort für zwölf Postpferde ausgezahlt worden waren.

„Ich finde, daß er damit sehr hochsinnig gehandelt hat", äußerte sich Betsy hierüber zur Fürstin Mjagkaja. „Es ist ja auch ganz unangebracht, Geld für Postpferde zu zahlen, da doch jeder weiß, daß es jetzt überall Bahnverbindungen gibt."

Die Fürstin Mjagkaja stimmte indessen mit der Fürstin Twerskaja nicht überein und wurde durch deren Ansicht sogar aufgebracht.

„Sie haben gut reden, mit Ihren wer weiß wie vielen Millionen", sagte sie. „Ich hingegen habe es sehr gern, wenn mein Mann im Sommer Revisionsreisen unternimmt. Ihm tut es gut, und es macht ihm Freude, mal etwas über Land zu fahren, und ich habe mich schon darauf eingerichtet, mit diesem Geld den Unterhalt meines Wagens und des Kutschers zu bestreiten."

Seine Fahrt in die entlegenen Gouvernements unterbrach Alexej Alexandrowitsch auf der Durchreise in Moskau für drei Tage.

Am Tage nach seiner Ankunft fuhr er zum Generalgouverneur, um diesem einen Besuch abzustatten. An der Ecke der Gasetny-Gasse, wo sich immer Equipagen und Droschken stauten, hörte er plötzlich seinen Namen rufen, und zwar mit so lauter und fröhlicher Stimme, daß er nicht umhinkonnte, sich umzublicken. Vergnügt, frisch und strahlend, in einem kurzen modernen Mantel, den niedrigen modernen Hut keck aufs Ohr gerückt, stand lächelnd, so daß seine weißen Zähne blitzten, Stepan Arkadjitsch am Rand des Bürgersteigs und suchte durch energische, beharrliche Rufe den Wagen zum Halten zu bringen. Er hielt die eine Hand am Wagenschlag einer an der Ecke stehenden Equipage, aus der zwei Kinderköpfchen und eine Dame mit einem Samthut herausblickten, und winkte lächelnd seinem Schwager zu. Das Gesicht der Dame war von einem gütigen Lächeln erhellt, und auch sie winkte zu Alexej Alexandrowitsch herüber. Es war Dolly mit ihren Kindern.

Alexej Alexandrowitsch hatte sich vorgenommen, in Moskau mit niemandem, und am wenigsten mit dem Bruder seiner Frau, zusammenzukommen. Er lüftete den Hut und wollte weiterfahren, aber Stepan Arkadjitsch veranlaßte den Kutscher zu halten und eilte durch den Schnee auf ihn zu.

„Ist das nun eine Art, uns gar nicht zu benachrichtigen? Seit wann bist du hier? Gestern war ich bei Dussot und lese dort auf der Fremdentafel den Namen Karenin, aber ich kam überhaupt nicht auf den Gedanken, daß du das sein könntest!" redete Stepan Arkadjitsch, der den Kopf durch das Wagenfenster gesteckt hatte, auf Alexej Alexandrowitsch ein. „Sonst wäre ich auf dein Zimmer gekommen. Wie freue ich mich, dich wiederzusehen!" sagte er und klopfte dabei mit einem Fuß gegen den anderen, um den Schnee abzuschütteln. „Das ist doch wirklich keine Art, sich gar nicht zu melden!" wiederholte er.

„Ich hatte keine Zeit, ich bin sehr beschäftigt", antwortete Alexej Alexandrowitsch trocken.

„Komm doch zu meiner Frau, sie möchte dich so gern begrüßen."

Alexej Alexandrowitsch schlug das Plaid auseinander, in das seine frierenden Füße eingewickelt waren, stieg aus dem Wagen und stapfte durch den Schnee zu Darja Alexandrowna hinüber.

„Was ist denn los, Alexej Alexandrowitsch, wollen Sie gar nichts mehr von uns wissen?" fragte Dolly lächelnd.

„Ich war sehr beschäftigt. Bin sehr erfreut, Sie wiederzusehen", sagte er in einem Ton, dem deutlich das Gegenteil zu entnehmen war. „Wie geht es Ihnen?"

„Was macht denn unsere liebe Anna?"

Alexej Alexandrowitsch brummte etwas Unverständliches und wollte gehen. Doch Stepan Arkadjitsch hielt ihn zurück.

„Paß mal auf, was wir morgen machen. Du lädst ihn zum Essen ein, Dolly! Dann bitten wir noch Kosnyschew und Peszow zu uns, um ihm die Vertreter der Moskauer Intelligenz vorzuführen."

„Ach ja, kommen Sie doch bitte", sagte Dolly. „Wir werden Sie um fünf erwarten, oder um sechs, ganz wie es Ihnen paßt. Wie geht es denn meiner lieben Anna? Es ist schon so lange her ..."

„Sie ist gesund“, brummte Alexej Alexandrowitsch mürrisch. „Habe mich sehr gefreut“, fügte er hinzu und ging zu seinem Wagen zurück.

„Werden Sie denn nun kommen?“ rief ihm Dolly hinterher.

Alexej Alexandrowitsch antwortete etwas, aber bei dem Lärm der vorüberfahrenden Wagen konnte Dolly nichts verstehen.

„Ich hol dich morgen ab!“ schrie Stepan Arkadjitsch.

Alexej Alexandrowitsch stieg in seinen Wagen und lehnte sich in die Polster zurück, um nichts zu sehen und von niemand gesehen zu werden.

„Ein komischer Kauz!“ sagte Stepan Arkadjitsch und sah auf die Uhr; er machte vor seinem Gesicht eine Handbewegung, die seine zärtlichen Gefühle für Frau und Kinder ausdrücken sollte, und eilte mit forschen Schritten auf dem Bürgersteig davon.

„Stiwa! Stiwa!“ rief Dolly ihm nach und bekam einen roten Kopf.

Er drehte sich um.

„Ich will doch für Grischa und Tanja Mäntel kaufen. Du mußt mir Geld geben!“

„Ach, sag nur, daß ich es begleichen werde“, erwiderte Stepan Arkadjitsch, nickte vergnügt einem vorüberfahrenden Bekannten zu und verschwand in der Menge.

7

Der nächste Tag war ein Sonntag. Stepan Arkadjitsch machte einen Abstecher ins Bolschoi-Theater zur Ballettprobe, händigte Mascha Tschibissowa, einer niedlichen, kürzlich durch seine Vermittlung engagierten Tänzerin den Korallenschmuck aus, den er ihr am Vorabend versprochen hatte, und fand Gelegenheit, hinter den Kulissen, wo es tagsüber ziemlich dunkel war, ihr hübsches, vor Freude über das Geschenk strahlendes Gesichtchen zu küssen. Abgesehen von der Aushändigung des Geschenks, wollte er sich mit ihr für den Abend nach Schluß der Vorstellung verabreden. Er erklärte ihr, daß es ihm nicht möglich sei, zum Beginn des Balletts zu kommen, versprach jedoch sich vor dem letzten Akt einzufinden und sie zum Abendessen mitzunehmen. Anschließend fuhr Stepan Arkadjitsch in die Läden am Ochotny Rjad, wählte persönlich den Fisch und Spargel zum Essen aus und war um zwölf bereits bei Dussot, wo er drei Personen zu besuchen hatte, die zu seinem Glück alle in demselben Hotel abgestiegen waren: Lewin, der kürzlich aus dem Ausland zurückgekommen war und sich hier auf der Durchreise aufhielt, ferner seinen neuen

Vorgesetzten, der eben erst auf diesen höheren Posten berufen worden war und die Moskauer Dienststellen inspizierte, und schließlich seinen Schwager Karenin, den er unbedingt zum Mittagessen mitnehmen wollte.

Stepan Arkadjitsch, der ohnehin ein Freund guten Essens war, hatte es besonders gern, bei sich zu Hause ein Diner zu geben, nicht in großem Ausmaß, aber exquisit sowohl in der Zusammenstellung des Menüs und der Getränke als auch in der Auswahl der Gäste. Mit seinem für heute vorgesehenen Arrangement des Essens war er sehr zufrieden; was Menü und Getränke betraf, so sollte es lebend gekaufte Barsche, Spargel und, als la pièce de résistance, ein ganz einfaches, aber wundervolles Roastbeef geben und zu jedem Gericht passende Weine. Als Gäste waren Kitty, Lewin und, um dies weniger auffällig zu machen, auch noch eine Kusine und der junge Stscherbazki eingeladen, und la pièce de résistance unter den Gästen sollten Sergej Kosnyschew und Alexej Alexandrowitsch sein: Sergej Iwanowitsch als Vertreter Moskaus und Philosoph, Alexej Alexandrowitsch als Vertreter Petersburgs und Mann des praktischen Lebens. Dazu kam noch der Sonderling Peszow; dieser Phantast, Demokrat, Schwätzer, Musiker, Historiker und liebenswerte Jüngling von fünfzig Jahren würde gleichsam die Soße und die Beilagen zu Kosnyschew und Karenin abgeben und die beiden gegeneinander aufstacheln und in Harnisch bringen.

Die zweite Rate für den verkauften Wald hatte er von dem Käufer fristgemäß erhalten und noch nicht ganz ausgegeben. Dolly war in letzter Zeit sehr lieb und verträglich gewesen, und der Gedanke an dieses Essen war für Stepan Arkadjitsch in jeder Hinsicht sehr angenehm. Er befand sich in allerbester Stimmung. Es gab freilich zwei Momente, die ein wenig unangenehm waren; doch diese beiden Momente gingen in dem Meer gutmütiger Fröhlichkeit unter, das in Stepan Arkadjitschs Seele wogte. Es handelte sich um folgendes: Bei der gestrigen Begegnung mit Alexej Alexandrowitsch auf der Straße war ihm dessen kurzer, schroffer Ton ihm gegenüber aufgefallen, und als er nun den Gesichtsausdruck Alexej Alexandrowitschs sowie die Tatsache, daß dieser weder einen Besuch bei ihm zu Hause gemacht noch sich überhaupt gemeldet hatte, mit den Gerüchten in Verbindung brachte, die ihm über Anna und Wronski zu Ohren gekommen waren, ahnte er, daß zwischen den Ehegatten etwas nicht stimmen müsse.

Dies war die eine Unannehmlichkeit. Das zweite, was ihn ein wenig beunruhigte, bestand darin, daß dem neuen Vorgesetzten, wie allen neuen Vorgesetzten, bereits der Ruf vorausging, ein schrecklicher Mensch zu sein, der um sechs Uhr morgens aufstehe, wie ein Pferd arbeite und ebensolche Leistungen von seinen Untergebenen verlange. Hinzu kam noch, daß der neue Vorgesetzte dem Vernehmen nach die Umgangsformen eines Bären besitzen und eine ganz andere Richtung vertreten sollte als diejenige, die der frühere Vorgesetzte und bis jetzt auch Stepan Arkadjitsch vertreten hatten. Am Tage zuvor hatte sich Stepan Arkadjitsch bei ihm dienstlich in Uniform gemeldet, und da der neue Vorgesetzte sehr liebenswürdig gewesen war und mit ihm wie mit einem guten Bekannten geplaudert hatte, hielt Stepan Arkadjitsch es jetzt für seine Pflicht, ihm einen Besuch im Gehrock abzustatten.

Der Gedanke, daß der neue Vorgesetzte ihn möglicherweise unfreundlich empfangen könne, war jener zweite Punkt, der ihn beunruhigte. Doch Stepan Arkadjisch fühlte instinktiv: es wird schon alles vorzüglich werden. Wir sind alle nur Menschen und haben alle unsere Sünden: wozu sich da ärgern und miteinander streiten? dachte er bei sich, als er das Hotel betrat.

„Guten Tag, Wassili", redete er einen bekannten Kellner an, als er mit schief aufs Ohr gestülptem Hut den Korridor entlangging. „Du hast dir einen Backenbart wachsen lassen? Herr Lewin hat Zimmer sieben, stimmt's? Führe mich doch bitte mal hin. Und erkundige dich, ob Graf Anitschkin" – das war der neue Vorgesetzte – „Besuche empfängt."

„Jawohl", antwortete Wassili lächelnd. „Sie haben uns lange nicht beehrt."

„Ich bin gestern hiergewesen, aber am andern Portal vorgefahren. Ist dies hier Zimmer sieben?"

Als Stepan Arkadjitsch eintrat, stand Lewin mit einem Bauern aus der Twerer Gegend in der Mitte des Zimmers und war dabei, mit dem Arschinstock ein frisch abgezogenes Bärenfell auszumessen.

„Sieh da, selbst erlegt?" rief Stepan Arkadjitsch. „Ein Prachtexemplar! Wohl eine Bärin? Guten Tag, Archip!"

Er reichte dem Bauern die Hand und setzte sich, ohne Hut und Mantel abzulegen, auf einen Stuhl.

„Lege doch ab", sagte Lewin und nahm ihm den Hut vom Kopf. „Bleibe ein Weilchen!"

„Nein, ich habe keine Zeit, ich komme nur auf einen Sprung", erwiderte Stepan Arkadjitsch und schlug den Mantel nur auseinander. Doch nach einer Weile legte er ihn dennoch ab, verweilte eine ganze Stunde und unterhielt sich mit Lewin über die Jagd und über alles, was er auf dem Herzen hatte.

„Nun, erzähle doch mal, was du im Ausland getrieben hast! Wo

bist du überall gewesen?“ fragte Stepan Arkadjitsch, nachdem der Bauer gegangen war.

„Ja, ich bin in Deutschland, in Preußen, gewesen und auch in Frankreich und England, aber nicht in den Hauptstädten, sondern in den Industriegebieten. Ich habe viel Neues gesehen und freue mich, die Reise gemacht zu haben.“

„Nun, ich weiß ja, daß dir die Regelung der Arbeiterfrage am Herzen liegt.“

„Durchaus nicht; in Rußland gibt es überhaupt keine Arbeiterfrage. In Rußland handelt es sich nur um das Verhältnis der Landarbeiter zum Grund und Boden; das trifft auch dort zu, aber dort handelt es sich nur darum, das zu korrigieren, was man falsch gemacht hat, während bei uns ...“

Stepan Arkadjitsch hörte aufmerksam zu. „Ja, ja, es ist gut möglich, daß du recht hast!“ sagte er. „Ich freue mich jedenfalls, daß du guter Dinge bist; du jagst Bären, du arbeitest, du begeisterst dich an deinen Ideen. Stscherbazki hat mir nämlich erzählt – er ist dir ja begegnet –, du seist in einer ganz sonderbaren Stimmung gewesen, hättest dauernd vom Tode geredet ...“

„Ja, der Gedanke an den Tod beschäftigt mich auch weiterhin“, erwiderte Lewin. „Es ist wirklich so, daß es am besten wäre zu sterben. Und das alles hier ist unsinnig. Ich will dir ganz aufrichtig sagen: ich hänge mit ganzem Herzen an meinen Ideen und an meiner Arbeit, aber im Grunde genommen, stell dir das mal deutlich vor, ist unsere ganze Welt ja nur ein kleiner Schimmelfleck, der sich auf einem winzigen Planeten gebildet hat! Wir aber bilden uns ein, es könne bei uns etwas Gewaltiges geben – große Ideen, große Taten! Ein Sandkörnchen ist das Ganze.“

„Nun, mein Bester, diese Gedanken sind so alt wie die Welt!“

„Und wennschon; doch sobald man sich hierüber klar wird, kommt einem alles so nichtig vor. Sobald man sich darüber klar wird, daß man heute oder morgen sterben kann und daß damit alles ein Ende hat – wie nichtig ist dann alles! Ich zum Beispiel halte meine Idee für sehr wichtig; und dennoch erweist sie sich schließlich, selbst wenn ich sie verwirklicht hätte, als ebenso nichtig wie das Einkreisen dieser Bärin. So verbringt man eben sein Leben, indem man sich durch Jagd und Arbeit zerstreut – und alles nur, um nicht an den Tod zu denken.“

Ein feines, freundliches Lächeln erschien auf Stepan Arkadjitschs Gesicht, während er Lewin zuhörte.

„Ja, das ist sehr verständlich! Da bist du ja bei meinem Standpunkt angekommen. Entsinnst du dich noch, wie du über mich hergefallen bist, weil ich dem Leben möglichst viel Genuß abzugewinnen suche? – ‚O Moralist, sei nicht so streng!‘ “

„Und dennoch hat das Leben das Gute, daß …" Lewin geriet in Verwirrung. „Nein, ich weiß nicht, was. Ich weiß nur, daß wir bald sterben müssen."

„Warum denn bald?"

„Und weißt du, das Leben hat zwar weniger Reiz, wenn man an den Tod denkt, aber man ist ruhiger."

„Im Gegenteil, beim Ausklang wird es noch lustiger. Doch nun ist es höchste Zeit für mich", sagte Stepan Arkadjitsch und schickte sich wohl das zehntemal zum Gehen an.

„Nein, bleib doch noch ein Weilchen!" Lewin versuchte ihn aufzuhalten. „Wann sehen wir uns denn wieder? Morgen fahre ich."

„Ich bin ja gut! Ich bin ja eigens gekommen, um … Du mußt unbedingt heute bei uns essen. Dein Bruder kommt auch, mein Schwager Karenin ebenfalls."

„Ist er denn hier?" fragte Lewin. Eigentlich wollte er sich nach Kitty erkundigen. Er hatte gehört, daß sie sich zu Anfang des Winters bei ihrer Schwester aufgehalten hatte, die mit einem Diplomaten in Petersburg verheiratet war, und er wußte nicht, ob sie inzwischen zurückgekommen war. Aber er sah doch davon ab, nach ihr zu fragen. Ob sie da ist oder nicht – mich berührt es nicht, dachte er.

„Du kommst doch?"

„Ja, selbstverständlich."

„Also um fünf, und im Gehrock!"

Stepan Arkadjitsch stand auf und ging hinunter, zu seinem neuen Vorgesetzten. Sein Instinkt hatte ihn nicht getäuscht. Der schreckliche neue Vorgesetzte entpuppte sich als ein äußerst umgänglicher Herr; Stepan Arkadjitsch frühstückte mit ihm und dehnte das Zusammensein so lange aus, daß die Uhr schon auf vier ging, als er zu Alexej Alexandrowitsch kam.

8

Nachdem Alexej Alexandrowitsch aus der Kirche zurückgekommen war, hatte er den ganzen Vormittag in seinem Zimmer zugebracht. An diesem Vormittag hatte er zweierlei zu erledigen. Erstens mußte er eine Abordnung der fremdstämmigen Bevölkerung, die unterwegs nach Petersburg war und sich zu dieser Zeit gerade in Moskau aufhielt, empfangen und abfertigen; und zweitens mußte er an den Rechtsanwalt den in Aussicht gestellten Brief schreiben. Das Erscheinen der Abordnung war zwar auf Alexej Alexandrowitschs Initiative zustande gekommen, konnte aber in mancher Beziehung nicht nur unbequem, sondern auch gefährlich werden, so daß Alexej Alexandrowitsch sehr froh war, daß er sie in Moskau angetroffen hatte. Die Mitglieder der Abordnung hatten von ihrer Aufgabe und von der Rolle, die sie spielen sollten, nicht die geringste Ahnung. Sie waren so naiv, anzunehmen, daß ihre Aufgabe lediglich darin bestehe, ihre Nöte und die tatsächliche Lage zu schildern und die Regierung um Abhilfe zu bitten, und konnten absolut nicht begreifen, daß einige ihrer Erklärungen und Forderungen der Gegenpartei zugute kommen und damit die ganze Sache verderben könnten. Alexej Alexandrowitsch plagte sich lange mit ihnen ab; er setzte ihnen ein Programm auf, von dem sie nicht abweichen durften, und schrieb, nachdem er die Mitglieder der Abordnung entlassen hatte, noch mehrere Briefe nach Petersburg, um dort das Terrain für sie vorzubereiten. Vor allem sollte ihn in dieser Angelegenheit die Gräfin Lydia Iwanowna unterstützen. Sie war eine Spezialistin auf diesem Gebiet, und niemand verstand es besser als sie, derartige Abordnungen anzufeuern und ihnen den richtigen Weg zu weisen. Nachdem Alexej Alexandrowitsch dies alles erledigt hatte, schrieb er an den Rechtsanwalt. Ohne auch nur einen Augenblick zu zaudern, erteilte er ihm Vollmacht, nach seinem Ermessen vorzugehen. Seinem Schreiben fügte er drei Briefe Wronskis an Anna bei, aus jener Mappe, die er ihr weggenommen hatte.

Seitdem Alexej Alexandrowitsch sein Haus mit der Absicht verlassen hatte, nicht wieder zu seiner Familie zurückzukehren, und seitdem er beim Rechtsanwalt gewesen war und sich wenigstens mit einem Menschen über seine Absichten ausgesprochen und vor allem diese Sache des praktischen Lebens in eine bürokratische Angelegenheit verwandelt hatte, machte er sich immer mehr mit dem Gedanken an sein Vorhaben vertraut und hielt dessen Ausführung jetzt durchaus für möglich. Er versiegelte gerade den Brief an den Rechtsanwalt, als draußen Stepan Arkadjitschs laute Stimme ertönte. Stepan Arkadjitsch stritt mit dem Diener Alexej Alexandrowitschs und bestand darauf, gemeldet zu werden.

Nun, mag er ruhig kommen, um so besser, dachte Alexej Alexandrowitsch bei sich. Ich werde ihn nun gleich über meine Lage in bezug auf seine Schwester aufklären und ihm sagen, daß ich nicht zum Essen zu ihm kommen kann.

Er räumte die Papiere zusammen, steckte sie in seine Aktenmappe und rief laut: „Ich lasse bitten!"

„Ich habe es ja gesagt, daß du lügst und daß er da ist!" hörte man Stepan Arkadjitsch zu dem Diener sagen, der ihm zuerst den Eintritt verwehrt hatte, und gleich darauf betrat Oblonski, der im Gehen seinen Mantel auszog, das Zimmer.

„Nun, ich bin sehr froh, daß ich dich antreffe!“ begann Stepan Arkadjitsch vergnügt. „Ich hoffe doch …“

„Ich kann nicht kommen“, unterbrach ihn Alexej Alexandrowitsch, der aufgestanden war, in kühlem Ton und ohne dem Gast einen Platz anzubieten.

Alexej Alexandrowitsch wollte von vornherein zu dem Bruder seiner Frau, gegen die er ein Scheidungsverfahren eingeleitet hatte, das reservierte Verhältnis herstellen, das ihm angemessen schien; er hatte indessen nicht mit dem Meer von Gutmütigkeit gerechnet, das in der Seele Stepan Arkadjitschs alle Ufer überflutete.

Stepan Arkadjitsch riß seine klaren, glänzenden Augen weit auf.

„Warum kannst du nicht kommen? Was willst du damit sagen?“ fragte er fassungslos auf französisch. „Nein, das war doch schon abgemacht. Und wir rechnen alle auf dich.“

„Ich will damit sagen, daß ich nicht kommen kann, weil die verwandtschaftlichen Beziehungen, die zwischen uns bestanden haben, aufhören müssen.“

„Nanu? Wie meinst du das? Warum?“ fragte Stepan Arkadjitsch mit einem Lächeln.

„Weil ich im Begriff stehe, gegen Ihre Schwester, meine Frau, eine Scheidungsklage anzustrengen. Ich war gezwungen …“

Doch noch ehe Alexej Alexandrowitsch mit dem Satz zu Ende war, reagierte Stepan Arkadjitsch ganz anders darauf, als er es erwartet hatte. Er stöhnte auf und ließ sich in einen Sessel fallen.

„Nein, Alexej Alexandrowitsch, ich traue meinen Ohren nicht!“ rief Stepan Arkadjitsch, und sein Gesicht nahm einen leidenden Ausdruck an.

„Es ist so.“

„Entschuldige, aber ich kann und kann es nicht glauben …“

Da Alexej Alexandrowitsch merkte, daß seine Worte nicht die erwartete Wirkung ausübten, setzte er sich; er sah ein, daß eine ausführliche Erklärung nicht zu umgehen war und daß alle seine Erklärungen, was immer er auch sagen mochte, an dem bisherigen Verhältnis zwischen ihm und seinem Schwager nichts ändern würden.

„Ja, ich bin zu meinem Leidwesen gezwungen, die Scheidung zu betreiben“, sagte er.

„Ich will nur eins sagen, Alexej Alexandrowitsch. Ich weiß, daß du ein vortrefflicher Mensch bist, und kenne deinen Sinn für Gerechtigkeit, ich weiß, daß Anna – entschuldige, ich kann von meiner Meinung über sie nicht abgehen –, daß Anna eine prächtige, vortreffliche Frau ist, und kann es deshalb, nimm es mir nicht übel, beim besten Willen nicht glauben. Es muß ein Mißverständnis vorliegen."

„Ja, wenn es nur ein Mißverständnis wäre..."

„Gewiß, ich verstehe dich", fiel ihm Stepan Arkadjitsch ins Wort. „Selbstverständlich... Nur das eine: man soll nichts übereilen. Nein, man darf unter keinen Umständen etwas übereilen!"

„Ich habe nichts übereilt", antwortete Alexej Alexandrowitsch in schneidendem Ton. „Und in einer solchen Angelegenheit kann einem niemand raten. Mein Entschluß steht fest."

„Es ist furchtbar!" sagte Stepan Arkadjitsch und seufzte schwer. „Nur eins würde ich tun, Alexej Alexandrowitsch. Ich beschwöre dich, folge meinem Rat!" fuhr er fort. „Die Klage ist noch nicht eingereicht, soweit ich verstanden habe. Bevor du diesen Schritt unternimmst, komm zu meiner Frau, besprich dich mit ihr. Sie liebt Anna wie eine Schwester, sie schätzt auch dich sehr, und sie ist eine bewundernswerte Frau. Ich beschwöre dich, sprich mit ihr! Tu mir den Gefallen, ich flehe dich an!"

Alexej Alexandrowitsch dachte eine Weile nach, und Stepan Arkadjitsch betrachtete ihn teilnahmsvoll und unterbrach sein Schweigen nicht.

„Wirst du sie aufsuchen?"

„Ich weiß nicht recht. Deshalb eben habe ich auch von einem Besuch bei Ihnen abgesehen. Unsere Beziehungen müssen sich meiner Ansicht nach ändern."

„Warum denn? Das sehe ich nicht ein. Ganz abgesehen von unserem verwandtschaftlichen Verhältnis, möchte ich doch annehmen, daß du für mich wenigstens zum Teil etwas von den freundschaftlichen Gefühlen übrig hast, die ich dir meinerseits von jeher entgegengebracht habe ... neben einer aufrichtigen Hochachtung", sagte Stepan Arkadjitsch und drückte ihm die Hand. „Und selbst wenn sich deine schlimmsten Befürchtungen als berechtigt erweisen sollten, würde ich mir nie ein Urteil über die eine oder die andere Partei anmaßen, so daß ich keinen Grund sehe, warum sich unsere Beziehungen ändern müssen. Doch vor allen Dingen, sprich erst einmal mit meiner Frau."

„Nun, wir sind da eben verschiedener Ansicht", bemerkte Alexej Alexandrowitsch kühl. „Und am besten, wir sprechen nicht weiter darüber."

„Nein, warum solltest du denn nicht zu uns kommen? Wenigstens heute zum Essen? Meine Frau erwartet dich. Komm doch bitte! Und sprich vor allem mit ihr. Sie ist eine bewundernswerte Frau. Komm doch, ich bitte dich kniefällig darum!"

„Wenn Ihnen soviel daran liegt, werde ich kommen", sagte Alexej Alexandrowitsch mit einem Seufzer.

Und um das Thema zu wechseln, schnitt er eine Frage an, die beide interessierte: er erkundigte sich nach dem neuen Vorgesetzten Stepan Arkadjitschs, der noch verhältnismäßig jung war und plötzlich auf einen so hohen Posten berufen worden war.

Alexej Alexandrowitsch hatte den Grafen Anitschkin nie leiden können, und ihre Ansichten hatten in keinem Falle übereingestimmt; hinzu kam jetzt noch jene in Beamtenkreisen begreifliche Mißgunst, die jemand, der selbst im Dienst gerade eine Niederlage erlitten hat, gegen einen anderen empfinden muß, der befördert worden ist.

„Nun, hast du ihn schon erlebt?" fragte Alexej Alexandrowitsch mit einem bissigen Lächeln.

„Ja, natürlich, er ist gestern zu uns ins Amt gekommen. Er scheint seine Sache ausgezeichnet zu verstehen und sehr rührig zu sein."

„Ja, es fragt sich nur, worauf er seine Rührigkeit richtet", bemerkte Alexej Alexandrowitsch. „Ob nun darauf, etwas zu leisten oder das bereits Geleistete umzumodeln. Das Unglück unseres Staates sind die bürokratischen Verwaltungsmethoden, für die er ein würdiger Vertreter ist."

„Ich weiß nicht, was an ihm auszusetzen wäre. Seine Ansichten kenne ich nicht, aber er ist jedenfalls ein reizender Mensch", entgegnete Stepan Arkadjitsch. „Ich bin eben bei ihm gewesen – wirklich ein netter Kerl! Wir haben zusammen gefrühstückt, und ich habe ihm gezeigt, wie man ein Getränk aus Wein und Apfelsinen mixt. Es ist sehr erfrischend. Ich habe mich nur gewundert, daß er es noch nicht kannte. Es hat ihm sehr gemundet. Nein, wirklich, er ist ein netter Kerl."

Stepan Arkadjitsch blickte auf die Uhr.

„Mein Gott, schon vier vorbei, und ich muß noch zu Dolgowuschin! Also komm bitte zum Essen. Du kannst dir nicht vorstellen, wie sehr du meine Frau und mich sonst betrüben würdest."

Alexej Alexandrowitsch verabschiedete seinen Schwager jetzt schon ganz anders, als er ihn empfangen hatte.

„Habe ich es versprochen, dann komme ich auch", antwortete er resigniert.

„Glaube mir, daß ich es zu würdigen weiß, und ich hoffe, du wirst es nicht zu bereuen haben", erwiderte Stepan Arkadjitsch lächelnd.

Er zog im Gehen seinen Mantel an, lachte, als er dabei mit dem Arm gegen den Kopf des Dieners stieß, und verließ das Zimmer.

„Um fünf, und im Gehrock, wenn ich bitten darf!" rief Stepan Arkadjitsch noch einmal von der Tür aus.

9

Die Uhr ging schon auf sechs, und einige Gäste hatten sich bereits eingefunden, als auch der Hausherr selber eintraf. Er kam zusammen mit Sergej Iwanowitsch Kosnyschew und mit Peszow, die vor der Haustür zusammengetroffen waren. Diese beiden Herren waren die Hauptvertreter der Moskauer Intelligenz, wie Stepan Arkadjitsch sie zu nennen pflegte. Alle beide genossen sowohl ihres Charakters als auch ihrer geistigen Fähigkeiten wegen hohes Ansehen. Sie schätzten sich gegenseitig, obwohl zwischen ihnen in fast allen Fragen eine völlige und schier unüberwindlich scheinende Uneinigkeit bestand – nicht etwa, weil sie verschiedene Richtungen vertreten hätten, sondern gerade deshalb, weil sie in ein und demselben Lager standen (ihre Gegner machten zwischen ihnen keinen Unterschied), aber jeder von ihnen in diesem Lager seinen eigenen, besonders nuancierten Standpunkt hatte. Und da einer Einigung nichts so sehr im Wege steht wie eine Meinungsverschiedenheit in mehr oder weniger abstrakten Fragen, waren sie nicht nur dauernd verschiedener Ansicht, sondern auch schon seit langem daran gewöhnt, ihren Ärger zu verbeißen und sich gegenseitig nur einer über des andern unverbesserliche Verirrungen lustig zu machen.

Als sie sich jetzt über das Wetter unterhielten und gerade im Begriff waren, durch die Tür zu gehen, wurden sie von Stepan Arkadjitsch eingeholt. Im Salon saßen bereits dessen Schwiegervater, Fürst Alexander Dmitrijewitsch Stscherbazki, der junge Fürst Stscherbazki, Turowzyn, Kitty und Karenin.

Stepan Arkadjitsch erkannte sofort, daß es im Salon ohne ihn nicht recht klappen wollte. Darja Alexandrowna, die ihr Paradekleid aus grauer Seide angelegt hatte und sowohl wegen der Kinder, die allein im Kinderzimmer essen mußten, als auch durch das lange Ausbleiben ihres Mannes sichtlich beunruhigt war, hatte es nicht verstanden, ohne seine Hilfe zwischen den Gästen den richtigen Kontakt herzustellen. Alle saßen so steif da wie zu Besuch gekommene Popentöchter (so drückte sich der alte Fürst aus), schienen sich zu fragen, wie sie hierhergeraten seien, und rangen sich ein paar Worte ab, um nicht ganz zu schweigen. Der gutmütige Turowzyn fühlte sich hier offenbar nicht in seinem Element, und das Lächeln, zu dem sich bei der Begrüßung des Hausherrn seine dicken Lippen verzogen, besagte deutlich, was er sagen wollte: Na, mein Lieber, da hast du mich in eine schöne Gesellschaft kluger Leute gelockt! Erst gehörig trinken und dann los ins „Château des fleurs“ – das wäre nach meinem Geschmack! Der alte Fürst unterhielt sich mit niemandem, sondern warf nur hin und wieder aus seinen blitzenden kleinen Augen einen Seitenblick zu Karenin hinüber, und Stepan Arkadjitsch sah ihm an, daß er bereits über irgendein Bonmot nachsann, mit dem er diesen Staatsmann, den man den Gästen wie einen Stör vorsetzte, treffen könnte. Kitty blickte auf die Tür und suchte sich zu beherrschen, um beim Erscheinen Konstantin Lewins nicht zu erröten. Der junge Stscherbazki, den man Karenin nicht vorgestellt hatte, war bemüht, sich den Anschein zu geben, daß ihn dies nicht im geringsten berühre. Karenin selbst war nach Petersburger Sitte zu einem Diner, an dem Damen teilnahmen, in Frack und weißer Krawatte erschienen, und Stepan Arkadjitsch las seinem Gesicht ab, daß er nur gekommen war, um sein Versprechen einzulösen, und daß seine Anwesenheit in dieser Gesellschaft für ihn der Erfüllung einer schweren Pflicht gleichkam. Hauptsächlich durch ihn also war die frostige Atmosphäre entstanden, die bis zur Ankunft Stepan Arkadjitschs alle Gäste in Erstarrung hielt.

Beim Betreten des Salons entschuldigte sich Stepan Arkadjitsch und erklärte, von jenem Fürsten aufgehalten worden zu sein, der regelmäßig als Sündenbock herhalten mußte, wenn er sich verspätet hatte oder ganz ausgeblieben war. Hierauf stellte er im Nu den Kontakt zwischen allen Anwesenden her, führte Alexej Alexandrowitsch mit Sergej Kosnyschew zusammen und warf ihnen als Stichwort für eine Unterhaltung die Russifizierung Polens hin, über die sie auch sofort gemeinsam mit Peszow eifrig zu debattieren begannen. Er klopfte Turowzyn auf die Schulter, flüsterte ihm einen Witz ins Ohr und gesellte ihn seiner Frau und dem Fürsten zu. Dann machte er Kitty ein Kompliment darüber, wie gut sie heute aussehe, und stellte den jungen Stscherbazki Karenin vor. In wenigen Augenblicken hatte er den ganzen zähen Teig, den eine solche Gesellschaft darstellt, so gründlich durchgeknetet, daß der jetzt von lebhaftem Stimmengewirr erfüllte Salon nicht wiederzuerkennen war. Nur Konstantin Lewin fehlte noch. Aber auch dies kam ihm zustatten: im Speisezimmer stellte Stepan Arkadjitsch nämlich zu seinem Entsetzen fest, daß man den Portwein und Jerez bei Depré anstatt bei Löwe gekauft hatte, und der Kutscher mußte nun auf seine Anweisung schnell noch erst zu Löwe fahren.

Auf dem Rückweg in den Salon stieß Stepan Arkadjitsch mit Konstantin Lewin zusammen. „Habe ich mich verspätet?"

„Kannst du überhaupt anders, als dich zu verspäten?" sagte Stepan Arkadjitsch und nahm ihn am Arm.

„Hast du eine große Gesellschaft? Wer ist alles da?" fragte Lewin, der ungewollt rot geworden war und mit dem Handschuh den Schnee von seiner Mütze abklopfte.

„Lauter Verwandte und Freunde. Kitty auch. Doch nun komm, ich werde dich mit Karenin bekannt machen."

Stepan Arkadjitsch war sich ungeachtet seiner liberalen Einstellung bewußt, daß eine Bekanntschaft mit Karenin für jedermann schmeichelhaft sein mußte, und verschaffte diesen Vorzug daher seinen besten Freunden. Doch in diesem Augenblick war Konstantin Lewin nicht imstande, das ganze Vergnügen dieser Bekanntschaft auszukosten. Seit jenem für ihn so denkwürdigen Abend, an dem er mit Wronski zusammengetroffen war, hatte er Kitty, abgesehen von der flüchtigen Begegnung auf der Landstraße, nicht wiedergesehen. Im Grunde seines Herzens hatte er gewußt, daß er sie heute hier antreffen würde. Um sich jedoch seine Unbefangenheit zu erhalten, hatte er sich einzureden versucht, es nicht zu wissen. Doch nun, als er hörte, daß sie wirklich da sei, wurde er plötzlich von einem so freudigen und zugleich bangen Gefühl übermannt, daß ihm der Atem stockte und er nicht fähig war, das zu sagen, was er wollte.

Wie mag sie jetzt sein? So, wie ich sie von früher her kenne, oder so, wie sie im Wagen war? Und wenn es nun wirklich wahr wäre, was Darja Alexandrowna gesagt hat? Warum sollte es auch nicht wahr sein? fragte er sich in Gedanken.

„Ach ja, stell mich bitte Karenin vor", brachte er mit Mühe über die Lippen, und mit verzweifelt-entschlossenem Schritt betrat er den Salon und erblickte sie.

Sie war weder so, wie sie früher gewesen war, noch so, wie er sie im Wagen gesehen hatte; sie war eine ganz andere.

Sie war bestürzt, verschüchtert, beschämt und dadurch noch reizender als sonst. Schon in dem Moment, als er ins Zimmer trat, bemerkte sie ihn. Sie hatte auf ihn gewartet. Sie freute sich und wurde durch ihre Freude so verwirrt, daß ein Augenblick eintrat – jener Moment, als er auf die Hausfrau zuging und wieder zu ihr hinsah –, in dem sowohl sie selbst als auch er und Dolly, die alles beobachtete, die Befürchtung hegten, sie würde ihre Fassung verlieren und in Tränen ausbrechen. Sie errötete, wurde blaß, errötete wieder und blickte ihm regungslos mit kaum wahrnehmbar zuckenden Lippen entgegen. Er trat an sie heran, verbeugte sich und hielt ihr schweigend seine Hand hin. Wäre nicht das leise Zucken der Lippen und der feuchte Schimmer gewesen, der ihre Augen bedeckte und deren Glanz noch erhöhte – aus ihrem Lächeln hätte fast Ruhe gesprochen, als sie ihn jetzt begrüßte.

„Wie lange haben wir uns nicht gesehen!" sagte sie und legte ihre kalte Hand mit verzweifelter Entschlossenheit in die seine.

„Sie haben mich nicht gesehen, aber ich habe Sie gesehen", erwiderte Lewin mit einem glückstrahlenden Lächeln. „Ich habe Sie gesehen, als Sie von der Bahn kamen und nach Jerguschowo fuhren."

„Wann?" fragte sie erstaunt.

„Sie fuhren nach Jerguschowo", antwortete Lewin und hatte das Gefühl, als müsse er in dem Glück ersticken, das sich in sein Herz ergoß.

Und wie habe ich es nur wagen können, dieses rührende Wesen in Gedanken mit irgend etwas Schlechtem zu verbinden! dachte er. Ja, es scheint wirklich wahr zu sein, was mir Darja Alexandrowna gesagt hat!

Stepan Arkadjitsch nahm ihn am Arm und führte ihn zu Karenin.

„Darf ich vorstellen", sagte er und nannte ihre Namen.

„Sehr erfreut, Sie wiederzusehen", sagte Alexej Alexandrowitsch in kühlem Ton, als er Lewin die Hand reichte.

„Ihr seid miteinander bekannt?" staunte Stepan Arkadjitsch.

„Wir haben drei Stunden im selben Bahnabteil wie auf einem Maskenball zugebracht und gingen unbefriedigt auseinander, weil keiner erfahren hatte, wer sich hinter der Maske des andern verbirgt; wenigstens mir erging es so", erwiderte Lewin lächelnd.

„Ach, wie interessant! Darf ich bitten", sagte Stepan Arkadjitsch und zeigte auf die Tür zum Speisezimmer.

Die Herren gingen ins Speisezimmer und traten an den Imbißtisch; auf diesem standen sechs Sorten Schnaps, ebenso viele Sorten Käse, teils mit, teils ohne silberne Schaufelchen, Kaviar, marinierte Heringe, alle möglichen Konserven und mehrere Teller mit kleinen Weißbrotschnitten.

Die Herren standen vor den duftenden Spirituosen und Delikatessen, und in Erwartung des Essens war auch das von Sergej Iwanowitsch Kosnyschew mit Karenin und Peszow geführte Gespräch über die Russifizierung Polens verstummt.

Sergej Iwanowitsch verstand es wie kein zweiter, einen Wortwechsel selbst über die abstraktesten und ernstesten Fragen dadurch zu beenden, daß er ihm überraschend etwas attisches Salz beigab und auf diese Weise einen Umschwung in der Stimmung seiner Gesprächspartner herbeiführte; so tat er es auch diesmal.

Alexej Alexandrowitsch hatte die Behauptung aufgestellt, daß die Russifizierung Polens nur erfolgen könne durch die Anwendung höherer Prinzipien, die von den russischen Verwaltungsorganen einzuführen seien.

Peszow hatte an der Meinung festgehalten, daß nur ein Volk mit einer größeren Bevölkerungszahl ein anderes assimilieren könne.

Kosnyschew hatte dem einen und auch dem andern zugestimmt, indessen nur mit Einschränkungen. Und als sie nun den Salon verließen, sagte er, um das Gespräch abzuschließen, mit einem Lächeln:

„Somit gibt es für die Russifizierung anderer Völker nur ein Mittel: möglichst viele Kinder in die Welt setzen! Mein Bruder und ich sind hierfür allerdings sehr schlechte Beispiele. Aber Sie, die Herren Ehemänner, und besonders Sie, Stepan Arkadjitsch, tun gewiß ihr Bestes fürs Vaterland. Wie viele haben Sie eigentlich?" wandte er sich freundlich lächelnd an den Hausherrn und hielt ihm sein leeres Gläschen hin.

Alle, und besonders Stepan Arkadjitsch, lachten vergnügt.

„Ja, fürwahr, das ist das beste Mittel!" sagte er, seinen Käse kauend, und füllte das ihm hingehaltene Gläschen mit irgendeiner besonderen Sorte Schnaps. So hatte das Gespräch wirklich durch einen Scherz seinen Abschluß gefunden.

„Dieser Käse ist nicht übel. Wollen Sie versuchen?" fragte der Hausherr. „Hast du wirklich wieder deine Gymnastik aufgenommen?" wandte er sich an Lewin und betastete mit der linken Hand dessen Muskeln. Lewin spannte lächelnd den Arm, und Stepan Arkadjitsch fühlte mit seinen Fingern, wie sich unter dem feinen Tuch des Gehrocks wie ein runder Käse ein stählerner Hügel wölbte.

„Donnerwetter, sind das Muskeln! Der reinste Simson!"

„Ich glaube, für die Bärenjagd muß man über große Kraft verfügen", bemerkte Alexej Alexandrowitsch, der von der Jagd die verschwommensten Vorstellungen hatte, während er sich Käse aufs Brot strich und dabei die hauchdünn geschnittene Scheibe zerkrümelte.

Lewin lächelte.

„Durchaus nicht. Im Gegenteil, selbst ein Kind könnte einen Bären töten", sagte er, indem er mit einer leichten Verbeugung zur Seite trat, um den Damen Platz zu machen, die mit der Frau des Hauses an den Imbißtisch herantraten.

„Sie haben einen Bären erlegt, hörte ich?" wandte sich Kitty an ihn, die sich vergebens bemühte, mit der Gabel einen widerspenstigen, immer wieder wegspringenden Pilz zu erhaschen, und dabei die Spitzen zurückwarf, unter denen ihre weiße Hand hindurchschimmerte. „Gibt es denn bei Ihnen Bären?" fuhr sie fort, während sie ihm ihr reizendes Köpfchen halb zuwandte und lächelte.

Es schien nichts Außergewöhnliches, was sie sagte, doch welch eine in Worten gar nicht auszudrückende Bedeutung lag für ihn in jedem Laut, in jeder Bewegung der Lippen, der Augen, der

Hände, als sie dies sagte! Es war eine Bitte um Verzeihung und Vertrauen zu ihm, eine innige, schüchterne Zärtlichkeit, ein Gelöbnis, eine Hoffnung und die Liebe zu ihm, an der er nicht zweifeln konnte und die ihn vor Glück fast erstickte.

„Nein, wir sind ins Twersche Gouvernement gefahren. Auf der Rückreise bin ich im Zuge mit Ihrem Schwager oder vielmehr dem Schwager Ihres Schwagers zusammengetroffen", fügte er lächelnd hinzu. „Es war eine amüsante Begegnung."

Er schilderte nun anregend und humorvoll, wie er nach einer schlaflos zugebrachten Nacht in seinem kurzen Schafpelz in das Abteil Alexej Alexandrowitschs eingedrungen war.

„Der Schaffner wollte mich, im Gegensatz zum Sprichwort, wegen meiner Kleidung hinausbefördern; doch da begann ich in gewählten Worten zu sprechen. Und auch ... auch Sie", wandte er sich an Karenin, dessen Name und Vatersname ihm entfallen waren, „wollten mich wegen meines Schafpelzes zuerst hinausweisen, traten dann aber doch für mich ein, wofür ich Ihnen sehr dankbar bin."

„Die Rechte der Reisenden, sich ihre Plätze auszusuchen, sind überhaupt äußerst unbestimmt", erklärte Alexej Alexandrowitsch und wischte sich mit dem Taschentuch die Fingerspitzen ab.

„Ich bemerkte, daß Sie sich über meine Person unschlüssig waren", sagte Lewin mit einem gutmütigen Lächeln. „Deshalb beeilte ich mich, ein hochtrabendes Gespräch anzuknüpfen, um meinen Schafpelz wettzumachen."

Sergej Iwanowitsch, der sich mit der Frau des Hauses unterhielt, hörte mit einem Ohr auf das, was sein Bruder sagte, und beobachtete ihn von der Seite. Was ist heute bloß mit ihm los? Er tut ja wie ein Triumphator, dachte er. Er wußte nicht, daß Lewin das Gefühl hatte, als seien ihm Flügel gewachsen. Lewin wußte, daß sie seine Worte hörte und daß es ihr angenehm war, ihm zuzuhören. Und dies war das einzige, was ihn interessierte. Nicht allein in diesem Zimmer, nein, in der ganzen Welt existierte für ihn niemand außer ihr – und er selbst, der sich plötzlich so wichtig und bedeutsam vorkam. Er fühlte sich zu einer Höhe erhoben, in der es ihn schwindelte, und irgendwo unten, ganz weit weg, waren alle diese guten, netten Leutchen wie Karenin, Oblonski und die übrige Welt.

Ganz unauffällig, ohne sie anzusehen, und sich den Anschein gebend, als sei woanders kein Platz mehr frei, placierte Stepan Arkadjitsch Lewin und Kitty nebeneinander.

„Komm, hier ist ja noch ein Platz", sagte er zu Lewin.

Das Essen war ebensogut wie das Tafelgeschirr, das eine Liebhaberei von Stepan Arkadjitsch war. Die Suppe Marie-Louise mundete vorzüglich; die winzigen, auf der Zunge zergehenden Pastetchen waren über jedes Lob erhaben. Zwei Lohnkellner und Matwej mit weißen Krawatten walteten beim Servieren der Gerichte und beim Einschenken des Weins diskret, leise und gewandt ihres Amtes. Was die leiblichen Genüsse betraf, war es ein gelungenes Diner; nicht minder gut gelungen war es hinsichtlich der geistigen Genüsse. Die Unterhaltung, bald gemeinsam, bald zwischen den einzelnen Gästen geführt, brach keinen Augenblick ab und war gegen Ende des Diners so lebhaft geworden, daß die Herren auch noch beim Aufstehen von der Tafel weitersprachen und selbst Alexej Alexandrowitsch aufgelebt war.

10

Peszow liebte es, jedes Thema erschöpfend zu behandeln, und wollte sich mit der von Sergej Iwanowitsch geäußerten Meinung nicht zufriedengeben, um so weniger, als er sich der Richtigkeit seiner eigenen Ansicht nicht sehr sicher war.

„Ich habe nie die Dichte der Bevölkerung allein im Auge gehabt“, wandte er sich bei der Suppe an Alexej Alexandrowitsch, „beurteile sie aber nach den gegebenen und nicht nach prinzipiellen Gesichtspunkten.“

„Ich meine“, erwiderte Alexej Alexandrowitsch schleppend und mit matter Stimme, „daß dies ein und dasselbe ist. Meines Erachtens kann nur ein solches Volk auf ein anderes Einfluß gewinnen, das selbst auf einer höheren Entwicklungsstufe steht, das ...“

„Das ist eben die Frage!“ unterbrach ihn Peszow mit seinem tiefen Baß; er sprach immer sehr hastig und schien seine ganze Seele in seine Worte hineinzulegen. „Was sollen wir unter höherer Entwicklung verstehen? Engländer, Franzosen, Deutsche – wer von ihnen steht auf einer höheren Entwicklungsstufe? Welche Nationalität wird sich der anderen gegenüber durchsetzen? Am Rhein sehen wir die Ausbreitung des französischen Einflusses, und die Deutschen stehen ja nicht auf einer tieferen Stufe!“ rief er aus. „Hier muß es ein anderes Gesetz geben!“

„Ich meine“, bemerkte Alexej Alexandrowitsch und zog die Brauen leicht in die Höhe, „daß der Einfluß stets von der wahren Bildung ausgeht.“

„Aber worin sollen wir die Merkmale der wahren Bildung sehen?“ fragte Peszow.

„Meines Erachtens sind diese Merkmale bekannt“, erwiderte Alexej Alexandrowitsch.

„Sind sie wirklich völlig bekannt?" mischte sich Sergej Iwanowitsch mit einem feinen Lächeln ein. „Jetzt wird nur die humanistische Bildung als vollgültig anerkannt; wir sehen indessen, daß sowohl von den Humanisten als auch von den Andersgesinnten ein erbitterter Streit geführt wird, und es läßt sich nicht leugnen, daß auch die Gegenpartei für ihren Standpunkt starke Argumente anzuführen hat."

„Sie sind Humanist, Sergej Iwanowitsch. Darf ich Ihnen Rotwein eingießen?" wandte sich Stepan Arkadjitsch an ihn.

„Ich spreche mich weder für die eine noch für die andere Bildungsart aus", erwiderte Sergej Iwanowitsch mit einem nachsichtigen Lächeln, wie zu einem Kinde, und hielt sein Glas hin. „Ich sage lediglich, daß beide Parteien über starke Argumente verfügen", fuhr er, zu Alexej Alexandrowitsch gewandt, fort. „Ich persönlich bin meiner Bildung nach Humanist, aber in diesem Streit weiß ich nicht, auf welche Seite ich mich stellen soll. Ich sehe keine einleuchtenden Gründe dafür, warum der humanistischen Bildung gegenüber der realen der Vorzug gegeben werden soll."

„Die naturwissenschaftlichen Fächer haben vom pädagogischen Standpunkt aus einen ebenso großen Bildungswert", fiel Peszow ein. „Nehmen wir allein die Astronomie, nehmen wir die Botanik, die Zoologie mit ihrem System allgemeingültiger Gesetze!"

„Ich kann dem nicht ganz beipflichten", erwiderte Alexej Alexandrowitsch. „Nach meinem Dafürhalten darf man nicht die besonders heilsame Wirkung verkennen, die schon der Prozeß des Studiums der verschiedenen Sprachformen auf die geistige Entwicklung ausübt. Überdies ist nicht in Abrede zu stellen, daß der Einfluß der klassischen Schriftsteller im höchsten Grade moralisch ist, während mit dem Unterricht der naturwissenschaftlichen Fächer leider Gottes jene schädlichen und irrigen Lehren verknüpft sind, die eine Eiterbeule unserer Zeit darstellen."

Sergej Iwanowitsch wollte etwas erwidern, wurde aber von Peszows tiefem Baß unterbrochen. Peszow begann erregt, die Haltlosigkeit dieser Meinung nachzuweisen. Sergej Iwanowitsch wartete ruhig ab, bis er seinerseits das Wort ergreifen konnte, und hatte offenbar schon eine unwiderlegbare Erwiderung in Bereitschaft.

„Indessen", begann er mit einem feinen Lächeln, zu Karenin gewandt, „wir müssen zugeben, daß es schwer ist, alle Vorzüge und Nachteile dieser und jener Wissenschaften genau gegeneinander abzuwägen, und daß die Frage, welche von ihnen vorzuziehen sei, nicht so schnell und endgültig entschieden worden wäre, wenn die humanistische Bildung nicht jenen Vorzug aufzuweisen hätte, den Sie eben erwähnten: den moralischen – disons le mot –, antinihilistischen Einfluß."

„Ohne Zweifel."

„Wenn zugunsten der humanistischen Bildung nicht der Vorzug der antinihilistischen Wirkung mitspräche", fuhr Sergej Iwanowitsch mit einem feinen Lächeln fort, „dann würden wir über diese Fragen mehr nachdenken, die Argumente beider Parteien gegeneinander abwägen und sowohl der einen als auch der andern Richtung einen Spielraum zugestehen. Doch nun wissen wir, daß diesen humanistischen Bildungspillen eine Heilkraft gegen den Nihilismus innewohnt, und wir verordnen sie daher getrost unseren Patienten... Wie aber, wenn diese Heilkraft versagen sollte?" schloß er mit einer Zugabe attischen Salzes.

Als Sergej Iwanowitsch mit seinen Pillen herausrückte, brachen alle in Gelächter aus; am lautesten und herzlichsten lachte Turowzyn, der nur zugehört hatte, weil er auf einen Scherz wartete und nun endlich auf seine Kosten gekommen war.

Mit der Einladung Peszows hatte Stepan Arkadjitsch keinen Fehlgriff getan. In Gegenwart Peszows konnte eine geistreiche Unterhaltung nie abbrechen. Kaum hatte Sergej Iwanowitsch das Gespräch durch seinen Scherz zu einem Abschluß gebracht, da schnitt Peszow auch schon eine neue Frage an.

„Es hat nicht einmal den Anschein, daß dies das Ziel der Regierung ist", fing er an. „Die Regierung läßt sich offenbar von allgemeinen Erwägungen leiten und berücksichtigt nicht die Auswirkung, die ihre Maßnahmen haben können. Man sollte doch meinen, daß zum Beispiel die Entwicklung des weiblichen Bildungswesens für schädlich gehalten wird; aber die Regierung richtet akademische Kurse für Frauen ein und öffnet ihnen die Universitäten."

Sofort sprang die Unterhaltung auf das Thema der Frauenbildung über.

Alexej Alexandrowitsch gab dem Gedanken Ausdruck, daß die weibliche Bildung gewöhnlich mit der Frage der Frauenrechte verbunden werde und nur von diesem Gesichtspunkt aus für schädlich gehalten werden könne.

„Ich bin im Gegenteil der Ansicht, daß diese beiden Fragen untrennbar miteinander verbunden sind, daß man sich da im Kreise dreht", widersprach Peszow. „Den Frauen werden die Rechte vorenthalten, weil sie nicht genügend gebildet sind, und die mangelhafte Bildung wiederum resultiert aus dem Fehlen der Rechte. Wir dürfen nicht vergessen, daß die Unterjochung der Frauen so weitgehend und althergebracht ist, daß wir oft nicht den Abgrund erkennen, der sie von uns trennt."

„Sie sprachen von Rechten", sagte Sergej Iwanowitsch, der abgewartet hatte, bis Peszow verstummt war. „Wenn Sie die Zulassung

als Geschworene, als Abgeordnete, als Parlamentsmitglieder meinen, das Recht auf die Beamtenlaufbahn und höhere Regierungsposten ..."

„Ja, gewiß."

„Aber soweit Frauen in seltenen Ausnahmefällen auch fähig sein mögen, solche Posten zu bekleiden, will mir doch scheinen, daß Sie den Ausdruck Rechte nicht richtig gebraucht haben. Richtiger wäre es, zu sagen: Pflichten. Sie werden zugeben, daß man bei jeder Tätigkeit, sei es nun als Geschworener, Abgeordneter oder Telegraphist, das Gefühl hat, eine Pflicht zu erfüllen. Daher wäre es richtiger, zu sagen, daß die Frauen nach Pflichten suchen, und zwar mit vollem Recht. Und wenn es ihnen darum zu tun ist, die allgemeine Arbeit mit den Männern zu teilen, kann man diesem Wunsch nur Beifall zollen."

„Sehr richtig", pflichtete Alexej Alexandrowitsch ihm bei.

„Es fragt sich lediglich, ob sie für die Ausübung dieser Pflichten die nötigen Fähigkeiten besitzen."

„Sie werden sich sicherlich als sehr befähigt erweisen, sobald sich ihr Bildungsgrad erhöht hat", warf Stepan Arkadjitsch ein. „Wir sehen das ja ..."

„Und das Sprichwort?" bemerkte der alte Fürst, der dem Gespräch schon lange mit einem spöttischen Funkeln in seinen kleinen Augen gefolgt war. „Meiner Töchter wegen brauche ich ja kein Blatt vor den Mund zu nehmen: So lang das Haar, so kurz ..."

„Solche Ansichten hat man bis zur Sklavenbefreiung auch über die Neger vertreten!" sagte Peszow wütend.

„Ich finde es nur merkwürdig, daß sich die Frauen nach neuen Pflichten umsehen", bemerkte Sergej Iwanowitsch, „während wir Männer, wie ich leider feststellen muß, ihnen gewöhnlich aus dem Wege gehen."

„Pflichten sind mit Rechten verbunden; Macht, Geld, Ehrungen – darum ist es den Frauen zu tun", erklärte Peszow.

„Dann könnte ich ja auch verlangen, als Amme eingestellt zu werden, und es übelnehmen, daß man dafür Frauen gegen Lohn einstellt und mich abweist", sagte der alte Fürst.

Turowzyn brach in lautes Gelächter aus, und Sergej Iwanowitsch bedauerte, daß der Witz nicht von ihm stammte. Selbst Alexej Alexandrowitsch lächelte.

„Ja, ein Mann kann aber nicht stillen", machte Peszow geltend, „während Frauen ..."

„Doch! Auf einem Schiff hat einmal ein Engländer seinen Säugling die ganze Reise über selbst gestillt", sagte der Fürst, der sich solche Scherze manchmal auch in Gegenwart seiner Töchter erlaubte.

„Soviel Engländer es von dieser Art gibt, ebenso viele weibliche Beamte wird es schließlich geben", schaltete sich nun wieder Sergej Iwanowitsch ein.

„Was soll ein junges Mädchen letzten Endes auch anfangen, das keine Angehörigen hat?" mischte sich Stepan Arkadjitsch im Hinblick auf Mascha Tschibissowa ein, die er die ganze Zeit im Auge gehabt hatte, als er Peszow beifällig zugehört und ihm Hilfestellung gegeben hatte.

„Wenn man dem Lebensweg eines solchen jungen Mädchens genau nachginge, würde sich sicherlich herausstellen, daß sie entweder ihr Elternhaus oder den Haushalt ihrer Schwester, wo sie eine für Frauen schickliche Beschäftigung gefunden hätte, mutwillig verlassen hat", griff plötzlich in gereiztem Ton Darja Alexandrowna ins Gespräch ein, die wahrscheinlich ahnte, für welches junge Mädchen sich ihr Mann einsetzte.

„Bei unsern Erörterungen handelt es sich um das Prinzip, um Ideale!" widersprach Peszow mit seinem tönenden Baß. „Die Frauen wollen das Recht auf Unabhängigkeit, auf Bildung haben. Sie fühlen sich gehemmt und bedrückt in dem Bewußtsein, diese Wünsche nicht verwirklichen zu können."

„Und ich fühle mich dadurch gehemmt und bedrückt, daß man mich in einem Säuglingsheim nicht als Amme anstellen wird", sagte nun wieder der alte Fürst und bereitete Turowzyn damit eine so große Freude, daß dieser vor Lachen den Spargel mit dem dicken Ende in die Soße fallen ließ.

II

Alle beteiligten sich an der allgemeinen Unterhaltung, nur Lewin und Kitty nicht. Zu Anfang, als von dem Einfluß gesprochen wurde, den ein Volk auf das andere ausübt, war Lewin unwillkürlich eingefallen, wie er selbst diese Frage beurteilte; doch diese Gedanken, denen er früher große Bedeutung beigemessen hatte, waren ihm jetzt nur flüchtig, wie im Schlaf, durch den Kopf gehuscht und hatten jegliches Interesse für ihn verloren. Er fand es sogar sonderbar, daß alle so angelegentlich von Dingen sprachen, die sie im Grunde genommen gar nicht interessierten. Bei Kitty wiederum hätte man eigentlich annehmen sollen, daß die Erörterungen über Rechte und Bildung der Frauen sie interessieren müßten. Wie oft waren ihr diese Fragen durch den Kopf gegangen, wenn sie sich in Erinnerung an ihre Freundin im Ausland, an Warenka, deren schwere, abhängige Lage vergegenwärtigt hatte;

wie oft hatte sie sich Gedanken darüber gemacht, was aus ihr selbst werden sollte, wenn sie unverheiratet bliebe; und wie oft hatte sie mit ihrer Schwester darüber gestritten. Doch nun interessierte sie dies nicht im geringsten. Zwischen ihr und Lewin hatte sich ein besonderes Gespräch entsponnen, eigentlich nicht ein Gespräch, sondern eine verständnisinnige Verbindung, die sie einander mit jedem Augenblick näherbrachte und sie mit einem wonnigen Schauder vor jener Ungewißheit erfüllte, der sie entgegengingen.

Zuerst hatte Lewin Kitty auf ihre Frage, wie er dazu gekommen sei, sie im Wagen zu sehen, davon erzählt, wie er, von der Heuernte kommend, die Landstraße entlanggegangen und ihrem Wagen begegnet war.

„Es war ganz, ganz frühmorgens. Sie waren anscheinend eben erst aufgewacht. Ihre maman schlief in ihrem Eckchen. Es war ein wunderschöner Morgen. Ich gehe die Landstraße entlang und frage mich, wer da wohl in dem mit vier Pferden bespannten Wagen gefahren kommt. Es war ein prächtiges Viergespann mit Schellengeläut. Ich blickte ins Fenster, und für einen Augenblick tauchten Sie vor mir auf. Sie saßen im Wagen, hielten *so* mit beiden Händen die Bänder Ihres Häubchens und dachten furchtbar angestrengt über etwas nach." Lewin zeigte lächelnd, wie er sie gesehen hatte. „Wie gern wüßte ich, woran Sie damals gedacht haben. War es etwas Wichtiges?"

Ob ich sehr zerzaust ausgesehen habe? fragte sich Kitty in Gedanken; doch als sie nun das glückselige Lächeln wahrnahm, das sein Gesicht bei der Erinnerung an diese Einzelheiten verklärte, wußte sie, daß sie im Gegenteil einen sehr günstigen Eindruck auf ihn gemacht haben mußte. Sie errötete und lachte fröhlich auf.

„Ich weiß es wirklich nicht mehr."

„Wie herzlich dieser Turowzyn lachen kann", sagte Lewin, als er amüsiert beobachtete, wie jenem die Tränen in die Augen traten und sein ganzer Körper bebte.

„Kennen Sie ihn schon lange?" fragte Kitty.

„Den kennt doch wohl jeder!"

„Und wie ich sehe, halten Sie ihn für einen schlechten Menschen?"

„Nicht für einen schlechten, aber für einen unbedeutenden."

„Sehr zu Unrecht! Diese Meinung über ihn müssen Sie auf der Stelle ändern!" redete Kitty auf ihn ein. „Auch ich habe zuerst sehr wenig von ihm gehalten; aber er ist ein sehr lieber, außergewöhnlicher, gütiger Mensch. Er hat ein goldenes Herz."

„Wie haben Sie denn sein Herz so genau kennengelernt?"

„Wir sind gute Freunde. Ich kenne ihn sehr genau. Im vorigen

Winter, bald nachdem … nachdem Sie zuletzt bei uns waren", sagte sie mit einem schuldbewußten und zugleich zutraulichen Lächeln, „erkrankten sämtliche Kinder Dollys an Scharlach. Er kam damals eines Tages zufällig zu ihr, und denken Sie nur", fuhr sie leise fort, „sie tat ihm so leid, daß er gleich dablieb und sie bei der Pflege der Kinder unterstützte. So hat er ganze drei Wochen bei ihnen im Hause zugebracht und sich mit den Kindern wie eine Kinderfrau abgegeben."

„Ich erzähle Konstantin Dmitritsch gerade von Turowzyn in der Scharlachzeit", sagte sie, sich zur Schwester hinüberbeugend.

„Ja, er ist ein prächtiger Mensch", erwiderte Dolly und lächelte Turowzyn freundlich zu, der bereits gemerkt hatte, daß von ihm die Rede war. Lewin blickte noch einmal zu Turowzyn hinüber und wunderte sich jetzt, daß er nicht schon früher erkannt hatte, was für ein prächtiger Mensch er war.

„Ich bekenne mich schuldig, rundweg schuldig, und werde nie wieder schlecht über andere denken!" versicherte er lachend und brachte damit zum Ausdruck, was er in diesem Augenblick aufrichtig glaubte.

12

Im Gespräch über die Frauenfrage gab es hinsichtlich der Ungleichheit der Rechte in der Ehe heikle Punkte, die sich im Beisein von Damen nicht gut erörtern ließen. Peszow war bei Tisch mehrmals auf diese Punkte zu sprechen gekommen, aber Sergej Iwanowitsch und Stepan Arkadjitsch hatten ihn jedesmal unauffällig davon abgelenkt.

Doch sobald sich die Tischgesellschaft auflöste, schloß sich Peszow nicht den Damen an, die das Speisezimmer verließen, sondern trat auf Alexej Alexandrowitsch zu und schickte sich an, ihm den Hauptgrund für die unterschiedliche Rechtsstellung der Ehepartner auseinanderzusetzen. Diese Ungleichheit beruhe seiner Ansicht nach darauf, daß eine Untreue seitens der Frau und eine solche seitens des Mannes sowohl in der Rechtsprechung als auch von der öffentlichen Meinung verschieden beurteilt würden. Stepan Arkadjitsch beeilte sich, an Alexej Alexandrowitsch heranzutreten und ihm etwas zu rauchen anzubieten.

„Danke, ich rauche nicht", sagte Alexej Alexandrowitsch; und als wollte er unterstreichen, daß er sich nicht scheue, über dieses Thema zu sprechen, wandte er sich mit einem kalten Lächeln Peszow zu.

„Ich meine, daß dieser Umstand in der Natur der Sache begründet ist", erklärte er und wollte sich in den Salon begeben; doch nun wurde er überraschend von Turowzyn angeredet.

„Haben Sie schon die Geschichte mit Prjatschnikow gehört?" fragte Turowzyn, der reichlich Champagner genossen und schon lange auf eine Gelegenheit gewartet hatte, auch einmal zu Worte zu kommen. „Wassja Prjatschnikow" – er wandte sich vornehmlich an Alexej Alexandrowitsch als den wichtigsten Gast und verzog seine feuchten roten Lippen zu dem ihm eigenen Lächeln – „hat sich, wie ich heute hörte, in Twer mit Kwytski duelliert und ihn erschossen."

Wie man sich immer, gleichsam nach einer Regel, gerade an einer ohnehin schon wunden Stelle stößt, ebenso wurde heute in den Gesprächen alle Augenblicke der wunde Punkt Alexej Alexandrowitschs berührt. Stepan Arkadjitsch, der dies mit Sorge wahrnahm, wollte seinen Schwager wieder beiseite nehmen, doch da zeigte sich Alexej Alexandrowitsch selbst interessiert.

„Warum hat sich Prjatschnikow denn duelliert?"

„Seiner Frau wegen. Er ist mit Schneid vorgegangen! Hat ihn gefordert und erschossen!"

„Ah!" machte Alexej Alexandrowitsch gleichgültig und wandte sich mit hochgezogenen Brauen ab, um in den Salon zu gehen.

„Ich freue mich ja so, daß Sie gekommen sind!" sagte Dolly, die ihm im Verbindungszimmer begegnete, mit einem scheuen Lächeln. „Ich muß mit Ihnen sprechen. Setzen wir uns ein Weilchen hierher."

Alexej Alexandrowitsch, dem die hochgezogenen Brauen stets einen Ausdruck von Gleichmut verliehen, nahm neben Darja Alexandrowna Platz und lächelte gezwungen.

„Es paßt um so besser, als ich mich gerade bei Ihnen entschuldigen und zurückziehen wollte", sagte er.

„Ich reise morgen weiter."

Darja Alexandrowna, die felsenfest von Annas Unschuld überzeugt war, merkte, wie sie sich verfärbte und ihre Lippen vor Zorn über diesen kalten, gefühllosen Menschen zitterten, der sich so ruhig anschickte, ihre unschuldige Freundin ins Unglück zu stürzen.

„Alexej Alexandrowitsch", fing sie an und blickte ihm mit verzweifelter Entschlossenheit in die Augen. „Ich habe mich nach Annas Ergehen erkundigt, und Sie haben mir nicht darauf geantwortet. Was ist mit ihr?"

„Sie scheint gesund zu sein, Darja Alexandrowna", antwortete er, ohne sie anzusehen.

„Alexej Alexandrowitsch, nehmen Sie es mir nicht übel, ich habe ja kein Recht ... aber ich liebe und schätze Anna wie eine Schwester. Und deshalb bitte ich Sie, ich flehe Sie an, sagen Sie mir, was vorliegt! Was haben Sie ihr vorzuwerfen?"

Alexej Alexandrowitsch runzelte die Stirn und senkte, die Augen fast geschlossen, den Kopf.

„Ich nehme an, daß Ihr Mann Sie über die Gründe unterrichtet hat, die mich dazu zwingen, meine bisherigen Beziehungen zu Anna Arkadjewna zu ändern", antwortete er, ohne den Blick Darja Alexandrowna zuzuwenden, und musterte mechanisch den vorübergehenden jungen Stscherbazki.

„Ich glaube es nicht, glaube es nicht und kann es nicht glauben!" rief Dolly und preßte mit einer energischen Bewegung ihre knochigen Hände zusammen. Sie stand schnell auf und legte ihre Hand auf Alexej Alexandrowitschs Arm. „Wir können hier nicht ungestört sprechen. Kommen Sie doch bitte hier herein."

Dollys Erregung übertrug sich auf Alexej Alexandrowitsch. Er stand gehorsam auf und folgte ihr ins Unterrichtszimmer der Kinder. Dort setzten sie sich an einen Tisch, dessen Wachstuch kreuz und quer von Federmessern zerschnitten war.

„Ich glaube es nicht, ich glaube es nicht!" sagte Dolly wieder und versuchte, seinen ausweichenden Blick aufzufangen.

„Man kann nicht gut etwas nicht glauben, was ein Faktum ist", erwiderte er unter besonderer Betonung des Wortes „Faktum".

„Was hat sie sich denn zuschulden kommen lassen?" fragte Dolly. „Was hat sie getan?"

„Sie hat sich über ihre Pflichten hinweggesetzt und ihren Mann betrogen. Das hat sie getan!" antwortete er.

„Nein, nein, das ist unmöglich! Um Gottes willen, Sie müssen sich irren", rief Dolly; sie preßte ihre Hände an die Schläfen und schloß die Augen.

Alexej Alexandrowitsch verzog die Lippen zu einem kalten Lächeln, mit dem er ihr und sich selbst die Festigkeit seiner Überzeugung beweisen wollte; aber wenn diese eifrige Verteidigung seitens Dollys ihn auch nicht wankend machen konnte, so bohrte sie doch in seiner Wunde. Er fuhr in großer Erregung fort:

„Man kann sich schwerlich irren, wenn eine Frau es ihrem Mann selbst eröffnet. Wenn sie erklärt, daß acht Lebensjahre und der Sohn, daß das alles ein Irrtum gewesen ist und daß sie ein neues Leben beginnen will", sagte er böse und schnaufte durch die Nase.

„Anna und Ehebruch! Ich kann das nicht in Einklang bringen, kann es nicht fassen!"

„Darja Alexandrowna!" sagte er und fühlte, daß sich seine Zunge von selbst löste, als er jetzt in das gütige, erregte Gesicht Dollys blickte. „Ich würde viel darum geben, wenn ein Zweifel noch möglich wäre. Als ich zweifelte, habe ich schwer gelitten, aber doch nicht so schwer wie jetzt. Als ich zweifelte, war noch eine Hoffnung vorhanden; und nun gibt es keine Hoffnung mehr, und ich zweifle dennoch an allem. Alles erfüllt mich mit solchem Zweifel, daß ich meinen Sohn hasse und mitunter nicht glaube, daß er mein Kind ist. Ich bin sehr unglücklich."

Er brauchte das nicht erst zu sagen. Darja Alexandrowna erfaßte es sofort, sobald er ihr ins Gesicht blickte; sie wurde von Mitleid für ihn ergriffen, und ihr Glaube an die Unschuld ihrer Freundin begann zu wanken.

„Ach, es ist furchtbar, ganz furchtbar! Ist es wirklich wahr, daß Sie sich zur Scheidung entschlossen haben?"

„Ich habe mich zum letzten Schritt entschlossen. Mir bleibt nichts anderes übrig."

„Nichts anderes, nichts anderes ...", wiederholte sie mit Tränen in den Augen. „Doch! Es bleibt Ihnen noch etwas anderes übrig!" rief sie aus.

„Das eben ist das Schreckliche eines solchen Unglücks, daß man nicht wie bei jedem andern Schicksalsschlag, bei einem Verlust, einem Todesfall, sein Kreuz auf sich nehmen kann, sondern handeln muß", sagte er, als erriete er ihre Gedanken. „Man muß sich aus der erniedrigenden Lage befreien, in die man versetzt ist. Ein Leben zu dritt ist nicht möglich."

„Das verstehe ich, das verstehe ich sehr gut", erwiderte Dolly und ließ den Kopf sinken. Sie schwieg eine Weile, weil sie an sich selbst, an ihren eigenen Kummer in der Ehe denken mußte; dann hob sie plötzlich mit einer energischen Bewegung den Kopf und legte, gleichsam flehend, die Hände ineinander. „Doch bedenken Sie eins! Sie sind ein Christ. Denken Sie an das Schicksal Annas! Was soll aus ihr werden, wenn Sie sie verstoßen?"

„Ich habe es bedacht, Darja Alexandrowna, habe es lange bedacht", antwortete Alexej Alexandrowitsch. Sein Gesicht hatte rote Flecken, und seine trüben Augen waren auf Dolly gerichtet. Er tat ihr jetzt von ganzem Herzen leid. „Ich habe es gleich getan, als ich aus ihrem eigenen Munde von der mir zugefügten Schmach erfuhr; ich habe alles beim alten gelassen. Ich habe ihr die Möglichkeit zur Einkehr gegeben, ich bemühte mich, sie zu retten. Und was war die Folge? Auch die einfachste Forderung hat sie nicht erfüllt, indem sie nicht einmal den Anstand wahrte", fuhr er fort, sich immer mehr ereifernd. „Retten kann man einen Menschen, der nicht untergehen will; wenn jemand hingegen in seiner ganzen Veranlagung so verdorben und entartet ist, daß er gerade im Untergang eine Rettung sieht, was kann man da machen?"

„Alles, nur keine Scheidung!"

„Ja, was denn alles?“

„Ach, es ist furchtbar. Sie wird niemandes Frau sein, sie wird zugrunde gehen!“

„Was kann ich tun?“ sagte Alexej Alexandrowitsch achselzukkend und zog die Brauen hoch. Die Erinnerung an das letzte Vergehen seiner Frau erbitterte ihn dermaßen, daß er wieder so abweisend kalt wurde wie am Anfang des Gesprächs. „Ich bin Ihnen für Ihre Teilnahme sehr dankbar, doch jetzt muß ich aufbrechen“, sagte er und erhob sich.

„Nein, einen Augenblick! Sie dürfen sie nicht ins Verderben stürzen. Hören Sie zu, ich will Ihnen erzählen, wie es mit mir gewesen ist. Ich habe geheiratet, und mein Mann hinterging mich; übermannt von Zorn und Eifersucht, wollte ich alles im Stich lassen, ich wollte mir selbst ... Aber ich kam zur Besinnung; und durch wen? Anna hat mich gerettet. Und so blieb ich am Leben. Die Kinder wachsen heran, der Mann hat in die Familie zurückgefunden und sieht sein Unrecht ein, läutert sich, wird ein besserer Mensch, und ich lebe ... Ich habe verziehen, und ebenso müssen auch Sie verzeihen!“

Alexej Alexandrowitsch hörte zu, aber ihre Worte machten jetzt keinen Eindruck mehr auf ihn. Die ganze Erbitterung jenes Tages, an dem er sich zur Scheidung entschlossen hatte, war in seiner Seele erneut lebendig geworden. Er machte sich hart und erwiderte mit schneidender, lauter Stimme:

„Verzeihen kann und will ich nicht, auch halte ich es für eine ungerechte Zumutung. Ich habe für diese Frau alles getan, und sie hat alles in den Schmutz gezerrt, wie es ihrem Charakter entspricht. Ich bin kein böser Mensch, ich habe nie jemand gehaßt; aber diese Frau hasse ich aus tiefster Seele und kann ihr nicht verzeihen, weil mein Haß wegen all des Bösen, das sie mir angetan hat, zu groß ist!“ stieß er mit von Tränen der Wut erstickter Stimme hervor.

„Liebet, die euch hassen ...“, flüsterte Darja Alexandrowna verschämt.

Alexej Alexandrowitsch lächelte verächtlich. Dieses Gebot kannte er schon lange, aber auf seinen Fall war es nicht anwendbar.

„Wir können die lieben, die uns hassen, aber jemand zu lieben, den wir selbst hassen, das ist unmöglich. Verzeihen Sie, daß ich Sie verstimmt habe. Jeder hat genug mit seinem eigenen Kummer zu tun!“ sagte Alexej Alexandrowitsch, der seine Fassung wiedergewonnen hatte; er verabschiedete sich ruhig und ging.

13

Nachdem die Tafel aufgehoben worden war, wäre Lewin am liebsten Kitty in den Salon gefolgt; aber er fürchtete, daß es ihr unangenehm sein könnte, wenn er ihr allzu augenfällig den Hof machte. So blieb er im Kreise der Herren, und während er sich nun an der allgemeinen Unterhaltung beteiligte und nicht zu Kitty hinsah, spürte er doch ihre Bewegungen und ihre Blicke und wußte, an welcher Stelle im Salon sie sich aufhielt.

Er hatte hier sofort Gelegenheit, ohne daß es ihn die geringste Mühe kostete, das ihr gegebene Versprechen zu erfüllen: von allen immer nur Gutes zu denken und stets alle Menschen zu lieben. Das Gespräch war auf das Gemeindewesen gekommen, und Peszow sah darin die Verwirklichung eines besonderen Grundsatzes, den er als Grundsatz der Einstimmigkeit bezeichnete. Lewin teilte weder die Ansicht Peszows noch die seines Bruders, der die Bedeutung des russischen Gemeindewesens auf eigene Art teils anerkannte, teils bestritt. Doch in der Unterhaltung mit ihnen war er einzig darauf bedacht, sie miteinander zu versöhnen und ihre beiderseitigen Einwände zu mildern. Er interessierte sich nicht im geringsten für das, was er selber sagte, und noch weniger für das, was die beiden anderen vorbrachten, sondern hatte nur den einen Wunsch, alle in guter, fröhlicher Stimmung zu sehen. Er wußte jetzt, was das einzig Wichtige war. Und dieses einzig Wichtige hatte zuerst im Salon gesessen, war dann aufgestanden und an der Tür stehengeblieben. Er spürte, ohne sich umzudrehen, den auf sich gerichteten Blick und ihr Lächeln und konnte nun doch nicht umhin, sich zu ihr umzuwenden. Sie stand mit dem jungen Stscherbazki an der Tür und blickte zu ihm herüber.

„Ich dachte, sie seien im Begriff, ans Klavier zu gehen", sagte er, an sie herantretend. „Das ist etwas, was ich auf dem Lande entbehren muß – die Musik."

„Nein, wir kamen nur, um Sie zu rufen, und ich danke Ihnen, daß Sie gekommen sind", sagte sie, ihn durch ihr Lächeln wie mit einem Geschenk belohnend. „Was macht es auch für Freude, sich immer zu streiten? Einer wird den anderen doch nie überzeugen."

„Ja, es ist wahr", stimmte Lewin ihr zu. „In den meisten Fällen ereifert man sich nur deshalb so, weil man einfach nicht erkennt, worauf der Gegner eigentlich hinauswill."

Bei Meinungsverschiedenheiten selbst zwischen sehr klugen Leuten hatte Lewin schon oft beobachtet, daß die Streitenden nach mächtigen Anstrengungen und einem ungeheuren Aufwand von Worten und Spitzfindigkeiten letzten Endes zu der Einsicht gekommen waren, daß ihnen das, was sie einander mit so viel Mühe zu beweisen gesucht hatten, von vornherein, schon vor Beginn des Streites, bekannt gewesen war, daß aber jedem von ihnen irgendein Punkt besonders am Herzen lag und daß er diesen nicht zu erkennen geben wollte, um ihn nicht Angriffen auszusetzen. Er hatte selbst die Erfahrung gemacht, daß man im Laufe eines Streits mitunter erkennt, was dem Gegner am Herzen liegt, und dann plötzlich ebenfalls daran Gefallen findet und ihm zustimmt, worauf sich jedes weitere Debattieren als überflüssig erweist; und auch den umgekehrten Fall hatte er erlebt: wenn er seinerseits nach langem Streiten endlich ausgesprochen hatte, was ihm am Herzen lag, und es ihm gelungen war, die dafür gefundenen Argumente klar und richtig vorzutragen, dann hatte der Gegner ihm plötzlich beigepflichtet und den Streit eingestellt. Dies alles wollte er jetzt zum Ausdruck bringen.

Kitty zog die Stirn kraus und bemühte sich, ihn zu verstehen. Doch kaum hatte er mit seiner Auseinandersetzung begonnen, da hatte sie ihn auch schon begriffen.

„Ja, ich verstehe; man muß erkennen, weswegen der andere streitet und was ihm am Herzen liegt, dann kann man ..."

Sie hatte seinen von ihm schlecht ausgedrückten Gedankengang vollkommen verstanden und gab ihn jetzt wieder. Lewin lächelte erfreut: Ihn verblüffte der Übergang von dem verworrenen, wortreichen Streit zwischen Peszow und seinem Bruder zu dieser lakonischen und klaren, fast wortlosen Übermittlung der kompliziertesten Gedanken.

Der junge Stscherbazki zog sich zurück, und Kitty trat an den auseinandergeklappten Spieltisch; sie setzte sich, nahm ein Stück Kreide in die Hand und begann auf dem neuen grünen Tuchbezug auseinanderlaufende Kreise zu zeichnen.

Sie kamen auf das Gespräch zurück, das man bei Tisch über die Freiheit und Art der Beschäftigung der Frauen geführt hatte. Lewin pflichtete der Ansicht Darja Alexandrownas bei, daß ein junges Mädchen, wenn es nicht heiratet, auch in einer anderen Familie eine ihm gemäße Beschäftigung finden kann. Er führte an, daß es keiner Familie möglich sei, ohne Hilfe auszukommen, und daß jede Familie, ob arm oder reich, zur Wartung der Kinder entweder Verwandte oder Dienstboten habe und haben müsse.

„Nein", sagte Kitty und blickte ihn, weil sie dabei errötete, um so fester aus ihren treuherzigen Augen an. „Ein junges Mädchen kann sich in einer Lage befinden, in der es für sie eine Demütigung bedeuten muß, sich einer anderen Familie anzuschließen, denn sie selbst ..."

Er begriff, was sie andeutete.

„Ja, natürlich“, pflichtete er ihr bei. „Ja, ja, Sie haben recht, vollkommen recht!“

Alles, was Peszow bei Tisch über Frauenrechte vorgebracht hatte, erschien ihm jetzt in einem andern Licht, weil er sah, daß sich Kitty im Grunde ihres Herzens fürchtete, unverheiratet bleiben zu müssen, und dies als Demütigung empfand; und da er sie liebte, konnte er nicht umhin, ihre Scheu vor dieser Demütigung nachzuempfinden, und gab sofort alle seine Argumente auf.

Eine Weile schwiegen beide. Kitty zeichnete weiter mit der Kreide auf dem Tisch. In ihren Augen leuchtete ein stiller Glanz. Lewin unterwarf sich ihrer Stimmung und fühlte in seinem ganzen Wesen eine sich immer mehr steigernde Spannung vor Glück.

„Ach! Da habe ich nun den ganzen Tisch beschmiert“, unterbrach sie das Schweigen; sie legte die Kreide weg und machte eine Bewegung, als wollte sie aufstehen.

Wie soll ich es ertragen, wenn sie mich jetzt allein läßt? dachte er entsetzt und griff nach der Kreide. „Einen Augenblick“, sagte er und nahm am Tisch Platz. „Ich wollte Sie schon lange etwas fragen.“

Er sah ihr gerade in ihre freundlich, wenn auch erschrocken blickenden Augen.

„Bitte, fragen Sie!“

„Schauen Sie her“, sagte er und schrieb folgende Buchstaben hin: A, S, m, a: E, i, u, b, d, n, o, n, d? Es waren die Anfangsbuchstaben des Satzes: Als Sie mir antworteten: Es ist unmöglich, bedeutete das niemals oder nur damals? Es schien gänzlich ausgeschlossen, daß sie diesen umständlichen Satz verstehen könnte; aber er sah sie mit solcher Spannung an, als hinge sein Leben einzig und allein davon ab, ob sie ihn verstehen werde oder nicht.

Sie blickte ihm ernst ins Gesicht, stützte dann die krausgezogene Stirn auf die Hand und wandte sich den Buchstaben zu. Hin und wieder warf sie ihm einen Blick zu, der zu fragen schien: Stimmt es, was ich annehme?

„Ich habe verstanden“, sagte sie schließlich errötend.

„Wie heißt dieses Wort?“ fragte er und zeigte auf das n, das „niemals“ bedeutete.

„Dieses Wort bedeutet ‚niemals‘“, sagte sie. „Aber es stimmt nicht.“

Er wischte schnell das Geschriebene ab, reichte ihr die Kreide und stand auf.

Nun schrieb sie hin: D, k, i, n, a, a.

Dolly vergaß ganz den Schmerz, den ihr das Gespräch mit Alexej Alexandrowitsch bereitet hatte, als sie dieses Bild vor sich sah: Kitty, die mit der Kreide in der Hand mit einem schüchternen, glückseligen Lächeln zu Lewin aufblickte, und die schöne Gestalt Lewins, der sich über den Tisch gebeugt hatte und seine glühenden Augen abwechselnd auf den Tisch und auf sie richtete. Plötzlich verklärte sich sein Gesicht: er hatte verstanden. Es bedeutete: Damals konnte ich nicht anders antworten.

Er blickte ihr fragend und zaghaft in die Augen.

„Nur damals nicht?"

„Ja", antwortete sie lächelnd.

„Und j ... Und jetzt?" fragte er.

„Nun, Sie sollen es lesen. Ich werde hinschreiben, was ich mir wünsche. Was ich mir sehnlichst wünsche!"

Sie schrieb folgende Anfangsbuchstaben hin: D, S, v, u, v, k, w, g, i. Dies bedeutete: Daß Sie vergessen und verzeihen könnten, was gewesen ist.

Er griff mit vor Erregung zitternden Fingern nach der Kreide und schrieb, die Kreide zerbröckelnd, die Anfangsbuchstaben zu folgendem Satz hin: Ich habe nichts zu vergessen und zu verzeihen, ich liebe Sie immer noch.

Sie sah ihn mit einem aufmerksamen Lächeln an.

„Ich habe verstanden", sagte sie leise.

Er setzte sich und schrieb einen langen Satz hin. Sie erriet jedes Wort, und ohne sich erst zu vergewissern, daß sie alles richtig verstanden hatte, nahm sie die Kreide und antwortete sofort.

Er konnte lange nicht verstehen, was sie geschrieben hatte, und blickte mehrmals fragend zu ihr auf. Er war durch sein Glück völlig verwirrt. Es wollte ihm auf keine Weise gelingen, für die von ihr geschriebenen Buchstaben die passenden Worte zu finden; doch in ihren bezaubernd leuchtenden Augen las er alles, was er wissen mußte. Er schrieb drei Buchstaben hin; aber noch bevor er zu Ende geschrieben hatte, las sie das Geschriebene über seine Hand hinweg, vollendete selbst den Satz und setzte die Antwort hinzu: Ja.

„Ihr spielt wohl secrétaire?" sagte der alte Fürst, der zu ihnen herangekommen war. „Doch nun müssen wir aufbrechen, wenn du rechtzeitig ins Theater kommen willst."

Lewin stand auf und begleitete Kitty bis an die Tür.

In ihrem Zwiegespräch war alles gesagt; es war gesagt, daß sie ihn liebte und ihren Eltern für morgen vormittag seinen Besuch ankündigen werde.

14

Als Kitty gegangen und Lewin allein geblieben war, befiel ihn eine solche Unruhe und ein so brennender Wunsch, möglichst schnell die Zeit bis zum nächsten Vormittag hinter sich zu bringen, an dem er sie wiedersehen und für immer gewinnen sollte, daß er mit wahrer Todesangst an die bevorstehenden vierzehn Stunden dachte, die er getrennt von ihr zubringen mußte. Er brauchte unbedingt jemand zur Gesellschaft, jemand, mit dem er sprechen konnte, um nicht sich allein überlassen zu sein und um sich über die Zeit hinwegzutäuschen. Stepan Arkadjitsch, den er am liebsten als Partner gehabt hätte, war für den Abend besetzt; angeblich wurde er in einer Abendgesellschaft erwartet, tatsächlich fuhr er jedoch ins Ballett. Lewin fand gerade noch Zeit, ihm zu eröffnen, daß er glücklich sei, daß er ihn liebe und nie und nimmer vergessen werde, was er für ihn getan habe. Dem Blick und dem Lächeln Stepan Arkadjitschs entnahm Lewin, daß dieser seine Gefühle richtig verstand.

„Nun, ist es nicht Zeit zu sterben?" fragte Stepan Arkadjitsch, als er Lewin bewegt die Hand drückte.

„Oooh nein!" antwortete Lewin.

Auch Darja Alexandrowna sagte zu ihm, als er sich von ihr verabschiedete, in einem Ton, als ob sie ihn beglückwünschte:

„Wie freue ich mich, daß Sie wieder mit Kitty zusammengekommen sind! Alte Freundschaften muß man pflegen."

Diese Worte Darja Alexandrownas berührten Lewin indessen unangenehm. Sie hatte kein Gefühl dafür, wie erhaben und ihr Begriffsvermögen übersteigend dies alles war, und sie hätte es nicht wagen dürfen, daran zu rühren.

Lewin verabschiedete sich von den Oblonskis und, um nicht allein zu sein, schloß er sich seinem Bruder an.

„Wohin fährst du jetzt?"

„ Zur Sitzung."

„Nun, dann komme ich mit. Geht das?"

„Warum nicht? Komm nur mit", sagte Sergej Iwanowitsch lächelnd. „Was ist bloß heute mit dir?"

„Was mit mir ist? Mit mir ist das Glück!" erwiderte Lewin und ließ das Wagenfenster herunter. „Macht es dir nichts aus? Es ist so stickig hier ... Mit mir ist das Glück! Warum hast du eigentlich nicht geheiratet?"

Sergej Iwanowitsch lächelte.

„Ich freue mich sehr, sie scheint ein nettes Mäd ..."

„Sage nichts, sage nichts, sage nichts!" Lewin fiel ihm ins Wort, ergriff mit beiden Händen den Kragen des Pelzes vom Bruder und hüllte ihn darin ein. „Ein nettes Mädchen", das waren derartig nichtssagende, banale Worte, die so gar nicht zu seinem Gefühl paßten.

Sergej Iwanowitsch brach in ein fröhliches Gelächter aus, was bei ihm nur selten vorkam.

„Nun, daß ich mich sehr darüber freue, darf ich wohl immerhin sagen."

„Morgen, morgen, aber jetzt nichts mehr, nicht weiter... Schweigen!" rief Lewin und hüllte ihn nochmals in den Pelz ein. „Ich habe dich sehr lieb!" fügte er hinzu.

„Wie ist es, kann ich an der Sitzung teilnehmen?"

„Natürlich kannst du das."

„Was soll denn heute beraten werden?" fragte Lewin, der nicht aufhören konnte zu lächeln.

Sie kamen in den Sitzungssaal. Lewin hörte sich an, wie der Sekretär, alle Augenblicke steckenbleibend, das Protokoll vorlas, das er offenbar selbst nicht verstand; aber Lewin las es diesem Sekretär vom Gesicht ab, was für ein lieber, braver und netter Mensch er war. Dies war daran zu erkennen, daß er sich beim Ablesen des Protokolls verhaspelte und in Verwirrung geriet. Anschließend begannen die Reden. Man stritt sich um die Bewilligung irgendwelcher Summen und über den Einbau irgendwelcher Leitungsrohre, und Sergej Iwanowitsch attackierte zwei Mitglieder und hielt in triumphierendem Ton eine lange Rede; einer der Angegriffenen machte sich auf einem Zettel Notizen und war zuerst etwas aus der Fassung gebracht, aber dann antwortete er ihm sehr bissig und nett. Auch was Swijashski sagte (er war ebenfalls anwesend), klang alles so hübsch und vornehm. Lewin hörte sich die Reden an und sah deutlich, daß es sich gar nicht um die Bewilligung von Geldern und eine Leitungsanlage handelte, daß alles dies nicht ernst gemeint war und daß sich die Mitglieder durchaus nicht übereinander ärgerten, sondern durchweg sehr liebe und gute Menschen waren, zwischen denen es nett und harmonisch zuging. Niemand trat dem anderen zu nahe, und alle fühlten sich wohl. Lewin fiel auf, daß er heute alle diese Menschen so gut durchschaute und jedem bis auf den Grund seines Herzens blikken konnte, wobei er aus kleinen, früher nicht beachteten Anzeichen erkannte, wie gut sie alle waren. Für ihn selbst schienen alle ganz besondere Sympathien zu haben. Dies zeigte sich an der Art, wie sie mit ihm sprachen, und an der Freundlichkeit und dem Wohlgefallen, womit ihn selbst Unbekannte ansahen.

„Nun, bist du befriedigt?" fragte ihn Sergej Iwanowitsch.

„Sehr! Ich hätte gar nicht geglaubt, daß dies so interessant sei. Wunderbar, ausgezeichnet!"

Swijashski kam zu Lewin und lud ihn zu sich nach Hause zum Tee ein. Lewin kam es ganz unbegreiflich vor, daß er an Swijashski jemals etwas auszusetzen und zu bemängeln gehabt hatte. Er war ein so kluger und außergewöhnlicher Mensch.

„Sehr gern", antwortete er und erkundigte sich anschließend nach Swijashskis Frau und der Schwägerin. Und da sich seine Vorstellung von Swijashskis Schwägerin in seiner Phantasie infolge einer merkwürdigen Gedankenkombination mit dem Begriff der Ehe verband, glaubte er bei der Frau und bei der Schwägerin Swijashskis wie bei niemand anderem Verständnis zu finden, wenn er ihnen von seinem Glück erzählen würde; so freute er sich sehr darauf, sie zu besuchen.

Swijashski erkundigte sich nach den Verhältnissen auf seinem Gut und ging dabei wie immer von der Voraussetzung aus, daß nirgends etwas durchgeführt werden könne, was nicht schon in Europa erprobt sei; doch diesmal nahm Lewin keinerlei Anstoß daran. Im Gegenteil, er sah ein, daß Swijashski recht hatte und daß dieses ganze Unternehmen wertlos sei, und bewunderte nur, wie feinfühlend und rücksichtsvoll Swijashski es vermied, die Richtigkeit seiner Ansicht zu betonen. Die beiden Damen waren ungemein nett zu ihm. Lewin hatte den Eindruck, daß sie schon alles wüßten und sein Glück mitempfänden und nur aus Zartgefühl nicht davon sprächen. Er saß eine Stunde bei ihnen, eine zweite und eine dritte und sprach über die verschiedensten Dinge; doch bei allem, was er sagte, dachte er nur an das eine, was seine Seele erfüllte, und merkte gar nicht, daß seine Gastgeber seiner entsetzlich überdrüssig geworden waren und schon lange zu Bett gehen wollten. Swijashski begleitete ihn gähnend ins Vorzimmer und staunte über den seltsamen Gemütszustand, in dem sich sein Freund befand. Die Uhr ging auf zwei. Lewin kehrte in sein Hotel zurück und erschrak bei dem Gedanken daran, wie er, sich selbst überlassen und vor Ungeduld vergehend, die noch vor ihm liegenden zehn Stunden verbringen solle. Der Kellner, der Nachtdienst hatte und nicht schlief, zündete ihm in seinem Zimmer die Kerzen an und wollte wieder gehen; doch Lewin hielt ihn zurück. Dieser Kellner namens Jegor, den Lewin sonst nie beachtet hatte, entpuppte sich als ein sehr kluger, rechtschaffener und vor allem herzensguter Mensch.

„Wie ist es, Jegor, fällt es schwer, wach zu bleiben?"

„Was hilft es! Das ist nun einmal unser Dienst. Bei Privatherrschaften hat man's leichter, aber dafür bringt dies hier mehr ein."

Lewin erfuhr nun, daß Jegor Familienvater war und drei Söhne und eine Tochter hatte, die Näherin war und die er einem Sattlergehilfen zur Frau zu geben gedachte.

In diesem Zusammenhang setzte Lewin Jegor seine Ansichten über die Ehe auseinander und erklärte, daß die Hauptsache die Liebe sei, denn wenn jemand liebe, werde er immer glücklich sein, weil man das ganze Glück in sich selbst trage.

Jegor hörte aufmerksam zu und schien Lewins Gedankengang durchaus zu begreifen, obschon er ihn zur Bekräftigung mit der Bemerkung überraschte, er sei, wenn er in Diensten guter Herrschaften gestanden habe, mit seiner Herrschaft stets zufrieden gewesen und wollc auch gegen seinen jetzigen Brotherrn nichts sagen, obwohl dieser ein Franzose sei.

Ein erstaunlich guter Mensch! dachte Lewin bei sich.

„Nun, und du selbst, Jegor – hast du deine Frau geliebt, als du sie geheiratet hast?"

„Na selbstverständlich habe ich sie geliebt", antwortete Jegor.

Lewin merkte, daß sich auch Jegor in einer weichen Stimmung befand und sich anschickte, ihm alle sein Herz bewegenden Gefühle vorzutragen.

„Mein Leben ist auch wunderlich verlaufen. Ich war von klein auf ...", begann er mit glänzenden Augen, denn ähnlich, wie das Gähnen ansteckend ist, schien auch Lewins innere Bewegtheit ansteckend auf ihn zu wirken.

Doch in diesem Augenblick wurde irgendwo geklingelt; Jegor ging, und Lewin blieb allein. Er hatte beim Essen fast nichts genommen, hatte bei den Swijashskis keinen Tee getrunken und die Einladung zum Abendessen abgelehnt; aber dennoch war ihm schon der Gedanke daran, jetzt Abendbrot essen zu müssen, einfach unerträglich. Er hatte in der vorangegangenen Nacht nicht geschlafen, war jedoch außerstande, an Schlaf auch nur zu denken. Im Zimmer war es kühl, aber er glaubte vor Hitze zu erstikken. Er öffnete beide Lüftungsfenster und setzte sich auf den Tisch am geöffneten Fenster. Hinter einem schneebedeckten Dach war das mit Ketten verzierte Kreuz einer Kirche zu sehen, über dem sich das dreieckige Sternbild des Fuhrmanns mit der gelblich leuchtenden Capella erhob. Er blickte abwechselnd auf das Kreuz und auf den Stern, atmete die frische, gleichmäßig ins Zimmer strömende kalte Luft ein und gab sich wie im Schlaf der Betrachtung jener Bilder und Erinnerungen hin, die in seiner Phantasie auftauchten. Gegen vier Uhr hörte er im Korridor Schritte und blickte zur Tür hinaus. Mjaskin, ein ihm bekannter Spieler, kehrte aus dem Klub zurück. Die Brauen finster zusammengezogen, kam er hüstelnd den Korridor entlang. Dieser arme, unglückliche Mensch! dachte Lewin, und aus Mitleid und Zuneigung zu diesem Menschen traten ihm Tränen in die Augen. Er wollte ihn ansprechen, wollte ihn trösten; doch als er sich bewußt wurde, daß er nichts als sein Hemd anhatte, ließ er es bleiben und setzte sich wieder ans Fenster, um sich in der kalten Luft zu baden und die wunderlichen Formen des schweigsamen, aber für ihn eine beredte Sprache sprechenden Kreuzes und den aufsteigenden, gelblich leuchtenden Stern zu betrachten. Kurz nach sechs wurde das Geräusch der Bohnerbesen laut, in einer Kirche wurde zur Frühmesse geläutet, und Lewin fühlte, daß er zu frösteln begann. Er schloß die Lüftungsfenster, wusch sich, zog sich an und ging auf die Straße hinaus.

15

Die Straßen waren noch leer. Lewin ging bis zum Stscherbazkischen Hause. Das Portal war geschlossen, und alles im Hause schlief. Er ging ins Hotel zurück, begab sich in sein Zimmer und bestellte Kaffee. Jegor war jetzt nicht mehr da, und der Kaffee wurde ihm von einem Kellner gebracht, der den Tagesdienst versah. Lewin wollte mit ihm ein Gespräch anknüpfen, aber nach dem Kellner wurde geklingelt, und er ging wieder. Lewin nahm einen Schluck Kaffee und steckte ein Stück Semmel in den Mund, aber sein Mund wußte absolut nicht, was er mit der Semmel anfangen sollte. Lewin spuckte sie aus, zog seinen Mantel an und begab sich erneut auf die Straße. Die Uhr ging auf zehn, als er zum zweitenmal vor dem Stscherbazkischen Haus anlangte. Man war dort eben erst aufgestanden, und der Koch trat heraus, um für die Küche Einkäufe zu machen. Er mußte mindestens noch zwei Stunden irgendwie hinbringen.

Lewin hatte die ganze Nacht und die Morgenstunden in völliger Unbewußtheit zugebracht und fühlte sich von allen Bedingungen des praktischen Lebens gänzlich losgelöst. Er hatte seit vierundzwanzig Stunden kaum etwas gegessen, hatte zwei Nächte nicht geschlafen und sich mehrere Stunden ohne Kleider der Kälte ausgesetzt; aber dennoch fühlte er sich nicht nur frisch und gesund wie je, sondern hatte auch das Gefühl, von seinem Körper völlig unabhängig zu sein; er bewegte sich ohne Anstrengung der Muskeln und traute sich zu, alles ausführen zu können, was er wollte. Er war überzeugt, daß er sich in die Lüfte erheben oder die Ecke eines Hauses wegrücken könnte, wenn sich die Notwendigkeit dazu ergäbe.

Er schlenderte die ganze übrige Zeit durch die Straßen, blickte unaufhörlich auf die Uhr und beobachtete, was um ihn herum vorging.

Und was er damals alles sah, nahm er zeit seines Lebens nicht wieder in gleicher Weise wahr. Besonders rührten ihn die Kinder, die der Schule zustrebten, die graublauen Tauben, die von einem Dach geflogen kamen und sich auf dem Bürgersteig niederließen, und die mehlbestäubten Semmeln, die von unsichtbarer Hand in eine Auslage geschoben wurden. Diese Semmeln, die Tauben und die zwei Knaben schienen ihm überirdische Dinge und Geschöpfe zu sein. Es spielte sich alles gleichzeitig ab: ein Knabe kam auf eine Taube zugelaufen und blickte ihn dabei lächelnd an; die Taube entfaltete raschelnd die Flügel und flog, in der Sonne schimmernd, durch die von zitternden Schneestäubchen durchsetzte Luft, und dem Fenster, in das die Semmeln geschoben wurden, entströmte der Duft frischen Brotes. Alles dies verschmolz zu einem Gesamteindruck, der so schön war, daß Lewin vor Freude zugleich lachen und weinen mußte. Er ging in einem großen Bogen durch die Gasetny-Gasse und die Kislowka ins Hotel zurück, setzte sich und legte die Uhr vor sich hin, um hier bis zwölf zu warten. Im Nebenzimmer wurde von Maschinen und Betrug gesprochen, und jemand hustete, wie man vielfach morgens hustet. Sie hatten dort kein Verständnis dafür, daß sich der Zeiger bereits der Zwölf näherte. Endlich hatte er sie erreicht. Lewin trat vor die Tür. Die Droschkenkutscher wußten offenbar schon Bescheid. Sie umringten ihn mit fröhlichen Gesichtern, stritten miteinander und boten ihm ihre Dienste an. Lewin stieg in einen der Schlitten, versprach den anderen Kutschern, die er nicht kränken wollte, mit ihnen auch noch zu fahren, und befahl seinem Kutscher, ihn zu dem Stscherbazkischen Hause zu bringen. Dieser Kutscher mit dem weißen Hemdkragen, der aus dem Mantel herausragte und den kräftigen durchbluteten Hals eng umschloß, machte einen ungemein schmucken Eindruck. Sein Schlitten war hoch und bequem, und Lewin glaubte später, noch nie in einem so schönen Schlitten gefahren zu sein; auch das Pferd, das sich große Mühe gab, schnell zu laufen, fand Lewin gut, obschon es nicht vom Fleck kam. Der Kutscher kannte das Stscherbazkische Haus; er fuhr aus Hochachtung für seinen Fahrgast mit besonders schwungvoll gewölbten Armen am Portal vor und hielt mit einem „Brr!“ das Pferd an. Der Stscherbazkische Portier schien schon alles zu wissen. Dies ließ sich aus seinen lächelnden Augen schließen und aus der Art, wie er Lewin begrüßte:

„Sie haben sich ja lange nicht blicken lassen, Konstantin Dmitritsch!“

Er schien nicht nur alles zu wissen, sondern war offensichtlich auch aufs höchste erfreut und gab sich große Mühe, sich seine Freude nicht anmerken zu lassen. Als er ihm in seine lieben alten

Augen blickte, glaubte Lewin sogar, in seinem Glück noch irgend etwas Neues zu entdecken.

„Sind die Herrschaften schon auf?"

„Treten Sie bitte ein! Und die können Sie vielleicht hierlassen", sagte er lächelnd, als Lewin sich umdrehte und seine Mütze nehmen wollte. Das mußte etwas zu bedeuten haben!

„Wem darf ich Sie melden?" fragte ihn der Diener.

„Der Fürstin … dem Fürsten … der Prinzessin …", antwortete Lewin.

Als erste traf er Mademoiselle Linon. Sie kam durch den Saal, und ihr Gesicht strahlte ebenso wie ihre Löckchen. Lewin hatte kaum ein paar Worte mit ihr gewechselt, als hinter der Tür das Rascheln eines Kleides laut wurde; er sah jetzt nichts mehr von Mademoiselle Linon, und die Empfindung, daß sein Glück nahe war, ließ ihn wonnig zusammenschaudern. Mademoiselle Linon hatte es auf einmal sehr eilig, verabschiedete sich von ihm und verschwand durch eine andere Tür. Sie war kaum gegangen, da ertönten auf dem Parkett schnelle, beschwingte Schritte, und sein Glück, sein Leben, was er sich selbst bedeutete, sein besseres Ich – das, wonach er so lange gesucht und sich gesehnt hatte, näherte sich ihm mit schwindelerregender Schnelligkeit. Sie ging nicht, nein, sie wurde gleichsam von einer unsichtbaren Kraft zu ihm getragen.

Er sah nur ihre klaren, treuherzigen Augen, in denen sich der gleiche Schreck, die gleiche Freude und Liebe spiegelten, die sein Herz erfüllten. Diese Augen leuchteten, kamen immer näher und näher und blendeten ihn durch den Glanz der Liebe. Sie blieb so dicht vor ihm stehen, daß sie einander berührten. Sie erhob ihre Arme und legte sie auf seine Schultern.

Sie hatte alles getan, was sie vermochte; sie war auf ihn zugeeilt und hatte sich ihm, in ihrer Freude alle Schüchternheit überwindend, ganz hingegeben. Er umarmte sie und drückte seine Lippen auf ihren Mund, der seinen Kuß suchte.

Auch sie hatte die ganze Nacht nicht geschlafen und den ganzen Vormittag in Erwartung seines Besuches zugebracht. Ihre Mutter und ihr Vater waren vorbehaltlos einverstanden und beglückt von dem Glück ihrer Tochter. Sie wollte die erste sein, durch die er von ihrem und seinem Glück erfahren sollte. Sie hatte sich vorgenommen, ihn allein zu empfangen, und sich im voraus darauf gefreut, hatte gegen ihre Schüchternheit und ihr Schamgefühl angekämpft und selbst nicht gewußt, wie alles kommen würde. Dann hatte sie seine Schritte und seine Stimme gehört und hinter der Tür gewartet, bis sich Mademoiselle Linon entfernt haben würde. Mademoiselle Linon hatte sich entfernt, und sie war, ohne zu zaudern und ohne sich zu fragen, wie und was sie tun sollte, auf ihn zugeeilt und hatte das getan, was sie getan hatte.

„Wir wollen jetzt zu Mama gehen", sagte sie und nahm ihn bei der Hand. Lange war er nicht fähig, ein Wort über die Lippen zu bringen, nicht so sehr, weil er gefürchtet hätte, durch Worte seine Gefühle zu entweihen, als vielmehr deshalb, weil er jedesmal, wenn er etwas sagen wollte, das Gefühl hatte, daß Tränen des Glücks seine Worte ersticken würden. Er nahm ihre Hand und küßte sie.

„Ist es wirklich wahr?" sagte er endlich mit dumpfer Stimme. „Ich kann es noch gar nicht fassen, daß du mich liebst!"

Sie lächelte über dieses Du und über die Schüchternheit, mit der er sie ansah.

„Ja!" erwiderte sie langsam und bedeutungsvoll. „Ich bin so glücklich!"

Sie ging mit ihm, ohne seine Hand loszulassen, in den Salon. Als die Fürstin sie kommen sah, begann sie heftig zu atmen, weinte und lachte gleichzeitig und kam mit so energischen Schritten auf die beiden zugeeilt, wie Lewin es ihr gar nicht zugetraut hätte; sie nahm seinen Kopf in ihre Hände, küßte ihn und benetzte seine Wangen mit ihren Tränen.

„So ist nun alles ins reine gebracht! Ich freue mich. Behalte sie lieb! Ich freue mich ... Kitty!"

„Ihr seid ja schnell einig geworden!" sagte der alte Fürst; er bemühte sich, gleichmütig zu scheinen, aber Lewin bemerkte, daß seine Augen feucht waren, als er sich ihm zuwandte.

„Das habe ich mir schon lange, schon von jeher gewünscht", sagte er, als er Lewins Hand nahm und ihn zu sich heranzog. „Schon damals, als dieser Wildfang es sich in den Kopf gesetzt hatte ..."

„Papa!" rief Kitty aus und hielt ihm ihre Hände vor den Mund.

„Nun, schon gut, ich werde nicht", sagte er. „Ich bin sehr, sehr ... glück ... Ach, wie dumm ich bin ..."

Er umarmte Kitty und küßte ihre Wangen, die Hand und nochmals die Wangen; dann bekreuzigte er sie.

Und in Lewin stieg auf einmal ein warmes Gefühl für diesen ihm bisher gleichgültigen Menschen auf, als er beobachtete, mit welcher Innigkeit Kitty immer wieder die fleischige Hand des alten Fürsten küßte.

Die Fürstin saß schweigend in ihrem Sessel und lächelte; der Fürst nahm an ihrer Seite Platz. Kitty stand neben dem Sessel des Vaters und hielt immer noch seine Hand in der ihrigen. Alle schwiegen.

Die Fürstin war die erste, die alles beim richtigen Namen nannte und von den Gedanken und Gefühlen zu Fragen des praktischen Lebens überging. Im ersten Augenblick waren hierdurch alle peinlich, ja sogar schmerzlich berührt.

„Wie machen wir es nun? Wir müssen unseren Segen erteilen und die Verlobung bekanntgeben. Und wann richten wir die Hochzeit aus? Wie denkst du darüber, Alexander?"

„Den da mußt du fragen", antwortete der alte Fürst, auf Lewin zeigend. „Er ist die Hauptperson."

„Wann?" wiederholte Lewin und wurde rot. „Morgen. Wenn Sie mich fragen, mir wäre es am liebsten, heute Verlobung und morgen Hochzeit zu feiern."

„Hör auf, mon cher, sprich keinen Unsinn!"

„Nun, meinetwegen in einer Woche."

„Er ist wirklich wahnsinnig."

„Ja, wieso denn?"

„Aber ich bitte dich!" sagte die Mutter und lächelte vergnügt über seine Eile. „Und die Aussteuer?"

Soll es denn auch eine Aussteuer geben? fragte sich Lewin entsetzt. Nun, weder die Aussteuer noch der Segen oder was sonst alles damit zusammenhängt kann mein Glück schmälern. Nichts vermag es zu schmälern! Er blickte auf Kitty und sah, daß sie sich durch den Gedanken an die Aussteuer nicht im geringsten verletzt fühlte. Dann gehört es wohl dazu, dachte er.

„Ich kenne mich ja darin nicht aus", sagte er zu seiner Entschuldigung. „Ich habe nur ausgesprochen, was mir am liebsten wäre."

„Nun, wir werden alles überlegen. Der Segen kann jetzt schon erteilt werden, und die Verlobung können wir anzeigen. Das steht fest."

Die Fürstin trat an ihren Mann heran, küßte ihn und wollte gehen; aber er hielt sie fest, umarmte sie, zärtlich lächelnd wie ein verliebter Jüngling, und küßte sie mehrmals. Die guten Alten waren für ein paar Augenblicke ganz in Verwirrung geraten und wußten offenbar nicht recht, ob sie sich selbst wieder verliebt hatten oder nur ihre Tochter. Als der Fürst und die Fürstin das Zimmer verlassen hatten, trat Lewin auf seine Braut zu und ergriff ihre Hand. Er hatte jetzt seine Fassung wiedergewonnen und war imstande zu sprechen. Es gab so manches, was er ihr sagen mußte,

doch er sagte etwas ganz anderes als das, was er sich vorgenommen hatte.

„Ich habe gewußt, daß es so kommen wird! Ich habe es zwar nicht zu hoffen gewagt, doch im Grunde meines Herzens bin ich immer davon überzeugt gewesen", sagte er. „Ich glaube, es war vorausbestimmt."

„Und wie war es mit mir?" erwiderte sie. „Selbst damals ..." Sie hielt inne; doch dann sah sie ihn aus ihren treuherzigen Augen an und fuhr entschlossen fort: „Selbst damals, als ich mein Glück von mir stieß. Wirklich geliebt habe ich immer nur Sie, aber ich habe mich blenden lassen. Ich muß Ihnen sagen ... Können Sie das vergessen?"

„Vielleicht war es gerade so gut. Es gibt vieles, was Sie mir verzeihen müssen. Ich muß Ihnen sagen, daß ..."

Er war im Begriff, von einem der Punkte zu sprechen, über die er sie aufzuklären beabsichtigte. Er hatte beschlossen, ihr gleich von vornherein zweierlei zu bekennen: daß er nicht so rein wie sie war, und zweitens, daß er nicht an Gott glaubte. Das kostete große Überwindung, aber er hielt sich für verpflichtet, ihr sowohl das eine als auch das andere mitzuteilen.

„Nein, nicht jetzt, ein andermal!" sagte er.

„Gut, ein andermal; aber sagen sollen Sie es mir bestimmt. Mich schreckt nichts. Ich muß alles wissen. Jetzt ist ja alles ins reine gekommen."

Er ergänzte ihre Worte:

„Derart ins reine gekommen, daß Sie mich so nehmen wollen, wie immer ich auch sein mag, und mich nicht zurückweisen werden? Ja?"

„Ja, ja."

Ihr Gespräch wurde durch Mademoiselle Linon unterbrochen, die mit einem zwar erkünstelten, doch nichtsdestoweniger herzlichen Lächeln erschien, um ihre Lieblingsschülerin Kitty zu beglückwünschen. Sie war kaum gegangen, als die Dienstboten mit ihren Glückwünschen erschienen. Dann fand sich die Verwandtschaft ein, und nun begann jenes selige, in solchen Fällen übliche Getriebe, aus dem Lewin bis zum Tage nach der Hochzeit nicht herauskam. Lewin war dauernd verlegen, wußte nicht, was er mit sich anfangen sollte; doch die Spannung, in die ihn sein Glück versetzt hatte, hielt an und steigerte sich noch. Er hatte während der ganzen Zeit das Gefühl, daß von ihm vieles erwartet wurde, wovon er keine Ahnung hatte, aber er tat alles, was man von ihm verlangte, und alles bereitete ihm Freude. Zuerst hatte er geglaubt, seine Verlobung könne mit anderen Verlobungen nichts gemein haben und der bei Verlobungen übliche Trubel würde sein ganz besonderes Glück beeinträchtigen; doch zu guter Letzt tat er das gleiche, was alle in solchen Fällen tun, und sein Glück steigerte sich dadurch nur und wurde immer mehr zu einem ganz einzigartigen Glück, für das es weder in der Gegenwart noch in der Vergangenheit ein Beispiel gab.

„Jetzt werden wir Konfekt zu naschen haben", bemerkte Mademoiselle Linon – und Lewin fuhr los, um Konfekt zu besorgen.

„Nun, ich freue mich sehr", sagte Swijashski. „Ich empfehle Ihnen, die Blumen bei Fomin zu kaufen."

„Ist das nötig?" Und er fuhr zu Fomin.

Sein Bruder riet ihm zu einer Anleihe, da er ja große Ausgaben haben werde, all die Geschenke ...

„Muß ich denn Geschenke machen?" Und er machte sich auf den Weg zu Fulde.

Sowohl beim Konditor als auch bei Fomin und im Bankhaus merkte er, daß er schon erwartet wurde, daß sich die Leute über ihn freuten und an seinem Glück ebenso herzlich Anteil nahmen wie alle, mit denen er in diesen Tagen in Berührung kam. Besonders fiel ihm auf, daß ihn nicht nur alle gern hatten, sondern daß auch solche Menschen, denen er früher unsympathisch gewesen war und die ihn kühl und gleichgültig behandelt hatten, jetzt durchweg von ihm eingenommen waren, alle seine Wünsche erfüllten, ein großes Takt- und Zartgefühl für seine Empfindungen offenbarten und seine Überzeugung teilten, daß er der glücklichste Mensch auf Erden sei, weil seine Braut den Gipfel der Vollkommenheit darstellte. Die gleichen Gefühle beherrschten auch Kitty. Als die Gräfin Nordston sich anzudeuten erlaubte, daß sie ihr eine bessere Partie gewünscht hätte, ereiferte sich Kitty derart und wies so überzeugend nach, daß es in der ganzen Welt keinen besseren Mann als Lewin geben könne, daß die Gräfin Nordston dies einsehen mußte und Lewin im Beisein Kittys fortan nie ohne ein Lächeln des Entzückens begrüßte.

Die seiner Braut versprochenen Erklärungen waren das einzige, was jene Zeit schwer belastete. Nachdem er sich mit dem alten Fürsten beraten und dessen Einwilligung erhalten hatte, händigte er Kitty sein Tagebuch aus, in das alles eingetragen war, was ihn quälte. Er hatte dieses Tagebuch schon im Hinblick auf seine künftige Braut angelegt. Ihn quälte zweierlei: seine Ungläubigkeit und die Tatsache, daß er bereits eine Vergangenheit hatte. Das Bekenntnis seiner Ungläubigkeit hinterließ bei Kitty keinen Eindruck. Kitty war gläubig und hatte nie an den Lehren der Religion gezweifelt, aber die äußerliche Form seiner Ungläubigkeit berührte sie nicht. Durch ihre Liebe hatte sie seine ganze Seele kennengelernt und in ihr alles gefunden, was sie sich wünschte, und wenn ein solcher Zustand der Seele als Ungläubigkeit galt, dann ließ sie das kalt. Das andere Bekenntnis hingegen kostete sie bittere Tränen.

Lewin hatte ihr sein Tagebuch erst nach langem innerem Kampf übergeben. Er war überzeugt, daß es zwischen ihm und ihr keine Geheimnisse geben könne und dürfe, und hatte es daher für notwendig befunden, so zu handeln; doch er hatte nicht bedacht, wie seine Bekenntnisse auf sie wirken könnten, er hatte sich nicht in sie hineinversetzt. Erst als er am Abend darauf vor dem Theater zu ihr kam, in ihr Zimmer trat und ihr liebes, verweintes und verzweifeltes Gesicht sah, wurde er sich bewußt, welch ein nicht wiedergutzumachendes Leid er ihr zugefügt hatte und welch ein Abgrund zwischen seiner schmachvollen Vergangenheit und ihrer engelhaften Reinheit klaffte; und er war bestürzt über das, was er angerichtet hatte.

„Nehmen Sie um Gottes willen diese schrecklichen Hefte weg!" rief sie und stieß die vor ihr auf dem Tisch liegenden Tagebücher von sich. „Warum haben Sie sie mir nur gegeben! – Ja, es ist dennoch besser so", fügte sie hinzu, als sie mit Rührung die sich in seinem Gesicht spiegelnde Verzweiflung wahrnahm. „Aber es ist furchtbar, ganz furchtbar!"

Er senkte den Kopf und schwieg. Er hatte nichts zu sagen.

„Sie werden es mir nie verzeihen", flüsterte er endlich.

„Ich habe schon verziehen, aber es ist furchtbar!"

Sein Glück war indessen so groß, daß es auch durch dieses Bekenntnis nicht zerstört werden konnte, sondern sogar noch eine neue Schattierung erhielt. Sie hatte ihm zwar verziehen; aber seit jenem Abend hielt er sich für ihrer noch weniger würdig, beugte er sich moralisch noch tiefer vor ihr und schätzte sein unverdientes Glück noch höher ein.

17

In Gedanken unwillkürlich die Eindrücke rekapitulierend, die er von den bei Tisch und nach dem Essen geführten Gesprächen empfangen hatte, kehrte Alexej Alexandrowitsch in sein ödes Hotelzimmer zurück. Darja Alexandrownas Versuch, ihn zum Verzeihen zu überreden, hatte ihn nur verdrossen. Die Frage, ob sich die Gebote der Christenliebe auf seinen Fall anwenden ließen oder nicht, war allzu schwierig, um allzu leichtgenommen werden zu können, und überdies hatte Alexej Alexandrowitsch sie schon längst in verneinendem Sinne entschieden. Von allem, was dort gesprochen worden war, hatte ihn am stärksten die Bemerkung des guten, einfältigen Turowzyn berührt: „Er ist mit Schneid vorgegangen, hat ihn gefordert und erschossen." Alle anderen hatten im stillen offenbar das gleiche gedacht und sich nur aus Höflichkeit nicht darüber geäußert.

Im übrigen ist diese Frage abgeschlossen, und es ist überflüssig, sich noch mit ihr zu befassen, sagte sich Alexej Alexandrowitsch. Er war in Gedanken nur noch mit seiner bevorstehenden Reise und der durchzuführenden Revision beschäftigt, als er in seinem Zimmer anlangte und sich bei dem ihn begleitenden Portier erkundigte, wo sein Diener sei; der Portier antwortete, der Diener sei eben erst hinausgegangen. Alexej Alexandrowitsch bestellte Tee, setzte sich an den Tisch und nahm den Frum zur Hand, um seine Reiseroute festzulegen.

„Zwei Telegramme sind gekommen", sagte der Diener, der sich wieder eingefunden hatte und ins Zimmer kam. „Entschuldigen Exzellenz, ich bin nur für einen Augenblick hinausgegangen."

Alexej Alexandrowitsch nahm die Telegramme und riß sie auf. Das erste Telegramm enthielt die Nachricht, daß Stremow auf den Posten berufen sei, den Alexej Alexandrowitsch für sich gewünscht hatte. Er bekam einen roten Kopf, warf das Telegramm hin und begann im Zimmer auf und ab zu gehen. „Quos vult perdere dementat", sagte er vor sich hin, wobei er mit quos jene Leute meinte, die sich für die Ernennung Stremows eingesetzt hatten. Er ärgerte sich nicht darüber, daß nicht er den Posten erhalten und man ihn offenbar bewußt übergangen hatte; aber es war ihm unerklärlich und unbegreiflich, daß die maßgebenden Stellen nicht erkannten, wie wenig gerade dieser geschwätzige Stremow für diesen Posten geeignet war. Wie konnten sie nur übersehen, daß sie sich selbst, ihr eigenes Prestige, durch diese Ernennung aufs schwerste schädigten!

Wahrscheinlich noch etwas von dieser Art, dachte er bei sich, als er verbittert das zweite Telegramm entfaltete. Das Telegramm war von seiner Frau. Die mit Blaustift geschriebene Unterschrift „Anna" fiel ihm als erstes ins Auge.

„Ich sterbe und bitte, flehe Sie an, zu kommen. Wenn Sie mir vergeben, werde ich ruhiger sterben."

Er lächelte verächtlich und warf das Telegramm auf den Tisch. Für ihn stand es im ersten Augenblick fest, daß er es hier mit einer List, mit einem Täuschungsmanöver zu tun hatte.

Es gibt nichts, wovor sie zurückschrecken würde, dachte er bei sich. Sie muß jetzt niederkommen. Vielleicht hängt es damit zusammen. Doch was bezweckt sie? Das Kind zu legitimieren, mich zu kompromittieren und die Scheidung zu vereiteln, überlegte er.

Aber da steht ja: „Ich sterbe…“ Er las das Telegramm noch einmal durch; und nun war er plötzlich von dem klaren Sinn seines Inhalts betroffen. Und wenn es nun wirklich wahr wäre? fragte er sich. Wenn sie, von Schmerzen gequält und den Tod vor Augen, wirklich aufrichtig bereuen sollte und ich mich, aus Angst, angeführt zu werden, nun weigere, zu ihr zu kommen? Das wäre nicht nur grausam und würde von allen verurteilt werden, es wäre auch dumm von mir, so zu handeln.

„Pjotr, eine Droschke!“ rief er seinem Diener zu. „Ich reise nach Petersburg.“

Alexej Alexandrowitsch hatte beschlossen, nach Petersburg zu fahren und sich zu seiner Frau zu begeben. Wenn die Krankheit vorgetäuscht sein sollte, dann würde er stillschweigend wieder abreisen. Wenn sie wirklich im Sterben läge und den Wunsch haben sollte, ihn vor dem Tode zu sprechen, dann würde er ihr verzeihen, wenn er sie noch am Leben anträfe, oder ihr die letzte Ehre erweisen, falls er zu spät käme.

Während der Reise dachte er kein einziges Mal mehr darüber nach, wie er sich verhalten würde.

Müde und mit jenem Gefühl von Unsauberkeit, das man nach einer auf der Bahn verbrachten Nacht empfindet, fuhr Alexej Alexandrowitsch im Petersburger Frühnebel den ausgestorbenen Newski-Prospekt entlang und blickte vor sich ins Leere, ohne darüber nachzudenken, was seiner harrte. Er mochte nicht daran denken; denn wenn er sich das vorstellte, konnte er sich nicht des Gedankens erwehren, daß ihr Tod ihn mit einem Schlage von allen Schwierigkeiten befreien würde. Die Bäckerjungen, die geschlossenen Geschäfte, die Nachtdroschken, die Hausknechte, die die Bürgersteige reinigten, tauchten vor seinen Augen auf, und er beobachtete alles, um nur nicht an das zu denken, was ihm bevorstand, was er nicht zu wünschen wagte und doch wünschte. Er fuhr am Hause vor. Vor der Haustür standen eine Droschke und eine Equipage mit einem schlafenden Kutscher auf dem Bock.

Beim Betreten des Hausflurs zog Alexej Alexandrowitsch gleichsam aus einem versteckten Winkel seines Gehirns den gefaßten Entschluß hervor und prägte ihn sich wieder ein. Er lautete: Wortlose Verachtung und Abreise im Falle einer Täuschung; Beobachtung des Anstands, wenn es wahr sein sollte.

Noch ehe Alexej Alexandrowitsch zum Klingeln gekommen war, öffnete der Portier schon die Tür. In einem alten Gehrock, ohne Krawatte und mit Pantoffeln an den Füßen, machte der Portier Petrow, der nach seinem Vatersnamen meist Kapitonytsch genannt wurde, einen seltsamen Eindruck.

„Wie geht es der gnädigen Frau?“

„Sie ist gestern glücklich niedergekommen.“

Alexej Alexandrowitsch blieb stehen und verfärbte sich. Jetzt erkannte er deutlich, wie sehr er sich ihren Tod gewünscht hatte.

„Und ihr Befinden?“

Kornej, in seiner üblichen Morgenschürze, kam die Treppe heruntergelaufen.

„Es steht sehr schlecht“, berichtete er. „Gestern haben die Ärzte eine Beratung abgehalten, und auch jetzt ist ein Arzt da.“

„Nimm das Gepäck!“ wies Alexej Alexandrowitsch den Diener an und ging ins Vorzimmer; da immerhin noch die Hoffnung auf ihren Tod zu bestehen schien, empfand er eine gewisse Erleichterung.

Am Garderobenständer hing ein Militärmantel. Alexej Alexandrowitsch bemerkte ihn und fragte:

„Wer ist alles da?“

„Der Arzt, die Hebamme und Graf Wronski.“

Alexej Alexandrowitsch begab sich in die inneren Räume.

Im Salon war niemand; aus dem Zimmer seiner Frau kam ihm die Hebamme, die seine Schritte gehört hatte, in einem Häubchen mit lila Bändern entgegen.

Sie kam auf ihn zu und nahm ihn mit der Vertraulichkeit, die die Nähe des Todes mit sich bringt, beim Arm, um ihn ins Schlafzimmer zu führen.

„Gott sei Dank, daß Sie gekommen sind! Sie redet nur von Ihnen und immer nur von Ihnen“, sagte sie.

„Geben Sie schnell mal etwas Eis her!“ ertönte aus dem Schlafzimmer die gebieterische Stimme des Arztes.

Alexej Alexandrowitsch betrat ihr Zimmer. Auf dem niedrigen Stuhl, der vor ihrem Schreibtisch stand, saß, den Rücken schräg zur Lehne und mit den Händen das Gesicht bedeckend, Wronski und weinte. Aufgeschreckt durch die Stimme des Arztes, sprang er auf, nahm die Hände vom Gesicht und bemerkte Alexej Alexandrowitsch. Als er plötzlich ihren Mann vor sich sah, geriet er so in Verwirrung, daß er sich wieder setzte und den Kopf zwischen die Schultern einzog, als wollte er irgendwohin verschwinden; doch dann nahm er sich zusammen, stand auf und sagte:

„Sie liegt im Sterben. Die Ärzte sagen, es bestehe keine Hoffnung mehr. Ich unterwerfe mich Ihnen in allem, aber ich bitte Sie, lassen Sie mich hier ... Im übrigen, Sie haben zu entscheiden, ich ...“

Als er Wronski weinen sah, fühlte Alexej Alexandrowitsch, daß sich seiner jene geistige Verwirrung zu bemächtigen drohte, die ihn angesichts des Leides anderer immer befiel; er wandte das Gesicht ab und ging, ohne Wronski bis zu Ende anzuhören, schnell auf die Tür zu. Aus dem Schlafzimmer drang ihm die Stimme Annas entgegen, die etwas sprach. Ihre Stimme klang heiter, lebhaft und ungemein ausdrucksvoll. Alexej Alexandrowitsch betrat das Schlafzimmer und ging an ihr Bett. Ihr Gesicht war ihm zugewandt. Ihre Wangen waren gerötet, die Augen glänzten, und ihre kleinen weißen Hände, die aus der Manschette der Jacke herausschauten, spielten mit einem Zipfel der Bettdecke, den sie zusammenzurollen trachtete. Man hätte meinen können, sie sei nicht nur vollkommen gesund und frisch, sondern auch in allerbester Stimmung. Sie sprach schnell, klangvoll und mit einer gefühlvollen Betonung.

„Denn Alexej, ich meine jetzt Alexej Alexandrowitsch – welch eine seltsame, tragische Fügung ist es, daß beide Alexej heißen –, Alexej hätte mir meine Bitte nicht abgeschlagen. Ich würde es überwinden, er würde mir verzeihen ... Warum kommt er denn noch immer nicht? Er ist gütig, er weiß es selbst nicht, wie groß seine Güte ist. Oh, mein Gott, mir ist so schwer ums Herz! Gebt mir schnell etwas Wasser! Ach nein, das wird meinem Töchterchen schaden. Nun gut, besorgt ihr eine Amme. Ich bin einverstanden, es ist sogar besser. Wenn er kommt, könnte es ihm weh tun, sie zu sehen. Bringt sie weg!"

„Anna Arkadjewna, er ist gekommen. Hier steht er!" sagte die Hebamme, die Annas Aufmerksamkeit auf Alexej Alexandrowitsch lenken wollte.

„Ach, was für ein Unsinn!" fuhr Anna fort, ohne ihren Mann wahrzunehmen. „Geben Sie mir doch die Kleine, geben Sie sie her! Er ist ja noch nicht da. Sie meinen, daß er nicht verzeihen wird, weil Sie ihn nicht kennen. Niemand kennt ihn. Nur ich allein weiß, was er für ein Mensch ist, und selbst mir ist es schwergefallen. Man muß seine Augen kennen; Serjosha hat die gleichen Augen, und deshalb ertrage ich ihren Anblick nicht. Hat Serjosha sein Mittagessen bekommen? Ich weiß ja, daß niemand daran denkt. Er würde es nicht vergessen haben. Man muß Serjosha ins Eckzimmer umquartieren und Mariette bitten, auch dort zu schlafen."

Plötzlich schrak sie zusammen, verstummte und hielt, gleichsam einen Schlag gewärtigend, die Hände wie zum Schutz vor das Gesicht. Sie hatte ihren Mann erblickt.

„Nein, nein", begann sie wieder, „ich fürchte ihn nicht, ich fürchte den Tod. Komm hierher, Alexej! Ich muß mich beeilen, weil ich keine Zeit habe, weil ich nicht mehr lange zu leben habe; gleich wird das Fieber wiederkommen, und dann verstehe ich nichts. Jetzt ist mein Kopf klar, ich verstehe und sehe jetzt alles."

Das zerfurchte Gesicht Alexej Alexandrowitschs nahm einen leidenden Ausdruck an. Er ergriff ihre Hand und wollte etwas sagen, aber er brachte kein Wort über die Lippen. Sein Unterkiefer zitterte, doch er kämpfte immer noch gegen seine Aufregung an und blickte ihr nur von Zeit zu Zeit ins Gesicht. Und jedesmal, wenn er sie ansah, blieb sein Blick an ihren Augen haften, aus denen ihm eine so glückselige und innige Zärtlichkeit entgegenstrahlte, wie er sie noch nie erlebt hatte.

„Höre zu, du weißt nicht … Einen Augenblick, einen Augenblick …“, rief sie und brach ab, als wollte sie ihre Gedanken sammeln. „Ja“, begann sie wieder, „ja, ja, das war es, was ich sagen wollte. Du mußt dich über mich nicht wundern. Ich bin immer noch dieselbe … Aber in mir verbirgt sich eine andere, vor der habe ich Angst; sie hat jenen andern liebgewonnen, und ich zwang mich, dich zu hassen, und konnte doch nicht vergessen, wie ich früher gewesen bin. Die andere, das bin ich nicht. Jetzt bin ich wieder, was ich wirklich bin. Ich muß jetzt sterben, das weiß ich, du kannst ihn fragen. Auch in diesem Augenblick spüre ich sie, diese schweren Gewichte an den Händen, an den Füßen und Fingern. Sieh nur, wie riesenlang meine Finger sind! Doch das wird bald alles zu Ende sein … Nur einen Wunsch habe ich noch: du mußt mir verzeihen, alles verzeihen! Ich bin sehr, sehr schlecht; aber meine Kinderfrau hat mir einmal von jener heiligen Märtyrerin erzählt – wie hieß sie doch? –, die ist noch schlechter gewesen. Ich werde nach Rom fahren, dort gibt es eine Einsiedelei, dann werde ich niemand mehr im Wege stehen; nur Serjosha und die Kleine werde ich mitnehmen … Nein, du kannst mir nicht verzeihen! Ich weiß, daß man so etwas nicht verzeihen kann! Nein, nein, gehe nur, du bist zu gut!“ Mit der einen ihrer glühenden Hände hielt sie seine Hand fest, mit der anderen stieß sie ihn von sich.

Die seelische Verwirrung Alexej Alexandrowitschs, die sich immer mehr gesteigert hatte, erreichte jetzt einen solchen Grad, daß er den Versuch aufgab, weiter gegen sie anzukämpfen. Er fühlte plötzlich, daß das, was er für seelische Verwirrung gehalten hatte, vielmehr ein beseligender Seelenzustand war, der ihm ein neues, noch nie empfundenes Glück eröffnete. Daß die Gebote der Christenliebe, die er sich zur Richtschnur für sein ganzes Leben genommen hatte, es ihm zur Pflicht machten, seine Feinde zu lieben und ihnen zu verzeihen, daran dachte er nicht; aber das beglückende Gefühl, zu verzeihen und Böses durch Liebe zu vergelten, erfüllte seine Seele. Er kniete nieder, legte den Kopf auf die Biegung ihres Armes, dessen Hitze er durch den Jackenärmel spürte, und schluchzte wie ein Kind. Sie umarmte seinen Kopf, auf dem sich das Haar schon lichtete, rückte näher zu ihm und schlug triumphierend die Augen auf.

„Ja, so ist er, ich habe es gewußt! Jetzt lebt wohl, lebt alle wohl! ... Da kommen sie schon wieder, warum gehen sie nicht weg? ... Nehmt mir doch alle diese Pelze ab!“

Der Arzt löste ihre Arme, bettete die Kranke behutsam in die Kissen und bedeckte sie bis zu den Schultern. Sie blieb gehorsam auf dem Rücken liegen und blickte mit leuchtenden Augen vor sich hin.

„Glaube es mir, ich wollte nur deine Verzeihung haben, weiter brauche ich nichts ... Warum kommt *er* denn nicht?“ sagte sie und wandte sich durch die Tür an Wronski: „Komm, komm her! Reiche mir die Hand!“

Wronski trat an das Fußende des Bettes heran und bedeckte, als er Anna erblickte, sein Gesicht wieder mit den Händen.

„Nimm die Hände vom Gesicht, und sieh ihn an! Er ist ein Heiliger“, sagte sie. „So nimm doch die Hände weg!“ fuhr sie böse fort. „Alexej Alexandrowitsch, nimm ihm die Hände vom Gesicht! Ich will ihn sehen.“

Alexej Alexandrowitsch nahm Wronskis Hände und zog sie von dem Gesicht weg, das infolge des Leids und der Scham, die sich in ihm ausdrückten, einen entsetzlichen Anblick darbot.

„Reiche ihm die Hand! Vergib ihm.“

Alexej Alexandrowitsch reichte Wronski die Hand und vermochte nicht, die Tränen zurückzuhalten, die ihm aus den Augen strömten.

„Gott sei Dank! Gott sei Dank, jetzt ist alles geschafft“, fuhr Anna fort. „Nur die Füße möchte ich noch ein wenig ausstrecken. Ja, so ist es schön ... Wie geschmacklos sind diese Blumen, sie sehen gar nicht wie Veilchen aus“, sagte sie und zeigte auf die Tapete. „Mein Gott, o mein Gott! Wann wird dies ein Ende haben? Gebt mir Morphium! Doktor, geben Sie mir doch Morphium! O mein Gott, mein Gott!“

Und sie warf sich von einer Seite auf die andere.

Die Ärzte hatten übereinstimmend Kindbettfieber festgestellt, das in neunundneunzig von hundert Fällen mit dem Tode endete. Das Fieber hielt den ganzen Tag an, und die Wöchnerin war meist ohne Besinnung und phantasierte. Um Mitternacht war völlige Bewußtlosigkeit eingetreten, und der Puls war kaum noch tätig.

Man erwartete von Minute zu Minute das Ende.

Wronski, der nach Hause gefahren war, kam am nächsten Morgen wieder, um sich zu erkundigen, wie es stehe, und traf im Vorzimmer mit Alexej Alexandrowitsch zusammen.

„Bleiben Sie hier, sie könnte nach Ihnen verlangen", sagte Alexej Alexandrowitsch und führte ihn selbst in das Zimmer seiner Frau.

Gegen Morgen geriet die Kranke wieder in Aufregung; aufs neue begann dieses überstürzte, von einem Gedanken zum anderen überspringende Sprechen, bis zum Schluß abermals Bewußtlosigkeit eintrat. Am dritten Tag wiederholte sich das gleiche, und die Ärzte erklärten, daß der Zustand jetzt nicht ganz hoffnungslos sei. An diesem Tag begab sich Alexej Alexandrowitsch in das Zimmer, in dem sich Wronski aufhielt, schloß die Tür ab und nahm ihm gegenüber Platz.

„Alexej Alexandrowitsch", sagte Wronski, der fühlte, daß der Augenblick der Aussprache gekommen war, „ich bin nicht fähig zu sprechen, nicht fähig, einen Gedanken zu fassen. Üben Sie Nachsicht mit mir! Sosehr Sie auch leiden, glauben Sie mir, ich leide noch entsetzlicher."

Er wollte aufstehen. Doch Alexej Alexandrowitsch hielt ihn am Arm zurück und sagte:

„Ich bitte Sie, mich anzuhören, es ist notwendig. Ich muß Ihnen die Gefühle erklären, von denen ich mich leiten ließ und auch künftig leiten lassen werde, damit Sie sich von mir keine irrige Vorstellung machen. Sie wissen, daß ich mich zur Scheidung entschlossen hatte und sogar schon die ersten Schritte dazu unternommen habe. Ich will Ihnen nicht verhehlen, daß mir dieser Entschluß nicht leichtgefallen ist, daß ich mit mir gekämpft habe; ich bekenne, daß mich der Gedanke verfolgte, an Ihnen und an ihr Rache zu üben. Als ich das Telegramm bekam, trat ich meine Reise hierher mit den gleichen Gefühlen an, ja noch mehr: ich wünschte mir ihren Tod. Doch dann ..." Er zauderte und überlegte, ob er ihm Einblick in alle ihn bewegenden Gefühle geben sollte oder nicht. „Doch dann sah ich sie vor mir und verzieh ihr. Und das Glück des Verzeihens hat mir meine Pflicht offenbart. Ich habe uneingeschränkt verziehen. Ich bin bereit, den anderen Backen darzubieten, bin bereit, auch den Rock nicht zu wehren, wenn mir der Mantel genommen ist, und flehe nur zu Gott, daß er mir nicht das Glück des Verzeihens nehmen möge!" Seine Augen füllten sich mit Tränen und frappierten Wronski durch ihren lichten, ruhigen Ausdruck. „So steht es mit mir", fuhr er fort. „Sie können mich in den Schmutz ziehen, mich zum Gespött der Welt machen – ich würde sie dennoch nicht verlassen und Ihnen kein Wort des Vorwurfs sagen. Meine Pflicht ist mir klar vorgezeichnet: ich muß an ihrer Seite bleiben und werde es auch ... Wenn sie den Wunsch äußern sollte, Sie zu sprechen, werde ich Sie benachrichtigen; inzwischen aber ist es, glaube ich, am besten, wenn Sie sich entfernen."

Er brach schluchzend ab und stand auf. Wronski erhob sich ebenfalls, blieb jedoch in gebeugter Stellung stehen und blickte mit gesenktem Kopf zu ihm auf. Die Gemütsverfassung Alexej Alexandrowitschs begriff er nicht; aber er fühlte, daß er es hier mit erhabenen Gedanken zu tun hatte, die sein Begriffsvermögen überstiegen.

18

Nach dem Gespräch mit Alexej Alexandrowitsch verließ Wronski das Kareninsche Haus und blieb vor der Haustür stehen; er konnte sich nicht gleich zurechtfinden, wo er war und wohin er gehen oder fahren sollte. Er fühlte sich schuldig, beschämt und gedemütigt und sah keine Möglichkeit, sich von seiner Schmach zu befreien. Er fühlte sich aus jenem Geleise geworfen, auf dem er bis jetzt so unbeschwert und stolz einhergeschritten war. Alles, was bisher scheinbar so unumstößlich festgestanden hatte, seine Gepflogenheiten und Lebensregeln hatten sich plötzlich als irrig und unbrauchbar erwiesen. Der hintergangene Ehemann, in dem er bisher ein armseliges Geschöpf, ein zufälliges und ein wenig lächerlich wirkendes Hindernis seines Glücks gesehen hatte, war plötzlich von ihr selbst gerufen und zu einer majestätischen Höhe erhoben worden, und auf dieser Höhe hatte er sich nicht als boshafter, hinterhältiger und lächerlicher, sondern als gütiger, gerader und großmütiger Mensch gezeigt. Dieser Tatsache konnte sich Wronski nicht verschließen. Die Rollen waren plötzlich vertauscht. Er erkannte die Größe und den Gerechtigkeitssinn des anderen und wurde sich der eigenen Niedrigkeit und seines Unrechts bewußt. Er fühlte, daß der andere auch im Schmerz großmütig war, während er sich mit seinem Betrug kleinlich und unwürdig benommen hatte. Und dennoch machte die Erkenntnis seiner Niedrigkeit und Schuld vor dem Manne, auf den er zu Unrecht von oben herabgesehen hatte, nur einen geringen Teil seines Unglücks aus. Unsagbar unglücklich fühlte er sich vor allem deshalb, weil seine leidenschaftliche Liebe zu Anna, die, so war es ihm erschienen, sich in letzter Zeit abgekühlt hatte, jetzt, wo er sie für immer verloren wußte, heftiger aufloderte als je zuvor. Er hatte während ihrer Krankheit ihr ganzes Wesen, ihre ganze Seele kennengelernt, und ihm schien, er habe sie bis jetzt nie wahrhaft geliebt. Und nun, nachdem er sie ganz erkannt hatte und von einer echten Liebe erfüllt war, stand er erniedrigt vor ihr, mußte er sie für immer aufgeben und würde in ihrem Herzen nichts weiter als eine bedrückende Erinnerung hinterlassen. Am meisten quälte ihn der Gedanke an jene lächerliche, beschämende Situation, in der er sich befunden hatte, als Alexej Alexandrowitsch ihm die Hände von seinem schuldbewußten Gesicht weggezogen hatte. Er stand wie verloren auf der Freitreppe des Kareninschen Hauses und wußte nicht, was er tun sollte.

„Wünschen Sie eine Droschke?" fragte ihn der Portier.

„Ja, eine Droschke."

Nach Hause zurückgekehrt, warf sich Wronski, ohne sich auszukleiden, mit dem Gesicht nach unten auf den Diwan, verschränkte die Arme und legte den Kopf darauf. Nach drei schlaflos verbrachten Nächten war sein Kopf schwer. Alle möglichen seltsamen Bilder, Erinnerungen und Gedanken tauchten in rasend schneller Folge und Klarheit vor ihm auf und lösten einander ab; bald war er es selbst, wie er die Arznei verschüttete, die er der Kranken auf einem Löffel reichen wollte, bald waren es die weißen Hände der Hebamme oder Alexej Alexandrowitsch, den er in einer sonderbaren Stellung auf dem Fußboden vor Annas Bett sah.

Einschlafen! Vergessen! sagte er zu sich mit der ruhigen Selbstsicherheit eines gesunden Menschen, der nicht daran zweifelt, daß er, wenn er müde ist und schlafen will, auch gleich einschlafen wird. Und in der Tat, im selben Augenblick verwirrte sich alles in seinem Kopf, und er versank in den Abgrund des Vergessens. Schon schlugen über ihm die Meereswogen unbewußten Lebens zusammen, als er plötzlich das Gefühl hatte, in seinem Innern habe sich eine ungeheure elektrische Spannung entladen; er zuckte so heftig zusammen, daß er mit dem ganzen Körper auf den Sprungfedern des Diwans emporschnellte und, sich auf die Arme stützend, auf die Knie sprang. Seine Augen waren weit geöffnet, als wäre er noch nicht am Einschlafen gewesen. Die Schwere im Kopf und die Mattheit der Glieder, die er noch vor wenigen Augenblicken empfunden hatte, waren plötzlich verschwunden.

„Sie können mich in den Schmutz ziehen", hörte er Alexej Alexandrowitsch sagen, und er sah ihn vor sich; er sah auch die fieberhaft geröteten Wangen und glänzenden Augen Annas, die zärtlich und liebevoll nicht zu ihm, sondern zu Alexej Alexandrowitsch aufblickten; er sah seine eigene Gestalt, die einen so dummen, lächerlichen Eindruck machte, als Alexej Alexandrowitsch ihm die Hände vom Gesicht zog. Er streckte die Beine wieder aus, warf sich in der früheren Stellung auf den Diwan zurück und schloß die Augen.

„Einschlafen! Einschlafen!" wiederholte er. Doch mit geschlossenen Augen sah er das Gesicht Annas noch deutlicher, sah er es so, wie er es von jenem denkwürdigen Abend vor dem Rennen in Erinnerung hatte.

„Das gibt es nicht mehr und wird es nie wieder geben, und sie will es aus ihrem Gedächtnis löschen. Ich aber kann ohne sie nicht leben. Wie können wir uns wieder versöhnen? Wie können wir uns nur versöhnen?“ sagte er laut und wiederholte diesen Satz immer wieder. Dieses stete Wiederholen der gleichen Worte unterdrückte neue Bilder und Erinnerungen, die sich, wie er fühlte, in seinem Kopfe drängten. Für lange war jedoch die Arbeit seiner Phantasie auf diese Weise nicht aufzuhalten. Aufs neue erstanden vor ihm in schneller Folge die beglückendsten Augenblicke seiner Liebe und zugleich mit ihnen auch das Bild der soeben erduldeten Schmach. „Nimm die Hände weg!“ hört er Annas Stimme sagen. Er nimmt die Hände weg und fühlt, mit welch beschämtem, dummem Gesicht er dasteht.

Er versuchte immer noch einzuschlafen, obwohl hierzu nicht die geringste Hoffnung bestand, und flüsterte immer wieder ihm zufällig durch den Sinn gehende Worte vor sich hin, um dadurch das Entstehen neuer Phantasiebilder zu verhindern. Er horchte und vernahm die stammelnd, gleichsam von einem Irren wiederholten Worte: „Nicht zu schätzen, nicht zu nutzen gewußt habe ich es! Nicht zu schätzen, nicht zu nutzen gewußt habe ich es!“

Was geht mit mir vor? Verliere ich den Verstand? fragte er sich. Das ist gut möglich. Manch einer verliert ja in einer solchen Lage den Verstand, manch einer nimmt sich das Leben, gab er sich selbst zur Antwort und nahm, als er dabei die Augen aufschlug, neben seinem Kopf mit Erstaunen das Sofakissen wahr, das Warja, die Frau seines Bruders, einst für ihn gearbeitet hatte. Er berührte die Quaste des Kissens und versuchte, sich Warja und das letzte Beisammensein mit ihr in Erinnerung zu rufen. Doch er brachte es nicht fertig, an irgendwelche nebensächlichen Dinge zu denken. Nein, ich muß einschlafen! Er zog das Kissen an sich und preßte den Kopf darauf, aber es wollte ihm trotz aller Anstrengung nicht gelingen, die Augen geschlossen zu halten. Er sprang auf und setzte sich aufrecht hin. Das ist für mich vorbei, sagte er sich. Ich muß überlegen, was jetzt zu tun ist. Was ist mir geblieben? In schnellem Gedankenflug ließ er alles Revue passieren, was in seinem Leben außer der Liebe zu Anna eine Rolle gespielt hatte.

Sein Ehrgeiz? Serpuchowskoi? Gesellschaftliche Stellung? Beziehungen zum Hof? Nichts von alledem reizte ihn. All das hatte früher einmal Bedeutung gehabt, jetzt aber war es bedeutungslos geworden. Er stand vom Diwan auf, zog den Rock aus, lockerte den Leibriemen, machte, um leichter atmen zu können, seine behaarte Brust frei und begann im Zimmer auf und ab zu gehen. So verliert man den Verstand, sagte er sich wieder, und so nimmt man sich das Leben ... um der Schmach zu entgehen, fügte er in Gedanken langsam hinzu.

Er ging zur Tür und schloß sie. Hierauf trat er mit konzentriertem Blick und fest zusammengepreßten Zähnen an den Tisch, nahm seinen Revolver in die Hand, prüfte die Ladung, drehte den Lauf um und versank in Gedanken. Etwa zwei Minuten blieb er mit gesenktem Kopf und gespanntem Gesichtsausdruck mit dem Revolver in der Hand bewegungslos stehen und dachte nach. Selbstverständlich, sagte er zu sich, als sei er durch einen logischen, langwierigen und klaren Gedankengang zu einem unumstößlichen Schluß gekommen. In Wirklichkeit indessen war dieses „Selbstverständlich", mit dem er sich zu überzeugen suchte, lediglich die Folge einer nochmaligen Durchwanderung jenes verzauberten Kreises von Erinnerungen und Vorstellungen, die er sich im Laufe dieser Stunde schon ein dutzendmal hatte durch den Kopf gehen lassen. Es waren dieselben Erinnerungen an ein für immer verlorenes Glück, dieselben Vorstellungen von der Sinnlosigkeit alles dessen, was ihm das Leben noch geben konnte, dasselbe Empfinden seiner Demütigung. Es waren dieselben Vorstellungen und Gefühle, an denen sich nichts deuteln ließ.

Selbstverständlich, wiederholte er, während sich seine Gedanken zum drittenmal in dem verzauberten Kreis von Erinnerungen und Vorstellungen drehten und er sich gleichzeitig die Mündung des Revolvers auf die linke Brustseite setzte, wobei er mit der ganzen Hand eine heftige Bewegung ausführte, als wollte er sie plötzlich zur Faust ballen, und den Hahn abdrückte. Den Knall des Schusses hörte er nicht, aber ein starker Schlag gegen die Brust warf ihn zu Boden. Er wollte sich an der Tischkante festhalten, ließ dabei den Revolver fallen, taumelte, setzte sich auf den Fußboden und blickte verwundert um sich. Er erkannte sein Zimmer nicht wieder, als sein Blick vom Boden aus auf die geschwungenen Beine des Tisches, auf den Papierkorb und das Tigerfell fiel. Die knarrenden Stiefel seines Dieners, der mit schnellen Schritten durch den Salon kam, brachten ihn zur Besinnung. Unter Anspannung seiner ganzen Willenskraft begriff er, daß er auf dem Boden saß, und als er das Blut auf dem Tigerfell und an seiner Hand bemerkte, wurde es ihm auch klar, daß er auf sich geschossen hatte.

„Wie dumm! Ein Fehlschuß!" murmelte er, während er den Fußboden nach dem Revolver abtastete. Der Revolver lag dicht neben ihm, aber er suchte ihn weiter weg. Als er sich, immer noch suchend, auf die andere Seite umwenden wollte, verlor er das Gleichgewicht und sank blutüberströmt zusammen.

Der Diener, ein flotter Bursche mit Backenbart, der im Gespräch mit Bekannten oft über seine schwachen Nerven klagte, bekam angesichts seines am Boden liegenden Herrn einen solchen Schreck, daß er ihn in seinem Blute liegenließ und weglief, um Hilfe zu holen. Nach Verlauf einer Stunde erschien Warja, die Frau des Bruders von Wronski, und mit Hilfe dreier Ärzte, nach denen sie in alle Himmelsrichtungen geschickt hatte und die nun gleichzeitig eintrafen, wurde der Verwundete zu Bett gebracht; Warja selbst blieb bei ihm, um ihn zu pflegen.

19

Als sich Alexej Alexandrowitsch zu dem Wiedersehen mit seiner Frau entschlossen hatte, war ihm insofern ein Fehler unterlaufen, als er nicht die Möglichkeit in Betracht gezogen hatte, daß sie, nachdem sie aufrichtig bereut und er ihr verziehen haben würde, am Leben bleiben könnte, und diesen Fehler erkannte er nun, zwei Monate nach seiner Rückkehr aus Moskau, in seiner ganzen Auswirkung. Der von ihm begangene Fehler war allerdings nicht einzig darauf zurückzuführen, daß er jene Möglichkeit nicht bedacht hatte, sondern rührte auch daher, daß er bis zum Wiedersehen mit seiner todkranken Frau sein eigenes Herz nicht gekannt hatte. Am Krankenbett seiner Frau hatte er sich erstmalig mit ganzem Herzen jenem Gefühl der Rührung und des Mitleids hingegeben, das ihn angesichts der Leiden anderer Menschen zu überkommen pflegte und dessen er sich bis dahin wie einer unliebsamen Schwäche geschämt hatte. Das Mitleid mit ihr, das Schuldbewußtsein, ihren Tod gewünscht zu haben, und vor allem die Freude am Verzeihen selbst hatten in ihm nicht nur eine plötzliche Linderung seiner Herzensnöte, sondern auch eine seelische Ruhe hervorgerufen, wie er sie nie zuvor empfunden hatte. Er fühlte auf einmal, daß alles, was er für die Quelle seiner Leiden gehalten hatte, für ihn zur Quelle eines Labsals der Seele geworden war und daß sich alles, was ihm unlösbar erschienen war, solange er gerichtet, verurteilt und gehaßt hatte, als ganz einfach und klar erwies, sobald er sich von Liebe und dem Wunsch, zu verzeihen, leiten ließ.

Er hatte seiner Frau verziehen und bemitleidete sie wegen ihrer Schmerzen und der Vorwürfe, die sie sich selbst machte. Er hatte auch Wronski verziehen und bedauerte ihn um so mehr, als ihm Gerüchte über dessen Verzweiflungstat zu Ohren gekommen waren. Auch mit seinem Sohn empfand er jetzt größeres Mitleid als bisher und warf sich vor, zuwenig Interesse für ihn aufgebracht zu haben. Für das neugeborene Mädchen indessen empfand er etwas ganz Eigenartiges, nicht nur Mitleid, sondern auch Zärtlichkeit. Zunächst hatte ihn nur Mitleid bewogen, sich um das hilflose kleine Wesen zu kümmern, das nicht sein Kind war und während der Krankheit der Mutter wahrscheinlich aus Mangel an Pflege gestorben wäre, wenn er sich seiner nicht angenommen hätte – und er hatte selbst nicht bemerkt, wie sehr ihm das kleine Ding ans Herz gewachsen war. Er kam mehrmals täglich ins Kinderzimmer und hielt sich dort längere Zeit auf, so daß sich die Amme und die Kinderfrau, die zuerst in seiner Anwesenheit befangen gewesen waren, schon an ihn gewöhnt hatten. Mitunter betrachtete er schweigend eine halbe Stunde lang das rosiggelbliche, faltige Gesichtchen des schlafenden Kindes und beobachtete, wie sich die Stirn runzelte und wie sich die Kleine mit dem Rücken der rundlichen Fäustchen die Äuglein und das Näschen rieb. Namentlich in solchen Augenblicken fühlte sich Alexej Alexandrowitsch innerlich vollkommen ruhig und zufrieden, und er sah dann in seiner Lage nichts Ungewöhnliches, nichts Unnatürliches, das ihn zu einer Änderung genötigt hätte.

Doch je weiter die Zeit fortschritt, um so deutlicher erkannte er, daß, so natürlich ihm jetzt die Lage auch schien, es ihm nicht vergönnt sein werde, alles beim alten zu lassen. Er ahnte, daß es außer jener sanften, geistigen Kraft, die seine Seele jetzt erfüllte, noch eine andere, eine rohe und ebenso mächtige oder noch mächtigere Kraft gab, die für sein Leben bestimmend war und ihm nicht die beschauliche Ruhe lassen werde, nach der er sich sehnte. Er fühlte, daß man ihn allerseits mit Befremden und Erstaunen anblickte, daß man sein Verhalten nicht verstand und irgendwelche Schritte von ihm erwartete. Insbesondere empfand er das Verhältnis zu seiner Frau als unnatürlich und unhaltbar.

Als sich jene weiche Stimmung, die die Nähe des Todes in Anna hervorgerufen hatte, immer mehr verflüchtigte, bemerkte Alexej Alexandrowitsch, daß seine Frau ihn fürchtete, daß sie sich durch ihn bedrückt fühlte und ihm nicht unbefangen in die Augen sehen konnte. Es schien immer, als ob sie ihm etwas sagen wollte, wozu sie sich nicht aufraffen konnte, und daß auch sie das Unhaltbare ihrer Beziehungen fühlte und irgend etwas von ihm erwartete.

Ende Februar war Annas neugeborenes Töchterchen, das ebenfalls den Namen Anna erhalten hatte, plötzlich erkrankt. Alexej Alexandrowitsch hatte sich morgens ins Kinderzimmer begeben und war, nachdem er Anweisung gegeben hatte, einen Arzt zu rufen, ins Ministerium gefahren. Nach Erledigung seiner Obliegenheiten kehrte er gegen vier Uhr nachmittags nach Hause zurück. Im Vorzimmer traf er einen Lakaien in schmucker Livree mit einer Pelerine aus Bärenfell, der einen weißen Damenpelz aus amerikanischem Hundefell über dem Arm hielt.

„Mit wem sind Sie gekommen?" fragte Alexej Alexandrowitsch.

„Mit der Fürstin Jelisaweta Fjodorowna Twerskaja", antwortete der Lakai, wie Alexej Alexandrowitsch zu bemerken glaubte, mit einem verhaltenen Lächeln.

Während dieser ganzen schweren Zeit hatte Alexej Alexandrowitsch die Beobachtung gemacht, daß alle, mit denen er gesellschaftlich verkehrte, und namentlich die Frauen, einen überaus regen Anteil an seinem und seiner Frau Ergehen nahmen. Alle seine Bekannten schienen aus irgendeinem Grunde von einer nur mit Mühe unterdrückten Freude ergriffen, von einer ähnlichen Freude, wie er sie in den Augen des Rechtsanwalts und eben jetzt in den Augen des Lakaien wahrgenommen hatte. Alle waren so freudig erregt, als hätten sie ein jungvermähltes Paar zu beglückwünschen. Jeder, der ihm begegnete, erkundigte sich mit unverkennbarer Freude nach Annas Befinden.

Eine Begegnung mit der Fürstin Twerskaja war Alexej Alexandrowitsch, in Anbetracht der mit ihr verknüpften Erinnerungen und weil er sie ohnehin nicht leiden konnte, unerwünscht, und er begab sich daher direkt zu den Kindern. Serjosha, der im ersten Kinderzimmer auf einem Stuhl kniete und die Brust gegen den Tisch preßte, zeichnete irgend etwas und begleitete sein Tun mit einem fröhlichen Gemurmel. Die Engländerin, die während Annas Krankheit die Französin abgelöst hatte und mit einer kunstvollen Häkelarbeit neben dem Knaben saß, stand eilig auf, knickste und gab Serjosha einen leichten Stoß. Alexej Alexandrowitsch strich seinem Sohn mit der Hand übers Haar, beantwortete die Frage der Gouvernante nach dem Befinden seiner Frau und fragte, was der Arzt bei dem Baby festgestellt habe.

„Der Arzt sagte, daß es nichts Gefährliches sei; er hat Wannenbäder verordnet, gnädiger Herr."

„Aber ihr muß doch etwas fehlen", meinte Alexej Alexandrowitsch, als er die Kleine im Nebenzimmer wieder schreien hörte.

„Ich glaube, daß die Amme nichts taugt, gnädiger Herr", sagte die Engländerin entschieden.

„Warum meinen Sie das?" fragte Alexej Alexandrowitsch und blieb vor ihr stehen.

„Bei der Gräfin Pohl war es ebenso, gnädiger Herr. Dem Kinde wurden Medikamente eingegeben, bis sich schließlich herausstellte, daß es einfach hungrig war: die Amme hatte nicht genug Milch, gnädiger Herr."

Alexej Alexandrowitsch besann sich einige Augenblicke und ging dann ins Nebenzimmer. Die Kleine, die mit zurückgeworfenem Köpfchen und sich krümmend in den Armen der Amme lag, nahm die ihr hingehaltene volle Brust nicht und hörte nicht auf zu schreien, obwohl die Amme und die Kinderfrau, die danebenstand und sich über sie beugte, ihr gut zuredeten und sie zu beruhigen suchten.

„Noch keine Besserung?" fragte Alexej Alexandrowitsch.

„Sie ist sehr unruhig", antwortete die Kinderfrau flüsternd.

„Miß Edward meint, daß die Amme vielleicht nicht genug Milch hat."

„Das ist auch meine Meinung, Alexej Alexandrowitsch."

„Ja, warum sagen Sie denn kein Wort?"

„Wem soll man es denn sagen? Anna Arkadjewna ist ja immer noch krank", antwortete die Kinderfrau gereizt.

Die Kinderfrau war schon lange im Hause. Auch aus ihren einfachen Worten glaubte Alexej Alexandrowitsch eine Anspielung auf seine Lage herauszuhören.

Die Kleine schrie immer heftiger, wurde heiser und krümmte sich. Die Kinderfrau wußte sich nicht zu helfen; sie nahm der Amme das Baby ab und begann es, auf und ab gehend, in ihren Armen zu schaukeln.

„Man muß den Arzt bitten, die Amme zu untersuchen", entschied Alexej Alexandrowitsch.

Die dem Aussehen nach gesunde, adrett gekleidete Amme hörte mit Besorgnis, daß ihr möglicherweise eine Entlassung drohte, und murmelte etwas vor sich hin; und als sie nun ihre üppige Brust verbarg, lächelte sie verächtlich, weil man ihre Tauglichkeit als Amme zu bezweifeln wagte. Alexej Alexandrowitsch aber glaubte auch in diesem Lächeln eine Bespöttelung seiner Lage zu erkennen.

„Das arme Ding!" sagte die Kinderfrau, die immer noch auf und ab ging und das Kindchen zu besänftigen suchte.

Alexej Alexandrowitsch setzte sich auf einen Stuhl und verfolgte mit leidender, bedrückter Miene die im Zimmer umhergehende Kinderfrau. Als das Baby endlich zur Ruhe gekommen war und die Kinderfrau, nachdem sie das Kissen zurechtgerückt und das Kind in sein Bettchen gelegt hatte, zurücktrat, stand Alexej Alexandrowitsch auf und ging auf Zehenspitzen vorsichtig an das Bett heran. Er blieb einige Augenblicke schweigend stehen und betrachtete mit immer noch bedrückter Miene das Baby; doch plötzlich verzog sich die Haut über seiner Stirn, ein Lächeln erschien auf seinem Gesicht, und er verließ, wieder auf Zehenspitzen gehend, das Zimmer.

Im Speisezimmer klingelte er und gab dem hierauf erschienenen Diener Anweisung, daß nochmals nach dem Arzt geschickt werden solle. Er ärgerte sich über seine Frau, weil sie sich sowenig um dieses reizende Kindchen kümmerte, und war nicht aufgelegt, in dieser mißmutigen Stimmung zu ihr zu gehen; auch wollte er ein Zusammentreffen mit der Fürstin Betsy vermeiden. Doch als er sich dann sagte, daß es Anna befremden könne, wenn er entgegen seiner Gewohnheit nicht zu ihr käme, beschloß er, seinen Ärger zu unterdrücken und sie doch aufzusuchen. Als er auf dem weichen Teppich bis vor die Tür des Schlafzimmers gekommen war, hörte er ungewollt ein Gespräch mit an, das er lieber nicht gehört hätte.

„Wenn er nicht wegführe, könnte ich Ihre und ebenso auch seine Weigerung verstehen. Ihr Mann jedenfalls müßte hierin großzügig sein", hörte Alexej Alexandrowitsch Betsy sagen.

„Ich will es nicht um meines Mannes willen, sondern meinetwegen vermeiden. Sprechen wir nicht weiter darüber!" antwortete Anna erregt.

„Aber Sie können doch unmöglich den Wunsch haben, sich ohne Abschied von einem Menschen zu trennen, der sich Ihretwegen das Leben nehmen wollte ..."

„Gerade deswegen bin ich gegen ein Wiedersehen."

Alexej Alexandrowitsch war erschrocken und schuldbewußt stehengeblieben und wollte sich unbemerkt zurückziehen. Doch als er sich dann überlegte, daß dies seiner unwürdig wäre, kehrte er wieder um, hüstelte und ging an die Tür zurück. Das Gespräch brach ab, und er trat ins Schlafzimmer ein.

Anna, deren kurzgeschnittenes Haar in dichten schwarzen Büscheln vom Kopf abstand, saß in einem grauen Morgenrock auf dem Ruhebett. Wie immer, wenn sie ihres Mannes ansichtig wurde, war das lebhafte Mienenspiel plötzlich aus ihrem Gesicht verschwunden; sie ließ den Kopf sinken und blickte unruhig zu Betsy. Betsy, in einem blaugrauen Kleid nach der allerletzten Mode, dessen schräge Streifen oben nach der einen Seite und unten nach der anderen Seite verarbeitet waren, und mit einem Hut, der sich gleichsam schwebend wie der Schirm einer Hängelampe über ihrem Kopf ausbreitete, saß mit ihrer hohen, schmalen Figur steif aufgerichtet neben Anna und blickte, den Kopf leicht auf die Seite gelegt, Alexej Alexandrowitsch mit einem spöttischen Lächeln entgegen.

„Ah!" sagte sie, scheinbar überrascht. „Ich freue mich sehr, Sie zu Hause anzutreffen. Sie lassen sich ja nirgends blicken, und ich habe Sie seit Annas Erkrankung nicht mehr zu Gesicht bekommen. Ich bin über alles unterrichtet – über Ihren ganzen Kummer. Ja, Sie sind ein bewunderungswürdiger Mann", sagte sie und sah ihn dabei so vielsagend und wohlwollend an, als verleihe sie ihm einen Orden für Hochherzigkeit wegen seines Verhaltens zu seiner Frau.

Alexej Alexandrowitsch begrüßte sie durch eine kühle Verbeugung und erkundigte sich bei seiner Frau, der er die Hand küßte, nach ihrem Befinden.

„Ich glaube, es geht mir besser", antwortete sie, seinem Blick ausweichend.

„Ihr Gesicht scheint mir aber fiebrig", sagte er mit Betonung des Wortes „fiebrig".

„Wir haben uns wohl zu angeregt unterhalten", bemerkte Betsy. „Ich sehe ein, daß das von mir egoistisch war, und will mich nun schleunigst zurückziehen."

Sie stand auf; aber Anna, die plötzlich rot geworden war, griff hastig nach ihrer Hand.

„Ach nein, bleiben Sie doch noch! Ich muß Ihnen sagen ... vielmehr Ihnen", wandte sie sich an Alexej Alexandrowitsch, indes eine tiefe Röte ihren Hals und ihre Stirn bedeckte. „Ich will und kann Ihnen nichts verbergen", sagte sie zu ihm.

Alexej Alexandrowitsch knackte mit den Fingern und senkte den Kopf.

„Betsy sagte mir, daß Graf Wronski den Wunsch habe, uns vor seiner Abreise nach Taschkent einen Abschiedsbesuch zu machen", fuhr sie fort, ohne ihren Mann anzusehen und offenbar bemüht, möglichst schnell alles auszusprechen, was ihr Herz bedrückte. „Ich habe ihr erklärt, es sei mir nicht möglich, ihn zu empfangen."

„Sie sagten, meine Liebste, daß dies von Alexej Alexandrowitsch abhängen würde", berichtigte sie Betsy.

„Nein, ich kann ihn nicht empfangen, und es hätte ja auch keinen ..." Sie brach plötzlich ab und sah fragend auf ihren Mann, der jedoch nicht aufblickte. „Mit einem Wort, ich will nicht ..."

Alexej Alexandrowitsch trat näher an sie heran und schickte sich an, ihre Hand zu ergreifen.

In einer ersten Aufwallung zog sie ihre Hand vor der feuchten, mit dicken Adern durchzogenen Hand ihres Mannes zurück; doch dann faßte sie sich und drückte mit sichtlicher Überwindung seine ihr dargebotene Hand.

„Ich bin Ihnen für Ihr Vertrauen sehr dankbar, aber ..." Er brach verwirrt und mißmutig ab, weil er fühlte, daß er das, was er allein für sich leicht und klar zu entscheiden vermochte, nicht in Gegenwart der Fürstin Twerskaja erörtern konnte, in der er eine Verkörperung jener rohen Kraft sah, von der sein Ansehen in der Welt abhing und die ihn daran hinderte, seinem Gefühl zu folgen, das von Liebe und dem Wunsch, zu verzeihen, erfüllt war. Er hielt inne und blickte auf die Fürstin Twerskaja.

„Nun, leben Sie wohl, Liebste!“ sagte Betsy und stand auf. Sie küßte Anna und ging hinaus. Alexej Alexandrowitsch begleitete sie.

„Alexej Alexandrowitsch! Ich kenne Sie als einen wahrhaft großherzigen Menschen“, sagte Betsy, die im kleinen Salon stehenblieb und ihm noch einmal mit besonderer Herzlichkeit die Hand drückte. „Ich habe kein Recht, mich einzumischen, aber ich liebe Anna so sehr und achte Sie so hoch, daß ich mir einen Rat erlauben möchte. Lassen Sie seinen Besuch zu! Alexej Wronski ist die Ehrenhaftigkeit in Person, und er ist nach Taschkent versetzt.“

„Ich bin Ihnen für Ihre Teilnahme und Ihre guten Ratschläge sehr dankbar, Fürstin. Aber ob meine Frau jemand empfangen kann oder nicht, das zu entscheiden obliegt ihr selbst.“

Er sagte dies in dem ihm eigenen würdevollen Ton, mit hochgezogenen Brauen, besann sich aber im selben Augenblick darauf, daß seine Lage, was immer er auch sagen mochte, alles andere als würdevoll war. Dies bestätigte ihm auch das verhaltene, boshaftspöttische Lächeln, mit dem ihn Betsy nach seinen Worten ansah.

20

Im Saal verabschiedete sich Alexej Alexandrowitsch mit einer Verbeugung von Betsy und ging zu seiner Frau zurück. Sie hatte sich hingelegt; als seine Schritte laut wurden, nahm sie jedoch hastig wieder ihre sitzende Stellung ein und blickte ihm erschrocken entgegen. Er sah, daß sie geweint hatte.

„Ich bin dir für das Vertrauen, das du in mich setzt, sehr dankbar“, wiederholte er in mildem Ton auf russisch das, was er in Betsys Beisein französisch gesagt hatte, und setzte sich neben sie. (Wenn er russisch sprach und sie dabei mit du anredete, wirkte dieses Du auf Anna jedesmal aufreizend.) „Und auch für deinen Beschluß bin ich dir sehr dankbar“, fuhr er fort. „Da Graf Wronski Petersburg verläßt, bin ich ebenfalls der Ansicht, daß für ihn keinerlei Notwendigkeit besteht, nochmals herzukommen. Im übrigen ...“

„Ich habe es schon gesagt – wozu diese Wiederholung?“ fiel ihm Anna plötzlich mit einer Gereiztheit ins Wort, die sie nicht rechtzeitig unterdrücken konnte. Keinerlei Notwendigkeit, dachte sie, besteht für einen Menschen, sich von der Frau zu verabschieden, die er liebt, und derentwillen er sich ins Unglück gestürzt hat und sich das Leben nehmen wollte und die ohne ihn nicht leben kann! Nein, es besteht keinerlei Notwendigkeit! Sie preßte die Lippen zusammen und richtete ihre blitzenden Augen auf die geschwollenen Adern seiner Hände, die er langsam rieb.

„Wir wollen nie wieder darüber sprechen", fügte sie in etwas ruhigerem Ton hinzu.

„Ich habe dir die Entscheidung dieser Frage überlassen, und ich bin sehr froh, daß ..."

„Daß mein Wunsch mit dem Ihrigen übereinstimmt", vollendete sie schnell seinen Satz; es reizte sie, daß er so langsam sprach, indessen sie schon alles, was er zu sagen hatte, im voraus wußte.

„Ja", sagte er zustimmend, „und es ist ganz unangebracht, daß sich die Fürstin Twerskaja in die kompliziertesten Familienangelegenheiten einmischt. Gerade sie ..."

„Ich glaube kein Wort von dem, was über sie geredet wird", unterbrach ihn Anna heftig. „Ich weiß, daß sie mir aufrichtig zugetan ist."

Alexej Alexandrowitsch seufzte und schwieg eine Weile. Sie spielte nervös mit den Quasten ihres Morgenrocks und blickte mit jenem qualvollen Gefühl physischen Widerwillens zu ihm hinüber, um dessentwillen sie sich Vorwürfe machte, das sie jedoch nicht überwinden konnte. Sie hatte jetzt nur den einen Wunsch, von seiner ihr unerträglichen Gegenwart befreit zu werden.

„Ich habe eben nach dem Arzt geschickt", unterbrach Alexej Alexandrowitsch das Schweigen.

„Ich bin gesund; was soll der Arzt?"

„Es handelt sich um die Kleine; sie schreit, und man meint, daß die Amme vielleicht nicht genug Milch hat."

„Warum hast du es mir denn nicht erlaubt, sie zu stillen, als ich dich darum gebeten habe? Wie dem auch sei" (Alexej Alexandrowitsch begriff, was dieses „wie dem auch sei" besagen sollte), „sie ist ein hilfloses Kind, und man läßt sie Hungers sterben." Sie klingelte und befahl, ihr das Kind zu bringen. „Als ich sie stillen wollte, wurde es mir nicht erlaubt, und nun werden mir Vorwürfe gemacht."

„Ich mache dir keine Vorwürfe ..."

„Doch, Sie machen mir Vorwürfe! Mein Gott, warum bin ich nicht gestorben!" rief sie und brach in Schluchzen aus. „Verzeih mir, ich bin gereizt, ich bin ungerecht", fügte sie, zur Besinnung gekommen, hinzu. „Doch nun geh ..."

Nein, so kann es nicht bleiben, beschloß Alexej Alexandrowitsch bei sich, als er das Zimmer seiner Frau verließ.

Noch nie war ihm so deutlich wie jetzt bewußt geworden, wie

unmöglich seine Lage in der Gesellschaft war: der Haß, den seine Frau gegen ihn empfand, und welche Macht jene rohe, geheimnisvolle Kraft besaß, die sein Leben beherrschte, im Widerspruch zu seinen seelischen Empfindungen, und die ihm ihren Willen aufzwang und eine Änderung der Beziehungen zu seiner Frau durchsetzen wollte. Er sah ganz klar, daß alle Welt und auch seine Frau irgend etwas von ihm erwarteten, vermochte jedoch nicht zu erkennen, was eigentlich von ihm verlangt wurde. Er fühlte, daß in seiner Seele deswegen eine Verbitterung aufstieg, die seine Ruhe und das ganze Verdienst seines uneigennützigen Verhaltens zu zerstören drohte. Im Interesse Annas hielt er es für ratsam, daß sie ihre Beziehungen zu Wronski abbrach; doch wenn alle Welt der Ansicht war, daß dies unmöglich sei, war er sogar bereit, eine Wiederaufnahme dieser Beziehungen zu dulden, um nur die Kinder vor Schande zu bewahren, sie nicht zu verlieren und nicht gezwungen zu sein, seine Lage zu ändern. So furchtbar dies auch sein mochte, es war immerhin noch besser als eine Trennung, die seine Frau in eine schmachvolle, hoffnungslose Lage versetzen und ihn selbst alles dessen berauben würde, was er liebte. Aber er war sich seiner Ohnmacht bewußt, er wußte im voraus, daß alle gegen ihn sein und ihm nicht gestatten würden, so zu handeln, wie es ihm jetzt so natürlich und gut erschien, sondern daß man ihn zwingen würde, das zu tun, was er für schlecht, die anderen aber für erforderlich hielten.

21

Betsy war noch nicht bis an die Tür gekommen, als ihr aus dem Vorzimmer Stepan Arkadjitsch entgegeneilte; er kam geradeswegs von Jelissejew, wo frische Austern eingetroffen waren.

„Ach! Ihre Durchlaucht! Welch ein angenehmes Wiedersehen!" sprudelte er hervor. „Ich bin schon bei Ihnen gewesen."

„Ein flüchtiges Wiedersehen, denn ich breche gerade auf", erwiderte Betsy lächelnd und schickte sich an, die Handschuhe anzuziehen.

„Einen Augenblick, Fürstin! Bevor Sie den Handschuh anziehen, erlauben Sie, daß ich Ihr Händchen küsse. Von allen alten Bräuchen, die jetzt wieder aufleben, begrüße ich keinen so sehr wie den Handkuß", sagte er, indem er Betsy die Hand küßte. „Wann sehen wir uns nun wieder?"

„Sie verdienen es gar nicht", antwortete Betsy lächelnd.

„Doch, ich verdiene es sehr, denn ich bin eine außerordentlich ernstzunehmende Persönlichkeit geworden. Ich bringe nicht nur meine eigenen, sondern auch die Familienangelegenheiten anderer Leute in Ordnung", sagte er mit vielsagender Miene.

„Ach, das freut mich sehr!" erwiderte Betsy, die sofort begriffen hatte, daß er von Anna sprach. Sie gingen in den Saal zurück und blieben in einer Ecke stehen. „Er quält sie zu Tode", fuhr Betsy flüsternd fort. „Es ist entsetzlich, ganz entsetzlich..."

„Ich freue mich sehr, daß auch Sie dieser Ansicht sind", sagte Stepan Arkadjitsch und schüttelte mit ernster, besorgt-teilnahmsvoller Miene den Kopf. „Aus diesem Grunde bin ich nach Petersburg gekommen."

„Die ganze Stadt spricht davon", fuhr Betsy fort. „Es ist ein unmöglicher Zustand. Sie verzehrt sich vor Gram. Er versteht nicht, daß sie zu den Frauen gehört, die mit ihren Gefühlen nicht scherzen können. Eins von beiden: entweder er rafft sich zu einem Entschluß auf und fährt mit ihr auf und davon, oder er willigt endlich in die Scheidung ein. Sonst geht sie zugrunde."

„Ja, ja... so ist es..." pflichtete ihr Oblonski mit einem Seufzer bei. „Deshalb bin ich ja hergekommen. Das heißt, nicht eigentlich deshalb... Ich bin zum Kammerherrn ernannt worden, da muß man halt seinen Dank abstatten. Aber vor allem kommt es darauf an, diese Sache in Ordnung zu bringen."

„Nun, Gott stehe Ihnen bei!" sagte Betsy.

Nachdem er die Fürstin Betsy in den Flur begleitet, nochmals ihre Hand oberhalb des Handschuhs, an der Stelle, wo der Puls schlägt, geküßt und ihr so viel zweideutiges Zeug vorgeschwatzt hatte, daß sie nicht wußte, ob sie böse werden oder lachen sollte, begab sich Stepan Arkadjitsch zu seiner Schwester. Er fand sie in Tränen.

Ungeachtet der übersprudelnd heiteren Gemütsverfassung, in der Stepan Arkadjitsch war, ging er nun sofort zu einem aufrichtig teilnehmenden, seelenvollen Ton über, wie er der Stimmung seiner Schwester angepaßt war. Er erkundigte sich, wie es ihr gehe und wie sie den Vormittag verbracht habe.

„Sehr, sehr schlecht. Am Morgen, am Tage, die ganze vergangene und noch kommende Zeit – es ist immer das gleiche", gab sie zur Antwort.

„Mich dünkt, du gibst dich zu sehr dem Trübsinn hin. Man muß sich aufraffen, muß das Leben mit festem Blick betrachten. Ich weiß, daß es schwer ist, aber..."

„Ich habe gehört, daß manche Frauen ihre Männer sogar wegen ihrer Laster lieben", fiel ihm Anna unvermittelt ins Wort. „Ich aber hasse ihn wegen seiner Großmut. Es ist mir unmöglich, mit ihm zu leben. Stell dir vor, daß mir sein Anblick physisch zuwider ist, daß er mich rasend macht. Ich kann nicht, ich kann nicht mit ihm leben. Doch was soll ich tun? Ich bin auch vorher unglücklich gewesen und habe gemeint, noch unglücklicher könne man gar nicht sein; aber das Furchtbare, was ich jetzt durchmache, habe ich mir nicht vorzustellen vermocht. Ich weiß, daß er ein gütiger, vortrefflicher Mensch ist und daß ich nicht wert bin, ihm das Wasser zu reichen, und dennoch hasse ich ihn, so unglaublich dies auch klingt. Ich hasse ihn wegen seiner Großmut. Und mir bleibt nichts anderes übrig als ..."

Sie wollte sagen: der Tod, doch Stepan Arkadjitsch ließ es nicht dazu kommen.

„Du bist krank und überreizt", unterbrach er sie. „Glaube mir, du siehst alles viel zu schwarz. So furchtbar, wie du dir die Lage vorstellst, ist sie gar nicht", sagte er und lächelte.

Niemand anders an Stepan Arkadjitschs Stelle hätte sich angesichts einer solchen Verzweiflung ein Lächeln erlaubt (es wäre grausam gewesen); aus seinem Lächeln indessen sprachen eine solche Güte und fast weibliche Zartheit, daß sein Lächeln nicht verletzte, sondern mildernd und beruhigend wirkte. Seinen sanften, von einem Lächeln begleiteten Beschwichtigungsworten war die wohltuend beruhigende Wirkung von Mandelöl eigen. Das spürte auch Anna bald.

„Nein, Stiwa", sagte sie. „Ich bin verloren, verloren. Mehr als verloren. Ich bin es noch nicht ganz; ich kann nicht einmal sagen, daß alles beendet sei, sondern ich fühle, daß das Ende noch bevorsteht. Ich bin wie eine überspannte Saite, die jeden Augenblick zerspringen muß. Aber es ist noch nicht zu Ende ... und das Ende wird furchtbar sein."

„Nun, nun, eine überspannte Saite kann man vorsichtig lockern. Es gibt keine Lage, aus der es nicht einen Ausweg gäbe."

„Ich habe immer und immer wieder nachgedacht. Der einzige Ausweg ..."

Er erkannte an ihrem entsetzten Gesichtsausdruck aufs neue, daß sie den Tod für den einzigen Ausweg hielt, und ließ sie nicht ausreden.

„Nein, erlaube mal!" sagte er. „Du kannst deine Lage nicht so überblicken wie ich. Erlaube, daß ich dir offenherzig meine Auffassung auseinandersetze", fuhr er fort und verzog den Mund nach kurzem Zögern wieder zu einem Lächeln. „Ich gehe bis zum Anfang zurück: du hast einen Mann geheiratet, der zwanzig Jahre älter ist als du. Du hast ohne Liebe geheiratet oder ohne zu wissen, was Liebe ist. Gewiß, das war ein Fehler."

„Ein furchtbarer Fehler!" warf Anna ein.

„Aber ich wiederhole: es ist eine feststehende Tatsache. Dann hast du das ... sagen wir mal, Unglück gehabt, nicht deinen Mann, sondern einen anderen liebzugewinnen. Gewiß, das ist ein Unglück; aber es ist ebenfalls eine feststehende Tatsache. Und dein Mann hat sie anerkannt und verziehen."

Er machte, eine Entgegnung von ihr erwartend, nach jedem Satz eine Pause; doch sie sagte nichts.

„Das steht alles fest. Jetzt handelt es sich darum: Ist dir ein weiteres Zusammenleben mit deinem Mann möglich? Wünschst du es dir? Wünscht er es?"

„Ich weiß nichts, ich weiß gar nichts."

„Du hast doch vorhin selbst gesagt, er sei dir unerträglich?"

„Nein, das habe ich nicht gesagt. Ich nehme es zurück. Ich weiß nichts und verstehe nichts."

„Ja, aber erlaube ..."

„Du kannst das nicht begreifen. Ich fühle, daß ich kopfüber in einen Abgrund stürze und nichts zu meiner Rettung tun darf. Und auch nicht kann."

„Nun, wir werden ein Tuch ausspannen und dich auffangen. Ich verstehe dich, verstehe, daß du es nicht über dich bringen kannst, offen deine Wünsche, deine Gefühle auszusprechen."

„Ich wünsche gar nichts ... nur, daß alles ein Ende nähme."

„Aber er sieht und weiß ja, wie es um dich steht. Und meinst du denn, daß er weniger darunter leidet als du? Du quälst dich, er quält sich – kann das zu etwas Gutem führen? Eine Scheidung hingegen würde alles lösen." Nicht ohne Überwindung kam Stepan Arkadjitsch mit seinem Hauptgedanken heraus und blickte sie bedeutungsvoll an.

Sie antwortete nichts und schüttelte verneinend ihren Kopf mit den kurzgeschnittenen Haaren. Doch an dem Ausdruck ihres Gesichts, das plötzlich in seiner früheren Schönheit erstrahlte, sah er, daß sie dies nur deshalb nicht zu wünschen wagte, weil es ihr als ein unerfüllbares Glück erschien.

„Ihr tut mir entsetzlich leid! Wie glücklich wäre ich, wenn es mir gelänge, dies alles in Ordnung zu bringen!" sagte Stepan Arkadjitsch jetzt bereits mit einem beherzteren Lächeln. „Sprich nicht, sage nichts mehr! Wenn Gott mir nur helfen wollte, alles so vorzubringen, wie ich es empfinde. Ich gehe jetzt zu ihm."

Anna sah ihn mit ihren glänzenden Augen versonnen an und sagte nichts.

22

Stepan Arkadjitsch betrat das Arbeitszimmer Alexej Alexandrowitschs mit jenem ein wenig feierlichen Ausdruck im Gesicht, mit dem er sich sonst im Amt in seinen Präsidialsessel setzte. Alexej Alexandrowitsch ging, die Hände auf dem Rücken ineinandergelegt, im Zimmer auf und ab und dachte über dasselbe nach, worüber Stepan Arkadjitsch eben mit seiner Frau gesprochen hatte.

„Störe ich dich nicht?" fragte Stepan Arkadjitsch, der angesichts seines Schwagers plötzlich ein ihm ungewohntes Gefühl von Verwirrung empfand. Um diese Verwirrung zu verbergen, zog er ein eben erst gekauftes Zigarettenetui aus der Tasche, das mit einem neuartigen Mechanismus zum Öffnen versehen war, beroch das Leder und entnahm dem Etui eine Zigarette.

„Nein. Willst du etwas von mir?" antwortete Alexej Alexandrowitsch mürrisch.

„Ja, ich möchte ... ich muß wegen ... ja, ich muß mit dir sprechen", erklärte Stepan Arkadjitsch und wunderte sich über die ihm sonst gar nicht eigene Zaghaftigkeit, die ihn befallen hatte.

Dieses Gefühl war für ihn so überraschend und befremdend, daß er überhaupt nicht auf den Einfall kam, es könne die Stimme des Gewissens sein, die ihm vorhielt, daß er im Begriff stehe, etwas Unrechtes zu tun. Stepan Arkadjitsch sprach sich Mut zu und überwand seine Zaghaftigkeit.

„Ich hoffe, du bist überzeugt, daß ich meine Schwester liebe und für dich eine aufrichtige Anhänglichkeit und Verehrung empfinde", sagte er und wurde rot.

Alexej Alexandrowitsch blieb stehen, ohne etwas zu antworten; aber Stepan Arkadjitsch war betroffen von seinem Gesicht, das den Ausdruck eines in sein Schicksal ergebenen Opfers zeigte.

„Ich hatte vor ... ich wollte mit dir über meine Schwester und euer Verhältnis zueinander sprechen", sagte Stepan Arkadjitsch, der noch immer gegen eine ihm ungewohnte Schüchternheit ankämpfen mußte.

Alexej Alexandrowitsch sah seinen Schwager mit einem wehmütigen Lächeln an, ging dann, ohne etwas zu sagen, an seinen Schreibtisch, nahm einen dort liegenden angefangenen Brief und reichte ihn Stepan Arkadjitsch.

„Ich denke darüber sowieso unaufhörlich nach. Dies hier ist der Anfang zu einem Brief an sie; ich halte es für richtiger, mich schriftlich an sie zu wenden, weil meine Gegenwart sie reizt", sagte er, als er seinem Schwager den Brief übergab.

Stepan Arkadjitsch nahm den Brief, blickte mit fassungslosem

Staunen in die trüben Augen, die unbeweglich auf ihn gerichtet waren, und begann zu lesen.

„Ich sehe, daß meine Gegenwart Sie bedrückt. So schwer mir diese Erkenntnis auch gefallen ist, habe ich mich doch überzeugt, daß es so ist und nicht anders sein kann. Ich beschuldige Sie nicht; und Gott ist mein Zeuge, daß ich, als ich Sie während Ihrer Krankheit wiedersah, aus vollem Herzen bereit war, alles zu vergessen, was zwischen uns gewesen ist, und ein neues Leben zu beginnen. Ich bereue nicht, was ich getan habe, und werde es nie bereuen; mir hat einzig Ihr Wohl, das Heil Ihrer Seele am Herzen gelegen, und jetzt sehe ich, daß ich das nicht erreicht habe. Sagen Sie mir nun selbst, was Ihnen ein wahrhaftiges Glück verschaffen und Ihrer Seele den Frieden wiedergeben kann. Ich unterwerfe mich ganz Ihrem Willen und Ihrem Gerechtigkeitssinn."

Stepan Arkadjitsch gab seinem Schwager den Brief zurück, sah ihn wieder fassungslos an und wußte nicht, was er sagen sollte. Das anhaltende Schweigen war für beide peinlich, und Stepan Arkadjitschs Lippen begannen nervös zu zucken, während er wortlos das Gesicht Alexej Alexandrowitschs anstarrte.

„Das ist es, was ich ihr sagen wollte", sagte Alexej Alexandrowitsch und wandte sich ab.

„Ja, ja ...", stammelte Stepan Arkadjitsch und konnte nicht weitersprechen, weil Tränen seine Stimme erstickten. „Ja, ja, ich kann es verstehen", brachte er endlich hervor.

„Ich möchte wissen, was sie eigentlich will", sagte Alexej Alexandrowitsch.

„Ich fürchte nur, daß sie sich selbst über ihre Lage nicht im klaren ist. Sie kann sich kein Urteil bilden", bemerkte Stepan Arkadjitsch, der allmählich seine Fassung wiedergewann. „Sie ist erdrückt, buchstäblich erdrückt durch deine Großherzigkeit. Wenn sie diesen Brief liest, wird sie unfähig sein, ein Wort hervorzubringen, und nur noch tiefer den Kopf senken."

„Ja, aber was soll ich unter diesen Umständen tun? Wie kann man zu einer Klärung kommen ... wie ihre Wünsche erfahren?"

„Wenn ich dir meine Meinung sagen darf, so glaube ich, daß es an dir liegt, klipp und klar die Maßnahmen zu bezeichnen, die du für nötig hältst, diesem Zustand ein Ende zu setzen."

„Du meinst demnach, daß er beendet werden muß?" fragte Alexej Alexandrowitsch. „Aber wie?" fügte er hinzu und machte mit der Hand eine eigentümliche Bewegung vor den Augen. „Ich sehe keinen Ausweg."

„Einen Ausweg gibt es aus jeder Lage", erklärte Stepan Arkadjitsch, der bei diesen Worten aufstand und jetzt lebhafter wurde. „Früher einmal hast du an einen Bruch gedacht ... Wenn du jetzt zu der Überzeugung kommst, daß euch ein Zusammenleben kein beiderseitiges Glück gewähren kann ..."

„Was Glück ist, darüber kann man verschiedener Auffassung sein. Doch angenommen, ich sei zu allem bereit und stelle meine eigenen Wünsche ganz zurück – welchen Ausweg gibt es denn aus unserer Lage?"

„Wenn du meine Meinung wissen willst", begann Stepan Arkadjitsch mit dem gleichen besänftigenden, wie Mandelöl wirkenden Lächeln, durch das er schon Anna zu beruhigen versucht hatte. Das gute und zartfühlende Lächeln wirkte so entwaffnend, daß sich Alexej Alexandrowitsch unwillkürlich seiner Schwäche bewußt wurde, sich ihr unterwarf und bereit war, alles zu glauben, was sein Schwager sagen würde. „Sie wird es niemals aussprechen", fuhr Stepan Arkadjitsch fort. „Aber es gibt nur eine Möglichkeit, nur eins, was sie sich wünschen kann – und das ist ein Abbruch der Beziehungen und eine Befreiung von allen mit ihnen verbundenen Erinnerungen. Meiner Ansicht nach erfordert eure Lage die Schaffung neuer, klarer Verhältnisse. Und das ist nur möglich, wenn beide Teile ungebunden sind ..."

„Also Scheidung", warf Alexej Alexandrowitsch mit Widerwillen ein.

„Ja, ich habe die Scheidung im Auge. Ja, eine Scheidung", wiederholte Stepan Arkadjitsch und wurde rot. „Das ist für Eheleute, die in einer solchen Lage sind wie ihr beide, in jeder Beziehung die vernünftigste Lösung. Was bleibt denn anderes übrig, wenn zwei Menschen zu der Erkenntnis gekommen sind, daß ihnen ein weiteres Zusammenleben unmöglich ist? So etwas kann immer vorkommen." Alexej Alexandrowitsch stieß einen schweren Seufzer aus und schloß die Augen, indes Stepan Arkadjitsch, der seine Befangenheit immer mehr abgeschüttelt hatte, fortfuhr: „Zu bedenken bleibt nur noch das eine: ob einer der Ehepartner eine neue Ehe einzugehen wünscht. Wenn nicht, dann ist die Sache sehr einfach."

Alexej Alexandrowitsch verzerrte vor Erregung das Gesicht, murmelte etwas vor sich hin und antwortete nichts. Alles das, was sich Stepan Arkadjitsch so einfach vorstellte, hatte Alexej Alexandrowitsch schon tausendmal überdacht. Und er war immer wieder zu dem Beschluß gekommen, daß es keineswegs sehr einfach, sondern im Gegenteil völlig unmöglich war. Nachdem er sich über die Einzelheiten des Scheidungsverfahrens bereits unterrichtet hatte, hielt er eine Scheidung für unmöglich, weil es ihm das Gefühl der eigenen Würde und die Achtung vor der Religion nicht erlaubten, die Schuld eines fingierten Ehebruchs auf sich zu nehmen, geschweige denn zuzulassen, daß seine Frau, der er verziehen hatte und die er liebte, als schuldig befunden und in Schande gestürzt werde. Auch aus anderen, noch schwerer ins Gewicht fallenden Gründen erschien ihm eine Scheidung unmöglich.

Was sollte im Falle der Scheidung mit seinem Sohn geschehen? Ihn der Mutter zu belassen kam nicht in Frage. Seine geschiedene Frau würde ihre eigene, illegitime Familie haben, in der sein Sohn aller Wahrscheinlichkeit nach stiefmütterlich behandelt und mangelhaft erzogen würde. Ihn selbst behalten? Er wußte, daß das einer Rache seinerseits gleichkäme, und das wollte er nicht. Vor allem aber schien es ihm deshalb unmöglich, in eine Scheidung einzuwilligen, weil er Anna damit dem Verderben preisgäbe. In seinem Herzen waren die Worte haftengeblieben, die Darja Alexandrowna in Moskau zu ihm gesprochen hatte; sie hatte gesagt, daß er bei dem Beschluß, sich scheiden zu lassen, nur an sich selbst und gar nicht daran denke, daß er Anna damit rettungslos ins Unglück stürze. Er brachte diesen Ausspruch jetzt mit seiner Verzeihung, mit seiner Liebe zu den Kindern in Verbindung und legte ihn auf seine eigene Weise aus. In die Scheidung einzuwilligen und seiner Frau die Freiheit zu geben, das bedeutete seiner Auffassung nach, sich selbst der letzten Verbindung mit den Kindern zu berauben, die er liebte, und ihr die letzte Stütze auf dem Wege zur Einkehr zu nehmen und sie ins Verderben zu stürzen. Als geschiedene Frau, das wußte er, würde sie sich mit Wronski verbinden, und diese Verbindung würde unrechtmäßig und sündhaft sein, weil eine Frau nach den Gesetzen der Kirche nicht eine neue Ehe eingehen durfte, solange ihr Mann am Leben war. Sie wird sich mit ihm verbinden, und nach einem oder zwei Jahren verläßt er sie, oder sie geht eine neue Verbindung ein. Und gebe ich meine Einwilligung zu einer unrechtmäßigen Scheidung, dann wird mich die Schuld an ihrem Untergang treffen, sagte sich Alexej Alexandrowitsch. Er hatte sich alles dies schon hundertmal durch den Kopf gehen lassen und war überzeugt, daß eine Scheidung durchaus nicht so einfach sei, wie es sein Schwager behauptete, sondern eine völlige Unmöglichkeit darstellte. Er glaubte kein Wort von dem, was Stepan Arkadjitsch sagte, und hätte jedes seiner Argumente mit Leichtigkeit widerlegen können; aber er hörte ihm zu, weil er fühlte, daß sich in seinen Worten jene mächtige rohe Kraft äußerte, die sein Leben regierte und ihn zwingen werde, sich ihr zu unterwerfen.

„Es handelt sich nur darum, unter welchen Bedingungen du dich mit der Scheidung einverstanden erklärst. Sie verlangt nichts, sie wagt es nicht, dich darum zu bitten, sie überläßt alles deiner Großmut."

Mein Gott! Mein Gott! Wofür diese Strafe? dachte Alexej Alexandrowitsch bei dem Gedanken an die Einzelheiten einer Scheidung, bei der der Mann die Schuld auf sich nimmt; und genauso, wie es Wronski getan hatte, bedeckte jetzt er vor Scham sein Gesicht mit den Händen.

„Du bist aufgeregt, das ist begreiflich. Doch wenn du bedenkst ..."

Und wer dich schlägt auf einen Backen, dem biete den andern auch dar; und wer dir den Mantel nimmt, dem wehre nicht auch den Rock! dachte Alexej Alexandrowitsch. „Ja, ja!" schrie er mit schriller Stimme. „Ich nehme die Schande auf mich, ich gebe sogar meinen Sohn her, aber ... wäre es nicht doch besser, davon Abstand zu nehmen? Nun, meinetwegen, tue, was du willst ..."

Er setzte sich ans Fenster und wandte seinem Schwager den Rücken zu, so daß dieser sein Gesicht nicht sehen konnte. Er war von seinem Kummer überwältigt, und er schämte sich; doch trotz seines Kummers und seiner Scham war er von Freude und Rührung über die Größe seiner Demut bewegt.

Auch Stepan Arkadjitsch war gerührt. Er schwieg eine Weile.

„Glaube mir, Alexej Alexandrowitsch, sie wird deine Hochherzigkeit zu würdigen wissen", sagte er schließlich. „Es muß wohl Gottes Wille gewesen sein", fügte er hinzu, fühlte aber im selben Augenblick, daß er etwas Dummes gesagt hatte, und unterdrückte nur mit Mühe ein Lächeln über seine eigene Dummheit.

Alexej Alexandrowitsch wollte etwas entgegnen, aber Tränen erstickten seine Stimme.

„Euer Unglück ist ein Schicksalsschlag, dem man sich fügen muß. Ich betrachte dieses Unglück als eine feststehende Tatsache und bemühe mich, sowohl ihr als auch dir zu helfen", sagte Stepan Arkadjitsch.

Als Stepan Arkadjitsch das Zimmer seines Schwagers verlassen hatte, war er gerührt, was ihn indessen nicht davon abhielt, sich über die erfolgreiche Vollendung seines Werkes zu freuen; denn daß Alexej Alexandrowitsch sein einmal gegebenes Wort nicht zurücknehmen werde, davon war er überzeugt. Zu dieser Genugtuung gesellte sich noch der Gedanke, daß er nach dem Zustandekommen dieser Sache seiner Frau und seinen Bekannten die Frage stellen werde: „Welcher Unterschied besteht zwischen mir und dem Herrscher? Der Herrscher nimmt eine Parade ab, und niemand ist damit geholfen, ich dagegen nehme jemandem die Frau ab – und dreien ist geholfen ..." Oder: „Welche Ähnlichkeit besteht zwischen mir und dem Herrscher? Wenn ..." Das muß ich mir übrigens noch besser überlegen, sagte er mit einem Lächeln zu sich selbst.

23

Wronski hatte sich schwer verletzt, obwohl das Herz unversehrt geblieben war. Mehrere Tage hatte er zwischen Leben und Tod geschwebt. Als er zum erstenmal wieder sprechen konnte, war nur Warja, die Frau seines Bruders, im Zimmer anwesend.

„Warja!“ sagte er und machte ein strenges Gesicht. „Der Schuß ist ein unglücklicher Zufall gewesen! Und ich bitte dich, nie etwas anderes zu sagen und die Sache allen in dieser Weise darzustellen. Sonst sähe es doch allzu dumm aus.“

Warja beugte sich, ohne auf seine Worte einzugehen, über ihn und blickte ihm mit einem freudigen Lächeln ins Gesicht. Seine Augen waren klar und ohne fieberhaften Glanz, hatten jedoch einen strengen Ausdruck.

„Nun, Gott sei Dank!“ sagte sie. „Hast du noch Schmerzen?“

„Hier ein wenig.“ Er zeigte auf die Brust.

„Dann wollen wir gleich einen neuen Verband machen.“

Er preßte seine breiten Kiefer aufeinander und sah sie, während sie den Verband erneuerte, schweigend an. Als sie damit fertig war, sagte er:

„Ich phantasiere jetzt nicht; sorge bitte dafür, daß kein Gerede entsteht, ich hätte mir das Leben nehmen wollen.“

„Das sagt auch niemand. Aber ich hoffe doch, daß du mit deinem Revolver künftig vorsichtiger umgehen wirst“, sagte Warja lächelnd und sah ihn fragend an.

„Das werde ich wahrscheinlich, obwohl es besser gewesen wäre ...“

Er lächelte grimmig.

Doch ungeachtet dieser mit einem grimmigen Lächeln ausgesprochenen Worte, die Warja in Sorge versetzt hatten, fühlte er sich, sobald die Entzündung zurückgegangen war und die Genesung Fortschritte machte, von einem Teil seines Kummers völlig befreit. Durch seine Tat hatte er die Schande und Demütigung, die er vorher empfunden hatte, gleichsam von sich abgewaschen. Jetzt war er fähig, in Ruhe an Alexej Alexandrowitsch zu denken. Er erkannte uneingeschränkt dessen Großmut an, ohne sich selbst dabei erniedrigt zu fühlen. Es war ihm möglich, jedermann frank und frei in die Augen zu blicken, und er konnte das Leben wieder seinen Gepflogenheiten entsprechend führen. Das einzige, was er trotz unablässiger Bemühungen in seinem Herzen nicht auslöschen konnte, war die verzweifelte Trauer darüber, Anna für immer verloren zu haben. Nachdem er sich von seiner dem Mann gegenüber empfundenen Schuld befreit hatte, stand es in seinem Herzen unumstößlich fest, daß er auf sie verzichten mußte und sich nie wieder zwischen sie, die reuevolle Frau, und ihren Mann stellen durfte; aber er vermochte nicht, den Schmerz über den Verlust ihrer Liebe zu überwinden und die Erinnerung an jene Augenblicke des Glücks auszulöschen, die ihm mit ihr beschieden gewesen waren, die er damals so wenig geschätzt hatte und die ihn nun in ihrer ganzen berückenden Schönheit verfolgten.

Serpuchowskoi hatte ihm einen Posten in Taschkent zugedacht, und Wronski hatte ihn, ohne auch nur einen Augenblick zu zaudern, angenommen. Doch je näher der Tag der Abreise heranrückte, um so schwerer empfand er das Opfer, das zu bringen er sich verpflichtet fühlte.

Seine Wunde war verheilt; er fuhr bereits aus und traf Vorbereitungen für die Abreise nach Taschkent.

Nur einmal sie noch sehen und dann sich vergraben und sterben! dachte er; und als er bei seinen Abschiedsbesuchen auch zu Betsy kam, äußerte er ihr gegenüber diesen Wunsch. Betsy war daraufhin zu Anna gefahren und mit einem ablehnenden Bescheid zurückgekehrt.

Um so besser, sagte sich Wronski, als er diese Nachricht hörte. Es war eine Schwäche von mir, denn ich hätte dabei meine letzte Kraft eingebüßt.

Am Morgen des folgenden Tages kam Betsy persönlich zu ihm und teilte ihm mit, sie habe von Oblonski die günstige Nachricht bekommen, daß Alexej Alexandrowitsch seine Einwilligung zur Scheidung gegeben habe und daß somit einem Besuch bei Anna nichts mehr im Wege stehe.

Ohne Betsy auch nur hinauszugeleiten, ohne an seine Beschlüsse zu denken und ohne sich darum zu kümmern, wann der Besuch möglich und wo der Mann sei, ließ Wronski alles stehen und liegen und fuhr zu Anna. Er stürmte die Treppe hinauf, hatte für niemanden und nichts ein Auge und betrat fast im Laufschritt ihr Zimmer. Und ohne daran zu denken und darauf zu achten, ob noch jemand anderes im Zimmer sei, umarmte er sie und bedeckte ihr Gesicht, ihren Hals und ihre Hände mit Küssen.

Anna hatte in Erwartung des Wiedersehens darüber nachgedacht, was sie ihm sagen würde; aber überwältigt von ihrem Gefühl, kam sie gar nicht dazu, etwas von dem zu sagen, was sie sich vorgenommen hatte. Sie wollte ihn, wollte sich selbst beruhigen, doch dazu war es zu spät. Seine Erregung hatte sich ihr mitgeteilt. Ihre Lippen zitterten so heftig, daß sie lange unfähig war, etwas zu sagen.

„Ja, du hast mich erobert, ich gehöre jetzt dir“, flüsterte sie endlich und preßte seine Hand gegen ihre Brust.

„Etwas anderes war auch gar nicht möglich!“ erwiderte er.

„Und solange wir leben, muß es so bleiben. Das weiß ich jetzt."

„Du hast recht", sagte sie, indes sie immer blasser wurde und seinen Kopf in ihre Arme nahm. „Und doch hat dieser Augenblick etwas Unheimliches, nach allem, was gewesen ist."

„Das wird vergehen, das wird alles vergehen, und wir werden so glücklich sein! Wenn unsere Liebe noch hat wachsen können, dann dadurch, daß in ihr etwas Unheimliches liegt", sagte er. Er hob den Kopf und zeigte beim Lächeln seine kräftigen Zähne.

Sie konnte nun nicht umhin, ihm ihrerseits mit einem Lächeln zu antworten – nicht auf das, was er gesagt hatte, sondern auf die Liebe, die ihr aus seinen Augen entgegenstrahlte. Sie nahm seine Hand und strich sich mit ihr über ihre kalt gewordenen Wangen und das kurzgeschnittene Haar.

„Ich erkenne dich mit deinem kurzen Haar gar nicht wieder. Du bist so schön geworden. Ein richtiger Junge! Aber wie blaß du bist!"

„Ja, ich fühle mich sehr matt", erwiderte sie lächelnd. Und ihre Lippen begannen wieder zu zittern.

„Wir werden nach Italien fahren, dort wirst du dich erholen", sagte er.

„Ist es denn wirklich möglich, daß wir wie Mann und Frau miteinander leben werden, allein, wie eine richtige Familie?" fragte sie und blickte ihm aus nächster Nähe forschend in die Augen.

„Ich wundere mich nur, daß es jemals anders sein konnte."

„Stiwa sagt, daß *er* mit allem einverstanden sei, aber es ist mir unmöglich, *seine* Großmut anzunehmen", sagte sie und blickte nachdenklich an Wronskis Gesicht vorbei ins Leere. „Ich verzichte auf die Scheidung, mir ist jetzt alles gleichgültig. Ich weiß nur nicht, was er wegen Serjosha beschließen wird."

Es war ihm ganz unbegreiflich, daß sie in diesem Augenblick des Wiedersehens an ihren Sohn denken und Überlegungen über die Scheidung anstellen konnte. Spielte das überhaupt eine Rolle?

„Sprich nicht davon und mache dir keine Gedanken", sagte er, während er ihre Hand in der seinen hin und her wendete und sich bemühte, ihre Aufmerksamkeit auf sich zu lenken; doch sie sah ihn immer noch nicht an.

„Ach, warum nur bin ich nicht gestorben! Es wäre das beste gewesen", sagte sie, und aus ihren Augen rannen lautlos die Tränen über beide Wangen. Aber sie bemühte sich zu lächeln, um ihn nicht zu verstimmen.

Eine Ablehnung des ehrenvollen und mit Gefahren verbundenen Postens in Taschkent hätte Wronski auf Grund seiner früheren Anschauungen für schimpflich und ganz unmöglich gehalten. Jetzt hingegen schlug er ihn aus, ohne auch nur einen Augenblick zu überlegen, und nahm unverzüglich seinen Abschied, als er merkte, daß sein Verhalten an höherer Stelle Mißfallen erregte.

Einen Monat später blieb Alexej Alexandrowitsch mit seinem Sohn allein in der Wohnung zurück. Anna war mit Wronski ins Ausland abgereist, ohne von ihrem Mann geschieden zu sein; sie hatte das entschlossen abgelehnt.

Fünfter Teil

I

Die Fürstin Stscherbazkaja hatte es zunächst für unmöglich gehalten, die Hochzeit noch vor den Fasten auszurichten, denn bis dahin waren es nur noch fünf Wochen, und innerhalb dieser Zeit ließ sich die Aussteuer nicht einmal zur Hälfte fertigstellen; andererseits jedoch konnte sie sich auch nicht der Ansicht Lewins verschließen, daß eine Verschiebung bis nach den Fasten nicht ratsam sei, weil die alte Tante des Fürsten Stscherbazki schwerkrank war, so daß mit ihrem baldigen Ableben gerechnet werden mußte und die Hochzeit sich dann durch die Trauer noch weiter verzögern würde. Unter diesen Umständen beschloß sie, die Aussteuer zu teilen, in eine große und eine kleine Aussteuer, und erklärte sich nun damit einverstanden, daß die Hochzeit noch vor den Fasten stattfinden sollte. Sie wollte den kleinen Teil der Aussteuer sofort fix und fertig herrichten, den großen Teil hingegen nachschicken, und sie ärgerte sich sehr über Lewin, von dem sie auf keine Weise einen bündigen Bescheid erhalten konnte, ob er damit einverstanden war oder nicht. Diese Regelung war um so praktischer, als das junge Paar unmittelbar nach der Hochzeit aufs Land zu fahren gedachte, wo es den großen Teil der Aussteuer ohnehin nicht benötigen würde.

Lewin war nach wie vor von der Wahnvorstellung besessen, daß alles in der Welt einzig und allein für ihn und sein Glück da sei, daß er jetzt an nichts mehr zu denken und sich um nichts zu kümmern brauche, sondern daß andere alles Nötige für ihn erledigen würden. Er hatte nicht einmal bestimmte Pläne und Absichten, wie sich sein künftiges Leben gestalten sollte; die Beschlüsse hierüber überließ er den anderen, in der festen Überzeugung, daß alles wunderschön werden müsse. Sein Bruder Sergej Iwanowitsch, Stepan Arkadjitsch und die Fürstin wiesen ihn darauf hin, was er erledigen mußte, und er war mit allem, was ihm vorgeschlagen wurde, völlig einverstanden. Sein Bruder nahm ein Darlehen für ihn auf, die Fürstin riet, Moskau nach der Hochzeit zu verlassen. Stepan Arkadjitsch empfahl eine Reise ins Ausland. Lewin war alles recht. Tut, was ihr wollt, wenn es euch Freude macht, dachte er. Ich bin glücklich, und mein Glück kann sich weder steigern noch vermindern, was immer ihr auch tun mögt. Als er Kitty davon erzählte, daß Stepan Arkadjitsch zu einer Auslandsreise rate, wunderte er sich sehr, daß sie damit nicht einverstanden war, sondern über ihr gemeinsames künftiges Leben ihre eigenen, sehr bestimmten Ansichten besaß. Sie wußte, daß Lewin auf dem Lande eine Aufgabe hatte, die ihm am Herzen lag. Er sah, daß sie diese Aufgabe nicht verstand und auch gar nicht verstehen wollte. Das hinderte sie indessen nicht, diese Aufgabe für sehr wichtig zu halten. Und da sie wußte, daß sie auf dem Lande leben würden, hatte sie nicht den Wunsch, ins Ausland zu reisen, wo sie sich doch nur vorübergehend aufgehalten hätten, sondern sie wollte dorthin fahren, wo künftig ihr Zuhause sein sollte. Diese sehr bestimmt geäußerte Absicht setzte Lewin in Erstaunen. Da ihm jedoch alles recht war, wandte er sich sofort an Stepan Arkadjitsch und bat ihn – als ob das zu dessen Pflichten gehörte –, aufs Land zu fahren und auf dem Gut alles, was er für nötig halte, mit dem ihm in so hohem Maße eigenen Geschmack herzurichten.

„Sag mal, hast du eigentlich einen Schein darüber, daß du zur Beichte gewesen bist?“ fragte Stepan Arkadjitsch eines Tages Lewin, nachdem er vom Lande zurückgekehrt war, wo er alles zur Ankunft der Jungvermählten vorbereitet hatte.

„Nein, wieso?“

„Ohne Beichtschein wirst du nicht getraut.“

„O weh, o weh“, jammerte Lewin. „Ich bin, glaube ich, neun Jahre nicht mehr zur Beichte gewesen. Daran habe ich gar nicht gedacht.“

„Du bist gut!“ lachte Stepan Arkadjitsch. „Und mich nennst du einen Nihilisten! Aber das geht so nicht. Du mußt beichten.“

„Ja, wann denn ? Es sind doch nur noch vier Tage.“

Stepan Arkadjitsch arrangierte auch dies, und Lewin ging zur Beichte.

Lewin, der selbst ungläubig war, aber die religiösen Überzeugungen anderer achtete, hatte es stets als eine seelische Belastung empfunden, irgendwelchen kirchlichen Handlungen beizuwohnen und sich an ihnen zu beteiligen. Jetzt jedoch, in der subtilen, auf alles empfindsam reagierenden Gemütsverfassung, in der er sich befand, erschien ihm die Notwendigkeit zu heucheln nicht nur als eine Belastung, sondern ganz und gar unmöglich. Jetzt, im Bewußtsein seines Glücks, seines Erfolges, sollte er gezwungen sein, entweder sich zu verstellen oder die Religion zu verhöhnen! Er fühlte sich weder zu dem einen noch zu dem anderen imstande. Doch sosehr er auch in Stepan Arkadjitsch drang, ob es nicht doch einen Ausweg gebe, den Beichtschein ohne vorhergehende Beichte zu erhalten – Stepan Arkadjitsch blieb dabei, daß dies unmöglich sei.

„Und was macht es dir schon aus – die zwei Tage? Zudem ist der Priester ein reizender und kluger alter Mann. Er wird dir den Zahn ziehen, ohne daß du etwas davon merkst."

Während Lewin in der Kirche stand und der ersten Messe beiwohnte, bemühte er sich, in seinem Gedächtnis die Erinnerungen an das starke religiöse Gefühl wachzurufen, das er in seiner Jugend, mit sechzehn und siebzehn Jahren, empfunden hatte. Doch er merkte sofort, daß ihm das völlig unmöglich war. Er versuchte nun, das Ganze als einen leeren, bedeutungslosen Brauch zu betrachten, ähnlich der Sitte, Höflichkeitsbesuche zu machen; aber auch dies wollte ihm durchaus nicht gelingen. Lewin hatte zur Religion, wie die meisten seiner Zeitgenossen, ein äußerst unbestimmtes Verhältnis. Obwohl er nicht an die Lehren der Kirche glaubte, war er doch nicht fest überzeugt davon, daß sie gänzlich falsch seien. Außerstande, an die tiefere Bedeutung dessen zu glauben, was er tat, andererseits aber auch nicht fähig, es gleichmütig als eine belanglose Formalität abzutun, empfand er während der ganzen Vorbereitung zur Beichte ein Gefühl des Unbehagens und der Scham, weil er etwas machte, was er selbst nicht verstand und was deshalb, wie ihm eine innere Stimme sagte, unehrlich und schlecht war.

Während des Gottesdienstes hörte er entweder den Gebeten zu und war bestrebt, ihnen eine Bedeutung beizulegen, die seinen Überzeugungen nicht widersprach, oder er bemühte sich, nicht hinzuhören, wenn er fühlte, daß er sie doch nicht verstehen konnte und verurteilen mußte, und gab sich seinen Gedanken, Beobachtungen und Erinnerungen hin, die ihm bei diesem müßigen Herumstehen in der Kirche mit ungewöhnlicher Lebendigkeit durch den Kopf gingen.

Er blieb zur Mittagsmesse, zur Vesper und zur Abendliturgie und begab sich am nächsten Tage, nachdem er früher als gewöhnlich aufgestanden war, ohne erst zu frühstücken, um acht Uhr morgens wieder in die Kirche, um der Morgenliturgie beizuwohnen und die Beichte abzulegen.

Außer einem bettelnden Invaliden, zwei alten Mütterchen und den Kirchendienern war niemand in der Kirche.

Ein junger Diakon, unter dessen dünnem Meßgewand sich scharf die beiden Schulterblätter seines langen Rückens abzeichneten, nahm Lewin in Empfang und begann, an einen kleinen, an der Wand stehenden Tisch herantretend, sofort mit dem Lesen der Gebete. Während dieser Zeremonie und namentlich bei den Worten: „Herr, erbarme dich", die sich bei ihrer häufigen und raschen Wiederholung wie „Herrbarmi, Herrbarmi" anhörten, hatte Lewin das Gefühl, daß sein Geist eingeschlossen und versiegelt sei und daß er, wollte er ihn nicht in Verwirrung bringen, jetzt nicht an ihn rühren und ihn nicht in Bewegung setzen dürfe; er bemühte sich daher auch weiterhin, nicht auf die Worte des vor ihm stehenden Diakons zu hören und in ihren Sinn einzudringen, und beschäftigte sich mit seinen eigenen Gedanken. Es ist erstaunlich, wie ungemein ausdrucksvoll ihre Hand ist, dachte er in Erinnerung daran, wie er gestern mit Kitty am Ecktisch gesessen hatte. Ihnen war, wie fast immer in dieser Zeit, der Gesprächsstoff ausgegangen, und Kitty hatte ihre auf dem Tisch liegende Hand abwechselnd geschlossen und geöffnet und war beim Anblick dieser Bewegung schließlich selbst in Lachen ausgebrochen. Er erinnerte sich, wie er ihre Hand geküßt und dann die in der rosigen Handfläche ineinanderlaufenden Linien betrachtet hatte. Wieder dieses „Herrbarmi", ging es Lewin durch den Kopf, während er sich bekreuzigte, sich verneigte und auf den geschmeidigen Rükken des sich verneigenden Diakons blickte. Dann hatte sie seine Hand genommen und sich die Linien angesehen. „Du hast eine hübsche Hand", hatte sie gesagt. Er warf einen Blick auf seine eigene und auf die kurzfingrige Hand des Diakons. So, jetzt ist es bald zu Ende, dachte er. Nein, es scheint noch einmal anzufangen, sagte er sich, auf die Gebete hörend. Doch, es ist gleich aus: Jetzt verneigt er sich schon bis zur Erde. Das kommt immer am Schluß.

Der Diakon nahm mit seiner aus dem samtenen Aufschlag herausgestreckten Hand den ihm unauffällig hingereichten Dreirubelschein in Empfang, sagte, daß er Lewin eintragen werde, und ging in seinen neuen Stiefeln mit schnellen, auf den Fliesen der leeren Kirche laut widerhallenden Schritten in den Altarraum. Nach wenigen Sekunden blickte er von dort heraus und winkte Lewin, er solle kommen. In Lewins Kopf wollten sich jetzt die so lange zurückgedrängten Gedanken regen, doch er scheuchte sie schnell weg. Irgendwie werde ich schon zurechtkommen, dachte er und ging auf den Altar zu. Er stieg die Stufen empor, wandte sich nach rechts um und erblickte den Priester. Der alte Geistliche, ein kleiner Mann mit schütterem, halbergrautem Bart und müden, gütigen Augen, stand vor dem Gebetpult und blätterte im Ritualbuch. Nach einer leichten Verbeugung zu Lewin hin begann er sofort, in gewohnheitsmäßigem Ton die Gebete zu lesen. Als er damit fertig war, verneigte er sich bis zur Erde und wandte sein Gesicht Lewin zu.

„Christus ist hier unsichtbar zugegen, Ihre Beichte entgegenzunehmen", sagte er und zeigte auf das Kruzifix. „Glauben Sie an alles, was uns die heilige apostolische Kirche lehrt?“ fuhr er fort, wobei er die Augen von Lewins Gesicht abwandte und die Hände unter dem Schultertuch faltete.

„Ich habe gezweifelt, ich zweifle an allem“, erklärte Lewin in einem ihm selbst unangenehm in den Ohren klingenden Ton und hielt inne.

Der Priester wartete einige Augenblicke, ob er vielleicht noch etwas hinzufügen werde, schloß die Augen und sagte dann hastig mit der im Gebiet von Wladimir üblichen deutlichen Aussprache des Lautes „o“:

„Solche Zweifel sind eine menschliche Schwäche, aber wir müssen beten, damit der barmherzige Gott uns stark macht. Welcher besonderen Sünden haben Sie sich schuldig gemacht?“ fuhr er, als sei er darauf bedacht, keine Zeit zu verlieren, ohne jede Pause fort.

„Meine Hauptsünde sind die Zweifel. Ich zweifle an allem und hege fast immer Zweifel.“

„Zweifel sind eine menschliche Schwäche“, wiederholte der Priester seine Worte. „Woran zweifeln Sie denn im besonderen?“

„Ich zweifle an allem. Zuweilen zweifle ich sogar an der Existenz Gottes“, sagte Lewin unbedacht und war zugleich über das Ungehörige dessen entsetzt, was er gesagt hatte. Aber auf den Priester schienen die Worte Lewins keinen Eindruck zu machen.

„Welche Zweifel könnte es wohl an der Existenz Gottes geben?“ fragte der Priester sofort mit einem kaum merklichen Lächeln.

Lewin schwieg.

„Wie können Sie an dem Schöpfer zweifeln, wenn Sie seine Schöpfungen vor Augen haben?“ fuhr der Priester in hastigem, gewohnheitsmäßigem Ton fort. „Wer hat das Himmelsgewölbe mit Gestirnen geschmückt? Wer hat der Erde ihre Schönheit verliehen? Wie sollte das ohne einen Schöpfer geschehen sein?“ sagte er und blickte Lewin fragend an.

Lewin fühlte, daß es ungehörig wäre, mit dem Priester einen philosophischen Disput zu beginnen, und so beschränkte er sich darauf, lediglich die direkte Frage zu beantworten.

„Ich weiß es nicht“, sagte er.

„Sie wissen es nicht? Ja, warum zweifeln Sie denn daran, daß alles von Gott erschaffen ist?“ fragte er mit einem erstaunten Lächeln.

„Ich verstehe nichts“, antwortete Lewin errötend, denn er fühlte, daß seine Worte dumm waren, daß sie in dieser Lage unvermeidlich dumm sein mußten.

„Beten Sie zu Gott, und bitten Sie ihn. Selbst die heiligen Väter haben Zweifel gehegt, selbst sie haben Gott angefleht, sie in ihrem Glauben zu bestärken. Der Teufel hat eine große Macht, aber wir dürfen ihm nicht unterliegen. Beten Sie zu Gott, bitten Sie ihn. Bitten Sie ihn", fügte er hastig noch einmal hinzu.

Der Priester schwieg eine Weile und schien über irgend etwas nachzudenken.

„Sie sind, wie ich gehört habe, im Begriff, mit der Tochter meines Gemeindemitglieds und Beichtsohnes, des Fürsten Stscherbazki, die Ehe einzugehen", sagte er dann lächelnd. „Ein prächtiges junges Mädchen!"

„Ja", antwortete Lewin und errötete vor Unwillen. Wie kommt er dazu, hiernach bei der Beichte zu fragen? dachte er.

Als wollte der Priester auf Lewins Gedanken eingehen, fuhr er fort:

„Sie sind im Begriff, in den Ehestand zu treten, und werden von Gott vielleicht mit Nachkommenschaft gesegnet werden, nicht wahr? Wohlan, welche Erziehung könnten Sie Ihren Kindern geben, wenn Sie in Ihrer Seele nicht die Versuchung des Teufels überwinden, der Sie zur Ungläubigkeit verleitet?" fragte er mit sanftem Vorwurf. „Wenn Sie Ihr Kind lieben, werden Sie ihm als guter Vater nicht allein Reichtum, Überfluß und Ehren wünschen, nein, Sie werden auch auf sein Seelenheil, auf seine geistige Erleuchtung durch das Licht der Wahrheit bedacht sein. Ist es nicht so? Was wollen Sie ihm antworten, wenn das unschuldige Kindchen Sie fragen wird: ‚Papa, wer hat alles das erschaffen, was mich in dieser Welt entzückt – die Erde, die Gewässer, die Sonne, die Blumen und Gräser?' Wollen Sie ihm dann etwa antworten: ‚Ich weiß es nicht?' Sie können nicht unwissend sein, nachdem Ihnen Gott in seiner großen Gnade alles dies offenbart hat. Oder wenn Ihr Kind Sie fragen wird: ‚Was erwartet mich nach dem irdischen Leben im Jenseits?' Was können Sie ihm hierauf sagen, wenn Sie nichts wissen? Wie würden Sie ihm antworten? Würden Sie es den Verlockungen der Welt und des Teufels preisgeben? Das wäre nicht gut!" Er hielt inne, legte den Kopf auf die Seite und sah Lewin aus seinen gütigen, sanften Augen an.

Lewin unterließ es, hierauf etwas zu antworten – nicht deshalb, weil er sich mit dem Priester nicht in Auseinandersetzungen einlassen wollte, sondern weil ihm noch niemand solche Fragen vorgelegt hatte; und bis seine Kinder ihm derartige Fragen stellen könnten, würde er noch genügend Zeit haben, über die Antwort nachzudenken.

„Sie treten jetzt in einen Lebensabschnitt ein", fuhr der Priester fort, „in dem man seinen Weg wählen und an ihm festhalten muß. Beten Sie zu Gott, daß er Ihnen in seiner Güte helfen und sich Ihrer erbarmen möge", schloß er. „Unser Herr und

Gott Jesus Christus verzeihe dir in seiner Gnade und Überfülle seiner Menschenliebe, mein Sohn ..." Und nach Beendigung des Absolutionsgebets segnete der Priester Lewin und entließ ihn.

Als Lewin an diesem Tage nach Hause zurückkehrte, hatte er das wohltuende Gefühl, daß seine peinliche Lage beendet sei, und zwar beendet, ohne daß er zu einer Lüge gezwungen gewesen wäre. Darüber hinaus hatte sich in seinem Bewußtsein die unklare Vorstellung erhalten, daß das, was dieser gütige alte Mann gesagt hatte, durchaus nicht so dumm war, wie es ihm zuerst geschienen hatte, und daß darin etwas enthalten sei, was noch geklärt werden mußte.

Natürlich nicht jetzt, sondern irgendwann später, sagte er sich. Mehr als zuvor hatte Lewin jetzt das Gefühl, daß in seiner Seele etwas unklar und unrein sei und daß er zur Religion die gleiche Einstellung habe, wie er sie bei anderen so deutlich sah und mißbilligte und die er auch seinem Freund Swijashski zum Vorwurf machte.

Während des Abends, den Lewin diesmal mit seiner Braut bei Dolly verbrachte, war er in besonders guter Laune. Um Stepan Arkadjitsch seine übermütige Stimmung zu erklären, sagte er, er fühle sich so wohl wie ein Hund, den man das Springen durch einen Reifen gelehrt habe und der nun, nachdem er endlich begriffen und ausgeführt hat, was von ihm verlangt wird, vor Freude quietschend und schweifwedelnd, auf Tische und Fensterbretter springt.

2

Am Tage der Hochzeit blieb Lewin seiner Braut, dem Brauch entsprechend, fern (auf der strengen Befolgung aller Bräuche bestanden sowohl die Fürstin als auch Darja Alexandrowna) und nahm das Mittagessen in seinem Hotel gemeinsam mit drei Junggesellen ein, die sich zufällig bei ihm eingefunden hatten: Sergej Iwanowitsch, Katawassow, ein ehemaliger Studienkollege von ihm, jetzt Professor der Naturwissenschaften, den Lewin auf der Straße getroffen und zum Mitkommen ins Hotel überredet hatte, und Tschirikow, sein Gefährte auf Bärenjagden, der in Moskau als Friedensrichter tätig war und bei Lewins Trauung als Hochzeitsmarschall fungieren sollte. Beim Essen ging es sehr fröhlich zu. Sergej Iwanowitsch war in bester Stimmung und amüsierte sich über die originellen Ansichten Katawassows. Da Katawassow merkte, daß seine Originalität gewürdigt und verstanden wurde, paradierte er mit ihr um so mehr. Der Friedensrichter Tschirikow beteiligte sich mit gutmütiger Heiterkeit an jedem Gespräch.

„Ja, ja", sagte Katawassow in der gedehnten Redeweise, die er sich bei seinen Vorlesungen angewöhnt hatte, „welch ein befähigter Bursche ist einstmals unser Freund Konstantin Dmitritsch gewesen! Ich spreche von einem Abwesenden, denn jetzt gibt es ihn nicht mehr. Damals, als er von der Universität abging, hat er sowohl für die Wissenschaften geschwärmt als auch allgemeinmenschliche Interessen gehabt; jetzt indessen wendet er die eine Hälfte seiner Fähigkeiten daran, sich selbst zu betrügen, und die andere, diesen Betrug zu rechtfertigen."

„Einem eingefleischteren Gegner der Ehe als Ihnen bin ich noch nicht begegnet", bemerkte Sergej Iwanowitsch.

„Ein Gegner der Ehe bin ich nicht. Aber ich trete für eine Teilung des Arbeitsprozesses ein. Leute, die nichts anderes tun können, sollen Menschen zeugen, und den übrigen obliegt es, deren Aufklärung und Wohlergehen zu fördern. So fasse ich die Sache auf. Gar manchen gibt's, der beides kühn vermengt – mir wurde diese Gabe nicht geschenkt!"

„Welche Freude wird es mir bereiten, wenn ich einmal höre, daß Sie sich verliebt haben!" sagte Lewin. „Laden Sie mich dann bitte zu Ihrer Hochzeit ein."

„Ich bin bereits verliebt."

„Ja, in den Tintenfisch ... Weißt du", wandte sich Lewin an seinen Bruder, „Michail Semjonytsch schreibt nämlich an einem Werk über Ernährungsfragen und ..."

„Nun, bringen Sie nicht alles durcheinander! Worüber ich schreibe, ist dabei ohne Belang. Tatsache ist nur, daß ich den Tintenfisch wirklich liebe."

„Aber er würde Sie doch nicht davon abhalten, Ihre Frau zu lieben."

„Der Fisch würde mich nicht abhalten, wohl aber die Frau."

„Wieso denn?"

„Das werden Sie noch erfahren. Sie zum Beispiel lieben Ihre Wirtschaft, die Jagd – nun, Sie werden schon sehen!"

„Heute ist übrigens Archip bei mir gewesen. In Prudnoje sollen sich, wie er sagte, eine Unmenge Elche und zwei Bären aufhalten", bemerkte Tschirikow.

„Nun, die müssen Sie diesmal ohne mich erlegen."

„Ja, es ist wirklich so", mischte sich Sergej Iwanowitsch ein. „Der Bärenjagd kannst du jetzt ein für allemal Lebewohl sagen – deine Frau wird dich zurückhalten."

Lewin lächelte. Der Gedanke, daß seine Frau ihn zurückhalten würde, war ihm so angenehm, daß er gern für immer auf das Vergnügen verzichten wollte, einen Bären zu Gesicht zu bekommen.

„Aber schade ist es dennoch, daß diese beiden Bären ohne Ihre Teilnahme erlegt werden sollen", sagte Tschirikow. „Erinnern Sie sich noch an das letzte Mal in Chapilowo? Es könnte eine wundervolle Jagd werden."

Lewin, der ihn nicht durch die Bemerkung verstimmen wollte, daß es ohne *sie* nirgends schön sein könne, enthielt sich einer Antwort.

„Nicht ohne Grund hat sich dic Sittc cingebürgert, den Abschied vom Junggesellenleben besonders zu feiern", sagte Sergej Iwanowitsch. „Mag einer noch so glücklich sein, um die Freiheit tut es einem dennoch leid."

„Sagen Sie aufrichtig, haben Sie nicht auch den Wunsch wie jener Bräutigam bei Gogol, aus dem Fenster zu springen?"

„Natürlich hat er ihn, aber er wird es nicht zugeben!" sagte Katawassow und brach in schallendes Gelächter aus.

„Nun, das Fenster steht offen ... Fahren wir auf der Stelle nach Twer! Das eine ist eine Bärin, die können wir in der Höhle stellen. Im Ernst, fahren wir mit dem Fünfuhrzug! Und hier sollen sie sehen, wie sie fertig werden", schlug Tschirikow lächelnd vor.

„Bei Gott, ich kann in meinen Empfindungen keinerlei Bedauern über den Verlust meiner Freiheit feststellen", versicherte Lewin lächelnd.

„In Ihren Empfindungen herrscht jetzt ein solcher Wirrwarr, daß Sie überhaupt nichts feststellen können", warf Katawassow ein. „Warten Sie nur, sobald Sie sich ein wenig zurechtfinden, werden Sie es schon feststellen."

„Nein, ich würde sonst doch zumindest ein wenig das Empfinden haben, daß es mir trotz meines Gefühls" (er wollte Katawassow gegenüber nicht das Wort Liebe gebrauchen) „und Glücks auch um meine Freiheit leid tut ... Im Gegenteil, ich freue mich geradezu über den Verlust meiner Freiheit."

„Das ist schlimm! Ein hoffnungsloser Fall!" sagte Katawassow. „Nun, dann wollen wir auf seine Heilung trinken und ihm nur wünschen, daß wenigstens ein Hundertstel seiner Hoffnungen in Erfüllung gehen möge. Auch das wäre schon ein Glück, wie es auf Erden noch keins gegeben hat!"

Bald nach dem Essen brachen die Gäste auf, um sich in Ruhe für die Hochzeitsfeier umkleiden zu können.

Allein geblieben, legte sich Lewin in Erinnerung an die Gespräche mit den Junggesellen noch einmal die Frage vor, ob sich im Grunde seines Herzens nicht vielleicht doch jenes Gefühl des Bedauerns über den Verlust seiner Freiheit verberge, von dem sie gesprochen hatten. Er lächelte bei dieser Frage. Freiheit? Was bedeutet mir Freiheit? Mein Glück besteht einzig darin, zu lieben und zu wünschen und ganz in ihren Wünschen und Gedanken aufzugehen, ohne an Freiheit zu denken – ja, das ist das wahre Glück!

Aber kennst du denn auch ihre Gedanken, Wünsche und Gefühle? glaubte er plötzlich eine leise Stimme zu vernehmen. Das Lächeln verschwand aus seinem Gesicht, er wurde nachdenklich. Und unversehens bemächtigte sich seiner ein merkwürdiges Gefühl. Er wurde von Angst und Zweifeln gepackt, von Zweifeln an allem.

Vielleicht liebt sie mich gar nicht? Vielleicht wird sie meine Frau nur, um überhaupt zu heiraten? Womöglich weiß sie selbst nicht, was sie tut? fragte er sich. Sie kann zur Besinnung kommen und wird dann erst nach der Heirat erkennen, daß sie mich nicht liebt und gar nicht lieben konnte! Absonderliche, ganz häßliche Gedanken gingen ihm durch den Kopf. Er war eifersüchtig auf Wronski wie vor einem Jahr, als ob jener Abend, an dem er sie an dessen Seite gesehen hatte, erst gestern gewesen wäre. Er argwöhnte, daß sie ihm nicht alles gesagt hatte.

Er sprang schnell auf. Nein, so geht es nicht! sagte er sich in seiner Verzweiflung. Ich werde zu ihr gehen, werde sie fragen und ein letztes Mal zu ihr sagen: Wir sind noch frei, ist es nicht am besten, wir lassen es sein? Alles ist besser als ewiges Unglück, Schande und Untreue! Mit Verzweiflung im Herzen und erbittert über alle Menschen, über sich selbst und über Kitty, verließ er das Hotel und begab sich zu ihr.

Er traf sie in einem der hinteren Zimmer an. Über den Stuhllehnen und auf dem Fußboden waren Kleider in allen möglichen Farben aufgehäuft, und Kitty selbst saß auf einem Koffer und besprach irgend etwas mit dem Stubenmädchen.

„Ach!" rief sie und erstrahlte vor Glück, als er das Zimmer betrat. „Du bist … Sie sind gekommen?" Sie redete ihn noch immer mal mit du, mal mit Sie an. „Das ist wirklich eine Überraschung! Ich bin gerade dabei, meine Mädchenkleider zu sortieren, wer das eine und wer das andere erhalten soll …"

„So! Das ist ja sehr schön!" sagte er mit einem finsteren Blick auf das Stubenmädchen.

„Geh jetzt, Dunjaschka, ich werde dich dann rufen", sagte Kitty. „Was ist mit dir?" fragte sie ihn, ohne weiteres zum Du übergehend, nachdem sich das Stubenmädchen entfernt hatte. Sie bemerkte den sonderbar erregten und finsteren Ausdruck seines Gesichts und erschrak.

„Kitty, ich quäle mich! Ich kann diese Qual nicht allein ertragen", sagte er mit bebender Stimme, während er vor ihr stehenblieb und ihr beschwörend in die Augen blickte. Er erkannte bereits an dem offenherzigen, von Liebe erfüllten Ausdruck ihres Gesichts, daß alles überflüssig war, was er zu sagen beabsichtigte, aber es kam ihm dennoch darauf an, von ihr selbst beruhigt zu werden. „Ich bin gekommen, dir zu sagen, daß es jetzt noch nicht zu spät ist. Noch kann alles rückgängig gemacht und behoben werden."

„Was denn? Ich verstehe nichts. Was quält dich?"

„Das, was ich schon tausendmal gesagt habe und immer wieder denke: daß ich deiner nicht wert bin. Du kannst unmöglich den Wunsch haben, meine Frau zu werden. Überlege es dir. Du hast dich geirrt. Überlege es dir gut. Du kannst mich nicht lieben ... Wenn du ... sage es ganz offen", stammelte er, ohne sie anzusehen. „Ich werde unglücklich sein. Mögen die Leute reden, was sie wollen. Alles ist erträglicher als ein solches Unglück. Und immer noch besser jetzt, als wenn es zu spät ist ..."

„Ich verstehe dich nicht", sagte Kitty bestürzt. „Was soll rückgängig gemacht werden? Willst du zurücktreten?"

„Ja, wenn du mich nicht liebst."

„Du bist wahnsinnig!" schrie sie auf und errötete vor Ärger. Aber beim Anblick seines kläglichen Gesichts unterdrückte sie ihren Ärger, warf die Kleider vom Sessel und setzte sich näher zu ihm heran.

„Was machst du dir für Gedanken? Sage mir alles!"

„Ich meine, daß du mich unmöglich lieben kannst. Wodurch könnte ich dir liebenswert sein?"

„Mein Gott! Was kann ich denn tun?" rief sie verzweifelt und brach in Tränen aus.

„Ach, was habe ich angerichtet!" stammelte er fassungslos; er kniete vor ihr nieder und bedeckte ihre Hände mit Küssen.

Als die Fürstin fünf Minuten später das Zimmer betrat, fand sie das Brautpaar bereits in bestem Einvernehmen. Kitty hatte Lewin nicht nur von ihrer Liebe überzeugt, sondern ihm auf seine Frage, warum sie ihn liebe, auch eine Erklärung gegeben: Sie liebe ihn deshalb, weil sie ihn ganz verstehe, weil sie wisse, was eben er lieben müsse, und weil alles, was er liebe, gut sei. Diese Erklärung leuchtete ihm völlig ein. Beim Eintritt der Fürstin saßen beide nebeneinander auf dem Koffer, sortierten die Kleider und stritten sich, weil Kitty das braune Kleid, das sie getragen hatte, als er ihr seinen Antrag machte, Dunjascha schenken wollte, während Lewin darauf bestand, daß dieses Kleid nicht weggegeben werden und Dunjascha statt dessen ein blaues erhalten sollte.

„Daß du das nicht verstehst! Sie ist brünett, und das blaue wird sie nicht kleiden ... Ich habe das alles bedacht."

Als die Fürstin hörte, weswegen er gekommen war, wurde sie, halb im Scherz, halb im Ernst, böse und schickte ihn nach Hause, damit er sich umziehe und Kitty nicht beim Frisieren störe, denn Charles müsse jeden Augenblick eintreffen.

„Sie hat sowieso schon all diese Tage nichts gegessen und sieht miserabel aus, und da regst du sie auch noch durch deine törichten Einfälle auf“, sagte sie. „Geh jetzt, mein Lieber, geh!“

Wenn auch schuldbewußt und beschämt, so doch beruhigt, kehrte Lewin in sein Hotel zurück. Sein Bruder, Darja Alexandrowna und Stepan Arkadjitsch, alle bereits in großer Toilette, warteten schon auf ihn, um ihn mit dem Heiligenbild zu segnen. Es war keine Zeit zu verlieren. Darja Alexandrowna mußte noch nach Hause fahren, um ihren pomadisierten und ondulierten Sohn abzuholen, der die Braut mit dem Heiligenbild begleiten sollte. Der eine Wagen mußte dann nach dem Hochzeitsmarschall geschickt und der zweite, der Sergej Iwanowitsch in die Kirche bringen sollte, mußte zurückbeordert werden... Überhaupt waren sehr viele, äußerst komplizierte Umstände zu berücksichtigen. Fest stand jedenfalls, daß man nicht säumen durfte, denn es war schon halb sieben.

Aus dem Segnen mit dem Heiligenbild wurde nichts Rechtes. Stepan Arkadjitsch stellte sich in einer komisch-feierlichen Pose neben seine Frau, nahm das Heiligenbild und veranlaßte Lewin, sich bis zur Erde zu verneigen, woraufhin er ihn mit einem gutmütig-spöttischen Lächeln segnete und dann dreimal küßte. Darja Alexandrowna tat das gleiche und wollte anschließend sofort losfahren, brachte jedoch in ihrer Hast die vorgesehene Einteilung der Wagen wiederum durcheinander.

„Wir wollen es folgendermaßen machen“, sagte Stepan Arkadjitsch. „Du holst in unserem Wagen den Jungen ab, und Sergej Iwanowitsch wird vielleicht so freundlich sein, im Vorbeifahren den Hochzeitsmarschall mitzunehmen und den Wagen dann zurückzuschicken.“

„Natürlich, sehr gern.“

„Und ich komme mit ihm dann gleich nach. Sind die Sachen schon weg?“

„Ja, sie sind weg“, antwortete Lewin und gab Kusma Anweisung, alles Nötige zum Umkleiden zu bringen.

3

Eine große Menschenmenge, die hauptsächlich aus Frauen bestand, umringte die für die Trauung hell erleuchtete Kirche. Diejenigen, denen es nicht gelungen war, ins Innere einzudringen, drängten sich vor den Fenstern, stritten sich und stießen einander, um einen Blick durch die Gitter zu erhaschen.

Mehr als zwanzig Wagen, von den Polizisten in Reih und Glied eingeordnet, standen bereits auf der Straße. Ein Polizeioffizier in blitzender Uniform harrte ungeachtet des Frostes vor dem Eingang aus. Ununterbrochen kamen weitere Equipagen vorgefahren, und blumengeschmückte Damen mit gerafften Schleppen sowie Herren, die vor der Tür ihren Zylinder oder ihre Uniformmütze abnahmen, begaben sich in die Kirche. Im Inneren der Kirche brannten bereits beide Kronleuchter und sämtliche Kerzen vor den Heiligenbildern an den Wänden. Die goldenen Heiligenscheine auf dem roten Untergrund des Ikonostas, die vergoldeten Schnitzereien der Ikonen, das Silber der Kronleuchter und Kandelaber, die Fliesen des Fußbodens, die Teppiche, die Kirchenfahnen oben auf dem Chor, die Stufen des Altars, die alten, von der Zeit geschwärzten Bücher, die Chor- und Meßgewänder – alles war von Licht überflutet. Auf der rechten Seite der geheizten Kirche, wo sich ein buntes Bild von Fräcken, weißen Krawatten und Uniformen, von Stoffen, Samt und Atlas, Frisuren, Blumen, entblößten Schultern und mit langen Handschuhen bekleideten Armen darbot, erhob sich ein lebhaftes, gedämpftes Stimmengewirr, das in eigentümlicher Weise von der hohen Kuppel widerhallte. Jedesmal, wenn quietschend die Tür aufging, trat in der Menge Stille ein, und alle wandten sich um, in der Erwartung, das eintretende Brautpaar zu erblicken. Doch die Tür hatte sich schon mehr als zehnmal geöffnet, und immer waren es entweder verspätete Gäste gewesen, die sich rechts der Gruppe der Geladenen zugesellten, oder eine Zuschauerin, die es verstanden hatte, den Polizeioffizier zu täuschen oder zu erweichen, und sich nun nach links zu der Menge des ungeladenen Publikums begab. Sowohl die Verwandten als auch die Fremden hatten bereits alle Stadien der Erwartung ausgekostet.

Zunächst hatte man, in der Annahme, daß das Brautpaar jeden Augenblick eintreffen müsse, der Verzögerung keinerlei Bedeutung beigemessen. Dann hatten sich die Versammelten immer häufiger nach der Tür umgeblickt und die Frage erörtert, ob womöglich etwas passiert sei.

Doch nun war die Lage allmählich schon peinlich geworden, und die Verwandten und Gäste gaben sich den Anschein, als dächten sie gar nicht an den Bräutigam, sondern seien in ihre Unterhaltung vertieft.

Der Protodiakon, der anscheinend auf die Kostbarkeit seiner Zeit hinweisen wollte, hustete ab und zu ungeduldig und brachte damit die Fensterscheiben zum Erzittern. Vom Chor herab hörte man übende Stimmen oder das Schneuzen der sich langweilenden Sänger. Der Priester schickte unaufhörlich bald den Kirchendiener, bald den Diakon hinaus, die nachsehen sollten, ob der Bräutigam noch nicht eingetroffen sei, während er selbst, in seinem lila Ornat mit gesticktem Gürtel, immer häufiger zur Seitentür hinausging, um nach dem Bräutigam Ausschau zu halten. Schließlich blickte eine der Damen auf die Uhr und sagte: „Das ist aber sonderbar!", woraufhin sämtliche Gäste in Unruhe gerieten und laut ihre Verwunderung und ihr Befremden äußerten. Einer der Hochzeitsmarschälle fuhr los, um zu sehen, was geschehen war.

Kitty, die längst fix und fertig war, stand unterdessen in weißem Kleid, langem Schleier und einem Kranz aus Orangenblüten mit der Brautmutter und ihrer Schwester Natalie im Saal des Stscherbazkischen Hauses am Fenster und wartete schon seit über einer halben Stunde darauf, von ihrem Hochzeitsmarschall die Nachricht zu erhalten, daß der Bräutigam in der Kirche eingetroffen sei.

Zur gleichen Zeit ging Lewin, erst mit Hosen, aber noch nicht mit Frack und Weste bekleidet, in seinem Hotelzimmer auf und ab, steckte alle Augenblicke den Kopf zur Tür hinaus und musterte den Korridor. Aber im Korridor war von demjenigen, den er erwartete, noch immer nichts zu sehen, und er kehrte, verzweifelt mit den Armen fuchtelnd, zu dem seelenruhig rauchenden Stepan Arkadjitsch zurück.

„Ich glaube, noch nie ist ein Mensch in einer so entsetzlich blöden Lage gewesen!" sagte er.

„Ja, es ist dumm", bestätigte Stepan Arkadjitsch mit einem besänftigenden Lächeln. „Aber beruhige dich, er muß es ja gleich bringen."

„Nein, so etwas!" sagte Lewin mit verhaltener Wut. „Und überhaupt diese blöden offenen Westen! Dieses hier geht unmöglich!" fügte er mit einem Blick auf sein zerknittertes Oberhemd hinzu. „Und wenn die Sachen nun gar schon zur Bahn gebracht sind?!" rief er verzweifelt aus.

„Dann ziehst du eben meins an."

„Das hätte ich längst tun sollen."

„Man darf sich nicht lächerlich machen ... Warte noch, *es wird schon alles werden*!"

Der Sachverhalt war der: Kusma, der alte Diener Lewins, war, als sich sein Herr ankleiden wollte, mit dem Frack, der Weste und allem sonstigen Zubehör außer einem Oberhemd angekommen.

„Und das Hemd?“ hatte Lewin gerufen.

„Das Hemd haben Sie ja an“, hatte Kusma mit einem ruhigen Lächeln geantwortet.

Kusma, der Anweisung erhalten hatte, alles einzupacken und in die Stscherbazkische Wohnung zu bringen, von wo aus die Jungvermählten heute abend abreisen wollten, hatte alle Sachen außer dem Frack eingepackt und war nicht auf den Gedanken gekommen, ein frisches Hemd zurückzubehalten. Das Hemd, das Lewin morgens angezogen hatte, war zerknittert und kam deshalb bei dem jetzt modernen weiten Ausschnitt der Westen nicht in Betracht. Zu den Stscherbazkis zu schicken hätte infolge des weiten Weges viel Zeit gekostet. Lewin wollte ein neues Hemd kaufen lassen. Aber der Hoteldiener war mit dem Bescheid zurückgekommen, daß alle Geschäfte geschlossen seien: Es war ja Sonntag. Man ließ nun ein Hemd aus der Wohnung Stepan Arkadjitschs holen, das sich jedoch als viel zu weit und zu kurz erwies. Schließlich hatte man doch noch zu den Stscherbazkis geschickt, ein Hemd aus dem Koffer zu holen. Während in der Kirche alles auf den Bräutigam wartete, lief dieser im Zimmer wie ein Tier im Käfig auf und ab, spähte alle Augenblicke auf den Korridor hinaus und dachte mit Entsetzen und Verzweiflung daran, was er Kitty heute alles gesagt hatte und was sie jetzt womöglich von ihm denken könnte.

Endlich kam der Übeltäter Kusma atemlos mit dem Hemd ins Zimmer gestürzt.

„Ich bin gerade noch zurechtgekommen. Sie luden schon alles auf den Wagen“, sagte Kusmal.

Um seine Verzweiflung nicht noch zu erhöhen, sah Lewin gar nicht erst auf die Uhr und lief drei Minuten später im Sturmschritt den Korridor hinunter.

„Damit kannst du jetzt auch nichts mehr retten“, sagte Stepan Arkadjitsch lächelnd, während er ihm ohne besondere Hast folgte. „*Es wird schon alles noch richtig werden,* glaube es mir.“

4

„Sie sind gekommen! – Da ist er! – Welcher ist es? – Der jüngere, nicht wahr? – Aber sie, das arme Seelchen, mehr tot als lebendig ist sie!“ Solche Äußerungen wurden in der Menge laut, als Lewin, der seine Braut am Portal in Empfang genommen hatte, mit ihr die Kirche betrat.

Stepan Arkadjitsch erklärte seiner Frau den Grund der Verspätung, und die Gäste tuschelten lächelnd miteinander. Lewin hatte für niemand und für nichts ein Auge; er sah unverwandt seine Braut an.

Man sagte allgemein, daß Kittys Äußeres in den letzten Tagen sehr gelitten habe und daß sie in ihrem Brautstaat bei weitem nicht so hübsch aussehe wie sonst; aber Lewin fand das nicht. Er blickte auf ihre hohe Frisur und den langen weißen Schleier und die weißen Blüten, auf den hochstehenden, in Falten gelegten Kragen, der ihren schlanken Hals von den Seiten sittsam verdeckte und vorn offenließ, sowie auf ihre auffallend schlanke Taille, und es schien ihm, daß sie schöner sei denn je – nicht etwa, weil die Blumen, der Schleier und das aus Paris bestellte Kleid ihre Schönheit erhöht hätten, sondern weil trotz dieser ausgeklügelten Pracht ihrer Kleidung ihrem lieben Gesicht, ihren Augen und Lippen auch jetzt jener besondere, nur ihr eigene Ausdruck von Unschuld und Offenherzigkeit anhaftete.

„Ich dachte schon, du wolltest dich auf und davon machen", sagte sie lächelnd zu ihm.

„Was mir passiert ist, ist dermaßen dumm, daß ich gar nicht davon sprechen mag", sagte Lewin und wurde rot. Doch in diesem Augenblick trat Sergej Iwanowitsch zu ihnen heran und redete Lewin an.

„Das war ja eine schöne Geschichte mit deinem Hemd!" sagte er lächelnd und schüttelte den Kopf.

„Ja, ja", antwortete Lewin, ohne überhaupt zu verstehen, was man zu ihm sprach.

„So, Kostja, jetzt muß eine wichtige Frage entschieden werden", sagte Stepan Arkadjitsch mit gewollt besorgtem Gesicht. „Gerade jetzt bist du in der Lage, ihre ganze Wichtigkeit zu ermessen. Man fragt mich, ob angebrannte oder unangebrannte Kerzen angezündet werden sollen. Der Unterschied macht zehn Rubel aus", fügte er lächelnd hinzu. „Ich habe die Sache schon entschieden, fürchte jedoch, daß du nicht einverstanden sein wirst."

Lewin merkte, daß dies ein Scherz war, brachte aber kein Lächeln zustande.

„Also wie ist es? Angebrannte oder unangebrannte, das ist die Frage."

„Gut, gut, unangebrannte!"

„Nun, dann bin ich sehr froh. Die Frage ist entschieden!" meinte Stepan Arkadjitsch lächelnd. „Wie dumm benehmen sich doch die Menschen in einer solchen Lage", sagte er zu Tschirikow, als sich Lewin, der ihn während des ganzen Gesprächs verständnislos angesehen hatte, wieder seiner Braut zuwandte.

„Gib acht, Kitty, daß du als erste den Teppich betrittst", erinnerte die auf Kitty zukommende Gräfin Nordston. „Sie sind ja gut!" wandte sie sich zu Lewin um.

„Ist dir nicht bange zumute?" fragte die alte Tante Marja Dmitrijewna.

„Frierst du nicht? Du bist so blaß. Komm, bücke dich mal!" sagte Kittys Schwester Natalie und hob ihre vollen, schönen Arme, um auf Kittys Kopf lächelnd den Blütenkranz zurechtzurücken.

Auch Dolly kam zu ihr und wollte etwas sagen; aber sie war unfähig, ein Wort hervorzubringen, brach in Tränen aus und lachte gezwungen auf.

Kitty sah alle mit ebenso geistesabwesenden Blicken an wie Lewin. Auf alle an sie gerichteten Worte vermochte sie nur mit einem Lächeln zu antworten, einem Lächeln, in dem sich ihr ganzes Glück widerspiegelte.

Die Kirchendiener hatten mittlerweile ihre Meßgewänder angelegt, und der Priester, begleitet von dem Diakon, erschien am Chorpult, das im vorderen Teil der Kirche stand. Er wandte sich an Lewin und sagte ihm irgend etwas. Aber Lewin verstand nicht, was der Priester sagte.

„Nehmen Sie Ihre Braut an die Hand und führen Sie sie", flüsterte ihm der Hochzeitsmarschall zu.

Lewin begriff lange nicht, was von ihm verlangt wurde. Man belehrte ihn fortwährend und wollte es schon aufgeben, weil er immer wieder die falsche Hand von Kitty ergriff oder es mit der falschen Hand tat, als ihm endlich klar wurde, daß er, ohne die Stellung zu ändern, mit seiner rechten Hand auch ihre rechte Hand nehmen mußte. Nachdem er seine Braut schließlich in der richtigen Weise an die Hand genommen hatte, ging ihnen der Priester ein paar Schritte voraus und blieb vor dem Chorpult stehen. Die Menge der Verwandten und Bekannten folgte ihnen unter gedämpftem Stimmengewirr und dem Rascheln der Schleppen. Jemand bückte sich und ordnete die Falten an der Schleppe der Braut. In der Kirche trat eine solche Stille ein, daß man das Tropfen der Wachskerzen hörte.

Der alte Priester, mit seiner schwarzen, zylinderförmigen Kopfbedeckung über dem silbergrauen glänzenden Haar, das zu beiden Seiten hinter die Ohren zurückgestreift war, befreite seine kleinen greisenhaften Hände aus dem schweren, silberbestickten Ornat, der auf dem Rücken mit einem goldenen Kreuz geschmückt war, und ordnete etwas auf dem Chorpult.

Stepan Arkadjitsch trat leise an ihn heran und flüsterte ihm etwas zu, machte dann Lewin ein Zeichen mit den Augen und zog sich wieder zurück.

Der Priester zündete zwei mit Blumen bemalte Kerzen an, die er in der linken Hand so schräg hielt, daß das Wachs langsam heruntertropfte, und drehte sich zu dem Brautpaar um. Es war derselbe Priester, bei dem Lewin die Beichte abgelegt hatte. Er betrachtete den Bräutigam und die Braut mit müdem, wehmütigem Blick, seufzte und streckte seine rechte Hand unter dem Ornat hervor, um mit ihr den Bräutigam zu segnen, woraufhin er ebenso, jedoch mit einem Anflug behutsamer Zärtlichkeit, seine geschlossenen Finger auf den gesenkten Kopf Kittys legte. Dann reichte er ihnen die Kerzen, nahm das Weihrauchgefäß und trat langsam einige Schritte von ihnen zurück.

Ist es möglich, daß dies alles Wirklichkeit ist? dachte Lewin und betrachtete seine Braut. Auf ihr Profil herabblickend, erkannte er an dem leichten Beben ihrer Lippen und Wimpern, daß sie seinen Blick spürte. Sie hob nicht die Augen, aber der hohe, in Falten gelegte Kragen geriet in Bewegung und berührte ihr rosiges kleines Ohr. Er sah, daß sie den Atem anhielt und daß ihre kleine Hand mit dem langen Handschuh, in der sie die Kerze hielt, zitterte.

Die ganze Aufregung wegen des Hemdes und der Verspätung, die Gespräche mit Bekannten und Verwandten, deren Unzufriedenheit und seine lächerliche Lage – alles das war plötzlich vergessen, und er wurde von Freude und zugleich von Angst ergriffen.

Der stattliche, gutaussehende Protodiakon, in silberbesticktem Chorgewand, das gelockte Haar an den Seiten zurückgekämmt, trat schnell vor, hob mit gewohntem Handgriff die Stola mit zwei Fingern und blieb vor dem Priester stehen.

„Gib uns dei-nen Se-gen, Va-ter!“ erklangen langsam, einer nach dem anderen, die feierlichen Laute und brachten die Luft zum Erzittern.

„Gelobt sei Gott, unser Herr, jetzt und immerdar und bis in alle Ewigkeit“, antwortete in demütigem, singendem Ton der alte Priester, während er weiter irgend etwas am Pult ordnete. Harmonisch und ausladend, die ganze Kirche von den Fenstern bis zu den Deckengewölben füllend, erklang jetzt der volle Akkord des nicht sichtbaren Chores, schwoll immer mehr an, schwang einen Augenblick im Raum und klang dann leise aus.

Man betete wie üblich um den himmlischen Frieden und um Erlösung, für den Synod und für den Zaren; auch die sich eben vermählenden Knechte Gottes, Konstantin und Jekaterina, wurden in das Gebet eingeschlossen.

„Wir flehen zu Gott, daß er ihnen vollkommene Liebe, Frieden und Hilfe schenke“, hallte die Stimme des Protodiakons in der ganzen Kirche wider.

Lewin lauschte den Worten, und sie verblüfften ihn. Wie hat man erraten, daß ich Hilfe brauche, Hilfe vor allem? dachte er und erinnerte sich seiner vorausgegangenen Zweifel und quälenden Gedanken. Was weiß ich? Wie sollte ich ohne Hilfe mit diesen furchtbaren Fragen fertig werden? Gerade Hilfe brauche ich jetzt am nötigsten.

Nachdem der Diakon das Responsorium beendet hatte, schlug der Priester das Buch auf und wandte sich dem jungen Paar zu.

„Ewiger Gott, der du die Getrennten zusammenführst und sie durch das unzerreißbare Band der Liebe vereinigst", las er mit sanfter, singender Stimme. „Der du Isaak und Rebekka, die Vollstrecker deiner Verheißung, gesegnet hast, segne auch diese deine Knechte, Konstantin und Jekaterina, und führe sie zu allem Guten. Dich, den gnädigen, barmherzigen Gottvater, den Sohn und den Heiligen Geist preisen wir heute und immerdar und von Ewigkeit zu Ewigkeit." Und das „Amen" des nicht sichtbaren Chores ergoß sich abermals durch die Kirche.

„Der du die Getrennten zusammenführst und sie durch das unzerreißbare Band der Liebe vereinigst" – welch tiefe Bedeutung liegt doch in diesen Worten, und wie genau entsprechen sie meinen Gefühlen in diesem Augenblick, dachte Lewin. Ob sie wohl das gleiche empfindet wie ich?

Er sah Kitty an und begegnete ihrem Blick.

Aus ihrem Augenausdruck schloß er, daß sie alles ebenso auffasse wie er. Doch das traf nicht zu: Sie hatte den Sinn der Worte beim Gottesdienst fast gar nicht verstanden und während der Trauung selbst nicht einmal auf sie geachtet. Sie war außerstande, auf die Worte zu hören und sie zu verstehen, weil ein einziges Gefühl ihre ganze Seele erfüllte und immer stärker wurde. Dieses Gefühl entsprang der Freude über die endgültige Verwirklichung dessen, was sich seit anderthalb Monaten in ihrer Seele vollzogen hatte und was sie während dieser ganzen sechs Wochen beglückt und zugleich gequält hatte. An jenem Tage, als sie in ihrem braunen Kleid im Saal des Elternhauses wortlos zu ihm herangetreten und seine Braut geworden war – an jenem Tage und in jener Stunde hatte sich in ihrer Seele ein völliger Bruch mit ihrem ganzen bisherigen Leben vollzogen und ein ganz anderes, für sie neues und geheimnisvolles Leben begonnen, während in Wirklichkeit doch das alte Leben weiterging. Diese sechs Wochen waren für sie die glückseligste und zugleich qualvollste Zeit. Ihr ganzes Leben, alle ihre Wünsche und Hoffnungen waren in dieser Zeit auf einen Menschen konzentriert, den sie noch nicht verstand, mit dem sie ein Gefühl verband, das ihr noch unbegreiflicher war als der Mensch selbst und das sie bald zu ihm hinzog, bald von ihm entfernte; zugleich aber setzte sie das Leben unter den gewohnten äußeren Bedingungen fort. Und während sie das frühere Leben weiterlebte, erkannte sie mit Bestürzung, daß sich ihrer eine unüberwindliche Gleichgültigkeit für alles Bisherige bemächtigt hatte: für die Gegenstände und Gewohnheiten, für die Menschen, die sie liebte und von denen sie geliebt wurde, für die über ihre Gleichgültigkeit betrübte Mutter, für ihren zärtlich-liebevollen Vater, der ihr früher das Teuerste auf Erden gewesen war. Mitunter war sie über diese Gleichgültigkeit bestürzt, dann wieder freute sie sich über den Grund, der diese Gleichgültigkeit in ihr hervorgerufen hatte. Ihr ganzes Sinnen und Trachten war ausschließlich auf das Leben mit diesem Menschen gerichtet; aber dieses neue Leben war noch nicht da, und sie konnte sich nicht einmal eine klare Vorstellung davon machen, wie es sich gestalten würde. Alles in diesen sechs Wochen war Erwartung gewesen, die teils mit Freude, teils mit Angst erfüllte Erwartung des Neuen und Unbekannten. Doch nun war die Zeit der Erwartung, der Ungewißheit und der Gewissensbisse über die Abkehr vom bisherigen Leben beendet, und das Neue mußte beginnen. Dieses Neue vermochte sie durch seine Ungewißheit nicht zu schrecken: Doch ob es sie nun schreckte oder nicht, es hatte sich in ihrer Seele bereits vor sechs Wochen vollzogen, und das, was schon lange in ihr vor sich gegangen war, erhielt jetzt nur noch seine Weihe.

Der Priester wandte sich wieder zum Chorpult um, und nachdem er mit Mühe den winzigen Ring Kittys erfaßt hatte, ließ er sich von Lewin die Hand reichen und steckte ihm den Ring auf das erste Glied des Fingers. „Der Knecht Gottes Konstantin vermählt sich der Magd Gottes Jekaterina." Und als der Priester hierauf den großen Ring über den kleinen rosigen, durch seine Zartheit rührend wirkenden Finger Kittys streifte, wiederholte er dieselbe Formel.

Mehrmals konnten die Brautleute nicht erraten, was sie zu tun hatten, und machten etwas falsch, woraufhin der Priester sie jedesmal im Flüsterton belehrte. Als sie schließlich ausgeführt hatten, was verlangt wurde, bekreuzigte der Priester sie mit den Ringen und übergab Kitty wieder den großen und Lewin den kleinen Ring; aber sie fanden sich in dem, was sie jetzt tun sollten, wiederum nicht zurecht und hatten die Ringe schon zweimal ausgewechselt, ohne daß das Erforderliche richtig zustande gekommen war.

Dolly, Tschirikow und Stepan Arkadjitsch traten vor, um ihnen zu helfen. Es entstand eine peinliche Situation, man flüsterte und lächelte. Aber der gerührte, feierliche Ausdruck in den Gesichtern des Bräutigams und der Braut blieb dadurch unverändert; im Gegenteil, während sie beim Wechseln der Ringe die Hände verwechselten, sahen sie noch ernster und feierlicher aus als vorher, und das Lächeln, mit dem Stepan Arkadjitsch ihnen zuflüsterte, daß jetzt jeder seinen eigenen Ring anstecken solle, erstarrte auf seinen Lippen. Er fühlte, daß ein Lächeln sie verletzen würde.

„Denn du hast von allem Anbeginn das männliche und das weibliche Geschlecht erschaffen", las der Priester nach dem Austausch der Ringe, „und durch dich wird dem Manne das Weib zugesellt zur Hilfe und zum Fortbestand des Menschengeschlechts. Herr, unser Gott, der du selbst die Erleuchtung und deine Verheißung deinen Knechten, unseren Vätern, gesandt hast von Geschlecht zu Geschlecht, blicke herab auf die von dir Auserwählten, deinen Knecht Konstantin und deine Magd Jekaterina, und bekräftige ihre Vermählung im Glauben, in Eintracht, in Wahrheit und in Liebe ..."

Lewin fühlte immer deutlicher, daß alle Gedanken, die er sich über seine Heirat gemacht, alle Pläne, die er für die künftige Gestaltung seines Lebens geschmiedet hatte, kindisch gewesen waren und daß hier etwas vor sich ging, was er bis jetzt nicht verstanden hatte und jetzt noch weniger begriff als zuvor; ein Zittern stieg ihm in der Brust immer höher und höher, und Tränen, die sich nicht zurückhalten ließen, traten ihm in die Augen.

5

Ganz Moskau hatte sich in der Kirche versammelt, alle Verwandten und Bekannten waren anwesend. Während der ganzen Trauungszeremonie in der festlich erleuchteten Kirche war im Kreise der herausgeputzten Frauen, jungen Mädchen und der in Frack mit weißer Krawatte oder in Uniform erschienenen Männer ein sittsam verhaltenes Gespräch im Gange, das vorwiegend von den Männern aufrechterhalten wurde, indes die Damen ganz davon in Anspruch genommen waren, alle Einzelheiten der ihnen immer so zu Herzen gehenden heiligen Handlung zu beobachten.

Unter denjenigen, die der Braut am nächsten standen, waren ihre beiden Schwestern: Dolly, die älteste, und die schöne, gelassene Natalie Lwowa, die zur Hochzeit aus dem Ausland gekommen war.

„Ich finde es merkwürdig, daß Marie zu einer Hochzeit ein lila, fast schwarz wirkendes Kleid angezogen hat", bemerkte Frau Korsunskaja.

„Bei ihrem Teint ist das für sie das einzig Mögliche", erwiderte

Frau Drubezkaja. „Ich wundere mich übrigens, daß man die Trauung auf den Abend gelegt hat, was sonst doch nur in Kaufmannskreisen ..."

„Es ist feierlicher. Ich bin auch abends getraut worden", sagte Frau Korsunskaja und stieß einen Seufzer aus; sie dachte daran, wie lieblich sie an jenem Tage ausgesehen hatte, wie überschwenglich verliebt ihr Mann gewesen war und wie sehr sich inzwischen alles geändert hatte.

„Es heißt ja, wer zehnmal als Hochzeitsmarschall fungiert hat, wird nicht mehr heiraten", sagte Graf Sinjawin zu der hübschen Prinzessin Tscharskaja, die es auf ihn abgesehen hatte. „Ich wollte diesmal zum zehntenmal Hochzeitsmarschall sein, um mich zu sichern, aber der Platz war schon vergeben."

Die Prinzessin antwortete nur mit einem Lächeln. Sie blickte auf Kitty und dachte, wann und wie sie wohl in der gleichen Situation an der Seite des Grafen Sinjawin stehen werde, und nahm sich vor, ihn dann an seinen heutigen Scherz zu erinnern.

Der junge Fürst Stscherbazki erzählte der schon bejahrten Hofdame Nikolajewa, er beabsichtige, Kitty die Krone auf die Chignons zu setzen, damit sie glücklich werde.

„Sie hätte die Chignons überhaupt weglassen sollen", erwiderte die Hofdame, die für den Fall, daß der alte Witwer, nach dem sie ihre Netze ausgeworfen hatte, sie heiraten sollte, schon längst beschlossen hatte, die Hochzeit ganz schlicht zu begehen. „Ich bin nicht für diesen Pomp."

Sergej Iwanowitsch unterhielt sich mit Darja Dmitrijewna und erklärte scherzend, die Sitte, unmittelbar nach der Hochzeit auf Reisen zu gehen, bürgere sich deshalb immer mehr ein, weil sich die Jungvermählten stets etwas genierten.

„Ihr Bruder kann stolz sein. Sie ist ein bezauberndes Geschöpf. Ich könnte mir vorstellen, daß Sie ihn beneiden."

„Darüber bin ich schon hinaus, Darja Dmitrijewna", antwortete Sergej Iwanowitsch, dessen Gesicht unversehens einen ernsten, wehmütigen Ausdruck annahm.

Stepan Arkadjitsch erzählte seiner Schwägerin seinen Witz über Scheidungen.

„Man muß ihr den Kranz zurechtrücken", antwortete sie, ohne auf seinen Witz einzugehen.

„Wie schade, daß sie sich so zu ihrem Nachteil verändert hat", sagte die Gräfin Nordston zu Natalie. „Aber dennoch, er ist nicht ihren kleinen Finger wert. Finden Sie nicht auch?"

„Nein, er gefällt mir sehr gut, und nicht etwa nur deshalb, weil er jetzt mein beau-frère wird", antwortete Natalie. „Und wie gut er sich benimmt! Es ist ja so schwer, in einer solchen Lage Haltung zu bewahren und sich nicht lächerlich zu machen. Aber an ihm wirkt nichts lächerlich, nichts gezwungen, man sieht, daß er wirklich ergriffen ist."

„Sie haben diese Heirat wohl erwartet?"

„Beinahe. Sie hat ihn immer liebgehabt."

„Jetzt wollen wir aber achtgeben, wer von beiden zuerst den Teppich betritt. Ich habe Kitty instruiert."

„Das ist ganz gleich", meinte Natalie. „Wir ordnen uns doch alle unseren Männern unter, das liegt uns Frauen in der Natur."

„Nun, bei meiner Trauung mit Wassili bin ich jedenfalls darauf bedacht gewesen, als erste den Fuß auf den Teppich zu setzen. Wie denken Sie darüber, Dolly?"

Dolly stand neben ihnen, hörte, was sie sprachen, antwortete aber nicht. Ihre Seele war aufgewühlt. Sie kämpfte gegen Tränen an und hätte nichts sagen können, ohne in Schluchzen auszubrechen. Sie freute sich über Kitty und Lewin, und als sie dabei an ihre eigene Hochzeit zurückdachte und zu dem strahlenden Stepan Arkadjitsch hinüberblickte, vergaß sie die Gegenwart ganz und erinnerte sich nur an ihre eigene erste und unschuldige Liebe. Ihre Gedanken beschränkten sich nicht auf sie selbst, sondern umfaßten alle ihr nahestehenden und bekannten Frauen; sie dachte daran, wie jede von ihnen in jenem für sie einzigartig feierlichen Augenblick – ebenso wie jetzt Kitty – im Brautstaat vor dem Altar gestanden und mit Liebe, Hoffen und Angst im Herzen der Vergangenheit entsagt und den Schritt in die geheimnisvolle Zukunft getan hatte. Unter all den Frauen, die sie sich im Geiste nochmals als Braut vorstellte, gedachte sie auch ihrer geliebten Anna, über deren vorgesehene Scheidung sie kürzlich Näheres erfahren hatte. Auch sie hatte einst in der gleichen Reinheit, im Schleier und mit einem Kranz aus Orangenblüten, dagestanden. Und was war daraus geworden? „Unfaßbar, schrecklich", flüsterte sie.

Doch nicht nur die Schwestern, Freundinnen und Verwandten beobachteten alle Einzelheiten der heiligen Handlung; auch die fremden Frauen, die nur zum Zuschauen gekommen waren, verfolgten aufgeregt und mit angehaltenem Atem jede Regung im Gesicht des Bräutigams und der Braut, als fürchteten sie, ihnen könne eine Bewegung entgehen, und ärgerten sich über die Gleichgültigkeit der Männer, deren scherzhafte oder andere Dinge betreffende Bemerkungen sie unbeantwortet ließen oder oft auch ganz überhörten.

„Warum sie bloß so verweint ist? Ob sie ihn vielleicht gegen ihren Willen heiratet?" – „Was soll sie denn gegen einen so schmucken Mann haben? Ob er ein Fürst ist?"

„Ist das ihre Schwester, die im weißen Atlas? Hör nur, wie der Diakon brüllt: ‚Und sollst deinen Mann fürchten.‘“

„Sind es welche aus dem Tschudow-Kloster?“

„Nein, vom Synodalchor.“

„Ich hab einen Diener gefragt. Der sagt, er nimmt sie gleich auf seine Besitzungen mit. Furchtbar reich soll er sein, heißt es. Deshalb hat man sie ihm auch gegeben.“

„Nein, wirklich, ein schönes Paar!“

„Da, Marja Wlassjewna, Sie wollten nicht glauben, daß man Krinolinen trägt! Sehen Sie mal jene dort, im flohbraunen Kleid, die Frau eines Gesandten soll es sein, wie bei ihr der Rock absteht… Hier ist er so gerafft und da wieder so.“ „Wie rührend sieht doch die Braut aus, rein wie ein Opferlämmchen! Da kann man sagen, was man will, wir Frauen sind doch zu bedauern.“

Solche Bemerkungen hörte man unter den Zuschauerinnen, denen es gelungen war, durch die Kirchentür hereinzuschlüpfen.

6

Nachdem die Trauungszeremonie beendet war, breitete einer der Kirchendiener in der Mitte der Kirche vor dem Chorpult ein Stück rosa Seide aus, der Chor stimmte einen kunstvollen, komplizierten Psalm an, bei dem abwechselnd der Baß und der Tenor sangen, und der Priester drehte sich zu den Neuvermählten um und zeigte auf das ausgebreitete Stück rosa Seide. Doch soviel und sooft auch beide davon gehört hatten, daß derjenige, der zuerst den Teppich betritt, der Herr im Hause sein werde, weder Lewin noch Kitty vermochten an dieses angebliche Vorzeichen zu denken, als sie jetzt die wenigen Schritte vortraten. Sie hörten auch nicht die lebhaften Bemerkungen und Meinungsverschiedenheiten darüber, ob er zuerst den Teppich betreten hatte, wie die einen behaupteten, oder ob ihn beide zugleich betreten hatten, was die anderen gesehen haben wollten.

Nach den üblichen Fragen, ob sie gewillt seien, miteinander die Ehe einzugehen, und ob sie nicht schon anderen die Ehe versprochen hätten, und nach den ihnen selbst komisch vorkommenden eigenen Antworten wurde wieder gebetet. Kitty lauschte den Worten des Gebets und bemühte sich, ihren Sinn zu verstehen, vermochte es aber nicht. Das Gefühl des Jubels und der lichten Freude, das in ihrer Seele während der Trauungszeremonie immer stärker wurde, machte es ihr unmöglich, aufmerksam zuzuhören.

Man betete darum, daß Gott ihnen „Keuschheit und Frucht des Leibes sowie Freude am Anblick ihrer Söhne und Töchter" schenken möge. Es war die Rede davon, daß Gott das Weib aus einer Rippe Adams geschaffen habe, und weiter hieß es: „Darum wird ein Mann Vater und Mutter verlassen und an seinem Weibe hangen, und sie werden sein ein Fleisch" und „Das Geheimnis ist groß". Ferner wurde darum gebetet, daß Gott ihnen Fruchtbarkeit und seinen Segen geben möge wie Isaak und Rebekka, Joseph, Moses und Zippora und daß es ihnen beschieden sein möge, die Söhne ihrer Söhne zu sehen. Alles das ist sehr schön, dachte Kitty, als sie diese Worte vernahm, und anders ist alles dies auch gar nicht möglich. Und ein glückseliges Lächeln, das sich unwillkürlich allen mitteilte, die auf sie blickten, verklärte ihr Gesicht.

„Setzen Sie sie richtig auf!" hörte man Ratschläge, nachdem der Priester ihnen die Kronen aufgesetzt hatte und der junge Stscherbazki nun Kittys Krone mit zitternder Hand, die in einem mit drei Knöpfen versehenen Handschuh steckte, hoch über ihrem Kopf hielt.

„Setzen Sie sie nur auf!" flüsterte sie lächelnd.

Lewin blickte seine Braut an und war überrascht von dem freudigen Glanz, den ihr Gesicht ausstrahlte. Ihre Freude sprang auch auf ihn über, und ihm wurde ebenso leicht und froh zumute wie ihr.

Sie hörten frohen Herzens zu, als ein Abschnitt aus den Apostelbriefen verlesen wurde, und freuten sich über die rollende Stimme des Protodiakons beim letzten Vers, auf den das fremde Publikum schon mit großer Ungeduld gewartet hatte. Es bereitete ihnen Freude, aus der flachen Schale den warmen, mit Wasser verdünnten Wein zu trinken, und ihnen wurde noch froher zumute, als der Priester seinen Ornat zurückschlug, sie an den Händen faßte und unter den anschwellenden Tönen des Basses, der das „Jauchze, Jesaias!" sang, um das Chorpult herumführte. Stscherbazki und Tschirikow, die die Kronen stützten und ebenfalls lächelten, als freuten sie sich über irgend etwas, verhaspelten sich ab und zu in der Schleppe der Braut und blieben zurück, oder sie stießen mit dem jungen Paar zusammen, wenn der Priester einmal unerwartet stehenblieb. Der Funke der Freude, der sich in Kitty entzündet hatte, schien auf alle in der Kirche Anwesenden übergesprungen zu sein. Lewin schien es, daß der Priester und der Diakon, ebenso wie er selbst, am liebsten gelächelt hätten.

Der Priester nahm dem jungen Paar die Kronen vom Kopf, las das letzte Gebet und beglückwünschte die Neuvermählten. Lewin blickte Kitty an, und noch nie zuvor hatte er sie so gesehen, wie sie in diesem Augenblick aussah. Sie war bezaubernd durch jenen neuen Glanz strahlenden Glücks, der von ihrem Gesicht ausging. Lewin wollte ihr etwas sagen, wußte jedoch nicht, ob schon alles beendet war. Der Priester half ihm aus der Verlegenheit. Er verzog den Mund zu einem gütigen Lächeln, nahm ihnen die Kerzen ab und sagte leise:

„Küssen Sie Ihre Frau, und Sie küssen Ihren Mann."

Lewin drückte behutsam einen Kuß auf Kittys lächelnden Mund, reichte ihr den Arm und führte sie, indem er auf ganz neue, eigenartige Weise ihre Nähe spürte, aus der Kirche. Er glaubte nicht, vermochte nicht zu glauben, daß dies alles Wirklichkeit war. Erst als sich ihre staunenden, schüchternen Blicke begegneten, glaubte er daran, denn er fühlte, daß sie jetzt eins waren.

Noch am selben Abend, nach dem Essen, reisten die Jungvermählten auf Lewins Landgut ab.

7

Wronski und Anna reisten nun schon seit drei Monaten gemeinsam in Europa umher. Sie hatten Venedig, Rom und Neapel besucht und waren dieser Tage in einer kleineren italienischen Stadt angelangt, in der sie sich für einige Zeit niederzulasen gedachten.

Der Oberkellner, ein schöner Mann, durch dessen dichtes pomadisiertes Haar ein schon im Nacken beginnender Scheitel gezogen war, stand im Frack, mit breiter, weißer batistener Hemdbrust und mit einem Bündel Berlocken über dem sich rundlich abzeichnenden Bauch in der Hotelhalle und erteilte, die Hände in die Taschen gesteckt und die Augen verächtlich zusammenkneifend, einem Herrn, der ihn nach irgend etwas fragte, kurz angebunden eine Antwort. Als er Schritte vernahm, die von der anderen Seite des Eingangs die Treppe heraufkamen, drehte er sich um und sah, daß es der russische Graf war, der im Hotel die besten Zimmer belegt hatte. Er zog die Hände aus den Taschen, verbeugte sich respektvoll und berichtete, daß der Kurier dagewesen sei und daß die Sache wegen des Palazzo in Ordnung gehe; der Generalbevollmächtigte sei bereit, den Mietvertrag zu unterzeichnen.

„Oh, das freut mich sehr!" sagte Wronski. „Ist die gnädige Frau zu Hause?"

„Die gnädige Frau hat einen Spaziergang gemacht, ist aber soeben zurückgekehrt", antwortete der Kellner.

Wronski nahm seinen breitrandigen Filzhut ab, wischte sich

mit dem Taschentuch den Schweiß von der Stirn und strich das bis halb über die Ohren reichende Haar zurück, das seine Glatze verdecken sollte. Mit einem flüchtigen Blick auf den Herrn, der stehengeblieben war und ihn aufmerksam musterte, wollte er weitergehen.

„Der Herr ist Russe und hat sich nach Ihnen erkundigt", sagte der Oberkellner.

Mit einem Gefühl, in dem sich der Ärger darüber, daß man nirgends vor einer Begegnung mit Bekannten sicher sei, mit dem Wunsch vermischte, in seinem einförmigen Leben wenigstens irgendeine Zerstreuung zu finden, blickte sich Wronski noch einmal zu dem Herrn um, der ein paar Schritte zurückgetreten und dort stehengeblieben war; und im selben Moment leuchteten beider Augen auf.

„Golenistschew!"

„Wronski!"

Es war in der Tat Golenistschew, ein ehemaliger Kamerad Wronskis im Pagenkorps. Golenistschew hatte zum liberalen Flügel gehört und war nach seinem Ausscheiden aus dem Korps ins Zivilleben gegangen, ohne eine Stellung anzunehmen. Die Verbindung zwischen den Kameraden war seitdem völlig abgerissen, und sie waren einander inzwischen nur ein einziges Mal begegnet.

Bei jener Begegnung hatte Wronski gemerkt, daß sich Golenistschew, der irgendeine hochintellektuelle liberale Tätigkeit ausübte, daraufhin für berechtigt hielt, auf Wronskis Tätigkeit und Beruf verächtlich herabzublicken. Wronski hatte Golenistschew bei dieser Gelegenheit kalt und stolz abgefertigt, worauf er sich gut verstand und womit er sagen wollte: Ihr könnt meine Lebensweise billigen oder nicht billigen, das ist mir völlig gleichgültig; aber ihr müßt mir Achtung entgegenbringen, wenn ihr euch zu meinen Bekannten zählen wollt. Golenistschew hatte den Ton Wronskis mit verächtlichem Gleichmut hingenommen, und man sollte eigentlich meinen, daß sie das damalige Zusammentreffen noch mehr entfremdet hätte. Doch nun strahlten alle beide und schrien vor Freude auf, als sie einander erkannten. Wronski hätte nie geglaubt, daß ihn ein Wiedersehen mit Golenistschew so erfreuen würde, denn er war sich wohl selbst nicht bewußt, wie sehr er sich langweilte. Er dachte nicht mehr an den unangenehmen Eindruck ihrer letzten Begegnung und reichte dem ehemaligen Kameraden mit freudestrahlendem Gesicht die Hand. Und ein ebensolcher Ausdruck von Freude spiegelte sich jetzt auch in dem Gesicht Golenistschews an Stelle der anfänglichen Unsicherheit.

„Wie freue ich mich, dich wiederzusehen!" sagte Wronski mit

einem herzlichen Lächeln, wobei seine prachtvollen weißen Zähne sichtbar wurden.

„Ja, ich hörte, daß ein Wronski eingetroffen sei, wußte aber nicht, welcher. Ich freue mich wirklich sehr."

„Aber laß uns doch hineingehen! Was treibst du denn zur Zeit?"

„Ich bin schon seit über einem Jahr hier. Ich arbeite."

„Ah!" sagte Wronski interessiert. „Doch komm nun! Kennst du Frau Karenina?" Er ging, wie es bei den Russen so üblich war, wenn die Dienstboten das Gesagte nicht verstehen sollten, zur französischen Sprache über, obwohl in diesem Fall gerade das Russische am Platz gewesen wäre. „Wir reisen zusammen. Ich will gerade zu Ihr", fügte er, aufmerksam das Gesicht Golenistschews musternd, hinzu.

„Ach, das wußte ich nicht", sagte Golenistschew, obwohl er es sehr gut wußte, in gleichmütigem Ton. „Bist du schon lange hier?"

„Ich? Seit vier Tagen", antwortete Wronski und sah ihm nochmals prüfend ins Gesicht.

Ja, er ist ein anständiger Mensch und faßt die Sache richtig auf, sagte sich Wronski, der den Gesichtsausdruck Golenistschews und dessen Übergang zu einem anderen Thema verstanden hatte. Ich kann ihn mit Anna bekannt machen, er hat das „richtige Verständnis".

Während dieser drei Monate, die Wronski nun schon mit Anna im Ausland zubrachte, hatte er sich bei jedem Zusammentreffen mit neuen Menschen die Frage vorgelegt, wie die Betreffenden wohl seine Beziehungen zu Anna auffassen mochten, und bei den Männern hatte er in der Regel das „richtige Verständnis" festgestellt. Doch wenn man ihn und die anderen, die das „richtige Verständnis" besaßen, danach gefragt hätte, worin denn dieses Verständnis bestehe, dann wären sowohl er als auch die anderen in große Verlegenheit geraten.

Im Grunde genommen dachten die anderen, die Wronskis Ansicht nach das „richtige Verständnis" besaßen, überhaupt nicht darüber nach, sondern sie benahmen sich einfach so, wie es wohlerzogene Menschen all den verwickelten und unlösbaren Fragen gegenüber tun, die im Leben von allen Seiten an uns herantreten: Sie wahrten den Anstand und vermieden Andeutungen und unangenehme Fragen. Sie gaben sich den Anschein, die Zusammenhänge und Zwangsläufigkeit der Lage durchaus zu verstehen und die sich daraus ergebenden Folgen anzuerkennen und sogar zu billigen, aber jegliche Erörterung hierüber für unpassend und überflüssig zu halten.

Wronski merkte gleich, daß Golenistschew ebenfalls zu dieser Art Menschen gehörte, und freute sich um so mehr über das Wiedersehen mit ihm. In der Tat, beim Zusammentreffen mit Anna benahm sich Golenistschew so taktvoll, wie Wronski es sich nicht besser hätte wünschen können. Gewandt in der Unterhaltung, vermied er alle Gespräche, die einen peinlichen Charakter hätten annehmen können.

Er hatte Anna bis dahin nicht gekannt und war überrascht von ihrer Schönheit und noch mehr von der Natürlichkeit, mit der sie sich in ihre Lage schickte. Sie errötete, als Wronski ihr Golenistschew vorstellte, und dieses kindliche Erröten, das sich über ihr offenes, schönes Gesicht ausbreitete, gefiel ihm ausnehmend gut. Besonders imponierte ihm, daß Anna, um von vornherein alle Mißverständnisse auszuschließen, Wronski geflissentlich nur mit dem Vornamen anredete und davon erzählte, daß sie im Begriff seien, in ein soeben gemietetes Haus überzusiedeln, das hier Palazzo genannt werde. Diese einfache, gerade Art, sich mit ihrer Lage abzufinden, gefiel Golenistschew. Er kannte Alexej Alexandrowitsch und kannte Wronski, und als er jetzt dieses gutmütig-heitere, energische Auftreten Annas beobachtete, glaubte er sie vollkommen zu verstehen. Er glaubte zu verstehen, was ihr selbst völlig unbegreiflich war: daß sie, nachdem sie ihren Mann unglücklich gemacht, ihn und ihren Sohn verlassen und ihren guten Ruf eingebüßt hatte, dennoch imstande war, lebensfroh und glücklich zu sein.

„Er ist sogar im Reiseführer erwähnt“, sagte Golenistschew von dem Palazzo, den Wronski gemietet hatte. „Dort hängt ein wundervolles Gemälde von Tintoretto. Aus seiner letzten Schaffensperiode.“

„Was meinen Sie?“ wandte sich Wronski an Anna. „Das Wetter ist schön, wollen wir nicht hingehen und uns noch einmal alles ansehen?“

„Ja, sehr gern, ich will mir nur schnell den Hut aufsetzen. Es ist heiß draußen, sagen Sie?“ fragte sie, indem sie an der Tür stehenblieb und erwartungsvoll zu Wronski hinüberblickte. Und wiederum überzog eine tiefe Röte ihr Gesicht.

Wronski merkte ihrem Gesichtsausdruck an, daß sie nicht recht wußte, bis zu welchem Grade er sich mit Golenistschew einlassen wollte, und nun im Zweifel war, ob sie sich seinen Wünschen entsprechend benommen habe.

Er sah sie mit einem langen, zärtlichen Blick an.

„Nein, nicht sehr“, sagte er.

Seinem Blick glaubte sie zu entnehmen, daß sie alles richtig gemacht habe, und vor allem, daß er zufrieden mit ihr sei. Sie lächelte ihm zu und verließ raschen Schrittes das Zimmer.

Die beiden Freunde sahen einander an und machten einigermaßen verlegene Gesichter. Golenistschew, der offensichtlich von Anna begeistert war, schien etwas über sie sagen zu wollen und nicht die rechten Worte zu finden, während Wronski eine solche Äußerung einerseits wünschte, andererseits aber auch fürchtete.

„Du hast dich also hier niedergelassen?“ begann Wronski, um ein Gespräch in Gang zu bringen. „Bist du noch immer mit deinem Buch beschäftigt?“ fragte er, weil er sich jetzt erinnerte, daß ihm jemand gesagt hatte, Golenistschew verfasse irgendein Buch.

„Ja, ich schreibe jetzt den zweiten Teil von meinem Werk ‚Zwei Grundsätze‘“, antwortete Golenistschew, der bei Wronskis Frage vor Freude über und über rot geworden war. „Das heißt, richtiger gesagt, ich schreibe ihn noch nicht, sondern bereite ihn vor, sammle Material. Der zweite Teil wird bedeutend umfangreicher sein und fast alle einschlägigen Fragen berühren. Bei uns in Rußland will man nicht begreifen, daß wir die Erben von Byzanz sind“, sagte er und begann nun weitschweifig und in erregtem Ton seine Ansichten auseinanderzusetzen.

Wronski fühlte sich anfangs befangen, weil er den ersten Teil des Buches „Zwei Grundsätze“, dessen Kenntnis der Verfasser als selbstverständlich voraussetzte, gar nicht gelesen hatte. Doch dann, als Golenistschew seine Ideen erläuterte und Wronski sich in ihnen zurechtfinden konnte, hörte er ihm, obwohl er den ersten Teil nicht kannte, mit Interesse zu, denn Golenistschew war ein guter Redner. Überrascht und unangenehm berührt war Wronski nur von der Gereiztheit, mit der Golenistschew über die Fragen, die ihn beschäftigten, sprach. Je länger er redete, um so mehr begannen seine Augen zu glühen, um so hitziger widerlegte er seine angenommenen Gegner, um so erregter und verbitterter wurde sein Gesichtsausdruck. Wronski mußte an den schmächtigen, lebhaften, gutmütigen und wohlerzogenen Knaben zurückdenken, als den er Golenistschew, der stets der beste Schüler gewesen war, im Korps gekannt hatte; er konnte keine Erklärung für dessen jetzige Gereiztheit finden und lehnte sie innerlich ab. Besonders mißfiel ihm, daß sich Golenistschew, ein Mann aus guter Familie, auf eine Stufe mit irgendwelchen Schreiberseelen stellte, die ihn reizten und in Wut versetzten. War die Sache das wert? Alles dies mißfiel Wronski; da er aber fühlte, daß Golenistschew unglücklich war, tat er ihm dennoch leid. Ein unsagbarer Kummer, ja fast eine Sinnesverwirrung drückte sich in dem lebhaften, recht hübschen Gesicht Golenistschews aus, während er, nicht einmal die Rückkehr Annas bemerkend, hitzig und sich überstürzend mit der Darlegung seiner Ideen fortfuhr.

Als Anna, die in Hut und Umhang zurückgekommen war und in ihrer schönen Hand mit schnellen, spielerischen Bewegungen den Sonnenschirm hin und her drehte, an Wronski herantrat, riß sich dieser mit einem Gefühl der Erleichterung von den durchdringenden, anklagenden Blicken Golenistschews los und betrachtete mit erneutem Wohlgefallen seine reizende, von Leben und Frohsinn erfüllte Gefährtin. Golenistschew konnte sich nur mit Mühe sammeln und war zunächst mißmutig und finster. Doch Anna, die zu jener Zeit allen Menschen gegenüber milde gestimmt war, gelang es bald, ihn durch ihre natürliche, fröhliche Art auf andere Gedanken zu bringen. Nachdem sie es mit verschiedenen Gesprächsthemen versucht hatte, brachte sie die Rede auf die Malerei, über die er sehr interessant sprach, und hörte ihm aufmerksam zu. Sie gingen zu Fuß bis zu dem gemieteten Haus und besichtigten es.

„Ganz besonders freut es mich, daß Alexej jetzt ein gutes Atelier haben wird", sagte auf dem Rückweg Anna zu Golenistschew. „Ja, du mußt unbedingt jenes Zimmer dazu nehmen", fügte sie, zu Wronski gewandt, auf russisch hinzu und duzte ihn dabei, weil sie bereits überzeugt war, daß es bei der dortigen eintönigen Lebensweise zwischen ihnen und Golenistschew zu einer engeren Verbindung kommen werde, so daß man ihm nichts vorzutäuschen brauchte.

„Malst du denn?" wandte sich Golenistschew überrascht an Wronski.

„Ja, ich habe mich schon früher mit Malerei beschäftigt und jetzt wieder ein wenig damit angefangen", antwortete Wronski und wurde rot.

„Er ist sehr begabt", sagte Anna mit einem freudigen Lächeln. „Ich kann mir natürlich kein Urteil darüber erlauben, aber Leute, die etwas davon verstehen, versichern es ebenfalls."

8

In dieser ersten Zeit ihrer Freiheit fühlte sich Anna nach ihrer schnellen Genesung unverzeihlich glücklich und voller Lebensfreude. Die Erinnerung an das Unglück, in das sie ihren Mann gestürzt hatte, vergällte ihr nicht ihr Glück. Erstens war diese Erinnerung so fürchterlich, daß sie nicht daran zurückdenken mochte. Und zum anderen hatte ihr das Unglück ihres Mannes ein so großes Glück gebracht, daß sie das Geschehene unmöglich bereuen konnte. Die Erinnerung an alles, was sich nach ihrer Krankheit ereignet hatte – die Versöhnung mit ihrem Mann, der Bruch zwischen ihnen, die Nachricht von Wronskis Verwundung, sein Besuch, die Vorbereitungen zur Scheidung, die Abreise aus dem Hause ihres Mannes, der Abschied von ihrem Sohn –, alles das kam ihr wie ein Fieberwahn vor, aus dem sie, mit Wronski vereint, im Ausland erwacht war. Die Erinnerung an das, was sie ihrem Mann zugefügt hatte, erweckte in ihr ein an Abwehr grenzendes Gefühl, wie es wohl jemand empfinden mag, der nahe am Ertrinken ist und einen anderen Menschen, der sich an ihn angeklammert hat, zurückstößt. Der andere ertrank. Das war natürlich schlecht gehandelt, aber es war die einzige Möglichkeit zur eigenen Rettung gewesen, und sie hielt es für das beste, sich diese fürchterlichen Einzelheiten nicht mehr ins Gedächtnis zu rufen.

Damals, in den ersten Minuten nach dem Bruch mit ihrem Mann, war es nur ein einziger Gedanke gewesen, der sie beruhigt hatte, und wenn sie jetzt an alles zurückdachte, was geschehen war, erinnerte sie sich ihres damaligen Gedankens. Ich habe diesen Menschen, weil es unvermeidlich war, ins Unglück gestürzt, hatte sie sich gesagt, aber ich will aus seinem Unglück keinen Nutzen ziehen; ich leide ebenfalls und werde weiterhin leiden, denn ich gebe alles auf, was mir am teuersten gewesen ist – ich verliere meinen guten Ruf und meinen Sohn. Ich habe schlecht gehandelt und will darum nicht glücklich sein, ich will keine Scheidung und werde durch meine Schmach und durch die Trennung von meinem Sohn leiden. Doch so ehrlich Anna auch den Wunsch hatte zu leiden – sie litt nicht. Von einer Schmach konnte keine Rede sein. Indem Anna und Wronski mit dem ihnen beiden in so hohem Maße eigenen Taktgefühl im Ausland jeder Begegnung mit russischen Damen aus dem Wege gingen, gerieten sie nie in eine peinliche Situation und trafen überall Leute an, die so taten, als hätten sie volles Verständnis für ihre beiderseitige Lage und verstünden diese sogar besser als sie selber. Sogar die Trennung von ihrem Sohn, den sie doch liebte, bereitete ihr in der ersten Zeit wenig Kummer. Ihr Töchterchen, *sein* Kind, war so reizend, und Anna hatte es, nachdem ihr nur dieses eine Kind geblieben war, so liebgewonnen, daß sie nur selten an ihren Sohn dachte.

Der Drang zum Leben, der sich nach ihrer Genesung noch gesteigert hatte, war so stark und ihre jetzigen Lebensbedingungen waren so neuartig und angenehm, daß Anna sich über alle Maßen glücklich fühlte. Je besser sie das Wesen Wronskis kennenlernte, um so mehr liebte sie ihn. Sie liebte ihn um seiner selbst willen und deshalb, weil er sie liebte. Das Bewußtsein, ihn uneingeschränkt zu besitzen, bereitete ihr eine ständige Freude. Seine Nähe war ihr stets angenehm. Alle Züge seines Charakters, der sich ihr mehr und mehr offenbarte, waren ihr unsagbar lieb. Von seiner durch die Zivilkleidung veränderten äußeren Erscheinung war sie so angetan wie ein verliebter Backfisch. In allem, was er sprach, dachte und tat, sah sie etwas besonders Nobles und Erhabenes. Über ihre Begeisterung für ihn erschrak sie oft selbst: Sie suchte dann nach irgend etwas, was sie an ihm auszusetzen haben könnte, entdeckte jedoch nichts, was nicht über alles Lob erhaben gewesen wäre. Aber sie hütete sich, ihn das Minderwertigkeitsgefühl, das sie ihm gegenüber empfand, merken zu lassen. Sie glaubte, daß seine Gefühle für sie, wenn er davon wüßte, erkalten könnten; und obwohl sie keinerlei Grund dazu hatte, fürchtete sie zu jener Zeit nichts so sehr wie den Verlust seiner Liebe. Andererseits war es für sie eine Selbstverständlichkeit, ihm für sein Verhalten ihr gegenüber dankbar zu sein und ihm zu zeigen, wie hoch sie ihm dieses anrechnete. Er, der ihrer Meinung nach für den Staatsdienst geradezu bestimmt war und dazu berufen schien, hier eine hervorragende Rolle zu spielen, hatte seinen Ehrgeiz ihretwegen zurückgestellt, ohne jemals auch nur das geringste Anzeichen von Bedauern zu zeigen. Er behandelte sie liebevoller und zuvorkommender denn je und war unablässig darauf bedacht, alles zu tun, damit sie nie das Peinliche ihrer Lage empfinde. Er, diese so ausgeprägt männliche Natur, widersprach ihr nie, ordnete sich in allem ihrem Willen unter und schien ausschließlich danach zu trachten, alle ihre Wünsche schon im voraus zu erfüllen. Sie konnte nicht umhin, alles das anzuerkennen und zu würdigen, obwohl sie sich von der Spannung, die in seiner Aufmerksamkeit für sie lag, und durch die ganze von Sorge erfüllte Atmosphäre, mit der er sie umgab, zuweilen bedrückt fühlte.

Wronski seinerseits war trotz der Erfüllung dessen, was er so lange erhofft hatte, nicht vollkommen glücklich. Er merkte bald, daß ihm durch die Erfüllung seiner Wünsche nur ein Körnchen des von ihm erwarteten Berges an Glück zuteil wurde. Er erkannte jetzt den ewigen Irrtum, dem die Menschen unterliegen, indem sie sich unter Glück die Erfüllung ihrer Wünsche vorstellen. In der ersten Zeit nach seiner Verbindung mit Anna und dem Eintritt ins Zivilleben hatte er den ganzen Reiz der bis dahin nicht gekannten Freiheit und ungehemmten Liebe genossen und war zufrieden gewesen; doch das währte nicht lange. Bald stellte er fest, daß sich in ihm der Wunsch nach Wünschen regte – die Langeweile. Und er begann instinktiv jede augenblickliche Laune aufzugreifen, die ihm einem Bedürfnis zu entsprechen und ein Ziel darzustellen schien. Für die sechzehn Stunden des Tages mußte irgendein Zeitvertreib gefunden werden, da sie hier im Ausland völlig ungebunden lebten und die Pflichten des gesellschaftlichen Lebens wegfielen, die in Petersburg viel Zeit beanspruchten. An die Freuden des Junggesellenlebens, die Wronski bei früheren Auslandsreisen genossen hatte, war jetzt gar nicht zu denken, denn schon der erste Versuch in dieser Richtung hatte bei Anna eine ganz unerwartete, durch den Anlaß (ein etwas ausgedehntes Souper mit Bekannten) keineswegs gerechtfertigte Verstimmung ausgelöst. Ein gesellschaftlicher Umgang mit den ansässigen oder den sich hier aufhaltenden russischen Familien kam bei dem unbestimmten Charakter ihrer Beziehungen auch nicht in Betracht. Die Besichtigung von Sehenswürdigkeiten aber, die ohnehin schon alle in Augenschein genommen waren, hatte für ihn als Russen und vernünftigen Menschen nicht jene unerklärliche Bedeutung, die ihnen Engländer beizumessen pflegen.

Und wie ein hungriges Tier, das sich auf jeden Gegenstand stürzt, der ihm in den Weg kommt, ebenso stürzte sich Wronski völlig unbewußt bald auf die Politik, bald auf neu erschienene Bücher, bald auf Gemälde.

Da er von Kindheit an eine Begabung für die Malerei offenbart und früher, als er nicht gewußt hatte, wofür er sein Geld ausgeben sollte, mit dem Sammeln von Stichen begonnen hatte, entschied er sich jetzt wieder für die Malerei, beschäftigte sich mit ihr und wandte an sie jenen ungenutzten Vorrat von Energie, der nach Befriedigung heischte.

Ausgestattet mit der Fähigkeit, die Kunst zu verstehen und sie richtig und mit Geschmack nachzuahmen, glaubte er das zu besitzen, was den Künstler ausmacht, und nachdem er eine Weile im Zweifel gewesen war, welcher Art Malerei er sich zuwenden sollte – der religiösen, historischen, realistischen oder dem Genrebild –, griff er zum Pinsel. Er verstand die Eigenart aller dieser Richtungen und konnte sich sowohl für die einen als auch für die anderen begeistern; aber er vermochte sich nicht vorzustellen, daß man gar nicht zu wissen brauchte, welche Kunstrichtungen es gibt, sondern sich unmittelbar aus seinem eigenen Innern inspirieren lassen konnte, ohne darauf bedacht zu sein, ob das gemalte Bild einer bestimmten Kunstrichtung entsprechen wird. Da er das nicht wußte und sich nicht unmittelbar durch das Leben, sondern mittelbar durch das von der Kunst bereits dargestellte Leben inspirieren ließ, begeisterte er sich sehr schnell und leicht für die eine oder andere Kunstrichtung und erreichte ebenso schnell und leicht, daß das, was er malte, ziemlich genau der Kunstrichtung entsprach, die er nachahmen wollte.

Von allen Richtungen in der Malerei sagte ihm am meisten der graziöse, effektvolle Stil der Franzosen zu. In diesem Stil begann er denn auch ein Bild von Anna, als Italienerin gekleidet, zu malen, das er und alle, die es sahen, für sehr gelungen hielten.

9

Der alte, vernachlässigte Palazzo mit hohen Stuckdecken und Fresken an den Wänden, mit Mosaikfußböden und Gardinen aus schwerem gelbem Stoff an den hohen Fenstern, mit Vasen auf Konsolen und Kaminen, mit geschnitzten Türen und düsteren, mit Gemälden vollgehängten Sälen – dieser Palazzo hielt in Wronski, nachdem sie ihn bezogen hatten, durch sein ganzes Aussehen den angenehmen Wahn aufrecht, daß er nicht so sehr ein russischer Gutsbesitzer und Hofjägermeister außer Dienst als vielmehr ein aufgeklärter Enthusiast und Förderer der Künste und dazu auch selbst ein bescheidener Künstler sei, der um der geliebten Frau willen der Welt, seinen Verbindungen und seinem Ehrgeiz entsagt hatte.

Die Rolle, die sich Wronski seit dem Umzug in den Palazzo zugelegt hatte, gelang ihm ausgezeichnet, und nachdem er durch Golenistschews Vermittlung einige interessante Menschen kennengelernt hatte, war er fürs erste zufrieden. Er malte unter der Anleitung eines italienischen Professors der Malerei Studien nach der Natur und beschäftigte sich mit dem italienischen Mittelalter. Er war davon so angetan, daß er sogar dazu überging, den Hut und einen über die Schulter geworfenen Umhang so zu tragen, wie es bei den Italienern im Mittelalter üblich gewesen war; das kleidete ihn sehr gut.

„Man lebt so dahin und weiß von nichts“, sagte Wronski zu Golenistschew, als dieser eines Morgens zu ihm kam. „Hast du das Bild von Michailow gesehen?“ fragte er, indem er ihm eine eben eingetroffene russische Zeitung reichte und auf einen Artikel zeigte, in dem von diesem russischen Maler die Rede war, der in derselben Stadt wohnte und jetzt ein Bild vollendet hatte, über das schon seit langem gesprochen wurde und das bereits im voraus verkauft worden war. Der Artikel enthielt Vorwürfe gegen die Regierung und gegen die Akademie, weil man einen so hervorragenden Künstler ohne jede Förderung und Unterstützung gelassen hatte.

„Ja, ich habe es gesehen“, antwortete Golenistschew. „Gewiß, er ist begabt, verfolgt aber eine völlig falsche Richtung. Es ist wieder die Iwanow-Strauß-Renansche Auffassung von der Person Christi und der religiösen Malerei.“

„Was stellt das Bild dar?“ fragte Anna.

„Christus vor Pilatus. Christus ist als Jude dargestellt mit dem ganzen Realismus der neuen Schule.“ – Und Golenistschew, durch die Frage nach dem Sujet des Bildes auf eins seiner Lieblingsthemen gebracht, begann nun, seine Ansicht auseinanderzusetzen.

„Ich verstehe nicht, wie man in einen so groben Irrtum verfallen kann. Christus hat in der Kunst bereits seine bestimmte Verkörperung durch die alten Meister gefunden. Wenn die heutigen Maler also keinen Gott, sondern einen Revolutionär oder Weisen darstellen wollen, dann sollen sie aus der Geschichte meinetwegen Sokrates, Franklin oder Charlotte Corday nehmen, aber keinesfalls Christus. Sie wählen ausgerechnet die Persönlichkeit, die nicht in die Kunst gehört, und dann ..."

„Trifft es wirklich zu, daß dieser Michailow in so dürftigen Verhältnissen lebt?" unterbrach ihn Wronski, der sich sagte, daß er als russischer Mäzen, unabhängig davon, ob das Bild gut oder schlecht sei, dem Künstler helfen müsse.

„Ich glaube kaum. Er ist ein ausgezeichneter Porträtmaler. Haben Sie sein Bild von der Wassiltschikowa gesehen? Aber er will sich, soviel ich gehört habe, nicht mehr mit Porträtbildern abgeben und ist deshalb vielleicht wirklich in Not geraten ... Ich sagte, daß ..."

„Könnte man ihn nicht bitten, ein Bild von Anna Arkadjewna zu malen?" fragte Wronski.

„Warum von mir?" fiel Anna ein. „Nachdem du mich gemalt hast, will ich kein anderes Bild von mir. Dann soll er lieber Annie malen." So nannte sie ihr Töchterchen. „Da ist sie ja", fügte sie hinzu, als sie bei einem Blick durchs Fenster im Garten die schöne italienische Amme bemerkte, die das Kind hinausgebracht hatte, und sah sich dann sofort unauffällig nach Wronski um. Die schöne Amme, deren Kopf Wronski als Modell für eins seiner Bilder benutzt hatte, war der einzige geheime Kummer in Annas Leben. Wronski hatte sich beim Malen an ihrer Schönheit und mittelalterlichen Erscheinung berauscht, und Anna wollte es sich nicht eingestehen, daß sie gegen die Amme Anwandlungen von Eifersucht empfand und sie samt ihrem Söhnchen gerade deshalb auf jede Weise verwöhnte und verhätschelte.

Wronski schaute nun auch hinaus, blickte Anna in die Augen und wandte sich hierauf gleich wieder zu Golenistschew um. „Kennst du Michailow persönlich?" fragte er.

„Ja, ich bin ihm schon begegnet. Er ist ein komischer Kauz und ohne jede Bildung. Wissen Sie, einer von jenen neuen, undisziplinierten Menschen, die man jetzt so häufig antrifft, von den Freidenkern, wissen Sie, die d'emblée in den Ideen des Unglaubens, der Verneinung und des Materialismus erzogen sind. Früher", fuhr Golenistschew fort, ohne zu bemerken oder vielleicht auch absichtlich übersehend, daß sowohl Anna als auch Wronski etwas sagen wollten, „früher verstand man unter einem Freidenker einen Menschen, der nach den Grundsätzen der Religion, der Gesetze und der Moral erzogen und erst nach Mühen und inneren Kämpfen zur Freidenkerei gekommen war. Jetzt dagegen ist ein neuer Typ von Freidenkern aufgetaucht, die von vornherein im Freidenkertum aufwachsen, ohne überhaupt etwas davon gehört zu haben, daß es Gesetze der Moral, der Religion, daß es Autoritäten gegeben hat, und die von Anfang an alles negieren, das heißt wie Wilde aufwachsen. Einer von dieser Art ist auch er. Er soll der Sohn eines Moskauer Kammerdieners sein und keinerlei Bildung genossen haben. Nachdem er in die Akademie eingetreten war und sich dort einen Namen gemacht hatte, wollte er, da er nicht dumm ist, etwas für seine Bildung tun. Da hat er eben zu dem gegriffen, was er für die Quelle der Bildung hielt, zu den Zeitschriften. In früheren Zeiten hätte ein Mensch, der sich bilden will, sagen wir ein Franzose, mit dem Studium sämtlicher Klassiker, der Theologen, Dramatiker, Historiker und Philosophen und der ganzen geistigen Arbeit begonnen, die ihm bevorgestanden hätte. Aber bei uns in Rußland ist er heutzutage gleich an die negierende Literatur geraten, hat sich sehr schnell den ganzen Extrakt der negierenden Wissenschaft zu eigen gemacht, und fertig ist er. Doch damit nicht genug: Vor zwanzig Jahren hätte er in dieser Literatur noch Anzeichen eines Kampfes gegen die Autoritäten, gegen die jahrhundertealten Anschauungen entdeckt und an diesem Kampf erkannt, daß es auch etwas anderes gegeben hat. Jetzt jedoch hat er gleich mit einer Literatur zu tun, in der die alten Anschauungen nicht einmal einer Widerlegung gewürdigt werden, in der es einfach heißt: Nichts ist da! Evolution, Auslese, Kampf ums Dasein – das ist alles! In meinem Buch habe ich ..."

„Wissen Sie was?" sagte Anna, die mit Wronski schon mehrmals unauffällig Blicke gewechselt hatte und wußte, daß diesen gar nicht die Bildung jenes Malers interessierte, sondern daß er ihm nur helfen wollte, indem er bei ihm ein Bild bestellte. „Wissen Sie was?" unterbrach sie kurzerhand den Redefluß Golenistschews. „Wir wollen ihn mal aufsuchen!"

Golenistschew kam zur Besinnung und stimmte bereitwillig zu. Der Maler wohnte in einem entlegenen Stadtteil, und man beschloß daher, einen Wagen zu nehmen. Eine Stunde später fuhren sie, Anna neben Golenistschew und Wronski auf dem Vordersitz des Wagens, in einem der Außenbezirke der Stadt vor einem neuen hübschen Hause vor. Als sie von der Pförtnersfrau, die zu ihnen herauskam, erfuhren, daß Michailow Besuchern Einlaß in sein Atelier gewähre, sich augenblicklich aber in seiner ein paar Schritte entfernten Wohnung aufhalte, ließen sie ihm ihre Karten überbringen mit der Bitte, seine Bilder besichtigen zu dürfen.

Als Michailow die Karten des Grafen Wronski und Golenistschews gebracht wurden, war er wie gewöhnlich bei der Arbeit. Am Vormittag hatte er in seinem Atelier an seinem großen Bild gearbeitet. Nach Hause gekommen, hatte er sich über seine Frau geärgert, weil sie nicht mit der Hauswirtin zurechtgekommen war, die Geld verlangt hatte.

„Zwanzigmal habe ich dir schon gesagt, daß du dich nicht auf Auseinandersetzungen einlassen sollst! Du bist sowieso dumm, und wenn du mit deinem Italienisch anfängst, benimmst du dich noch dreimal dümmer", hatte er ihr nach einem langen Wortwechsel gesagt.

„Dann laß die Miete nicht anstehen, ich bin nicht schuld. Wenn ich Geld hätte ..."

„Um Gottes willen, laß mich in Ruhe!" hatte Michailow verzweifelt gerufen, war, sich die Ohren zuhaltend, in sein durch eine dünne Wand abgetrenntes Arbeitszimmer gelaufen und hatte die Tür verschlossen. „Diese Unvernunft!" murmelte er vor sich hin, während er sich an den Tisch setzte, eine Mappe aufschlug und sich sofort mit großem Eifer einer begonnenen Zeichnung zuwandte.

Mit dem größten Eifer und besten Erfolg arbeitete er immer, wenn es ihm schlecht ging, und besonders, wenn er sich mit seiner Frau gestritten hatte. Ach, am liebsten möchte man in den Erdboden versinken! dachte er beim Weiterarbeiten. Er zeichnete die Skizze eines in Wut geratenen Mannes. Die gleiche Skizze hatte er schon einmal angefertigt, war aber mit ihr unzufrieden gewesen. Nein, die andere ist doch besser, dachte er jetzt. Wo mag sie nur sein? Er ging ins Wohnzimmer zurück und fragte, ohne seine Frau anzusehen, mit mürrischer Miene das älteste Töchterchen, wo das Blatt geblieben sei, das er ihnen gegeben habe. Das Blatt mit der für untauglich befundenen Skizze fand sich noch vor, war jedoch durch Stearinflecke verunreinigt. Er nahm die Skizze dennoch mit, legte sie in seinem Arbeitszimmer auf den Tisch und betrachtete sie aus einiger Entfernung mit zusammengekniffenen Augen. Plötzlich lächelte er und fuchtelte erfreut mit den Händen.

„Ja, so ist es gut!" murmelte er, griff sofort nach dem Bleistift und begann mit schnellen Strichen zu zeichnen. Der Stearinfleck hatte der Gestalt des Mannes eine neue Haltung verliehen.

Während er diese neue Haltung zeichnete, fiel ihm plötzlich der Kaufmann ein, bei dem er seine Zigarren holte und dessen Gesicht durch das vorstehende Kinn besonders energisch aus-

sah – und das gleiche Gesicht, das gleiche Kinn gab er nun dem Mann auf seiner Skizze. Er lachte vor Freude auf. Aus einer toten, erdachten Gestalt war unversehens eine lebende geworden, eine solche, an der es nichts mehr zu ändern gab. Diese Gestalt lebte und hatte einen klaren, ausgeprägten Charakter. Gewiß, er konnte die Zeichnung dem Charakter der Gestalt anpassen, er konnte, ja mußte sogar den Beinen eine andere Stellung geben, gänzlich die Haltung des linken Armes ändern, das Haar mehr zurückgeworfen zeichnen. Aber indem er diese Korrekturen vornahm, änderte er nicht das Charakteristische der Gestalt, sondern befreite sie nur von allem, was ihren Charakter verdeckte. Er entkleidete sie gewissermaßen der Hüllen, die sie nicht voll in Erscheinung treten ließen; jeder neue Strich trug nur dazu bei, die ganze geballte Kraft der Gestalt noch stärker hervorzuheben, sie so zu zeigen, wie sie ihm plötzlich durch die von dem Stearinfleck hervorgerufene Wirkung erschienen war. Er war gerade dabei, mit großer Sorgfalt die letzten Striche auszuführen, als ihm die Karten der Besucher gebracht wurden.

„Gleich, gleich!"

Er begab sich zu seiner Frau.

„Nun, laß schon gut sein, Sascha, sei nicht böse!" sagte er zu ihr mit einem schüchternen und zärtlichen Lächeln. „Du hattest schuld, ich hatte schuld. Ich werde alles regeln." Und nun, nach der Versöhnung mit seiner Frau, zog er seinen olivenfarbenen Mantel mit dem Samtkragen an, setzte den Hut auf und ging ins Atelier. An die so gut gelungene Zeichnung dachte er nicht mehr. Jetzt freute und erregte ihn der Besuch dieser vornehmen Russen, die in einem Wagen vorgefahren waren.

Über sein Bild, das im Atelier jetzt auf der Staffelei stand, hatte er sich im Grunde seines Herzens ein feststehendes Urteil gebildet – nämlich, daß ein derartiges Bild noch nie zuvor gemalt worden war. Er bildete sich nicht ein, daß sein Bild besser sei als sämtliche Gemälde Raffaels, aber er war überzeugt, daß das, was er in diesem Bild ausdrücken wollte und ausgedrückt hatte, noch von niemand zum Ausdruck gebracht worden war. Hiervon war er schon lange überzeugt, schon seit dem Tage, an dem er mit dem Bild begonnen hatte. Aber dennoch war das Urteil anderer, wer immer diese sein mochten, für ihn von ungeheurer Wichtigkeit und regte ihn in tiefster Seele auf. Jede noch so belanglose Bemerkung, die ihm zeigte, daß die Betreffenden in seinem Bild wenigstens einen kleinen Teil dessen sahen, was er selbst in ihm sah, wühlte ihn bis auf den Grund seiner Seele auf. Den anderen, die sein Bild betrachteten, schrieb er stets ein größeres Verständnis zu, als er selbst besaß, und erwartete jedesmal, durch sie auf etwas hingewiesen zu werden, was er selbst in seinem Bild nicht sah. Und oft glaubte er auch wirklich, dem Urteil der Betrachter des Bildes einen neuen Hinweis zu entnehmen.

Er ging mit schnellen Schritten auf die Tür seines Ateliers zu. Die matt beleuchtete Erscheinung Annas, die im Schatten des Überdaches vor der Tür stand, dem lebhaft auf sie einredenden Golenistschew zuhörte und gleichzeitig offenbar bestrebt war, den herankommenden Maler zu mustern, machte auf ihn trotz seiner Aufregung einen großen Eindruck. Ohne sich selbst dessen bewußt zu sein, nahm er, während er sich den Besuchern näherte, diesen Eindruck in sich auf, verschlang ihn gewissermaßen ebenso wie vorhin das Kinn des Zigarrenhändlers und verbarg ihn irgendwo in seinem Inneren, von wo er ihn zu gegebener Zeit wieder hervorholen konnte. Anna und Wronski, durch die Schilderung Golenistschews ohnehin voreingenommen gegen Michailow, empfanden jetzt sein Äußeres noch unangenehmer, als sie erwartet hatten. Von mittlerem Wuchs, untersetzt und mit zappeligem Gang, machte Michailow in seinem braunen Hut, dem olivenfarbenen Mantel und seinen engen Hosen (man trug damals schon seit langem weite Hosen), besonders aber durch seine gewöhnlichen Gesichtszüge einen höchst ungünstigen Eindruck, der durch seine Befangenheit, verbunden mit dem Bestreben, seine Würde zu wahren, noch verstärkt wurde.

„Darf ich bitten“, sagte er, bemüht, gleichmütig zu wirken, während er in den Flur trat, den Schlüssel aus der Tasche nahm und die Tür aufschloß.

II

Beim Eintritt ins Atelier musterte Michailow nochmals seine Gäste und prägte sich jetzt auch die Gesichtszüge Wronskis ein, namentlich den Ausdruck, den die Backenknochen seinem Gesicht verliehen. Ungeachtet dessen, daß sein künstlerischer Sinn unaufhörlich arbeitete und Material sammelte, und obwohl er von einer immer stärkeren Erregung ergriffen wurde, weil jetzt der Augenblick herannahte, da sein Bild in Augenschein genommen werden sollte, bildete er sich auf Grund unauffälliger Merkmale sehr schnell und feinfühlig ein Urteil über diese drei Personen. In Golenistschew erkannte er einen ortsansässigen Russen. Er erinnerte sich weder seines Namens noch daran, wo er ihm begegnet war und was er mit ihm gesprochen hatte. Er erinnerte sich lediglich seines Gesichts, wie er sich überhaupt aller Gesichter erinnerte, die er jemals gesehen hatte, und er besann sich auch noch darauf, daß dieses eins der Gesichter war, die er in seinem Gedächtnis der riesigen Gruppe der auf den ersten Blick bestechenden, in Wirklichkeit jedoch nichtssagenden Gesichter zugeteilt hatte. Diesem Gesicht, in dem sich über der Nasenwurzel ein kleiner kindlicher, unruhiger Zug konzentrierte, verliehen die große Haarmähne und die auffallend offene Stirn einen äußerlich markanten Ausdruck. Wronski und Anna hielt Michailow für vornehme und reiche Russen, die wie alle reichen Russen nichts von Kunst verstanden, sich aber den Anschein gaben, sie zu verstehen und zu schätzen. Wahrscheinlich haben sie schon die gesamte alte Kunst besichtigt und suchen jetzt die Ateliers der jungen Generation auf, sind bei dem deutschen Pfuscher und dem übergeschnappten englischen Präraffaeliten gewesen und zu mir jetzt nur gekommen, um die Übersicht abzurunden, dachte er. Er kannte sehr gut die Gepflogenheit der Dilettanten (je klüger sie waren, um so schlimmer), nur deshalb in den Ateliers der zeitgenössischen Künstler Umschau zu halten, um behaupten zu können, daß die Kunst gesunken sei und daß man, je länger man die neuen Bilder betrachte, um so mehr zu der Erkenntnis gelange, wie unnachahmlich die großen alten Meister geblieben seien. Er war auf alles dies gefaßt, las alles dies aus ihren Gesichtern, erkannte es an der gleichmütigen Gelassenheit, in der sie miteinander sprachen, sich die Gliederpuppen und Büsten ansahen und zwanglos umhergingen, während sie darauf warteten, daß er das Bild enthüllte. Nichtsdestoweniger befand er sich, während er seine Skizzen umwendete, die Vorhänge aufzog und das Laken abnahm, in starker Erregung, die noch dadurch gesteigert wurde, daß ihm, obwohl alle vornehmen und reichen Russen seiner Ansicht nach Schafsköpfe und Narren sein mußten, Wronski und besonders Anna gut gefielen.

„So, wenn Sie jetzt belieben“, sagte er, indem er mit seinen zappeligen Bewegungen zur Seite trat und auf das Bild zeigte. „Es ist die Vernehmung durch Pilatus. Matthäus, Kapitel 27“, fügte er hinzu und fühlte, daß seine Lippen vor Aufregung zu zittern begannen. Er trat ein paar Schritte zurück und stellte sich hinter die Betrachter.

Während der wenigen Sekunden, in denen sich die Besucher schweigend das Bild ansahen, betrachtete auch Michailow sein Werk, und zwar mit gleichmütigen, unbeteiligten Blicken. Während dieser wenigen Sekunden war er im voraus der festen Überzeugung, daß die Besucher – dieselben Personen, die er eben noch so verachtet hatte – das maßgebendste und zutreffendste Urteil abgeben würden. Er vergaß alles, was er über sein Bild früher, während der drei Jahre, gedacht hatte, als er an ihm arbeitete;

er vergaß alle Vorzüge des Bildes, von denen er überzeugt gewesen war, er betrachtete das Bild mit neuen, mit den gleichmütigen, unbeteiligten Blicken seiner Besucher und entdeckte an ihm nichts Gutes. Er sah im Vordergrund das erregte Gesicht des Pilatus und das ruhige Antlitz Christi und dahinter die Gestalten der Knechte des Pilatus und das Gesicht des Johannes, der aufmerksam beobachtete, was sich hier zutrug. Jede Gestalt, die nach so vielen Versuchen, Fehlgriffen und Korrekturen mit ihren besonderen charakteristischen Zügen in ihm gewachsen war, jede einzelne Gestalt, die ihm so viel Qual und Freude bereitet, und die Gesamtheit der Gestalten, deren Anordnung er um der einheitlichen Wirkung willen so oft geändert hatte, alle mit so viel Mühe erreichten Abstufungen und Nuancen der Farben – alles dies schien ihm jetzt, da er es mit den Augen der Fremden ansah, abgeschmackt und schon tausendmal wiederholt zu sein. Die ihm am meisten ans Herz gewachsene Gestalt, die Gestalt des Christus, die den Brennpunkt des Gemäldes bildete und ihn, als er sie ersann, in solche Begeisterung versetzt hatte, auch sie kam ihm jetzt nichtssagend vor, als er sein Werk mit fremden Augen betrachtete. Er sah eine gut ausgeführte Nachahmung (nein, nicht einmal eine gut ausgeführte, denn er fand jetzt vieles zu bemängeln) jener zahllosen Christusgestalten, die Tizian, Raffael und Rubens ebensooft gemalt hatten wie den Pilatus und dessen Krieger. Das ganze Bild schien ihm jetzt abgeschmackt, ideenlos und überholt und zu allem auch noch schlecht gemalt zu sein – bunt und kraftlos. Sie werden ganz recht haben, dachte er mit einem Blick auf seine Besucher, wenn sie sich in meiner Gegenwart ein paar höfliche Redensarten abnötigen und mich dann bedauern und verspotten, sobald sie unter sich sind.

Das Schweigen (obwohl es erst eine Minute dauerte) drohte ihn zu erdrücken. Um es zu unterbrechen und zu zeigen, daß er nicht aufgeregt sei, nahm er sich zusammen und wandte sich an Golenistschew.

„Ich hatte, wenn ich nicht irre, schon das Vergnügen, mit Ihnen zusammenzutreffen“, sagte er, während er unruhig bald zu Anna, bald zu Wronskmi hinübersah, um sich ja keinen einzigen Zug ihres Mienenspiels entgehen zu lassen.

„Ja, natürlich! Wir haben uns bei Rossi getroffen, wissen Sie, an dem Abend, als jene junge Italienerin – eine neue Rachel – Rezitationen vortrug“, antwortete Golenistschew, der sich ohne das geringste Anzeichen von Bedauern vom Bild abwandte und sofort lebhaft das Gespräch aufnahm.

Da er jedoch merkte, daß Michailow eine Meinungsäußerung über das Bild erwartete, sagte er:

„Ihr Bild ist gut fortgeschritten, seitdem ich es das letztemal gesehen habe. Und ebenso wie schon damals fesselt mich auch jetzt am meisten die Darstellung des Pilatus. Man versteht so gut diesen an sich braven, gutmütigen Menschen, der aber mit Leib und Seele Beamter ist und gar nicht ahnt, was er tut. Ich meine allerdings …“

Das ganze bewegliche Gesicht Michailows strahlte plötzlich auf, seine Augen leuchteten. Er wollte irgend etwas sagen, war aber vor Aufregung außerstande zu sprechen und tat so, als müsse er husten. So gering er auch das Kunstverständnis Golenistschews einschätzte, so belanglos auch dessen durchaus richtige Bemerkung war, daß der Beamte im Gesicht des Pilatus gut zum Ausdruck komme, und sosehr ihm eigentlich die Herausstellung dieses nebensächlichen Moments kränken mußte, während die wichtigsten unerwähnt blieben – die Bemerkung Golenistschews versetzte Michailow trotz allem in Begeisterung. Sein eigenes Urteil über die Gestalt des Pilatus stimmte mit dem Golenistschews überein. Daß dessen Urteil nur eine einzige Einzelheit unter unzähligen anderen Einzelheiten betraf, über die Golenistschew, wie Michailow fest überzeugt war, ebenso zutreffend urteilen würde, verminderte in seinen Augen nicht den Wert der Bemerkung Golenistschews. Dieser war ihm durch seine Bemerkung sympathisch geworden, und seine Niedergeschlagenheit verwandelte sich auf einmal in Begeisterung. Im Nu hatte sein ganzes Bild wieder Leben gewonnen, mit der ganzen unbeschreiblichen Differenziertheit alles Lebendigen. Michailow schickte sich abermals zum Sprechen an, wollte sagen, daß eben dies seine Auffassung von Pilatus gewesen sei; aber seine zitternden Lippen widersetzten sich, und er brachte kein Wort hervor. Wronski und Anna unterhielten sich unterdessen in jenem gedämpften Ton, dessen man sich gewöhnlich in Kunstausstellungen befleißigt, teils um nicht den Künstler zu kränken, teils um nicht laut eine Dummheit zu sagen, die in Gesprächen über Kunst so leicht unterlaufen kann. Michailow schien es, daß sein Bild auch auf sie Eindruck gemacht habe. Er trat an sie heran.

„Wie ungemein ausdrucksvoll ist das Gesicht des Christus!“ sagte Anna. Von allem, was sie sah, beeindruckte sie dieser Gesichtsausdruck am meisten, und sie fühlte, daß er am ganzen Bild das Wichtigste war und daß daher dieses Lob dem Künstler schmeicheln müsse. „Man sieht, daß ihm Pilatus leid tut.“

Dies war wieder eines der zahllosen richtigen Momente, die man an seinem Bild und der Darstellung des Christus finden konnte. Sie sagte, daß ihm Pilatus leid tue. In der Gebärde Christi mußte auch der Ausdruck von Mitleid enthalten sein, weil sich in ihr Liebe, überirdische Ruhe, Bereitschaft zum Tode und die Erkenntnis der Eitelkeit aller Worte ausdrückte. Natürlich mußte in der Darstellung des Pilatus der Beamte und in der des Christus Mitleid zum Ausdruck kommen, weil ja der eine das fleischliche und der andere das geistige Leben verkörperte. Diese und viele andere Gedanken gingen Michailow durch den Kopf, und sein Gesicht erstrahlte wiederum vor Freude.

„Ja, und wie ist diese Gestalt ausgeführt, mit wieviel Atmosphäre. Man kann förmlich um sie herumgehen", sagte Golenistschew, der mit dieser Bemerkung offensichtlich andeuten wollte, daß er die Darstellung und Auffassung der Christusgestalt nicht billigte.

„Ja, das ist meisterhaft gemacht!" bemerkte Wronski. „Und wie plastisch alle Gestalten aus dem Hintergrund hervortreten! Das ist eben die Technik", sagte er zu Golenistschew und spielte damit auf ein früheres Gespräch zwischen ihnen an, in dem er darüber geklagt hatte, daß ihm die technische Seite der Malerei auf keine Weise gelingen wolle.

„Ja, wirklich meisterhaft!" bekräftigten Golenistschew und Anna. Ungeachtet der gehobenen Stimmung, in der sich Michailow befand, versetzte ihm diese Bemerkung über die Technik einen schmerzhaften Stich ins Herz; sein Gesicht verfinsterte sich plötzlich, und er warf Wronski einen wütenden Blick zu. Er hatte schon oft von Technik sprechen hören, konnte aber absolut nicht verstehen, was damit gemeint war. Er wußte, daß man unter diesen Worten die mechanische, vom Inhalt des Dargestellten gänzlich unabhängige Fähigkeit, zu zeichnen und zu malen, verstand. Häufig hatte er bemerkt, wie er es auch dem Lob Wronskis zu entnehmen glaubte, daß die Technik dem inneren Wert entgegengesetzt wurde, als ob man etwas gut malen könnte, was schlecht ist. Er wußte, daß es viel Mühe und Sorgfalt erforderte, ein Kunstwerk, ohne es zu verunstalten, seiner Hüllen zu entkleiden und diese restlos zu entfernen; aber mit der Kunst des Malens, mit Technik hatte das nicht das geringste zu tun. Wenn sich einem kleinen Kind oder seiner Köchin dasselbe offenbaren würde, was er mit seinem geistigen Auge wahrnahm, dann wäre auch sie imstande, aus dem, was sie sah, den Kern herauszuschälen. Ein in der Technik noch so geschickter und bewanderter Maler hingegen könnte allein auf Grund seiner technischen Fähigkeiten unmöglich ein Kunstwerk schaffen, wenn sich ihm vorher nicht dessen Sinn offenbart hat. Außerdem stand für ihn fest, daß man, wenn schon von Technik die Rede war, gerade ihn nicht wegen technischer Fähigkeiten loben konnte. An allem, was er malte und gemalt hatte, entdeckte er Mängel, die sein künstlerisches Auge verletzten und die davon herrührten, daß er bei der Entfernung der Hüllen nicht mit genügend Sorgfalt vorgegangen war, die er aber jetzt nicht mehr beseitigen konnte, ohne das ganze Kunstwerk zu entstellen. Fast an allen Gestalten und Gesichtern sah er noch Reste nicht vollkommen entfernter Hüllen, die dem Bild abträglich waren.

„Das einzige, was zu sagen wäre, wenn Sie mir eine Bemerkung erlauben ...", fing Golenistschew an.

„Ach, ich bitte darum, es ist mir sehr recht", sagte Michailow mit einem erzwungenen Lächeln.

„Ich meine, daß Sie Christus mehr als Menschensohn und weniger als Gottessohn dargestellt haben. Ich weiß allerdings auch, daß dies Ihre Absicht gewesen ist."

„Ich konnte nicht einen Christus malen, der nicht meinem Gewissen entspricht", erklärte Michailow mit finsterer Miene.

„Nein, aber in diesem Falle, wenn ich meine Auffassung ausdrücken darf ... Ihr Bild ist so hervorragend, daß meine Bemerkung es nicht herabsetzen kann, zumal es sich nur um meine subjektive Auffassung handelt ... Bei Ihrem Bild spielt etwas anderes mit. Das ganze Motiv ist ein anderes. Aber nehmen wir zum Beispiel Iwanow. Meiner Meinung nach hätte Iwanow, anstatt Christus auf die Stufe einer historischen Persönlichkeit herabzuwürdigen, lieber ein anderes historisches Thema, ein frisches, noch unberührtes wählen sollen."

„Aber wenn dieses Thema nun einmal das gewaltigste ist, das sich der Kunst darbietet?"

„Wenn man sucht, lassen sich auch andere finden. Es geht darum, daß ein Kunstwerk keine Zweifel und Meinungsverschiedenheiten hervorrufen darf. Bei dem Bild Iwanows aber erhebt sich sowohl für Gläubige als auch für Ungläubige die Frage: Ist dies ein Gott, oder ist es kein Gott? Und dadurch wird die Einheitlichkeit des Eindrucks zerstört."

„Inwiefern? Ich meine, daß es unter gebildeten Menschen hierüber keine Meinungsverschiedenheiten mehr geben kann", wandte Michailow ein.

Golenistschew ließ diesen Einwand nicht gelten, beharrte darauf, daß ein Kunstwerk einen einheitlichen Eindruck hervorrufen müsse, und widerlegte alle Argumente Michailows.

Michailow ereiferte sich, wußte aber schließlich nichts mehr zur Verteidigung seines Standpunktes vorzubringen.

12

Anna und Wronski, unzufrieden mit der klugen Redseligkeit ihres Freundes, hatten schon mehrmals ungeduldig Blicke gewechselt. Schließlich ging Wronski, ohne die Begleitung des Hausherrn abzuwarten, zu einem anderen, nicht sehr großen Bild hinüber.

„Ach, wie reizend! Wundervoll! Wirklich reizend!" riefen Anna und Wronski wie aus einem Munde.

Was kann es sein, das ihnen so gut gefällt? fragte sich Michailow. An dieses schon vor drei Jahren gemalte Bild hatte er überhaupt nicht mehr gedacht. All die Qual, die ganze Begeisterung, die er beim Malen dieses Bildes empfunden, das ihn mehrere Monate hindurch unablässig Tag und Nacht beschäftigt hatte, waren seinem Gedächtnis gänzlich entschwunden, wie er überhaupt alle Bilder zu vergessen pflegte, sobald sie vollendet waren. Er mochte sich dieses Bild nicht einmal mehr ansehen und hatte es nur aufgestellt, weil er einen Engländer erwartete, der es kaufen wollte.

„Ach, das ist nur eine uralte Studie", sagte er.

„Wie schön!" sagte Golenistschew, der offensichtlich ebenfalls von dem Liebreiz des Bildes ehrlich angetan war.

Im Schatten einer Weide waren zwei angelnde Knaben dargestellt. Der ältere von ihnen hatte eben die Angel ausgeworfen und war, ganz in diese Beschäftigung vertieft, jetzt dabei, das Schwimmholz behutsam aus dem Gebüsch zu ziehen; der andere, etwas jüngere, lag ausgestreckt im Gras, hatte den blonden Wuschelkopf auf die Arme gestützt und blickte mit seinen blauen Augen verträumt auf das Wasser. Woran dachte er?

Bei dem Beifall, den dieses Bild fand, geriet Michailow erneut in Erregung; da er aber gegen solche müßigen Empfindungen angesichts etwas bereits Abgetanem Scheu und Widerwillen empfand, wollte er die Aufmerksamkeit seiner Besucher, so schmeichelhaft ihm deren Beifallsbekundungen auch waren, auf ein drittes Bild lenken.

Wronski aber fragte, ob das Bild verkäuflich sei. In der gehobenen Stimmung, in die ihn der Besuch versetzt hatte, war Michailow ein Gespräch über Geldangelegenheiten höchst unsympathisch. „Es ist zum Verkauf ausgestellt", antwortete er mit mürrischer Miene.

Nachdem die Besucher gegangen waren, setzte sich Michailow vor sein Bild „Christus vor Pilatus" und rekapitulierte in seinem Gedächtnis alles, was die Besucher gesagt, und wenn auch nicht gesagt, so doch gemeint hatten. Und sonderbar: Das, was ihm, solange die Besucher zugegen gewesen waren und er sich im Geiste in ihre Gedankengänge versetzt hatte, so bedeutsam erschienen war, verlor in seinen Augen plötzlich jegliche Bedeutung. Er betrachtete das Bild jetzt ausschließlich von seinem eigenen künstlerischen Gesichtspunkt und gelangte dabei zu der unerschütterlichen Überzeugung von der Vollkommenheit und somit auch Bedeutsamkeit seines Werkes, deren er für jene – alle anderen Dinge ausschließende – Spannung bedurfte, ohne die er nicht arbeiten konnte.

An dem perspektivisch verkürzten Fuß der Christusgestalt fand er dennoch etwas auszusetzen. Er nahm die Palette zur Hand und machte sich an die Arbeit. Während er den Fuß korrigierte, musterte er unablässig die im Hintergrund sichtbare Gestalt des Johannes, die die Besucher gar nicht beachtet hatten, die aber seiner Überzeugung nach einen Gipfel an Vollkommenheit darstellte. Als er mit dem Fuß des Christus fertig war, wollte er sich dieser Gestalt zuwenden, fühlte jedoch, daß er zu erregt war. Ebenso wie er nicht arbeiten konnte, wenn er völlig ruhig war, ebensowenig war ihm ein Arbeiten möglich, wenn er sich in einer sehr sensiblen Stimmung befand und alles zu scharf sah. Es gab nur einen ganz bestimmten, zwischen Gelassenheit und Erregung liegenden Zustand, in dem er zum Arbeiten fähig war. Augenblicklich fühlte er sich zu erregt. Er schickte sich an, das Bild zu verhängen, blieb aber mit dem Laken in der Hand davor stehen und betrachtete die Gestalt des Johannes lange mit einem verklärten Lächeln. Endlich riß er sich von ihr los, ließ, sich gleichsam überwindend, das Laken sinken und ging erschöpft, aber beglückt nach Hause.

Wronski, Anna und Golenistschew waren auf der Rückfahrt in besonders lebhafter, angeregter Stimmung. Sie unterhielten sich über Michailow und dessen Bilder. Das Wort „Talent", unter dem sie eine angeborene, fast physische, vom Verstand und Herzen unabhängige Fähigkeit verstanden und mit dem sie alles bezeichnen wollten, was einen Künstler bei seiner Arbeit bewegt hatte, kam in ihrer Unterhaltung besonders oft vor, weil sie es brauchten, um damit etwas auszudrücken, wovon sie nichts verstanden, aber dennoch sprechen wollten. Sie meinten, daß Michailow ein gewisses Talent nicht abzusprechen sei, das sich jedoch infolge seiner mangelhaften Bildung nicht entfalten könne, – was unglücklicherweise für die russischen Künstler allgemein zutreffe. Aber das Bild mit den angelnden Knaben hatte in ihnen einen tiefen Eindruck hinterlassen, und sie kamen immer wieder darauf zu sprechen. „Es ist wirklich reizend! Wie gut es ihm gelungen ist – und mit welch einfachen Mitteln! Er weiß selbst nicht, wie gut es ist", sagte Wronski. „Das darf man sich nicht entgehen lassen, ich werde ihm das Bild abkaufen."

13

Michailow hatte Wronski sein Gemälde verkauft und sich bereit erklärt, Anna zu porträtieren. Am vereinbarten Tage war er gekommen und hatte mit der Arbeit begonnen.

Schon nach der fünften Sitzung überraschte das Bild alle und namentlich Wronski nicht nur durch die Ähnlichkeit, sondern auch durch die gute Wiedergabe von Annas eigenartiger Schönheit. Es war erstaunlich, wie Michailow diese besondere Schönheit herausgefunden hatte. Man muß sie doch kennen und lieben, wie ich sie geliebt habe, um den ganzen Liebreiz ihres seelenvollen Gesichts zu erfassen, dachte Wronski, obwohl er den Liebreiz ihres seelenvollen Gesichts erst durch das Bild entdeckt hatte. Aber dieser Liebreiz war so wahrheitsgetreu wiedergegeben, daß er und die anderen ihn von jeher zu kennen glaubten.

„Wie lange schon plage ich mich ab und komme nicht weiter", sagte Wronski von dem Porträt, an dem er selbst arbeitete. „Er dagegen sieht sie an und malt drauflos. Ja, das ist eben die Technik."

„Auch das wird noch kommen", tröstete ihn Golenistschew, nach dessen Begriffen Wronski Talent besaß und dank seiner Bildung zu seiner verfeinerten Auffassung der Kunst befähigt war. Im übrigen wurde Golenistschews Überzeugung von Wronskis Talent auch noch dadurch gestützt, daß er Wronskis Teilnahme und Lobesäußerungen für seine eigenen schriftstellerischen Arbeiten und Ideen brauchte und fühlte, daß solche Beifallskundgebungen und Ermunterungen auf Gegenseitigkeit beruhen müßten.

Unter fremdem Dach – und insbesondere im Palazzo bei Wronski – war Michailow ein ganz anderer Mensch als in seinem Atelier. Er legte eine abweisende Ehrerbietung an den Tag, als fürchte er eine engere Verbindung mit Menschen, die er nicht achtete. Wronski redete er mit „Euer Durchlaucht", an, und obwohl dieser und Anna ihn wiederholt einluden, blieb er nie zum Essen, wie er auch niemals außerhalb der für die Sitzungen festgesetzten Zeit kam. Anna behandelte ihn besonders freundlich und zeigte sich ihm dankbar für ihr Bildnis. Wronski war zu ihm ausgesucht höflich und hätte offenbar gern das Urteil des Künstlers über das Bild gehört, das er selbst gemalt hatte. Golenistschew versäumte keine Gelegenheit, Michailow über die wahre Auffassung der Kunst zu belehren. Doch Michailow blieb allen gegenüber gleichmäßig kühl. Anna merkte seinem Blick an, daß es ihm Freude bereitete, sie zu beobachten; aber er vermied jede Unterhaltung mit ihr. Wenn Wronski seine eigene Malerei erwähnte, schwieg er beharrlich und behielt dieses hartnäckige Schweigen auch bei, als ihm das von Wronski gemalte Bild gezeigt wurde. Die Redereien Golenistschews empfand er offensichtlich als lästig und ließ sie unerwidert.

Überhaupt mißfiel Michailow bei näherer Bekanntschaft allen durch sein zurückhaltendes, unangenehmes, fast feindseliges Verhalten. Anna und Wronski waren daher froh, als die Sitzungen beendet waren, das ausgezeichnete Bild in ihrem Besitz verblieb und Michailows Besuche aufhörten.

Golenistschew gab als erster einem Gedanken Ausdruck, den alle hatten: daß Michailow gegen Wronski einfach Neid empfand. „Vielleicht ist es auch nicht gerade Neid, denn er hat ja Talent; aber er ärgert sich, daß ein reicher, den Hofkreisen angehörender Mann, der noch dazu Graf ist – alles Umstände, die seinesgleichen immer ein Dorn im Auge sind –, ohne besondere Mühe das gleiche und womöglich noch besser vollbringt als er, der sein ganzes Leben daran gewandt hat. Vor allem aber beneidet er dich um die Bildung, die er nicht besitzt."

Wronski nahm Michailow in Schutz, war jedoch im Grunde seines Herzens der gleichen Meinung, weil er es für ganz natürlich hielt, daß ein Mensch aus einer anderen, niedereren Gesellschaftsschicht Neid empfinden mußte.

Ein Vergleich zwischen den beiden Porträts Annas – die er und Michailow gleichermaßen nach der Natur gemalt hatten – hätte Wronski eigentlich den Unterschied zeigen müssen, der zwischen ihm und Michailow bestand; aber er sah ihn nicht. Er stellte lediglich seine Arbeit an dem Porträt Annas ein, weil er sie jetzt, nachdem Michailow Anna porträtiert hatte, für überflüssig hielt. An seinem Bild aus dem mittelalterlichen Leben arbeitete er indessen weiter. Sowohl er selbst als auch Golenistschew und besonders Anna fanden, daß es sehr gut gelungen sei, weil es viel mehr an die berühmten Werke alter Meister erinnerte als das Bild Michailows.

Michailow seinerseits war, obwohl die Arbeit an dem Porträt Annas für ihn großen Reiz gehabt hatte, noch froher als Wronski und Anna, als die Sitzungen beendet waren und er sich nicht mehr die Redereien Golenistschews über Kunst anzuhören brauchte und nicht ständig an Wronskis Malerei erinnert wurde. Er wußte, daß man Wronski nicht verbieten konnte, sich mit Malerei abzugeben; er wußte, daß Wronski und alle Dilettanten das volle Recht hatten zu malen, was ihnen beliebte, aber der Gedanke daran war ihm unangenehm. Man kann niemand verbieten, sich eine große Puppe aus Wachs anzufertigen und sie zu küssen. Aber wenn der Betreffende mit der Puppe ankäme, sich vor einen Verliebten setzte und seine Puppe hätschelte, wie ein Verliebter das von ihm geliebte Wesen hätschelt, dann wäre dies dem Verliebten unangenehm. Ein ähnlich unangenehmes Gefühl empfand Michailow angesichts der Malerei Wronskis; er fand sie lächerlich, bedauerlich, sie ärgerte und verletzte ihn.

Wronskis Begeisterung für die Malerei und das Mittelalter hielt auch nicht lange an. Er besaß genügend Geschmack für die Malerei, um die Grenzen seiner Fähigkeiten zu erkennen, und brach die Arbeit ab. Ein unklares Gefühl sagte ihm, daß die Mängel des Bildes, die zunächst nicht besonders auffielen, um so mehr in Erscheinung treten würden, je länger er daran arbeitete. Es erging ihm ebenso wie Golenistschew, der zwar fühlte, daß er nichts Neues zu sagen wußte, sich aber der Selbsttäuschung hingab, daß seine Gedanken noch gärten, daß er sie ausreifen lssen und noch Material sammeln müsse. Doch während Golenistschew darunter litt und verbittert wurde, kam es für Wronski, bei seinem Charakter, gar nicht in Betracht, daß er sich zu täuschen versucht, sich lange vergeblich abgemüht oder gar Verbitterung empfunden hätte. Mit der ihm eigenen Entschlossenheit stellte er kurzerhand das Malen ein, ohne etwas zu erklären, oder sich irgendwie zu rechtfertigen.

Aber ohne diese Beschäftigung – Anna konnte nicht begreifen, daß er sie aufgab – erschien ihm das Leben in der italienischen Stadt unerträglich langweilig; der Palazzo war auf einmal so augenfällig alt und schmutzig geworden, die Flecke auf den Gardinen, die Risse der Fußböden und die abgebröckelten Stellen an den Stucksimsen sprangen so unangenehm ins Auge, und der keine Abwechslung bringende Umgang mit Golenistschew, dem italienischen Professor und dem umherreisenden Deutschen kam ihm jetzt so langweilig vor, daß das Leben irgendwie geändert werden mußte. Sie beschlossen, nach Rußland zu fahren und sich aufs Land zu begeben. In Petersburg gedachte Wronski mit seinem Bruder die Erbschaftsangelegenheit zu regeln, und Anna wollte ihren Sohn wiedersehen. Den Sommer beabsichtigten sie dann auf dem großen Wronskischen Stammgut zuzubringen.

14

Lewin war jetzt seit über zwei Monaten verheiratet. Er war glücklich, aber doch auf ganz andere Art, als er es erwartet hatte. Auf Schritt und Tritt sah er sich in seinen früheren Träumereien enttäuscht, während er andererseits immer wieder von neuen, beglückenden Momenten überrascht wurde. Lewin war glücklich, obschon er nach seinem Eintritt ins Familienleben auf Schritt und Tritt wahrnahm, daß es sich mit diesem Glück keineswegs so verhielt, wie er es sich vorgestellt hatte. Er empfand das gleiche, was wohl jemand empfinden mag, der, nachdem er sich an dem glatten, reibungslosen Hingleiten eines Bootes über einen See ergötzt hat, nun selbst in diesem Boot eine Fahrt antritt. Er erkannte jetzt, daß es nicht genügt, aufrecht zu sitzen, ohne zu schwanken, sondern daß es auch vielerlei zu bedenken gibt, daß man keinen Augenblick die Fahrtrichtung aus den Augen verlieren darf, daß man Wasser unter sich hat und rudern muß, was Schmerzen an den Händen verursacht, wenn man nicht daran gewöhnt ist: Er erkannte, daß alles dies sehr leicht aussieht, sich aber trotz der damit verbundenen Freude als sehr schwer erweist, wenn man es selbst ausführen muß.

Wenn er früher als Junggeselle gelegentlich das Familienleben anderer beobachtet hatte, mit all den kleinen Sorgen, Reibereien und Eifersüchteleien, hatte er im stillen verächtlich gelächelt. In seinem eigenen künftigen Familienleben, hatte er gemeint, würden derartige Nichtigkeiten unmöglich sein, und selbst in seinen äußeren Formen würde es sich ganz anders abspielen als bei anderen Leuten. Und nun mußte er plötzlich sehen, daß das Zusammenleben mit seiner Frau durchaus keine außergewöhnliche Form angenommen hatte, sondern im Gegenteil mit all jenen Nichtigkeiten ausgefüllt war, auf die er früher so verächtlich herabgeblickt hatte und die jetzt gegen seinen Willen eine außerordentliche, nicht wegzuleugnende Bedeutung gewonnen hatten. Lewin sah, daß es keineswegs so leicht war, mit all diesen Nichtigkeiten fertig zu werden, wie er früher gemeint hatte. Obwohl Lewin der Meinung gewesen war, vom Familienleben eine genaue, bis in alle Einzelheiten zutreffende Vorstellung zu besitzen, hatte er sich, wie alle Männer, unter dem Familienleben einzig und allein den Genuß der Liebe vorgestellt, der durch nichts gehemmt und durch keine kleinen Sorgen beeinträchtigt werden dürfe. Er selbst habe seine Pflichten zu erfüllen, hatte er gemeint, und würde dann nach getaner Arbeit Erholung im Glück seiner Liebe finden. Seine Frau hingegen habe nichts weiter zu tun, als sich lieben zu lassen. Wie alle Männer, hatte auch er nicht bedacht, daß eine Frau ebenfalls eine Arbeit zu verrichten hat. Deshalb war er sehr verwundert gewesen, daß sie, die reizende, poetische Kitty, gleich in den ersten Tagen ihres Familienlebens für alle möglichen Dinge – für Tischtücher und Möbel, Matratzen für Logisgäste, für irgendein Tablett, für den Koch, die Zubereitung des Essens und dergleichen mehr – Sinn gehabt und sich mit ihnen befaßt hatte. Schon vor der Hochzeit hatte ihn die Entschiedenheit verblüfft, mit der sie die Reise ins Ausland abgelehnt und auf der Übersiedlung aufs Gut bestanden hatte, als ob sie sich schon damals eine bestimmte Vorstellung von ihren künftigen Pflichten gemacht hätte, und es war ihm unbegreiflich gewesen, daß sie außer an ihre Liebe auch noch an andere Dinge zu denken vermochte. Das hatte ihn damals verletzt, und auch jetzt ärgerte er sich mitunter, wenn er beobachtete, wie sie sich mit ihren kleinen Sorgen und Alltagsdingen abmühte. Aber er sah, daß ihr dies ein Bedürfnis war. Und da er Kitty liebte, konnte er, obwohl er darüber spöttelte und den Nutzen ihrer Sorgen nicht einsah, doch nicht umhin, sich im Grunde seines Herzens daran zu erfreuen. Er machte sich darüber lustig, wie sie die aus Moskau mitgebrachten Möbel anordnete, wie sie ihr eigenes und sein Zimmer neu herrichtete, wie sie die Gardinen anbrachte, wie sie die Zimmer für künftige Logisgäste, für Dolly, einteilte, wie sie die Mädchenkammer für ihre neue Zofe einrichtete, wie sie dem alten Koch Anweisungen wegen des Essens erteilte und wie sie sich mit Agafja Michailowna auseinandersetzte, der sie die Verwaltung der Vorratskammer abnahm. Er sah, wie der Koch schmunzelte und sich an ihrem Anblick erfreute, während er sich ihre von Unkenntnis zeugenden, unausführbaren Anweisungen anhörte; er sah, wie Agafja Michailowna zu den Anordnungen, die von der jungen Herrin wegen der Vorratskammer erteilt wurden, mit nachsichtigem Lächeln den Kopf schüttelte; er sah, wie reizend Kitty aussah, wenn sie zu ihm kam und sich unter Weinen und Lachen darüber beschwerte, daß das Stubenmädchen Mascha sie aus Gewohnheit immer noch als junges Mädchen ansehe und daß daher niemand Respekt vor ihr habe. Er fand dies alles sehr rührend, aber doch ungewöhnlich und dachte manchmal, daß es doch besser wäre, wenn es unterbliebe.

Er bedachte nicht, was die Veränderung der Lebensbedingungen für sie bedeuten mußte; während in ihrem Elternhause, wenn sie einmal Appetit auf Kohl mit Kwaß oder auf Konfekt gehabt hatte, solche Wünsche oft unerfüllt geblieben waren, hatte sie jetzt die Möglichkeit, zu bestellen, was ihr beliebte, Konfekt in jeder Menge zu kaufen, Geld nach eigenem Ermessen auszugeben und jeden Kuchen, den sie sich wünschte, backen zu lassen.

Zur Zeit bereitete sie sich voll Eifer auf den vorgesehenen Besuch Dollys mit den Kindern vor und freute sich besonders bei dem Gedanken, daß sie jedem der Kinder seinen Lieblingskuchen backen lassen und daß Dolly alle ihre Neueinrichtungen im Haushalt gebührend bewundern werde. Sie wußte selbst nicht, wie es zu erklären war und was sie dazu bewog, aber sie ging völlig in ihrem Haushalt auf. Da sie instinktiv das Herannahen des Frühlings fühlte und wußte, daß er auch unfreundliche Tage mit sich bringen werde, baute sie, so gut sie es verstand, an ihrem Nest und war bemüht, es möglichst schnell zu vollenden und zugleich zu lernen, wie es gemacht werden mußte.

Diese nichtige Geschäftigkeit Kittys, die so sehr den Vorstellungen vom erhabenen Glück widersprach, die sich Lewin gerade von der ersten Zeit seiner Ehe gemacht hatte, bildete eine seiner Enttäuschungen; aber da er sich dem Liebreiz dieser Geschäftigkeit, obwohl er deren Zweck nicht einsah, nicht entziehen konnte, war sie gleichzeitig auch eines der neuen Momente, die ihn beglückten.

Eine andere Enttäuschung und Beglückung zugleich brachten für Lewin gelegentliche Zwistigkeiten zwischen ihm und Kitty mit sich. Er hatte sich nie vorzustellen vermocht, daß zwischen ihm und seiner Frau jemals ein anderes als ein zärtliches, auf Liebe und gegenseitiger Achtung beruhendes Verhältnis bestehen würde – und nun war es schon in den ersten Tagen zu einem Streit gekommen, in dessen Verlauf sie ihm sagte, daß er sie nicht liebe und selbstsüchtig sei, und dann verzweifelt in Tränen ausbrach.

Dieser erste Streit zwischen ihnen wurde dadurch ausgelöst, daß Lewin, der nach dem Besuch eines neuen Vorwerks den Rückweg abkürzen wollte und sich dabei verirrt hatte, eine halbe Stunde später als vorgesehen nach Hause gekommen war. Auf dem ganzen Heimweg hatte er nur an sie gedacht, an das Glück, das ihm ihre Liebe bereitete, und je mehr er sich dem Hause genähert hatte, um so zärtlicher war sein Gefühl für sie geworden. Als er zu ihr ins Zimmer eilte, war er ebenso bewegt, wenn nicht noch bewegter als damals, als er zu den Stscherbazkis gekommen war, um seinen Antrag zu machen. Aber sie empfing ihn jetzt mit so finsterem Gesicht, wie er es an ihr noch nie wahrgenommen hatte. Er wollte sie küssen, doch sie stieß ihn zurück.

„Was ist mit dir?“

„Ja, du bist guter Laune…“, begann sie, bemüht, einen hämisch-ruhigen Ton anzuschlagen.

Doch kaum hatte sie den Mund aufgetan, als eine Flut haltloser, von blinder Eifersucht eingegebener Vorwürfe und die ganze Verbitterung zum Durchbruch kamen, die während der halben Stunde in ihr immer quälender geworden waren, da sie unbeweglich auf dem Fensterbrett gesessen hatte. Jetzt verstand er zum erstenmal klar, was er damals, als er sie nach der Trauung aus der Kirche führte, nicht begriffen hatte. Er erkannte, daß er mit ihr nicht nur eng verbunden war, sondern daß er auch nicht mehr unterscheiden konnte, wo sie aufhörte und er anfing. Er erkannte dies an dem schmerzhaften Gefühl einer Spaltung, daß er in dieser Sekunde empfand. Im ersten Augenblick fühlte er sich verletzt, doch schon im nächsten Moment fühlte er, daß er durch sie gar nicht verletzt werden konnte, daß er und sie ein einziges Ganzes seien. Er empfand im ersten Augenblick das gleiche, was jemand empfindet, der plötzlich von hinten einen heftigen Stoß verspürt, sich wütend umdreht, um den Schuldigen zur Rechenschaft zu ziehen, und nun bemerkt, daß er sich unversehens selbst gestoßen hat, daß niemand anderes schuld ist und daß er den Schmerz ertragen und sich bemühen muß, ihn zu lindern.

Nie wieder empfand er das alles mit solcher Intensität, aber bei diesem ersten Mal dauerte es lange, bis er seine Fassung wiedergewann. Seinem natürlichen Gefühl nach hätte er sich rechtfertigen und ihr nachweisen müssen, daß sie im Unrecht sei; aber durch den Nachweis ihres Unrechts hätte er sie noch mehr gereizt und den Riß, der das ganze Unglück verursacht hatte, nur noch erweitert. Ein instinktives Gefühl drängte ihn dazu, sich von den Beschuldigungen zu befreien und ihr die Schuld zuzuschieben; aber ein anderes, stärkeres Gefühl sagte ihm, daß er den entstandenen Riß möglichst schnell, bevor er sich erweitern konnte, ausbessern müsse. Eine so unberechtigte Beschuldigung auf sich sitzen zu lassen war natürlich schmerzlich; aber sich zu rechtfertigen und ihr dabei weh zu tun wäre noch schlimmer gewesen. Wie jemand, der im Halbschlaf von einem Schmerz gepeinigt wird, wollte er das Übel abschütteln und sich von ihm befreien und merkte dann, als er zu sich kam, daß das Übel ein Teil seines eigenen Ichs war. Es kam nur darauf an, den Schmerz zu verbeißen und der wunden Stelle Zeit zum Ausheilen zu lassen, und er bemühte sich, dies zu tun.

Sie versöhnten sich. Kitty, die ihr Unrecht eingesehen, wenn auch nicht ausdrücklich zugegeben hatte, war jetzt besonders zärtlich zu ihm, und sie genossen ihr erneutes Liebesglück doppelt. Das schloß indessen nicht aus, daß sich derartige Zerwürfnisse zwischen ihnen wiederholten und meist sogar durch ganz nichtige, belanglose Anlässe herbeigeführt wurden. Oft hatten diese Zerwürfnisse darin ihren Grund, daß beide noch nicht genügend erkannt hatten, was jedem von ihnen wichtig war, und daß sowohl Lewin als auch Kitty während dieser ganzen ersten Zeit häufig in schlechter Stimmung waren. Wenn einer von ihnen in guter und der andere in schlechter Stimmung war, wurde die Eintracht nicht gestört; aber wenn beide schlecht gelaunt waren, kam es manchmal aus so nichtigen Anlässen zu Zusammenstößen, daß sie sich nachträglich nicht einmal darauf besinnen konnten, weswegen sie sich eigentlich gezankt hatten. Gewiß, wenn sich beide in guter

Stimmung befanden, genossen sie die ungetrübte Freude am Leben in doppeltem Maße. Aber dennoch hatte diese erste Zeit für beide viel Schweres.

Während dieser ganzen ersten Zeit verspürten beide eine starke Spannung, die ein Gefühl hervorrief, als werde die Kette, durch die sie aneinander gefesselt waren, bald nach der einen, bald nach der anderen Seite gezogen. Überhaupt erwies sich der Honigmond, das heißt der erste Monat nach der Hochzeit, durchaus nicht als so wonnevoll, wie Lewin es hergebrachterweise erwartet hatte, sondern er blieb in seinem und Kittys Gedächtnis als die schwerste, unwürdigste Zeit ihres Lebens haften. Beide waren in der Folge gleichermaßen bemüht, all die widerwärtigen, beschämenden Begleitumstände jener Zeit, in der sie sich selten in normaler Gemütsverfassung befunden hatten und so oft sich selbst untreu geworden waren, aus ihrem Gedächtnis zu tilgen.

Erst im dritten Monat ihrer Ehe, nach ihrer Rückkehr aus Moskau, wohin sie für vier Wochen gefahren waren, nahm ihr Leben ausgeglichenere Formen an.

15

Sie waren eben erst aus Moskau zurückgekehrt und genossen ihre Abgeschiedenheit von der Welt. Lewin saß in seinem Arbeitszimmer am Schreibtisch und schrieb. Kitty, die das dunkellila Kleid angezogen hatte, das sie in den ersten Tagen ihrer Ehe getragen hatte und mit dem für ihn besonders denkwürdige Erinnerungen verbunden warten, saß auf dem Sofa, jenem altertümlichen Ledersofa, das hier bereits zu Lebzeiten von Lewins Vater und Großvater gestanden hatte, und arbeitete an einer broderie anglaise. Während Lewin seine Gedanken sammelte und niederschrieb, spürte er unablässig die beglückende Gegenwart Kittys. Seine Arbeit in der Wirtschaft und an seinem Buch, in dem er die Grundlage für ein neues Wirtschaftssystem darlegen wollte, hatte er nicht eingestellt. Aber während er seine Arbeit und die mit dem Buch verknüpften Gedanken früher im Vergleich mit der das ganze Leben verdunkelnden Finsternis für unbedeutend und nichtig gehalten hatte, erschienen sie ihm jetzt ebenso unwichtig und bedeutungslos im Vergleich mit dem strahlenden Glück seines vor ihm liegenden Lebens. Er setzte seine Arbeit fort, fühlte jedoch, daß sich der Schwerpunkt seines Interesses verlagert hatte und daß er die Dinge daher mit ganz anderen, klareren Augen ansah. Früher hatte er die Arbeit an seinem Buch als eine Zuflucht aus dem Leben betrachtet. Früher hatte er das Gefühl gehabt, daß sein Leben ohne diese Arbeit allzu trostlos sein würde. Jetzt hingegen brauchte er diese Beschäftigung, damit sich sein Leben nicht allzu gleichmäßig licht gestaltete. Nachdem er wieder sein Manuskript zur Hand genommen und das Geschriebene noch einmal durchgelesen hatte, stellte er mit Befriedigung fest, daß die Sache es wert sei, sich weiter mit ihr zu beschäftigen. Es handelte sich um etwas Neues und Nützliches. Viele seiner früheren Darlegungen, die ihm jetzt überflüssig und zu extrem erschienen, konnten weggelassen werden, aber als er das Ganze, was ihm vorschwebte, in seinem Gedächtnis auffrischte, erkannte er auch, daß noch so manches nachzuholen war. Heute hatte er mit einem neuen Kapitel begonnen, in dem er die Gründe für die mißliche Lage der Landwirtschaft in Rußland aufdeckte. Er wies nach, daß die Armut Rußlands nicht nur auf die ungerechte Verteilung des Grund und Bodens und eine falsche Agrarpolitik zurückzuführen sei, sondern daß auch die dem Lande in letzter Zeit naturwidrig aufgepfropfte äußere Zivilisation dazu beigetragen habe; im besonderen führte er in diesem Zusammenhang die Eisenbahnen, den Ausbau des Verkehrsnetzes – der eine Zentralisierung in den Städten, einen erhöhten Luxus und dadurch eine zum Nachteil der Landwirtschaft fortschreitende Industrialisierung nach sich gezogen habe – sowie das Kreditwesen und die mit diesem Hand in Hand gehenden Börsenspekulationen an. Er vertrat den Standpunkt, daß bei einer normalen Entwicklung des nationalen Wohlstands alle diese Begleiterscheinungen erst dann eintreten würden, wenn bereits ausreichende Maßnahmen zur Förderung der Landwirtschaft getroffen und für deren Gedeihen solide oder zumindest geregelte Voraussetzungen gesichert seien; daß das Anwachsen des nationalen Wohlstandes gleichmäßig erfolgen müsse und daß dabei gerade die Landwirtschaft anderen Erwerbszweigen gegenüber nicht zu kurz kommen dürfe; daß der Ausbau des Verkehrsnetzes mit einem gewissen Entwicklungszustand der Landwirtschaft in Einklang stehen müsse. Bei der unrichtigen Ausnutzung des Bodens in Rußland hingegen seien die nicht aus ökonomischen, sondern aus politischen Gründen gebauten Eisenbahnen verfrüht und hätten, statt der Landwirtschaft einen Auftrieb zu geben, wie man es erwartet habe, deren Entwicklung zum Stillstand gebracht, indem sie einseitig die Industrialisierung und das Kreditwesen förderten; ebenso wie aber die einseitige und verfrühte Entwicklung eines einzelnen Organs bei einem Tier dessen allgemeine Entwicklung schädlich beeinflussen müsse, hätten auch das Kreditwesen, die Eisenbahnen und die forcierte Industrialisierung – alles das, was in Westeuropa zweifellos notwendig sei, weil es den dortigen Erfordernissen entspricht – der allgemeinen Entwicklung des Wohlstands in Rußland nur Schaden zugefügt, weil nämlich die vordringlichste Aufgabe, die Stabilisierung der Landwirtschaft, dabei unberücksichtigt geblieben sei.

Während er seine Gedanken niederschrieb, dachte Kitty daran, mit welch erzwungener Höflichkeit ihr Mann den jungen Fürsten Tscharski behandelt hatte, von dem ihr am Abend vor der Abreise ziemlich taktlos der Hof gemacht worden war. Er ist tatsächlich eifersüchtig, dachte sie. Mein Gott, wie lieb und töricht er doch ist. Eifersüchtig zu sein! Wenn er wüßte, daß ich für sie allesamt nicht mehr übrig habe als für den alten Koch Pjotr, dachte sie, während sie mit einem sie selbst befremdenden Ausdruck von Eigentumsrecht auf seinen geröteten Nacken blickte. Es tut mir ja leid, ihn von seiner Arbeit loszureißen (nun, er wird es schon nachholen!), aber ich muß jetzt mal sein Gesicht sehen. Ob er es wohl fühlt, daß ich auf ihn blicke? Ich will ihn zwingen, sich umzudrehen … Ich will ihn zwingen … so! Und sie riß unnatürlich weit die Augen auf, in dem Wunsch, dadurch die Anziehungskraft ihres Blickes zu erhöhen.

„Ja, sie saugen alle Säfte auf und täuschen einen falschen Glanz vor“, murmelte er vor sich hin, als er jetzt für einen Augenblick das Schreiben unterbrach; und da er zugleich spürte, daß Kitty zu ihm herüberblickte und lächelte, drehte er sich zu ihr um.

„Nun, was gibt's?“ fragte er lächelnd und stand auf.

Es hat gewirkt! dachte Kitty bei sich. „Nichts weiter, ich wollte nur, daß du dich umblickst“, antwortete sie dann und suchte aus seinem Gesicht zu erraten, ob er sich darüber ärgerte, daß sie ihn bei der Arbeit gestört hatte.

„Wie schön ist es doch, wenn wir beide unter uns sind! Ich wenigstens finde es“, sagte er und kam glückstrahlend auf sie zu.

„Auch ich fühle mich so wohl! Ich werde gar nicht mehr verreisen, vor allem nicht nach Moskau.“

„Woran hast du gedacht?“

„Ich? Ich dachte … Nun, geh schon an deine Arbeit, laß dich nicht ablenken. Und ich“, fuhr sie fort und kräuselte die Lippen, „ich muß jetzt alle diese kleinen Löchlein ausschneiden, siehst du?

Sie nahm die Schere und begann mit dem Ausschneiden.

„Nein, du mußt mir erst sagen, woran du gedacht hast“, drang er weiter in sie, indes er sich zu ihr setzte und die kreisförmigen Bewegungen der Schere verfolgte.

„Woran ich gedacht habe? Ich dachte an Moskau und an deinen Nacken.“

„Wodurch nur habe gerade ich ein solches Glück verdient? Es ist geradezu unnatürlich, es ist allzu groß“, sagte er und küßte ihre Hand.

„Mir geht es anders: Je glücklicher ich bin, um so natürlicher finde ich es.“

„Warte mal, bei dir guckt ja ein Haarzipfelchen vor“, sagte er und drehte behutsam ihren Kopf herum. „Ein kleines Zipfelchen. Schau mal, hier! – Doch nun müssen wir wirklich noch etwas arbeiten.“

Doch aus der Arbeit wurde nichts mehr, und sie rückten wie zwei ertappte Sünder hastig voneinander ab, als Kusma ins Zimmer kam, um zu melden, daß der Tee angerichtet sei.

„Ist der Bote aus der Stadt zurück?“ erkundigte sich Lewin bei Kusma.

„Er ist gerade angekommen und packt jetzt aus.“

„Dann komm bald nach“, sagte Kitty zu Lewin und ging auf die Tür zu. „Sonst lese ich alle Briefe ohne dich durch. Und danach wollen wir vierhändig Klavier spielen.“

Nachdem Lewin allein geblieben war und seine Hefte in der neuen, von Kitty für ihn gekauften Aktentasche verstaut hatte, wusch er sich die Hände in dem neuen Waschbecken, das mit all dem luxuriösen Zubehör ebenfalls zugleich mit Kitty ins Haus gekommen war. Dabei kamen ihm Gedanken, über die er lächeln mußte, und er schüttelte mißbilligend den Kopf; ihn bedrückte so etwas wie ein schlechtes Gewissen. Seinem jetzigen Leben haftete etwas Beschämendes, Verzärteltes an, etwas gleichsam Capuanisches, wie er es bei sich nannte. Ein solches Leben zu führen ist nicht recht, dachte er. Nun sind bald drei Monate um, und ich habe so gut wie nichts geschafft. Heute war es wohl das erste Mal, daß ich mich ernstlich an die Arbeit gemacht habe – und was ist dabei herausgekommen? Kaum angefangen, habe ich sie wieder aufgegeben. Selbst meiner früheren alltäglichen Beschäftigung gehe ich fast gar nicht mehr nach. In der Wirtschaft – was tue ich schon, wann reite ich mal auf die Felder hinaus? Bald bringe ich es nicht fertig, mich von ihr zu trennen, bald sehe ich, daß sie sich allein langweilt. Und dabei hatte ich geglaubt, daß es auf das Leben bis zur Verheiratung nicht so sehr ankommt, daß es nicht zählt und daß das eigentliche Leben erst nach der Verheiratung anfängt. Aber jetzt sind bald drei Monate um, und ich habe diese ganze Zeit so müßig und nutzlos verbracht wie nie zuvor. Nein, so geht es nicht weiter, ich muß wieder mit der Arbeit anfangen. Sie trifft natürlich keine Schuld. Ihr kann man keine Vorwürfe machen. Ich selbst hätte fester sein, hätte meine männliche Selbständigkeit wahren müssen. Denn so kann man sich selbst leicht an dieses Nichtstun gewöhnen und auch sie dazu verleiten ... Sie ist natürlich nicht schuld, sagte er sich.

Jemand, der unzufrieden ist, wird indessen immer geneigt sein, einem anderen und meist sogar dem ihm am nächsten stehenden Menschen die Schuld für seine Unzufriedenheit zuzuschieben. Auch in Lewins Kopf regte sich, wenn auch unklar, der Gedanke, daß zwar nicht Kitty selbst schuld sei (daß sie an etwas schuld haben konnte, kam gar nicht in Frage), wohl aber ihre oberflächliche, leichtfertige Erziehung. (Dieser blöde Tscharski: Ich bin sicher, daß sie ihn in die Schranken weisen wollte und es nur nicht verstanden hat!) Nein, außer dem Interesse am Haushalt (das hat sie ja), an ihren Toiletten und der broderie anglaise besitzt sie keine ernsten Interessen. Weder interessiert sie sich für meine Arbeit, für die Wirtschaft und die Lebensbedingungen der Bauern noch für Musik, in der sie doch ziemlich tüchtig ist, oder für Bücher. Sie tut nichts und ist damit völlig zufrieden. Alles das verurteilte Lewin im Grunde seines Herzens; er hatte noch nicht begriffen, daß sie sich auf jene von Mühsal und Arbeit ausgefüllte Zeit vorbereitete, in der ihr bevorstand, gleichzeitig die Frau ihres Mannes zu sein, dem Haushalt vorzustehen und Kinder zur Welt zu bringen, zu nähren und zu erziehen. Er bedachte nicht, daß sie all das instinktiv vorausahnte, daß sie in Vorbereitung auf diese schwere Aufgabe fröhlich an ihrem Nest baute und sich in den sorglosen Minuten, die ihr jetzt noch beschieden waren, mit gutem Gewissen den Genuß ihres Liebesglücks gönnen konnte.

16

Als Lewin nach oben kam, war seine Frau, die an dem mit neuem Teegeschirr gedeckten Tisch vor dem ebenfalls neuen silbernen Samowar saß, gerade dabei, einen Brief von Dolly zu lesen, mit der sie ständig einen regen Briefwechsel unterhielt, während die alte Agafja Michailowna mit einer Tasse Tee, die ihr Kitty eingegossen hatte, an einem kleinen Nebentisch saß.

„Sehen Sie wohl, da hat mich unsere Herrin hierhergesetzt, mit ihr gemeinsam Tee zu trinken“, sagte Agafja Michailowna mit einem zärtlichen Blick auf Kitty.

Dieser Bemerkung Agafja Michailownas entnahm Lewin, daß das Drama, das sich in letzter Zeit zwischen ihr und Kitty abgespielt, jetzt seinen Abschluß gefunden hatte. Er merkte, daß sich Kitty auch bei Agafja Michailowna, die es nur schwer verwinden konnte, daß ihr die junge Hausfrau das Regiment abgenommen hatte, jetzt endgültig durchgesetzt und es verstanden hatte, sich die Zuneigung der Alten zu erwerben.

„Da habe ich nun auch einen für dich bestimmten Brief gelesen", sagte Kitty und reichte ihm einen Brief voller Rechtschreibfehler. „Er scheint von der Frau zu sein, mit der dein Bruder... Ich habe ihn nicht zu Ende gelesen", sagte sie. „Und hier sind Briefe von zu Hause und von Dolly. Stell dir vor, Dolly ist mit Grischa und Tanja bei den Sarmatskis zu einem Kinderball gewesen, mit Tanja als Marquise."

Aber Lewin hörte nicht zu, was sie sagte. Er war rot geworden, hatte den Brief Marja Nikolajewnas, der ehemaligen Geliebten seines Bruders Nikolai, ergriffen und las ihn jetzt. Es war schon das zweitemal, das Marja Nikolajewna an ihn schrieb. Im ersten Brief hatte sie mitgeteilt, daß Nikolai sie ohne jedes Verschulden ihrerseits verstoßen habe, und mit rührender Einfalt hinzugefügt, daß sie trotz der Armut, in der sie jetzt lebe, für sich um nichts bitte und nichts verlange, aber bei dem Gedanken verzweifle, daß Nikolai Dmitrijewitsch bei seinem schlechten Gesundheitszustand ohne sie zugrunde gehen werde; Lewin möge sich doch um seinen Bruder kümmern. Jetzt teilte sie etwas Neues mit. Sie habe Nikolai Dmitrijewitsch gefunden, habe sich in Moskau wieder mit ihm zusammengetan und ihn dann in eine Gouvernementsstadt begleitet, wo er eine Anstellung bekommen hatte. Aber dort habe er sich mit seinem Vorgesetzten überworfen, woraufhin er wieder nach Moskau abgereist, jedoch unterwegs so schwer erkrankt sei, daß er sich kaum wieder erholen werde, schrieb sie.

„Er spricht immerzu von Ihnen, Geld ist auch keins mehr da."

„Lies mal, was Dolly hier über dich schreibt", sagte Kitty lächelnd, brach aber jählings ab, als sie den verstörten Gesichtsausdruck ihres Mannes bemerkte.

„Was hast du? Was ist geschehen?"

„Sie schreibt, daß mein Bruder Nikolai im Sterben liegt. Ich muß hin."

Das Lächeln in Kittys Gesicht, der Gedanke an Tanja als Marquise, an Dolly – alles war plötzlich dahin.

„Wann willst du fahren?" fragte sie.

„Morgen."

„Dann komme ich mit; geht das?"

„Aber Kitty! Was soll das?" sagte er in vorwurfsvollem Ton.

„Was das soll?" entgegnete sie gekränkt, weil er ihren Vorschlag mit Unwillen aufzunehmen schien. „Warum soll ich nicht mitkommen? Ich werde dich nicht behindern. Ich..."

„Ich fahre, weil mein Bruder im Sterben liegt", unterbrach Lewin sie. „Was treibt dich dazu..."

„Was mich dazu treibt? Dasselbe, was dich dazu treibt."

Sogar in einem für mich so ernsten Augenblick denkt sie einzig daran, daß sie sich hier allein langweilen würde, sagte sich Lewin. Es verstimmte ihn, daß sie bei einem so traurigen Anlaß zu Ausflüchten griff.

„Es ist unmöglich", sagte er brüsk.

Agafja Michailowna, die merkte, daß sich der Wortwechsel zuspitzte, stellte leise ihre Tasse hin und verließ das Zimmer. Kitty hatte an ihre Anwesenheit gar nicht mehr gedacht. Sie kränkte der Ton, den ihr Mann bei seinen letzten Worten angeschlagen hatte, zumal sie aus ihnen heraushörte, daß er nicht glaubte, was sie sagte.

„Und ich sage dir, wenn du fährst, werde ich unbedingt mitkommen", erwiderte sie hastig und in gereiztem Ton. „Warum soll es unmöglich sein? Warum hältst du es denn für unmöglich?"

„Weil man Gott weiß wohin fahren muß; die Wege können schlecht sein, die Hotels ... Mit dir wäre es beschwerlich", sagte Lewin, bemüht, die Ruhe zu bewahren.

„Durchaus nicht. Ich stelle keine Ansprüche. Was du ertragen kannst, kann auch ich ertragen."

„Nein, es geht allein schon wegen jener Frau nicht, mit der du nicht zusammenkommen darfst."

„Ich weiß nichts und will auch nichts davon wissen, wer und was dort ist. Ich weiß nur, daß der Bruder meines Mannes im Sterben liegt, daß mein Mann zu ihm fährt, und ich will meinen Mann begleiten, um ..."

„Kitty! Nimm es mir nicht übel. Aber bedenke doch, wie ernst der Fall ist und daß es mir weh tun muß, wenn du dich unter diesen Umständen von einer Laune leiten läßt, von dem Wunsch, nicht allein zu bleiben. Wenn du dich allein hier langweilst, kannst du ja nach Moskau fahren."

„Siehst du, immer, immer unterstellst du mir schlechte, häßliche Gedanken", sagte sie, mühsam gegen Tränen des Gekränktseins und des Zornes ankämpfend. „Es ist keine Laune, ganz und gar nicht. Ich fühle, daß es meine Pflicht ist, an der Seite meines Mannes zu sein, wenn er Kummer hat, aber du willst mir absichtlich weh tun, mich absichtlich nicht verstehen ..."

„Nein, das ist furchtbar! Sich immer als Sklave zu fühlen!" rief Lewin, der seinen Ärger nicht länger zurückhalten konnte, und stand auf. Doch schon im selben Augenblick fühlte er, daß er sich selbst damit traf.

„Warum hast du dann geheiratet? Du hättest deine Freiheit behalten können. Warum hast du es getan, wenn du es jetzt bereust?" hielt sie ihm vor, sprang auf und lief in den Salon.

Als er zu ihr kam, fand er sie in Tränen aufgelöst.

Er redete ihr gut zu, suchte nach Worten, die sie wenn auch nicht anderen Sinnes machen, so doch wenigstens beruhigen könnten. Aber sie hörte nicht auf ihn und ging auf nichts ein. Er beugte sich über sie und ergriff ihre widerstrebende Hand. Er küßte ihre Hand, küßte ihr Haar und wieder ihre Hand – sie verharrte in Schweigen. Doch als er nun mit beiden Händen ihr Gesicht umfaßte und dabei „Kitty!" sagte, kam sie zur Besinnung, schluchzte noch ein paarmal auf und versöhnte sich mit ihm.

Sie beschlossen, am nächsten Tag gemeinsam die Reise anzutreten. Lewin hatte seiner Frau versichert, er glaube ihr, daß sie ihn nur deshalb begleiten wolle, um sich nützlich zu machen, und hatte ihr auch darin beigepflichtet, daß an der Anwesenheit Marja Nikolajewnas bei seinem Bruder nichts Anstößiges sei. Aber im Grunde seines Herzens war er bei dem Gedanken an die Reise unzufrieden, sowohl mit ihr als auch mit sich selbst. Mit ihr war er unzufrieden, weil sie sich nicht zu dem Entschluß aufraffen konnte, ihn in einem Falle, wo es nötig war, allein fahren zu lassen (wobei es ihm selbst unfaßbar war, daß er, nachdem er noch vor kurzem auf ein solches Glück, daß sie ihn liebgewinnen könne, nicht einmal zu hoffen gewagt hatte, sich jetzt unglücklich fühlte, weil sie ihn allzusehr liebte!), und mit sich selbst war er unzufrieden, weil er nicht fest geblieben war. Noch weniger stimmte er im Grunde seines Herzens mit seiner Frau darin überein, daß sie jene Frau, die sie bei seinem Bruder antreffen würde, nichts angehe, und er malte sich mit Entsetzen alle möglichen peinlichen Situationen aus, die sich daraus ergeben könnten. Allein schon der Gedanke, daß sich seine Frau, seine Kitty, in ein und demselben Zimmer mit einer Dirne aufhalten werde, ließ ihn vor Widerwillen und Entsetzen zusammenzucken.

17

Das Hotel der Gouvernementsstadt, in dem Nikolai Lewin sein Krankenlager hatte, war eines jener Provinzhotels, die mit allem neuzeitlichen Luxus ausgestattet werden und zunächst durchaus dazu angetan sind, den Gästen eine saubere, behagliche, ja komfortable Unterkunft zu bieten, aber durch das Publikum, das dort einkehrt, äußerst schnell in schmutzige Schenken verwandelt werden; und da solche Hotels dann immer noch den prätentiösen Anstrich moderner Vervollkommnung wahren wollen, sind sie gerade hierdurch noch schlimmer als die alten Gasthöfe, die einfach schmutzig sind. In jenem Hotel war dieser Zustand bereits erreicht. Der aus dem Militärdienst entlassene Veteran, der in schmutziger Uniform mit einer Zigarette im Mund vor der Haustür stand und einen Portier darstellen sollte, sowie die durchbrochene gußeiserne, finstere und unfreundliche Treppe; der vorlaute Kellner in schmutzigem Frack sowie der gemeinsame Speisesaal, in dem ein verstaubtes Bukett aus Wachsblumen den Tisch schmückte; der Schmutz, der Staub und die überall zutage tretende Unordnung in Verbindung mit einer gewissen neumodischen, selbstzufriedenen Eisenbahnergeschäftigkeit, die im Hotel herrschte – das alles wirkte auf Lewin und Kitty nach der ersten Zeit ihrer jungen Ehe äußerst deprimierend, zumal der Eindruck, den das Hotel zunächst auf sie gemacht hatte, in schroffem Gegensatz zu allem stand, was sie drinnen vorfanden.

Nachdem man sie gefragt hatte, zu welchem Preis sie ein Zimmer wünschten, stellte sich, wie immer, heraus, daß kein einziges gutes Zimmer frei war. Eins der guten Zimmer war von einem Eisenbahninspektor belegt, ein anderes von einem Rechtsanwalt und ein drittes von der Fürstin Astafjewa, einer Gutsbesitzerin. Als einziges war ein schmutziges Zimmer frei, neben dem jedoch, wie man ihnen in Aussicht stellte, zum Abend ein weiteres geräumt werden sollte. Lewin, verärgert über seine Frau, weil alles so gekommen war, wie er es vorausgesehen hatte, nämlich daß er gleich nach der Ankunft, während ihm die Sorge um den Bruder das Herz zusammenpreßte, erst für sie sorgen mußte, anstatt sofort zum Bruder eilen zu können, führte sie in das ihnen zugewiesene Zimmer.

„Geh schon, geh schon!“ sagte sie kleinlaut und warf ihm einen schuldbewußten Blick zu.

Er ging schweigend wieder hinaus und traf gleich vor der Tür mit Marja Nikolajewna zusammen, die von seiner Ankunft gehört, sich aber nicht getraut hatte, zu ihm hereinzukommen. Sie sah noch genauso aus, wie er sie in Moskau kennengelernt hatte; sie trug dasselbe ärmellose Wollkleid, das den Hals freiließ, und ihr pockennarbiges, nur ein wenig voller gewordenes Gesicht hatte im übrigen den gleichen gutmütig-stumpfen Ausdruck wie damals.

„Nun, wie ist es? Wie geht es? Wie steht es um ihn?“

„Sehr schlecht. Er wird nicht durchkommen. Auf Sie hat er schon immerzu gewartet. Er … Sie sind … sind mit Ihrer Gemahlin …“

Lewin verstand nicht gleich, was sie verwirrte, wurde aber durch ihre nächsten Worte sofort aufgeklärt.

„Ich werde mich zurückziehen, werde in die Küche gehen“,

sagte sie. „Nikolai Dmitrijewitsch wird sich freuen. Er kennt sie ja schon, erinnert sich noch an sie vom Ausland her."

Lewin begriff jetzt, daß sie seine Frau meinte, und wußte nicht recht, was er ihr sagen sollte.

„Kommen Sie, kommen Sie!" forderte er sie auf.

Doch kaum hatten sie sich zum Gehen angeschickt, als die Tür seines Zimmers geöffnet wurde und Kitty herausblickte. Lewin wurde rot vor Scham und vor Ärger über seine Frau, die ihn in eine so peinliche Lage brachte. Aber noch mehr errötete Marja Nikolajewna, die ganz in sich zusammensank und nahe daran war, in Tränen auszubrechen; da sie nicht wußte, was sie sagen und was sie tun sollte, ergriff sie mit beiden Händen die Zipfel ihres Tuches und rollte sie zwischen ihren roten Fingern zusammen.

Im ersten Moment drückte sich, wie Lewin sah, in dem Blick, mit dem Kitty diese ihr unverständliche und schreckliche Frau musterte, nur gespannte Neugier aus; doch dieser Ausdruck hielt nur einen Augenblick an.

„Nun, wie steht es? Wie geht es ihm?" wandte sie sich an ihren Mann und dann auch an Marja Nikolajewna.

„Hier im Korridor können wir uns doch nicht unterhalten", sagte Lewin und blickte sich verärgert zu einem Herrn um, der langsam, offenbar mit eigenen Angelegenheiten beschäftigt, den Korridor entlangkam.

„Nun, dann gehen wir hinein", forderte Kitty Marja Nikolajewna auf, besann sich aber gleich eines anderen, als sie das entsetzte Gesicht ihres Mannes sah. „Oder geht zuerst allein zu ihm und laßt mich dann holen", sagte sie und ging selbst ins Zimmer zurück. Lewin begab sich zu seinem Bruder.

Auf das, was seiner im Zimmer des Bruders harrte, und auf die Empfindungen, die es in ihm hervorrief, war er nicht im entferntesten gefaßt gewesen. Er hatte erwartet, den Bruder in dem gleichen Zustand von Selbsttäuschung anzutreffen, die ihn bei dessen Besuch im Herbst so erschüttert hatte und, wie er vom Hörensagen wußte, bei Schwindsüchtigen sehr oft vorkommt. Er hatte erwartet, am körperlichen Zustand des Bruders deutlichere Anzeichen des herannahenden Todes vorzufinden, eine größere Schwäche, eine fortgeschrittene Abmagerung, aber im großen und ganzen doch den gleichen Zustand. Er hatte erwartet, daß er wiederum den Gram über den bevorstehenden Verlust des geliebten Bruders und den Schrecken vor dem Tod empfinden werde wie damals, wenn jetzt auch in gesteigertem Maße. Darauf hatte er sich vorbereitet; doch was er vorfand, war etwas ganz anderes.

Er kam in ein kleines schmutziges Zimmer mit stickiger, übelriechender Luft, dessen farbig gestrichene Wandtäfelung mit Auswurf verunreinigt war und in das durch die dünne Zwischenwand Stimmen aus dem Nebenzimmer herüberschallten und sah auf einem von der Wand etwas abgerückten Bett einen sich unter der Decke abzeichnenden Körper liegen. Eine riesige Hand, wie ein Rechen so groß, die zu diesem Körper gehörte, lag auf der Decke und schien auf unerklärliche Weise an einem langen, vom Anfang bis zur Mitte gleichmäßig dünnen Stecken befestigt zu sein. Der auf dem Kissen liegende Kopf war mit dem Gesicht der Tür zugewandt. Das spärliche, von Schweiß nasse Haar klebte an den Schläfen, und die von der Haut straff umspannte Stirn machte den Eindruck, als sei sie durchsichtig.

Es ist doch undenkbar, daß dieser furchtbare Körper mein Bruder Nikolai sein kann, dachte Lewin. Doch er trat näher heran, und als er jetzt das Gesicht sah, war ein Zweifel nicht mehr möglich. Obwohl sich das Gesicht entsetzlich verändert hatte, genügte für Lewin ein Blick in die zu dem Eintretenden aufgeschlagenen Augen, und er brauchte nur die leise Bewegung des Mundes unter dem zusammengeklebten Schnurrbart zu sehen, um die furchtbare Wahrheit zu erfassen, daß dieser tote Körper sein lebender Bruder war.

Die glänzenden Augen des Kranken richteten sich streng und vorwurfsvoll auf den eintretenden Bruder, und dieser Blick stellte sofort ein lebendiges Verhältnis von einem Lebenden zum anderen her. Lewin spürte aus dem auf ihn gerichteten Blick Nikolais sofort eine Anklage heraus und hatte das Gefühl, als habe er sich durch sein eigenes Glück eines Vergehens schuldig gemacht.

Als Konstantin Nikolais Hand in die seine nahm, lächelte dieser. Aber das Lächeln war matt, kaum wahrnehmbar, und der strenge Ausdruck der Augen blieb trotz des Lächelns bestehen.

„Du hast wohl nicht erwartet, mich in diesem Zustand anzutreffen?“ fragte er mit sichtlicher Anstrengung.

„Ja... das heißt nein“, antwortete Lewin, sich in den Worten verhaspelnd. „Warum hast du denn nicht schon früher etwas von dir hören lassen, ich meine, vor meiner Hochzeit? Ich habe überall Nachforschungen angestellt.“

Er mußte sprechen, um kein Schweigen eintreten zu lassen, aber er wußte nicht, was er sagen sollte, zumal sein Bruder nichts antwortete, sondern ihn nur unverwandt ansah und offenbar die Bedeutung jedes einzelnen Wortes zu ergründen suchte. Lewin teilte ihm mit, daß seine Frau mitgekommen sei. Nikolai äußerte seine Freude darüber, fügte jedoch hinzu, daß er sie durch seinen Zustand zu erschrecken fürchte. Eine Weile lang schwiegen beide. Plötzlich bewegte sich Nikolai im Bett und begann zu sprechen. Aus seinem Gesichtsausdruck hatte Lewin geschlossen, daß er irgend etwas Bedeutsames, besonders Wichtiges sagen würde. Aber Nikolai kam auf seinen Gesundheitszustand zu sprechen, schimpfte auf den Arzt und bedauerte, daß er sich nicht von einem der berühmten Moskauer Ärzte behandeln lassen könne, woraus Lewin ersah, daß er noch immer nicht die Hoffnung aufgegeben hatte.

Als wieder ein kurzes Schweigen eintrat, benutzte Lewin die Gelegenheit, aufzustehen. Er wollte sich wenigstens für ein paar Augenblicke diesen qualvollen Eindrücken entziehen und sagte, er werde seine Frau holen.

„Nun gut, und ich werde hier inzwischen etwas saubermachen lassen. Es ist hier schmutzig und riecht entsetzlich, glaube ich. Mascha, räume hier auf!" brachte der Kranke mühsam hervor. „Und wenn du aufgeräumt hast, dann geh hinaus", fügte er mit einem fragenden Blick auf den Bruder hinzu.

Lewin antwortete nicht und ging. Auf dem Korridor blieb er zaudernd stehen. Er hatte gesagt, daß er seine Frau holen werde; doch jetzt, als er bedachte, welch qualvollen Eindrücken er ausgesetzt gewesen war, beschloß er, ihr im Gegenteil den Besuch des Kranken möglichst auszureden. Warum soll sie sich quälen wie ich? dachte er.

„Nun, wie steht es? Wie hast du ihn gefunden?" empfing ihn Kitty mit angsterfülltem Gesicht.

„Ach, es ist furchtbar, furchtbar! Warum bist du nur mitgekommen?" antwortete Lewin.

Kitty schwieg ein paar Sekunden und sah ihren Mann verzagt und teilnahmsvoll an; dann ging sie auf ihn zu und umfaßte mit beiden Händen seinen Arm.

„Kostja, führe mich zu ihm!" sagte sie. „Gemeinsam werden wir es leichter tragen. Du brauchst mich nur hinzuführen und kannst selbst weggehen. Bitte, tue es! Begreife doch, daß es mir viel schwerer fällt, dich in dieser Verfassung zu sehen, wenn ich nicht selbst bei ihm gewesen bin. Bitte, willige ein!" bat sie ihren Mann so inständig, als hinge ihr ganzes Lebensglück davon ab.

Lewin mußte zustimmen, und nachdem er sich etwas gesammelt hatte, begab er sich wieder zu seinem Bruder und nahm, ohne jetzt überhaupt noch an Marja Nikolajewna zu denken, seine Frau mit.

Mit leisen Schritten und bemüht, ihrem Mann, den sie unverwandt ansah, eine tapfere, teilnehmende Miene zu zeigen, betrat Kitty das Zimmer des Kranken, wandte sich ruhig um und schloß behutsam die Tür. Sie ging schnell und lautlos auf das Krankenbett zu, stellte sich so hin, daß der Kranke nicht den Kopf zu wenden brauchte, und begann, nachdem sie seine riesige knochige

Hand in ihre jugendfrische genommen und gedrückt hatte, mit jener verhaltenen, nicht verletzend wirkenden Lebhaftigkeit mit ihm zu sprechen, zu der nur Frauen fähig sind.

„Wir haben uns schon in Bad Soden gesehen, aber ohne einander zu kennen“, sagte sie. „Sie haben wohl nicht gedacht, daß ich einmal Ihre Schwägerin würde?“

„Sie hätten mich gewiß nicht wiedererkannt?“ fragte er mit einem Lächeln, das bei ihrem Eintritt auf seinem Gesicht erstrahlt war.

„Doch, gewiß hätte ich Sie erkannt. Wie gut, daß Sie uns benachrichtigt haben! Es verging kein Tag, ohne daß Kostja von Ihnen gesprochen hätte und Ihretwegen in Sorge gewesen wäre.“

Aber die angeregte Stimmung des Kranken hielt nicht lange an. Während Kitty noch mit ihm sprach, nahm sein Gesicht wieder jenen strengen, vorwurfsvollen Ausdruck an, in dem sich der Neid des Sterbenden gegen den Lebenden verrät.

„Ich fürchte, Sie sind hier nicht besonders gut untergebracht“, sagte Kitty, indem sie sich seinem durchdringenden Blick entzog und sich im Zimmer umsah. „Wir wollen mit dem Wirt sprechen“, wandte sie sich an ihren Mann, „damit er ein anderes Zimmer und möglichst eins in unserer Nähe zur Verfügung stellt.“

18

Lewin war außerstande, beim Anblick des Bruders die Ruhe zu bewahren; er brachte es nicht fertig, sich in dessen Gegenwart gelassen und natürlich zu geben. Sobald er zu ihm ins Zimmer kam, trübten sich unwillkürlich seine Augen, und seine Aufnahmefähigkeit ließ nach; er wurde den Zustand, in dem sich sein Bruder befand, nicht in allen Einzelheiten gewahr. Ihn umfing ein widerwärtiger Geruch, es war schmutzig und unordentlich im Zimmer, und wenn er die qualvolle Lage des Bruders sah und ihn stöhnen hörte, sagte er sich, daß es hier keine Hilfe mehr gebe. Er kam gar nicht auf den Gedanken, sich mit dem Zustand des Kranken im einzelnen zu befassen, sich vorzustellen, wie dessen Körper dort unter der Decke lag, wie zusammengekrümmt der Rücken, die abgezehrten Unterschenkel und Hüften gebettet waren, und darüber nachzudenken, ob man nicht etwas tun könne, um diese qualvolle Lage, wenn auch nicht zu bessern, so doch zu mildern. Es lief ihm kalt über den Rücken, wenn er sich alle diese Einzelheiten vorzustellen versuchte. Seiner festen Überzeugung nach gab es keine Möglichkeit, weder das Leben des Kranken zu verlängern noch ihm seine Qualen zu erleichtern. Daß er jegliche Hilfe für unmöglich hielt, spürte offenbar auch der Kranke und wurde dadurch gereizt. Auf diese Weise fühlte sich Lewin noch mehr bedrückt. Er litt, wenn er sich im Zimmer des Kranken aufhielt, aber er litt noch mehr, wenn er nicht bei ihm war. So ging und kam er ständig unter allen möglichen Vorwänden, weil er das Alleinsein nicht ertragen konnte.

Kitty hingegen dachte, fühlte und handelte ganz anders. Beim Anblick des Kranken hatte sie tiefes Mitleid empfunden. Und das Mitleid ihres weiblichen Herzens war durchaus nicht von einem Gefühl des Entsetzens und Ekels begleitet wie bei ihrem Mann, sondern weckte in ihr das Bedürfnis, einzugreifen, alle Beschwernisse des Kranken zu ermitteln und ihm zu helfen. Und da sie nicht im geringsten daran zweifelte, daß sie helfen müsse, zweifelte sie auch nicht daran, daß eine Hilfe möglich sei, und machte sich unverzüglich ans Werk. Allen jenen Einzelheiten, die ihren Mann erschauern ließen, wenn er auch nur daran dachte, wandte sie sofort ihre Aufmerksamkeit zu. Sie ließ den Arzt holen, schickte in die Apotheke und sorgte dafür, daß der Kranke weicher lag; sie veranlaßte ihr eigenes Mädchen, das sie auf die Reise mitgenommen hatte, zusammen mit Marja Nikolajewna das Zimmer auszufegen, zu scheuern und Staub zu wischen, und scheute sich nicht, das eine oder andere auch selbst zu waschen und auszuspülen. Verschiedene Dinge wurden auf ihre Veranlassung hin aus dem Zimmer entfernt oder neue hereingebracht. Mehrmals ging sie in ihr Zimmer, um Laken, Kissenbezüge, Handtücher oder Hemden zu holen, die sie, ohne sich um die ihr begegnenden Herren zu kümmern, persönlich ins Krankenzimmer brachte.

Der Kellner, der im gemeinsamen Speisesaal einer Gruppe von Ingenieuren das Mittagessen zu servieren hatte, erschien auf Kittys Klingeln mehrmals mit brummigem Gesicht; aber er konnte nicht umhin, ihre Anweisungen auszuführen, denn sie erteilte diese mit einer so charmanten Beharrlichkeit, der man sich einfach nicht entziehen konnte. Lewin hieß alle diese Bemühungen Kittys nicht gut. Er glaubte nicht, daß sie dem Kranken einen Nutzen bringen würden, und fürchtete vor allem, daß sie ihn verärgern könnten. Doch der Kranke nahm alles widerspruchslos hin und wurde nicht böse, sondern schien sich nur zu schämen und im übrigen mit Interesse zu beobachten, was Kitty alles mit ihm anstellte. Als Lewin vom Arzt wiederkam, zu dem ihn Kitty geschickt hatte, und die Tür öffnete, wurde dem Kranken auf Kittys Anordnung gerade die Wäsche gewechselt. Das lange weiße Gerippe des Rückens mit den riesigen vorstehenden Schulterblättern und den sich scharf abzeichnenden Rippen und Wirbeln war entblößt, und Marja Nikolajewna und der Hoteldiener, die das Hemd nicht richtig hielten, mühten sich ab, den langen schlaffen Arm in den Ärmel hineinzubekommen. Kitty, die nach Lewins Eintritt schnell wieder die Tür geschlossen hatte, vermied es, zu dem Kranken hinzusehen; doch als sie ihn jetzt stöhnen hörte, eilte sie zu ihm ans Bett.

„Schneller, schneller!“ sagte sie.

„Kommen Sie doch nicht heran!“ rief ihr der Kranke gereizt zu. „Ich werde selber...“

„Was sagen Sie?“ fragte Marja Nikolajewna, die den Kranken nicht verstanden hatte.

Aber Kitty hatte ihn verstanden und begriff, daß es ihm peinlich und unangenehm war, sich vor ihr so entblößt zu zeigen.

„Ich sehe nicht hin, ich sehe nicht hin“, beruhigte sie ihn, während sie seinen Ärmel zurechtrückte. „Und Sie, Marja Nikolajewna, gehen jetzt auf die andere Seite und bringen es dort in Ordnung“, fügte sie hinzu.

„Ach, hol doch bitte aus meiner kleinen Reisetasche das Fläschchen, du weißt doch, das im Seitenfach steckt“, wandte sie sich hierauf an ihren Mann. „Und inzwischen wird hier alles, was noch zu machen ist, in Ordnung gebracht.“

Als Lewin mit dem Fläschchen wiederkam, war der Kranke bereits neu gebettet und alles um ihn herum gänzlich verändert. Der frühere stickige Geruch war dem Geruch nach parfümiertem Essig gewichen, den Kitty mit gespitzten Lippen und aufgeblähten rosigen Wangen aus einem Röhrchen im Zimmer aussprühte. Staub war nirgends mehr zu sehen; vor dem Bett lag ein Teppich. Auf einem Tisch standen, ordentlich eins neben dem anderen, verschiedene Fläschchen und eine Karaffe, und daneben lag die nötige Wäsche sowie Kittys Handarbeit. Auf einem anderen, neben dem Bett des Kranken stehenden Tisch sah man Trinkwasser, eine Kerze und die zum Einnehmen bestimmten Pulver. Der Kranke selbst, gewaschen, frisiert und in einem sauberen Hemd, aus dessen weißem Kragen der erschreckend dünne Hals herausragte, lag in dem frisch bezogenen Bett, in die hochaufgeschichteten Kissen zurückgelehnt, und blickte mit einem Ausdruck neubelebter Hoffnung unverwandt auf Kitty.

Der Arzt, den Lewin im Klub aufgestöbert und mitgebracht hatte, war nicht derselbe, der Nikolai Lewin bis jetzt behandelt hatte und mit dem dieser unzufrieden war. Der neue Arzt nahm sein Hörrohr, hörte den Kranken ab, schüttelte den Kopf, schrieb ein Rezept aus und erklärte zuerst mit besonderer Ausführlichkeit, wie die verordnete Medizin einzunehmen, und anschließend, welche Diät zu beachten sei. Er empfahl rohe oder ganz weich gekochte Eier und Selterswasser mit frischer, bis zu einem bestimmten Grad erwärmter Milch. Als der Arzt wieder gegangen war, sagte der Kranke etwas zu Lewin, wovon dieser jedoch nur die letzten Worte verstand: „deine Katja"; doch an dem Blick, mit dem der Bruder zu Kitty hinübersah, erkannte er, daß er sie gelobt hatte. Er rief nun auch Katja, wie er Kitty nannte, zu sich heran.

„Ich fühle mich schon bedeutend besser", sagte er. „Ja, wenn ich Sie früher hiergehabt hätte, wäre ich schon längst gesund. Wie schön ist jetzt alles!" Er nahm ihre Hand und wollte sie an seine Lippen führen, besann sich jedoch eines anderen – er fürchtete wohl, daß es ihr unangenehm sein könnte –, ließ sie wieder sinken und streichelte sie nur. Nun nahm Kitty seine Hand zwischen ihre beiden Hände und drückte sie.

„Jetzt legt mich noch auf die linke Seite und geht dann schlafen", murmelte er.

Niemand außer Kitty hatte seine Worte richtig verstanden. Kitty aber verstand sie, weil sie in Gedanken unablässig nachempfand, was er gerade brauchte.

„Er will auf die andere Seite gelegt werden", sagte sie zu ihrem Mann. „Auf der schläft er immer. Dreh du ihn um, es wäre unangenehm, noch jemand vom Personal zu rufen. Ich schaffe es nicht. Oder können Sie es?" wandte sie sich an Marja Nikolajewna.

„Ich trau mich nicht", antwortete Marja Nikolajewna.

Sosehr es Lewin auch widerstrebte, diesen furchtbaren Körper in seine Arme zu nehmen und an ihm jene unter der Decke verborgenen Stellen zu berühren, von denen er nichts wissen wollte, fügte er sich dennoch dem Willen seiner Frau, setzte die ihr bereits bekannte und entschlossene Miene auf und schob die Hände unter die Decke. Als er den Körper anhob, war er von der merkwürdigen Schwere dieser abgezehrten Gliedmaßen überrascht, obgleich er über große Kräfte verfügte. Während er den Bruder umdrehte und dabei seinen Hals von dessen langem, abgemagertem Arm umfaßt fühlte, wendete Kitty mit raschen, lautlosen Bewegungen das Kissen um, schüttelte es auf, gab dem Kopf des Kranken eine bequeme Lage und strich dessen spärliches Haar zurecht, das wieder an den Schläfen angeklebt war.

Der Kranke hielt die Hand des Bruders in seiner Hand fest. Lewin merkte, daß er irgend etwas mit ihr im Sinn hatte und sie in eine bestimmte Richtung zog. Er ließ es stockenden Herzens geschehen. Ja, es war so: Der Bruder zog seine Hand an den Mund und küßte sie. Von einem unaufhaltsamen Schluchzen geschüttelt und unfähig, ein Wort hervorzubringen, stürzte Lewin aus dem Zimmer.

„Den Weisen und Klugen hast du es verborgen und hast es den Unmündigen geoffenbaret." An diesen Spruch aus dem Evangelium dachte Lewin unwillkürlich, als er sich an diesem Abend mit seiner Frau unterhielt.

Er dachte an diesen Spruch nicht etwa, weil er sich selbst für einen Weisen gehalten hätte. Aber wenn er sich auch nicht für weise hielt, konnte er doch nicht verkennen, daß er einen schärferen Verstand besaß als seine Frau und Agafja Michailowna, und er war sich auch bewußt, daß er, wenn er über den Tod nachdachte, dies immer mit der ganzen Kraft seines Geistes tat. Ebenso war er überzeugt, daß viele große Geister, Männer, die über das Geheimnis des Todes nachgedacht hatten und deren Gedanken hierüber er gelesen hatte, von diesem Geheimnis nicht den hundertsten Teil dessen gewußt hatten, was seine Frau und Agafja Michailowna davon wußten. So verschieden diese beiden Frauen auch waren, Agafja Michailowna und Katja, wie sein Bruder Kitty nannte und wie er es jetzt auch selbst besonders gern tat – in dieser Hinsicht glichen sie einander vollkommen. Beide wußten zweifellos, was das Leben und was der Tod ist, und wenn sie auch keineswegs imstande gewesen wären, die Fragen zu verstehen, geschweige denn zu beantworten, die Lewin beschäftigten, so waren sie doch von der Bedeutung dieser Erscheinung überzeugt und vertraten hierzu nicht nur unter sich genau die gleiche Ansicht, sondern teilten sie auch mit Millionen anderer Menschen. Ein Beweis dafür, daß sie genau wußten, was der Tod bedeutet, lag darin, daß sie angesichts eines Sterbenden keinen Augenblick schwankten, was getan werden mußte, und daß ihnen der Umgang mit dem Sterbenden keinen Schrecken einflößte. Lewin hingegen und vielen anderen, die tiefsinnige Betrachtungen über den Tod anzustellen verstanden, fehlte offenbar dieses Wissen, weil sie den Tod fürchteten und daher angesichts eines Sterbenden völlig ratlos waren. Wäre Lewin jetzt mit seinem Bruder unter vier Augen gewesen, dann hätte er ihn mit Entsetzen betrachtet, mit noch größerem Entsetzen dem Kommenden entgegengesehen und weiter nichts zu tun gewußt.

Doch damit nicht genug: Er wußte auch nicht, was er sagen, welchen Ausdruck er seinem Gesicht geben, wie er sich bewegen sollte. Von etwas Gleichgültigem zu sprechen, das ging nicht an, es würde den Kranken verletzen, wie er meinte; vom Tode zu sprechen, von etwas Niederdrückendem, kam auch nicht in Betracht; und einfach zu schweigen war gleichfalls unmöglich. Ihn anzusehen, traue ich mich nicht, er würde sich beobachtet fühlen;

sehe ich ihn aber nicht an, wird er meinen, ich dächte an etwas anderes. Wenn ich auf Zehenspitzen gehe, wird er unzufrieden sein; aber fest aufzutreten, habe ich Hemmungen. Kitty hingegen machte sich offenbar keine Gedanken dieser Art und hatte auch gar keine Zeit, an ihre eigenen Gefühle zu denken; sie dachte an den Kranken, und da ihr eben eine Erkenntnis gegeben war, die ihm selbst fehlte, traf sie in allem, was sie tat, das Richtige. Sie erzählte dem Kranken von sich selbst, von ihrer Hochzeit; sie lächelte, sie bemitleidete und streichelte ihn, erwähnte Fälle, in denen Kranke wie er wieder gesund geworden waren – und alles ging gut; demnach mußte sie die richtige Erkenntnis vom Tode haben. Daß ihre und Agafja Michailownas Handlungen nicht ohne Vernunftgründe erfolgten, nicht auf einem rein instinktiven Antrieb beruhten wie etwa bei Tieren, ging daraus hervor, daß sowohl Kitty als auch Agafja Michailowna nicht einzig auf die körperliche Pflege des Sterbenden und die Linderung seiner Leiden bedacht waren, sondern darüber hinaus auch noch etwas anstrebten, was sie für wichtiger als die körperliche Pflege hielten und was mit den physischen Belangen nichts gemein hatte. Als seinerzeit der alte Gutsknecht gestorben war, hatte Agafja Michailowna gesagt: „Nun, er hat gottlob noch das heilige Abendmahl genommen und die Letzte Ölung empfangen – möge Gott jedem einen solchen Tod schenken!“ Und genauso hatte es sich Kitty neben all ihren Sorgen um die Wäsche, um wundgelegene Stellen und um die Getränke für den Kranken schon am ersten Tage angelegen sein lassen, Nikolai davon zu überzeugen, daß er das Abendmahl und die Letzte Ölung empfangen müsse.

Als Lewin und Kitty den Kranken verlassen und sich zur Nacht in ihre beiden Zimmer zurückgezogen hatten, sank Lewin auf einen Stuhl, ließ den Kopf hängen und wußte nicht, was er tun sollte. Ganz abgesehen davon, daß er nicht daran dachte, zu Abend zu essen, sich zum Schlafengehen fertig zu machen und die weiteren Schritte zu überlegen, nein, er brachte es nicht einmal über sich, mit seiner Frau zu sprechen: Es bereitete ihm Pein. Kitty hingegen war im Gegensatz zu ihm besonders rührig und sogar lebhafter als sonst. Sie ließ das Abendessen bringen, packte eigenhändig die Sachen aus, half persönlich, die Betten zu richten, und versäumte nicht, sie mit Insektenpulver zu bestreuen. Sie war von einer ähnlichen Erregung und schnellen Entschlußkraft ergriffen, wie sie sich bei Männern vor einer Schlacht, vor dem Kampf, in gefährlichen und entscheidenden Augenblicken des Lebens einzustellen pflegen, wenn der Mann endgültig seinen Wert beweisen und zeigen muß, daß sein bisheriges Leben nicht vergebens, sondern eine Vorbereitung auf diese Augenblicke war.

Alles ging Kitty flott von der Hand, und es war noch nicht zwölf, als sämtliche Sachen ausgepackt und sorgfältig sortiert waren und das Hotelzimmer ein häusliches Aussehen und eine persönliche Note gewonnen hatte: Die Betten waren gerichtet, die Bürsten, Kämme und Spiegel hatten ihren Platz gefunden, die verschiedenen Deckchen waren ausgelegt.

Lewin hielt es für unverzeihlich, jetzt zu essen, zu schlafen, ja sogar zu sprechen, und hatte das Gefühl, daß jede seiner Bewegungen anstößig sei. Sie hingegen machte sich mit ihren Bürsten zu schaffen, tat aber alles so, daß darin nichts Unpassendes lag.

Essen konnten sie freilich beide nicht; sie gingen auch erst sehr spät zu Bett und konnten dann noch lange nicht einschlafen.

„Ich freue mich sehr, daß ich ihn überreden konnte, morgen die Letzte Ölung zu empfangen", sagte Kitty, während sie in einem Nachtjäckchen vor ihrem zusammenklappbaren Spiegel saß und mit einem dichten Kamm ihr weiches, duftiges Haar kämmte. „Ich habe so etwas noch nie miterlebt, aber ich weiß von Mama, daß dabei auch um die Genesung gebetet wird."

„Glaubst du denn wirklich, daß er noch gesund werden kann?" fragte Lewin und beobachtete, wie auf ihrem rundlichen Köpfchen das geteilte Haar hinten immer wieder zusammenfiel, sobald sie den Kamm nach vorn führte.

„Ich habe den Arzt gefragt: Er sagte, daß er nicht länger als drei Tage zu leben habe. Aber können das etwa die Ärzte wissen? Ich bin jedenfalls sehr froh, daß ich ihn überredet habe", sagte sie und schielte durch das Haar zu ihrem Mann hinüber. „Unmöglich ist nichts!" fügte sie mit jenem besonderen, ein wenig pfiffigen Ausdruck hinzu, den ihr Gesicht immer annahm, wenn sie von der Religion sprach.

Nach dem Gespräch über Religion, das zwischen ihnen in ihrer Verlobungszeit stattgefunden hatte, waren weder er noch sie jemals auf dieses Thema zurückgekommen; aber Kitty ihrerseits besuchte regelmäßig die Kirche und kam allen kirchlichen Pflichten mit dem unverändert ruhigen Bewußtsein nach, daß dies so nötig sei. Ungeachtet seiner gegenteiligen Behauptungen war sie fest überzeugt, daß ihr Mann ein ebenso guter, ja noch besserer Christ sei als sie selbst und daß alles, was er hierüber sagte, nicht ernster gemeint war als seine sonstigen komischen Männerscherze, zu denen auch seine Äußerung über ihre broderie anglaise gehörte: Kluge Leute stopften die Löcher, während sie sie absichtlich ausschneide.

„Ja, diese Frau, Marja Nikolajewna, ist mit alledem nicht zurechtgekommen", sagte Lewin. „Und … ich muß gestehen, daß ich sehr, sehr froh bin, dich jetzt hierzuhaben. Von dir geht eine solche Reinheit aus, daß ..." Er nahm ihre Hand, küßte sie jedoch nicht (ihr angesichts der Nähe des Todes die Hand zu küssen widerstrebte ihm), sondern drückte sie nur und blickte schuldbewußt in ihre aufleuchtenden Augen.

„Allein hättest du hier noch mehr gelitten", sagte sie, indem sie die Arme, die ihre vor Freude rot gewordenen Wangen verdeckten, in die Höhe hob, am Nacken ihre Zöpfe zusammenschlang und sie mit Haarnadeln befestigte. „Nein", fuhr sie dann fort, „sie hat sich nicht zu helfen gewußt ... Ich habe zum Glück so manches in Soden gelernt."

„Gab es denn dort auch so schwerkranke Kurgäste?"

„Noch schlimmere."

„Für mich ist es so entsetzlich, daß ich das Bild nicht los werde, wie er in seiner Jugend aussah ... Du kannst dir gar nicht vorstellen, was für ein prächtiger junger Mann er gewesen ist. Aber ich habe ihn damals nicht verstanden."

„Doch, ich kann es mir vorstellen, sehr gut sogar. Und ich habe das bestimmte Gefühl, daß er und ich einander gut verstehen würden", sagte sie und erschrak über ihre eigenen Worte; sie blickte sich ängstlich zu ihrem Mann um, und Tränen traten ihr in die Augen.

„Ja – verstehen würden", sagte er wehmütig. „Er ist wirklich einer jener Menschen, von denen es heißt, sie seien nicht für diese Welt geschaffen."

„Nun müssen wir aber endlich schlafen gehen", sagte Kitty mit einem Blick auf ihre winzige Uhr. „Uns steht noch viel bevor in den nächsten Tagen."

20

Der Tod

Am folgenden Tage wurden dem Kranken das heilige Abendmahl und die Letzte Ölung verabfolgt. Während des Zeremoniells war Nikolai Lewin in inbrünstige Gebete versunken. In seinen großen Augen, die auf das Heiligenbild gerichtet waren, das man auf einen mit einer farbigen Serviette bedeckten Spieltisch gestellt hatte, drückten sich ein so inständiges Flehen und eine solche Hoffnung aus, daß Lewin bei diesem Anblick das Herz brach. Er wußte, daß dieses heiße Flehen und die daran geknüpfte Hoffnung seinem Bruder den Abschied vom Leben, das er so liebte, nur noch schwerer machen mußten. Lewin kannte seinen Bruder und dessen Gedankengänge. Er wußte, daß dessen Unglaube nicht darin begründet war, daß er ein Leben ohne Glauben für leichter gehalten hätte, sondern darauf beruhte, daß sein Glaube Schritt für Schritt von jenen Erklärungen verdrängt worden war, die die neuzeitliche Wissenschaft den Erscheinungen dieser Welt gab; und daher wußte er auch, daß in Nikolais jetziger Rückkehr zum Glauben nicht eine logische Folge neuer, durch eine ähnliche Gedankenarbeit erworbener Erkenntnisse zu sehen war, sondern daß sie durch zeitbedingte Motive, durch seinen Selbsterhaltungstrieb und eine sinnlose Hoffnung auf Genesung, hervorgerufen war. Lewin wußte ferner, daß Kitty den Kranken durch ihre Erzählungen von Fällen überraschender Genesung, von denen sie gehört habe, in seiner Hoffnung noch bestärkt hatte. Alles dies wußte Lewin, und es war für ihn daher eine unsagbare Qual, den flehenden, von Hoffnung erfüllten Blick des Bruders und seine abgezehrte Hand zu sehen, die er mühsam hob, um beim Bekreuzigen die straffgespannte Stirn, die vorspringenden Schultern und die röchelnde hohle Brust zu berühren, die das Leben, um das der Kranke bat, nicht mehr zu fassen vermochte. Während der heiligen Handlung betete auch Lewin und tat das, was er, der Ungläubige, schon unzählige Male getan hatte. Er wandte sich an Gott mit den Worten: „Wenn es dich gibt, dann mache, daß dieser Mensch gesund wird" (diese Formel wiederholte sich ja mehrmals), „und du wirst ihn und mich retten."

Nach der Ölung fühlte sich der Kranke plötzlich erheblich besser. Er wurde eine Stunde lang kein einziges Mal von Husten gequält, lächelte, küßte Kitty die Hand, dankte ihr mit Tränen in den Augen und versicherte, daß er sich gut fühle, nirgends Schmerzen habe und Appetit und neue Kraft verspüre. Er richtete sich sogar ohne Hilfe auf, als ihm die Suppe gebracht wurde, und bat um ein zweites Kotelett. So hoffnungslos der Zustand des Kranken auch war und so deutlich man bei einem Blick auf ihn erkennen mußte, daß er nicht mehr genesen konnte, Lewin und Kitty befanden sich während dieser Stunde doch in jener glücklichen und zugleich bangen Erregung, die man empfindet, wenn man an sein Glück noch nicht recht zu glauben wagt.

„Geht es ihm besser?" – „Ja, bedeutend." – „Es ist erstaunlich." – „Es ist gar nichts Erstaunliches dabei." – „Es geht doch besser", flüsterten sie und lächelten einander zu.

Doch dieser Wahn währte nicht lange. Der Kranke war zwar ruhig eingeschlafen, wurde jedoch schon nach einer halben Stunde durch einen Hustenanfall geweckt. Und damit waren alle Illusionen der Umstehenden und des Kranken selbst im Nu zerstört. Die Wirklichkeit seines Zustands trat so unverkennbar in Erscheinung, daß sie jede Täuschung unmöglich machte und im Kranken ebenso wie in Lewin und Kitty nicht nur die vorher gehegten Hoffnungen, sondern selbst die Erinnerung an sie auslöschte.

Ohne auch nur mit einem Wort etwas davon zu erwähnen, woran er noch vor einer halben Stunde geglaubt hatte – er schämte sich offenbar, es in Erinnerung zu bringen –, verlangte er, daß man ihm das Jod geben solle, das er aus einem mit durchlöchertem Papier bedeckten Gläschen einatmete. Lewin reichte ihm das Glas, und der Blick leidenschaftlicher Hoffnung, mit dem der Kranke die Letzte Ölung empfangen hatte, richtete sich jetzt auf seinen Bruder und verlangte von ihm eine Bekräftigung der Bemerkung des Arztes, daß das Einatmen von Jod Wunder bewirke.

„Ist Katja nicht hier?" fragte er keuchend und sah sich im Zimmer um, nachdem Lewin widerstrebend die Worte des Arztes bekräftigt hatte. „Nein? Nun, dann kann ich ja offen sprechen ... Dieses ganze Theater hab ich nur ihretwegen aufgeführt – sie ist so lieb. Aber wir beide brauchen uns ja nichts vorzumachen. Doch hiervon verspreche ich mir viel", sagte er und beugte sich über das von seiner knochigen Hand umklammerte Gläschen, um aus ihm einzuatmen.

Gegen acht Uhr abends, als Lewin und seine Frau in ihrem Zimmer beim Teetrinken waren, kam Marja Nikolajewna atemlos zu ihnen hereingestürzt. Sie war totenbleich, und ihre Lippen bebten.

„Er stirbt!" stammelte sie. „Ich fürchte, es ist gleich aus mit ihm."

Beide eilten zu ihm. Er hatte sich halb aufgerichtet und saß, den langen Rücken gekrümmt, den Kopf tief gesenkt und auf den Ellbogen gestützt, im Bett.

„Wie fühlst du dich?" fragte Lewin nach kurzem Schweigen leise.

„Ich fühle, daß ich bald abtreten muß", antwortete Nikolai, sich mühsam die Worte abringend, aber dennoch mit außerordentlicher Bestimmtheit. Er hob nicht den Kopf, sondern richtete nur die Augen in die Höhe, ohne indessen mit seinem Blick das Gesicht des Bruders zu erfassen. „Katja, geh hinaus", fügte er noch hinzu.

Lewin sprang auf und befahl seiner Frau flüsternd, hinauszugehen.

„Bald heißt es abtreten", sagte Nikolai noch einmal.

„Warum meinst du das?" fragte Lewin, nur um überhaupt etwas zu sagen.

„Weil ich eben abtreten muß", wiederholte Nikolai, der an dieser Ausdrucksweise anscheinend Gefallen gefunden hatte. „Es ist aus."

Marja Nikolajewna trat zu ihm ans Bett.

„Sie sollten sich hinlegen, es wird Ihnen leichter sein", sagte sie.

„Bald werde ich mäuschenstill liegen – tot", antwortete er höhnisch und verbittert. „Nun gut, legt mich hin, wenn ihr wollt."

Lewin legte seinen Bruder auf den Rücken, setzte sich neben ihn und blickte mit angehaltenem Atem auf sein Gesicht. Der Sterbende lag mit geschlossenen Augen, und nur auf seiner Stirn bewegten sich ab und zu die Muskeln, wie bei jemand, der angestrengt über etwas nachdenkt. Lewin schaltete sich unwillkürlich in die Gedanken des Bruders ein, um mitzuerleben, was in diesen Augenblicken in ihm vorging; doch obwohl er sich mit seiner ganzen geistigen Spannkraft bemühte, den Gedanken des Sterbenden zu folgen und an ihnen teilzuhaben, erkannte er an dessen ruhigem, strengem Gesichtsausdruck und an dem Muskelspiel über den Brauen, daß sich dem Sterbenden mehr und mehr etwas offenbarte, was für ihn selbst dunkel blieb.

„Ja, ja, so ist es", sagte der Sterbende langsam, nach jedem Wort eine Pause einlegend. „Wartet mal!" Er schwieg wieder eine Weile. „Ja, so!" sagte er plötzlich in gedehntem Ton, gleichsam erleichtert, als habe sich jetzt alles für ihn entschieden. „Oh, mein Gott!" fügte er hinzu und stieß einen tiefen Seufzer aus.

Marja Nikolajewna befühlte seine Füße. „Sie werden kalt", sagte sie leise.

Lange, sehr lange, wie es Lewin schien, lag der Kranke, ohne sich zu rühren. Doch er war immer noch am Leben und seufzte von Zeit zu Zeit auf. Lewin war von dem angestrengten Denken bereits ermattet. Er fühlte, daß er trotz der ganzen Anspannung seines Geistes nicht zu begreifen vermochte, was sich hinter diesem *so* verbarg. Er fühlte, daß er schon lange hinter dem Sterbenden zurückgeblieben war. Er war nicht mehr fähig, an das Geheimnis des Todes zu denken, sondern beschäftigte sich unwillkürlich in Gedanken schon damit, was er als nächstes zu tun haben würde: dem Toten die Augen zuzudrücken, ihn anzukleiden, einen Sarg zu bestellen. Und so seltsam es auch war, er fühlte sich völlig ruhig und empfand weder Gram noch einen Verlust, noch – und das am allerwenigsten – Mitleid mit dem Bruder. Wenn er in diesem Augenblick überhaupt etwas für den Bruder empfand, war es am ehesten Neid; er beneidete den Sterbenden um das Wissen, das diesem jetzt zuteil geworden und ihm selbst unzugänglich war.

Er saß in dieser Verfassung noch lange neben dem Sterbenden und wartete auf das Ende. Doch das Ende wollte nicht kommen. Die Tür wurde geöffnet, und Kitty erschien auf der Schwelle, Lewin stand auf, um sie zurückzuhalten.

Doch im selben Augenblick hörte er, daß sich der Sterbende bewegte.

„Geh nicht weg", sagte Nikolai und streckte die Hand nach ihm aus. Lewin reichte ihm die seine und gab gereizt seiner Frau einen Wink, sich zu entfernen.

Während er so am Bett saß, die Hand des Sterbenden in der seinen, verging eine halbe Stunde, eine ganze Stunde und eine weitere Stunde. An den Tod dachte er jetzt überhaupt nicht mehr. Er dachte daran, was Kitty machte, wer im Nebenzimmer wohnte, ob der Arzt wohl ein eigenes Haus besaß. Er war hungrig und schläfrig. Er machte vorsichtig seine Hand frei und befühlte Nikolais Füße. Seine Füße waren kalt, aber er atmete. Lewin schickte sich an, auf Zehenspitzen hinauszugehen, aber der Kranke bewegte sich abermals und sagte:

„Geh nicht weg."

Es ging auf den Morgen zu; der Zustand des Kranken war unverändert. Lewin zog vorsichtig seine Hand zurück, ging, ohne sich nach dem Kranken umzublicken, in sein Zimmer, legte sich hin und schlief ein. Als er aufwachte und darauf gefaßt war, die Nachricht vom Ableben seines Bruders zu erhalten, hörte er statt dessen, daß sich bei dem Kranken der frühere Zustand wieder eingestellt habe. Er richtete sich wieder alle Augenblicke auf, hustete, begann wieder zu essen und zu sprechen, vom Tode sprach er nicht mehr, sondern äußerte aufs neue die Hoffnung, gesund zu werden, und war noch gereizter und verbitterter als vorher. Niemand, weder sein Bruder noch Kitty, konnte ihn beruhigen. Der Kranke ärgerte sich über alle, erging sich gegen alle in verletzenden Ausfällen, machte alle für seine Leiden verantwortlich und verlangte, daß man einen der berühmten Moskauer Ärzte hinzuziehe. Auf alle Fragen nach seinem Befinden antwortete er unabänderlich in verbissenem, vorwurfsvollem Ton:

„Ich leide entsetzlich, unerträglich!"

Der Zustand des Kranken wurde immer qualvoller, vor allem infolge der wundgelegenen Stellen, die sich nicht mehr heilen ließen, und er verrannte sich immer mehr in eine Wut gegen alle, die ihn umgaben, denen er unaufhörlich Vorwürfe machte, insbesondere deshalb, weil sie nicht einen berühmten Arzt aus Moskau herbestellt hatten. Kitty versuchte auf jede Weise, ihm zu helfen, ihn zu beruhigen, doch alle ihre Bemühungen waren vergebens, und Lewin sah, daß sie selbst sowohl körperlich als auch seelisch schon völlig zermürbt war, obschon sie es nicht zugeben wollte. Jene weihevolle Stimmung, in die alle in jener Nacht durch die Nähe des Todes versetzt worden waren, als der Kranke Abschied vom Leben genommen und den Bruder zu sich gerufen hatte, war zerstört. Jeder von ihnen wußte, daß der Kranke unvermeidlich und bald sterben mußte, ja mit einem Fuß bereits im Grabe stand. Alle wünschten nichts sehnlicher, als daß er bald sterben möge, und indem sie dies verbargen, ihm aus den verschiedenen Fläschchen Arzneien eingaben, neue Medikamente und Ärzte holen ließen, betrogen sie den Kranken, sich selbst und einer den anderen. Alles dies war Lüge, abscheuliche, unwürdige und frevelhafte Lüge. Und sowohl seinem ganzen Charakter nach als auch deshalb, weil er den Sterbenden am meisten liebte, empfand Lewin diese Lüge von allem am schmerzlichsten.

Lewin, der sich schon lange mit dem Gedanken getragen hatte, wenigstens vor dem Tode eine Versöhnung seiner beiden Brüder herbeizuführen, hatte an Sergej Iwanowitsch geschrieben und las den von diesem eingetroffenen Antwortbrief dem Kranken vor. Sergej Iwanowitsch schrieb, daß er selbst nicht kommen könne, bat aber den Bruder in zu Herzen gehenden Worten um Verzeihung.

Der Kranke verharrte in Schweigen.

„Was soll ich ihm nun schreiben?“ fragte Lewin. „Ich hoffe, du trägst ihm nichts mehr nach?“

„Nein, ganz und gar nicht“, antwortete Nikolai, sichtlich verstimmt durch diese Frage. „Schreibe ihm, daß er mir Ärzte schikken soll.“

Es vergingen drei weitere qualvolle Tage, ohne daß sich der Zustand geändert hätte. Den Wunsch, daß der Tod bald eintreten möge, empfanden jetzt alle, die mit dem Kranken in Berührung kamen: das Hotelpersonal, der Wirt, alle Zimmernachbarn, der Arzt, Marja Nikolajewna, Lewin und Kitty. Einzig der Kranke selbst äußerte nie diesen Wunsch, sondern schimpfte im Gegenteil darüber, daß man keine anderen Ärzte kommen ließ, und fuhr fort, seine Arzneien einzunehmen und vom Leben zu sprechen. Nur in den seltenen Minuten, wenn ihn das Opium seine unaufhörlichen Schmerzen vergessen ließ, murmelte er im Halbschlaf mitunter Worte, die verrieten, was ihn im Innersten stärker bewegte als alle anderen: „Ach, wenn doch erst das Ende käme!“ Oder: „Wann wird das ein Ende nehmen?“

Die stetig zunehmenden Qualen taten indessen ihr Werk und bereiteten ihn zum Sterben vor. Es gab keine Lage mehr, in der er nicht gelitten, keinen Augenblick, da er sich vergessen hätte, kein Glied, keine Stelle am ganzen Körper, die nicht geschmerzt und ihn nicht gequält hätten. Selbst die Erinnerungen, Wahrnehmungen und Gedanken, zu denen sein Körper noch fähig war, erregten in ihm jetzt den gleichen Widerwillen wie der Körper selbst.

Der Anblick anderer Menschen, deren Reden, seine eigenen Erinnerungen – alles bereitete ihm nur noch Qual. Alle in seiner Umgebung fühlten das und unterließen instinktiv jede freie Bewegung, jede Unterhaltung und jede Äußerung eines Wunsches, wenn sie sich in seinem Zimmer aufhielten. Sein ganzes Leben hatte sich auf die Empfindung seiner Qualen und auf den Wunsch zugespitzt, sich von diesen zu befreien.

In seinem Innern vollzog sich offenbar jener Umbruch, der ihn dazu bringen mußte, im Tod eine Erfüllung seiner Wünsche, ein Glück zu sehen. Früher hatte jeder seiner Wünsche, der durch Qualen oder Entbehrungen, wie Hunger, Durst, Erschöpfung, hervorgerufen war, Befriedigung durch eine Funktion des Körpers gefunden, die ihm Genuß bereitete; jetzt hingegen wurden seine Qualen und Entbehrungen nicht mehr beseitigt oder befriedigt, und jeder Versuch dazu rief nur neue Qualen hervor. Darum verschmolzen alle seine Wünsche zu dem einzigen Wunsch, sich von den Qualen und ihrem Ausgangspunkt, dem Körper, zu befreien. Da er jedoch nicht fähig war, diesen Wunsch in Worte zu fassen, sprach er nicht von diesem, sondern verlangte aus Gewohnheit die Befriedigung solcher Wünsche, deren Erfüllung nicht mehr möglich war. „Legt mich auf die andere Seite!" sagte er zum Beispiel und verlangte dann gleich im nächsten Augenblick, wieder in die frühere Stellung zurückgelegt zu werden. „Bringt mir Bouillon!" – „Nehmt die Bouillon weg!" – „Erzählt doch irgend etwas, warum schweigt ihr?" Doch sobald man zu sprechen begann, schloß er die Augen, und sein Gesicht drückte Müdigkeit, Gleichgültigkeit und Widerwillen aus.

Am zehnten Tage nach der Ankunft in der Stadt erkrankte Kitty. Sie hatte Kopfschmerzen, mußte sich erbrechen und war den ganzen Vormittag über außerstande aufzustehen.

Der Arzt führte ihre Erkrankung auf Erschöpfung und Aufregungen zurück und verordnete ihr seelische Ruhe.

Am Nachmittag indessen stand Kitty auf und begab sich wie immer mit ihrer Handarbeit zu dem Kranken. Er empfing sie bei ihrem Eintritt mit strengem Blick und lächelte verächtlich, als sie ihm sagte, daß sie sich schlecht gefühlt habe. An diesem Tage schneuzte er sich ununterbrochen und stöhnte wehleidig.

„Wie geht es Ihnen heute?" fragte sie.

„Schlechter", brachte er mühsam hervor. „Ich habe Schmerzen."

„Wo haben Sie Schmerzen?"

„Überall."

„Heute geht es mit ihm zu Ende, Sie werden sehen", sagte Marja Nikolajewna, zwar ganz leise, aber immerhin laut genug, daß der Kranke, der, wie Lewin schon gemerkt hatte, jetzt besonders hellhörig war, es gehört haben konnte. Lewin machte Marja Nikolajewna ein Zeichen zu schweigen und blickte sich nach dem Kranken um. Nikolai hatte ihre Worte gehört, aber sie hatten auf ihn gar keinen Eindruck gemacht. Sein Blick war unverändert vorwurfsvoll und angespannt.

„Warum meinen Sie das?" fragte Lewin Marja Nikolajewna, als diese ihm in den Korridor folgte.

„Er hat angefangen, sich zu bezupfen", antwortete Marja Nikolajewna.

„Zu bezupfen? Wie denn?"

„Sehen Sie her: So!" sagte sie und zupfte dabei an den Falten ihres Wollkleides. Lewin fiel jetzt ein, daß der Kranke wirklich den ganzen Tag an sich herumgegriffen hatte, als wollte er sich von irgend etwas befreien.

Die Voraussage Marja Nikolajewnas erwies sich als richtig. Als es auf die Nacht zuging, war der Kranke nicht mehr fähig, die Hände zu heben, und blickte die ganze Zeit unverändert gespannt und konzentriert ins Leere. Selbst als sich sein Bruder und Kitty über ihn beugten, so daß er sie sehen konnte, veränderte sich nicht dieser Ausdruck seines Blicks. Kitty schickte nach dem Priester, der das Sterbegebet lesen sollte.

Während der Priester das Gebet las, ließ der Kranke keinerlei Anzeichen von Leben erkennen; seine Augen waren geschlossen. Lewin, Kitty und Marja Nikolajewna standen an seinem Bett. Noch bevor der Priester mit dem Gebet zu Ende war, streckte sich der Sterbende, seufzte und schlug die Augen auf. Nach Beendigung des Gebets berührte der Priester mit dem Kreuz die kalte Stirn, wickelte es dann bedächtig in sein Schultertuch ein und befühlte, nachdem er ein paar Augenblicke in Schweigen verharrt hatte, die erkaltete und blutleere, ungewöhnlich große Hand Nikolais.

„Es ist zu Ende", sagte er und schickte sich zum Gehen an; doch da bewegte sich plötzlich der zusammengeklebte Schnurrbart Nikolais und, in der Stille deutlich vernehmbar, erklangen die aus der Tiefe seiner Brust schneidend hervorgestoßenen Worte:

„Nicht ganz, bald."

Eine Minute darauf verklärte sich sein Gesicht, ein Lächeln umspielte die Lippen unter dem Schnurrbart, und die bereits anwesenden Leichenfrauen begannen geschäftig, den Entschlafenen für die Aufbahrung herzurichten.

Der Anblick des Bruders und die Nähe des Todes riefen in Lewin erneut jenes Gefühl des Entsetzens wach, in das ihn die Atmosphäre des Todes, seine Unergründlichkeit und Unvermeidlichkeit schon an jenem Herbstabend versetzt hatten, als Nikolai

bei ihm zu Besuch eingetroffen war. Diese Empfindung war jetzt noch intensiver als damals; er fühlte noch deutlicher seine Unfähigkeit, das Geheimnis des Todes zu begreifen, und dessen Unvermeidlichkeit stellte sich ihm noch erschreckender dar. Aber dank der Nähe seiner Frau versetzte ihn diese Empfindung nicht in Verzweiflung, und er spürte trotz allem die Notwendigkeit, zu leben und zu lieben. Er fühlte, daß die Liebe ihn vor Verzweiflung bewahrte und sich unter der drohenden Verzweiflung noch verstärkte und läuterte.

Der geheimnisvolle, unergründet gebliebene Vorgang des Todes hatte sich vor seinen Augen noch nicht bis zu Ende abgespielt, als sich vor ihm ein neues, ebenso rätselhaftes Geheimnis auftat, das zur Liebe und zum Leben herausforderte.

Der Arzt bestätigte die Richtigkeit seiner Annahme bezüglich Kittys. Ihr Unwohlsein beruhte auf Schwangerschaft.

21

Von jenem Augenblick an, als Alexej Alexandrowitsch den mit Betsy und Stepan Arkadjitsch geführten Unterredungen entnommen hatte, daß von ihm nur verlangt wurde, er solle seine Frau in Ruhe lassen und sie nicht durch seine Gegenwart bedrücken, und daß seine Frau selbst dies wünsche, fühlte er sich so verloren, daß er unfähig war, von sich aus irgendeine Entscheidung zu treffen, und selbst nicht wußte, was er jetzt wünschen sollte. Er vertraute sich daher ganz der Leitung jener Personen an, die sich mit solchem Eifer seiner Angelegenheiten annahmen, und war mit allem einverstanden, was sie beschlossen. Erst als nach Annas Abreise die englische Erzieherin ihn fragen ließ, ob sie das Mittagessen mit ihm gemeinsam oder getrennt einnehmen solle, gewann er zum erstenmal eine klare Vorstellung von seiner Lage und war bestürzt.

Am schwersten litt er darunter, daß es ihm auf keine Weise gelingen wollte, sein früheres Leben mit dem jetzigen Zustand in Einklang zu bringen. Nicht etwa, daß ihn der Gedanke an jene Zeit verwirrt hätte, als er mit seiner Frau noch glücklich Seite an Seite lebte. Den Übergang von jener vergangenen Zeit zu der folgenden, in der ihm die Untreue seiner Frau bekannt wurde, hatte er bereits durchlitten und überstanden; es war ihm schwergefallen, aber er hatte doch eine Erklärung dafür gehabt. Wenn seine Frau ihn damals, als sie ihm ihre Untreue mitteilte, verlassen hätte, wäre er bekümmert und unglücklich gewesen, aber er hätte sich nicht in einer so trostlosen, ihm selbst unerklärlichen Lage befunden wie jetzt. Sein Verzeihen am Krankenbett seiner Frau, seine damalige Rührung und die Liebe, die er für sie und das fremde Kind empfunden hatte, konnte er auf keine Weise mit dem jetzigen Zustand in Einklang bringen, in dem er, sozusagen als Belohnung für alles, was er getan hatte, als verlassener, in Schande gestürzter und verspotteter Mann dastand, den niemand brauchte und jedermann verachtete.

An den beiden ersten Tagen nach der Abreise seiner Frau fertigte Alexej Alexandrowitsch wie üblich Bittsteller ab, empfing seinen Vermögensverwalter, fuhr ins Komitee und fand sich zum Mittagessen im Speisezimmer ein. Ohne sich selbst im klaren darüber zu sein, was ihn hierzu bewog, spannte er an diesen beiden Tagen seine ganze Geisteskraft ausschließlich dazu an, ein ruhiges, ja sogar gleichmütiges Aussehen zur Schau zu tragen. Als man ihn fragte, wie man mit den Sachen und Zimmern Anna Arkadjewnas verfahren sollte, unternahm er die größten Anstrengungen, sich den Anschein zu geben, als stelle das Vorgefallene für ihn nichts Überraschendes dar und falle durchaus nicht aus dem Rahmen alltäglicher Vorkommnisse; und es war ihm auch gelungen, seinen Zweck zu erreichen: Niemand konnte an ihm ein Anzeichen seiner Verzweiflung wahrnehmen. Aber als Kornej ihm am zweiten Tage nach Annas Abreise die Rechnung eines Modegeschäfts überbrachte, die Anna zu begleichen vergessen hatte, und dabei meldete, ein Vertreter des Geschäfts sei persönlich da, befahl Alexej Alexandrowitsch, ihn zu ihm zu führen.

„Verzeihen, Exzellenz, daß ich mir erlaubt habe, Sie zu belästigen. Aber wenn Ihnen genehm sein sollte, daß wir uns an Ihre Exzellenz wenden, haben Sie vielleicht die Güte, mir deren Adresse mitzuteilen."

Alexej Alexandrowitsch sann, wie es dem Vertreter schien, eine Weile nach, drehte sich dann plötzlich um und setzte sich an den Schreibtisch. Den Kopf auf die Arme gestützt, saß er lange regungslos; er setzte zwar mehrmals zum Sprechen an, hielt aber jedesmal wieder inne.

Kornej, der die Verfassung seines Herrn begriff, bat den Vertreter, ein anderes Mal zu kommen. Nachdem Alexej Alexandrowitsch wieder allein geblieben war, erkannte er, daß es über seine Kraft ging, diese Rolle weiterzuspielen und Festigkeit und Ruhe vorzutäuschen. Er befahl, den auf ihn wartenden Wagen wieder ausspannen zu lassen, sagte, daß er für niemand zu sprechen sei, und blieb auch dem Mittagessen fern.

Er fühlte, daß er außerstande war, den Druck der allgemeinen Verachtung und Mißgunst zu ertragen, die sich in den Gesichtern, mit denen er in diesen beiden Tagen zusammengekommen war, und eben auch noch in dem Gesicht dieses Vertreters und Kornejs so deutlich spiegelte. Er fühlte, daß er sich des Hasses der Menschen nicht erwehren konnte, weil ihr Haß nicht darin seinen Grund hatte, daß er ein schlechter Mensch gewesen wäre (er hätte sich dann um Besserung bemühen können), sondern darin, daß ihn ein beschämendes und erniedrigendes Unglück betroffen hatte. Er sah voraus, daß sie aus diesem Grunde, aus dem gleichen Grunde, der sein Herz zerrissen hatte, mitleidlos mit ihm sein und ihn ebenso vernichten würden, wie Hunde einem anderen, zerfleischten und vor Schmerzen winselnden Hunde den Garaus machen. Er wußte, daß er sich vor den Menschen nur retten konnte, indem er seine Wunden vor ihnen verbarg, wie er es während dieser beiden Tage unbewußt schon versucht hatte. Doch jetzt fühlte er sich diesem ungleichen Kampf nicht mehr gewachsen.

Seine Verzweiflung wurde noch durch das Bewußtsein erhöht, daß er seinem Kummer mutterseelenallein überlassen war. Nicht nur in Petersburg gab es keinen einzigen Menschen, mit dem er sich offen über das, was er litt, hätte aussprechen können, der in ihm nicht nur den hohen Beamten, ein Mitglied der oberen Gesellschaftsschicht, sondern einfach den leidenden Menschen gesehen und als solchen bemitleidet hätte – nein, einen solchen Menschen gab es auch sonst nirgends.

Alexej Alexandrowitsch war als Waise aufgewachsen. Er hatte noch einen Bruder gehabt. Auf den Vater konnten sich die Kinder nicht besinnen, und die Mutter war gestorben, als Alexej Alexandrowitsch im zehnten Lebensjahr stand. Das hinterlassene Vermögen war nur klein. Sein Onkel väterlicherseits, ein hoher Würdenträger und einstmals ein Günstling des verstorbenen Zaren, übernahm die Erziehung der beiden Brüder.

Nachdem Alexej Alexandrowitsch das Gymnasium und die Universität mit den höchsten Auszeichnungen absolviert hatte, hatte sich ihm mit Hilfe seines Onkels sofort eine glänzende Laufbahn im Staatsdienst eröffnet, auf den er seitdem seinen ganzen Ehrgeiz konzentrierte. Weder im Gymnasium noch auf der Universität und später während seiner dienstlichen Laufbahn hatte Alexej Alexandrowitsch mit irgend jemand freundschaftliche Beziehungen angeknüpft. Sein Bruder, der seinem Herzen am nächsten stand, hatte die Diplomatenlaufbahn eingeschlagen und ständig im Ausland gelebt, wo er bald nach Alexej Alexandrowitschs Verheiratung gestorben war.

Während seiner Amtszeit als Gouverneur hatte eine Tante Annas, eine reiche Dame, die im Gouvernement großes Ansehen genoß, Alexej Alexandrowitsch, der damals nicht mehr ganz jung, wohl aber ein ungewöhnlich junger Gouverneur war, mit ihrer Nichte zusammengeführt und ihn in eine solche Lage gebracht, daß er entweder um Anna anhalten oder die Stadt verlassen mußte. Alexej Alexandrowitsch hatte lange geschwankt. Es hatte ebenso viele Umstände gegeben, die für, wie solche, die gegen diese Verbindung sprachen, und Alexej Alexandrowitsch hatte keinen entscheidenden Anlaß gesehen, von seinem Grundsatz abzuweichen, daß in Zweifelsfällen Zurückhaltung geboten sei. Doch da hatte die Tante Annas ihn durch einen Bekannten nachdrücklich wissen lassen, daß er das junge Mädchen bereits kompromittiert habe und durch das Gebot der Ehre verpflichtet sei, einen Antrag zu machen. Er machte den Antrag und schenkte seiner Braut und späteren Frau das ganze Gefühl, dessen er fähig war.

Die Zuneigung, die er für Anna empfand, hatte in seinem Herzen das Bedürfnis nach innigen Beziehungen zu anderen Menschen vollends zum Erlöschen gebracht. So hatte er jetzt unter allen seinen Bekannten keinen einzigen Menschen, der ihm nahestand. Der Kreis der sogenannten guten Beziehungen, die er unterhielt, war groß, doch ein wirklich freundschaftliches Verhältnis verband ihn mit niemand. Es gab viele Leute, die er zum Mittagessen einladen, die er um Unterstützung in einer für ihn wichtigen Angelegenheit bitten oder bei denen er ein gutes Wort für irgendeinen Antragsteller einlegen konnte und mit denen ein offener Meinungsaustausch über die Tätigkeit anderer Personen und Maßnahmen der höchsten Regierungsstellen möglich war; aber die Beziehungen zu allen diesen Leuten beschränkten sich auf ein durch Herkommen und Brauch fest umrissenes Gebiet, das zu überschreiten nicht möglich war. Er hatte zwar einen ehemaligen Studienkollegen, zu dem er erst nach Verlassen der Universität in nähere Beziehung getreten war und mit dem er sich offen über sein persönliches Leid hätte aussprechen können; aber dieser Freund bekleidete jetzt den Posten eines Kurators in einem entfernten Lehrbezirk. Und was die in Petersburg ansässigen Personen betraf, so wären für ein engeres Verhältnis allenfalls nur sein Kanzleidirektor und sein Arzt in Betracht gekommen.

Michail Wassiljewitsch Sljudin, der Kanzleidirektor, war ein biederer, kluger und gutmütiger Mensch mit lauterem Charakter, und Alexej Alexandrowitsch spürte überdies, daß er ihm persönlich zugetan war; aber ihr fünfjähriges dienstliches Verhältnis hatte zwischen ihnen eine Schranke errichtet, die die Erörterung von Herzensangelegenheiten ausschloß.

Nachdem Alexej Alexandrowitsch alle Schriftstücke unterzeichnet hatte, schwieg er eine ganze Weile, blickte zu Michail Wassiljewitsch hinüber und schickte sich mehrmals an zu sprechen, brachte es jedoch nicht fertig. Er hatte sich schon den Satz zurechtgelegt: Haben Sie von meinem Kummer gehört? Aber das Ganze endete damit, daß er den Kanzleidirektor wie gewöhnlich mit den Worten entließ: „Also bereiten Sie mir dies vor."

Sein Arzt, das wußte er, war ihm ebenfalls gewogen; aber zwischen diesem und ihm hatte sich schon seit langem ein stillschweigendes Einvernehmen herausgebildet, daß beide mit Arbeit überlastet seien und mit jeder Minute geizen müßten.

An seinen weiblichen Freundeskreis und selbst an die Gräfin Lydia Iwanowna, die darin den ersten Platz einnahm, dachte Alexej Alexandrowitsch nicht. Alle Frauen flößten ihm jetzt, einfach weil sie Frauen waren, Schrecken und Widerwillen ein.

22

Alexej Alexandrowitsch hatte die Gräfin Lydia Iwanowna vergessen, doch sie keineswegs ihn. Just in diesem schwersten Augenblick seiner Verzweiflung, als er seine Einsamkeit am schmerzlichsten empfand, fuhr sie an seinem Hause vor und kam, ohne sich erst melden zu lassen, zu ihm in sein Arbeitszimmer. Er saß bei ihrem Eintritt noch immer in der gleichen Stellung, den Kopf auf beide Arme gestützt, am Schreibtisch.

„J'ai forcé la consigne", sagte sie, während sie mit schnellen Schritten auf ihn zukam und vor Aufregung und Hast kaum atmen konnte. „Ich weiß alles! Alexej Alexandrowitsch! Mein Freund!" fuhr sie fort, indem sie mit beiden Händen seine Hand drückte und ihm mit ihren schönen, verträumten Augen in die seinen blickte.

Alexej Alexandrowitsch runzelte die Stirn, erhob sich ein wenig und rückte ihr, nachdem er seine Hand aus den ihren befreit hatte, einen Stuhl zurecht.

„Wollen Sie Platz nehmen, Gräfin? Ich empfange keine Besucher, weil ich krank bin, Gräfin", sagte er mit zitternden Lippen.

„Mein Freund!" wiederholte die Gräfin, ohne die Augen von ihm abzuwenden; ihre Brauen zogen sich plötzlich in spitzem Winkel in die Höhe, so daß sie auf der Stirn ein Dreieck bildeten und ihr gelbes, ohnehin unschönes Gesicht noch mehr entstellten. Aber Alexej Alexandrowitsch fühlte, daß sie Mitleid mit ihm hatte und dem Weinen nahe war; Rührung übermannte ihn, er ergriff ihre weichliche Hand und küßte sie mehrmals nacheinander.

„Mein Freund!“ sagte sie mit vor Erregung versagender Stimme. „Sie dürfen sich nicht Ihrem Leid hingeben. Ihr Unglück ist groß, aber Sie müssen sich zu trösten suchen.“

„Ich bin zerschmettert, ich bin zu Tode getroffen, ich bin kein Mensch mehr!“ sagte Alexej Alexandrowitsch und gab ihre Hand frei, blickte ihr indessen weiterhin in die mit Tränen gefüllten Augen. „Meine Lage ist so fürchterlich, daß ich nirgends, nicht einmal in mir selbst einen Halt finde.“

„Sie werden einen Halt finden, doch suchen Sie ihn nicht in mir, obwohl ich Sie bitte, an meine Freundschaft zu glauben“, sagte sie mit einem Seufzer. „Unser Halt ist die Liebe, jene Liebe, die *er* uns vermacht hat. *Seine* Bürde ist leicht“, fuhr sie mit jenem verzückten Gesichtsausdruck fort, den Alexej Alexandrowitsch an ihr schon kannte. „*Er* wird Sie stützen und Ihnen helfen.“

Ungeachtet dessen, daß aus ihren Worten die Rührung über ihre eigenen erhabenen Gefühle herauszuhören war und sich in ihnen die neuerdings in Petersburg aufgekommene mystische Strömung verriet, die Alexej Alexandrowitsch nicht billigte, tat es ihm jetzt dennoch wohl, ihre Worte zu hören.

„Ich bin schwach. Ich bin vernichtet. Ich habe nichts vorausgesehen und kann das alles jetzt nicht fassen.“

„Mein Freund!“ wiederholte Lydia Iwanowna noch einmal.

„Es ist nicht der Verlust dessen, was jetzt nicht mehr da ist; das ist es nicht“, fuhr Alexej Alexandrowitsch fort. „Darum tut es mir nicht leid. Aber vor Scham über die Lage, in der ich mich befinde, bringe ich es nicht fertig, den Menschen in die Augen zu sehen. Das ist nicht recht, aber ich bringe es nicht fertig, bringe es einfach nicht fertig.“

„Nicht Sie sind es, der jene hochsinnige Tat des Verzeihens vollbracht hat, die wir alle so bewundern, sondern er, der in Ihrem Herzen wohnt“, sagte die Gräfin und richtete die Augen in einer Art Ekstase nach oben. „Und darum brauchen Sie sich dieser Tat auch nicht zu schämen.“

Alexej Alexandrowitsch zog die Brauen zusammen, legte die Hände ineinander und begann mit den Fingern zu knacken.

„Man muß alle Einzelheiten kennen“, sagte er mit seiner dünnen Stimme. „Die Kraft des Menschen hat Grenzen, Gräfin, und ich bin an den Grenzen der meinigen angelangt. Den ganzen Tag über hatte ich heute Anordnungen zu treffen, Anordnungen wegen des Haushalts, die aus meiner neuen Lage und Vereinsamung resultieren“ (er sprach das Wort „resultieren“ mit besonderem Nachdruck aus). „Die Dienstboten, die Erzieherin, die verschiedenen Rechnungen … Dieses kleine Feuer hat mich verzehrt, ich war nicht fähig, ihm standzuhalten. Bei Tisch … ich bin gestern nahe daran gewesen, während des Essens aufzustehen und das Zimmer zu verlassen. Ich konnte den Blick nicht ertragen, mit dem mich mein Sohn ansah. Er fragte mich nicht, was alles dies zu bedeuten hat, aber diese Frage stand ihm im Gesicht geschrieben, und ich konnte seinem fragenden Blick nicht standhalten. Er scheute sich, mich anzusehen, doch damit nicht genug..."

Alexej Alexandrowitsch wollte noch die Rechnung erwähnen, die man ihm vorhin gebracht hatte, aber seine Stimme begann zu zittern, und er brach den Satz ab. An diese Rechnung auf blauem Papier, bei der es sich um ein Hütchen und Bänder handelte, vermochte er nicht zu denken, ohne vom Mitleid über sich selbst übermannt zu werden.

„Ich verstehe das, mein Freund", sagte die Gräfin Lydia Iwanowna. „Ich verstehe alles. Wahren Beistand und Trost werden Sie nicht durch mich erhalten, aber auch ich bin einzig aus dem Antrieb hergekommen, Ihnen zu helfen, soweit ich es kann. Wie gern möchte ich Ihnen alle diese kleinen, erniedrigenden Sorgen abnehmen ... Ich verstehe gut, daß hierzu eine weibliche Hand nötig ist, die Leitung einer Frau. Wollen Sie mich damit betrauen?"

Alexej Alexandrowitsch drückte ihr wortlos und dankbar die Hand.

„Wir werden uns gemeinsam Serjoshas annehmen. Praktische Dinge sind nicht meine starke Seite, aber ich will es übernehmen, ich werde Ihre Haushälterin sein. Danken Sie mir nicht. Ich tue das nicht selbst."

„Ich kann Ihnen nicht genug danken."

„Aber mein Freund, geben Sie sich nicht jenem Gefühl hin, von dem Sie vorhin sprachen, schämen Sie sich nicht dessen, worin die höchste Vollendung eines Christen besteht: Wer sich selbst erniedrigt, der wird erhöht werden. Und mir haben Sie nichts zu danken. Danken müssen Sie ihm, und ihn müssen Sie um Beistand bitten. Nur durch ihn allein können wir Ruhe, Trost, Liebe und unser Seelenheil finden", sagte sie, worauf sie die Augen zum Himmel erhob und zu beten begann, was Alexej Alexandrowitsch aus ihrem Schweigen schloß.

Alexej Alexandrowitsch hatte ihr aufmerksam zugehört, und die gleichen Redensarten, die er früher, wenn auch nicht gerade für abstoßend, so doch für übertrieben gehalten hatte, empfand er jetzt als ganz natürlich und trostbringend. Alexej Alexandrowitsch hatte für diese neue, exaltierte Art nichts übrig. Er war ein gläubiger Mensch, dessen Stellung zur Religion vorwiegend von politischen Gesichtspunkten bestimmt wurde, und da die neuerdings aufgekommene Lehre verschiedene neue Auslegungen ermöglichte und damit endlosen Disputen und Analysen Tür und Tor öffnete, lehnte er sie aus grundsätzlichen Erwägungen ab. Er hatte sich dieser neuen Lehre gegenüber bisher kühl, ja sogar feindselig verhalten und war darauf bedacht gewesen, alle Dispute mit der Gräfin Lydia Iwanowna, die sich für die neue Lehre begeisterte, zu vermeiden und ihre Herausforderungen mit Stillschweigen zu übergehen. Heute jedoch hatte er sich ihre Ausführungen mit Befriedigung und zum erstenmal ohne inneren Widerspruch angehört.

„Ich bin Ihnen sehr, sehr dankbar, sowohl für Ihre praktische Hilfe als auch für Ihre Worte", sagte er, als sie mit dem Beten fertig war.

Die Gräfin drückte ihrem Freunde noch einmal beide Hände.

„Jetzt werde ich ans Werk gehen", sagte sie lächelnd, nachdem sie eine kurze Weile geschwiegen und sich die Spuren der Tränen aus dem Gesicht gewischt hatte. „Ich gehe gleich zu Serjosha. An Sie werde ich mich nur im äußersten Notfall wenden." Damit stand sie auf und verließ das Zimmer.

Die Gräfin begab sich in den anderen Teil der Wohnung und suchte Serjosha in seinem Zimmer auf; und während sich ihre Tränen über die Wangen des bestürzten Knaben ergossen, sagte sie ihm, daß sein Vater ein Heiliger und daß seine Mutter gestorben sei.

Die Gräfin Lydia Iwanowna führte ihr Versprechen aus. Sie übernahm in der Tat alle Sorgen, die mit der Neuordnung und Leitung des Kareninschen Haushalts zusammenhingen. Ihre Bemerkung, daß praktische Dinge nicht ihre Stärke seien, war freilich nicht übertrieben gewesen, denn alle ihre Anordnungen erwiesen sich als unausführbar und mußten geändert werden; geändert wurden sie von Kornej, dem Kammerdiener Alexej Alexandrowitschs, der jetzt, unauffällig für alle, den ganzen Haushalt leitete und seinem Herrn, wenn er ihm beim Ankleiden behilflich war, ruhig und sachlich alles Nötige meldete. Nichtsdestoweniger übte die Gräfin Lydia Iwanowna durch ihr Eingreifen eine außerordentlich große Wirkung aus: Sie gab Alexej Alexandrowitsch eine moralische Stütze, indem sie ihn die Liebe und Achtung, die sie für ihn empfand, erkennen ließ und ihn – dieser Gedanke war für Lydia Iwanowna besonders beglückend – schon nahezu zum wahren Christentum bekehrt, das heißt aus einem gleichmütigen, phlegmatischen Christen in einen überzeugten und eifrigen Anhänger jener neuen Auslegung der christlichen Lehre verwandelt hatte, die in letzter Zeit in Petersburg immer mehr an Boden gewann. Die Umstellung fiel Alexej Alexandrowitsch nicht schwer. Ihm, ebenso wie der Gräfin Lydia Iwanowna und den übrigen Anhängern der neuen Richtung, gebrach es gänzlich an jener Tiefe der Einbildungskraft, jener geistigen Fähigkeit, dank der alle durch die Einbildungskraft hervorgerufenen Vorstellungen eine so reale Form annehmen, daß sie mit anderen Vorstellungen und mit der Wirklichkeit unbedingt in Einklang gebracht werden müssen. Er sah nichts Unmögliches, nichts Widerspruchsvolles in der Vorstellung, daß der Tod, den Ungläubige für eine Tatsache halten, für ihn nicht existiere und daß er, durchdrungen von dem alleinseligmachenden Glauben (über dessen Richtigkeit oder Unrichtigkeit er selbst befand), auch jeglicher Sünde bar sei und deshalb des vollen Seelenheils bereits hier, im irdischen Leben, teilhaftig werden könne.

Die Haltlosigkeit und das Irrige der Vorstellung, die sich Alexej Alexandrowitsch von seinem Glauben machte, wurde zwar von ihm selbst dunkel geahnt, und er erinnerte sich auch, daß er früher, als er gar nicht auf den Gedanken gekommen war, die seiner Frau gewährte Verzeihung für den Akt einer höheren Macht zu halten, sondern sich seinen unmittelbaren Empfindungen hingegeben hatte, daß er damals eine größere Beglückung empfunden hatte als jetzt, wo er in jedem Augenblick daran dachte, daß Christus in seiner Seele wohne und daß er, wenn er Aktenstücke unterzeichnete, dessen Willen vollstrecke; aber Alexej Alexandrowitsch brauchte diese Vorstellung, er brauchte in seiner Erniedrigung notwendig eine wenn auch nur erdachte hohe Warte, von der aus er, der von allen Verachtete, verächtlich auf andere herabsehen konnte, so daß er sich an diese Vorstellung klammerte, die ihm, obschon nur in seiner Einbildung, sein Seelenheil brachte.

23

Die Gräfin Lydia Iwanowna, schon als junges Mädchen schwärmerisch veranlagt, war sehr früh einem reichen, vornehmen und äußerst gutmütigen, aber ebenso ausschweifenden Lebemann zur Frau gegeben worden. Im zweiten Monat ihrer Ehe verließ er sie und beantwortete alle ihre schwärmerischen Liebesbeteuerungen nur mit Spott und sogar mit einer Feindseligkeit, die sich Leute, die einerseits das gute Herz des Grafen kannten und andererseits nichts fanden, was an der schwärmerischen Lydia auszusetzen gewesen wäre, auf keine Weise erklären konnten. Seitdem lebten sie wenn auch nicht geschieden, so doch getrennt, und sooft der Graf seiner Frau begegnete, behandelte er sie unabänderlich mit jenem beißenden Spott, dessen Ursache allen unbegreiflich war.

Die Liebe der Gräfin Lydia Iwanowna zu ihrem Mann war schon lange erloschen, aber es war nach ihrer Trennung von ihm noch nicht vorgekommen, daß sie nicht in irgend jemand verliebt gewesen wäre. Manchmal war sie gleichzeitig in mehrere Personen, in Männer sowohl als auch Frauen, verliebt; sie pflegte sich fast in alle zu verlieben, die sich auf irgendeine Weise auszeichneten; sie verliebte sich in alle ausländischen Prinzessinnen und Prinzen, die zur Zarenfamilie in ein verwandtschaftliches Verhältnis traten. Eine Zeitlang war sie zugleich in einen Metropoliten, einen Vikar und einen Priester verliebt. Ein anderes Mal verliebte sie sich in einen Journalisten, in drei Panslawisten und in Komissarow, denen ein Minister, ein Arzt, ein englischer Missionar und Karenin folgten. Ihre schwärmerischen Gefühle für alle diese Personen, die sich bald abschwächten, bald steigerten, hinderten sie nicht, ein äußerst ausgedehntes und kompliziertes Netz von Beziehungen zu Hofkreisen und zu der oberen Gesellschaftsschicht zu unterhalten. Seitdem sie sich jedoch nach dem Unglück, von dem Karenin heimgesucht worden war, um seinen Haushalt kümmerte und für sein Wohlergehen sorgte, fühlte sie, daß alle Neigungen, die sie für andere empfunden hatte, nur oberflächlich gewesen waren und daß ihre wahre Liebe einzig und allein Karenin gehörte. Das Gefühl, das sie jetzt für diesen beseelte, schien ihr stärker zu sein als alles, was sie früher für andere empfunden hatte. Wenn sie ihr jetziges Gefühl für Karenin prüfte und es mit ihren früheren Schwärmereien verglich, kam sie zu der klaren Erkenntnis, daß sie in Komissarow nicht verliebt gewesen wäre, wenn er nicht dem Zaren das Leben gerettet hätte, und daß ihre Gefühle für Ristić-Kudžicki mit der panslawistischen Bewegung in Zusammenhang gestanden hatten, während sie Karenin um seiner selbst willen liebte, wegen des Adels seiner unverstandenen Seele, wegen seiner ihr so zusagenden hohen Stimme und gedehnten Redeweise, wegen des müden Ausdrucks seiner Augen, wegen seines Charakters und seiner weichen weißen Hände mit den hervortretenden Adern. Sie freute sich nicht nur über jede Begegnung mit ihm, sondern suchte auch seinem Gesicht abzulesen, welchen Eindruck sie auf ihn machte. Sie wollte ihm nicht nur durch ihre Ansichten gefallen, sondern auch durch ihre ganze Erscheinung. Seinetwegen legte sie jetzt mehr Sorgfalt auf ihre Toilette als je zuvor. Sie hatte sich schon bei der Vorstellung ertappt, wie alles sein könnte, wenn sie nicht verheiratet und er frei gewesen wäre. Sie errötete vor Aufregung, sobald er das Zimmer betrat, und konnte sich nicht eines glückseligen Lächelns enthalten, wenn er ihr ein Kompliment machte.

Schon seit mehreren Tagen befand sich Gräfin Lydia Iwanowna

in einem Zustand höchster Erregung. Sie hatte erfahren, daß sich Anna und Wronski in Petersburg aufhielten. Alexej Alexandrowitsch mußte vor einem Wiedersehen mit ihr, ja schon vor dem qualvollen Bewußtsein bewahrt werden, daß sich diese entsetzliche Frau mit ihm in derselben Stadt aufhalte und er ihr jeden Augenblick begegnen könne.

Lydia Iwanowna hatte durch Bekannte ausgekundschaftet, was diese abscheulichen Leute, wie sie Anna und Wronski nannte, hier zu tun gedachten, und bemühte sich, alle Schritte ihres Freundes so zu lenken, daß er mit den beiden nicht zusammentreffen konnte. Ein mit Wronski befreundeter junger Adjutant, dem es um ihre Protektion in einer seine Karriere betreffenden Frage zu tun war, hatte der Gräfin mitgeteilt, daß Wronski und Anna ihre Angelegenheiten in Petersburg bereits erledigt hätten und am nächsten Tage abreisen würden. Lydia Iwanowna war bereits etwas ruhiger geworden, als ihr am nächsten Morgen ein Brief gebracht wurde, auf dessen Umschlag sie mit Entsetzen die Handschrift Anna Kareninas erkannte. Den länglichen Umschlag aus festem, wie Baumrinde dickem Papier zierte ein ungewöhnlich großes Monogramm, und der ganze Brief strömte einen sehr angenehmen Duft aus.

„Wer hat ihn gebracht?"

„Ein Hotelangestellter."

Die Gräfin war lange nicht fähig, sich zu setzen, um den Brief zu lesen. Sie wurde von Atembeschwerden befallen, die sich bei ihr meist einzustellen pflegten, wenn sie sehr aufgeregt war. Als sie einigermaßen zu sich gekommen war, las sie folgende, in französischer Sprache gehaltene Zeilen:

Madame la comtesse! Die Christenliebe, von der Ihr Herz erfüllt ist, gibt mir den, ich weiß es, vermessenen Mut, an Sie zu schreiben. Ich leide unsagbar unter der Trennung von meinem Sohn. Ich bitte inständig darum, mir vor meiner Abreise ein Wiedersehen mit ihm zu ermöglichen. Verzeihen Sie, daß ich mich Ihnen in Erinnerung bringe. Wenn ich mich an Sie wende und nicht an Alexej Alexandrowitsch, geschieht dies nur deshalb, weil ich in diesem großherzigen Menschen nicht schmerzliche Erinnerungen an mich wachrufen will. Da ich Ihre freundschaftlichen Gefühle für ihn kenne, bin ich gewiß, daß Sie mich verstehen werden. Wollen Sie nun Serjosha zu mir schicken, oder soll ich zu einer bestimmten Zeit ins Haus kommen? Oder wollen Sie mich lieber wissen lassen, wann und wo ich mit ihm außerhalb des Hauses zusammenkommen kann? Ich rechne nicht mit einer Absage, da ich die Großmut dessen kenne, von dem die Erfüllung meiner Bitte abhängt. Sie können sich nicht vorstellen, wie sehr ich mich nach meinem Sohn sehne, und können sich daher auch nicht vorstellen, wie unendlich dankbar ich Ihnen für Ihre Hilfe sein werde.

Anna

An diesem Brief entrüstete die Gräfin alles: der Inhalt, die Anspielung auf Alexej Alexandrowitschs Großmut und besonders der ihrer Ansicht nach zu ungezwungene Ton.

„Sage dem Boten, daß keine Antwort erfolgen wird", sagte die Gräfin. Anschließend schlug sie sofort ihre Schreibmappe auf und schrieb an Alexej Alexandrowitsch, daß sie ihn um ein Uhr bei der Gratulationscour im Schloß zu treffen hoffe.

„Ich muß mit Ihnen wegen einer wichtigen, sehr traurigen Angelegenheit sprechen. Dort werden wir verabreden, wo es geschehen kann. Am besten kommen Sie wohl zu mir, ich werde dann auch *Ihren Tee* zubereiten lassen. Es muß sein. *Er* auferlegt uns das Kreuz, aber *er* verleiht uns auch die Kraft, es zu tragen."

Dies fügte sie abschließend hinzu, um ihn wenigstens etwas vorzubereiten.

Die Gräfin Lydia Iwanowna pflegte täglich zwei oder drei Briefchen an Alexej Alexandrowitsch zu schreiben. Sie liebte diesen Verkehrsmodus mit Alexej Alexandrowitsch, weil ihm etwas Elegantes, Geheimnisvolles eigen war, was ihrem persönlichen Umgang miteinander fehlte.

24

Die Gratulationscour war beendet. Beim Aufbruch bildeten sich kleine Gruppen, man besprach die letzten Tagesneuigkeiten, die neuverliehenen Auszeichnungen, die Umbesetzung wichtiger Posten.

„Die Gräfin Marja Borissowna würde einen guten Kriegsminister abgeben – mit der Fürstin Watkowskaja als Generalstabschef", sagte ein kleiner, grauhaariger alter Herr in goldbestickter Uniform zu einer schlanken, ausnehmend schönen Hofdame, die ihn nach den Beförderungen fragte.

„Und mit mir als Adjutanten", bemerkte lächelnd die Hofdame.

„Für Sie ist schon ein Posten bereit", sagte der alte Herr. „Ihnen wird das Ressort für geistliche Angelegenheiten übertragen, und zum Gehilfen bekommen Sie Karenin ... Guten Tag, Fürst", wandte er sich an einen hinzugekommenen Herrn und drückte ihm die Hand.

„Was sagten Sie eben von Karenin?" fragte der Fürst.

„Er und Putjatow haben den Alexander Newski bekommen."
„Ich dachte, den hätte er schon gehabt?"
„Nein. Sehen Sie ihn sich mal an", sagte der alte Herr und zeigte mit seinem bestickten Dreispitz auf die Tür des Saales, an der Alexej Alexandrowitsch, in Galauniform und mit der neuen roten Ordensschärpe über der Brust, stehengeblieben war und sich mit einem prominenten Mitglied des Reichsrats unterhielt. „Er ist glücklich und strahlt wie ein neuer Kupfergroschen", fügte er hinzu und blieb stehen, um einem athletisch gebauten, sehr gut aussehenden Kammerherrn die Hand zu drücken.
„Ich finde ihn doch recht gealtert", bemerkte der Kammerherr.
„Das machen die Sorgen. Er arbeitet jetzt dauernd neue Projekte aus. Den Unglücksraben dort wird er jetzt nicht loslassen, bevor er ihm seine Pläne Punkt für Punkt auseinandergesetzt hat."
„Gealtert, sagen Sie? Il fait des passions! Ich glaube, die Gräfin Lydia Iwanowna ist jetzt sogar eifersüchtig auf seine Frau."
„Aber, aber! Der Gräfin Lydia Iwanowna bitte ich nichts Schlechtes nachzusagen."
„Ist es denn etwas Schlechtes, wenn sie sich in Karenin verliebt hat?"
„Stimmt es eigentlich, daß seine Frau hier ist?"
„Ja, das heißt nicht hier im Schloß, aber in Petersburg. Ich habe sie und Alexej Wronski gestern bras dessus, bras dessous in der Morskaja getroffen."
„C'est un homme, qui n'a pas ...", begann der Kammerherr, brach aber den Satz ab, um einem vorbeikommenden Mitglied der Zarenfamilie Platz zu machen und sich zu verbeugen.
So bildete Alexej Alexandrowitsch ein unerschöpfliches Gesprächsthema und wurde mit Spott und abfälligen Bemerkungen bedacht, während er dem von ihm abgefangenen Mitglied des Reichsrats den Weg vertrat, um ihn nicht entwischen zu lassen, ununterbrochen auf ihn einredete und ihm sein Finanzprojekt Punkt für Punkt erklärte.
Zur gleichen Zeit fast, als ihn seine Frau verlassen hatte, wurde Alexej Alexandrowitsch von dem bittersten Mißgeschick betroffen, das es für einen Beamten gibt: die Aufwärtsbewegung seiner Laufbahn war zum Stillstand gekommen. Dies war eine Tatsache, die von allen klar erkannt wurde, und nur Alexej Alexandrowitsch selbst war sich noch nicht bewußt, daß seine Karriere abgeschlossen war. Ob nun seine Zusammenstöße mit Stremow dazu beigetragen hatten, ob das Unglück in seiner Ehe schuld war oder ob es einfach daran lag, daß er die ihm gesetzte Grenze erreicht hatte, es war jedenfalls im Laufe dieses Jahres allen sichtbar geworden, daß er den Höhepunkt seiner Laufbahn bereits überschritten

hatte. Er bekleidete noch einen wichtigen Posten, er war Mitglied zahlreicher Kommissionen und Komitees, aber er war eben ein Mann, der sich völlig verausgabt hatte und von dem man nichts mehr erwartete. Was immer er auch redete und vorschlug, man hörte ihm mit solcher Gleichgültigkeit zu, als ob das, was er vorschlug, schon längst bekannt und völlig gegenstandslos sei.

Doch Alexej Alexandrowitsch merkte das nicht; im Gegenteil, nachdem er selbst von der unmittelbaren Mitwirkung an den Regierungsgeschäften entbunden war, erkannte er um so mehr die Mängel und Fehler in der Tätigkeit anderer und hielt es für seine Pflicht, auf Mittel und Wege zu ihrer Behebung hinzuweisen. Bald nach der Trennung von seiner Frau hatte er mit dem Entwurf zu einer von ihm ins Auge gefaßten Reform des Gerichtswesens begonnen, der die endlose Reihe anderer, alle Verwaltungszweige berührender und niemand interessierender Schriften eröffnete, die zu verfassen ihm noch vorbehalten war.

Da Alexej Alexandrowitsch die Hoffnungslosigkeit seiner dienstlichen Stellung nicht erkannte, war er auch nicht entmutigt, sondern von seiner Tätigkeit sogar befriedigter denn je zuvor. „Wer ledig ist, der sorget, was dem Herrn angehöret, wie er dem Herrn gefalle. Wer aber freiet, der sorget, was der Welt angehöret, wie er dem Weibe gefalle", heißt es beim Apostel Paulus, und Alexej Alexandrowitsch, der sich jetzt bei seinem gesamten Tun und Lassen von der Heiligen Schrift leiten ließ, dachte oft an diese Worte. Es schien ihm, daß er, seitdem er seiner Frau ledig war, durch die Arbeit an seinen Projekten Gott besser diene als früher.

Die offensichtliche Ungeduld des Reichsratsmitglieds, der von ihm loskommen wollte, brachte Alexej Alexandrowitsch nicht aus der Fassung; er redete so lange ununterbrochen auf ihn ein, bis jener das Vorbeikommen des Mitglieds der Zarenfamilie dazu benutzte, ihm zu entschlüpfen.

Nachdem Alexej Alexandrowitsch allein zurückgeblieben war, senkte er den Kopf und sammelte seine Gedanken; dann blickte er sich zerstreut nach allen Seiten um und ging auf die Tür zu, wo er die Gräfin Lydia Iwanowna anzutreffen hoffte.

Wie kräftig doch alle diese Leute sind und wie sie vor Gesundheit strotzen, dachte er, als er auf den hünenhaften Kammerherrn und dessen duftenden, sorgfältig gepflegten Backenbart sowie auf den roten Nacken und die von der Uniform straff umspannte Figur des Fürsten blickte, an denen ihn sein Weg vorbeiführte. Es heißt schon ganz richtig, daß überall in der Welt das Böse herrscht, sagte er sich, als er noch einmal einen scheelen Blick auf die Waden des Kammerherrn warf.

Sich mit langsamen Schritten fortbewegend, nickte Alexej Alexandrowitsch mit dem üblichen Ausdruck von Müdigkeit und Würde im Gesicht zu den Herren hinüber, die gerade über ihn sprachen, und blickte dann auf die Tür, wo seine Augen die Gräfin Lydia Iwanowna suchten.

„Sieh da, Alexej Alexandrowitsch!" begrüßte ihn der kleine alte Herr mit boshaft aufblitzenden Augen, als Alexej Alexandrowitsch bis zu ihm herangekommen war und mit kühler Gemessenheit den Kopf neigte. „Ich habe Sie noch gar nicht beglückwünscht", sagte er, auf seine neue Ordensschärpe zeigend.

„Ich danke Ihnen", erwiderte Alexej Alexandrowitsch. „Was haben wir heute für einen wunderschönen Tag", fügte er hinzu, wobei er seiner Gewohnheit gemäß das Wort „wunderschön" besonders betonte.

Er wußte, daß sie über ihn hergezogen waren, aber er erwartete von ihnen auch nichts anderes als Feindseligkeit; daran war er schon gewöhnt.

Als Alexej Alexandrowitsch jetzt die aus dem Korsett hervorragenden gelben Schultern der Gräfin Lydia Iwanowna erblickte, die in der Tür erschienen war und ihn mit ihren schönen, verträumten Augen zu sich rief, verzog er den Mund zu einem Lächeln, das seine noch wohlerhaltenen Zähne sichtbar werden ließ, und ging auf sie zu.

Ihre Toilette hatte der Gräfin heute, wie immer in letzter Zeit, viel Mühe bereitet. Jetzt verfolgte sie mit ihren Toiletten ganz andere Absichten als vor dreißig Jahren. Damals war es ihr nur darauf angekommen, sich schönzumachen und sich so effektvoll zu kleiden wie irgend möglich. Jetzt jedoch, wo ihre Aufmachung bei offiziellen und festlichen Anlässen unvermeidlich in so krassem Widerspruch zu ihrem Alter und ihrer Figur stehen mußte, wandte sie alle Sorgfalt nur darauf, diesen Gegensatz zwischen ihrer festlichen Aufmachung und ihrem wirklichen Äußeren nicht allzu erschreckend in Erscheinung treten zu lassen. Was Alexej Alexandrowitsch betraf, so gelang ihr dies auch; er fand sie anziehend und sah in ihr in dem Meer von Mißgunst und Spott, das ihn von allen Seiten umgab, das einzige Eiland, wo ihm Zuneigung und sogar Liebe entgegengebracht wurde.

Nachdem er die ganze Front der ihn spöttisch verfolgenden Blicke passiert hatte, war es nur natürlich, daß er von ihrem mit Liebe erfüllten Blick so angezogen wurde wie eine Pflanze vom Licht.

„Ich gratuliere", sagte die Gräfin und zeigte mit den Augen auf die Schärpe.

Alexej Alexandrowitsch unterdrückte ein selbstzufriedenes Lächeln, schloß die Augen und zuckte die Achseln, als wollte er damit andeuten, daß ihn diese Auszeichnung nicht im geringsten erfreuen könne. Die Gräfin wußte genau, daß mit der Auszeichnung einer seiner heißesten Wünsche in Erfüllung gegangen war, daß er es jedoch nie zugeben würde.

„Wie geht es unserem Engel?“ fragte sie, wobei sie mit dem Engel Serjosha meinte.

„Ich kann nicht behaupten, daß ich mit ihm restlos zufrieden bin“, antwortete Alexej Alexandrowitsch, indem er die Brauen hochzog und die Augen aufschlug. „Auch Sitnikow ist nicht zufrieden.“ (Sitnikow war der Pädagoge, dem man die weltliche Erziehung Serjoshas anvertraut hatte.) „Wie ich bereits sagte, steht er den wichtigsten Fragen, die das Herz jedes Menschen und so auch jedes Kindes berühren müssen, merkwürdig kühl gegenüber“, begann Alexej Alexandrowitsch seine Ansichten zu der einzigen Frage auseinanderzusetzen, die ihn außer seinen dienstlichen Angelegenheiten jetzt interessierte – zu der Erziehung seines Sohnes.

Seitdem Alexej Alexandrowitsch mit Hilfe Lydia Iwanownas seinen Lebensmut und seine Tatkraft zurückgewonnen hatte, hielt er es für seine Pflicht, sich der Erziehung seines Sohnes zu widmen, der in seiner Obhut verblieben war. Da er sich bis dahin nie mit Erziehungsfragen befaßt hatte, wandte er einige Zeit an das theoretische Studium dieser Aufgabe. Nachdem er dann mehrere Bücher über Anthropologie, Pädagogik und Didaktik gelesen und sich einen Plan für die Erziehung Serjoshas zurechtgelegt hatte, hatte er einem der besten Petersburger Pädagogen die Leitung des Unterrichts übertragen und seine Aufgabe in Angriff genommen. Diese Aufgabe beschäftigte ihn jetzt unablässig.

„Ja, aber das Herz? Ich spüre in ihm das Herz seines Vaters, und mit einem solchen Herzen kann das Kind nicht schlecht sein“, sagte die Gräfin und sah ihn bewundernd an.

„Ja, vielleicht... Was mich angeht, so erfülle ich jedenfalls meine Pflicht. Das ist alles, was ich tun kann.“

„Sie werden also zu mir kommen“, sagte die Gräfin nach kurzem Schweigen. „Wir müssen über eine für Sie sehr schmerzliche Angelegenheit sprechen. Ich gäbe alles darum, wenn ich Ihnen gewisse Erinnerungen ersparen könnte, aber nicht alle denken so. Ich habe von *ihr* einen Brief bekommen. *Sie* hält sich in Petersburg auf.“

Bei der Erwähnung seiner Frau zuckte Alexej Alexandrowitsch zusammen; doch schon im nächsten Augenblick nahm sein Gesicht jenen starren Ausdruck an, in dem sich seine völlige Hilflosigkeit in dieser Sache verriet.

„Ich habe es erwartet“, sagte er.

Die Gräfin blickte ihn bewundernd an, und Tränen der Rührung über seine Seelengröße traten ihr in die Augen.

25

Als Alexej Alexandrowitsch das kleine behagliche Boudoir der Gräfin Lydia Iwanowna betrat, in dem allenthalben altes Porzellan aufgestellt war und zahlreiche Porträts an den Wänden hingen, war die Hausfrau noch nicht zugegen. Sie kleidete sich um.

Auf einem runden, mit einem Tischtuch bedeckten Tisch standen chinesische Teegedecke und eine silberne Spiritus-Teemaschine. Nachdem Alexej Alexandrowitsch zerstreut die zahllosen, ihm bereits bekannten Porträts überblickt hatte, die das Boudoir schmückten, setzte er sich an den Tisch und schlug das darauf liegende Neue Testament auf. Das Rauschen des seidenen Kleides der Gräfin ließ ihn aufmerken.

„So, jetzt werden wir uns in aller Ruhe hinsetzen und beim Tee alles besprechen“, sagte die Gräfin lächelnd, während sie sich mit aufgeregter Hast um den Tisch herum zum Sofa durchschlängelte.

Nach einigen vorbereitenden Worten überreichte die schwer atmende und rot gewordene Gräfin Alexej Alexandrowitsch den Brief, den man ihr gebracht hatte. Nachdem er den Brief gelesen hatte, verharrte er lange in Schweigen.

„Ich glaube, daß ich nicht das Recht habe, ihr die Bitte abzuschlagen“, sagte er dann zaghaft und schlug die Augen auf.

„Mein Freund! Sie trauen niemand etwas Böses zu!“

„Im Gegenteil, ich sehe, daß ich ringsum von Bösem umgeben bin. Aber wäre es gerecht, wenn ...“

In seinem Gesicht drückte sich Unentschlossenheit aus; man sah, daß er nach einem Rat suchte, daß er Unterstützung und Anleitung in einer Angelegenheit brauchte, die er nicht verstehen konnte.

„Nein“, unterbrach ihn die Gräfin, „alles muß seine Grenzen haben. Ich habe Verständnis für einen Fehltritt“, sagte sie – übrigens nicht ganz ehrlich, denn sie hatte nie verstanden, was eine Frau zu einem Fehltritt bewegen konnte –, „aber ich verstehe nicht diese Grausamkeit, zumal einem Manne gegenüber wie Ihnen! Wie kann sie es fertigbringen, sich in derselben Stadt aufzuhalten, in der Sie wohnen? Nein, ich muß schon sagen, so alt man wird, man lernt immer noch etwas hinzu. Ich versuche jetzt, Ihre Größe und die Niedrigkeit dieser Frau zu begreifen.“

„Wer will einen Stein werfen?" sagte Alexej Alexandrowitsch, der mit seiner Rolle sichtlich zufrieden war. „Ich habe ihr alles verziehen und kann ihr deshalb nicht etwas verwehren, was für sie ein Bedürfnis der Liebe ist – der Liebe zu ihrem Sohn..."

„Aber ist das auch wirklich Liebe, mein Freund? Ist es ehrlich gemeint? Nun gut, Sie haben verziehen, Sie vergeben ihr alles – aber haben wir ein Recht, die Seele dieses Engels zu belasten? Er glaubt, sie sei gestorben. Er betet für ihr Seelenheil und bittet Gott, ihr ihre Sünden zu vergeben... So ist es am besten. Und was würde er denken, wenn..."

„Daran habe ich nicht gedacht", sagte Alexej Alexandrowitsch, dem ihre Worte offenbar einleuchteten.

Die Gräfin Lydia Iwanowna bedeckte ihr Gesicht mit den Händen und schwieg. Sie betete.

„Wenn Sie mich um Rat fragen", sagte sie, als sie mit ihrem Gebet fertig war und die Hände vom Gesicht nahm, „kann ich Ihnen nur raten, nicht darauf einzugehen. Ich sehe doch, wie Sie leiden, wie hierdurch alle Ihre Wunden wieder aufgerissen worden sind. Nun ja, an sich selbst denken Sie nie. Aber wozu kann das alles führen? Doch nur zu neuem Leid für Sie und zu Qualen für das Kind. Wenn in ihr noch ein Funke menschlichen Gefühls erhalten geblieben ist, kann sie das selbst nicht wünschen. Nein, ich schwanke keinen Augenblick, ich rate Ihnen ab, darauf einzugehen, und wenn Sie einverstanden sind, werde ich an sie schreiben."

Alexej Alexandrowitsch willigte ein, und die Gräfin schrieb in französischer Sprache folgenden Brief:

Gnädige Frau! Die Erinnerung an Sie könnte Ihren Sohn zu Fragen bewegen, die sich nicht beantworten lassen, ohne in der Seele des Kindes den Geist der Verurteilung dessen wachzurufen, was ihm heilig bleiben muß, und ich bitte Sie daher, die Ablehnung Ihres Gatten im Geiste der christlichen Liebe aufzufassen. Ich bitte den Allmächtigen um Barmherzigkeit für Sie.

Gräfin Lydia

Dieser Brief erreichte den geheimen Zweck, den sich die Gräfin selbst nicht eingestehen wollte. Er verletzte Anna bis auf den Grund ihrer Seele.

Alexej Alexandrowitsch wiederum war, als er von der Gräfin nach Hause kam, nicht fähig, sich in seine üblichen Arbeiten zu vertiefen und die seelische Ruhe eines gläubigen, seines Seelenheils sicheren Menschen zu finden, die er sonst empfunden hatte.

Obwohl die Erinnerung an seine Frau, die sich an ihm so

schwer versündigt und der gegenüber er sich, wie die Gräfin Lydia Iwanowna mit Recht sagte, wie ein Heiliger benommen hatte, ihn eigentlich nicht aus der Fassung zu bringen brauchte, war er von Unruhe erfüllt. Es gelang ihm nicht, den Sinn dessen zu erfassen, was er in seinem Buch las, und er konnte sich nicht der Gedanken an seine einstigen Beziehungen zu seiner Frau erwehren, an die Fehler, die er ihr gegenüber, wie ihm jetzt schien, begangen hatte. Die Erinnerung daran, wie er damals, bei der Rückkehr vom Rennen, das Bekenntnis ihrer Untreue aufgenommen hatte (insbesondere, daß er von ihr lediglich die Wahrung des äußeren Anstands verlangt und Wronski nicht zum Duell gefordert hatte), erfüllte ihn mit quälender Reue. Desgleichen peinigte ihn der Gedanke an den Brief, den er ihr geschrieben hatte, und mehr noch als alles andere brannten in seinem Herzen die Scham und Reue, die er bei der Erinnerung an seine damalige, von niemand gewünschte Verzeihung und seine dem fremden Kinde entgegengebrachte Liebe empfand.

Ein gleiches Gefühl von Scham und Reue verspürte er auch, wenn er jetzt rückblickend die ganze mit ihr zusammen verlebte Vergangenheit überdachte und sich der ungeschickten Art entsann, in der er seinerzeit nach langem Zaudern um ihre Hand angehalten hatte.

Aber worin liegt meine Schuld? fragte er sich. Und sogleich drängte sich ihm eine weitere Frage auf, die Frage, ob die übrigen Menschen wohl anders fühlten, auf andere Weise liebten, aus anderen Motiven heirateten – alle diese Wronskis, Oblonskis, diese Kammerherren mit prallen Waden ... Er vergegenwärtigte sich eine ganze Reihe dieser saft- und kraftstrotzenden, selbstbewußten Männer, die von jeher seine neugierige Aufmerksamkeit erregt hatten. Er versuchte, diese Gedanken zu verscheuchen und sich einzureden, daß er nicht um des irdischen, vergänglichen, sondern um des jenseitigen, ewigen Lebens willen lebe und daß Friede und Liebe in seiner Seele seien. Nichtsdestoweniger bereitete ihm der Gedanke daran, daß er in diesem irdischen, vergänglichen Leben, wie er meinte, etliche nichtige Fehler begangen hatte, eine Pein, die er so schmerzlich empfand, daß sie seinen Glauben an das ewige Seelenheil manchmal zu erschüttern drohte. Derartige Anfechtungen währten bei ihm allerdings nicht lange, und bald kehrten in seine Seele wieder jene Ruhe und Verklärung zurück, vermöge deren er vergessen konnte, woran er sich nicht erinnern wollte.

„Nun, Kapitonytsch, wie ist es?“ wandte sich Serjosha, als er fröhlich und mit geröteten Wangen am Vortage seines Geburtstages vom Spaziergang zurückkam, an den alten, hochaufgeschossenen Portier, der ihm seinen in Falten gezogenen Mantel abnehmen sollte und jetzt aus seiner vollen Höhe schmunzelnd auf den kleinen Mann herabblickte. „War der Beamte mit dem Verband heute wieder hier? Hat ihn Papa empfangen?“

„Jawohl. Als der Kanzleidirektor herauskam, habe ich ihn gleich gemeldet“, antwortete der Portier und blinzelte ihm fröhlich zu. „Erlauben Sie, ich werde Ihnen helfen ...“

„Serjosha!“ rief der slawische Erzieher, der in der Tür, die zu den inneren Wohnräumen führte, stehengeblieben war. „Ziehen Sie den Mantel selbst aus!“

Serjosha hatte zwar den Zuruf des sehr leise sprechenden Erziehers gehört, beachtete ihn aber nicht weiter. Er hatte den Portier an dessen Schulterriemen gepackt und blickte ihm ins Gesicht.

„Na und? Hat Papa für ihn getan, worum er bat?“

Der Portier nickte bejahend.

Für den Beamten mit dem Verband, der bereits siebenmal gekommen war, um Alexej Alexandrowitsch irgendeine Bitte vorzutragen, interessierten sich Serjosha und der Portier gleichermaßen. Serjosha hatte ihn das eine Mal im Flur getroffen und gehört, wie er den Portier anflehte, daß er ihn melden möge, da er mit seinen Kindern sonst Hungers sterben müsse. Und als er ihm dann noch ein zweites Mal im Flur begegnet war, hatte er ihm sein Interesse zugewandt.

„Da hat er sich wohl sehr gefreut?“ fragte Serjosha.

„Und ob! Beinahe gesprungen vor Freude ist er beim Weggehen.“

„Sind irgendwelche Pakete gebracht worden?“ erkundigte sich Serjosha nach kurzem Schweigen.

„O ja, junger Herr“, antwortete flüsternd der Portier und wiegte vielsagend den Kopf. „Eins von der Gräfin.“

Serjosha sagte sich sofort, daß das vom Portier erwähnte Paket für ihn ein Geburtstagsgeschenk von der Gräfin Lydia Iwanowna enthalten müsse.

„Was du nicht sagst! Wo ist es?“

„Kornej hat es zum Papa hineingebracht. Es wird wohl was sehr Schönes sein.“

„Wie groß ist es: So ungefähr?“

„Etwas kleiner, aber sicher was Schönes.“

„Ein Buch?"

„Nein, irgendein Gegenstand. Aber gehen Sie, gehen Sie jetzt, Wassili Lukitsch ruft schon", sagte der Portier, als er die sich nähernden Schritte des Erziehers vernahm, und zeigte, während er Serjoshas kleine, halb aus dem Handschuh gerutschte Hand von seinem Schulterriemen löste, die ihn immer noch umklammert hielt, mit dem Kopf auf Lukitsch.

„Wassili Lukitsch, ich komme sofort!" rief Serjosha mit jenem strahlenden, gewinnenden Lächeln, dem der pflichteifrige Wassili Lukitsch nie widerstehen konnte.

Serjosha war so freudig erregt, und alles ringsum versetzte ihn in eine solche Hochstimmung, daß er es unmöglich unterlassen konnte, sich mit seinem Freunde, dem Portier, auch noch über die familiäre Freude auszusprechen, von der er beim Spaziergang im Letni-Park durch eine Nichte der Gräfin Lydia Iwanowna erfahren hatte. Diese Freude machte auf ihn einen um so größeren Eindruck, als sie mit der Freude jenes Beamten und seiner eigenen Vorfreude auf das für ihn gebrachte Spielzeug zusammenfiel. Serjosha schien es, daß heute ein Tag sei, an dem alle froh und vergnügt sein müßten.

„Weißt du schon, daß Papa den Alexander Newski bekommen hat?"

„Wie sollte ich denn nicht? Es waren schon viele Gratulanten hier."

„Ist er froh?"

„Wer könnte denn über eine solche Gunst des Zaren nicht froh sein? Er hat sie sicher verdient", antwortete der Portier mit strenger, ernster Miene.

Serjosha dachte eine Weile nach und blickte auf das ihm bis in die kleinsten Einzelheiten bekannte Gesicht des Portiers und insbesondere auf dessen Kinn, das unter den darüberhängenden Enden seines Backenbarts hervorlugte und für niemand sichtbar war außer für Serjosha, der immer nur von unten zu ihm hinaufsah.

„Hat dich deine Tochter auch wieder mal besucht?"

Die Tochter des Portiers war Ballettänzerin.

„An den Wochentagen hat sie ja keine Zeit. Die haben dort auch ihren Unterricht. Und Sie müssen jetzt auch lernen, junger Herr; gehen Sie schon."

Als Serjosha zu seinem Erzieher ins Zimmer kam, machte er sich nicht gleich an seine Aufgaben, sondern teilte Wassili Lukitsch seine Vermutung mit, daß es sich bei dem für ihn gebrachten Geburtstagsgeschenk um eine Maschine handeln müsse. „Was meinen Sie?" fragte er.

Wassili Lukitsch dachte indessen nur daran, daß die grammatikalischen Regeln eingeübt werden mußten, die der Lehrer aufgegeben hatte, der um zwei Uhr kommen wollte.

„Nein, Wassili Lukitsch", sagte plötzlich Serjosha, als er bereits mit dem Buch in der Hand an seinem Arbeitstisch saß, „Sie müssen mir erst noch sagen, welcher Orden höher ist als der Alexander Newski. Sie wissen doch, daß Papa den Alexander Newski bekommen hat?"

Wassili Lukitsch antwortete, daß der Wladimir-Orden höher sei als der Alexander Newski.

„Und noch höher?"

„Der höchste ist der Andreas-Orden."

„Und was kommt über dem Andreas-Orden?"

„Das weiß ich nicht."

„Ach, auch Sie wissen das nicht?" staunte Serjosha; er stützte den Kopf auf die Arme und versank in Gedanken.

Seine Gedanken waren höchst phantastisch und verschiedenartig. Er malte sich aus, daß sein Vater plötzlich auch den Wladimir- und den Andreas-Orden erhalten hätte und daher heute beim Unterricht viel milder gestimmt sein würde; er stellte sich vor, wie er selbst, wenn er erst erwachsen wäre, sämtliche Orden bekommen würde, auch solche, die man noch über den Andreas-Orden hinaus erfinden würde. Sobald man sie erfunden hätte, würde er sie sich auch gleich verdienen. Und wenn man dann immer noch höhere Orden erfinden sollte, würde er sich auch die sofort verdienen ...

Unter solchen Betrachtungen verging die Zeit, und als der Lehrer erschien, waren die aufgegebenen Regeln über die Umstandswörter der Zeit, des Ortes und der Art und Weise noch nicht eingeübt, so daß der Lehrer nicht nur unzufrieden, sondern sogar verzweifelt war. Die Verzweiflung des Lehrers rührte Serjosha. Er fühlte sich nicht schuldig daran, daß er seine Aufgabe nicht konnte; er hatte sich ja die größte Mühe gegeben, aber es war ihm dennoch nicht gelungen, sich die Regeln einzuprägen. Solange der Lehrer sie ihm erklärte, schien ihm immer alles einleuchtend und verständlich zu sein, doch sobald er allein geblieben war, konnte er sich absolut nicht mehr daran erinnern und begreifen, warum das kurze und so verständliche Wörtchen „plötzlich" einen „Umstand der Art und Weise" darstellen sollte. Immerhin tat es ihm leid, den Lehrer betrübt zu haben, und er hatte das Verlangen, ihn zu trösten.

Er wählte einen Augenblick, als der Lehrer schweigend ins Buch blickte, und richtete unvermittelt die Frage an ihn:

„Michail Iwanytsch, wann haben Sie eigentlich Namenstag?"

„Sie sollten lieber an Ihre Arbeit denken, denn der Namenstag ist für jeden vernünftigen Menschen ohne jede Bedeutung. Es ist ein Tag wie alle anderen, an denen man arbeiten muß."

Serjosha sah aufmerksam den Lehrer an, blickte auf dessen schütteres Bärtchen, auf die über den Nasenhöcker herabgerutschte Brille und versank dabei so tief in Gedanken, daß er von dem, was der Lehrer ihm jetzt noch erklärte, nichts mehr vernahm. Serjosha spürte, daß der Lehrer das, was er sagte, in Wirklichkeit gar nicht meinte; er hatte es an dem Ton gemerkt, in dem ihm der Lehrer geantwortet hatte. Aber warum nur haben sich alle verabredet, in diesem Ton zu sprechen und von lauter langweiligen, unnützen Dingen zu reden? Warum ist er zu mir so abweisend, warum kann er mich nicht leiden? fragte sich Serjosha bedrückt und konnte keine Antwort finden.

27

Der Stunde bei dem Lehrer folgte der Unterricht, den der Vater ihm erteilte. Bis zum Erscheinen des Vaters setzte sich Serjosha an den Tisch, spielte mit seinem Federmesser und gab sich seinen Gedanken hin. Eine der Beschäftigungen, denen er sich mit dem größten Eifer widmete, bestand darin, daß er bei jedem Spaziergang nach seiner Mutter suchte. Er glaubte überhaupt nicht an den Tod und insbesondere nicht an den Tod seiner Mutter und hielt daher, obwohl ihm Lydia Iwanowna gesagt und sein Vater es bestätigt hatte, daß sie gestorben sei, sooft er spazierenging, nach ihr Umschau. In jeder stattlichen, graziösen Frau mit dunklem Haar glaubte er seine Mutter zu erkennen. Jedesmal, wenn er einer solchen Frau begegnete, stieg in seinem Herzen ein so überwältigendes Gefühl inniger Zärtlichkeit auf, daß ihm der Atem stockte und sich seine Augen mit Tränen füllten. Er erwartete dann, daß sie im nächsten Augenblick auf ihn zukommen und ihren Schleier zurückschlagen würde. Er würde dann ihr ganzes Gesicht sehen, sie würde lächeln und ihn umarmen, er würde ihren Duft spüren, ihre zarten Hände fühlen und vor Glück in Tränen ausbrechen – so, wie er es einmal abends getan, als er sich ihr vor die Füße gelegt und sie ihn gekitzelt hatte, wobei er unaufhaltsam gelacht und sie in ihre weiße, mit Ringen geschmückte Hand gebissen hatte. Später, als er einem Gespräch der Kinderfrau zufällig entnommen hatte, daß seine Mutter nicht gestorben war und sein Vater und Lydia Iwanowna ihm erklärten, für ihn sei sie gestorben, weil sie schlecht sei (was er schon ganz und gar nicht glauben konnte, weil er sie liebte), setzte er sein Suchen nach ihr unverändert fort und wartete auf sie. Heute war ihm im Letni-Park eine Dame mit lila Schleier aufgefallen, der er, in der Annahme, daß es die Mutter sei, stockenden Herzens entgegengeblickt, als sie sich ihnen auf dem Wege genähert hatte. Aber jene Dame war nicht bis zu ihnen herangekommen, sondern irgendwohin abgebogen und verschwunden. Heute empfand Serjosha die Liebe zu seiner Mutter stärker als je zuvor, und während er in Erwartung des Vaters am Tisch saß und an dessen ganzem Rand selbstvergessen mit dem Federmesser herumschnitzte, blickte er mit leuchtenden Augen vor sich hin und dachte an sie.

„Der Papa kommt!" rief ihn Wassili Lukitsch aus seinen Gedanken.

Serjosha sprang auf, ging auf den Vater zu und küßte ihm die Hand, wobei er ihn gleichzeitig forschend ansah und nach einem Anzeichen dafür suchte, daß er sich über die Auszeichnung mit dem Alexander-Newski-Orden freue.

„Hast du einen schönen Spaziergang gemacht?" fragte Alexej Alexandrowitsch, während er sich in seinen Sessel niederließ, das Alte Testament zu sich heranzog und es aufschlug. Obwohl Alexej Alexandrowitsch ihm schon oft gesagt hatte, daß jeder Christ die biblische Geschichte fest im Gedächtnis haben müsse, frischte der Vater, wie Serjosha schon bemerkt hatte, sein eigenes Gedächtnis häufig im Alten Testament auf.

„Ja, es war sehr schön, Papa", antwortete Serjosha, indem er sich auf den Rand des Stuhles setzte und mit ihm wippte, was verboten war. „Ich habe Nadenka getroffen." (Nadenka war eine Nichte Lydia Iwanownas, die bei dieser erzogen wurde.) „Sie sagte mir, daß Sie einen neuen Orden bekommen haben. Freuen Sie sich, Papa?"

„Erst einmal laß bitte dieses Wippen", sagte Alexej Alexandrowitsch. „Und zweitens kommt es nicht auf die Auszeichnung an, sondern auf die Arbeit. Ich wünschte sehr, daß du das verstehst. Siehst du, wenn du dich abmühst, wenn du nur dazu lernst, um eine Belohnung dafür zu erhalten, dann wird dir die Arbeit schwer erscheinen; wenn du dagegen arbeitest und deine Arbeit liebst", fuhr Alexej Alexandrowitsch fort und erinnerte sich daran, daß er bei der langweiligen Arbeit dieses Vormittags, die in der Unterzeichnung von einhundertachtzehn Schriftstücken bestanden hatte, durch sein Pflichtbewußtsein gestärkt worden war, „wenn du deine Arbeit liebst, dann wirst du in der Arbeit selbst deine Belohnung finden."

Der zärtliche Ausdruck und der fröhliche Glanz in Serjoshas Augen erloschen, und er schlug sie unter dem Blick des Vaters nieder. Es war derselbe ihm schon lange bekannte Ton, den der

Vater ihm gegenüber immer anschlug und dem er sich auch schon anzupassen gelernt hatte. Der Vater sprach mit ihm immer so – dieses Gefühl hatte Serjosha –, als spräche er mit einem nur in seiner Einbildung bestehenden Jungen, mit einem von denen, die in Büchern vorkommen, aber mit ihm selbst nicht das geringste gemein hatten. Und Serjosha war bemüht, sich dem Vater gegenüber zu verstellen und sich immer so zu benehmen wie der Junge aus den Büchern.

„Ich hoffe, du verstehst das?“ fragte der Vater.

„Ja, Papa“, antwortete Serjosha und gab sich den Anschein, der vom Vater erdachte Junge zu sein.

Für die heutige Stunde war Serjosha aufgegeben, mehrere Sprüche aus dem Evangelium auswendig zu lernen und die ersten Kapitel des Alten Testaments zu wiederholen. Die Sprüche aus dem Evangelium hatte er sich ziemlich gut eingeprägt, aber als er sie nun aufsagen sollte, lenkte ihn das Stirnbein des Vaters ab, das an der Schläfe eine scharfe Biegung machte, und er geriet so in Verwirrung, daß er zwei Sprüche, von denen der eine mit dem gleichen Wort endete, mit dem der folgende anfing, völlig durcheinanderbrachte. Dieser Wirrwarr, aus dem Alexej Alexandrowitsch ersah, daß Serjosha nicht verstand, was er aufsagte, reizte ihn.

Er machte ein finsteres Gesicht und begann zu erklären, was Serjosha bereits viele Male gehört hatte und nie behalten konnte, weil es sich um Dinge handelte, die er allzu klar verstand – wie etwa die Tatsache, daß unter „plötzlich“ ein Umstandswort der Art und Weise zu verstehen sei. Serjosha blickte den Vater ängstlich an und war nur noch mit dem einen Gedanken beschäftigt, ob der Vater verlangen werde, daß er das Aufgesagte noch einmal wiederhole, was in früheren Fällen schon vorgekommen war. Der Gedanke an diese Möglichkeit schüchterte ihn dermaßen ein, daß er überhaupt nichts mehr verstand. Aber der Vater verlangte keine Wiederholung, sondern ging zum Abhören der aus dem Alten Testament aufgegebenen Kapitel über. Die Handlung selbst gab Serjosha ziemlich fließend wieder; doch als er nun nach der tieferen Bedeutung befragt wurde, die einzelnen Ereignissen zukam, wußte er nichts zu sagen, obwohl er in dem gleichen Zusammenhang schon einmal bestraft worden war. Vollends geriet er in Verwirrung, schnitzelte am Tischrand herum und wippte mit dem Stuhl, als die Stelle kam, an der er die Patriarchen der vorsintflutlichen Zeit aufzählen mußte. Außer Henoch, der lebend in den Himmel aufgenommen worden war, konnte er keinen einzigen nennen. Obwohl er vorher alle Namen gewußt hatte, konnte er sich jetzt nur auf Henoch besinnen, was hauptsächlich daran lag, daß dieser für ihn die liebste Gestalt des Alten Testaments war und sich mit dessen Aufnahme als Lebender in den Himmel eine ganze Reihe von Gedanken verband, die ihm durch den Kopf gingen, während er die Uhrkette des Vaters und einen nur zur Hälfte im Knopfloch steckenden Knopf an dessen Weste anstarrte.

An den Tod, von dem ihm so oft erzählt worden war, vermochte Serjosha nicht zu glauben. Er glaubte nicht, daß Menschen, die er liebte, sterben könnten, vor allem glaubte er nicht, daß er selbst einmal sterben werde. Das war für ihn eine völlig unmögliche und unfaßbare Vorstellung. Man hatte ihm zwar gesagt, daß alle Menschen einmal sterben müßten. Er hatte sich bei Leuten erkundigt, denen er Glauben schenkte, und auch die hatten das gleiche gesagt; selbst die Kinderfrau hatte es, wenn auch nur widerstrebend, bestätigt. Aber Henoch war ja nicht gestorben, und demnach brauchten doch nicht alle Menschen zu sterben. Warum sollte sich nicht jeder vor Gott ebenso verdient machen können, damit er lebend in den Himmel aufgenommen wird? überlegte Serjosha. Schlechte Menschen – das waren solche, die er nicht leiden mochte – konnten ja sterben, aber die guten sollten alle am Leben bleiben wie Henoch.

„Nun, welche Patriarchen hat es also gegeben?"

„Henoch, Enos ..."

„Ja, das hast du bereits gesagt. Du hast schlecht gelernt, Serjosha, sehr schlecht. Wenn du dich nicht bemühst, dir das anzueignen, was für einen Christen am allernotwendigsten ist, was kann dich dann überhaupt noch interessieren? Ich bin mit dir unzufrieden, und Pjotr Ignatitsch" (das war der verantwortliche Pädagoge) „ist auch unzufrieden ... Ich muß dich bestrafen."

Der Vater und der Pädagoge, beide waren mit ihm unzufrieden, und er lernte in der Tat sehr schlecht. Dennoch hätte man keineswegs sagen können, daß er ein unbegabter Junge gewesen wäre. Im Gegenteil, er war weit begabter als jene Jungen, die ihm der Lehrer als Vorbild hinstellte. Der Vater war der Meinung, daß sich Serjosha absichtlich dagegen sträube, das zu lernen, was im Lehrplan vorgesehen war. In Wahrheit aber verhielt es sich so, daß er einfach unfähig war, dies in sich aufzunehmen. Er konnte es nicht, weil sich in seinem Herzen Forderungen regten, die für ihn zwingender waren als diejenigen, die der Vater und der Lehrer stellten. Diese beiderseitigen Forderungen standen zueinander im Widerspruch, und Serjosha befand sich in offener Auflehnung gegen seine Erzieher.

Er war neun Jahre alt, er war ein Kind; aber sein Herz kannte er gut; es war ihm kostbar, und er hütete es, wie ein Lid das Auge hütet, und ohne den Schlüssel der Liebe gab er niemand zu ihm Zutritt. Während seine Erzieher darüber klagten, daß er nicht lernen wollte, war sein Herz von Wissensdurst erfüllt. Diesen Durst stillte er bei Kapitonytsch, bei der Kinderfrau, bei Nadenka und bei Wassili Lukitsch, aber nicht bei seinen Lehrern. Jenes Wasser, das der Vater und der Lehrer auf ihre Mühlräder zu lenken suchten, war schon seit langem abgeflossen und trieb andere Räder an.

Der Vater bestrafte Serjosha, indem er ihn nicht zu Nadenka, der Nichte Lydia Iwanownas, gehen ließ. Doch diese Strafe erwies sich für Serjosha als ein Glück; Wassili Lukitsch war guter Laune und zeigte ihm, wie man eine Windmühle baut. Den ganzen Abend verbrachten sie mit der Arbeit an ihr und mit Überlegungen darüber, wie man eine solche Mühle wohl bauen müsse, um selbst mit ihr durch die Luft kreisen zu können – indem man sich mit den Händen an ihre Flügel anklammert oder sich an diesen anseilt und dann dreht. An seine Mutter hatte Serjosha während dieses ganzen Abends nicht mehr gedacht; aber als er schon im Bett lag, erinnerte er sich ihrer plötzlich wieder und betete nun mit selbstgewählten Worten darum, daß die Mutter morgen, an seinem Geburtstag, aus ihrer Verborgenheit zurückkehren und zu ihm kommen möge.

„Wassili Lukitsch, wissen Sie, worum ich sonst noch gebetet habe, außer der Reihe?"

„Daß Sie künftig besser lernen?"

„Nein."

„Um Spielzeug?"

„Nein. Sie erraten es nicht. Es ist etwas sehr Schönes, aber ein Geheimnis. Wenn es sich erfüllt hat, werde ich es Ihnen sagen. Erraten Sie es nicht?"

„Nein, ich kann es nicht erraten. Sagen Sie es schon", antwortete Wassili Lukitsch und lächelte, was er nur selten tat. „Doch nun müssen Sie schlafen, ich lösche die Kerze aus."

„Ohne Licht sehe ich das, woran ich denke und worum ich gebetet habe, sogar noch besser. Ei, da hätte ich beinahe mein Geheimnis verraten!" sagte Serjosha und lachte vergnügt.

Als Wassili Lukitsch mit der Kerze gegangen war, sah und fühlte Serjosha seine Mutter. Sie beugte sich über ihn, sah ihn liebevoll an und streichelte ihn. Doch dann trat eine Mühle dazwischen, ein Federmesser, alles verschwamm ineinander, und er schlief ein.

28

Nach ihrer Ankunft in Petersburg waren Wronski und Anna in einem der besten Hotels abgestiegen. Wronski hatte sich getrennt von den anderen im Erdgeschoß einquartiert, während man für Anna mit dem Kinde, der Amme und der Zofe im oberen Stockwerk ein in sich abgeschlossenes, aus vier Räumen bestehendes Appartement belegt hatte.

Gleich am ersten Tag nach der Ankunft fuhr Wronski zu seinem Bruder. Dort traf er auch seine Mutter an, die wegen geschäftlicher Angelegenheiten aus Moskau nach Petersburg gekommen war. Seine Mutter und die Schwägerin behandelten ihn wie gewöhnlich; sie erkundigten sich nach seiner Auslandsreise, sprachen von gemeinsamen Bekannten, erwähnten indessen mit keinem Wort seine Verbindung mit Anna. Sein Bruder hingegen, der ihn am nächsten Vormittag besuchte, kam von sich aus auf Anna zu sprechen, und Wronski sagte ihm, daß seine Verbindung mit ihr für ihn dieselbe Bedeutung habe wie eine Ehe; er hoffe die Scheidung durchzusetzen und werde Anna dann heiraten; aber auch jetzt schon betrachte er sie als seine Frau, der die gleichen Rechte zukämen wie jeder anderen Frau, und er bitte ihn, dies auch der Mutter und seiner eigenen Frau mitzuteilen.

„Wenn die Welt dies nicht billigt, ist es mir gleichgültig", erklärte Wronski. „Aber wenn meine eigenen Angehörigen mit mir ein gutes verwandtschaftliches Verhältnis unterhalten wollen, müssen sie in dieses Verhältnis auch meine Frau einbeziehen."

Der ältere Bruder, der den Ansichten des jüngeren stets Achtung gezollt hatte, wußte in diesem Falle nicht recht, ob dieser richtig handle oder nicht, solange die Gesellschaft darüber nicht entschieden hatte; da er persönlich jedoch gegen das Verhalten des Bruders nichts einzuwenden hatte, ging er mit ihm zusammen zu Anna.

In Gegenwart des Bruders, wie stets im Beisein anderer, redete Wronski Anna mit „Sie" an und behandelte sie wie eine ihm nahestehende Bekannte; aber die ganze Unterhaltung, in deren Verlauf auch erwähnt wurde, daß Anna mit Wronski zusammen auf dessen Gut fahren werde, fand unter der stillschweigenden Voraussetzung statt, daß der Bruder über ihre Beziehungen unterrichtet sei.

Ungeachtet all seiner Welterfahrung war Wronski in der Beurteilung seiner jetzigen Lage von merkwürdig wirren Vorstellungen befangen. Eigentlich hätte er sich im klaren darüber sein müssen, daß die oberen Gesellschaftskreise für ihn in Gemeinschaft mit Anna verschlossen waren. Doch statt dessen waren in seinem

Kopf in letzter Zeit alle möglichen unklaren Gedanken aufgetaucht; er versuchte, sich einzureden, daß das alles nur in früheren Zeiten so gewesen sei, daß sich bei der schnellen Ausbreitung fortschrittlicher Ideen (er hatte sich, ohne es selbst zu merken, neuerdings in einen Anhänger aller fortschrittlichen Ideen verwandelt) auch die Ansichten der Gesellschaft geändert hätten und daß die Frage, ob er und Anna in der Gesellschaft Aufnahme finden würden, noch offenstehe. Selbstverständlich, sagte er sich, zu den Hofkreisen wird sie keinen Zutritt haben, aber unsere näheren Bekannten werden und müssen die bestehenden Umstände berücksichtigen.

Man vermag stundenlang mit angezogenen Beinen in ein und derselben Stellung zu sitzen, sofern man die Gewißheit hat, daß es einem jeden Augenblick freisteht, die Stellung zu ändern; doch wenn jemand weiß, daß er gezwungen ist, mit angezogenen Beinen sitzen zu bleiben, dann bekommt er einen Krampf in den Beinen, und sie werden zucken und dorthin drängen, wohin der Betreffende sie gern ausstrecken möchte. In einer ähnlichen Lage befand sich Wronski jetzt gegenüber der Gesellschaft. Obwohl er im Grunde seines Herzens sehr wohl wußte, daß ihnen die große Welt verschlossen war, wollte er prüfen, ob sich die Anschauungen jetzt nicht geändert hätten und ob man sie nicht doch in der Gesellschaft empfangen werde. Doch sehr bald merkte er, daß die Türen zur großen Welt zwar für ihn selbst offenstanden, aber für Anna verschlossen waren. Wie beim Katz-und-Maus-Spiel senkten sich die Arme, die vor ihm erhoben wurden, sofort wieder vor Anna.

Eine der ersten Damen der Petersburger Gesellschaft, mit der Wronski zusammentraf, war seine Kusine Betsy.

„Endlich!" begrüßte sie ihn mit strahlendem Gesicht. „Und Anna? Wie ich mich freue! Wo sind Sie abgestiegen? Ich kann mir denken, wie grauenvoll Ihnen unser Petersburg nach Ihrer herrlichen Reise vorkommen muß; ich stelle mir vor, wie Sie Ihren Honigmond in Rom genossen haben. Und wie steht es mit der Scheidung? Ist alles geregelt?"

Wronski entging es nicht, daß Betsys Freude erheblich gedämpft wurde, als sie hörte, daß die Scheidung noch nicht vollzogen sei.

„Man wird über mich herziehen, das weiß ich", sagte sie, „aber ich werde Anna besuchen, ja, das werde ich unbedingt tun. Sind Sie nur für kurze Zeit hergekommen?"

Sie fand sich wirklich noch am selben Tage bei Anna ein; aber ihr Ton war jetzt ein ganz anderer als ehedem. Offensichtlich bildete sie sich etwas auf ihre Kühnheit ein und wünschte, daß Anna die Unerschütterlichkeit ihrer Freundschaft gebührend anerkenne. Sie blieb nicht länger als zehn Minuten, in denen sie von Neuigkeiten aus der Gesellschaft berichtete, und sagte beim Abschied:

„Sie haben mir gar nicht gesagt, wann Ihre Scheidung zu erwarten ist. Ich selbst bin nicht kleinlich, aber andere werden Ihnen die kalte Schulter zeigen, solange Sie nicht geheiratet haben. Und das ist ja jetzt so einfach. Ça se fait. Also Freitag wollen Sie schon reisen? Schade, daß wir uns nicht noch einmal sehen können."

Der Ton Betsys hätte Wronski eigentlich zur Genüge darüber belehren müssen, was er von der Gesellschaft zu erwarten hatte; aber er wollte auch noch einen Versuch bei seinen Angehörigen unternehmen. Von seiner Mutter erhoffte er sich nichts. Er wußte, daß die alte Gräfin, die bei ihrer ersten Bekanntschaft mit Anna von dieser so entzückt gewesen war, jetzt in ihr die Ursache für die Zerstörung der Karriere ihres Sohnes sah und ihr das unerbittlich nachtrug. Große Hoffnungen setzte er indes auf Warja, die Frau seines Bruders. Er nahm an, sie werde keinen Stein auf Anna werfen, sondern einfach und entschlossen zu ihr fahren und sie auch in ihrem Hause empfangen.

Als er am nächsten Tag in die Wohnung seines Bruders kam und seine Schwägerin diesmal allein antraf, teilte er ihr ohne Umschweife seinen Wunsch mit.

„Du weißt, Alexej, wie gern ich dich habe und daß ich bereit bin, alles für dich zu tun", sagte sie, nachdem sie ihn angehört hatte. „Aber ich war so zurückhaltend, weil ich wußte, daß ich dir und Anna Arkadjewna nichts nützen kann", fuhr sie fort, Anna geflissentlich mit ihrem vollen Namen und Vatersnamen benennend. „Du darfst nicht denken, daß ich sie verurteile, ganz und gar nicht; vielleicht hätte ich an ihrer Stelle ebenso gehandelt. Ich will nicht und kann auch nicht auf Einzelheiten eingehen", sagte sie und blickte zaghaft in sein finsteres Gesicht. „Aber man muß die Dinge bei ihrem Namen nennen. Du möchtest, daß ich sie besuche, sie in unserem Hause empfange und damit vor der Gesellschaft rehabilitiere; aber bedenke doch, daß mir das einfach unmöglich ist. Ich habe heranwachsende Töchter und bin durch die Stellung meines Mannes auf den gesellschaftlichen Umgang angewiesen. Aber selbst wenn ich Anna Arkadjewna besuchte – sie würde herausfühlen, daß ich sie nicht einladen kann oder es so einrichten müßte, daß sie nicht mit Leuten zusammenträfe, die die Dinge anders sehen, und wäre nur gekränkt. Ich kann ihr nicht helfen …"

„Nun, ich möchte doch meinen, daß sie nicht tiefer gefallen ist als Hunderte anderer Frauen, die ihr empfangt!" fiel ihr Wronski, dessen Gesicht sich immer mehr verfinstert hatte, ins Wort. Er stand schweigend auf, da er erkannte, daß die Entscheidung seiner Schwägerin unabänderlich war.

„Alexej! Sei mir nicht böse! Du mußt doch Verständnis dafür haben, daß ich nicht schuld bin", sagte Warja und blickte ihm mit einem zaghaften Lächeln in die Augen.

„Böse bin ich dir nicht", erwiderte er mit unverändert finsterem Gesicht. „Aber von dir tut mir dies alles doppelt weh. Es schmerzt mich auch, daß dadurch unsere Freundschaft zerstört wird. Und wenn auch nicht zerstört, so doch beeinträchtigt. Du wirst verstehen, daß auch mir mein Weg vorgeschrieben ist."

Damit war die Unterredung beendet, und er ging.

Wronski sah ein, daß weitere Versuche zwecklos waren und daß ihnen nichts anderes übrigblieb, als diese paar Tage in Petersburg wie in einer fremden Stadt zuzubringen und jede Berührung mit ihrem bisherigen Bekanntenkreis zu vermeiden, um sich nicht all den Unannehmlichkeiten und Kränkungen auszusetzen, unter denen er so litt. Eine der größten Unannehmlichkeiten während des Petersburger Aufenthalts bestand darin, daß Alexej Alexandrowitsch allgegenwärtig und die ganze Stadt nur mit ihm beschäftigt zu sein schien. Man konnte sich mit niemand unterhalten, ohne daß die Rede auf ihn gekommen wäre; man konnte keine Ausfahrt unternehmen, ohne daß man ihn getroffen hätte. So zumindest schien es Wronski, der darin einem Menschen glich, der einen wunden Finger hat und wie verhext gerade mit diesem überall anstößt.

Ein weiterer Umstand, der Wronski während des Petersburger Aufenthalts besonders bedrückte, war der, daß er bei Anna eine veränderte, ihm ganz neue und unerklärliche Gemütsverfassung wahrnahm. Bald überbot sie sich ihm gegenüber an Zärtlichkeit, bald behandelte sie ihn mit Kälte und war gereizt und verschlossen. Sie fühlte sich offenbar durch irgend etwas belastet, was sie ihm verbarg, und schien all die Kränkungen gar nicht zu bemerken, die ihm selbst das Leben verbitterten und für sie, bei ihrem Feingefühl, eigentlich noch schmerzlicher sein mußten.

29

Eins der Ziele, das Anna bei ihrer Rückkehr nach Rußland vorschwebte, war das Wiedersehen mit ihrem Sohn. Seit dem Tage, an dem sie aus Italien abgereist war, hatte sie unablässig der Gedanke an das Wiedersehen mit ihm bewegt. Und je mehr sich der

Zug Petersburg genähert hatte, um so deutlicher hatte sie empfunden, wie wichtig ihr dieses Wiedersehen war, wie sehr sie sich darauf freute. Auf welche Weise sie das Wiedersehen zustande bringen würde, daran hatte sie bis dahin gar nicht gedacht; es war ihr so natürlich und selbstverständlich erschienen, daß sie bei einem Aufenthalt in derselben Stadt, in der ihr Sohn lebte, ihn auch wiedersehen würde. Erst nach ihrer Ankunft in Petersburg hatte sie sich deutlich ihre jetzige gesellschaftliche Lage vorgestellt und erkannt, daß das Wiedersehen mit ihrem Sohn Schwierigkeiten bereiten werde.

Während der ersten zwei Tage ihres Aufenthalts in Petersburg hatte der Gedanke an ihren Sohn sie keinen Augenblick verlassen, aber zu dem erhofften Wiedersehen war es noch nicht gekommen. Ihn einfach zu Hause aufzusuchen, wo sie sich der Möglichkeit eines Zusammentreffens mit Alexej Alexandrowitsch ausgesetzt hätte, dazu hielt sie sich ihrem Gefühl nach nicht für berechtigt; man hätte sie womöglich zurückgewiesen und beleidigt. An ihren Mann zu schreiben und mit ihm in Verbindung zu treten, daran konnte sie nicht einmal denken, ohne von Entsetzen ergriffen zu werden; ruhig vermochte sie nur zu sein, wenn sie nicht an ihren Mann dachte. Den Sohn bei einem Spaziergang abzupassen, nachdem sie vorher ermittelt hätte, wann er das Haus zu verlassen und wohin er zu gehen pflegte, das genügte ihr nicht; dazu hatte sie sich zu fieberhaft auf das Wiedersehen mit ihm vorbereitet, bei dem sie ihm so viel sagen, ihn in die Arme schließen und küssen wollte. Die alte Kinderfrau Serjoshas hätte ihr helfen und ihr einen Wink geben können. Aber die Kinderfrau gehörte nicht mehr zum Haushalt Alexej Alexandrowitschs. Mit solchen Überlegungen und mit Versuchen, die Kinderfrau ausfindig zu machen, waren zwei Tage vergangen.

Nachdem sie von den engen Beziehungen Alexej Alexandrowitschs zu der Gräfin Lydia Iwanowna erfahren hatte, entschloß sich Anna am dritten Tage, sich schriftlich an die Gräfin zu wenden. In ihrem Brief an sie, der ihr sehr schwergefallen war, hatte sie mit Vorbedacht betont, daß ihr Wiedersehen mit dem Sohn von der Großmut ihres Mannes abhänge. Sie war sich gewiß, daß ihr Mann, wenn er ihren Brief zu Gesicht bekäme, seine Rolle der Großmut weiterspielen und ihre Bitte nicht ablehnen würde.

Der Hotelangestellte, den sie mit der Beförderung des Briefes beauftragt hatte, war mit dem für sie grausamsten und unerwartetsten Bescheid zurückgekommen, daß ihr Brief ohne Antwort bleiben werde. Noch nie hatte sie sich so tief erniedrigt gefühlt wie in jener Minute, als der Überbringer ihres Briefes, den sie zu sich kommen ließ, ihr ausführlich berichtete, wie er gewartet hatte, und dann wörtlich hinzufügte, was ihm gesagt worden war: „Es wird keine Antwort erfolgen." Anna fühlte sich gedemütigt und beleidigt, aber sie sah ein, daß die Gräfin Lydia Iwanowna von ihrem Standpunkt aus recht hatte. Unter ihrem Schmerz litt sie um so mehr, als sie ihm allein überlassen war. Mit Wronski konnte und wollte sie ihr Leid nicht teilen. Sie wußte, daß er, obschon er die größte Schuld an ihrem Unglück hatte, das Wiedersehen mit ihrem Sohn für eine völlig belanglose Frage halten würde. Sie wußte, daß er nie fähig sein würde, die ganze Tiefe ihres Leids zu ermessen, und wußte auch, daß sein kalter Ton bei einem Gespräch hierüber sie mit Haß gegen ihn erfüllen würde. Und da sie dies mehr als alles andere in der Welt fürchtete, verbarg sie vor ihm alles, was mit ihrem Sohn zusammenhing.

Nachdem sie den ganzen Tag in ihrem Zimmer geblieben war und über Mittel und Wege für ein Wiedersehen mit ihrem Sohn nachgedacht hatte, kam sie schließlich zu dem Entschluß, an ihren Mann zu schreiben. Sie war schon dabei, den Brief zu verfassen, als ihr der Brief Lydia Iwanownas gebracht wurde. Das Schweigen der Gräfin hatte sie gedemütigt und niedergeschmettert; aber dieser Brief und alles, was sie darin zwischen den Zeilen las, empörte sie so heftig und wurde von ihr als eine so gehässige Verhöhnung ihrer heißen und natürlichen Mutterliebe empfunden, daß sie sich gegen ihre Widersacher auflehnte und sich selbst keine Vorwürfe mehr machte.

Dieser eisige Ton, diese Gefühlsheuchelei! ging es ihr durch den Kopf. Sie haben es nur darauf abgesehen, mich zu beleidigen und mein Kind zu Tode zu quälen! Und ich sollte das hinnehmen? Unter keinen Umständen! Sie ist schlechter als ich. Ich lüge wenigstens nicht. Und sie beschloß, sich sofort, gleich morgen, an Serjoshas Geburtstag, ins Haus ihres Mannes zu begeben, das Personal zu bestechen oder zu überlisten und, koste es, was es wolle, ein Wiedersehen mit ihrem Sohn herbeizuführen und das ganze infame Lügengewebe zu zerreißen, mit dem man den unglücklichen Jungen umgeben hatte.

Nachdem sie sich in ein Spielwarengeschäft begeben und einen ganzen Berg Spielzeug gekauft hatte, überlegte sie, wie sie ihr Vorhaben ausführen würde. Sie nahm sich vor, frühmorgens gegen acht hinzufahren, zu dieser Zeit würde Alexej Alexandrowitsch wahrscheinlich noch nicht aufgestanden sein, sie wollte etwas Geld bereithalten, mit dem sie den Portier und den Diener gefügig zu machen gedachte; dann würde sie, ohne den Schleier zu lüften, sagen, daß sie gekommen sei, um Serjosha im Namen seines Taufpaten zu gratulieren, und den Auftrag habe, das Spielzeug vor seinem Bett aufzubauen. Sie wußte nur noch nicht, was sie ihrem Sohn sagen sollte. Soviel sie auch nachdachte, sie konnte sich hierüber nicht schlüssig werden.

Am nächsten Morgen fuhr Anna ohne Begleitung um acht Uhr in einer Droschke am großen Portal ihres ehemaligen Hauses vor und klingelte.

„Geh mal hin und sieh nach, was los ist! Da ist irgendeine Dame gekommen", sagte Kapitonytsch, der, noch ohne Livree, in Mantel und Gummischuhen, durch das Fenster auf die vor der Tür stehende, tief verschleierte Anna blickte, zu seinem Gehilfen.

Der Gehilfe des Portiers, ein junger Bursche, den Anna nicht kannte, hatte kaum die Tür geöffnet, als sie auch schon die Schwelle überschritt und ihm hastig einen Dreirubelschein zusteckte, den sie aus ihrem Muff hervorholte.

„Zu Serjosha ... zu Sergej Alexejitsch", stammelte sie und wollte weitergehen. Der Gehilfe des Portiers betrachtete unschlüssig den Geldschein und hielt sie an der zu den Innenräumen führenden Glastür auf.

„Wen wünschen Sie zu sprechen?" fragte er.

Sie überhörte seine Worte und gab keine Antwort.

Kapitonytsch, dem das unsichere Auftreten der fremden Dame auffiel, kam nunmehr selbst zu ihr heraus, ließ sie bis zur Tür herantreten und fragte, was sie wünsche.

„Ich komme vom Fürsten Skorodumow und will zu Sergej Alexejitsch", antwortete sie mit zitternder Stimme.

„Der junge Herr ist noch nicht aufgestanden", erklärte der Portier, wobei er sie aufmerksam musterte.

Anna hatte nicht im entferntesten erwartet, das die noch gänzlich unverändert aussehende Vorhalle des Hauses, das neun Jahre lang ihr Heim gewesen war, einen so tiefen Eindruck auf sie ausüben würde. In ihrem Gedächtnis wurden viele freudige und schmerzliche Erinnerungen lebendig, eine nach der anderen, und für einen Augenblick vergaß sie darüber sogar den Zweck ihres Hierseins.

„Wollen Sie warten?" fragte Kapitonytsch und schickte sich an, ihr die Pelzjacke abzunehmen.

Beim Abnehmen der Pelzjacke blickte er ihr ins Gesicht, und als er sie nun erkannte, machte er vor ihr wortlos eine tiefe Verbeugung und sagte dann ehrerbietig:

„Bitte sehr, Exzellenz!"

Sie wollte ihm irgend etwas sagen, aber ihr versagte die Stimme, und sie konnte keinen Laut hervorbringen; sie sah den alten Mann mit einem schuldbewußten, flehenden Blick an und stieg dann mit schnellen, leichten Schritten die Treppe hinauf.

Kapitonytsch, der mit weit vorgebeugtem Oberkörper hinter ihr her eilte und mit seinen Überschuhen alle Augenblicke an den Stufen hängenblieb, bemühte sich, sie einzuholen.

„Der Lehrer ist dort, ist vielleicht noch nicht angezogen. Ich werde Euer Exzellenz melden."

Anna stieg weiter die ihr so vertraute Treppe hinauf, ohne in sich aufzunehmen, was der Alte sagte.

„Hierher, bitte, nach links. Entschuldigen Sie bitte die Unordnung. Der junge Herr bewohnt jetzt das ehemalige Sofazimmer", redete der Portier außer Atem auf sie ein. „Belieben Exzellenz sich einen Augenblick zu gedulden, ich werde mal hineinsehen", sagte er, indem er schnell an ihr vorbeiging, die hohe Tür einen Spalt weit öffnete und hinter ihr verschwand. Anna blieb stehen und wartete. „Der junge Herr ist diesen Augenblick aufgewacht", meldete der Portier, als er zurückkam.

Der Portier hatte den Satz noch nicht beendet, als Anna ein kindliches Gähnen hörte. Schon am Ton diese Gähnens erkannte Anna ihren Sohn und glaubte ihn leibhaftig vor sich zu sehen. „Laß mich, laß mich, geh!" Sie schob den Portier beiseite und ging durch die hohe Tür ins Zimmer. Rechts von der Tür stand ein Bett, und im Bett saß halb aufgerichtet ein Knabe in aufgeknöpftem Hemd, der, seinen kleinen Körper reckend und strekkend, gerade das Gähnen beendete. In dem Augenblick, als sich sein Mund schloß, verzogen sich die Lippen zu einem wohligschlaftrunkenen Lächeln, und mit diesem Lächeln im Gesicht ließ er sich langsam und genießerisch wieder in die Kissen zurücksinken.

„Serjosha!" flüsterte Anna und ging lautlos auf ihn zu.

Während der Trennung von ihrem Sohn und besonders in der ganzen letzten Zeit, wenn die Liebe zu ihm ihr das Herz zu sprengen drohte, hatte sie sich ihn immer als vierjährigen Knaben vorgestellt, weil er ihr in diesem Alter ganz besonders lieb gewesen war. Doch nun sah er sogar anders aus als zur Zeit ihrer Abreise; der Abstand zwischen ihm und einem Vierjährigen war noch augenfälliger geworden, er war gewachsen und magerer geworden. Sie traute ihren Augen nicht. Wie eingefallen war sein Gesicht, wie kurz geschnitten das Haar! Und die langen Arme! Wie sehr hatte er sich verändert, seitdem sie ihn verlassen hatte! Aber er war es dennoch, mit der Form seines Kopfes, mit seinen Lippen, mit den ausladenden kleinen Schultern.

„Serjosha!" sagte sie noch einmal, sich bis zu seinem Ohr hinabbeugend.

Er richtete sich wieder auf, stützte sich auf den Ellbogen, wandte den zerzausten Kopf wie suchend nach beiden Seiten um und schlug die Augen auf. Einige Sekunden lang blickte er stumm und fragend auf die regungslos vor ihm stehende Mutter, verzog dann plötzlich die Lippen zu einem glückseligen Lächeln, schloß die noch vom Schlaf getrübten Augen und ließ sich wieder fallen – diesmal freilich nicht in die Kissen, sondern ihr, ihren Armen entgegen.

„Serjosha! Mein lieber Junge!“ stammelte sie, schwer atmend, und umarmte seinen zarten Körper.

„Mama!“ flüsterte er und bewegte sich in ihrer Umarmung, um ihre Arme am ganzen Körper zu fühlen.

Schlaftrunken lächelnd und immer noch mit geschlossenen Augen, nahm er seine kleinen weichen Hände vom Kopfende des Bettes und griff mit ihnen nach ihren Schultern; und während er sich nun an sie schmiegte und sein Gesicht an ihrem Hals und ihren Schultern rieb, umfing sie jener anheimelnde Geruch nach Schlaf und Wärme, der nur Kindern eigen ist.

„Ich wußte es“, sagte er und schlug die Augen auf. „Heute habe ich Geburtstag. Ich wußte, daß du da kommen wirst. Ich stehe gleich auf...“

Doch kaum hatte er dies gesagt, da schlief er auch schon wieder ein. Anna verschlang ihren Sohn mit den Augen. Sie sah, wie er gewachsen war und wie er sich während ihres Fortseins verändert hatte; sie erkannte und erkannte wiederum auch nicht seine jetzt so groß erscheinenden Füße, die nackt unter der Decke hervorlugten, erkannte seine eingefallenen Wangen und die kurz geschnittenen Haarlöckchen in seinem Nacken, wohin sie ihn so oft geküßt hatte. Sie betastete das alles und konnte kein Wort hervorbringen; Tränen erstickten ihre Stimme.

„Warum weinst du denn, Mama?“ fragte er, jetzt völlig munter geworden. „Mama, warum weinst du?“ rief er aufgeregt mit weinerlicher Stimme.

„Ich werde nicht mehr weinen... Ich weine vor Freude. Ich habe dich so lange nicht gesehen. Nein, nein, ich weine nicht mehr“, beruhigte sie ihn und wandte sich, die Tränen unterdrückend, von ihm ab. „So, jetzt mußt du dich aber anziehen“, fügte sie, etwas zu sich gekommen, nach kurzem Schweigen hinzu und setzte sich, ohne seine Hand loszulassen, neben dem Bett auf den Stuhl, auf dem seine Kleider bereitlagen.

„Wie ziehst du dich an ohne mich? Wie ...“, wollte sie ungezwungen, in fröhlichem Ton fortfahren; doch es gelang ihr nicht, und sie wandte sich wieder ab.

„Ich wasche mich nicht mit kaltem Wasser, Papa erlaubt es nicht. Hast du Wassili Lukitsch schon gesehen? Er wird gleich kommen. Sieh mal, du hast dich ja auf meine Kleider gesetzt!“ sagte Serjosha und lachte hell auf.

Sie blickte ihn an und lächelte.

„Mama, meine liebe, allerbeste Mama!“ rief er, indem er sich ihr erneut entgegenwarf und sie umarmte. Es schien, als habe er erst jetzt an ihrem Lächeln begriffen, was geschehen war. „Der ist nicht nötig“, sagte er, auf ihren Hut zeigend, und zog ihn ihr vom Kopf. Und als hätte er sie jetzt, da er sie ohne Hut vor sich sah, ganz von neuem erblickt, fiel er ihr abermals um den Hals und küßte sie.

„Was hast du dir denn gedacht, wo ich bin? Hast du nicht gedacht, daß ich gestorben bin?“

„Das habe ich nie geglaubt.“

„Nein? Hast du es nicht geglaubt, mein Liebling?“

„Ich wußte es, ich wußte es!“ wiederholte er immer wieder seinen Lieblingsausdruck; er griff nach ihrer Hand, die seinen Kopf streichelte, preßte sie mit der Innenseite an seinen Mund und bedeckte sie mit Küssen.

30

Wassili Lukitsch, der sich zunächst nicht erklären konnte, wer diese Dame war, und erst aus dem, was gesprochen wurde, erfuhr, daß es Serjoshas Mutter und somit die Frau sei, die ihren Mann verlassen hatte und die er selbst nicht kannte, weil er seine Stellung erst nach ihrem Fortgang angetreten hatte, war sich lange im Zweifel, ob er zu Serjosha ins Zimmer gehen oder Alexej Alexandrowitsch benachrichtigen solle. Schließlich sagte er sich, daß seine Pflicht lediglich darin bestehe, für Serjoshas rechtzeitiges Aufstehen zu sorgen; er habe keine Erwägungen darüber anzustellen, wer sich in dessen Zimmer aufhalte, ob seine Mutter oder sonst jemand, sondern müsse seinen Obliegenheiten nachkommen. Zu diesem Beschluß gekommen, kleidete er sich an, ging zur Tür und öffnete sie.

Doch die Zärtlichkeit, die er zwischen Mutter und Sohn wahrnahm, der Ton, in dem sie miteinander sprachen, und was sie sagten, alles das bewog ihn, sich eines anderen zu besinnen. Er schüttelte den Kopf und schloß mit einem Seufzer die Tür. Ich werde noch zehn Minuten warten, beschloß er, räusperte sich und wischte sich die Tränen aus den Augen.

Das Hauspersonal war inzwischen in helle Aufregung geraten. Alle hatten erfahren, daß die Herrin des Hauses gekommen war, daß Kapitonytsch ihr die Tür geöffnet habe und daß sie sich jetzt im Kinderzimmer aufhalte – in demselben Zimmer, in das sich auch der Herr des Hauses jeden Morgen gegen neun Uhr zu begeben pflegte; und alle waren sich einig, daß ein Zusammentreffen der Eheleute entsetzlich sein und unbedingt verhindert werden müßte. Kornej, der Kammerdiener, kam ins Portierzimmer, um sich zu erkundigen, wer Anna Einlaß gewährt und wie sich das Ganze abgespielt hatte, und als er hörte, daß Kapitonytsch sie empfangen und hinaufgeleitet habe, machte er ihm heftige Vorwürfe. Zuerst schwieg der Alte verbissen, doch als Kornej dann sagte, er verdiene, dafür an die Luft gesetzt zu werden, sprang er auf ihn zu, fuchtelte mit den Händen vor Kornejs Gesicht herum und sagte:

„Ja, du hättest sie natürlich nicht hereingelassen! Wenn man zehn Jahre im Dienst ist und nur Gutes von ihr gesehen hat, dann soll man sich wohl hinstellen und sagen: ‚Bitte sehr, machen Sie, daß Sie wegkommen!‘ Du bist natürlich ein schlauer Diplomat. Das weiß man ja! Kehr lieber vor deiner eigenen Tür und denk daran, wie du den Herrn ausplünderst und seine Waschbärpelze abträgst!“

„Kommißflegel!“ sagte Kornej verächtlich und drehte sich zur Kinderfrau um, die gerade gekommen war. „Was sagen Sie dazu, Marja Jefimowna? Er hat sie hereingelassen und niemand was davon gesagt. Und jetzt wird gleich Alexej Alexandrowitsch herauskommen und ins Kinderzimmer gehen!“

„So ein Jammer, so ein Jammer!“ erwiderte die Kinderfrau. „Sie, Kornej Wassiljewitsch, müßten mal zusehen, daß Sie ihn, den Herrn, irgendwie aufhalten können, und ich laufe schnell hinauf und versuche, die gnädige Frau auf irgendeine Weise fortzuführen. So ein Jammer, so ein Jammer!“

Als die Kinderfrau in Serjoshas Zimmer kam, erzählte dieser seiner Mutter gerade davon, wie er mit Nadenka einen Berg hinuntergerodelt war und wie sie sich dabei dreimal überschlagen hatten. Anna hörte seine Stimme, sah sein Gesicht und dessen Mienenspiel, sie fühlte seine Hand, aber sie nahm nicht mit Bewußtsein auf, was er sagte. Sie mußte wieder gehen, sich wieder von ihm trennen – das war das einzige, woran sie dachte und was sie fühlte. Sie hatte die Schritte und das Hüsteln Wassili Lukitschs gehört, als dieser an die Tür herangetreten war, und sie hörte jetzt auch die Schritte der hereinkommenden Kinderfrau; aber sie saß wie versteinert und war unfähig, sie anzureden und aufzustehen.

„Gnädige Frau, mein Herzblatt!“ sagte die Kinderfrau, als sie an Anna herangekommen war, und küßte ihr die Hände und die Schultern. „Da hat der liebe Gott dem Geburtstagskind eine große Freude beschert. Sie haben sich aber auch kein bißchen verändert.“

„Ach, Sie gute alte Seele, ich wußte gar nicht, daß Sie im Hause sind", erwiderte, ein wenig zu sich gekommen, Anna.

„Sonst bin ich auch nicht hier, ich wohne jetzt bei meiner Tochter; heute bin ich nur zum Gratulieren gekommen, Anna Arkadjewna, mein Herzblatt!"

Die Kinderfrau begann plötzlich zu weinen und küßte Anna wieder die Hände.

Serjosha, dessen Augen leuchteten und dessen ganzes Gesicht von einem Lächeln verklärt war, hielt sich mit einer Hand an der Mutter und mit der anderen an der Kinderfrau fest und stampfte mit seinen nackten, molligen kleinen Füßen auf den Teppich; da er sah, wie zärtlich seine geliebte Kinderfrau zur Mutter war, wußte er sich vor Freude nicht zu lassen.

„Mama, sie kommt oft zu mir, und wenn sie kommt ..." Er hielt inne, als er bemerkte, daß sich im Gesicht der Mutter, nachdem ihr die Kinderfrau irgend etwas zugeflüstert hatte, Bestürzung und fast so etwas wie Scham ausdrückte, was so gar nicht zu ihr paßte.

Anna trat an ihn heran.

„Mein Liebling!" sagte sie.

Sie brachte es nicht über sich, das Wort „Lebewohl" auszusprechen, aber es stand ihr im Gesicht geschrieben, und er verstand es. „Mein lieber, lieber Spatz!" redete sie ihn mit dem Kosenamen an, mit dem sie ihn als ganz kleinen Jungen gerufen hatte. „Wirst du mich auch nicht vergessen? Wirst du ..." Sie brach ab und war nicht mehr fähig, ihre Gedanken in Worte zu kleiden.

Ach, wie viele passende Worte fielen ihr nachträglich ein, die sie ihm hätte sagen können! Doch in diesem Augenblick war sie außerstande, sich zu sammeln und noch etwas zu sagen. Serjosha begriff indes auch so, was sie ihm sagen wollte. Er sah, daß sie unglücklich war und daß sie ihn liebte. Ihm war auch nicht entgangen, was die Kinderfrau ihr zugeflüstert hatte. Er hatte die Worte aufgefangen: „Immer gegen neun Uhr" und hatte aus ihnen geschlossen, daß von seinem Vater die Rede war und daß ein Zusammentreffen der Mutter mit dem Vater vermieden werden mußte. Soviel war ihm klar; unverständlich aber war ihm eins: warum sich auf dem Gesicht der Mutter dieser Ausdruck von Schreck und Scham gezeigt hatte. Sie hatte doch nichts verbrochen und schien dennoch den Vater zu fürchten und sich aus irgendeinem Grunde zu schämen. Er wollte eine Frage an sie richten, um sich hierüber Aufklärung zu verschaffen, doch er brachte es nicht übers Herz: Er sah, daß sie litt, und sie tat ihm leid. Er fragte nichts, sondern schmiegte sich nur an sie und flüsterte ihr zu:

„Geh noch nicht weg. Jetzt gleich kommt er noch nicht."

Anna schob ihren Sohn betroffen zurück, um sich zu überzeugen, ob seine Worte wirklich das besagten, was sie aus ihnen herausgehört hatte, und erkannte nun an seinem verzagten Gesichtsausdruck, daß er nicht nur von seinem Vater sprach, sondern sie auch zu fragen schien, wie er über den Vater denken sollte.

„Serjosha, mein Liebling, du mußt ihn lieben", sagte sie zu ihm. „Er ist besser als ich, und ich habe mich gegen ihn versündigt. Wenn du erst einmal erwachsen bist, wirst du alles verstehen."

„Besser als du ist niemand!" rief er, verzweifelt aufschluchzend; er faßte sie an den Schultern und drückte sie mit seinen vor Anstrengung zitternden Armen, so fest er konnte, an sich.

„Herzblättchen, mein kleiner Liebling!" stammelte Anna und begann so bitterlich, auf kindliche Art, zu weinen wie ihr Sohn.

In diesem Augenblick wurde die Tür geöffnet, und Wassili Lukitsch trat ins Zimmer. Zugleich wurden hinter einer anderen Tür Schritte laut, und die Kinderfrau wandte sich an Anna.

„Er kommt!" flüsterte sie ihr aufgeregt zu und reichte ihr den Hut.

Serjosha sank ins Bett zurück, bedeckte das Gesicht mit beiden Händen und brach in Schluchzen aus. Anna zog seine Hände fort, küßte noch einmal sein tränenüberströmtes Gesicht und ging mit schnellen Schritten auf die Tür zu. Aus dem Nebenzimmer kam ihr Alexej Alexandrowitsch entgegen. Als er sie sah, blieb er stehen und senkte den Kopf.

Obwohl sie eben erst erklärt hatte, daß er besser sei als sie, wurde sie jetzt, als sie ihm einen schnellen, seine ganze Erscheinung mit allen ihren Eigenheiten umfassenden Blick zuwarf, von Widerwillen und Zorn gegen ihn ergriffen, und Neid auf den Besitz ihres Sohnes packte sie. Mit einer raschen Bewegung zog sie den Schleier vors Gesicht, ging schnell an ihm vorüber und verließ, mehr laufend als gehend, das Zimmer.

Sie war nicht einmal dazu gekommen, Serjosha das Spielzeug auszuhändigen, das sie tags zuvor im Geschäft mit so viel Liebe, mit so viel Herzeleid für ihn ausgewählt hatte, und brachte es unausgepackt wieder ins Hotel zurück.

31

Sosehr Anna das Wiedersehen mit ihrem Sohn auch ersehnt und solange sie auch daran gedacht und sich darauf vorbereitet hatte, war sie doch nicht im entferntesten darauf gefaßt gewesen, daß dieses Wiedersehen sie so stark ergreifen würde. In ihr einsames Hotelzimmer zurückgekehrt, vermochte sie lange nicht zu begreifen, warum sie eigentlich hier war. Ja, jetzt ist alles aus, und ich bin wieder allein, dachte sie und setzte sich, ohne den Hut abzunehmen, auf den Sessel vor dem Kamin. Sie starrte regungslos auf die Bronzeuhr, die zwischen den Fenstern auf einem Tisch stand, und versank in Gedanken.

Die französische Zofe, die sie aus dem Ausland mitgebracht hatte, kam ins Zimmer und erbot sich, ihr beim Umkleiden behilflich zu sein. Anna sah sie erstaunt an und sagte:

„Später."

Der Kellner erschien und fragte, ob er den Kaffee bringen solle.

„Später", antwortete sie.

Die italienische Amme, die Annas Töchterchen angekleidet hatte, kam ins Zimmer und brachte das Kind der Mutter. Das mollige, wohlgenährte Mädelchen drehte, wie immer, wenn es die Mutter erblickte, die nackten Händchen, die aussahen, als seien sie von den Armen durch ein Fädchen abgeschnürt, mit der Innenfläche nach unten und begann, den zahnlosen kleinen Mund zu einem vergnügten Lächeln verziehend, mit den Ärmchen – wie ein Fisch mit den Flossen – zu rudern, indem es mit ihnen raschelnd über die gestärkten Falten des bestickten Röckchens fuhr. Es ging nicht anders, man mußte lächeln und die Kleine küssen, man mußte ihr einen Finger hinhalten, den sie dann, jauchzend und vor Vergnügen mit dem ganzen Körper hüpfend, mit ihrem Händchen umklammerte; man konnte nicht umhin, ihr die Lippen hinzuhalten, die sie, statt sie zu küssen, in ihr Mäulchen einsog. Alles das tat Anna; sie nahm die Kleine auf den Arm, ließ sie hüpfen und küßte sie auf das frische Bäckchen und die nackten Ärmchen. Aber beim Anblick dieses Kindes kam es Anna nur noch deutlicher zum Bewußtsein, daß das Gefühl, das sie für ihr Töchterchen empfand, im Vergleich mit ihren Empfindungen für Serjosha keine eigentliche Liebe war. So bezaubernd auch alles an diesem Mädelchen war, ließ es ihr Herz doch eigentümlich kühl. Auf ihr erstes Kind, dessen Vater sie nicht liebte, hatte sie die ganze Kraft ihrer nach Befriedigung heischenden Liebe übertragen; das Töchterchen war unter so bedrückenden Umständen geboren und hatte bei weitem nicht dieselbe Fürsorge genossen, die das erste Kind umgeben hatte. Hinzu kam noch, daß bei ihrem

Töchterchen alles noch im Werden begriffen war, während Serjosha gewissermaßen schon eine Persönlichkeit darstellte, einen Menschen, den sie liebte. In ihm kämpften bereits widerstreitende Gedanken und Gefühle; er verstand und liebte sie, er bildete sich über sie ein Urteil, dachte Anna, als sie sich ins Gedächtnis rief, was er gesagt und wie er sie angesehen hatte. Und nun sollte sie unwiderruflich – nicht nur räumlich, sondern auch geistig – für immer von ihm getrennt sein!

Sie gab das Kind der Amme zurück, entließ sie und öffnete ein Medaillon, das ein Bild von Serjosha enthielt, auf dem er ungefähr genauso alt war wie ihr Töchterchen. Sie stand auf, legte den Hut ab und nahm ein auf dem Tisch liegendes Album, in dem sich Bilder ihres Sohnes befanden, die ihn in verschiedenem Alter zeigten. Sie wollte die Bilder miteinander vergleichen und zog sie aus dem Album heraus. Sie hatte bereits alle Bilder herausgenommen, bis auf eines, das letzte und am besten gelungene. Serjosha war in einem weißen Hemdchen, rittlings auf einem Stuhl sitzend, aufgenommen, hatte die Brauen zusammengezogen und lächelte zugleich. Dieser Gesichtsausdruck war für ihn besonders charakteristisch und überaus reizvoll. Mit den schlanken, weißen, sich heute besonders nervös bewegenden Fingern ihrer kleinen geschickten Hände hatte sie schon mehrmals eine Ecke des Bildes erfaßt; aber die Ecke war ihr immer wieder entrutscht, und es wollte ihr nicht gelingen, das Bild herauszuziehen. Da ein Papiermesser nicht zur Hand war, zog sie ein anderes Bild, das im Album auf derselben Seite steckte, heraus (es war eine in Rom gemachte Aufnahme von Wronski mit rundem Hut und langem Haar) und schob damit das Bild des Sohnes aus der Umrandung. Ach, er ist es! ging es ihr durch den Kopf, als sie sich das Bild Wronskis ansah und ihr dabei plötzlich einfiel, wer die Ursache ihres jetzigen Leids war. Den ganzen Morgen über hatte sie kein einziges Mal an ihn gedacht; doch jetzt, als ihr so unvermittelt sein männliches, edles und ihr so vertrautes und liebes Gesicht unter die Augen gekommen war, stieg in ihrem Herzen eine Welle der Liebe zu ihm auf.

Ja, wo bleibt er denn? Wie bringt er es übers Herz, mich meinem Kummer allein zu überlassen? fragte sie sich mit einem plötzlich entflammenden Gefühl des Vorwurfs, wobei sie ganz vergaß, daß sie ihm mit Vorbedacht alles verschwiegen hatte, was ihren Sohn betraf. Sie schickte zu ihm und ließ ihn bitten, sogleich zu ihr zu kommen, und während sie nun mit stockendem Herzen auf ihn wartete und sich schon die Worte zurechtlegte, mit denen sie ihm alles zu sagen gedachte, stellte sie sich vor, wie er ihr seine Liebe bezeigen und sie dadurch trösten werde. Der Hoteldiener kehrte mit dem Bescheid zurück, daß Wronski Besuch habe, aber gleich kommen werde und fragen lasse, ob sie ihn zusammen mit seinem Gast, dem besuchsweise in Petersburg weilenden Fürsten Jaschwin, empfangen könne. Er wird also nicht allein kommen, obwohl wir uns seit gestern mittag nicht gesehen haben, sagte sie sich. Ich werde nicht die Möglichkeit haben, ihm alles zu erzählen, er bringt Jaschwin mit. Und jählings schoß ihr ein schrecklicher Gedanke durch den Kopf: Ob er mich vielleicht gar nicht mehr liebt?

Sie dachte über den Verlauf der letzten Tage nach und glaubte in allem eine Bestätigung dieses furchtbaren Gedankens zu finden: darin, daß er tags zuvor auswärts zu Mittag gegessen hatte, daß er darauf bestanden hatte, hier im Hotel getrennte Zimmer zu belegen, daß er nicht einmal jetzt allein zu ihr kam und offenbar ein Zusammentreffen unter vier Augen vermeiden wollte.

Aber dann muß er es mir sagen. Ich muß wissen, woran ich bin. Wenn es wirklich so ist, weiß ich, was ich zu tun habe, sagte sie sich und schauderte zugleich vor dem Gedanken an die Lage zurück, die für sie entstünde, wenn sie die Gewißheit erhielte, daß er sie nicht mehr liebte. Der Gedanke, daß seine Liebe zu ihr erkaltet sein könnte, versetzte sie in einen an Verzweiflung grenzenden Zustand und steigerte noch ihre Nervosität. Sie klingelte der Zofe und begab sich ins Ankleidezimmer. Beim Ankleiden verwandte sie diesmal mehr Sorgfalt auf ihre Toilette als an allen vorausgegangenen Tagen, als dächte sie, daß ein Kleid und eine Frisur, mit denen sie besonders vorteilhaft aussah, seine Liebe zu ihr, wenn sie erloschen wäre, aufs neue wachrufen könnten.

Es klingelte, bevor sie mit ihrer Toilette fertig war. Als sie den Salon betrat, war es nicht Wronski, der ihr als erster entgegenblickte, sondern Jaschwin. Wronski war damit beschäftigt, sich die Bilder ihres Sohnes anzusehen, die sie auf dem Tisch liegengelassen hatte, und beeilte sich nicht, zu ihr aufzuschauen.

„Wir kennen uns ja", sagte sie, indes sie ihre kleine Hand in die mächtige Hand Jaschwins legte, der (was bei seinem hünenhaften Wuchs und groben Gesichtsschnitt besonders komisch wirkte) ganz verlegen geworden war. „Wir haben uns im vorigen Jahr auf der Rennbahn kennengelernt ... Geben Sie her!", wandte sie sich hastig zu Wronski um und nahm ihm, während ihre Augen ihn vielsagend anblitzten, die Bilder ihres Sohnes ab, die er noch immer betrachtete. „Waren die diesjährigen Rennen interessant? Statt der hiesigen Rennen habe ich in diesem Jahr ein Rennen auf dem Korso in Rom besucht. Nun, Sie haben ja für das Leben im Ausland nicht viel übrig", fügte sie mit einem freundlichen Lächeln hinzu. „Ich weiß über Sie Bescheid und kenne auch, obwohl wir noch nicht oft zusammengetroffen sind, alle Ihre Neigungen."

„Das ist schlimm für mich, denn meine Neigungen sind meist recht schlechter Natur“, antwortete Jaschwin und kaute an seiner linken Schnurrbartspitze.

Nachdem die Unterhaltung noch einige Zeit angedauert und Jaschwin bemerkt hatte, daß Wronski auf die Uhr sah, fragte er Anna, ob sie noch lange in Petersburg zu bleiben gedenke, und griff, seinen mächtigen Oberkörper aufrichtend, nach seinem Käppi.

„Wahrscheinlich nicht mehr lange“, antwortete Anna verlegen und blickte zu Wronski hinüber.

„Dann werden wir uns wohl nicht mehr sehen?“ wandte sich Jaschwin, der aufgestanden war, an Wronski. „Wo ißt du zu Mittag?“

„Kommen Sie doch zum Essen zu uns!“ sagte Anna kurz entschlossen, offenbar verärgert über ihre eben gezeigte Verlegenheit; aber sie errötete, wie immer, wenn sie einem Fremden Einblick in ihre Lage gab. „Die Küche ist hier nicht besonders gut, aber Sie kämen doch wenigstens noch einmal mit Alexej zusammen. Er hängt an keinem seiner Regimentskameraden so wie an Ihnen.“

„Sehr gern“, erwiderte Jaschwin mit einem Lächeln, aus dem Wronski ersah, daß ihm Anna außerordentlich gut gefiel.

Jaschwin verabschiedete sich und verließ das Zimmer, und Wronski schickte sich an, ihm zu folgen.

„Willst du auch weg?“ fragte ihn Anna.

„Ja, ich habe mich ohnehin schon verspätet“, antwortete er. „Geh nur, ich hole dich gleich ein!“ rief er Jaschwin nach.

Anna nahm seine Hand, sah ihn unverwandt an und überlegte in Gedanken, was sie ihm wohl sagen könnte, um ihn zurückzuhalten.

„Warte einen Augenblick, ich muß dir etwas sagen.“ Sie preßte seine kurze breite Hand gegen ihren Hals. „Hast du nichts dagegen, daß ich ihn zum Essen eingeladen habe?“

„Das hast du vortrefflich gemacht“, erwiderte er mit einem ruhigen Lächeln, das die lückenlose Reihe seiner Zähne sehen ließ, und küßte ihre Hand.

„Sage, Alexej, hat sich dein Gefühl für mich auch nicht verändert?“ fragte sie und drückte mit beiden Händen seine Hand. „Ich habe mich hier zu Tode gequält, Alexej. Wann reisen wir ab?“

„Bald, bald. Du glaubst gar nicht, wie auch mich unser Leben hier bedrückt“, antwortete er und entzog ihr seine Hand.

„Nun, geh schon, geh schon!“ sagte sie gekränkt und zog sich schnell von ihm zurück.

32

Bei seiner Rückkehr ins Hotel traf Wronski Anna nicht an. Bald nachdem er das Hotel verlassen hatte, sei, wie man ihm sagte, eine Dame zu ihr gekommen, mit der sie zusammen weggefahren sei. Daß sie weggefahren war, ohne zu sagen, wohin – was noch nicht vorgekommen war –, und daß sie auch schon morgens irgendwo gewesen war, ohne ihm etwas davon zu sagen, alles dies in Verbindung mit dem ungewöhnlich erregten Ausdruck ihres Gesichts, der ihm heute vormittag an ihr aufgefallen war, und mit dem gehässigen Ton, in dem sie in Gegenwart Jaschwins die Bilder ihres Sohnes von ihm verlangt und ihm fast aus den Händen gerissen hatte – alles das stimmte ihn nachdenklich. Er sagte sich, daß er sich unbedingt mit ihr aussprechen müsse, und beschloß, im Salon auf sie zu warten. Anna kam jedoch nicht allein zurück, sondern brachte ihre Tante mit, die alte, unverheiratete Prinzessin Oblonskaja. Eben diese Tante war es auch, die vormittags zu Anna gekommen war und mit der sie dann eine Ausfahrt unternommen hatte, um Einkäufe zu machen. Anna gab sich den Anschein, als bemerke sie nicht den besorgten und fragenden Ausdruck in Wronskis Gesicht, und erzählte ihm lebhaft, was sie am Vormittag gekauft habe. Er merkte ihr an, daß in ihr etwas Besonderes vorging: In ihren glänzenden Augen, die sie ab und zu für einen kurzen Moment auf ihn richtete, drückte sich gespannte Aufmerksamkeit aus, und sie sprach und bewegte sich mit jener nervösen Hast und Anmut, die ihn in der ersten Zeit so bezaubert hatten, jetzt indessen beunruhigten und erschreckten.

Der Tisch war für vier Personen gedeckt. Alle waren bereits beisammen und schickten sich an, in das kleine Speisezimmer zu gehen, als Tuschkewitsch erschien, um Anna etwas von der Fürstin Betsy auszurichten. Die Fürstin lasse sich entschuldigen, daß sie nicht gekommen sei, sich zu verabschieden; sie fühle sich nicht wohl, würde sich jedoch freuen, wenn Anna sie zwischen halb sieben und neun besuchen wollte. Wronski sah Anna an: Aus dieser so präzisen Festsetzung der Zeit ging hervor, daß Betsy Vorsorge getroffen hatte, ein Zusammentreffen Annas mit anderen Personen zu verhüten. Doch Anna schien das nicht zu bemerken.

„Es tut mir sehr leid, daß ich ausgerechnet zwischen halb sieben und neun verhindert bin“, sagte sie mit einem unmerklichen Lächeln.

„Die Fürstin wird es sehr bedauern.“

„Ich bedaure es ebenfalls.“

„Sie haben wahrscheinlich vor, sich die Patti anzuhören?“ fragte Tuschkewitsch.

„Die Patti? Sie bringen mich auf einen guten Gedanken! Ich täte es sehr gern, wenn noch eine Loge zu bekommen wäre."

„Die kann ich Ihnen besorgen." Tuschkewitsch erhob sich.

„Ich wäre Ihnen sehr, sehr dankbar", sagte Anna. „Aber wollen Sie nicht mit uns essen?"

Wronski zuckte leicht die Achseln. Er konnte absolut nicht begreifen, was Anna tat. Wozu hatte sie diese alte Prinzessin mitgebracht, warum behielt sie Tuschkewitsch zum Essen da, und – dies war ihm am allerunbegreiflichsten – was bewog sie, ihn mit der Besorgung einer Loge zu beauftragen? Es war doch gar nicht daran zu denken, daß sie in ihrer Lage eine Abonnementsvorstellung mit der Patti besuchen könnte, zu der sich ihr ganzer Bekanntenkreis aus der großen Welt in der Oper einfinden würde! Er sah sie befremdet an, aber sie begegnete seinem Blick mit der herausfordernden, halb vergnügten, halb verzweifelten Miene, deren Bedeutung ihm unerklärlich war. Bei Tisch trug Anna einen aggressiven Übermut zur Schau; sie kokettierte gewissermaßen zugleich mit Tuschkewitsch und mit Jaschwin. Als man nach dem Essen aufstand und Tuschkewitsch aufbrach, um die Loge zu besorgen, Jaschwin aber sich zum Rauchen zurückziehen wollte, ging Wronski mit diesem in sein Zimmer hinunter. Nachdem er Jaschwin eine Weile Gesellschaft geleistet hatte, lief er wieder nach oben. Anna hatte sich bereits umgekleidet, ein tiefdekolletiertes Kleid aus heller, mit Samt verarbeiteter Seide angelegt, das sie sich in Paris hatte anfertigen lassen, und trug dazu auf dem Kopf einen kostbaren weißen Spitzenschmuck, der das Gesicht einrahmte und den Zauber ihrer Schönheit besonders wirksam zur Geltung brachte.

„Wollen Sie wirklich in die Oper fahren?" fragte er, bemüht, sie nicht anzusehen.

„Warum fragen Sie so bestürzt danach?" versetzte sie, aufs neue gekränkt, weil er sie nicht ansah. „Was spricht denn dagegen, daß ich in die Oper fahre?"

„Es spricht natürlich gar nichts dagegen", antwortete er, und sein Gesicht verfinsterte sich.

„Dann sind wir uns ja einig", erwiderte sie, die Ironie in seinem Ton ignorierend, und streifte ruhig den langen parfümierten Handschuh über.

„Anna, um Gottes willen! Was haben Sie?" fragte er, als wollte er sie zur Besinnung rufen, in dem gleichen Tonfall, in dem einst ihr Mann zu ihr gesprochen hatte.

„Ich verstehe nicht, wovon Sie sprechen."

„Sie wissen, daß Sie nicht in die Oper fahren können."

„Wieso nicht? Ich will ja nicht allein hin. Prinzessin Warwara ist nur nach Hause gefahren, sich umzukleiden; sie wird mich begleiten."

Er zuckte fassungslos und verzweifelt die Achseln.

„Ja, wissen Sie denn nicht, daß ..."

„Ich will nichts wissen!" unterbrach sie ihn fast schreiend. „Ich will es nicht. Bereue ich etwa, was ich getan habe? Nein, nein und nochmals nein! Wenn ich aufs neue vor dieselbe Entscheidung gestellt wäre, würde ich genauso handeln. Für uns, für mich und für Sie, ist nur eines wichtig: ob wir einander lieben. Andere Rücksichten gibt es nicht. Warum wohnen wir hier getrennt und sehen uns kaum? Warum soll ich nicht in die Oper? Ich liebe dich, und alles andere ist mir gleichgültig, wenn sich deine Gefühle nicht geändert haben", sagte sie, zum Russischen übergehend, und sah ihn mit einem besonderen, ihm unerklärlichen Glanz in den Augen an. „Warum siehst du mich nicht an?"

Er blickte zu ihr auf. Er sah den ganzen Liebreiz ihres Gesichts und die Pracht ihrer Kleidung, in der er sie immer so bewundert hatte. Doch in diesem Augenblick waren gerade ihre Schönheit und Eleganz das, was ihn aufbrachte.

„Meine Gefühle für Sie können sich nicht ändern, das wissen Sie; aber ich bitte, ich beschwöre Sie, Ihr Vorhaben aufzugeben", sagte er, immer noch französisch sprechend, zwar in warmem, flehendem Ton, aber mit kaltem Gesichtsausdruck.

Sie hörte nicht seine Worte, sondern sah nur den kalten Ausdruck seiner Augen und antwortete gereizt:

„Und ich bitte Sie, mir zu erklären, warum ich nicht in die Oper soll."

„Es könnte sich dort eine für Sie ..." Er stockte.

„Ich verstehe überhaupt nichts. Jaschwin n'est pas compromettant, und die Prinzessin Warwara ist nicht schlechter als die anderen. Da kommt sie ja schon."

33

Wronski war zum erstenmal von einem an Empörung grenzenden Ärger gegen Anna erfüllt, weil sie sich mutwillig über ihre Lage hinwegsetzte. Gesteigert wurde dieses Gefühl noch dadurch, daß es unmöglich war, ihr offen den Grund seines Ärgers zu nennen. Wenn er ihr auf den Kopf zusagen wollte, was er dachte, dann hätte er ihr erklären müssen, daß sie sich, wenn sie in dieser Toilette und in Gesellschaft der aller Welt bekannten Prinzessin in der Oper erschiene, dadurch nicht nur als gestrauchelte Frau bekennen, sondern auch die ganze Gesellschaft brüskieren und endgültig mit ihr brechen würde.

Das konnte er ihr nicht sagen. Aber wie ist es nur möglich, daß sie selbst kein Verständnis dafür hat? Was geht in ihr vor? fragte er sich und fühlte dabei, daß seine Achtung für sie einen empfindlichen Stoß erhalten hatte, obwohl er sich zugleich noch deutlicher ihrer Schönheit bewußt wurde.

Er kehrte verstimmt in sein Zimmer zurück, setzte sich zu Jaschwin, der seine langen Beine über einen Stuhl ausgestreckt hatte und Kognak mit Selterswasser trank, und bestellte das gleiche auch für sich.

„Du erwähntest vorhin Lankowskis Hengst Mogutschi", sagte Jaschwin mit einem Blick auf das finstere Gesicht seines Freundes. „Es ist ein gutes Pferd, ich kann dir nur raten, es zu kaufen. Es hat eine etwas abfallende Hinterpartie, aber Hals und Beine, wie man sie sich besser gar nicht wünschen kann."

„Ja, ich werde es wohl nehmen", antwortete Wronski.

Obwohl ihn das Gespräch über Pferde interessierte, beschäftigte er sich in Gedanken unablässig mit Anna; er horchte unwillkürlich auf alle Schritte im Korridor und blickte immer wieder auf die Kaminuhr.

„Ich soll von Anna Arkadjewna bestellen, daß sie in die Oper gefahren ist."

Jaschwin goß noch ein Gläschen Kognak in das schäumende Selterswasser, trank es aus, stand auf und knöpfte seinen Uniformrock zu.

„Nun, wie ist es? Fahren wir!" sagte er und gab mit einem unter dem Schnurrbart kaum merkbaren Lächeln zu erkennen, daß er sich über die Ursache der Verstimmung Wronskis im klaren war, sie jedoch für belanglos hielt.

„Nein, ich werde nicht mitfahren", antwortete Wronski verbittert.

„Nun, ich muß jedenfalls hin, ich habe es versprochen. Also dann auf Wiedersehen! Und wenn du dich doch noch entschließt, kannst du dich ja auch ins Parkett setzen. Krassinskis Sessel ist frei", fügte Jaschwin im Weggehen hinzu.

„Nein, ich habe zu tun."

Ist man mit einer Frau verheiratet, hat man seine Sorgen, und ist man mit ihr nicht verheiratet, ist es noch schlimmer, dachte Jaschwin bei sich, als er das Hotel verließ.

Allein geblieben, stand Wronski auf und begann im Zimmer auf und ab zu gehen.

Was gibt es denn heute überhaupt in der Oper? Das vierte Abonnement ... Jegor mit seiner Frau wird dasein und wahrscheinlich auch die Mutter – kurzum, ganz Petersburg. Jetzt hat sie die Loge betreten, stellte er sich in Gedanken vor, hat ihren Pelz abgelegt und tritt an die Brüstung in den Lichtschein. Tuschkewitsch, Jaschwin und die Prinzessin Warwara wird man bei ihr sehen, dachte er weiter. Und wo bin ich? Sieht es nicht aus, als sei ich feige oder hätte sie dem Schutz Tuschkewitschs übergeben? Wie dem auch sei, es ist dumm, sehr dumm... Aber warum bringt sie mich auch in eine solche Lage?

Er machte eine ärgerliche Handbewegung und stieß dabei gegen das kleine Tischchen, auf dem das Selterswasser und die Karaffe mit Kognak standen, so daß die Karaffe ins Wanken geriet. Er wollte sie auffangen, ließ sie jedoch fallen, versetzte aus Ärger dem Tisch einen Tritt und klingelte.

„Wenn dir deine Stelle bei mir lieb ist, mußt du deine Sache besser machen", sagte er zu dem eintretenden Kammerdiener. „Daß mir so etwas nicht wieder vorkommt. Du mußt abräumen."

Der Kammerdiener, der sich schuldlos fühlte, wollte sich rechtfertigen; doch als er seinen Herrn ansah und an dessen Gesichtsausdruck erkannte, daß es besser sei zu schweigen, beeilte er sich, auf dem Teppich niederzuknien und emsig die heilen und die zerschlagenen Gläser und Flaschen aufzusammeln.

„Das ist nicht deine Sache! Hole den Kellner zum Aufräumen, und lege mir den Frack zurecht."

Als Wronski das Theater betrat, war es halb neun. Die Vorstellung war in vollem Gange. Ein alter Theaterdiener, der Wronski den Pelz abnahm und ihn, nachdem er ihn erkannt hatte, mit Euer Durchlaucht titulierte, schlug ihm vor, den Pelz nicht in der Garderobe abzugeben, sondern später einfach „Fjodor" zu rufen. Außer dem Theaterdiener und zwei Lakaien, die mit Pelzen über dem Arm lauschend an der Tür standen, hielt sich im hell erleuchteten Seitengang niemand auf. Durch die nicht ganz geschlossene Tür hörte man die gedämpften Klänge der Staccato-Begleitung des Orchesters und eine weibliche Stimme, die, sorgfältig akzentuierend, eine Arie sang. Als die Tür jetzt von einem heraushuschenden Theaterdiener geöffnet wurde, konnte Wronski deutlich die bereits dem Ende zugehende Arie hören. Doch die Tür wurde gleich wieder geschlossen, so daß er den Schluß und Ausklang der Arie nicht mehr vernahm, sondern nur an dem donnernd einsetzenden Applaus erkannte, daß die Kadenz zu Ende war.

Als er den von Kronleuchtern und Gaskandelabern hell erleuchteten Zuschauerraum betrat, dauerte der Applaus noch an. Die in großem Dekolleté und glitzerndem Brillantschmuck auf der Bühne stehende Sängerin bückte sich lächelnd, um mit Hilfe des Tenors, der sie an der Hand hielt, die ihr ungeschickt über die Rampe zugeworfenen Blumensträuße aufzuheben, und trat dann an einen Herrn mit pomadeglänzendem, in der Mitte gescheiteltem Haar heran, der ihr mit seinen langen Armen über die Rampe hinweg irgendeinen Gegenstand zureichte; das gesamte Publikum, im Parkett ebenso wie in den Logen, war in Bewegung, drängte nach vorn, schrie und klatschte in die Hände. Der Dirigent, der von seinem Podium aus beim Hinüberreichen von Geschenken half, rückte seine weiße Krawatte zurecht. Wronski ging bis zur Mitte des Zuschauerraums, wo er stehenblieb und sich umblickte. Diesmal richtete er seine Aufmerksamkeit weniger denn je auf die ihm vertraute, längst gewohnte Umgebung, auf die Bühne, auf all den Trubel, auf diese ganze ihm so bekannte, uninteressante, bunt zusammengewürfelte Zuschauermenge des überfüllten Theaters.

Wie immer sah man in den Logen alle möglichen Damen mit irgendwelchen Offizieren im Hintergrund der Logen; wie immer wimmelte es von buntgekleideten Frauen weiß Gott welcher Herkunft, von Uniformen und Gehröcken; wie immer war die Galerie mit einer schmutzigen Menge gefüllt – und inmitten dieser ganzen Menge sah man in den Logen und ersten Parkettreihen etwa vierzig Personen, die wirklich als Damen und Herren bezeichnet werden konnten. Auf diese Oasen richtete Wronski sofort sein Augenmerk und nahm mit ihnen den Kontakt auf.

Bei seinem Eintritt war gerade ein Akt beendet, und er suchte daher nicht zuerst die Loge seines Bruders auf, sondern ging bis zur ersten Parkettreihe und gesellte sich Serpuchowskoi zu, der an der Rampe stand, das eine Knie angezogen hatte und mit den Absätzen gegen die Rampenwand trommelte; er hatte ihn von weitem mit einem Lächeln zu sich herangewinkt.

Wronski hatte Anna noch nicht entdeckt, er vermied es absichtlich, sich nach ihr umzusehen. Doch aus der Blickrichtung anderer erriet er, wo sie sitzen mußte. Als er jetzt unauffällig dorthin sah, tat er es nicht, um nach Anna Umschau zu halten; auf das Schlimmste gefaßt, suchte er mit den Augen nach Alexej Alexandrowitsch. Doch zu seinem Glück war Alexej Alexandrowitsch diesmal nicht im Theater.

„Wie wenig Militärisches du noch an dir hast!“ sagte Serpuchowskoi. „Man könnte dich für einen Diplomaten, Künstler oder dergleichen halten.“

„Ja, seit meiner Rückkehr bin ich zum Frack übergegangen“, antwortete Wronski lächelnd und zog langsam sein Opernglas aus dem Futteral.

„Das ist etwas, worum ich dich, offen gesagt, beneide. Wenn ich von einer Auslandsreise zurückkomme und dies da wieder anlege" (er berührte seine Achselstücke), „tut es mir jedesmal um die verlorene Freiheit leid."

Serpuchowskoi hatte Wronski als Militär schon seit langem abgeschrieben; aber er mochte ihn nach wie vor gut leiden und war jetzt besonders liebenswürdig zu ihm.

„Schade, daß du den ersten Akt versäumt hast."

Wronski hörte nur mit halbem Ohr zu und war damit beschäftigt, mit seinem Opernglas die Parkettlogen und die Logen im ersten Rang abzusuchen. Neben einer Dame mit turbanartigem Kopfschmuck und einem kleinen kahlköpfigen alten Herrn, dessen ärgerliches Blinzeln er durch das sich hin und her bewegende Opernglas wahrnahm, entdeckte Wronski plötzlich das von Spitzen eingerahmte Gesicht Annas – stolz, bezaubernd schön lächelnd. Sie saß in der fünften Parkettloge, zwanzig Schritt von ihm entfernt. An der Brüstung sitzend, hatte sie sich leicht zurückgewandt und sagte irgend etwas zu Jaschwin. Die Haltung ihres Kopfes über den breiten, schönen Schultern, das verhaltene Strahlen ihrer lebhaften Augen und des ganzen Gesichts riefen in ihm die Erinnerung an jenen Ball in Moskau wach, auf dem er sie genauso gesehen hatte. Aber ihre Schönheit übte auf ihn jetzt eine gänzlich andere Wirkung aus. Seinem Gefühl für sie fehlte jetzt alles Geheimnisvolle, und so kam es, daß ihre Schönheit, obwohl er sich jetzt noch weniger als früher ihrem Zauber entziehen konnte, ihn zugleich auch kränkte. Anna blickte nicht zu ihm herüber, aber er fühlte, daß sie ihn bereits bemerkt hatte.

Als Wronski durch sein Opernglas nochmals in jene Richtung sah, fiel ihm auf, daß sich die Prinzessin Warwara mit hochrotem Kopf und gezwungen lachend dauernd zur Nachbarloge umblickte. Anna trommelte mit dem zusammengefalteten Fächer auf den roten Samt der Logenbrüstung und blickte irgendwohin ins Leere; was in der Nachbarloge vor sich ging, sah sie nicht, und sie vermied es offenbar absichtlich, dorthin zu sehen. Das Gesicht Jaschwins hatte jenen Ausdruck, den es gewöhnlich annahm, wenn er beim Spiel verlor; er saß mit finsterer Miene da, schob das linke Ende seines Schnurrbarts immer tiefer in den Mund und schielte gleichfalls zur Nachbarloge hinüber.

In dieser Loge, linker Hand von Annas Platz, bemerkte Wronski das Ehepaar Kartassow. Er kannte die Leute und wußte, daß Anna mit ihnen bekannt war. Frau Kartassowa, eine kleine, schmächtige Erscheinung, stand in ihrer Loge, den Rücken Anna zugekehrt, und legte den Umhang an, der ihr von ihrem Mann hingehalten wurde. Ihr Gesicht war blaß und zornentstellt, während sie, sichtlich erregt, irgend etwas sagte. Kartassow, ein beleibter Herr mit Glatze, blickte sich immer wieder zu Anna um und war bemüht, seine Frau zu beschwichtigen. Als diese bereits hinausgegangen war, zögerte er noch eine ganze Weile und suchte einem Blick Annas zu begegnen, offenbar in der Absicht, ihr eine Verbeugung zu machen. Doch Anna, die ihn absichtlich nicht zu beachten schien, wandte sich nach hinten um und sagte etwas zu Jaschwin, der sich mit seinem kurzgeschorenen Kopf zu ihr hinabbeugte. Kartassow ging schließlich, ohne sich verbeugt zu haben, und die Loge blieb leer.

Wronski wußte nicht, was sich zwischen den Kartassows und Anna zugetragen hatte, aber es war ihm klar, daß für Anna damit eine Demütigung verbunden war. Er schloß dies aus allem, was er sah, und besonders aus dem Gesicht Annas, die, wie er merkte, ihre letzte Kraft zusammennahm, um die Rolle, die sie sich auferlegt hatte, bis zu Ende durchzuhalten. Und es gelang ihr auch ausgezeichnet, äußerlich den Anschein völliger Ruhe zu wahren. Wer sie und ihren Bekanntenkreis nicht kannte und nicht die unter den Damen ausgetauschten Äußerungen des Bedauerns, Mißfallens und Befremdens darüber hörte, daß sie es gewagt hatte, sich in der Gesellschaft zu zeigen – noch dazu mit ihrem Spitzenschmuck, der ihre Schönheit so auffallend hervorhob – und die allgemeine Aufmerksamkeit auf sich zu ziehen, der konnte nur die Ruhe und Schönheit dieser Frau bewundern, ohne zu ahnen, daß sie das Gefühl hatte, an einen Schandpfahl gebunden zu sein.

Wronski, der zwar wußte, daß sich etwas ereignet hatte, aber im ungewissen war, worum es sich handelte, und deshalb von Unruhe gequält wurde, beschloß, sich in die Loge seines Bruders zu begeben, wo er Näheres zu erfahren hoffte. Er wählte absichtlich den Ausgang, der sich auf der anderen, der Loge Annas gegenüberliegenden Seite befand, und stieß in der Tür auf seinen ehemaligen Regimentskommandeur, der sich dort mit zwei Bekannten unterhielt. Er hörte den Namen Karenin fallen und merkte, wie sich der Regimentskommandeur nun beeilte, ihn betont laut mit seinem Namen anzurufen und den beiden anderen Herren einen vielsagenden Blick zuzuwerfen.

„Sieh da, Wronski! Wann willst du dich denn mal im Regiment sehen lassen? Eine Abschiedsfeier können wir dir nicht erlassen. Du bist doch immer der Eckpfeiler unseres Regiments gewesen."

„Ich werde diesmal leider nicht mehr dazu kommen, ein andermal", antwortete Wronski und eilte dann die Treppe hinauf, um die Loge seines Bruders aufzusuchen.

Die alte Gräfin, Wronskis Mutter, mit ihren stahlgrauen Löckchen, saß in der Loge des Bruders. Warja, seine Schwägerin, und die Prinzessin Sorokina traf er im Foyer des ersten Ranges.

Nachdem Warja die Prinzessin Sorokina bis zur alten Gräfin begleitet hatte, kehrte sie zu ihrem Schwager zurück, reichte ihm die Hand und kam sofort auf das Thema zu sprechen, das ihn unablässig beschäftigte. Sie war so aufgeregt, wie er sie selten gesehen hatte.

„Ich finde es schändlich und gemein von Madame Kartassowa und ganz unberechtigt. Madame Karenina ..."

„Was ist denn geschehen? Ich weiß von nichts."

„Wie? Hast du noch nichts davon gehört?"

„Du kannst dir wohl denken, daß ich der letzte bin, der etwas davon zu hören bekommt."

„Diese Kartassowa ist ja das gehässigste Geschöpf, das man sich vorstellen kann."

„Was hat sie denn getan?"

„Mir hat es mein Mann erzählt ... Sie hat Frau Karenina beleidigt. Kartassow hatte von seinem Platz aus ein Gespräch mit ihr angeknüpft, und seine Frau machte ihm daraufhin eine Szene. Sie soll dabei, wie es heißt, mit lauter Stimme eine beleidigende Bemerkung gemacht und dann die Loge verlassen haben."

„Graf, Ihre maman möchte Sie sprechen", rief die Prinzessin Sorokina Wronski von der Logentür aus zu.

„Ich warte schon lange auf dich", empfing ihn die Mutter, spöttisch lächelnd. „Du läßt dich ja nirgends sehen."

Der Sohn sah, daß es ihr schwerfiel, ein schadenfrohes Lächeln zu unterdrücken.

„Guten Abend, maman. Ich war im Begriff, zu Ihnen zu kommen", antwortete er kühl.

„Nun, gehst du gar nicht faire la cour à Madame Karenina?" fing sie wieder an, nachdem die Prinzessin Sorokina beiseite getreten war. „Elle fait sensation. On oublie la Patti pour elle."

„Maman, ich habe Sie schon einmal gebeten, dieses Thema nicht zu berühren", sagte er gereizt.

„Ich sage nur das, wovon alle sprechen."

Wronski antwortete nichts und verließ, nachdem er noch ein paar Worte mit der Prinzessin Sorokina gewechselt hatte, die Loge. In der Tür begegnete ihm sein Bruder.

„Ah, Alexej!" sagte der Bruder. „Was für eine Gemeinheit! Ein albernes Frauenzimmer, weiter nichts ... Ich wollte gerade zu ihr gehen. Gehen wir jetzt zusammen!"

Wronski hörte nichts mehr. Er stürmte die Treppe hinunter: Er fühlte, daß er etwas unternehmen mußte, wußte aber nicht was. Sein Ärger über Anna, weil sie sich selbst und ihn in diese peinliche Lage gebracht hatte, und das Mitleid, das er mit ihr wegen der erlittenen Kränkung empfand, vermischten sich miteinander und regten ihn auf. Ins Parkett zurückgekehrt, ging er sofort auf Annas Loge zu. Vor der Loge stand Stremow und unterhielt sich mit ihr.

„Es gibt keine Tenöre mehr. Le moule en est brisé."

Wronski verneigte sich vor Anna und blieb stehen, um Stremow zu begrüßen.

„Sie sind, glaube ich, verspätet gekommen und haben die schönste Arie nicht gehört", sagte Anna zu Wronski und sah ihn dabei, wie es ihm schien, spöttisch an.

„Ich bin kein besonderer Kenner", antwortete Wronski und warf ihr einen strengen Blick zu.

„Ganz wie Fürst Jaschwin, der der Ansicht ist, daß die Patti zu laut singt", sagte sie lächelnd. Doch als sie Wronski nun mit ihrer kleinen, im langen Handschuh steckenden Hand das von ihm aufgehobene Programm abnahm und „Danke!" sagte, zuckte es plötzlich in ihrem schönen Gesicht; sie stand auf und zog sich in den Hintergrund der Loge zurück.

Als Wronski zu Beginn des folgenden Akts bemerkte, daß ihre Loge leer geblieben war, verließ er unter dem Gezisch des bei den ersten Klängen der Musik in Stille versunkenen Publikums das Parkett und fuhr ins Hotel.

Anna war bereits zurückgekehrt. Als Wronski zu ihr kam, fand er sie noch in derselben Aufmachung, in der sie im Theater gewesen war. Sie saß auf dem der Tür am nächsten stehenden Sessel und starrte vor sich hin. Bei seinem Eintritt blickte sie kurz zu ihm auf und nahm dann gleich wieder die bisherige Haltung ein.

„Anna!" sagte er.

„Du, du bist an allem schuld!" schrie sie mit Tränen des Zorns und mit Verzweiflung in der Stimme und erhob sich.

„Ich habe dich gebeten, habe dich beschworen, es nicht zu tun. Ich wußte, daß du im Theater Unannehmlichkeiten ausgesetzt ..."

„Unannehmlichkeiten!" fiel sie ihm ins Wort. „Es war furchtbar! Solange ich lebe, werde ich es nicht vergessen. Sie sagte, es sei eine Schande, neben mir zu sitzen."

„Dummes Gerede einer dummen Frau!" warf Wronski ein. „Aber warum soll man es darauf ankommen lassen, es herausfordern ..."

„Deine Ruhe bringt mich um! Du hättest mich nicht bis zu diesem Schritt treiben dürfen! Wenn du mich liebtest ..."

„Anna! Was hat das mit meiner Liebe zu tun?"

„Ja, wenn du mich liebtest, wie ich dich liebe, wenn du ebenso littest wie ich ..." Sie brach ab und sah ihn erschrocken an.

Sie tat ihm leid, aber zugleich ärgerte er sich. Er beteuerte ihr seine Liebe, weil er sah, daß sie in diesem Augenblick nur auf diese Weise zu beruhigen war; mit Worten warf er ihr nichts vor, aber im Grunde seines Herzens machte er ihr Vorwürfe.

Seine Liebesbeteuerungen, die ihm selbst so banal erschienen, daß es ihm peinlich war, sie auszusprechen, sog sie gierig in sich auf und wurde allmählich ruhiger. Tags darauf reisten sie, völlig miteinander ausgesöhnt, aufs Land ab.

Sechster Teil

1

Darja Alexandrowna verbrachte mit ihren Kindern diesen Sommer in Pokrowskoje bei ihrer Schwester Kitty Lewina. Auf ihrem eigenen Gut war das Wohnhaus völlig verfallen, und Lewin und seine Frau hatten sie überredet, für den Sommer zu ihnen aufs Land zu kommen. Stepan Arkadjitsch nahm diese Regelung höchst beifällig auf. Er bedauerte nur, wie er sagte, daß er selbst durch seinen Dienst verhindert sei, den Sommer gemeinsam mit seiner Familie auf dem Lande zuzubringen, was für ihn doch das höchste Glück bedeutet hätte, und kam nun ab und zu aus Moskau für zwei oder drei Tage aufs Gut. Außer den Oblonskis mit sämtlichen Kindern und der Gouvernante verbrachte auch die alte Fürstin den Sommer diesmal in Pokrowskoje, weil sie es für ihre Pflicht hielt, ihre unerfahrene Tochter, die sich doch in anderen Umständen befand, unter ihre Fittiche zu nehmen. Und schließlich hatte auch Warenka, mit der Kitty im Ausland Freundschaft geschlossen hatte, ihr Versprechen, Kitty zu besuchen, wenn diese erst einmal verheiratet sein würde, wahr gemacht und weilte nun auf Logisbesuch bei ihrer Freundin. Diese ganze Gesellschaft bestand aus der Verwandtschaft und dem Anhang von Lewins Frau. Und obwohl er alle diese Menschen sehr gern mochte, stimmte es ihn doch ein wenig wehmütig, daß seine vertraute Lewinsche Welt und Ordnung unter diesem Ansturm des „Stscherbazkischen Elements", wie er es bei sich nannte, völlig erdrückt wurde. Von seinen eigenen Verwandten war nur Sergej Iwanowitsch für den Sommer nach Pokrowskoje gekommen; aber auch dieser war seiner ganzen Art nach nicht vom Lewinschen, sondern vom Kosnyschewschen Schlage, so daß der spezifisch Lewinsche Geist gänzlich ausgeschaltet war.

Das Lewinsche Haus, das so lange Zeit gleichsam ausgestorben gewesen war, beherbergte jetzt so viele Menschen, daß fast alle Zimmer belegt waren und sich die alte Fürstin, wenn man sich zu Tisch setzte und sie die ganze Runde abzählte, fast täglich genötigt sah, eins ihrer Enkelkinder, das der dreizehnte Tischgast gewesen wäre, an ein extra Tischchen zu setzen. Und Kitty, die mit

großem Eifer ihren hausfraulichen Pflichten nachkam, bereitete es nicht wenig Mühe, all die Hühner, Puten und Enten zu beschaffen, die erforderlich waren, um den durch die frische Luft angeregten Appetit ihrer großen und kleinen Gäste zu stillen.

Eben saß die ganze Gesellschaft wieder beim Mittagessen. Dollys Kinder, die Gouvernante und Warenka berieten, wohin sie zum Pilzesammeln gehen sollten. Sergej Iwanowitsch, der auf Grund seines Verstandes und seiner Gelehrsamkeit unter allen Gästen eine nahezu an Ehrfurcht grenzende Achtung genoß, setzte die ganze Tischrunde in Erstaunen, als er sich jetzt in das Gespräch über Pilze einmischte.

„Dann nehmen Sie auch mich mit. Das Pilzesammeln macht mir große Freude", sagte er mit einem Blick auf Warenka. „Ich finde, daß es eine sehr nette Beschäftigung ist."

„Nun, wir freuen uns sehr", antwortete Warenka und wurde rot. Kitty und Dolly sahen sich vielsagend an. Die Bereitwilligkeit des klugen und gelehrten Sergej Iwanowitsch, sich am Pilzesammeln zu beteiligen, bestärkte Kitty in gewissen Mutmaßungen, die sie in letzter Zeit viel beschäftigt hatten. Sie beeilte sich nun, ein Gespräch mit ihrer Mutter anzufangen, damit ihr Mienenspiel nicht bemerkt würde. Sergej Iwanowitsch, der sich nach dem Essen mit seiner Tasse Kaffee im Salon ans Fenster gesetzt hatte, blickte, während er mit seinem neben ihm auf dem Fensterbrett sitzenden Bruder ein begonnenes Gespräch fortsetzte, alle Augenblicke nach der Tür, durch die die zum Pilzesammeln ausgerüsteten Kinder kommen mußten.

Kitty stand neben ihrem Mann und wartete offenbar auf das Ende des weitschweifigen Gesprächs, um ihm etwas zu sagen.

„Du hast dich, seitdem du verheiratet bist, in vielem verändert, und zwar zu deinem Vorteil", sagte Sergej Iwanowitsch, der an dem begonnenen Gespräch offensichtlich kein großes Interesse hatte, zu seinem Bruder und lächelte dabei Kitty zu. „Aber deiner Vorliebe, alle möglichen paradoxen Ideen zu verfechten, bist du treu geblieben."

„Katja, es ist nicht gut für dich, so lange zu stehen", sagte Lewin zu seiner Frau und schob ihr mit einem bedeutungsvollen Blick einen Stuhl hin.

„So, jetzt habe ich ohnehin keine Zeit mehr", fügte Sergej Iwanowitsch hinzu, als die Kinder hereingestürmt kamen.

Allen voran, ein Körbchen und Sergej Iwanowitschs Hut in der Hand schwingend, kam in ihren straffgezogenen Strümpfen im Galopp Tanja direkt auf ihn zugelaufen.

Als sie zutraulich vor Sergej Iwanowitsch stehenblieb und ihm mit ihren leuchtenden Augen, die so sehr den schönen Augen ihres

Vaters glichen, den Hut hinhielt, tat sie so, als wollte sie ihn ihm selbst auf den Kopf setzen; aber sie zauderte und blickte mit einem verschmitzten, schüchternen Lächeln, das ihren Übermut mildern sollte, zu ihm auf. „Warenka wartet schon", sagte sie und setzte Sergej Iwanowitsch nun vorsichtig den Hut auf, nachdem sie an dessen Lächeln erkannt hatte, daß sie sich das herausnehmen durfte.

Warenka, die sich umgekleidet hatte, stand in einem gelben Kattunkleid, ein weißes Tuch um den Kopf geschlungen, in der Tür.

„Ich komme, Warwara Andrejewna, ich komme schon", rief ihr Sergej Iwanowitsch zu, während er den Rest seines Kaffees austrank und Taschentuch und Zigarettenetui auf die Taschen verteilte.

„Was für ein Prachtkerl ist meine Warenka! Nicht wahr?" wandte sich Kitty an ihren Mann, sobald Sergej Iwanowitsch aufgestanden war. Sie sprach so laut, daß Sergej Iwanowitsch es hören mußte, was sie offenbar auch bezweckte. „Und wie hübsch sie ist, von einer so edlen Schönheit!... Warenka!" rief Kitty ihr nach. „Gehen Sie in den Wald an der Mühle? Wir werden im Wagen nachkommen."

„Du vergißt ganz und gar, in welchem Zustand du dich befindest, Kitty", hielt ihr die alte Fürstin vor, die eilig ins Zimmer kam. „Du darfst nicht so schreien."

Warenka, die den Zuruf Kittys und den Vorwurf ihrer Mutter gehört hatte, kam mit schnellen, leichten Schritten auf Kitty zu. Die Hast ihrer Bewegungen, die Röte und der lebhafte Ausdruck ihres Gesichts – alles deutete darauf hin, daß in ihrem Innern etwas Außergewöhnliches vor sich ging. Kitty wußte, was dieses Außergewöhnliche war, und beobachtete aufmerksam ihre Freundin. Sie hatte Warenka jetzt nur gerufen, um ihr in Gedanken ihren Segen zu dem bedeutsamen Ereignis zu erteilen, das sich ihrer Ansicht nach heute nachmittag im Walde vollziehen mußte.

„Warenka, ich werde sehr glücklich sein, wenn das, woran ich denke, Wirklichkeit wird", flüsterte sie ihr zu und küßte sie.

„Kommen Sie auch mit uns mit?" wandte sich Warenka, die ganz verwirrt geworden war, an Lewin und gab sich den Anschein, als habe sie das, was Kitty ihr gesagt hatte, nicht gehört.

„Ich komme mit, aber nur bis zur Tenne, wo ich zurückbleiben werde", antwortete Lewin.

„Was ist denn das für ein Einfall?" fragte ihn Kitty.

„Ich muß mir die neuen Fuhrwerke ansehen und sie einteilen", sagte Lewin. „Und was wirst du machen?"

„Ich gehe jetzt auf die Terrasse."

2

Auf der Terrasse war die gesamte Weiblichkeit versammelt. Die Frauen hielten sich nach dem Essen ohnehin gern auf der Terrasse auf, und heute lag überdies ein besonderer Anlaß dazu vor. Außer dem Nähen von Babyhemdchen und dem Stricken von Wickelbändern, womit sich gewöhnlich alle betätigten, war man dort heute mit dem Kochen von Konfitüre nach einer für Agafja Michailowna neuen Methode beschäftigt, und zwar ohne Zusatz von Wasser. Diese neue, in ihrem Elternhaus gebräuchliche Methode hatte Kitty eingeführt. Da Agafja Michailowna, der früher auch das Kochen von Konfitüre unterstanden hatte, jedoch der Meinung war, daß nichts schlecht sein konnte, was im Lewinschen Hause von jeher üblich gewesen war, hatte sie den Garten- und Walderdbeeren dennoch Wasser hinzugefügt und behauptet, daß es anders gar nicht gehe; sie war ihres Vergehens überführt worden, und als man jetzt die Himbeeren im Beisein aller einmachte, sollte Agafja Michailowna davon überzeugt werden, daß sich auch ohne Wasser eine gute Konfitüre herstellen lasse.

Während Agafja Michailowna mit erhitztem Gesicht, wirrem Haar und gekränkter Miene vor dem Kohlenbecken stand und mit ihren dünnen, bis zu den Ellbogen entblößten Armen kreisförmig schaukelnd den Messingkessel bewegte, blickte sie finster auf die Himbeeren und wünschte von ganzem Herzen, daß sie erstarren und nicht durchkochen möchten. Die Fürstin, die sich sagte, daß sich der Unwillen Agafja Michailownas vor allem gegen sie als die Haupturheberin dieser Art des Einmachens richten müsse, und daher bemüht war, den Anschein zu erwecken, als sei sie mit ihren Gedanken gar nicht bei den Himbeeren, sprach von anderen Dingen und spähte nur von Zeit zu Zeit zum Kessel hinüber.

„Für die Dienstmädchen besorge ich immer Kleider im Ausverkauf", sagte sie, ein begonnenes Gespräch fortsetzend. „Sollte man jetzt nicht den Schaum abschöpfen, meine Liebe?" wandte sie sich an Agafja Michailowna und hielt dann Kitty zurück: „Du brauchst das doch nicht selbst zu machen, die Hitze ist nicht gut für dich."

„Ich werde ihn abschöpfen", sagte Dolly und stand auf; sie rührte mit einem Löffel vorsichtig in dem schäumenden Saft herum und klopfte, um den klebengebliebenen Schaum abzulösen, mit dem Löffel ab und zu gegen einen Teller, der bereits mit einer buntscheckigen, gelbrosafarbenen, von blutrotem Sirup unterlaufenen Masse angefüllt war. Wie werden sie das beim Tee schleckern! dachte Dolly, sich ihre Kinder vorstellend, und erinnerte sich daran, wie sie selbst sich als Kind darüber gewundert hatte, daß die Erwachsenen das Beste, den Schaum, verschmähen konnten.

„Stiwa meint, es sei viel besser, ihnen bares Geld zu geben", nahm Dolly wieder das unterbrochene Gespräch über die wichtige Frage auf, wie man am besten die Dienstboten beschenkt. „Aber …"

„Wie kann man Geld schenken!" riefen die Fürstin und Kitty wie aus einem Munde. „Sachen schätzen sie weit mehr."

„Im vorigen Jahr zum Beispiel", fuhr die Fürstin fort, „habe ich unserer Matrjona Semjonowna Stoff für ein Kleid gekauft, nicht direkt Popeline, aber etwas Ähnliches."

„Ich erinnere mich, sie hatte das Kleid zu Ihrem Namenstag an."

„Ein reizendes Muster, so einfach und doch elegant; ich hätte den Stoff für mich selbst genommen, wenn sie nicht den gleichen gehabt hätte. Ähnlich wie Warenkas Kleid. So hübsch und dabei billig."

„So, jetzt scheint sie fertig zu sein", sagte Dolly, indem sie die Geleemasse vom Löffel abrinnen ließ.

„Fertig ist sie, wenn sich kleine Kringel bilden. Kochen Sie noch ein Weilchen, Agafja Michailowna."

„Nein, diese Fliegen!" rief Agafja Michailowna wütend. „Dicker wird sie nicht mehr", fügte sie dann hinzu.

„Ach, wie allerliebst er aussieht! Scheucht ihn nicht auf!" sagte plötzlich Kitty und zeigte auf einen Sperling, der sich auf das Terrassengeländer gesetzt hatte, den Stengel einer Himbeere hin und her drehte und an ihm herumpickte.

„Ja, aber du solltest dich vom Kohlenbecken weiter weghalten", riet ihr die Mutter.

„A propos de Warenka", sagte Kitty auf französisch. Sie unterhielten sich die ganze Zeit auf französisch, weil Agafja Michailowna nicht verstehen sollte, was gesprochen wurde. „Ich habe so eine Vorahnung, maman, daß heute die Entscheidung fällt. Sie wissen schon, was ich meine. Wie schön wäre es!"

„Es ist wirklich erstaunlich, was für eine meisterhafte Ehestifterin sie ist!" sagte Dolly. „Wie geschickt und unauffällig sie die beiden zusammengeführt …"

„Nun, maman, sagen Sie doch, was Sie davon halten!"

„Was soll ich schon davon halten? Er" (sie meinte Sergej Iwanowitsch) „hätte schon immer eine der besten Partien in ganz Rußland machen können; jetzt ist er nicht mehr der Jüngste, aber auch heute noch, das weiß ich, würden viele bei einem Antrag von ihm gern zugreifen … Gewiß, sie ist sehr lieb, aber er könnte …"

„Nein, maman, bedenken Sie doch nur, was alles dafür spricht, daß dies sowohl für ihn als auch für sie die allerbeste Partie wäre.

Erstens ist sie bildhübsch", sagte Kitty und bog einen Finger ein.
„Sie gefällt ihm sehr gut, das stimmt", bekräftigte Dolly.
„Weiter: Er nimmt in der Welt eine solche Stellung ein, daß für ihn weder Vermögen noch die gesellschaftliche Stellung seiner künftigen Frau ausschlaggebend sein können. Was er braucht, ist nur das eine: eine gute, liebe Frau, eine ruhige."
„Ja, Ruhe würde er bei ihr finden", stimmte Dolly zu.
„Drittens kommt es darauf an, daß sie ihn liebt. Und das trifft auch zu – das heißt, es wäre so schön, wenn es so wäre! Ich warte nur, daß sie aus dem Walde zurückkommen, dann wird alles klar sein. Ich werde es gleich ihren Augen ablesen. Ach, ich wäre ja so froh! Was meinst du, Dolly?"
„Reg dich doch nicht so auf!" sagte die Mutter. „Für dich ist jede Aufregung schädlich."
„Ich rege mich ja gar nicht auf, Mama. Ich meine nur, daß er heute um sie anhalten wird."
„Ach ja, es ist doch ein seltsames Gefühl, wenn ein Mann einem seinen Antrag macht... Vorher hat es so etwas wie eine Schranke gegeben, die dann plötzlich zusammenbricht", sagte Dolly mit einem versonnenen Lächeln, während sie sich daran erinnerte, wie es einst mit Stepan Arkadjitsch gewesen war.
„Mama, wie hat denn Papa um Sie angehalten?" fragte Kitty unvermittelt.
„Nun, auf keine außergewöhnliche Art, ganz einfach", antwortete die Fürstin, deren Gesicht sich immerhin in der Erinnerung an jene Stunde verklärte.
„Nein, sagen Sie doch genauer, wie es war. Sie haben ihn doch schon geliebt, bevor Sie sich mit ihm aussprechen durften?"
Für Kitty bestand ein besonderer Reiz darin, daß sie mit der Mutter jetzt wie eine Gleichgestellte über Fragen sprechen konnte, die im Leben einer Frau den ersten Platz einnehmen.
„Natürlich habe ich ihn geliebt; er verkehrte bei uns auf dem Gut."
„Aber wie kam es denn zur Entscheidung? Erzählen Sie doch, Mama!"
„Du meinst wohl, ihr hättet euch etwas ganz Neues ausgedacht? Es war, wie es immer ist: Man verständigte sich durch die Augen, durch ein Lächeln..."
„Wie treffend Sie das gesagt haben, Mama!" pflichtete Dolly der Mutter bei. „Ja, durch die Augen, durch ein Lächeln..."
„Aber wie hat er es denn in Worten ausgedrückt?"
„Wie hat sich denn Kostja dir gegenüber ausgedrückt?"
„Er schrieb es mit Kreide auf. Das war wunderschön ... Wie lange scheint das schon zurückzuliegen!" sagte sie.

Und die drei Frauen hingen eine Weile alle den gleichen Gedanken nach. Kitty brach als erste das Schweigen. Sie hatte sich des ganzen, ihrer Heirat vorausgegangenen Winters und ihrer damaligen Schwärmerei für Wronski erinnert.

„Das einzige, was mir zu denken gibt, ist Warenkas frühere Liebe", sagte sie, durch ihre eigenen Erinnerungen ganz natürlich darauf gebracht. „Ich wollte schon mit Sergej Iwanowitsch sprechen, ihn ein wenig vorbereiten. Die Männer sind ja alle so furchtbar empfindlich, was unsere Vergangenheit betrifft."

„Nicht alle", warf Dolly ein. „Du urteilst nach deinem Mann. Ihn quält noch immer die Erinnerung an Wronski. Nicht wahr, so ist es doch?"

„Ja, so ist es", bestätigte Kitty mit einem versonnenen Lächeln in den Augen.

„Ich verstehe nur nicht, inwiefern er etwas gegen deine Vergangenheit einwenden kann", glaubte sich die Fürstin als Hüterin des Rufs ihrer Tochter verteidigen zu müssen. „Daß Wronski dir den Hof gemacht hat? So etwas kommt bei jedem jungen Mädchen vor."

„Davon ist doch jetzt gar nicht die Rede", sagte Kitty und wurde rot.

„Nein, erlaube mal", fuhr die Mutter fort. „Du hast dich doch selbst dagegen verwahrt, daß ich mit Wronski spreche. Erinnerst du dich?"

„Ach, Mama!" sagte Kitty gequält.

„Heutzutage lassen sich ja die Töchter nichts sagen ... Aber deine Beziehungen zu ihm konnten gar nicht die zulässigen Grenzen überschreiten; sonst hätte ich ihn selbst zur Rede gestellt. Übrigens ist es nicht gut für dich, mein Kind, wenn du dich aufregst. Denke bitte daran und beruhige dich."

„Ich bin ganz ruhig, maman."

„Zu welch einem Glück hat doch die damalige Ankunft Annas für Kitty geführt, und zu welch einem Unglück für sie selbst", sagte Dolly. „Alles ist gerade umgekehrt gekommen", fügte sie, von ihrem eigenen Gedankengang betroffen, hinzu. „Anna war damals so glücklich, und Kitty fühlte sich so unglücklich. Und jetzt ist es gerade umgekehrt. Ich muß so oft an sie denken."

„Da hast du dir die Rechte ausgesucht! Sie ist eine nichtswürdige, abscheuliche Person ohne Herz", hielt ihr die Mutter vor, die es nicht verschmerzen konnte, daß Kitty nicht Wronski, sondern Lewin geheiratet hatte.

„Was für ein Gefallen findet ihr nur daran, davon zu sprechen", sagte Kitty verstimmt. „Ich denke nicht mehr daran und will nicht daran denken... Ich will nicht daran denken", wiederholte sie und horchte zugleich auf, als sie auf den zur Terrasse heraufführenden Stufen die vertrauten Schritte ihres Mannes vernahm.

„Was ist es denn, woran du nicht denken willst?" fragte Lewin beim Betreten der Terrasse.

Aber niemand antwortete ihm, und er unterließ es, seine Frage zu wiederholen.

„Es tut mir leid, daß ich euch in eurem Frauenreich aufgescheucht habe", sagte er, indem er sich mißmutig im Kreise umsah und merkte, daß von etwas gesprochen worden war, wovon man in seinem Beisein nicht gesprochen hätte.

Für eine Sekunde fühlte er sich mit Agafja Michailowna einig, sowohl in der Unzufriedenheit mit dieser Art, Himbeeren ohne Wasser einzukochen, als auch überhaupt mit dem ganzen fremden Stscherbazkischen Einfluß. Doch dann lächelte er und trat auf Kitty zu.

„Nun, wie fühlst du dich?" fragte er und sah sie dabei so besorgt-prüfend an, wie es jetzt alle im Umgang mit ihr taten.

„Danke, ausgezeichnet", antwortete Kitty lächelnd. „Und wie war es mit den neuen Wagen?"

„Ja, man kann dreimal mehr aufladen als auf die alten Fuhrwerke... Wollen wir jetzt die Kinder abholen? Ich habe schon anspannen lassen."

„Willst du Kitty wirklich im Kremser fahren lassen?" fragte die Fürstin vorwurfsvoll.

„Wir können ja ganz langsam fahren, Fürstin."

Lewin nannte die Fürstin nie maman, wie es sonst zwischen Schwiegersöhnen und Schwiegermüttern üblich war, und das ärgerte die Fürstin. Aber ungeachtet seiner Liebe und Verehrung für die Fürstin brachte er es nicht über sich, sie so zu nennen, weil er das Gefühl hatte, damit das Andenken an seine verstorbene Mutter zu verletzen.

„Kommen Sie doch mit uns mit, maman", schlug Kitty vor.

„Ich habe keine Lust, all diese Unbesonnenheiten mit anzusehen."

„Nun, dann werde ich zu Fuß gehen. Das ist ja gesund für mich." Kitty stand auf, ging auf ihren Mann zu und nahm seinen Arm.

„Gesund wohl, aber alles in Maßen", bemerkte die Fürstin.

„Nun, Agafja Michailowna, ist die Konfitüre fertig?" wandte sich Lewin, in dem Wunsche, sie aufzuheitern, an die Alte. „Ist sie auf die neue Art gut gelungen?"

„Muß wohl gut sein. Wir würden sagen, zu sehr zerkocht."

„So hält sie sich besser, Agafja Michailowna, sie säuert nicht; unser Eis ist ja schon aufgetaut, und wir können sie nirgends kühl aufbewahren", sagte Kitty, die die Absicht ihres Mannes sofort erkannt hatte und sich aus den gleichen Beweggründen an die Alte wandte. „Übrigens sind Ihre Marinaden so gut gelungen, daß Mama sagt, sie hätte noch nie so gute gegessen", fügte sie lächelnd hinzu und rückte Agafja Michailownas Kopftuch zurecht.

Agafja Michailowna sah Kitty vorwurfsvoll an.

„Sie brauchen mich nicht zu trösten, gnädige Frau. Allein schon wenn ich Sie zusammen mit ihm sehe, wird mir wohl ums Herz", erklärte sie, wobei es Kitty besonders rührte, daß sie diesmal einfach „mit ihm" sagte anstatt „mit dem gnädigen Herrn".

„Kommen Sie mit, Agafja Michailowna, Sie können uns die Stellen zeigen, wo man die meisten Pilze findet!" Aber Agafja Michailowna schüttelte lächelnd den Kopf, als wollte sie sagen: Man möchte Ihnen böse sein, aber man kann es nicht.

„Befolgen Sie bitte meinen Rat", sagte die alte Fürstin. „Legen Sie auf das Eingemachte ein Blatt Papier und benetzen Sie es mit Rum; dann bildet sich auch ohne Eis kein Schimmel."

3

Kitty freute sich besonders über die Gelegenheit, mit ihrem Mann unter vier Augen zu sein, weil sie den Schatten bemerkt hatte, der über sein alle Eindrücke stets so lebhaft widerspiegelndes Gesicht gehuscht war, als er beim Betreten der Terrasse auf seine Frage, worüber man gesprochen habe, keine Antwort erhalten hatte.

Als sie jetzt den anderen vorausgingen und auf die glattgefahrene, staubige und mit verstreuten Roggenähren und Körnern bedeckte Landstraße kamen, wo sie vom Hause aus nicht mehr zu sehen waren, stützte sie sich fester auf seinen Arm und drückte ihn an sich. Er hatte jene momentane Verstimmung bereits vergessen und genoß jetzt beim Alleinsein mit ihr, während er ununterbrochen an ihre Schwangerschaft dachte, mit einem ihm noch neuen, beglückenden und jeder Sinnlichkeit baren Gefühl die Nähe der geliebten Frau. Zu besprechen hatten sie nichts, aber er wollte den Klang ihrer Stimme hören, die sich ebenso wie ihr Blick durch die Schwangerschaft verändert hatte. Ihre Stimme und auch ihr Blick hatten jenen milden Ernst an sich, der Menschen eigen ist, die unablässig und konzentriert mit einem ihnen lieben Gedanken beschäftigt sind.

„Wirst du auch nicht müde? Stütze dich fester auf meinen Arm", sagte er.

„Nein, ich freue mich so, mit dir allein zu sein, und so gern ich auch mit den anderen zusammen bin, muß ich doch sagen, daß ich manchmal mit Wehmut an die trauten Winterabende zurückdenke, die wir allein, unter uns, verbracht haben."

„Damals war es schön, jetzt ist es schön, immer ist es schön."

„Weißt du, wovon wir sprachen, als du hinzukamst?"

„Vom Eingemachten?"

„Ja, auch vom Eingemachten; aber dann sprachen wir darüber, wie Heiratsanträge gemacht werden."

„Ach so!" sagte Lewin, der mehr auf den Klang ihrer Stimme hörte als auf die Worte, die sie sagte; er achtete die ganze Zeit auf den jetzt durch Wald führenden Weg und umging alle Stellen, an denen Kitty möglicherweise stolpern könnte.

„Und auch über Sergej Iwanowitsch und Warenka", fuhr sie fort.

„Hast du etwas bemerkt? Ich würde mich so freuen, wenn etwas daraus wird. Was hältst du denn davon?" fragte sie und blickte ihm ins Gesicht.

„Ich weiß nicht recht, was ich davon halten soll", antwortete Lewin lächelnd. „In dieser Hinsicht ist mir Sergej immer unverständlich gewesen. Ich habe dir doch erzählt ..."

„Ja, daß er ein junges Mädchen geliebt hat, das dann gestorben ist ..."

„Damals war ich noch ein Kind, ich weiß davon nur vom Hörensagen. Aber ich erinnere mich seiner aus jener Zeit. Er war ungemein lieb. Doch seitdem habe ich ihn oft im Umgang mit Frauen beobachtet; er ist zu ihnen liebenswürdig, und manche gefallen ihm auch, aber man hat das Gefühl, daß sie für ihn einfach Menschen sind und nicht Frauen."

„Ja, aber jetzt mit Warenka ... Es scheint doch, daß er für sie ..."

„Vielleicht ist es so ... Aber man muß ihn kennen ... Er ist ein besonderer, ein außergewöhnlicher Mensch. Er geht ganz in seinem geistigen Leben auf. Er ist ein zu reiner und hochsinniger Mensch."

„Nun, das ist doch nichts, was ihn herabsetzt."

„Nein, aber er ist so daran gewöhnt, ein ausschließlich geistiges Leben zu führen, daß er sich mit der Wirklichkeit nicht abfinden kann. Und Warenka ist doch immerhin Wirklichkeit."

Lewin war es schon zur Gewohnheit geworden, seine Gedanken freimütig auszusprechen, ohne sich die Mühe zu machen, nach den passenden Ausdrücken zu suchen; er wußte, daß seine Frau in solchen von Liebe erfüllten Augenblicken wie jetzt auch schon aus einer bloßen Andeutung verstehen würde, was er sagen wollte. Und sie hatte ihn auch verstanden.

„Ja, aber sie ist nicht in dem Sinne Wirklichkeit wie ich; ich verstehe sehr gut, daß er sich in mich nie verlieben würde. Aber Warenka ist sehr durchgeistigt und …"

„Da irrst du, er hat dich sehr lieb, und ich freue mich immer, zu sehen, wie meine Angehörigen dich lieben."

„Ja er ist lieb zu mir, aber doch …"

„Aber doch nicht so wie der verstorbene Nikolenka", vollendete Lewin den Satz. „Ihr hattet einander richtig ins Herz geschlossen … Warum sollten wir nicht von ihm sprechen?" fügte er hinzu. „Ich mache mir ohnehin manchmal Vorwürfe, daß es schließlich dazu kommen wird, daß er ganz in Vergessenheit gerät. Ach, was war er doch für ein schrecklicher und zugleich prächtiger Mensch! … Ja, worüber hatten wir gesprochen?" fragte er nach kurzem Schweigen.

„Du meintest, er könnte sich nicht verlieben", legte Kitty die Worte ihres Mannes in ihrer Sprache aus.

„Daß er sich nicht verlieben könnte, will ich nicht sagen", antwortete Lewin lächelnd. „Aber ihm fehlt jene Schwäche, die dazu nötig ist … Ich habe ihn deswegen immer beneidet und beneide ihn auch jetzt noch, obwohl ich so glücklich bin."

„Du beneidest ihn darum, daß er sich nicht verlieben kann?"

„Ich beneide ihn, weil er besser ist als ich", antwortete Lewin lächelnd. „Sergej lebt nicht für sich selbst. Er hat sein ganzes Leben der Pflicht untergeordnet. Und darum kann er ruhig und zufrieden sein."

„Und du?" fragte Kitty mit einem zärtlich-spöttischen Lächeln.

Sie wäre nie imstande gewesen, den Gedankengang, der ihr Lächeln hervorgerufen hatte, in Worte zu kleiden; aber sein Ausgangspunkt lag darin, daß sie ihren Mann nicht für aufrichtig hielt, wenn er so bewundernd von seinem Bruder sprach und sich selbst herabsetzte. Kitty wußte, daß diese Unaufrichtigkeit von der Liebe zu seinem Bruder eingegeben war, von dem Gefühl, daß er sich wegen seines allzu großen Glücks Vorwürfe machen müsse, und vor allem von seinem unentwegten Bestreben, sich zu bessern; sie liebte das an ihm, und daher lächelte sie.

„Und du?" fragte sie noch einmal mit demselben Lächeln. „Womit bist du unzufrieden?"

Ihr Zweifel an seiner Unzufriedenheit mit sich selbst freute ihn, und unbewußt forderte er sie dazu heraus, sich über die Gründe ihres Zweifels auszusprechen.

„Ich bin glücklich, aber ich bin unzufrieden mit mir selbst", sagte er.

„Wie kannst du unzufrieden sein, wenn du glücklich bist?"

„Wie soll ich es dir erklären? … Ich habe im Grunde meines Herzens keinen anderen Wunsch als den, daß du nicht stolpern mögest … Paß auf, du darfst doch nicht so springen!“ unterbrach er seine Erklärungen mit einem Vorwurf, weil sie mit einer zu schnellen Bewegung über einen auf dem Wege liegenden Ast gestiegen war. „Doch wenn ich über mich selbst nachdenke und mich mit anderen vergleiche, insbesondere mit meinem Bruder, dann erkenne ich, daß ich schlecht bin.“

„Inwiefern denn?“ fragte Kitty, unverändert lächelnd. „Schaffst du nicht auch für andere? Gilt deine Arbeit auf den Vorwerken, in der Wirtschaft, an deinem Buch denn gar nichts?“

„Nein, ich fühle gerade in diesem Augenblick besonders deutlich, daß du der Grund dafür bist, daß meine Arbeit nicht Hand und nicht Fuß hat“, sagte er und drückte ihren Arm an sich. „Ich verrichte sie leichthin, nebenher gewissermaßen. Ja, wenn ich meine Tätigkeit so lieben könnte, wie ich dich liebe … Aber so erledige ich alles wie eine vorgeschriebene Aufgabe.“

„Was sagst du dann zu Papa?“ fragte Kitty. „Ist er etwa auch schlecht, weil er nichts für die Allgemeinheit getan hat?“

„Dein Vater? Nein, der ist nicht schlecht. Doch dazu muß man einen so schlichten, abgeklärten und gütigen Charakter haben wie er – und den habe ich nicht. Ich schaffe nichts und leide darunter. Und das rührt alles von dir her. Als du noch nicht da warst und es das da noch nicht gab“, sagte er mit einem unmißverständlichen Blick auf ihren Leib, „da habe ich mich mit meiner ganzen Kraft der Arbeit gewidmet. Aber jetzt kann ich das nicht und habe ein schlechtes Gewissen; ich erledige eben alles wie eine vorgeschriebene Aufgabe, ich mache mir was vor …“

„Nun, würdest du denn mit Sergej Iwanowitsch tauschen wollen?“ fragte Kitty. „Möchtest du für die Allgemeinheit wirken wie er, und würdest du dann diese vorgeschriebene Aufgabe lieben und dich damit zufriedengeben?“

„Das natürlich nicht“, antwortete Lewin. „Übrigens bin ich so glücklich, daß sich in meinem Kopf einfach alles verwirrt … Glaubst du denn, daß er ihr heute einen Antrag machen wird?“ fügte er nach kurzem Schweigen hinzu.

„Mal glaube ich es, mal nicht. Ich möchte es aber schrecklich gern. Warte mal …“ Sie bückte sich und pflückte am Rande des Weges eine Maßliebchenblüte. „So, jetzt zähl mal ab, ob er den Antrag machen wird oder nicht“, sagte sie und reichte ihn das Blümchen hin.

„Er wird, wird nicht …“, murmelte Lewin, indes er nacheinander die schmalen, gerippten weißen Blütenblättchen abzupfte.

„Halt, halt!“ Kitty packte ihn am Arm und verfolgte gespannt die Bewegungen seiner Finger. „Du hast zwei auf einmal abgerissen!“

„Dafür zählt dieses kleine nicht mit“, sagte Lewin, indem er ein kurzes, nicht ausgewachsenes Blättchen abzupfte. „Da kommt auch schon der Kremser."

„Bist du auch nicht müde, Kitty?" rief die Fürstin.

„Nicht im geringsten."

„Sonst kannst du ja mitfahren, wenn die Pferde friedlich sind und im Schritt gehen."

Doch es lohnte nicht mehr, in den Wagen zu steigen. Es war nicht mehr weit, und den Rest des Weges gingen alle zu Fuß.

4

Mit ihrem weißen Tuch über dem schwarzen Haar, umringt von den Kindern, mit denen sie sich gutmütig und fröhlich abgab, und sichtlich erregt durch die möglicherweise bevorstehende Aussprache mit einem ihr sehr zusagenden Mann, sah Warenka ungemein anziehend aus. Sergej Iwanowitsch ging neben ihr und betrachtete sie die ganze Zeit mit Wohlgefallen. Während ihm bei ihrem Anblick all die netten Bemerkungen einfielen, die er von ihr gehört hatte, und all das Gute, was er von ihr wußte, kam er immer mehr zu der Erkenntnis, daß das, was er für sie empfand, ein besonderes Gefühl war, wie er es ähnlich nur ein einziges Mal vor langer, langer Zeit, in seiner frühen Jugend, empfunden hatte. Das beglückende Gefühl ihrer Nähe steigerte sich immer mehr und erreichte einen solchen Grad, daß er jetzt, als er ihr einen von ihm gefundenen riesengroßen, dünnstieligen Birkenpilz mit gewölbtem Rand ins Körbchen legte und dabei einen Blick in ihre Augen warf und die Röte bemerkte, die ihr freudig erregtes Gesicht überzog, selbst verlegen wurde und sie mit einem Lächeln ansah, das eine allzu deutliche Sprache sprach.

Wenn es so steht, sagte er sich, muß ich es mir überlegen, bevor ich mich entscheide, und darf mich nicht wie ein unreifer Jüngling von momentanen Empfindungen hinreißen lassen.

„Ich will jetzt mal gesondert von allen übrigen auf die Suche gehen, sonst sieht man gar nicht, was ich zur Gesamtmenge beigetragen habe", sagte er und wandte sich vom Waldrand, wo die Pilzsucher zwischen vereinzelt stehenden alten Birken auf dem niedrigen seidigen Grase umherstreiften, der Tiefe des Waldes zu, in der sich von den weißen Birkenstämmen die grauen Stämme der Espen und das dunkle Gebüsch der Haselnußsträucher abhoben. Nachdem er etwa vierzig Schritte in den Wald hineingegangen war, blieb er hinter einem über und über mit rosaroten Kätzchen bedeckten Pfaffenhütchenstrauch stehen, wo er sicher war, von niemand gesehen zu werden. Ringsum herrschte lautlose Stille. Nur in den Kronen der Birken, unter denen er stand, summten wie ein Bienenschwarm unaufhörlich Fliegen, und von Zeit zu Zeit schallten die Stimmen der Kinder herüber. Plötzlich ertönte von dem nicht weit entfernten Waldrande her die Altstimme Warenkas, die nach Grischa rief, woraufhin auf dem Gesicht Sergej Iwanowitschs ein verklärtes Lächeln erschien. Als er sich bei diesem Lächeln ertappte und sich seiner Gemütsverfassung bewußt wurde, schüttelte er mißbilligend den Kopf, entnahm seinem Etui eine Zigarre und schickte sich an, sie anzuzünden. Eine ganze Weile bemühte er sich vergeblich, ein Streichhölzchen am Stamm einer Birke zu entzünden; das zarte Häutchen der weißen Rinde blieb am Phosphor kleben, und die Flamme erlosch immer gleich. Endlich hatte ein Hölzchen dennoch Feuer gefangen, und der duftende Zigarrenrauch zog sich wie eine wogende Decke in gleichsam vorgezeichneter Richtung über den Strauch hinweg zu den herabhängenden Zweigen einer Birke hin. Sergej Iwanowitsch verfolgte mit den Augen den Rauchstreifen und ging, über seine Lage nachdenkend, mit langsamen Schritten auf und ab.

Warum auch nicht? sagte er sich. Wenn es nur eine momentane Aufwallung der Leidenschaft wäre, wenn ich das Gefühl hätte, daß diese Zuneigung, diese auf Gegenseitigkeit beruhende Zuneigung (ja, ich kann ruhig sagen – auf Gegenseitigkeit) zwar vorhanden ist, ja, wenn ich mir sagen müßte, daß ich, indem ich dieser Zuneigung nachgebe, meiner Berufung und Pflicht untreu würde – aber das ist ja nicht der Fall. Das einzige, was sich dagegen sagen ließe, wäre nur, daß ich mir, als ich Marie verlor, gelobt habe, ihrem Andenken treu zu bleiben. Das ist der einzige Einwand, den ich gegen mein Gefühl erheben kann ... Und der ist wichtig, sagte er sich und fühlte zugleich, daß dieses Moment für ihn persönlich keinerlei wichtige Folgen haben konnte, sondern allenfalls nur in den Augen anderer den Nimbus seiner romantischen Rolle zerstören würde. Aber abgesehen hiervon kann ich, soviel ich auch suchen mag, nichts finden, was sich gegen mein Gefühl einwenden läßt. Wenn ich mich nur von Vernunftgründen leiten ließe, könnte ich nichts Besseres finden.

Soweit er in seinem Gedächtnis auch all die Frauen und jungen Mädchen durchging, die er kannte, vermochte er sich auf keine zu besinnen, in der sich in so hohem Grade gerade alle jene Eigenschaften vereinigt hätten, die er sich bei nüchternen Erwägungen immer für seine Frau gewünscht hatte. Sie besaß den ganzen Liebreiz und die Frische der Jugend, aber sie war kein Kind, und wenn sie ihn liebte, dann tat sie es bewußt, wie eine Frau lieben muß; das war eins. Zum anderen: sie stand dem gesellschaftlichen Leben nicht nur fern, sondern hatte offenbar sogar eine Abneigung gegen die Gesellschaft, kannte aber zugleich die Welt und beherrschte alle jene Umgangsformen, ohne die für ihn eine Lebensgefährtin undenkbar war. Drittens: sie war religiös, aber sie war nicht auf kindliche, instinktive Art religiös und gütig wie etwa Kitty, sondern ihr ganzes Leben beruhte auf religiösen Überzeugungen. Selbst in Nebensächlichkeiten fand Sergej Iwanowitsch in ihr alle Bedingungen erfüllt, die er sich für seine Frau wünschte: Sie war arm und ohne Anhang, so daß sie nicht eine ganze Menge Verwandter und deren Einfluß ins Haus des Mannes mit sich brächte, wie er es am Beispiel Kittys sah, sondern sie würde alles ihrem Manne zu verdanken haben, was er sich für sein künftiges Familienleben auch immer gewünscht hatte. Und dieses junge Mädchen, das in sich alle diese Eigenschaften vereinigte, liebte ihn. Er war nicht eingebildet, doch dies konnte er nicht übersehen. Und er liebte sie ebenfalls. Ein Umstand gab zu denken: sein Alter. Aber er war von langlebigem Schlag; er hatte kein einziges graues Haar, so daß ihn niemand auf vierzig schätzte, und er erinnerte sich zudem, daß ihm Warenka erzählt hatte, nur in Rußland hielten sich die Menschen schon mit fünfzig Jahren für alt, während in Frankreich ein Fünfzigjähriger als ein Mann dans la force de l'âge und ein Vierzigjähriger als un jeune homme gelte. Und was besagte auch schon das Alter, wenn er sich mit dem Herzen noch ebenso jung fühlte wie vor zwanzig Jahren! War es etwa nicht ein jugendliches Gefühl, das er jetzt empfand, als er von der anderen Seite wieder zum Waldrand kam und im hellen Schein der schrägen Sonnenstrahlen die graziöse Gestalt Warenkas erblickte, die in ihrem gelben Kleid mit einem Körbchen in der Hand leichten Schrittes an einer alten Birke vorüberging, und sich dieses Bild mit dem Entzücken verschmolz, das ihn beim Anblick des gelben, von schrägen Sonnenstrahlen überfluteten Haferfeldes ergriff, hinter dem sich ein alter, von gelben Tupfen durchsetzter Wald hinzog und als blasser Streifen in der Ferne verschwamm? Sein Herz preßte sich vor Freude zusammen. Ein Gefühl der Rührung bemächtigte sich seiner. Er fühlte, daß die Entscheidung gefallen war. Warenka, die eben niedergehockt war, um einen Pilz zu pflücken, stand mit einer geschmeidigen Bewegung auf und blickte sich um. Sergej Iwanowitsch warf die Zigarre weg und ging mit entschlossenen Schritten auf sie zu.

Warwara Andrejewna, als ich noch jung war, habe ich mir ein Idealbild der Frau entworfen, die ich liebgewinnen könnte und die ich mich glücklich schätzen würde, meine Frau zu nennen. Jetzt habe ich ein langes Leben hinter mir und bin in Ihnen zum erstenmal dem begegnet, was ich suchte. Ich liebe Sie und trage Ihnen meine Hand an.

Diese Worte schwebten Sergej Iwanowitsch auf der Zunge, als er sich Warenka bereits bis auf zehn Schritte genähert hatte. Warenka, die sich niedergekniet hatte und mit den Händen einen Pilz vor Grischa schützte, rief nach der kleinen Mascha.

„Hierher, hierher, ihr Kleinen! Hier gibt es viele!“ rief sie mit ihrer schönen tiefen Stimme.

Als sie Sergej Iwanowitsch kommen sah, stand sie nicht auf und änderte auch nicht ihre Stellung; aber er erkannte an allem, daß sie sein Näherkommen spürte und sich darüber freute.

„Nun, haben Sie welche gefunden?“ fragte sie und wandte ihm ihr schönes Gesicht zu, das ihm unter dem weißen Kopftuch sanft entgegenlächelte.

„Nicht einen einzigen. Und Sie?“

Sie war mit den Kindern beschäftigt, die sie umringten, und kam nicht dazu, ihm zu antworten.

„Hier ist noch einer, unter dem Zweig!“ sagte sie und wies die kleine Mascha auf einen kleinen Täubling hin, dessen pralles rosa Hütchen unter einem trockenen Grashalm hervorquoll, der es in der Mitte durchschnitten hatte. Sie stand auf, während Mascha den Täubling aufhob, der, als sie ihn anfaßte, in zwei Teile zerfiel. „Das erinnert mich so an meine eigene Kindheit“, sagte sie, während sie sich mit Sergej Iwanowitsch von den Kindern entfernte.

Eine Weile gingen sie schweigend nebeneinander. Warenka merkte, daß er etwas sagen wollte; sie ahnte, was es war, und das Herz stockte ihr vor Aufregung und banger Freude. Sie hatten sich jetzt so weit von den anderen entfernt, daß niemand sie hören konnte, aber er sagte immer noch nichts. Warenka hätte besser getan zu schweigen. Nach einem Schweigen wäre der Übergang zu dem, was sie einander zu sagen hatten, leichter gewesen als nach einem Gespräch über Pilze. Doch unbeabsichtigt, gleichsam in Gedanken, sagte sie:

„Sie haben also nichts gefunden? Ja, im Innern des Waldes gibt es gewöhnlich weniger.“

Sergej Iwanowitsch seufzte und antwortete nichts. Es verstimmte ihn, daß sie wieder über Pilze zu sprechen begann. Er wollte sie auf ihre ersten Worte zurückbringen, die sich auf ihre

Kindheit bezogen hatten; aber gegen seinen eigenen Willen ging er nach kurzem Schweigen dennoch auf ihre letzten Worte ein:

„Ich habe nur gehört, daß Steinpilze vornehmlich am Waldrande wachsen, aber ich weiß nicht einmal, wie man sie von anderen unterscheidet."

Es vergingen wieder einige Minuten, und sie hatten sich noch weiter von den Kindern entfernt und waren jetzt ganz allein. Warenka, deren Herz so heftig schlug, daß sie sein Klopfen hörte, fühlte, daß sie nacheinander rot, blaß und wiederum rot wurde.

Die Frau eines Mannes wie Kosnyschew zu werden, schien ihr, wenn sie an ihre frühere Stellung bei Frau Stahl dachte, der Gipfel des Glücks zu sein. Überdies glaubte sie fast mit Bestimmtheit, ihn zu lieben. Und nun sollte sich alles entscheiden! Ihr war angst und bange zumute. Mit Bangen wartete sie darauf, was er sagen, und mit Bangen auch darauf, was unausgesprochen bleiben würde.

Jetzt oder nie mußte er sich erklären; das fühlte auch Sergej Iwanowitsch. In allem – in ihrem Blick, in den geröteten Wangen, in den zu Boden geschlagenen Augen – verriet sich die fieberhafte Erwartung Warenkas. Sergej Iwanowitsch sah dies, und sie tat ihm leid. Er fühlte sogar, daß es für sie eine Beleidigung sein mußte, wenn er jetzt nichts sagte. Er überlegte in Gedanken schnell noch einmal alles, was dafür und was dagegen sprach. Er rief sich auch die Worte ins Gedächtnis, mit denen er seinen Antrag vorbringen wollte; doch statt dieser Worte sagte er aus einer ihm unversehens durch den Kopf gehenden Erwägung heraus:

„Wodurch unterscheiden sich eigentlich Steinpilze von Birkenpilzen?"

Warenkas Lippen zitterten, als sie antwortete:

„Sie haben fast den gleichen Hut, nur die Stiele sind verschieden."

Und sobald diese Worte gesprochen waren, fühlten beide, er und auch sie, daß alles aus war, daß das, was gesagt werden müßte, ungesagt bleiben würde – und beider Aufregung, die vorher den höchsten Grad erreicht hatte, ebbte langsam ab.

„Hier, der Stiel eines solchen Birkenpilzes erinnert an die Gesichtshaut eines seit zwei Tagen nicht rasierten Mannes", sagte, nunmehr schon ruhig, Sergej Iwanowitsch.

„Ja, da haben Sie recht", stimmte Warenka lächelnd zu. Sie hatten, ohne es zu merken, die Richtung ihrer Wanderung geändert und kamen wieder näher zu den Kindern heran. Warenka spürte einen Stich im Herzen und fühlte sich beschämt, doch zugleich auch erleichtert.

Nach Hause zurückgekehrt, überlegte sich Sergej Iwanowitsch

nochmals alle Umstände und kam zu dem Schluß, daß er in einem Irrtum befangen gewesen war. Er konnte es nicht über sich bringen, dem Andenken der verstorbenen Jugendfreundin untreu zu werden.

„Nicht so wild, Kinder, nicht so wild!“ rief Lewin sogar etwas unwillig und stellte sich schützend vor seine Frau, als die ganze Kinderschar laut jubelnd auf sie zugestürmt kam.

Nach den Kindern traten auch Sergej Iwanowitsch und Warenka aus dem Walde. Kitty brauchte Warenka nicht erst zu fragen; sie las es beiden aus dem gelassenen, leicht beschämten Ausdruck ihrer Gesichter ab, daß das, was sie sich so sehr gewünscht hatte, nicht in Erfüllung gegangen war.

„Nun, was ist daraus geworden?“ fragte sie ihr Mann auf dem Rückwege.

„Es klappt nicht“, antwortete Kitty mit einem Lächeln, wobei sie in Miene und Sprechweise sehr an ihren Vater erinnerte, was Lewin schon oft mit Vergnügen bemerkt hatte.

„Es klappt nicht?“

„Nein, wenn man es so macht“, sagte sie, indem sie die Hand ihres Mannes ergriff, sie an den Mund führte und mit geschlossenen Lippen berührte. „Als ob man einem Bischof die Hand küßt.“

„An wem liegt es denn, daß es nicht klappt?“ fragte er lachend.

„An allen beiden liegt es. Sieh mal, so muß man das anstellen ...“

„Dort kommen Leute gefahren ...“

„Macht nichts, die haben nichts gesehen.“

6

Während die Kinder beim Teetrinken waren, saßen die Erwachsenen auf dem Balkon und unterhielten sich so unbefangen, als ob nichts geschehen sei, obwohl alle, und insbesondere Sergej Iwanowitsch und Warenka, sehr wohl wußten, daß sich etwas wenn auch Unerfreuliches, so doch ungemein Wichtiges zugetragen hatte. Beiden war ungefähr so zumute wie einem Schüler, der bei der Prüfung durchgefallen ist und nun ein weiteres Jahr in derselben Klasse bleiben muß oder ganz von der Schule ausgeschlossen wird. Alle anderen Anwesenden, die ebenfalls ahnten, daß etwas vor sich gegangen war, sprachen geflissentlich über andere Dinge. Lewin und Kitty waren an diesem Abend im Bewußtsein ihrer Liebe besonders zärtlich zueinander. Sie hatten indessen das Gefühl, daß ihr so augenfälliges Liebesglück jene unter ihnen, die ein gleiches Glück anstrebten, es aber nicht zu erreichen verstanden, wehmütig stimmen müsse – und sie machten sich deswegen Gewissensbisse.

„Denkt daran, was ich sage: Alexander wird nicht kommen", sagte die Fürstin.

Mit dem Abendzug sollte Stepan Arkadjitsch eintreffen, und der alte Fürst hatte geschrieben, daß er vielleicht mitkommen werde.

„Ich weiß auch den Grund", fuhr die Fürstin fort. „Er meint, ein junges Paar müsse man in der ersten Zeit sich selbst überlassen."

„Nun, Papa hat das gründlich befolgt", bemerkte Kitty. „Er hat sich überhaupt noch nicht bei uns blicken lassen. Und was sind wir überhaupt für ein junges Paar? Alte Eheleute sind wir jetzt schon."

„Ja, aber wenn er nicht kommt, werde auch ich euch verlassen müssen, Kinder", sagte die Fürstin mit einem wehmütigen Seufzer.

„Aber wo denken Sie hin, Mama!" Sie wurde von beiden Töchtern bestürmt.

„Ja, überlegt nur, wie ihm dort zumute sein muß. Jetzt ist ja ..."

Die Stimme der alten Fürstin begann plötzlich zu zittern. Ihre Töchter schwiegen und sahen einander an. Mama findet doch immer etwas, sich traurig zu stimmen, besagte ihr Blick. Sie wußten nicht, wie sehr die Fürstin, obwohl sie sich bei der Tochter so wohl fühlte und auch überzeugt war, hier nötig zu sein, bei dem Gedanken an die Vereinsamung litt, in der sie und ihr Mann sich befanden, nachdem auch die letzte, besonders geliebte Tochter geheiratet hatte und das Haus verödet war.

„Wünschen Sie etwas, Agafja Michailowna?" unterbrach Kitty plötzlich das Schweigen und wandte sich zu der mit wichtiger, geheimnisvoller Miene dastehenden Agafja Michailowna um.

„Ja, das Abendessen ..."

„Nun schön", mischte sich Dolly ein, „dann geh du in die Küche und gib deine Anordnungen, und ich werde mit Grischa seine Aufgaben wiederholen. Heute hat er ohnehin noch nichts getan."

„Das ist doch meine Obliegenheit, Dolly! Ich gehe schon", sagte Lewin und sprang auf.

Grischa, der bereits das Gymnasium besuchte, war aufgegeben worden, in den Ferien das in der Schule durchgenommene Pensum zu wiederholen. Darja Alexandrowna, die ihrem Sohn schon in Moskau bei den Lateinaufgaben behilflich gewesen war und sich dabei auch selbst etwas mit dem Lateinischen vertraut gemacht hatte, hatte sich bei der Ankunft auf dem Gut fest vorgenommen, mit Grischa hier wenigstens einmal täglich die schwierigsten Aufgaben im Rechnen und im Latein zu rekapitulieren. Lewin hatte sich erboten, ihr diese Aufgabe abzunehmen. Doch als die Mutter einmal seinem Unterricht zugehört und bemerkt hatte, daß er dabei nach einer anderen Methode verfuhr als der Hauslehrer in Moskau, hatte sie ihm, um ihn nicht zu kränken, in möglichst schonender, aber doch entschiedener Weise eröffnet, daß es so nicht gehe; man müsse sich ans Buch halten, wie der Lehrer in Moskau, und sie wolle doch lieber wieder selbst mit Grischa arbeiten. Lewin, der sich einerseits über Stepan Arkadjitsch ärgerte, weil dieser den Sohn bei den Schularbeiten nicht selbst beaufsichtigte, sondern dies in seiner Sorglosigkeit der Mutter überließ, die nichts davon verstand, und andererseits über die Lehrer wütend war, weil sie die Kinder so schlecht unterrichteten, hatte seiner Schwägerin dennoch versprochen, künftig beim Unterricht in der von ihr gewünschten Weise zu verfahren. Aber da er nun bei der Weiterarbeit mit Grischa nicht so verfuhr, wie er selbst es für gut hielt, sondern sich streng an das Buch hielt, tat er es mit einer gewissen Unlust und vergaß oftmals die für den Unterricht festgesetzte Stunde. So war es auch heute gewesen.

„Nein, Dolly, bleib sitzen, ich gehe schon“, sagte er. „Wir werden alles der Reihe nach durchnehmen, wie es im Buche steht. Wenn Stiwa kommt und wir auf die Jagd gehen, werde ich sowieso ein paar Tage auslassen müssen.“

Und Lewin begab sich zu Grischa.

In gleicher Weise wurde Kitty von Warenka zurückgehalten, die es schon gelernt hatte, sich auch im glücklichen, wohlgeordneten Lewinschen Haushalt nützlich zu machen.

„Ich werde mich um das Abendessen kümmern, Sie können ruhig hierbleiben“, sagte sie und stand auf, um Agafja Michailowna zu begleiten.

„Ja, aber man wird wahrscheinlich keine Hühnchen aufgetrieben haben. Dann müssen wir welche von unseren ...“

„Ich werde alles mit Agafja Michailowna besprechen“, sagte Warenka und ging mit dieser hinaus.

„Was für ein nettes junges Mädchen!“ bemerkte die Fürstin.

„Nett ist gar kein Ausdruck, maman, sie ist einfach eine Perle, wie man so leicht keine zweite finden wird.“

„Sie erwarten heute also Stepan Arkadjitsch?“ fragte Sergej Iwanowitsch, der offenbar das Gespräch über Warenka nicht fortzusetzen wünschte. „Man kann sich schwer zwei Schwäger vorstellen, die einander weniger ähneln als diese beiden“, fuhr er mit einem feinen Lächeln fort. „Der eine ist wendig, geht ganz im gesellschaftlichen Leben auf und fühlt sich dabei wohl wie der Fisch im Wasser; der andere, unser Kostja, ist zwar lebhaft und ein reger Geist, der auf alles reagiert, aber sobald er in Gesellschaft kommt, erstarrt er oder zappelt hilflos wie ein Fisch auf dem Trokkenen."

„Ja, er ist oft unvernünftig", wandte sich die Fürstin an Sergej Iwanowitsch. „Ich hatte schon vor, gerade Sie zu bitten, einmal mit ihm darüber zu sprechen, daß sie" (sie zeigte auf Kitty) „unmöglich hierbleiben kann, sondern unbedingt nach Moskau kommen muß. Er meint, man könnte einen Arzt auch herkommen lassen ..."

„Maman, es wird alles Nötige geschehen, er ist mit allem einverstanden", sagte Kitty, die sich über ihre Mutter ärgerte, weil sie in dieser Sache Sergej Iwanowitsch zum Richter berief.

Mitten in diesem Gespräch hörte man von der Allee her das Schnaufen von Pferden und das Knirschen über den Kies rollender Räder.

Dolly war noch kaum dazu gekommen aufzustehen, um ihrem Mann entgegenzueilen, als von unten auch schon die Stimme Lewins ertönte, der aus dem Zimmer, in dem er mit Grischa arbeitete, durchs Fenster gesprungen war und Grischa vom Fensterbrett herabhob.

„Stiwa kommt!" rief er zum Balkon hinauf. „Wir haben alles geschafft, Dolly, sei unbesorgt!" fügte er hinzu und lief, leichtfüßig wie ein Junge, dem Wagen entgegen.

„Is, ea, id, eius, eius, eius!" schrie Grischa, während er die Allee hinuntergaloppierte.

„Es ist noch jemand mitgekommen. Wahrscheinlich Papa!" rief Lewin, der am Eingang zur Allee stehengeblieben war, zum Hause hinüber. „Kitty, komm nicht die steile Treppe herunter, geh von der Seite herum!"

In der Annahme, daß es sich bei dem zweiten Ankömmling um den alten Fürsten handelte, hatte sich Lewin indessen geirrt. Als er an den Wagen herankam, sah er, daß nicht sein Schwiegervater neben Stepan Arkadjitsch saß, sondern ein hübscher, stattlicher junger Mann in Schottenmütze mit lang über den Rücken hinunterhängenden Bändern. Es war Wassenka Weslowski, ein Vetter zweiten Grades seiner Frau, der in den Petersburger und Moskauer Salons eine glänzende Rolle spielte – ein famoser Bursche und leidenschaftlicher Jäger, wie ihn Stepan Arkadjitsch vorstellte. Ohne sich im geringsten durch die Enttäuschung beirren zu lassen, die er dadurch hervorrief, daß er an Stelle des alten Fürsten gekommen war, begrüßte er Lewin mit großer Lebhaftigkeit und erinnerte an ihre frühere Bekanntschaft; hierauf griff er Grischa unter die Arme und hob ihn über den von Stepan Arkadjitsch mitgebrachten Pointer hinweg in den Wagen.

Lewin stieg nicht in den Wagen ein, sondern folgte ihm zu Fuß. Es verstimmte ihn etwas, daß nicht der alte Fürst gekommen war, den er bei näherer Bekanntschaft immer mehr liebgewonnen hatte, sondern statt seiner der ihm völlig fremde und unerwünschte Wassenka Weslowski. Als Lewin vor der zur Haustür führenden Außentreppe anlangte, wo sich die ganze erregte Menge der Erwachsenen und Kinder versammelt hatte, und bemerkte, daß Wassenka Weslowski soeben Kitty mit besonders zärtlichem Gesichtsausdruck galant die Hand küßte, erschien er ihm erst recht fremd und unerwünscht.

„Wir sind ja Cousine und Cousin und überdies alte Bekannte", sagte Wassenka Weslowski, zu Lewin gewandt, und schüttelte ihm nochmals besonders kräftig die Hand.

„Nun, gibt's viel Wild?" wandte sich Stepan Arkadjitsch an Lewin, sobald er alle rundum begrüßt hatte. „Wir sind nämlich mit den mörderischsten Absichten gekommen ... Gewiß, maman, die beiden sind ja seitdem nicht wieder in Moskau gewesen. Hier, Tanja, das ist für dich! Und du hol mal das Paket, das hinten im Wagen liegt" – so sprach er nach allen Seiten. „Wie gut du dich erholt hast, Dollychen", sagte er zu seiner Frau, indes er noch einmal ihre Hand küßte, sie in seiner festhielt und mit der anderen von oben her tätschelte.

Lewin, der noch vor wenigen Minuten in bester Stimmung gewesen war, blickte jetzt mit finsterer Miene auf die ganze Gesellschaft und fand an jedem etwas auszusetzen.

Wen mag er wohl gestern mit diesen Lippen geküßt haben? dachte er bei sich, als er sah, wie zärtlich Stepan Arkadjitsch zu seiner Frau war. Er blickte Dolly an und war auch mit ihr unzufrieden.

Sie glaubt doch nicht an seine Liebe. Warum tut sie dann so erfreut? Es ist abstoßend! sagte er sich.

Er warf einen Blick auf die Fürstin, die ihm eben noch so lieb gewesen war – und ihm mißfiel die Art, wie sie, als ob sie bei sich zu Hause wäre, diesen Wassenka mit seinen Bändern willkommen hieß.

Selbst Sergej Iwanowitsch, der ebenfalls herausgekommen war, reizte Lewin durch die vorgegebene Liebenswürdigkeit, mit der er Stepan Arkadjitsch begrüßte, während er doch wußte, daß sein Bruder diesen nicht leiden konnte und keine hohe Meinung von ihm hatte.

Warenka endlich stieß ihn dadurch ab, daß sie diesem Herrn bei der Vorstellung mit der Miene einer sainte nitouche die Hand reichte, obwohl sie nur daran dachte, ob er vielleicht eine Partie für sie sei.

Am meisten aber reizte ihn Kitty; er ärgerte sich über sie, weil sie ganz auf den übermütigen Ton einging, mit dem dieser Herr seiner Ankunft auf dem Lande das Gepräge eines Feiertages für sich selbst und für alle anderen gab, und besonders unangenehm berührte ihn jenes eigentümliche Lächeln, mit dem sie jedes Lächeln seinerseits erwiderte.

Unter lebhaften Gesprächen begab sich die ganze Gesellschaft ins Haus.

Doch sobald alle Platz genommen hatten, machte Lewin kehrt und ging hinaus.

Kitty sah, daß ihr Mann aus irgendeinem Grunde verstimmt war. Sie paßte einen Augenblick ab, um ihm zu folgen und mit ihm unter vier Augen zu sprechen; aber er wich einem Gespräch aus und eilte mit der Bemerkung, daß er dringend im Büro zu tun habe, fort. Schon seit langem nicht mehr waren ihm die Erfordernisse der Wirtschaft so wichtig vorgekommen wie heute. Für diese Leute ist es immer Feiertag, dachte er. Aber hier gibt es nichts zu feiern, hier handelt es sich um Dinge, die nicht warten und ohne die man nicht leben kann.

7

Lewin kehrte erst ins Haus zurück, als man ihn zum Abendessen rufen ließ. Auf der Treppe traf er Kitty und Agafja Michailowna an, die darüber berieten, welche Weine man zum Abendessen wählen sollte.

„Ich verstehe nicht, warum ihr so viel fuss macht. Nehmt den, den wir gewöhnlich trinken."

„Nein, Stiwa mag den nicht … Warte doch, Kostja, was hast du denn?" rief Kitty ihm nach und suchte ihn einzuholen; aber er, erbittert wie er war, wartete nicht auf sie, sondern ging mit großen Schritten ins Speisezimmer und griff sofort in die lebhafte allgemeine Unterhaltung ein, die dort vornehmlich von Wassenka Weslowski und Stepan Arkadjitsch geführt wurde.

„Nun, wie ist es? Fahren wir morgen auf die Jagd?" fragte Stepan Arkadjitsch.

„Ach ja, lassen Sie uns doch fahren", fiel Weslowski ein und setzte sich, eins seiner dicken Beine überschlagend, seitlich auf einen Stuhl neben Lewin.

„Ich bin gern bereit. Sind Sie in diesem Jahr schon auf Jagd gewesen?" fragte Lewin Weslowski, während er aufmerksam auf dessen Bein blickte, mit jener erzwungenen Freundlichkeit, die Kitty an ihm so gut kannte und die so gar nicht zu ihm paßte. „Ob wir Sumpfschnepfen finden werden, weiß ich nicht, aber Bekassinen gibt es massenhaft. Nur müssen wir dann sehr zeitig aufbrechen. Werden Sie ausgeschlafen haben? Bist du nicht müde, Stiwa?"

„Ich und müde? Das kenne ich gar nicht. Meinetwegen brauchen wir überhaupt nicht schlafen zu gehen. Machen wir einen Nachtspaziergang!"

„Ja, wirklich, bleiben wir auf! Großartig!" stimmte Weslowski zu.

„Oh, das glauben wir schon, daß du die ganze Nacht durchhalten kannst und auch andere vom Schlaf abhältst", sagte Dolly zu ihrem Mann in jenem leicht ironischen Ton, den sie ihm gegenüber jetzt fast immer anschlug. „Dagegen finde ich, daß es jetzt schon Zeit ist, zu Bett zu gehen. Ich jedenfalls werde es tun, ich esse sowieso kein Abendbrot."

„Nein, Dollychen, bleib doch noch ein Weilchen", bat Stepan Arkadjitsch und ging um den langen Tisch, an dem gegessen wurde, zu seiner Frau herum. „Du weißt gar nicht, wieviel ich dir noch zu erzählen habe."

„Wahrscheinlich gar nichts."

„Denke nur, Weslowski ist bei Anna gewesen! Und er fährt auch noch einmal hin. Es sind ja im ganzen nur siebzig Werst von hier. Ich werde sie auch unbedingt besuchen. Weslowski, komm mal her!"

Weslowski kam zu den Damen herüber und setzte sich neben Kitty.

„Ach, erzählen Sie doch bitte! Sie sind bei ihr gewesen? Wie geht es ihr?" wandte sich Darja Alexandrowna an ihn.

Lewin, der am anderen Tischende sitzen geblieben war und sich ununterbrochen mit der Fürstin und Warenka unterhielt, entging es nicht, daß zwischen Stepan Arkadjitsch, Dolly, Kitty und Weslowski ein angeregtes, geheimnisvolles Gespräch im Gange war. Doch abgesehen von der geheimnisvollen Art, in der dieses Gespräch geführt wurde, bemerkte er auch die bewegte Anteilnahme seiner Frau, mit der sie dem lebhaft sprechenden Wassenka unverwandt in sein hübsches Gesicht blickte.

„Es ist bei ihnen alles sehr schön", erzählte Wassenka von seinem Besuch bei Wronski und Anna. „Im übrigen kann ich mir natürlich kein Urteil anmaßen, aber man fühlt sich in ihrem Hause durchaus wie in einer Familie."

„Was beabsichtigen sie denn weiter zu tun?"

„Zum Winter, glaube ich, wollen sie nach Moskau übersiedeln."

„Wie schön wäre es, wenn wir zusammen zu ihnen fahren könnten! Wann fährst du?" erkundigte sich Stepan Arkadjitsch bei Wassenka.

„Ich verbringe den Juli bei ihnen."

„Würdest du mitkommen?" fragte Stepan Arkadjitsch seine Frau.

„Ich hab es mir schon lange vorgenommen und werde sie unbedingt besuchen", antwortete Dolly. „Sie tut mir leid, ich kenne sie gut. Sie ist eine bewunderungswürdige Frau. Aber ich will allein hinfahren, wenn du wieder weg bist, dadurch bringe ich niemand in Verlegenheit. Ohne dich macht sich das sogar besser."

„Sehr schön", stimmte Stepan Arkadjitsch zu. „Und du, Kitty?"

„Ich? Wozu soll ich hinfahren?" fragte Kitty. Sie wurde über und über rot und blickte zu ihrem Mann hinüber.

„Ach, Sie kennen Anna Arkadjewna ebenfalls?" wandte sich Weslowski an Kitty. „Sie ist eine bezaubernde Frau."

„Ja, ich kenne sie", antwortete Kitty und errötete noch tiefer; sie stand auf und ging zu ihrem Mann.

„Du fährst also morgen auf die Jagd?" fragte sie ihn.

Seine Eifersucht, angestachelt besonders durch die Röte, die auf ihren Wangen während des Gespächs mit Weslowski erschienen war, hatte in diesen wenigen Minuten bereits ein bedenkliches Stadium erreicht. Als er jetzt hörte, wonach sie ihn fragte, deutete er es auf seine Weise. So unbegreiflich es ihm auch schien, wenn er nachträglich daran zurückdachte, war er in diesem Augenblick fest überzeugt, daß sie sich bei ihrer Frage, ob er zur Jagd fahre, nur dafür interessierte, ob er bereit sei, Wassenka Weslowski, in den sie sich seiner Ansicht nach schon verliebt hatte, dieses Vergnügen zu bereiten.

„Ja, ich werde fahren", antwortete er in einem unnatürlichen, ihn selbst abstoßenden Ton.

„Ach, bleibt doch lieber den morgigen Tag über noch hier, Dolly ist doch so lange nicht mit ihrem Mann zusammen gewesen; ihr könnt doch übermorgen fahren", schlug Kitty vor.

Nunmehr glaubte Lewin in den Worten seiner Frau folgenden Hintergedanken zu erkennen: Trenne mich nicht von *ihm*. Gegen deine Abwesenheit hätte ich nichts einzuwenden, aber beraube mich nicht der Gesellschaft dieses reizenden jungen Mannes.

„Nun, wenn du es willst, können wir ja morgen hierbleiben", sagte Lewin mit betonter Liebenswürdigkeit.

Wassenka, der nicht im geringsten ahnte, welches Unheil er durch seine Anwesenheit heraufbeschworen hatte, war ebenfalls von seinem Platz aufgestanden und Kitty, während er sie mit lächelndem, wohlgefälligem Blick betrachtete, gefolgt.

Lewin bemerkte diesen Blick. Er erbleichte und war ein paar Augenblicke lang außerstande zu atmen. Wie kann er sich unterstehen, meine Frau so anzusehen! dachte er wutentbrannt.

„Also bleibt es bei morgen? Ach ja, machen wir es doch!" sagte

Wassenka, indes er sich, seiner Gewohnheit gemäß wieder ein Bein überschlagend, auf einen Stuhl setzte.

Lewins Eifersucht steigerte sich immer mehr. Schon sah er sich als betrogenen Ehemann, der nur dazu gut ist, seiner Frau und deren Liebhaber die Bequemlichkeiten und Freuden des Lebens zu verschaffen. Nichtsdestoweniger behielt er die Rolle des gastfreundlichen Hausherrn bei und befragte Wassenka liebenswürdig nach seinen Jagden, nach seinem Gewehr und seinen Stiefeln; auch willigte er ein, morgen zur Jagd zu fahren.

Zu Lewins Glück beendete die alte Fürstin seine Selbstquälerei, indem sie aufstand, um zu Bett zu gehen, und Kitty riet, ein Gleiches zu tun. Doch auch hierbei ging es nicht ohne Kummer für Lewin ab. Als Wassenka der Hausfrau gute Nacht wünschte und ihr dabei wieder die Hand küssen wollte, wurde Kitty rot, entriß ihm (was ihr hinterher einen Vorwurf der Mutter eintrug) mit naiver Schroffheit ihre Hand und sagte:

„Das ist bei uns nicht üblich."

In Lewins Augen war seine Frau schuld, weil sie es überhaupt zu solchen Vertraulichkeiten hatte kommen lassen, und erst recht ärgerte er sich über sie, weil sie in so ungeschickter Weise zeigte, daß sie ihr mißfielen.

„Es ist eine wahre Sünde, jetzt schlafen zu gehen", sagte Stepan Arkadjitsch, der beim Abendessen mehrere Glas Wein getrunken hatte und dadurch heiter und poetisch gestimmt war, was so gut zu ihm paßte. „Sieh nur, Kitty", sagte er, auf den über den Linden aufsteigenden Mond zeigend, „welch ein berückendes Bild! Weslowski, jetzt ist die rechte Zeit zu einer Serenade ... Er hat nämlich", wandte er sich wieder an Kitty, „eine prachtvolle Stimme, wir haben uns unterwegs aufeinander eingesungen. Er hat wunderschöne Romanzen mitgebracht, auch zwei neue. Schön wär's, sie mal zusammen mit Warwara Andrejewna zu singen."

Nachdem sich alle zurückgezogen hatten, promenierten Stepan Arkadjitsch und Weslowski noch lange in der Allee und übten zweistimmig miteinander die neue Romanze ein.

Lewin, der im Schlafzimmer seiner Frau in einem Sessel saß und mit finsterem Gesicht auf die herüberschallenden Stimmen hörte, schwieg beharrlich auf Kittys Fragen, was mit ihm sei. Doch als sie schließlich von sich aus mit einem zaghaften Lächeln fragte, ob seine Verstimmung etwa mit Weslowski zusammenhänge, konnte er nicht mehr an sich halten und sagte ihr alles; und da das, was er ihr sagte, ihn selbst schmerzte, erzürnte es ihn noch mehr.

Er stand mit zusammengezogenen Brauen und schrecklich blitzenden Augen vor ihr und preßte seine starken Hände gegen die Brust, als spanne er seine ganze Kraft an, um sich zurückzuhalten. Der Ausdruck seines Gesichts wäre hart, ja sogar grausam zu nennen gewesen, wenn man ihm nicht auch sein eigenes Leid abgelesen hätte, das Kitty rührte. Seine Kinnbacken bebten, und seine Stimme drohte zu versagen.

„Du mußt nicht glauben, daß ich eifersüchtig bin – Eifersucht ist ein abscheuliches Wort. Ich kann nicht argwöhnisch sein, kann nicht glauben, daß ... Ich kann nicht ausdrücken, was ich fühle, aber es ist entsetzlich. Es ist nicht Eifersucht, aber ich bin verletzt und fühle mich gedemütigt, daß jemand es wagt, daß er sich für berechtigt hält, dich mit solchen Blicken anzusehen ..."

„Mit was für Blicken denn?" fragte Kitty, die bemüht war, sich möglichst gewissenhaft alle Gespräche und Situationen des heutigen Abends in allen Einzelheiten ins Gedächtnis zu rufen.

Im Grunde ihres Herzens mußte sie zugeben, daß es auch ihr merkwürdig vorgekommen war, als sich Weslowski zu ihr ans andere Tischende gesetzt hatte; doch das wagte sie nicht einmal sich selbst einzugestehen, und um so weniger konnte sie sich entschließen, es ihrem Mann zu sagen und damit dessen Qualen noch zu vergrößern.

„Und wer könnte an mir in meinem jetzigen Zustand schon etwas Anziehendes finden ...?"

„Ach!" rief er verzweifelt und griff sich an den Kopf. „Das hättest du nicht sagen sollen! Das heißt also, wenn du anziehend wärest, dann ..."

„Aber nein, Kostja, sei doch vernünftig, hör mich doch an!" sagte sie und sah ihn mit gequältem Gesichtsausdruck mitleidig an. „Wie kannst du nur so etwas denken? Wo mir doch alle gleichgültig sind, alle – ohne Ausnahme! Nun, ist es dein Wunsch, daß ich überhaupt mit niemand zusammenkomme?"

Im ersten Augenblick hatte sie seine Eifersucht gekränkt; sie ärgerte sich, daß ihr jedes Vergnügen, selbst das harmloseste, verwehrt sein sollte. Doch jetzt wäre sie gern bereit gewesen, nicht nur auf solche Nebensächlichkeiten zu verzichten, sondern Gott weiß was herzugeben, um ihn zu beruhigen und von seinen Qualen zu befreien.

„Du mußt bedenken, in welch furchtbarer und grotesker Lage ich mich dadurch befinde", fuhr er verzweifelt mit gedämpfter Stimme fort, „daß er Gast in meinem Hause ist und, abgesehen von seinem unziemlichen Wesen und dieser Art, ein Bein überzuschlagen, im Grunde genommen nichts Anstößiges getan hat. Er hält das für den feinsten Ton, und ich bin gezwungen, liebenswürdig zu ihm zu sein."

„Nein, du übertreibst, Kostja", sagte Kitty und freute sich im Grunde ihres Herzens über die Größe seiner Liebe zu ihr, die durch seine Eifersucht zum Ausdruck kam.

„Das allerschrecklichste aber ist, daß du immer die gleiche bist und daß gerade jetzt, wo ich dich wie eine Heilige verehre und wir so glücklich, so besonders glücklich waren, plötzlich dieser Hanswurst… nein, dieses Wort ist mir so entschlüpft, ich will ihn nicht verunglimpfen. Mit ihm habe ich nichts zu schaffen. Aber warum soll dadurch unser ganzes, unser gemeinsames Glück …"

„Weißt du, ich kann mir jetzt denken, was an allem schuld ist", unterbrach ihn Kitty.

„Was denn? Was denn?"

„Ich sah, wie du herüberblicktest, als wir uns bei Tische unterhielten."

„Nun ja! Und?" fragte Lewin in banger Erwartung.

Sie erzählte ihm, wovon die Rede gewesen war. Sie war, während sie davon berichtete, so aufgeregt, daß sie nur mühsam atmen konnte.

Lewin hörte eine Weile schweigend zu, blickte dann in ihr bleiches, verängstigtes Gesicht und griff sich plötzlich an den Kopf.

„Katja, ich habe dich gequält! Verzeih mir, mein Herzblatt! Es war ja Wahnsinn von mir! Ich selbst bin an allem schuld. Wie konnte ich mich nur ohne jeden Grund von einer solchen Verzweiflung übermannen lassen?"

„Du tust mir so leid."

„Ich dir? Mit mir hast du Mitleid? Ich habe mich ja wie ein Wahnsinniger benommen! Und wofür habe ich dich so gequält? Aber es ist schrecklich, wenn man sich vorstellt, daß jeder fremde Mensch unser Glück zerstören kann."

„Ja, das ist wirklich sehr traurig."

„Doch nun werde ich ihn dafür sogar überreden, den ganzen Sommer bei uns zu verbringen, und ihn mit Liebenswürdigkeiten überschütten", sagte Lewin und küßte ihr die Hände. „Du wirst schon sehen. Gleich morgen … Ja, morgen fahren wir dann zur Jagd."

8

Am nächsten Morgen, noch bevor sich die Damen erhoben hatten, standen vor dem Hausportal bereits die Fahrzeuge für die Jäger – ein leichter Jagdwagen und ein Bauernwagen – zur Abfahrt bereit, und Laska, die längst bemerkt hatte, daß es zur Jagd gehen sollte, und vom Gewinsel und Herumspringen schon müde geworden war, saß im Jagdwagen neben dem Kutscher und blickte ungeduldig und mißbilligend auf die Tür, in der die Jäger immer noch nicht erscheinen wollten. Als erster kam Wassenka Weslowski aus dem Hause, ausstaffiert mit neuen, hohen, bis zur Hälfte seiner kräftigen Oberschenkel hinaufreichenden Stiefeln, einer grünen Bluse, die mit einer neuen, noch nach Leder riechenden Patronentasche umgürtet war, und seiner bebänderten Mütze. Er hatte ein modernes englisches Gewehr ohne Schnallen und Riemen unter dem Arm. Laska lief auf ihn zu, sprang an ihm hoch und fragte ihn so auf ihre Art, ob nun wohl auch die anderen bald kämen; doch als sie von ihm hierauf keine Antwort erhielt, kehrte sie auf ihren Posten zurück und blieb, den Kopf zur Seite geneigt und eins der Ohren gespitzt, wieder regungslos sitzen. Endlich ging mit Gepolter die Tür auf, und herausgeflogen kam, springend und sich im Kreise drehend, Crack, der blaßgelbgescheckte Pointer Stepan Arkadjitschs, dem dieser selbst mit einem Gewehr in der Hand und einer Zigarre im Mund folgte. „Tout beau, tout beau, Crack!" rief Stepan Arkadjitsch liebevoll dem Hund zu, der an ihm hochgesprungen war, ihm die Pfoten auf Bauch und Brust legte und sich mit ihnen an die Jagdtasche anklammerte. Stepan Arkadjitsch hatte derbe Schuhe mit Fußlappen an, schäbige Hosen und einen kurzen Mantel. Als Kopfbedeckung diente ihm das Wrack eines Hutes, aber sein Gewehr neuester Konstruktion war ganz ausgezeichnet, und die Jagdtasche und Patronentasche waren zwar abgenutzt, doch von bester Güte.

Diese Vorliebe zünftiger Jäger, sich zur Jagd schäbig anzuziehen, dabei aber größten Wert auf eine erstklassige Jagdausrüstung zu legen, verstand Wassenka Weslowski noch nicht. Doch als er jetzt Stepan Arkadjitsch betrachtete, der in seinen Fußlappen, wohlgenährt und strahlend, mit der Eleganz und dem Gehabe eines großen Herrn vor ihm stand, beschloß er, sich zur nächsten Jagd unbedingt in gleicher Weise auszustatten.

„Nun, wo bleibt unser Hausherr?" wandte er sich an Stepan Arkadjitsch.

„Er kann sich nicht von seiner jungen Frau trennen", antwortete Stepan Arkadjitsch schmunzelnd.

„Ja, sie ist auch wirklich reizend."

„Er war schon fix und fertig. Sicherlich ist er noch einmal zu ihr gelaufen."

Stepan Arkadjitschs Vermutung traf zu. Lewin war nochmals zu seiner Frau geeilt, um sie ein weiteres Mal zu fragen, ob sie ihm seine gestrige Torheit auch wirklich verziehen habe, und um sie zu beschwören, ja recht vorsichtig zu sein. Vor allen Dingen möge sie sich von den Kindern fernhalten, die ihr leicht einen Stoß versetzen könnten. Außerdem mußte er sich von ihr nochmals versichern lassen, daß sie ihm seine zweitägige Abwesenheit nicht verübele, und schließlich wollte er sie bitten, ihm am Morgen des folgenden Tages unbedingt durch einen Reiter ein Briefchen zu schicken: Es brauchten ja nur zwei Worte zu sein, aber er würde dann wenigstens wissen, daß sie wohlauf sei.

Kitty fiel es wie immer schwer, sich für zwei Tage von ihrem Mann zu trennen; doch als sie jetzt seine lebhafte, in den Jagdstiefeln und der weißen Kittelbluse besonders groß wirkende Gestalt vor sich sah und seinem strahlenden Gesicht sein Jagdfieber anmerkte, vergaß sie angesichts seiner Freude ihren eigenen Verdruß und nahm fröhlich von ihm Abschied.

„Verzeihung, daß ich Sie warten ließ, meine Herren!" sagte Lewin, als er im Sturmschritt aus dem Hause kam. „Ist auch das Frühstück mitgenommen? Warum habt ihr den Fuchs rechts angespannt? Na, ist auch egal. Hör auf, Laska, setz dich!"

„Treib sie in die Hammelherde", wandte er sich an den Viehwärter, der an der Haustür auf ihn gewartet hatte und sich wegen der jungen Schöpse erkundigte. „Einen Augenblick, da kommt noch ein Übeltäter!"

Lewin sprang vom Wagen, in dem er bereits Platz genommen hatte, als er einen Zimmermann mit einem Längenmaß auf das Haus zukommen sah.

„Gestern bist du nicht ins Büro gekommen, und jetzt hältst du mich auf! Also was gibt's?"

„Genehmigen Sie, daß ich noch eine Biegung anbringe. Nur drei Stufen sind dazu nötig. Dann kommt sie genau hin. Es wird viel sicherer sein."

„Du hättest meine Anweisungen befolgen sollen", antwortete Lewin verärgert. „Ich habe dir gesagt, daß du zuerst die Wangenbretter anbringen und dann die Stufen einlassen sollst. Jetzt läßt es sich nicht mehr gutmachen. Zimmere, wie ich dir schon gesagt habe, eine neue."

Es handelte sich darum, daß der Zimmermann die Treppe für einen im Bau befindlichen Seitenflügel verdorben hatte, weil er sie nicht an dem für sie bestimmten Platz angefertigt und infolgedessen die Steigung außer acht gelassen hatte, so daß sich die Stufen durchweg als abschüssig erwiesen, als die Treppe an Ort und Stelle eingebaut werden sollte. Jetzt wollte der Zimmermann es bei derselben Treppe belassen und sie durch drei Stufen ergänzen.

„So wird sie viel besser sein."

„Ja, wo wird sie dann enden, wenn du drei Stufen hinzufügst?"

„Ich bitte Sie", sagte der Zimmermann mit einem nachsichtigen

Lächeln. „Genau an der richtigen Stelle wird sie enden. Sie fängt doch unten an, steigt immer höher und höher“, erklärte er mit anschaulichen Handbewegungen, „und kommt genau hin.“

„Durch die drei Stufen wird sie ja auch länger. Wo soll sie denn enden?“

„Wenn man berechnet, daß sie von unten anfängt, kommt sie genau hin“, beharrte der Zimmermann hartnäckig auf seinem Standpunkt.

„Gegen die Decke und dic Wand würde sie stoßen.“

„Aber ich bitte Sie. Sie fängt doch unten an. Dann steigt sie, steigt sie und kommt hin.“

Lewin nahm einen Ladestock und skizzierte ihm die Treppe auf dem staubigen Erdboden.

„Siehst du es nun?“

„Wie Sie befehlen“, sagte der Zimmermann, dessen Augen plötzlich aufleuchteten, nachdem er die Sache offenbar endlich begriffen hatte. „Dann werde ich wohl eine neue zimmern müssen.“

„Na also! Und halte dich an meine Anweisungen!“ rief Lewin ihm zu, indes er schon den Wagen bestieg. „Los! Halte die Hunde fest, Filipp!“

Nachdem Lewin jetzt aller Familien- und Wirtschaftssorgen ledig war, empfand er eine so starke Lebensfreude und erwartungsvolle Spannung, daß er nicht sprechen mochte. Außerdem war er von jener fieberhaften Erregung ergriffen, die bei jedem Jäger eintritt, wenn er sich dem Jagdrevier nähert. Wenn ihn jetzt etwas beschäftigte, war es lediglich der Gedanke daran, ob sie im Kolpensker Sumpf etwas finden würden, wie Laska die Konkurrenz gegen Crack bestehen und wie er selbst heute abschneiden würde. Wird er sich auch nicht vor dem neuen Gast blamieren? Ob ihn Oblonski womöglich bei der Jagdbeute übertreffen wird? – Solche Gedanken gingen ihm durch den Kopf.

Oblonski befand sich in ähnlicher Stimmung und war ebenfalls wortkarg. Einzig Wassenka Weslowski redete ununterbrochen fröhlich drauflos. Als Lewin jetzt sein Geplauder hörte, machte er sich Gewissensbisse bei dem Gedanken, wie unrecht er ihm gestern getan hatte. Wassenka schien ihm jetzt mit seiner Natürlichkeit, Gutmütigkeit und Fröhlichkeit ein wirklich liebenswerter junger Mann zu sein. Wenn er ihn in seiner Junggesellenzeit kennengelernt hätte, würde er sich gewiß mit ihm befreundet haben. Ein wenig unangenehm berührte ihn allerdings Wassenkas Auffassung vom Leben, das dieser für einen einzigen Feiertag zu halten schien, sowie dessen etwas aufdringliche Eleganz; er bildete sich offenbar sehr viel auf seine langen Fingernägel, auf seine Mütze und das entsprechende Drum und Dran ein. Doch hierüber konnte man angesichts seiner Gutmütigkeit und seiner anständigen Gesinnung hinwegsehen. Er war Lewin sympathisch, weil er eine gute Erziehung genossen hatte, im Französischen und Englischen eine tadellose Aussprache besaß und derselben Gesellschaftsschicht angehörte wie er selbst.

Wassenka fand großes Gefallen an dem linker Hand angespannten Donschen Steppenpferd. Er konnte es gar nicht genug bewundern.

„Wie schön muß es sein, auf einem solchen Pferd über die Steppe zu sprengen, nicht wahr? Finden Sie nicht auch?"

Er stellte sich unter einem Ritt auf einem Steppenpferd irgend etwas Verwegenes und Romantisches vor, irgend etwas Geheimnisvolles. Aber seine Naivität in Verbindung mit seinem hübschen Gesicht, seinem gewinnenden Lächeln und der Noblesse seiner Bewegungen nahm sehr für ihn ein. Sei es nun, daß Lewin Wassenkas Wesen an sich zusagte oder daß ihm daran lag, sein gestriges Unrecht wettzumachen, indem er alles schön an ihm fand – es war ihm jedenfalls angenehm, in seiner Gesellschaft zu sein.

Nachdem man drei Werst gefahren war, merkte Weslowski plötzlich, daß er weder seine Zigarrentasche noch seine Brieftasche bei sich hatte, und wußte nicht, ob er sie auf dem Tisch liegengelassen oder verloren hatte. Die Brieftasche enthielt dreihundertsiebzig Rubel, so daß man sich nicht ohne weiteres damit abfinden konnte.

„Wissen Sie was, Lewin? Ich werde auf dem Donschen Beipferd schnell mal zurückreiten. Das ist das allerbeste. Nicht wahr?" sagte er und schickte sich schon an, vom Wagen zu steigen.

„Das brauchen Sie nicht", antwortete Lewin, der Wassenkas Gewicht auf mindestens sechs Pud schätzte. „Ich werde den Kutscher schicken."

Der Kutscher ritt auf dem Seitenpferd zurück, und beim Weiterfahren mit den beiden anderen Pferden kutschierte Lewin selbst.

9

„Wie ist denn nun unser Operationsplan?" fragte Stepan Arkadjitsch. „Setz ihn mal genau auseinander."

„Ich habe mir folgenden Plan zurechtgelegt. Jetzt fahren wir bis Gwosdewo. Diesseits von Gwosdewo gibt es einen Sumpf mit Doppelschnepfen, und hinter Gwosdewo ziehen sich wundervolle Sümpfe hin, in denen es massenhaft Bekassinen und zum

Teil auch Doppelschnepfen gibt. Vorläufig ist es zu heiß, aber wir kommen am Spätnachmittag hin – es sind zwanzig Werst – und können abends noch auf Jagd gehen. Wir übernachten in Gwosdewo, und morgen nehmen wir uns dann die großen Sümpfe vor."

„Ist denn unterwegs gar nichts zu machen?"

„Das schon, doch es würde uns aufhalten, und es ist auch zu heiß. Es gibt zwei schöne Plätzchen, aber wir würden dort kaum etwas vorfinden."

Lewin hatte selbst große Lust, jene Plätzchen aufzusuchen; aber sie lagen nicht weit vom Hause entfernt, so daß er sie jederzeit erreichen konnte, und außerdem waren die Sümpfe dort klein und boten für drei Jäger nicht genügend Spielraum. Lewin griff daher zu Ausflüchten, indem er sagte, daß dort kaum etwas zu holen sein würde. Als sie an der betreffenden Stelle vorbeikamen, wollte er weiterfahren, aber das geübte Jägerauge Stepan Arkadjitschs hatte sogleich den vom Wege aus sichtbaren Sumpf erspäht.

„Sollten wir nicht doch mal abbiegen?" fragte er und zeigte in Richtung auf den kleinen Sumpf.

„Ach ja, bitte, Lewin! Es wäre so schön!" bat auch Wassenka Weslowski, und Lewin mußte wohl oder übel zustimmen.

Sie hatten kaum angehalten, als die Hunde auch schon, einander überholend, auf den Sumpf zugaloppierten.

„Crack! Laska!"

Die Hunde kehrten zurück.

„Zu dritt wäre es zu eng. Ich werde hier zurückbleiben", sagte Lewin, in der Hoffnung, daß die beiden nichts finden würden außer Kiebitzen, von denen ein Schwarm, der von den Hunden aufgescheucht war, jetzt in wiegendem Flug über den Sumpf kreiste und Jammerrufe ausstieß.

„Ach nein, kommen Sie doch mit, Lewin, wir wollen zusammen hingehen!" drängte Weslowski.

„Es ist wirklich zu eng. Laska, hierher! Laska! Einen zweiten Hund brauchen Sie doch nicht?"

Lewin blieb am Wagen zurück und blickte voller Neid den Jägern nach. Stepan Arkadjitsch und Weslowski streiften um den ganzen Sumpf herum, aber außer einem Wasserhuhn und Kiebitzen, von denen Wassenka einen erlegte, fanden sie nichts.

„Nun, jetzt sehen Sie wohl, daß ich Ihnen nichts vorenthalten wollte", sagte Lewin. „Es war nur ein Zeitverlust."

„Aber schön war es dennoch. Haben Sie gesehen?" fragte Wassenka Weslowski, als er, mit dem Gewehr und dem Kiebitz in der Hand, ungeschickt auf den Wagen kletterte. „Den habe ich doch fein getroffen? Nicht wahr? Kommen wir nun bald in die richtigen Jagdgründe?"

Plötzlich zogen die Pferde ruckartig an, Lewin stieß mit dem Kopf gegen den Lauf eines Gewehrs, und es erdröhnte ein Schuß. Der Schuß war in Wirklichkeit zuerst losgegangen, und dann erst war Lewin mit dem Kopf gegen den Gewehrlauf gestoßen, aber er selbst hatte das Empfinden, daß es umgekehrt gewesen sei. Der Sachverhalt bestand darin, daß Wassenka Weslowski beim Sichern des Gewehrs erst den einen Hahn entspannt und am andern noch den Finger gehalten hatte. Die Kugel war in die Erde gegangen, ohne daß jemand zu Schaden gekommen war. Stepan Arkadjitsch schüttelte den Kopf und lachte Weslowski vorwurfsvoll aus. Lewin selbst brachte es nicht übers Herz, ihm Vorwürfe zu machen. Erstens hätte jeder Vorwurf den Eindruck erweckt, als sei er durch die eben überstandene Gefahr und die auf Lewins Stirn inzwischen angeschwollene Beule hervorgerufen, und zweitens war Weslowski zunächst so ehrlich betrübt und lachte dann hinterher so herzlich und ansteckend über ihren gemeinsamen Schreck, daß man nicht umhinkonnte mitzulachen.

Als sie den zweiten Sumpf erreichten, der sich ziemlich lang hinzog, so daß ein Abstecher dorthin viel Zeit beanspruchen würde, trat Lewin wieder dafür ein weiterzufahren. Doch Weslowski stimmte ihn abermals um. Da der Sumpf schmal war, blieb Lewin als liebenswürdiger Gastgeber auch diesmal bei den Fahrzeugen zurück.

Sobald der Wagen gehalten hatte, stürmte Crack auf die aus dem Morast hervorragenden kleinen Erdhügel los. Wassenka Weslowski lief sofort dem Hunde nach. Noch ehe Stepan Arkadjitsch ihn eingeholt hatte, flatterte eine Doppelschnepfe auf. Weslowski schoß fehl, und die Schnepfe ließ sich auf einer noch nicht gemähten Wiese nieder. Stepan Arkadjitsch überließ Weslowski diese Schnepfe. Crack stöberte sie sogleich wieder auf und stellte sie, und als Weslowski sie nun erlegt hatte, kehrte er zu den Fahrzeugen zurück.

„Jetzt müssen Sie hin", sagte er zu Lewin. „Ich werde bei den Pferden bleiben."

In Lewin hatte sich allmählich der Jägerneid geregt. Er übergab Weslowski die Zügel und ging zum Sumpf.

Laska, die schon seit langem kläglich gewinselt und sich über die ungerechte Behandlung beklagt hatte, stürmte direkt auf die bemoosten, von Crack nicht abgesuchten Erdhügel zu, wo sich, wie Lewin wußte, gewöhnlich die meisten Schnepfen aufhielten.

Je mehr sich Laska nach und nach den ihr bekannten Hügeln näherte, um so gründlicher ging sie beim Suchen vor. Ein kleiner Sumpfvogel vermochte sie nur für einen kurzen Augenblick abzulenken. Sie beschrieb einen Kreis um die Hügel, begann einen zweiten, zuckte plötzlich zusammen und verharrte regungslos.

„Komm, Stiwa, komm!" rief Lewin Stepan Arkadjitsch zu und spürte, wie sein Herz heftiger zu schlagen begann. Als sei an seinem Ohr plötzlich so etwas wie ein Riegel zurückgeschoben, vernahm er mit seinem angespannten Gehör, jeden Maßstab für die Entfernung verlierend, alle Geräusche chaotisch, aber mit ungewöhnlicher Schärfe. Er hörte die Schritte Stepan Arkadjitschs und hielt sie für entferntes Pferdegetrappel; er trat auf einen Erdhügel und hielt das leise Geräusch, mit dem sich darauf ein Grasklumpen zusammen mit den Wurzeln ablöste, für den Flügelschlag einer Schnepfe. Hinter sich hörte er in einiger Entfernung so etwas wie ein Plätschern in Wasser, das er nicht zu deuten wußte.

Er suchte sich feste Stellen zum Auftreten aus und pirschte sich näher an den Hund heran.

„Faß!"

Nicht eine Schnepfe, wie er es erwartet hatte, sondern eine Bekassine flatterte unmittelbar vor dem Hund empor. Lewin legte das Gewehr an, doch in dem Augenblick, als er zielte, wurde jenes Geplätscher stärker, kam näher und verschmolz mit der Stimme Weslowskis, der irgend etwas ungewöhnlich laut rief. Lewin merkte, daß er auf die Bekassine entgegengesetzt ihrer Flugrichtung zielte, drückte aber trotzdem ab.

Nachdem er sich von seinem Fehlschuß überzeugt hatte, drehte er sich um und sah nun, daß sich die Pferde mit dem Wagen nicht mehr auf der Landstraße befanden, sondern im Sumpfgelände. Weslowski, der Lust bekommen hatte, der Jagd zuzusehen, war ins Sumpfgelände hineingefahren und mit den Pferden im Morast steckengeblieben.

„Teufel auch, was der alles anstellt!" murmelte Lewin vor sich hin, während er zu dem steckengebliebenen Wagen zurückging. „Warum sind Sie denn hier hereingefahren?" fragte er Weslowski kurz angebunden. Dann rief er den Kutscher hinzu und machte sich daran, die Pferde freizubekommen.

Lewin, der ohnehin verstimmt war, weil man ihn beim Abschuß gestört und seine Pferde in den Sumpf gelenkt hatte, ärgerte sich besonders darüber, daß er und der Kutscher jetzt, als die Pferde, um sie freizubekommen, ausgespannt werden mußten, weder von Stepan Arkadjitsch noch von Weslowski unterstützt wurden, da keiner von beiden auch nur die geringste Ahnung davon hatte, wie sich ein Pferdegeschirr zusammensetzt. Ohne auf Wassenkas Beteuerungen, daß es dort ganz trocken gewesen sei, mit einem Wort einzugehen, arbeitete Lewin mit dem Kutscher schweigend daran, die Pferde wieder flottzumachen. Doch als er, erhitzt von der Arbeit, dann sah, wie angestrengt und eifrig Weslowski den

Wagen an einem Kotflügel zog, so daß dieser sogar abbrach, machte sich Lewin Vorwürfe, daß er ihn unter der Nachwirkung seiner gestrigen Verstimmung allzu kurz abgefertigt habe, und bemühte sich, seine Schroffheit durch besondere Liebenswürdigkeit gutzumachen. Nachdem alles wieder in Ordnung gebracht war und die Fahrzeuge glücklich auf der Landstraße standen, ließ Lewin das Frühstück hervorholen.

„Bon appétit – bonne conscience! Ce poulet va tomber jusqu'au fond de mes bottes", zitierte Wassenka, inzwischen wieder guter Dinge geworden, eine französische scherzhafte Redensart, während er den Rest des zweiten Hühnchens verzehrte. „So, jetzt sind diese leidigen Zwischenfälle beendet, fortan wird alles glattgehen. Aber zur Abbüßung meiner Schuld muß ich jetzt auf dem Bock sitzen. Das ist nur gerecht. Wie? Nein, lassen Sie mich, ich werde den Automedon spielen. Sie sollen mal sehen, wie gut ich es schaffe!" sagte er und weigerte sich, die Zügel abzugeben, als Lewin ihn bat, sie dem Kutscher zu überlassen. „Ich muß doch meine Schuld wettmachen und sitze auf dem Bock ausgezeichnet." Und er fuhr los.

Lewin fürchtete ein wenig, daß Wassenka die Pferde überanstrengen werde, namentlich den linker Hand angespannten Fuchs, den er nicht zu zügeln verstand. Allmählich jedoch ließ er sich unwillkürlich von der guten Laune Weslowskis anstecken, der auf dem Bock während der ganzen Fahrt Romanzen sang, alle möglichen Geschichten erzählte oder durch anschauliche Gesten darstellte, wie man auf englische Art ein four in hand zu lenken habe. So legten nach dem Frühstück alle in bester Stimmung die Fahrt bis zum Sumpf von Gwosdewo zurück.

10

Wassenka hatte die Pferde so gehetzt, daß man im Sumpfgebiet früher als vorgesehen ankam, als es noch heiß war.

Nachdem die Jäger den eigentlichen Sumpf, das Hauptziel ihrer Fahrt, erreicht hatten, überlegte Lewin im stillen, wie er sich wohl Wassenka vom Halse halten könne, um bei der Jagd ungestört zu sein. Stepan Arkadjitsch schien sich dasselbe zu wünschen; Lewin sah ihm jene Besorgnis an, die jeder leidenschaftliche Jäger vor Beginn der Jagd empfindet und die sich in Oblonskis Gesicht durch einen gutmütig-listigen Ausdruck kundtat.

„Wie sollen wir uns nun verteilen? Das Gelände ist ausgezeichnet, wie ich sehe, da sind auch Habichte", sagte Stepan Arkadjitsch und zeigte auf zwei große, über dem Ried kreisende Vögel. „Wo sich Habichte zeigen, da gibt es sicherlich auch Wild."

„Also sehen Sie, meine Herren", erklärte Lewin, der mit ziemlich finsterem Gesicht seine Stiefel höher zog und die Zündhütchen seines Gewehrs prüfte. „Sehen Sie dieses Ried hier?" Er zeigte auf eine kleine Insel, die sich schwarzgrün in der riesigen, sich am rechten Flußufer erstreckenden, halb abgemähten Wiese abzeichnete. „Der Sumpf beginnt hier, unmittelbar vor uns, an diesen grünen Stellen. Von hier zieht er sich nach rechts hin, wo Sie die Pferde sehen; dort gibt es kleine Erdhügel, zwischen denen sich meist Schnepfen aufhalten. Und so geht es weiter um das ganze Ried herum bis zu jenem Erlengehölz und unmittelbar bis zur Mühle. Siehst du die Bucht dort? Das ist die beste Stelle. Dort habe ich schon mal siebzehn Bekassinen erledigt. Wir wollen uns mit je einem Hund trennen und kommen dann an der Mühle wieder zusammen."

„Wer soll dann rechts und wer nach links gehen?" fragte Stepan Arkadjitsch. „Rechts ist es breiter, da könnt ihr beide zu zweit gehen, und ich gehe dann nach links", fügte er, scheinbar gleichmütig, hinzu.

„Sehr schön! Wir werden das Rennen machen!" wandte sich Wassenka an Lewin. „Kommen Sie, kommen Sie!"

Lewin mußte wohl oder übel zustimmen, und sie machten sich auf den Weg.

Sobald sie den Sumpf betreten hatten, begannen beide Hunde zu schnuppern und schlugen gemeinsam die Richtung zu einer sich rostbraun abzeichnenden Lache ein. Lewin kannte an Laska diese vorsichtige, tastende Art, die Beute aufzuspüren; er kannte auch jene Stelle und erwartete, dort auf einen ganzen Schwarm Bekassinen zu stoßen.

„Weslowski, bleiben Sie an meiner Seite, dicht an meiner Seite!" raunte er seinem Gefährten zu, der hinter ihm durch den Sumpf patschte; eingedenk des unvermuteten Schusses am Kolpensker Sumpf interessierte er sich immerhin für die Richtung von Wassenkas Gewehr.

„Nein, ich möchte Sie nicht behindern. Sie brauchen sich um mich nicht zu kümmern", sagte Weslowski.

Doch Lewin wurde den Gedanken an ihn dennoch nicht los und erinnerte sich unwillkürlich der Ermahnung, mit der ihn Kitty beim Abschied entlassen hatte: „Seht nur zu, daß ihr euch nicht gegenseitig totschießt!" Die Hunde, von denen bald der eine, bald der andere voraus war und jeder seine eigene Spur verfolgte, näherten sich unterdessen immer mehr dem Ziel. Die Spannung, mit der Lewin auf das Aufflattern der Bekassinen wartete, war so groß, daß er den schmatzenden Laut, der beim Herausziehen seiner Stiefelabsätze aus dem Morast hörbar wurde, jedesmal für den Schrei einer Bekassine hielt und sein Gewehr schußbereit machte.

Piff! Paff! ertönte es dicht neben ihm. Wassenka hatte auf einen Schwarm Wildenten geschossen, der, über dem Sumpf kreisend, auf die Jäger zugeflogen kam, aber noch viel zu weit entfernt war. Lewin war noch nicht recht zur Besinnung gekommen, als zuerst eine Bekassine, dann eine zweite und dritte und schließlich noch etwa acht weitere kurz nacheinander mit einem glucksenden Laut aus dem Sumpf aufstiegen.

Stepan Arkadjitsch traf die erste Bekassine just in dem Augenblick, als sie im Begriff war, mit ihrem Zickzackflug zu beginnen; sie fiel wie ein Klumpen in den Morast. Dann zielte er, ohne sich zu überhasten, auf eine zweite, die, noch in geringer Höhe, auf das Ried zuflog, und zugleich mit der Detonation des Schusses fiel auch diese Bekassine zu Boden; Lewin sah, wie sie aus dem gemähten Teil der Wiese herausgehüpft kam und mit dem unversehrt gebliebenen, auf der Rückseite weißen Flügel um sich schlug.

Lewin war vom Glück weniger begünstigt. Er hatte auf eine der Bekassinen aus zu großer Nähe angelegt und vorbeigeschossen; und als er dann nochmals auf sie zielte, während sie bereits emporstieg, flatterte unmittelbar vor ihm eine weitere Bekassine auf, durch die er sich ablenken ließ, und es wurde wieder ein Fehlschuß.

Während die Jäger ihre Gewehre aufs neue luden, flatterte noch eine Bekassine empor, und Weslowski, der mit seinem Gewehr schon fertig war, ließ noch zwei Ladungen Feinschrot über das Wasser sausen. Stepan Arkadjitsch hob seine Bekassinen auf und blickte Lewin mit blitzenden Augen an.

„So, jetzt wollen wir uns aber trennen“, sagte Stepan Arkadjitsch; er pfiff seinem Hund und ging, das linke Bein leicht nachziehend und das Gewehr schußbereit in der Hand, auf der einen Seite weiter, während Lewin und Weslowski die andere Richtung einschlugen.

Wenn Lewin auf der Jagd die ersten Schüsse fehlgegangen waren, regte er sich gewöhnlich auf und ärgerte sich, woraufhin er dann den ganzen Tag schlecht schoß. So erging es ihm auch diesmal. Bekassinen gab es in großer Menge. Sie flogen bald unmittelbar vor den Hunden, bald vor den Jägern auf, und Lewin hätte sehr wohl die Möglichkeit gehabt, sein anfängliches Versagen wettzumachen; doch je häufiger er schoß, um so mehr blamierte er sich vor Weslowski, der unbekümmert drauflosfeuerte, nichts traf und sich dadurch nicht im geringsten beirren ließ. Lewin überhastete sich, war unbeherrscht, geriet immer mehr in Erregung und schoß schließlich fast ohne Hoffnung, daß er treffen werde. Laska schien das auch zu bemerken; ihr Eifer beim Suchen ließ nach, und sie blickte sich immer wieder, gleichsam erstaunt und vorwurfsvoll, zu den Jägern um. Ein Schuß folgte dem anderen. Rings um die Jäger war die Luft mit Pulverqualm erfüllt, während das große Netz der Lewinschen Jagdtasche erst drei kleine, leichte Bekassinen aufwies. Und auch diese waren nicht alle von Lewin erlegt, sondern eine von ihnen hatte Weslowski geschossen, und die zweite zählte als gemeinsame Beute. Von der anderen Seite des Sumpfes schallten indessen die nicht sehr häufigen, aber, wie es Lewin schien, treffsicheren Schüsse Stepan Arkadjitsch herüber, wobei fast nach jedem Schuß der Ruf ertönte: „Crack, Crack, apport!"

Hierdurch wurde die Erregung Lewins noch gesteigert. Über der sumpfigen Wiese flatterten unaufhörlich Bekassinen. Von allen Seiten hörte man die glucksenden Laute, mit denen sie aus dem Morast aufstiegen, sowie ihr Gekrächz in der Luft; bereits aufgestiegene Bekassinen ließen sich vor den Augen der Jäger wieder auf dem Boden nieder. Statt zweier Habichte kreisten jetzt Dutzende von ihnen kreischend über dem Sumpf.

Nachdem Lewin und Weslowski den größten Teil des Sumpfes durchstreift hatten, kamen sie zu der Stelle, wo der parzellierte Heuschlag der Bauern an den Sumpf grenzte; die länglichen Parzellen waren durch ausgetretene Linien oder ausgemähte Streifen abgezeichnet. Die Hälfte der Parzellen war bereits abgemäht.

Es bestand wenig Aussicht, auf dem ungemähten Gelände ebenso viele Bekassinen anzutreffen wie auf dem gemähten; aber da Lewin Stepan Arkadjitsch versprochen hatte, mit ihm am anderen Ende zusammenzutreffen, setzte er mit seinem Begleiter den Weg unterschiedslos über gemähte und ungemähte Teile der Wiese fort.

„Heda, ihr Jäger!" wurden sie von einem der Bauern angerufen, die neben einem ausgespannten Wagen saßen. „Kommt her, vespert mit uns! Trinkt mit uns einen Schluck!"

Lewin blickte sich um.

„Kommt nur, kommt!" rief ihnen ein bärtiger Bauer mit rotem Gesicht fröhlich zu, ließ lachend seine weißen Zähne sehen und hob eine grünliche, in der Sonne funkelnde Flasche in die Höhe.

„Qu'est ce qu'ils disent?" fragte Weslowski.

„Wir sollen mit ihnen Schnaps trinken. Wahrscheinlich haben sie gerade die Wiese aufgeteilt. Ein Schnäpschen wäre jetzt gar nicht übel", sagte Lewin nicht ohne Hintergedanken; er hoffte, daß die verlockende Aussicht auf Schnaps Weslowski bewegen werde, zu den Bauern zu gehen.

„Warum wollen sie uns denn bewirten?"

„Einfach so, sie sind in angeregter Stimmung. Gehen Sie getrost hin. Es wird Ihnen Spaß machen."

„Allons, c'est curieux!"

„Gehen Sie ruhig, den Weg zur Mühle werden Sie ja finden", rief ihm Lewin zu und sah, als er sich umblickte, zu seiner Freude, daß Weslowski tatsächlich dabei war, sich, vornüber gebeugt und vor Müdigkeit über seine eigenen Beine stolpernd, mit dem Gewehr in der ausgestreckten Hand, aus dem Sumpf hinauszuarbeiten, und auf die Bauern zuging.

„Komm du auch!" rief der Bauer zu Lewin hinüber. „Nur zu! Wirst von unserer Pastete kosten!"

Lewin verspürte große Lust, einen Schnaps zu trinken und ein Stück Brot zu essen. Er war erschöpft, es fiel ihm immer schwerer, die Füße aus dem Schlamm zu ziehen, und er blieb einen Augenblick unschlüssig stehen. Doch da sah er, daß sein Hund wieder stehenblieb. Im Nu war jede Müdigkeit verschwunden, und er watete durch den Sumpf mühelos zu dem Hund hin. Unmittelbar vor ihm flatterte eine Bekassine auf; er schoß und traf sie, aber der Hund rührte sich nicht vom Fleck und blieb auf Anstand. „Faß!" Vor dem Hund flatterte eine zweite Bekassine auf. Lewin schoß. Aber es war ein Unglückstag; er schoß vorbei, und als er sich nach der vorhin getroffenen Bekassine umsah, konnte er auch diese nicht mehr finden. Er suchte vergeblich die ganze Gegend ab, und als er Laska auf die Suche schickte, tat diese nur so, als ob sie suchte, während sie in Wirklichkeit nicht bei der Sache war; sie glaubte nicht, daß er getroffen habe.

Auch in Abwesenheit Wassenkas, dem Lewin die Schuld an seinem Mißgeschick zugeschrieben hatte, wurde nichts besser. Bekassinen gab es auch hier genug, doch Lewin tat einen Fehlschuß nach dem anderen.

Die schrägen Sonnenstrahlen sengten immer noch; seine von Schweiß durchnäßte Kleidung klebte am Körper; der mit Wasser vollgelaufene linke Stiefel war schwer und gluckste bei jedem Schritt; über sein vom Pulverqualm geschwärztes Gesicht rollten Schweißtropfen; im Munde hatte er einen bitteren Geschmack, in der Nase den Geruch nach Pulver und Morast, in den Ohren das unaufhörliche Glucksen der Bekassinen. Die Gewehrläufe hatten sich dermaßen erhitzt, daß man sie nicht berühren konnte, sein Herz klopfte in schnellen, kurzen Schlägen, und seine Hände zitterten vor Aufregung; mit den erschlafften Beinen strauchelnd, schleppte er sich mühsam über die Erdhügel und durch den

Sumpf; aber er ging immer noch weiter und hörte nicht auf zu schießen. Schließlich, nach einem besonders beschämenden Fehlschuß, warf er das Gewehr und seinen Hut auf den Boden.

Nein, ich muß zur Besinnung kommen! sagte er sich. Er hob das Gewehr und den Hut wieder auf, rief Laska heran und verließ den Sumpf. Aufs Trockene gekommen, setzte er sich auf einen Hügel, zog die Stiefel aus und goß das Wasser aus; dann ging er an den Sumpf, trank von dem nach Moder schmeckenden Wasser, befeuchtete die heiß gewordenen Gewehrläufe und wusch sich Gesicht und Hände. Nachdem er sich so erfrischt hatte, begab er sich zu der Stelle zurück, wo sich vorhin die Bekassine niedergelassen hatte, und war fest entschlossen, sich nicht aufzuregen.

Er bemühte sich, ruhig zu bleiben, aber es kam wieder so, wie es gewesen war. Noch bevor er einen Vogel richtig aufs Korn genommen hatte, drückte er mit dem Finger schon auf den Hahn. Alles mißlang, nichts wollte ihm glücken.

Als er den Sumpf verließ und auf das Erlengehölz zuging, an dem er sich mit Stepan Arkadjitsch treffen sollte, hatte er im ganzen fünf Bekassinen in der Jagdtasche.

Noch ehe er Stepan Arkadjitsch gewahr wurde, kam Crack, über und über mit stinkigem Sumpfschlamm bedeckt, unter dem aus der Erde herausragenden Wurzelwerk einer Erle hervorgesprungen und beschnüffelte Laska mit dem Gebaren eines Siegers. Nach Crack tauchte im Schatten der Erlen auch die stattliche Gestalt Stepan Arkadjitschs auf. Mit rotem, erhitztem Gesicht und aufgeknöpftem Kragen kam er, immer noch leicht hinkend, Lewin entgegen.

„Nun, wie war es? Ihr habt ja immerzu gefeuert“, wandte er sich mit einem vergnügten Lächeln an Lewin.

„Und bei dir?“ fragte Lewin.

Doch die Frage war eigentlich überflüssig, denn er sah bereits die gefüllte Jagdtasche.

„Es geht an.“

Er hatte vierzehn Vögel erlegt.

„Ein ausgezeichneter Sumpf! Dich hat sicherlich Weslowski behindert. Zwei Jäger und nur ein Hund, das ist nichts Rechtes“, sagte Stepan Arkadjitsch, um seinen Triumph zu mindern.

Als Lewin und Stepan Arkadjitsch in dem Hause des Bauern anlangten, bei dem Lewin in der Regel zum Übernachten einkehrte, trafen sie Weslowski dort bereits an. Er saß mitten in der Stube auf einer Bank und hielt sich mit beiden Händen an deren Rand fest, während sich ein Soldat, ein Bruder der Hausfrau, abmühte, ihm die schlammbedeckten Stiefel auszuziehen.

„Ich bin eben gekommen", begrüßte er die Eintretenden mit seinem fröhlichen, mitreißenden Lachen. „Ils ont été charmants. Denken Sie sich nur, sie haben mich mit Speise und Trank bewirtet! Ein Brot, sage ich Ihnen! Délicieux! Und der Schnaps – einen besseren habe ich noch nie getrunken! Aber Geld zu nehmen, lehnten sie rundweg ab. ‚Nimm fürlieb!' nötigten sie immer nur."

„Wie können sie denn Geld nehmen? Man hat Sie sozusagen gastlich aufgenommen. Sie handeln ja nicht mit Schnaps", sagte der Soldat, nachdem er ihm endlich den durchnäßten Stiefel zusammen mit dem geschwärzten Strumpf vom Fuß gezogen hatte.

Trotz der Unsauberkeit, die in der Stube durch die Stiefel der Jäger und die schmutzigen, sich beleckenden Hunde entstanden war, und ungeachtet des Geruchs nach Pulver und Moder, der sich im ganzen Raum verbreitet hatte, und des Fehlens von Messern und Gabeln tranken die Jäger den Tee und aßen sie das Abendbrot mit einem Appetit, wie man ihn nur auf der Jagd hat. Gewaschen und gesäubert begaben sie sich in die ausgefegte Heuscheune, in der die Kutscher für sie ein Nachtlager gerichtet hatten.

Obwohl es bereits auf die Nacht zuging, hatte keiner der Jäger Lust zu schlafen.

Nachdem man eine Weile Erinnerungen ausgetauscht und sich über den heutigen Jagdverlauf, die Hunde und frühere Jagden unterhalten hatte, kam das Gespräch auf ein alle interessierendes Thema. Angeregt durch die Begeisterung, mit der sich Wassenka immer wieder über die Reize dieses Nachtlagers und den Geruch des Heus äußerte sowie über den schönen Anblick eines „zerbrochenen" Kastenwagens (er hielt ihn für zerbrochen, weil das Vordergestell vom Wagen weggenommen worden war), über die Gutmütigkeit der Bauern, die ihn mit Schnaps traktiert hatten, und über die Hunde, von denen jeder zu Füßen seines Herrn lag, erzählte Oblonski von einer herrlichen Jagd, die er im vorigen Sommer bei Maltus mitgemacht hatte. Maltus war ein bekannter Unternehmer, der beim Bau von Eisenbahnen ein enormes Vermögen erworben hatte. Stepan Arkadjitsch berichtete nun von den großen Sümpfen, die Maltus im Gouvernement Twer aufgekauft hatte und mit großer Sorgfalt instand hielt, und schilderte, wie man die Jäger in eleganten Equipagen und Dogcarts gefahren und was für ein Frühstückszelt man an den Sümpfen errichtet hatte.

„Ich verstehe nicht", sagte Lewin, der sich auf seinem Heulager aufgerichtet hatte, „daß dir diese Leute nicht zuwider sind. Ich kann mir vorstellen, daß ein Frühstück mit einem Lafite dazu etwas sehr Angenehmes ist, aber mich würde gerade in diesem Falle ein so übertriebener Luxus abstoßen. Ähnlich wie unsere früheren Konzessionspächter verdienen alle diese Leute ihr Geld in einer Weise, durch die sie sich die allgemeine Verachtung zuziehen, über die sie sich zuerst hinwegsetzen und von der sie sich dann mit Hilfe des unehrenhaft erworbenen Gewinns loskaufen."

„Richtig!" fiel Wassenka Weslowski ein. „Sehr richtig! Oblonski läßt sich natürlich von seiner Bonhomie leiten, und die anderen berufen sich dann auf ihn: ‚Oblonski macht doch auch mit ...'"

„Nein, so ist es keineswegs", widersprach Stepan Arkadjitsch, und Lewin meinte herauszuhören, daß er dabei im Dunkeln lächelte. „Ich halte ihn einfach nicht für unehrenhafter als jeden beliebigen anderen von unseren reichen Kaufleuten und Adligen. Die einen wie die anderen haben ihren Wohlstand durch Arbeit und Verstand erworben."

„Ja, aber durch was für eine Arbeit? Ist es denn eine Arbeit, wenn jemand eine Konzession erwirbt und sie mit Gewinn weiterveräußert?"

„Selbstverständlich ist es eine Arbeit. Und insofern auch eine nützliche Arbeit, als es, wenn sich nicht dieser Maltus und andere seinesgleichen mit ihr befassen würden, auch keine Bahnen gäbe."

„Aber es ist doch keine solche Arbeit wie die eines Bauern oder eines Gelehrten."

„Zugegeben; aber es ist immerhin eine produktive Arbeit, weil ihre Ausübung einen Nutzen bringt: die Eisenbahnen. Du freilich bist ja der Ansicht, daß die Eisenbahnen unnötig sind."

„Nun, das ist eine andere Frage; ich will nicht bestreiten, daß sie nützlich sind. Aber jeder Gewinn, der ohne entsprechende Arbeitsleistung erzielt wird, ist unehrenhaft."

„Ja, wer soll denn darüber entscheiden, ob die Arbeitsleistung dem Gewinn entspricht oder nicht?"

„Gewinne, die auf unehrenhafte Weise, durch Machenschaften, erzielt werden", erklärte Lewin und fühlte schon, daß es ihm nicht gelingen werde, die Grenze zwischen ehrenhaft und unehrenhaft klar herauszuarbeiten, „sind zum Beispiel die Gewinne der Bankhäuser. Dieses Übel, ohne große Mühe riesige Vermögen zu erwerben, wie es bei der Verpachtung von Konzessionen möglich war, hat sich nur in der Form geändert. Le roi est mort, vive le roi! Kaum ist das Konzessionswesen abgeschafft, da hat man es mit den Eisenbahnen, mit Banken zu tun. Es ist die gleiche Art, ohne Mühe Geld zu verdienen."

„Ja, diese Ideen mögen vielleicht richtig und sehr scharfsinnig sein … Lieg ruhig, Crack!" rief Stepan Arkadjitsch seinem Hund zu, der sich kratzte und dabei das ganze Heu umwühlte. Er war offenbar von der Richtigkeit seines Standpunktes fest überzeugt und fuhr daher ruhig und ohne sich zu ereifern fort: „Aber du hast nicht gesagt, wo die Grenze zwischen ehrenhafter und unehrenhafter Arbeit zu ziehen ist. Daß ich ein höheres Gehalt beziehe als mein Bürovorsteher, obwohl er von der Sache mehr versteht als ich – ist das unehrenhaft?"

„Ich weiß es nicht."

„Nun, dann will ich es dir sagen. Daß du bei deiner Arbeit in der Wirtschaft – nun, sagen wir mal, fünftausend Rubel einnimmst, während sich ein Bauer, wie unser Wirt hier, noch soviel abmühen mag und doch nicht mehr als fünfzig Rubel erarbeiten wird, das ist genauso unehrenhaft wie der Umstand, daß ich mehr verdiene als der Bürovorsteher und Maltus mehr als ein Bahnmeister. Aber in der Gesellschaft steht man diesen Leuten, wie ich immer wieder sehe, sogar mit einer gewissen Feindseligkeit gegenüber, die durch nichts begründet ist, und ich glaube, daß dabei auch Neid …"

„Nein, da tun Sie der Gesellschaft unrecht", mischte sich Weslowski ein. „Neid kann nicht in Betracht kommen, denn der Sache haftet etwas Unsauberes an."

„Erlaube mal", nahm Lewin wieder das Wort. „Du sagst, es sei ungerecht, daß ich fünftausend Rubel einnehme und der Bauer nur fünfzig Rubel verdient – das stimmt. Ich empfinde es selbst als Ungerechtigkeit, aber …"

„Ja, wirklich, das ist wahr. Ist es denn in der Ordnung, daß Leute wie wir essen, trinken, auf die Jagd gehen und nichts weiter tun, während der Bauer tagein, tagaus von früh bis spät bei der Arbeit ist?" meinte Wassenka Weslowski, der sich offenbar zum erstenmal in seinem Leben ein klares Bild von diesen Dingen machte und daher aus voller Überzeugung sprach.

„Du empfindest es wohl, aber dein Gut trittst du ihm dennoch nicht ab", sagte Stepan Arkadjitsch zu Lewin, dem er anscheinend einen Stich versetzen wollte.

Zwischen den beiden Schwägern hatte sich in letzter Zeit eine gewisse verborgene Animosität herausgebildet; es war, als bestehe zwischen ihnen, seitdem sie mit zwei Schwestern verheiratet waren, eine Art Rivalität in der Frage, wer von ihnen sein Leben bes-

ser eingerichtet hatte, und diese Animosität äußerte sich auch jetzt in der persönlichen Zuspitzung, die ihr Gespräch anzunehmen begann.

„Ich trete es nicht ab, weil das niemand von mir verlangt; aber selbst wenn ich es wollte, ließe es sich nicht ausführen, weil niemand da ist, dem ich es abtreten könnte."

„Tritt es doch dem Bauern hier ab, er wird es nicht ablehnen."

„Ja, aber auf welche Weise sollte ich es ihm abtreten? Indem ich mit ihm in die Stadt fahre und einen Kaufvertrag mit ihm abschließe?"

„Das weiß ich nicht; aber wenn du überzeugt bist, daß du kein Recht hast ..."

„Davon bin ich gar nicht überzeugt. Im Gegenteil, ich halte mich nicht für berechtigt, es wegzugeben, weil ich Pflichten sowohl dem Grund und Boden wie auch meiner Familie gegenüber habe."

„Nein, erlaube mal. Wenn du meinst, daß diese Ungleichheit ungerecht ist, warum handelst du dann nicht so, daß ..."

„Ich tue es auch, aber in negativem Sinne, indem ich nichts unternehmen will, was den Unterschied zwischen meiner und ihrer Lage noch vergrößern würde."

„Nun, entschuldige schon, aber das ist paradox."

„Ja, das ist eine etwas sophistische Auslegung", bekräftigte Weslowski. „Ah! Unser Wirt", wandte er sich an den Bauern, der das knarrende Tor geöffnet hatte und in die Scheune kam. „Schläfst du noch nicht?"

„Wo ist an Schlaf zu denken! Ich habe gemeint, daß unsere Gäste schon schlafen, aber da höre ich eben, wie die Herren noch plaudern. Ich muß hier eine Sense holen. Beißt er nicht?" fragte er, mit seinen bloßen Füßen vorsichtig auftretend.

„Wo wirst du denn schlafen?"

„Wir müssen bei den Pferden auf der Weide bleiben."

„Ach, was ist das für eine wundervolle Nacht!" schwärmte Weslowski mit einem Blick auf das jetzt offenstehende, große Scheunentor, durch das man im fahlen Licht der Nacht eine Ecke des Bauernhauses und die ausgespannten Fahrzeuge sehen konnte. „Und hören Sie nur, da singen ja Frauenstimmen, und zwar gar nicht übel. Wer singt dort, Wirt?"

„Das sind die Gesindemägde von nebenan."

„Machen wir doch noch einen Spaziergang! Wir werden sowieso nicht einschlafen. Gehen wir, Oblonski!"

„Ja, wenn man einen Spaziergang machen könnte, ohne aufzustehen!" antwortete Oblonski und reckte sich. „Man liegt so gut."

„Nun, dann gehe ich eben allein", erklärte Weslowski, der jetzt schnell aufstand und seine Stiefel anzog. „Auf Wiedersehen, meine Herren! Wenn es schön ist, hole ich Sie noch. Sie haben mir das Jagdvergnügen bereitet, da werde ich Sie auch nicht vergessen."

„Nicht wahr, es ist doch ein netter Bursche", sagte Oblonski, als Weslowski gegangen war und der Bauer hinter ihm das Tor geschlossen hatte.

„Ja, er ist nett", antwortete Lewin, der noch über die eben besprochene Frage nachsann. Er meinte, seine Gedanken und die innere Einstellung hierzu, so gut er es konnte, klargestellt zu haben, und doch hatten die beiden anderen, kluge und aufrichtige Männer, übereinstimmend erklärt, daß er sich durch sophistische Formulierungen über die wahre Lage hinwegtäusche. Das irritierte ihn.

„Ja, ja, so ist es, mein Freund. Nur eins von beiden ist möglich: Entweder man sagt sich, daß die jetzige Gesellschaftsordnung gerecht sei, und steht dann für seine Rechte ein, oder man sieht ein, daß man ungerechtfertigte Vorzüge genießt, und nutzt sie, wie ich es tue, mit Vergnügen aus."

„Nein, wenn es eine Ungerechtigkeit wäre, könnte man diese Vorzüge nicht ruhig hinnehmen, wenigstens ich könnte es nicht. Ich muß vor allem das Bewußtsein haben, daß ich mir nichts zuschulden kommen lasse."

„Sollten wir nicht doch noch etwas ins Freie gehen?" schlug Stepan Arkadjitsch vor, den die Anspannung seines Geistes offensichtlich ermattet hatte. „Wir werden ja doch nicht einschlafen. Komm, gehen wir!"

Lewin antwortete nicht. Seine Äußerung von vorhin, daß er nur in negativem Sinne gerecht handele, beschäftigte ihn immer noch. Ist es wirklich so, daß man nur auf negative Weise gerecht sein kann? fragte er sich.

„Wie scharf doch frisches Heu riecht!" sagte Stepan Arkadjitsch und richtete sich auf seinem Lager auf. „Ich werde bestimmt nicht einschlafen. Wassenka hat dort irgend etwas ausgeheckt. Hörst du das Gelächter und seine Stimme? Wir wollen doch mal hingehen. Komm!"

„Nein, ich bleibe hier."

„Tust du das etwa auch aus Prinzip?" fragte Stepan Arkadjitsch lächelnd, während er im Dunkeln nach seiner Mütze suchte.

„Mit Prinzip hat das nichts zu tun; aber was sollte ich dort?"

„Weißt du, du bist auf dem besten Wege, dir das Leben schwer zu machen", sagte Stepan Arkadjitsch, der inzwischen seine Mütze gefunden hatte und aufstand.

„Wieso?"

„Ich sehe doch, in welches Verhältnis du dich zu deiner Frau gestellt hast. Wieviel Aufhebens habt ihr davon gemacht, ob du für zwei Tage zur Jagd fahren sollst oder nicht! Ein solches Idyll ist gewiß sehr schön, aber es reicht nicht für das ganze Leben aus. Ein Mann muß seine Selbständigkeit wahren, er hat als Mann seine eigenen Interessen. Ein Mann muß sich mannhaft zeigen", erklärte Oblonski und öffnete das Scheunentor.

„Wodurch?" fragte Lewin. „Indem er mit Gesindemägden anbändelt?"

„Warum auch nicht, wenn es Spaß macht? Ça ne tire pas à conséquence. Dem Wohlergehen meiner Frau tut es keinen Abbruch, wenn ich mich amüsiere. Die Hauptsache ist, daß das Heiligtum der Familie unangetastet bleibt. Zu Hause darf nichts vorkommen. Aber die Hände soll man sich nicht binden."

„Vielleicht", sagte Lewin kurz und drehte sich auf die andere Seite um. „Morgen gilt es früh aufzubrechen; ich werde euch nicht wecken, selbst aber beim ersten Morgengrauen losgehen."

„Messieurs, venez vite!" rief schon von weitem Weslowski, der zur Scheune zurückkehrte. „Charmante! Ich habe eine Entdekkung gemacht. Charmante, ein richtiges Gretchen, und wir haben auch schon Bekanntschaft geschlossen. Sie ist wirklich allerliebst!" sagte er anerkennend, in einem Ton, als sei dieses Gretchen eigens seinetwegen so schön erschaffen und er mit dem Schöpfer zufrieden, der sie für ihn mit solchem Liebreiz ausgestattet hatte.

Lewin stellte sich schlafend, während Oblonski seine Schuhe anzog, sich eine Zigarre anzündete und zu Weslowski hinausging, woraufhin bald nichts mehr von ihnen zu hören war.

Lewin konnte lange nicht einschlafen. Er hörte, wie seine Pferde unaufhörlich Heu kauten und wie nach einiger Zeit der Bauer, der mit seinem ältesten Sohn, einem jungen Burschen, die Nacht auf der Weide bei den Pferden zubringen wollte, die Vorkehrungen hierzu traf und wie sie dann losfuhren; hierauf hörte er, wie sich der Soldat mit seinem Neffen, dem kleinen Sohn des Bauern, auf der anderen Seite der Scheune zum Schlafen niederlegte und wie der kleine Junge mit dünnem Stimmchen über seine Eindrücke von den Hunden erzählte, die ihm ungeheuer groß und grimmig erschienen. Lewin hörte dann noch, wie der Junge danach fragte, auf wen die Hunde Jagd machen sollten, und wie der Soldat ihm mit heiserer, schlaftrunkener Stimme erklärte, daß die Jäger morgen in den Sumpf gehen und mit Gewehren schießen würden, und dann, um sich weiterer Fragen des Jungen zu erwehren, hinzufügte: „Schlaf jetzt, Waska, sonst werde ich böse", woraufhin er bald zu schnarchen begann und ringsum Stille eintrat; nur draußen war noch das Wiehern der Pferde und das Krächzen der Bekassinen zu hören. Wirklich nur negativ? ging es

Lewin wieder durch den Kopf. Und wenn es so ist? Ich bin nicht schuld, sagte er sich und wandte sich mit seinen Gedanken dem morgigen Tag zu.

Morgen werde ich in aller Frühe aufbrechen und alles tun, ruhig zu bleiben. Bekassinen gibt es in großer Menge. Doppelschnepfen sind auch da. Und wenn ich zurückkomme, werde ich ein Briefchen von Kitty vorfinden. Ja, Stiwa hat nicht ganz unrecht: Ich behaupte mich ihr gegenüber nicht genügend, ich bin verweichlicht, zuwenig Mann ... Aber so ist es eben! Wieder etwas Negatives!

Schon halb im Schlaf hörte er Gelächter und die fröhlichen Stimmen Weslowskis und Stepan Arkadjitschs. Er schlug für einen kurzen Moment die Augen auf: Der Mond war aufgegangen, und im geöffneten Tor, vom Mondschein umflutet, standen die beiden und unterhielten sich. Stepan Arkadjitsch sagte gerade etwas von der Frische eines Mädchens, das er mit einer frischen, eben aufgesprungenen Nuß verglich, und Weslowski erzählte, aus vollem Halse lachend, von einem Rat, den ihm anscheinend ein Bauer gegeben hatte: „Sieh nur zu, daß du dir bald eine eigene Frau anschaffst!" Lewin rief ihnen schlaftrunken zu: „Herrschaften, beim ersten Morgengrauen!" und schlief ein.

12

Am nächsten Morgen, nachdem Lewin in aller Frühe aufgewacht war, wollte er seine Gefährten wecken. Weslowski, der auf dem Bauch lag und ein Bein, das in einem Strumpf steckte, lang ausgestreckt hatte, schlief so fest, daß aus ihm kein Wort herauszubekommen war. Oblonski lehnte es durch ein schlaftrunkenes Gemurmel ab, schon so früh aufzubrechen. Selbst Laska, die zusammengeringelt am Rande des Heulagers geschlafen hatte, erhob sich nur träge und streckte, eins nach dem anderen, ihre Hinterbeine von sich. Lewin zog sich die Stiefel an, nahm ein Gewehr, öffnete möglichst geräuschlos das knarrende Scheunentor und trat ins Freie. Die Kutscher lagen schlafend neben den Fahrzeugen, und die Pferde dösten vor sich hin. Nur das eine von ihnen fraß ab und zu etwas von dem Hafer, es hatte die Schnauze in der Krippe und wühlte darin herum. Draußen herrschte noch Halbdunkel.

„Warum bist du denn so früh aufgestanden, mein Guter?" fragte ihn die aus dem Hause herauskommende Bäuerin in so zutraulichem Ton, als hätte sie einen guten, lieben Bekannten vor sich.

„Ich will ja auf die Jagd gehen, Tantchen. Komm ich hier zum Sumpf?"

„Immer hinter dem Grundstück entlang, an unserer Tenne vorbei, mein Guter, und dann durch die Hanffelder; da ist ein Fußweg."

Vorsichtig mit ihren bloßen, gebräunten Füßen auftretend, begleitete die Alte Lewin bis zur Tenne und öffnete den Gatterverschluß.

„Von hier immer geradeaus, dann kommst du zum Sumpf. Dorthin haben unsere Leute gestern auch die Pferde getrieben."

Laska lief auf dem Fußpfad munter voraus. Lewin, der ihr mit schnellen, leichten Schritten folgte, blickte alle Augenblicke nach dem Himmel; es lag ihm daran, den Sumpf noch vor Sonnenaufgang zu erreichen. Doch die Sonne ließ sich nicht aufhalten. Der Mond, der noch hell geleuchtet hatte, als Lewin aufgebrochen war, schimmerte jetzt nur noch wie Quecksilber; die Morgenröte, die man vorher nicht hatte übersehen können, mußte man jetzt förmlich suchen. Dunkle Punkte, die sich noch vor kurzem verschwommen auf dem fernen Felde abgezeichnet hatten, traten jetzt schon deutlich in Erscheinung: Es waren zusammengestellte Roggengarben.

In dem hohen, duftenden Hanf, der bereits von den fruchtlosen Stauden gesäubert war, benetzte der erst im Tageslicht sichtbar gewordene Tau Lewins Beine und seine Hemdbluse bis über den Gürtel hinauf. In der Stille der klaren Morgenluft war jedes noch so leise Geräusch zu hören. Eine Biene flog mit dem pfeifenden Ton einer Kugel dicht an Lewins Ohr vorüber. Er blickte ihr nach und bemerkte dabei auch noch eine zweite und dritte Biene. Sie kamen alle über die Hecke der Imkerei geflogen und verschwanden über dem Hanffeld in Richtung auf den Sumpf. Der Fußpfad führte unmittelbar bis zum Sumpf. Der Sumpf war an dem Dunst zu erkennen, der an manchen Stellen dichter, an anderen weniger dicht über ihm emporstieg, so daß die hohen Riedgräser und Weidenbüsche wie kleine Inselchen in diesem Dunst hin und her schwankten. Zugedeckt mit ihren Röcken, lagen und schliefen am Rande des Sumpfes neben dem Weg die Bauern und die Jungen, die während der Nacht bei den weidenden Pferden gewacht hatten. In ihrer Nähe streiften drei gefesselte Pferde umher. Eins der Pferde klirrte mit seinen Fesseln. Laska ging an der Seite ihres Herrn, blickte alle Augenblicke um sich und gab zu erkennen, daß sie gern loslaufen wollte. Nachdem Lewin an den schlafenden Bauern vorübergegangen und an das erste Sumpfloch gekommen war, prüfte er die Zündhütchen seines Gewehrs und ließ dem Hund freien Lauf. Eins der Pferde, ein gutgenährter dreijähriger

Brauner, scheute beim Anblick des Hundes, erhob den Schweif und schnaubte. Die übrigen Pferde schraken ebenfalls zusammen; sie stapften mit ihren gefesselten Füßen durch das Wasser, zogen mit einem klatschenden Laut die Hufe aus dem dicken Schlamm und sprangen aus dem Sumpf heraus. Laska blieb stehen, betrachtete spöttisch die Pferde und blickte sich fragend zu Lewin um. Lewin streichelte sie und gab ihr durch einen leisen Pfiff zu verstehen, daß es jetzt losgehen könne.

Laska lief munter und aufgeregt über den unter ihren Füßen nachgebenden Sumpfboden.

Sobald Laska weiter in den Sumpf hineingelaufen war, spürte sie unter den ihr bekannten Gerüchen – es roch nach Wurzelwerk, Sumpfgräsern, Morast und dem sie hier befremdenden Pferdemist – sofort den im ganzen Umkreis verbreiteten Geruch jener scharf riechenden Vögel heraus, die sie mehr als alle anderen aufregten. Im Moos und Sumpfklee war dieser Geruch stellenweise sehr stark, aber sie konnte nicht ermitteln, nach welcher Seite zu er sich verstärkte oder abschwächte. Um dies ausfindig zu machen, mußte sie erst ein Stück mit dem Wind laufen. Ohne die Bewegung ihrer Beine zu fühlen, lief Laska im scharfen Galopp, doch so, daß sie nötigenfalls nach jedem Satz stehenbleiben konnte, nach rechts, den von Osten kommenden leichten Morgenwind im Rücken, machte dann nach einer Weile kehrt und stellte sich gegen den Wind. Als sie nun durch die geblähten Nüstern die Luft einsog, spürte sie sofort, daß die bewußten Vögel nicht etwa nur ihren Geruch hinterlassen hatten, sondern sich auch selbst in der Nähe aufhielten, und daß sie es nicht mit einem einzigen Vogel, sondern mit vielen zu tun hatte. Laska lief jetzt langsamer. Die Vögel waren da, aber über die genaue Stelle war sie sich noch nicht im klaren. Sie war schon im Begriff, zur Ermittlung dieser Stelle einen Kreis zu beschreiben, als sie plötzlich durch einen Zuruf ihres Herrn irritiert wurde. „Laska, dorthin!" rief dieser und zeigte auf die andere Seite. Sie blieb zaudernd stehen und schien ihn fragen zu wollen, ob es nicht doch besser sei, in der von ihr begonnenen Weise fortzufahren. Doch er wiederholte in gereiztem Ton seinen Befehl und wies auf einen mit Wasser überschwemmten Mooshügel hin, wo nach Laskas Ansicht doch nichts zu finden sein würde. Sie gehorchte nun, tat so, als suche sie, durchwühlte, um ihm den Gefallen zu tun, den Platz mit den Mooshügeln und kehrte aufs neue zu der früheren Stelle zurück, wo sie sogleich wieder die Vögel spürte. Da ihr Herr sie jetzt nicht mehr störte, wußte sie, was sie zu tun hatte; nicht auf den Weg achtend, stolperte sie ärgerlich über hohe Erdhügel und fiel in eine Lache, aber mit ihren geschmeidigen, kräftigen Beinen überwand sie alle Hindernisse und begann einen Kreis zu ziehen, wodurch sie sich volle Klarheit verschaffen wollte. Sie spürte immer deutlicher die Nähe der Vögel, immer stärker schlug ihr dieser Geruch entgegen, und auf einmal wurde ihr völlig klar, daß sich einer von ihnen hinter jenem Hügel, fünf Schritte vor ihr, aufhalten mußte; sie blieb stehen, und ihr ganzer Körper verharrte regungslos. Kurzbeinig, wie sie war, konnte sie vom Vogel nichts sehen, aber sie spürte an der Stärke des Geruchs, daß er nicht weiter als fünf Schritte von ihr entfernt saß. Sie spürte ihn immer deutlicher und verharrte in freudiger Erwartung. Die steife Rute war ausgestreckt und zuckte nur ab und zu am äußersten Ende. Das Maul stand einen schmalen Spalt weit offen, und die Ohren, von denen sich eins beim Laufen umgebogen hatte, waren gespitzt. Sie atmete schwer, aber verhalten und sah sich vorsichtig, den Kopf kaum wendend, zu ihrem Herrn um. Er kam, über die Erdhügel stolpernd, mit dem ihr gut vertrauten Gesichtsausdruck und den immer grimmig dreinschauenden Augen langsam, wie es ihr schien, auf sie zu. Langsam – das schien ihr freilich nur so, denn in Wirklichkeit kam er im Laufschritt an.

Sobald Lewin bemerkt hatte, daß Laska auf ihre besondere Art suchte, bei der sie sich, ganz an die Erde geduckt, das Maul leicht geöffnet und mit den Hinterbeinen gleichsam rudernd, mit großen Schritten fortbewegte, wußte er, daß sie Doppelschnepfen aufgespürt hatte, und im stillen zu Gott betend, daß ihm, namentlich beim Erlegen des ersten Vogels, Erfolg beschieden sein möge, eilte er zu ihr hin. Als er dicht an sie herangekommen war und nun aus seiner Perspektive das vor ihm liegende Terrain musterte, entdeckte er mit den Augen das, was Laska nur mit der Nase gewittert hatte. In einem der schmalen Gäßchen, die sich zwischen den Erdhügeln hinzogen, saß eine Doppelschnepfe. Sie drehte den Kopf um und horchte. Dann schickte sie sich an, die Flügel zu entfalten, klappte sie jedoch gleich wieder zusammen und verschwand, ungeschickt mit dem Hinterteil wackelnd, hinter einem Erdhügel.

„Faß, faß!“ rief Lewin und stieß Laska in den Rücken.

Ich darf doch nicht weg von hier, überlegte Laska. Wohin soll ich laufen? Von hier aus wittere ich sie, aber wenn ich vorwärts laufe, werde ich nicht wissen, wo sie sitzen und was für Vögel es sind. Doch da stieß ihr Herr sie mit dem Knie an und murmelte aufgeregt: „Faß, meine Gute, faß!“

Nun, wenn er es so will, werde ich es tun, aber dann komme ich für nichts mehr auf, dachte Laska und lief auf die Erdhügel zu. Sie witterte jetzt nichts mehr, war nur auf ihre Augen und Ohren angewiesen und wußte nicht, was sie anfangen sollte.

Etwa zehn Schritte von dem früheren Platz entfernt, flatterte mit lautem Gekrächz und dem charakteristischen Laut, der dem Flügelschlag der Schnepfen eigen ist, eine Doppelschnepfe empor. Von Lewins Schuß getroffen, fiel sie, mit der weißen Brust schwer aufklatschend, in den nassen Sumpf. Eine zweite erhob sich hinter ihm, ohne erst abzuwarten, bis der Hund sie aufscheuchte.

Als sich Lewin nach ihr umdrehte, war sie bereits weit weg. Aber sein Schuß erreichte sie dennoch. Sie flog noch etwa zwanzig Schritt weiter, bäumte sich dann in der Luft auf und prallte wie ein mit Wucht geschleuderter Ball auf eine trockene Stelle auf.

Heute wird es was! dachte Lewin, als er die warmen, fetten Doppelschnepfen in seine Jagdtasche steckte. „Laska, meine Gute, wird es was?"

Als Lewin sein Gewehr neu geladen hatte und weiterging, war die von kleinen Wölkchen verdeckte Sonne zwar noch nicht zu sehen, aber doch schon aufgegangen. Der Mond hatte seinen Glanz gänzlich verloren und zeichnete sich wie ein weißes Wölkchen am Himmel ab; Sterne waren überhaupt nicht mehr zu sehen. Die Sumpfgräser, vorher unter dem Tau silbern glitzernd, hatten einen goldenen Schimmer angenommen. Das Wasser in den Tümpeln glänzte wie Bernstein. Die anfänglich bläuliche Färbung der Gräser war in ein gelbliches Grün übergegangen. In dem tauglänzenden, lange Schatten werfenden Gebüsch am Ufer des Bachs wimmelte es von kleinen Sumpfvögeln. Ein vom Schlaf erwachter Habicht saß auf einem Schober, drehte den Kopf von einer Seite auf die andere und blickte mißmutig auf den Sumpf. Ein Schwarm Dohlen flog auf das Feld zu, und ein barfüßiger Junge war schon dabei, die Pferde einem alten Bauern zuzutreiben, der, seinen Rock zurückwerfend, aufstand und sich schlaftrunken kratzte. Über den grünen Grasflächen schwebte milchweiß der Rauch von den Schüssen.

Einer der Jungen kam auf Lewin zugelaufen.

„Onkelchen, gestern sind hier Enten gewesen!" rief er Lewin zu und folgte ihm dann in einiger Entfernung.

Und Lewin bereitete es eine besondere Freude, daß es ihm glückte, noch unter den Augen des bewundernd zuschauenden Jungen kurz nacheinander drei Bekassinen zu erlegen.

13

Die Jägerregel, daß die ganze Jagd einen guten Verlauf nehmen wird, wenn man bei dem ersten Wild oder dem ersten Vogel, der einem unter den Schuß kommt, nicht fehlschießt, hatte sich als zutreffend erwiesen.

Nachdem Lewin wohl an die dreißig Werst zurückgelegt hatte, kehrte er ermüdet, hungrig und glücklich zu dem Bauernhaus zurück; er brachte neunzehn Bekassinen und Schnepfen mit sowie eine Ente, die er am Gürtel befestigt hatte, weil sie nicht mehr in die Jagdtasche hineingegangen war. Seine Gefährten, die längst aufgestanden und schon hungrig geworden waren, hatten bereits gefrühstückt.

„Einen Augenblick, einen Augenblick, ich weiß genau, daß es neunzehn sein müssen“, erklärte Lewin, während er noch einmal die Schnepfen und Bekassinen durchzählte, die jetzt zusammengeschrumpft beieinanderlagen und mit ihren von geronnenem Blut verklebten Körpern und den zur Seite hinabhängenden Köpfen nicht mehr das stattliche Aussehen hatten wie zuvor, als sie aufgeflogen waren.

Lewin hatte richtig gezählt und freute sich jetzt über Stepan Arkadjitschs Neid, den er ihm deutlich anmerkte. Außerdem war er erfreut, bei seiner Rückkehr schon einen Boten Kittys mit einem Briefchen von ihr anzutreffen.

„Ich bin völlig gesund und guter Stimmung. Wenn Du meinetwegen besorgt gewesen bist, brauchst Du Dir jetzt noch weniger Sorge zu machen als bisher. Ich habe einen neuen Leibwächter, Marja Wlassjewna“ (das war die Hebamme, eine neue wichtige Persönlichkeit in Lewins Familienleben). „Sie ist gekommen, sich von meinem Zustand zu überzeugen. Ich bin völlig gesund, hat sie festgestellt, und wir haben sie veranlaßt, bis zu Deiner Rückkehr hierzubleiben. Wir sind alle wohlauf und guter Laune, und ich bitte Dich, ja nicht zu eilen, und wenn die Jagd gut ist, sie ruhig noch einen Tag länger auszudehnen.“

Die doppelte Freude, die Lewin über die erfolgreiche Jagd und über das Briefchen von seiner Frau empfand, war so groß, daß er den Ärger über die beiden folgenden Unannehmlichkeiten einigermaßen leicht überwand. Die eine von ihnen bestand darin, daß eins der Pferde, der Fuchs, der gestern offenbar zu sehr abgehetzt worden war, jetzt nicht fressen wollte und den Kopf hängen ließ. Der Kutscher erklärte, das Pferd sei überanstrengt.

„Er ist gestern abgejagt worden, Konstantin Dmitritsch“, sagte er. „Wie sollte er auch nicht, wenn man ihn zehn Werst über Stock und Stein jagt!“

Die zweite Unannehmlichkeit, die ihm im ersten Augenblick seine gute Stimmung verdarb, ihn nachträglich jedoch noch lange amüsierte, wurde dadurch hervorgerufen, daß von dem Proviant, den Kitty in so großer Menge mitgegeben hatte, daß man hätte meinen sollen, sie könnten ihn in einer ganzen Woche nicht verzehren, nichts mehr vorhanden war. Als sich Lewin auf dem Rückweg von der Jagd müde und hungrig dem Hause näherte, hatte er mit solchem Heißhunger an die Pasteten gedacht, daß er, ähnlich wie Laska beim Wittern von Wild, ihren Geruch schon von weitem zu spüren glaubte und ihm das Wasser im Munde zusammengelaufen war; doch als er sich, im Hause angelangt, sofort welche von Filipp geben lassen wollte, stellte sich heraus, daß nicht nur die Pasteten, sondern auch die Hühnchen restlos aufgegessen waren.

„Der hat aber auch einen Appetit!" sagte Stepan Arkadjitsch und zeigte lachend auf Wassenka Weslowski. „Ich kann mich auch nicht über Appetitlosigkeit beklagen, aber was der darin leistet..."

„Nun, es läßt sich nicht mehr ändern", bemerkte Lewin mit einem finsteren Blick auf Weslowski. „Dann gib mir eben ein Stück Rinderbraten."

„Der Braten ist aufgegessen, und den Knochen hab ich den Hunden gegeben."

Lewin war so verärgert, daß er in gereiztem Ton sagte:

„Ich meine, wenigstens etwas hättet ihr doch für mich übriglassen können!" Er hätte am liebsten geweint.

„Dann nimm jetzt das Wild aus und stopfe es mit Nesseln aus", wies er mit bebender Stimme Filipp an und vermied es geflissentlich, Wassenka anzusehen. „Und für mich laß dir wenigstens etwas Milch geben."

Später, nachdem er mit Milch seinen Hunger gestillt hatte, war es ihm peinlich, einem Fremden seinen Ärger so unverhohlen gezeigt zu haben, und er lachte und spottete nun selbst über seine vom Hunger hervorgerufene Erbitterung.

Gegen Abend unternahmen alle drei nochmals einen Streifzug durch das Sumpfgelände, bei dem auch Weslowski mehrere Vögel erlegte, und zur Nacht traten sie den Heimweg an.

Auf der Rückfahrt ging es ebenso fröhlich zu wie auf der Hinfahrt. Weslowski sang unentwegt und schwelgte in der Erinnerung an sein Erlebnis mit den Bauern, die ihn mit Schnaps bewirtet und gesagt hatten: „Nimm fürlieb!", sowie an seine nächtlichen Abenteuer mit den Nüßchen und der Gesindemagd. Besonders amüsierte er sich noch nachträglich über die Bemerkung jenes Bauern, von dem er gefragt worden war, ob er verheiratet sei, und der dann, als er hörte, daß dies nicht der Fall war, gesagt hatte:

„Dann schiele nicht nach fremden Frauen und sieh lieber zu, dir eine eigene Frau anzuschaffen!"

„Überhaupt bin ich von unserem Jagdausflug sehr befriedigt. Und Sie, Lewin?"

„Ich bin auch sehr zufrieden", antwortete Lewin ganz ehrlich; es tat ihm besonders wohl, daß die zu Hause gegen Weslowski empfundene Abneigung nicht nur verflogen, sondern sogar in die freundschaftlichsten Gefühle für ihn umgeschlagen war.

14

Am nächsten Tage, nachdem Lewin bereits seinen Rundgang durch die Wirtschaft beendet hatte, klopfte er um zehn Uhr morgens an die Tür zu Wassenkas Zimmer.

„Entrez!" rief ihm Weslowski zu. „Sie müssen schon entschuldigen, ich bin gerade mit meinen ablutions fertig", sagte er dann lächelnd, als er, nur mit der Unterwäsche bekleidet, vor ihm stand.

„Lassen Sie sich bitte nicht stören", antwortete Lewin und setzte sich ans Fenster. „Haben Sie gut geschlafen?"

„Wie ein Toter. Wie ist heute das Wetter zum Jagen?"

„Was trinken Sie, Tee oder Kaffee?"

„Weder das eine noch das andere. Ich frühstücke gewöhnlich gleich richtig. Aber es ist mir peinlich. Die Damen sind wahrscheinlich schon auf? Es wäre schön, sich jetzt etwas Bewegung zu machen. Zeigen Sie mir doch bitte Ihre Pferde."

Nachdem sie eine Weile im Garten spazierengegangen waren, in den Pferdestall hineingeblickt und sogar gemeinsam etliche Turnübungen am Barren ausgeführt hatten, begleitete Lewin seinen Gast wieder ins Haus und begab sich mit ihm in den Salon.

„Wir haben eine wundervolle Jagd gehabt und eine Menge Eindrücke mitgebracht", sagte Weslowski, als er an die am Samowar sitzende Kitty herantrat. „Wie schade, daß den Damen ein Vergnügen dieser Art nicht zugänglich ist."

Nun, irgend etwas muß er ja schließlich der Frau des Hauses sagen, beschwichtigte sich Lewin in Gedanken. Ihn hatte ein gewisser Zug im Lächeln und an der ganzen siegesbewußten Art, mit der sich der Gast an Kitty wandte, wieder unangenehm berührt.

Die Fürstin, die mit Marja Wlassjewna und Stepan Arkadjitsch an der anderen Seite des Tisches saß, rief Lewin zu sich und verwickelte ihn in ein Gespräch über die durch Kittys bevorstehende Niederkunft notwendig gewordene Übersiedlung nach Moskau und die Instandsetzung der Wohnung. Lewin, den schon bei der

Hochzeit all die verschiedenen Vorbereitungen unangenehm berührt hatten, die durch ihre Nichtigkeit die Erhabenheit des Ereignisses herabsetzten, empfand die Vorbereitungen zu der bevorstehenden Niederkunft, deren Zeitpunkt gewissermaßen an den Fingern abgezählt wurde, erst recht als unwürdig. Er hatte sich die ganze Zeit bemüht, die Erörterungen zu überhören, die darüber angestellt wurden, auf welche Weise das Neugeborene am besten zu wickeln sei, und war darauf bedacht gewesen, sich abzuwenden und nicht hinzusehen, wenn man endlos alle möglichen langen Streifen strickte, leinene Dreiecke nähte, auf die Dolly besonderen Wert legte, und dergleichen mehr. Die Geburt eines Sohnes (er war überzeugt, daß es ein Sohn sein würde), die ihm in Aussicht gestellt wurde, an die er aber dennoch nicht zu glauben vermochte, weil es etwas so Außergewöhnliches war, stellte sich ihm einerseits als ein so geheimnisvolles Geschehnis dar, daß er dieses ganze Gehabe, mit dem man sich wie auf ein ganz gewöhnliches, schon im voraus in allen Einzelheiten feststehendes Ereignis vorbereitete, als würdelos und verletzend empfand.

Die Fürstin, die Lewins Gefühle nicht verstand und seine Abneigung, das bevorstehende Ereignis zu erörtern, als Gedankenlosigkeit und Gleichmut deutete, ließ ihm indessen keine Ruhe. Sie hatte Stepan Arkadjitsch beauftragt, sich die Wohnung anzusehen, und wollte jetzt mit Lewin darüber sprechen.

„Ich kann dazu nichts sagen, Fürstin", erklärte er. „Tun Sie, was Sie für richtig halten."

„Wir müssen doch beschließen, wann ihr übersiedeln sollt."

„Ich weiß es wirklich nicht. Ich weiß nur, daß Millionen Kinder auch außerhalb Moskaus und ohne Arzt geboren werden. Warum sollte dann ..."

„Ja, wenn du so ..."

„Nein, nein, es soll alles nach Kittys Willen gehen."

„Mit Kitty kann man darüber nicht sprechen. Du willst doch wohl nicht, daß ich ihr Angst einjagen soll? Natalie Golizyna zum Beispiel ist in diesem Frühjahr daran gestorben, daß der Geburtshelfer nichts taugte."

„Ich werde alles tun, was Sie bestimmen", sagte er mit finsterer Miene.

Die Fürstin begann ihm ihre Pläne auseinanderzusetzen, aber er hörte nicht zu. Obwohl ihn auch das Gespräch mit der Fürstin verdroß, war seine finstere Miene doch nicht auf dieses Gespräch zurückzuführen, sondern auf das Bild, das sich ihm am Samowar darbot.

Nein, das geht zu weit, sagte er sich, indes er von Zeit zu Zeit zu Kitty hinüberblickte und beobachtete, wie sich Wassenka mit seinem charmanten Lächeln zu ihr hinabbeugte und ihr irgend etwas sagte, während sie erregt und mit geröteten Wangen zuhörte.

Er glaubte irgend etwas Anstößiges in Wassenkas Haltung, in seinem Blick und seinem Lächeln zu erkennen. Selbst in Kittys Haltung und Blick schien ihm etwas Unreines zu liegen. Und wiederum sah er alles schwarz in schwarz. Ebenso wie zwei Tage zuvor hatte er abermals das Gefühl, von der Höhe des Glücks, der Ruhe und der Würde jählings, ohne jeden Übergang, in einen von Verzweiflung, Bosheit und Demütigung erfüllten Abgrund gestoßen zu sein. Abermals ekelten ihn alle und alles ringsum an.

„Ordnen Sie also alles nach Ihrem Gutdünken an, Fürstin", sagte er und sah sich wieder um.

„Ja, man hat schon seine Last als Familienvater", bemerkte Stepan Arkadjitsch scherzend zu Lewin, womit er offenbar nicht nur auf dessen Gespräch mit der Fürstin anspielen wollte, sondern auch auf die Ursache seiner Erregung, die ihm nicht entgangen war. „Du kommst ja heute so spät, Dolly!"

Alle Anwesenden standen auf, Darja Alexandrowna zu begrüßen. Wassenka, der sich wie die meisten heutigen jungen Leute gegenüber Damen keiner besonderen Höflichkeit befleißigte, erhob sich für einen Augenblick, verneigte sich flüchtig und setzte dann, aus irgendeinem Grunde lachend, das Gespräch mit Kitty fort.

„Mir hat Mascha keine Ruhe gegeben", erzählte Dolly. „Sie hat schlecht geschlafen und ist heute furchtbar launisch."

Bei dem Gespräch, das Wassenka mit Kitty angeknüpft hatte, war wieder von Anna die Rede und von der Frage, ob die Liebe höher zu stellen sei als die Gebote der Gesellschaft. Kitty war dieses Gespräch unangenehm; es erregte sie sowohl seines Inhalts wegen als auch durch den Ton, in dem es von Wassenka geführt wurde, und ganz besonders deshalb, weil sie bereits wußte, welche Wirkung es auf ihren Mann ausüben werde. Aber so schlicht und wenig raffiniert, wie sie war, verstand sie es nicht, das Gespräch abzubrechen oder auch nur die äußere Genugtuung zu verbergen, die ihr die offensichtliche Auszeichnung durch diesen jungen Mann bereitete. Sie wollte das Gespräch abbrechen, wußte jedoch nicht, wie sie es anstellen sollte. Was immer sie täte, ihr Mann würde es ganz gewiß bemerken und in schlechtem Sinne auslegen. Und in der Tat: Als sie sich bei Dolly erkundigte, was Mascha fehle, und Wassenka, der auf die Beendigung dieses ihn nicht interessierenden Gesprächs wartete, mit gleichmütiger Miene Dolly anblickte, deutete Lewin Kittys Frage als eine widerwärtige und abstoßende Heuchelei.

„Wie ist es, wollen wir heute in den Wald fahren, Pilze suchen?" fragte Dolly.

„Ach ja, dann komme ich auch mit", sagte Kitty. Sie wollte Wassenka eigentlich aus Höflichkeit fragen, ob er sich auch daran beteiligen wolle, doch sie unterließ es. „Wohin willst du, Kostja?" fragte sie in befangenem Ton ihren Mann, als er mit resoluten Schritten an ihr vorbeiging. Der verschüchterte Ausdruck in ihrem Gesicht bestärkte ihn noch in seinen Mutmaßungen.

„In meiner Abwesenheit ist der Maschinist angekommen, ich habe noch nicht mit ihm gesprochen", sagte er, ohne sie dabei anzusehen.

Er ging in sein Arbeitszimmer hinunter und war noch nicht dazu gekommen, es wieder zu verlassen, als er die wohlbekannten Schritte seiner Frau vernahm, die ihm unter Außerachtlassung der gebotenen Vorsicht hastig gefolgt war.

„Was wünschst du?" fragte er sie kurz. „Wir sind beschäftigt."

„Entschuldigen Sie", wandte sich Kitty an den deutschen Maschinisten. „Ich habe mit meinem Mann ein paar Worte zu sprechen."

Der Deutsche wollte das Zimmer verlassen, wurde jedoch von Lewin zurückgehalten.

„Bleiben Sie ruhig hier."

„Der Zug geht doch um drei?" fragte der Deutsche. „Ich muß rechtzeitig aufbrechen."

Lewin antwortete nichts und verließ nun selbst mit seiner Frau das Zimmer.

„Nun, was haben Sie mir zu sagen?" fragte er sie auf französisch.

Er blickte sie nicht an und wollte nicht sehen, daß in ihrem Gesicht jeder Muskel zuckte und wie kläglich und zerknirscht sie in ihrem Zustand vor ihm stand.

„Ich ... ich will sagen, daß man so nicht leben kann, daß es eine Qual ist ...", stammelte sie.

„Im Speisezimmer sind Leute", unterbrach er sie gereizt. „Machen Sie hier keine Szene."

„Dann komm hier hinein!"

Sie standen in einem Durchgangszimmer, und Kitty wollte mit ihm ins Nebenzimmer gehen. Doch dort lernte Tanja gerade mit der Engländerin.

„Nun, dann laß uns in den Garten gehen!"

Im Garten trafen sie einen Arbeiter, der die Wege reinigte. Doch ohne daran zu denken, daß dem Arbeiter ihr verweintes und sein vor Aufregung verzerrtes Gesicht auffallen mußte und daß sie den Eindruck erweckten, als flüchteten sie vor irgendeinem Unheil, eilten sie mit schnellen Schritten weiter, getrieben von dem Gefühl, daß sie sich aussprechen und ihr gegenseitiges Vertrauen wiedergewinnen mußten, daß es notwendig war, unter vier Augen zu sein, um sich von der Qual zu befreien, unter der beide litten.

„So ist das Leben unerträglich! Es ist eine Tortur! Ich leide, du leidest. Und wozu?“ hielt sie ihm vor, als sie an einer einsamen Bank am Ende der Lindenallee angelangt waren.

„Dann sage mir eins: Lag in seinem Ton etwas Ungehöriges und Unreines, etwas unerträglich Herabwürdigendes?“ sagte er und stellte sich wieder vor sie hin, die Fäuste gegen die Brust gepreßt, wie er schon kürzlich in der Nacht vor ihr gestanden hatte.

„Ja“, gab sie mit zitternder Stimme zu. „Aber du mußt doch einsehen, Kostja, daß ich nicht daran schuld bin. Ich wollte gleich von morgens an jeden Anlaß vermeiden, aber diese jungen Männer… Warum ist er nur hergekommen? Wir waren so glücklich!“ sagte sie und kämpfte gegen das Schluchzen an, das ihren ganzen füllig gewordenen Körper erschütterte.

Der Gärtner, der mit Verwunderung beobachtet hatte, wie Lewin und Kitty, ohne von jemand verfolgt zu werden und wie vor einem drohenden Unheil flüchtend, auf jene entlegene Bank zugestürmt waren, auf der sie doch nichts besonders Erfreuliches finden konnten – der Gärtner war ebenso erstaunt, als er sie jetzt mit beruhigten, strahlenden Gesichtern an sich vorbei ins Haus zurückkehren sah.

15

Nachdem Lewin seine Frau ins Obergeschoß begleitet hatte, begab er sich in den Flügel, wo Dolly untergebracht war. Für Darja Alexandrowna hatte dieser Tag auch schon viel Verdruß mit sich gebracht. Sie ging jetzt im Zimmer auf und ab und redete wütend auf ihr Töchterchen ein, das heulend in einer Ecke stand.

„Du wirst den ganzen Tag in der Ecke stehen und hier allein zu Mittag essen; und keine einzige Puppe wirst du heute zu sehen bekommen, und ein neues Kleid werde ich dir auch nicht nähen!“ sagte sie und wußte selbst nicht mehr, welche Strafen sie ihr noch androhen könnte.

„Nein, es ist wirklich ein zu unartiges Mädchen!“ wandte sie sich an Lewin. „Woher hat sie nur diese abscheuliche Veranlagung?“

„Was hat sie denn verbrochen?“ fragte Lewin in ziemlich gleichmütigem Ton; er wollte Dolly wegen seiner eigenen Angelegenheit zu Rate ziehen und ärgerte sich, zu ungelegener Zeit gekommen zu sein.

„Sie sollte mit Grischa Himbeeren pflücken und hat dort … Ich kann es nicht einmal aussprechen, was sie getan hat. Schon tausendmal habe ich bedauert, Miss Elliot nicht mehr da zu haben. Diese Person ist wie eine Maschine, die auf nichts aufpaßt … Figurez-vous, que la petite …"

Und Darja Alexandrowna berichtete, was Mascha verbrochen hatte.

„Das will nichts besagen, es handelt sich keineswegs um eine schlechte Veranlagung, sondern einfach um einen mutwilligen Streich", suchte Lewin sie zu beruhigen.

„Aber du selbst scheinst auch aufgeregt zu sein? Was hat dich hergeführt?" fragte Dolly. „Was treiben die andern?"

An dem Ton ihrer Frage merkte Lewin, daß es ihm nicht schwerfallen würde zu sagen, was er auf dem Herzen hatte.

„Ich weiß es nicht. Wir, Kitty und ich, sind allein im Garten gewesen. Wir haben uns schon zum zweitenmal gezankt seit … seit Stiwas Ankunft."

Dolly sah ihn verständnislos aus ihren klugen Augen an.

„Nun, Hand aufs Herz, sage getrost, ob … ich meine nicht Kitty, aber ob sich dieser Herr vielleicht einen Ton herausnimmt, der für den Ehemann unangenehm, und nicht nur unangenehm, sondern unerträglich und demütigend sein muß?"

„Ich weiß nicht, wie ich mich ausdrücken soll … Halt, bleib in der Ecke stehen!" unterbrach sie sich, zu Mascha gewandt, die im Gesicht der Mutter ein unmerkliches Lächeln wahrgenommen und sich daraufhin sogleich umgedreht hatte. „Auf Grund der gesellschaftlichen Gepflogenheiten würde man sagen, daß er sich nicht anders benimmt als andere junge Leute auch. Il fait la cour à une jeune et jolie femme, und der Ehemann, der die Ansichten dieser Gesellschaftskreise teilt, kann sich dadurch nur geschmeichelt fühlen."

„Ja, ja", stimmte Lewin brummig zu. „Du hast es also auch bemerkt?"

„Nicht nur ich, sondern auch Stiwa. Er sagte zu mir unmittelbar nach dem Tee: ‚Je crois que Weslowski fait un petit brin de cour à Kitty.'"

„Ausgezeichnet, jetzt bin ich beruhigt. Ich werde ihn an die Luft setzen", erklärte Lewin.

„Du bist wohl wahnsinnig?" rief Dolly entsetzt. „Besinn dich doch, Kostja!" fügte sie lachend hinzu. – „So, du kannst jetzt zu Fanny gehen", sagte sie zu Mascha und fuhr dann, zu Lewin gewandt, fort: „Wenn du es durchaus willst, werde ich mit Stiwa sprechen. Er wird ihn fortschaffen. Man kann ja sagen, daß ihr anderen Logisbesuch erwartet. Er paßt ohnehin nicht zu uns."

„Nein, nein, ich werde es selbst besorgen."
„Du wirst einen Streit vom Zaune brechen?"
„Keineswegs. Es wird mir geradezu Spaß machen", versicherte Lewin, dessen Augen bei diesem Gedanken schon im voraus fröhlich aufleuchteten. „Nun, verzeih ihr schon, Dolly! Sie wird es nicht wieder tun", sagte er und zeigte auf die kleine Übeltäterin, die nicht zu Fanny gegangen war, sondern unschlüssig vor der Mutter stand, ihr verstohlen ins Gesicht spähte und einen Blick von ihr zu erhaschen suchte.

Die Mutter sah sie an. Mascha brach in Tränen aus und vergrub das Gesicht im Schoß der Mutter, woraufhin Dolly ihre schmächtige, zarte Hand auf den Kopf des Töchterchens legte.

Was haben wir auch mit ihm gemein? dachte Lewin und schickte sich an, zu Weslowski zu gehen.

Auf dem Wege durchs Vorzimmer gab er Anweisung, die Kutsche für eine Fahrt zur Bahn bereitzumachen.

„Gestern ist die Federung gebrochen", erwiderte der Diener.
„Nun, dann soll man den Reisewagen anspannen. Aber schnell. Wo ist unser Logisbesuch?"
„Der Herr ist auf sein Zimmer gegangen."

Als Lewin zu Wassenka ins Zimmer kam, hatte dieser gerade seinen Koffer ausgepackt, die neuen Romanzen sortiert und war jetzt dabei, ein Paar Gamaschen anzuprobieren, die er zum Reiten mitgebracht hatte.

Ob nun Lewins Gesicht etwas anzumerken war oder ob Wassenka selbst das Gefühl hatte, daß der von ihm begonnene petit brin de cour in diesem Hause fehl am Platze sei, er geriet jedenfalls (soweit dies bei einem Mann von Welt möglich ist) beim Erscheinen Lewins in eine gewisse Verwirrung.

„Ziehen Sie zum Reiten Gamaschen an?"
„Ja, es ist erheblich sauberer", antwortete Wassenka, während er sein dickes Bein auf einen Stuhl stellte, den untersten Haken schloß und mit einem fröhlichen, gutmütigen Lächeln zu Lewin aufblickte.

Es ist doch ein netter Bursche, dachte Lewin, als er die Schüchternheit in Wassenkas Blick bemerkte; er empfand jetzt Mitleid mit ihm und fühlte sich in seiner Rolle als Hausherr nicht ganz wohl.

Auf dem Tisch lag das Bruchstück eines Stockes, den sie morgens beim gemeinsamen Turnen zerbrochen hatten, als sie die verquollenen Stangen des Barrens hatten zurechtbiegen wollen. Lewin, der nicht wußte, wie er sein Anliegen einleiten sollte, nahm den Stock vom Tisch und begann an seinem zersplitterten Ende die einzelnen Stücke abzubrechen.

„Ich wollte..." Er hielt einen Augenblick inne; doch als ihm dann plötzlich Kitty einfiel und alles, was vor sich gegangen war, blickte er Wassenka entschlossen in die Augen und sagte: „Ich habe einen Wagen für Sie anspannen lassen."

„Einen Wagen?" fragte Wassenka erstaunt. „Wozu?"

„Er soll Sie zur Bahn bringen", antwortete Lewin und machte sich weiter mit dem Ende des Stockes zu schaffen.

„Wie? Verreisen Sie, oder ist etwas vorgefallen?"

„Vorgefallen ist nichts weiter, als daß ich neuen Logisbesuch erwarte", erklärte Lewin, während er mit seinen starken Fingern immer schneller und heftiger die Splitter vom Stockende abbrach. „Und wenn ich auch gar keinen Besuch erwarte und nichts vorgefallen ist, so bitte ich Sie doch, abzureisen. Meine Unhöflickeit können Sie sich erklären, wie Sie wollen."

Wassenka richtete sich auf.

„Nein, an Ihnen liegt es, mir zu erklären ...", begann er würdevoll, nachdem er endlich begriffen hatte, was los war.

„Ich kann Ihnen nichts erklären", sagte Lewin leise und langsam, um das Zucken seiner Kinnbacken zu verbergen. „Und Sie tun auch besser, keine Fragen zu stellen."

Da die Splitter bereits restlos abgebrochen waren, umklammerte Lewin mit den Fingern die zwei dicken Spitzen des Stokkendes, spaltete den ganzen Stock der Länge nach auseinander und fing geschickt die hinunterfallende Hälfte auf.

Der Anblick dieser angespannten Arme, der Muskeln, die er diesen Morgen beim Turnen an Lewins Arm betastet hatte, dessen blitzende Augen, der verhaltene Ton seiner Stimme und das Zittern seiner Kinnbacken wirkten auf Wassenka offenbar überzeugender als Worte. Er zuckte die Achseln, lächelte verächtlich und verneigte sich.

„Kann ich Oblonski sprechen?"

Das Achselzucken und das Lächeln nahm Lewin Wassenka nicht weiter übel. Was hätte er auch anderes tun können? dachte Lewin bei sich.

„Was ist das für ein Irrsinn!" sagte Stepan Arkadjitsch, nachdem er von seinem Freunde gehört hatte, daß man ihn aus dem Hause weise, zu Lewin, der im Garten auf und ab ging und auf die Abreise des Gastes wartete. „Mais c'est ridicule! Was für eine Fliege hat dich denn gestochen? Mais c'est du dernier ridicule! Was hast du daran auszusetzen, wenn ein junger Mann..."

Die Stelle, an der Lewin die Fliege gestochen hatte, schien indessen noch zu schmerzen; er erbleichte wieder, als Stepan Arkadjitsch auf die Beweggründe seiner Handlungsweise zu sprechen kommen wollte, und unterbrach ihn hastig:

„Bitte, laß meine Beweggründe unerörtert! Ich kann nicht anders. Mir ist das Ganze vor dir und vor ihm sehr peinlich. Was ihn betrifft, glaube ich, daß ihm die Abreise keinen großen Schmerz bereiten wird. Mir aber und meiner Frau ist seine Anwesenheit unangenehm."

„Aber für ihn ist es doch eine Beleidigung! Et puis c'est ridicule."

„Und für mich war sein Benehmen nicht nur eine Beleidigung, sondern auch eine Qual! Ich bin nicht daran schuld und sehe nicht ein, warum ich leiden soll!"

„Nein, das hätte ich wirklich nicht von dir erwartet! On peut être jaloux, mais à ce point, c'est du dernier ridicule!"

Lewin drehte sich kurzerhand um, ließ Stepan Arkadjitsch stehen und ging tiefer in die Allee hinein, um dort seine einsame Promenade fortzusetzen. Bald darauf hörte er das Gepolter des Reisewagens und sah durch das Laub der Bäume, wie Wassenka, auf einem Haufen Heu sitzend (zu allem Unglück hatte der Reisewagen keine festen Sitze) und mit seiner Schottenmütze auf dem Kopf, die Allee entlangfuhr und an jeder holprigen Stelle in die Höhe schnellte.

Was bedeutet denn das? fragte sich Lewin, als ein Diener aus dem Hause gelaufen kam und den Wagen anhielt. Es handelte sich darum, daß der Maschinist mitfahren sollte, an den Lewin gar nicht mehr gedacht hatte. Der Maschinist verneigte sich vor Weslowski und sagte ein paar Worte zu ihm, woraufhin er ebenfalls in den Wagen stieg und beide zusammen weiterfuhren.

Stepan Arkadjitsch und die Fürstin waren über Lewins Handlungsweise entrüstet. Und auch er selbst war sich bewußt, daß er sich nicht nur im höchsten Grade „ridicule", sondern auch äußerst tadelnswert und schmählich benommen hatte. Doch wenn er bedachte, was er und seine Frau gelitten hatten, und sich die Frage vorlegte, was er täte, wenn sich nochmals ein gleicher Fall ergäbe, dann sagte er sich, daß er wieder ebenso handeln würde.

Nichtsdestoweniger waren – abgesehen von der Fürstin, die Lewin seine Handlungsweise nicht verzeihen konnte – im Laufe des Tages alle gleichsam aufgelebt und in ungewöhnlich fröhliche Stimmung gekommen, wie es Kinder nach einer überstandenen Strafe oder Erwachsene im Anschluß an einen anstrengenden offiziellen Empfang zu sein pflegen, so daß man abends, wenn die Fürstin nicht zugegen war, über die Vertreibung Wassenkas bereits wie über einen längst abgetanen Zwischenfall sprach. Dolly, die von ihrem Vater die Gabe geerbt hatte, sehr witzig zu erzählen, versetzte Warenka in wahre Lachkrämpfe, als sie, wohl zum dritten oder vierten Male und immer unter Hinzufügung neuer humoristischer Einzelheiten, schilderte, wie sie eigens mit Rücksicht auf den Gast an ihrem Kleide neue Schleifen angebracht habe und schon im Begriff gewesen sei, in den Salon zu gehen, als das Gepolter des klapprigen Vehikels ertönte.

„Und wer saß in dem Vehikel? Wassenka mitsamt seinem Schottenmützchen, den Romanzen und Reitgamaschen thronte höchstselbst auf einem Heuhaufen! Du hättest ihm doch wenigstens den Kutschwagen anspannen lassen können! Und dann hörte ich, wie der Wagen angehalten wurde: ‚Halt, Halt!' Aha, dachte ich, man hat sich seiner doch noch erbarmt. Ich gucke hinaus und sehe, wie man ihm auch noch den dicken Deutschen aufhalst und dann auf und davon fährt... So sind meine Schleifchen nicht mehr zur Geltung gekommen!"

16

Darja Alexandrowna führte ihr Vorhaben aus und machte sich auf die Reise zu Anna. Es tat ihr sehr leid, in ihrer Schwester dadurch schmerzliche Erinnerungen wachzurufen und etwas zu tun, was deren Mann unangenehm sein konnte. Sie sah ein, daß Lewin und Kitty völlig recht taten, jegliche Beziehungen zu Wronski zu vermeiden; sie hielt es jedoch ihrerseits für ihre Pflicht, Anna zu besuchen und dieser zu zeigen, daß sich ihre Gefühle für sie, ungeachtet der veränderten Lage Annas, nicht ändern konnten.

Um für diese Fahrt nicht die Hilfe Lewins in Anspruch zu nehmen, hatte Darja Alexandrowna ins Dorf geschickt, um dort Wagen und Pferde bestellen zu lassen. Doch als Lewin hiervon erfuhr, war er zu ihr gekommen und hatte ihr Vorwürfe gemacht.

„Warum meinst du denn, daß mir deine Fahrt unangenehm ist? Und wenn sie mir wirklich unangenehm wäre, dann wäre sie es erst recht dadurch, daß du fremde Pferde nimmst", hielt er ihr vor. „Du hast mir bis jetzt nicht gesagt, daß du dich endgültig zu dieser Fahrt entschlossen hast. Wenn du mit Pferden von den Bauern fährst, macht das erstens einen für mich unangenehmen Eindruck und zweitens, worauf es vor allem ankommt, sie übernehmen wohl die Fahrt, schaffen sie aber nicht bis zu Ende. Ich habe genug Pferde, und wenn du mich nicht kränken willst, mußt du meine nehmen."

Darja Alexandrowna mußte zustimmen, und zum vorgesehenen Tage stellte Lewin für seine Schwägerin ein Viergespann und eine entsprechende Anzahl Ersatzpferde bereit. Er hatte sie unter den Arbeitspferden und Reitpferden ausgewählt, und wenn sie auch ein ziemlich unschönes Sammelsurium darstellten, so waren sie doch imstande, Darja Alexandrowna innerhalb eines Tages ans Ziel zu bringen. Da jetzt auch Pferde für die Abreise der Fürstin und für die Hebamme benötigt wurden, war es für Lewin eine recht schwierige Aufgabe gewesen; aber aus Geboten der Gastfreundschaft konnte er es nicht zulassen, daß sich seine Schwägerin, die bei ihm zu Besuch weilte, von außerhalb Pferde mietete, zumal er wußte, daß der Betrag von zwanzig Rubeln, den man von Darja Alexandrowna für diese Fahrt fordern würde, für sie eine empfindliche Ausgabe dargestellt hätte. Um die finanziellen Verhältnisse Darja Alexandrownas war es äußerst schlecht bestellt, und die Sorgen, die sie sich deswegen machte, empfand Lewin gleichsam als seine eigenen.

Auf Anraten Lewins trat Darja Alexandrowna die Fahrt bereits vor Sonnenaufgang an. Der Weg war gut, im Wagen saß es sich bequem, die Pferde liefen munter, und auf dem Bock saß neben dem Kutscher anstatt eines Dieners der Kontorist, den Lewin sicherheitshalber mitgeschickt hatte. Darja Alexandrowna schlummerte ein und wachte erst auf, als der Wagen an der Herberge vorfuhr, wo die Pferde gewechselt werden sollten.

Sie frühstückten im Hause jenes reichen Hofbesitzers, bei dem auch Lewin auf seiner Fahrt zu Swijashski eingekehrt war, und nachdem sich Darja Alexandrowna mit den weiblichen Familienmitgliedern über die Kinder und mit dem Bauern selbst über den Grafen Wronski unterhalten hatte, den dieser sehr lobte, fuhr sie um zehn Uhr weiter. Zu Hause hatte sie immer so viel mit der Versorgung der Kinder zu tun, daß sie nie zum Nachdenken kam. Um so ungestümer drängten während dieser vierstündigen Fahrt die so lange zurückhaltenen Gedanken auf sie ein, und sie überdachte ihr ganzes Leben von allen Seiten so gründlich wie nie zuvor. Ihre Gedanken kamen ihr selbst seltsam vor. Zuerst dachte sie an ihre Kinder, denn obschon die Fürstin und vor allem Kitty (auf diese war mehr Verlaß) ihr versprochen hatten, auf sie Obacht zu geben, machte sie sich ihretwegen doch etwas Sorge. Mascha konnte wieder Unfug treiben, Grischa konnte von einem ausschlagenden Pferd getroffen werden, Lilys Magenverstimmung konnte sich verschlimmern. Von der Gegenwart schweiften ihre Gedanken in die nahe Zukunft. Sie dachte daran, daß in Moskau für den kommenden Winter eine neue Wohnung gemietet, die Möbel im Salon erneuert und für die älteste Tochter ein Pelz angefertigt werden mußten. Anschließend gingen ihr Fragen einer entfernteren Zukunft durch den Kopf: wie sie ihre Kinder zu tüchtigen Menschen erziehen würde. Mit den Mädchen geht es noch an, dachte sie, aber mit den Jungen?

Gewiß, ich arbeite jetzt mit Grischa, aber das kann ich ja nur, weil ich selbst gerade frei bin und nicht wieder ein Kind erwarte. Mit einer Unterstützung von Stiwa kann ich natürlich nicht rechnen. Aber ich werde sie mit Hilfe guter Menschen schon großziehen, wenn nur nicht eine Schwangerschaft dazwischenkommt ... In diesem Zusammenhang kam ihr der Gedanke, daß es eigentlich zu Unrecht heiße, die Frauen seien dazu verdammt, unter Schmerzen Kinder zu gebären. Die Geburt selbst ist nicht so schlimm, am qualvollsten ist das Austragen, dachte sie in Erinnerung an ihre letzte Schwangerschaft und an den Tod ihres damals geborenen Kindes. Ihr fiel wieder das Gespräch ein, das sie in der Herberge mit der jungen Schwiegertochter des Bauern geführt hatte. Auf die Frage, ob sie Kinder habe, hatte die hübsche junge Bäuerin fröhlich geantwortet:

„Ein Mädelchen hab ich gehabt, aber Gott hat es zu sich genommen; letzte Fasten hab ich es beerdigt."

„Das ist wohl ein großer Kummer für dich gewesen?"

„Warum Kummer? Unser Alter hat auch so genug Enkelkinder. Sie machen bloß Sorge. Man kommt nicht zur Arbeit und überhaupt zu nichts. Es ist nur eine Bürde."

Diese Antwort hatte Darja Alexandrowna trotz des gutmütigen Wesens der jungen Frau sehr abgestoßen. Doch als sie sich jetzt ungewollt dieser zynischen Worte erinnerte, fand sie, daß sie doch auch ein Körnchen Wahrheit enthielten.

Was hat man überhaupt vom Leben? dachte Darja Alexandrowna, als sie sich rückblickend die ganze Zeit ihrer fünfzehnjährigen Ehe vergegenwärtigte. Kommt man in andere Umstände, dann leidet man unter Übelkeit, der Kopf ist benommen, man stumpft gegen alles ab, und, vor allem, man wird so entsetzlich verunstaltet. Selbst Kitty, die hübsche, jugendfrische Kitty, hat sich so zu ihrem Nachteil verändert, und ich erst gar sehe als Schwangere geradezu abstoßend aus, das weiß ich selbst. Dann die Niederkunft, die Wehen, die entsetzlichen Qualen in den letzten Augenblicken ... und danach all die schlaflosen Nächte, das Stillen, diese unerträglichen Schmerzen ...

Darja Alexandrowna schauerte allein schon bei der Erinnerung an die Qualen zusammen, die sie fast bei jedem ihrer Kinder durch aufgesprungene Brustwarzen erlitten hatte. Dann die verschiedenen Kinderkrankheiten, die ewige Angst, hierauf die Erziehung, die Bekämpfung schlechter Anlagen (sie erinnerte sich dabei der Missetat der kleinen Mascha beim Himbeerpflücken), der Unterricht, das Latein – alles das ist so anstrengend und schwer. Und zu allem auch noch die Gefahr, daß einem die Kinder durch den Tod entrissen werden können. Und wiederum wurde in ihrem Mutterherzen die schmerzliche, sie unablässig bedrückende Erinnnerung an den Tod ihres letzten Söhnchens wach, das als Säugling an der Halsbräune gestorben war; sie dachte an seine Beerdigung, an den Gleichmut, mit dem alle den kleinen rosa Sarg betrachtet hatten, und an den herzzerreißenden Schmerz, den nur sie beim Anblick der kleinen blassen Stirn, der sich an den Schläfen ringelnden Härchen und des geöffneten Mündchens empfunden hatte, das wie erstaunt aus dem Sarg hervorblickte, als der rosa Deckel mit dem Kreuz aus Goldborte darauf geschlossen wurde.

Und wozu das alles? Wie soll das alles werden? Ich finde keinen Augenblick Ruhe, bin entweder in andern Umständen oder muß stillen, bin immer gereizt und mürrisch, zerquäle mich selbst und andere, errege den Widerwillen meines Mannes und verbringe so mein Leben, während die Kinder zu unglücklichen, schlecht erzogenen und bettelarmen Menschen heranwachsen. Auch jetzt zum Beispiel weiß ich nicht, womit wir unseren Lebensunterhalt bestritten hätten, wenn ich nicht mit den Kindern den Sommer über bei Kostja und Kitty untergekommen wäre. Die beiden sind ja so taktvoll und lassen es einen nicht fühlen; aber auf die Dauer geht das doch nicht. Sie werden selbst Kinder bekommen und uns dann nicht mehr unterstützen können; schon jetzt schränken sie sich ein. Soll dann etwa Papa helfen, der ohnehin für sich selbst so gut wie nichts zurückbehalten hat? Also kann ich nicht einmal die Kinder großziehen, ohne die Hilfe anderer in Anspruch zu nehmen und mich zu demütigen. Aber selbst wenn man das Günstigste annimmt, wenn alle Kinder am Leben bleiben und es mir gelingt, sie schlecht und recht großzuziehen, kann ich auch im besten Falle nicht mehr erreichen, als daß sie keine ausgesprochenen Taugenichtse werden. Das ist alles, was ich mir wünschen kann. Und dafür so viele Qualen, so viele Mühen! Das ganze Leben geht damit hin …

„Ist es noch weit, Michail?“ fragte Darja Alexandrowna den Kontoristen, um die bedrückenden Gedanken zu verscheuchen.

„Von diesem Dorf sollen es noch sieben Werst sein.“

Von der Dorfstraße fuhr der Wagen zu einer kleinen Brücke hinunter. Auf der Brücke begegneten ihnen laut und munter schwatzende Bäuerinnen, die alle ein Bündel Garbenseile auf den Schultern trugen. Die Frauen blieben auf der Brücke stehen und betrachteten neugierig den Kutschwagen. Alle hatten gesunde, fröhliche Gesichter und schienen mit ihrer Freude am Leben Darja Alexandrowna geradzu verhöhnen zu wollen. Ja, alle leben, alle genießen das Leben, hing Darja Alexandrowna wieder ihren Gedanken nach, als sie an den Bäuerinnen vorbei wieder die Anhöhe hinaufgefahren waren und nun in dem angenehm federnden alten Wagen im Trab weiterfuhren. Ich dagegen bin meiner Welt, in der ich von Sorgen erdrückt werde, wie einem Kerker entflohen und gerade jetzt für einen Augenblick zur Besinnung gekommen. Sie alle genießen das Leben: diese Bäuerinnen, meine Schwester Natalie, Warenka und auch Anna, zu der ich jetzt fahre – nur ich nicht.

Jetzt fallen alle über Anna her. Warum eigentlich? Bin ich etwa besser als sie? Ich habe wenigstens einen Mann, den ich liebe. Und wenn meine Liebe zu ihm auch nicht so ist, wie ich es gern möchte, so liebe ich ihn doch immerhin, während Anna ihren Mann nie geliebt hat. Worin liegt ihre Schuld? Sie will leben. Dieses Verlangen ist uns von Gott in die Seele gelegt. Es ist gut möglich, daß ich an ihrer Stelle ebenso gehandelt hätte. Ich weiß auch jetzt noch nicht, ob es richtig war, auf sie zu hören, als sie in jener schrecklichen Zeit zu mir nach Moskau kam. Damals hätte ich meinen Mann verlassen und ein neues Leben beginnen sollen. Ich hätte einen andern wirklich liebgewinnen und eine echte Gegenliebe finden können. Hat sich denn etwas gebessert? Ich achte ihn nicht. Ich brauche ihn, sagte sie sich, wobei sie an ihren Mann dachte, und ich ertrage ihn daher. Ist das etwa besser? Damals konnte man noch Gefallen an mir finden, meine Schönheit war noch nicht dahin, setzt Darja Alexandrowna ihren Gedankengang fort und verspürte das Bedürfnis, sich im Spiegel zu betrachten. Sie hatte einen kleinen Spiegel in ihrer Reisetasche und schickte sich an, ihn hervorzuholen; doch als sie dabei auf die Rücken des Kutschers und des auf dem Bock hin und her schwankenden Kontoristen blickte, sagte sie sich, daß es doch zu peinlich wäre, wenn sich einer von ihnen gerade umdrehen sollte, und gab ihre Absicht auf.

Doch auch ohne sich durch eine Blick in den Spiegel zu vergewissern, war Darja Alexandrowna der Meinung, daß es auch jetzt noch nicht zu spät sei. Sie dachte an Sergej Iwanowitsch, der immer besonders liebenswürdig zu ihr war, und an Stiwas Freund, den gutmütigen Turowzyn, der sie während der Scharlachepidemie in so rührender Weise bei der Pflege der Kinder unterstützt hatte und in sie verliebt war. Außerdem war da noch ein ganz junger Mann, der sie, wie ihr Stiwa scherzend erzählt hatte, von den drei Schwestern für die schönste hielt. Und Darja Alexandrowna malte sich in Gedanken die verwegensten und phantastischsten Liebesgeschichten aus. Anna hat völlig richtig gehandelt, und ich werde ihr natürlich keinerlei Vorwürfe machen. Sie ist selbst glücklich, beglückt einen anderen Menschen und fühlt sich nicht so vom Leben niedergedrückt wie ich, sondern ist sicherlich noch ebenso frisch, geistig rege und für alles aufgeschlossen, wie sie es immer war. Bei diesem Gedanken verzog Darja Alexandrowna die Lippen zu einem schelmischen Lächeln, weil sie sich in ihrer Phantasie dabei als Gegenstück zu der Liebesgeschichte Annas ein eigenes, fast gleichartiges Liebesglück ausmalte, mit einem freilich nur in ihrer Einbildung existierenden Mann, der in sie verliebt war. Sie würde ihrem Mann, ebenso wie Anna es getan hatte, alles gestehen. Und bei dem Gedanken daran, was für ein verblüfftes und betroffenes Gesicht Stepan Arkadjitsch bei dieser Eröffnung machen würde, mußte sie lächeln.

In solche Träumereien versunken, langte Darja Alexandrowna schließlich an der Stelle an, wo der Weg nach Wosdwishenskoje von der Landstraße abbog.

17

Der Kutscher hielt das Viergespann an und blickte sich nach rechts um, wo sich auf einem Roggenfeld etliche Bauern neben einem Fuhrwerk niedergelassen hatten. Der Kontorist wollte schon abspringen, besann sich jedoch eines anderen, rief die Bauern in herrischem Ton an und gab durch energische Handbewegungen zu verstehen, daß einer von ihnen herankommen sollte. Der leichte Wind, dem sie während des Fahrens ausgesetzt gewesen waren, war jetzt, als der Wagen stand, nicht mehr zu spüren; die Pferde schlugen wütend mit dem Schweif um sich, um die Bremsen zu verscheuchen, die sich auf ihren schweißbedeckten Körpern niederließen. Der metallene Klang vom Dengeln einer Sense, der vom Fuhrwerk der Bauern herübergeschallt war, verstummte. Einer der Bauern stand auf und kam auf die Kutsche zu.

„Heda, bequemst du dich endlich?" rief der Kontorist barsch dem Bauern zu, der mit seinen bloßen Füßen auf dem holprigen, ausgetrockneten Wege recht langsam ging. „Mach schneller!"

Der alte Bauer, der sein welliges Haar mit einem Baststreifen hochgebunden hatte und an dessen gekrümmtem Rücken das durchschwitzte Hemd klebte, beschleunigte seine Schritte und legte, als er die Kutsche erreicht hatte, seine sonnengebräunte Hand auf den Kotflügel.

„Nach Wosdwishenskoje, zum Gutshof? Zum Grafen?" wiederholte er die an ihn gerichteten Fragen. „Da müßt ihr noch dieses Stückchen bergauf fahren und dann links abbiegen. Und dann immer die Allee entlang, da kommt ihr direkt drauf zu. Zu wem wollt ihr denn? Zum Grafen selbst?"

„Ob sie wohl zu Hause sind, mein Lieber?" fragte Darja Alexandrowna ganz allgemein; sie wußte nicht recht, auf welche Weise sie sich, selbst bei diesem einfachen Bauern, nach Anna erkundigen sollte.

„Das werden sie wohl", antwortete der Bauer, der von einem Fuß auf den anderen trat und dabei auf dem staubigen Boden deutliche Abdrücke seiner Fußsohlen mit allen fünf Zehen hinterließ. „Das werden sie wohl", wiederholte er, offenbar in dem Wunsch, ein Gespräch in Gang zu bringen. „Gestern sind wieder Gäste angekommen. Immerzu sind Gäste da ... Was gibt's?" wandte er sich zu einem jungen Burschen um, der ihm vom Fuhrwerk her etwas zurief. „Ach so! Vorhin sind sie hier alle vorbeigeritten, um beim Mähen zuzusehen. Jetzt werden sie wohl zu Hause sein. Wo kommt ihr denn her?"

„Aus einer anderen Gegend", antwortete der Kutscher und stieg wieder auf den Bock. „Es ist also nicht mehr weit?"

„Ich sage ja, gleich um die Ecke. Sowie du auf die Straße kommst ...", sagte er und strich mit der Hand über den Kotflügel.

Inzwischen war auch der junge Bauer, ein gesunder, stämmiger Bursche, herangekommen.

„Werden nicht Leute gebraucht für die Erntearbeit?" fragte er.

„Das weiß ich nicht, mein Lieber."

„Also links mußt du einbiegen, dann kommst du geradeswegs hin", sagte wieder der alte Bauer, der die Reisenden offensichtlich gern noch eine Weile festgehalten hätte, um sich mit ihnen zu unterhalten.

Der Kutscher trieb die Pferde an; doch kaum waren sie nach links abgeschwenkt, da ertönten hinter ihnen Rufe:

„Halt! He, guter Freund! Halte an!" riefen ihnen beide Bauern nach.

Der Kutscher brachte die Pferde zum Stehen.

„Da kommen sie selbst! Das sind sie!" rief der Bauer. „Sieh mal, wie sie herangesprengt kommen." Er zeigte auf den Weg, auf dem sich, gefolgt von einem zweisitzigen Wagen, vier Reiter näherten.

Die Reiterkavalkade bestand aus Wronski, Anna, Weslowski und einem Jockei, während im Wagen die Prinzessin Warwara und Swijashski saßen. Sie hatten einen Ausflug in die Felder unternommen, um die neueingetroffenen Mähmaschinen bei der Arbeit zu beobachten.

Nachdem die Kutsche angehalten hatte, ließen die Reiter ihre Pferde im Schritt gehen. An der Spitze ritten Anna und Weslowski. Anna ritt in ruhigem Trab auf einem kleinen gedrungenen englischen Pferd mit gestutzter Mähne und kurzem Schweif. Dolly betrachtete bewundernd ihren schönen Kopf mit dem unter dem hohen Hut hervorquellenden schwarzen Haar, ihre vollen Schultern, die schlanke Taille in dem schwarzen Amazonenkleid und die ganze ruhige, graziöse Haltung Annas.

Daß Anna ritt, schien Dolly im ersten Augenblick unschicklich. Nach den Vorstellungen, die sich Darja Alexandrowna vom Reitsport für Damen machte, verband sich damit so etwas wie eine jugendliche, übersprühende Koketterie, die ihrer Ansicht nach nicht zu Annas Lage paßte; doch als sie sie jetzt aus nächster Nähe betrachtete, ließ sie diese Bedenken sofort fallen. Trotz der eleganten Aufmachung wirkte alles, sowohl Annas Haltung als auch ihre Kleidung und ihre Bewegungen, so schlicht, ruhig und würdevoll, daß sich nichts Natürlicheres denken ließ.

Darja Alexandrowna konnte sich nicht eines vergnügten Lächelns erwehren, als sie jetzt in dem Reiter neben Anna Wassenka Weslowski erkannte; die dicken Beine vorgestreckt und offenbar mit sich selbst höchst zufrieden, ritt er in seiner Schottenmütze mit wehenden Bändern auf einem grauen erhitzten Kavalleriepferd. Hinter den beiden folgte Wronski. Er ritt ein rassiges dunkelbraunes Pferd, das durch den Galopp in Hitze geraten war und das er nun durch Anziehen der Zügel zu beruhigen suchte.

Hinter Wronski ritt ein Mann von kleinem Wuchs in Jockeikleidung. Der neue zweisitzige, mit einem großen schwarzen Traber gespannte Wagen, in dem Swijashski und die Prinzessin saßen, holte jetzt die Reiter ein.

In dem Augenblick, als Anna in der kleinen, zusammengekauert in einer Ecke der alten Kutsche sitzenden Gestalt Dolly erkannte, verklärte sich ihr Gesicht zu einem strahlenden Lächeln. Sie stieß einen Freudenruf aus, zuckte im Sattel zusammen und setzte das Pferd in Galopp. Bei der Kutsche angelangt, sprang sie ohne Hilfe vom Pferd und kam, ihr Reitkleid schürzend, auf Dolly zugelaufen.

„Das habe ich immer schon gehofft und doch wieder nicht zu hoffen gewagt. Ist das eine Freude! Du kannst dir gar nicht vorstellen, wie froh ich über dein Kommen bin!“ sagte sie, wobei sie sich abwechselnd entweder mit dem Gesicht an Dolly schmiegte und sie küßte oder sich zurückbeugte und sie mit einem Lächeln betrachtete.

„Denke dir nur, welche Freude, Alexej!“ sagte sie, sich zu Wronski umblickend, der vom Pferd gestiegen war und auf den Wagen zukam.

Wronski zog seinen hohen grauen Hut und trat zu Dolly heran.

„Ich kann Ihnen gar nicht sagen, wie sehr wir uns über Ihren Besuch freuen“, erklärte er in besonders nachdrücklichem Ton, und sein Lächeln ließ seine kräftigen weißen Zähne sichtbar werden.

Wassenka Weslowski blieb auf dem Pferde sitzen und begnügte sich damit, zur Begrüßung Dollys seine Mütze abzunehmen und deren Bänder fröhlich über seinem Kopf zu schwenken.

„Das ist Prinzessin Warwara", erklärte Anna auf den fragenden Blick Dollys, als der Wagen herangekommen war.

„Ach!" sagte Darja Alexandrowna, deren Gesicht unwillkürlich einen mißvergnügten Ausdruck annahm.

Die Prinzessin Warwara war eine Tante ihres Mannes, die sie schon lange kannte und nicht leiden mochte. Sie wußte, daß die Prinzessin ihr ganzes Leben als ewiger Logisgast bei reichen Verwandten gefristet hatte; doch daß sie sich auch bei Wronski, einem ihr völlig fremden Menschen, eingenistet hatte, war ihr um ihres Mannes willen peinlich. Anna, die den Ausdruck in Dollys Gesicht bemerkte, wurde verlegen; sie errötete, ließ den geschürzten Rock ihres Reitkleides aus der Hand gleiten und stolperte darüber.

Darja Alexandrowna trat an den stehengebliebenen Wagen heran und begrüßte in kühlem Ton die Prinzessin Warwara. Mit Swijashski war sie ebenfalls bekannt. Er erkundigte sich, wie es seinem eigenbrötlerischen Freunde und dessen junger Frau ergehe, und nachdem er mit einem flüchtigen Blick die sonderbar zusammengewürfelten Pferde und die geflickten Kotflügel der alten Kutsche gemustert hatte, schlug er den Damen vor, die Fahrt in dem eleganten Dogcart fortzusetzen.

„Das Pferd ist zahm, und die Prinzessin kutschiert ausgezeichnet", fügte er hinzu. „Und ich werde in dieses Vehikel steigen."

„Nein, setzen Sie sich wieder auf Ihren Platz", widersprach Anna, als sie Swijashskis Vorschlag hörte, „und ich werde mich zu Dolly in die Kutsche setzen." Sie hakte Dolly unter und führte sie weg.

Darja Alexandrowna gingen förmlich die Augen über beim Anblick einer solchen noch nie zuvor gesehenen luxuriösen Equipage, der prächtigen Pferde und der eleganten, strahlenden Menschen, die sie hier umgaben. Am meisten aber staunte sie, welche Veränderung mit Anna, die sie von früher kannte und immer geliebt hatte, vor sich gegangen war. Einer anderen Frau mit weniger scharfer Beobachtungsgabe, die Anna, wie sie früher war, nicht gekannt und sich insbesondere nicht vorher mit jenen Gedanken beschäftigt hätte, die Darja Alexandrowna durch den Kopf gegangen waren, wäre vielleicht an Anna nichts Besonderes aufgefallen. Dolly hingegen war von jener eigenartigen Schönheit fasziniert, die Frauen immer nur vorübergehend, in Augenblicken höchsten Liebesglücks, eigen ist und die sie jetzt in Annas Gesicht wahrnahm. Alles an ihr – die deutlich ausgeprägten Grübchen in den Wangen und am Kinn, der Schwung ihrer Lippen, ihr Lächeln, das über ihr ganzes Gesicht zu huschen schien, der

Glanz ihrer Augen, die Anmut und Schnelligkeit ihrer Bewegungen, der volle Ton ihrer Stimme, ja selbst die freundlich-strenge Art, in der sie Weslowski antwortete, als dieser sie um die Erlaubnis bat, sich auf ihr Pferd setzen zu dürfen, um ihm den rechtsseitigen Galopp beizubringen –, jeder einzelne Zug an ihr war bezaubernd, was anscheinend auch von ihr selbst empfunden wurde und ihr Freude bereitete.

Als sich jetzt beide Frauen in den Wagen setzten, bemächtigte sich ihrer plötzlich eine gewisse Verlegenheit. Anna fühlte sich unter dem aufmerksam-prüfenden Blick befangen, mit dem Dolly sie betrachtete, und Dolly ihrerseits schämte sich nach der abfälligen Bemerkung, die Swijashski über das „Vehikel" gemacht hatte, unwillkürlich wegen der unansehnlichen alten Kutsche, in der Anna neben ihr Platz nahm. Filipp, der Kutscher, und der Kontorist schienen das gleiche zu empfinden. Der Kontorist suchte seine Verlegenheit unter der übertriebenen Geschäftigkeit zu verbergen, mit der er den Damen beim Einsteigen half, während Filipp ein finsteres Gesicht machte und von vornherein entschlossen war, sich durch diesen äußeren Glanz nicht blenden zu lassen. Er lächelte ironisch, als er den schwarzen Traber beobachtete, und war sich schon im klaren darüber, daß dieser Rappe wohl ganz gut für eine Spazierfahrt mit einem leichten Wagen sein mochte, aber kaum imstande sein würde, in der Hitze vierzig Werst ohne Ablösung zu laufen.

Die Bauern, die neben ihrem Fuhrwerk gehockt hatten, waren alle aufgestanden und tauschten miteinander Bemerkungen aus, während sie neugierig und vergnügt die Begrüßung des eingetroffenen Besuchs beobachteten.

„Die freuen sich auch; sie werden sich wohl lange nicht gesehen haben", meinte jener alte Bauer, der einen Baststreifen um sein welliges Haar gewunden hatte.

„Ja, Onkel Gerassim, so einen Hengst wie den Rappen da müßten wir haben, dann wäre das Einbringen der Garben bald geschafft."

„Seht mal, ist das ein Frauenzimmer dort in den Hosen?" sagte einer der Bauern und zeigte auf Wassenka Weslowski, der sich eben in den Damensattel setzte.

„Nein, ein Mann. Siehst du, wie geschickt er sich in den Sattel geschwungen hat?"

„Wie ist es denn, Kinder, mit unserem Schläfchen wird es wohl nichts mehr?"

„Wo werden wir jetzt noch schlafen", antwortete der alte Bauer mit einem flüchtigen Blick auf die Sonne. „Es geht schon auf den Nachmittag zu. Nehmt die Sensen und tretet an!"

Anna blickte in das eingefallene, abgehärmte Gesicht Dollys, in dessen Falten sich der Staub festgesetzt hatte, und wollte ihr sagen, was sie dachte: nämlich daß Dolly sehr elend aussah; doch als sie bedachte, daß sie selbst gleichsam aufgeblüht war und dies auch im Blick Dollys bestätigt fand, seufzte sie nur auf und begann von sich zu sprechen.

„Du siehst mich an und überlegst gewiß, ob ich in meiner Lage glücklich sein kann", sagte sie. „Das ist nur natürlich, und ich schäme mich auch, es zu bekennen – aber es ist so, daß ich ... daß ich unbeschreiblich glücklich bin. Mit mir ist etwas Zauberhaftes vor sich gegangen, wie man es wohl im Schlaf erlebt, wenn man etwas Furchtbares, Schreckliches träumt und dann plötzlich aufwacht und merkt, daß all dieses Schreckliche gar nicht da ist. Ich bin aufgewacht. Ich habe gelitten, habe Schreckliches durchgemacht, aber jetzt bin ich schon lange, und besonders seitdem wir hier sind, unsagbar glücklich!" sagte sie und blickte Dolly mit einem zaghaft-forschenden Lächeln ins Gesicht.

„Ich freue mich so darüber!" antwortete Dolly lächelnd, aber unwillkürlich in etwas kühlerem Ton, als sie es wollte. „Ich freue mich sehr für dich. Warum hast du mir nie geschrieben?."

„Warum? Weil ich mich nicht getraut habe ... Du vergißt meine Lage ..."

„An mich – an mich hast du dich nicht zu schreiben getraut? Wenn du wüßtest, wie ich ... Ich finde, daß ..."

Darja Alexandrowna wollte etwas von den Gedanken erwähnen, die ihr heute morgen durch den Kopf gegangen waren, doch aus irgendeinem Grunde schien ihr das jetzt fehl am Platze zu sein.

„Nun, darüber werden wir noch sprechen. Was sind denn das alles für Gebäude?" fragte sie, in dem Wunsche, das Gesprächsthema zu wechseln, und zeigte auf die roten und grünen Dächer, die zwischen einer Hecke aus blühenden Akazien und Fliedersträuchern durchschimmerten. „Das scheint ja eine ganze kleine Stadt zu sein."

Doch Anna ging auf ihre Frage nicht ein.

„Nein, nein! Du mußt mir sagen, wie du über meine Lage denkst, wie du sie beurteilst!" bestürmte sie Dolly.

„Ich bin der Meinung ...", begann Darja Alexandrowna, wurde jedoch von Wassenka Weslowski unterbrochen, der das Pferd Annas unterdessen zum rechtsseitigen Galopp abgerichtet hatte und nun, in seinem kurzen Jackett auf dem wildledernen Damensattel schwerfällig auf und ab schnellend, an ihnen vorbeigaloppierte.

„Es geht schon, Anna Arkadjewna!“ rief er.

Anna schenkte ihm keine Beachtung und wartete auf Dollys Antwort. Aber Dolly hielt es auch jetzt für unangebracht, im Wagen eine langwierige Erörterung zu beginnen, und faßte ihre Gedanken daher in einer kurzen Erklärung zusammen.

„Ich habe mir überhaupt kein Urteil gebildet“, sagte sie. „Aber ich habe dich immer liebgehabt, und wenn man jemand liebhat, dann liebt man den ganzen Menschen, wie er ist, und nicht, wie man sich wünscht, daß er sein sollte.“

Anna wandte ihren Blick vom Gesicht der Freundin ab, kniff die Augen zusammen (das war eine neue Angewohnheit, die Dolly an ihr noch nicht kannte) und sann eine Weile nach, um die ganze Bedeutung dieser Worte zu erfassen. Und nachdem sie sie offenbar so gedeutet hatte, wie es ihren Wünschen entsprach, blickte sie wieder Dolly an.

„Wenn du Sünden hast“, sagte sie, „mögen sie dir alle um deines Besuches und dieser Worte willen erlassen werden.“

Dolly bemerkte, daß Anna Tränen in die Augen getreten waren. Sie drückte ihr wortlos die Hand.

„Also was sind das für Gebäude? In so großer Anzahl?“ wiederholte sie nach kurzem Schweigen ihre Frage.

„Das sind die Wohnungen der Angestellten, das Gestüt und die Pferdeställe“, erklärte Anna. „Und hier fängt der Park an. Er war sehr verwahrlost, aber Alexej hat alles instand gesetzt. Er hängt sehr an diesem Gut und geht, was ich nie erwartet hätte, mit Leib und Seele in der Wirtschaft auf. Er ist ja eine so reiche Natur! Was immer er auch anfängt, das führt er tadellos durch. Er langweilt sich nicht dabei, nein, er gibt sich der Arbeit mit wahrer Leidenschaft hin. Soweit ich das beurteilen kann, ist er ein sehr vernünftig rechnender, vorzüglicher Landwirt geworden, der in der Wirtschaft sogar geizig ist. Aber nur in der Wirtschaft. Wenn es sich um Zehntausende handelt, ist er nicht kleinlich“, erzählte sie mit jenem fröhlich-listigen Lächeln, das man bei Frauen häufig beobachten kann, wenn sie von verborgenen, nur ihnen allein bekannten Eigenschaften eines geliebten Menschen sprechen. „Siehst du zum Beispiel jenes große Gebäude dort? Das ist das neue Krankenhaus. Es wird ihn, schätze ich, auf mehr als hunderttausend Rubel zu stehen kommen. Das ist jetzt sein Steckenpferd. Und weißt du, wie es dazu gekommen ist? Die Bauern hatten ihn, glaube ich, gebeten, ihnen die Wiesen zu einem niedrigeren Pachtpreis zu überlassen, aber er lehnte es ab, und ich warf ihm daraufhin vor, daß er geizig sei. Natürlich ist dies nicht der einzige Grund, aber das hat mit dazu beigetragen, daß er sich zum Bau dieses Krankenhauses entschloß, weil er damit beweisen will, verstehst du, wie wenig geizig er ist. Du kannst einwenden, daß dies une petitesse sei; doch ich liebe ihn deswegen nur um so mehr. Jetzt wirst du auch gleich das Wohnhaus sehen. Es stammt noch von seinem Großvater und ist äußerlich völlig unverändert geblieben."

„Wie wundervoll!" rief Dolly überrascht, als sich das prächtige Bauwerk mit seinen Säulen von dem verschiedenfarbigen Laub der alten Bäume des Gartens abhob.

„Nicht wahr, es ist schön? Und aus dem Hause hat man von oben eine wundervolle Aussicht."

Sie bogen in den mit Kies bestreuten, gartenartig gehaltenen Hof ein, in dem zwei Arbeiter dabei waren, ein umgegrabenes Beet mit unbearbeiteten, porösen Steinen einzufassen, und hielten vor dem überdachten Portal.

„Sieh mal, die anderen sind schon da!" sagte Anna mit einem Blick auf die Reitpferde, die gerade von der Auffahrt weggeführt wurden. „Nicht wahr, es ist doch ein schönes Tier? Es ist ein englisches cob, mein Lieblingspferd. Führt es mal her und gebt mir Zucker. Wo ist der Herr Graf?" fragte sie zwei livrierte Lakaien, die aus dem Portal gestürzt kamen. „Ah, da ist er ja", fügte sie hinzu, als sie Wronski und Weslowski erblickte, die auf sie zukamen.

„Wo gedenken Sie die Fürstin unterzubringen?" wandte sich Wronski auf französisch an Anna und begrüßte dann, ohne erst eine Antwort abzuwarten, nochmals Darja Alexandrowna, der er die Hand küßte. „Am besten wohl im großen Balkonzimmer?"

„Ach nein, das ist zu entlegen. Lieber im Eckzimmer, da sind wir einander näher. Nun komm schon", sagte Anna und hielt ihrem Lieblingspferd den Zucker hin, den ihr der Lakai gebracht hatte. „Et vous oubliez votre devoir." Sie wandte sich zu Weslowski um, der ebenfalls herangekommen war.

„Pardon, j'en ai tout plein les poches", verteidigte er sich lächelnd und kramte mit den Fingern in seiner Westentasche.

„Mais vous venez trop tard", sagte sie, während sie sich mit dem Taschentuch die Hand abwischte, die naß geworden war, als sie ihr Pferd mit Zucker fütterte. „Wie lange gedenkst du zu bleiben?" wandte sie sich dann an Dolly. „Wie? Nur einen Tag? Das ist ausgeschlossen!"

„Ich habe es doch versprochen, und die Kinder ...", antwortete Dolly, die sich unbehaglich fühlte, weil sie ihre armselige Reisetasche aus dem Wagen nehmen mußte und weil sie überdies wußte, daß ihr Gesicht durch den Staub sehr verunreinigt war.

„Nein, Dolly, mein Herzblatt ... Nun, wir werden weitersehen. Komm jetzt, komm!" Und Anna führte Dolly in ihr Zimmer.

Es war nicht jenes Prachtzimmer, das Wronski vorgeschlagen

hatte, sondern ein weniger prunkvolles, so daß sich Anna wegen seiner Einrichtung bei Dolly entschuldigte. Aber auch dieses Zimmer, dessentwegen sich Anna entschuldigen zu müssen glaubte, war mit einem so üppigen Luxus ausgestattet, wie Dolly ihn in ihrem ganzen Leben nie gewohnt gewesen war und allenfalls nur aus den ersten Hotels im Ausland kannte.

„Ach, mein Herzblatt, ich bin ja so froh!" sagte Anna, die sich in ihrem Reitkostüm noch für einen Augenblick zu Dolly setzte. „Erzähle doch, wie es zu Hause geht. Mit Stiwa bin ich flüchtig zusammengekommen. Aber er weiß ja nichts von den Kindern zu erzählen. Was macht meine liebe Tanja? Sie ist wohl schon ein großes Mädchen, denke ich mir?"

„Ja, sie ist sehr gewachsen", antwortete Darja Alexandrowna kurz und war selbst erstaunt, daß sie von ihren Kindern in so kühlem Ton sprach. „Wir sind bei Lewins ausgezeichnet aufgehoben", fügte sie hinzu.

„Wenn ich es nur gewußt hätte, daß du mich nicht verachtest ...", begann Anna wieder. „Ihr könntet alle zu uns kommen. Stiwa ist doch ein guter alter Freund von Alexej", sagte sie und wurde plötzlich rot.

„Ja, aber wir haben es auch dort sehr gut, und ...", antwortete Dolly verlegen.

„Natürlich, ich rede vor lauter Freude dummes Zeug. Ich bin ja so froh, daß du gekommen bist, mein Herzblatt!" sagte Anna und küßte sie wieder. „Du hast mir aber noch nicht gesagt, wie und was du über mich denkst, und das möchte ich doch von dir hören. Auf jeden Fall freue ich mich, daß du hier sehen wirst, wie ich in Wirklichkeit bin. Mir kommt es vor allem darauf an, daß die Leute nicht denken, ich wolle irgend etwas beweisen. Ich will gar nichts beweisen, ich will einfach leben und niemand etwas zuleide tun – außer mir selbst. Und dazu bin ich doch berechtigt, nicht wahr? Doch das ist eine lange Geschichte, über die wir uns noch in Ruhe aussprechen müssen. Ich will mich jetzt erst einmal umziehen und werde dir eins der Mädchen schicken."

19

Als sich Darja Alexandrowna jetzt selbst überlassen war, musterte sie das ganze Zimmer mit den Augen der Hausfrau. Alles, was sie schon bei der Ankunft vor dem Haus und dann im Hause selbst gesehen hatte und was sie jetzt in ihrem Zimmer vorfand, überraschte sie durch die verschwenderische Pracht und jenen neuen europäischen Luxus, von dem sie bisher nur in englischen Romanen gelesen hatte, dem sie aber in Rußland und zumal auf dem Lande noch nie begegnet war. Alles war hier neu, von den modernen französischen Tapeten bis zum Teppich, der den ganzen Boden des Zimmers bedeckte. Das Bett hatte eine Sprungfedermatratze mit erhöhtem Kopfende, und die kleinen Kopfkissen steckten in Bezügen aus persischer Seide. Der marmorne Waschtisch, der Toilettentisch, die Chaiselongue, die kleinen Tische, die Bronzeuhr auf dem Kamin, die Gardinen und Portieren – alles war kostbar und neu.

Die aufgeputzte Kammerzofe, die sich einfand, um ihre Dienste anzubieten, und die moderner frisiert und gekleidet war als Dolly, machte den gleichen Eindruck wie das ganze Zimmer: neu und elegant. Die Höflichkeit, Sauberkeit und Dienstbeflissenheit der Zofe empfand Darja Alexandrowna als sehr angenehm, aber sie genierte sich ein wenig vor ihr; es war ihr peinlich, daß die Zofe ihre geflickte Nachtjacke sehen würde, die sie unbedachterweise ausgerechnet für diese Reise eingepackt hatte. Dieselben Flicken und gestopften Stellen, auf die sie zu Hause so stolz war, empfand sie jetzt als beschämend. Zu Hause hatte sie berechnet, daß für sechs Nachtjacken vierundzwanzig Arschin Nansok zu fünfundzwanzig Kopeken je Arschin nötig seien, was, ohne den Besatz und den Macherlohn, mehr als fünfzehn Rubel ausmachen würde, und diese Ausgabe hatte sie sich vorläufig erspart. Und wenn sie sich wegen der Flicken auch nicht zu schämen brauchte, so waren sie ihr vor der fremden Zofe doch peinlich.

Darja Alexandrowna verspürte jedenfalls eine große Erleichterung, als jetzt Annuschka ins Zimmer kam, die sie seit langem kannte. Die elegante Kammerzofe wurde von der Frau des Hauses benötigt, und Annuschka blieb bei Darja Alexandrowna.

Annuschka war offensichtlich über den Besuch Darja Alexandrownas sehr erfreut und redete unaufhörlich. Dolly merkte, daß sie gern ihre Meinung über die Lage ihrer Herrin geäußert hätte und namentlich auch über die Liebe und Ergebenheit, die der Graf für Anna Arkadjewna empfand; aber Dolly war sorgsam darauf bedacht, sie zurückzuhalten, sobald sie darauf zu sprechen kommen wollte.

„Ich bin ja zusammen mit Anna Arkadjewna aufgewachsen und liebe sie mehr als alles in der Welt. Unsereins kann sich natürlich kein Urteil erlauben. Aber wenn man sieht, daß eine Liebe so groß ist …“

„Also gib dies bitte zum Waschen ab, wenn es möglich ist“, fiel ihr Darja Alexandrowna ins Wort.

„Zu Befehl. Für die kleine Wäsche sind bei uns extra zwei

Frauen eingestellt, und die großen Stücke kommen alle in die Maschine. Der Herr Graf kümmert sich um alles selbst. Ja, so ein Mann..."

Dolly war froh, als jetzt Anna zurückkam und durch ihre Anwesenheit dem Redefluß Annuschkas Einhalt gebot.

Anna hatte inzwischen ein ganz schlicht gearbeitetes Batistkleid angezogen. Dolly sah sich dieses schlichte Kleid genau an. Sie wußte, was sie davon zu halten hatte und wieviel Geld eine solche Schlichtheit kostete.

„Eine alte Bekannte", sagte Anna und wies auf Annuschka.

Anna zeigte jetzt keinerlei Anzeichen von Verlegenheit. Sie war völlig unbefangen und ruhig. Dolly merkte, daß sie die Erregung, in die sie durch ihre Ankunft versetzt worden war, bereits gänzlich überwunden hatte und zu jenem oberflächlichen, gleichmütigen Ton übergegangen war, bei dem man den Eindruck hatte, daß die Pforte, hinter der sich ihre Gefühle und geheimsten Gedanken verbargen, zugeschlagen sei.

„Wie geht es denn deinem Töchterchen, Anna?" fragte Dolly.

„Annie?" (So nannte sie ihre Tochter, die auch Anna hieß.) „Sie ist gesund. Sie hat sich sehr herausgemacht. Willst du sie sehen? Komm, ich werde sie dir zeigen. Wir hatten ungeheuer viel Scherereien mit den Kindermädchen", erzählte sie weiter. „Als Amme hatten wir eine Italienerin. Sie ist gutmütig, aber unglaublich dumm. Wir wollten sie schon entlassen, aber die Kleine hat sich so an sie gewöhnt, daß wir sie immer noch behalten haben."

„Wie wollt ihr es nun mit ihr halten?" begann Dolly und wollte eigentlich fragen, wessen Namen die Kleine tragen sollte; aber da sie bemerkte, daß sich Annas Gesicht plötzlich verfinsterte, gab sie ihrer Frage einen anderen Sinn.

„Wie haltet ihr es jetzt mit ihr? Habt ihr sie schon entwöhnt?"

Doch Anna hatte verstanden.

„Du hattest doch eine andere Frage im Sinn? Du wolltest dich wegen ihres Namens erkundigen, nicht wahr? Das ist Alexejs wunder Punkt. Sie hat keinen Namen. Das heißt, sie gilt als eine Karenina", sagte Anna und kniff die Augen dabei so zusammen, daß nur noch die Wimpern zu sehen waren. „Übrigens", fuhr sie mit plötzlich wieder aufgeheitertem Gesicht fort, „werden wir über alles das noch später sprechen. Komm jetzt, ich werde dir Annie zeigen. Elle est très gentille. Sie kann schon kriechen..."

Der Luxus, der Darja Alexandrowna im ganzen Hause überraschte, fiel ihr im Kinderzimmer besonders auf. Es gab hier Wägelchen, die man aus England hatte kommen lassen, Geräte für Gehübungen, ein gepolstertes Laufgitter, verschiedene Schaukeln und neuartige Badewannen. Alle diese Dinge waren englischer

Herkunft, von guter, solider Beschaffenheit und offenbar sehr teuer. Das Zimmer war groß, sehr hoch und hell.

Als Anna und Dolly ins Zimmer kamen, saß die Kleine, nur mit einem Hemdchen bekleidet, auf einem Kinderstühlchen am Tisch und war gerade dabei, ihre Bouillon zu verzehren, mit der sie sich die ganze Brust bekleckert hatte. Ein russisches Mädchen, dem die Bedienung im Kinderzimmer oblag, fütterte die Kleine und nahm anscheinend zugleich die eigene Mittagsmahlzeit ein. Weder die Amme noch die Bonne waren zugegen; sie hielten sich in einem Nebenzimmer auf, und man hörte, wie sie sich dort in einem Kauderwelsch von Französisch unterhielten – die einzige Art, in der sie sich miteinander verständigen konnten.

Sobald Annas Stimme ertönte, erschien die englische Bonne, eine aufgeputzte, hochgewachsene Person mit unangenehmem, unreinem Gesicht, in der Tür, warf mit einer hastigen Kopfbewegung ihre blonden Locken zurück und begann sich sofort zu rechtfertigen, ohne daß Anna ihr etwas vorgeworfen hatte. Auf alles, was Anna sagte, antwortete sie hastig und mehrmals nacheinander: „Yes, Mylady."

Das kleine rotwangige Mädchen mit seinem schwarzen Haar, den ebenso schwarzen Brauen und dem kräftigen, von der rosigen Haut straff umspannten kleinen Körper gefiel Darja Alexandrowna außerordentlich gut, ungeachtet der finsteren Miene, mit der es auf das ihm noch fremde Gesicht blickte; beim Anblick dieses vor Gesundheit strotzenden Kindes empfand Darja Alexandrowna sogar einen gewissen Neid. Auch die Art, wie sich die Kleine fortzubewegen wußte, imponierte ihr sehr. Keins ihrer eigenen Kinder war auf ähnliche Weise gekrochen. Als man die Kleine mit hinten hochgeschlagenem Kleidchen auf den Teppich setzte, benahm sie sich ganz allerliebst. Offensichtlich erfreut darüber, daß man ihr Beachtung schenkte, blickte sie sich mit ihren strahlenden Augen wie ein kleines Tier im Kreise der Erwachsenen um, streckte die Beinchen zur Seite aus, stemmte sich energisch auf die Arme und zog mit einem schnellen Ruck den ganzen kleinen Körper nach, worauf sie sich mit den Ärmchen erneut aufstützte.

Aber die allgemeine Atmosphäre im Kinderzimmer und namentlich die Engländerin sagten Darja Alexandrowna keineswegs zu. Daß Anna bei ihrer Menschenkenntnis zur Wartung ihres Töchterchens diese unsympathische und unansehnliche Engländerin eingestellt hatte, konnte sich Darja Alexandrowna nur so erklären, daß eine wirklich gute Bonne wahrscheinlich nicht bereit gewesen wäre, in einen Haushalt mit so ungeregelten Verhältnissen einzutreten. Außerdem erkannte Darja Alexandrowna gleich aus den ersten paar Worten, daß Anna, die Amme, die Bonne und das Kind keine rechte Fühlung miteinander hatten und daß der Besuch der Mutter im Kinderzimmer etwas Ungewöhnliches war. Anna wollte ihrem Töchterchen ein bestimmtes Spielzeug geben, konnte es jedoch nicht finden.

Am meisten indessen befremdete es Darja Alexandrowna, daß Anna auf die Frage, wieviel Zähne die Kleine bereits habe, eine falsche Auskunft gab und von den beiden letzten Zähnchen überhaupt noch nichts wußte.

„Mich bedrückt es manchmal, daß ich hier gleichsam überflüssig bin", sagte Anna, die beim Verlassen des Kinderzimmers ihre Schleppe hochnahm, um an den Spielsachen, die neben der Tür herumlagen, vorbeizukommen. „Beim ersten Kind war das anders."

„Ich dachte, im Gegenteil ...", warf Darja Alexandrowna zaghaft ein.

„O nein! Du weißt doch, daß ich Serjosha besucht habe", fuhr Anna fort und blickte mit zusammengekniffenen Augen vor sich hin, als wollte sie irgend etwas in der Ferne erkennen. „Doch darüber werden wir noch später sprechen. Du wirst es dir kaum vorstellen können, aber es geht mir so wie jemand, der ausgehungert ist, plötzlich an einen reich gedeckten Tisch gesetzt wird und dann nicht weiß, wonach er zuerst greifen soll. Der reich gedeckte Tisch – das bist du und all die Dinge, die ich mit dir besprechen möchte und über die ich mit niemand anderem sprechen konnte; und da weiß ich eben nicht, womit ich anfangen soll. Mais je ne vous ferai grâce de rien. Ich muß mir alles von der Seele reden. Ja, zunächst will ich dir einen Begriff von der Gesellschaft geben, die du bei uns antreffen wirst", fuhr sie fort. „Fangen wir mit den Damen an. Da ist die Prinzessin Warwara. Du kennst sie, und ich weiß, wie ihr, du und Stiwa, sie beurteilt. Stiwa behauptet, das einzige Ziel ihres Lebens bestehe darin, ihre Überlegenheit gegenüber unserer Tante Katerina Pawlowna zu beweisen. Das mag alles stimmen; aber sie hat ein gütiges Herz, und ich bin ihr unendlich dankbar. In Petersburg ergab sich eine Situation, in der ich unbedingt un chaperon brauchte. Da ist sie eingesprungen. Sie ist wirklich eine gute Seele und hat mir meine Lage sehr erleichtert. Ich sehe, daß du keinen rechten Begriff davon hast, was ich in Petersburg auszustehen hatte. Hier", fuhr sie fort, „bin ich völlig ruhig und glücklich. Doch davon später. Ich muß dir die übrigen Personen aufzählen. Da haben wir noch Swijashski; er ist Adelsmarschall und ein durch und durch anständiger Charakter, aber er hat mit Alexej irgendwelche Absichten. Begütert wie er ist, kann Alexej jetzt, nachdem wir hierher übergesiedelt sind, natürlich einen großen Einfluß ausüben. Ferner Tuschkewitsch, den du ja als ständigen Begleiter Betsys kennst. Er hat dort den Laufpaß erhalten und ist jetzt zu uns gekommen. Alexej meint, er gehöre zu jenen Menschen, die sehr angenehm sind, wenn man sie so einschätzt, wie sie es gern möchten; et puis, il est comme il faut, wie die Prinzessin Warwara sagt. Dann Weslowski – den kennst du ja auch. Er ist ein lieber Junge", sagte sie und lächelte belustigt. „Was war das denn für eine tolle Geschichte, die sich zwischen ihm und Lewin abgespielt hat? Er hat uns davon erzählt, aber wir können es gar nicht glauben. Il est très gentil et naïf", fügte sie, immer noch lächelnd, hinzu. „Männer brauchen Zerstreuung, Alexej muß immer von Menschen umgeben sein, und deshalb freue ich mich über alle diese Besucher. Bei uns muß es immer lebhaft und fröhlich zugehen, damit Alexej zufrieden ist und sich nichts anderes wünscht. Außerdem wirst du unseren Verwalter kennenlernen. Er ist Deutscher, ein sehr rühriger Mensch, der seine Sache versteht. Alexej schätzt ihn sehr. Dann wäre noch der Arzt zu nennen, ein junger Mensch, der wohl kein regelrechter Nihilist ist, aber, denk dir nur, beim Essen das Messer zum Munde führt; aber als Arzt ist er sehr tüchtig. Und schließlich der Architekt ... Une petite cour."

20

„So, Prinzessin, da bringe ich Ihnen nun auch Dolly, mit der Sie ja gern sprechen wollten", sagte Anna, als sie zusammen mit Darja Alexandrowna auf die große schattige Steinterrasse hinaustrat, wo die Prinzessin Warwara vor einem Stickrahmen saß und damit beschäftigt war, für den Grafen Alexej Kirillowitsch einen Sesselbezug zu besticken. „Dolly sagt, daß sie vor dem Mittagessen nichts mehr zu sich nehmen will, aber es wäre doch gut, wenn Sie ihr ein Frühstück bringen lassen wollten. Ich werde unterdessen Alexej ausfindig machen und dann die ganze Gesellschaft herholen."

Prinzessin Warwara begrüßte Dolly mit einem freundlichen, ein wenig gönnerhaften Lächeln und begann ihr sofort zu erklären, daß sie sich bei Anna, der sie von jeher mehr zugetan gewesen sei als ihre Schwester Katerina Pawlowna (das war die Tante, die Anna erzogen hatte), nur niedergelassen habe, weil sie es für ihre Pflicht halte, Anna jetzt, nachdem sie von allen verlassen sei, in dieser schweren Übergangszeit beizustehen.

„Wenn ihr Mann erst in die Scheidung eingewilligt hat, werde ich mich wieder in meine Einsamkeit zurückziehen; aber jetzt kann ich ihr eine Stütze sein, und im Gegensatz zu anderen Leuten erfülle ich, so schwer es mir auch fällt, nach bestem Können meine Pflicht. Und auch von dir ist es lieb, daß du hergekommen bist! Die beiden leben zusammen wie das glücklichste Ehepaar und haben sich dafür allein vor Gott zu verantworten, nicht vor uns. Und wie war es schließlich mit Birjusowski und der Awenjewa? War es denn selbst mit Nikandrow, mit Wassiljew und der Mamonowa, mit Lisa Neptunowa etwas anderes? Hat sich denn in diesen Fällen niemand aufgeregt? Und geendet hat es damit, daß ihnen wieder alle Türen offenstanden. Außerdem c'est un intérieur si joli, si comme il faut. Tout-à-fait à l'anglaise. On se réunit le matin au breakfast et puis on se sépare. Bis zum Essen kann jeder tun und lassen, was er will. Um sieben wird die Hauptmahlzeit eingenommen. Stiwa hat sehr recht getan, dich herzuschikken. Die Beziehungen zu Wronski muß er pflegen. Durch seine Mutter, weißt du, und durch seinen Bruder kann Wronski alles erreichen. Er tut auch hier viel Gutes. Hast du schon von dem Krankenhaus gehört? Ce sera admirable – alles dazu hat man aus Paris kommen lassen."

Ihr Gespräch wurde durch die Rückkehr Annas unterbrochen, die die ganze Herrengesellschaft im Billardzimmer gefunden hatte und sie auf die Terrasse mitbrachte. Bis zum Essen war noch viel Zeit, das Wetter war wunderschön, und es wurden daher verschiedene Vorschläge gemacht, wie man die noch zur Verfügung stehenden zwei Stunden verbringen könnte. Die Möglichkeiten zum Zeitvertreib waren in Wosdwishenskoje sehr vielseitig und durchweg anders geartet als in Pokrowskoje.

„Une partie de lawn-tennis", schlug Weslowski mit seinem gewinnenden Lächeln vor. „Wir spielen dann wieder zusammen, Anna Arkadjewna."

„Nein, es ist zu heiß; wir wollen lieber durch den Garten gehen und eine Kahnfahrt unternehmen, bei der wir Darja Alexandrowna das Ufergelände zeigen können", schlug Wronski vor.

„Ich bin mit allem einverstanden", erklärte Swijashski.

„Ich glaube auch, daß Dolly am liebsten zuerst einen Spaziergang machen wird, nicht wahr, Dolly?" meinte Anna. „Und anschließend fahren wir dann Boot."

So wurde es denn auch beschlossen. Weslowski und Tuschkewitsch begaben sich zum Badehäuschen, wo sie ein Boot flottmachen und auf die anderen warten wollten.

Durch den Garten ging man paarweise: Anna mit Swijashski und Dolly mit Wronski. Dolly war etwas verlegen und fühlte sich durch den ihr gänzlich neuen Kreis, in den sie hineingeraten war, bedrückt. Im Grunde genommen, rein theoretisch gesehen, fand sie die Handlungsweise Annas nicht nur verzeihlich, sondern sie billigte sie sogar. Wie so manche Frauen von makellosem Ruf, die der Eintönigkeit des sittsamen Lebens müde geworden sind, beurteilte Dolly einen Fehltritt in der Liebe nicht nur nachsichtig, sondern er erfüllte sie sogar mit einem gewissen Neid. Hinzu kam in diesem Falle noch, daß sie Anna von Herzen zugetan war. Doch als sie diese jetzt unmittelbar vor sich sah, umgeben von diesen ihr fremden Menschen mit neuen, ihr ungewohnten gesellschaftlichen Umgangsformen, da war ihr nicht wohl zumute. Als besonders unangenehm empfand sie den Anblick der Prinzessin Warwara, die um der Vorteile willen, die sie daraus zog, Anna und Wronski alles verzieh.

Wenn Dolly im Grunde genommen die Handlungsweise Annas auch billigte, so war es ihr doch unangenehm, den Mann vor Augen zu haben, um dessentwillen diese den Fehltritt begangen hatte. Zudem hatte sie Wronski nie leiden können. Sie hielt ihn für sehr eingebildet und sah, abgesehen von seinem Reichtum, nichts, worauf er sich hätte etwas einbilden können. Aber gegen ihren eigenen Willen imponierte er ihr hier, bei sich zu Hause, durch sein ganzes Auftreten noch mehr als früher, und sie brachte es nicht fertig, im Umgang mit ihm unbefangen zu sein. Es erging ihr mit ihm ähnlich wie mit der Zofe, vor der sie sich wegen der geflickten Nachtjacke nicht direkt geschämt, aber ihr gegenüber doch ein peinliches Gefühl gehabt hatte. Auch Wronski gegenüber hatte sie keinen Grund, sich zu schämen, aber sie genierte sich vor ihm wegen ihrer ganzen Erscheinung und Art.

In ihrer Verlegenheit suchte Dolly nach einem Anknüpfungspunkt zu einem Gespräch. Sie mußte annehmen, daß er bei seinem Stolz auf eine beifällige Äußerung über das Haus und den Garten keinen Wert legen würde; da sie jedoch keinen anderen Gesprächsstoff fand, sagte sie ihm dennoch, daß ihr das Haus außerordentlich gefalle.

„Ja, es ist ein schönes Bauwerk in gediegenem, altem Stil", stimmte er zu.

„Besonders gut gefällt mir der Hof vor der Auffahrt. War der immer schon so?"

„O nein!" antwortete er, während sein Gesicht freudig aufstrahlte. „Sie hätten sehen sollen, wie dieser Hof noch im Frühjahr ausgesehen hat!"

Zuerst zögernd, doch allmählich immer mehr in Begeisterung geratend, begann er Dolly nun auf verschiedene Einzelheiten in der Verschönerung des Hauses und des Gartens aufmerksam zu machen. Nachdem er viel Mühe an die Ausgestaltung und Verschönerung seines Besitztums gewandt hatte, war es ihm offenbar ein Bedürfnis, sich damit vor dem neuen Besuch zu brüsten, und man sah ihm an, daß ihn die beifälligen Äußerungen Dollys aufrichtig erfreuten.

„Wenn es Sie interessiert, einen Blick auf das Krankenhaus zu werfen, und Sie nicht zu müde sind – es ist nicht weit. Wollen wir hingehen?“ fragte er und sah ihr ins Gesicht, um sich zu überzeugen, ob ihr sein Vorschlag auch nicht lästig sei.

„Kommst du auch mit?“ wandte er sich an Anna.

„Ja, wir wollen mitgehen, nicht wahr?“ sagte Anna zu Swijashski. „Mais il ne faut pas laisser se pauvre Weslowski et Tuschkewitsch se morfondre là dans le bateau. Wir müssen jemand hinschicken, der sie benachrichtigt. Ja, das ist ein Denkmal, das er hier hinterlassen wird“, fügte sie, zu Dolly gewandt, mit jenem verschmitzten, vielsagenden Lächeln hinzu, mit dem sie schon vorher vom Krankenhaus gesprochen hatte.

„Ja, es ist eine großartige Sache!“ sagte auch Swijashski. Um indessen nicht den Eindruck zu erwecken, als wollte er Wronski schmeicheln, ließ er sofort eine sein Lob leicht einschränkende Bemerkung folgen: „Ich wundere mich nur, Graf, daß Sie, obwohl Sie so viel für die Gesundheitspflege des Volkes tun, so uninteressiert am Schulwesen sind.“

„C'est devenu tellement commun les écoles“, antwortete Wronski. „Das ist natürlich kein stichhaltiger Grund, aber das Krankenhaus hat mich nun mal gepackt ... Hierhin müssen wir gehen“, wandte er sich wieder an Darja Alexandrowna und zeigte auf einen von der Allee abzweigenden Weg.

Die Damen spannten ihre Sonnenschirme auf, und man bog in den Seitenweg ein. Nachdem sie den gewundenen Pfad ein Stück gegangen und durch eine Pforte aus dem Garten hinausgetreten waren, erblickte Darja Alexandrowna auf einem erhöhten Gelände ein großes rotes, in verschnörkeltem Stil gehaltenes Bauwerk, das nahezu vollendet war. Das noch ungestrichene Blechdach funkelte in der Sonne. Neben diesem Gebäude ragten Gerüste an einem zweiten Bauwerk empor; auf den Gerüststegen standen Arbeiter in Schürzen, die Ziegel legten, diese mit Zement aus ihren Kübeln verschmierten und das Mauerwerk mit Hilfe von Richtscheiten ins Lot brachten.

„Wie schnell die Arbeit bei Ihnen vorwärtsgeht“, bemerkte Swijashski. „Als ich das letztemal hier war, fehlte noch das Dach.“

„Zum Herbst wird alles fix und fertig sein“, sagte Anna. „Die Innenarbeiten sind fast alle schon beendet.“

„Und hier wird noch ein zweites Haus errichtet?“

„Ja, es ist für Wohnung des Arztes und für die Apotheke bestimmt“, erklärte Wronski. Als er jetzt den Architekten in einem kurzen Mantel auf sich zukommen sah, entschuldigte er sich bei den Damen und ging diesem entgegen.

Nachdem er um die Grube herumgegangen war, der die Arbeiter den Kalk entnahmen, blieb er mit dem Architekten stehen und redete lebhaft auf ihn ein.

„Die Giebel sind immer noch zu niedrig", erklärte er Anna, die sich erkundigte, worum es sich handele.

„Ich habe von Anfang an gesagt, daß man das Fundament höher anlegen müßte", sagte Anna.

„Gewiß, Anna Arkadjewna, das wäre besser gewesen", bemerkte der Architekt. „Aber jetzt läßt es sich nicht mehr nachholen."

„Ja, ich interessiere mich sehr dafür", antwortete Anna Swijashski, der sein Erstaunen über ihre Kenntnisse im Bauwesen zum Ausdruck brachte. „Das neue Haus hätte mit dem Gebäude des Krankenhauses harmonieren müssen, aber sein Bau ist erst später beschlossen und ohne richtigen Plan in Angriff genommen worden."

Wronski, der die Unterredung mit dem Architekten beendet hatte, schloß sich wieder den Damen an und führte sie nun ins Innere des Krankenhauses.

Obwohl von außen noch am Gesims gearbeitet wurde und im Erdgeschoß die Maler hantierten, war im Obergeschoß schon alles ziemlich fertig. Sie gingen die breite gußeiserne Treppe hinauf und betraten vom Treppenabsatz aus das erste Zimmer. Die verputzten Wände des großen Raumes waren marmoriert, die breiten, aus einer einzigen Scheibe bestehenden Fenster waren bereits eingesetzt, und nur der Parkettfußboden war noch nicht ganz fertig. Die Tischler, die dabei waren, ein etwas überragendes Quadrat abzuhobeln, unterbrachen jetzt ihre Arbeit, nahmen die Bänder ab, die ihr Haar zusammenhielten, und erhoben sich zur Begrüßung der Herrschaften.

„Dies wird das Sprechzimmer", erklärte Wronski. „Hier kommt nur ein Pult, ein Tisch und ein Schrank hinein, sonst nichts."

„Jetzt gehen wir hier weiter. Sieh dich am Fenster vor, Dolly!" sagte Anna und versuchte mit dem Finger, ob der frisch gestrichene Rahmen schon trocken war. „Alexej, die Farbe ist schon trocken", wandte sie sich zu Wronski um.

Nach Besichtigung des Sprechzimmers gingen sie den Korridor entlang. Hier machte sie Wronski auf die neuartige Ventilationsanlage aufmerksam, die er hatte einbauen lassen. Hierauf zeigte er die Marmorwannen und die mit besonderen Sprungfedern ausgestatteten Betten. Dann führte er sie nacheinander durch die einzelnen Krankensäle, die Vorratskammer und das Zimmer für Wäsche, zeigte ihnen die Öfen neuester Konstruktion und die

Schiebewagen, auf denen sich alles Erforderliche auf dem Korridor geräuschlos befördern ließ, und vieles andere. Swijashski begutachtete alles wie ein Mann, der über sämtliche Neuerungen informiert ist. Dolly bestaunte aufrichtig alle die Dinge und Vorrichtungen, die ihr neu waren, bemühte sich, alles zu verstehen, und erkundigte sich eingehend, was Wronski sichtlich Freude bereitete.

„Ich glaube wirklich, daß dies in Rußland das einzige Krankenhaus sein wird, das allen Erfordernissen entspricht", erklärte Swijashski.

„Haben Sie nicht auch eine Abteilung für Wöchnerinnen vorgesehen?" fragte Dolly. „Das ist auf dem Lande so dringend nötig. Ich habe oft..."

Obwohl Wronski sonst so höflich war, fiel er ihr hier ins Wort. „Dies ist keine Entbindungsanstalt, sondern ein Krankenhaus, in dem alle Kranken, ausgenommen solche mit ansteckenden Krankheiten, behandelt werden sollen. Doch nun sehen Sie sich mal diesen Stuhl an", fuhr er fort und schob einen eigens für Rekonvaleszenten angeschafften Rollstuhl zu Darja Alexandrowna heran. „Sehen Sie, wie er funktioniert." Er nahm selbst im Rollstuhl Platz und setzte ihn in Bewegung. „Wenn ein Patient nicht gehen kann, noch schwach ist oder ein Beinleiden hat, aber an die frische Luft soll, kann er in diesem Stuhl ohne fremde Hilfe nach Belieben umherfahren."

Darja Alexandrowna interessierte sich für alles, fand an allem Gefallen und war jetzt besonders von Wronski selbst angetan, der ihr in seiner ehrlichen, ungekünstelten Begeisterung ungemein gefiel. Ja, er ist ein sehr guter, lieber Mensch, sagte sie sich, wenn sie mitunter, ohne auf seine Worte zu hören, sein Mienenspiel beobachtete und sich in Gedanken an Annas Stelle versetzte. Er war ihr in seiner Lebhaftigkeit so sympathisch, daß sie jetzt begriff, warum Anna ihn liebgewonnen hatte.

21

„Nein, ich nehme an, daß die Fürstin ermüdet ist und sich für Pferde nicht besonders interessiert", sagte Wronski zu Anna, als diese den Vorschlag machte, noch bis zum Gestüt zu gehen, wo sich Swijashski einen neuen Hengst ansehen wollte. „Geht ihr beide, während ich die Fürstin nach Hause begleiten werde. Wir können dabei noch etwas plaudern, wenn es Ihnen recht ist", fügte er, zu Dolly gewandt, hinzu.

„Sehr gern, denn von Pferden verstehe ich wirklich nicht viel", sagte Dolly, von Wronskis Vorschlag immerhin ein wenig überrascht.

Sie sah seinem Gesicht an, daß er irgendein Anliegen an sie hatte. Ihre Annahme traf auch zu. Sobald sie durch die Pforte wieder in den Garten gekommen war, blickte er in die Richtung, in der Anna weitergegangen war, und als er sich vergewissert hatte, daß sie von ihr nicht mehr gesehen und gehört werden konnten, begann er:

„Sie haben gewiß schon erraten, daß ich mit Ihnen etwas besprechen möchte?" fragte er und blickte Dolly lächelnd ins Gesicht. „Ich irre mich doch nicht in der Annahme, daß Sie Anna von Herzen zugetan sind?" Er nahm seinen Hut ab und wischte sich mit dem Taschentuch über das schon merklich gelichtete Haar.

Darja Alexandrowna antwortete nichts und sah ihn nur erschrocken an. Jetzt, unter vier Augen mit ihm, fühlte sie sich plötzlich unbehaglich; der strahlende Ausdruck seiner Augen und zugleich die ernste Miene seines Gesichts machten sie stutzig.

Alle möglichen Mutmaßungen darüber, was er ihr wohl zu sagen haben könnte, schwirrten ihr durch den Kopf: Er wird mich vielleicht auffordern, mit den Kindern für längere Zeit zu ihnen zu kommen, was ich ablehnen müßte; oder er wird mich bitten, für Anna in Moskau einen Kreis zu schaffen, in dem sie am gesellschaftlichen Leben teilhaben kann ... Vielleicht aber will er auch über Wassenka Weslowski und dessen Beziehungen zu Anna sprechen? Oder gar über Kitty, daß er sich ihr gegenüber schuldig fühle? Es waren lauter Fragen unangenehmer Art, die sie in Erwägung zog, aber was er nun wirklich mit ihr besprechen wollte, erriet sie nicht.

„Sie haben einen so großen Einfluß auf Anna, und Anna liebt Sie", sagte er. „Helfen Sie mir!"

Darja Alexandrowna blickte ängstlich und gespannt in sein energisches Gesicht, das beim Gehen ab und zu von einem durch das Laub der Linden dringenden Sonnenstrahl beleuchtet wurde, aber gleich darauf wieder in dunklen Schatten getaucht war, und wartete darauf, was er weiter sagen würde; aber er ging, mit seinem Spazierstock fest auf dem Kies aufstoßend, eine Weile schweigend neben ihr her.

„Wenn Sie als einzige Frau aus dem früheren Freundeskreis Annas zu uns gekommen sind – die Prinzessin Warwara lasse ich außer Betracht –, dann nehme ich an, daß Sie dies nicht getan haben, weil Sie unsere Lage für normal hielten, sondern daß Sie im Gegenteil die ganze Schwere dieser Lage verstehen, aber Anna unverändert zugetan sind und ihr helfen wollen. Deute ich ihren Besuch richtig?" fragte er und blickte ihr prüfend ins Gesicht.

„Ja, gewiß", antwortete Darja Alexandrowna und schloß ihren Sonnenschirm. „Aber ..."

„Ich bitte Sie zu bedenken", unterbrach er sie und blieb stehen, ohne in seiner Erregung zu berücksichtigen, daß er damit eine Unhöflichkeit beging, indem er auch seine Begleiterin zum Stehenbleiben zwang. „Ich bitte Sie zu bedenken, daß niemand mehr und stärker als ich die ganze Schwere von Annas jetziger Lage empfindet... Das ist auch verständlich, sofern Sie mir die Ehre erweisen, mich für einen Mann mit Herz zu halten. Ich bin schuld an dieser Lage, und das bedrückt mich natürlich."

„Ich kann das verstehen", antwortete Darja Alexandrowna, der die Offenherzigkeit und Festigkeit imponierten, mit denen er sich zu seiner Schuld bekannte. „Aber gerade deshalb, weil Sie sich schuldig fühlen, sehen Sie, möchte ich meinen, allzu schwarz. Daß Annas Lage in der Gesellschaft sehr schwer ist, sehe ich natürlich ein."

„Es ist die reinste Hölle!" versetzte er mit finsterer Miene. „Die seelischen Qualen, die sie während unseres zweiwöchigen Aufenthalts in Petersburg auszustehen hatte, sind unvorstellbar ... Glauben Sie mir das bitte."

„Ja, aber hier, solange weder Anna noch Sie ein Bedürfnis nach der großen Welt haben ..."

„Die große Welt!" rief er verächtlich aus. „Was habe ich noch in der großen Welt zu suchen?"

„Solange – und das kann ja immer so bleiben – können Sie hier beide ein glückliches und ruhiges Leben führen. Ich sehe es Anna an, daß sie jetzt glücklich, völlig glücklich ist, was sie mir übrigens auch schon versichert hat", sagte Darja Alexandrowna lächelnd; doch zugleich stiegen in ihr jetzt Zweifel auf, ob Anna auch wirklich glücklich sei.

Wronski schien diese Zweifel indessen nicht zu teilen.

„Ja, gewiß", erklärte er. „Ich weiß, daß sie nach all diesen Qualen aufgelebt ist und sich jetzt glücklich fühlt. Sie erfreut sich der Gegenwart. Aber ich? Mir graut davor, was uns noch bevorsteht ... Verzeihung, Sie möchten weitergehen?"

„Nein, es ist mir gleich."

„Nun, dann setzen wir uns noch eine Weile hierher!" sagte er und zeigte auf eine Gartenbank, die in einer Biegung der Allee stand."

Darja Alexandrowna setzte sich, indes Wronski vor ihr stehenblieb.

„Ich sehe, daß sie glücklich ist", wiederholte er nochmals, während sich Darja Alexandrownas Zweifel am Glück Annas noch verstärkten. „Aber kann das so fortdauern? Ob wir nun recht oder unrecht gehandelt haben, ist eine Frage für sich. Aber die Würfel sind gefallen", fuhr er, zum Französischen übergehend, fort, „und wir sind fürs ganze Leben miteinander verbunden. Uns verbinden die Bande der Liebe, die heiligsten, die es für uns gibt. Wir haben ein Kind, und es können sich weitere Kinder einstellen. Aber die gesetzlichen Bestimmungen und die Umstände, die mit unserer ganzen Lage zusammenhängen, bringen tausenderlei Komplikationen mit sich, die Anna jetzt, während sie sich nach all den überstandenen Leiden und Qualen seelisch erholt, nicht sieht und nicht sehen will. Das ist zu verstehen. Ich aber kann sie nicht übersehen. Meine Tochter ist dem Gesetz nach nicht mein Kind, sondern ein Kind Karenins. Ich kann mich mit diesem Betrug nicht abfinden!" sagte er mit einer energischen Handbewegung und blickte mit finsterer, prüfender Miene Darja Alexandrowna an.

Sie antwortete nichts und sah ihn nur an. Er fuhr fort.

„Angenommen, uns wird morgen ein Sohn geboren, dann ist mein Sohn dem Gesetz nach ein Karenin; er gilt weder als mein Stammhalter noch als der Erbe meines Vermögens, und so glücklich sich unser Familienleben auch gestalten mag und so viele Kinder wir auch haben mögen, zwischen mir und ihnen wird keine feste Bindung bestehen. Sie werden als Kinder Karenins gelten. Stellen Sie sich vor, wie bedrückend und entsetzlich diese Lage ist! Ich habe versucht, mit Anna darüber zu sprechen. Es regt sie nur auf. Sie begreift nicht, daß ich mich in diesem Punkt nicht offen mit ihr aussprechen kann. Und nun betrachten Sie die Sache von einer anderen Seite. Mich beglückt ihre Liebe, aber ich muß eine Beschäftigung haben. Diese Beschäftigung habe ich gefunden; ich bin stolz auf sie und halte sie für wertvoller als den Dienst meiner ehemaligen Kameraden bei Hofe und beim Militär. Es steht fest, daß ich mit ihnen nie wieder tauschen würde. Ich arbeite hier, sitze auf meinem Gut und bin zufrieden – mehr brauchen wir nicht zu unserem Glück. Ich liebe diese Tätigkeit. Cela n'est pas un pis-aller, im Gegenteil ..."

Darja Alexandrowna fiel es auf, daß Wronski an dieser Stelle seiner Ausführungen die verschiedenen Fragen durcheinanderbrachte, und sie konnte sich diese Abschweifung nicht recht erklären; doch dann sagte sie sich, daß er jetzt, nachdem er nun einmal mit der Erklärung seiner ganzen Gemütsverfassung begonnen hatte, über die er mit Anna nicht sprechen konnte, das Bedürfnis habe, sich restlos auszusprechen, und daß seine Tätigkeit auf dem Lande seine Gemütsverfassung ebenso berühre wie die Frage seiner Beziehungen zu Anna.

„Und nun weiter", fuhr er, zur Besinnung gekommen, fort. „Vor allem kommt es doch darauf an, bei der Arbeit die Gewißheit zu haben, daß das von mir Geschaffene nicht mit meinem Tode enden wird, daß meine Nachkommen es fortsetzen werden – und diese Gewißheit habe ich nicht. Stellen Sie sich vor, was ein Mann empfinden muß, der im voraus weiß, daß seine Kinder, die aus der Verbindung mit der von ihm geliebten Frau hervorgehen, nicht ihm gehören werden, sondern einem anderen, einem Manne, der sie haßt und von ihnen nichts wissen will. Das ist furchtbar!"

Er brach ab und war sichtlich in heftiger Erregung.

„Ja, selbstverständlich, das begreife ich. Doch was kann Anna tun?" fragte Darja Alexandrowna.

„Ja, Ihre Frage bringt mich auf den Zweck meiner Ausführungen", sagte er, mit Mühe seine Erregung unterdrückend. „Von Anna hängt viel ab ... Selbst wenn wir beim Zaren um die Genehmigung zu einer Adoption nachsuchen wollen, muß vorher die Scheidung vollzogen sein. Und da eben kommt es auf Anna an. Karenin war bereit, in die Scheidung einzuwilligen – Ihr Gatte hatte ja damals schon alles so gut wie ins reine gebracht. Auch jetzt, davon bin ich überzeugt, würde Karenin die Scheidung nicht ablehnen. Aber dazu müßte man an ihn schreiben. Er hat damals klipp und klar erklärt, daß er, wenn Anna den Wunsch äußern sollte, nicht ablehnen würde. Natürlich", sagte Wronski mit finsterer Miene, „handelt es sich dabei um eine jener mit dem Mantel der Scheinheiligkeit umkleideten Grausamkeiten, zu denen nur solche herzlosen Menschen fähig sind. Er kennt Anna, und da er weiß, welche Qual für sie jede Erinnerung an ihn bedeutet, besteht er auf einem Brief von ihr. Ich sehe ein, daß sie ein solcher Brief große Überwindung kosten muß. Aber die Gründe sind so schwerwiegend, daß sie dazu zwingen, passer pardessus toutes ces finesses de sentiment. Il y va du bonheur et de l'existence d'Anna et de ses enfants. Ich spreche nicht von mir selbst, obwohl auch ich schwer, sehr schwer unter diesen Verhältnissen leide", sagte er in einem Ton, als ziehe er jemand wegen seiner Leiden zur Rechenschaft. „Und somit, Fürstin, greife ich nach Ihnen wie ein Ertrinkender nach dem Rettungsanker. Helfen Sie mir dabei, Anna zu überreden, daß sie an ihren Mann schreibt und auf die Scheidung dringt!"

„Ja, selbstverständlich", antwortete Darja Alexandrowna, in Gedanken versunken, und erinnerte sich dabei lebhaft ihres letzten Zusammentreffens mit Alexej Alexandrowitsch. „Ja, selbstverständlich", wiederholte sie entschlossen, als sie sich jetzt Anna vorstellte.

„Bieten Sie Ihren Einfluß auf und bringen Sie Anna dazu, an ihn zu schreiben. Ich selbst möchte nicht und bin auch kaum imstande, mit ihr darüber zu sprechen."

„Schön, ich werde mit Anna sprechen. Aber wie ist es zu erklären, daß sie das nicht alles von sich aus bedenkt?" fragte Darja Alexandrowna, der hierbei unwillkürlich Annas neue Angewohnheit einfiel, die Augen zusammenzukneifen. Sie erinnerte sich, daß sie dies vornehmlich dann tat, wenn von den intimsten Seiten des Lebens die Rede war. Als ob sie die Augen zusammenkneift, um nicht alles in ihrem Leben zu sehen, dachte Dolly. „Ja, ich werde um Annas willen und auch zu meiner eigenen Beruhigung unbedingt mit ihr sprechen", sagte Darja Alexandrowna zu Wronski, der sie seines Dankes versicherte.

Sie standen auf und bogen in den Weg ein, der zum Hause führte.

22

Als Anna bei ihrer Rückkehr Dolly bereits im Hause antraf, blickte sie ihr in die Augen, als ob sie ihnen den Inhalt des Gesprächs ablesen wollte, das zwischen Dolly und Wronski stattgefunden hatte; aber eine direkte Frage stellte sie nicht.

„Ich glaube, es ist bald Zeit zum Essen", sagte sie. „Wir sind noch gar nicht richtig zusammen gewesen. Nun, ich rechne auf den Abend. Jetzt werde ich mich schnell umziehen. Du wirst das wohl auch vorhaben. Auf dem Baugelände sind wir alle schmutzig geworden."

Dolly ging auf ihr Zimmer und mußte unwillkürlich lachen. Zum Umkleiden besaß sie nichts, denn sie hatte schon vorhin ihr bestes Kleid angezogen. Um sich aber dennoch auf irgendeine Weise zum Essen zurechtzumachen, bat sie das Zimmermädchen, ihr das Kleid abzubürsten, woraufhin sie noch die Ärmelaufschläge und die Schleife erneuerte und den Kopf mit Spitzen schmückte.

„Das ist alles, was ich tun konnte", sagte sie lächelnd zu Anna, als diese jetzt in einem dritten, wiederum äußerst schlichten Kleide zu ihr kam.

„Ja, wir sind hier sehr förmlich", bemerkte Anna, sich gleichsam wegen ihrer Eleganz entschuldigend. „Alexej ist übrigens über deinen Besuch ganz außergewöhnlich erfreut. Er ist geradezu verliebt in dich", fügte sie hinzu. „Bist du auch nicht müde?"

Für eine längere Unterhaltung war bis zum Essen keine Zeit mehr übrig. Sie begaben sich in den Salon, wo sie bereits die Prinzessin Warwara und die Herren antrafen, die dunkle Anzüge angezogen hatten. Der Architekt war im Frack erschienen. Wronski stellte Darja Alexandrowna den Arzt und den Verwalter vor. Mit dem Architekten hatte er sie schon im Krankenhaus bekannt gemacht.

Der beleibte Haushofmeister, der mit seinem runden, glattrasierten Gesicht und der frisch gestärkten Schleife seiner weißen Halsbinde gleichsam einen Glanz ausstrahlte, meldete, daß das Essen angerichtet sei, und die Damen erhoben sich von ihren Plätzen. Wronski bat Swijashski, Anna Arkadjewna den Arm zu bieten, und trat selbst auf Dolly zu. Weslowski bot, Tuschkewitsch zuvorkommend, der Prinzessin Warwara den Arm, so daß Tuschkewitsch, der Verwalter und der Arzt ohne Tischdamen blieben.

Die Einrichtung des Speisesaals, das Tafelgeschirr, die Bedienung, die Weine und die servierten Gerichte entsprachen nicht nur dem allgemeinen neuartigen Luxus des Hauses, sondern schienen alles andere an Üppigkeit und Glanz noch zu übertreffen. Darja Alexandrowna betrachtete diesen ihr neuen Prunk mit den Augen einer in Haushaltsdingen bewanderten Hausfrau, und obschon sie keinerlei Aussicht hatte, etwas von dem hier Gesehenen jemals auf ihren eigenen Haushalt anzuwenden, da dieser ganze Luxus weit über die Möglichkeiten ihrer eigenen Lebensführung hinausging, nahm sie von allen Einzelheiten Notiz und legte sich die Frage vor, durch wen und auf welche Weise all das zustande gekommen sei. Wassenka Weslowski, ihr Mann, selbst Swijashski sowie viele andere Leute ihres Bekanntenkreises machten sich hierüber nie Gedanken und glaubten bereitwillig, was jeder ehrgeizige Hausherr seine Gäste empfinden lassen möchte, nämlich, daß ihn das, was ihnen in seinem Hause geboten wird, keinerlei Mühe koste, sondern sich ganz von selbst ergebe. Darja Alexandrowna hingegen wußte, daß von selbst nicht einmal der Frühstücksbrei für die Kinder fertig wird und daß bei einem so komplizierten und wohlorganisierten Haushalt unbedingt jemand da sein müsse, der das Ganze mit besonderer Sorgfalt lenkt. Und sowohl an dem Blick, den Wronski über den Tisch schweifen ließ, als auch an dem Zeichen, das er dem Haushofmeister durch eine Kopfbewegung machte, und an der Art, wie er ihr selbst die kalte Gemüseschale oder Suppe zur Auswahl anbot, erkannte Darja Alexandrowna, daß es der Hausherr persönlich war, der alles anordnete und überwachte. Anna hatte hieran offenbar nicht mehr Anteil als Weslowski. Sie gehörte ebenso wie Swijashski, die Prinzessin und Weslowski zu den Gästen, die mit Vergnügen genossen, was ihnen hier geboten wurde.

Die Pflichten einer Hausfrau nahm Anna lediglich insofern wahr, als sie die Unterhaltung bei Tisch aufrechterhielt. Bei der verhältnismäßig kleinen Tischgesellschaft, zu der Leute wie der Architekt und der Verwalter gehörten, die aus einer gänzlich anderen Welt kamen, durch den ungewohnten Luxus eingeschüchtert waren und sich nicht lange an einem gemeinsamen Gespräch beteiligen konnten, war die Aufrechterhaltung einer allgemeinen Unterhaltung für die Hausfrau eine äußerst schwierige Aufgabe, deren sich Anna indessen mit dem ihr eigenen Taktgefühl geschickt und, wie Darja Alexandrowna bemerkte, sogar mit einem gewissen Vergnügen entledigte.

Man sprach zunächst davon, daß Tuschkewitsch und Weslowski allein Boot gefahren waren, und Tuschkewitsch berichtete anschließend von der letzten Regatta, die der Petersburger Jachtklub veranstaltet hatte. Doch sobald im Gespräch eine kleine Pause eintrat, wandte sich Anna an den Architekten, um ihn aus seiner Schweigsamkeit herauszureißen.

„Nikolai Iwanytsch war erstaunt", sagte sie, mit dem Kopf auf Swijashski deutend, „wie weit der Neubau seit seinem letzten Hiersein fortgeschritten ist. Ich selbst komme ja täglich hin, wundere mich aber auch jedesmal, wie schnell es geht."

„Mit Seiner Erlaucht ist gut arbeiten", antwortete lächelnd der Architekt, ein gesetzter, sich seiner Würde bewußter Mann, der es jedoch nie an Ehrerbietigkeit fehlen ließ. „Das hier ist etwas anderes, als wenn man es mit Provinzbehörden zu tun hat. Während man denen endlos Schriftstücke einreichen muß, erstatte ich dem Herrn Grafen einfach Bericht; wir besprechen die Sache, und mit ein paar Worten ist alles erledigt."

„Amerikanische Methoden", sagte Swijashski lächelnd.

„Ja, dort baut man rationell ..."

Das Gespräch wandte sich hierauf der Willkür der Regierungsstellen in den Vereinigten Staaten zu, aber Anna, die auch den Verwalter in die Unterhaltung einbeziehen wollte, lenkte auf ein anderes Thema über.

„Hast du schon einmal Getreidemähmaschinen gesehen?" wandte sie sich an Darja Alexandrowna. „Wir waren gerade aufs Feld hinausgeritten, um sie uns anzusehen, als du ankamst. Ich selbst habe solche Mähmaschinen zum erstenmal gesehen."

„Wie funktionieren sie denn?" fragte Dolly.

„Genauso wie eine Schere. Es ist ein Brett mit vielen kleinen Scheren. Sieh mal, so!"

Anna nahm ein Messer und eine Gabel in ihre schönen, weißen, mit Ringen geschmückten Hände und begann die Tätigkeit der Mähmaschine zu demonstrieren. Sie sah wohl selbst ein, daß man aus ihrer Erklärung nicht klug werden konnte; aber da sie wußte, daß ihre Stimme angenehm klang und daß ihre Hände schön waren, setzte sie die Erklärung fort.

„Meines Erachtens sind es eher kleine Federmesser", bemerkte Weslowski, der Anna unverwandt ansah, in neckendem Ton.

Anna lächelte kaum merklich, ohne ihm etwas darauf zu entgegnen.

„Nicht wahr, Karl Fjodorytsch, die Schneiden arbeiten doch wie Scheren?" wandte sie sich an den deutschen Verwalter.

„O ja, es ist ein ganz einfaches Ding" *..., antwortete der Verwalter und begann den Mechanismus der Maschine zu erklären.

„Schade, daß sie nicht gleichzeitig bündelt", meinte Swijashski. „Auf der Ausstellung in Wien habe ich Maschinen gesehen, die die Garben mit Draht zusammenbinden. Deren Anschaffung wäre noch lohnender gewesen."

„Es kommt darauf an ... Der Preis vom Draht muß ausgerechnet werden." * Und der jetzt redselig gewordene Deutsche fuhr, zu Wronski gewandt, fort: *„Das läßt sich ausrechnen, Erlaucht."* * Er wollte schon in die Tasche greifen, um einen Bleistift und sein Notizbuch hervorzuholen, in dem er alle Berechnungen vorzunehmen pflegte; aber da er sich darauf besann, daß er bei Tisch saß, und auch den abweisenden Blick Wronskis wahrnahm, ließ er es bleiben. *„Zu kompliziert, macht zu viel Klopot"* *, schloß er in einem Mischmasch von Deutsch und Russisch.

„Wünscht man Dochots, so hat man auch Klopots" *, sagte Wassenka Weslowski, den Deutschen ob seines Kauderwelschs bespöttelnd. „J'adore l'allemand", wandte er sich, wiederum lächelnd, an Anna.

„Cessez!" rief sie ihm in scherzhaft strengem Ton zu und wandte sich dann an den Arzt, der kränklich aussah: „Ich dachte, wir würden Sie auf dem Felde antreffen, Wassili Semjonytsch. Waren Sie nicht dort?"

„Ich war dort, aber ich habe mich wieder verzogen", antwortete der Doktor in bittersüßem Ton.

„Sie haben sich also ganz schön Bewegung gemacht."

„Ja, ausgezeichnet."

„Und wie ist der Zustand der alten Frau? Ich hoffe, es ist nicht Typhus?"

„Ob es Typhus ist, bleibt noch dahingestellt, aber ihr Zustand ist ernst."

„Sie tut mir wirklich leid", sagte Anna. Und nachdem sie der Höflichkeit Genüge getan und einige verbindliche Worte mit den Hausgenossen gewechselt hatte, wandte sie sich wieder ihren Gästen zu.

„Nun, Anna Arkadjewna, nach Ihrer Darstellung dürfte es immerhin schwerfallen, eine Maschine zu konstruieren", bemerkte Swijashski scherzend.

„Nein, wieso denn?" fragte Anna mit einem Lächeln, aus dem hervorging, daß sie sich des Liebreizes ihrer Erklärungen, der auch auf Swijashski gewirkt hatte, sehr wohl bewußt war. Diese jugendliche Art zu kokettieren, die Dolly an ihr früher nicht gekannt hatte, berührte sie unangenehm.

„Aber dafür ist Anna Arkadjewna im Bauwesen erstaunlich bewandert", sagte Tuschkewitsch.

„Ja, wirklich, ich hörte gestern, wie Anna Arkadjewna von allen möglichen ‚Streben' und ‚Nieten' sprach", stimmte Weslowski zu. „Oder drücke ich mich nicht richtig aus?"

„Es ist nichts Erstaunliches dabei, wenn man so viel davon sieht und hört", entgegnete Anna. „Sie dagegen wissen wahrscheinlich nicht einmal, woraus ein Haus gebaut wird?"

Darja Alexandrowna merkte, daß Anna der neckende Ton, der zwischen ihr und Weslowski eingerissen war, nicht zusagte, daß sie aber unbeabsichtigt dennoch immer wieder in diesen Ton verfiel.

Wronski verhielt sich hierbei ganz anders als Lewin. Er legte dem Geschwätz Weslowskis offenbar keinerlei Bedeutung bei, sondern regte sogar derartige Wortgeplänkel an.

„Nun, Weslowski, dann sagen Sie doch mal, wodurch die Bausteine zusammengehalten werden."

„Durch Zement natürlich."

„Bravo! Und was ist Zement?"

„Nun, so eine Art Brei ... oder vielmehr Kitt", antwortete Weslowski und löste dadurch allgemeines Gelächter aus.

Abgesehen von dem Arzt, dem Architekten und dem Verwalter, die in finsteres Schweigen versunken waren, stockte die Unterhaltung bei Tische keinen Augenblick; bald floß sie munter dahin, bald blieb sie an einer Frage hängen und reizte den einen oder anderen der Gesprächspartner zum Widerspruch. Einmal ereiferte sich Darja Alexandrowna so, daß sie über und über rot wurde und sich nachträglich sogar fragte, ob sie nicht zu weit gegangen und ausfallend geworden sei. Swijashski, der auf Lewin zu sprechen gekommen war, hatte nämlich von dessen merkwürdiger Ansicht erzählt, daß die Einführung der Maschinen der russischen Landwirtschaft nur schade.

„Ich habe nicht das Vergnügen, Herrn Lewin zu kennen", antwortete Wronski hierauf mit einem Lächeln. „Aber wahrscheinlich hat er die Maschinen, die er ablehnt, nie gesehen. Und selbst wenn er welche gesehen und mit ihnen Versuche angestellt haben sollte, dann gewiß nicht sehr gründlich und nicht mit ausländischen Maschinen, sondern mit irgendwelchen minderwertigen russischen Fabrikaten. Wie kann er sich da ein Urteil bilden?"

„Er hat überhaupt orientalische Ansichten", wandte sich Weslowski lächelnd an Anna.

„Seine Ansichten über Maschinen kann ich nicht beurteilen", sagte Darja Alexandrowna erregt, „aber so viel kann ich sagen, daß er ein hochgebildeter Mensch ist und, wenn er zugegen wäre, auch wissen würde, was er Ihnen zu antworten hätte, wozu mir die Kenntnisse fehlen."

„Ich habe ihn sehr gern und bin mit ihm gut befreundet", bemerkte Swijashski mit einem gutmütigen Lächeln. „Mais pardon, il est un petit peu toqué; er behauptet zum Beispiel auch, daß die Semstwos und Friedensgerichte unnötig seien, und lehnt es ab, darin mitzuarbeiten."

„Das liegt an unserer russischen Gleichgültigkeit", erklärte Wronski und goß sich aus einer Karaffe eisgekühltes Wasser in ein dünnes Weinglas. „Man sieht nicht ein, welche Pflichten uns unsere Rechte auferlegen, und verneint daher einfach diese Pflichten."

„Ich kenne niemand, der in der Erfüllung seiner Pflichten gewissenhafter wäre als Lewin", wandte Darja Alexandrowna ein, die der überhebliche Ton Wronskis reizte.

„Ich hingegen", fuhr Wronski fort, bei dem dieses Gespräch offenbar an eine empfindliche Stelle rührte, „ich hingegen bin, wie Sie mich hier sehen, sehr dankbar für die Ehre, die mir dank Nikolai Iwanytsch" (er wies auf Swijashski) „durch meine Wahl zum ehrenamtlichen Friedensrichter zuteil geworden ist. Meine Pflicht, an den Sitzungen teilzunehmen und einen Streit zu schlichten, der zwischen Bauern wegen eines Pferdes entstanden ist, halte ich für ebenso wichtig wie meine ganze übrige Tätigkeit. Und ich werde es auch als eine Ehre ansehen, wenn man mich zum Abgeordneten wählen sollte. Nur auf diese Weise ist es mir möglich, eine Gegenleistung für die Vorteile zu bieten, die ich als Grundbesitzer genieße. Leider Gottes erkennt man nicht die ganze Bedeutung, die den Großgrundbesitzern im Staatsleben zukommt."

Darja Alexandrowna berührte es etwas eigentümlich, mit welcher ruhigen Sicherheit Wronski, von seinem Recht überzeugt, bei diesem Tischgespräch im eigenen Hause seine Ansichten darlegte. Sie erinnerte sich eines Tischgesprächs im Lewinschen Hause, bei dem Lewin ebenso entschieden seine entgegengesetzten Ansichten verfochten hatte. Aber Lewin war sie von Herzen zugetan, und deshalb ergriff sie für ihn Partei.

„Wir können also bei der nächsten Versammlung auf Sie rechnen, Graf?" fragte Swijashski. „Nur ist es dann ratsam, schon frühzeitig aufzubrechen, um am Achten zur Stelle zu sein. Wollen Sie mir die Ehre erweisen, bei mir abzusteigen?"

„Bis zu einem gewissen Grade stimme ich mit deinem beaufrère überein", sagte Anna zu Dolly. „Allerdings von einem anderen Gesichtspunkt aus als er", fügte sie lächelnd hinzu. „Ich finde, daß die Verpflichtungen des öffentlichen Lebens bei uns in letzter Zeit überhandnehmen. Wenn es früher eine Unmenge von Beamten gab, weil für jede Tätigkeit ein besonderer Beamter gebraucht wurde, ist es jetzt dasselbe mit den Einrichtungen der Selbstverwaltung. Seit den sechs Monaten, die Alexej jetzt hier ist, hat er schon fünf oder sechs verschiedene Ämter übernommen: Er ist Kurator, Richter, Abgeordneter, Geschworener und Mitglied irgendeiner Institution, die mit Pferdezucht zu tun hat. Du train que cela va, wird das seine ganze Zeit in Anspruch nehmen. Und bei einer solchen Überfülle von Institutionen wird, fürchte ich, alles zur leeren Formsache. In wieviel Institutionen sind Sie Mitglied, Nikolai Iwanytsch?" fragte sie, zu Swijashski gewandt. „Es sind wohl mehr als zwanzig?"

Anna sprach in scherzhaftem Ton, dem man aber dennoch ihre Gereiztheit anmerkte. Darja Alexandrowna, die Anna und Wronski aufmerksam beobachtete, nahm dies sofort wahr. Ihr fiel auch auf, daß Wronskis Gesicht bei diesem Gespräch sogleich einen ernsten, verbissenen Ausdruck angenommen hatte. Und da sie außerdem bemerkte, daß sich die Prinzessin Warwara eiligst bemühte, das Gespräch auf ein anderes Thema zu lenken, indem sie von Petersburger Bekannten zu sprechen begann, und da sie sich ferner dessen erinnerte, was ihr Wronski im Garten ohne eigentlichen Anlaß über seine Tätigkeit gesagt hatte, wurde ihr klar, daß die Frage der Übernahme öffentlicher Ämter Gegenstand eines geheimen Streites zwischen Anna und Wronski war.

Das Essen, die Weine, die Bedienung, alles war sehr gut, aber schließlich doch von der gleichen Art und mit dem gleichen unpersönlichen, förmlichen Anstrich, wie Darja Alexandrowna es von früheren Einladungen und Bällen kannte; da sie aber nicht mehr daran gewöhnt war, machte das alles, zumal an einem Alltag und in kleinem Kreise, auf sie einen unangenehmen Eindruck.

Nach dem Essen verweilte man einige Zeit auf der Terrasse. Dann wurde Tennis gespielt. Die Spieler, in zwei Parteien geteilt, postierten sich auf dem sorgfältig planierten und gewalzten Tennisplatz zu beiden Seiten des Netzes, das zwischen vergoldeten Pfosten gespannt war. Darja Alexandrowna versuchte mitzuspielen; sie konnte das Spiel aber lange nicht verstehen, und als sie es endlich begriffen hatte, war sie so ermüdet, daß sie sich zur Prinzessin Warwara setzte und nur noch zusah. Tuschkewitsch, ihr Partner, gab das Spiel ebenfalls auf, während es die übrigen noch geraume Zeit fortsetzten. Swijashski und Wronski spielten beide sehr gut und mit Eifer. Sie verfolgten den ihnen zugeschlagenen Ball genau, liefen gewandt und ohne zu zögern, aber auch ohne sich zu überhasten auf ihn zu, warteten den Aufprall ab und spielten den hochspringenden Ball durch einen geschickten, treffsicheren Schlag mit dem Schläger über das Netz zurück. Weslowski spielte schlechter als die anderen. Er hetzte sich zu sehr ab, aber seine Lustigkeit spornte dafür alle übrigen Spieler an. Sein Lachen und seine Ausrufe verstummten keinen Augenblick. Er hatte wie die übrigen Herren mit Erlaubnis der Damen seinen Rock abgelegt, und der Eindruck, den er mit seiner schönen, stattlichen Gestalt in weißen Hemdsärmeln, dem erhitzten, schweißglänzenden Gesicht und den ungestümen Bewegungen machte, prägte sich unwillkürlich dem Gedächtnis ein. Noch abends, als Darja Alexandrowna zu Bett gegangen war, sah sie, sobald sie die Augen schloß, den über den Tennisplatz hin und her jagenden Wassenka Weslowski vor sich.

Vorläufig jedoch, während des Spiels, war Darja Alexandrowna in gedrückter Stimmung. Ihr mißfiel der auch hier beibehaltene neckende Ton zwischen Anna und Wassenka Weslowski sowie das Unnatürliche, das darin liegt, wenn Erwachsene unter sich wie Kinder spielen. Um indessen nicht die allgemeine Stimmung zu verderben und irgendwie die Zeit zu verbringen, beteiligte sie sich, nachdem sie etwas ausgeruht hatte, wieder am Spiel und gab sich den Anschein, Freude daran zu haben. Während dieses ganzen Tages hatte sie das Gefühl, mit ihr überlegenen Schauspielern in einem Theaterstück mitzuwirken und durch ihr schlechtes Spiel der ganzen Vorstellung zu schaden.

Sie war mit der Absicht gekommen, hier, wenn es sich so ergeben sollte, zwei Tage zu verbringen. Doch schon abends, noch während des Spiels, beschloß sie, bereits am nächsten Tage die Rückfahrt anzutreten. Jene lästigen Muttersorgen, die sie auf der Herfahrt als so widerwärtig empfunden hatte, stellten sich ihr jetzt, nachdem sie diesen Tag ohne sie verlebt hatte, bereits in einem ganz anderen Lichte dar und zogen sie nach Hause.

Als Darja Alexandrowna nach dem Tee und einer anschließenden abendlichen Kahnfahrt allein in ihr Zimmer kam, das Kleid auszog und sich setzte, um ihr spärliches Haar für die Nacht herzurichten, fühlte sie sich sehr erleichtert.

Ihr war sogar der Gedanke unangenehm, daß Anna gleich zu ihr ins Zimmer kommen könnte. Sie hatte das Bedürfnis, mit ihren Gedanken allein zu bleiben.

23

Dolly war bereits im Begriff, sich ins Bett zu legen, als Anna in einem Schlafrock ins Zimmer trat.

Im Laufe des Tages war Anna mehrmals auf die ihren seelischen Zustand betreffenden Fragen zu sprechen gekommen, hatte das Gespräch aber jedesmal nach wenigen Worten abgebrochen: „Nachher, wenn wir allein sind, werden wir alles besprechen. Ich habe dir viel zu sagen."

Jetzt waren sie allein, und dennoch wußte Anna nicht, worüber sie sprechen sollte. Sie saß am Fenster, sah Dolly an und ging in ihrem Gedächtnis die ihr vorher endlos erschienene Anzahl von Fragen durch, die sie mit Dolly vertraulich besprechen wollte; aber sie fand nichts zu sagen. Es schien ihr in diesem Augenblick, daß alles schon besprochen sei.

„Wie geht es denn Kitty?" fragte sie und blickte Dolly schuldbewußt an. „Sage ganz aufrichtig, Dolly, ist sie mir böse?"

„Böse? Nein, das ist sie nicht", antwortete Darja Alexandrowna lächelnd.

„Aber sie denkt wohl mit Haß an mich, mit Verachtung?"

„Ach nein, das tut sie nicht. Aber du weißt ja selbst, so etwas läßt sich nicht vergeben."

„Nein, gewiß nicht", antwortete Anna und blickte, den Kopf abwendend, durch das offene Fenster. „Aber ich war nicht schuld. Und war überhaupt jemand schuld? Kann man von einer Schuld sprechen? Ist nicht alles zwangsläufig so gekommen? Denke selbst nach! Könntest du dir vorstellen, nicht die Frau Stiwas zu sein?"

„Das weiß ich wirklich nicht. Aber sage mir jetzt ..."

„Ja, ja, aber ich möchte noch von Kitty hören. Ist sie glücklich? Es heißt, er sei ein vortrefflicher Mensch."

„Ein vortrefflicher Mensch, das ist noch zuwenig gesagt. Ich kenne keinen besseren."

„Ach, wie mich das freut! Ich bin sehr froh darüber", sagte Anna. „Ein vortrefflicher Mensch, das ist noch zuwenig gesagt", wiederholte sie die Worte Dollys.

Dolly lächelte.

„Doch nun mußt du von dir erzählen. Es gibt so vieles zu besprechen. Ich sprach auch schon mit ..." Dolly wußte nicht, wie sie Wronski nennen sollte. Es kam ihr komisch vor, von ihm als dem Grafen zu sprechen oder ihn als Alexej Kirillowitsch zu bezeichnen.

„Ja, mit Alexej", ergänzte Anna. „Ich weiß, daß ihr miteinander gesprochen habt. Aber ich wollte dich gerade bitten, mir deinerseits zu sagen, wie du über mich und mein Leben denkst."

„Wie sollte ich das so ohne weiteres sagen? Ich weiß es wirklich nicht.“

„Nun, sage mir trotzdem, was du denkst ... Du siehst, wie ich hier lebe. Bedenken mußt du allerdings, daß du im Sommer zu uns gekommen bist und daß wir jetzt nicht allein sind. Wir sind aber zu Beginn des Frühlings hergekommen, haben hier in völliger Einsamkeit gelebt und werden wieder in derselben Einsamkeit zu leben haben, was auch ganz meinen Wünschen entspricht. Aber stell dir mein Leben hier vor, wenn Alexej abwesend ist und ich hier ganz allein bin. Und alles deutet darauf hin, daß dies häufig vorkommen, daß er die Hälfte der Zeit außerhalb des Hauses zu tun haben wird“, sagte sie und stand auf, um sich näher an Dolly heranzusetzen.

„Es ist selbstverständlich“, fiel sie Dolly ins Wort, die etwas erwidern wollte, „das ich ihn nicht mit Gewalt zurückhalten werde. Ich halte ihn auch jetzt nicht zurück. Jetzt finden Rennen statt, seine Pferde sind auch dabei, und er wird hinfahren. Darüber freue ich mich nur. Aber denke auch einmal über mich nach, stell dir meine Lage vor ... Ach, es lohnt sich gar nicht, darüber zu sprechen!“ Sie lächelte. „Worüber also hat er mit dir gesprochen?“

„Er warf eine Frage auf, über die ich ohnehin mit dir sprechen wollte, so daß es mir nicht schwerfällt, seine Ansicht zu verfechten. Es handelt sich darum, ob es nicht einen Weg gibt, ob es nicht möglich ist ...“ – Darja Alexandrowna stockte –, „ob es nicht möglich ist, deine Lage zu ordnen, zu verbessern ... Du weißt, daß ich nicht engherzig bin. Aber dennoch, wenn es sich ermöglichen läßt, solltet ihr heiraten ...“

„Du meinst die Scheidung?“ wurde sie von Anna unterbrochen. „Weißt du auch, daß das einzige weibliche Wesen, das mich in Petersburg besucht hat, Betsy Twerskaja gewesen ist? Du kennst sie doch? Au fond c’est la femme la plus dépravée qui existe. Sie hat ein Verhältnis mit Tuschkewitsch gehabt und ihren Mann auf die schändlichste Weise hintergangen. Und sie nun hat mir zu verstehen gegeben, daß sie nichts mit mir zu schaffen haben wolle, solange meine Lage ungeregelt sei. Nein, denke nicht, daß ich dich mit ihr vergleiche ... Ich kenne dich ja, mein Herzblatt. Es fiel mir in diesem Zusammenhang nur so ein ... Was also hat er dir gesagt?“ fragte sie noch einmal.

„Er sagte, daß er um deinetwillen leide und daß auch ihn selbst eure jetzige Lage bedrücke. Du wirst vielleicht einwenden, daß das egoistisch sei; aber dann ist es ein berechtigter und höchst achtenswerter Egoismus! In erster Linie liegt ihm daran, seine Tochter zu legitimieren und dein rechtmäßiger Mann zu werden, ein Recht auf dich zu haben!“

„Welche Frau, welche Sklavin könnte in gleichem Maße versklavt sein, wie ich es in meiner Lage bin?“ warf Anna finster ein.

„Vor allem aber möchte er... möchte er dich von deinen Qualen befreien.“

„Das ist unmöglich. Und weiter?“

„Nun – und das ist gewiß ein berechtigtes Verlangen –, er will, daß eure Kinder seinen Namen führen.“

„Welche Kinder denn?“ fragte Anna, ohne Dolly anzusehen, und kniff die Augen zusammen.

„Annie und die künftigen.“

„Nun, deswegen braucht er sich keine Sorgen zu machen – weitere Kinder werde ich nicht haben.“

„Wie kannst du wissen, ob du noch welche bekommen wirst oder nicht?“

„Ich werde keine mehr bekommen, weil ich es nicht will.“

Trotz ihrer inneren Erregung mußte Anna lächeln, als sie die naive Verblüffung, das Entsetzen und die Wißbegierde wahrnahm, die sich in Dollys Gesicht ausdrückten.

„Mir hat der Arzt nach meiner Krankheit gesagt...“

„... das kann nicht dein Ernst sein!“ rief Dolly, die mit weit aufgerissenen Augen dasaß. Für sie bedeutete Annas Mitteilung eine jener Eröffnungen, aus denen sich so schwerwiegende Erkenntnisse und Folgerungen ergeben, daß man sie im ersten Augenblick gar nicht in ihrem ganzen Umfang erfassen kann, sondern nur ahnt, daß sie der Anlaß zu vielem und langem Nachdenken sein werden.

Annas Eröffnung, die ihr plötzlich die so lange unverständliche Tatsache begreiflich machte, daß es so viele Familien mit nur einem oder zwei Kindern gab, rief in ihr eine solche Menge von Gedanken, Überlegungen und einander widersprechenden Empfindungen hervor, daß sie nichts zu sagen wußte und Anna nur mit weit aufgerissenen Augen anstarrte. Dasselbe, was ihr heute auf der Herfahrt so wünschenswert erschienen war, erfüllte sie jetzt, nachdem sie die Möglichkeit der Verwirklichung erfahren hatte, mit Entsetzen. Sie hatte das Gefühl, daß dies für eine derartig komplizierte Frage eine allzu einfache Lösung sei.

„N'est-ce pas immoral?“ fragte sie nach längerem Schweigen.

„Warum? Bedenke, daß ich zwischen zweierlei zu wählen habe: Entweder ich komme in andere Umstände, was gleichbedeutend mit Kranksein ist, oder ich kann meinem Mann – er ist ja schließlich mein Mann – eine Freundin und Kameradin sein“, antwortete Anna, absichtlich in oberflächlichem und leichtfertigem Ton.

„Nun ja, nun ja“, erwiderte Darja Alexandrowna, als sie von Anna die gleichen Argumente hörte, die ihr heute selbst durch den Kopf gegangen waren, jetzt aber viel weniger überzeugend auf sie wirkten.

„Für dich, für andere mögen noch Zweifel möglich sein", sagte Anna, die Dollys Gedanken zu erraten schien. „Für mich dagegen ... Bedenke, daß ich nicht seine angetraute Frau bin; er liebt mich, solange ich ihm liebenswert erscheine. Und womit kann ich mich für ihn liebenswert erhalten? Etwa damit?"

Sie wölbte ihre weißen Arme vor dem Leib.

Mit ungewöhnlicher Schnelligkeit, wie es im Zustand großer Erregung vorkommt, schwirrten Darja Alexandrowna die verschiedensten Gedanken und Erinnerungen durch den Kopf. Ich habe Stiwa nicht an mich zu fesseln verstanden, überlegte sie. Er hat sich von mir abgewandt und ist zu anderen Frauen gegangen, und die erste von ihnen, um derentwillen er mir untreu geworden ist, hat ihn durch ihre unverblühte Schönheit und stete Fröhlichkeit auch nicht halten können. Er ließ sie sitzen und nahm sich eine andere. Sollte es Anna da wirklich möglich sein, den Grafen Wronski auf solche Weise an sich zu fesseln und auf die Dauer festzuhalten? Wenn er es darauf abgesehen hat, wird er Frauen finden, die ihn durch ihre Anmut, ihre Kleidung und ihr heiteres Wesen noch mehr bezaubern. Und so zart und schön Annas entblößte Arme, so liebreizend ihre stattliche Figur und das erhitzte, von schwarzem Haar umrahmte Gesicht auch sein mögen, er wird alles in noch größerer Vollkommenheit finden, wie es ja auch mein abscheulicher Mann, dieser arme liebe Tropf, immer sucht und findet. Dolly antwortete nicht und seufzte nur. Anna, die ihren Seufzer gehört hatte und daraus schloß, daß Dolly nicht mit ihr einverstanden war, redete weiter auf sie ein. Sie hatte noch Argumente in Bereitschaft, die so stichhaltig waren, daß sie sich unmöglich widerlegen ließen.

„Du meinst, daß das unrecht sei? Aber man muß alles überlegen", fuhr sie fort. „Du übersiehst, in welcher Lage ich mich befinde. Wie könnte ich mir Kinder wünschen? Ich spreche nicht von den damit verbundenen Qualen; die fürchte ich nicht. Aber bedenke, wie es um meine Kinder bestellt sein würde. Es wären unglückliche Geschöpfe, die einen fremden Namen tragen müßten. Allein durch ihre Geburt wären sie gezwungen, sich zeitlebens ihrer Mutter, ihres Vaters und ihrer Herkunft zu schämen."

„Deshalb eben ist ja eine Scheidung notwendig."

Doch Anna ließ sich nicht beirren. Sie wollte alle Umstände anführen, durch die sie sich selbst so oft in ihrer Überzeugung bestärkt hatte.

„Wozu ist mir schließlich die Vernunft gegeben, wenn ich sie nicht nutze, die Geburt unglücklicher Kinder zu verhüten?"

Sie blickte Dolly an, fuhr jedoch, ohne eine Antwort abzuwarten, sogleich fort:

„Ich würde mich vor diesen unglücklichen Geschöpfen immer schuldig fühlen. Wenn sie nicht da sind, habe ich wenigstens die Beruhigung, keine unglücklichen Kinder in die Welt gesetzt zu haben, denn an ihrem Unglück wäre ich allein schuld."

Derartige Beweisgründe hatte sich Darja Alexandrowna schon selbst vorgehalten; doch als sie sie jetzt von Anna hörte, leuchteten sie ihr nicht ein. Wie kann man sich Geschöpfen gegenüber schuldig fühlen, die noch gar nicht existieren? fragte sie sich. Und jählings fuhr ihr der Gedanke durch den Kopf, ob es womöglich für ihren Liebling Grischa besser gewesen wäre, wenn er nie das Licht der Welt erblickt hätte. Doch diese Erwägung kam ihr derart absurd und sinnlos vor, daß sie den Kopf schüttelte, um die auf sie einstürmenden wirren Gedanken zu verscheuchen.

„Nein, ich kann mir nicht helfen, ich halte das für unrecht", sagte sie mit einem Ausdruck von Widerwillen im Gesicht.

„Ja, aber du darfst nicht vergessen, was du bist und was ich bin", erwiderte Anna, die ungeachtet der Fülle ihrer Argumente und der Dürftigkeit von Dollys Gegenargumenten dennoch im stillen einzusehen schien, daß es unrecht sei. „Und außerdem mußt du bedenken, daß ich mich jetzt nicht in der gleichen Lage befinde wie du. Bei dir handelt es sich um die Frage, ob es dir unerwünscht ist, weitere Kinder zu bekommen, bei mir aber, ob ich mir welche wünschen soll. Das ist ein großer Unterschied. Begreife doch, daß ich einen solchen Wunsch in meiner Lage nicht haben kann."

Darja Alexandrowna widersprach nicht. Ihr wurde plötzlich klar, daß zwischen ihr und Anna bereits eine so große Entfremdung entstanden war, daß sie in manchen Fragen niemals zu einer Einigung kommen würden und daß man über diese Fragen am besten gar nicht sprach.

24

„Um so mehr kommt es darauf an, eine Regelung deiner Lage herbeizuführen, wenn es möglich ist", sagte Dolly.

„Ja, wenn es möglich ist!" erwiderte Anna nunmehr in einem ganz anderen, sanften und wehmütigen Ton.

„Ist denn eine Scheidung ganz ausgeschlossen? Ich hörte doch, daß dein Mann einverstanden sei."

„Ach, Dolly! Ich mag nicht davon sprechen."

„Nun, dann lassen wir es", sagte Darja Alexandrowna eiligst, als sie den schmerzerfüllten Ausdruck bemerkte, den Annas Gesicht annahm. „Ich meine nur, daß du allzu schwarz siehst."

„Ich? Durchaus nicht. Ich bin zufrieden und immer in bester Stimmung. Wie du gesehen hast, je fais des passions. Weslowski ..."

„Nun, ehrlich gesagt, ich finde den Ton Weslowskis doch etwas ungehörig", sagte Darja Alexandrowna, die das Gesprächsthema wechseln wollte.

„Ach, nicht im geringsten! Das schmeichelt Alexej nur und hat weiter nichts zu sagen. Weslowski ist ein Junge und ganz in meinen Händen; ich mache mit ihm, was ich will. Statt seiner könnte es ebensogut dein Grischa sein ... Dolly! Du sagst, ich sehe zu schwarz", kam sie unvermittelt auf Darja Alexandrownas vorherige Bemerkung zurück. „Du kannst das nicht begreifen. Es ist zu entsetzlich. Ich bemühe mich, überhaupt nichts zu sehen."

„Aber das darfst du nicht, meine ich. Man muß alles tun, was sich tun läßt."

„Ja, was läßt sich denn tun? Überhaupt nichts! Du sagst, ich müßte Alexej heiraten und dächte nicht genügend daran. Ich dächte nicht daran!" wiederholte sie und wurde feuerrot im Gesicht. Sie erhob sich, richtete sich auf, stieß einen schweren Seufzer aus und begann, ab und zu stehenbleibend, mit ihrem federnden Gang im Zimmer auf und ab zu gehen. „Ich dächte nicht genügend daran? Es vergeht kein Tag und keine Stunde, wo ich nicht daran denke und mir nicht Vorwürfe mache, daß ich daran denke, denn diese Gedanken können einen wahnsinnig machen. Ja, wahnsinnig machen", sagte sie noch einmal. „Wenn ich daran denke, kann ich ohne Morphium überhaupt nicht mehr einschlafen. Nun gut; wir wollen in Ruhe darüber sprechen. Man redet immer von der Scheidung. Erstens wird er gar nicht seine Einwilligung geben. Er steht jetzt unter dem Einfluß der Gräfin Lydia Iwanowna."

Darja Alexandrowna saß aufrecht auf ihrem Platz und verfolgte, den Kopf hin und her wendend, mit leidvoll mitfühlenden Blikken die auf und ab gehende Anna.

„Man müßte einen Versuch machen", sagte sie kleinlaut.

„Gut, nehmen wir an, ich machte einen Versuch. Was bedeutet das?" sagte sie und griff damit offenbar einen Gedankengang auf, den sie schon unzählige Male durchdacht hatte und bereits auswendig kannte. „Es bedeutet, daß ich die Demütigung auf mich nehmen müßte, an den Mann zu schreiben, den ich hasse, dem gegenüber ich mich aber dennoch schuldig fühle und dessen Großmut ich kenne ... Nun gut, nehmen wir an, ich würde mich überwinden und es tun. Dann bekäme ich entweder eine beleidigende Antwort oder seine Einwilligung. Gut, ich hätte seine Einwilligung..." Anna war in diesem Augenblick am entgegengesetzten Ende des Zimmers angelangt, blieb dort stehen und ordnete irgend etwas am Fenstervorhang. „Ich hätte also seine Einwilligung. Und mein Sohn? Den werden sie mir doch nicht überlassen. Er wird dort aufwachsen und mich, die ich seinen Vater verlassen habe, für verachtungswürdig halten. Du mußt begreifen, daß es zwei menschliche Wesen gibt, die ich, wie ich glaube, gleichermaßen liebe und die mir beide teurer sind als mein eigenes Leben: Serjosha und Alexej!"

Sie kam in die Mitte des Zimmers zurück, blieb vor Dolly stehen und preßte die Hände gegen die Brust. In dem weißen Schlafrock wirkte sie besonders groß und stattlich. Sie neigte den Kopf und blickte aus ihren feuchtschimmernden Augen auf die kleine, schmächtige, am ganzen Körper zitternde Dolly hinab, die in ihrer gestopften Nachtjacke und einem Nachthäubchen recht kläglich vor ihr saß.

„Diesen beiden Menschen gehört meine ganze Liebe, aber der Besitz des einen schließt den des anderen aus. Ich kann sie nicht vereint besitzen, was das einzige ist, das ich mir wünsche. Und wenn das nicht möglich ist, dann ist mir alles andere gleichgültig. Alles, alles ist dann gleichgültig. Aber auf irgendeine Weise wird es ein Ende nehmen, und deshalb kann ich nicht, mag ich nicht darüber sprechen. Verurteile mich also nicht, denke nicht schlecht von mir. In deiner Reinheit bist du nicht fähig, den ganzen Umfang meines Leids zu erfassen."

Sie trat näher, setzte sich neben Dolly, nahm deren Hand und blickte ihr mit schuldbewußter Miene ins Gesicht.

„Was denkst du? Wie denkst du von mir? Du mußt mich nicht verachten. Verachtung verdiene ich nicht. Ich bin unsagbar unglücklich. Wenn jemand unglücklich ist, dann bin ich es", sagte sie und brach, sich von Dolly abwendend, in Tränen aus.

Nachdem Anna gegangen war, verrichtete Dolly ihr Nachtgebet und legte sich ins Bett. Während des Gesprächs mit Anna hatte ihr diese von ganzem Herzen leid getan; jetzt jedoch gelang es ihr nicht, mit ihren Gedanken bei Anna zu verweilen. Die Erinnerung an ihr Heim und an die Kinder wurde in ihrem Herzen mit besonderer Deutlichkeit wach und war gleichsam von einem neuen, vorher nie empfundenen Glanz umgeben. Ihre eigene kleine Welt erschien ihr jetzt so teuer und schön, daß sie ihr um keinen Preis einen weiteren Tag fernbleiben wollte und endgültig beschloß, schon morgen wieder abzufahren.

Anna, die inzwischen in ihr Boudoir zurückgekehrt war, ergriff ein Likörglas und tröpfelte mehrere Tropfen einer Mixtur hinein, deren wichtigster Bestandteil Morphium war. Nachdem sie das Gläschen geleert und noch eine Weile regungslos sitzen geblieben war, begab sie sich beruhigt und in heiterer Stimmung ins Schlafzimmer.

Bei ihrem Eintritt ins Schlafzimmer blickte ihr Wronski forschend entgegen. Er suchte ihrem Gesicht etwas von dem Inhalt des Gesprächs abzulesen, das sie, wie er annahm, mit Dolly während ihres so ausgedehnten Aufenthalts in deren Zimmer geführt haben mußte. Aber das einzige, was er in ihrem verhalten-erregten und offenbar irgend etwas verbergenden Gesichtsausdruck wahrnahm, war das Bewußtsein ihrer Schönheit, die ihn, obschon sie ihm nichts Neues mehr war, immer noch faszinierte, und der Wunsch, durch ihren Liebreiz auf ihn zu wirken. Er wollte sie nicht direkt danach fragen, worüber sie mit Dolly gesprochen hatte, hoffte jedoch, daß sie ihm von sich aus etwas darüber mitteilen würde. Doch sie sagte nur:

„Ich freue mich, daß dir Dolly gefällt. Das stimmt doch?“

„Ja, gewiß, aber ich kenne sie ja schon lange. Sie ist anscheinend sehr gutmütig, mais excessivement terre-à-terre. Trotzdem freue ich mich sehr über ihren Besuch.“

Er griff nach Annas Hand und blickte ihr fragend in die Augen.

Sie deutete seinen Blick auf andere Weise und lächelte ihm zu.

Am nächsten Morgen rüstete Dolly, ungeachtet der Überredungsversuche ihrer Gastgeber, zur Abreise. Der Lewinsche Kutscher kam mit der alten, an den Kotflügeln geflickten und mit verschiedenfarbigen Pferden bespannten Kutsche in seinem nicht mehr neuen Rock und der nicht eben zünftigen Kopfbedeckung finster und entschlossen auf dem überdachten, mit Sand bestreuten Vorplatz des Hauptportals vorgefahren.

Die Verabschiedung von der Prinzessin Warwara und den Herren war Darja Alexandrowna unangenehm. Nachdem sie hier einen Tag zugebracht hatte, empfanden sowohl sie selbst als auch die anderen deutlich, daß sie nicht in diesen Kreis paßte. Einzig Anna war wehmütig zumute. Sie wußte, daß nach der Abreise Dollys nun niemand mehr in ihrem Herzen an jenen Gefühlen rühren würde, die das Wiedersehen mit Dolly in ihr geweckt hatte. So schmerzlich es ihr auch war, an diesen Gefühlen zu rühren, war sie sich doch bewußt, daß sie den besten Teil ihrer Seele darstellten und bei dem Leben, das sie jetzt führte, schnell verkümmern mußten.

Als der Wagen ins freie Feld hinausgekommen war, empfand Darja Alexandrowna eine angenehme Erleichterung und wollte ihre Begleiter fragen, wie es ihnen auf dem Besitztum Wronskis gefallen habe; doch da kam der Kutscher Filipp schon von sich aus darauf zu sprechen.

„Reichtum hin, Reichtum her, aber Hafer hat man uns im ganzen nur drei Maß gegeben. Noch bevor die Hähne krähten, war die Krippe leer. Was sind schon drei Maß? Gerade genug, den Pferden Appetit zu machen. Hafer kriegt man heute bei den Herbergswirten für fünfundvierzig Kopeken. Wenn bei uns jemand einkehrt, na, da können die Pferde fressen, soviel sie wollen."

„Ja, der Herr ist geizig", bekräftigte der Kontorist.

„Nun, und wie haben dir denn seine Pferde gefallen?" fragte ihn Dolly.

„Die Pferde – gegen die ist nichts zu sagen. Und das Essen war auch gut. Aber irgendwie war einem dort unbehaglich zumute, Darja Alexandrowna, ich weiß nicht, ob es Ihnen auch so ging", sagte er und drehte sich mit seinem hübschen, gutmütigen Gesicht zu ihr um.

„Ja, mir ging es auch so. Was meinst du, kommen wir bis zum Abend nach Hause?"

„Wir müssen es schaffen."

Als Darja Alexandrowna zu Hause ankam, traf sie alle bei bestem Wohlbefinden an und fand alle besonders lieb. Sie erzählte nun mit großer Lebhaftigkeit von ihrer Reise, schilderte die freundliche Aufnahme, die ihr zuteil geworden war, den Luxus und den guten Geschmack, mit dem dort alles eingerichtet sei, sowie die angenehme Art des Zeitvertreibs, und sie duldete von niemand eine abfällige Bemerkung über Wronski oder über Anna.

„Man muß beide kennen – ich habe ihn jetzt genauer kennengelernt –, um zu verstehen, wie nett und rührend lieb sie sind", erklärte sie und meinte es jetzt auch wirklich so; an das, was ihr mißfallen hatte, und an das allgemeine Gefühl des Unbehagens, das sie dort empfunden hatte, dachte sie nicht mehr.

25

Wronski und Anna verlebten den ganzen Sommer und einen Teil des Herbstes auf dem Gut in unveränderten Verhältnissen und ohne irgendwelche Schritte für die Scheidung zu unternehmen. Sie waren übereingekommen, ihren Wohnsitz nicht zu wechseln; doch je weiter die Zeit fortschritt und als sie sich im Herbst ohne Logisbesuch ganz allein überlassen waren, wurde es beiden immer klarer, daß sie dieses Leben auf die Dauer nicht ertragen würden und daß es auf irgendeine Weise geändert werden müßte.

Dieses Leben war so beschaffen, daß es, sollte man meinen, nichts zu wünschen übrigließ: Sie hatten alles im Überfluß, waren gesund, besaßen ein Kind, und jeder von ihnen hatte seine Beschäftigung. Anna wandte, auch wenn kein Besuch da war, dieselbe Sorgfalt auf ihr Äußeres und las sehr viel, sowohl Romane als auch ernste Bücher, die gerade in Mode waren. Sie bestellte alle Bücher, die in den von ihr abonnierten ausländischen Zeitungen und Zeitschriften lobend erwähnt wurden, und vertiefte sich in ihren Inhalt so eingehend, wie es nur in der Einsamkeit möglich ist. Darüber hinaus machte sie sich an Hand von Büchern und Fachzeitschriften alles zu eigen, was mit der Tätigkeit Wronskis zu tun hatte, so daß es häufig vorkam, daß er sie in Fragen zu Rate zog, die landwirtschaftliche Dinge oder das Bauwesen, ja mitunter sogar die Pferdezucht und den Reitsport betrafen. Er wunderte sich über ihre Kenntnisse und ihr Gedächtnis, bezweifelte jedoch anfangs manchmal die Richtigkeit ihrer Auskünfte und wünschte sie bestätigt zu sehen; dann schlug sie in den Büchern die betreffenden Stellen auf und zeigte ihm, daß sie ihn richtig informiert hatte.

Mit der Einrichtung des Krankenhauses befaßte sie sich ebenfalls. Sie half nicht nur, sondern ersann auch vieles von sich aus und verwirklichte es. Ihre Hauptsorge war indessen sie selbst – die Frage, was sie Wronski bedeutete und wieweit sie ihm ein Ersatz für alles das sein konnte, was er aufgegeben hatte. Annas Wunsch, ihm nicht nur zu gefallen, sondern auch zu dienen, diesen Wunsch, der jetzt ihr ganzes Leben ausfüllte, würdigte Wronski gebührend, obschon er das Liebesnetz, mit dem sie ihn zu umstricken trachtete, mitunter als lästig empfand. Je mehr Zeit verstrich und je häufiger er dieses Netz spürte, desto stärker regte sich in ihm sein Freiheitsbedürfnis, und wenn er auch nicht das ausgesprochene Verlangen hatte, sich aus ihm zu befreien, so wollte er doch die Überzeugung haben, daß es ihn nicht in seiner Freiheit behinderte. Ohne diesen ständig wachsenden Wunsch, sich seine Freiheit zu sichern, und ohne die Szenen, zu denen es jedesmal kam, wenn er in der Stadt zu tun hatte, einer Sitzung beiwohnen oder ein Rennen besuchen wollte, wäre Wronski mit seinem jetzigen Leben vollauf zufrieden gewesen. Die Rolle, die er hier spielte, die Rolle eines der reichen Gutsbesitzer, die seines Erachtens den Kern der russischen Aristokratie bilden mußten, entsprach nicht nur völlig seinem Geschmack, sondern befriedigte ihn auch, nachdem er jetzt ein halbes Jahr auf diese Weise gelebt hatte, in zunehmendem Maße. Seine Tätigkeit, die ihn immer mehr in Anspruch nahm und begeisterte, bewährte sich aufs beste. Trotz der enormen Summen, die ihn das Krankenhaus, die Maschinen, die aus der Schweiz stammenden Kühe und viele andere Anschaffungen gekostet hatten, war er überzeugt, sein Vermögen nicht zu zerrütten, sondern zu vergrößern. Wenn es sich darum handelte, Geld einzunehmen, beim Verkauf von Holz, Getreide und Wolle oder bei der Verpachtung von Land, war Wronski hart wie Stein und verstand es, die von ihm geforderten Preise durchzusetzen. In den grundlegenden Fragen der Wirtschaftsführung hielt er sich sowohl bei diesem Gut als auch bei seinen übrigen Besitztümern an die einfachsten, mit keinem Risiko verbundenen Methoden und war, selbst was Kleinigkeiten betraf, äußerst haushälterisch und berechnend. Trotz aller Schläue und Geschicklichkeit des deutschen Verwalters, der ihn manchmal zu einer Anschaffung bewegen wollte und die Kostenanschläge stets so aufstellte, daß am Anfang sehr viel Geld nötig war, sich bei genauer Nachprüfung aber zeigte, daß man dasselbe wesentlich billiger haben und sofort einen Gewinn daraus erzielen konnte, ließ sich Wronski von ihm nicht dazu verleiten. Er hörte den Verwalter an, befragte ihn eingehend und erklärte sich mit ihm nur einverstanden, wenn es sich bei der betreffenden Anschaffung oder Einrichtung um etwas gänzlich Neues handelte, das in Rußland noch nicht bekannt war und Aufsehen erregen konnte. Außerdem entschloß er sich zu einer größeren Ausgabe immer nur, wenn er Geld frei hatte, wobei er sich dann bei der in Frage kommenden Anschaffung um alle Einzelheiten kümmerte und darauf bestand, für sein Geld das Allerbeste zu erhalten. Aus seiner Wirtschaftsführung ergab sich deutlich, daß er sein Vermögen nicht vergeudete, sondern es vermehrte.

Für Oktober waren die Wahlen zur Adelsversammlung im Gouvernement Kaschin anberaumt, in dem sich die Güter von Wronski, Swijashski, Kosnyschew, Oblonski und ein kleiner Teil des Lewinschen Besitztums befanden.

Diesen Wahlen wurde infolge verschiedener Umstände und der an ihnen teilnehmenden Personen in der Öffentlichkeit mit großem Interesse entgegengesehen. Man sprach viel von ihnen und traf umfassende Vorbereitungen. Gutsbesitzer, die in Moskau, in Petersburg und im Ausland ihren Wohnsitz hatten und bisher nie zu den Wahlen erschienen waren, fanden sich diesmal dazu ein.

Wronski hatte Swijashski schon seit langem zugesagt, an den Wahlen teilzunehmen.

Als die Wahlen jetzt vor der Tür standen, kam Swijashski, der auch sonst ein häufiger Gast in Wosdwishenskoje war, um Wronski in seinem Wagen mitzunehmen.

Am Tage zuvor wäre es wegen der von Wronski beabsichtigten Reise zwischen ihm und Anna beinahe zu einem Streit gekommen. Es war die häßlichste, auf dem Lande besonders niederdrükkende Zeit des Herbstes, und Wronski, der daher auf eine heftige Auseinandersetzung gefaßt war, machte Anna von seiner bevorstehenden Abwesenheit in einem so energischen und kalten Ton Mitteilung, wie er ihn ihr gegenüber noch nie angeschlagen hatte. Doch zu seiner Verwunderung nahm sie seine Mitteilung sehr gelassen auf und fragte lediglich, wann er zurückzukehren gedenke. Er wußte sich ihre Gelassenheit nicht zu erklären und blickte sie aufmerksam an. Sie erwiderte seinen Blick mit einem Lächeln. Er kannte bereits ihre Fähigkeit, sich in sich selbst zurückzuziehen, und wußte, daß sie dies nur tat, wenn sie im stillen einen Entschluß gefaßt hatte und er von ihrem Vorhaben nichts wissen sollte. Wronski fürchtete, daß sie ihm auch jetzt etwas verheimlichte; aber ihm lag so sehr daran, eine Szene zu vermeiden, daß er sich den Anschein gab, das zu glauben, und zum Teil auch wirklich glaubte, was seinen Wünschen entsprach: nämlich, daß sie zur Einsicht gekommen sei.

„Ich hoffe, du wirst dich nicht langweilen?"

„Das hoffe ich auch", antwortete Anna. „Gestern ist eine Kiste mit Büchern von Gautier eingetroffen. Nein, ich werde mich nicht langweilen."

Nun, wenn sie selbst diesen Ton anschlägt, um so besser, sagte er sich. Denn sonst läuft es immer auf ein und dasselbe hinaus.

Er drängte also nicht auf eine offene Aussprache und fuhr zu den Wahlen. Seit Bestehen ihrer Verbindung war es das erstemal, daß er sich von Anna trennte, ohne sich völlig mit ihr ausgesprochen zu haben. Einerseits beunruhigte ihn das, andererseits fand er aber, daß es so die beste Lösung sei. Anfangs wird, wie auch heute, eine gewisse verborgene Spannung zurückbleiben, doch dann wird sie sich daran gewöhnen. Wenn ich für sie auch zu jedem Opfer bereit bin, muß ich doch unter allen Umständen mein freier Herr bleiben, dachte er.

26

Im September war Lewin mit Kitty wegen der bevorstehenden Niederkunft nach Moskau übergesiedelt. Er hatte bereits einen ganzen Monat müßig in Moskau verlebt, als sich Sergej Iwanowitsch, der im Gouvernement Kaschin ein Gut besaß, anschickte, zu den ihn lebhaft interessierenden Wahlen nach Kaschin zu fahren, und seinen Bruder zum Mitkommen aufforderte. Lewin war auf Grund seines im Kreise Selesnjow gelegenen Besitztums wahlberechtigt und hatte in Kaschin ohnehin dringend für seine im Ausland lebende Schwester etwas beim Vormundschaftsgericht zu erledigen und außerdem die Auszahlung ihrer Erbschaftsabfindung zu regeln.

Lewin war sich lange unschlüssig gewesen, aber Kitty, die sah, daß er in Moskau nichts anzufangen wußte, und ihm zu der Reise zuredete, hatte schließlich ohne sein Wissen eine Adelsuniform für ihn bestellt und dafür achtzig Rubel ausgegeben. Und diese für die Uniform bezahlten achtzig Rubel waren letztlich ausschlaggebend dafür gewesen, daß sich Lewin nun doch zu der Reise entschlossen hatte und nach Kaschin gefahren war.

Jetzt hielt er sich schon seit sechs Tagen in Kaschin auf, besuchte täglich die Versammlungen und bemühte sich um die Angelegenheiten seiner Schwester, die nicht vorangehen wollten. Die maßgebenden Persönlichkeiten waren alle durch die Wahlen in Anspruch genommen, so daß es ihm bis jetzt nicht einmal gelungen war, die mit der Vormundschaft zusammenhängende, an sich ganz einfache Angelegenheit zu regeln. Sein anderes Anliegen – die Auszahlung des Geldes – stieß ebenfalls auf Schwierigkeiten. Nach langwierigen Bemühungen hatte er endlich die Freigabe des Geldes erreicht; aber der Notar, ein sonst sehr gefälliger Mensch, konnte ihm nicht die betreffende Urkunde aushändigen, weil hierzu die Unterschrift des Vorsitzenden erforderlich war, der sich jedoch dauernd in den Sitzungen aufhielt und es versäumt hatte, jemand mit seiner Vertretung zu beauftragen. Alle diese Scherereien und die endlosen Laufereien von einer Behörde zur anderen, die Auseinandersetzungen mit all den braven, gutmütigen Menschen, die für die unangenehme Lage des Antragstellers zwar volles Verständnis hatten, ihm aber nicht helfen konnten – dieser ganze völlig erfolglose Kräfteaufwand rief in Lewin ein ähnlich bedrückendes Gefühl der Ohnmacht hervor, wie man es zuweilen im Traum empfindet, wenn man aus irgendeinem Grunde seine physische Kraft anwenden will und es nicht fertigbringt. Eine solche Empfindung hatte er oftmals, wenn er mit seinem Rechtsbeistand sprach. Der Rechtsbeistand war ein gutmütiger Mann, der offenbar sein möglichstes tat und seine gesamte Geisteskraft anspannte, um für Lewin einen Ausweg aus dessen Schwierigkeiten zu finden. „Versuchen Sie es mal folgendermaßen, wenden Sie sich dort und dort hin", hatte der Rechtsbeistand schon mehrmals gesagt und dabei einen ganzen Plan entworfen, wie man wohl über das verhängnisvolle Hindernis, das von vornherein alle Bemühungen Lewins lähmte, hinwegkommen könnte. Doch dann hatte er gleich wieder hinzugefügt: „Viel herauskommen wird dabei kaum, aber versuchen Sie es trotzdem." Und Lewin versuchte es und fuhr oder ging von einer Behörde zur anderen. Er traf überall hilfsbereite, liebenswürdige Menschen, aber zum Schluß türmten sich die scheinbar weggeräumten Hindernisse doch immer wieder vor ihm auf und versperrten den Weg. Am meisten ärgerte sich Lewin darüber, daß ihm gänzlich unklar war, gegen wen er kämpfte und wem daran gelegen sein konnte, die Erledigung seiner Angelegenheit zu vereiteln. Doch das wußte anscheinend niemand; auch sein Rechtsbeistand wußte es nicht. Wenn ihm dies ebenso klar gewesen wäre wie der Umstand, daß man sich, um an den Fahrkartenschalter zu gelangen, am Ende der Schlange anstellen muß, dann hätte er sich nicht geärgert und es hingenommen; aber niemand konnte ihm erklären, warum die Schwierigkeiten, denen er in seiner Angelegenheit begegnete, existierten.

Aber Lewin hatte sich, seitdem er verheiratet war, sehr geändert; er hatte Geduld gelernt, und wenn er nicht verstand, warum dies alles so eingerichtet war, dann sagte er sich, daß er keinen genügenden Überblick besitze, um sich ein Urteil zu erlauben, und war bemüht, seine Ruhe zu bewahren.

Wenn er die Versammlung besuchte und an den Wahlen teilnahm, bemühte er sich ebenfalls, jede Kritik und jeden Widerspruch zu vermeiden, und war darauf bedacht, so gut wie möglich die Fragen zu begreifen, mit denen sich so viele von ihm geachtete, rechtschaffene Männer so ernsthaft und eifrig beschäftigten. Seit seiner Verheiratung hatte er schon so oft erkannt, welch ernste Bedeutung manchen Dingen zukam, die er früher leichtfertigerweise für unwesentlich gehalten hatte, so daß er jetzt geneigt war, auch den Wahlen einen ernsten Sinn zuzuschreiben, und diesen herauszufinden suchte.

Sergej Iwanowitsch erklärte ihm den Sinn und die Bedeutung des Umschwungs, den man von diesen Wahlen erwartete. Der Adelsmarschall des Gouvernements, in dessen Händen den gesetzlichen Bestimmungen gemäß so viele wichtige Verwaltungszweige vereinigt waren – alle Vormundschaftsangelegenheiten (die Lewin gerade so viel zu schaffen machten), die Verwaltung des enormen Vermögens der Adelsversammlung, die Aufsicht über die höheren Schulen für Mädchen und Knaben und über die Militärschule, die Volksbildung, entsprechend den neuen Bestimmungen, und schließlich des Semstwo –, der Gouvernementsadelsmarschall Snetkow, ein Edelmann alten Schlages, der ein riesiges Vermögen durchgebracht hatte, war ein gutmütiger, in seiner Art ehrbarer Mann, dem indessen jegliches Verständnis für die

Erfordernisse der neuen Zeit abging. Er nahm in allen Fragen stets Partei für den Adel, erschwerte vorsätzlich die Ausbreitung der Volksbildung und förderte im Semstwo, dem eine so überragende Bedeutung zukommen sollte, den Kastengeist. Es kam darauf an, ihn durch einen frischen, tatkräftigen und neuzeitlich eingestellten Mann zu ersetzen, der fähig sein mußte, aus den Rechten, die dem Adel nicht als Kaste, sondern als Bestandteil des Semstwos verliehen waren, alle Vorteile herauszuschlagen, die sich im Rahmen der Selbstverwaltung irgend herausschlagen ließen. In dem reichen Gouvernement Kaschin, das von jeher auf allen Gebieten führend gewesen war, hatten sich zur Zeit so starke Kräfte angesammelt, daß dieses Werk, wenn man es richtig durchführte, vorbildlich für die übrigen Gouvernements, ja für ganz Rußland werden konnte. Den diesmaligen Wahlen kam daher eine überaus große Bedeutung zu. An Stelle Snetkows hatte man vor, Swijashski oder, noch besser, Newedowski als Adelsmarschall aufzustellen, einen ehemaligen Professor von außergewöhnlicher Intelligenz, der mit Sergej Iwanowitsch eng befreundet war.

Eröffnet wurde die Tagung durch den Gouverneur, der die Adligen in einer Ansprache ermahnte, sich bei der Wahl zu den verschiedenen Ämtern nicht von persönlichen Sympathien leiten zu lassen, sondern ausschließlich die Verdienste der Kandidaten und die Interessen des Vaterlandes im Auge zu haben; er hoffe, führte er weiter aus, daß der Kaschiner Adel, ebenso wie bei früheren Wahlen, gewissenhaft seine Pflicht erfüllen und das hohe Vertrauen rechtfertigen werde, das der Monarch in ihn setze.

Nach beendeter Rede verließ der Gouverneur den Saal; die Versammlungsteilnehmer, von denen einige sogar in begeisterte Stimmung geraten waren, folgten ihm unter lautem, lebhaftem Meinungsaustausch und scharten sich um ihn, während er seinen Pelz anzog und sich freundschaftlich mit dem Gouvernementsadelsmarschall unterhielt. Lewin, der alles erfassen und sich nichts entgehen lassen wollte, hatte sich ebenfalls unter die Menge gemischt und hörte, wie der Gouverneur gerade sagte: „Bestellen Sie bitte Marja Iwanowna, daß meine Frau zu ihrem großen Bedauern nicht kommen kann, weil sie ins Altersheim fahren muß." Anschließend griffen die Versammlungsteilnehmer, die sich durchweg in gehobener Stimmung befanden, nach ihren Pelzen und fuhren in die Kathedrale.

In der Kathedrale erhob Lewin gleich den anderen die Hand und schwor, die vom Protopopen vorgesprochenen Worte wiederholend, hoch und heilig, alles erfüllen zu wollen, was den Hoffnungen des Gouverneurs entsprach. Ein Gottesdienst übte auf Lewin immer einen tiefen Eindruck aus, und als er jetzt die Menge dieser jungen und alten Männer überblickte, die alle dieselben Worte wiederholten, wurde er von Rührung ergriffen.

Am zweiten und dritten Tage wurde über das Vermögen der Adelsversammlung und das Mädchengymnasium verhandelt, Fragen, denen, wie Sergej Iwanowitsch erklärte, keinerlei Wichtigkeit zukam, so daß Lewin, der mit der Erledigung seiner eigenen Angelegenheiten zu tun hatte, diesen Sitzungen fernblieb.

Am vierten Tage fand am Präsidialtisch eine Revision des Vermögens der Adelsversammlung statt. Hierbei nun kam es erstmalig zu einem Zusammenstoß zwischen der neuen und der alten Partei. Die mit der Prüfung des Kassenbestandes betraute Kommission berichtete der Versammlung, daß die ausgewiesene Summe ordnungsgemäß vorhanden sei. Der zu Tränen gerührte Gouvernementsadelsmarschall erhob sich und dankte dem Adel für das ihm bezeigte Vertrauen. Viele der Versammlungsteilnehmer beglückwünschten ihn lebhaft und drückten ihm die Hand. Doch da erklärte einer der Adligen, der zur Partei Sergej Iwanowitschs gehörte, ihm sei zu Ohren gekommen, daß die Kommission die Abrechnung gar nicht geprüft habe, weil sie eine solche Nachprüfung für eine Beleidigung des Gouvernementsadelsmarschalls halte. Von einem Mitglied der Kommission wurde dies unbedachterweise bestätigt. Hierauf erklärte ein kleinwüchsiger, dem Aussehen nach noch sehr junger, doch äußerst bissiger Herr, daß es dem Gouvernementsadelsmarschall sicherlich erwünscht sei, über die vereinnahmten Gelder Rechenschaft abzulegen, und daß ihn die übertriebene Feinfühligkeit der Kommissionsmitglieder dieser moralischen Genugtuung beraube. Als die Kommissionsmitglieder nunmehr von ihrer Erklärung zurücktraten, begann Sergej Iwanowitsch einleuchtend auseinanderzusetzen, daß man einen bündigen Bescheid haben müsse, ob die Gelder kontrolliert seien oder nicht, und erläuterte ausführlich die sich daraus ergebenden Folgerungen. Die Ausführungen Sergej Iwanowitschs wurden von einem redseligen Mitglied der Gegenpartei beantwortet. Anschließend ergriffen Swijashski und nach diesem nochmals der bissige Herr das Wort. Die Auseinandersetzungen wurden noch geraume Zeit fortgesetzt und endeten schließlich ergebnislos.

Lewin war erstaunt, daß man sich wegen dieser Angelegenheit so lange stritt, zumal er von Sergej Iwanowitsch auf seine Frage, ob dieser eine Veruntreuung von Geld vermute, die Antwort erhalten hatte:

„Nein, keineswegs. Er ist ein ehrlicher Mensch. Aber diese patriarchalische Art, die Angelegenheit des Adels zu verwalten, mußte einmal ins Wanken gebracht werden.“

Am fünften Tage fanden die Wahlen der Adelsmarschälle für die einzelnen Kreise statt. In einigen Kreisen nahm dieser Tag einen recht stürmischen Verlauf. Im Kreise Selesnjow wurde Swijashski einstimmig gewählt, ohne Ballotage. Anschließend gab er in seiner Wohnung ein Essen.

27

Für den sechsten Tag waren die Gouvernementswahlen anberaumt. Die Säle, sowohl der große als auch der kleine, waren mit Adligen in verschiedenartigen Uniformen gefüllt. Viele waren eigens zu diesem Wahltag hergereist. Manche von ihnen, die von der Krim, aus Petersburg oder aus dem Ausland gekommen waren, trafen hier mit Bekannten zusammen, die sie lange nicht gesehen hatten. Am Präsidialtisch, unter dem Bildnis des Zaren, wurde debattiert.

Im großen und auch im kleinen Saal hatten sich die Anhänger jeder Partei zu Gruppen zusammengeschlossen, und an der feindseligen, mißtrauischen Art, mit der vorüberkommende unbekannte Personen gemustert und nicht für fremde Ohren bestimmte Gespräche abgebrochen wurden, wobei sich manche, miteinander tuschelnd, sogar bis an das äußerste Ende des Wandelganges zurückzogen, ließ sich erkennen, daß jede Partei vor der anderen Geheimnisse hatte. Ihrem Äußeren nach unterschieden sich die Versammlungsteilnehmer deutlich voneinander und bildeten zwei Gruppen: die alten und die jungen Adligen. Die alten waren zum größten Teil in altmodischen zugeknöpften Adelsuniformen mit Degen und Dreispitz erschienen oder hatten, je nachdem, wo sie einstmals Dienst getan hatten, ihre Marine-, Kavallerie- oder Infanterieuniform angelegt. Die nach früherer Art mit Puffärmeln und kurzer Taille gearbeiteten Uniformen der alten Adligen waren diesen offenbar zu eng, und es machte den Eindruck, als seien ihre Träger aus ihnen herausgewachsen. Die jüngeren dagegen trugen offene Adelsuniformen mit langer Taille, breiten Schultern und weißer Weste dazu oder Uniformen mit schwarzem Kragen und gestickten Lorbeerblättern, dem Abzeichen des Justizministeriums. Zu den jungen Adligen gehörten auch einige Träger von Hofuniformen, die sich hie und da glänzend aus der Menge hervorhoben.

Die Teilung nach dem Alter fiel indessen nicht mit der Teilung in Parteien zusammen. Mehrere von den jüngeren Adligen gehörten Lewins Beobachtungen nach zu der alten Partei, während umgekehrt manche der ältesten Edelleute mit Swijashski tuschelten und offensichtlich glühende Anhänger der neuen Richtung waren.

Lewin stand im kleinen Saal, wo geraucht und ein Imbiß eingenommen werden konnte, neben einer Gruppe seiner Parteifreunde, hörte deren Gesprächen zu und strengte erfolglos seine Denkkraft an, um den Sinn des Gesprochenen zu erfassen. Sergej Iwanowitsch bildete eine Art Zentrum, um das sich die übrigen gruppierten. Er hörte gerade einem Disput zwischen Swijashski und Chljustow zu, der Adelsmarschall eines anderen Kreises war und ebenfalls zur neuen Partei gehörte. Chljustow lehnte es ab, sich namens seines Kreises an Snetkow zu wenden und ihn zu bitten, doch zu kandidieren, wozu ihn Swijashski überreden wollte und was nun auch von Sergej Iwanowitsch gutgeheißen wurde. Lewin war es unverständlich, welches Interesse man daran haben konnte, den Gouvernementsadelsmarschall, der ja zur Gegenpartei gehörte und den man durch eine Wahlniederlage von seinem Amt entfernen wollte, um seine Kandidatur zu bitten.

Stepan Arkadjitsch, der eben etwas getrunken und einen kleinen Imbiß zu sich genommen hatte, wischte sich mit einem duftenden, mit Spitzen eingesäumten Batisttaschentuch den Mund und trat in seiner Kammerherrenuniform zu den anderen heran.

„So, Sergej Iwanowitsch, jetzt beziehen wir Stellung!" sagte er, während er sich seinen Backenbart zurechtstrich. Und nachdem er gehört hatte, wovon die Rede war, pflichtete er Swijashski bei:

„Ein Kreis genügt, und Swijashski scheidet dabei aus, weil er zu offenkundig oppositionell eingestellt ist", sagte er, und alle außer Lewin verstanden, was damit gemeint war.

„Na, Kostja, du scheinst ja auch Geschmack an der Sache gefunden zu haben?" fügte er, zu Lewin gewandt, hinzu und hakte sich bei ihm ein. Lewin wäre froh gewesen, hätte er an der Sache Geschmack gefunden, aber er konnte die Zusammenhänge nicht begreifen; nachdem sie sich einige Schritte von den übrigen entfernt hatten, drückte er daher Stepan Arkadjitsch sein Erstaunen darüber aus, daß man den Gouvernementsadelsmarschall um seine Kandidatur bitten wollte.

„O sancta simplicitas!" sagte Stepan Arkadjitsch und begann nun, Lewin mit kurzen, klaren Worten den Sachverhalt auseinanderzusetzen: „Wenn, wie bei der vorigen Wahl, sämtliche Kreise den Gouvernementsadelsmarschall um seine Kandidatur bitten, würde er alle weißen Bälle erhalten und damit gewählt sein. Das muß verhindert werden. Diesmal sind acht Kreise bereit, ihn zu nominieren; wenn aber zwei Kreise gegen seine Kandidatur sind, dann könnte Snetkow es ablehnen, sich zur Wahl zu stellen. In einem solchen Fall wären alle Berechnungen über den Haufen geworfen, und die alte Partei könnte womöglich die Wahl eines anderen ihrer Anhänger durchsetzen. Wenn aber Swijashskis Kreis es als einziger ablehnt, Snetkow als Kandidaten aufzustellen, wird er sich zur Wahl stellen. Wir werden sogar absichtlich einen Teil der Bälle für ihn abgeben, damit er durchkommt; die Gegenpartei wird dadurch in Verwirrung geraten, und wenn wir dann unseren Gegenkandidaten aufstellen, wird ein Teil von ihr für diesen stimmen."

Lewin hatte nun einen Begriff von der Sache, aber noch keinen vollständigen, und wollte gerade noch einige Fragen stellen, als ein allgemeines Stimmengewirr entstand und alles geräuschvoll zum großen Saal hindrängte.

„Was ist los? Wie das? Wen?" – „Nicht vertrauenswürdig? Wer? Warum?" – „Er wird nicht zugelassen? Ist nicht vertrauenswürdig?" – „Flerow wird nicht zugelassen." – „Weil ein Verfahren gegen ihn schwebt?" – „Da könnte man ja jeden ausschließen! Das ist niederträchtig." – „Das Gesetz besagt ..." Von allen Seiten ertönten Rufe, während sich Lewin zusammen mit allen anderen, die vorwärts drängten und offenbar irgend etwas zu versäumen fürchteten, in den großen Saal begab. Als er sich im Gewühl der Versammlungsteilnehmer dem Präsidialtisch näherte, war dort zwischen dem Gouvernementsadelsmarschall, Swijashski und anderen Anführern ein erregtes Wortgefecht im Gange.

28

Lewin stand ziemlich weit entfernt von den Streitenden. Ein neben ihm stehender Adliger, der schwer und röchelnd atmete, und ein zweiter, der unaufhörlich mit seinen dicken Schuhsohlen knarrte, hinderten ihn daran, das Gesprochene deutlich zu verstehen. Er hörte lediglich die sanfte Stimme des Gouvernementsadelsmarschalls, dann die schrille Stimme des bissigen Herrn und hierauf die Stimme Swijashskis. Sie stritten, soviel er verstehen konnte, über einen Gesetzesparagraphen und die Bedeutung der Worte „gegen den eine gerichtliche Untersuchung schwebt".

Die Menge trat auseinander, um Sergej Iwanowitsch den Weg zum Präsidialtisch freizugeben. Nachdem Sergej Iwanowitsch den bissigen Herrn hatte ausreden lassen, äußerte er sich dahingehend, daß es wohl am richtigsten sei, den betreffenden Abschnitt im Gesetzbuch nachzulesen, und bat den Sekretär, diesen Abschnitt herauszusuchen.

Sergej Iwanowitsch las das Gesetz vor und war noch dabei, seine Bedeutung zu erläutern, als er von einem großen, dicken Gutsbesitzer mit gekrümmtem Rücken und gefärbtem Schnurrbart unterbrochen wurde, dem in seiner engen Uniform der Hals hinten über den Kragen quoll. Er trat an den Tisch heran, klopfte mit seinem Siegelring erregt auf die Tischplatte und rief mit Stentorstimme: „Abstimmen! An die Urnen! Da gibt's nicht viel zu reden! An die Urnen!"

Jetzt mischten sich gleichzeitig mehrere Stimmen ein, und der ungeschlachte Gutsbesitzer mit dem Siegelring ereiferte sich immer mehr und schrie immer lauter. Aber es war nicht zu verstehen, was er sagte.

Er trat für dasselbe ein, was Sergej Iwanowitsch vorgeschlagen hatte; da ihm aber dieser und dessen ganze Partei offenbar verhaßt waren, übertrug sich dieses Gefühl der Feindseligkeit auf die Allgemeinheit und reizte die Gegenpartei zu einem ebenso erbitterten, wenn auch in anständigerer Form zum Ausdruck gebrachten Widerspruch. Alle schrien, und für einen Augenblick ging alles in einem allgemeinen Stimmengewirr unter, so daß sich der Gouvernementsadelsmarschall genötigt sah, zur Ordnung zu rufen.

„Abstimmen, abstimmen! Wer Edelmann ist, weiß, was er zu tun hat!" – „Wir vergießen unser Blut ..." – „Das Vertrauen des Monarchen ..." – „Den Gouvernementsadelsmarschall darf man nicht kontrollieren, er ist kein Kommis." – „Darum handelt es sich ja gar nicht!" – „Bitte, an die Urnen!" – „Es ist eine Gemeinheit!" ertönten von allen Seiten erbitterte, wütende Rufe. Die wütenden Blicke und verzerrten Gesichter besagten noch mehr als die Worte. In ihnen drückte sich ein unversöhnlicher Haß aus. Lewin, dem es völlig unklar war, worum es sich handelte, wunderte sich über die Leidenschaftlichkeit, mit der darüber gestritten wurde, ob über die Zulassung Flerows abgestimmt werden sollte oder nicht. Er bedachte nicht den Umstand, daß es, wie ihm Sergej Iwanowitsch später auseinandersetzte, im Interesse des Allgemeinwohls erforderlich war, den Gouvernementsadelsmarschall zu stürzen, wozu die Mehrzahl der Bälle benötigt wurde; um die Mehrzahl der Bälle zu sichern, mußte eben Flerow für wahlberechtigt erklärt werden, und um dessen Wahlberechtigung festzustellen, mußte geklärt werden, wie der betreffende Abschnitt des Gesetzes aufzufassen sei.

„Dabei kann eine einzige Stimme das Ganze entscheiden, und man muß mit Überlegung und Folgerichtigkeit handeln, wenn man dem Allgemeinwohl dienen will", erklärte Sergej Iwanowitsch abschließend.

Lewin hatte das nicht genügend bedacht und war peinlich berührt, alle diese Männer, die er achtete und die ihm sympathisch waren, in einer so gehässigen Erregung zu sehen. Um sich diesem bedrückenden Eindruck zu entziehen, ging er, ohne das Ende der Auseinandersetzungen abzuwarten, in den jetzt menschenleeren Nebensaal, wo sich nur die Kellner am Büfett zu schaffen machten. Als er hier die ruhigen Gesichter der Kellner sah, die eifrig dabei waren, das Geschirr abzureiben und die Teller und Gläser zu ordnen, fühlte er sich auf einmal so erleichtert, als sei er aus einem mit stickiger Luft erfüllten Zimmer ins Freie getreten. Er begann auf und ab zu gehen und beobachtete mit Vergnügen die Kellner. Besonderes Gefallen fand er daran, wie sich ein alter Kellner mit grauem Backenbart im Bewußtsein seiner Überlegenheit über die Spötteleien seiner jüngeren Kollegen hinwegsetzte und sie darüber belehrte, wie die Servietten zusammengefaltet werden sollten. Lewin war gerade im Begriff, mit dem alten Kellner ein Gespräch anzuknüpfen, als der Sekretär des Vormundschaftsamts, ein kleiner alter Mann, dessen Besonderheit es war, die Vor- und Vatersnamen sämtlicher Adligen des Gouvernements zu kennen, auf ihn zukam und ihn von seiner Absicht abhielt.

„Darf ich bitten, Konstantin Dmitritsch", sagte er zu Lewin. „Ihr Herr Bruder sucht Sie. Es soll abgestimmt werden."

Lewin betrat den Saal, bekam einen kleinen weißen Ball ausgehändigt und begab sich, seinem Bruder Sergej Iwanowitsch folgend, an den Tisch, neben dem mit wichtiger, spöttischer Miene Swijashski stand, der seinen Bart in der Faust zusammengeballt hatte und daran roch. Nachdem Sergej Iwanowitsch seine Hand in den Kasten gesteckt und sich seines Balls entledigt hatte, machte er Lewin Platz und blieb seitwärts stehen. Lewin trat vor, hatte jedoch gänzlich vergessen, worauf es ankam, und wandte sich in seiner Ratlosigkeit an Sergej Iwanowitsch mit der Frage: „Wohin soll er gelegt werden?" Er hatte ganz leise gefragt, in der Annahme, daß bei dem ringsum herrschenden Stimmengewirr niemand seine Frage hören werde. Doch das Stimmengewirr brach plötzlich ab, und seine ungehörige Frage wurde gehört. Sergej Iwanowitsch runzelte die Stirn.

„Das hängt von der Überzeugung jedes einzelnen ab", erklärte er in strengem Ton.

Einige in der Nähe stehende Adlige lächelten. Lewin wurde rot, steckte die Hand hastig unter das Tuch und legte den Ball, da er ihn in der rechten Hand hielt, auch auf die rechte Seite. Erst als er ihn bereits hingelegt hatte, fiel ihm ein, daß man beide Hände unter das Tuch stecken mußte; doch als er dies jetzt noch nachholen wollte, war es schon zu spät, und noch mehr in Verwirrung geraten, zog er sich eiligst in die hintersten Reihen zurück.

„Hundertsechsundzwanzig Ja-Stimmen! ... Achtundneunzig Nein-Stimmen!" rief der Sekretär, der das R nicht richtig aussprechen konnte. Anschließend wurde Gelächter laut; man hatte im Kasten einen Knopf und zwei Nüsse gefunden. Der umstrittene Adlige war zugelassen, und die neue Partei hatte einen Sieg errungen.

Doch die alte Partei gab sich noch nicht geschlagen. Lewin beobachtete, daß man Snetkow bat zu kandidieren und daß der Gouvernementsadelsmarschall zu den ihn umringenden Adligen etwas sagte, was Lewin von seinem Platz aus nicht verstehen konnte. Er ging näher heran. In Beantwortung der ihm vorgetragenen Bitte sprach Snetkow vom Vertrauen des Adels und von der ihm entgegengebrachten Liebe, der er nicht würdig sei, da sein ganzes Verdienst in seiner Verbundenheit mit dem Adel bestehe, dem er zwölf Jahre lang treu gedient habe. In seiner Rede kamen mehrmals die Worte vor „nach besten Kräften gedient, getreu und rechtschaffen, ich würdige Ihre Anerkennung und bin Ihnen dankbar", bis schließlich Tränen seine Stimme erstickten und er den Saal verließ. Ob nun diese Tränen durch das Gefühl der ihm widerfahrenen Ungerechtigkeit hervorgerufen waren, ob von seiner Anhänglichkeit an den Adel oder von der gespannten Lage, in der er sich befand und von Feinden umgeben wußte – seine Erregung übertrug sich auf die anderen. Die meisten Adligen waren gerührt, und Lewin wurde von einem herzlichen Gefühl für Snetkow ergriffen.

In der Tür stieß der Gouvernementsadelsmarschall mit Lewin zusammen.

„Verzeihung, entschuldigen Sie", sagte er, ohne Lewin im ersten Augenblick zu erkennen; doch als er ihn dann erkannte, erschien auf seinem Gesicht ein verlegenes Lächeln. Lewin war es, als ob er noch etwas sagen wollte, aber vor Erregung nicht sprechen konnte. Der Gesichtsausdruck Snetkows und seine ganze Gestalt, die sich in der mit Orden geschmückten Uniform und den mit Tressen eingefaßten weißen Hosen hastig fortbewegte, erinnerten Lewin an ein gehetztes Tier, das die Gefahr seiner Lage erkannt hat. Dieser Ausdruck im Gesicht des Adelsmarschalls rührte Lewin besonders deshalb, weil er ihn erst gestern wegen seiner Vormundschaftssache in dessen Wohnung aufgesucht und dort in der ganzen Würde eines guten Familienvaters gesehen hatte. Das große Haus mit den alten Familienmöbeln; die nicht stutzerhaften, ein wenig schmuddeligen, doch sehr ehrerbietigen alten Diener, bei denen es sich offenbar um einstige Leibeigene handelte, die ihren Herrn nicht gewechselt hatten; die korpulente, gutmütige Frau Snetkows in Spitzenhaube und türkischem Schal, die ihre hübsche kleine Enkelin, ein Kind ihrer Tochter, herzte; der schneidige Sohn, Gymnasiast der sechsten Klasse, der gerade nach Hause kam und den Vater begrüßte, wobei er dessen große Hand küßte; die eindrucksvollen, freundlichen Reden und Gebärden des Hausherrn – alles das hatte Lewin gestern unwillkürlich mit Achtung erfüllt und angenehm berührt. Er empfand jetzt Mitleid beim Anblick des alten gebrochenen Mannes und hatte das Bedürfnis, ihm etwas Freundliches zu sagen.

„Sie werden also weiterhin unser Adelsmarschall bleiben", sagte er.

„Das glaube ich kaum", antwortete, sich ängstlich umblickend, der Adelsmarschall. „Ich bin müde, bin schon alt. Es gibt würdigere und jüngere Leute als mich, die mögen jetzt das Amt übernehmen", fügte er hinzu und machte sich durch eine Seitentür aus dem Staube.

Der feierlichste Augenblick stand jetzt unmittelbar bevor. In wenigen Minuten sollte man zur Wahl schreiten. Die Führer der einen wie auch der anderen Partei errechneten an den Fingern die vermutliche Anzahl der weißen und der schwarzen Bälle.

Die Auseinandersetzungen wegen Flerow hatten der neuen Partei nicht nur dessen Stimme eingebracht, sondern auch noch einen Zeitgewinn, der es ihr gestattete, nach drei Adligen zu schicken, die durch Intrigen der alten Partei gehindert werden sollten, zur Wahl zu erscheinen. Zwei Adlige, die gern eins über den Durst tranken, waren von Helfershelfern Snetkows betrunken gemacht worden, und einem dritten hatte man die Uniform entführt.

Als die neue Partei hiervon Kenntnis erhielt, fuhren einige ihrer Anhänger in einer Droschke zu dem seiner Uniform beraubten Adligen und brachten ihm eine andere, und von den beiden Betrunkenen wurde wenigstens einer noch rechtzeitig herbeigeschafft.

„Einer ist zur Stelle, ich habe ihm Wasser über den Kopf gegossen", berichtete der zu ihm hingeschickte Gutsbesitzer, als er auf Swijashski zutrat. „Es wird schon gehen."

„Ist er nicht so betrunken, daß er womöglich umfällt?" erkundigte sich Swijashski besorgt.

„Nein, er hält sich tapfer. Wenn er sich hier nur nicht aufs neue betrinkt. Ich habe dem Büfettier eingeschärft, daß er ihm unter keinen Umständen etwas zu trinken verabfolgt."

Der schmale Saal, in dem geraucht und eine Kleinigkeit gegessen wurde, war mit Adligen gefüllt. Die Erregung steigerte sich immer mehr, und in allen Gesichtern drückte sich Unruhe aus. Am aufgeregtesten waren die Wortführer, die über alle Einzelheiten Bescheid wußten und sich in der Berechnung der Stimmen auskannten. Ihnen oblag es, die bevorstehende Schlacht zu lenken. Die übrigen dagegen, die gleichsam die Mannschaft bildeten, machten sich zwar auch wie vor einer Schlacht kampfbereit, suchten sich jedoch vorläufig noch zu zerstreuen. Die einen nahmen stehend oder an einem Tisch sitzend einen Imbiß, die anderen gingen in dem langgestreckten Raum auf und ab, rauchten Zigaretten und unterhielten sich mit Bekannten, die sie lange nicht gesehen hatten.

Lewin hatte keine Lust, etwas zu essen, und rauchte auch nicht. Seinen nächsten Freunden, das heißt Sergej Iwanowitsch, Stepan Arkadjitsch und Swijashski, die zusammen mit einigen anderen eine Gruppe bildeten, wollte er sich nicht zugesellen, weil in ihrem Kreise auch Wronski in Stallmeisteruniform stand und sich angeregt mit ihnen unterhielt. Er hatte ihn schon bei den gestrigen Wahlen bemerkt und war ihm, um ein Zusammentreffen zu vermeiden, geflissentlich aus dem Wege gegangen. Er trat ans Fenster, nahm dort Platz, beobachtete die einzelnen Gruppen und bemühte sich, etwas davon zu verstehen, was um ihn herum gesprochen wurde. Es bedrückte ihn zu sehen, wie sich alle lebhaft und angeregt über irgendwelche Fragen unterhielten, während nur er allein uninteressiert und teilnahmslos neben einem greisenhaften Männchen in Marineuniform saß, das sich zu ihm gesetzt hatte und unaufhörlich mit seinem zahnlosen Mund schmatzte.

„So ein Spitzbube! Ich habe ihm gesagt, daß es so nicht geht. Natürlich! Er hat es in drei Jahren zu keinem Anhang gebracht", erklärte in energischem Ton ein nicht eben großer Gutsbesitzer mit gewölbtem Rücken, dessen pomadisiertes Haar über den bestickten Kragen seiner Uniform hing, und stampfte mit den Absätzen seiner neuen, offenbar eigens anläßlich der Wahlen angeschafften Stiefel mit aller Kraft auf den Fußboden. Dann warf er Lewin einen unwilligen Blick zu und drehte sich brüsk um.

„Ja, es ist eine unsaubere Geschichte, das steht fest", pflichtete ihm mit dünner Stimme ein Gutsbesitzer von kleinem Wuchs bei.

Hierauf näherte sich eine ganze Schar von Gutsbesitzern, die einen dicken General umringte, mit schnellen Schritten dem Platz

Lewins. Die Gutsbesitzer suchten offenbar einen Ort, wo sie sich aussprechen konnten, ohne von anderen gehört zu werden.

„Wie untersteht er sich zu behaupten, ich hätte den Auftrag erteilt, ihm seine Hosen zu entwenden! Er hat sie versoffen, nehme ich an. Ich pfeife auf ihn mitsamt seinem Fürstentitel. Es ist eine Gemeinheit, wenn er so etwas behauptet!"

„Ja, erlauben Sie mal! Es ist durch die gesetzlichen Bestimmungen begründet", sagte jemand in einer anderen Gruppe. „Die Frau muß im Adelsregister verzeichnet sein."

„Zum Teufel mit all den Bestimmungen! Ich nehme kein Blatt vor den Mund. Dafür sind wir Adlige. Uns gebührt Vertrauen!"

„Kommen Sie, Exzellenz, trinken wir einen fine champagne!"

Ein anderer Schwarm folgte einem Versammlungsteilnehmer, der grölend durch den Saal ging: Es war einer der drei Adligen, die man betrunken gemacht hatte.

„Ich habe Marja Semjonowna schon immer den Rat gegeben, das Gut zu verpachten, weil sie selbst nicht damit zurechtkommt", sagte mit angenehmer Stimme ein Gutsbesitzer mit grauem Schnurrbart, der die Uniform eines Obersten des alten Generalstabs anhatte. Es war jener Gutsbesitzer, dem Lewin bei Swijashski begegnet war. Er erkannte ihn sogleich. Der Gutsbesitzer wurde auch seinerseits auf Lewin aufmerksam, und sie begrüßten einander.

„Sehr angenehm! Gewiß doch. Ich erinnere mich sehr gut. Im vorigen Jahr, bei Nikolai Iwanowitsch, dem Adelsmarschall, haben wir uns getroffen."

„Nun, was macht Ihre Wirtschaft?" fragte Lewin.

„Ach, es ist immer dasselbe, man arbeitet mit Verlust", antwortete der Gutsbesitzer mit einem ergebungsvollen Lächeln, aber im Tone der Überzeugung, daß es eben so sein müsse, und blieb neben Lewin stehen. „Doch was hat Sie denn in unser Gouvernement verschlagen? Sind Sie gekommen, an unserem coup d'état teilzunehmen?" fragte er, die französischen Wörter sicher, aber schlecht aussprechend. „Ganz Rußland ist hier zusammengeströmt, selbst Kammerherren, wenn nicht gar Minister", fuhr er fort und zeigte auf die stattliche Erscheinung Stepan Arkadjitschs, der in Kammerherrenuniform mit weißen Hosen neben einem General einherging.

„Ich muß gestehen, daß ich von dem Sinn dieser Wahlen zur Adelsversammlung herzlich wenig verstehe", sagte Lewin.

Der Gutsbesitzer blickte zu ihm auf.

„Was ist da viel zu verstehen? Sie haben überhaupt keinen Sinn. Die Adelsversammlung ist eine überlebte Institution, die nur aus Gewohnheit aufrechterhalten wird. Sehen Sie sich diese Uniformen an, die besagen genug: Es ist eine Versammlung von Friedensrichtern, ständigen Mitgliedern verschiedener Körperschaften und dergleichen mehr, aber nicht von Adligen."

„Warum kommen Sie dann überhaupt hierher?" fragte Lewin.

„Aus Gewohnheit hauptsächlich. Außerdem kommt es darauf an, Verbindungen aufrechtzuerhalten. Dazu fühlt man sich gewissermaßen moralisch verpflichtet. Und schließlich habe ich, offen gesagt, auch noch ein besonderes Interesse. Meinem Schwager liegt daran, als ständiges Mitglied gewählt zu werden; er hat Familie und ist nicht wohlhabend, da will ich seine Wahl unterstützen. Aber was haben solche Leute hier zu suchen?" fügte er hinzu und zeigte auf jenen bissigen Herrn, der am Präsidialtisch eine Rede gehalten hatte.

„Das ist die neue Generation des Adels."

„Neu mag sie wohl sein. Aber den Adel stellt sie nicht dar. Es sind Besitzer von Land, keine Landwirte wie wir. In ihrer Eigenschaft als Adlige begehen sie eigentlich eine Art Selbstmord."

„Sie sagten doch selbst, daß es eine überlebte Institution sei?"

„Überlebt ist sie zwar, aber etwas mehr Achtung könnte man ihr dennoch entgegenbringen. Nehmen Sie zum Beispiel Snetkow ... Ob wir nun etwas wert sind oder nicht, jedenfalls sind wir im Laufe von tausend Jahren herangewachsen. Sehen Sie, wenn jemand an seinem Hause ein Gärtchen anlegen will, muß er dazu ein Stück Erde umgraben, und es mag sein, daß ihm dabei ein hundertjähriger Baum im Wege steht ... Der Baum ist vielleicht knorrig und altersschwach, aber dennoch wird man um der Blumenbeete willen den alten Riesen nicht fällen, sondern die Beete so anlegen, daß einem der Baum erhalten bleibt. In einem Jahr läßt sich nicht ein neuer aufziehen", sagte er leise und ging dann schnell zu einem anderen Thema über. „Nun, und wie sind Sie mit Ihrer Wirtschaft zufrieden?"

„Nicht besonders. Fünf Prozent ungefähr wirft sie ab."

„Und dabei lassen Sie Ihre eigene Arbeit wahrscheinlich außer Betracht. Aber die ist doch auch etwas wert. Ich will Ihnen sagen, wie es mir geht. Bevor ich selbst die Bewirtschaftung meines Gutes übernahm, habe ich in meiner Dienststellung ein Gehalt von dreitausend Rubel bezogen. Jetzt arbeite ich mehr als früher im Dienst und erübrige, wenn alles gut geht, so wie Sie fünf Prozent. Meine eigene Arbeit bringt somit gar nichts ein."

„Warum tun Sie es dann, wenn es so nachteilig für Sie ist?"

„Man tut es eben. Was soll ich Ihnen sagen? Es ist Gewohnheit, und man sagt sich, daß es eben so sein muß. Und hinzu kommt noch", fuhr, sich ans Fenster lehnend, der gesprächig gewordene Gutsbesitzer fort, „daß mein Sohn nichts für die Landwirtschaft übrig hat. Er wird wohl Wissenschaftler werden. Somit ist niemand da, der die Sache einmal fortführen wird. Und dennoch tut man, was man kann. Letzthin zum Beispiel habe ich meinen Garten bepflanzt."

„Ja, ja, Sie haben vollkommen recht", stimmte Lewin zu. „Ich habe immer das Gefühl, daß meine Arbeit auf dem Gut keinen rechten Sinn hat, und setze sie dennoch fort ... Man fühlt sich dem Grund und Boden gegenüber irgendwie verpflichtet."

„Hören Sie weiter", fuhr der Gutsbesitzer fort. „Kürzlich besuchte mich ein Kaufmann aus der Nachbarschaft. Wir gingen durch das Gut und kamen auch in den Garten. ‚Ja, Stepan Wassiljitsch', sagte er, ‚alles bei Ihnen ist vorzüglich in Schuß, aber den Garten haben Sie vernachlässigt.' Dabei ist der Garten in bester Ordnung. ‚An ihrer Stelle würde ich diese Linde hier fällen. Man muß es aber tun, wenn sie in vollem Saft steht. Sie haben wohl an die tausend Linden, und von jeder könnte man zwei gute Knäul Bast gewinnen. Bast ist heutzutage teuer, und die Stämme lassen sich zu guten Brettern verarbeiten.'"

„Und für das vereinnahmte Geld würde er dann Vieh aufkaufen oder zu einem Spottpreis Land erwerben, um es parzellenweise an die Bauern zu verpachten", ergänzte mit einem Lächeln Lewin, der schon mehr als einmal auf derartige Geschäftspraktiken gestoßen war. „Auf solche Weise erwirbt er sich ein Vermögen. Sie und ich dagegen danken schon Gott, wenn wir uns nur das Unsrige erhalten und ungeschmälert unseren Kindern hinterlassen können."

„Sie sind verheiratet, wie ich hörte?" fragte der Gutsbesitzer.

„Ja", bestätigte Lewin mit stolzem Selbstbewußtsein. „Aber es ist doch unnatürlich", fuhr er fort, „daß wir ohne jede Berechnung dahinleben, als hätten wir die Pflicht, wie im Altertum die Vestalinnen, irgendein Feuer zu hüten."

Der Gutsbesitzer verzog seinen Mund unter dem grauen Schnurrbart zu einem Lächeln.

„Es gibt auch unter uns Leute wie unseren Freund Nikolai Iwanowitsch oder den Grafen Wronski, der sich neuerdings hier niedergelassen hat, die darauf aus sind, die Landwirtschaft zu industrialisieren; aber das führt vorläufig zu nichts anderem als zu einer Vergeudung von Kapital."

„Doch warum eigentlich tun wir es nicht den Kaufleuten gleich? Warum fällen wir nicht, um Bast zu gewinnen, die Bäume in unseren Gärten?" Lewin kam auf diesen Gedanken zurück, der ihn noch beschäftigte.

„Nun, Sie sprachen vorhin von dem Hüten eines Feuers. Jene Art wäre des Adels nicht würdig. Wir Adligen erfüllen unsere Pflicht nicht hier, bei den Wahlen, sondern zu Hause, auf unserem Grund und Boden. Man hat sein Standesbewußtsein, das einem vorschreibt, was man zu tun und was man zu lassen hat. Mit den Bauern ist es ebenso, wie ich schon oft beobachtet habe. Ein strebsamer Bauer ist darauf bedacht, so viel Land zu pachten, wie er irgend kann. Und hat er ein schlechtes Stück Land erwischt, dann pflügt er es dennoch immer wieder. Auch er tut es ohne Berechnung und hat nur Schaden davon."

„Ja, ja, das ist unser Los", sagte Lewin. „Ich habe mich jedenfalls wirklich sehr gefreut, Sie getroffen zu haben", fügte er hinzu, als jetzt Swijashski auf sie zukam.

„Wir haben uns seit der Begegnung bei Ihnen zum erstenmal wiedergesehen und sind auch gleich in ein Gespräch gekommen", erklärte der Gutsbesitzer.

„Da sind Sie wohl über alle Neuerungen hergezogen?" fragte Swijashski lächelnd.

„Das gehört dazu."

„Wir haben uns gegenseitig das Herz ausgeschüttet."

30

Swijashski nahm Lewin am Arm und ging mit ihm zu seinen Freunden hinüber.

Ein Zusammentreffen mit Wronski war jetzt nicht mehr zu vermeiden. Dieser stand mit Stepan Arkadjitsch und Sergej Iwanowitsch beisammen und blickte dem näher kommenden Lewin direkt entgegen.

„Sehr erfreut. Ich hatte wohl schon das Vergnügen ... bei der Fürstin Stscherbazkaja, wenn ich nicht irre", sagte Wronski und reichte ihm die Hand.

„Ja, ich erinnere mich noch sehr gut unserer Begegnung", antwortete Lewin und wurde feuerrot; er wandte sich schnell um und begann ein Gespräch mit seinem Bruder.

Wronski lächelte unmerklich und setzte seine Unterhaltung mit Swijashski fort. Er hatte offensichtlich gar nicht den Wunsch, sich in ein Gespräch mit Lewin einzulassen; dieser jedoch blickte sich, während er mit seinem Bruder sprach, immer wieder zu Wronski um und suchte nach einem Anknüpfungspunkt zu einem Gespräch mit ihm, um seine Unhöflichkeit wiedergutzumachen.

„Worum handelt es sich denn jetzt?" fragte er, sich an Swijashski und Wronski wendend.

„Um Snetkow. Er muß seine Kandidatur entweder ablehnen oder sich der Wahl stellen", antwortete Swijashski.

„Hat er sich denn nun einverstanden erklärt oder nicht?"

„Das ist es ja eben, daß er weder das eine noch das andere getan hat", sagte Wronski.

„Und falls er ablehnt, wer wird dann kandidieren?" fragte Lewin mit einem Blick auf Wronski.

„Jeder, der will", antwortete Swijashski.

„Werden Sie kandidieren?" fragte Lewin.

„Nein, ich scheide aus", erwiderte Swijashski verlegen und warf einen erschrockenen Blick auf den bissigen Herrn, der neben Sergej Iwanowitsch stand.

„Wer kommt denn sonst in Betracht? Newedowski?" fragte Lewin weiter und hatte dabei das Gefühl, in eine Sackgasse geraten zu sein.

Doch diese Frage war erst recht fehl am Platze. Newedowski und Swijashski waren beide als Kandidaten in Aussicht genommen.

„Ich schon ganz und gar nicht", erklärte der bissige Herr.

Eben dieser war Newedowski. Swijhashski machte Lewin jetzt mit ihm bekannt.

„Nun, du bist wohl auch in Eifer geraten?" fragte ihn Stepan Arkadjitsch und blinzelte dabei Wronski zu. „Es ist ähnlich wie bei einem Rennen. Man kann Wetten abschließen."

„Ja, es wühlt einen auf", bemerkte Wronski. „Und wenn man sich einmal etwas vorgenommen hat, möchte man es auch durchsetzen. Es ist Kampf!" fügte er hinzu, zog die Brauen zusammen und preßte seine starken Kiefer aufeinander.

„Was für ein tüchtiger Kerl ist doch Swijashski! Er hat für alles einen offenen Blick."

„Ja, gewiß", erwiderte Wronski zerstreut.

Eine Weile schwiegen alle, und Wronski – irgendwohin mußte er ja blicken – sah Lewin an, betrachtete dessen Füße, die Uniform, das Gesicht, und als er dessen finsteren Blick auf sich gerichtet sah, sagte er, um überhaupt etwas zu sagen:

„Wie kommt es, daß Sie, obwohl Sie ständig auf dem Lande leben, anscheinend nicht Friedensrichter sind? Sie sind nicht in der Uniform eines Friedensrichters erschienen."

„Deshalb nicht, weil ich die Friedensgerichte für eine unsinnige Institution halte", antwortete Lewin in schroffem Ton, obwohl er die ganze Zeit auf eine Gelegenheit gewartet hatte, mit Wronski ins Gespräch zu kommen und seine anfängliche Unhöflichkeit wiedergutzumachen.

„Diese Ansicht teile ich nicht – im Gegenteil", erwiderte Wronski ruhig und sah ihn erstaunt an.

„Es ist eine Spielerei", fiel ihm Lewin ins Wort. „Wir brauchen keine Friedensrichter. In acht Jahren habe ich keine einzige Klage anhängig gemacht. Und als ich es doch einmal tat, kam es zu einer Fehlentscheidung. Bis zum Friedensrichter habe ich einen Weg von vierzig Werst. Da muß ich wegen einer Sache, bei der es sich vielleicht um zwei Rubel handelt, einen Rechtsanwalt beauftragen und ihm dafür fünfzehn Rubel zahlen."

Und er erzählte nun, daß ein Bauer, der in der Mühle Mehl gestohlen hatte, den Müller wegen Verleumdung verklagt habe, als dieser ihm deswegen Vorhaltungen machte. Alles, was Lewin sagte, gehörte nicht zur Sache und war sinnlos, was er auch, während er es vortrug, selbst merkte.

„Ja, er ist eben ein Original!" sagte Stepan Arkadjitsch mit seinem süßesten Lächeln. „Doch nun müssen wir gehen, es soll anscheinend gleich abgestimmt werden."

Und die Gruppe löste sich auf.

„Ich verstehe nicht", sagte Sergej Iwanowitsch, der das ungeschickte Benehmen seines Bruders bemerkt hatte, „ich verstehe nicht, wie man derartig bar jedes politischen Taktes sein kann! Das ist etwas, was uns Russen abgeht. Mit dem Gouvernementsadelsmarschall, der unser Gegner ist, bist du ami cochon und bittest ihn zu kandidieren. Graf Wronski dagegen – ich suche nicht seine Freundschaft und werde seiner Einladung zu einem Essen nicht Folge leisten, aber er gehört zu unserer Partei, und da ist es doch widersinnig, sich ihn zum Feinde zu machen. Und dann hast du Newedowski geradezu gefragt, ob er kandidieren wird. So etwas tut man nicht."

„Ach, ich verstehe überhaupt nichts mehr. Das sind alles Kindereien", sagte Lewin unwillig.

„Du sagst, es sind Kindereien, aber wenn du damit zu tun hast, machst du alles verkehrt."

Lewin schwieg hartnäckig, und sie begaben sich zusammen in den großen Saal.

Der Gouvernementsadelsmarschall hatte sich, obwohl er das ihm zugedachte Unheil in der Luft witterte und obschon ihn nicht alle darum gebeten hatten, dennoch entschlossen, es auf die Abstimmung ankommen zu lassen. Im Saal trat Stille ein, und der Sekretär verkündete mit lauter Stimme, daß nunmehr über die Wahl des Garderittmeisters Michail Stepanowitsch Snetkow zum Gouvernementsadelsmarschall abgestimmt werden solle.

Die Adelsmarschälle der einzelnen Kreise gingen mit den kleinen Tellern, auf denen Bälle lagen, von ihren Tischen zum Präsidialtisch hinüber, und die Wahlhandlung begann.

„Nach rechts legen!" flüsterte Stepan Arkadjitsch Lewin zu, als dieser zusammen mit seinem Bruder nach dem Adelsmarschall auf den Tisch zuging. Lewin hatte jedoch den Plan, der ihm erklärt worden war, wieder vergessen und fürchtete, Stepan Arkadjitsch könnte sich geirrt haben, als er „nach rechts“ sagte. Snetkow war doch ein Gegner. Als er an den Kasten herantrat, hatte er den Ball in der rechten Hand; da er aber meinte, daß dies verkehrt sei, nahm er ihn unmittelbar vor dem Kasten aus der rechten Hand in die linke und legte ihn dann unverkennbar nach links. Ein Sachverständiger, der neben dem Kasten stand und schon an der Bewegung des Ellbogens erkannte, wohin jeder seinen Ball legen wollte, verzog unwillig das Gesicht. In diesem Falle brauchte er seinen Scharfblick nicht anzustrengen.

Alles verstummte, und man hörte, wie die Bälle gezählt wurden. Hierauf verkündete eine einzelne Stimme, wieviel Bälle für und wieviel gegen Snetkow abgegeben worden seien.

Der Gouvernementsadelsmarschall war mit einer beträchtlichen Mehrheit gewählt worden. Alles geriet in Bewegung und drängte stürmisch auf die Tür zu. Snetkow betrat den Saal und wurde von den ihn umringenden Adligen beglückwünscht.

„Nun, ist jetzt alles beendet?“ erkundigte sich Lewin bei Sergej Iwanowitsch.

„Das war nur der Auftakt“, antwortete Sergej Iwanowitsch lächelnd. „Für einen Gegenkandidaten werden möglicherweise noch mehr Bälle abgegeben.“

Das hatte Lewin wieder völlig vergessen. Er erinnerte sich jetzt zwar, daß irgendein fein ausgeklügelter Trick angewandt werden sollte, hielt es jedoch für nicht der Mühe wert, über den Zusammenhang nachzudenken. In der mißmutigen Stimmung, die ihn überkommen hatte, empfand er das Bedürfnis, dem Gedränge im Saal zu entfliehen.

Da ihn niemand beachtete und auch nicht zu brauchen schien, zog er sich unauffällig in den kleinen Saal zurück, in dem sich das Büfett befand, und atmete regelrecht auf, als er wieder die Kellner vor sich sah. Der alte Kellner schlug ihm vor, etwas zu essen, und Lewin ließ sich ein Kotelett mit Schnittbohnen bringen. Nachdem er dies verzehrt und sich noch eine Weile mit dem Kellner über dessen frühere Stellungen unterhalten hatte, beschloß er, da er in den Hauptsaal, in dem er sich so unbehaglich gefühlt hatte, nicht zurückkehren wollte, sich einmal auf der Galerie umzusehen.

Die Galerie war mit eleganten Damen gefüllt, die sich über das Geländer beugten und darauf bedacht waren, sich keins der unten gesprochenen Worte entgehen zu lassen. Neben den Damen saßen oder standen gut aussehende Rechtsanwälte, bebrillte Gymnasiallehrer und Offiziere. Allenthalben war von den Wahlen die Rede, von der Anstrengung, die damit für den Gouvernementsadelsmarschall verbunden sei, und von den eindrucksvollen Debatten. In einer Gruppe wurde, wie Lewin hörte, gerade sein Bruder gepriesen; eine der Damen sagte zu einem Rechtsanwalt:

„Ich freue mich so, Kosnyschew gehört zu haben! Da lohnt es sich schon, einmal den Hunger zu überwinden. Großartig! Wie klar und gut verständlich ist alles, was er sagt. Bei Ihnen am Gericht bringt das niemand fertig. Allenfalls noch Maidel, aber mit Kosnyschew kommt er auch nicht mit."

Als Lewin am Geländer eine freie Stelle entdeckte, beugte er sich hinüber, um zu beobachten und zu hören, was unten vor sich ging.

Sämtliche Adlige saßen hinter niedrigen Barrieren, die zwischen den Plätzen für die Vertreter der verschiedenen Kreise errichtet waren. In der Mitte des Saales stand ein uniformierter Mann und rief mit dünner, gellender Stimme:

„Zur Wahl für den Posten des Gouvernementsadelsmarschalls steht jetzt Stabsrittmeister Jewgeni Iwanowitsch Apuchtin!"

In der Totenstille, die eingetreten war, ertönte eine schwache, greisenhafte Stimme:

„Ich lehne ab!"

„Zur Wahl steht der Hofrat Pjotr Petrowitsch Boll!" erklang es wieder aus der Mitte des Saales.

„Ich lehne ab!" erwiderte eine jugendliche, schrille Stimme.

Nun wiederholte sich das gleiche, und wiederum lehnte der vorgeschlagene Kandidat ab. So verging annähernd eine Stunde. Lewin stand über das Geländer gelehnt, beobachtete alles und hörte zu. Anfangs war er stutzig und versuchte zu begreifen, was das bedeutete, doch als er schließlich einsah, daß er es doch nicht begreifen konnte, ödete ihn das Ganze an. Und als er sich nun die Erregung und Gehässigkeit vergegenwärtigte, die er auf allen Gesichtern gesehen hatte, fühlte er sich so bedrückt, daß er den Entschluß faßte, die Versammlung zu verlassen. Auf dem Wege nach unten erblickte er im Vorraum der Galerie einen Gymnasiasten, der dort mit trübseliger Miene und blutunterlaufenen Augen auf und ab ging. Und auf der Treppe begegnete ihm ein Pärchen: eine Dame, die auf ihren hohen Absätzen so schnell lief, wie sie irgend konnte, und der leichtsinnige zweite Staatsanwalt.

„Ich versichere Ihnen, daß Sie noch zur Zeit kommen", sagte der Staatsanwalt gerade, als Lewin zur Seite trat, um die Dame vorbeizulassen.

Lewin hatte bereits die zum Ausgang führende Treppe erreicht und holte aus seiner Westentasche die Garderobennummer, um seinen Pelz in Empfang zu nehmen, als ihn der Sekretär abfing. „Kommen Sie bitte, Konstantin Dmitritsch, es wird abgestimmt."

Zur Wahl stand jetzt Newedowski, der seine Kandidatur vorher so entschieden abgelehnt hatte.

Lewin trat auf die in den Saal führende Tür zu: Sie war verschlossen. Auf das Klopfen des Sekretärs wurde die Tür geöffnet, und an Lewin vorbei kamen zwei Gutsbesitzer mit hochroten Gesichtern aus dem Saal geschlüpft.

„Das geht über meine Kraft“, sagte der eine.

Gleich darauf erschien in der Tür das vor Erschöpfung und Entsetzen verzerrte Gesicht des Gouvernementsadelsmarschalls.

„Ich habe dir doch gesagt, daß niemand hinausgelassen werden darf!“ schrie er den Saalwächter an.

„Ich habe ja jemand hereingelassen, Exzellenz!“

„Mein Gott!“ stöhnte der Gouvernementsadelsmarschall und stapfte in seinen weißen Hosen mit müden Schritten und gesenktem Kopf mitten durch den Saal auf den langen Tisch zu.

Newedowski wurde, wie es dem eingefädelten Manöver entsprach, mit großer Mehrheit gewählt und war nunmehr der neue Gouvernementsadelsmarschall. Viele der Versammelten freuten sich, waren beglückt und frohlockten, während es auch viele gab, die unzufrieden und verstimmt waren. Der bisherige Gouvernementsadelsmarschall war völlig in Verzweiflung geraten und versuchte vergebens, ihrer Herr zu werden. Als Newedowski den Saal verließ, umringte ihn die Menge und folgte ihm ebenso begeistert, wie sie am ersten Tage dem Gouverneur gefolgt war, der die Versammlung eröffnet hatte, und wie sie es mit Snetkow getan hatte, als dieser gewählt worden war.

31

Der neugewählte Gouvernementsadelsmarschall und zahlreiche andere Anhänger der siegreichen neuen Partei waren an diesem Tage bei Wronski zum Essen geladen.

Wronski war zu den Wahlen gekommen, weil ihn das Landleben langweilte und weil er es für nötig hielt, Anna gegenüber sein Recht auf Freiheit zu behaupten; außerdem wollte er bei den Wahlen Swijashski unterstützen und diesem dadurch einen Gegendienst für all die Bemühungen erweisen, mit denen ihm dieser bei den Wahlen zum Semstwo dienlich gewesen war, und vor allem ging es ihm auch darum, aufs genaueste allen Pflichten nachzukommen, die ihm als Adligen und in seiner jetzigen Stellung als Gutsbesitzer oblagen. Doch er hatte keineswegs erwartet, daß ihn die Wahlhandlungen derartig mitreißen könnten, daß er so regen

Anteil an ihnen nehmen und dabei so gut seinen Mann stehen würde. Er war in diesen Kreis von Adligen als völliger Neuling gekommen, hatte aber unverkennbar Erfolg und täuschte sich nicht in der Annahme, daß er unter ihnen bereits ein beträchtliches Ansehen erworben hatte. Zu seinem Ansehen trug mancherlei bei: sein Reichtum und seine gesellschaftliche Stellung; sein prächtiges Haus in der Stadt, das ihm von Schirkow, einem alten Bekannten, überlassen worden war, der sich mit Finanzgeschäften abgab und in Kaschin eine gut florierende Bank gegründet hatte; die Kochkünste seines vom Gut mitgebrachten Kochs; seine Freundschaft mit dem Gouverneur, der ein Jugendkamerad von ihm war und noch dazu einer, den der ehemals unter seine Fittiche genommen hatte; und mehr noch als alles andere seine natürlichen, gegen alle und jeden gleichmäßigen Umgangsformen, die die meisten Adligen sehr bald veranlaßten, ihre Ansicht über seinen vermeintlichen Hochmut fallenzulassen. Er fühlte selbst, daß er sich, abgesehen von jenem närrischen Herrn, der mit Kitty Stscherbazkaja verheiratet war und ihm à propos de bottes mit verbissener Wut eine Menge haltloser Dummheiten vorgetragen hatte, jeden Adligen, mit dem er näher in Berührung kam, zum Freunde machte. Nicht nur er selbst war sich dessen bewußt, sondern es wurde auch von anderen anerkannt, daß er sehr wesentlich zum Erfolg Newedowskis beigetragen hatte. Und als er jetzt als Gastgeber an der festlichen Tafel saß und die Wahl Newedowskis gefeiert wurde, hatte er das angenehme Gefühl, daß die Feier seinem Schützling galt. Der ganze Wahlablauf hatte ihn so mitgerissen, daß er bereits mit dem Gedanken spielte, nach drei Jahren, wenn er bis dahin verheiratet sein sollte, selbst zu kandidieren – ebenso wie er auch nach einem Sieg seines Jockeis jedesmal Lust verspürte, sich selbst am Rennen zu beteiligen.

Hier nun wurde gewissermaßen der Sieg seines Jockeis gefeiert. Wronski saß am oberen Ende der Tafel, und zu seiner Rechten hatte der noch junge Gouverneur, ein General der Suite, seinen Platz. Alle anderen sahen in diesem das Oberhaupt des Gouvernements, das feierlich die Wahlen eröffnet, eine Rede gehalten und, wie Wronski bemerkte, viele in unterwürfige Ehrfurcht versetzt hatte; für Wronski hingegen war der Gouverneur einfach Katka Maslow (so hatte man ihn allgemein im Pagenkorps genannt), der ihm gegenüber schüchtern war und den er versuchte mettre à son aise. Links von Wronski saß Newedowski mit dem unerschütterlichen, bissigen Ausdruck in seinem noch jugendlichen Gesicht. Diesen behandelte Wronski mit natürlicher Zuvorkommenheit.

Swijashski nahm seine Niederlage nicht tragisch. Er betrachtete sie nicht einmal als einen Mißerfolg, wie er selbst versicherte, als er Newedowski zutrank. Dieser sei der geeignetste Vertreter jener neuen Richtung, der der Adel folgen müsse, und deshalb, so führte er aus, freuten sich alle, die es ehrlich meinten, über den heutigen Erfolg und feierten ihn.

Stepan Arkadjitsch war ebenfalls guter Laune, weil er angenehm die Zeit verbracht hatte und alle zufrieden waren. Während des vorzüglichen Essens wurden einzelne Episoden der Wahlen besprochen. Swijashski imitierte humoristisch die weinerliche Rede des Gouvernementsadelsmarschalls und meinte, zu Newedowski gewandt, Seine Exezellenz werde jetzt wohl genötigt sein, bei der Kassenrevision mit gründlicheren Unterlagen aufzuwarten als mit Tränen. Ein anderer humoristisch veranlagter Adliger erzählte, daß zum Ball, der beim Gouvernementsadelsmarschall stattfinden sollte, von auswärts Bediente mit Kniehosen bestellt seien, die man jetzt wohl zurückschicken müsse, wenn der neue Gouvernementsadelsmarschall keinen Ball mit Bedienten in Kniehosen zu geben gedenke.

Während des Essens wurde Newedowski von allen, die sich an ihn wandten, mit „unser Gouvernementsadelsmarschall“ und „Euer Exzellenz“ angeredet.

Man tat dies mit dem gleichen Vergnügen, mit dem man eine jungverheiratete Frau mit Madame und dem Familiennamen ihres Mannes anredet. Obwohl sich Newedowski den Anschein gab, als ob er sich aus diesen Titeln nichts mache und sie sogar verachte, sah man ihm doch an, daß er glücklich war und sich zwingen mußte, seine Begeisterung zu unterdrücken, die sich angesichts der neuen liberalen Ideen, von denen alle Anwesenden beseelt waren, nicht geziemt hätte.

Nach dem Essen wurden an verschiedene Persönlichkeiten, die am Ausgang der Wahlen Interesse hatten, Telegramme gesandt. Stepan Arkadjitsch, der sich in höchst animierter Stimmung befand, sandte an Darja Alexandrowna ein Telegramm folgenden Inhalts:

„Newedowski mit einer Mehrheit von zwölf Stimmen gewählt. Gratuliere. Weitergeben!“

Er diktierte das Telegramm für alle hörbar und fügte hinzu: „Man muß ihnen doch eine Freude machen.“ Darja Alexandrowna freilich seufzte nur beim Empfang ob des Rubels, den es gekostet hatte, und ihr war sogleich klar, daß das Telegramm nach einem guten Essen aufgegeben worden war. Sie kannte die Schwäche Stiwas, gegen Ende von Festessen faire jouer le télégraphe.

Das Essen war vorzüglich, die Weine, die nicht von russischen Weinhändlern, sondern als Originalabfüllung unmittelbar aus dem Ausland bezogen waren, mundeten ausgezeichnet, und alles wickelte sich gediegen, natürlich und fröhlich ab. Die von Swijashski zusammengestellte Tafelrunde bestand aus etwa zwanzig gleichgesinnten, liberal eingestellten Männern, die sich überdies durch Geist und Charakterfestigkeit auszeichneten. Auf den neuen Gouvernementsadelsmarschall, auf den Gouverneur, auf den Bankdirektor und auf „unsern liebenswürdigen Gastgeber" wurden, zum Teil halb scherzhaft gehaltene, Trinksprüche ausgebracht.

Wronski war befriedigt. Er hätte nie geglaubt, daß es in der Provinz ein so nettes Milieu geben könne.

Gegen Ende des Essens steigerte sich die Stimmung noch. Der Gouverneur forderte Wronski zum Besuch eines Konzerts zugunsten der *Brüderschaft* auf, das von seiner Frau veranstaltet wurde, die ohnehin den Wunsch geäußert habe, ihn kennenzulernen. „Nach dem Konzert wird getanzt, und du wirst dabei unsere hiesige Schönheit zu sehen bekommen. Sie ist wirklich bemerkenswert."

„Not in my line", antwortete Wronski, der gern diese Redewendung gebrauchte; aber dann lächelte er und versprach zu kommen.

Als die Tafel schon aufgehoben werden sollte und alle bereits rauchten, trat der Kammerdiener Wronskis an diesen heran und brachte ihm auf einem Tablett einen Brief.

„Aus Wosdwishenskoje, durch Extraboten", sagte er mit wichtiger Miene.

„Es ist doch erstaunlich, wie er dem Staatsanwaltsgehilfen Swentizki ähnelt", sagte einer der Gäste mit einem Blick auf den Kammerdiener, während Wronski mit verfinsterter Miene den Brief las.

Der Brief war von Anna. Schon bevor er ihn gelesen hatte, wußte er, was in ihm stehen würde. In der Annahme, daß die Wahlen fünf Tage dauern würden, hatte er versprochen, am Freitag wieder zu Hause zu sein. Heute war Sonnabend, und er wußte, daß der Brief Vorwürfe enthalten werde, weil er nicht zur angegebenen Zeit zurückgekehrt war. Einen von ihm gestern abgeschickten Brief hatte Anna wahrscheinlich noch nicht erhalten.

Der Inhalt des Briefes entsprach seinen Vermutungen; aber er enthielt darüber hinaus eine überraschende Mitteilung und verletzte ihn durch seinen Ton.

„Annie ist schwer erkrankt, und der Arzt befürchtet, daß es eine Lungenentzündung ist. Mir allein überlassen, bin ich ratlos. Prinzessin Warwara ist keine Stütze, sondern eine Belastung. Ich habe vorgestern und gestern auf Dich gewartet und schicke jetzt einen Boten ab, um zu erfahren, wo Du bist und was vorliegt. Ich wollte selbst kommen, habe es mir aber überlegt, weil ich weiß, daß es Dir unangenehm wäre. Gib Bescheid, damit ich weiß, was ich tun soll.“

Das Kind war krank, aber sie selbst wollte wegfahren. Von der Krankheit der Tochter machte sie ihm in einem so feindseligen Ton Mitteilung.

Der Gegensatz zwischen der harmlosen Fröhlichkeit während der Wahlhandlungen und der trüben, bedrückenden Atmosphäre, mit der seine Liebe umgeben war und in die er jetzt zurückkehren mußte, war so groß, daß Wronski innerlich zusammenschauerte. Aber seine Rückkehr war nötig, und mit dem nächsten, nachts abgehenden Zuge reiste er auf sein Gut.

32

Vor der Abreise Wronskis zu den Wahlen hatte sich Anna – aus der Überlegung heraus, daß die Auseinandersetzungen, die sich zwischen ihnen jedesmal wiederholten, wenn er eine Reise vorhatte, seine Liebe zu ihr nicht erhöhen, sondern nur abschwächen konnten – fest vorgenommen, alles zu tun, um die Trennung von ihm mit Ruhe zu ertragen. Aber der kalte, strenge Blick, mit dem er sie angesehen hatte, als er gekommen war, ihr seine Reise anzukündigen, hatte sie verletzt, und noch ehe er das Haus verlassen hatte, war es mit ihrer Ruhe vorbei gewesen.

Später, als sie in ihrer Einsamkeit über diesen Blick nachdachte, in dem sich sein Recht auf Freiheit ausgedrückt hatte, war sie wie immer zu der gleichen Erkenntnis gekommen – der Erkenntnis ihrer Demütigung. Ihm steht es frei, jederzeit wegzufahren, wohin er will. Und nicht nur für kurze Zeit, sondern auch für immer, dachte sie. Er hat alle Rechte, und ich habe überhaupt keine. Aber da er sich dessen bewußt ist, hätte er das nicht tun dürfen. Doch was hat er schließlich getan? Er hat mich mit kaltem, strengem Gesichtsausdruck angesehen. Gewiß, das ist etwas Unbestimmtes, ist nichts Faßbares, aber er hat es früher nicht getan, und dieser Blick besagt viel. Er beweist, daß seine Liebe zu erkalten beginnt.

Doch obwohl sie zu der Überzeugung gekommen war, daß seine Liebe zu erkalten begann, hatte sie keine Möglichkeit, ihre Beziehungen zu ihm zu ändern. Ebenso wie auch schon bisher konnte sie ihn einzig durch ihre Liebe und ihre Schönheit fesseln. Und ebenso wie bisher vermochte sie am Tage nur durch stete Beschäftigung und nachts nur durch Morphium den furchtbaren Gedanken daran zu unterdrücken, was sein würde, wenn seine Liebe zu ihr erlöschen sollte. Allerdings gab es noch ein Mittel, das ihn zwar nicht gegen seinen Willen an sie fesseln sollte – ohne seine Liebe war ein Zusammenleben mit ihm für sie sinnlos –, aber sie doch einander näherbringen und eine solche Lage schaffen konnte, die es ihm nicht erlauben würde, sie zu verlassen. Dieses Mittel bestand in der Scheidung und einer Eheschließung. Sie wünschte sich jetzt, dies zu erreichen, und sie beschloß, sofort ihr Einverständnis zu geben, wenn Wronski oder Stiwa darauf zu sprechen kämen.

Mit solchen Gedanken beschäftigt, verbrachte sie in ihrer Einsamkeit die fünf Tage, nach deren Ablauf Wronski zurückkehren sollte.

Mit Spaziergängen, Gesprächen mit der Prinzessin Warwara, Besuchen im Krankenhaus und vor allem mit Lesen – sie las ein Buch nach dem anderen – füllte sie die Zeit aus. Doch am sechsten Tage, als der Kutscher ohne Wronski wiederkam, fühlte sie, daß es über ihre Kraft ging, die Sehnsucht nach Wronski und den Gedanken an sein Treiben in der Stadt noch länger zu ertragen. Zu dieser Zeit erkrankte ihr Töchterchen. Anna übernahm die Pflege des Kindes. Aber auch das brachte sie nicht auf andere Gedanken, zumal die Erkrankung nicht ernster Natur war. Sosehr sie sich auch bemühte, gelang es ihr nicht, dieses Kind liebzugewinnen, und Liebe vorzutäuschen brachte sie nicht fertig. Als Anna am Abend dieses Tages allein geblieben war, wurde sie von solcher Sorge um Wronski ergriffen, daß sie spontan den Beschluß faßte, in die Stadt zu fahren; doch nach gründlicherem Nachdenken sah sie davon ab und schrieb nur jenen widerspruchsvollen Brief an Wronski, den sie, ohne ihn noch einmal durchzulesen, durch einen Extraboten an ihn abschickte. Am nächsten Morgen traf sein Brief ein, und sie bereute nun den ihrigen. Sie erwartete mit Entsetzen eine Wiederholung des strengen Blicks, den er ihr bei seiner Abreise zugeworfen hatte, besonders wenn er erfahren würde, daß ihr Töchterchen gar nicht ernstlich erkrankt sei. Doch trotz allem freute sie sich, ihm geschrieben zu haben. Sie war sich jetzt bereits im klaren darüber, daß er sie als Belastung empfand und daß er nur mit Bedauern seine Freiheit aufgab, um zu ihr zurückzukehren, aber sie freute sich dennoch über seine bevorstehende Ankunft. Mochte er sich auch belastet fühlen, so würde sie ihn doch bei sich haben, würde ihn sehen und von jeder seiner Regungen wissen.

Sie saß im Salon unter der Lampe mit einem neuen Buch von Taine, horchte beim Lesen auf das Heulen des Windes und erwartete jeden Augenblick das Vorfahren des Wagens. Mehrmals schon hatte sie geglaubt, Rädergerassel zu hören, aber es war jedesmal eine Täuschung gewesen. Doch endlich wurde nicht nur das unverkennbare Rasseln von Rädern laut, sondern man hörte auch schon Zurufe des Kutschers und ein dumpfes Geräusch von der überdachten Auffahrt her. Selbst Prinzessin Warwara, die in ein Patiencespiel vertieft war, bestätigte es. Anna schoß das Blut ins Gesicht, und sie stand auf; aber anstatt hinunterzugehen, wie sie es vorher schon zweimal getan hatte, blieb sie stehen. Sie schämte sich plötzlich, Wronski getäuscht zu haben, und dachte mit Schrecken daran, wie er sich ihr gegenüber verhalten werde. Das Gefühl der Kränkung hatte sich bereits gelegt, und sie fürchtete jetzt nur die Äußerung seines Ärgers. Sie dachte daran, daß ihr Töchterchen schon seit gestern wieder völlig wohlauf war. Es hatte sie sogar geärgert, daß die Besserung gerade zu der Zeit eingetreten war, als sie ihren Brief abgesandt hatte. Dann dachte sie wieder an ihn, daß er jetzt hier sei, mit seinem ganzen Wesen, mit seinen Händen, seinen Augen. Da hörte sie seine Stimme. Und alles vergessend, lief sie ihm freudig entgegen.

„Nun, wie steht es mit Annie?" fragte er besorgt von unten, als er Anna die Treppe heruntereilen sah.

Er saß auf einem Stuhl und ließ sich von einem Diener die gefütterten Stiefel ausziehen.

„Es ist nichts Schlimmes, es geht ihr schon besser."

„Und dir?" fragte er, während er den Schnee von sich abschüttelte.

Sie ergriff mit beiden Händen seine Hand und zog sie, ihn unverwandt ansehend, an ihre Taille.

„Nun, ich freue mich sehr", sagte er und betrachtete mit kaltem Blick ihr Gesicht, ihre Frisur und ihr Kleid, das sie, wie er wußte, eigens ihm zuliebe angelegt hatte.

Alles das gefiel ihm, aber wie oft schon hatte er daran Gefallen gefunden! Und sein Gesicht nahm jenen strengen, versteinerten Ausdruck an, den sie so sehr fürchtete, und behielt ihn bei.

„Nun, ich freue mich sehr. Und du selbst bist auch gesund?" fragte er und küßte ihr die Hand, nachdem er mit dem Taschentuch seinen feuchten Bart abgewischt hatte.

Gleichviel, dachte sie. Die Hauptsache ist, daß ich ihn hier habe, denn wenn er hier ist, kann und wird er mir nicht seine Liebe versagen.

Der Abend nahm einen fröhlichen, harmonischen Verlauf, Prinzessin Warwara, die auch zugegen war, beklagte sich bei Wronski über Anna, die während seiner Abwesenheit Morphium eingenommen habe.

„Was blieb mir übrig? Ich konnte nicht schlafen. Die Gedanken störten. Wenn er hier ist, nehme ich es nie ein. Fast nie."

Wronski berichtete von den Wahlen, und Anna verstand es, das Gespräch auf das zu lenken, was ihm am meisten Freude machte – auf seinen Erfolg. Ihrerseits erzählte sie ihm alles, was sich zu Hause zugetragen hatte und ihn interessieren konnte. Und alles, was sie berichtete, war erfreulicher Natur.

Spätabends, als sie unter vier Augen waren und Anna sah, daß sie ihn wieder völlig in ihren Bann gezogen hatte, wollte sie die bedrückende Erinnerung an den Blick auslöschen, mit dem er sie wegen ihres Briefes angesehen hatte. Sie sagte:

„Gib doch offen zu, daß du dich über meinen Brief geärgert hast und mir nicht glaubtest."

Doch sobald sie dies ausgesprochen hatte, erkannte sie sogleich, daß er ihr, so groß seine Liebe zu ihr in diesem Augenblick auch war, den Brief doch noch nachtrug.

„Ja, es war ein merkwürdiger Brief", sagte er. „Einerseits schriebst du, daß Annie erkrankt sei, und andererseits wolltest du selbst in die Stadt kommen."

„Das entsprach alles der Wahrheit."

„Ich bezweifle es auch gar nicht."

„Doch, du bezweifelst es. Ich sehe ja, daß du verstimmt bist."

„Nicht im geringsten. Verstimmt bin ich allenfalls, das gebe ich zu, weil du anscheinend nicht einsehen willst, daß es Pflichten gibt ..."

„Konzerte zu besuchen ..."

„Nun, lassen wir das!" sagte er.

„Warum sollen wir nicht darüber sprechen?" beharrte Anna.

„Ich will nur sagen, daß ich möglicherweise auch mal wegen dringender Angelegenheiten verreisen muß. In nächster Zeit zum Beispiel habe ich wegen des Hauses in Moskau zu tun ... Ach, Anna, warum bist du immer gleich so gereizt? Weißt du denn nicht, daß ich ohne dich nicht leben kann?"

„Wenn du schon wieder wegfahren willst", sagte Anna mit plötzlich veränderter Stimme, „dann geht daraus hervor, daß du dein jetziges Leben als Last empfindest. Gewiß, du wirst ab und zu für einen Tag herkommen und dann wieder abreisen, wie es alle tun, die ..."

„Anna, du bist grausam. Ich bin bereit, mein ganzes Leben hinzugeben ..."

Aber sie hörte gar nicht zu.

„Wenn du nach Moskau fährst, werde auch ich es tun. Ich bleibe hier nicht allein. Entweder müssen wir uns trennen oder ein gemeinsames Leben führen."

„Du weißt ja, daß das mein sehnlichster Wunsch ist. Doch dazu ..."

„Ist die Scheidung nötig? Ich werde an ihn schreiben. Ich sehe, daß ich so nicht weiterleben kann ... Aber nach Moskau komme ich jedenfalls mit."

„Das klingt ja fast wie eine Drohung. Ich wünsche doch nichts so sehr, wie mit dir zusammen zu sein", sagte Wronski lächelnd.

Doch wie bei einem gehetzten und erbitterten Menschen blitzte in seinen Augen ein kalter, böser Funke auf, als er diese zärtlichen Worte sagte und sie anblickte.

Sie bemerkte diesen Blick und deutete ihn richtig.

Wenn die Dinge so liegen, ist es ein Unglück! besagte sein Blick. Es war nur ein momentaner Eindruck, den sie jedoch nie wieder vergaß.

Anna schrieb an ihren Mann und bat ihn, in die Scheidung einzuwilligen. Nachdem Prinzessin Warwara, die in Petersburg zu tun hatte, abgereist war, siedelten Anna und Wronski nach Moskau über. Da sie täglich die Antwort Alexej Alexandrowitschs erwarteten und mit der nachfolgenden Scheidung rechneten, bezogen sie nunmehr wie Eheleute eine gemeinsame Wohnung.

Siebenter Teil

I

Lewin und seine Frau hielten sich nun schon seit über zwei Monaten in Moskau auf. Obwohl der Termin, an dem nach den zuverlässigsten Berechnungen von Leuten, die sich in diesen Dingen auskannten, die Niederkunft Kittys erfolgen mußte, längst verstrichen war, ließ diese immer noch auf sich warten, und nichts deutete darauf hin, daß sie jetzt näher bevorstand als vor zwei Monaten. Sowohl der Arzt und die Hebamme als auch Dolly, Kittys Mutter und vor allem Lewin dachten mit Bangen an das herannahende Ereignis und wurden allmählich von Ungeduld und Unruhe ergriffen. Einzig Kitty selbst war völlig ruhig und fühlte sich glücklich.

Sie spürte jetzt deutlich, wie in ihrem Herzen ein neuartiges Gefühl der Liebe zu ihrem künftigen, für sie gewissermaßen schon vorhandenen Kinde im Entstehen begriffen war, und genoß beglückt dieses Gefühl. Das Kind war jetzt nicht mehr lediglich ein Teil ihrer selbst, sondern lebte mitunter auch sein eigenes, von ihr unabhängiges Leben. Häufig bereitete ihr dies Schmerzen, doch zugleich erfreute und belustigte sie diese neue seltsame Empfindung.

Alle, die sie liebte, hatte sie um sich, und alle waren so lieb zu ihr und verwöhnten sie in so rührender Weise, daß sie nur das Angenehme ihres Zustandes empfand und sich, wenn sie nicht gewußt und gefühlt hätte, daß es damit bald ein Ende nehmen mußte, gar kein besseres und angenehmeres Leben hätte wünschen können. Das einzige, was ihre Freude an diesem schönen Leben beeinträchtigte, bestand darin, daß sie bei ihrem Mann jene Eigenschaften vermißte, die sie an ihm liebte und die er auf dem Lande gezeigt hatte.

Sie liebte seine ruhige, gütige, gastfreundliche Art, die sie an ihm auf dem Lande gekannt hatte. In der Stadt hingegen schien er ständig in Unruhe und Spannung zu leben, als fürchte er, daß ihm und besonders ihr jemand zu nahe treten könnte. Auf dem Lande hatte er offenbar das Bewußtsein gehabt, seinen Platz auszufüllen, hatte nie gehastet und war nie ohne Beschäftigung gewesen. In der Stadt war er immer in Eile, als könnte er irgend etwas versäumen, obwohl er nichts zu tun hatte. Er tat ihr deshalb leid. Auf andere freilich, das wußte Kitty, machte er keinen bemitleidenswerten Eindruck; im Gegenteil, wenn sie ihn in Gesellschaft beobachtete, wie man wohl zuweilen einen geliebten Menschen betrachtet und sich bemüht, ihn mit den Augen eines Fremden anzusehen, um sich den Eindruck vorzustellen, den andere von ihm haben müssen, stellte sie sogar mit einem Anflug von Eifersucht fest, daß er durch seine Anständigkeit, seine etwas altmodische, schüchterne Höflichkeit im Umgang mit Frauen, seine stattliche Gestalt und sein, wie ihr schien, besonders ausdrucksvolles Gesicht keineswegs kläglich, sondern höchst anziehend wirkte. Sie allerdings sah nicht auf sein Äußeres, sondern blickte tiefer; sie fand, daß er hier nicht er selbst sei – anders wußte sie seine Verfassung nicht zu bezeichnen. Im stillen warf sie es ihm manchmal vor, daß er es so wenig verstand, sich dem städtischen Leben anzupassen; doch dann wiederum sah sie ein, daß es für ihn wirklich schwer war, sein Leben hier so zu gestalten, wie er es brauchte, um sich wohl zu fühlen.

In der Tat, was sollte er beginnen? Aus Kartenspiel machte er sich nichts. Den Klub besuchte er nicht. Die Zeit mit lebenslustigen Männern vom Schlage Oblonskis zu verbringen, was das bedeutete, das wußte Kitty jetzt schon – es bedeutete ein Trinkgelage und im Anschluß daran eine Fahrt zu... Sie schauderte, wenn sie daran dachte, wohin die Männer bei solchen Gelegenheiten gewöhnlich fuhren. Sollte er Gesellschaften besuchen? Doch sie wußte, daß man dazu Gefallen an einem Flirt mit jungen Frauen finden mußte – und das konnte sie auch nicht wünschen. Oder zu Hause sitzen, mit ihr, ihrer Mutter und den Schwestern? Aber so angenehm und unterhaltend sie diese immer gleichbleibenden Gespräche auch empfand – Aline-Nadine-Geschichten nannte der alte Fürst diese Plaudereien zwischen den Schwestern –, sie sagte sich doch, daß er sich dabei langweilen müsse. Was konnte er sonst tun? Die Arbeit an seinem Buch fortsetzen? Er hatte hierzu wirklich einen Anlauf genommen und war in der ersten Zeit mehrmals in die Bibliothek gegangen, um sich in Nachschlagewerken über einzelne Fragen zu unterrichten und Notizen zu machen; doch je länger er ohne eigentliche Beschäftigung war, um so mehr, wie er sagte, mangelte es ihm an Zeit. Außerdem beklagte er sich bei ihr, daß er hier über sein Buch zuviel gesprochen habe, wodurch alle Gedanken, die er in ihm niederlegen wollte, in Verwirrung gekommen seien und für ihn jedes Interesse verloren hätten.

Einen Vorteil brachte das Leben in der Stadt insofern mit sich, als sie sich hier nie stritten. Ob es nun an der veränderten Lebensweise lag oder daran, daß beide in dieser Beziehung vorsichtiger und einsichtiger geworden waren – zu jenen durch Eifersucht hervorgerufenen Reibereien, die sie bei ihrer Übersiedlung in die Stadt so befürchtet hatten, war es zwischen ihnen in Moskau noch nie gekommen.

In dieser Hinsicht trug sich sogar eine für beide sehr wichtige Begebenheit zu, nämlich ein Zusammentreffen Kittys mit Wronski.

Die hochbetagte Fürstin Marja Borissowna, Kittys Patin, die ihr von jeher sehr zugetan war, hatte den dringenden Wunsch geäußert, sie zu sehen. Kitty, die in ihrem jetzigen Zustand sonst keine Besuche machte, fuhr daher mit ihrem Vater zu der ehrwürdigen alten Dame und traf dort Wronski.

Das einzige, was sich Kitty bei dieser Begegnung allenfalls vorwerfen konnte, daß ihr im ersten Augenblick, als sie die ihr einst so vertraute Erscheinung Wronskis im Zivilanzug erkannte, der Atem stockte, das Blut dem Herzen zuströmte und, das fühlte sie, eine tiefe Röte das Gesicht überzog. Doch das währte nur wenige Sekunden. Ihr Vater, der Wronski mit Absicht besonders laut begrüßt hatte, sprach noch mit ihm, als sie sich bereits völlig imstande fühlte, Wronski anzusehen, mit ihm, wenn ein Gespräch nötig sein sollte, ebenso unbefangen zu sprechen wie mit der Fürstin Marja Borissowna und sich so zu verhalten – das war das Wichtigste –, daß ihr Mann, den sie in diesem Augenblick unsichtbar an ihrer Seite zu spüren glaubte, weder an dem Tonfall ihrer Stimme noch an ihrem Lächeln auch nur das Geringste auszusetzen gehabt hätte.

Sie wechselte mit Wronski ein paar Worte und lächelte sogar ruhig, als er von der Wahlversammlung sprach und diese scherzhaft „unser Parlament" nannte. (Lächeln mußte sie schon, um zu zeigen, daß sie den Witz verstanden hatte.) Doch dann wandte sie sich sofort der Fürstin Marja Borissowna zu und sah kein einziges Mal mehr zu ihm hin; erst als er aufstand und sich verabschiedete, blickte sie ihn wieder an, aber auch das offensichtlich nur, weil es ungezogen gewesen wäre, wenn sie jemand, der sich vor ihr verbeugte, nicht angesehen hätte.

Sie war ihrem Vater dankbar, daß er anschließend mit keinem Wort auf die Begegnung mit Wronski zu sprechen kam; aber an der besonderen Zärtlichkeit, mit der er sie nach dem Besuch während ihres üblichen Spaziergangs behandelte, merkte sie, daß er mit ihr zufrieden war. Auch sie selbst war mit sich zufrieden. Sie hätte nie geglaubt, daß sie die Kraft aufbringen könnte, alle Erinnerungen an ihre früheren Gefühle für Wronski irgendwo in der

Tiefe ihres Herzens zurückzuhalten und ihm gegenüber Ruhe und Gleichmut nicht nur vorzutäuschen, sondern auch wirklich zu empfinden.

Lewin war bedeutend erregter als Kitty, als sie ihm sagte, daß sie bei der Fürstin Marja Borissowna mit Wronski zusammengetroffen sei. Es fiel ihr sehr schwer, ihm dies mitzuteilen, und erst recht kostete es sie große Überwindung, als sie darüber hinaus die Einzelheiten der Begegnung schildern mußte, da er von sich aus keine Fragen stellte, sondern sie nur mit finsterem Gesicht ansah.

„Ich bedauere es wirklich, daß du nicht zugegen warst", sagte sie. „Nicht gerade im selben Zimmer, denn in deiner Gegenwart wäre ich nicht so unbefangen gewesen ... Ich bin längst nicht so rot geworden wie jetzt, bei weitem, bei weitem nicht", versicherte sie, indem sie bis zu Tränen errötete. „Aber es wäre schön gewesen, wenn du alles durch einen Türspalt gesehen hättest."

Lewin las ihren treuherzigen Augen ab, daß sie sich trotz ihres Errötens nichts vorzuwerfen hatte; er war nun völlig beruhigt und ging dazu über, sie von sich aus zu fragen, was sie sich auch gewünscht hatte. Als sie ihm alles aufs genaueste erzählte und besonders hervorhob, daß sie nur im ersten Augenblick außerstande gewesen sei, ihr Erröten zu vermeiden, sich dann aber so frei und unbefangen gefühlt habe wie jedem beliebigen anderen gegenüber, kam er in beste Laune und sagte, daß er sich über ihr Zusammentreffen mit Wronski sehr freue; er werde sich künftig nicht mehr so töricht benehmen wie bei den Wahlen, sondern bemüht sein, Wronski bei der nächsten Begegnung so freundschaftlich wie irgend möglich zu behandeln.

„Es ist ein so bedrückender Gedanke, daß es einen Menschen gibt, in dem man fast einen Feind sieht und mit dem zusammenzutreffen man geradezu Furcht hat", sagte er. „Ich bin sehr, sehr froh."

2

„Vergiß also nicht den Besuch bei Bolls", sagte Kitty zu ihrem Mann, als er um elf Uhr, ehe er das Haus verließ, zu ihr ins Zimmer kam. „Ich weiß, daß du im Klub essen wirst, Papa hat dich vormerken lassen. Und was willst du vormittags tun?"

„Ich habe nur einen Besuch bei Katawassow vor", antwortete Lewin.

„Schon so früh?"

„Ja, er hat mir versprochen, mich mit Metrow bekannt zu machen. Ich will mit ihm über mein Buch sprechen, er ist ein sehr angesehener Petersburger Gelehrter", sagte Lewin.

„Ach ja, das ist doch der, dessen Artikel du neulich so gelobt hast? Und was weiter?" fragte Kitty.

„Vielleicht spreche ich noch beim Gericht vor, in der Angelegenheit meiner Schwester."

„Und wie ist es mit dem Konzert?"

„Allein hinzufahren, habe ich keine Lust."

„Ach, tue es doch. Es werden jene neuen Stücke gespielt, die dich so sehr interessiert haben. An deiner Stelle würde ich unbedingt hinfahren."

„Nun, auf jeden Fall komme ich vor dem Essen noch einmal nach Hause", sagte er und sah auf die Uhr.

„Zieh doch den Gehrock an, dann könntest du direkt zur Gräfin Boll fahren."

„Muß das wirklich sein?"

„Ja, unbedingt! Der Graf hat uns einen Besuch gemacht. Und was kostet es dich schon? Du kommst hin, nimmst Platz, unterhälst dich fünf Minuten über das Wetter, stehst wieder auf und empfiehlst dich."

„Du wirst es mir nicht glauben wollen, aber all dessen bin ich so entwöhnt, daß es mir geradezu peinlich ist. Man stelle sich nur vor! Ein wildfremder Mensch kommt ins Haus, setzt sich, bleibt eine Weile ohne jeden Anlaß sitzen, hält die Leute auf, verdirbt sich selbst die Stimmung, und dann geht er wieder."

Kitty lachte.

„Hast du denn in deiner Junggesellenzeit nicht auch Besuche gemacht?"

„Gewiß, aber wohl gefühlt habe ich mich dabei nie; und jetzt ist mir das alles so fremd geworden, daß ich wahrhaftig lieber zwei Tage ohne Mittagessen bleibe als einen solchen Besuch mache. Es ist so peinlich! Ich fürchte immer, daß die Leute es einem übelnehmen und sich fragen: Warum ist er eigentlich gekommen?"

„Nun, übelnehmen werden sie es dir bestimmt nicht; da kannst du dich auf mich verlassen", sagte Kitty und blickte ihm, als sie ihm jetzt die Hand reichte, lachend ins Gesicht. „Nun, dann auf Wiedersehen! Und fahre bitte hin."

Er küßte ihr die Hand und wollte schon gehen, als sie ihn zurückhielt.

„Kostja, ich wollte dir noch sagen, daß ich nur noch fünfzig Rubel habe."

„Nun, dann werde ich eben bei der Bank vorbeifahren und Geld abheben. Wieviel soll es sein?" fragte er mit dem ihr schon bekannten verdrießlichen Gesichtsausdruck.

„Nein, warte noch", sagte sie und griff nach seiner Hand. „Wir müssen das besprechen, es beunruhigt mich. Ich mache meines Wissens doch keine unnötigen Ausgaben, aber trotzdem schmilzt das Geld nur so dahin. Irgend etwas machen wir falsch."

„Durchaus nicht", sagte er, indem er sich räusperte und sie von der Seite ansah.

Dieses Räuspern kannte Kitty. Es war bei ihm ein Anzeichen starker Unzufriedenheit – nicht mit sich selbst. Er war in der Tat unzufrieden, jedoch nicht deshalb, weil man viel Geld ausgegeben hatte, sondern weil er an etwas erinnert wurde, womit seiner Überzeugung nach ein Fehler zusammenhing, an den er nicht denken wollte.

„Ich habe Sokolow angewiesen, den Weizen zu verkaufen und die Pacht für die Mühle im voraus zu kassieren. Mit Geld werden wir also keinesfalls knapp werden."

„Nein, aber ich fürchte, daß überhaupt zuviel ..."

„Durchaus nicht, durchaus nicht", sagte er wiederum. „Also auf Wiedersehen, mein Herz!"

„Ach, ich bedauere wirklich manchmal, daß ich mich von Mama überreden ließ. Wie gut hätten wir es auf dem Lande! Hier mache ich euch allen so viele Mühe, und die Ausgaben ..."

„Durchaus nicht, durchaus nicht. Seit wir verheiratet sind, habe ich noch kein einziges Mal gedacht, daß es anders besser sein könnte, als es ist."

„Wirklich?" fragte sie und blickte ihm in die Augen.

Lewin hatte dies gesagt, ohne viel darüber nachzudenken, nur um sie zu beruhigen. Doch als er sie jetzt anblickte und ihre treuherzigen, lieben Augen mit fragendem Ausdruck auf sich gerichtet sah, wiederholte er dasselbe, und nunmehr aus vollem Herzen. Ich vergesse ganz ihren Zustand, sagte er sich und dachte nun daran, was ihrer in Kürze harrte.

„Ist es nun bald soweit? Was meinst du?" fragte er und umfaßte ihre beiden Hände.

„Ich habe mich schon so oft getäuscht, daß ich jetzt überhaupt nicht mehr daran denke und nichts weiß."

„Ist dir auch nicht bange?"

Sie lächelte verächtlich.

„Nicht im geringsten", versicherte sie.

„Nun, wenn etwas vorfällt, ich bin bei Katawassow zu erreichen."

„Es wird schon nichts vorfallen, sei unbesorgt. Ich werde mit Papa eine Spazierfahrt auf den Boulevard machen. Dabei werden wir auch bei Dolly vorbeischauen. Vor dem Essen erwarte ich dich also noch. Ach ja, was ich sagen wollte! Weißt du auch, daß

Dollys Lage allmählich ganz unhaltbar wird? Sie hat überall Schulden und überhaupt kein Geld. Mama und ich haben gestern mit Arseni gesprochen" (so nannte sie Lwow, den Mann ihrer Schwester Natalie), „und wir sind übereingekommen, daß ihr beide, du und er, Stiwa einmal ins Gewissen redet. So geht es wirklich nicht weiter. Mit Papa kann man darüber nicht sprechen … Aber wenn du zusammen mit ihm …"

„Was können wir schon machen?" meinte Lewin.

„Immerhin, sprich doch mal mit Arseni; er wird dir sagen, was wir beschlossen haben."

„Nun, was Arseni beschließt, damit bin ich schon im voraus einverstanden. Ich werde ihn also aufsuchen. Übrigens, was das Konzert betrifft: Vielleicht hat Natalie Lust mitzukommen. Doch nun auf Wiedersehen!"

An der Außentreppe wurde Lewin von Kusma aufgehalten, dem alten Diener aus seiner Junggesellenzeit, der hier in der Stadt die wirtschaftlichen Angelegenheiten besorgte.

„Krassawtschik" (das war das vom Gut mitgebrachte linke Deichselpferd) „ist neu beschlagen und hinkt seitdem", sagte er. „Was befehlen Sie zu tun?"

In der ersten Zeit hatte sich Lewin in Moskau viel mit den Pferden befaßt, die er mitgebracht hatte. Er wollte für die Fahrten in die Stadt eine möglichst bequeme und zugleich billige Regelung treffen. Doch dann hatte sich herausgestellt, daß der Unterhalt eigener Pferde kostspieliger war als Droschken, die außerdem noch benutzt wurden.

„Schicke nach einem Tierarzt, es kann eine Wunde sein."

„Und wie soll es mit dem Wagen für Katerina Alexandrowna gemacht werden?"

Jetzt war Lewin nicht mehr wie in der ersten Zeit seines Moskauer Aufenthalts darüber entsetzt, daß man für eine Fahrt von der Wosdwishenka zur Siwzew-Wrashek-Straße eine schwere Equipage brauchte, zwei starke Pferde vorspannen mußte, mit ihnen eine Viertelwerst durch den Schneematsch fuhr und sie am Ziel vier Stunden warten ließ, wofür er dann fünf Rubel zahlen sollte. Jetzt schien ihm dies schon ganz natürlich zu sein.

„Bestelle dem Fuhrunternehmer, er soll uns zwei Pferde für unseren Wagen schicken!"

„Zu Befehl!"

Nachdem Lewin diesen Fall, der ihn auf dem Lande viel Mühe und Überlegung gekostet hätte, dank den städtischen Einrichtungen so einfach und leicht erledigt hatte, begab er sich vor das Haus, rief eine Droschke, stieg ein und ließ sich in die Nikitskaja fahren. Unterwegs dachte er nicht mehr an Geldangelegenheiten, sondern bereitete sich in Gedanken auf das Zusammentreffen mit dem Petersburger Gelehrten vor, einem Soziologen, mit dem er über sein Buch sprechen wollte.

Alle jene einem Landbewohner schwer eingehenden, unproduktiven und dennoch unvermeidlichen Ausgaben, zu denen Lewin in Moskau auf Schritt und Tritt genötigt war, hatten ihn nur in der ersten Zeit frappiert. Mittlerweile hatte er sich an sie bereits gewöhnt. Es erging ihm in dieser Hinsicht ähnlich, wie es – dem Volksmund nach – einem Trinker ergeht: Das erste Gläschen wird widerstrebend getrunken, das zweite rutscht schon besser, und die nächsten rinnen wie ein Bächlein die Kehle hinunter. Als Lewin den ersten Hundertrubelschein wechselte, um für den Diener und den Portier Livreen zu kaufen, die er für völlig überflüssig hielt, deren Anschaffung aber, nach den erstaunten Gesichtern zu urteilen, die die Fürstin und Kitty bei einer entsprechenden Bemerkung seinerseits gemacht hatten, unumgänglich notwendig war, da war ihm unwillkürlich durch den Kopf gegangen, daß der Preis dieser Livreen dem Lohn für zwei Saisonarbeiter entsprach, das heißt ungefähr dreihundert Arbeitstagen, die von der Osterwoche bis zum Beginn der Fasten währten und an denen vom frühen Morgen bis zum späten Abend eine schwere Arbeit geleistet werden mußte – und diesen Schein hatte er noch widerstrebend gewechselt. Beim Wechseln des nächsten Scheines, als für eine Bewirtung der Verwandtschaft achtundzwanzig Rubel ausgegeben werden mußten, dachte Lewin zwar daran, daß achtundzwanzig Rubel neun Tschetwert Hafer gleichkamen, den man im Schweiße seines Angesichts gemäht, gebündelt, gedroschen, geworfelt, gesiebt und aufgeschüttet hatte – aber zu dieser Ausgabe hatte er sich immerhin schon leichter entschlossen. Jetzt machte er sich beim Wechseln der Scheine schon lange keine derartigen Gedanken mehr, und das Geld zerrann ihm einfach unter den Fingern. Ob der Genuß, den man sich durch das Geld verschaffte, auch der Arbeit entsprach, durch die es verdient worden war – diese Erwägung stellte er schon lange nicht mehr an. Jene Regel, daß es einen Mindestpreis gibt, der beim Verkauf einer bestimmten Getreidesorte unter allen Umständen erzielt werden muß, war ebenfalls in Vergessenheit geraten. Der Roggen, für den er so lange einen bestimmten Preis durchgesetzt hatte, war letzthin je Tschetwert fünfzig Kopeken unter jenem Preis verkauft worden, den man ihm noch vor einem Monat gezahlt hatte. Selbst die Berechnung, daß es unmöglich sein würde, diese kostspielige Lebensführung ein Jahr lang fortzusetzen, ohne Schulden zu machen – selbst diese Berechnung hatte Lewin in den Wind geschlagen. Es kam nur auf eins an: Er mußte auf der Bank, ganz gleich, woher das Geld kam, stets über ein Guthaben verfügen, um jederzeit in der Lage zu sein, das für den nächsten Tag benötigte Fleisch zu bezahlen. Das war ihm bis jetzt auch gelungen: Er hatte auf der Bank stets Geld gehabt. Doch neuerdings war sein Guthaben erschöpft, und er wußte nicht recht, woher er Geld beschaffen sollte. Deshalb war er für einen Augenblick verstimmt gewesen, als Kitty die Geldfrage angeschnitten hatte; aber um lange hierüber nachzugrübeln, fehlte ihm die Zeit. Während der Fahrt beschäftigte er sich in Gedanken mit Katawassow und mit Metrow, den er bei jenem kennenlernen sollte.

3

Mit Professor Katawassow, einem ehemaligen Studienkollegen von ihm, dem er seit seiner Heirat nicht mehr begegnet war, hatte Lewin bei seinem jetzigen Aufenthalt in Moskau wieder eine enge Verbindung aufgenommen. Katawassow war ihm durch die Klarheit und Geradlinigkeit seiner Weltanschauung sympathisch. Lewin führte die Klarheit in Katawassows Weltanschauung auf dessen unkomplizierte Natur zurück, während Katawassow seinerseits die sprunghaften Gedankengänge Lewins mit einer ungenügenden geistigen Disziplin erklärte; da aber die Überfälle undisziplinierter Gedanken bei Lewin von Reiz für Katawassow waren und dessen Klarheit wiederum einen Reiz für Lewin darstellte, kamen beide gern zusammen, um miteinander zu debattieren.

Lewin hatte Katawassow einige Abschnitte aus seinem Buch vorgelesen, die diesem gut gefallen hatten. Bei einem Zusammentreffen gelegentlich einer öffentlichen Vorlesung hatte Katawassow ihm gestern mitgeteilt, daß sich der namhafte Gelehrte Metrow, dessen Artikel Lewin so gut gefallen hatte, gegenwärtig in Moskau aufhalte und sich sehr dafür interessiert habe, was Katawassow ihm von Lewins Arbeit erzählt hatte; er komme morgen um elf zu ihm und würde sich sehr freuen, Lewin kennenzulernen.

„Sie haben sich entschieden gebessert, mein Lieber, wie ich mit Vergnügen sehe“, sagte Katawassow, als er Lewin in seinem kleinen Wohnzimmer begrüßte. „Ich hörte es klingeln und sagte mir: Es ist doch unmöglich, daß Sie so pünktlich kommen ... Nun, was halten Sie von den Montenegrinern? Es sind geborene Krieger.“

„Was gibt es denn Neues?“ fragte Lewin.

Katawassow unterrichtete ihn in kurzen Zügen über die letzten

Nachrichten und führte ihn dann in sein Arbeitszimmer, wo er ihn mit einem untersetzten, mittelgroßen und außerordentlich sympathisch aussehenden Herrn bekannt machte. Es war Metrow. Man unterhielt sich eine Weile über die politische Lage und darüber, wie die jüngsten Ereignisse in den Petersburger Regierungskreisen beurteilt wurden. Metrow gab eine ihm aus zuverlässiger Quelle bekannt gewordene Äußerung wieder, die der Zar und einer der Minister in diesem Zusammenhang gemacht haben sollten. Katawassow dagegen war eine andere, ebenfalls als zuverlässig geltende Version zu Ohren gekommen, wonach der Zar etwas ganz anderes gesagt haben sollte. Lewin versuchte, sich eine Situation vorzustellen, in der sowohl die eine als auch die andere Äußerung hätte gemacht werden können; dann brach das Gespräch hierüber ab.

„Mein Freund hier arbeitet an einem fast schon vollendeten Buch über das natürliche Verhältnis zwischen den Landarbeitern und dem Grund und Boden", sagte Katawassow. „Ich bin nicht Fachmann, aber vom Standpunkt des Naturwissenschaftlers sagt es mir zu, daß er die Menschheit nicht außerhalb der zoologischen Gesetze betrachtet, sondern im Gegenteil ihre Abhängigkeit von der Umwelt beleuchtet und in dieser Abhängigkeit die Gesetze der Entwicklung sucht."

„Das ist höchst interessant", bemerkte Metrow.

„Eigentlich wollte ich in meinem Buch nur landwirtschaftliche Fragen behandeln", sagte Lewin errötend. „Doch als ich mich mit dem für die Landwirtschaft wichtigsten Faktor, dem Arbeiter, befaßte, ergab es sich ganz von selbst, daß ich auf völlig unerwartete Ergebnisse stieß."

Hierauf begann Lewin vorsichtig, gleichsam den Boden abtastend, seine Ansichten auseinanderzusetzen. Ihm war zwar bekannt, daß Metrow eine Abhandlung gegen die allgemein geltende nationalökonomische Lehre geschrieben hatte, aber inwieweit er von ihm Anerkennung für seine eigenen neuen Ansichten erhoffen konnte, das wußte er nicht, und es ließ sich auch nicht aus den klugen, ruhigen Gesichtszügen des Gelehrten erraten.

„Worin sehen Sie denn nun die besonderen Merkmale des russischen Arbeiters?" fragte Metrow. „In seinen sozusagen zoologischen Eigenschaften oder in den Bedingungen, unter denen er lebt?"

Schon aus dieser Frage hörte Lewin einen Gedanken heraus, mit dem er nicht übereinstimmte; doch er fuhr fort, seine Ideen auseinanderzusetzen, die darin gipfelten, daß der russische Arbeiter eine ganz andere Einstellung zum Grund und Boden habe, als dies bei anderen Völkern der Fall sei. Und um diese These zu erhärten, beeilte er sich hinzuzufügen, seiner Ansicht nach beruhe diese Einstellung des russischen Volkes darauf, daß es sich berufen fühle, die riesigen, noch unbewohnten Gebiete des Ostens zu besiedeln.

„Man kommt leicht zu Trugschlüssen, wenn man von der Berufung eines ganzen Volkes ausgeht“, fiel Metrow Lewin ins Wort. „Die Lage des Arbeiters wird immer von seinem Verhältnis zum Grund und Boden, von seinem Verhältnis zum Kapital abhängen.“

Und ohne Lewin seinen Gedankengang bis zu Ende ausführen zu lassen, begann Metrow, ihm den besonderen Sinn seiner eigenen These auseinanderzusetzen.

Worin der besondere Sinn seiner These bestand, verstand Lewin nicht, weil er sich gar nicht erst bemühte, ihn zu verstehen; er sah, daß Metrow, ungeachtet seiner Abhandlung, in der er die Lehre der Nationalökonomen widerlegt hatte, die Lage des russischen Arbeiters dennoch wie alle anderen ausschließlich nach den Besitzverhältnissen, dem Arbeitslohn und der Rente beurteilte. Und wenn er auch zugeben mußte, daß die Rente in den östlichen, den größten Teil Rußlands ausmachenden Gebieten gleich Null sei, daß der Arbeitslohn bei neun Zehnteln der achtzigmillionenköpfigen russischen Bevölkerung gerade eben für ihren Lebensunteralt ausreiche und daß ihr ganzer Besitz vorläufig nur aus den primitivsten Arbeitsgeräten bestehe, so ließ er für die Beurteilung der Lage der Arbeiter ganz allgemein nur diese Gesichtspunkte gelten, obschon er in vielen Einzelheiten nicht mit den Nationalökonomen übereinstimmte und hinsichtlich des Arbeitslohns eine eigene, neue These vertrat, die er Lewin auseinandersetzte.

Lewin hörte unlustig zu und versuchte anfangs, Einwände zu machen. Er wollte Metrow unterbrechen, um ihm seine eigene Idee vorzutragen, wodurch sich seines Erachtens weitere Erörterungen erübrigt hätten. Als er sich jedoch überzeugt hatte, daß ihre beiderseitige Ansicht in diesen Fragen so weit auseinanderging, daß sie einander doch nie verstehen würden, widersprach er nicht mehr und hörte nur noch zu. Obwohl er für die Ausführungen Metrows jetzt keinerlei Interesse mehr hatte, empfand er, während er zuhörte, doch eine gewisse Genugtuung. Es schmeichelte ihm, daß ein Gelehrter vom Range Metrows ihm so bereitwillig, mit solchem Ernst und mit solchem Vertrauen auf seine Sachkenntnis – er wies mitunter nur durch eine Andeutung auf einen ganzen Fragenkomplex hin – seine eigenen Ansichten vortrug. Lewin glaubte darin eine Wertschätzung Metrows zu sehen, denn er wußte nicht, daß sich dieser, nachdem er dasselbe Thema in seinem engeren Kreise schon ausgiebig erörtert hatte, besonders gern mit neuen Bekannten darüber unterhielt und überhaupt mit jedem gern über ihn interessierende, ihm selbst noch nicht klare Fragen sprach.

„Wir müssen zusehen, daß wir uns nicht verspäten", sagte Katawassow mit einem Blick auf die Uhr, sobald Metrow seine Ausführungen beendet hatte.

„Ja, im Verein der Freunde der Wissenschaften findet heute eine Sitzung anläßlich des fünfzigjährigen Jubiläums Swintitschs statt", erklärte Katawassow auf die Frage Lewins. „Pjotr Iwanowitsch und ich wollen hin. Ich habe zugesagt, einen Vortrag über Swintitschs zoologische Arbeiten zu halten. Kommen Sie mit, es wird sehr interessant sein."

„Ja, es ist wirklich Zeit", sagte Metrow. „Kommen Sie doch mit, und von dort, wenn Sie Lust haben, zu mir. Ich würde mich freuen, wenn Sie mir Ihr Werk vortragen wollten."

„Ach, das lohnt nicht. Es ist ja noch gar nicht abgeschlossen und durchgesehen. Aber zur Sitzung will ich gern mitkommen."

„Haben Sie schon gehört, Verehrtester? Ich habe ein eigenes Gutachten eingereicht", sagte Katawassow, der im Nebenzimmer seinen Frack anzog.

Hierauf entspann sich ein Gespräch über eine die Universität betreffende Angelegenheit.

Diese Angelegenheit war für Moskau in diesem Winter ein sehr wichtiges Ereignis. Drei alte Professoren hatten es im Senat abgelehnt, sich der Meinung der jungen Professoren anzuschließen, woraufhin von den jüngeren ein besonderes Gutachten eingereicht worden war. Dieses Gutachten wurde von den einen für nichtswürdig, von den anderen hingegen für sehr vernünftig und gerechtfertigt gehalten, so daß sich die Professoren in zwei Parteien gespalten hatten.

Die einen, zu denen Katawassow gehörte, sahen in dem Vorgehen der Gegenpartei gemeine Verleumdung und Betrug, die anderen einen Dummejungenstreich und Respektlosigkeit. Lewin unterhielt zwar keine Verbindung zur Universität, hatte jedoch während seines Aufenthalts in Moskau schon mehrfach von diesem Vorkommnis gehört, darüber gesprochen und sich eine eigene Meinung gebildet; er beteiligte sich an dem Gespräch, das auch noch auf der Straße fortgesetzt wurde, bis alle drei vor dem Gebäude der alten Universität angelangt waren.

Die Sitzung hatte bereits begonnen. Katawassow und Metrow nahmen an einem mit Tuch bedeckten Tisch Platz, an dem schon sechs andere Herren saßen, von denen sich einer tief über ein Manuskript gebeugt hatte und etwas vorlas. Lewin setzte sich auf einen der Stühle, die rings um den Tisch herum standen, und fragte einen neben ihm sitzenden Studenten, was vorgelesen werde. Der Student sah Lewin unwillig an und antwortete:

„Seine Biographie."

Obwohl sich Lewin für die Biographie Swintitschs nicht interessierte, hörte er unwillkürlich zu und erfuhr allerhand Interessantes und Neues aus dem Leben des berühmten Gelehrten.

Als der Vorleser fertig war, dankte ihm der Vorsitzende und verlas ein ihm von dem Dichter Ment zugegangenes Gedicht, das dieser anläßlich des Jubiläums verfaßt hatte, wobei er einige Dankesworte an den Schöpfer des Gedichts hinzufügte. Hierauf las Katawassow mit seiner lauten, schrill klingenden Stimme seinen Vortrag über die wissenschaftlichen Werke des Jubilars vom Konzept ab.

Als Lewin nach dem Vortrag Katawassows auf die Uhr blickte und sah, daß es bereits auf zwei ging, sagte er sich, daß er bis zum Beginn des Konzerts nicht mehr genügend Zeit haben werde, Metrow seine Arbeit vorzulesen, wozu er jetzt auch gar keine Lust mehr hatte. Während der Vorträge hatte er auch über sein Gespräch mit Metrow nachgedacht. Obwohl er einsah, daß die Gedanken Metrows von Bedeutung sein konnten, war es ihm jetzt klar, daß auch seinen eigenen Gedanken Bedeutung zukam, daß sich die beiderseitigen Gedanken indes nur klären und zu etwas führen würden, wenn jeder für sich auf dem eingeschlagenen Wege weiterarbeitete, während von einem gegenseitigen Gedankenaustausch nichts Ersprießliches zu erwarten war. Er beschloß daher, die Einladung Metrows abzulehnen, und ging nach Schluß der Sitzung zu ihm. Metrow machte Lewin mit dem Vorsitzenden bekannt, mit dem er sich über die neuesten politischen Ereignisse unterhielt. Hierbei erzählte Metrow dem Vorsitzenden dasselbe, was er schon Lewin erzählt hatte, woraufhin Lewin seine bereits am Morgen gemachten Bemerkungen wiederholte, die er jedoch der Abwechslung halber durch einen neuen Gedanken ergänzte, der ihm gerade durch den Kopf ging. Anschließend wandte sich das Gespräch wieder der Universitätsangelegenheit zu. Da Lewin dies alles schon gehört hatte, beeilte er sich, Metrow zu sagen, er bedaure, seiner Einladung nicht Folge leisten zu können, woraufhin er sich verabschiedete und zu Lwow fuhr.

4

Lwow, der mit Kittys Schwester Natalie verheiratet war, hatte seine Erziehung im Ausland genossen und dann sein ganzes Leben in den verschiedenen Hauptstädten als Diplomat zugebracht.

Im vorigen Jahr war er jedoch aus dem diplomatischen Dienst ausgeschieden (nicht etwa wegen Unannehmlichkeiten, denn die hatte er noch nie mit jemand gehabt) und hatte ein Hofamt in Moskau angenommen, um für seine beiden Söhne eine denkbar gute Erziehung zu gewährleisten.

Trotz des schärfsten Gegensatzes in ihren Gewohnheiten und Ansichten sowie des Altersunterschiedes – Lwow war älter als Lewin – hatten sie sich in diesem Winter gut befreundet und einander schätzengelernt.

Lwow war zu Hause, und Lewin ging, ohne sich erst melden zu lassen, zu ihm.

Lwow, der einen Hausrock mit Gürtel und wildlederne Schuhe anhatte und einen blauen Kneifer trug, saß in einem Sessel, hielt in seiner schönen, zur Seite ausgestreckten Hand behutsam eine bis zur Hälfte in Asche verwandelte Zigarre und las in einem Buch, das vor ihm auf einem Pult lag.

Sein schönes, feingeschnittenes, noch jugendliches Gesicht, dessen rassiger Ausdruck durch das gewellte, silberglänzende Haar noch unterstrichen wurde, verklärte sich zu einem Lächeln, als er Lewin erblickte.

„Ausgezeichnet! Gerade wollte ich zu Ihnen schicken. Wie geht es Kitty? Setzen Sie sich hierher, da haben Sie es bequemer“, sagte er, indem er aufstand und einen Schaukelstuhl heranzog. „Haben Sie das letzte Rundschreiben im ‚Journal de St.-Pétersbourg‘ gelesen? Ich finde es großartig“, sagte er mit leicht französischem Akzent.

Lewin teilte ihm mit, was er von Katawassow über die in Petersburg kursierenden Gerüchte gehört hatte, und nach einem kurzen Gespräch über Politik erzählte er von seinem Zusammentreffen mit Metrow und seiner Teilnahme an der Sitzung. Lwow interessierte dies sehr.

„Ich beneide Sie geradezu darum, daß Sie Zutritt zu dieser interessanten wissenschaftlichen Welt haben“, sagte er und ging nun, wie meistens im Eifer des Gesprächs, zu der ihm geläufigeren französischen Sprache über. „Ich freilich hätte ohnehin keine Zeit dazu. Mein Dienst und die Arbeit mit den Kindern nehmen mich zu sehr in Anspruch; und außerdem schäme ich mich nicht, zuzugeben, daß meine Bildung allzu lückenhaft ist.“

„Das glaube ich keinesfalls", sagte Lewin lächelnd; ihn rührte wie immer Lwows geringe Meinung von sich selbst, die nicht etwa vorgetäuscht war, um bescheiden zu scheinen oder sogar zu sein, sondern auf seiner wirklichen Überzeugung beruhte.

„Doch, doch! Ich sehe gerade jetzt, wie mangelhaft meine Bildung ist. Selbst für die Arbeit mit den Kindern muß ich oft mein Gedächtnis auffrischen und vieles einfach neu lernen. Zur Erziehung genügen ja nicht die Lehrer allein, es muß auch jemand dasein, der die Aufsicht führt, genauso wie Sie in Ihrer Gutswirtschaft außer den Arbeitern auch einen Aufseher brauchen. Hier zum Beispiel", sagte er und zeigte auf die auf dem Pult liegende Buslajewsche Grammatik, „habe ich gerade eine Regel, die Mischa aufbekommen hat und die sehr, sehr schwer ist... Vielleicht können Sie mir sie erklären. Es heißt hier..."

Lewin wollte ihm klarmachen, daß man grammatikalische Regeln nicht verstehen kann, sondern auswendig lernen muß; doch damit gab sich Lwow nicht zufrieden.

„Ja, sehen Sie, Sie lachen darüber!"

„Im Gegenteil, Sie können sich gar nicht vorstellen, wie sehr ich immer, wenn ich Sie beobachte, darauf bedacht bin, etwas für die auch mir bevorstehende Aufgabe zu lernen – eben die Erziehung von Kindern."

„Nun, von mir können Sie da nicht viel lernen", sagte Lwow.

„Ich weiß nur", fuhr Lewin fort, „daß ich nie wohlerzogeneren Kindern begegnet bin als Ihren und daß ich mir selbst bessere Kinder gar nicht wünschen könnte."

Lwow gab sich alle Mühe, seine Freude zu verbergen, strahlte aber dennoch über das ganze Gesicht.

„Wenn sie nur einmal bessere Menschen werden als ich. Das ist alles, was ich mir wünsche. Sie kennen noch nicht all die Schwierigkeiten, die man mit Jungen hat, um die man sich, wie in meinem Falle, bei dem unregelmäßigen Leben im Ausland nicht genügend kümmern konnte."

„Das werden Sie schon nachholen. Es sind ja so begabte Kinder. Die Hauptsache ist die sittliche Erziehung. Das ist es, was ich lerne, wenn ich mir Ihre Kinder ansehe."

„Sie sagen sittliche Erziehung. Doch gerade die ist unvorstellbar schwer. Kaum hat man eine schlechte Neigung bekämpft, da zeigen sich schon wieder andere, und der Kampf beginnt von neuem. Wenn nicht die Religion eine Stütze böte – hierüber sprachen wir schon einmal –, kein Vater könnte lediglich aus eigener Kraft, ohne diese Hilfe, seine Kinder zu ordentlichen Menschen erziehen."

Das Gespräch über dieses Lewin stets interessierende Thema

wurde von der schönen Natalja Alexandrowna unterbrochen, die jetzt, bereits fertig zur Ausfahrt, das Zimmer betrat.

„Ich wußte gar nicht, daß Sie hier sind", sagte sie zu Lewin und schien keineswegs zu bedauern, sondern sich sogar darüber zu freuen, daß sie dieses ihr schon bis zum Überdruß bekannte Gesprächsthema unterbrochen hatte. „Nun, wie geht es Kitty? Ich bin heute zum Essen bei euch. Also höre zu, Arseni", wandte sie sich an ihren Mann, „du nimmst den Wagen ..."

Und zwischen Mann und Frau entspann sich ein Gespräch über die heutige Zeiteinteilung. Da Lwow dienstlich zum Empfang irgendeiner Persönlichkeit fahren mußte und seine Frau das Konzert und die öffentliche Versammlung des Südost-Komitees besuchen wollte, gab es vielerlei Umstände zu bedenken und zu entscheiden. Lewin als Familienangehöriger mußte sich an der Beratung beteiligen. Man kam überein, daß Lewin und Natalie ins Konzert und zu der öffentlichen Sitzung fahren und den Wagen dann zu Arseni ins Amt schicken sollten, woraufhin dieser seine Frau abholen und sie zu Kitty bringen würde; für den Fall jedoch, daß er im Amt länger zu tun hätte, sollte er den Wagen zurückschicken, und Lewin würde dann mit Natalie fahren.

„Unser Lewin hier macht mich ganz eingebildet", sagte Lwow zu seiner Frau. „Er behauptet, daß unsere Jungen Musterkinder seien, während ich doch weiß, wie viele Unarten sie haben."

„Arseni übertreibt alles, ich sage es ja immer", erklärte Natalie. „Wer alles in höchster Vollendung haben will, wird stets unzufrieden sein. Papa hat ganz recht: Als wir erzogen wurden, übertrieb man, indem wir Kinder ins Zwischengeschoß gesteckt wurden und die Eltern in der Beletage wohnten; und jetzt ist es gerade umgekehrt: Die Eltern hausen in Bodenkammern, und den Kindern wird die Beletage eingeräumt. Die Eltern haben nichts mehr vom Leben zu beanspruchen und die Kinder alles."

„Warum auch nicht, wenn es so angenehmer ist", wandte Lwow mit seinem gewinnenden Lächeln ein und legte seine Hand auf die ihre. „Wer dich nicht kennt, könnte meinen, daß du nicht die Mutter deiner Kinder, sondern ihre Stiefmutter seist."

„Nein, Übertreibungen sind in keinem Falle gut", sagte Natalie ruhig und legte dabei auf dem Tisch das Papiermesser ihres Mannes an seinen rechten Platz.

„Nun, kommt schon herein, ihr Musterkinder!" rief Lwow seinen bildhübschen Söhnen zu, die in der Tür erschienen waren, Lewin nun eine Verbeugung machten und dann an den Vater herantraten, den sie offensichtlich etwas fragen wollten.

Lewin hätte gern mit ihnen gesprochen und auch gehört, was sie dem Vater zu sagen hatten; aber er wurde von Natalie ins Gespräch gezogen, und anschließend erschien Lwows Amtskollege Machotin in Hofuniform, um mit ihm zusammen zum Empfang des erwarteten Würdenträgers zu fahren. Hierauf begann ein keinen Augenblick abbrechendes Gespräch über die Herzegowina, über die Prinzessin Korsinskaja, über die Duma und über das plötzliche Ableben der Fürstin Apraksina.

Lewin hatte ganz vergessen, mit welchem Auftrag er hergekommen war, und besann sich erst darauf, als er bereits in das Vorzimmer hinaustrat.

„Ach ja, Kitty hat mir aufgetragen, mit Ihnen wegen Oblonski zu sprechen", sagte er zu Lwow, der an der Treppe stehengeblieben war, um seiner Frau und ihm das Geleit zu geben.

„Ja, ich weiß, maman wünscht, daß wir, les beaux-frères, ihm einmal den Kopf waschen", sagte er lächelnd und errötete. „Aber warum soll gerade ich es tun?"

„Nun, dann werde ich ihm den Kopf waschen", erklärte mit einem Lächeln seine Frau, die in einem weißen Pelz aus Hundefell danebenstand und auf die Beendigung des Gesprächs wartete. „Doch nun wollen wir fahren."

5

Auf dem Programm des Konzerts standen zwei sehr interessante Musikstücke.

Das eine war die Fantasie „König Lear in der Steppe" und das zweite ein dem Andenken Bachs gewidmetes Quartett. Beides waren moderne, neuartige Kompositionen, und Lewin war daran gelegen, sich über diese Werke ein Urteil zu bilden. Nachdem er seine Schwägerin an ihren Platz geleitet hatte, stellte er sich an eine Säule mit der Absicht, möglichst aufmerksam und konzentriert zuzuhören. Er wollte sich durch nichts ablenken lassen, weder durch die Armbewegungen des Dirigenten, die stets so unangenehm den musikalischen Eindruck beeinträchtigen, noch durch die Damen, die in ihren Hüten dasaßen und sich für das Konzert die Hutschleifen sorgsam über die Ohren gebunden hatten, noch durch all die übrigen Personen, die entweder an nichts oder an alle möglichen Dinge, nur nicht an die Musik, dachten. Er bemühte sich, Begegnungen mit Musikkennern und Schwätzern zu vermeiden, blickte vor sich hin auf den Boden und hörte zu.

Doch je länger er der Fantasie über den König Lear folgte, um so weniger war es ihm möglich, sich ein bestimmtes Urteil zu bilden. Es kamen unaufhörlich Ansätze zu musikalischen Gefühlsausdrücken, die indessen sogleich in Bruchstücke neuer musikalischer Ausdrücke zerfielen oder sich auch einfach in unzusammenhängende, obschon höchst komplizierte, von der Laune des Komponisten eingegebene Töne auflösten. Diese Bruchstücke musikalischer Ausdrucksmittel klangen teilweise zwar ganz hübsch, wirkten aber dennoch unangenehm, weil sie völlig unvermittelt, ohne jeden Übergang einsetzten. Heiterkeit und Schwermut, Verzweiflung, Zärtlichkeit und Triumph folgten einander ohne jeden erkennbaren Grund wie die Gefühle eines Irrsinnigen. Und wie bei einem Irrsinnigen brachen diese Gefühlsausdrücke ebenso unvermittelt wieder ab.

Während dieses Werk gespielt wurde, kam sich Lewin die ganze Zeit wie ein Tauber vor, der tanzenden Menschen zusieht. Zum Schluß war er völlig verwirrt und durch die angespannte, auf keine Weise belohnte Aufmerksamkeit ermüdet. Von allen Seiten ertönte lauter Applaus. Alle standen auf, verließen ihre Plätze und unterhielten sich miteinander. Um zu hören, wie das Musikstück, das ihm selbst unverständlich geblieben war, von anderen beurteilt wurde, beschloß Lewin, sich in den Wandelgängen nach Musikkennern umzusehen, und freute sich, als er dort Peszow, den er gut kannte, im Gespräch mit einem namhaften Sachverständigen entdeckte.

„Einfach großartig!" hörte er Peszow gerade mit seiner tiefen Baßstimme sagen. „Guten Tag, Konstantin Dmitritsch! Ganz besonders eindrucksvoll, sozusagen plastisch und überaus farbenprächtig ist jene Stelle, wo man das Nahen Kordelias heraushörte, wo eine Frau, *‚das ewig Weibliche'* *, den Kampf mit dem Schicksal aufnimmt. Finden Sie nicht auch?"

„Aber was hat denn Kordelia damit zu tun?" warf Lewin schüchtern ein, der ganz vergessen hatte, daß es sich bei der Fantasie um König Lear in der Steppe handelte.

„Kordelia erscheint … sehen Sie, hier!" sagte Peszow und klopfte mit dem Finger auf das glänzende Papier des Programms, das er in der Hand hielt und nun Lewin reichte.

Erst jetzt fiel Lewin wieder die Bezeichnung der Fantasie ein, und er beeilte sich, die russische Übersetzung der Shakespeareschen Verse durchzulesen, die auf der Rückseite des Programms stand.

„Ohne den Text zu kennen, kann man nicht folgen", sagte Peszow zu Lewin, da sich sein anderer Gesprächspartner entfernt hatte und im Augenblick niemand anders zu einer Unterhaltung da war.

Im Laufe der Pause entspann sich zwischen Lewin und Peszow ein lebhafter Streit über die Vorzüge und Mängel der Wagnerschen Richtung in der Musik. Lewin behauptete, daß Wagner und alle seine Jünger den Fehler begingen, mit der Musik in ein ihr wesensfremdes Gebiet der Kunst überzugreifen, wie es auch ein Fehler der Dichtkunst sei, wenn sie es unternehme, die Züge seines Gesichts wiederzugeben, was Aufgabe der Malerei sei. Und als Beispiel eines solchen Fehlers führte er einen Bildhauer an, der auf den Gedanken verfallen war, für das Denkmal eines Dichters Gestalten aus dessen poetischen Werken in Form von Schatten aus Marmor zu meißeln und sie um das auf einem Sockel stehende Standbild des Dichters zu gruppieren.

„Diese Schatten sind bei dem Bildhauer so wenig Schatten, daß sie sich sogar an den Stufen festhalten", sagte Lewin. Er hielt diesen Ausspruch für sehr gelungen; da er sich aber nicht erinnern konnte, ob er dasselbe nicht schon früher und vielleicht gerade zu Peszow gesagt hatte, wurde er anschließend verlegen.

Peszow dagegen behauptete, daß die Kunst ein einheitliches Ganzes sei und ihre höchste Vollendung nur in der Vereinigung sämtlicher Kunstgattungen erreichen könne.

Beim zweiten Musikstück des Konzerts kam Lewin nicht mehr zum Zuhören. Peszow, der neben ihm stehengeblieben war, sprach ununterbrochen, wobei er dieses Werk wegen seiner erkünstelten, übertriebenen, süßlich wirkenden Einfachheit kritisierte und es mit der präraffaelitischen Malerei verglich. Beim Verlassen des Saals traf Lewin noch viele Bekannte, mit denen er sich über Politik, über Musik und über gemeinsame Bekannte unterhielt; unter anderen begegnete er auch dem Grafen Boll und erinnerte sich erst jetzt, daß er diesem ja einen Besuch abstatten sollte, was ihm völlig entfallen war.

„Nun, dann fahren Sie noch schnell hin, wenn man Sie vielleicht auch nicht mehr empfangen wird", sagte Natalie, als er ihr davon erzählte. „Und anschließend holen Sie mich dann von der Sitzung ab. Sie werden mich noch dort antreffen."

6

„Vielleicht empfangen die Herrschaften nicht mehr?" fragte Lewin den Portier, als er den Flur des Bollschen Hauses betrat.

„Doch, sie empfangen. Belieben Sie näher zu treten", antwortete der Portier und nahm ihm kurzerhand den Pelz ab.

Wie ärgerlich! dachte Lewin, indes er seufzend den einen Handschuh auszog und seinen Hut glattstrich. Was habe ich hier überhaupt zu suchen? Worüber soll ich mich unterhalten?

Als er ins erste Zimmer eintrat, begegnete ihm in der Tür die Gräfin Boll, die mit mürrischer, strenger Miene einem Diener irgendeine Anweisung erteilte. Als sie Lewin kommen sah, lächelte sie und bat ihn, sich in einen anstoßenden kleinen Salon zu begeben, aus dem man Stimmen hörte. In diesem Salon traf Lewin die beiden Töchter der Gräfin, in Sesseln sitzend, sowie einen zur Moskauer Garnison gehörenden Oberst, den er bereits kannte. Er ging auf die Gruppe zu, begrüßte alle und nahm, seinen Hut auf den Knien haltend, auf einem Stuhl neben dem Sofa Platz.

„Wie ist das Befinden Ihrer Gattin? Sie waren im Konzert? Wir konnten nicht. Mama mußte einer Seelenmesse beiwohnen."

„Ja, ich hörte schon ... Welch ein plötzlicher Tod", sagte Lewin.

Dann trat die Gräfin ein und setzte sich aufs Sofa; auch sie erkundigte sich nach dem Befinden seiner Frau und nach dem Konzert.

Lewin antwortete und wiederholte seine Bemerkung wegen des plötzlichen Ablebens der Fürstin Apraksina.

„Ihre Gesundheit ließ übrigens schon immer zu wünschen übrig."

„Haben Sie gestern die Oper besucht?"

„Ja, ich war dort."

„Sehr gut war die Lucca."

„Ja, ausgezeichnet", bestätigte Lewin, und da es ihm völlig gleichgültig war, welchen Eindruck er hier machte, wiederholte er nun alles, was er zu Hunderten von Malen über das außergewöhnliche Talent dieser Sängerin gehört hatte. Die Gräfin tat so, als höre sie zu. Als er genügend gesprochen hatte und eine Pause machte, nahm der Oberst, der bis dahin geschwiegen hatte, das Wort. Er äußerte sich ebenfalls über die Oper und kam dann auf die Beleuchtung zu sprechen. Nachdem der Oberst auch noch den folle journée erwähnt hatte, der demnächst bei Tjurin stattfinden sollte, lachte er, stand geräuschvoll auf und empfahl sich. Lewin war auch aufgestanden, merkte jedoch am Gesichtsausdruck der Gräfin, daß es für ihn noch zu früh war, aufzubrechen; es gehörte sich, noch zwei Minuten zu verweilen. Er setzte sich wieder.

Da er aber unausgesetzt daran dachte, wie dumm diese ganze Komödie sei, fand er kein Gesprächsthema und sagte nichts.

„Haben Sie nicht vor, an der öffentlichen Sitzung teilzunehmen?" fragte die Gräfin. „Man sagt, es sei sehr interessant."

„Nein, ich selbst nicht, aber ich habe meiner belle-sœur versprochen, sie dort abzuholen", antwortete Lewin.

Hierauf schwiegen alle. Mutter und Töchter sahen sich abermals an.

Nun, jetzt scheint es ja Zeit zu sein, dachte Lewin und erhob sich. Die Damen drückten ihm die Hand und baten, seiner Frau mille choses zu bestellen.

Der Portier, der ihm den Pelz hinhielt, fragte zugleich: „Wo belieben Sie zu wohnen?" und trug seine Adresse dann sofort in ein stattliches, solide gebundenes Buch ein.

Natürlich kann mir das gleichgültig sein, aber peinlich und furchtbar albern ist es auf jeden Fall, dachte Lewin; doch dann beruhigte er sich bei dem Gedanken, daß dies allgemein Brauch sei, und fuhr in die öffentliche Komiteesitzung, wo er verabredungsgemäß seine Schwägerin treffen wollte, um mit ihr zusammen nach Hause zu fahren.

Die öffentliche Komiteesitzung war stark besucht, fast die gesamte Elite der Gesellschaft war vertreten. Als Lewin eintraf, wurde gerade mit dem Verlesen des Jahresberichts begonnen, den alle als höchst interessant bezeichneten. Nachdem die Verlesung des Jahresberichts beendet war, fand man sich in kleinen Gruppen zusammen, wobei Lewin auch Swijashski begegnete und von ihm dringend aufgefordert wurde, heute abend in den Landwirtschaftlichen Verein zu kommen, wo jemand über ein äußerst wichtiges Thema sprechen werde; ferner traf er den direkt von einem Rennen zur Sitzung gekommenen Stepan Arkadjitsch und noch viele andere Bekannte, mit denen er sich unterhielt und von denen er verschiedene Meinungsäußerungen über die Sitzung, über ein neues Theaterstück und über einen vielbesprochenen Prozeß zu hören bekam. Aber in der Unterhaltung über den Prozeß unterlief ihm, wahrscheinlich weil sich jetzt die vorausgegangene geistige Anspannung auszuwirken begann, eine Entgleisung, an die er nachträglich noch mehrmals mit Ärger zurückdachte. Als man nämlich die mutmaßliche Strafe eines Ausländers erörterte, der sich vor einem russischen Gericht zu verantworten hatte, und dabei die Ansicht vertrat, daß es falsch wäre, ihn des Landes zu verweisen, wiederholte Lewin einen Gedanken, den er tags zuvor von einem Bekannten gehört hatte.

„Ich finde, seine Ausweisung würde auf dasselbe hinauslaufen, als wenn man einen Hecht dadurch bestrafen wollte, daß man ihn ins Wasser setzt", sagte Lewin. Erst nachträglich besann er sich darauf, daß dieser Gedanke, den er von seinem Bekannten gehört und jetzt gleichsam als eigenen wiedergegeben hatte, einer Fabel von Krylow entnommen war, die sein Bekannter im Unterhaltungsteil einer Zeitung gelesen hatte.

Nachdem Lewin zusammen mit seiner Schwägerin nach Hause gekommen war und Kitty munter und wohlauf vorgefunden hatte, fuhr er in den Klub.

7

Im Klub traf Lewin gerade zur rechten Zeit ein. Zugleich mit ihm kamen viele andere Gäste und Mitglieder vorgefahren. Er war schon lange nicht mehr im Klub gewesen, seit jener Zeit, als er nach beendetem Studium vorübergehend in Moskau gewohnt und sich am gesellschaftlichen Leben beteiligt hatte. Wohl erinnerte er sich noch der Räume, der äußeren Einrichtungen des Klubs, aber er besann sich nicht mehr darauf, wie es ihm früher hier gefallen hatte. Doch sobald er in den weiten, halbrunden Hof hineingefahren, aus der Droschke gestiegen und die Außenstufen zum Portal hinaufgegangen war, das ihm der betreßte Portier geräuschlos mit einer Verbeugung öffnete; sobald er in der Vorhalle die Überschuhe und Pelze der Klubmitglieder erblickte, die es für weniger mühsam hielten, ihre Überschuhe unten auszuziehen, als in ihnen hinaufzugehen; sobald er das geheimnisvolle, ihm vorauseilende Klingelzeichen vernahm, die sanft ansteigende, teppichbedeckte Treppe hinaufstieg, die auf dem Vorplatz stehende Statue sah und im Obergeschoß vor der Tür in Klublivree den inzwischen gealterten dritten Portier wiedererkannte, der jeden Gast musterte, bevor er ihm gemessen und ohne Hast die Tür öffnete – da wurde er wieder von jener Empfindung der Entspannung, des Wohlbehagens und des Anstands umfangen, die er einstmals im Klub verspürt hatte.

„Darf ich um Ihren Hut bitten", sagte der Portier zu Lewin, der vergessen hatte, daß man im Klub den Hut in der Garderobe abgeben mußte. „Sie sind lange nicht hiergewesen. Der Fürst hat Sie gestern vormerken lassen. Fürst Stepan Arkadjitsch ist noch nicht anwesend."

Der Portier kannte Lewin nicht nur, sondern wußte auch, mit wem er verwandt oder befreundet war, und erwähnte deshalb sofort die Personen, die für Lewin von Interesse sein konnten.

Nachdem Lewin zuerst den durch Wandschirme aufgeteilten Verbindungssaal durchschritten hatte und rechts an dem abgetrennten Raum vorbeigekommen war, in dem sich der Verkaufsstand eines Obsthändlers befand, überholte er einen langsam gehenden alten Herrn und betrat den von Stimmengewirr erfüllten Speisesaal.

Er ging an den fast ausnahmslos besetzten Tischen entlang und überblickte die Gäste. Wohin er sich auch wandte, immer wieder entdeckte er unter den Anwesenden ihm teils nur flüchtig bekannte, teils näherstehende Menschen verschiedenster Art, sowohl alte als auch junge. Niemand sah mürrisch oder besorgt aus. Es schien, als hätten alle mit ihren Hüten zusammen auch ihre

Sorgen und Nöte in der Garderobe zurückgelassen, um sich hier mit Behagen dem Genuß der irdischen Freuden des Lebens hinzugeben. Swijashski, der junge Stscherbazki und Newdowski waren anwesend, ebenso der alte Fürst, Wronski und Sergej Iwanowitsch.

„Sieh da! Warum denn so spät?“ fragte der Fürst lächelnd, als er ihm über die Schulter hinweg die Hand reichte. „Und wie geht es Kitty?“ erkundigte er sich, während er die zwischen zwei Westenknöpfen befestigte Serviette zurechtzog.

„Danke, sie ist wohlauf; zum Essen sind beide Schwestern bei ihr.“

„Ah, die Alinen-Nadinen! Nun, hier ist kein Platz mehr frei. Geh doch zu jenem Tisch dort und belege schnell einen Platz“, sagte der Fürst, wobei er sich umwandte, um vorsichtig einen Teller Aalraupensuppe entgegenzunehmen.

„Lewin, hierher!“ rief jemand mit gutmütig klingender Stimme von einem Tisch herüber, der in der Nähe stand. Es war Turowzyn. Er saß mit einem jungen Offizier zusammen, und zwei weitere Stühle waren an die Tischkante gelehnt. Lewin folgte erfreut dem Ruf. Er mochte den gutmütigen Luftikus Turowzyn ohnehin gut leiden – mit ihm verband sich ja die Erinnerung an seine Verlobung –, und jetzt, nach all den anstrengenden geistreichen Gesprächen, tat ihm der Anblick des gutmütigen Turowzyn noch wohler.

„Diese Plätze sind für Sie und Oblonski reserviert. Er muß gleich kommen.“

Der sich sehr gerade haltende Offizier, dessen Augen unaufhörlich strahlten, erwies sich als ein gebürtiger Petersburger namens Gagin. Turowzyn machte sie miteinander bekannt.

„Oblonski kann nie pünktlich sein.“

„Da ist er ja!“

„Du bist wohl auch gerade gekommen?“ fragte er Lewin, als er mit schnellen Schritten auf den Tisch zukam. „Guten Tag! Schon einen Schnaps getrunken? Nun, dann gehen wir zusammen!“

Lewin stand auf und trat mit ihm an den langen Tisch, auf dem Getränke und alle möglichen Imbisse standen. Unter den annähernd zwanzig verschiedenen Imbissen mußte eigentlich jeder, sollte man meinen, etwas finden, was seinem Geschmack entsprach; aber Stepan Arkadjitsch bestellte sich einen ganz besonderen Imbiß, und einer der aufwartenden livrierten Kellner brachte ihm unverzüglich das Gewünschte. Sie tranken jeder ein Gläschen und kehrten dann an ihren Tisch zurück.

Gagin ließ sofort, schon nach der Suppe, Champagner bringen und vier Gläser füllen. Lewin lehnte das ihm angebotene Glas nicht ab und bestellte eine zweite Flasche. Da er Hunger hatte, aß und trank er mit großem Vergnügen, und mit noch größerem Vergnügen beteiligte er sich an der fröhlichen, anspruchslosen Unterhaltung seiner Tischgenossen. Gagin gab mit gedämpfter Stimme einen neuen, in Petersburg kursierenden Witz zum besten, der zwar anstößig und dumm, aber zugleich so komisch war, daß Lewin in schallendes Gelächter ausbrach, das sogar an den Nachbartischen Aufsehen erregte.

„Das erinnert mich an den Witz: ‚Das eben kann ich nicht ausstehen!' Kennst du ihn?" fragte Stepan Arkadjitsch. „Ach, der ist großartig! ... Bring noch eine Flasche!" sagte er zum Kellner und begann dann seinen Witz zu erzählen.

„Pjotr Iljitsch Winowski läßt bitten", unterbrach ihn ein alter Kellner und hielt ihm und Lewin zwei schlanke Gläser mit noch perlendem Champagner hin. Stepan Arkadjitsch nahm eins der Gläser, blickte zu einem kahlköpfigen Herrn mit rotem Schnurrbart hinüber, der am andern Ende des Tisches saß, und nickte ihm lächelnd zu.

„Wer ist das?" fragte Lewin.

„Du hast ihn schon mal bei mir getroffen, weißt du noch? Ein netter Kerl."

Lewin folgte dem Beispiel Stepan Arkadjitschs und nahm das zweite Glas.

Der Witz von Stepan Arkadjitsch war gleichfalls sehr amüsant. Hierauf gab Lewin einen Witz zum besten, der auch Beifall fand. Dann kam das Gespräch auf Pferde, auf die an diesem Tage stattgefundenen Rennen und auf die Bravour, mit der Wronskis Pferd Atlasny dabei den Ersten Preis gewonnen hatte. Lewin bemerkte gar nicht, wie während des Essens die Zeit verging.

„Da sind sie ja!" rief Stepan Arkadjitsch gegen Ende des Essens, indem er sich auf dem Stuhl zurücklehnte und Wronski, der in Begleitung eines hochgewachsenen Gardeobersten auf sie zukam, die Hand entgegenstreckte. In Wronskis Gesicht spiegelte sich ebenfalls die allgemein im Klub herrschende fröhlich-gutmütige Stimmung. Er stützte sich vergnügt lächelnd auf Stepan Arkadjitschs Schulter und flüsterte ihm etwas zu, woraufhin er, immer noch vergnügt lächelnd, auch Lewin die Hand reichte.

„Es freut mich sehr, Sie wiederzusehen", sagte er. „Bei den Wahlen damals habe ich noch nach Ihnen gesucht, hörte dann aber, daß Sie bereits abgereist seien."

„Ja, ich bin am gleichen Tage nach Hause gefahren. Wir sprachen eben über den Sieg Ihres Pferdes. Ich gratuliere", sagte Lewin. „Es ist eine außergewöhnliche Leistung."

„Sie halten doch auch Rennpferde?"

„Nein, aber mein Vater hielt welche, woran ich mich gut erinnere, so daß ich etwas Bescheid weiß."

„An welchem Tisch hast du gegessen?" fragte Stepan Arkadjitsch.

„Wir hatten unsere Plätze am zweiten Tisch, hinter den Säulen."

„Wir haben auf sein Wohl getrunken", erzählte der hochgewachsene Oberst. „Jetzt hat er sich schon zum zweitenmal den Preis des Zaren geholt. Wenn ich doch im Kartenspiel ebensoviel Glück hätte wie er mit seinen Pferden. Doch warum kostbare Zeit verlieren? Ich ziehe mich ins Inferno zurück", sagte der Oberst und entfernte sich.

„Das war Jaschwin", antwortete Wronski auf eine Frage Turowzyns und setzte sich auf einen am Tisch frei gewordenen Stuhl. Er leerte das ihm angebotene Glas Champagner und bestellte nun seinerseits eine Flasche. Sei es unter dem Einfluß der Klubstimmung oder des genossenen Champagners, Lewin kam mit Wronski in ein angeregtes Gespräch und unterhielt sich mit ihm lange darüber, welches die beste Rinderrasse sei. Er war sehr froh, keinerlei feindselige Gefühle gegen Wronski zu empfinden, und erzählte ihm unter anderem sogar, er habe von seiner Frau gehört, daß sie mit ihm bei der Fürstin Marja Borissowna zusammengetroffen sei.

„Ach ja, die Fürstin Marja Borissowna ist reizend!" sagte Stepan Arkadjitsch und erzählte über sie eine Anekdote, die alle sehr belustigte. Besonders Wronski brach in ein so herzliches Gelächter aus, daß sich Lewin mit ihm restlos ausgesöhnt fühlte.

„Nun, seid ihr fertig?" sagte Stepan Arkadjitsch lächelnd und stand auf. „Dann laßt uns aufstehen!"

8

Als Lewin vom Tisch aufstand, merkte er, daß sich seine Arme beim Gehen besonders leicht und regelmäßig hin und her schwenken ließen, und ging mit Gagin durch die hohen Klubräume, um das Billardzimmer aufzusuchen. Im großen Saal stieß er dabei auf seinen Schwiegervater.

„Nun, wie gefällt dir unser Tempel des Müßiggangs?" fragte der Fürst und hakte sich bei ihm ein. „Komm, laß uns einen kleinen Rundgang machen!"

„Ich wollte sowieso etwas umherstreifen und mir alles ansehen. Es ist so interessant."

„Ja, für dich mag es interessant sein. Aber mein Interesse ist schon von anderer Art als deins. Du siehst dir solche alten Männchen an", sagte er und zeigte auf einen alten Herrn mit gekrümmtem Rücken und herabhängender Unterlippe, der ihnen, mühsam seine in weichen Stiefeln steckenden Füße fortbewegend, langsam entgegenkam, „und denkst vielleicht, daß sie alle schon als Schrumpelpilze geboren sind."

„Als Schrumpelpilze?"

„Siehst du, du kennst nicht einmal diesen Ausdruck. Es ist ein Terminus unseres Klubs. Weißt du, wenn man zu Ostern Eier kullert und es lange tut, dann schrumpeln sie schließlich zusammen. Und unsereinem geht es ebenso: Wenn man tagaus, tagein in den Klub fährt, dann verwandelt man sich allmählich in einen Schrumpelpilz. Ja, du lachst, aber unsereins sieht schon voraus, daß er selber bald zu den Schrumpelpilzen gehören wird. Du kennst doch den Fürsten Tschetschenski?" fragte der Fürst, dem Lewin schon am Gesicht ansah, daß er etwas Komisches erzählen wollte.

„Nein, ich kenne ihn nicht."

„Na hör mal! Fürst Tschetschenski ist doch allgemein bekannt. Also gut. Er spielt unentwegt Billard. Noch vor drei Jahren gehörte er nicht zu den Schrumpelpilzen und spielte den Forschen. Und er selbst bezeichnete andere als Schrumpelpilze. Eines Tages nun kommt er in den Klub und fragt den Portier, den Wassili – du kennst ihn doch, nun, den Dicken ... er ist ein großer Pfiffikus –, also den fragt der Fürst: ‚Nun, Wassili, wer ist denn alles da, sind auch Schrumpelpilze gekommen?' Und der gibt ihm zur Antwort: ‚Sie sind der dritte.' Ja, ja, mein Lieber, so ist das Leben!"

Sich miteinander unterhaltend und die ihnen begegnenden Bekannten begrüßend, durchwanderten Lewin und der Fürst allmählich sämtliche Räume. Im großen Saal waren bereits die Spieltische aufgestellt, an denen die üblichen Partner um mäßige Einsätze spielten; im Sofazimmer, in dem Schach gespielt wurde, sahen sie Sergej Iwanowitsch im Gespräch mit einem anderen Herrn sitzen; im Billardzimmer hatte sich in einer Sofaecke eine fröhliche Gesellschaft beim Champagner zusammengefunden. Sie schauten auch ins Inferno hinein, wo Jaschwin bereits an einem Tisch saß, um den sich die am Spiel Beteiligten drängten. Möglichst geräuschlos betraten sie das halbdunkle Lesezimmer, in dem unter den abgeschirmten Hängelampen ein kahlköpfiger General in seine Lektüre vertieft war und ein junger Mann mit mürrischem Gesicht in den Zeitschriften herumwühlte. Dann kamen sie in jenes Zimmer, das der Fürst als Intelligenzzimmer bezeichnete. Hier war zwischen drei Herren eine erregte Debatte über die jüngste politische Neuigkeit im Gange.

„Kommen Sie bitte, Durchlaucht, es ist alles bereit", wurde der Fürst von einem seiner Spielpartner angeredet, der ihn gesucht hatte und ihn nun in diesem Zimmer antraf. Nachdem der Fürst gegangen war, blieb Lewin noch eine Weile sitzen und hörte dem Gespräch der drei Herren zu. Doch als er sich dabei all der im Laufe des Vormittags mit angehörten Gespräche erinnerte, fühlte er sich plötzlich furchtbar angeödet. Er stand schnell auf und begab sich auf die Suche nach Oblonski und Turowzyn, in deren Gesellschaft es immer lustig zuging.

Turowzyn saß im Billardzimmer mit einem Becher in der Hand auf einem hochlehnigen Sofa, während Stepan Arkadjitsch mit Wronski in der äußersten Ecke des Zimmers an der Tür stand und sich mit ihm über irgend etwas unterhielt.

„Es ist nicht Langeweile, was sie bedrückt, sondern das Ungeklärte, Ungewisse der Lage", fing Lewin einen Brocken ihres Gesprächs auf und wollte sich schnell zurückziehen; doch da wurde er von Stepan Arkadjitsch angerufen.

„Lewin!" rief ihm Stepan Arkadjitsch zu, in dessen Augen Lewin, wenn auch nicht direkt Tränen, so doch einen feuchten Schimmer wahrnahm, den sie immer aufwiesen, wenn er stark getrunken hatte oder in weiche Stimmung geraten war. Diesmal war sowohl das eine als auch das andere der Fall. „Lewin, bleibe hier!" sagte Stepan Arkadjitsch und umfaßte mit festem Griff seinen Arm, den er offenbar unter keinen Umständen wieder loslassen wollte.

„Das ist mein wahrer, wenn nicht mein bester Freund", sagte er zu Wronski. „Und du stehst mir noch näher und bist mir ebenso teuer. Da will ich, daß ihr Freundschaft schließt; ich weiß, daß ihr zusammenpaßt, weil ihr alle beide gute Menschen seid."

„Nun, da brauchen wir uns wohl nur noch zu küssen", sagte Wronski in gutmütig-scherzendem Ton und reichte Lewin die Hand.

Lewin ergriff schnell die ihm dargebotene Hand und drückte sie herzlich.

„Ich bin sehr froh", sagte er zu Wronski beim Händedruck.

„Kellner, eine Flasche Champagner!" rief Stepan Arkadjitsch.

„Ich freue mich auch sehr", sagte Wronski.

Doch trotz aller Anstrengungen Stepan Arkadjitschs, zwischen ihnen ein Gespräch in Gang zu bringen, und obwohl beide es selbst wünschten, hatten sie einander nichts zu sagen und fühlten dies auch.

„Weißt du auch, daß er Anna noch gar nicht kennt?" sagte Stepan Arkadjitsch zu Wronski. „Ich will ihn unbedingt mit ihr zusammenführen. Komm, Lewin, fahren wir!"

„Wie? Sie sind nicht mit ihr bekannt?“ wandte sich Wronski an Lewin. „Sie wird sich sehr freuen. Ich würde selbst auch schon nach Hause fahren“, fügte er hinzu, „aber ich mache mir Sorgen um Jaschwin und will hierbleiben, bis er mit dem Spiel aufhört.“

„Steht es schlecht?“

„Er verliert dauernd, und ich bin der einzige, der ihn zurückhalten kann.“

„Wie ist es? Spielen wir noch eine kleine Pyramide? Lewin, hast du Lust?“ fragte Stepan Arkadjitsch. „Also schön. Stell eine Pyramide auf“, sagte er zum Markör.

„Ist schon längst gemacht“, antwortete der Markör, der aus den Bällen bereits eine Pyramide gebildet hatte und den roten Ball zum Zeitvertreib hin und her rollte.

„Also los!“

Nach beendeter Partie nahmen Wronski und Lewin an dem Tisch Gagins Platz, und Lewin, der von Stepan Arkadjitsch beraten wurde, setzte auf die Asse. Wronski saß bald eine Weile am Tisch, wo er unaufhörlich von vorbeikommenden Bekannten umgeben war, bald begab er sich ins Inferno, um nach Jaschwin zu sehen.

Lewin empfand eine angenehme Erholung nach der geistigen Ermüdung des Vormittags. Er freute sich, daß sein gespanntes Verhältnis zu Wronski ein Ende gefunden hatte, und genoß die ganze Zeit über die Atmosphäre der Geborgenheit, des Anstands und des Wohlbehagens, die ihn hier umgab.

Als die Partie beendet war, nahm Stepan Arkadjitsch Lewin am Arm.

„Nun, wollen wir zu Anna fahren? Direkt von hier? Sie ist zu Hause. Ich habe ihr schon lange versprochen, dich einmal mitzubringen. Was hattest du für den Abend vor?“

„Eigentlich gar nichts Besonderes. Ich habe Swijashski zwar versprochen, in den Landwirtschaftlichen Verein zu kommen. Aber ich könnte auch dich begleiten“, sagte Lewin.

„Also schön, fahren wir! Sieh mal zu, ob mein Wagen schon da ist“, wandte sich Stepan Arkadjitsch zu einem Kellner um.

Lewin ging an den Tisch, bezahlte die vierzig Rubel, die er beim Setzen auf die Asse verloren hatte, beglich die Rechnung für das im Klub Verzehrte bei dem an der Tür stehenden alten Bedienten, dem die Summe auf rätselhafte Weise bekannt geworden war, und begab sich, alle Säle durchschreitend und besonders lebhaft die Arme hin und her schwenkend, zum Ausgang.

9

„Den Wagen für Oblonski!" rief der Portier mit herrischer Baßstimme.

Der Wagen fuhr vor, und beide stiegen ein. Anfangs, bis der Wagen das Hoftor des Klubs passiert hatte, befand sich Lewin noch immer unter dem Eindruck der im Klub herrschenden Ruhe, des Wohlbehagens und des unzweifelhaften Anstands der ganzen Umgebung; doch als der Wagen auf die Straße hinausgekommen war und polternd über das unebene Pflaster fuhr, als er den wütenden Zuruf des Kutschers einer entgegenkommenden Droschke hörte und in der trüben Beleuchtung das rote Schild eines Ausschanks und Kramladens wahrnahm – da verflüchtigte sich dieser Eindruck, und er begann über seine Handlungsweise nachzudenken und fragte sich, ob es recht von ihm sei, Anna zu besuchen. Was wird Kitty dazu sagen? Aber Stepan Arkadjitsch ließ ihm keine Zeit zum Nachsinnen und bemühte sich, seine Bedenken, die er anscheinend erraten hatte, zu zerstreuen.

„Ich freue mich, daß du Anna kennenlernen wirst", sagte er. „Dolly hat sich das nämlich schon lange gewünscht. Lwow war auch schon bei ihr und besucht sie immer wieder. Und wenn es sich auch um meine Schwester handelt", fuhr Stepan Arkadjitsch fort, „kann ich doch ohne weiteres behaupten, daß sie eine ungewöhnlich reizende Frau ist. Nun, du wirst ja sehen. Ihre Lage ist sehr schwer, besonders jetzt."

„Warum besonders jetzt?"

„Wir verhandeln zur Zeit mit ihrem Mann wegen der Scheidung. Er ist an sich einverstanden, aber es gibt noch Schwierigkeiten wegen des Sohnes, und eine Sache, die längst abgeschlossen sein müßte, zieht sich nun schon drei Monate hin. Sobald sie geschieden ist, wird sie Wronski heiraten. Wie einfältig sind doch alle diese alten Bräuche, diese Kirchenzeremonien, die niemand etwas bedeuten und dem Glück der Menschen im Wege stehen", meinte Stepan Arkadjitsch. „Aber dann wird ihre Lage klipp und klar sein, ebenso wie meine und wie deine."

„Worin bestehen denn die Schwierigkeiten?" fragte Lewin.

„Ach, das ist eine lange und unerfreuliche Geschichte. Bei uns zulande ist alles so verworren. Die Sache ist jedenfalls die, daß sie sich in Erwartung der Scheidung nun schon seit drei Monaten in Moskau aufhält, wo jeder ihn und sie kennt. Sie verläßt nicht das Haus und kommt, abgesehen von Dolly, mit keiner der Damen zusammen, denn sie will natürlich von niemand nur aus Gnade und Barmherzigkeit besucht werden; diese alberne Trine, die Prinzessin Warwara, selbst die ist abgereist, weil sie sich etwas zu vergeben fürchtete. In einer solchen Lage nun hätte keine andere Frau in sich selbst einen Halt gefunden, sie dagegen – nun, du wirst ja sehen, wie sie ihr Leben gestaltet hat, wie ruhig und würdig sie alles trägt ... Links abbiegen, gegenüber der Kirche!" rief Stepan Arkadjitsch, sich aus dem Wagenfenster beugend, dem Kutscher zu. „Hu, ist das eine Hitze!" stöhnte er und schlug seinen ohnehin schon zurückgeschlagenen Pelz trotz der zwölf Grad Frost noch weiter zurück.

„Sie hat ja auch ein Töchterchen; mit dem beschäftigt sie sich wohl viel?" erkundigte sich Lewin.

„Du scheinst dir ja jede Frau nur als Weibchen vorzustellen, als une couveuse", entgegnete Stepan Arkadjitsch. „Wenn sie beschäftigt ist, dann muß es unbedingt mit Kindern sein. Nun, sie erzieht ihr Töchterchen sicherlich ausgezeichnet, aber davon hört man nichts. Anna ist erstens damit beschäftigt, ein Buch zu schreiben. Ich sehe schon, du lächelst ironisch, aber das ist ganz unberechtigt. Sie verfaßt ein Kinderbuch und hat niemand etwas davon gesagt; aber mir hat sie daraus vorgelesen, und ich habe das Manuskript zu Workujew gebracht – du weißt doch, er ist Verleger und schriftstellert auch selbst, glaube ich. Er versteht etwas davon und sagt, es sei ein ausgezeichnetes Buch. Nun wirst du wohl meinen, sie sei eine Art Blaustrumpf? Durchaus nicht. Sie ist in erster Linie eine Frau mit Herz, du wirst schon sehen. Jetzt hat sie ein junges Mädchen, eine Engländerin, im Hause und sorgt für deren ganze Familie."

„Das ist wohl eine philanthropische Angelegenheit?"

„Ach, du suchst immer gleich etwas Häßliches. Es ist nicht eine philanthropische Angelegenheit, sondern eine Herzenssache. Sie hatten, das heißt, Wronski hatte einen englischen Trainer – er war ein Meister seines Fachs, aber ein Säufer. Er ergab sich völlig dem Trunk, wurde vom Delirium tremens befallen und hat die Familie im Stich gelassen. Anna erfuhr davon, half den Leuten, nahm sich ihrer an und widmet sich jetzt der ganzen Familie; aber sie hilft nicht etwa nur so von oben herab, mit Geld, sondern bereitet die Jungen persönlich im Russischen zum Eintritt ins Gymnasium vor, und die Tochter hat sie zu sich ins Haus genommen. Du wirst sie ja zu sehen bekommen."

Der Wagen fuhr in den Hof hinein, und Stepan Arkadjitsch klingelte energisch an der Haustür, vor der ein Schlitten stand.

Ohne erst zu fragen, ob jemand zu Hause sei, trat Stepan Arkadjitsch in den Flur. Lewin folgte ihm, wurde jedoch immer mehr von Zweifel befallen, ob er richtig oder falsch handele.

Bei einem Blick in den Spiegel sah Lewin, daß sein Gesicht gerötet war; aber er war überzeugt, nicht angetrunken zu sein, und stieg hinter Stepan Arkadjitsch die teppichbelegte Treppe hinauf. Oben fragte Stepan Arkadjitsch den Diener, der ihn durch eine Verbeugung als einen Freund des Hauses begrüßte, ob Anna Arkadjewna Besuch habe, und erhielt von ihm zur Antwort, daß Herr Workujew da sei.

„Wo sind sie?"

„Im Arbeitszimmer."

Nachdem sie durch das nicht sehr große, dunkel getäfelte Speisezimmer gegangen waren, schritten Stepan Arkadjitsch und Lewin über einen weichen Teppich und traten in das Arbeitszimmer ein, in dem eine Lampe mit dunklem Schirm ein gedämpftes Licht verbreitete. Eine zweite Lampe mit Reflektor, die an der Wand brannte, beleuchtete ein in Lebensgröße gemaltes Frauenporträt, das sofort Lewins Aufmerksamkeit auf sich zog. Es war jenes Bildnis von Anna, das Michailow in Italien gemalt hatte. Während Stepan Arkadjitsch hinter ein von Schlingpflanzen beranktes Gitterwerk trat und die Männerstimme, die man von dort gehört hatte, verstummte, betrachtete Lewin das Porträt, das in der hellen Beleuchtung plastisch aus dem Rahmen hervortrat, und konnte sich nicht davon losreißen. Er vergaß völlig, wo er war, hörte nicht, was gesprochen wurde, und blickte unverwandt das wundervolle Bild an. Es schien nicht ein Bild zu sein, sondern eine lebende, bezaubernd schöne Frau mit lockigem schwarzem Haar, entblößten Schultern und Armen und einem leisen, versonnenen Lächeln auf ihren von einem zarten Flaum bedeckten Lippen, die ihn siegesbewußt und zärtlich ansah und ihn durch ihre Augen verwirrte. Nur deshalb schien sie nicht lebendig zu sein, weil sie schöner war, als ein lebendes Wesen sein konnte.

„Ich bin sehr erfreut", hörte er plötzlich neben sich eine Stimme sagen, die offenbar zu ihm sprach und der Frau gehörte, die er eben auf dem Bilde bewundert hatte. Anna war zu seiner Begrüßung hinter dem Gitterwerk hervorgetreten, und im Halbdunkel des Zimmers erkannte Lewin die auf dem Bilde dargestellte Frau; sie trug jetzt ein dunkles, in verschiedenen Blautönen gehaltenes Kleid und hatte eine andere Haltung, einen anderen Gesichtsausdruck, aber sie war von der gleichen vollendeten Schönheit, mit der sie der Maler auf die Leinwand gebannt hatte. Sie sah in der Wirklichkeit weniger effektvoll aus, aber dafür war der Lebenden ein neuer, besonderer Reiz eigen, der auf dem Bilde nicht zum Ausdruck kam.

Anna kam ihm entgegen und verhehlte nicht ihre Freude über seinen Besuch. In der ruhigen Art, wie sie ihm ihre kleine, energische Hand reichte, ihn mit Workujew bekannt machte und dann auf ein hübsches rothaariges Mädchen wies, das mit einer Handarbeit im selben Zimmer saß und von ihr als ihre Pflegetochter vorgestellt wurde, verrieten sich die Lewin vertrauten angenehmen Umgangsformen einer Dame von Welt, die sich stets ruhig und natürlich gibt.

„Ich freue mich wirklich sehr", sagte sie noch einmal, und Lewin schien es, daß aus ihrem Munde diesen einfachen Worten aus irgendeinem Grunde eine besondere Bedeutung zukomme. „Ich habe schon viel von Ihnen gehört und bin Ihnen von Herzen zugetan, sowohl als einem Freunde von Stiwa als auch um Ihrer Frau willen; wenn ich auch nur kurze Zeit mit ihr zusammen gewesen bin, so hat sie in meiner Erinnerung doch den Eindruck einer reizenden Blumenblüte hinterlassen, ja buchstäblich einer Blumenblüte. Und nun soll sie schon bald Mutter werden!"

Anna sprach ungezwungen und ruhig und blickte dabei ab und zu von Lewin zu ihrem Bruder hinüber; Lewin hatte das Empfinden, einen guten Eindruck auf sie zu machen, und fühlte sich im Umgang mit ihr sofort so frei, unbefangen und wohl, daß es ihm schien, er sei schon von Kindheit an mit ihr bekannt.

„Iwan Petrowitsch und ich haben uns absichtlich in Alexejs Arbeitszimmer gesetzt, um zu rauchen", antwortete sie Stepan Arkadjitsch auf die Frage, ob er rauchen dürfe; und nachdem sie Lewin, anstatt ihn zu fragen, ob er rauche, nur fragend angesehen hatte, zog sie ein Zigarettenetui aus Schildpatt zu sich heran und entnahm ihm eine Pachitos.

„Wie geht es dir heute?" fragte sie ihr Bruder.

„Einigermaßen. Mit den Nerven ist es immer dasselbe."

„Nicht wahr, es ist außergewöhnlich schön?" wandte sich Stepan Arkadjitsch an Lewin, als er bemerkte, daß dieser immer wieder auf das Bild blickte.

„Ich habe noch nie ein schöneres Bild gesehen."

„Und es ist doch von sprechender Ähnlichkeit, finden Sie nicht auch?" fragte Workujew.

Lewin blickte vom Porträt aufs Original. Von Annas Gesicht ging ein besonderes Leuchten aus, während sie seinen Blick auf sich gerichtet fühlte. Lewin wurde rot, und um seine Verlegenheit zu verbergen, wollte er sie fragen, ob sie in letzter Zeit mit Darja Alexandrowna zusammengekommen sei; doch da nahm Anna das Wort:

„Iwan Petrowitsch und ich unterhielten uns vorhin gerade über die letzten Bilder Wastschenkows. Haben Sie sie schon gesehen?“

„Ja, ich habe sie mir angesehen.“

„Doch Verzeihung, ich habe Sie unterbrochen; Sie wollten etwas sagen ...“

Lewin fragte nun, ob sie in letzter Zeit mit Darja Alexandrowna zusammengekommen sei.

„Ja, sie hat mich gestern besucht und war Grischas wegen sehr ungehalten über das Gymnasium. Der Lateinlehrer ist anscheinend zu Grischa ungerecht gewesen.“

„Ja, die Bilder von Wastschenkow habe ich mir angesehen“, kam Lewin auf das von Anna angeschnittene Thema zurück. „Besonders gefallen haben sie mir nicht.“

Lewin sprach jetzt nicht mehr mit jener routinierten Einstellung zu den Dingen, die er bei den am Vormittag geführten Gesprächen gehabt hatte. In der Unterhaltung mit Anna nahm jedes Wort eine besondere Bedeutung an. Und es war so angenehm, sich mit ihr zu unterhalten, und noch angenehmer, ihr zuzuhören.

Alles, was Anna sagte, klang ganz natürlich und war klug, wurde von ihr indessen mit einer gewissen Nachlässigkeit vorgebracht; es schien, als schriebe sie ihren eigenen Gedanken keinerlei Bedeutung zu und lege nur großen Wert auf die Gedanken ihrer Gesprächspartner.

Das Gespräch wandte sich der neuen Richtung in der Kunst zu, und dabei kam die Rede auf eine neue Bibelillustration eines französischen Künstlers. Workujew beschuldigte den Künstler eines an Roheit grenzenden Realismus.

Lewin bemerkte dazu, die Franzosen hätten das Konventionelle in der Kunst weiter getrieben als jedes andere Volk und betrachteten daher die Rückkehr zum Realismus als ein besonderes Verdienst. Darin, daß sie jetzt nicht mehr lügen, sähen sie etwas Poetisches.

Noch nie hatte Lewin über eine kluge Bemerkung von sich solche Freude empfunden wie diesmal. Annas Gesicht verklärte sich plötzlich, als sie nach einigen Augenblicken den Sinn seiner Worte begriffen hatte. Sie lachte hell auf.

„Ich lache“, sagte sie, „wie man lacht, wenn man ein dem Original sehr ähnliches Porträt zu Gesicht bekommt. Was Sie sagten, charakterisiert sehr treffend die jetzige französische Kunst, die Malerei und selbst die Literatur: Zola, Daudet. Aber vielleicht ist es immer so, daß man seine conceptions auf erdachten, konventionellen Figuren aufbaut und dann, wenn alle combinaisons fertig sind und die erdachten Figuren ihren Reiz verlieren, dazu übergeht, natürlichere, mehr der Wirklichkeit entsprechende Figuren zu erdenken."

„Das ist völlig richtig!" pflichtete ihr Workujew bei.

„Ihr wart also im Klub?" wandte sich Anna an ihren Bruder.

Ja, das ist eine Frau! dachte Lewin, der alles um sich herum vergaß und unablässig das schöne, lebhafte Gesicht Annas betrachtete. Doch plötzlich nahm ihr Gesicht einen völlig veränderten Ausdruck an; Lewin hörte nicht, was sie, zu ihrem Bruder vorgebeugt, sprach, aber er war betroffen von der Veränderung, die in ihrem Gesicht vor sich gegangen war. In diesem bis dahin in seiner Ruhe so schönen Gesicht drückten sich plötzlich eine merkwürdige Spannung, Empörung und Stolz aus. Doch das hielt nur wenige Sekunden an; dann kniff sie die Augen zusammen, als wollte sie sich auf etwas besinnen.

„Nun ja, aber das kann hier niemand interessieren", sagte sie und wandte sich dann zu der Engländerin um: „Please order the tea in the drawing-room."

Das junge Mädchen stand auf und ging hinaus.

„Nun, hat sie das Examen bestanden?" erkundigte sich Stepan Arkadjitsch.

„Ja, glänzend. Sie ist außerordentlich begabt und hat ein sehr liebes Wesen."

„Es wird noch dazu kommen, daß du sie schließlich mehr liebst als deine eigene Tochter."

„So kann nur ein Mann sprechen. In der Liebe gibt es kein Mehr und kein Weniger. Meine Tochter liebe ich auf eine Art und sie auf eine andere."

„Ich sagte schon vorhin zu Anna Arkadjewna", mischte sich Workujew ein, „daß sie ein nützliches Werk vollbringen würde, wenn sie sich des allgemeinen Problems der Kindererziehung bei uns auch nur mit einem Hundertstel der Energie annehmen wollte, die sie an diese Engländerin wendet."

„Das mag alles sein, aber ich kann es nicht. Graf Alexej Kirillytsch hat mir wiederholt ans Herz gelegt" (bei den Worten „Graf Alexej Kirillytsch" sah sie schüchtern bittend Lewin an, der ihr unwillkürlich mit einem ehrerbietigen, zustimmenden Blick antwortete), „mich um die Dorfschule zu kümmern. Ich bin mehrere Male hingegangen. Die Kinder sind alle sehr nett, aber ich konnte dabei nicht warm werden. Sie sprachen von Energie. Zur Energie gehört Liebe. Aber Liebe läßt sich nicht hervorzaubern, wenn sie nicht da ist; sie stellt sich nicht auf Befehl ein. Dieses Mädchen habe ich nun einmal liebgewonnen, ohne selbst zu wissen, warum."

Sie blickte abermals Lewin an. Ihr Lächeln, ihr Blick, alles sagte ihm, daß ihre Worte nur für ihn bestimmt waren, daß sie auf seine Meinung Wert legte und im voraus wußte, daß sie übereinstimmen würden.

„Ich kann das sehr gut verstehen“, pflichtete Lewin ihr bei. „Der Schule, wie überhaupt allen ähnlichen Einrichtungen, kann man sich nicht mit dem Herzen widmen, und daran liegt es meines Erachtens auch, daß gerade diesen philanthropischen Unternehmen immer so wenig Erfolg beschieden ist.“

Anna schwieg eine Weile und lächelte dann.

„Ja, Sie haben recht“, stimmte sie zu. „Ich habe es nie gekonnt. Je n'ai pas le cœur assez large, um ein ganzes Asyl mit ungezogenen Mädchen liebzugewinnen. Cela ne m'a jamais réussi. Es gibt ja so viele Frauen, die sich hieraus une position sociale geschaffen haben. Aber gerade jetzt“, wandte sie sich in wehmütigem, vertrauensvollem Ton an ihren Bruder, obwohl ihre Worte offensichtlich ausschließlich Lewin galten, „gerade jetzt, wo ich so dringend irgendeine Beschäftigung brauche, bin ich dazu nicht fähig.“ Sie machte plötzlich ein finsteres Gesicht (Lewin erkannte daran, daß sie sich über sich selbst ärgerte, weil sie von ihren eigenen Empfindungen sprach) und ging zu einem anderen Thema über. „Ich habe gehört“, sagte sie zu Lewin, „daß Sie ein schlechter Staatsbürger seien, und bin bemüht gewesen, Sie, so gut ich es vermochte, in Schutz zu nehmen.“

„Auf welche Weise haben Sie mich denn in Schutz genommen?“

„Je nachdem, was Ihnen zum Vorwurf gemacht wurde. Doch wollen wir jetzt nicht eine Tasse Tee trinken?“ Sie stand auf und nahm ein in Saffianleder gebundenes Buch in die Hand.

„Überlassen Sie es mir, Anna Arkadjewna“, sagte Workujew. „Es ist wirklich wert, Verbreitung zu finden.“

„Ach nein, es ist alles so wenig ausgearbeitet.“

„Ich habe ihm von deinem Buch erzählt“, wandte sich Stepan Arkadjitsch an seine Schwester und zeigte auf Lewin.

„Das hättest du nicht tun sollen. Meine Schriftstellerei ist ungefähr den geschnitzten Körbchen gleichzustellen, die in Gefängnissen angefertigt werden und mir früher einmal von Lisa Merzalowa verkauft wurden. Sie gehörte einem Verein für Sträflingsfürsorge an“, wandte sie sich erklärend an Lewin. „Diese unglücklichen Geschöpfe brachten wahre Wunderwerke der Geduld hervor.“

Lewin entdeckte jetzt noch eine neue Eigenschaft an dieser Frau, die ihm so außergewöhnlich gut gefiel. Sie war nicht nur klug, anmutig und schön, sondern auch wahrheitsliebend. Ihr lag nichts daran, ihm die ganze Schwere ihrer Lage zu verbergen. Bei ihren letzten Worten seufzte sie auf, und ihr Gesicht nahm unvermittelt einen strengen, versteinerten Ausdruck an. Mit diesem

Ausdruck im Gesicht sah sie noch schöner aus als zuvor; aber dieser Gesichtsausdruck war etwas Neues und harmonierte nicht mit den Glück ausstrahlenden und Glück verbreitenden Gesichtszügen, die der Maler auf dem Bilde festgehalten hatte. Als sie jetzt den Arm ihres Bruders nahm und mit ihm durch die hohe Tür schritt, verglich Lewin ihre Gestalt noch einmal mit dem Bild und empfand dabei ein so inniges Gefühl und Mitleid für sie, daß er selbst überrascht war.

Anna bat Lewin und Workujew, sich in den Salon zu begeben, indes sie selbst zurückblieb, um etwas mit ihrem Bruder zu besprechen. Ob sie mit ihm wohl über die Scheidung spricht oder über Wronski, über das, was er im Klub tut, oder gar über mich? fragte sich Lewin in Gedanken. Die Frage, worüber sie mit Stepan Arkadjitsch sprach, regte ihn so auf, daß er fast nichts davon aufnahm, was Workujew ihm von den Vorzügen der von Anna verfaßten Erzählung für Kinder erzählte.

Beim Tee war die Unterhaltung ebenso angenehm und gehaltvoll wie vorher. Keinen Augenblick war man um einen Gesprächsstoff verlegen, ganz im Gegenteil, man kam oftmals nicht einmal dazu, alles zu sagen, was man wollte, und hielt sich dann bereitwillig zurück, um einem anderen zuzuhören. Und alles, was gesprochen wurde, nicht nur von Anna selbst, sondern auch von Workujew und Stepan Arkadjitsch – alles gewann, wie es Lewin schien, durch die Aufmerksamkeit, die sie bekundete, und die Bemerkungen, die sie dazu machte, eine besondere Bedeutung.

Während Lewin der interessanten Unterhaltung zuhörte, sah er Anna unverwandt an und bewunderte ihre Schönheit, ihre Intelligenz, ihre Bildung und zugleich ihre natürliche und offenherzige Art. Ob er nun zuhörte oder selbst sprach, er dachte die ganze Zeit über sie, über ihr inneres Leben nach und war bemüht, ihre Empfindungen zu erraten. Und er, der sie bis jetzt so scharf verurteilt hatte, kam jetzt durch einen seltsamen Gedankengang dazu, sie von jeder Schuld freizusprechen und zugleich zu bedauern, weil er fürchtete, daß Wronski sie nicht völlig verstehe. Als Stepan Arkadjitsch gegen elf aufstand, um sich zu verabschieden (Workujew war schon früher gegangen), kam es Lewin vor, als sei er eben erst hergekommen. Mit Widerstreben stand er ebenfalls auf.

„Auf Wiedersehen", sagte Anna, indes sie seine Hand noch zurückhielt und ihm mit einem Blick, der ihn unwiderstehlich anzog, in die Augen sah. „Ich freue mich sehr, que la glace est rompue."

Sie ließ seine Hand los und kniff die Augen zusammen.

„Bestellen Sie Ihrer Frau, daß ich sie noch ebenso liebhabe wie einst; und wenn sie mich meiner Lage wegen verurteilt, dann wünsche ich ihr, daß sie nie dazu kommen möge, mir zu verzeihen. Um zu verzeihen, muß man durchmachen, was ich durchgemacht habe, und davor bewahre sie Gott."

„Gewiß, ja, ich werde es ihr bestellen", stammelte Lewin und wurde rot.

II

Was für eine außergewöhnliche, reizende und bedauernswerte Frau! dachte Lewin, als er mit Stepan Arkadjitsch in die Frostluft hinaustrat.

„Nun, was sagst du? Hatte ich recht?" fragte Stepan Arkadjitsch, der sah, daß Lewin völlig dem Zauber Annas erlegen war.

„Ja", antwortete Lewin versonnen, „deine Schwester ist eine außergewöhnliche Frau. Ganz abgesehen von ihrer Klugheit ist sie ungemein warmherzig. Sie tut mir entsetzlich leid."

„Nun, so Gott will, wird sich jetzt bald alles regeln. Ja, ja, man darf mit seinem Urteil nie voreilig sein", sagte Stepan Arkadjitsch, während er die Wagentür öffnete. „Auf Wiedersehen, wir haben nicht denselben Weg."

Auf dem Nachhausewege dachte Lewin unaufhörlich an Anna; er rief sich sogar die einfachsten Worte ins Gedächtnis, die er mit ihr gewechselt hatte, vergegenwärtigte sich jeden Zug ihres Gesichts, und während er sich immer mehr in ihre Lage hineinversetzte, wurde er von immer größerem Mitleid für sie ergriffen. Mit solchen Gedanken beschäftigt, langte er zu Hause an.

Zu Hause sagte ihm Kusma, daß sich Katerina Alexandrowna wohl befinde und daß ihre beiden Schwestern erst vor kurzem aufgebrochen seien; dann händigte er ihm zwei Briefe aus. Lewin las sie gleich, noch im Vorzimmer, um später seine Ruhe zu haben. Der eine Brief war von seinem Verwalter Sokolow. Sokolow schrieb, daß er den Weizen nicht verkaufen könne, weil nur fünfeinhalb Rubel geboten würden, daß aber sonst auf keine Weise Geld zu beschaffen sei. Der zweite Brief war von seiner Schwester. Sie machte ihm Vorwürfe, weil ihre Angelegenheit immer noch nicht erledigt war.

Nun, dann verkaufen wir ihn eben für fünfeinhalb, wenn nicht mehr gegeben wird, entschied Lewin auf der Stelle mit erstaunlicher Leichtigkeit die erste Frage, die er früher für äußerst schwierig gehalten hätte. Es ist doch merkwürdig, wie hier jede Minute besetzt ist, dachte er mit einem Blick auf den zweiten Brief. Er fühlte sich seiner Schwester gegenüber schuldig, weil er noch immer nicht erledigt, worum sie ihn gebeten hatte. Ich bin wieder nicht auf dem Gericht gewesen, aber heute hatte ich ja wirklich keine Zeit. Er beschloß, dies morgen unbedingt nachzuholen, und wollte nun seine Frau aufsuchen. Auf dem Wege zu ihr ließ er sich schnell den ganzen Tagesverlauf durch den Kopf gehen. Seine gesamte heutige Tätigkeit hatte aus Gesprächen bestanden: aus Gesprächen, denen er zugehört, und aus solchen, an denen er sich beteiligt hatte. Bei allen Gesprächen waren Fragen erörtert worden, mit denen er sich, wenn er allein und auf seinem Gut gewesen wäre, nie befaßt hätte, die er hier indessen höchst interessant fand. Und an allen diesen Gesprächen gab es nichts zu beanstanden. Nur bei dem Gedanken an zwei Punkte war ihm nicht ganz wohl zumute: Der eine Punkt war seine Bemerkung über den Hecht und der zweite das Gefühl, daß bei dem innigen Mitleid, das er für Anna empfand, irgend etwas nicht ganz einwandfrei war.

Als Lewin zu seiner Frau kam, traf er sie bedrückt und verstimmt an. Das Essen, zu dem ihre beiden Schwestern gekommen waren, war zwar, wie er von ihr hörte, sehr fröhlich verlaufen, aber dann hatte sie so lange vergeblich auf ihn gewartet und sich zu Tode gelangweilt; ihre Schwestern seien schließlich nach Hause gefahren, und sie habe nun allein dagesessen.

„Und was hast du gemacht?“ fragte sie und blickte ihm in die Augen, in denen ihr ein verdächtiger Glanz auffiel. Doch um ihn nicht davon abzuhalten, ihr alles zu erzählen, sagte sie nichts davon und hörte mit einem beifälligen Lächeln zu, als er ihr erzählte, wie er den Abend verbracht hatte.

„Nun, ich habe mich sehr gefreut, mit Wronski zusammenzutreffen. Ich fühlte mich dabei ganz frei und unbefangen. Jetzt werde ich mich natürlich bemühen, ihm nie wieder zu begegnen, aber diese Spannung mußte beseitigt werden“, sagte er und wurde rot, als er sich bei den Worten „nie wieder zu begegnen“ daran erinnerte, daß er unmittelbar danach zu Anna gefahren war. „Da heißt es immer, daß das einfache Volk trinkt, aber ich weiß nicht, wer mehr trinkt, das einfache Volk oder Leute unseres Standes; das Volk beschränkt sich wenigstens auf die Feiertage, während ...“

Doch Kitty lag nichts an einer Erörterung der Frage, wieviel das einfache Volk trinkt. Sie sah, daß er rot geworden war, und wollte den Grund ermitteln.

„Und wo bist du dann noch gewesen?“

„Stiwa bat mich so eindringlich, mit ihm zu Anna Arkadjewna zu fahren.“

Bei diesen Worten errötete Lewin noch heftiger, und seine Zweifel, ob er recht oder unrecht gehandelt hatte, indem er Anna besuchte, waren endgültig entschieden. Er wußte jetzt, daß er es nicht hätte tun sollen.

Als der Name Annas fiel, weiteten sich Kittys Augen unnatürlich und blitzten auf; aber sie nahm sich zusammen und verbarg ihm ihre Erregung.

„Ach!" sagte sie nur.

„Du wirst es mir gewiß nicht verübeln, daß ich sie besucht habe. Stiwa bat mich darum, und Dolly wünschte es auch."

„Ach nein", sagte sie; aber er sah ihren Augen an, daß sie sich nur mühsam beherrschte, und ahnte nichts Gutes.

„Sie ist eine sehr liebe und gute, sehr, sehr bedauernswerte Frau", sagte er, als er von Anna und ihrer Beschäftigung erzählte und Kitty mitteilte, was er ihr bestellen sollte.

„Ja, natürlich ist sie bedauernswert", sagte Kitty, als er geendet hatte. „Von wem sind die Briefe?"

Er sagte es ihr, und getäuscht durch ihren scheinbar ruhigen Ton, verließ er sie, um sich zum Schlafengehen fertigzumachen.

Bei seiner Rückkehr saß Kitty immer noch in demselben Sessel. Als er an sie herantrat, blickte sie zu ihm auf und brach in Tränen aus.

„Was hast du? Was hast du?" fragte er und wußte schon im voraus Bescheid.

„Du hast dich in diese abscheuliche Frau verliebt, sie hat dich bestrickt! Ich lese es dir doch von den Augen ab. Ja, ja! Was soll daraus werden! Du hast im Klub getrunken und getrunken, hast gespielt und bist dann zu dieser ... Nein, wir müssen abreisen! Morgen reise ich ab."

Lange bemühte sich Lewin vergeblich, seine Frau zu beschwichtigen. Sie beruhigte sich erst, als er zugab, durch sein Mitgefühl und überdies durch den genossenen Wein in Verwirrung geraten und dem Ränkespiel Annas erlegen zu sein, die er künftig zu meiden versprach. Am ehrlichsten gemeint war sein Eingeständnis, daß er während des langen Aufenthalts in Moskau, der nur durch Gespräche, Essen und Trinken ausgefüllt sei, den Kopf verloren habe. Ihre Auseinandersetzung zog sich bis drei Uhr nachts hin. Erst um drei hatten sie sich so weit ausgesöhnt, daß sie einschlafen konnten.

12

Nachdem Anna ihre Gäste verabschiedet hatte, setzte sie sich nicht nieder, sondern begann im Zimmer auf und ab zu gehen. Obwohl sie sich während des ganzen Abends alle Mühe gegeben hatte (wie sie es im Umgang mit jungen Männern in letzter Zeit immer tat), Lewin in sich verliebt zu machen, obwohl sie wußte, daß sie dies, soweit es bei einem verheirateten Mann von Charakter und im Laufe eines einzigen Abends erreichbar war, auch erreicht hatte, und obwohl er ihr außerordentlich gut gefiel (trotz aller starken Unterschiede, die zwischen Wronski und Lewin in den Augen von Männern bestanden, sah sie als Frau in ihnen jene gemeinsamen Züge, die es erklärlich machten, daß auch Kitty sowohl Wronski wie Lewin liebgewonnen hatte), dachte sie nicht mehr an ihn, sobald er das Zimmer verlassen hatte.

Nur ein einziger Gedanke verfolgte sie unablässig in den verschiedensten Abwandlungen. Wenn ich auf andere und selbst auf einen so soliden, in glücklicher Ehe lebenden Mann eine solche Wirkung ausübe, warum ist *er* dann so kalt oder zumindest kühl zu mir, obwohl er mich, dessen bin ich sicher, doch liebt? Aber jetzt ist etwas Neues hinzugekommen, das uns trennt. Warum ist er den ganzen Abend fortgeblieben? Er hat mir durch Stiwa sagen lassen, er könne Jaschwin nicht allein lassen, er müsse beim Spiel auf ihn Obacht geben. Als ob Jaschwin ein Kind wäre! Doch gut, mag dies der Wahrheit entsprechen. Er sagt nie eine Unwahrheit. Doch diesmal hängt noch etwas anderes damit zusammen. Er freut sich, mir bei dieser Gelegenheit zu zeigen, daß er auch andere Verpflichtungen hat. Das weiß ich ohnehin, und dagegen habe ich nichts einzuwenden. Warum muß er es dann noch so demonstrativ unterstreichen? Er will mich belehren, daß ihn seine Liebe zu mir nicht in seiner Freiheit behindern darf. Aber ich brauche keine Belehrungen, ich brauche Liebe. Er müßte doch begreifen, wie unendlich schwer für mich das Leben hier in Moskau ist. Kann man das noch Leben nennen? Mein ganzes Leben besteht darin, daß ich auf die Entscheidung warte, die sich immer länger und länger hinzieht. Heute ist wieder nichts gekommen! Stiwa sagt, er könne nicht zu Alexej Alexandrowitsch fahren. Und ich bringe es nicht über mich, noch einmal an ihn zu schreiben. Ich kann nichts tun, nichts unternehmen, nichts ändern, ich beherrsche mich, warte und erfinde mir einen Zeitvertreib: die Sorge für die englische Familie, Schriftstellerei, Lesen; doch das alles ist nur Selbsttäuschung, ist das gleiche wie Morphium. Ich müßte ihm doch leid tun, sagte sie sich, während ihr aus Mitleid mit sich selbst die Tränen in die Augen traten.

Als sie jetzt das energische Klingeln Wronskis hörte, trocknete sie schnell ihre Tränen, setzte sich an die Lampe, schlug ein Buch auf und gab sich den Anschein, ruhig zu sein. Er sollte ihren Unwillen darüber merken, daß er nicht nach Hause gekommen war, wie er es versprochen hatte, aber eben nur ihren Unwillen; unter keinen Umständen wollte sie sich ihren Kummer anmerken lassen, und vor allem wollte sie ihm nicht zeigen, daß sie sich selbst für bemitleidenswert hielt. Sie wollte keinen Streit, sie warf gerade ihm immer die Absicht vor, es auf einen Streit abgesehen zu haben, und dennoch geriet sie unwillkürlich in Harnisch.

„Nun, hast du dich nicht gelangweilt?" fragte er, indem er lebhaft und gut gelaunt auf sie zukam. „Was für eine furchtbare Leidenschaft ist doch das Spiel!"

„Nein, ich habe mich nicht gelangweilt, das habe ich mir schon lange abgewöhnt. Stiwa und Lewin waren hier."

„Ja, sie wollten dich besuchen. Nun, wie hat dir Lewin gefallen?" fragte er und setzte sich zu ihr.

„Sehr gut. Sie sind erst vor kurzem aufgebrochen. Wie war es denn mit Jaschwin?"

„Er hatte gewonnen, etwa siebzehntausend. Ich wollte ihn wegbringen, und er war auch schon im Begriff mitzukommen. Aber dann kehrte er wieder um, und jetzt ist er am Verlieren."

„Warum bist du dann eigentlich dort geblieben?" fragte sie und blickte unvermittelt zu ihm auf. Der Ausdruck ihres Gesichts war kalt und feindselig. „Stiwa hast du gesagt, du wolltest bleiben, um Jaschwin wegzubringen. Aber du hast ihn ja doch dort gelassen."

Jetzt nahm auch sein Gesicht den gleichen Ausdruck kalter Kampfbereitschaft an.

„Erstens habe ich ihn nicht gebeten, dir etwas zu bestellen, und zweitens spreche ich nie die Unwahrheit. Vor allem aber, ich wollte bleiben und bin eben geblieben", sagte er, und sein Gesicht verfinsterte sich. „Anna, was soll das?" fuhr er nach kurzem Schweigen fort und hielt ihr, sich zu ihr vorbeugend, seine Hand hin in der Hoffnung, daß sie die ihrige hineinlegen werde.

Sie freute sich über diese Aufforderung zur Zärtlichkeit. Aber so etwas wie ein böser Geist hielt sie davon zurück, ihrer inneren Regung nachzugeben, als verböten ihr die Bedingungen des Kampfes, sich zu unterwerfen.

„Natürlich, du wolltest bleiben und bist geblieben. Du tust alles, was dir beliebt. Doch warum sagst du mir das?" fragte sie, sich immer mehr ereifernd. „Macht dir denn jemand deine Rechte streitig? Aber du willst recht haben – nun, dann behalte eben recht!"

Seine geöffnete Hand schloß sich, er beugte sich zurück, und sein Gesicht nahm einen noch verbisseneren Ausdruck an.

„Bei dir ist es Starrsinn", fuhr sie fort, nachdem sie ihn eine Weile durchdringend angesehen und auf einmal die passende Bezeichnung für seinen aufreizenden Gesichtsausdruck gefunden hatte. „Ja, purer Starrsinn. Für dich handelt es sich nur darum, mir gegenüber deinen Kopf durchzusetzen, während für mich ..." Sie wurde wieder von Mitleid mit sich selber ergriffen und war nahe daran, in Tränen auszubrechen. „Wenn du wüßtest, worum es für mich geht! Wenn du wüßtest, was es für mich bedeutet, wenn ich fühle, wie eben jetzt, daß du mir feindlich gesinnt bist! Wenn du wüßtest, wie nahe ich in solchen Augenblicken einer Katastrophe bin, wie ich mich fürchte, fürchte vor mir selbst", sagte sie und wandte sich ab, um ihr Schluchzen zu verbergen.

„Worüber streiten wir uns eigentlich?" fragte er, bestürzt über ihre Verzweiflung, und beugte sich wieder zu ihr hinüber, nahm ihre Hand und küßte sie. „Warum? Gehe ich etwa außerhalb des Hauses meinem Vergnügen nach? Suche ich etwa die Gesellschaft anderer Frauen?"

„Das hätte gerade noch gefehlt!"

„Nun, so sage doch, was ich tun soll, damit du dich nicht aufregst. Ich bin bereit, alles zu tun, damit du dich glücklich fühlst", sagte er, gerührt von ihrer Verzweiflung. „Es gibt nichts, was ich nicht tun würde, um dir einen solchen Kummer, wie du ihn jetzt empfindest, zu ersparen, Anna!"

„Nun, schon gut, schon gut!" sagte sie. „Ich weiß selbst nicht, was es ist: das einsame Leben, die Nerven ... Doch wir wollen nicht mehr darüber sprechen. Wie war es denn bei den Rennen? Du hast mir noch nichts davon erzählt", sagte sie und bemühte sich, ihre Freude darüber zu verbergen, daß der Sieg nun doch auf ihrer Seite war.

Er ließ das Abendessen bringen und erzählte ihr Einzelheiten von den Rennen. Aber an seinem Ton, an seinen Augen, die mehr und mehr einen kalten Ausdruck annahmen, erkannte sie, daß er ihr den Sieg nicht verziehen hatte und daß jener Starrsinn, gegen den sie gekämpft hatte, in ihm wieder Oberhand gewann. Er war zu ihr kälter als vorher und schien es zu bereuen, sich unterworfen zu haben. Und als sie sich jetzt der Worte erinnerte, denen sie ihren Sieg zu verdanken hatte, der Worte: Ich bin einer entsetzlichen Katastrophe nahe und fürchte mich vor mir selbst, da sah sie ein, daß dies eine gefährliche Waffe war, deren sie sich ein zweites Mal nicht bedienen durfte. Sie fühlte, daß sich neben der Liebe, die sie miteinander verband, eine böse Kampfstimmung herausgebildet hatte, der sie beide unterlagen und die sie weder aus seinem und noch weniger aus ihrem eigenen Herzen verbannen konnte.

13

Es gibt keine Bedingungen, an die sich der Mensch nicht gewöhnen könnte, besonders wenn er sieht, daß alle in seiner Umgebung unter den gleichen Bedingungen leben. Vor drei Monaten hätte Lewin nicht geglaubt, daß er angesichts der Bedingungen, unter denen er jetzt lebte, würde ruhig einschlafen können. Bei dem Gedanken an dieses nutzlose und unsinnige Leben, das zudem seine Mittel überstieg, an das Saufgelage (anders konnte er es nicht nennen) im Klub, an die widersinnige Freundschaft, die er mit einem Manne geschlossen hatte, in den einstmals seine Frau verliebt gewesen war, und an seinen noch widersinnigeren Besuch bei einer Frau, die man nicht anders als eine Gefallene bezeichnen konnte, sowie an den Kummer, den er Kitty durch seine unbesonnene Schwärmerei für jene Frau bereitet hatte – bei all diesen Gedanken hätte er früher keinen Schlaf finden können. Aber infolge der Müdigkeit, des späten Zubettgehens und der Benommenheit vom Wein schlief er fest und ruhig ein.

Um fünf Uhr morgens wurde er durch das Knarren der Tür geweckt. Er richtete sich schnell auf und blickte um sich. Kittys Bett neben dem seinen war leer. Doch im Nebengelaß bewegte sich ein Lichtschein, und er hörte ihre Schritte.

„Was gibt's, Kitty, was gibt's?" fragte er schlaftrunken. „Kitty, was gibt's?"

„Ach, nichts", sagte sie, als sie mit einer Kerze in der Hand aus dem Nebengelaß kam. „Mir war etwas übel", fügte sie mit einem besonders lieben und vielsagenden Lächeln hinzu.

„Sage doch! Ist es soweit, ist es soweit?" fragte er bestürzt. „Dann müssen wir sie holen lassen", sagte er und begann sich in aller Eile anzuziehen.

„Nein, laß nur", beruhigte sie ihn und hielt ihn lächelnd am Arm zurück. „Es hat sicher nichts zu bedeuten. Es war eine leichte Übelkeit. Jetzt ist es schon vorüber."

Sie trat an ihr Bett, löschte die Kerze aus, legte sich hin und rührte sich nicht mehr. Die Lautlosigkeit ihrer gleichsam zurückgehaltenen Atemzüge und vor allem der Ausdruck besonderer Zärtlichkeit und Erregung, mit dem sie beim Zurückkommen aus dem Nebengelaß „Ach, nichts" zu ihm gesagt hatte, erschienen ihm zwar verdächtig, aber der Schlaf übermannte ihn, und er schlummerte gleich wieder ein. Erst nachträglich, als er sich ihrer lautlosen Atemzüge erinnerte, wurde ihm klar, was in ihrer lieben, teuren Seele vor sich gegangen war, während sie in Erwartung des bedeutsamsten Ereignisses im Leben einer Frau regungslos neben ihm gelegen hatte. Um sieben wurde er wach, als er ihre

Hand an seiner Schulter fühlte und ein leises Flüstern vernahm. In ihr kämpfte gleichsam das Bedauern, ihn wecken zu müssen, mit dem Wunsch, ihm etwas zu sagen.

„Erschrick nicht, Kostja. Es ist nichts weiter. Aber mir scheint... Man muß Lisaweta Petrowna holen lassen."

Die Kerze brannte wieder. Sie saß im Bett und hielt eine Häkelarbeit in den Händen, mit der sie sich in den letzten Tagen beschäftigt hatte.

„Bitte, ängstige dich nicht, es ist nicht schlimm. Ich habe kein bißchen Angst", sagte sie, als sie sein verstörtes Gesicht sah, und drückte seine Hand an ihre Brust und dann an ihre Lippen.

Völlig kopflos geworden und Kitty nicht aus den Augen lassend, sprang er hastig auf, zog seinen Hausrock an und blieb, sie immer noch unverwandt ansehend, wie angewurzelt stehen. Er hätte gehen müssen, aber er konnte sich nicht von ihrem Anblick losreißen.

Wie sehr er ihr Gesicht auch immer geliebt hatte, wie vertraut ihm jeder Zug darin und der Ausdruck ihrer Augen auch waren – so liebreizend wie jetzt hatte er sie noch nie gesehen. Wie schlecht und erbärmlich kam er sich vor, als er sie jetzt vor sich sah und daran dachte, wie schwer er sie gestern gekränkt hatte! Ihr Gesicht, das von ihrem weichen, unter dem Nachthäubchen hervorquellenden Haar umrahmt wurde, war gerötet und strahlte Freude und Entschlossenheit aus.

Wie natürlich und ungekünstelt auch sonst das ganze Wesen Kittys war, es überraschte Lewin doch, als ihm aus ihren Augen jetzt das Innerste ihrer Seele, plötzlich aller Hüllen entkleidet, entgegenleuchtete. In dieser durch nichts mehr verdeckten Natürlichkeit trat das, was er an ihr liebte, noch deutlicher als sonst in Erscheinung. Sie lächelte und sah ihn an; doch plötzlich zuckten ihre Brauen, sie erhob den Kopf, trat rasch auf ihn zu, ergriff seine Hand und schmiegte sich, ihn mit ihrem heißen Atem umgebend, mit ihrem ganzen Körper an ihn. Sie litt und schien ihm ihr Leid zu klagen. Im ersten Augenblick dachte er wie gewöhnlich, daß die Schuld bei ihm liege. Doch die Zärtlichkeit, die sich in ihrem Blick ausdrückte, ließ erkennen, daß sie ihm ihre Schmerzen nicht zum Vorwurf machte, sondern ihn im Gegenteil um dieser Schmerzen willen liebte. Wenn nicht ich schuld bin, wer ist es dann? fragte er sich unwillkürlich und suchte einen Schuldigen zu finden, um ihn zur Verantwortung zu ziehen; aber es war kein Schuldiger da. Sie litt und klagte ihm ihre Schmerzen, die sie mit Stolz und Genugtuung erfüllten. Er sah, daß sich in ihrer Seele ein erhabener Vorgang abspielte, doch was es war, konnte er nicht erkennen. Es überstieg sein Begriffsvermögen.

„Ich habe zu Mama geschickt. Und du hole schnell Lisaweta Petrowna… Kostja! – Nein, es ist schon vorüber."

Sie trat vor ihm zurück und klingelte.

„So, jetzt kannst du gehen, Pascha kommt schon. Mir geht es ganz gut."

Lewin sah mit Erstaunen, daß sie wieder die Häkelarbeit zur Hand nahm, die sie sich in der Nacht geholt hatte, und aufs neue zu häkeln begann.

Als Lewin das Zimmer verließ, hörte er das Dienstmädchen durch die andere Tür hereinkommen. Er blieb an der Tür stehen und hörte, wie Kitty ausführliche Anweisungen gab und selbst Hand anlegte, um mit dem Mädchen das Bett abzurücken.

Er zog sich an, und während die Pferde angespannt wurden – Droschken gab es zu dieser Stunde noch nicht –, eilte er auf Zehenspitzen, nein, wie von Flügeln getragen, schien es ihm, noch einmal ins Schlafzimmer. Zwei Mädchen waren dort eifrig dabei, alles mögliche umzuräumen. Kitty ging häkelnd, mit flinken Bewegungen die Maschen aufnehmend, im Zimmer auf und ab und gab den Mädchen Anweisungen.

„Ich fahre jetzt zum Arzt. Lisaweta Petrowna wird schon geholt, aber ich werde auch noch selbst vorbeifahren. Ist sonst noch was zu tun? Soll ich auch Dolly benachrichtigen?"

Kitty sah ihn an, hörte aber offenbar gar nicht, was er sagte. Sie verzog plötzlich das Gesicht und sagte hastig mit einer abwehrenden Handbewegung:

„Ja, ja, geh schon!"

Als er bereits im Salon war, vernahm er plötzlich aus dem Schlafzimmer ein kurzes, sofort wieder abbrechendes Stöhnen. Er blieb stehen und stutzte.

Ja, das war sie! sagte er sich, faßte sich an den Kopf und lief hinunter.

„Herrgott, erbarme dich! Vergib mir, hilf uns!" stammelte er immer wieder diese Worte, die ihm unwillkürlich auf die Lippen kamen. Und trotz seines Unglaubens wiederholte er diese Worte nicht nur mit den Lippen. Jetzt, in diesem Augenblick, erkannte er, daß alle seine Zweifel, ja selbst die ihm bewußte Unvereinbarkeit von Vernunft und Glauben ihn durchaus nicht hinderten, sich an Gott zu wenden. Alles dies war jetzt in seiner Seele wie Staub und Asche zusammengefallen. An wen auch hätte er sich wenden sollen, wenn nicht an ihn, in dessen Hand er jetzt sich selbst, seine Seele und seine Liebe wußte?

Der Schlitten war noch nicht zur Abfahrt bereit; aber getrieben von den besonders angespannten physischen Kräften und dem Gedanken daran, was ihm zu tun bevorstand, wartete er nicht erst, bis der Schlitten fertig war, sondern ging, um auch nicht einen Augenblick Zeit zu verlieren, zu Fuß voraus und befahl Kusma, ihm nachzukommen.

An der Ecke kam ihm in schneller Fahrt eine Nachtdroschke entgegen. In dem kleinen Schlitten saß, in einer Samtjacke und mit einem Tuch um den Kopf, Lisaweta Petrowna. „Gott sei Dank! Gott sei Dank!" murmelte er, als er zu seiner Freude ihr kleines, von blondem Haar umrahmtes Gesicht erkannte, das jetzt einen besonders ernsten, ja sogar strengen Ausdruck hatte. Er ließ den Schlitten nicht halten, sondern kehrte um und lief neben ihm her.

„Also seit zwei Stunden? Länger noch nicht?" fragte Lisaweta Petrowna. „Sie werden Pjotr Dmitritsch zu Hause antreffen, aber drängen Sie ihn nicht. Und bringen Sie bitte aus der Apotheke etwas Opium mit."

„Sie meinen also, daß alles glücklich verlaufen kann? Herrgott, erbarme dich, vergib mir und hilf uns!" murmelte er, als er jetzt sein Pferd aus dem Tor herauskommen sah. Er sprang in den Schlitten, setzte sich neben Kusma und hieß ihn zum Arzt fahren.

14

Der Arzt war noch nicht aufgestanden, und der Diener sagte, er sei spät zu Bett gegangen und wollte nicht geweckt werden, doch jetzt werde er gewiß bald aufstehen. Der Diener putzte den Lampenzylinder und schien sich dieser Beschäftigung völlig hinzugeben. Die Aufmerksamkeit, die er den Zylindern widmete, und sein Gleichmut für das, was Lewin bewegte, versetzten diesen anfangs in Erstaunen; doch nach kurzer Überlegung kam er zu der Einsicht, daß niemand seine Gefühle kenne oder zu kennen verpflichtet sei und daß er um so ruhiger, bedachter und energischer vorgehen müsse, um diese Mauer von Gleichgültigkeit zu durchstoßen und sein Ziel zu erreichen. Nichts überhasten und nichts versäumen! sagte sich Lewin und spürte dabei ein immer stärkeres Anwachsen der physischen Kräfte und der Aufmerksamkeit für alles, was ihm zu tun bevorstand.

Nachdem Lewin nun wußte, daß der Arzt noch nicht aufgestanden war, erwog er für seine weiteren Schritte verschiedene Pläne und kam zu folgendem Beschluß: Kusma sollte mit einem Zettel noch zu einem anderen Arzt fahren, und er selbst würde inzwischen aus der Apotheke Opium besorgen und wieder zurückkommen; falls der Arzt dann noch immer nicht aufgestanden sein sollte, würde er den Diener entweder durch ein Trinkgeld gefügig machen oder sich ihn nötigenfalls mit Gewalt vom Halse halten, aber unter allen Umständen den Arzt wecken.

Der hagere Provisor, der in der Apotheke gerade dabei war, die Pulvertütchen, auf die ein Kutscher wartete, ebenso gelassen, wie der Diener die Zylinder geputzt hatte, mit Siegelmarken zu verkleben, lehnte es ab, Lewin Opium zu verkaufen. Bemüht, ruhig zu bleiben und sich nicht zu ereifern, nannte Lewin den Namen des Arztes und der Hebamme, erklärte ihm, zu welchem Zweck er das Opium benötige, und versuchte ihn umzustimmen. Der Provisor fragte jemanden, der sich hinter einer Zwischenwand aufhielt, in deutscher Sprache um Rat, ob er das Opium verabfolgen solle, und als er eine zustimmende Antwort erhielt, nahm er ein Fläschchen und einen Trichter, goß bedächtig die Flüssigkeit aus einer großen Flasche in die kleine, klebte ein Etikett auf das Fläschchen, versiegelte es, obwohl Lewin ihn bat, davon Abstand zu nehmen, und wollte es auch noch einwickeln. Doch das war Lewin zuviel; er riß dem Provisor kurz entschlossen das Fläschchen aus der Hand und stürzte durch die große Glastür auf die Straße. Der Arzt war noch nicht aufgestanden, und der Diener, der jetzt damit beschäftigt war, einen Teppich auszulegen, lehnte es ab, ihn zu wecken. Lewin zog ohne übertriebene Hast einen Zehnrubelschein aus der Tasche, hielt ihn dem Diener hin und erklärte ihm, langsam jedes Wort aussprechend, aber auch ohne viel Zeit zu verlieren, daß Pjotr Dmitritsch (wie groß und wichtig war in Lewins Augen jetzt der früher so unbedeutende Pjotr Dmitritsch geworden!) ihm versprochen habe, zu jeder beliebigen Zeit zu ihm zu kommen, und daher sicher nicht böse sein werde, wenn der Diener ihn jetzt sofort wecke.

Der Diener willigte ein, führte Lewin die Treppe hinauf und bat ihn, sich ins Wartezimmer zu setzen.

Lewin hörte durch die Tür, wie der Arzt im Nebenzimmer hustete, herumging, sich wusch und irgend etwas sagte. Es vergingen etwa drei Minuten, aber Lewin schien es, als sei schon über eine Stunde vergangen. Ihm riß die Geduld.

„Pjotr Dmitritsch! Pjotr Dmitritsch!“ rief er in flehendem Ton durch die Tür, die er einen Spalt weit geöffnet hatte. „Nehmen Sie es mir um Gottes willen nicht übel, aber empfangen Sie mich bitte gleich, so wie Sie sind. Es hat schon vor mehr als zwei Stunden angefangen.“

„Gleich, gleich!“ antwortete der Arzt, und Lewin merkte mit Erstaunen seiner Stimme an, daß er dabei lächelte.

„Nur für einen Augenblick …“

„Gleich.“

Es vergingen nochmals zwei Minuten, bis der Arzt seine Stiefel angezogen hatte, und weitere zwei Minuten, die er zum Anlegen seines Anzugs und zum Frisieren benötigte.

„Pjotr Dmitritsch!" hatte Lewin gerade wieder mit verzweifelter Stimme begonnen, als der Arzt, fertig angezogen und frisiert, zu ihm hinaustrat. Diese Leute haben doch gar kein Gewissen, dachte Lewin. Sie frisieren sich, während unsereins umkommt.

„Guten Morgen!" sagte der Arzt und reichte ihm so gelassen die Hand, als wollte er ihn mit seiner Ruhe hänseln. „Lassen Sie sich Zeit. Also wie steht's?"

Bemüht, möglichst ausführlich zu berichten, begann Lewin alle nebensächlichen Einzelheiten über den Zustand seiner Frau aufzuzählen, wobei er seinen Bericht dauernd durch die Bitte unterbrach, der Arzt möge sofort mitkommen.

„Überstürzen Sie sich doch nicht. Sie kennen sich ja darin nicht aus. Ich werde wahrscheinlich gar nicht gebraucht, aber ich habe es versprochen und werde auch hinkommen. Aber es ist nicht eilig. Setzen Sie sich doch! Möchten Sie eine Tasse Kaffee?"

Lewin sah ihn verdutzt an, als wollte er seinem Gesicht entnehmen, ob er sich über ihn lustig mache. Doch der Arzt dachte offenbar gar nicht daran.

„Das kenne ich, das kenne ich schon", sagte er lächelnd. „Ich bin selbst Familienvater, und wir Männer sind in solchen Augenblicken wahre Jammergestalten. Ich habe eine Patientin, deren Mann dabei jedesmals in den Pferdestall flüchtet."

„Was meinen Sie denn, Pjotr Dmitritsch? Halten Sie es für möglich, daß alles gut verläuft?"

„Alle Anzeichen sprechen für einen guten Verlauf."

„Sie werden also gleich kommen?" fragte Lewin mit einem wütenden Blick auf den Diener, der den Kaffee brachte.

„In ungefähr einer Stunde."

„Aber ich bitte Sie, um Gottes willen!"

„Dann lassen Sie mich wenigstens noch den Kaffee trinken."

Der Arzt schenkte sich Kaffee ein. Beide schwiegen eine Weile.

„Den Türken wird jetzt ja gehörig zugesetzt. Haben Sie das gestrige Telegramm gelesen?" fragte der Arzt, während er an einem Stück Semmel kaute.

„Nein, ich halte es nicht länger aus!" rief Lewin und sprang auf. „Also in einer Viertelstunde können wir Sie erwarten?"

„In einer halben Stunde." – „Ehrenwort?"

Als Lewin nach Hause zurückkam, traf auch die Fürstin gerade ein. Sie hatte Tränen in den Augen, und ihre Hände zitterten. Als sie Lewin erblickte, umarmte sie ihn und fing an zu weinen. Dann begaben sich beide zusammen an die Schlafzimmertür.

„Nun, wie steht es, meine liebe Lisaweta Petrowna?“ fragte die Fürstin, indem sie die Hand der Hebamme ergriff, die mit strahlendem, erregtem Gesicht zu ihnen hinauskam.

„Es geht gut“, antwortete Lisaweta Petrowna. „Aber versuchen Sie, sie zu überreden, daß sie sich hinlegt. Das wird ihr Erleichterung bringen.“

Von dem Augenblick an, als Lewin aufgewacht war und begriffen hatte, worum es sich handelte, hatte er sich fest vorgenommen, an nichts zu denken, sich nichts auszumalen und, um seine Frau nicht aufzuregen, sondern vielmehr beruhigend auf sie zu wirken und ihren Mut zu stärken, alle Gedanken und Gefühle auszuschalten und unbeirrt alles zu ertragen, was ihm bevorstand. Er traute sich nicht einmal, daran zu denken, wie sich alles abwikkeln und wie es enden werde; nachdem er sich erkundigt hatte, mit welcher Dauer gewöhnlich zu rechnen sei, hatte er sich innerlich darauf gefaßt gemacht, sein Herz etwa fünf Stunden in der Gewalt zu behalten und alles über sich ergehen zu lassen, wozu er auch imstande zu sein glaubte. Doch als er vom Arzt zurückkam und wieder sah, wie Kitty litt, da richtete er die Augen immer häufiger nach oben und stammelte stöhnend: „Herrgott, erbarme dich, hilf uns!“ Er war so verzweifelt, daß er fürchtete, er werde seine Fassung verlieren und in Tränen ausbrechen oder die Flucht ergreifen. Und dabei war erst eine Stunde vergangen.

Aber nach dieser ersten Stunde vergingen eine zweite, eine dritte und schließlich alle fünf Stunden, die er sich als äußerste Frist für seine Geduldsprobe gesetzt hatte, und die Lage war immer noch die gleiche. Er harrte auch weiter aus, weil ihm nichts anderes übrigblieb als auszuharren, und glaubte immer wieder, daß er am Ende seiner Kraft angelangt sei und daß sein Herz jeden Augenblick vor Mitleid brechen werde.

Doch es vergingen weitere Minuten, Stunden und abermals Stunden, und seine Angst und Qual wuchsen und steigerten sich immer mehr.

Alle jene einfachen Erscheinungen, ohne die man sich das Leben nicht vorstellen kann, existierten für Lewin nicht mehr. Er hatte das Zeitmaß verloren. Bald schienen ihm Minuten – jene Minuten, wenn sie ihn zu sich rief und er ihre schweißnasse Hand in der seinigen hielt, die sie mitunter mit ungewöhnlicher Kraft umklammerte oder auch zurückstieß – solche Minuten schienen ihm Stunden zu währen, während ihm ein andermal ganze Stunden wie Minuten vergangen zu sein schienen. Er war höchst erstaunt, als er von Lisaweta Petrowna gebeten wurde, eine hinter dem Wandschirm stehende Kerze anzuzünden, und dabei hörte, daß es schon fünf Uhr nachmittags sei. Wenn man ihm gesagt hätte, daß es erst zehn Uhr morgens sei, hätte er es genauso geglaubt. Wie er die Zwischenzeit zugebracht hatte, dessen war er sich ebensowenig bewußt wie der Reihenfolge der verschiedenen Vorgänge. Er hatte immer wieder Kittys erhitztes, bald Fassungslosigkeit und Leid ausdrückendes, bald ihm beruhigend zulächelndes Gesicht gesehen. Er sah auch die Fürstin, wenn sie mit gerötetem, angespanntem Gesicht und ihren aufgelösten grauen Locken ins Zimmer kam, sich auf die Lippen biß und krampfhaft die Tränen hinunterschluckte, er sah auch Dolly und den Arzt, der dicke Zigaretten rauchte, sowie Lisaweta Petrowna mit ihrem ernsten, energischen, beruhigend wirkenden Gesicht und den alten Fürsten, der mit finsterer Miene im Saal auf und ab schritt. Doch wie alle gekommen und gegangen waren, das wußte er hinterher nicht mehr. Einmal hatte er die Fürstin zusammen mit dem Arzt im Schlafzimmer gesehen, dann wieder in seinem Arbeitszimmer, in dem sich plötzlich ein gedeckter Tisch eingefunden hatte, und ein andermal war es nicht die Fürstin gewesen, sondern Dolly. Lewin erinnerte sich auch, daß er einmal das Haus verlassen hatte, weil er irgend etwas besorgen sollte. Sodann war er gebeten worden, einen Tisch und einen Diwan in ein anderes Zimmer zu schaffen. In der Meinung, daß dies für Kitty nötig sei, hatte er es mit großem Eifer ausgeführt und erst nachträglich erfahren, daß er selbst auf diesem Diwan schlafen sollte. Dann hatte man ihn ins Arbeitszimmer geschickt, um den Arzt etwas zu fragen. Der Arzt hatte ihm Bescheid gegeben und daraufhin ein Gespräch über die Unruhen in der Duma begonnen. Ferner hatte man ihn gebeten, aus dem Schlafzimmer der Fürstin ein Heiligenbild in vergoldetem Silberrahmen zu holen; um es von der Wand zu nehmen, war er mit der alten Kammerfrau der Fürstin auf einen kleinen Schrank geklettert, wobei er das Öllämpchen zerschlagen hatte; die Kammerfrau der Fürstin hatte ihn hierauf sowohl wegen seiner Frau als auch wegen des Lämpchens beruhigt, und er war dann mit dem Heiligenbild nach Hause gekommen und hatte es ans Kopfende von Kittys Bett gestellt und sorgfältig hinter die Kissen gesteckt. Aber wo, wann und wozu dies alles geschehen war, wußte er nicht mehr. Er begriff auch nicht, warum die Fürstin seine Hand nahm, ihn mitleidig ansah und ihn bat, sich zu beruhigen, warum Dolly ihn überreden wollte, etwas zu essen, und warum ihn selbst der Arzt teilnahmsvoll musterte und ihm empfahl, irgendwelche Tropfen einzunehmen.

Er wußte und fühlte lediglich, daß das, was hier vor sich ging, etwas mit dem gemein hatte, was vor Jahresfrist im Hotel einer Provinzstadt am Sterbebett seines Bruders Nikolai vor sich gegangen war. Der Unterschied bestand nur darin, daß es damals ein trauriger Anlaß gewesen war, diesmal war es ein freudiger. Doch sowohl sein damaliger Kummer als auch seine jetzige Freude lagen gleichermaßen außerhalb der Umstände des alltäglichen Lebens und stellten im irdischen Leben gleichsam eine Öffnung dar, durch die etwas Höheres sichtbar wurde. Und hier wie dort spielte sich auf die gleiche unbegreifliche Weise ein schmerzvoller, erschütternder Vorgang ab und erhob sich die Seele angesichts jenes Höheren zu einer Höhe, die ihr bis dahin unvorstellbar gewesen war und zu der ihr die Vernunft nicht folgen konnte.

„Herrgott, erbarme dich und hilf!" stammelte er unaufhörlich vor sich hin und fühlte, daß er sich, ungeachtet seiner langen und scheinbar völligen Abkehr von Gott, jetzt ebenso vertrauensvoll und unbefangen an ihn wandte wie in seiner Kindheit und frühen Jugend.

Während dieser ganzen Zeit befand sich Lewin abwechselnd in zweierlei Gemütsverfassung. Wenn er sich außerhalb des Schlafzimmers bei dem Arzt aufhielt, der eine dicke Zigarette nach der anderen rauchte und sie am Rande des vollen Aschenbechers ausdrückte, wenn er mit Dolly und dem Fürsten beisammen war und man vom Essen, über Politik und die Krankheit Marja Petrownas sprach, dann vergaß er für einige Augenblicke völlig, was geschah, und hatte das Gefühl, eben erwacht zu sein; in Kittys Gegenwart jedoch, wenn er am Kopfende ihres Bettes saß, sein Herz vor Mitleid jeden Augenblick zu brechen drohte und doch nicht brach, war er völlig entmutigt und betete unaufhörlich zu Gott. Und jedesmal, wenn er in jenen Minuten des Vergessens durch einen aus dem Schlafzimmer herüberdringenden Schrei aufgeschreckt wurde, geriet er wieder in die gleiche merkwürdige Verwirrung, die ihn im ersten Augenblick befallen hatte; jedesmal, sobald er den Schrei vernahm, sprang er auf, stürzte davon, um sich vor Kitty zu rechtfertigen, erinnerte sich unterwegs, daß ihn keine Schuld traf, und hatte den Wunsch, sie zu beschützen, ihr zu helfen. Doch wenn er sie dann ansah und erkannte, daß er nicht helfen konnte, wurde er von Angst ergriffen und stammelte: „Herrgott, erbarme dich und hilf!" Und je weiter die Zeit fortschritt, um so ausgeprägter äußerten sich diese beiden Arten seiner Verfassung: um so ruhiger wurde er, wenn er nicht bei ihr war und sie völlig vergaß, und um so mehr litt er beim Anblick ihrer Qualen und unter der Unmöglichkeit, ihr zu helfen.

Mitunter, wenn sie ihn immer wieder zu sich rief, ärgerte er sich über sie. Doch wenn er dann ihr demütiges, lächelndes Gesicht sah und die Worte hörte: „Ich quäle dich zu Tode", richtete er seinen Unwillen gegen Gott; aber sobald er sich dessen bewußt wurde, bat er Gott um Vergebung und Gnade.

15

Er wußte nicht, ob es spät oder früh war. Alle Kerzen waren schon tief heruntergebrannt. Dolly hatte eben ins Arbeitszimmer hereingeblickt und dem Arzt vorgeschlagen, sich etwas hinzulegen. Lewin saß bei dem Arzt, hörte zu, was dieser von einem betrügerischen Magnetiseur erzählte, und blickte auf die Asche seiner Zigarette. Es war eine Ruhepause eingetreten, und er fühlte sich etwas erleichtert. Was um ihn herum vorging, hatte er völlig vergessen. Er hörte, was der Arzt erzählte, und verstand es. Da ertönte plötzlich ein Schrei, wie er ihn noch nie gehört hatte. Dieser Schrei war so fürchterlich, daß Lewin nicht einmal aufsprang, sondern nur mit angehaltenem Atem erschrocken und ratlos den Arzt ansah. Der Arzt neigte den Kopf zur Seite, horchte und lächelte befriedigt. An diesem Tage war alles so ungewöhnlich, daß Lewin über nichts mehr staunte. Es muß wohl so sein, dachte er und blieb sitzen. Doch plötzlich sprang er auf. Wer hat so geschrien? Er lief auf Zehenspitzen ins Schlafzimmer, ging an Lisaweta Petrowna und der Fürstin vorbei und nahm seinen Platz am Kopfende des Bettes ein. Der Schrei war verklungen, aber irgend etwas hatte sich verändert. Was sich verändert hatte, das sah und begriff er nicht, und er wollte es auch nicht sehen und begreifen. Aber er sah es dem Gesicht Lisaweta Petrownas an: Ihr Gesicht war blaß und hatte, obschon der Unterkiefer ein wenig zuckte, den üblichen strengen und entschlossenen Ausdruck, und ihre Augen waren durchdringend auf Kitty gerichtet. Kitty wandte ihm ihr glühendes, zerquältes Gesicht zu, auf dessen schweißbedeckter Stirn eine Haarsträhne klebte, und suchte seinem Blick zu begegnen. Ihre erhobenen Hände begehrten die seinigen. Sie ergriff mit ihren schweißnassen Händen seine kalten Hände und preßte sie an ihr Gesicht.

„Geh nicht weg, geh nicht weg! Ich fürchte mich nicht, ich fürchte mich nicht!“ sagte sie hastig. „Mama, nimm mir die Ohrringe ab! Sie sind mir lästig... Ist dir nicht bange zumute?... Bald, Lisaweta Petrowna, bald...“.

Sie sprach schnell, überstürzt und versuchte zu lächeln. Doch plötzlich verzerrte sich ihr Gesicht, und sie stieß ihn von sich.

„Oh, das ist furchtbar! Ich sterbe, ich sterbe!“ rief sie, und wieder erschütterte jener entsetzliche, unmenschliche Schrei die Luft.

Lewin griff sich an den Kopf und stürzte aus dem Zimmer.

„Nicht doch, nicht doch, es ist ja alles gut!“ rief ihm Dolly nach.

Aber was immer man ihm sagte, er war überzeugt, daß jetzt alles verloren sei. Mit dem Kopf an den Türpfosten gelehnt, stand er im Nebenzimmer, vernahm ein Wimmern und Kreischen, wie er es noch nie gehört hatte, und wußte, daß es von einem Wesen herrührte, das bis jetzt Kitty gewesen war. Auf das Kind freute er sich schon längst nicht mehr. Er haßte jetzt das erwartete Kind. Jetzt war es nicht einmal der Wunsch, daß Kitty am Leben bleiben möge, der ihn bewegte, sondern er wünschte sich nur noch ein Ende ihrer furchtbaren Qualen herbei.

„Doktor, was ist denn das? Was ist es? Oh, mein Gott!" wandte er sich an den ins Zimmer kommenden Arzt und griff nach dessen Hand.

„Es ist gleich zu Ende", antwortete der Arzt. Das Gesicht des Arztes hatte dabei einen so ernsten Ausdruck, daß Lewin die Worte „es ist gleich zu Ende" auf das Leben Kittys bezog.

Außer sich vor Entsetzen, lief er ins Schlafzimmer. Sein erster Blick fiel auf das Gesicht Lisaweta Petrownas. Dessen Ausdruck war noch angespannter und strenger als vorher. Kittys Gesicht war nicht zu sehen. Die Stelle, wo es bis dahin gewesen war, wurde von einem durch sein verkrampftes Aussehen und durch die Laute, die von ihm ausgingen, grauenerregenden Gebilde eingenommen. Lewin ließ seinen Kopf auf die hölzerne Bettlehne fallen und hatte das Gefühl, daß sein Herz zerspringe. Die fürchterlichen Schreie hörten nicht auf, klangen immer herzzerreißender und brachen dann, als hätten sie die äußerste Grenze des Schrekkens erreicht, plötzlich ab. Lewin traute seinen Ohren nicht, aber es war wirklich so: Die Schreie hatten aufgehört, und statt ihrer hörte er ein leises Herumhantieren, Geraschel, schnelle Atemzüge, und die lebendige, zärtliche, von Glück erfüllte Stimme Kittys stammelte leise:

„Es ist vorbei."

Er hob den Kopf. Sie hatte die Arme kraftlos auf die Bettdecke sinken lassen, lag in außergewöhnlicher Schönheit und Ruhe vor ihm und sah ihn wortlos an; sie versuchte zu lächeln, vermochte es aber nicht.

Und aus der unnatürlichen, von Geheimnissen und Schrecken erfüllten Welt, in der er die letzten zweiundzwanzig Stunden zugebracht hatte, sah sich Lewin jählings in die frühere, gewohnte Welt zurückversetzt, die jetzt aber einen neuen, so überwältigenden Glanz des Glückes ausstrahlte, daß er ihn nicht ertragen konnte. Ein von Tränen der Freude hervorgerufenes Schluchzen, auf das er nicht im geringsten gefaßt war, übermannte ihn und erschütterte seinen ganzen Körper mit solchem Ungestüm, daß er lange unfähig war, etwas zu sagen.

Er ließ sich vor dem Bett auf die Knie fallen, preßte die Lippen auf die Hand seiner Frau und bedeckte sie mit Küssen, auf die ihre Hand mit einer schwachen Bewegung der Finger antwortete. Am Fußende des Bettes aber flackerte zur gleichen Zeit, ähnlich dem Flämmchen vor einem Heiligenbild, in den geschickten Händen Lisaweta Petrownas das Leben eines menschlichen Wesens, das vorher nicht dagewesen war und das mit demselben Recht und mit derselben in sich abgeschlossenen Bedeutsamkeit leben und sich fortpflanzen würde wie jedes andere Wesen.

„Es lebt! Es lebt! Und ein Junge ist es auch! Sie können ganz unbesorgt sein!" hörte Lewin Lisaweta Petrowna sagen, während sie mit zitternder Hand den Rücken des Kindes beklopfte.

„Mama, ist es wahr?" fragte Kitty.

Nur ein Aufschluchzen der Fürstin antwortete ihr.

Doch unter den gedämpften Stimmen, mit denen alle im Zimmer sprachen, ertönte jetzt eine ganz andere Stimme, gleichsam als unmißverständliche Antwort auf die Frage der jungen Mutter. Es war das hemmungslose, dreiste, auf nichts Rücksicht nehmende Geschrei eines neuen, weiß Gott woher aufgetauchten Menschengeschöpfs.

Hätte man Lewin kurz zuvor gesagt, daß Kitty gestorben und er zusammen mit ihr gestorben sei, daß sie Engel zu Kindern hätten und daß Gott vor ihnen stehe – er würde sich über nichts gewundert haben; jetzt indessen, nachdem er in die Welt der Wirklichkeit zurückgekehrt war, mußte er seine ganze Geisteskraft anspannen, um sich klarzumachen, daß Kitty am Leben und außer Gefahr und daß dieses so verzweifelt kreischende Geschöpf sein Sohn war. Kitty lebte, und ihre Qualen waren beendet. Und er selbst war unsagbar glücklich. Das war ihm klar und beglückte ihn. Aber das Kind? Woher und wozu war es gekommen, was stellte es dar? Er war völlig außerstande, das zu begreifen und sich an diesen Gedanken zu gewöhnen. Das Kind schien ihm etwas Überflüssiges, nicht zu ihnen Gehöriges zu sein, mit dem er sich in seinem Innern lange nicht abfinden konnte.

16

Die Uhr ging auf zehn, als der alte Fürst, Sergej Iwanowitsch und Stepan Arkadjitsch bei Lewin saßen und sich, nachdem man über das Befinden der Wöchnerin gesprochen hatte, über alle möglichen anderen Dinge unterhielten. Während Lewin ihnen zuhörte, dachte er unwillkürlich daran, wie alles früher – bis heute morgen – gewesen war, und vergegenwärtigte sich dabei auch das Leben, das er selbst bis gestern geführt hatte. Es schien ihm, als

seien hundert Jahre seitdem vergangen. Er hatte das Gefühl, sich auf einer unvorstellbaren Höhe zu befinden, von der er behutsam hinabstieg, um niemand, mit dem er sprach, zu kränken. Er unterhielt sich und dachte doch unablässig an seine Frau, an Einzelheiten ihres augenblicklichen Zustands und an seinen Sohn, mit dessen Dasein er sich vertraut zu machen versuchte. Die ganze Frauenwelt, die für ihn bereits nach seiner Heirat eine neue, ihm bis dahin unbekannte Bedeutung gewonnen hatte, war jetzt in seiner Vorstellung auf eine solche Höhe emporgehoben, daß er sie mit seinem Begriffsvermögen nicht erfassen konnte. Er hörte dem Gespräch über das gestrige Essen im Klub zu und dachte: Wie steht es jetzt mit ihr, ist sie eingeschlafen? Wie fühlt sie sich? Woran denkt sie? Ob mein Sohn Dmitri wohl schreit? Und mitten im Gespräch, mitten in einem Satz unterbrach er sich, sprang auf und eilte aus dem Zimmer.

„Laß mir durch jemand sagen, ob ich zu ihr kommen kann!“ rief ihm der Fürst nach.

„Ja, gleich“, antwortete Lewin und lief, ohne sich aufzuhalten, zu seiner Frau.

Kitty schlief nicht, sondern sie unterhielt sich leise mit ihrer Mutter, mit der sie Pläne für die bevorstehende Taufe entwarf.

Erfrischt und gekämmt, in einem schmucken Häubchen mit blauer Verzierung und die Arme über die Bettdecke ausgestreckt, lag sie auf dem Rücken, blickte ihm bei seinem Eintritt entgegen und zog ihn durch ihren Blick zu sich. Ihre ohnehin leuchtenden Augen leuchteten immer mehr auf, je näher er zu ihr herankam. Auf ihrem Gesicht hatte sich jener Wechsel vom Irdischen zum Überirdischen vollzogen, den man oftmals auf den Gesichtern Verstorbener wahrnimmt; doch dort bedeutet er Abschied vom Leben, hier die Rückkehr zu ihm. Und wiederum wurde sein Herz von einer ähnlichen Erregung ergriffen, wie er sie in dem Augenblick ihrer Niederkunft empfunden hatte.

Kitty nahm seine Hand und fragte, ob er geschlafen habe. Er war außerstande zu antworten und wandte sich, seine Schwäche erkennend, von ihr ab.

„Ich aber habe schon etwas ausgeruht, Kostja“, sagte sie. „Und jetzt fühle ich mich so wohl.“

Sie sah ihn an, aber plötzlich veränderte sich der Ausdruck ihres Gesichts.

„Geben Sie ihn her“, sagte sie, als sie das Kind wimmern hörte. „Bringen Sie ihn mir, Lisaweta Petrowna, dann bekommt ihn auch mein Mann gleich zu sehen.“

„Aber natürlich, der Papa muß ihn sich doch auch ansehen“, antwortete Lisaweta Petrowna, während sie ein rotes, sich bewegendes, merkwürdig aussehendes Geschöpf auf den Arm nahm und mit ihm herankam. „Einen Augenblick nur, wir wollen uns erst zurechtmachen“, fügte sie hinzu und legte dieses sich bewegende rote Geschöpf nun aufs Bett, wickelte es aus, hob es mit einem Finger hoch, drehte es um, bestreute es mit irgend etwas und wikkelte es wieder ein.

Beim Anblick dieses winzigen, jämmerlichen Geschöpfs bemühte sich Lewin vergeblich, in seinem Herzen irgendwelche Anzeichen väterlicher Gefühle für seinen Sohn zu entdecken. Er empfand nur Widerwillen gegen ihn. Doch als der Kleine ausgewickelt war und für ein paar Augenblicke seine kleinen, zarten Händchen, die safranfarbenen Füßchen mit ihren Zehen und sogar mit einer großen Zehe, die sich von den übrigen abzeichnete, sichtbar wurden, als Lewin sah, wie Lisaweta Petrowna die widerspenstigen Ärmchen wie weiche Sprungfedern zusammendrückte und in die leinene Umhüllung einzwängte, da wurde er von solchem Mitleid und von solcher Angst ergriffen, sie könne ihm Schaden zufügen, daß er sie am Arm faßte und zurückhalten wollte.

Lisaweta Petrowna lachte.

„Keine Sorge, ihm geschieht nichts!“

Als der Kleine nun gewickelt und in eine handfeste Puppe verwandelt war, wiegte ihn Lisaweta Petrowna, als wollte sie sich mit ihrer Arbeit brüsten, hin und her und trat dann ein paar Schritte zurück, um Lewin Gelegenheit zu geben, seinen Sohn in seiner ganzen Schönheit zu betrachten.

Kitty, die alles beobachtet hatte, blickte von der Seite ebenfalls zu ihm hin.

„Geben Sie ihn, geben Sie ihn mir!“ sagte sie und machte sogar Anstalten, sich aufzurichten.

„Aber ich bitte Sie, Katerina Alexandrowna, solche heftigen Bewegungen dürfen Sie nicht machen! Einen Augenblick, ich werde Ihnen den Kleinen gleich reichen. Er will dem Papa doch erst zeigen, was für ein strammer Junge er ist!“

Lisaweta Petrowna nahm nun dieses seltsame, schwankende Geschöpf, dessen rotes Gesichtchen sich hinter dem Rande des Wickeltuches verkroch, auf die eine Hand, stützte mit den Fingern der anderen Hand das wacklige Köpfchen und präsentierte dieses seltsame Geschöpf Lewin. Eine Nase, schielende Augen und schmatzende Lippen hatte es immerhin, wie Lewin sah.

„Ein prächtiges Kind!“ sagte Lisaweta Petrowna.

Lewin seufzte bedrückt. Dieses prächtige Kind flößte ihm nur Widerwillen und Mitleid an. Es war so ganz anders, als er es erwartet hatte.

Lewin wandte sich ab, als Lisaweta Petrowna den Kleinen, der daran noch nicht gewöhnt war, an die Brust der Mutter legte.

Ein plötzliches Auflachen ließ Lewin den Kopf erheben. Es war Kitty, die so lachte. Das Kind hatte die Brust genommen.

„Nun ist's aber genug, wirklich genug!" sagte Lisaweta Petrowna nach einer Weile; aber Kitty gab das Kind noch nicht her. Es schlief in ihren Armen ein.

„Sieh ihn dir jetzt an", sagte Kitty zu Lewin und drehte den Kleinen so um, daß er ihn sehen konnte. Das greisenhafte Gesichtchen zog sich plötzlich noch mehr zusammen, und der Kleine nieste.

Lächelnd und mühsam die Tränen der Rührung zurückhaltend, küßte Lewin seine Frau und verließ das dunkle Zimmer.

Was Lewin für dieses kleine Geschöpf empfand, entsprach ganz und gar nicht seinen Erwartungen. Diesem Gefühl war nichts Fröhliches und Erfreuliches eigen; im Gegenteil, es war mit einer neuen bedrückenden Sorge verbunden, mit dem Bewußtsein, nun zusätzlich eine verwundbare Stelle zu haben. Unter diesem Bewußtsein litt er in der ersten Zeit so stark, und die Angst, daß dieses hilflose kleine Geschöpf irgendwie zu Schaden kommen könne, war so groß, daß sich das instinktive Gefühl von Freude und Stolz, das er beim Niesen des Kindes empfunden hatte, dagegen nicht durchsetzen konnte.

17

Mit den finanziellen Verhältnissen Stepan Arkadjitschs war es schlecht bestellt.

Das Geld für zwei Drittel des Waldes war bereits verbraucht, und für das letzte Drittel hatte er sich vom Händler unter Abzug von zehn Prozent auch schon fast die gesamte Summe im voraus geben lassen. Weiteres Geld zu geben, weigerte sich der Händler, zumal Darja Alexandrowna in diesem Winter zum erstenmal ihre Rechte auf ihr eigenes Vermögen geltend gemacht und es kategorisch abgelehnt hatte, auf dem Kaufkontrakt den Empfang des Geldes für das letzte Drittel des Waldes zu quittieren. Das ganze Gehalt ging für die Kosten des Haushalts und zur Bezahlung kleiner, nie abreißender Schulden auf. Zur Zeit war überhaupt kein Geld mehr da.

Das war unangenehm und peinlich und durfte nach Ansicht Stepan Arkadjitschs nicht so weitergehen. Der Grund für seine Schwierigkeiten lag seines Erachtens darin, daß er ein zu niedriges Gehalt bezog. Der Posten, den er bekleidete, hatte vor fünf Jahren für ganz annehmbar gegolten, aber jetzt war die Sachlage eine ganz andere. Petrow hatte als Bankdirektor ein Jahreseinkommen von zwölftausend, Swentizki, der Mitglied irgendeiner Gesellschaft war, von siebzehntausend, Mitin, der eine Bank gegründet hatte, von fünfzigtausend Rubel. Ich bin offensichtlich eingeschlafen und dabei in Vergessenheit geraten, sagte sich Stepan Arkadjitsch. Er begann nun, herumzuhorchen, streckte seine Fühler aus und ging gegen Ende des Winters, nachdem er einen sehr verlockenden Posten aufgespürt hatte, zum Angriff über – zunächst durch die Vermittlung von Tanten, Onkeln und Freunden, und dann im Frühjahr, als die Sache spruchreif geworden war, reiste er nach Petersburg. Es handelte sich um einen jener Posten, die es damals in allen Abstufungen von eintausend bis zu fünfzigtausend Rubel Jahresgehalt in größerer Anzahl gab als ehedem die warmen Pöstchen, bei denen sich durch Schmiergelder eine Nebeneinnahme erzielen ließ; es war der Posten eines Ausschußmitgliedes der Vereinigten Agentur für gegenseitigen Kredit zwischen der Verwaltung der Südrussischen Eisenbahnen und verschiedenen anderen Banken. Dieser Posten erforderte wie alle derartigen Stellen so umfassende Kenntnisse und eine so enorme Tatkraft, wie sie in einer einzigen Persönlichkeit kaum zu finden waren. Und da eine Persönlichkeit, in der diese Eigenschaften vereinigt gewesen wären, nicht zur Verfügung stand, war es immerhin besser, den vakanten Posten mit einer ehrlichen als mit einer unehrlichen Persönlichkeit zu besetzen. Stepan Arkadjitsch nun war nicht nur ein ehrlicher Mann schlechthin, sondern ein ausgesprochen ehrlicher Mensch, mit der Betonung auf *ausgesprochen* und der besonderen Bedeutung, die diesem Wort in Moskau beigelegt wurde, wenn man von einem ausgesprochen ehrlichen Politiker oder Schriftsteller oder einer ausgesprochen ehrlichen Zeitschrift, Institution oder Richtung sprach. Darunter verstand man nicht nur, daß die betreffende Persönlichkeit oder Institution nicht unehrlich sei, sondern auch, daß sie die Eignung besitze, bei Gelegenheit der Regierung einen Nadelstich zu versetzen. Stepan Arkadjitsch, der in Moskau mit jenen Kreisen Umgang hatte, in denen dieser Ausdruck üblich war, galt dort als ein ausgesprochen ehrlicher Mensch und hatte daher auf den in Frage kommenden Posten mehr Anrecht als andere.

Dieser Posten brachte sieben- bis zehntausend Rubel jährlich ein und konnte von Oblonski bekleidet werden, ohne daß er seine Stellung im Staatsdienst aufzugeben brauchte. Seine Besetzung hing von zwei Ministerien, einer Dame und zwei Juden ab, und obwohl alle diese maßgebenden Leute bereits vorbereitet waren, mußte Stepan Arkadjitsch sie doch noch in Petersburg besuchen. Außerdem hatte er seiner Schwester Anna versprochen, von Karenin die endgültige Antwort wegen der Scheidung mitzubringen.

So war er denn, nachdem ihm Dolly auf seine dringende Bitte fünfzig Rubel ausgehändigt hatte, nach Petersburg abgereist.

Als Stepan Arkadjitsch jetzt im Arbeitszimmer Karenins saß und sich die Denkschrift anhörte, die dieser über die Gründe der schlechten Finanzlage Rußlands verfaßt hatte, wartete er nur darauf, daß Karenin mit dem Vorlesen fertig sein würde, um die Rede auf seine eigene Angelegenheit und auf Anna zu bringen.

„Ja, das ist sehr richtig", sagte er, als Alexej Alexandrowitsch den Kneifer abnahm, ohne den er neuerdings nicht mehr lesen konnte, und fragend seinen ehemaligen Schwager ansah. „Das ist im einzelnen sehr richtig, aber der Hauptgrundsatz unserer Zeit ist doch die Freiheit."

„Gewiß, aber ich habe einen anderen Grundsatz aufgestellt, der den der Freiheit mit einschließt", entgegnete Alexej Alexandrowitsch mit besonderer Betonung des Wortes *einschließt* und setzte seinen Kneifer wieder auf, um nochmals jenen Abschnitt vorzulesen, in dem dies ausgeführt war.

Er blätterte suchend in dem schön geschriebenen, mit ungewöhnlich breiten Rändern versehenen Manuskript und las Stepan Arkadjitsch nun noch einmal die Stelle vor, die seine Worte bekräftigen sollte.

„Ich will keine Protektionswirtschaft zugunsten einzelner Privatpersonen, sondern habe das Allgemeinwohl im Auge, und zwar gleichermaßen für die niederen wie für die höheren Bevölkerungsschichten", sagte er, während er Oblonski über seinen Kneifer hinweg ansah. „Aber andere Leute können das nicht begreifen, andere Leute lassen sich nur von persönlichen Interessen leiten und berauschen sich an leeren Phrasen."

Stepan Arkadjitsch wußte, daß Karenin, wenn er davon zu sprechen begann, was „andere Leute" tun und denken – die Leute nämlich, die seine Projekte ablehnten und in Rußland schuld an allem Übel waren –, daß er dann bald am Ende seiner Ausführungen war; er gab daher bereitwillig den Grundsatz der Freiheit preis und pflichtete in allem Alexej Alexandrowitsch bei. Dieser sagte nichts mehr und durchblätterte nachdenklich sein Manuskript.

„Ach, übrigens", begann wieder Stepan Arkadjitsch, „ich wollte dich bitten, wenn du gelegentlich mit Pomorski zusammenkommst, gesprächsweise ein Wörtchen davon einzuflechten, daß mir sehr daran gelegen ist, den noch freien Posten als Ausschußmitglied der Vereinigten Agentur für gegenseitigen Kredit der Südrussischen Eisenbahnen zu erhalten."

Stepan Arkadjitsch, dem dieser Posten so sehr am Herzen lag, war seine Bezeichnung schon geläufig, so daß er sie fließend, ohne sich zu versprechen, hersagte.

Alexej Alexandrowitsch erkundigte sich, worin die Tätigkeit dieses neuen Ausschusses bestehe, und dachte nach. Er überlegte, ob die Tätigkeit dieses Ausschusses nicht in irgendeiner Weise seinen Projekten widerspreche. Da aber die Tätigkeit dieser neuen Institution äußerst kompliziert war und seine eigenen Projekte ein sehr großes Gebiet umfaßten, konnte er sich hierüber im Augenblick kein Urteil bilden und sagte, indem er seinen Kneifer abnahm:

„Natürlich kann ich mit ihm sprechen; aber warum willst du eigentlich diesen Posten annehmen?"

„Das Gehalt ist gut, etwa neuntausend, und meine Mittel ..."

„Neuntausend", wiederholte Alexej Alexandrowitsch und runzelte die Stirn. Die hohe Summe des Gehalts brachte ihm zum Bewußtsein, daß die von Stepan Arkadjitsch angestrebte Tätigkeit in dieser Hinsicht dem Hauptgedanken seiner Projekte widersprechen würde, da diese immer auf Sparsamkeit abzielten.

„Ich finde, und ich habe es auch schriftlich niedergelegt, daß solche Riesengehälter zur Zeit ein Merkmal für die falsche Wirtschaftspolitik unserer Verwaltung sind."

„Aber was willst du denn?" wandte Stepan Arkadjitsch ein. „Gewiß, ein Bankdirektor bekommt vielleicht zehntausend, aber das ist er doch auch wert! Oder ein Ingenieur bekommt zwanzigtausend. Es ist eine verantwortungsvolle Tätigkeit, das muß berücksichtigt werden!"

„Meiner Ansicht nach ist das Gehalt eine Bezahlung von Ware, deren Preis dem Gesetz von Angebot und Nachfrage unterliegt. Wenn aber die Festsetzung der Gehälter von diesem Gesetz abweicht und ich zum Beispiel sehe, daß von zwei Ingenieuren, die ihr Studium gleichzeitig beendet haben und die gleichen Kenntnisse und Fähigkeiten besitzen, dem einen vierzigtausend Rubel zugebilligt werden, während sich der andere mit zweitausend begnügen muß, oder wenn zu Direktoren von Genossenschaftsbanken Juristen oder Husaren ohne jegliche Fachkenntnisse ernannt werden und ein Riesengehalt bekommen, dann schließe ich daraus, daß die Gehälter nicht nach dem Gesetz von Angebot und Nachfrage festgesetzt werden, sondern einfach auf Grund persönlicher Sympathien. Und darin liegt ein Mißbrauch, der als solcher zu verurteilen ist und sich überdies schädlich auf den Staatsdienst auswirkt. Ich finde ..."

Stepan Arkadjitsch beeilte sich, seinen Schwager zu unterbrechen.

„Ja, aber du wirst doch einsehen, daß es sich um die Gründung eines neuen, zweifellos nützlichen Unternehmens handelt. Und es ist ein verantwortungsvoller Posten. Man legt besonderen Wert auf eine ausgesprochen ehrliche Geschäftsführung", sagte Stepan Arkadjitsch mit besonderer Betonung des Wortes *ausgesprochen*.

Aber die Bedeutung, die man in Moskau diesem Ausdruck zulegte, war Alexej Alexandrowitsch unbekannt.

„Ehrlichkeit ist lediglich eine passive Eigenschaft", erklärte er.

„Nun, du würdest mir immerhin einen großen Gefallen tun, wenn du Pomorski gegenüber ein Wörtchen erwähnen wolltest", sagte Stepan Arkadjitsch. „So nebenbei, nur gesprächsweise ..."

„Aber das hängt doch mehr von Bolgarinow ab, glaube ich", bemerkte Alexej Alexandrowitsch.

„Bolgarinow ist seinerseits völlig einverstanden", erklärte Stepan Arkadjitsch und wurde rot.

Bei der Erwähnung Bolgarinows war Stepan Arkadjitsch deshalb rot geworden, weil er Bolgarinow, einen Juden, am Morgen desselben Tages besucht und dieser Besuch bei ihm einen unangenehmen Eindruck hinterlassen hatte. Stepan Arkadjitsch war fest überzeugt, daß es sich bei der Sache, der er seine Dienste widmen wollte, um ein neues, nützliches und ehrliches Unternehmen handelte; doch heute morgen, als Bolgarinow ihn, offenbar absichtlich, zwei Stunden lang in seinem Wartezimmer mit anderen Bittstellern hatte warten lassen, war ihm plötzlich unbehaglich zumute geworden.

Ob nun sein Unbehagen davon herrührte, daß er, der Fürst Oblonski, ein Nachkomme Rjuriks, zwei Stunden im Wartezimmer eines Juden zubrachte, oder davon, daß er zum erstenmal im Leben vom Beispiel seiner Vorfahren, die nur dem Staate gedient hatten, abweichen und sich einer anderen Tätigkeit zuwenden wollte – er fühlte sich jedenfalls sehr unbehaglich.

Während der zwei Stunden, die er bei Bolgarinow warten mußte, hatte sich Stepan Arkadjitsch bemüht, sein Unbehagen vor den anderen und sogar vor sich selbst zu verbergen, indem er, sich über seinen Backenbart streichend, im Wartezimmer lebhaft auf und ab gegangen war, ein Gespräch mit anderen Bittstellern angeknüpft und über ein witziges Wortspiel nachgedacht hatte, das er gelegentlich über sein Warten bei einem Juden zum besten geben könnte.

Aber trotz allem hatte er sich die ganze Zeit über unbehaglich gefühlt und sich geärgert, ohne selbst zu wissen, warum: Vielleicht, weil ihm das Wortspiel nicht gelingen wollte, oder aus irgendeinem anderen Grunde. Nachdem ihn Bolgarinow dann endlich, offensichtlich befriedigt von seiner Demütigung, mit außerordentlicher Höflichkeit empfangen und ihm einen so gut wie abschlägigen Bescheid gegeben hatte, war Stepan Arkadjitsch bemüht gewesen, dies alles möglichst schnell zu vergessen. Erst jetzt fiel es ihm wieder ein, und er wurde deshalb rot.

18

„Nun habe ich noch ein Anliegen, und du weißt gewiß, welches. Es handelt sich um Anna", sagte Stepan Arkadjitsch, nachdem er eine Weile geschwiegen und die Erinnerung an jenen unangenehmen Eindruck abgeschüttelt hatte.

Doch sobald Oblonski den Namen Annas genannt hatte, nahm das Gesicht Alexej Alexandrowitschs einen vollkommen veränderten Ausdruck an; anstatt der bisherigen Lebhaftigkeit drückte sich in ihm jetzt Müdigkeit und Starre aus.

„Was wollen Sie eigentlich von mir?" fragte er, indem er sich im Sessel umdrehte und seinen Kneifer zusammenklappte.

„Eine Entscheidung, Alexej Alexandrowitsch, irgendeine Entscheidung. Indem ich mich jetzt an dich wende, appelliere ich nicht..." – an den gekränkten Ehemann, hatte Stepan Arkadjitsch eigentlich sagen wollen; aber in der Befürchtung, damit etwas zu verderben, sagte er statt dessen: „... an den Staatsmann" – was ganz unpassend war –, „sondern einfach an den Menschen, einen gütigen Menschen und Christen. Du mußt Mitleid mit ihr haben!"

„Mitleid? Wieso ist sie denn zu bemitleiden?" fragte Karenin leise.

„Ja, sie ist zu bemitleiden. Würdest du ihren Zustand kennen wie ich – ich habe den ganzen Winter bei ihr zugebracht –, so würdest du dich ihrer erbarmen. Ihre Lage ist entsetzlich, einfach entsetzlich."

„Ich meine doch", erwiderte Alexej Alexandrowitsch mit erhöhter, fast kreischender Stimme, „daß Anna Arkadjewna alles zuteil geworden ist, was sie sich selbst gewünscht hat."

„Ach, um Gottes willen, Alexej Alexandrowitsch, wir wollen doch jetzt nicht wieder die Schuldfrage aufrollen! Was geschehen ist, ist geschehen, und du weißt ja selbst, was sie sich wünscht und worauf sie wartet: auf die Scheidung."

„Ich war der Meinung, daß Anna Arkadjewna die Scheidung ablehnt, sofern ich zur Bedingung mache, daß mir der Sohn verbleibt. In diesem Sinne habe ich auch geantwortet und die Sache damit für abgeschlossen gehalten. Ich betrachte sie als abgeschlossen", kreischte Alexej Alexandrowitsch.

„Um Gottes willen, rege dich doch nicht auf!" sagte Stepan Arkadjitsch und berührte beschwichtigend das Knie seines Schwagers. „Aber abgeschlossen ist die Sache nicht. Wenn du erlaubst, will ich mal kurz rekapitulieren, wie alles gewesen ist. Als ihr euch trenntet, warst du so großmütig, wie man irgend sein kann: Du gabst ihr die Freiheit und sogar deine Zustimmung zur Scheidung. Das hat sie dir hoch angerechnet. Nein, du brauchst es nicht zu bezweifeln, sie hat es dir wirklich hoch angerechnet – in so hohem Grade, daß sie in den ersten Augenblicken, im Bewußtsein ihrer Schuld, nicht alles überlegte und auch gar nicht überlegen konnte. Aber die Wirklichkeit und die Zeit haben gelehrt, daß ihre jetzige Lage qualvoll und nicht zu ertragen ist."

„Die Lebensweise Anna Arkadjewnas kann mich nicht interessieren", warf Alexej Alexandrowitsch ein und zog die Brauen hoch.

„Erlaube, daß ich das bezweifle", erwiderte Stepan Arkadjitsch in sanftem Ton. „Ihre Lage ist für sie qualvoll, ohne daß jemand davon einen Nutzen hätte. Sie hat sie verdient, wirst du vielleicht einwenden. Das weiß sie selbst, und deshalb richtet sie auch keine Bitte an dich; sie sagt ganz offen, daß sie dich um nichts zu bitten wagt. Doch ich und alle ihre Verwandten, die sie lieben, wir bitten dich, flehen dich an. Wozu quält sie sich? Wem ist damit gedient?"

„Erlauben Sie mal, Sie scheinen mir ja die Rolle eines Angeklagten zuzuschieben", sagte Alexej Alexandrowitsch.

„Aber nein doch, nein doch, nicht im geringsten", versicherte Stepan Arkadjitsch und berührte wieder die Hand seines Schwagers, als sei er überzeugt, daß ihn derartige Berührungen milder stimmen könnten. „Du darfst mich nicht mißverstehen. Ich sage nur das eine: Ihre Lage ist qualvoll, und du kannst sie erleichtern, ohne dabei etwas zu verlieren. Ich werde alles so in die Wege leiten, daß du überhaupt nicht belästigt wirst. Du hast es ja auch versprochen."

„Versprochen habe ich es früher einmal. Und ich war der Meinung, daß durch die Frage wegen des Sohnes alles hinfällig geworden sei. Außerdem habe ich gehofft, daß Anna Arkadjewna genügend Herz besitzen würde …", stammelte, mit bebenden Lippen und nur mühsam die Worte hervorbringend, Alexej Alexandrowitsch, der dabei kreideweiß geworden war.

„Sie überläßt alles deiner Großmut. Sie bittet, fleht dich nur um das eine an: sie aus der unmöglichen Lage zu befreien, in der sie sich zur Zeit befindet. Auf den Sohn will sie jetzt schon verzichten. Alexej Alexandrowitsch, du bist ein gütiger Mensch. Versetze dich für einen Augenblick in ihre Lage. Die Frage der Scheidung ist für sie in ihrer Lage eine Frage über Leben und Tod. Wenn du es damals nicht versprochen hättest, würde sie sich mit den Verhältnissen abgefunden haben und wäre auf dem Lande wohnen geblieben. Aber da du es versprochen hattest, hat sie an dich geschrieben und ist nach Moskau übergesiedelt. Und in Moskau, wo ihr jede Begegnung mit Bekannten einen Stich ins Herz versetzt, hält sie sich nun schon sechs Monate auf und wartet von Tag zu Tag auf eine Entscheidung. Das ist doch dasselbe, als ob man jemand, der zum Tode verurteilt ist, mit der Schlinge um den Hals monatelang warten und im ungewissen darüber läßt, ob er hingerichtet oder begnadigt wird. Habe Erbarmen mit ihr, und ich bin bereit, dann alles Nötige zu arrangieren ... Vos scrupules ..."

„Davon spreche ich nicht, von all diesem ...", fiel ihm Alexej Alexandrowitsch angewidert ins Wort. „Aber ich habe vielleicht etwas versprochen, was zu versprechen ich nicht das Recht hatte."

„Du willst also von deinem Versprechen zurücktreten?"

„Ich bin noch nie von einem Versprechen zurückgetreten, dessen Ausführung möglich war; aber ich muß Zeit haben, um zu überlegen, wieweit die Ausführung des Versprechens möglich ist."

„Nein, Alexej Alexandrowitsch!" rief Oblonski und sprang auf. „Ich weigere mich, das zu glauben! Sie ist die unglücklichste Frau, die man sich denken kann, und in dieser Lage kannst du es nicht abschlagen, ihr ..."

„Soweit die Ausführung des Versprechens möglich ist ... Vous professez d'être un libre penseur. Ich aber als gläubiger Mensch kann in einer so wichtigen Frage nicht gegen die christlichen Gebote handeln."

„Aber in den christlichen Konfessionen und auch bei uns ist doch, soviel ich weiß, die Scheidung zugelassen", wandte Stepan Arkadjitsch ein. „Auch unsere Kirche läßt die Scheidung zu. Und wir sehen ..."

„Sie läßt sie wohl zu, aber nicht in diesem Sinne."

„Alexej Alexandrowitsch, ich erkenne dich nicht wieder!" sagte Oblonski nach kurzem Schweigen. „Warst du es nicht – und haben wir das nicht dankbar anerkannt? –, der alles verziehen hat und, veranlaßt gerade von christlichen Gefühlen, bereit gewesen ist, jedes Opfer zu bringen? Du selbst hast gesagt, man müsse auch noch den Rock hergeben, wenn einem das Hemd genommen wird, und jetzt ..."

„Ich bitte Sie", schrie Alexej Alexandrowitsch, der plötzlich totenblaß aufsprang, mit zuckendem Unterkiefer und schriller Stimme, „ich bitte Sie, dieses … dieses Gespräch abzubrechen!“

„Nicht doch, nicht doch! Verzeih mir, verzeih mir schon, wenn ich dir weh getan habe“, stammelte Stepan Arkadjitsch und hielt ihm mit einem verlegenen Lächeln seine Hand hin. „Aber ich habe ja nur als Abgesandter meinen Auftrag ausgeführt.“

Alexej Alexandrowitsch reichte ihm die Hand, dachte eine Weile nach und sagte dann:

„Ich muß alles überlegen und nach einem Fingerzeig suchen. Übermorgen werde ich Ihnen meine endgültige Antwort zukommen lassen“, sagte er, nachdem ihm anscheinend ein Gedanke gekommen war.

19

Stepan Arkadjitsch war schon im Begriff zu gehen, als Kornej ins Zimmer trat und meldete:

„Sergej Alexejewitsch.“

Sergej Alexejewitsch? Wer ist das? wollte Stepan Arkadjitsch schon fragen, erriet jedoch im selben Augenblick, wer gemeint war.

„Ach, Serjosha!“ sagte er und dachte bei sich: Sergej Alexejewitsch – und ich habe angenommen, es sei der Departementsdirektor. Anna hat mich ja gebeten, ich sollte mich nach ihm umsehen, fiel ihm jetzt ein.

Er erinnerte sich nun auch des verschüchterten, mitleiderregenden Gesichtsausdrucks, mit dem ihm Anna bei der Verabschiedung gesagt hatte: „Du wirst ihn ja wohl zu sehen bekommen. Stelle bitte genau fest, wo er sich jetzt aufhält und in wessen Obhut er ist. Und Stiwa … wenn es irgend möglich ist! Es könnte doch möglich sein.“ Stepan Arkadjitsch hatte verstanden, was dieses „wenn es irgend möglich ist“ bedeutete: wenn es möglich wäre, mit der Scheidung zugleich zu erreichen, daß ihr der Sohn überlassen wird. Inzwischen hatte Stepan Arkadjitsch erkannt, daß hieran gar nicht zu denken war; aber er freute sich dennoch, seinen Neffen zu Gesicht zu bekommen.

Alexej Alexandrowitsch machte seinen Schwager darauf aufmerksam, daß mit seinem Sohn nie über dessen Mutter gesprochen werde, und bat ihn, sie mit keinem Wort zu erwähnen.

„Er ist nach jenem Besuch seiner Mutter, den wir nicht … nicht vorausgesehen hatten, sehr krank gewesen“, berichtete Alexej Alexandrowitsch. „Wir fürchteten sogar für sein Leben. Aber eine vernünftige Behandlung und Seebäder im Sommer haben seine

Gesundheit gefestigt, und auf Anraten des Arztes habe ich ihn jetzt in die Schule gegeben. Der Umgang mit Kameraden hat auch wirklich einen günstigen Einfluß auf ihn ausgeübt; er ist jetzt völlig gesund und lernt gut."

„Das ist ja schon ein richtiger Mann! Nicht mehr Serjosha, sondern ein wirklicher Sergej Alexejewitsch!" meinte Stepan Arkadjitsch lächelnd, als er auf den hübschen, breitschultrigen Jungen blickte, der in blauer Jacke und langen Hosen lebhaft und ungezwungen ins Zimmer trat. Serjosha hatte ein gesundes, munteres Aussehen. Er verbeugte sich vor dem Onkel, ohne ihn im ersten Augenblick zu erkennen; als er sich dann aber auf ihn besann, wurde er rot und wandte sich, als sei er durch irgend etwas gekränkt und erzürnt, hastig von ihm ab. Er trat auf den Vater zu und übergab ihm ein Blatt mit den Zensuren, die er in der Schule erhalten hatte.

„Nun, das ist ja ganz annehmbar", sagte der Vater. „Du kannst jetzt gehen."

„Er ist hager geworden und gewachsen, ist nicht mehr das Kind von einst, sondern ein richtiger Junge; das habe ich gern", sagte Stepan Arkadjitsch. „Erinnerst du dich denn noch an mich?"

Serjosha blickte sich schnell zum Vater um.

„Ich erinnere mich, mon oncle", antwortete er und schlug die Augen, die er für einen Moment auf den Onkel gerichtet hatte, gleich wieder nieder.

Der Onkel rief den Jungen zu sich heran und ergriff seine Hand.

„Nun, wie steht's? Wie geht es dir?" fragte er ihn; er wollte ein Gespräch mit ihm anknüpfen, wußte aber nicht recht, was er sagen sollte.

Serjosha wurde rot und entzog dem Onkel, ohne etwas zu antworten, vorsichtig seine Hand. Sobald Stepan Arkadjitsch seine Hand losgelassen hatte, richtete er einen fragenden Blick auf den Vater und schoß dann wie ein in Freiheit gesetzter Vogel aus dem Zimmer.

Seitdem Serjosha zum letztenmal seine Mutter gesehen hatte, war ein Jahr vergangen. Inzwischen hatte er nie wieder etwas von ihr gehört. Im Laufe dieses Jahres war er in die Schule gekommen, hatte Kameraden kennengelernt und sich ihnen angeschlossen. Jene Gedanken und Erinnerungen an die Mutter, die nach dem Wiedersehen mit ihr zu seiner Erkrankung geführt hatten, beschäftigten ihn jetzt nicht mehr. Wenn sie sich einstellen wollten, schüttelte er sie entschlossen ab, weil er sie für beschämend hielt und meinte, sie schickten sich nur für Mädchen, nicht aber für einen Jungen und Schüler. Er wußte, daß zwischen seinem Vater und seiner Mutter ein Zerwürfnis bestand, das sie voneinander trennte, wußte auch, daß es ihm bestimmt war, beim Vater zu bleiben, und gab sich Mühe, sich an diesen Gedanken zu gewöhnen.

Die Begegnung mit dem Onkel, der seiner Mutter ähnelte, war ihm unangenehm, weil sie jene Erinnerungen wachrief, die er für beschämend hielt. Sie war ihm um so unangenehmer, als er aus einigen Worten, die er beim Warten vor der Tür des Arbeitszimmers aufgefangen hatte, und besonders aus dem Gesichtsausdruck seines Vaters und des Onkels erraten hatte, daß von der Mutter die Rede gewesen war. Und da er vom Vater, mit dem er zusammen lebte und von dem er abhing, nichts Schlechtes denken mochte und sich vor allem nicht jenen rührseligen Gefühlen hingeben wollte, die er für erniedrigend hielt, hatte er sich bemüht, den Onkel, der gekommen war, seine Ruhe zu stören, nicht anzusehen und die Erinnerungen zu verscheuchen, die sein Anblick wachrief.

Doch als ihn Stepan Arkadjitsch, der nach ihm das Zimmer verlassen hatte und ihn auf der Treppe bemerkte, zu sich rief und fragte, wie er in der Schule die Pausen zubringe, zeigte sich Serjosha, nunmehr in Abwesenheit des Vaters, einem Gespräch mit ihm zugänglicher.

„Wir spielen jetzt immer Eisenbahn“, antwortete er auf die Frage Stepan Arkadjitschs. „Sehen Sie, das wird so gemacht: Zwei Jungen setzen sich auf eine Bank. Das sind die Passagiere. Und einer stellt sich auf die Bank und bleibt stehen. Alle anderen spannen sich davor, mit den Gürteln oder einfach mit den Armen. Und dann rennen sie durch alle Säle. Die Türen werden schon vorher aufgemacht. Na, dabei der Schaffner zu sein, das ist sehr schwer.“

„Das ist wohl der Junge, der steht?“ fragte Stepan Arkadjitsch lächelnd.

„Ja, dazu gehört Mut und Geschicklichkeit, besonders wenn der Zug plötzlich anhält oder jemand hinunterfällt.“

„Ja, das ist keine Kleinigkeit“, sagte Stepan Arkadjitsch, während er wehmütig in Serjoshas lebhafte, so sehr an die Mutter erinnernde Augen blickte, die schon keinen ganz kindlichen, völlig unschuldigen Ausdruck mehr hatten. Und obwohl er Alexej Alexandrowitsch versprochen hatte, nichts von Anna zu erwähnen, brachte er es nicht über sich und fragte unvermittelt:

„Erinnerst du dich noch an deine Mutter?“

„Nein, ich erinnere mich nicht“, antwortete Serjosha kurz, wurde dunkelrot und schlug die Augen nieder. Und nun konnte der Onkel kein Wort mehr aus ihm herausbringen.

Als der slawische Erzieher seinen Zögling eine halbe Stunde später auf der Treppe antraf, konnte er lange nicht erkennen, ob er verärgert war oder weinte.

„Sie sind wohl gefallen und haben sich weh getan?“ fragte der Erzieher. „Ich habe schon immer gesagt, daß dies ein gefährliches Spiel ist. Man muß den Direktor darauf aufmerksam machen.“

„Wenn ich mir weh getan hätte, würde das bestimmt niemand merken. Das ist gewiß.“

„Ja, was haben Sie denn?“

„Lassen Sie mich! Ob ich mich erinnere oder nicht erinnere – was geht ihn das an? Warum soll ich mich erinnern? Laßt mich in Ruhe!“ rief er, und das galt jetzt nicht mehr dem Erzieher, sondern der ganzen Welt.

20

Wie immer in Petersburg, verbrachte Stepan Arkadjitsch seine Zeit auch diesmal nicht müßig. Abgesehen von dem unmittelbaren Zweck der seiner Reise – seinen Bemühungen wegen der Scheidung seiner Schwester und um den neuen Posten –, mußte er sich, wie er sagte, nach dem muffigen Leben in Moskau auffrischen.

Moskau war, ungeachtet seiner cafés chantants und seiner Omnibusse, doch im Grunde genommen nur ein stehender Sumpf. Dieses Gefühl hatte Stepan Arkadjitsch schon von jeher. Wenn er eine Weile in Moskau und namentlich mit seiner Familie zusammen verbracht hatte, fühlte er, daß er trübsinnig wurde. Das ging so weit, daß ihn nach einem längeren ununterbrochenen Aufenthalt in Moskau die Launen und Vorwürfe seiner Frau, der Gesundheitszustand und die Erziehung der Kinder sowie die nichtigen dienstlichen Angelegenheiten zu beunruhigen begannen; selbst seine Schulden bedrückten ihn dann. Doch er brauchte nur nach Petersburg zu kommen und eine Weile in dem Kreise zuzubringen, in dem er verkehrte, wo man lebte, wirklich lebte und nicht dahinvegetierte wie in Moskau, dann verflüchtigten sich diese Gedanken sehr schnell und schmolzen dahin wie Wachs am Feuer.

Seine Frau? Erst heute hatte er mit dem Fürsten Tschetschenski gesprochen. Fürst Tschetschenski war verheiratet und hatte Kinder – erwachsene Söhne im Pagenkorps; aber er stand auch mit einer zweiten Frau in Verbindung, von der er gleichfalls Kinder hatte. Und obwohl dem Fürsten auch die erste Familie lieb war, fühlte er sich dennoch in der zweiten glücklicher. Er führte seinen ältesten Sohn in die zweite Familie ein und hatte Stepan Arkadjitsch erklärt, daß dies seiner Ansicht nach nützlich und erzieherisch für seinen Sohn sei. Was hätte man in Moskau dazu gesagt?

Die Kinder? In Petersburg behinderten die Kinder ihre Väter nicht am Leben. Die Kinder wurden in Instituten erzogen, und es gab hier nicht jene verschrobene Ansicht, die in Moskau um sich griff und der zum Beispiel auch Lwow anhing, daß den Kindern alle Freuden des Lebens und den Eltern nur die Lasten und Sorgen zukamen. Hier sah man ein, daß ein Mann sein eigenes ungebundenes Leben haben muß, um es so zu führen, wie es sich für einen gebildeten Menschen gehört.

Der Dienst? Auch der Dienst war hier nicht jene unablässige, hoffnungslose Tretmühle, die einen in Moskau zermürbte; hier war der Dienst interessant. Man kam mit Menschen zusammen, erwies dem einen oder anderen eine Gefälligkeit, gab einen Witz zum besten, verstand es, andere Personen auf komische Art nachzuahmen – und machte im Handumdrehen Karriere, wie zum Beispiel Brjanzew, den Stepan Arkadjitsch gestern getroffen hatte und der jetzt ein hoher Würdenträger war. An einem solchen Dienst konnte man Interesse haben.

Am beruhigendsten indessen wirkte auf Stepan Arkadjitsch die Auffassung, die man in Petersburg in Geldfragen vertrat. Bartnjanski, der bei seiner Lebensführung mindestens fünfzigtausend Rubel jährlich verbrauchte, hatte sich ihm gegenüber hierzu gestern sehr aufschlußreich geäußert.

Vor dem Mittagessen war Stepan Arkadjitsch mit Bartnjanski ins Gespräch gekommen und hatte zu ihm gesagt:

„Du bist doch, soviel ich weiß, mit Mordwinski gut bekannt; da könntest du mir einen Dienst erweisen, wenn du bei ihm ein Wörtchen für mich einlegen wolltest. Es ist hier ein Posten zu besetzen, den ich gern einnehmen möchte. Als Mitglied der Agentur ..."

„Nun, den Namen behalte ich sowieso nicht ... Ich verstehe nur nicht, was dich zu diesen jüdischen Eisenbahngeschäften zieht. Was man auch sagen mag, es ist doch eine unsaubere Sache."

Stepan Arkadjitsch hatte ihm nicht entgegengehalten, daß es ein überaus wichtiges Unternehmen sei, das hätte Barnjanski doch nicht begriffen.

„Ich brauche Geld, ich habe nichts zum Leben."

„Aber du lebst doch?"

„Das schon, aber ich habe Schulden."

„Was du sagst! Sind sie hoch?" hatte sich Bartnjanski teilnahmsvoll erkundigt.

„Sehr hoch, an die zwanzigtausend."
Bartnjanski war in Gelächter ausgebrochen.
„Oh, du Glücklicher! Ich habe anderthalb Millionen Schulden und sonst gar nichts, und wie du siehst, läßt es sich auch so ganz gut leben."
Und daß dem so war, wurde Stepan Arkadjitsch nicht nur erzählt, er überzeugte sich auch selbst davon. Shiwachow, der dreihunderttausend Rubel Schulden hatte und keine Kopeke sein eigen nannte, lebte ebenfalls, und wie er lebte! Graf Kriwzow, hinter den alle schon längst ein Kreuz gesetzt hatten, hielt sich dennoch zwei Mätressen. Petrowski, der fünf Millionen verpulvert hatte, lebte unverändert weiter auf großem Fuß und hatte sogar einen Posten in der Finanzverwaltung erhalten, der ihm zwanzigtausend Rubel einbrachte.
Doch außerdem übte Petersburg auch auf Stepan Arkadjitschs körperliche Verfassung eine wohltuende Wirkung aus. Es verjüngte ihn. In Moskau betrachtete er manchmal im Spiegel sein graues Haar, schlummerte nach dem Mittagessen ein, reckte die steifen Glieder, ging mühsam und schwer atmend die Treppe hinauf, langweilte sich in Gesellschaft junger Frauen und tanzte nicht auf den Bällen. In Petersburg hingegen hatte er immer das Gefühl, zehn Jahre jünger geworden zu sein.
Er machte in Petersburg die gleiche Erfahrung, von der ihm erst gestern der sechzigjährige Fürst Pjotr Oblonski erzählt hatte, der eben erst aus dem Ausland zurückgekehrt war.
„Wir verstehen hier nicht zu leben", hatte Pjotr Oblonski gesagt. „Ich habe den Sommer in Baden-Baden zugebracht, und du kannst dir nicht vorstellen, wie jung ich mich dort gefühlt habe. Sah ich ein junges weibliches Wesen, dann kam gleich das Blut in Wallung ... Man ißt, man trinkt ein wenig – und verspürt Kraft und Lebensfrische. Dann kam ich nach Rußland zurück – ich mußte zu meiner Frau, und noch dazu aufs Land –, nun, du wirst es nicht glauben wollen, aber nach zwei Wochen zog ich meinen Schlafrock an und hörte auf, mich zum Essen umzukleiden. An junge Frauenspersonen war nicht mehr zu denken! Ich war ein richtiger Greis geworden, der nur noch für sein Seelenheil zu sorgen hat. Da fuhr ich nach Paris und lebte wieder auf."
Stepan Arkadjitsch empfand diese Gegensätze genauso wie Pjotr Oblonski. In Moskau kam er so herunter, daß ihm, wenn er dieses Leben dort längere Zeit ununterbrochen fortgesetzt hätte, zu guter Letzt vielleicht auch nichts anderes übriggeblieben wäre, als für sein Seelenheil zu sorgen; in Petersburg dagegen fühlte er sich wieder richtig als Mensch.
Zwischen der Fürstin Betsy Twerskaja und Stepan Arkadjitsch

hatte sich seit langem ein höchst eigenartiges Verhältnis herausgebildet. Stepan Arkadjitsch machte ihr in scherzhafter Weise den Hof und pflegte ihr dabei, ebenfalls in scherzhaftem Ton, die anstößigsten Dinge zu sagen, weil er wußte, daß ihr das großes Vergnügen bereitete. Als Stepan Arkadjitsch einen Tag nach seinem Gespräch mit Karenin bei ihr vorsprach, fühlte er sich besonders jugendfrisch und ging in diesem scherzhaften Flirt und Geplapper unversehens so weit, daß er schließlich nicht mehr wußte, wie er sich aus der Affäre ziehen sollte; denn zum Unglück war ihm die Fürstin nicht nur unsympathisch, sondern ausgesprochen zuwider. Dieser Ton hatte sich zwischen ihnen nur deshalb eingebürgert, weil sie so großen Gefallen daran fand. Stepan Arkadjitsch war daher sehr froh, als die Fürstin Mjagkaja am Hause vorfuhr und ihrem Beisammensein unter vier Augen ein Ende bereitete.

„Ach, Sie sind auch hier?" sagte sie, als sie seiner gewahr wurde. „Nun, wie geht es Ihrer armen Schwester? Sie brauchen mich gar nicht so prüfend anzusehen", fügte sie hinzu. „Während sich alle über sie entrüstet haben, alle jene Leute, die sich tausendmal mehr vorzuwerfen haben als sie, finde ich, daß sie sehr richtig gehandelt hat. Ich kann es Wronski nicht verzeihen, daß er mich nicht benachrichtigt hat, als sie sich in Petersburg aufhielt. Ich hätte sie besucht und überallhin mitgenommen. Bestellen Sie ihr bitte, daß ich ihr von ganzem Herzen zugetan bin. Doch nun erzählen Sie mir von ihr."

„Ja, ihre Lage ist schwer, sie ...", fing Stepan Arkadjitsch an, der in seiner Einfalt die Aufforderung der Fürstin Mjagkaja, ihr von seiner Schwester zu erzählen, für bare Münze nahm. Die Fürstin fiel ihm ihrer Gewohnheit gemäß sofort ins Wort und begann selbst zu erzählen.

„Sie hat das gleiche getan, was außer mir alle tun, es jedoch verbergen; sie dagegen wollte keine Täuschung und hat sich tadellos benommen. Und am wenigsten ist sie dafür zu tadeln, daß sie ihren nicht ganz normalen Schwager verlassen hat. Sie müssen meine Worte schon entschuldigen. Aber als ihn alle noch für klug und überklug hielten, habe ich schon immer gesagt, daß er dumm ist. Jetzt, nachdem er sich mit Lydia Iwanowna und diesem Landau zusammengetan hat, erklären alle, daß er einen Spleen hat, und so gern ich der allgemeinen Meinung auch entgegentreten würde, diesmal kann ich es nicht."

„Aber erklären Sie mir doch bitte, was das alles zu bedeuten hat", sagte Stepan Arkadjitsch. „Gestern bin ich wegen meiner Schwester bei ihm gewesen und habe ihn um eine endgültige Entscheidung gebeten. Er gab mir noch keinen Bescheid und sagte, er werde es sich überlegen, und heute morgen erhielt ich statt einer

Antwort eine Einladung der Gräfin Lydia Iwanowna für den heutigen Abend."

„Da haben wir's!" rief die Fürstin Mjagkaja triumphierend aus. „Sie wollen Landau befragen, was er dazu sagt."

„Landau befragen? Wonach? Wer ist Landau?"

„Wie, Sie kennen Jules Landau nicht, le fameux Jules Landau, le clairvoyant? Er ist gleichfalls ein Halbidiot, von dem jedoch das Schicksal ihrer Schwester abhängt. Ja, das bringt das Leben in der Provinz mit sich, Sie sind gar nicht auf dem laufenden. Dieser Landau, müssen Sie wissen, war Kommis in einem Pariser Geschäft und suchte eines Tages einen Arzt auf. Im Wartezimmer des Arztes schlief er ein und begann im Schlaf, allen Patienten Ratschläge zu erteilen. Es waren höchst merkwürdige Ratschläge. Dann hörte die Frau von Juri Meledinski – Sie wissen doch, er ist schwerkrank – von Landau und holte ihn zu ihrem Mann. Er begann ihn zu behandeln, scheint ihm jedoch nicht im geringsten geholfen zu haben, denn er ist immer noch so gebrechlich wie früher; aber sie glaubten an ihn und nahmen ihn überallhin mit. So begleitete er sie auch nach Rußland. Hier liefen ihm die Leute das Haus ein, und er begann alle zu kurieren. Die Gräfin Bessubowa hat er von ihrem Leiden geheilt, und sie hat in daraufhin so lieb gewonnen, daß sie ihn adoptierte."

„Adoptierte?"

„Ja, einfach adoptierte. Er heißt jetzt nicht mehr Landau, sondern ist ein Graf Bessubow geworden. Doch das tut nichts zur Sache. Wichtiger ist, daß sich Lydia – ich habe sie sehr gern, aber sie ist nicht ganz richtig im Kopfe – daß sich Lydia natürlich auf diesen Landau gestürzt hat und daß jetzt ohne seinen Rat weder von ihr noch von Alexej Alexandrowitsch irgendeine Entscheidung getroffen wird: So liegt jetzt auch das Schicksal ihrer Schwester in den Händen dieses Landau alias Graf Bessubow."

21

Nachdem Stepan Arkadjitsch bei Bartnjanski vorzüglich gegessen und eine ausgiebige Menge Kognak zu sich genommen hatte, betrat er nur mit geringfügiger Verspätung das Haus der Gräfin Lydia Iwanowna.

„Wer ist sonst noch da? Der Franzose?" fragte Stepan Arkadjitsch den Bedienten, als er neben dem ihm bekannten Überzieher Alexej Alexandrowitschs noch einen anderen, putzigen Mantel mit Spangenverschlüssen hängen sah.

„Alexej Alexandrowitsch Karenin und Graf Bessubow", antwortete der Bediente streng.

Die Fürstin Mjagkaja hat richtig geraten, dachte Stepan Arkadjitsch, während er die Treppe hinaufging. Merkwürdig! Aber immerhin ist es ganz gut, mit ihr in Verbindung zu treten. Sie hat einen enormen Einfluß. Wenn sie bei Pomorski ein Wörtchen für mich einlegte, wäre mir der Posten sicher.

Obwohl es draußen noch ganz hell war, brannten in dem kleinen, durch die heruntergelassenen Fenstervorhänge verdunkelten Salon der Gräfin bereits die Lampen.

An einem von einer Hängelampe beleuchteten runden Tisch saßen die Gräfin und Alexej Alexandrowitsch und unterhielten sich leise. Ein mittelgroßer, hagerer Mann mit weibisch breiten Hüften, im Kniegelenk nach innen gebogenen Beinen, schön geschnittenem, sehr blassem Gesicht und langem, bis auf den Rockkragen hängendem Haar stand am anderen Ende des Zimmers und betrachtete mit seinen schönen, glänzenden Augen die Porträts an der Wand. Nachdem Stepan Arkadjitsch die Hausfrau und Alexej Alexandrowitsch begrüßt hatte, blickte er sich unwillkürlich noch einmal nach dem Fremden um.

„Monsieur Landau!" rief die Gräfin diesem zu, um ihn mit Oblonski, der sich über den ungewöhnlich sanften, besorgten Ton der Gräfin wunderte, bekannt zu machen.

Landau drehte sich schnell um, kam heran und legte seine starre, feuchte Hand lächelnd in die ihm dargebotene Rechte Stepan Arkadjitschs, woraufhin er sofort wieder zurücktrat und weiterhin die Bilder betrachtete. Die Gräfin und Alexej Alexandrowitsch sahen sich vielsagend an.

„Ich freue mich sehr, Sie wiederzusehen, und ganz besonders heute", wandte sich die Gräfin an Stepan Arkadjitsch und bat ihn, neben Karenin Platz zu nehmen. „Ich habe ihn Ihnen unter dem Namen Landau vorgestellt", fuhr sie mit einem Blick auf den Franzosen leise fort und sah dann schnell Alexej Alexandrowitsch an. „Doch von Rechts wegen ist er ein Graf Bessubow, wie Sie wahrscheinlich wissen. Er hat es jedoch nicht gern, wenn man ihn so tituliert."

„Ja, ich habe davon gehört", antwortete Stepan Arkadjitsch. „Er soll die Gräfin Bessubowa völlig von ihren Leiden befreit haben."

„Sie war heute bei mir und ist wirklich zu bedauern", wandte sich die Gräfin an Alexej Alexandrowitsch. „Die bevorstehende Trennung bedrückt sie furchtbar. Es ist ein schwerer Schlag für sie."

„Hat er die Abreise endgültig beschlossen?" fragte Alexej Alexandrowitsch.

„Ja, er reist nach Paris. Er hat gestern eine Stimme gehört", fügte die Gräfin, zu Stepan Arkadjitsch gewendet, hinzu.

„Ach eine Stimme!" wiederholte Oblonski, der sich sagte, daß man in einem Kreise, in dem sich irgendwelche geheimnisvollen Vorgänge abspielten oder erwartet wurden, zu denen er noch keinen Schlüssel besaß, tunlichst auf der Hut sein müsse.

Nach einem kurzen Schweigen wandte sich die Gräfin, die jetzt offensichtlich zum Hauptthema des Gesprächs übergehen wollte, wieder an Oblonski und sagte mit einem feinen Lächeln:

„Wir sind ja schon lange miteinander bekannt, und ich freue mich sehr, Sie jetzt näher kennenzulernen. Les amis de nos amis sont nos amis. Doch um ein Freund zu sein, muß man sich in die seelische Verfassung des Freundes hineindenken, und ich fürchte, daß Sie dies Alexej Alexandrowitsch gegenüber nicht tun. Sie verstehen wohl, was ich meine", sagte sie und schlug ihre schönen, träumerischen Augen zu ihm auf.

„Zum Teil, Gräfin, verstehe ich natürlich, daß die Lage Alexej Alexandrowitschs ...", begann Oblonski, der nicht recht wußte, worauf sie hinauswollte, und es daher für angezeigt hielt, sich auf allgemeine Redensarten zu beschränken.

„Es handelt sich nicht um eine Veränderung der äußeren Lage", sagte die Gräfin in strengem Ton und verfolgte zugleich mit schwärmerischem Blick Alexej Alexandrowitsch, der aufgestanden war und zu Landau hinüberging, „aber sein Herz hat sich verändert; ihm ist ein neues Herz gegeben, und ich fürchte, daß Sie sich in die Veränderung, die in ihm vor sich gegangen ist, nicht völlig hineingedacht haben."

„Nun, in allgemeinen Zügen kann ich mir diese Veränderung schon vorstellen. Wir waren immer befreundet, und jetzt ...", entgegnete Stepan Arkadjitsch, indem er innig in die auf ihn gerichteten Augen der Gräfin blickte und zugleich überlegte, zu welchem der beiden in Frage kommenden Minister sie wohl bessere Beziehungen unterhalte, um zu beschließen, bei welchem von ihnen er sie um Fürsprache bitten solle.

„Eine Veränderung, wie sie in ihm vor sich gegangen ist, kann seiner Nächstenliebe keinen Abbruch tun; im Gegenteil, sie kann diese Liebe nur steigern. Ich fürchte allerdings, daß sie mich nicht verstehen ... Trinken Sie eine Tasse Tee?" unterbrach sie sich und wies mit den Augen auf den Diener, der auf einem Tablett den Tee brachte.

„Ich verstehe Sie nicht ganz, Gräfin. Selbstverständlich, sein Unglück ..."

„Ein Unglück, das sich in höchstes Glück verwandelt hat, seitdem sich sein Herz erneuerte und ganz von *ihm* erfüllt ist", sagte sie und blickte Stepan Arkadjitsch schwärmerisch in die Augen.

Mir scheint, ich kann sie bitten, bei allen beiden ein Wort für mich einzulegen, dachte Stepan Arkadjitsch und sagte dann:

„Ja gewiß, Gräfin; aber ich meine, daß diese Veränderungen so intimer Natur sind, daß niemand, nicht einmal ein ganz nahestehender Mensch, gern darüber spricht."

„Im Gegenteil! Wir müssen darüber sprechen und uns gegenseitig helfen."

„Ja, zweifellos, aber die Anschauungen sind mitunter sehr verschieden, und zudem ...", wandte Oblonski mit einem sanften Lächeln ein.

„In Fragen der heiligen Wahrheit kann es keinen Unterschied in den Anschauungen geben", erklärte die Gräfin Lydia Iwanowna.

„Nein, sicherlich nicht, aber ...", begann Stepan Arkadjitsch und brach, in Verwirrung geraten, den Satz ab. Er begriff, daß von der Religion die Rede war.

„Ich glaube, er wird gleich einschlafen", flüsterte Alexej Alexandrowitsch vielsagend, indem er auf Lydia Iwanowna zukam.

Stepan Arkadjitsch drehte sich um. Landau saß mit gesenktem Kopf in einem Sessel am Fenster, hatte sich zurückgelehnt und die Ellbogen auf die Armlehnen gestützt. Als er die auf ihn gerichteten Blicke spürte, hob er den Kopf und verzog den Mund zu einem kindlich-einfältigen Lächeln.

„Beachten Sie ihn gar nicht", sagte Lydia Iwanowna und rückte mit einer leichten Bewegung einen Stuhl für Alexej Alexandrowitsch zurecht. „Ich habe bemerkt ..." Sie wollte noch etwas sagen, wurde jedoch durch den Eintritt des Dieners unterbrochen, der ihr einen Brief überreichte. Lydia Iwanowna überflog schnell den Brief, ging, sich entschuldigend, an ihren Schreibtisch und kehrte, nachdem sie mit außerordentlicher Schnelligkeit eine Antwort geschrieben und dem Diener übergeben hatte, wieder an den Tisch zurück. „Ich habe bemerkt", setzte sie ihre unterbrochene Rede fort, „daß man in Moskau, besonders unter den Männern, der Religion mit größerer Gleichgültigkeit gegenübersteht als sonst irgendwo."

„O nein, Gräfin, ich möchte doch meinen, daß die Moskauer im Ruf stehen, besonders glaubensstark zu sein", bemerkte Stepan Arkadjitsch.

„Nun, soweit ich das beurteilen kann, gehören Sie leider zu den Gleichgültigen", warf Alexej Alexandrowitsch ein und wandte sich ihm mit einem müden Lächeln zu.

„Wie kann man in einer solchen Frage überhaupt gleichgültig sein!" meinte Lydia Iwanowna.

„Ich bin darin auch weniger gleichgültig als vielmehr abwartend", erklärte Stepan Arkadjitsch mit einem besänftigenden Lächeln. „Ich glaube, für mich ist die Zeit zur Entscheidung solcher Fragen noch nicht gekommen."

Alexej Alexandrowitsch und Lydia Iwanowna tauschten verständnisvolle Blicke.

„Ob die Zeit für uns gekommen ist oder nicht, können wir nie wissen", sagte Alexej Alexandrowitsch in strengem Ton. „Wir dürfen nicht fragen, ob wir bereit sind oder nicht, denn die himmlische Gnade richtet sich nicht nach menschlichen Erwägungen. Sie übergeht mitunter diejenigen, die sich um sie bemüht haben, und wird denen zuteil, die nicht auf sie vorbereitet sind, wie zum Beispiel Saulus."

„Nein, es scheint noch nicht soweit zu sein", sagte Lydia Iwanowna, die während der ganzen Zeit die Bewegungen des Franzosen beobachtet hatte. Landau war aufgestanden und kam an den Tisch.

„Darf ich zuhören?" fragte er.

„Selbstverständlich, ich wollte Sie nur nicht stören", sagte Lydia Iwanowna und sah ihn mit einem zärtlichen Blick an. „Setzen Sie sich zu uns."

„Man darf nur nicht die Augen schließen, wenn man des Lichtes teilhaftig werden will", fuhr Alexej Alexandrowitsch fort.

„Ach, würden Sie das Glück kennen, das wir im Bewußtsein *seiner* steten Anwesenheit in unserer Seele empfinden!" sagte die Gräfin mit einem verzückten Lächeln.

„Aber der Mensch ist manchmal unfähig, sich in eine so erhabene Höhe emporzuschwingen", wandte Stepan Arkadjitsch ein und fühlte, daß er seinem Gewissen Zwang antat, indem er die Erhabenheit der Religion anerkannte und davor zurückschreckte, sein Freidenkertum einer Frau gegenüber zu bekennen, die nur ein Wort zu Pomorski zu sagen brauchte, um ihm den ersehnten Posten zu verschaffen.

„Sie wollen wohl sagen, daß ihn die Sünden daran hindern?" fragte Lydia Iwanowna. „Doch das ist eine irrige Ansicht. Für gläubige Menschen gibt es keine Sünden, die Sünden sind bereits gesühnt. Pardon", fügte sie hinzu, als sie den Diener nochmals mit einem Brief ins Zimmer kommen sah. Sie las die Zeilen durch und gab diesmal nur mündlich Bescheid: „Sagen Sie dem Boten: Morgen, bei der Großfürstin. – Nein, für gläubige Menschen gibt es keine Sünden", nahm sie dann das Gespräch wieder auf.

„Ja, aber es heißt doch, daß der Glaube ohne Werke tot sei", sagte Stepan Arkadjitsch, der sich dieses Satzes aus dem Katechismus erinnerte und nur noch durch ein Lächeln seinen Standpunkt zu verteidigen suchte.

„Da haben wir wieder diese Stelle aus der Epistel des Apostels Jakobus!" wandte sich Alexej Alexandrowitsch in leicht vorwurfsvollem Ton an Lydia Iwanowna, mit der er offenbar schon wiederholt über dieses Thema gesprochen hatte. „Wieviel Schaden hat diese fälschliche Auslegung jener Stelle angerichtet! Nichts ist so geeignet, vom Glauben abzuhalten, wie diese Auslegung: ‚Ich habe keine Werke vollbracht, also kann ich nicht glauben!' – obwohl das nirgends gesagt ist. Gesagt ist das Gegenteil."

„Sich für Gott abzumühen, durch Mühsal und Fasten die Seele retten zu wollen – das entspricht der rohen Auffassung unserer Mönche", sagte Lydia Iwanowna und verzog verächtlich das Gesicht. „Es ist alles viel einfacher und leichter", fuhr sie fort und lächelte Oblonski ebenso ermunternd zu, wie sie bei Hofe junge, durch die neue Umgebung eingeschüchterte Hofdamen zu ermuntern pflegte.

„Wir sind erlöst durch Christus, der für uns gelitten hat. Wir sind erlöst durch den Glauben", bekräftigte Alexej Alexandrowitsch mit einem beifälligen Kopfnicken ihre Worte.

„Vous comprenez l'anglais?" fragte Lydia Iwanowna, woraufhin sie, nachdem Stepan Arkadjitsch bejaht hatte, aufstand und unter den in einem Regal stehenden Büchern suchte.

„Ich möchte ‚Safe and Happy' vorlesen oder ‚Under the Wing'?" sagte sie fragend und blickte zu Karenin hinüber. Als sie dann das Buch gefunden und sich wieder auf ihren Platz gesetzt hatte, schlug sie es auf. „Es ist ganz kurz. Hier wird der Weg geschildert, auf dem wir den Glauben und das alle irdischen Begriffe übersteigende Glück gewinnen, das dabei unsere Seele erfüllt. Ein gläubiger Mensch kann nicht unglücklich sein, weil er nicht allein ist. Nun, Sie werden ja hören."

Sie war schon im Begriff, mit dem Lesen anzufangen, als abermals der Diener erschien. „Frau Borosdina? Bestellen Sie, daß es mir morgen um zwei paßt ... Ja", fuhr sie fort, indes sie aufseufzend einen Finger zwischen die zum Vorlesen bestimmten Seiten des Buches legte und mit ihren schönen Augen träumerisch vor sich hin blickte, „eine solche Wirkung geht vom wahren Glauben aus. Kennen Sie Marie Sanina? Haben Sie von ihrem Unglück gehört? Sie hat ihr einziges Kind verloren. Sie war verzweifelt. Und was soll ich Ihnen sagen? Sie hat diese Stütze gefunden und dankt jetzt Gott für den Tod ihres Kindes. Ein solches Glück verleiht der Glaube!"

„O ja, das ist außerordentlich ...", sagte Stepan Arkadjitsch, der sich schon freute, daß jetzt vorgelesen werden sollte und er dabei die Möglichkeit haben würde, etwas zur Besinnung zu kommen. Nein, dachte er, es ist wohl besser, wenn ich sie heute um nichts bitte und nur zusehe, daß ich, ohne Unheil anzurichten, von hier wegkomme.

„Für Sie wird es langweilig sein, weil Sie nicht Englisch verstehen“, wandte sich die Gräfin an Landau, „aber es ist ganz kurz.“

„Oh, ich werde schon verstehen“, antwortete Landau lächelnd und schloß die Augen.

Alexej Alexandrowitsch und Lydia Iwanowna warfen einander vielsagende Blicke zu, und das Vorlesen begann.

22

Stepan Arkadjitsch war durch die seltsamen, ihm unbegreiflichen Reden, die er hier zu hören bekam, völlig verwirrt. Das bewegte Petersburger Leben, in das er aus der Moskauer Stagnation kam, peitschte auch sonst seine Nerven auf; aber er liebte dieses bewegte Leben, und innerhalb der ihm nahestehenden und vertrauten Kreise fand er sich in ihm auch zurecht. Hier dagegen, in dieser fremden Umwelt, fühlte er sich verwirrt und betäubt und war außerstande, das Ganze zu erfassen. Während er der Gräfin Lydia Iwanowna zuhörte und die schönen Augen Landaus – ob sie einen naiven oder listigen Ausdruck hatten, wußte er selbst nicht – auf sich gerichtet fühlte, begann sich in seinem Kopf eine merkwürdige Benommenheit spürbar zu machen.

Die verschiedenartigsten Gedanken gingen ihm in buntem Durcheinander durch den Kopf: Marie Sanina freut sich, weil ihr Kind gestorben ist ... Es wäre schön, jetzt rauchen zu dürfen ... Um der Seligkeit teilhaftig zu werden, braucht man nur zu glauben, aber wie man das anstellen muß, wissen nicht die Mönche, sondern die Gräfin Lydia Iwanowna ... Warum nur ist mir der Kopf so schwer? Vom Kognak, oder weil hier alles so absonderlich ist? Nun, ich glaube, bis jetzt habe ich noch nichts Anstößiges getan. Aber mit meinem Anliegen kann ich ihr jetzt dennoch nicht mehr kommen. Es heißt ja, daß hier auch gemeinsam gebetet wird. Wenn sie bloß mich nicht dazu auffordern wollten! Das gäbe doch eine allzu dumme Situation. Und was für ein Unsinn ist das, was sie da vorliest; aber sie hat eine gute englische Aussprache... Landau ist zugleich Bessubow. Warum ist er ein Bessubow? dachte Stepan Arkadjitsch und fühlte plötzlich, daß sein Unterkiefer, ohne daß er es verhindern konnte, Anstalten zum Gähnen machte. Er strich sich über seinen Backenbart, um das Gähnen zu verbergen, und rüttelte sich auf. Doch gleich darauf fühlte er, daß er bereits einschlief und sich anschickte zu schnarchen. Er wachte in dem Augenblick auf, als die Stimme der Gräfin Lydia Iwanowna ertönte:

„Er schläft."

Stepan Arkadjitsch fuhr erschrocken zusammen, denn er fühlte sich schuldig und glaubte ertappt zu sein. Doch schon im nächsten Augenblick beruhigte er sich, weil er jetzt sah, daß die Bemerkung „er schläft" nicht auf ihn, sondern auf Landau gemünzt war.

Der Franzose war ebenso eingeschlafen wie er selbst. Aber während sein Einschlafen, so dachte er, Ärgernis erregt hätte (übrigens war er sich dessen nicht ganz sicher, weil hier doch alles so absonderlich war), rief der Schlaf des Franzosen große Freude hervor, namentlich bei der Gräfin Lydia Iwanowna.

„Mon ami", wandte sich Lydia Iwanowna an Karenin, den sie in ihrer Erregung nicht mehr mit Alexej Alexandrowitsch, sondern mit mon ami anredete, und nahm, um kein Geräusch zu verursachen, behutsam die Falten ihres Seidenkleides zusammen. „Mon ami, donnez-lui la main. Vous voyez?... Sch-scht!" wandte sie sich zu dem wieder eintretenden Diener um. „Ich bin für niemand zu sprechen!"

Der Franzose, der schlief oder so tat, als ob er schliefe, hatte sich in den Sessel zurückgelehnt und machte mit seiner feuchten, auf dem Knie liegenden Hand schwache Bewegungen, als wollte er nach etwas greifen. Alexej Alexandrowitsch, der beim Aufstehen, trotz aller Mühe, möglichst leise zu sein, gegen den Tisch stieß, trat heran und legte seine Hand in die des Franzosen. Stepan Arkadjitsch stand ebenfalls auf; er riß die Augen weit auf, weil er bezweifelte, schon ganz wach geworden zu sein, und betrachtete abwechselnd den einen und den anderen. Alles, was er sah, war Wirklichkeit. Stepan Arkadjitsch fühlte, daß die Verwirrung in seinem Kopf immer schlimmer wurde.

„Que la personne qui est arrivée la dernière, celle qui demande, qu'elle sorte! Qu'elle sorte!" sagte der Franzose, ohne die Augen zu öffnen.

„Vous m'excuserez, mais vous voyez... Revenez vers dix heures, encore mieux demain."

„Qu'elle sorte!" wiederholte der Franzose ungeduldig.

„C'est moi, n'est-ce pas?" fragte Stepan Arkadjitsch.

Und als er eine bejahende Antwort erhalten hatte, dachte er nicht mehr daran, worum er Lydia Iwanowna hatte bitten wollen, dachte auch nicht mehr an die Angelegenheit seiner Schwester, sondern hatte nur noch den einen Wunsch, möglichst schnell von hier wegzukommen; er eilte auf Zehenspitzen aus dem Zimmer, stürzte wie aus einem verseuchtem Hause auf die Straße und unterhielt sich lange in scherzhaftem Ton mit seinem Kutscher, um so schnell wie möglich zur Besinnung zu kommen.

Im Französischen Theater, wo er gerade noch zum letzten Akt eintraf, und anschließend im Tataren-Restaurant, beim Champagner, als er sich wieder in der ihm gewohnten Luft befand, kam Stepan Arkadjitsch ein wenig zu sich. Aber dennoch war ihm während dieses ganzen Abends nicht recht geheuer zumute.

Als er in die Wohnung Pjotr Oblonskis zurückkehrte, bei dem er in Petersburg abgestiegen war, fand er ein Briefchen von Betsy vor. Sie schrieb, daß ihr sehr daran liege, das begonnene Gespräch fortzusetzen, und lud ihn ein, sie morgen zu besuchen. Er war kaum dazu gekommen, den Brief durchzulesen und seinen Ärger zu unterdrücken, als unten wuchtige Schritte von Männern laut wurden, die offenbar eine schwere Last trugen.

Stepan Arkadjitsch ging hinaus, um nachzusehen, was es gebe. Man brachte den wieder jung gewordenen Pjotr Oblonski nach Hause. Er war dermaßen betrunken, daß er nicht die Treppe hinaufgehen konnte, verlangte jedoch, auf die Beine gestellt zu werden, als er Stepan Arkadjitsch kommen sah; er klammerte sich an seinem Arm fest und ging mit ihm in dessen Zimmer, wo er ihm erzählte, wie er den Abend verbracht hatte, und dann auf der Stelle einschlief.

Stepan Arkadjitsch war, was bei ihm selten vorkam, in niedergedrückter Gemütsverfassung und konnte lange nicht einschlafen. Alles, woran er zurückdachte, widerte ihn an, und am widerwärtigsten, ja geradezu entwürdigend empfand er in der Erinnerung den Abend bei der Gräfin Lydia Iwanowna.

Am nächsten Tage erhielt er einen Brief von Karenin, worin dieser die von Anna gewünschte Scheidung endgültig ablehnte. Stepan Arkadjitsch wußte, daß dieser Beschluß auf das zurückzuführen war, was der Franzose gestern in seinem – sei es nun wirklichen oder erheuchelten – Schlaf gesagt hatte.

23

Wenn im Familienleben irgendeine Änderung vorgenommen werden soll, muß zwischen den Ehepartnern entweder ein völliges Zerwürfnis oder ein auf Liebe beruhendes Einvernehmen vorliegen. Wenn indessen weder das eine noch das andere zutrifft und die Ehepartner in einem unbestimmten gegenseitigen Verhältnis leben, kann nie eine Änderung zustande kommen.

Viele Familien harren nur deshalb jahrelang unter den alten, beide Ehepartner bedrückenden Verhältnissen aus, weil zwischen ihnen weder ein völliges Zerwürfnis noch völliges Einvernehmen besteht.

Das Leben in Moskau bei Hitze und Staub, als die Sonne nicht mehr frühlingsmäßig mild, sondern sommerlich heiß schien und alle Bäume entlang des Boulevards schon längst ausgeschlagen hatten und ihre Blätter bereits mit Staub bedeckt waren, empfanden Wronski und Anna gleichermaßen unerträglich; aber dennoch unterließen sie die seit langem beschlossene Übersiedlung nach Wosdwishenskoje und setzten das allen beiden zum Überdruß gewordene Leben in Moskau fort, weil zwischen ihnen in letzter Zeit kein Einvernehmen bestand.

Die Spannung, die sich zwischen ihnen herausgebildet hatte, war nicht durch äußere Umstände entstanden, und alle Versuche, sie durch eine Aussprache zu beseitigen, waren nicht nur fehlgeschlagen, sondern hatten sie noch verschärft. Es war eine innere Gereiztheit, die bei Anna durch die offensichtliche Abschwächung seiner Liebe und bei Wronski durch die Reue darüber hervorgerufen wurde, daß er sich um ihretwillen in eine schwierige Lage gebracht hatte, die sie ihm, statt sie ihm zu erleichtern, immer noch schwerer machte. Keiner von beiden sprach über die Gründe seiner Verstimmung, aber jeder hielt den anderen für schuldig und bemühte sich bei jeder Gelegenheit, ihm dies zu beweisen.

Da Anna den ganzen Menschen Wronski – mit allen seinen Gewohnheiten, Gedanken und Wünschen, allen seinen geistigen und physischen Eigenschaften – einzig nach seinen Gefühlen für Frauen beurteilte und da seine Liebe, auf die sie allein Anspruch zu haben glaubte, nachgelassen hatte, folgerte sie daraus, daß er einen Teil seiner Liebe auf andere Frauen oder eine andere Frau übertragen hatte, und war eifersüchtig. Ihre Eifersucht war nicht auf eine bestimmte Frau gerichtet, sondern entsprang der Verminderung seiner Liebe zu ihr selbst. Da sie noch nicht wußte, gegen wen sie ihre Eifersucht richten sollte, begann sie danach zu suchen. Schon die geringsten Anzeichen waren Anlaß genug, ihre Eifersucht von einer Person auf die andere zu übertragen. Bald argwöhnte sie, daß er sich mit jenen ordinären Frauen abgab, zu denen er ja dank seinen Verbindungen aus der Junggesellenzeit so leicht Beziehungen aufnehmen konnte; bald waren es Damen der Gesellschaft, mit denen er ein Stelldichein haben konnte, denen ihre Eifersucht galt, und ein andermal war sie auf ein nur in ihrer Phantasie existierendes junges Mädchen eifersüchtig, um dessentwillen er, wie sie meinte, mit ihr brechen wollte, um jene heiraten zu können. Und diese letzte Art der Eifersucht quälte sie deshalb ganz besonders, weil er ihr selbst in einem Augenblick der Offenherzigkeit unbedachterweise gesagt hatte, seine Mutter kenne ihn so wenig, daß sie es sich herausgenommen habe, ihn zu einer Heirat mit der Prinzessin Sorokina überreden zu wollen.

Von ihrer Eifersucht gequält, war Anna ständig über Wronski entrüstet und suchte überall nach einem Anlaß, ihre Entrüstung zu entfachen. Für alles Schwere, womit ihre Lage verbunden war, machte sie ihn verantwortlich. Die schreckliche Zeit des Wartens, die sie, gleichsam zwischen Himmel und Erde schwebend, in Moskau zubringen mußte, die Langsamkeit und Unentschlossenheit Alexej Alexandrowitschs, ihre Einsamkeit – alles legte sie Wronski zur Last. Wenn er sie liebte, müßte er doch die ganze Schwere ihrer Lage verstehen und sie daraus befreien. Daß sie sich in Moskau aufhalten mußte, anstatt aufs Land zu ziehen, auch daran war er schuld. Er konnte es nicht ertragen, abgeschnitten von der Welt auf dem Lande zu leben, wie sie es wünschte. Er brauchte Gesellschaft und hatte sie in diese entsetzliche Lage versetzt, deren Schwere er nicht begreifen wollte. Und auch daran, daß sie für immer von ihrem Sohn getrennt sein sollte, trug er die Schuld.

Selbst in den Augenblicken zärtlichen Beisammenseins, die jedoch sehr selten geworden waren, fand Anna keine Beruhigung; sie glaubte in seiner Zärtlichkeit einen Anflug von Sicherheit und Selbstbewußtsein zu bemerken, der früher nicht dagewesen war und der sie jetzt mehr und mehr reizte.

Es dämmerte bereits. Anna war allein, und während sie auf die Rückkehr Wronskis wartete, der zu einem Junggesellenessen gefahren war, ging sie in seinem Arbeitszimmer (in dem der Straßenlärm am wenigsten zu hören war) auf und ab und überdachte in allen Einzelheiten den Verlauf ihres gestrigen Streites. Nachdem sie sich alle verletzenden Worte, die dabei gefallen waren, in umgekehrter Reihenfolge ins Gedächtnis gerufen hatte und endlich am Ausgangspunkt des Streits angelangt war, konnte sie es lange nicht fassen, daß er durch eine an sich so belanglose, keinem von ihnen am Herzen liegende Frage hervorgerufen worden sein sollte. Und dennoch war es so.

Angefangen hatte das Ganze damit, daß er eine spöttische Bemerkung über die Mädchengymnasien gemacht hatte, die er für unnötig hielt, und sie ihm widersprochen hatte. Im weiteren hatte er sich über die weibliche Bildung schlechthin abfällig geäußert und erklärt, daß für Hanna, die von Anna betreute junge Engländerin, Kenntnisse in der Physik völlig überflüssig seien.

Das hatte Anna gereizt. Sie sah darin eine Anspielung auf ihre eigene Tätigkeit. Und sie hatte eine passende Erwiderung gefunden und ausgesprochen, mit der sie ihm die ihr zugefügte Kränkung heimzahlen konnte:

„Ich erwarte nicht, daß Sie für mich und meine Gefühle so viel Verständnis haben, wie man es bei jemand, von dem man wirklich geliebt wird, voraussetzen kann; aber ich hätte doch geglaubt, wenigstens auf die einfachste Höflichkeit rechnen zu können."

Er war daraufhin auch wirklich vor Ärger rot geworden und hatte irgendeine schroffe Antwort gegeben. Sie wußte nicht mehr genau, was sie dann erwidert hatte, sondern erinnerte sich nur, daß er hierauf, offenbar mit der Absicht, ihr ebenfalls weh zu tun, gesagt hatte:

„Ihr Hang zu diesem Mädchen ist mir allerdings unverständlich, denn ich halte ihn für unnatürlich."

Die Grausamkeit, mit der er jene kleine Welt zerstörte, die sie sich mit so viel Mühe aufgebaut hatte, um sich über ihr schweres Leben hinwegzuhelfen, und die Ungerechtigkeit, mit der er sie der Verstellung und Unnatürlichkeit bezichtigte, hatten sie vollends außer sich gebracht.

„Es tut mir sehr leid, daß Sie nur für das Grobe und Materielle Verständnis haben und es für natürlich halten", hatte sie geantwortet und war aus dem Zimmer gegangen.

Als er dann gestern abend zu ihr gekommen war, hatte keiner von ihnen den vorausgegangenen Streit erwähnt; aber beide hatten gefühlt, daß er äußerlich zwar abgetan war, im verborgenen jedoch weiterschwelte.

Heute war er den ganzen Tag über nicht zu Hause gewesen, und in dem Bewußtsein, sich mit ihm entzweit zu haben, fühlte sie sich so vereinsamt und bedrückt, daß sie bereit war, alles zu vergessen und zu verzeihen, um sich mit ihm zu versöhnen; sie versuchte, ihn zu rechtfertigen, und schrieb alle Schuld sich selbst zu.

Ich bin selbst schuld. Ich bin gereizt und ohne jeden Grund eifersüchtig. Wir werden uns aussöhnen und dann aufs Land fahren, wo ich ruhiger sein werde, dachte sie bei sich.

Unnatürlich! fiel ihr da plötzlich wieder das Wort ein, das sie deshalb besonders verletzt hatte, weil sich darin seine Absicht kundtat, ihr weh zu tun.

Ich weiß, was er damit sagen wollte; er wollte sagen, es sei unnatürlich, keine Liebe für die eigene Tochter zu empfinden und dabei ein fremdes Kind zu lieben. Was versteht er schon von der Liebe einer Mutter, von meiner Liebe zu Serjosha, den ich um seinetwillen geopfert habe? Aber er wollte mir weh tun! Ja, er muß eine andere Frau lieben, anders läßt es sich nicht erklären.

Doch als sie nun erkannte, daß sie sich, statt Beruhigung zu finden, ständig in demselben Kreise bewegte und zum Schluß immer wieder gereizt wurde, erschrak sie über sich selbst. Ist es denn wirklich unmöglich? Kann ich nicht alle Schuld auf mich nehmen? fragte sie sich und begann denselben Kreislauf von neuem. Er ist aufrichtig, er ist ehrlich, er liebt mich. Ich liebe ihn, und in den nächsten Tagen wird es zur Scheidung kommen. Was brauche ich noch mehr? Ich brauche Ruhe und Vertrauen, ich werde alle Schuld auf mich nehmen. Ja, wenn er jetzt kommt, werde ich ihm sagen, daß ich schuld gewesen sei, obschon das gar nicht zutrifft, und dann werden wir abreisen.

Und um nicht länger zu grübeln und sich der gereizten Stimmung hinzugeben, klingelte sie und gab Anweisung, die Koffer zu bringen, um die für den Landaufenthalt notwendigen Sachen einzupacken.

Um zehn Uhr kam Wronski nach Hause.

24

„Nun, hast du dich gut unterhalten?“ fragte sie in mildem, versöhnlichem Ton, als sie ihm entgegenging.

„Wie gewöhnlich“, antwortete er und erkannte schon auf den ersten Blick, daß sie heute einen ihrer guten Tage hatte. Er war an solche Übergänge bereits gewöhnt und freute sich über ihre gute Stimmung diesmal besonders, weil er selbst in bester Stimmung war.

„Was sehe ich? Das ist recht so!“ sagte er mit einem Blick auf die im Vorzimmer stehenden Koffer.

„Ja, wir müssen abreisen. Ich habe eine Spazierfahrt gemacht, und es war so schön, daß mich die Sehnsucht nach dem Lande gepackt hat. Dich hält hier doch nichts zurück?“

„Es ist auch mein sehnlichster Wunsch. Ich komme gleich, dann können wir alles besprechen, ich will mich nur umziehen. Laß inzwischen den Tee bringen.“

Und er ging in sein Zimmer.

Es lag etwas Verletzendes darin, wie er gesagt hatte: „Das ist recht so!“ So spricht man mit einem Kinde, wenn es aufgehört hat, launisch zu sein, dachte sie. Noch verletzender fand sie den Gegensatz zwischen ihrem unterwürfigen und seinem selbstbewußten Ton. Für einen Augenblick regte sich in ihrem Innern aufs neue der Kampfgeist, doch sie unterdrückte ihn und zwang sich, als Wronski zurückkam, ebenso heiter zu sein wie vorher.

Sie erzählte ihm nun mit zum Teil vorher zurechtgelegten Worten, wie sie den Tag verbracht und welche Pläne sie für die Abreise gefaßt hatte.

„Weißt du, es ist fast wie eine Erleuchtung über mich gekommen", sagte sie. „Warum soll ich hier auf die Scheidung warten? Kann ich das nicht ebensogut auf dem Lande tun? Ich bin außerstande, länger zu warten. Ich will nicht immer vergebens hoffen, will überhaupt nichts von der Scheidung hören. Ich habe beschlossen, mein weiteres Leben nicht davon abhängig zu machen. Bist du einverstanden?"

„Ja, gewiß", antwortete er und blickte beunruhigt in ihr erregtes Gesicht.

„Wie habt ihr denn die Zeit verbracht? Wer war alles da?" fragte sie nach kurzem Schweigen.

Wronski nannte die Teilnehmer.

„Das Essen war vorzüglich, und auch die Regatta und alles übrige war ganz nett, obschon es in Moskau nie ohne ridicule abgeht. Eine Dame trat auf, die Schwimmlehrerin der Königin von Schweden, und führte ihr Künste vor."

„Wie? Sie ist geschwommen?" fragte Anna mit finsterem Gesicht.

„Ja, in einem roten costume de natation – eine alte, häßliche Person. Wann wollen wir also abfahren?"

„Was für ein dummer Einfall!" sagte Anna, ohne auf seine Frage einzugehen. „War denn an ihrem Schwimmen etwas Besonderes?"

„Absolut nichts Besonderes. Wie ich schon sagte, das Ganze war furchtbar albern. Wann also, meinst du, sollen wir abfahren?"

Anna schüttelte den Kopf, als wollte sie einen unangenehmen Gedanken verscheuchen.

„Wann wir abfahren sollen? Je eher, desto besser. Morgen werden wir es nicht schaffen. Übermorgen."

„Schön ... nein, warte mal. Übermorgen ist Sonntag, und ich muß zu maman hinausfahren", sagte Wronski und wurde verlegen, weil er, sobald er seine Mutter genannt hatte, Annas durchdringenden, argwöhnischen Blick auf sich gerichtet fühlte. Seine Verlegenheit bestärkte sie in ihrem Verdacht. Sie wurde feuerrot und rückte von ihm ab. Jetzt war es nicht mehr die Schwimmlehrerin der schwedischen Königin, die sie sich in ihrer Phantasie vorstellte, sondern die Prinzessin Sorokina, die sich zusammen mit der Gräfin Wronskaja in deren Landhaus in der Nähe Moskaus aufhielt.

„Kannst du denn nicht schon morgen zu ihr hinfahren?" fragte sie.

„Nein, das geht nicht. Die Angelegenheit, wegen der ich hin muß – die Vollmacht zur Abhebung des Geldes –, läßt sich morgen nicht erledigen", antwortete er.

„Wenn es so ist, dann fahren wir eben gar nicht!“

„Wieso denn gar nicht?“

„Später fahre ich nicht. Entweder Montag oder überhaupt nicht!“

„Ja, warum denn nicht?“ fragte Wronski erstaunt. „Das ist doch völlig sinnlos.“

„Für dich ist es sinnlos, weil du auf mich nie Rücksicht nimmst. Du willst mein Leben nicht verstehen. Das einzige, was mich hier beschäftigt hat, ist Hanna. Du sagst, das sei Heuchelei. Du hast gestern doch gesagt, daß ich nicht meine Tochter liebe, sondern so tue, als liebte ich diese Engländerin, und das sei unnatürlich. Ich möchte wissen, wie ich hier ein natürliches Leben führen soll!“

Für einen Augenblick kam sie zur Besinnung und war entsetzt, ihrem Vorsatz untreu geworden zu sein. Aber obwohl sie wußte, daß sie sich damit selbst ins Verderben stürzte, konnte sie sich nicht mehr zurückhalten; sie konnte nicht darauf verzichten, ihm sein Unrecht vorzuhalten, konnte sich ihm nicht unterwerfen.

„Das habe ich nie gesagt; ich habe nur gesagt, daß mir diese plötzliche Liebe unverständlich ist“, erwiderte Wronski.

„Warum hältst du, obwohl du dir so viel auf deine Offenheit einbildest, mit der Wahrheit zurück?“

„Ich bilde mir nichts ein und spreche nie die Unwahrheit“, sagte er ruhig, bemüht, den in ihm aufsteigenden Zorn zu unterdrükken. „Es tut mir sehr leid, wenn du keine Achtung ...“

„Von Achtung zu sprechen, das hat man erfunden, um den leeren Platz zu verbergen, den die Liebe einnehmen sollte. Wenn du mich nicht mehr liebst, dann tätest du besser, es ehrlich zuzugeben.“

„Nein, das wird nachgerade unerträglich!“ rief Wronski und stand auf. Er blieb vor ihr stehen. „Warum stellst du meine Geduld auf die Probe?“ sagte er langsam und in einem Ton, als müsse er sich zurückhalten, um nicht noch vieles andere zu sagen. „Sie hat Grenzen.“

„Was wollen Sie damit sagen?“ rief sie und nahm mit Entsetzen den unverhüllten Haß wahr, der sich in seinem ganzen Gesicht und besonders in dem harten, drohenden Ausdruck seiner Augen kundtat.

„Ich will sagen ...“, begann er, brach aber den Satz ab. „Ich muß Sie bitten mir zu sagen, was Sie von mir wünschen.“

„Was kann ich wünschen? Ich kann nur wünschen, daß Sie mich nicht verlassen, wie Sie es vorhaben“, sagte Anna, die alles erraten hatte, was von ihm unausgesprochen geblieben war. „Doch das ist nicht die Hauptsache, was ich mir wünsche. Ich brauche Liebe, und da sie fehlt, ist alles aus!“

Sie ging auf die Tür zu.

„Warte ... warte doch!" sagte Wronski und ergriff, immer noch mit finster zusammengezogenen Brauen, ihre Hand. „Was liegt denn vor? Ich habe gesagt, daß wir die Abreise um drei Tage verschieben müssen, und du hast darauf geantwortet, daß ich lüge und ein unehrlicher Mensch sei."

„Ja, und ich wiederhole auch jetzt, daß ein Mensch, der mir Vorhaltungen darüber macht, daß er alles um meinetwillen geopfert hat", sagte sie und spielte auf die bei einem früheren Streit gefallenen Worte an, „daß ein solcher Mensch noch schlimmer ist als ein unehrlicher, denn er ist herzlos."

„Nein, jede Geduld hat ihre Grenzen!" rief Wronski und gab schnell ihre Hand frei.

Er haßt mich, das steht fest, dachte sie und verließ schweigend, ohne sich noch einmal umzusehen, mit unsicheren Schritten das Zimmer.

Er liebt eine andere Frau, das ist jetzt ganz sicher, sagte sie sich, als sie in ihre Zimmer gekommen war. Ich brauche seine Liebe, und da sie fehlt, ist alles aus. Sie wiederholte in Gedanken die Worte, die sie vorhin gesagt hatte. Ich muß Schluß machen!

Aber wie? fragte sie sich und setzte sich in den vor dem Spiegel stehenden Sessel.

Sie überlegte, wohin sie jetzt fahren könnte, zu ihrer Tante, bei der sie erzogen worden war, oder zu Dolly, oder ob sie allein ins Ausland reisen sollte; sie dachte daran, was Wronski jetzt allein in seinem Arbeitszimmer machte, ob der jetzige Streit den endgültigen Bruch bedeute oder ob noch eine Versöhnung möglich sei; sie dachte auch daran, was ihre früheren Petersburger Bekannten jetzt von ihr sagen würden, wie Alexej Alexandrowitsch ihre Trennung von Wronski aufnehmen werde, und noch viele andere Gedanken über die Folgen ihres Zerwürfnisses gingen ihr durch den Kopf; aber sie gab sich diesen Gedanken nicht mit ganzer Seele hin. In ihrer Seele schlummerte noch ein anderer Gedanke, der als einziger für sie von Interesse war, über den sie sich aber noch nicht klarwerden konnte. Als sie jetzt noch einmal an Alexej Alexandrowitsch dachte, vergegenwärtigte sie sich dabei auch die Zeit ihrer Krankheit nach der Niederkunft und das Gefühl, das sie damals unablässig bewegt hatte. Warum bin ich nicht gestorben? Sie erinnerte sich ihrer damaligen Gedanken und Empfindungen. Und nun wurde ihr auf einmal klar, was sich in ihrer Seele verbarg. Ja, das war die einzige Möglichkeit, die alles entscheiden würde: Sterben!

Die Schande und Schmach Alexej Alexandrowitschs und Serjoshas, ihre eigene furchtbare Schande – alles würde durch ihren

Tod getilgt werden. Wenn sie stürbe, dann würde sich Wronski Vorwürfe machen, würde sie bedauern, sie lieben und um ihretwillen leiden... Während sie mit einem auf ihrem Gesicht erstarrten Lächeln des Mitleids mit sich selbst im Sessel saß und den Ring an ihrer linken Hand abwechselnd abzog und wieder aufstreifte, stellte sie sich lebhaft und in allen Einzelheiten vor, was er nach ihrem Tode empfinden würde.

Näher kommende Schritte, *seine* Schritte, rissen sie aus ihren Gedanken. Sie gab sich den Anschein, mit dem Einsortieren ihrer Ringe beschäftigt zu sein, und drehte sich bei seinem Eintreten nicht zu ihm um.

Er trat auf sie zu, nahm ihre Hand und sagte leise:

„Anna, wir wollen morgen abreisen, wenn dir daran liegt. Ich bin mit allem einverstanden."

Sie schwieg.

„Nun, wie ist es?" fragte er.

„Du weißt es selbst", sagte sie, und nicht mehr fähig, sich zu beherrschen, brach sie in Tränen aus.

„Verlaß mich doch, verlaß mich!" stammelte sie schluchzend. „Ich werde morgen abreisen... Ich werde noch mehr tun. Was bin ich? Eine gefallene Frau! Ein Stein an deinem Halse! Ich will dir nicht das Leben nicht vergällen, ich will es nicht! Ich gebe dich frei. Du liebst mich nicht, liebst eine andere!"

Wronski beschwor sie, sich zu beruhigen, und versicherte ihr, daß ihre Eifersucht völlig unbegreiflich sei, daß seine Liebe zu ihr nie nachgelassen habe und nie nachlassen werde und daß er sie jetzt noch mehr liebe als früher.

„Anna, warum quälst du dich selbst und mich so furchtbar?" fragte er und küßte ihre Hände. In seinem Gesicht drückte sich jetzt Zärtlichkeit aus, und während sie seiner Stimme aufsteigende Tränen anzumerken glaubte, fühlte sie zugleich, wie sie ihre Hand benetzten. Und im Nu schlug ihre hemmungslose Eifersucht in ebenso hemmungslose, leidenschaftliche Zärtlichkeit um; sie umarmte ihn und bedeckte sein Gesicht, seinen Hals und seine Hände mit Küssen.

25

In dem Gefühl, daß die Aussöhnung vollständig gewesen sei, traf Anna am nächsten Morgen mit Eifer die Vorbereitungen zur Abreise. Da gestern einer dem anderen nachgeben wollte, stand es noch nicht fest, ob sie nun am Montag oder Dienstag abreisen würden, aber Anna, der es jetzt völlig gleichgültig war, ob die Abreise einen Tag früher oder später erfolgen sollte, bereitete sich auf alle Fälle schon geschäftig darauf vor. Sie stand in ihrem Zimmer vor dem geöffneten Koffer und ordnete ihre Sachen, als Wronski, bereits fertig angezogen, früher als gewöhnlich zu ihr kam.

„Ich will gleich zu maman hinausfahren und mit ihr verabreden, daß sie mir das Geld durch Jegorow schickt. Und morgen können wir dann abreisen."

So gut Anna auch gelaunt war, versetzte ihr seine Mitteilung, daß er auf den Landsitz seiner Mutter fahre, dennoch einen Stich.

„Nein, ich werde bis morgen selbst nicht fertig", antwortete sie und lachte dabei im stillen: Also hat es sich doch so einrichten lassen, wie ich wollte. – „Nein, nun lassen wir es schon dabei, wie du es vorhattest. Geh schon ins Speisezimmer, ich will hier nur noch einige unnötige Sachen aussortieren und komme gleich nach", sagte sie, während sie dem Berg abgelegter Kleider, den Annuschka bereits auf dem Arm hatte, noch etwas hinzufügte.

Als Anna ins Speisezimmer kam, war Wronski dabei, sein Beefsteak zu verzehren.

„Du kannst dir nicht vorstellen, wie überdrüssig ich dieser Räume geworden bin", sagte sie, während sie sich neben ihn an ihr Kaffeegedeck setzte. „Es gibt nichts Gräßlicheres als solche chambres garnies. Sie haben kein Gesicht, keine Seele. Diese Uhr, die Gardinen und besonders die Tapeten – alles wirkt wie ein Alpdruck. An Wosdwishenskoje denke ich wie an das gelobte Land. Schickst du die Pferde schon voraus?"

„Nein, ich will sie nachkommen lassen. Brauchst du noch einen Wagen?"

„Ja, ich wollte zu der Wilson fahren. Ich muß ihr Kleider bringen. Also bleibt es endgültig bei morgen?" fragte sie in angeregtem Ton. Doch gleich darauf verfinsterte sich ihr Gesicht.

Der Kammerdiener Wronskis war ins Zimmer gekommen, um von diesem die Empfangsbescheinigung für ein Telegramm aus Petersburg abzuholen. Es war nichts Außergewöhnliches, daß Wronski ein Telegramm erhielt; auffallend war nur, daß er, wie er dem Diener sagte, die Empfangsbescheinigung in seinem Arbeitszimmer liegengelassen hatte und sich nun, wie ihr schien, mit besonderer Hast an sie wandte:

„Ja, bis morgen werde ich bestimmt mit allem fertig sein."

„Von wem ist denn das Telegramm?" fragte sie, ohne darauf zu hören, was er sagte.

„Von Stiwa", antwortete er unwillig.

„Warum hast du es mir denn nicht gezeigt? Was Stiwa telegraphiert, brauchst du mir doch wohl nicht zu verheimlichen."

Wronski rief den Diener zurück und befahl ihm, das Telegramm zu bringen.

„Ich wollte es dir nicht zeigen, weil Stiwa eine Vorliebe dafür hat, immer gleich zu telegraphieren. Wozu ein Telegramm, wenn doch nichts entschieden ist?“

„Wegen der Scheidung?“

„Ja. Aber er telegraphiert, daß er noch nichts erreichen konnte. Man habe ihm für die nächsten Tage einen endgültigen Bescheid versprochen. Hier, lies selbst!“

Anna nahm mit zitternden Händen das Telegramm und las nun dasselbe, was Wronski ihr bereits mitgeteilt hatte. Zum Schluß war noch hinzugefügt:

„Ich habe wenig Hoffnung, werde aber alles Mögliche und Unmögliche unternehmen.“

„Ich habe doch gestern gesagt, daß es mir völlig gleichgültig ist, wann und ob es überhaupt zur Scheidung kommen wird“, sagte sie und wurde rot. „Es war also unnötig, mir das Telegramm vorzuenthalten.“ Und sie dachte: So kann er mir auch seinen Briefwechsel mit anderen Frauen verheimlichen.

„Jaschwin wollte übrigens im Laufe des Vormittags mit Woitow herkommen“, sagte Wronski. „Er hat anscheinend Pewzow beim Spiel dessen ganze Barschaft abgenommen und sogar mehr gewonnen, als dieser überhaupt zahlen kann, an die sechzigtausend Rubel.“

Sie war gereizt und fuhr, verärgert darüber, daß er ihr durch diesen Übergang zu einem anderen Gesprächsthema ihre Gereiztheit so offensichtlich zu verstehen gab, fort: „Warum nimmst du eigentlich an, diese Nachricht hätte für mich so große Bedeutung, daß du es sogar für nötig hältst, sie mir zu verheimlichen? Ich habe doch gesagt, daß ich an diese Frage nicht denken will, und wünschte nur, sie hätte für dich ebensowenig Interesse wie für mich.“

„Sie hat für mich Interesse, weil ich Klarheit liebe“, antwortete Wronski.

„Klarheit hängt nicht von der äußeren Form ab, sondern von der Liebe“, sagte sie, immer mehr gereizt, nicht so sehr durch das, was er sagte, als vielmehr durch den Ton unerschütterlicher Ruhe, in dem er es sagte. „Warum liegt dir daran?“

Mein Gott, schon wieder die Liebe! dachte er stirnrunzelnd und antwortete:

„Du weißt es doch, warum: deinetwegen und um der Kinder willen, die wir einst haben werden.“

„Kinder werden wir nicht haben.“

„Das ist sehr schade“, bemerkte er.

„Um der Kinder willen möchtest du Klarheit haben, aber an mich denkst du nicht“, hielt sie ihm vor, wobei sie ganz außer acht ließ oder es einfach überhört hatte, daß er nicht nur von den Kindern, sondern auch von ihr gesprochen hatte.

Die Frage, ob sie Kinder haben wollten, war zwischen ihnen schon seit langem ein strittiger Punkt, dessen Erörterung Anna jedesmal in Erregung versetzte. Aus seinem Wunsch, Kinder zu haben, folgerte sie, daß er auf die Erhaltung ihrer Schönheit keinen Wert lege.

„Ach, ich habe doch gesagt, deinetwegen. Vor allem deinetwegen“, erwiderte er und verzog, wie von einem Schmerz gequält, das Gesicht. „Denn ich bin überzeugt, daß deine Gereiztheit haupsächlich auf die Unklarheit der Lage zurückzuführen ist.“

So, jetzt verstellt er sich nicht mehr, und da kommt der bodenlose Haß, den er gegen mich empfindet, zum Vorschein, dachte sie und starrte, ohne seine Worte zu hören, entsetzt auf den kalten, grausamen Richter, der ihr spöttisch aus seinen Augen entgegenblickte.

„Das ist nicht der Grund“, sagte sie. „Und ich verstehe gar nicht, wie du den Grund meiner, wie du es nennst, Gereiztheit in der Unklarheit der Lage sehen kannst, da ich mich ja vollständig in deiner Gewalt befinde. Kann da noch von einer unklaren Lage die Rede sein? Im Gegenteil ...“

„Es tut mir sehr leid, daß du mich nicht verstehen willst“, unterbrach er sie, in dem beharrlichen Wunsch, seinen Gedanken bis zu Ende auszusprechen. „Die Unklarheit besteht darin, daß du mich für ungebunden hältst.“

„In dieser Hinsicht kannst du völlig beruhigt sein“, antwortete sie und wandte sich von ihm ab, um ihren Kaffee zu trinken.

Sie nahm die Tasse und führte sie an den Mund, wobei sie den kleinen Finger abspreizte. Nachdem sie ein paar Schlucke getrunken hatte, blickte sie zu ihm hinüber und glaubte seinem Gesichtsausdruck zu entnehmen, daß ihm ihre Hand, ihre Geste und der Laut, den ihre Lippen hervorbrachten, widerwärtig seien.

„Es ist mir völlig gleichgültig, was deine Mutter denkt und mit wem sie dich verheiraten will“, sagte sie und stellte mit zitternder Hand die Tasse zurück.

„Darum handelt es sich jetzt nicht.“

„Doch, gerade darum. Und ich kann dir nur sagen, daß ich für eine Frau, die kein Herz hat, ob sie nun alt oder nicht alt ist und ob es sich um deine Mutter oder jemand anders handelt, kein Interesse habe und nichts von ihr wissen will.“

„Anna, ich bitte dich, von meiner Mutter nicht in abfälligem Ton zu sprechen.“

„Eine Frau, deren Herz ihr nicht sagt, worin das Glück und die Ehre ihres Sohnes bestehen, ist herzlos."

„Ich wiederhole meine Bitte, von meiner Mutter, die ich verehre, nicht in abfälligem Ton zu sprechen", sagte er mit erhobener Stimme und blickte sie streng an.

Sie antwortete nicht. Während sie einen durchdringenden Blick auf ihn richtete, auf sein Gesicht, seine Hände, vergegenwärtigte sie sich in allen Einzelheiten die Szene ihrer gestrigen Versöhnung und seine leidenschaftlichen Zärtlichkeiten. Genau solche Zärtlichkeiten hat er an andere Frauen verschwendet und wird und will sie auch künftig an andere Frauen verschwenden, dachte sie.

„Du liebst deine Mutter gar nicht. Das sind alles Phrasen. Phrasen, nur Phrasen!" sagte sie und sah ihn haßerfüllt an.

„Wenn es so steht, dann muß ..."

„Dann muß es zu einer Entscheidung kommen, und ich habe mich entschieden", fiel sie ihm ins Wort und schickte sich an, das Zimmer zu verlassen. Doch in diesem Augenblick trat Jaschwin ein. Anna begrüßte ihn und blieb stehen.

Was sie dazu bewog, während in ihrer Seele ein Sturm tobte und sie sich bewußt war, an einem Wendepunkt ihres Lebens zu stehen, bei dem der nächste Schritt entsetzliche Folgen nach sich ziehen konnte, was sie dazu bewog, sich in einem solchen Augenblick vor einem fremden Menschen zu verstellen, der früher oder später doch alles erfahren würde, das wußte sie nicht. Aber sie beschwichtigte sofort den Sturm in ihrem Innern, setzte sich und begann sich mit dem Gast zu unterhalten.

„Nun, wie sieht es bei Ihnen aus? Haben Sie Ihren Gewinn einkassiert?" fragte sie Jaschwin.

„Einigermaßen; alles werde ich kaum bekommen, und Mittwoch muß ich wieder weg. Wann reisen Sie denn?" erkundigte sich Jaschwin, der Wronski dabei mit zusammengekniffenen Augen fixierte und offenbar erriet, daß sie sich gestritten hatten.

„Wahrscheinlich übermorgen", antwortete Wronski.

„Sie haben es ja schon lange vor."

„Ja, aber jetzt steht es endgültig fest", sagte Anna und sah Wronski dabei mit einem Blick in die Augen, der ihm sagte, daß er sich jeden Gedanken an die Möglichkeit einer Versöhnung aus dem Kopf schlagen solle.

„Tut Ihnen der unglückliche Pewzow denn gar nicht leid?" fuhr sie in der Unterhaltung mit Jaschwin fort.

„Wenn ich gewonnen habe, Anna Arkadjewna, habe ich mir noch nie Gedanken darüber gemacht, ob mir der Verlierer leid tut oder nicht. Ich trage ja mein ganzes Hab und Gut hier bei mir", sagte er und zeigte auf seine Brusttasche, „und bin im Augenblick ein reicher Mann, aber wenn ich später in den Klub fahre, ist es gut möglich, daß ich ihn als Bettler verlasse. Wer sich mit mir an den Spieltisch setzt, will mich ja ebenso bis aufs Hemd ausplündern wie ich ihn. Nun, da kämpfen wir halt, und darin besteht das Vergnügen."

„Und wenn Sie nun verheiratet wären", meinte Anna. „Was würde Ihre Frau dazu sagen?"

Jaschwin lachte.

„Deshalb eben habe ich nicht geheiratet und es auch nie vorgehabt."

„Und Helsingfors?" griff Wronski ins Gespräch ein und warf dabei einen Blick auf Anna, die Jaschwin lächelnd zuhörte.

Doch als sie seinen Blick auffing, nahm ihr Gesicht sofort einen kalten, abweisenden Ausdruck an, der unmißverständlich besagte: Es ist nichts vergessen. Es bleibt dabei.

„Waren Sie wirklich einmal verliebt?" fragte sie Jaschwin.

„Mein Gott, wie oft schon! Aber sehen Sie, ein anderer setzt sich an den Spieltisch und kann wieder aufstehen, sobald die Zeit zum Rendezvous gekommen ist; ich aber kann mich auf Liebesabenteuer nur einlassen, wenn ich abends nicht zu spät zur Partie komme. Das ist meine Richtschnur."

„Nein, davon spreche ich nicht, ich meine eine ernsthafte Liebe ..." Sie wollte eigentlich hinzufügen: in Helsingfors, unterließ es jedoch, weil sie nicht das von Wronski gebrauchte Wort wiederholen mochte.

Jetzt trat Woitow ins Zimmer, der einen Hengst kaufen wollte. Anna stand auf und ging hinaus.

Bevor Wronski das Haus verließ, kam er zu ihr ins Zimmer. Sie wollte sich zuerst den Anschein geben, als suche sie etwas auf dem Tisch; doch dann schämte sie sich vor sich selbst, sich so zu verstellen, und blickte ihm offen ins Gesicht.

„Was wollen Sie?" fragte sie in kaltem Ton auf französisch.

„Den Stammbaum von ‚Gambetta' holen, ich habe ihn verkauft", antwortete er in einem Ton, der deutlicher als Worte besagte: Ich habe jetzt keine Zeit für Auseinandersetzungen, die doch zu nichts führen würden.

Ich habe mir ihr gegenüber nichts zuschulden kommen lassen, dachte er. Wenn sie sich selbst bestrafen will, tant pis pour elle. Doch beim Hinausgehen schien es ihm, als hätte sie noch etwas gesagt, und vor Mitleid mit ihr krampfte sich unversehens sein Herz zusammen.

„Hast du etwas gesagt, Anna?" fragte er.

„Nein", antwortete sie in unverändert kaltem und ruhigem Ton.

Nicht, nun dann tant pis, dachte er, drehte sich, wieder hart geworden, um und ging auf die Tür zu. Als er dabei einen Blick in den Spiegel warf, sah er ihr blasses Gesicht und die zuckenden Lippen. Er wollte stehenbleiben und ihr ein versöhnliches Wort sagen; aber seine Füße trugen ihn aus dem Zimmer, bevor ihm eingefallen war, was er ihr sagen könnte. Er brachte den ganzen Tag außerhalb des Hauses zu, und als er spätabends zurückkehrte, bestellte ihm das Mädchen, daß Anna Arkadjewna Kopfschmerzen habe und nicht gestört werden möchte.

26

Noch nie hatte ein Streit zwischen ihnen einen ganzen Tag über angehalten. Heute war es das erstemal. Und diesmal handelte es sich nicht um einen einfachen Streit. Es war das unverhohlene Eingeständnis, daß seine Liebe zu ihr endgültig erloschen war. Wie hätte er es sonst übers Herz gebracht, sie derartig anzusehen, wie er es getan hatte, als er ins Zimmer gekommen war, um die Urkunde zu holen? Zu sehen, daß ihr das Herz vor Verzweiflung brach, und dennoch schweigend und mit gleichgültiger Miene vorbeizugehen? Seine Liebe war nicht nur erloschen, sondern hatte sich geradezu in Haß verwandelt, weil er eine andere Frau liebte, das stand zweifellos fest.

Als sich Anna alle die grausamen Worte ins Gedächtnis rief, die er gesagt hatte, und auch noch jene hinzudachte, die ihm offensichtlich auf der Zunge gelegen hatten und nur noch ausgesprochen zu werden brauchten, steigerte sie sich in eine immer größere Erbitterung hinein.

Ich halte Sie nicht zurück, hätte er sagen können. Sie können gehen, wohin es Ihnen beliebt. An der Scheidung von Ihrem Mann war Ihnen nicht gelegen, weil Sie sich wahrscheinlich die Tür für eine Rückkehr zu ihm offenhalten wollten. Kehren Sie doch zu ihm zurück! Wenn Sie Geld brauchen, werde ich es Ihnen geben. Wieviel Rubel wünschen Sie?

Ein ganzes Register der herzlosesten Worte, die man nur einem rohen Menschen zutrauen konnte, unterschob sie Wronski in ihrer Einbildung und legte sie ihm zur Last, als hätte er sie wirklich gesagt.

Ja, aber hat er mir nicht erst gestern seine Liebe geschworen – er, ein aufrichtiger und ehrlicher Mensch? Bin ich nicht schon oft von Verzweiflung ergriffen gewesen, die sich dann als grundlos erwiesen hat? fragte sie sich gleich darauf.

Bis auf die zwei Stunden, die mit ihrer Fahrt zu der Wilson vergangen waren, hatte Anna den ganzen Tag darüber nachgedacht, ob nun alles verloren sei oder ob noch eine Hoffnung auf Versöhnung bestehe und ob es besser wäre, das Haus auf der Stelle zu verlassen oder noch einmal mit Wronski zusammenzutreffen. Nachdem sie den ganzen Tag vergeblich auf ihn gewartet hatte und dem Mädchen dann, als sie sich abends in ihr Zimmer zurückzog, Anweisung gab, ihm zu bestellen, daß sie Kopfschmerzen habe, wollte sie damit folgende Probe verbinden: Kommt er trotz dieser Mitteilung des Mädchens zu mir, dann bedeutet es, daß er mich noch liebt; kommt er nicht, dann ist alles aus, und ich muß beschließen, was ich tun soll…

Sie hörte abends seinen Wagen vorfahren, hörte sein Klingeln, seine Schritte und wie er mit dem Mädchen sprach; er gab sich damit zufrieden, was ihm bestellt wurde, hatte nicht das Bedürfnis, Näheres zu erfahren, und begab sich in sein Zimmer. Somit war alles aus.

Und der Tod zeichnete sich in ihrer Vorstellung klar und greifbar als das einzige Mittel ab, durch das sie seine Liebe zu ihr wieder beleben, ihn bestrafen und den Sieg in jenem Kampf erringen konnte, den ein böser Geist, der sich in ihrem Herzen eingenistet hatte, gegen ihn führte.

Jetzt war alles gleichgültig: ob die Übersiedlung nach Wosdwishenskoje zustande kommen würde oder nicht, ob ihr Mann in die Scheidung einwilligen oder sie ablehnen würde – alles war belanglos geworden. Sie hatte nur noch den einen Wunsch: ihn zu bestrafen.

Als sie sich die übliche Dosis Opium eingoß und sich dabei sagte, daß sie nur das ganze Fläschchen auszutrinken brauchte, um zu sterben, schien ihr das so leicht und einfach ausführbar zu sein, daß sie sich wieder mit Genuß vorzustellen begann, wie er leiden, sich Gewissensbisse machen und sie in der Erinnerung lieben werde, wenn es zu spät wäre.

Sie lag mit offenen Augen im Bett, blickte beim Schein der bis auf einen kleinen Stummel abgebrannten Kerze auf den Stucksims der Zimmerdecke und den Schatten, den der Wandschirm auf einen Teil des Simses warf, und malte sich in allen Einzelheiten seinen Gemütszustand nach ihrem Tode aus, wenn sie für ihn nur noch eine Erinnerung sein würde. Wie konnte ich nur diese herzlosen Worte zu ihr sagen? würde er denken. Wie konnte ich aus dem Zimmer gehen, ohne mich mit ihr auszusprechen? Doch nun ist sie nicht mehr da. Sie ist für immer von uns gegangen. Sie ist dort… Plötzlich begann der Schatten des Wandschirms zu flakkern, griff auf den ganzen Sims, auf die ganze Decke über, und andere Schatten warfen sich ihm von der gegenüberliegenden Seite entgegen; für einen Augenblick wichen die Schatten zurück, tauchten aber gleich wieder mit großer Schnelligkeit auf, flackerten, verschmolzen miteinander – und alles ringsum wurde dunkel. Das ist der Tod! ging es ihr durch den Kopf. Sie wurde von solchem Grauen gepackt, daß geraume Zeit verging, bis sie begriff, wo sie war; ihre zitternden Hände konnten lange nicht die Streichhölzer finden, mit denen sie eine neue Kerze anzünden wollte, weil die alte abgebrannt und erloschen war. Nein, was auch sein mag – nur am Leben bleiben! Ich liebe ihn doch. Und er liebt mich! Was gewesen ist, wird vorübergehen, sagte sie sich und fühlte, wie ihr Tränen der Freude über die Rückkehr zum Leben die Wangen hinunterrannen. Um sich von ihrer Angst zu befreien, eilte sie zu ihm.

Er lag fest schlafend in seinem Zimmer. Sie trat zu ihm, hob die Kerze, um sein Gesicht zu beleuchten, und blickte es lange an. Jetzt, da er schlief, wurde sie bei seinem Anblick von solcher Liebe zu ihm übermannt, daß sie nicht fähig war, die Tränen der Rührung zurückzuhalten. Doch sie wußte, daß er ihr, wenn er jetzt aufwachte, im Bewußtsein seines Rechts mit einem kalten Blick ins Gesicht sehen würde und daß sie ihm, bevor sie zu ihm von ihrer Liebe sprechen konnte, zuerst beweisen mußte, wie sehr er sich ihr gegenüber schuldig gemacht hatte. Sie ging, ohne ihn geweckt zu haben, in ihr Zimmer zurück und sank, nachdem sie nochmals Opium genommen hatte, gegen Morgen in einen schweren, unruhigen Schlaf, wobei ihre Gedanken die ganze Zeit über weiterarbeiteten.

Morgens wurde sie von einem grauenvollen Alptraum geweckt, den sie auch vor ihrer Verbindung mit Wronski schon mehrmals gehabt hatte: Ein kleiner alter Mann mit zerzaustem Bart stand über einen eisernen Gegenstand gebeugt, an dem er irgend etwas verrichtete, und murmelte dabei auf französisch sinnlose Worte vor sich hin; und wie auch früher bei diesem Alptraum – und das eben war das Grauenvolle – schenkte ihr der Mann keinerlei Beachtung, obwohl er sein unheimliches Werk unmittelbar über ihr verrichtete. In kalten Schweiß gebadet, wachte sie auf.

Als sie aufstand und an den gestrigen Tag dachte, sah sie alles wie durch einen Nebelschleier.

Wir haben uns gestritten. Das ist schon mehrmals zwischen uns vorgekommen. Ich habe ihm bestellen lassen, daß ich Kopfschmerzen habe, aber er ist nicht zu mir gekommen. Morgen reisen wir ab, da muß ich ihn sprechen und alles für die Abreise vorbereiten, dachte sie bei sich. Und da man ihr sagte, daß sich Wronski in seinem Arbeitszimmer aufhalte, beschloß sie, zu ihm zu gehen. Als sie durch den Salon ging, hörte sie vor dem Haus einen Wagen vorfahren. Aus dem Wagenfenster lehnte sich ein junges Mädchen mit einem lila Hut heraus und erteilte dem an der Haustür klingelnden Diener eine Anweisung. Dann hörte sie im Flur sprechen, woraufhin jemand die Treppe heraufkam und neben dem Salon die Schritte Wronskis laut wurden. Er eilte die Treppe hinunter. Anna ging wieder ans Fenster. Er trat jetzt ohne Hut aus dem Hause und begab sich zu dem Wagen. Das junge Mädchen mit lila Hut händigte ihm ein Päckchen aus. Wronski sagte ihr lächelnd ein paar Worte. Dann fuhr der Wagen weiter, und Wronski kam schnell wieder die Treppe herauf.

Der Nebel, der in ihrer Seele alles verhüllt hatte, lichtete sich plötzlich. Alles, was sie gestern empfunden hatte, preßte aufs neue schmerzhaft ihr wundes Herz zusammen. Ihr war es jetzt unbegreiflich, daß sie sich so weit erniedrigt hatte, noch den ganzen Tag mit ihm unter einem Dach zuzubringen. Sie ging zu ihm ins Zimmer, um ihm ihren Entschluß mitzuteilen.

„Eben kam die Fürstin Sorokina mit ihrer Tochter vorbeigefahren und überbrachte mir von maman das Geld und die Papiere. Gestern ließen sie sich nicht beschaffen. Was macht dein Kopf? Haben die Schmerzen nachgelassen?“ fragte er ruhig und übersah geflissentlich den düster-feierlichen Ausdruck ihres Gesichts.

Sie war in der Mitte des Zimmers stehengeblieben und sah ihn, ohne etwas zu sagen, durchdringend an. Er blickte zu ihr auf, runzelte einen Augenblick die Stirn und fuhr dann fort, einen Brief zu lesen. Sie drehte sich um und ging langsam auf die Tür zu. Noch konnte er sie anhalten, aber auch als sie schon die Tür erreicht hatte, schwieg er noch immer, und nur das Knistern beim Umblättern des Briefes war zu hören.

„Ja, übrigens“, sagte er, als sie bereits in der Tür stand, „es bleibt doch dabei, daß wir morgen abfahren? Nicht wahr?“

„Sie können fahren, aber ohne mich“, antwortete sie, sich zu ihm umwendend.

„Anna, das ist kein Leben ...“

„Sie können fahren, aber ohne mich“, wiederholte sie.

„Nein, das ist nicht mehr auszuhalten!“

„Sie ... Sie werden das noch bereuen“, sagte sie und ging hinaus.

Erschreckt durch den verzweifelten Ton, in dem sie diese Worte gesagt hatte, sprang er auf und wollte ihr nacheilen; doch dann besann er sich eines anderen, setzte sich wieder, preßte die Zähne zusammen und blickte finster vor sich hin. Er hielt diese Art, ihm irgend etwas anzudrohen, für ungehörig und ärgerte sich darüber. Ich habe alles versucht und kann nur noch eins tun: ihre Launen ignorieren, dachte er, während er sich zu einer Ausfahrt in die Stadt und einem nochmaligen Besuch bei seiner Mutter fertigmachte, von der er noch die Unterschrift für die Vollmacht einholen mußte.

Anna hörte seine Schritte in seinem Arbeitszimmer und im Speisezimmer. Im Salon blieb er stehen. Aber er bog nicht zu ihrem Zimmer ab, sondern gab nur Anweisung, Woitow in seiner Abwesenheit den Hengst zu übergeben. Dann hörte sie, wie der Wagen vorfuhr, wie die Haustür geöffnet wurde und er aus dem Hause trat. Doch nun ging er noch einmal in den Flur zurück, und jemand kam die Treppe heraufgelaufen. Es war der Kammerdiener, der die liegengelassenen Handschuhe holen sollte. Sie ging wieder ans Fenster und sah, wie Wronski dem Diener, ohne hinzusehen, die Handschuhe abnahm, mit der Hand den Rücken des Kutschers berührte und etwas sagte. Dann setzte er sich, ohne einen Blick aufs Fenster zu werfen, in seiner üblichen Haltung, ein Bein über das andere schlagend, in den Wagen, zog die Handschuhe an, und der Wagen verschwand hinter einer Straßenecke.

27

Er ist abgefahren! Das ist das Ende! dachte Anna, die noch immer am Fenster stand. Und gleichsam als Bekräftigung dieses Gedankens verschmolzen in ihrer Erinnerung die beim Erlöschen der Kerze eingetretene Finsternis und ihr furchtbarer Traum zu einem einzigen Eindruck und erfüllten ihr Herz mit grauenvoller Angst.

„Nein, das ist unmöglich!" schrie sie auf; sie durchschritt das Zimmer und klingelte heftig. Ihr graute jetzt so davor, allein zu sein, daß sie nicht das Kommen des Dieners abwartete, sondern ihm entgegenging.

„Erkundigen Sie sich, wohin der Graf gefahren ist!" sagte sie zu ihm.

Der Diener antwortete, daß Wronski zu den Pferdeställen gefahren sei.

„Falls Sie auszufahren wünschen, hat der Herr Graf befohlen, Ihnen auszurichten, daß der Wagen gleich zurückkommen wird."

„Schön. Warten Sie. Ich werde gleich ein paar Zeilen schreiben. Schicken Sie Michaila damit in die Ställe. Aber möglichst schnell!"

Sie setzte sich und schrieb auf ein Blatt Papier:

„Ich bin schuld. Komm nach Hause, wir müssen uns aussprechen. Komm um Himmels willen gleich, mir ist so bange..."

Sie verschloß den Umschlag und übergab ihn dem Diener.

Sie fürchtete sich, jetzt allein zu bleiben, und begab sich, nachdem der Diener gegangen war, ins Kinderzimmer.

Ach, was ist das, das ist er ja gar nicht! Wo sind seine blauen Augen, sein liebes, schüchternes Lächeln? ging es ihr als erstes durch den Kopf, als sie statt Serjosha, den sie in ihrem verwirrten Gemütszustand im Kinderzimmer vorzufinden erwartet hatte, ihr dickes, rotwangiges Töchterchen mit lockigem schwarzem Haar erblickte. Das Mädchen saß am Tisch, hämmerte beharrlich und kräftig mit einem Flaschenstöpsel darauf und sah aus seinen Augen, die so dunkel waren wie schwarze Johannisbeeren, verständnislos die Mutter an. Nachdem Anna der Engländerin auf deren Frage nach ihrem Befinden gesagt hatte, daß sie sich völlig gesund fühle und morgen aufs Land zu fahren gedenke, nahm sie neben ihrem Töchterchen Platz und setzte den Stöpsel vor ihm wie einen Kreisel in Bewegung. Doch das laute, helle Lachen des Kindes und die Art, wie es die Brauen hochzog, erinnerten sie so lebhaft an Wronski, daß sie nahe daran war, aufzuschluchzen; sie stand schnell auf und verließ das Zimmer. Ist wirklich alles zu Ende? Nein, das kann nicht möglich sein, dachte sie. Er wird zurückkehren. Doch wie wird er mir sein Lächeln erklären und seine auffallende Lebhaftigkeit nach dem Gespräch mit ihr? Aber auch wenn er mir keine glaubhafte Erklärung gibt, werde ich ihm glauben. Denn wenn ich ihm nicht glaube, bleibt mir nur noch eins übrig – und das will ich nicht.

Sie sah auf die Uhr. Zwölf Minuten waren vergangen. Ja, jetzt hat er mein Briefchen schon erhalten und ist auf dem Weg hierher. Nicht mehr lange, in zehn Minuten. Doch wenn er womöglich gar nicht kommt? Nein, das ist ausgeschlossen. Aber er darf mich nicht mit verweinten Augen antreffen. Ich muß mich waschen. Ja, habe ich mich überhaupt frisiert? fragte sie sich. Sie konnte sich nicht besinnen und betastete den Kopf mit der Hand. Doch, frisiert bin ich, aber wann ich es getan habe, weiß ich wirklich nicht! Sie wollte sich nicht einmal auf ihre Hand verlassen und trat vor den hohen Wandspiegel, um sich zu vergewissern, ob sie tatsächlich frisiert war. Ja, sie hatte sich frisiert, aber wann, daran konnte sie sich nicht erinnern. Wer ist das? überlegte sie, als sie in den Spiegel blickte und ihr ein krankhaft gerötetes Gesicht mit seltsam glänzenden Augen daraus entgegensah. Das bin ich ja selbst! begriff sie dann plötzlich; und als sie nun ihre ganze Gestalt betrachtete, glaubte sie plötzlich auf ihrem Körper seine Küsse zu spüren und zog zusammenzuckend die Schultern ein. Dann führte sie ihre Hand an den Mund und küßte sie.

Ich glaube, ich werde wahnsinnig, dachte sie und ging ins Schlafzimmer, wo Annuschka beim Aufräumen war.

„Annuschka!“ Sie blieb vor dem Stubenmädchen stehen und sah sie an, wußte aber nicht mehr, was sie ihr sagen wollte.

„Sie wollten zu Darja Alexandrowna fahren“, half Annuschka, gleichsam ihren Zustand verstehend, Annas Gedächtnis nach.

„Zu Darja Alexandrowna? Ja, ich werde zu ihr fahren.“

Fünfzehn Minuten hin, fünfzehn Minuten zurück. Er ist gewiß schon unterwegs und wird gleich hier sein. Sie nahm ihre Uhr zur Hand und sah nach der Zeit. Aber wie konnte er wegfahren und mich in diesem Zustand zurücklassen? Wie kann er überhaupt leben, ohne sich mit mir versöhnt zu haben? Sie ging ans Fenster und blickte auf die Straße. Der Zeit nach konnte er bereits zurück sein. Aber vielleicht hatte sie sich in der Berechnung geirrt? Und sie begann aufs neue zu überlegen, wann er weggefahren war, und die Minuten zu zählen.

Sie trat vom Fenster zurück und wollte sich an der großen Standuhr gerade vergewissern, ob ihre eigene Uhr richtig gehe, als am Hause ein Wagen vorfuhr. Bei einem Blick durchs Fenster sah sie, daß unten Wronskis Wagen stand. Doch es kam niemand die Treppe herauf, und unten hörte man Stimmen. Im Wagen war der von ihr abgesandte Bote zurückgekommen. Sie ging zu ihm hinunter.

„Ich habe den Herrn Grafen nicht mehr angetroffen. Er ist zum Nishegoroder Bahnhof gefahren.“

„Was bringst du da? Was ...“, fragte sie den rotwangigen, munteren Michaila, als er ihr ihren Brief zurückgab.

Ach, er konnte ihn ihm ja nicht aushändigen, besann sie sich.

„Fahre jetzt mit dem Brief auf das Gut der Gräfin Wronskaja. Du weißt doch Bescheid? Und bring gleich die Antwort mit“, wies sie den Boten an.

Und ich selbst? Was soll ich anfangen? überlegte sie. Ja, ich werde zu Dolly fahren, das ist am richtigsten, denn sonst verliere ich den Verstand. Ich kann übrigens auch noch telegraphieren. Und sie setzte ein Telegramm auf:

„Ich muß Sie unbedingt sprechen, erwarte Sie umgehend zurück.“

Nachdem sie das Telegramm abgesandt hatte, ging sie in ihr Zimmer, sich umzukleiden. Bereits fertig angezogen und im Hut, blickte sie noch einmal der ruhigen, in letzter Zeit stärker gewordenen Annuschka in die Augen. Es war unverkennbares Mitgefühl, das sie in diesen kleinen, gütigen grauen Augen wahrnahm.

„Annuschka, du gute Seele, was soll ich tun?“ fragte Anna aufschluchzend und ließ sich kraftlos in einen Sessel fallen.

„Sie müssen sich nicht so aufregen, Anna Arkadjewna! So was

kommt schon mal vor. Fahren Sie jetzt nur, das wird Sie zerstreuen", redete ihr das Stubenmädchen gut zu.

„Ja, ich werde fahren", sagte Anna, sich besinnend, und stand auf. „Und wenn während meines Fortseins ein Telegramm kommt, soll es zu Darja Alexandrowna gebracht werden ... Nein, ich werde selbst zurückkommen."

Ja, ich darf nicht grübeln, ich muß etwas tun, muß ausfahren und vor allem aus diesen vier Wänden hinauskommen, sagte sie sich, während sie mit Entsetzen auf das beängstigende Gehämmer in ihrem Herzen horchte. Sie ging schnell hinaus und stieg in den Wagen.

„Wohin wünschen Sie zu fahren?" fragte Pjotr, bevor er seinen Platz auf dem Bock einnahm.

„In die Snamenka zu den Oblonskis."

28

Es war sonniges Wetter. Nachdem den ganzen Morgen über ein feiner Sprühregen niedergegangen war, hatte sich der Himmel vor kurzem aufgeklärt. Das Metall der Dächer, die Steinplatten der Bürgersteige, das Straßenpflaster, die Räder, das Ledergeschirr, die Kupfer- und Eisenbeschläge der Equipagen – alles glänzte und funkelte in der Maisonne. Es war drei Uhr nachmittags, die Zeit des lebhaftesten Straßenverkehrs.

Während Anna in einer Ecke des bequemen Wagens saß, der sich bei dem schnellen Lauf der beiden vorgespannten Apfelschimmel leise auf der elastischen Federung hin und her wiegte, rief sie sich – unter dem unaufhörlichen Rädergerassel und den in der reinen Luft rasch wechselnden Eindrücken – noch einmal den Verlauf der letzten Tage ins Gedächtnis zurück und sah ihre Lage jetzt in einem ganz anderen Licht als zu Hause. Der Gedanke an den Tod beängstigte sie jetzt weniger und hatte an Klarheit verloren, und überhaupt hielt sie den Tod jetzt nicht mehr für unabwendbar. Jetzt machte sie sich Vorwürfe, mit ihrer Selbsterniedrigung zu weit gegangen zu sein. Ich flehe ihn an, mir zu verzeihen. Ich habe mich ihm unterworfen, habe mich für schuldig bekannt. Warum? Kann ich nicht auch ohne ihn leben? Und ohne sich die Frage zu beantworten, wie sie ohne ihn leben würde, begann sie die Schilder an den Häusern zu lesen: „Kontor und Lager" ... „Zahnarzt" ... Ja, ich werde Dolly alles sagen. Sie mag Wronski nicht leiden. Es wird für mich beschämend und schmerzlich sein, aber ich werde alles sagen. Sie hat mich gern, und ich werde tun, was sie mir rät. Ich werde mich ihm nicht unterwerfen, werde mich von ihm nicht schulmeistern lassen ... „Filippow, Feine Backwaren". Es heißt ja, daß man den Teig von hier sogar nach Petersburg bringt. In Moskau ist das Wasser so gut. Ja, die Brunnen in Mytistschi und die Plinsen! Und sie erinnerte sich, wie sie vor langer, langer Zeit, als Siebzehnjährige, einmal mit ihrer Tante zum Troizki-Kloster gefahren war. Mit Pferdewagen damals noch. Bin wirklich ich das gewesen, jenes Mädchen mit den roten Händen? Wie vieles, was mir damals begehrenswert und unerreichbar erschien, hat sich als nichtig erwiesen, während anderes, was ich damals besaß, jetzt für immer unerreichbar geworden ist. Hätte ich damals wohl geglaubt, daß ich mich jemals bis zu einem solchen Grade erniedrigen könnte? Wie stolz und zufrieden wird er sein, wenn er meinen Brief erhält! Aber ich werde ihm schon beweisen ... Wie unangenehm diese Farben riechen. Wieso wird dauernd etwas gebaut und angestrichen? „Moden und Putzwaren", las sie auf einem Ladenschild. Sie wurde von einem Mann gegrüßt. Es war der Mann Annuschkas. „Unsere Parasiten", pflegte Wronski dabei zu sagen, erinnerte sie sich. Unsere? Wieso unsere? Es ist schrecklich, daß man die Vergangenheit nicht mit der Wurzel ausreißen kann. Ausreißen läßt sie sich nicht, aber man kann die Erinnerung an sie unterdrücken. Und ich werde sie unterdrücken. In diesem Zusammenhang dachte sie an ihr früheres Leben mit Alexej Alexandrowitsch, das sie ja auch aus ihrem Gedächtnis getilgt hatte. Wenn Dolly hört, daß ich jetzt den zweiten Mann verlassen will, wird sie gewiß meinen, die Schuld müsse bei mir liegen. Behaupte ich denn, im Recht zu sein? Ich kann es nicht! dachte sie und war dem Weinen nahe. Doch gleich darauf interessierte sie sich dafür, warum wohl die beiden jungen Mädchen lächelten, an denen sie vorüberfuhr. Wahrscheinlich sprechen sie über die Liebe. Sie wissen nicht, wie traurig und unwürdig alles das ist ... Der Boulevard, die vielen Kinder! Serjosha! Sie dachte an ihren Sohn, als drei Jungen, die Kutscher und Pferdchen spielten, vorbeigelaufen kamen. Ich aber verliere alles und werde ihn nie wieder bei mir haben. Ja, alles ist hin, wenn Wronski nicht zurückkommt. Vielleicht hat er den Zug verpaßt und ist jetzt bereits zu Hause! Schon wieder denke ich daran, mich zu erniedrigen! Warf sie sich in Gedanken vor. Nein, ich werde zu Dolly kommen und ganz offen zu ihr sagen: Ich bin unglücklich und habe es auch verdient, ich bin schuldig, aber ich bin eine gebrochene Frau, und du mußt mir helfen! – Diese Pferde, dieser Wagen – alles gehört ihm. Wie verächtlich komme ich mir selbst in diesem Wagen vor! Aber ich werde das alles nicht mehr länger vor Augen haben.

Während Anna die Treppe hinaufging, legte sie sich die Worte zurecht, mit denen sie Dolly alles mitteilen würde, und stachelte ihr wundes Herz absichtlich auf.

„Ist Besuch da?“ erkundigte sie sich im Vorzimmer.

„Ja, Katerina Alexandrowna Lewina“, antwortete der Diener.

Kitty! Dieselbe Kitty, in die Wronski einst verliebt gewesen ist! ging es Anna durch den Kopf. Dieselbe, an die er mit Liebe zurückgedacht hat. Er bedauert, daß er sie nicht geheiratet hat. An mich dagegen denkt er mit Haß und bereut es, die Verbindung mit mir eingegangen zu sein.

Als Anna eintraf, waren die beiden Schwestern gerade dabei, Fragen der Säuglingsernährung zu beraten. Dolly kam zur Begrüßung Annas, deren Ankunft ihr Gespräch unterbrochen hatte, allein in den Salon.

„Ach, du bist noch nicht abgereist? Ich wollte schon selbst bei dir vorsprechen“, sagte Dolly. „Heute ist ein Brief von Stiwa gekommen.“

„Wir haben auch ein Telegramm von ihm erhalten“, erwiderte Anna und sah sich suchend nach Kitty um.

„Er schreibt, daß er gar nicht begreifen kann, was Alexej Alexandrowitsch eigentlich will, daß er aber nicht abreisen wird, bevor er eine klare Antwort erhalten hat.“

„Ich dachte, du hättest Besuch. Darf ich den Brief lesen?“

„Ja, Kitty ist da“, antwortete Dolly verlegen. „Sie ist im Kinderzimmer geblieben. Sie war sehr krank.“

„Ja, ich habe davon gehört. Darf ich den Brief lesen?“

„Ich werde ihn gleich bringen. Direkt abgelehnt hat er ja nicht; im Gegenteil, Stiwa hat Hoffnung“, sagte Dolly von der Tür aus.

„Ich habe keine Hoffnung, und mir liegt nichts mehr daran“, antwortete Anna.

Kitty hält es wohl für unter ihrer Würde, mit mir zusammenzukommen? dachte Anna, als sie allein geblieben war. Vielleicht mit Recht. Aber nicht ihr, die selbst einmal in Wronski verliebt gewesen ist, kommt es zu, mir diese Geringschätzung zu zeigen. Ich weiß, daß keine anständige Frau mich in meiner jetzigen Lage empfangen kann. Ich weiß, daß ich von jenem ersten Augenblick an alles für ihn geopfert habe. Und das ist nun der Lohn! Oh, wie ich ihn hasse! Und warum bin ich überhaupt hergekommen? Mein Leid wird dadurch nur noch größer, noch schwerer. Sie hörte im Nebenzimmer die Stimmen der Schwestern, die dort etwas besprachen. Und was soll ich Dolly sagen? Soll ich Kitty eine Genugtuung damit bereiten, daß ich unglücklich bin, und mich von ihr trösten lassen? Und auch Dolly wird kein Verständnis haben. Es hat gar keinen Sinn, mit ihr zu sprechen. Einen Reiz hätte es für mich nur, Kitty zu sehen und ihr zu zeigen, wie ich alle und alles verachte und wie gleichgültig mir jetzt alles ist.

Dolly brachte ihr den Brief. Anna las ihn und gab ihn Dolly zurück.

„Das habe ich alles gewußt“, sagte sie. „Und es hat für mich keinerlei Interesse.“

„Wieso denn? Mir scheint doch Hoffnung zu bestehen“, erwiderte Dolly und blickte Anna, die sie noch nie in einem derartig gereizten Zustand gesehen hatte, prüfend ins Gesicht. „Wann gedenkst du nun abzufahren?“ fragte sie.

Anna kniff die Augen zusammen und blickte, ohne auf Dollys Frage zu antworten, vor sich hin ins Leere.

„Kitty versteckt sich wohl vor mir?“ fragte sie mit einem Blick auf die Tür und wurde rot.

„Ach, Unsinn! Sie hat Schwierigkeiten mit dem Stillen, da habe ich sie beraten ... Sie freut sich sehr. Sie wird gleich kommen“, versicherte Dolly, die nicht zu lügen verstand, ziemlich ungeschickt. „Da ist sie schon.“

Als Annas Besuch gemeldet wurde, hatte Kitty nicht zu ihr hinausgehen wollen; aber Dolly hatte sie überredet. Kitty faßte sich ein Herz, kam in den Salon, ging errötend auf Anna zu und reichte ihr die Hand.

„Ich freue mich sehr“, sagte sie mit zitternder Stimme.

Kitty war befangen, weil sich in ihr ein Kampf zwischen der Abneigung gegen diese schlechte Frau und dem Wunsch, nachsichtig mit ihr zu sein, abgespielt hatte; doch als sie jetzt das schöne sympathische Gesicht Annas vor sich sah, war jedes feindselige Gefühl sofort verschwunden.

„Es hätte mich nicht gewundert, wenn Sie einer Begegnung mit mir aus dem Wege gegangen wären“, sagte Anna. „Ich bin an alles gewöhnt. Sie sind krank gewesen? Ja, Sie haben sich verändert.“

Kitty fühlte, daß Anna ihr feindselig gesinnt war. Sie erklärte sich diese Feindseligkeit damit, wie peinlich es für Anna sein mußte, ihr, die einst ihr Schützling gewesen war, jetzt in dieser Situation gegenüberzustehen, und sie tat ihr leid.

Sie unterhielten sich über Kittys Krankheit, über das Kind, über Stiwa, aber Anna schien an nichts wirkliches Interesse zu haben.

„Ich bin gekommen, um mich von dir zu verabschieden“, sagte sie zu Dolly und stand auf.

„Wann wollt ihr denn abfahren?“

Doch Anna ließ Dollys Frage auch diesmal unbeantwortet und wandte sich an Kitty:

„Ich freue mich wirklich sehr, Sie wiedergesehen zu haben“, sagte sie lächelnd. „Ich habe von allen Seiten so viel über Sie gehört, auch aus dem Munde Ihres Mannes. Er hat mich besucht und hat mir sehr gut gefallen", fügte sie, offenbar mit einem bösen Hintergedanken, hinzu. „Wo ist er zur Zeit?"

„Er ist aufs Gut gefahren", antwortete Kitty errötend.

„Bestellen Sie ihm einen Gruß von mir; aber vergessen Sie es bitte nicht."

„Nein, ich werde es ihm bestimmt bestellen", versicherte Kitty in ihrer Einfalt und blickte Anna teilnahmsvoll in die Augen.

„Also leb wohl, Dolly!" Sie küßte Dolly, drückte Kitty die Hand und verließ eilig das Zimmer.

„Sie ist unverändert und immer noch so anziehend. Eine wirklich schöne Frau!" sagte Kitty, als sie mit ihrer Schwester wieder allein war. „Aber irgendwie macht sie einen erbarmungswürdigen, furchtbar erbarmungswürdigen Eindruck."

„Ja, sie war heute ganz sonderbar", bekräftigte Dolly. „Als ich sie ins Vorzimmer begleitete, schien sie dem Weinen nahe zu sein."

29

Als Anna in den Wagen stieg, war sie noch bedrückter als bei der Abfahrt zu Hause. Zu allem, worunter sie bis jetzt schon gelitten hatte, war nun noch das Gefühl der Demütigung und des Ausgestoßenseins hinzugekommen, das sie deutlich beim Zusammensein mit Kitty empfunden hatte.

„Wohin befehlen Sie? Nach Hause?" fragte Pjotr.

„Ja, nach Hause", antwortete sie, ohne sich jetzt überhaupt vorzustellen, wohin sie fuhr.

Die beiden haben mich ja angestarrt, als sei ich ein furchtbarer, unbegreiflicher und interessanter Gegenstand ... Was mag der dort dem anderen so erregt zu erzählen haben? dachte sie, als ihr Blick auf zwei Straßenpassanten fiel. Können wir denn einem anderen überhaupt verständlich machen, was uns bewegt? Ich wollte mich Dolly anvertrauen und bin nur froh, daß ich es unterlassen habe. Wie würde sie sich über mein Unglück gefreut haben! Sie hätte es sich nicht anmerken lassen, aber vorherrschend wäre bei ihr doch die Freude darüber gewesen, daß ich für die Genüsse bestraft bin, um die sie mich beneidet hat. Und erst recht hätte sich Kitty gefreut. Wie deutlich ich sie durchschaue! Sie weiß, daß ich zu ihrem Mann liebenswürdiger gewesen bin, als es die übliche Höflichkeit erfordert. Da ist sie eifersüchtig und haßt mich. Und obendrein verachtet sie mich. In ihren Augen bin ich eine unmoralische Frau. Wenn ich eine unmoralische Frau wäre, hätte ich ihren Mann betören können ... wenn ich gewollt hätte. Und ich hatte es ja auch vor ... Der da ist zufrieden mit sich selbst, dachte sie, als ein vorüberfahrender dicker, rotwangiger Herr, der sie offenbar mit einer Bekannten verwechselte, seinen glänzenden Hut über dem ebenso glänzenden kahlen Kopf lüftete und erst nachträglich merkte, daß er sich geirrt hatte. Er glaubte, daß er mich kennt. Aber er kennt mich ebensowenig wie sonst jemand auf der Welt. Ich selbst kenne mich nicht. Ich kenne nur meine Gelüste, wie die Franzosen sagen. Die beiden dort gelüstet es nach solchem schmutzigen Eis, dachte sie beim Anblick zweier Jungen, die einen Eishändler anhielten, der daraufhin den Kübel mit Eis vom Kopf nahm und sich mit dem Ende des Handtuchs den Schweiß vom Gesicht wischte. Wir alle mögen, was süß ist, was gut schmeckt. Kann man nicht Konfekt haben, dann tut es auch schmutziges Eis. So auch Kitty: wenn nicht Wronski, dann eben Lewin. Aber sie ist neidisch auf mich. Und sie haßt mich. Wir alle hassen einer den anderen. Ich hasse Kitty, Kitty haßt mich. Ja, so ist es eben ... „Tjutkin, coiffeur". Je me fais coiffer par Tjutkin ... Das werde ich zu ihm sagen, wenn er zurückkommt, dachte sie bei sich und lächelte. Doch schon im selben Augenblick fiel ihr ein, daß sie jetzt niemand mehr hatte, dem sie etwas Witziges sagen könnte. Es gibt auch gar nichts Witziges, Aufheiterndes. Alles ist widerlich. Da läutet man zur Abendmesse, und der Kaufmann dort bekreuzigt sich so behutsam, als fürchte er, etwas fallen zu lassen. Wozu überhaupt all die Kirchen, dieses Geläute, dieses ganze Lügengewebe? Nur um darüber hinwegzutäuschen, daß wir alle einander hassen, ebenso wie jene Droschkenkutscher, die sich so wütend beschimpfen. Jaschwin sagt: „Er will mich bis aufs Hemd ausplündern und ich ihn." Ja, so sieht die Wahrheit aus.

In diese Gedanken war sie so vertieft, daß sie nicht einmal mehr an ihre Lage dachte und erst aufblickte, als der Wagen vor dem Hause anhielt. Erst als sie den Portier sah, der aus dem Hause getreten war und auf sie zukam, erinnerte sie sich daran, daß sie einen Brief und ein Telegramm abgesandt hatte.

„Ist Antwort gekommen?" fragte sie.

„Ich sehe gleich nach", antwortete der Portier. Er ging ins Haus, nahm von seinem Pult das Telegramm, das dort in einem dünnen viereckigen Umschlag lag, und brachte es ihr. Sie las:

„Ich kann nicht vor zehn abends zurück sein. Wronski."

„Ist der Bote auch zurück?"

„Nein, er ist noch nicht da", antwortete der Portier.

Nun, wenn er es so will, weiß ich, was ich zu tun habe! sagte sie sich und lief, während ein aus Zorn und Rachsucht gemischtes Gefühl in ihr aufstieg, schnell die Treppe hinauf. Ich werde selbst zu ihm fahren. Bevor ich ihn endgültig verlasse, will ich ihm alles ins Gesicht sagen. Noch nie habe ich einen Menschen so gehaßt wie ihn! ging es ihr durch den Kopf. Als sie auf dem Kleiderständer Wronskis Hut hängen sah, schauderte sie vor Abscheu. Sie bedachte nicht, daß sein Telegramm die Antwort auf ihr Telegramm war und daß er, als er es abschickte, noch nicht ihren Brief erhalten hatte. Sie malte sich aus, wie er sich in diesem Augenblick ruhig mit seiner Mutter und der Prinzessin Sorokina unterhielt und sich über ihre Qualen freute. Ja, ich muß sofort wegfahren, sagte sie sich, ohne noch zu wissen, wohin sie fahren sollte. Sie wollte sich möglichst schnell den Eindrücken entziehen, denen sie in diesem schrecklichen Hause ausgesetzt war. Die Dienstboten, die Wände, die Einrichtung – alles rief in ihr Abscheu und Erbitterung hervor und lastete auf ihr wie eine schwere Bürde.

Ja, ich muß zur Bahnstation, und wenn ich ihn dort nicht antreffe, werde ich einfach hinfahren und ihn an Ort und Stelle überführen! Sie nahm eine Zeitung und sah den Eisenbahnfahrplan durch. Der Abendzug ging um acht Uhr zwei. Ja, bis dahin kann ich es schaffen! Sie befahl, ein anderes Paar Pferde anzuspannen, und machte sich daran, in ihre Reisetasche das einzupakken, was sie für ein paar Tage benötigte. Sie war überzeugt, daß sie hierher nicht mehr zurückkehren werde. Zu den unklaren Vorstellungen über das, was den Vorgängen auf der Bahnstation oder auf dem Gut der Gräfin folgen werde, gehörte auch der Plan, auf der Nishegoroder Strecke bis zur nächsten Stadt weiterzufahren und zunächst dort zu bleiben.

Das Essen war serviert. Sie trat an den Tisch und roch kurz an dem Brot und dem Käse; aber da ihr jeder Geruch nach Eßbarem jetzt zuwider war, befahl sie, den Wagen vorfahren zu lassen, und verließ das Zimmer. Das Haus warf seinen Schatten bereits über die ganze Straße, aber der Himmel war klar, und in der Abendsonne war es noch warm. Annuschka, die ihr mit dem Handgepäck folgte, Pjotr, der die Sachen im Wagen verstaute, der Kutscher, der offensichtlich unzufrieden war – alle waren ihr jetzt zuwider und reizten sie durch das, was sie sagten und taten.

„Dich brauche ich nicht, Pjotr."

„Und wer wird die Fahrkarte lösen?"

„Nun, meinetwegen, wie du willst", sagte sie unwillig.

Pjotr sprang auf den Bock, stemmt die Arme in die Hüften und hieß den Kutscher zum Bahnhof fahren.

30

Da fahre ich schon wieder in diesem Wagen! Jetzt wird mir alles wieder klar, dachte Anna, sobald der Wagen leise schaukelnd und mit Gepolter über die kleinen Pflastersteine fuhr. Und wiederum löste in ihrem Kopf ein Gedanke den anderen ab.

Welcher Gedanke war es doch, der mich während der Fahrt am Vormittag so befriedigt hat? versuchte sie sich zu erinnern. Tjutkin, coiffeur? Nein, das war es nicht. Ach so, ich dachte daran, was Jaschwin zu sagen pflegt: daß der Kampf ums Dasein und der Haß das einzige sind, was die Menschen miteinander verbindet... Nein, ihr bemüht euch vergeblich, wandte sie sich in Gedanken an eine Gesellschaft, die in einem Viergespann offenbar zu einem Vergnügen außerhalb der Stadt fuhr. Auch der Hund, den ihr mitgenommen habt, wird euch nicht helfen. Sich selbst kann niemand entfliehen. Als sich Pjotr dann zur Seite umdrehte und sie seinem Blick folgte, sah sie, wie ein sinnlos betrunkener Fabrikarbeiter mit hin und her schwankendem Kopf von einem Polizisten abgeführt wurde. Ja, dem ist es noch am besten gelungen, dachte sie. Mir und dem Grafen Wronski ist dieser Genuß, von dem wir uns so viel versprochen hatten, ebenfalls versagt geblieben. Und das helle Licht, in dem Anna jetzt alles sah, bewog sie, zum ersten Male Betrachtungen über den Charakter ihrer Beziehungen zu Wronski anzustellen, was sie bis jetzt immer vermieden hatte. Was hat er in mir gesucht? Nicht so sehr Liebe als vielmehr Befriedigung seiner Eitelkeit. Sie vergegenwärtigte sich, wie er in der ersten Zeit ihrer Verbindung mit ihr gesprochen hatte, und dachte an seinen Gesichtsausdruck, mit dem er an einen gehorsamen Jagdhund erinnert hatte. Und sie fand jetzt in allem ihre Annahme bestätigt. Ja, er triumphierte über den seiner Eitelkeit schmeichelnden Erfolg. Gewiß, er hat mich auch geliebt, aber vor allem war er stolz auf seinen Erfolg. Er brüstete sich mit mir. Das ist jetzt vorbei. Es gibt nichts mehr, worauf er stolz sein kann. Er kann nicht stolz sein, er muß sich schämen. Nachdem er alles von mir genommen hat, was zu nehmen war, braucht er mich jetzt nicht mehr. Ich bin ihm lästig, und er bemüht sich, mir gegenüber nicht ehrlos zu handeln. Gestern abend hat er sich verraten: Er wünscht die Scheidung und unsere Heirat, um so die Schiffe hinter sich zu verbrennen. Er liebt mich zwar – aber wie? The zest is gone ... Der dort will alle verblüffen und ist sehr zufrieden mit sich selbst, dachte sie beim Anblick eines rotwangigen Verwalters, der auf einem dressierten Pferd vorbeigeritten kam. Allzuviel bedeute ich ihm nicht mehr. Wenn ich ihn verlasse, wird er im Grundes seines Herzens nur froh sein.

Dies war keine bloße Vermutung von ihr – nein, bei dem alles durchdringenden Licht, in dem sich ihr der Sinn des Lebens und der Beziehungen der Menschen zueinander offenbarte, erkannte sie es klar und deutlich.

Meine Liebe wird immer leidenschaftlicher und anspruchsvoller, während seine mehr und mehr erlischt – und das hat zu unserer Entfremdung geführt, setzte sie ihre Betrachtungen fort. Und eine Abhilfe ist nicht möglich. Ich habe einzig und allein ihn und verlange, daß er sich mir ganz und uneingeschränkt hingibt. Er dagegen will die Bindung an mich mehr und mehr lockern. Bis zur Verwirklichung unserer Verbindung sind wir einander entgegengekommen, aber seitdem streben wir unaufhaltsam nach verschiedenen Seiten auseinander. Und ändern läßt sich das nicht. Er sagt, ich sei sinnlos eifersüchtig, und ich habe mir auch schon selbst gesagt, daß ich sinnlos eifersüchtig bin; aber das trifft nicht zu. Ich bin nicht eifersüchtig, sondern unzufrieden. Ja, wenn ... Sie öffnete den Mund, und erregt durch einen ihr jählings durch den Kopf gehenden Gedanken, rückte sie auf dem Wagensitz von einer Seite auf die andere. Wenn ich etwas anderes sein könnte als seine Geliebte, die leidenschaftlich seine Liebkosungen begehrt! Aber das kann und will ich nicht sein. Mit diesem Begehren errege ich in ihm Widerwillen und in mir selbst dann Verbitterung über ihn, wie es anders auch nicht sein kann. Ich weiß ja sehr gut, daß er mich nicht hintergeht, daß er keine Absichten auf die Sorokina hat, in Kitty nicht verliebt ist und mir nicht untreu werden wird. Das weiß ich alles, doch damit ist mir nicht geholfen. Wenn er, ohne mich zu lieben, nur aus *Pflichtgefühl* gut und zärtlich zu mir ist, aber das fehlt, wonach mich verlangt, dann ist es tausendmal schlimmer als Haß! Es ist die Hölle! Und so eben ist es jetzt! Er liebt mich schon seit langem nicht mehr. Wo aber die Liebe aufhört, da beginnt der Haß ... Diese Straßen kenne ich gar nicht. Was sind das für Berge? Und diese Häuser, ein Haus neben dem anderen! Und in alle diesen Häusern wohnen Menschen, unzählige Menschen! Wie viele es sind, ist unvorstellbar, und alle hassen einander ... Nun, ich will mir einmal vorstellen, was ich mir wünschte, um glücklich zu sein – was kann ich mir schon wünschen? Gut, Alexej Alexandrowitsch willigt in die Scheidung ein, überläßt mir Serjosha, und ich heirate Wronski ... Bei dem Gedanken an Alexej Alexandrowitsch glaubte sie ihn mit allen seinen Eigentümlichkeiten leibhaftig vor sich zu sehen: mit seinen sanften, leblosen matten Augen, den blauen Adern an den weißen Händen, dem wechselndem Tonfall in seiner Stimme, dem Knakken der Finger; und als sie sich dabei des Gefühls erinnerte, das zwischen ihnen bestanden hatte und auch Liebe genannt worden war, schauderte sie vor Abscheu. Gut, ich bekäme seine Einwilligung zur Scheidung und würde Wronskis rechtmäßige Frau. Würde Kitty mich dann anders ansehen, als sie es heute getan hat? Nein! Würde Serjosha aufhören, danach zu fragen oder sich Gedanken darüber zu machen, wie es sich mit meinen zwei Männern verhält? Und wie würde das neue Verhältnis beschaffen sein, das ich zwischen mir und Wronski ersehnen könnte? Ist denn noch ein Zustand möglich, der für uns wenn schon kein Glück, so wenigsten nicht eine ewige Qual bedeuten würde? Nein und abermals nein! antwortete sie sich, ohne auch nur einen Augenblick zu schwanken. Es ist unmöglich! Das Leben führt uns auseinander und macht ihn durch mich und mich durch ihn unglücklich; aber ändern kann man weder ihn noch mich. Alle Versuche sind bereits unternommen, die Schraube ist überdreht ... Dort, eine Bettlerin mit einem Kind. Sie hält sich für bemitleidenswert. Aber sind wir nicht alle nur dazu in die Welt geworfen, um einander zu hassen und aus diesem Haß heraus uns selbst und andere zu quälen? Da kommen Gymnasiasten und lachen. Und Serjosha? erinnerte sie sich. Ich habe mir eingebildet, ihn zu lieben, und war gerührt über mein zärtliches Gefühl für ihn. Und doch habe ich auch ohne ihn leben können, habe die Liebe zu ihm gegen eine andere Liebe vertauscht und diesen Tausch nicht bedauert, solange mich jene neue Liebe befriedigt hat. Und sie dachte schaudernd daran, was unter jener neuen Liebe zu verstehen war. Die Klarheit, mit der sie jetzt ihr eigenes Leben und das Leben aller anderen Menschen sah, bereitete ihr Freude. So geht es mir, ebenso wie Pjotr, wie dem Kutscher Fjodor und jenem Kaufmann drüben und all den Menschen, die dort irgendwo an der Wolga leben, wohin zu fahren diese Plakate einladen; so ist es immer und überall, dachte sie, während der Wagen bereits vor dem niedrigen Gebäude des Nishegoroder Bahnhofs vorfuhr und die Gepäckträger angelaufen kamen.

„Soll ich eine Fahrkarte nach Obiralowka lösen?" fragte Pjotr.

Sie hatte ganz vergessen, wohin und zu welchem Zweck sie eine Reise unternehmen wollte, und mußte erst angestrengt nachdenken, um den Sinn seiner Frage zu verstehen.

„Ja", antwortete sie und gab ihm die Geldbörse; dann nahm sie ihre kleine rote Reisetasche in die Hand und stieg aus dem Wagen.

Während sie durch die Menschenmenge auf den Wartesaal erster Klasse zustrebte, besann sie sich nach und nach wieder auf alle Einzelheiten ihrer Lage und auf die Fragen, die sie noch entscheiden mußte. Und all die Hoffnungen, all die Verzweiflung, die mit jenen brennenden, schon so oft durchdachten Fragen verbunden waren, rissen in ihrem zerquälten, stürmisch klopfenden Herzen aufs neue die alten Wunden auf. Als sie in Erwartung des Zuges auf dem sternförmigen Sofa saß und mit Widerwillen auf die hereinkommenden und hinausgehenden Reisenden blickte (alle flößten ihr Abscheu ein), stellte sie sich vor, wie sie auf der Bahnstation ankommen, wie und was sie an ihn schreiben werde oder wie er sich jetzt wohl bei seiner Mutter ohne jedes Verständnis für ihre eigenen Qualen über sein Schicksal beklagte und wie sie ins Zimmer treten und was sie zu ihm sagen werde. Dann wiederum dachte sie daran, wie glücklich das Leben noch werden könnte, mit welcher Qual sie ihn liebte und haßte und wie beängstigend ihr Herz klopfte.

31

Ein Glockenzeichen ertönte. Mehrere junge Männer von abstoßendem, gemeinem Aussehen gingen eilig an ihr vorüber, waren aber trotz ihrer Eile auf den Eindruck bedacht, den sie machten. Pjotr, in Livree und Stiefeletten, erschien im Saal und kam mit tierisch stumpfem Gesichtsausdruck auf sie zu, um sie zum Zug zu geleiten. Die Männer, die sich auf dem Bahnsteig laut unterhielten, wurden still, als sie an ihnen vorüberging, und der eine flüsterte einem anderen mit einem Blick auf sie eine zweifellos unflätige Bemerkung zu. Sie stieg über das hohe Trittbrett in den Wagen und setzte sich in ein noch leeres Abteil auf den federnden, schmutzigen, ehemals weißen Polstersitz. Ihre Reisetasche, die sie auf das federnde Polster gestellt hatte, schwankte und kippte um. Pjotr, der am Fenster stand, lüftete zum Abschied mit einem einfältigen Lächeln seinen betreßten Hut, und der anmaßende Schaffner schlug die Tür zu und klinkte sie ein. Eine widerwärtig aussehende Dame mit einer Turnüre (Anna entkleidete sie in Gedanken und stellte sich schaudernd ihre Mißgestalt vor) eilte mit einem affektiert lachenden Mädchen am Wagen vorbei.

„Bei Katerina Andrejewna, ma tante, schon die ganze Zeit!“ schrie das Mädchen.

Dieses Mädchen, auch das ist schon verdorben und gibt an, dachte Anna. Um niemand zu sehen, stand sie auf und setzte sich in dem leeren Abteil an das gegenüberliegende Fenster. Ein schmutziger, gräßlich aussehender Mann, dessen zerzaustes Haar unter der Mütze hervorhing, ging an diesem Fenster vorüber und bückte sich dauernd zu den Rädern des Wagens hinunter. An irgendwen erinnert mich dieser grauenvolle Mann, dachte Anna.

Und als sie sich nun auf ihren Traum besann, ging sie, bebend vor Entsetzen, an die gegenüberliegende Tür. Im gleichen Augenblick öffnete der Schaffner die Tür, um ein Ehepaar hereinzulassen.

„Wünschen Sie auszusteigen?“ wandte er sich an Anna.

Sie antwortete nicht. Der Schaffner und die hinzugekommenen Reisenden bemerkten durch den Schleier nicht, wie verzerrt vor Entsetzen ihr Gesicht war. Sie ging in ihre Ecke zurück und setzte sich. Das Ehepaar setzte sich auf die gegenüberliegenden Plätze und musterte unauffällig, doch sehr eingehend Annas Kleidung. Beide, Mann und Frau, flößten Anna Widerwillen ein. Der Mann fragte sie, ob er rauchen dürfe, wobei es ihm offenbar weniger auf das Rauchen ankam als auf einen Anknüpfungsversuch zu einem Gespräch. Nachdem sie bejaht hatte, begann er mit seiner Frau französisch zu sprechen, und an allem, was er sagte, merkte man, daß es ihm ebenso wie bei seiner Frage, ob er rauchen dürfe, nur daran lag, sich aufzuspielen. Beide taten wichtig und unterhielten sich über alle möglichen albernen Dinge, nur um auf Anna Eindruck zu machen. Anna sah deutlich, wie sehr sie einander überdrüssig waren und sich gegenseitig haßten. Solche erbärmlichen Wichte konnten ja auch wirklich nichts anderes als Haß hervorrufen.

Das zweite Glockenzeichen ertönte, und anschließend hörte man das Verladen von Gepäck, Lärm, Gekreisch und Gelächter. Anna, die nur zu gut wußte, daß niemand einen wirklichen Grund hatte, sich zu freuen, fiel dieses Gelächter dermaßen auf die Nerven, daß sie sich am liebsten die Ohren zugestopft hätte, um es nicht zu hören. Endlich wurde zum drittenmal geläutet; ein Pfiff ertönte, die Lokomotive begann zu fauchen, eine Kette klirrte, und der Mann im Abteil bekreuzigte sich. Ich möchte ihn eigentlich fragen, was er sich dabei denkt, dachte Anna und streifte ihn mit einem gehässigen Blick. Dann blickte sie an der Dame vorbei durchs Fenster auf die Menschen, die jemand zum Zuge begleitet hatten und jetzt, auf dem Bahnsteig stehend, den Eindruck hervorriefen, als glitten sie rückwärts. Der Wagen, in dem Anna saß, rollte mit gleichmäßigen Stößen über die Fugen der Schienen, fuhr den Bahnsteig entlang und an einer Mauer, der Signaltafel und anderen Eisenbahnwagen vorüber; die Räder rollten allmählich glatter und geschmeidiger und mit einem feinen Klang über die Schienen, das Fenster erstrahlte in der leuchtenden Abendsonne, und ein leichter Windzug bauschte den Vorhang. Anna dachte nicht mehr an ihre Reisegefährten und wandte sich, während sie bei dem leisen Schaukeln des Wagens die frische Luft einatmete, wieder ihren eigenen Gedanken zu.

Ja, woran habe ich zuletzt gedacht? Ach, daran, daß ich mir keinen Zustand vorstellen kann, in dem das Leben keine Qual wäre, daß wir alle dazu geschaffen sind, uns zu quälen, und das auch wissen und deshalb unaufhörlich Mittel ersinnen, die uns darüber hinwegtäuschen könnten. Aber wenn man die ganze Wahrheit erkennt – was dann?

„Dazu ist dem Menschen die Vernunft gegeben, damit er sich von dem befreit, was ihm Sorge macht", sagte die Dame auf französisch und in geziertem Ton und war offenbar sehr zufrieden mit ihrem klugen Ausspruch.

Diese Worte waren gewissermaßen eine Antwort auf die Gedanken Annas.

Sich von dem befreien, was einem Sorge macht, wiederholte Anna in Gedanken. Und als sie nun den rotwangigen Mann und daneben die hagere Frau betrachtete, wurde ihr klar, daß sich diese kränkliche Person für eine unverstandene Frau hielt und daß ihr Mann sie hinterging und sie in dieser Meinung von sich selbst bestärkte. Anna sah die ganze Liebesgeschichte der beiden vor sich, indem sie gleichsam in die verborgensten Winkel ihrer Seelen hineinleuchtete. Doch es gab dort nichts Interessantes, und sie wandte sich erneut ihren eigenen Gedanken zu.

Ja, und ich habe große Sorgen, und dazu ist einem die Vernunft gegeben, daß man sich von ihnen befreit; ich muß mich also von meinen Sorgen befreien. Warum soll man nicht eine Kerze auslöschen, wenn nichts mehr da ist, was man sehen möchte, und wenn man von allem, was man sieht, angewidert wird? Aber wie? Wozu ist der Schaffner eben auf dem Trittbrett entlanggelaufen, warum schreien sie so, diese jungen Leute im anderen Wagen? Was sprechen sie, worüber lachen sie? Alles ist Getue, alles ist Lug und Trug, ist Bosheit!

Nachdem der Zug auf der Station angehalten hatte und Anna ausgestiegen war, zog sie sich aus dem Gedränge der übrigen Reisenden zurück, als ob es Aussätzige wären, und blieb abseits auf dem Bahnsteig stehen; sie mußte sich erst angestrengt darauf besinnen, warum sie hergekommen war und was sie hier eigentlich wollte. Es war jetzt so schwer, sich von all dem, was sie sich vorgenommen hatte, ein klares Bild zu machen, zumal ihr diese lärmende Menge abscheulicher Menschen keine Ruhe ließ. Bald kamen die Gepäckträger auf sie zugestürzt, um ihre Dienste anzubieten; bald wurde sie von den jungen Männern fixiert, die, laut miteinander sprechend, mit dröhnenden Schritten über die Bohlen des Bahnsteigs stolzierten; bald wichen vorüberkommende Passanten ihr nicht nach der richtigen Seite aus. Als sie sich darauf besann, daß sie weiterfahren wollte, wenn von Wronski keine Antwort da wäre, hielt sie einen Gepäckträger an und fragte ihn, ob er nicht einen Kutscher gesehen habe, der einen Brief zu dem Grafen Wronski bringen sollte.

„Zum Grafen Wronski? Vom Gut ist eben ein Wagen hiergewesen. Er hat die Fürstin Sorokina und ihre Tochter abgeholt. Wie sieht denn der Kutscher aus?"

Während sie noch mit dem Gepäckträger sprach, kam der rotwangige Kutscher Michail mit einer Uhrkette über seiner stutzerhaften blauen Jacke auf sie zu und überreichte ihr strahlend einen Brief, offenbar sehr stolz darauf, daß er den Auftrag so gut ausgeführt hatte. Sie öffnete den Brief, und ihr Herz krampfte sich schon zusammen, bevor sie ihn gelesen hatte. Sie sah die von Wronski nachlässig hingeworfenen Zeilen.

„Es tut mir leid, daß der Brief mich nicht rechtzeitig erreicht hat. Ich werde um zehn Uhr zurück sein."

So! Das habe ich erwartet! sagte sie sich mit einem verbitterten Lächeln.

„Gut, du kannst jetzt nach Hause fahren", wandte sie sich mit leiser Stimme an Michaila. Sie sprach leise, weil das stürmische Klopfen ihres Herzens ihr das Atemholen erschwerte. Nein, ich werde mich von dir nicht quälen lassen! wandte sie sich, in Gedanken drohend, nicht an Wronski, auch nicht an sich selbst, sondern an den, der sie zu ihren Qualen zwang, und ging am Stationsgebäude vorüber den Bahnsteig entlang.

Zwei Dienstmädchen, die auf dem Bahnsteig promenierten, drehten sich nach ihr um und stellten so laut Betrachtungen über Annas Toilette an, daß sie es hören konnte. „Das sind echte", sagten sie mit einem Blick auf die Spitzen an Annas Kleid. Die jungen Männer ließen sie noch immer nicht in Ruhe. Sie sahen ihr, wenn sie an ihr vorübergingen, ins Gesicht, lachten übertrieben laut und riefen einander irgend etwas zu. Der Stationsvorsteher kam vorbei und fragte, ob sie weiterfahren wolle. Ein Junge, der Kwaß feilbot, verfolgte sie unablässig mit seinen Blicken. Mein Gott, wohin soll ich mich wenden? dachte sie, während sie immer weiter den Bahnsteig entlangging. An seinem Ende angelangt, blieb sie stehen. Einige Damen und Kinder, die einen bebrillten Herrn vom Zug abholten und sich laut lachend unterhielten, brachen bei ihrem Näherkommen das Gespräch ab und blickten sich neugierig nach ihr um. Sie ging schnell an ihnen vorüber bis an das Ende des Bahnsteigs. In diesem Augenblick näherte sich ein Güterzug. Der Bahnsteig erzitterte, und sie hatte den Eindruck, als fahre sie wieder.

Und als ihr nun jählings einfiel, wie damals, am Tage ihrer ersten Begegnung mit Wronski, ein Mann unter den Zug geraten und überfahren worden war, wußte sie, was sie zu tun hatte. Sie ging mit schnellen, leichten Schritten die vom Pumpenhäuschen zu den Schienen führenden Stufen hinunter und blieb unmittelbar vor dem vorbeifahrenden Zug stehen. Sie blickte auf das Untergestell der Wagen, auf die Schrauben, die Ketten und die hohen gußeisernen Räder des langsam vorbeirollenden ersten Wagens und bemühte sich, durch Augenmaß abzuschätzen, wann dieser mit seiner Mitte die Stelle erreicht haben würde, an der sie stand.

Dorthin! sagte sie, während sie auf den Schatten des Wagens und den mit Kohlenstaub vermischten Sand blickte, der auf den Schwellen lag. Dorthin, genau in die Mitte – und ich werde ihn bestrafen und mich von allen und von mir selbst befreit haben.

Sie hatte vor, sich zwischen die Vorder- und Hinterräder des an ihr vorbeikommenden ersten Wagens zu werfen. Doch da sie vorher ihre rote Reisetasche vom Arm nehmen wollte, wurde sie dadurch aufgehalten und verpaßte den rechten Augenblick: Die Mitte des Wagens war bereits an ihr vorüber. Sie mußte auf den nächsten Wagen warten. Von einem ähnlichen Schauder erfaßt, wie man ihn empfindet, wenn man sich beim Baden anschickt, ins Wasser zu gehen, bekreuzigte sie sich. Die gewohnte Bewegung des Bekreuzigens rief in ihrer Seele eine ganze Reihe Erinnerungen aus ihrer Kindheit und Mädchenzeit wach, die Finsternis, die ihr bis dahin alles verhüllt hatte, zerriß plötzlich, und für einen Augenblick offenbarte sich ihr das Leben mit allen seinen einstigen lichten Freuden. Aber sie behielt unverwandt die Räder des heranrollenden zweiten Wagens im Auge. Und genau in dem Augenblick, als die Mitte des Wagens sie erreicht hatte, warf sie die rote Reisetasche von sich, zog den Kopf ein, ließ sich zwischen die Vorder- und Hinterräder des Wagens auf die Hände fallen und nahm niederkniend eine solche Stellung ein, als wollte sie gleich wieder aufstehen. Doch schon im selben Augenblick wurde sie von Entsetzen gepackt über das, was sie tat. Wo bin ich? Was mache ich? Warum? Sie wollte aufstehen, wollte sich zurückwerfen, aber etwas ungeheuer Großes, Unerbittliches stieß sie gegen den Kopf und schleifte sie am Rücken mit sich. „Herrgott, vergib mir alles!“ stammelte sie in der Erkenntnis, daß ein Widerstand unmöglich sei. Der kleine struppige Mann hantierte wieder, irgend etwas vor sich hin murmelnd, am Eisen herum. Und die Kerze, in deren Schein sie das von Unrast, Betrug, Kummer und Bosheit erfüllte Buch des Lebens gelesen hatte, flammte heller auf denn je zuvor, beleuchtete alles, was vorher in Finsternis gehüllt gewesen war, begann zu knistern, flackerte einen Augenblick und erlosch für immer.

Achter Teil

1

Seitdem waren beinahe zwei Monate vergangen. Obwohl der heiße Sommer bereits bis zur Mitte vorgeschritten war, machte Sergej Iwanowitsch erst jetzt Anstalten, aus Moskau zu verreisen.

Das Leben Sergej Iwanowitschs hatte in dieser Zeit einschneidende Ereignisse mit sich gebracht. Schon etwa vor Jahresfrist hatte er sein Buch vollendet, das die Frucht einer sechsjährigen Arbeit darstellte und den Titel trug: „Versuch einer Übersicht der Grundsätze und Formen des Staatsgefüges in Europa und in Rußland". Einige Abschnitte seines Werkes und die Einleitung waren bereits in Fachzeitschriften erschienen, und andere Teile des Buches hatte Sergej Iwanowitsch in seinem Bekanntenkreise vorgelesen, so daß die in ihm niedergelegten Gedanken für die Öffentlichkeit keine allzu große Überraschung bedeuten konnten; aber immerhin hatte Sergej Iwanowitsch erwartet, daß das Buch bei seinem Erscheinen einen nachhaltigen Eindruck auf das interessierte Publikum machen und wenn schon nicht einen Umschwung in der Wissenschaft herbeiführen, so doch zumindest eine beträchtliche Wirkung in der Gelehrtenwelt hervorrufen werde.

Das Buch war, nachdem es bei einer nochmaligen sorgfältigen Durchsicht den letzten Schliff erhalten hatte, im vorigen Jahr erschienen und an die Buchhändler versandt worden.

Obwohl Sergej Iwanowitsch von sich aus mit niemand über sein Buch sprach und nur unwillig und mit gespielter Gleichgültigkeit die Fragen von Freunden nach dem Absatz seines Werkes beantwortete und obwohl er sich nicht einmal bei den Buchhändlern erkundigte, wie groß die Nachfrage danach sei, wartete er doch mit großem Interesse und gespannter Aufmerksamkeit darauf, welche erste Reaktion sein Buch in der Öffentlichkeit und in der Presse auslösen werde.

Doch es verging eine Woche, eine zweite und dritte, ohne daß in der Öffentlichkeit irgendein Eindruck zu beobachten gewesen wäre. Manche seiner Freunde, soweit es sich um Gelehrte und Leute handelte, die auf diesem Gebiet bewandert waren, kamen mitunter, offensichtlich aus Höflichkeit, auf sein Buch zu sprechen; seine übrigen Bekannten indessen, die sich für Bücher wissenschaftlichen Inhalts nicht interessierten, erwähnten überhaupt nichts davon. Die breite Öffentlichkeit, die gerade jetzt mit anderen Fragen beschäftigt war, hatte von dem Erscheinen seines Buches keinerlei Notiz genommen. Auch in der Fachliteratur war es einen Monat lang mit keinem Wort erwähnt worden.

Sergej Iwanowitsch rechnete genau aus, wieviel Zeit man zum Abfassen einer Rezension brauchte; aber es verging ein weiterer Monat, und das Schweigen dauerte noch immer an.

Lediglich im „Sewerny shuk" waren im Rahmen einer humoristischen Glosse über den Sänger Drabanti, der seine Stimme verloren hatte, auch ein paar hämische Worte über das Buch Kosnyschews eingestreut, die den Eindruck erweckten, als sei dieses Buch schon längst von allen abgetan und dem allgemeinen Spott preisgegeben.

Im dritten Monat endlich erschien in einer seriösen Zeitschrift eine Besprechung des Buches. Sergej Iwanowitsch kannte sogar den Verfasser der Besprechung; er war mit ihm einmal bei Golubzow zusammengetroffen.

Bei dem Verfasser der Besprechung handelte es sich um einen kränklichen, noch sehr jungen Journalisten, der sich zwar durch große Gewandtheit im Schreiben auszeichnete, aber äußerst mangelhaft gebildet und schüchtern im persönlichen Umgang war.

Ungeachtet dessen, daß Sergej Iwanowitsch von dem Verfasser eine sehr geringe Meinung hatte, legte er dessen Besprechung große Bedeutung bei und begann sie zu studieren. Die Besprechung war empörend.

Der Journalist hatte das ganze Buch anscheinend in einer Weise aufgefaßt, in der es unmöglich aufgefaßt werden konnte. Aber er hatte verschiedene Auszüge aus ihm so geschickt zusammengesetzt, daß Leute, die das Buch nicht gelesen hatten (und gelesen hatte es offenbar fast niemand), zu der Überzeugung kommen mußten, daß das ganze Buch nichts anderes darstelle als eine Anhäufung hochtrabender Worte, die zudem auch noch falsch angewandt waren (was durch Fragezeichen angedeutet war), und daß der Verfasser des Buches ein völlig ungebildeter Mensch sein müsse. Das Ganze war dabei so geistreich aufgezogen, daß Sergej Iwanowitsch unter anderen Umständen selbst Freude daran gehabt hätte; jetzt jedoch empörte ihn gerade diese geistreiche Art.

Obwohl sich Sergej Iwanowitsch vorgenommen hatte, die Kritik des Rezensenten völlig objektiv auf ihre Berechtigung hin zu prüfen, hielt er sich keinen Augenblick bei den Mängeln und Fehlschlüssen auf, die dieser ins Lächerliche gezogen hatte – es war allzu offenkundig, daß sie mit Vorbedacht zusammengestellt waren –, sondern ging unwillkürlich sofort dazu über, sich bis in alle Einzelheiten seine Begegnung mit dem Verfasser der Besprechung und das mit ihm geführte Gespräch ins Gedächtnis zu rufen.

Habe ich ihn vielleicht durch irgend etwas gekränkt? überlegte Sergej Iwanowitsch.

Und als ihm nun einfiel, daß er diesen jungen Menschen einmal auf die falsche Anwendung eines Ausdrucks hingewiesen hatte, durch die dessen Unbildung zutage getreten war, glaubte Sergej Iwanowitsch eine Erklärung für die Gehässigkeit seines Artikels gefunden zu haben.

Nach diesem Artikel wurde das Buch Sergej Iwanowitschs sowohl in der Presse als auch in Gesprächen förmlich totgeschwiegen, und Sergej Iwanowitsch mußte einsehen, daß seine sechsjährige Arbeit, an die er so viel Mühe und Liebe gewandt hatte, im Sande verlaufen war.

Ein weiterer unangenehmer Umstand kam noch insofern hinzu, als Sergej Iwanowitsch jetzt, nachdem sein Buch abgeschlossen war, die geistige Beschäftigung an seinem Schreibtisch fehlte, die bisher den größten Teil seiner Zeit in Anspruch genommen hatte.

Sergej Iwanowitsch war ein kluger, gebildeter, gesunder und tatkräftiger Mann und wußte nicht, worauf er seine Tatkraft jetzt richten sollte. Die Gespräche in Salons, bei Kongressen, Versammlungen, Komiteesitzungen und anderen Gelegenheiten, bei denen man das Wort ergreifen konnte, nahmen einen Teil seiner Zeit in Anspruch; er, ein eingesessener Stadtbewohner, gestattete sich aber nicht; sich völlig in Gesprächen zu verausgaben, wie es sein unerfahrener Bruder während eines Aufenthalts in Moskau getan hatte, sondern er behielt noch eine große Reserve von freier Zeit und geistiger Kraft zurück.

Zu seinem Glück wurden gerade zu dieser Zeit, als ihn der Mißerfolg seines Buches bedrückte, alle jene Fragen, die die Andersgläubigen, die amerikanischen Freunde, die Hungersnot in der Gegend von Samara, die Ausstellungen oder den Spiritismus betrafen, durch die slawische Frage abgelöst, die in der Öffentlichkeit bis dahin nur unmerklich geschwelt hatte, und Sergej Iwanowitsch, der auch schon früher in dieser Angelegenheit hervorgetreten war, gab sich ihr jetzt mit seiner ganzen Kraft hin.

In den Kreisen, denen Sergej Iwanowitsch angehörte, wurde damals über nichts anderes gesprochen und geschrieben als über die slawische Frage und den serbischen Krieg. Alles, was eine müßige Menge gewöhnlich zum Zeitvertreib tut, wurde jetzt zum Besten der slawischen Stammesbrüder unternommen. Bälle, Konzerte,

Festessen, Tischreden, der Putz der Damen, Biergelage, Restaurantbesuche – alles zeugte von dem Mitgefühl für die Slawen.

Mit vielem, was aus diesem Anlaß gesagt und gesprochen wurde, war Sergej Iwanowitsch nicht uneingeschränkt einverstanden. Er sah, daß sich die slawische Frage zu einer jener Leidenschaften weckenden Modeerscheinungen anzuwachsen begann, die allezeit, eine die andere ablösend, der Menge als Objekt zu einer Betätigung dienen; er sah auch, daß sich viele Leute nur aus Eitelkeit und eigennützigen Motiven dieser Frage zuwandten. Er gab zu, daß die Zeitungen vielerlei brachten, was abwegig und übertrieben war, nur zu dem Zweck, sich interessant zu machen und andere zu übertrumpfen. Er sah, daß sich bei der allgemein gehobenen Stimmung gerade solche Leute am meisten vordrängten und am lautesten schrien, die im Leben Mißerfolg gehabt hatten und sich zurückgesetzt fühlten: Oberkommandierende ohne Armeen, Minister ohne Portefeuille, Journalisten ohne Zeitungen, Parteiführer ohne Gefolgschaft. Er sah, daß dem Ganzen viel Oberflächliches und Lächerliches anhaftete; aber er sah auch und erkannte das auch an, daß hier ein sich immer mehr steigernder Enthusiasmus vorlag, der alle Gesellschaftsklassen vereinte und unbedingt Sympathie verdiente. Das Gemetzel unter den Glaubensgenossen und Stammesbrüdern erregte Mitleid mit den Heimgesuchten und Empörung gegen die Unterjocher. Und das Heldentum der Serben und Montenegriner, die für eine große Sache kämpften, hatte im ganzen Volk den Wunsch geweckt, seinen Brüdern nicht länger nur mit Worten, sondern auch mit Taten zu helfen.

Darüber hinaus gab es noch etwas anderes, was Sergej Iwanowitsch mit Freude wahrnahm: das Zutagetreten einer öffentlichen Meinung. Die Bevölkerung bekundete in bestimmter Form, was sie wünschte. Die Volksseele war in Erscheinung getreten, wie Sergej Iwanowitsch sagte. Und je gründlicher er sich mit diesen Dingen befaßte, um so mehr kam er zu der Überzeugung, daß es sich hier um etwas handelte, das ungeheure, epochemachende Folgen auslösen mußte.

Er stellte sich ganz in den Dienst dieser großen Sache und hörte auf, an sein Buch zu denken.

Seine Zeit war jetzt so in Anspruch genommen, daß es ihm unmöglich war, auf alle ihm zugehenden Briefe und Wünsche zu antworten.

Nachdem er das ganze Frühjahr und die erste Hälfte des Sommers mit Arbeit zugebracht hatte, schickte er sich nun im Juli an, zu seinem Bruder aufs Land zu fahren.

Wenn er sich eine vierzehntägige Erholung auf dem Lande gönnen wollte, so verband er damit zugleich die Absicht, sich im Allerheiligsten des Volkes und in der ländlichen Abgeschiedenheit an der Begeisterung zu erbauen, die, wie er und alle Städter mit Gewißheit annahmen, die Landbevölkerung ergriffen haben mußte. Katawassow, der sich schon lange mit der Absicht trug, den Lewin versprochenen Besuch wahrzumachen, schloß sich ihm an.

2

Als Sergej Iwanowitsch und Katawassow am Kursker Bahnhof angekommen waren, vor dem an diesem Tage ein besonderes Gedränge herrschte, und sich eben nach dem Diener umgesehen hatten, der ihnen mit dem Gepäck in einen anderen Wagen folgte, fuhren auch vier Droschken mit Freiwilligen vor. Sie wurden von mehreren Damen mit Blumensträußen empfangen und, gefolgt von der nachflutenden Menge, aufs Bahnhofsgelände geleitet.

Eine der Damen, die zur Verabschiedung der Freiwilligen erschienen waren, kam aus dem Wartesaal zurück und wandte sich an Sergej Iwanowitsch.

„Sind Sie auch gekommen, ihnen das Geleit zu geben", fragte sie auf französisch.

„Nein, Fürstin, ich verreise selbst. Zur Erholung, zu meinem Bruder. Geben Sie denn allen Freiwilligen das Geleit?" fragte Sergej Iwanowitsch mit einem kaum merklichen Lächeln.

„Das geht ja nicht!" antwortete die Fürstin. „Ist es wahr, daß aus Moskau schon achthundert Freiwillige abgefahren sind? Malwinski wollte es mir nicht glauben."

„Über achthundert. Und wenn man alle mitzählt, die nicht unmittelbar aus Moskau abgefahren sind, werden es mehr als tausend sein", antwortete Sergej Iwanowitsch.

„Na also! Ich habe es doch gesagt", fiel die Fürstin befriedigt ein. „Und nicht wahr, die Spenden haben nahezu eine Million erreicht?"

„Noch mehr, Fürstin."

„Was sagen Sie denn zu dem heutigen Telegramm? Die Türken haben wieder eine Niederlage erlitten."

„Ja, ich habe es gelesen", antwortete Sergej Iwanowitsch. Es handelte sich um die letzte Meldung vom Kriegsschauplatz, aus der hervorging, daß die Türken drei Tage nacheinander an allen Frontabschnitten in die Flucht geschlagen worden waren und daß für den folgenden Tag die Entscheidungsschlacht erwartet wurde.

„Ach, übrigens, da hat sich auch ein junger Mann gemeldet, ein sehr netter Mensch. Aber man macht ihm Schwierigkeiten, ich weiß nicht, warum. Ich kenne ihn gut und wollte Sie bitten, ein paar befürwortende Zeilen zu schreiben. Die Gräfin Lydia Iwanowna hat ihn zu mir geschickt."

Nachdem er von der Fürstin alles erfahren hatte, was sie von dem betreffenden jungen Mann wußte, ging Sergej Iwanowitsch in den Wartesaal erster Klasse und schrieb ein kurzes Empfehlungsschreiben an die Persönlichkeit, die für die Rekrutierung der Freiwilligen zuständig war, und kam dann zurück, um es der Fürstin auszuhändigen.

„Wissen Sie auch, daß Graf Wronski – er ist ja allgemein bekannt – ebenfalls mit diesem Zuge abfährt?" fragte die Fürstin mit einem triumphierenden, vielsagenden Lächeln, als Sergej Iwanowitsch sie wiedergefunden hatte und ihr das Schreiben übergab.

„Ich hörte, daß er es vorhat, wußte aber nicht, wann er fährt. Also mit diesem Zuge?"

„Ja, ich habe ihn gesehen; er ist schon hier. Nur seine Mutter begleitet ihn. Das ist ja wohl auch das beste, was er tun kann."

„Ja, natürlich."

Während sie noch sprachen, strömte eine Menschenmenge an ihnen vorbei zu dem Tisch, an dem die Freiwilligen bewirtet wurden. Sie folgten der Menge und hörten nun die laute Stimme eines Herrn, der mit einem Glase in der Hand eine Ansprache an die Freiwilligen hielt. „Ihr werdet für den Glauben kämpfen, für die Menschheit, für unsere Brüder!" rief, seine Stimme immer lauter erhebend, der Herr. „Zu dieser Großtat empfanget den Segen des Mütterchens Moskau. Živeo!" schloß er laut in rührseligem Ton.

„Živeo!" rief die ganze Menge, während ein neuer Menschenstrom in den Saal eindrang und die Fürstin beinahe umgerissen hätte.

„Nun, Fürstin, was sagen Sie?" rief Stepan Arkadjitsch, der plötzlich aus der Menge aufgetaucht war, mit strahlendem Lächeln. „Nicht wahr, das hat er großartig gesagt, mit solcher Wärme! Bravo! Und Sergej Iwanowitsch sehe ich auch hier? Sie sollten auch ein paar Worte sprechen, zur Ermutigung gewissermaßen – Sie verstehen das so gut", fügte er mit einem freundlichen, devoten Lächeln hinzu, indem er behutsam den Arm Sergej Iwanowitschs berührte und diesen vorzuschieben versuchte.

„Nein, mein Zug geht gleich."

„Wohin reisen Sie?"

„Aufs Land, zu meinem Bruder", antwortete Sergej Iwanowitsch.

„Da werden Sie ja mit meiner Frau zusammentreffen. Ich habe an sie geschrieben, aber Sie werden früher als der Brief dort sein;

sagen Sie ihr doch bitte, daß Sie mich getroffen hätten, und es sei all right. Das wird sie schon verstehen. Und im übrigen seien Sie bitte so gut, ihr zu bestellen, meine Einstellung als Vorstandsmitglied der Vereinigten... nun, sie weiß schon Bescheid, meine Einstellung sei jetzt perfekt. Das sind so les petites misères de la vie humaine", fügte er, sich gleichsam entschuldigend, zu der Fürstin gewendet hinzu. „Die Fürstin Mjagkaja – nicht Lisa, sondern Bibiche Mjagkaja – hat ja auch tausend Gewehre gespendet und entsendet zwölf Krankenschwestern. Sagte ich es Ihnen schon?"

„Ja, ich habe davon gehört", antwortete Kosnyschew zurückhaltend.

„Es ist schade, daß Sie gerade verreisen", fuhr Stepan Arkadjitsch fort. „Morgen veranstalten wir ein Abschiedsessen für zwei Freiwillige, für Dimer-Bartnjanski aus Petersburg und unseren Grischa Wesselowski. Beide gehen an die Front. Wesselowski hat erst kürzlich geheiratet. Ein Teufelskerl! Nicht wahr, Fürstin?"

Die Fürstin antwortete nicht und sah Kosnyschew an. Daß Sergej Iwanowitsch und die Fürstin ihn offenbar loswerden wollten, dadurch ließ sich Stepan Arkadjitsch nicht im geringsten beirren. Er betrachtete lächelnd die Feder auf dem Hut der Fürstin oder blickte in den Saal, als wolle er sich auf etwas besinnen. Als eine Dame mit einer Sammelbüchse vorüberging, rief er sie an und steckte einen Fünfrubelschein in die Büchse.

„Ich kann diese Büchsen nicht ruhigen Herzens sehen, solange ich Geld habe", sagte er. „Haben Sie das heutige Telegramm gelesen? Die Montenegriner sind wahre Helden!"

„Was Sie nicht sagen!" rief er, als er von der Fürstin hörte, daß auch Wronski mit diesem Zug abfahre. Für einen Augenblick nahm das Gesicht Stepan Arkadjitschs einen bekümmerten Ausdruck an; aber gleich darauf, als er seinen Backenbart zurechtstrich und mit leicht federnden Schritten den Raum betrat, in dem sich Wronski aufhielt, hatte er sein verzweifeltes Schluchzen am Leichnam seiner Schwester schon gänzlich vergessen und sah in Wronski nur den Helden und alten Freund.

„Trotz aller seiner Schwächen muß man ihm doch Gerechtigkeit widerfahren lassen", sagte die Fürstin zu Sergej Iwanowitsch, sobald Oblonski gegangen war. „Er ist doch der Prototyp einer echt russischen, slawischen Natur! Ich fürchte nur, daß Wronski das Zusammentreffen mit ihm unangenehm sein wird. Was man auch sagen mag, das Schicksal dieses Menschen rührt mich doch sehr. Vielleicht können Sie sich mit ihm unterwegs etwas unterhalten", sagte die Fürstin.

„Ja, wenn es sich trifft."

„Er ist mir nie sympathisch gewesen, aber so etwas macht vieles gut. Er fährt übrigens nicht allein, sondern nimmt auf eigene Kosten eine ganze Schwadron mit."

„Ja, ich habe es gehört."

Ein Glockenzeichen ertönte. Alles drängte zur Tür.

„Da ist er!" rief die Fürstin und zeigte auf Wronski, der in langem Mantel und schwarzem, breitrandigem Hut, seine Mutter am Arm führend, durch den Saal schritt. Oblonski ging neben ihm und redete lebhaft auf ihn ein.

Wronski starrte finster vor sich hin und schien gar nicht hinzuhören, was Oblonski sagte.

Wahrscheinlich auf einen Hinweis Oblonskis sah er zu der Stelle hinüber, wo Sergej Iwanowitsch und die Fürstin standen, und lüftete wortlos den Hut. Sein gealtertes, leiderfülltes Gesicht schien versteinert zu sein.

Als er auf den Bahnsteig hinausgekommen war, verschwand Wronski, seiner Mutter wortlos den Vortritt lassend, sofort in einem der Wagen.

Auf dem Bahnsteig wurde die Nationalhymne gesungen und zum Schluß „Hurra!" und „Živeo!" gerufen. Einer der Freiwilligen, ein großer, noch sehr junger Mann mit eingefallener Brust, fiel dadurch auf, daß er bei der Verabschiedung seinen Filzhut und einen Blumenstrauß besonders lebhaft über dem Kopf schwenkte. Hinter ihm beugten sich auch zwei Offiziere und ein älterer Mann mit langem Vollbart und speckiger Mütze aus dem Wagen und winkten gleichfalls.

3

Nachdem sich Sergej Iwanowitsch von der Fürstin verabschiedet hatte und Katawassow wieder zu ihm gekommen war, stiegen beide in den brechend vollen Wagen ein, und der Zug fuhr ab.

Auf der Station Zarizyno wurde der Zug von einer Gruppe junger Leute mit dem Liede „Heil dir, heil dir ..." begrüßt, das sie, gut aufeinander abgestimmt, im Chor sangen. Die Freiwilligen beugten sich wieder heraus und winkten, aber Sergej Iwanowitsch nahm davon keine Notiz; er hatte schon so viel mit Freiwilligen zu tun gehabt, daß ihm ihr allgemeines Gehabe schon hinreichend bekannt und nichts Neues mehr war. Katawassow hingegen, der bei seiner wissenschaftlichen Tätigkeit keine Gelegenheit hatte, mit Freiwilligen in Berührung zu kommen, interessierte sich lebhaft für sie und wollte von Sergej Iwanowitsch Näheres über sie hören.

Sergej Iwanowitsch riet ihm, sich in die zweite Klasse zu begeben und selbst mit den Leuten zu sprechen, was Katawassow auf der nächsten Station auch tat.

Sobald der Zug wieder hielt, stieg er in den Wagen zweiter Klasse um und machte sich mit den Freiwilligen bekannt. Sie saßen, sich laut unterhaltend, in einer Ecke des Wagens und waren sich offenbar bewußt, daß die Aufmerksamkeit der übrigen Reisenden und des hinzugekommenen Katawassow auf sie gerichtet war. Am lautesten sprach jener junge Mann mit eingefallener Brust. Er war offensichtlich angetrunken und erzählte von irgendeiner Geschichte, die sich in der von ihm ehemals besuchten Lehranstalt zugetragen hatte. Ihm gegenüber saß ein nicht mehr junger Offizier, der eine kurze, zur österreichischen Gardeuniform gehörende Jacke anhatte. Er hörte lächelnd dem Erzähler zu und unterbrach ihn hin und wieder. Der dritte, in Artillerieuniform, saß neben ihnen auf einem Koffer. Der vierte schlief.

Katawassow knüpfte mit dem jungen Mann ein Gespräch an und erfuhr nun, daß es sich um einen reichen Moskauer Kaufmannssohn handelte, der schon bis zu seinem zweiundzwanzigsten Lebensjahr ein großes Vermögen verjubelt hatte. Auf Katawassow machte er einen unangenehmen Eindruck, weil er verzärtelt, verwöhnt und kränklich war; er war, namentlich jetzt, in angetrunkenem Zustand, offenbar überzeugt, eine Heldentat zu vollbringen, und spielte sich in widerwärtiger Weise auf.

Der zweite, ein ehemaliger Offizier, mißfiel Katawassow ebenfalls. Es war offenbar ein Mann, der sich schon auf allen Gebieten versucht hatte. Er war sowohl Eisenbahnbeamter als auch Geschäftsführer gewesen, hatte sogar selbst eine Fabrik gegründet und sprach über alles, wobei er ohne jede Notwendigkeit und zudem an falscher Stelle gelehrte Ausdrücke einstreute.

Der Artillerist hingegen gefiel Katawassow außerordentlich gut. Es war ein stiller, bescheidener Mensch, dem die Kenntnisse des ehemaligen Gardisten und die heldenmütige Selbstaufopferung des Kaufmanns offenbar große Achtung einflößten und der von sich selbst nichts erzählte. Als Katawassow ihn fragte, was ihn bewogen habe, sich nach Serbien zu melden, antwortete er bescheiden:

„Nun, das machen doch alle. Man muß den Serben helfen. Sie tun einem leid."

„Ja, besonders an Leuten Ihrer Waffengattung, an Artilleristen, besteht wohl großer Mangel", meinte Katawassow.

„Ich habe ja nicht lange bei der Artillerie gedient; vielleicht werde ich auch der Infanterie oder der Kavallerie zugeteilt."

„Wieso denn der Infanterie, wenn vor allem Artilleristen gebraucht werden?“ fragte Katawassow, der aus dem Alter des Artilleristen schloß, daß er schon einen ansehnlichen Rang erreicht haben mußte.

„Ich bin nicht lange bei der Artillerie gewesen, bin als Junker abgegangen“, antwortete dieser und begann nun zu erklären, warum er das Examen nicht bestanden hatte.

Alles in allem hatte Katawassow von den Freiwilligen einen ungünstigen Eindruck gewonnen, und als diese auf der nächsten Station ausstiegen, um etwas zu trinken, hatte er das Bedürfnis, mit jemand zu sprechen, um die Berechtigung seines abfälligen Urteils nachzuprüfen. Ein im selben Abteil sitzender alter Mann im Militärmantel hatte die ganze Zeit dem Gespräch Katawassows mit den Freiwilligen zugehört. Als Katawassow jetzt mit ihm unter vier Augen geblieben war, redete er ihn an.

„Ja, aus wie unterschiedlichen Verhältnissen kommen doch alle diese Leute, die sich auf den Kriegsschauplatz begeben“, leitete er mit einer allgemein gehaltenen Bemerkung das Gespräch ein, bei dem er seine eigene Meinung zu äußern und zugleich die Meinung des Alten zu erkunden gedachte.

Der Alte war ein Soldat, der an zwei Feldzügen teilgenommen hatte. Er wußte, was Kriegsdienst bedeutet, und nach dem Aussehen und den Gesprächen dieser Herrschaften sowie nach der Bravour, mit der sie während der Fahrt ihrer Feldflasche zugesprochen hatten, hielt er sie für schlechte Soldaten. Er wohnte in einer Kreisstadt und hätte gern erzählt, daß aus dieser Stadt ein notorischer Trinker und Dieb, der sich auf Lebenszeit zum Militärdienst verpflichtet hatte, weil niemand mehr bereit gewesen war, ihn als Arbeiter einzustellen, jetzt als Freiwilliger ins Feld gezogen war. Da er jedoch aus Erfahrung wußte, daß es bei der jetzigen Stimmung der Bevölkerung gefährlich war, eine der allgemeinen Ansicht widersprechende Meinung zu bekunden, und insbesondere, sich abfällig über die Freiwilligen zu äußern, wollte er auch seinerseits Katawassow zuerst auf den Zahn fühlen.

„Nun ja, es werden eben Leute gebraucht“, sagte er mit listig blitzenden Augen. Und als sie hierauf auf die neuesten Nachrichten vom Kriegsschauplatz zu sprechen kamen, verbarg einer vor dem anderen sein Befremden darüber, mit wem denn die für den nächsten Tag vorausgesagte Schlacht stattfinden sollte, nachdem die Türken ja den letzten Meldungen zufolge bereits auf der ganzen Linie geschlagen waren. So gingen beide schließlich auseinander, ohne ihre Meinung ausgesprochen zu haben.

Als Katawassow in sein Abteil zurückkam, berichtete er Sergej Iwanowitsch, was er während seines Zusammenseins mit den Freiwilligen beobachtet hatte, und da er dabei gegen seinen eigenen Willen heuchelte, ergab es sich, daß es sich durchweg um prächtige Burschen handelte.

Auf dem Bahnhof der nächsten größeren Stadt wurden die Freiwilligen wieder mit Gesang und Hochrufen empfangen: Wieder erschienen Sammlerinnen und Sammler mit ihren Büchsen, wieder überreichten Damen der Gesellschaft den Freiwilligen Blumensträuße und geleiteten sie in den Wartesaal; doch hier war dies alles bereits erheblich lauer und in bescheidenerem Rahmen gehalten als in Moskau.

4

Während der Zug auf dem Bahnhof der Gouvernementshauptstadt hielt, begab sich Sergej Iwanowitsch nicht in den Wartesaal, sondern promenierte auf dem Bahnsteig auf und ab.

Als er das erstemal an dem von Wronski belegten Abteil vorbeikam, waren die Vorhänge zugezogen. Als er jedoch zum zweitenmal vorbeiging, bemerkte er am Fenster die alte Gräfin. Sie rief ihn zu sich heran.

„Ich bin mitgefahren, um ihn bis Kursk zu begleiten", erklärte sie.

„Ja, ich habe schon davon gehört", sagte Sergej Iwanowitsch, der am Fenster stehenblieb und einen Blick ins Abteil warf. „Welch ein nobler Zug ist das von ihm!" fügte er hinzu, nachdem er gesehen hatte, daß sich Wronski nicht im Abteil aufhielt.

„Ja, was sollte er tun, nach dem Unglück, das ihn betroffen hat?"

„Es ist ein furchtbarer Schicksalsschlag!" sagte Sergej Iwanowitsch.

„Ach, was ich durchgemacht habe! Aber kommen Sie doch herein … Ach, was ich durchgemacht habe!" wiederholte sie, als Sergej Iwanowitsch ins Abteil kam und sich neben sie in die Polster setzte. „Es ist unvorstellbar! Sechs Wochen lang hat er mit niemand gesprochen, und erst auf mein inständiges Bitten hin hat er einen Bissen zu sich genommen. Keinen Augenblick durften wir ihn allein lassen. Alles wurde beiseite geschafft, was ihm einen Selbstmord ermöglicht hätte; wir bewohnten das Erdgeschoß, aber es war ja mit allem zu rechnen. Sie wissen doch, daß er schon einmal den Versuch gemacht hat, sich um dieser Frau willen zu erschießen", sagte die alte Gräfin und zog bei dieser Erinnerung finster die Brauen zusammen. „Ja, sie hat geendet, wie eine solche Frau enden mußte. Selbst für den Tod hat sie eine schändliche, nichtswürdige Art gewählt."

„Nicht uns steht es zu, sie zu richten, Gräfin“, bemerkte Sergej Iwanowitsch mit einem Seufzer. „Aber ich verstehe, wie schwer es für Sie gewesen sein muß.“

„Ach, Sie können sich das gar nicht vorstellen! Ich hielt mich gerade auf meinem Gut auf, und er war zu mir gekommen. Man brachte ihm einen Brief. Er schrieb eine Antwort und schickte sie ab. Wir wußten ja nichts davon, daß sie sich selbst auf der Station befand. Abends, als ich mich eben auf mein Zimmer zurückgezogen hatte, teilte mir meine Mary mit, auf der Station habe sich eine Dame unter den Zug geworfen. Ich dachte, mich rührt der Schlag! Ich wußte gleich, daß es sich um sie handelte. Mein erster Gedanke war, daß ihm nichts gesagt werden sollte. Doch man hatte es ihm schon erzählt. Sein Kutscher war gerade auf der Station gewesen und hatte alles mit angesehen. Als ich zu ihm ins Zimmer gestürzt kam, glaubte ich, einen Wahnsinnigen vor mir zu haben. Es war ein furchtbarer Anblick. Er sagte kein Wort und ritt Hals über Kopf zur Station. Was sich dort alles abgespielt hat, weiß ich nicht, aber als man ihn nach Hause brachte, war er mehr tot als lebendig. Ich erkannte ihn kaum wieder. Prostration complète, sagte der Arzt. Und was dann folgte, grenzte schon an Raserei. Ach, es läßt sich gar nicht beschreiben“, sagte die Gräfin mit einer resignierenden Handbewegung. „Es war eine schreckliche Zeit! Nein, was Sie auch sagen mögen, sie war eine schlechte Frau. Was waren das immer für extravagante Leidenschaftsausbrüche! Sie wollte dauernd irgend etwas Besonderes beweisen. Nun hat sie es bewiesen. Sich selbst hat sie zugrunde gerichtet und zwei großartige andere Menschen dazu: ihren Mann und meinen unglücklichen Sohn.“

„Wie hat sich denn ihr Mann verhalten?“ fragte Sergej Iwanowitsch.

„Er hat ihre Tochter zu sich genommen. Alexej war in der ersten Zeit mit allem einverstanden. Doch jetzt leidet er sehr darunter, daß er seine Tochter einem fremden Menschen überlassen hat. Aber sein Wort zurücknehmen kann er nicht, Karenin ist auch zur Beerdigung gekommen. Wir haben natürlich dafür gesorgt, daß er nicht mit Alexej zusammentraf. Für ihn, den Mann, bringt ihr Tod immerhin eine Erleichterung mit sich. Er ist jetzt frei. Aber mein armer Sohn hat ihr sein ganzes Leben geopfert und alles für sie hingegeben: seine Karriere, mich, die Mutter … Und trotz allem hat sie kein Mitleid mit ihm gehabt, sondern ihn mit Vorbedacht vollends vernichtet. Nein, was Sie auch sagen mögen, selbst ihr Tod war der Tod einer verkommenen, gottlosen Frau. Gott verzeih mir, aber ich hasse sie auch noch über das Grab hinaus, wenn ich sehe, wie sie das Leben meines Sohnes zerstört hat.“

„Hat er sich denn inzwischen etwas gefaßt?"

„Gott ist uns zu Hilfe gekommen – durch diesen serbischen Krieg. Ich bin eine alte Frau und verstehe nichts von solchen Dingen; aber für meinen Sohn ist es eine Fügung Gottes. Für mich als Mutter ist es natürlich furchtbar; und vor allem, man sagt ja, ce n'est pas très bien vu à Pétersbourg. Doch was soll man machen! Dies ist das einzige, was ihn wieder aufrichten kann. Jaschwin, sein Freund, hat im Spiel sein ganzes Vermögen verloren und daraufhin den Beschluß gefaßt, nach Serbien zu gehen. Er kam auf der Durchreise zu meinem Sohn und überredete auch ihn dazu. Jetzt beschäftigt ihn das. Unterhalten Sie sich doch bitte einmal mit ihm, ich möchte gern, daß er sich etwas zerstreut. Er ist so niedergedrückt. Und zu allem Unglück hat er jetzt auch noch Zahnschmerzen bekommen. Aber über ein Wiedersehen mit Ihnen wird er sich sehr freuen. Sprechen Sie doch bitte mit ihm, er promeniert auf jener Seite."

Sergej Iwanowitsch sagte, daß er das gern tun wolle, und begab sich auf die andere Seite des Zuges.

5

Im schrägen abendlichen Schatten der auf dem Bahnsteig aufgestapelten Säcke ging Wronski in langem Mantel, den Hut tief ins Gesicht gezogen und die Hände in die Taschen vergraben, wie ein wildes Tier in einem Käfig auf und ab. Nach jeweils zwanzig Schritten drehte er sich scharf um, und Sergej Iwanowitsch schien es, als er sich Wronski näherte, daß dieser ihn bereits bemerkt habe, aber so tue, als sehe er ihn nicht. Doch dadurch ließ sich Sergej Iwanowitsch nicht beirren. Über jede persönliche Empfindlichkeit fühlte er sich in diesem Falle erhaben.

In den Augen Sergej Iwanowitschs war Wronski in diesem Augenblick ein wichtiger Mann, der sich für eine große Sache einsetzte, und er hielt es für seine Pflicht, sein Vorhaben zu loben und ihn zu ermuntern. Er trat auf ihn zu.

Wronski blieb stehen, musterte ihn einen Augenblick und kam ihm, als er ihn erkannte, ein paar Schritte entgegen und schüttelte ihm mit großer Herzlichkeit die Hand.

„Vielleicht ist Ihnen dieses Zusammentreffen mit mir unangenehm", sagte Sergej Iwanowitsch. „Aber kann ich Ihnen nicht auf irgendeine Weise nützlich sein?"

„Es gibt wohl niemand, mit dem mir ein Zusammentreffen weniger unangenehm wäre als mit Ihnen", antwortete Wronski. „Sie müssen entschuldigen, aber etwas Angenehmes gibt es für mich im Leben nicht mehr."

„Ich verstehe das und wollte Ihnen nur meine Dienste anbieten", sagte Sergej Iwanowitsch, während er in das zerquälte Gesicht Wronskis blickte. „Kann Ihnen vielleicht ein Brief an Ristić oder Milan dienlich sein?"

„Ach nein!" erwiderte Wronski, nachdem er offenbar nur mit Mühe erfaßt hatte, was Sergej Iwanowitsch meinte. „Wenn es Ihnen recht ist, gehen wir noch etwas auf und ab. In den Wagen ist es so dumpf. Ein Brief? Nein, ich danke Ihnen; um zu sterben, dazu braucht man keine Empfehlungsschreiben. Allenfalls an die Türken ..." Er verzog den Mund zu einem Lächeln, wobei jedoch die Augen den erbitterten, leiderfüllten Ausdruck beibehielten.

„Gewiß, aber es könnte für Sie vielleicht leichter sein, die zwangsläufig notwendigen Verbindungen aufzunehmen, wenn die zuständigen Persönlichkeiten schon darauf vorbereitet sind. Doch wie Sie meinen. Ich habe mich jedenfalls sehr gefreut, als ich von Ihrem Entschluß hörte. Die Freiwilligen werden jetzt schon vielfach abfällig beurteilt, so daß die Teilnahme eines Mannes, wie Sie es sind, ihr Ansehen in der Öffentlichkeit wieder heben wird."

„Als Mensch bin ich insofern gut, als mir mein Leben nichts wert ist", sagte Wronski. „Und daß ich genügend physische Energie besitze, um in ein Karree zu sprengen und es niederzumachen oder selbst zu fallen, das weiß ich. Ich freue mich, daß es ein Ziel gibt, um dessentwillen ich mein Leben hingeben kann, das für mich nicht nur jeden Wert verloren hat, sondern mir zuwider geworden ist. So wird wenigstens jemand davon Nutzen haben", sagte er und machte eine ungeduldige Bewegung mit dem Kiefer, weil der unaufhörliche, bohrende Zahnschmerz ihn marterte und sogar daran hinderte, seinen Worten den gewünschten Ausdruck zu geben.

„Sie werden wieder aufleben, das prophezeie ich Ihnen", sagte Sergej Iwanowitsch in einer Anwandlung von Rührung. „Seine Brüder von ihrem Joch zu befreien, das ist ein Ziel, für das es sich lohnt, zu leben wie auch zu sterben. Gebe Gott Ihnen äußeren Erfolg und inneren Frieden", fügte er hinzu und hielt Wronski seine Hand hin.

Wronski drückte herzlich die ihm von Sergej Iwanowitsch dargebotene Hand.

„Ja, als Werkzeug kann ich noch zu etwas nütze sein, aber als Mensch bin ich ein Wrack", sagte er, mühsam Wort für Wort aussprechend.

Der bohrende Schmerz seines kräftigen Zahnes, wodurch sich Speichel im Munde ansammelte, behinderte ihn beim Sprechen.

Er schwieg und blickte auf die Räder des Tenders, der auf den Schienen langsam und gleitend heranrollte.

Da ließ ihn unversehens eine ganz andersartige Empfindung, die nichts mit einem physischen Schmerz gemein hatte, sondern sich in einer allgemeinen seelischen Bedrückung äußerte, für einen Augenblick die Zahnschmerzen vergessen. Beim Anblick des Tenders und der Schienen und aufgewühlt durch das Gespräch mit einem Bekannten, dem er nach dem Unglück, das ihn betroffen hatte, noch nicht begegnet war, erinnerte er sich plötzlich an *sie* oder vielmehr an das, was er von ihr noch vorgefunden hatte, als er wie ein Wahnsinniger in das Stationsgebäude gestürzt gekommen war. Ausgestreckt auf einem Tisch und schamlos fremden Blicken ausgesetzt, hatte dort ihr blutüberströmter, eben noch von Leben erfüllter Körper gelegen; der unversehrt gebliebene Kopf mit seinen schweren Flechten und dem an den Schläfen gekräuselten Haar war zurückgeworfen, und in dem liebreizenden Gesicht waren die roten Lippen des halbgeöffneten Mundes zu einem seltsamen, unsagbar traurigen Ausdruck erstarrt; aus den offengebliebenen, ihm starr entgegenblickenden Augen aber schienen die furchtbaren Worte zu sprechen, die sie ihm während des letzten Streits zugerufen hatte: Er werde es noch bereuen.

Und er bemühte sich, sie sich so ins Gedächtnis zu rufen, wie er sie bei der ersten Begegnung, gleichfalls auf einem Bahnhof, gesehen hatte: geheimnisvoll, bezaubernd schön, eine liebende, Glück heischende und Glück spendende Frau, und nicht grausam und rachgierig, wie er sich ihrer aus den letzten Augenblicken ihres Zusammenseins erinnerte. Er versuchte, sich der glücklichsten Augenblicke zu erinnern, die er mit ihr verlebt hatte; doch diese Augenblicke waren für immer vergiftet. Ihm war nur die Erinnerung an ihren Triumph geblieben, den Triumph darüber, daß sie ihre Drohung wahr gemacht und seine Reue erreicht hatte, die nichts wiedergutmachen konnte, aber nimmermehr zu tilgen war. Er fühlte nicht mehr die Zahnschmerzen und verzerrte sein Gesicht, um das Schluchzen zu unterdrücken.

Nachdem sie zweimal an den Säckestapeln vorbeigegangen waren, hatte Wronski seine Fassung wiedergewonnen und wandte sich in ruhigem Ton an Sergej Iwanowitsch:

„Haben Sie nach den gestrigen Meldungen noch neuere Nachrichten gehört? Ja, sie sind schon zum drittenmal geschlagen, aber die Entscheidungsschlacht wird für morgen erwartet."

Sie unterhielten sich noch eine Weile über die Ausrufung Milans zum König und über die ungeheuer weittragenden Folgen, die sich daraus ergeben konnten, und trennten sich nach dem zweiten Glockenzeichen, um in ihre Wagen zurückzukehren.

6

Da es Sergej Iwanowitsch unmöglich gewesen war, den Zeitpunkt seiner Abkömmlichkeit in Moskau genau vorauszusehen, hatte er seinem Bruder seine Ankunft nicht angezeigt. Es war daher kein Wagen an die Bahn gekommen, und Lewin selbst war nicht zu Hause, als Sergej Iwanowitsch und Katawassow in einem klapprigen Vehikel, das sie auf der Bahnstation genommen hatten, von Staub geschwärzt wie ein Paar Mohren, gegen zwölf Uhr mittags am Wohnhaus in Pokrowskoje vorfuhren. Als Kitty, die mit ihrem Vater und ihrer Schwester auf dem Balkon saß, ihren Schwager erkannte, kam sie heruntergelaufen, ihn zu begrüßen.

„Das ist aber nicht nett von Ihnen, daß Sie uns nicht vorher benachrichtigt haben", sagte sie, während sie Sergej Iwanowitsch die Hand reichte und ihm ihre Stirn zum Kuß bot.

„Wir sind auch so wohlbehalten angekommen und haben Ihnen wenigstens keine Umstände bereitet", antwortete Sergej Iwanowitsch. „Ich bin so staubig, daß ich mich scheue, Ihnen nahe zu kommen. In Moskau hatte ich derartig viel zu tun, daß ich nicht wußte, wann mir ein Ausspannen möglich sein würde. Sie dagegen", fuhr er lächelnd fort, „genießen in Ihrer stillen Bucht, abseits von der Strömung, nach wie vor ein beschauliches Glück. Und unser Freund hier, Fjodor Wassiljitsch, ist nun auch endlich einmal mitgekommen."

„Halten Sie mich aber nicht für einen Neger; wenn ich mich erst gewaschen habe, werde ich wieder menschenähnlich aussehen", sagte Katawassow in dem ihm eigenen scherzhaften Ton und reichte Kitty mit einem Lächeln, bei dem sich seine weißen Zähne besonders glänzend von der staubgeschwärzten Gesichtshaut abhoben, die Hand.

„Kostja wird sich sehr freuen. Er ist aufs Vorwerk gegangen. Eigentlich müßte er schon zurück sein."

„Er ist immer mit seiner Wirtschaft beschäftigt. Wirklich wie in einer Bucht", sagte Katawassow. „Bei uns in der Stadt gibt es nichts anderes als den serbischen Krieg. Was sagt denn mein Freund dazu? Wahrscheinlich ist er anderer Ansicht als alle übrigen Leute?"

„Ach nein, er ist wohl derselben Ansicht wie alle", antwortete Kitty und blickte sich etwas verlegen nach Sergej Iwanowitsch um. „Doch jetzt will ich ihn holen lassen. Wir haben augenblicklich Papa zu Besuch. Er ist vor kurzem aus dem Ausland zurückgekommen."

Kitty hatte einen Boten zu Lewin geschickt und angeordnet, daß man einen der Gäste in Lewins Zimmer und den anderen in das von Dolly bewohnte große Zimmer führe, damit sie sich waschen konnten, und ihnen anschließend ein Frühstück vorsetzen solle. Dann lief sie, jetzt nicht mehr durch die Schwangerschaft behindert, mit schnellen Schritten auf den Balkon.

„Sergej Iwanowitsch und Katawassow, der Professor, sind angekommen", verkündete sie.

„O weh, auch das noch bei der Hitze?" stöhnte der Fürst.

„Nicht doch, Papa, er ist sehr nett, und Kostja mag ihn gut leiden", sagte Kitty mit einem Lächeln, als wollte sie ihm gut zureden, nachdem sie den spöttischen Ausdruck im Gesicht des Vaters bemerkt hatte.

„Ich sage ja nichts gegen ihn."

„Und du, Dollychen, geh bitte zu ihnen und unterhalte sie", wandte sie sich an ihre Schwester. „Sie haben Stiwa auf dem Bahnhof getroffen, er ist wohlauf. Ich muß jetzt schnell zu Mitja. Ausgerechnet heute habe ich ihn seit dem Frühstück noch nicht wieder gestillt. Er ist gewiß schon aufgewacht und schreit jetzt", sagte sie und ging, indes sie schon den Andrang der Milch spürte, mit schnellen Schritten ins Kinderzimmer.

Ihre Verbindung mit dem Kind war noch nicht abgerissen, und sie vermutete nicht nur, sondern wußte, wenn sie bei sich den Andrang von Milch spürte, stets mit Bestimmtheit, daß es ihm dann an Nahrung fehlte.

Sie wußte, daß es schrie, noch ehe sie das Kinderzimmer erreicht hatte. Es schrie auch wirklich. Sie hörte seine Stimme schon von weitem und beschleunigte ihren Schritt. Doch je schneller sie ging, um so lauter schrie das Kind. Seine Stimme klang kräftig und gesund, aber man merkte ihr an, daß der Kleine hungrig und ungeduldig war.

„Schreit er schon lange?" fragte Kitty, wobei sie sich hastig auf einen Stuhl setzte und sich zum Stillen bereitmachte. „Geben Sie ihn schnell her! Ach, seien Sie doch nicht so umständlich", sagte sie zur Kinderfrau. „Das Häubchen können Sie ihm ebensogut nachher zubinden!"

Der Kleine schrie so laut und gierig, daß sich die Stimme überschlug.

„Aber das geht doch nicht, meine Gute", mischte sich Agafja Michailowna ein, die sich fast ununterbrochen im Kinderzimmer aufhielt. „Er muß doch erst in Ordnung gebracht werden ... Ei ja, ei ja doch!" sagte sie und suchte das Kind in singendem Ton zu beruhigen, ohne die Ungeduld der Mutter zu beachten.

Die Kinderfrau brachte den Kleinen zur Mutter. Agafja Michailowna folgte mit vor Zärtlichkeit verklärtem Gesicht.

„Er kennt mich, er kennt mich schon! Wahrhaftigen Gottes, Katerina Alexandrowna, meine Gute, er hat mich erkannt!" rief Agafja Michailowna mit erregter Stimme, die sogar das Geschrei des Kindes übertönte.

Doch Kitty hörte nicht auf das, was sie sagte. Ihre Ungeduld steigerte sich im gleichen Maße wie die des Kindes.

Bei dieser beiderseitigen Ungeduld wollte die Sache zuerst gar nicht klappen. Der Kleine griff mit seinem Mäulchen immer wieder daneben und wurde böse.

Endlich, nach langem Geschrei und Schmatzen in der Luft, kam alles in Ordnung, woraufhin sich beide, Mutter und Kind, gleichzeitig beruhigten und still wurden.

„Ach, der Ärmste ist ja ganz in Schweiß gebadet", flüsterte Kitty, als sie das Köpfchen des Kindes befühlte. „Warum meinen Sie denn, daß er Sie erkennt?" fragte sie und blickte dabei gerührt auf die unter dem heruntergerutschten Häubchen schelmisch, wie es ihr schien, hervorlugenden Augen ihres Söhnchens, auf die sich in gleichmäßigen Zügen blähenden Pausbäckchen und auf die rosa Innenfläche seines Händchens, mit dem er kreisförmige Bewegungen ausführte.

„Das ist nicht möglich! Wenn er schon jemand erkennen könnte, dann doch eher mich", sagte Kitty, als Agafja Michailowna bei ihrer Behauptung blieb, mit einem feinen Lächeln.

Sie lächelte deshalb, weil sie, obwohl sie bestritt, daß der Kleine jemand erkennen könne, mit dem Herzen doch wußte, daß er nicht nur Agafja Michailowna, sondern auch alle übrigen erkannte und alles verstand und sogar vieles wußte und verstand, was sonst niemand verstehen konnte und sie selbst, die Mutter, erst durch ihn erfahren und zu begreifen begonnen hatte. Agafja Michailowna, die Kinderfrau, der Großvater, ja selbst der Vater sahen in Mitja ein Lebewesen, das lediglich körperlicher Pflege bedurfte; für die Mutter dagegen war er schon seit langem ein geistiges Wesen, mit dem sie bereits eine ganze Reihe seelischer Beziehungen verband.

„Nun, wenn er aufwacht, werden Sie es, so Gott will, selber sehen. Ich brauche mit den Fingern nur so zu machen", sagte Agafja Michailowna, „dann strahlt unser Liebling über das ganze Gesicht. Er strahlt nur so, ganz wie ein klarer Tag", fügte sie hinzu.

„Nun schön, wir werden ja sehen", sagte Kitty. „Doch jetzt gehen Sie lieber, er schläft schon ein."

7

Agafja Michailowna verließ auf Zehenspitzen das Zimmer. Die Kinderfrau verscheuchte die Fliegen, die sich unter dem Musselinbehang des Bettchens angesammelt hatten, sowie eine Hornisse, die unaufhörlich gegen die Fensterscheiben anflog, und ließ den Vorhang herunter; dann setzte sie sich und begann Mutter und Kind mit einem halbverwelkten Birkenzweig Luft zuzufächeln.

„Ach, diese Hitze, diese Hitze!" jammerte sie. „Wenn Gott uns doch ein bißchen Regen schicken wollte!"

„Ja, ja, sch-sch-sch ...", antwortete Kitty, während sie sich leicht hin und her wiegte und zärtlich das runde Händchen Mitjas drückte, das dieser die ganze Zeit über schwach bewegte, und es sah aus, als sei es am Gelenk eingeschnürt. Von Zeit zu Zeit schlug Mitja die Äuglein auf. Das Händchen zog Kitty unwiderstehlich an: Sie war dauernd versucht, es zu küssen, versagte es sich aber, weil sie den Kleinen dadurch zu wecken fürchtete. Endlich stellte das Händchen seine Bewegungen ein, und die Augen schlossen sich. Nur noch ab und zu hob das emsig weitersaugende Kind die langen, gewölbten Wimpern und blickte die Mutter aus seinen feuchten, im Halbdunkel schwarz wirkenden Augen an. Die Kinderfrau hatte mit dem Fächeln aufgehört und war eingeschlummert. Von oben schallten die dröhnende Stimme des alten Fürsten und das Gelächter Katawassows herunter.

Sie scheinen sich ja auch ohne mich ganz gut zu unterhalten, dachte Kitty. Aber es ist doch ärgerlich, daß Kostja nicht da ist. Wahrscheinlich ist er wieder in die Imkerei gegangen. Schön ist es ja nicht, daß er dort so viel Zeit zubringt, aber ich freue mich dennoch. Es zerstreut ihn. Jetzt ist er immer viel besser aufgelegt und heiterer, als er es im Frühling war.

„Damals war er so finster und bedrückt, daß ich mir richtige Sorgen um ihn machte. Was ist er doch komisch!" flüsterte Kitty lächelnd vor sich hin.

Sie wußte, was ihren Mann bedrückte. Es war sein Unglaube. Doch obwohl sie auf die Frage, ob er ihrer Überzeugung nach, wenn er bei seinem Unglauben bliebe, im Jenseits zur ewigen Verdammnis verurteilt sein würde, hätte zugeben müssen, daß er dazu verurteilt sein würde – trotz allem machte sie sein Unglaube nicht unglücklich. Obwohl sie anerkannte, daß es für einen Ungläubigen kein Seelenheil geben könne, und obwohl ihr die Seele ihres Mannes das Teuerste in der Welt war, dachte sie mit einem Lächeln an seinen Unglauben und sagte zu sich selbst, daß er komisch sei.

Wozu liest er denn das ganze Jahr alle möglichen philosophischen Bücher? dachte sie. Wenn in diesen Büchern die Wahrheit steht, dann ersieht er doch daraus, wie sich alles verhält. Ist es aber nicht wahr, was in ihnen steht, warum liest er sie dann überhaupt? Er sagt selbst, daß er glauben möchte. Warum glaubt er dann nicht? Wahrscheinlich denkt er zuviel nach. Und das kommt von der Vereinsamung. Er ist immer allein, immer allein. Mit uns kann er nicht über alles sprechen. Ich denke, der Besuch wird ihm angenehm sein, besonders Katawassow. Er debattiert gern mit ihm, dachte sie und überlegte in diesem Zusammenhang auch sogleich, ob es praktischer sei, Katawassow in einem Einzelzimmer unterzubringen oder gemeinsam mit Sergej Iwanowitsch. Und nun ging ihr ein Gedanke durch den Kopf, bei dem sie zusammenzuckte und in ihrer Aufregung sogar Mitja erschreckte, der sie dafür streng ansah. Die Waschfrau, glaube ich, hat noch gar nicht die Wäsche gebracht, und für die Gäste ist dann keine saubere Bettwäsche da. Wenn ich mich nicht darum kümmere, wird Agafja Michailowna das Bett für Sergej Iwanowitsch womöglich mit gebrauchter Wäsche beziehen. Und allein bei dem Gedanken an eine solche Möglichkeit schoß Kitty das Blut ins Gesicht.

Ja, ich muß mich darum kümmern! beschloß sie und wandte sich wieder dem unterbrochenen Gedankengang zu; sie erinnerte sich, daß sie eine wichtige, das Innenleben betreffende Frage nicht bis zu Ende durchdacht hatte, und suchte sich darauf zu besinnen. Ach ja, daß Kostja ungläubig ist! erinnerte sie sich und lächelte wieder.

Und wennschon! Es ist immer noch besser, er bleibt bei seinem Unglauben, als daß er etwas vortäuscht, wie Madame Stahl und wie auch ich damals im Ausland etwas vortäuschen wollte. Nein, er ist nicht der Mann, der sich verstellt.

Und Kitty vergegenwärtigte sich lebhaft, wie rührend sich die Güte ihres Mannes kürzlich offenbart hatte. Vor zwei Wochen hatte Dolly von Stepan Arkadjitsch einen reuevollen Brief erhalten. Er beschwor sie, seine Ehre zu retten und in den Verkauf ihres Gutes einzuwilligen, damit er seine Schulden bezahlen könne. Dolly hatte ihren Mann in ihrer Verzweiflung geschmäht, verachtet, bedauert, sich von ihm scheiden lassen wollen und beschlossen, sein Verlangen abzulehnen; doch geendet hatte es schließlich damit, daß sie sich mit dem Verkauf eines Teils ihres Gutes einverstanden erklärte! Kitty lächelte gerührt, als sie sich nun daran erinnerte, wie ihr Mann mehrmals verlegen einen zaghaften Anlauf genommen hatte, um einen Gedanken vorzubringen, der ihn beschäftigte, und schließlich mit dem Vorschlag herausgerückt war, sie, Kitty, möge auf ihren Anteil am Gut zugunsten der Schwester verzichten, weil dies die einzige Möglichkeit sei, Dolly zu helfen, ohne ihr Ehrgefühl zu verletzen – ein Gedanke, auf den sie selbst nicht gekommen war.

Wie kann er da ein gottloser Mensch sein? Er, mit seinem gütigen Herzen, der immer darauf bedacht ist, niemand zu kränken, nicht einmal ein Kind! Alles für andere, nichts für sich selbst! Sergej Iwanowitsch nimmt es auch als selbstverständlich hin, daß Kostja für ihn den Verwalter zu spielen hat. Ebenso seine Schwester. Jetzt muß er sich der Interessen Dollys und ihrer Kinder annehmen. Und alle die Bauern, die tagein, tagaus zu ihm kommen, als sei es seine Pflicht, ihnen zu dienen.

„Ja, werde du nur deinem Vater gleich, nur deinem Vater!" flüsterte sie, als sie Mitja der Kinderfrau übergab und mit den Lippen die Wangen des Kleinen berührte.

8

Seit dem Moment, als Lewin beim Anblick des sterbenden geliebten Bruders die mit Leben und Tod zusammenhängenden Fragen erstmalig vom Standpunkt jener neuen, wie er es nannte, Überzeugungen betrachtet hatte, die, von ihm selbst unbemerkt, in der zwischen seinem zwanzigsten und vierunddreißigsten Lebensjahr liegenden Zeitspanne an Stelle seiner in der Kindheit und frühen Jugend gehegten Überzeugungen getreten waren, bedrückte ihn nicht so sehr der Gedanke an den Tod; vielmehr beunruhigte ihn, daß man dahinlebte, ohne im geringsten zu wissen, woher das Leben komme und welchen Sinn es habe. Organismus, seine Vernichtung, Unzerstörbarkeit der Materie, Gesetz der Krafterhaltung, Entwicklungsphasen – das waren die Worte, die ihm seinen früheren Glauben ersetzt hatten. Diese Worte und die mit ihnen verknüpften Begriffe waren sehr gut für philosophische Betrachtungen; im praktischen Leben jedoch ließ sich mit ihnen nichts anfangen, und Lewin sah sich plötzlich in eine ähnliche Lage versetzt wie etwa ein Mensch, der seinen warmen Pelz gegen Musselinkleidung vertauscht hat und beim ersten Frost ganz gewiß nicht durch Erwägungen, sondern durch Erfahrung am eigenen Leibe zu der Erkenntnis kommt, daß er so gut wie nackt dasteht und unweigerlich eines qualvollen Todes sterben muß.

Obwohl sich Lewin hierüber keine Rechenschaft ablegte und das bis dahin geführte Leben fortsetzte, fühlte er sich von jenem Augenblick an unaufhörlich durch seine Unwissenheit bedrückt.

Darüber hinaus hatte er unklar das Gefühl, daß seine sogenannten Überzeugungen nicht nur auf seiner Unwissenheit beruhten, sondern eine Ideenverbindung darstellten, die ihm die Erkenntnis dessen, was er brauchte, von vornherein unmöglich machte.

Nach seiner Verheiratung hatten die neuen Freuden und Pflichten, die er kennenlernte, diese Gedanken eine Zeitlang gänzlich unterdrückt; aber in letzter Zeit, nach der Niederkunft seiner Frau und seinem Aufenthalt in Moskau, während dessen er keine Beschäftigung gehabt hatte, drängte sich immer häufiger und beharrlicher diese Frage auf, die eine Klärung forderte.

Die Frage, die er sich stellte, lautete: Wenn ich die Antworten nicht anerkenne, die das Christentum auf die Fragen nach meinem Leben gibt, welche Antworten sind es dann, die ich anerkenne? Doch sosehr er sich auch bemühte, er konnte im ganzen Arsenal seiner Überzeugungen nicht einmal einen Fingerzeig, geschweige denn eine Antwort hierauf finden.

Er ähnelte einem Menschen, der in Spielzeuggeschäften und Waffenhandlungen nach Nahrungsmitteln sucht.

Ohne daß er sich dessen bewußt war, suchte er jetzt in jedem Buch, in jedem Gespräch und in jedem Menschen eine Beziehung zu diesen Fragen und eine Antwort darauf.

Am meisten verwunderte und irritierte ihn dabei der Umstand, daß die Mehrzahl der Menschen seiner Gesellschaftsschicht und seines Alters, die gleich ihm ihren früheren Glauben durch dieselben neuen Überzeugungen ersetzt hatten wie er, hierin durchaus kein Unglück sahen, sondern völlig zufrieden und ruhig waren. So kam es, daß ihn außer der Hauptfrage auch noch die Fragen quälten, ob diese Menschen aufrichtig seien, ob sie nicht heuchelten oder ob sie vielleicht auf andere, klarere Weise als er jene Antworten verstanden hatten, die die Wissenschaft auf die ihn beschäftigenden Fragen gab. Und er studierte sorgfältig die Anschauungen dieser Menschen und die Bücher, in denen jene Antworten enthalten waren.

Das eine jedoch war ihm klargeworden, seitdem er sich mit diesen Fragen beschäftigte: Er hatte sich geirrt, als er, eingedenk der unter seinen Jugendkameraden, unter den Studenten auf der Universität verbreiteten Ansichten, angenommen hatte, die Religion sei eine überlebte Sache und existiere nicht mehr. Alle guten Menschen, die ihm im Leben nahestanden, waren gläubig. Der alte Fürst, Lwow, den er ungemein liebgewonnen hatte, Sergej Iwanowitsch, alle Frauen seines Kreises glaubten an Gott, und Kitty war so gläubig, wie er selbst es in seiner frühesten Kindheit gewesen war; neunundneunzig Hundertstel des russischen Volkes, jene ganze Volksschicht, deren Lebensweise ihm am meisten Achtung einflößte, war gläubig.

Hinzu kam noch, daß Lewin, nachdem er zahllose Bücher studiert hatte, zu der Überzeugung gekommen war, daß alle die Menschen, die die gleichen Anschauungen hatten wie er, auch nicht mehr davon verstanden; sie beschränkten sich, ohne dafür eine Erklärung zu geben, auf die Negierung jener Fragen, ohne deren Beantwortung er, wie er fühlte, nicht leben konnte, und bemühten sich, ganz andere, ihn nicht interessierende Fragen zu lösen, die zum Beispiel die Entwicklung der Organismen, die mechanische Erklärung der Seele und dergleichen mehr betrafen.

Außerdem war ihm während der Niederkunft seiner Frau etwas Außergewöhnliches widerfahren. Er, ein ungläubiger Mensch, hatte gebetet und im Augenblick des Betens auch an Gott geglaubt. Doch jener Augenblick war vergangen, und es gelang ihm nicht, seiner damaligen Empfindung in seinem Leben einen Platz zuzuweisen.

Er konnte sich nicht eingestehen, daß er damals die Wahrheit erkannt habe und sich jetzt irre, denn sobald er darüber in Ruhe nachzudenken begann, fiel alles in Trümmer zusammen; doch ebensowenig konnte er zugeben, daß er sich in jenem Augenblick geirrt habe, denn seine damalige Gemütsverfassung war ihm teuer, und er hätte sie verunglimpft, wenn er zugeben wollte, sie wäre einer Anwandlung von Schwäche entsprungen. Er befand sich in einem quälenden Zerwürfnis mit sich selbst und spannte seine ganze Geisteskraft an, um sich aus ihr zu befreien.

9

Diese Gedanken bedrückten und quälten ihn bald stärker, bald schwächer, verließen ihn jedoch nie. Er las, er grübelte, doch je mehr er las und grübelte, um so weiter schien er sich von dem Ziel zu entfernen, das er verfolgte.

Nachdem er während seines Aufenthalts in Moskau und anschließend zu Hause, auf dem Lande, zu der Überzeugung gelangt war, daß er bei den Materialisten keine Antwort finden könne, hatte er sich in letzter Zeit den zum Teil schon früher gelesenen Werken von Plato, Spinoza, Kant, Schelling, Hegel und Schopenhauer zugewandt, jenen Philosophen, die das Leben nicht materialistisch erklärten.

Die in diesen Werken niedergelegten oder von ihm selbst ersonnenen Ideen schienen ihm fruchtbar zu sein, soweit es sich um eine Widerlegung anderer Lehren und insbesondere der materialistischen Lehre handelte; doch sobald er eine Lösung der Fragen, die ihn beschäftigten, in diesen Werken suchte oder selbst ersann, wiederholte sich immer ein und dasselbe. Sobald er der Auslegung unklarer Worte, wie *Geist, Wille, Freiheit, Substanz,* folgte und sich absichtlich in die Wortfalle begab, die ihm die Philosophen stellten oder er selbst sich stellte, glaubte er, allmählich etwas zu begreifen. Doch er brauchte nur den künstlichen Gedankengang zu verlassen und sich von den Ideen, die ihn bei der Verfolgung des vorgezogenen Fadens befriedigt hatten, wieder dem Leben zuzuwenden, dann fiel der kunstvolle Bau plötzlich wie ein Kartenhaus zusammen, und es wurde ihm klar, daß dieser Bau lediglich eine Umstellung ein und derselben Worte dargestellt und etwas unberücksichtigt gelassen hatte, was im Leben wichtiger war als die bloße Vernunft.

Eine Zeitlang hatte er beim Lesen Schopenhauers das Wort *Wille* durch *Liebe* ersetzt, und diese neue Philosophie hatte ihn befriedigt, solange er sie unkritisch aufnahm; doch als er sie dann von der Warte des Lebens betrachtete, fiel auch sie in sich zusammen und erwies sich als ein nicht wärmendes Gewand aus Musselin.

Sein Bruder Sergej Iwanowitsch hatte ihm geraten, die theologischen Werke Chomjakows zu lesen. Lewin las den zweiten Band durch, und obgleich ihn anfangs der polemisierende, elegante und geistsprühende Stil Chomjakows abstieß, interessierte ihn dessen Auffassung vom Wesen der Kirche. Der Gedanke, daß der einzelne Mensch nicht zur Erkenntnis der göttlichen Wahrheiten gelangen könne, sondern daß dies nur einer durch Liebe vereinten Gemeinschaft – das heißt durch die Kirche – möglich sei, machte auf Lewin zunächst einen tiefen Eindruck. Ihn bestach der Gedanke, daß es leichter sei, an eine jetzt bestehende, lebende Kirche zu glauben, die alle Glaubensbekenntnisse der Menschen umfaßt, Gott zum Oberhaupt hat und somit heilig und unfehlbar sein mußte, und mit ihrer Hilfe zu dem Glauben an Gott, die Schöpfungsgeschichte, den Sündenfall und die Erlösung zu kommen, als unmittelbar mit Gott, einem fernen, geheimnisvollen Gott, der Schöpfungsgeschichte und so weiter anzufangen. Nachdem er indessen im Anschluß an die Kirchengeschichte des römisch-katholischen Theologen auch die Kirchengeschichte eines griechisch-katholischen Theologen gelesen und daraus ersehen hatte, daß die beiden Kirchen, die eigentlich unfehlbar sein mußten, einander nicht anerkannten, verwarf er auch die von Chomjakow vertretene Ansicht über die Bedeutung der Kirche, und dieses Luftschloß zerfiel ebenso in Staub und Asche wie die Bauten der Philosophen.

Während des ganzen Frühjahrs war er furchtbar bedrückt und durchlebte qualvolle Stunden.

Ohne zu begreifen, was ich darstelle und wozu ich da bin, ist das Leben unmöglich. Aber begreifen kann ich es nicht, und somit kann ich auch nicht leben, sagte sich Lewin.

In der unendlichen Zeit bildet sich in der Unendlichkeit der Materie im unendlichen Raum ein organisches Bläschen, hält sich eine Weile und zerplatzt dann – und dieses Bläschen bin ich.

Dies war ein qualvoller Trugschluß, aber es war auf diesem Gebiet das einzige und letzte Ergebnis einer jahrhundertelangen menschlichen Denkarbeit.

Es war die letzte Erkenntnis, auf der sich die gesamte menschliche Forschungsarbeit fast in allen Zweigen der Wissenschaft aufbaute. Es war die herrschende Überzeugung, und unter allen anderen Thesen hatte sich Lewin unwillkürlich und ohne selbst zu wissen, wann und wie er dazu gekommen war, gerade diese als die immerhin klarste zu eigen gemacht.

Aber sie stellte nicht nur einen Trugschluß dar, sie war auch der grausame Hohn einer bösen, feindlichen Macht, einer Macht, der man sich nicht unterwerfen durfte.

Von dieser Macht mußte man sich befreien. Und die Befreiung von ihr lag in den Händen jedes einzelnen. Der ewigen Abhängigkeit vom Bösen mußte ein Ende gesetzt werden. Und dazu gab es nur das eine Mittel: den Tod.

Und Lewin – glücklicher Familienvater und im Vollbesitz seiner Kräfte – war mehrmals so nahe daran, sich das Leben zu nehmen, daß er jeden Strick versteckte, um sich nicht damit zu erhängen, und es vermied, mit einem Gewehr auszugehen, um nicht in Versuchung zu kommen, sich zu erschießen.

Indessen, Lewin erschoß sich nicht und erhängte sich auch nicht, sondern setzte das Leben fort.

10

Wenn Lewin darüber nachdachte, was er darstelle und wozu er lebe, und hierauf keine Antwort fand, geriet er in Verzweiflung. Doch sobald er aufhörte, sich mit diesen Fragen zu beschäftigen, schien er zu wissen, was er darstellte und wozu er lebte, weil er nach einer bestimmten, feststehenden Ordnung handelte und lebte. In letzter Zeit hatte er sogar ein bedeutend tätigeres und zielbewußteres Leben geführt als früher.

Nachdem er Anfang Juni aufs Gut zurückgekehrt war, hatte er wieder seine gewohnte Tätigkeit aufgenommen. Die Bewirtschaftung des Gutes, der Umgang mit den Bauern und Nachbarn, der

Haushalt, die Belange seiner Schwester und seines Bruders, die er wahrzunehmen hatte, die Beziehungen zu seiner Frau und den Verwandten, die Sorge für das Kind, seine neue Liebhaberei, die Bienenzucht, der er sich seit diesem Frühjahr hingab – alles das nahm seine ganze Zeit in Anspruch.

Er ging all diesen Dingen nicht etwa deshalb nach, weil er sich aus irgendwelchen allgemeinen Erwägungen heraus dazu verpflichtet fühlte, wie es ehemals der Fall gewesen war. Im Gegenteil, erstens enttäuscht durch den Mißerfolg seiner früheren, auf das Gemeinwohl gerichteten Unternehmungen und zweitens zu sehr in Anspruch genommen durch seine eigenen Überlegungen und die Unmenge der von allen Seiten auf ihn eindrängenden Arbeit, hatte er alle Gedanken an das Gemeinwohl aufgegeben und verrichtete diese Dinge jetzt einfach deshalb, weil er annahm, daß er so handeln müsse und gar nicht anders handeln könne.

Wenn er früher – angefangen von der Kindheit und bis zum vollen Mannesalter immer stärker ausgeprägt – bemüht gewesen war, etwas zu vollbringen, was der Allgemeinheit, der gesamten Menschheit, Rußland, dem ganzen Landvolk zum Besten gereichen sollte, hatte er die Beobachtung gemacht, daß der Gedanke an ein solches Unternehmen angenehm, seine Ausführung selbst aber jedesmal mit Mißhelligkeiten verbunden war; er war nicht fest genug überzeugt, daß das, was er ausführen wollte, wirklich notwendig war, und sein Beginnen, das ihm anfangs so bedeutsam erschienen war, hatte nach und nach an Bedeutung verloren und schließlich zu so gut wie nichts geführt. Jetzt hingegen, seitdem er sich nach seiner Verheiratung mehr und mehr darauf beschränkte, für sich zu leben, bereiteten ihm die Gedanken an seine Tätigkeit zwar keinerlei Freude, aber er hatte die Überzeugung, daß sein Wirken notwendig sei, und sah, daß es weit besser gelang als früher und immer mehr anwuchs.

Jetzt war er, gewissermaßen gegen seinen Willen, wie ein Pflug immer tiefer in die Erde eingedrungen, aus der er sich nicht mehr losreißen konnte, ohne Furchen zu ziehen.

Daß seiner Familie die gleiche Lebensführung ermöglicht werden mußte, an die die Väter und Großväter gewöhnt gewesen waren, daß die Kinder das gleiche Bildungsniveau haben und die gleiche Erziehung erhalten mußten, das stand für Lewin fest. Das war ebenso notwendig wie ein Mittagessen, wenn man hungrig ist; und ebenso, wie man alles haben muß, was zur Zubereitung eines Mittagessens benötigt wird, ebenso mußte auch hierfür die Wirtschaftsmaschine in Pokrowskoje so geführt werden, daß sie etwas abwarf. So selbstverständlich es ist, daß man eine Schuld bezahlt, ebenso notwendig war es, das angestammte Land in einem solchen Zustand zu erhalten, daß ihm sein Sohn, wenn er es einstmals erbte, genauso dankbar dafür sein würde, wie er selbst seinem Vater für alles dankbar gewesen war, was dieser erbaut und angepflanzt hatte. Um das zu erreichen, durfte man kein Land verpachten, sondern man mußte es selbst bewirtschaften, mußte Vieh halten, die Felder düngen, den Wald aufforsten.

Er konnte sich nicht den Aufgaben entziehen, die er für Sergej Iwanowitsch und seine Schwester übernommen hatte, konnte nicht die Bauern abweisen, die sich bei ihm Rat holten und daran gewöhnt waren – ebensowenig wie es angeht, ein Kind fallen zu lassen, das man schon auf den Arm genommen hat. Er mußte für die Bequemlichkeit der aufs Gut eingeladenen Schwägerin und ihrer Kinder sowie für seine Frau und das eigene Kind sorgen und konnte nicht umhin, wenigstens einen kleinen Teil seiner Zeit mit ihnen zuzubringen.

Alles das, zusammen mit der Jagd nach Wild und der neuerdings betriebenen Bienenzucht, füllte sein ganzes Leben aus, obwohl dieses, wenn er darüber nachzudenken begann, keinen Sinn zu haben schien.

Doch abgesehen davon, daß Lewin genau wußte, was er zu tun hatte, wußte er ebenso genau, welche Richtlinien er dabei befolgen mußte und welche Aufgabe wichtiger war als eine andere.

Er wußte, daß man die Arbeiter gegen eine möglichst niedrige Bezahlung einstellen mußte; aber sie zu Hörigen machen, indem man ihnen Vorschüsse gab und ihnen dann geringere Löhne zahlte, als ihre Arbeit wert war, das durfte man nicht, obwohl es vorteilhaft gewesen wäre. Sich das Stroh bezahlen zu lassen, das man den Bauern in Zeiten von Futtermangel überließ, dagegen war nichts einzuwenden, wenn einem die Bauern auch leid taten; die Herbergswirtschaft aber und die Schenke, die mußten abgeschafft werden, obwohl sie etwas abwarfen. Jeder Waldfrevel mußte aufs strengste bestraft werden; aber wenn Vieh der Bauern in die Weiden eingebrochen war, durfte man ihnen keine Strafe auferlegen, und das Vieh mußte, auch wenn man sich damit eines Abschreckungsmittels beraubte und sich die Wächter darüber ärgerten, zurückgegeben werden.

Pjotr, der einem Wucherer zehn Prozent monatlich zahlte, mußte man Geld leihen, damit er sich loskaufen konnte; säumigen Bauern hingegen durfte man den Pachtzins grundsätzlich nicht ermäßigen oder stunden. Dem Verwalter durfte man es nicht durchgehen lassen, wenn eine kleine Wiese ungemäht geblieben war und das Gras unnütz verkam; aber es ging auch nicht an, daß achtzig Deßjatinen gemäht wurden, wenn auf ihnen junger Wald angepflanzt war. Man durfte einem Arbeiter gegenüber nicht nachsichtig sein, wenn er sich in der Erntezeit nach Hause begeben hatte, weil sein Vater gestorben war, sondern man mußte ihm, sosehr er einem auch leid tat, bei der Abrechnung den Lohn für die versäumten, für Lewin kostspieligen Monate abziehen; doch andererseits konnte man den alten, zu nichts mehr zu gebrauchenden Hofknechten nicht ihr monatliches Deputat versagen.

Lewin wußte auch, daß er beim Nachhausekommen als erstes zu seiner Frau gehen mußte, wenn diese einmal krank war; die Bauern dagegen, die schon seit drei Stunden auf ihn warteten, konnte man auch noch etwas länger warten lassen; doch ebenso wußte er, daß er, so großes Vergnügen es ihm auch bereitete, einen Bienenschwarm in den Korb zu setzen, auf dieses Vergnügen verzichten und das Einfangen des Schwarmes dem alten Imker ohne sein Beisein überlassen mußte, um sich mit den Bauern zu befassen, die ihn in der Imkerei aufgestöbert hatten.

Ob er gut handelte oder schlecht, das wußte er nicht; er hätte sich jetzt auch auf keine Auseinandersetzung hierüber eingelassen, wie er es überhaupt vermied, mit jemand über diese Frage zu sprechen und an sie zu denken.

Derartige Erwägungen weckten in ihm Zweifel und hinderten ihn, zu erkennen, was er tun und was er lassen mußte. Wenn er sich dagegen dem Leben hingab, ohne darüber nachzudenken, fühlte er in seiner Seele die Anwesenheit eines unfehlbaren Richters, der jedesmal entschied, welche von zwei in Frage kommenden Handlungsweisen besser und welche schlechter sei; und sobald er einmal anders handelte, als richtig war, fühlte er dies sogleich.

So lebte er dahin, ohne zu wissen und ohne eine Möglichkeit zu sehen, sich darüber Klarheit zu verschaffen, was er darstellte und wozu er in der Welt lebte; doch obwohl ihn seine Unwissenheit oft dermaßen quälte, daß er fürchtete, er könnte sich zum Selbstmord hinreißen lassen, bahnte er sich gleichzeitig beharrlich seinen besonderen, fest umrissenen Weg durch das Leben.

II

An jenem Tage, als Sergej Iwanowitsch in Pokrowskoje eintraf, war Lewin ganz besonders von quälenden Gedanken bedrückt.

Es war die Zeit der Ernte, in der es auf jede Minute ankommt und das ganze Volk eine so außergewöhnliche, an Selbstaufopferung grenzende Hingabe an die Arbeit offenbart, wie sie bei keiner anderen Gelegenheit in Erscheinung tritt und die hohe Anerkennung fände, wenn sich die Menschen, die von dieser Hingabe beseelt sind, ihres Wertes selbst bewußt wären und wenn sich das gleiche nicht jedes Jahr wiederholte und die Ergebnisse dieser hingebungsvollen Arbeit nicht so einfach aussähen.

Den Roggen und Hafer zu mähen oder mit Sicheln zu schneiden und abzufahren, die Wiesen vollends abzumähen, die Brachfelder nochmals umzuackern, das Korn zu dreschen und die Wintersaat auszusäen – alles das scheint nichts Außergewöhnliches zu sein. Doch um das alles zu schaffen, ist es nötig, daß die gesamte Landbevölkerung während dieser drei bis vier Wochen ununterbrochen dreimal mehr arbeitet als sonst, daß sie sich nur von Schwarzbrot, Zwiebeln und Kwaß ernährt, nachts die Garben einbringt und drischt und sich mit zwei oder drei Stunden Schlaf begnügt. Und so geschieht es Jahr für Jahr in ganz Rußland.

Lewin, der den größten Teil seines Lebens auf dem Lande und in enger Berührung mit den Bauern zugebracht hatte, wurde in der Erntezeit jedesmal auch selbst von dem allgemeinen Aufschwung des Volkes mitgerissen.

Frühmorgens war er auf die Felder geritten, um die erste Aussaat von Roggen und das Aufschichten des Hafers zu Schobern zu beaufsichtigen. Dann war er zu der Zeit, da seine Frau und seine Schwägerin aufzustehen pflegten, ins Haus zurückgekehrt, hatte mit ihnen Kaffee getrunken und sich anschließend zu Fuß ins Vorwerk begeben, wo zum Dreschen des Saatgetreides eine neu aufgestellte Dreschmaschine in Betrieb genommen werden sollte.

Ob Lewin an diesem Tage mit dem Verwalter oder mit den Bauern, ob zu Hause mit seiner Frau, mit Dolly und deren Kindern oder mit seinem Schwiegervater sprach, er suchte in jedem Gespräch eine Beziehung zu den Fragen zu finden, die ihn in jener ganzen Zeit unabhängig von seinen Wirtschaftssorgen beschäftigten: Was stelle ich dar? Wo bin ich, und wozu bin ich hier?

Lewin stand in der Kühle der neu gedeckten Getreidedarre mit ihrem Geflecht von duftendem, noch nicht entblättertem Haselgesträuch, das sich an den frisch geschälten Espenlatten des Strohdaches anschmiegte, und während er auf das geöffnete Tor blickte, in dem der trockene, bittere Staub vom Dreschen wirbelte und tanzte, auf das von der glühenden Sonne beschienene Gras der Tenne und das frische Stroh, das aus der Scheune gebracht worden war, die buntköpfigen, weißbrüstigen Schwalben beobachtete, die mit pfeifendem Flügelschlag unter das Dach geflogen kamen und einen Augenblick im Lichtschein des Tores flatterten, und all die Menschen sah, die sich in der dunklen, staubigen Getreidedarre zu schaffen machten, gingen ihm seltsame Gedanken durch den Kopf.

Warum wird das alles getan? fragte er sich. Warum stehe ich hier und zwinge die Menschen zu arbeiten? Weswegen sind sie alle so geschäftig und bemühen sich, in meiner Gegenwart ihren Eifer zu zeigen? Warum bringt sich die alte Matrjona schier um, die ich gut kenne – weil ich sie kuriert habe, als sie damals bei dem Brand von einem herunterfallenden Balken getroffen worden war? dachte er, als er auf die hagere alte Bäuerin blickte, die mit einem Rechen das Getreide umdrehte und mit ihren bloßen, von der Sonne schwarzgebrannten Füßen mühselig über den harten, unebenen Dreschboden stapfte. Damals ist sie gesund geworden, aber wenn nicht heute, dann morgen oder in zehn Jahren wird man sie einscharren, und nichts wird von ihr übrigbleiben, ebensowenig wie von diesem aufgeputzten Mädel im roten Trägerrock, das mit so geschickten, weichen Bewegungen die Ähren aus der Spreu schleudert. Auch sie wird man einscharren, und jenen scheckigen Wallach sogar sehr bald, dachte er, indes er auf das Pferd blickte, das schwer an seinem Bauch zu tragen hatte und durch die aufgeblähten Nüstern hastig atmete, während es auf das abschüssige, sich unter ihm bewegende Tretrad stampfte. Auch dieses Tier wird man einscharren und ebenso den rüstigen Fjodor mit dem krausen, von Spreu durchsetzten Bart, mit seinem an der Schulter zerrissenen Hemd, der die Ähren nachschüttet. Jetzt reißt er noch die Garbenbündel auf, kommandiert, schreit die Frauen an und rückt behende den Riemen des Schwungrades zurecht. Vor allem aber, man wird nicht nur sie alle, sondern auch mich einscharren, und nichts wird übrigbleiben. Wozu das alles?

Während sich Lewin mit solchen Gedanken beschäftigte, blickte er von Zeit zu Zeit auf die Uhr, um zu berechnen, wieviel in einer Stunde gedroschen wurde. Das mußte er wissen, um danach das Arbeitspensum für den nächsten Tag festzusetzen.

Es ist gleich eins, und sie haben eben erst mit dem dritten Schober angefangen, überlegte er; er trat an Fjodor heran und schrie ihm zu, um sich bei dem Geratter der Maschine Gehör zu verschaffen, so laut er konnte, daß er nicht so viel auf einmal nehmen möge.

„Du nimmst zu große Haufen, Fjodor! Du siehst doch, sie stauen sich, und dann klappt es nicht. Du mußt sie auflockern!“

Fjodor, dessen schweißbedecktes Gesicht von dem darauf klebengebliebenen Staub fast schwarz war, rief irgend etwas als Antwort, ließ Lewins Anweisung aber auch weiterhin außer acht.

Lewin begab sich an die Trommel, schob Fjodor beiseite und übernahm selbst das Aufschütten.

Nachdem er die kurze Zeit, die bis zur Mittagspause der Bauern noch geblieben war, gearbeitet hatte, verließ er zusammen mit

Fjodor die Tenne; er kam mit ihm ins Gespräch und blieb vor einem Schober stehen, der aus den gelben, als Saatgut bestimmten Roggengarben sorgfältig auf dem Dreschboden aufgeschichtet war.

Fjodor war in jenem weitab liegenden Dorf zu Hause, in dessen Umgebung Lewin das Land früher auf genossenschaftlicher Grundlage verpachtet hatte. Jetzt war es an den Herbergswirt verpachtet.

Lewin kam auf dieses Land zu sprechen und fragte Fjodor, ob es im nächsten Jahr vielleicht Platon pachten würde, ein reicher und ehrbarer Bauer, der im selben Dorf ansässig war.

„Die Pacht ist zu hoch, Konstantin Dmitritsch, Platon wird nicht so viel herauswirtschaften", antwortete Fjodor, während er die Halme hervorzog, die unter dem Hemd auf seiner schweißnassen Brust klebten.

„Wieso nicht? Kirillow wirtschaftet es doch auch heraus?"

„Mitjucha" (so nannte Fjodor verächtlich den Herbergswirt), „wie soll es der wohl nicht herauswirtschaften! Der drückt zu, der holt für sich das Letzte heraus. Er hat mit keinem Christenmenschen Erbarmen. Onkel Fokanytsch aber" (so nannte er den alten Platon), „der wird keinem Menschen das Fell über die Ohren ziehen. Dem einen gibt er auf Pump, dem anderen läßt er was ab. Er bereichert sich nicht. Die anderen sind für ihn auch Menschen."

„Warum läßt er denn etwas ab?"

„Nun, er macht es halt, die Menschen sind verschieden. Manch einer, wie auch Mitjucha, denkt nur an sich, schlägt sich nur den eigenen Wanst voll. Aber der alte Fokanytsch ist ein gerechter Mann, er lebt für seine Seele. Er denkt an Gott."

„Wie denkt er an Gott? Wie lebt er für seine Seele?" fragte Lewin fast schreiend.

„Nun, einfach so, wie es recht ist, gottgefällig. Die Menschen sind doch verschieden. Nehmen wir zum Beispiel Sie: Sie werden ja auch niemand unrecht tun ..."

„Schon gut, schon gut, auf Wiedersehen!" sagte Lewin, dem es vor Aufregung den Atem verschlug; er nahm seinen Stock, drehte sich um und ging im Sturmschritt in Richtung auf das Gutshaus. Bei der Bemerkung des Bauern, daß Fokanytsch für seine Seele lebe, wie es recht sei und gottgefällig, war gleichsam von irgendwo eine bisher verschlossene Flut unklarer, doch schwerwiegender Gedanken hervorgebrochen, die ihm, alle dem gleichen Ziel zustrebend, durch den Kopf schwirrten und ihn durch ihr helles Licht blendeten.

Lewin ging mit großen Schritten die Landstraße entlang und war weniger durch seine Gedanken benommen (in ihnen konnte er sich noch nicht zurechtfinden) als vielmehr durch seinen Gemütszustand, den er in dieser Art noch nie empfunden hatte.

Die Worte des Bauern hatten in seiner Seele die Wirkung eines elektrischen Funkens ausgeübt, durch den all die einzelnen, unzusammenhängenden und kraftlosen Gedanken, die ihn nie verließen, plötzlich zu einer einzigen kompakten Masse vereinigt und zusammengeschweißt worden waren. Diese Gedanken hatten ihn im Unterbewußtsein auch beschäftigt, als er auf die Verpachtung des Landes zu sprechen gekommen war.

Er fühlte, daß in seiner Seele etwas Neues entstanden war, und begann jetzt, dieses Neue, von dem er noch nicht wußte, was es darstellte, begierig abzutasten.

Nicht für seine eigenen Bedürfnisse soll man leben, sondern für Gott. Für welchen Gott? Kann etwas vernunftwidriger sein als das, was er da gesagt hat? Er sagt, man dürfe nicht für seine eigenen Bedürfnisse leben, das heißt also, man soll nicht für das leben, was wir verstehen, was uns anzieht und was wir besitzen möchten, sondern für etwas Unverständliches, für einen Gott, den niemand verstehen und dessen Wesen kein Mensch erklären kann. Wie verhält es sich nun? Habe ich diese vernunftwidrigen Worte Fjodors nicht verstanden? Oder habe ich sie verstanden und bezweifle nur ihre Berechtigung? Halte ich sie für dumm, unklar und ungenau?

Nein, ich habe ihn genauso verstanden, wie er es gemeint hat, habe es vollkommener und klarer verstanden als jemals etwas anderes im Leben; und ich habe in meinem ganzen Leben noch nie daran gezweifelt und werde nie daran zweifeln. Und dies ist das einzige, was nicht nur ich, nein, was die ganze Menschheit, die ganze Welt versteht, was niemand bezweifelt und worin sich alle einig sind.

Fjodor sagt, der Herbergswirt Kirillow lebe für sein leibliches Wohl. Das ist begreiflich und vernünftig. Wir alle, alle vernünftigen Lebewesen, können nicht anders leben als für unser leibliches Wohl. Und plötzlich erklärt derselbe Fjodor, es sei schlecht, für das leibliche Wohl zu leben, man müsse ein rechtschaffenes, gottgefälliges Leben führen – und ich verstehe schon auf die bloße Andeutung hin, was er meint! Ich und Millionen anderer Menschen, solche, die vor Jahrhunderten gelebt haben, und solche, die jetzt leben, Bauern, Einfältige und Weise, die darüber nachgedacht und geschrieben haben und in ihrer unklaren Sprache dasselbe sagen – wir alle sind uns in dieser Frage einig: wozu man leben muß und was gut ist. Ich und alle anderen Menschen wissen nur dieses eine mit voller Klarheit und Bestimmtheit und ohne jeden Zweifel, aber dieses eine kann nicht durch die Vernunft erklärt werden; es liegt außerhalb der Vernunft, hat keine Gründe und kann keine Folgen haben.

Wenn das Gute einen Grund hat, dann ist es nicht mehr etwas Gutes; wenn es Folgen hat – eine Belohnung –, dann ist es ebensowenig etwas Gutes. Das Gute ist folglich mit keinen Gründen und keinen Folgen verknüpft.

Und dieses Gute eben kenne ich und kennen wir alle.

Ich habe nach Wundern gesucht und habe bedauert, daß ich kein Wunder fand, das mich überzeugt hätte. Und hier ist nun dieses Wunder, das einzig mögliche, das immer vorhanden ist und mich von allen Seiten umgibt – und ich habe es so lange nicht bemerkt!

Kann es denn ein noch größeres Wunder geben? Habe ich wirklich die Lösung der alles entscheidenden Frage gefunden? Sind meine Leiden jetzt wirklich beendet? fragte sich Lewin, während er die staubige Landstraße entlangging, weder auf die Hitze noch auf seine Müdigkeit achtete und das Gefühl hatte, sich von einer langwierigen Qual befreit zu haben. Dieses Gefühl war so beglükkend, daß er sich zu täuschen fürchtete. Vor Aufregung war er außer Atem gekommen, und da er sich außerstande fühlte weiterzugehen, bog er von der Landstraße in den Wald ab und setzte sich im Schatten der Espen in das noch ungemähte Gras. Er nahm den Hut vom schweißbedeckten Kopf, streckte sich auf dem saftigen, breithalmigen Gras aus und stützte den Kopf auf den Arm.

Ja, ich muß zur Besinnung kommen und überlegen, dachte er, während er auf das unversehrte Gras vor sich blickte und aufmerksam die Bemühungen eines grünen Käferchens beobachtete, das an einem Queckenhalm emporkroch und im Weiterkommen durch ein Geißfußblatt aufgehalten wurde. Ich muß von vorn anfangen, sagte er sich, während er das Blatt beiseite schob, das dem Käferchen den Weg versperrte, und einen anderen Grashalm herüberbog, damit es auf diesen klettern konnte.

Was ist es, worüber ich mich freue? Was habe ich entdeckt? Früher habe ich mir gesagt, daß in meinem Körper, im Körper dieses Grashalms und dieses Käferchens (nein, es wollte nicht auf den anderen Halm hinüberklettern, hatte die Flügel entfaltet und war auf und davon geflogen) nach physischen, chemischen und physiologischen Gesetzen ein Stoffwechsel vor sich geht und daß sich in uns allen ebenso wie in den Espen dort, in den Wolken und Nebelflecken eine Entwicklung vollzieht. Eine Entwicklung woraus und wozu? Habe ich mir eine endlose Entwicklung und einen Kampf vorgestellt! Als ob es in der Unendlichkeit eine Lenkung und einen Kampf geben könnte! Da habe ich mich gewundert, daß sich mir auf diesem Wege trotz des angestrengtesten Nachdenkens nicht der Sinn meines Lebens, meines Wollens und Strebens offenbarte. Der Sinn dessen, was ich wollte, war mir aber im Unterbewußtsein so klar, daß ich mein Leben ständig danach einrichtete, und ich war deshalb so erfreut, als mir der Bauer plötzlich erklärte, worin er besteht: für Gott zu leben, für die Seele.

Ich habe nichts Neues entdeckt. Mir ist nur zum Bewußtsein gekommen, was ich weiß. Ich habe erkannt, welche Macht mir nicht nur in der Vergangenheit das Leben gegeben hat, sondern mich auch jetzt am Leben erhält. Ich habe mich von einer Täuschung befreit, habe jetzt den Urheber erkannt.

Er rief sich nun in großen Zügen alle Gedanken ins Gedächtnis, die ihn während der letzten Jahre bewegt hatten und an deren Anfang die klare Erkenntnis vom Sinn des Todes stand, der sich ihm beim Anblick des geliebten, hoffnungslos kranken Bruders so augenfällig offenbart hatte.

Als ihm damals erstmalig klar zum Bewußtsein gekommen war, daß die Zukunft ihm wie auch jedem anderen Menschen nichts weiter verhieß als zu leiden, zu sterben und für immer vergessen zu werden, hatte er gemeint, daß ein solches Leben unerträglich sei und daß man ihm entweder eine Deutung geben müsse, in der es sich nicht wie die boshafte Ausgeburt irgendeiner teuflischen Macht ausnahm, oder daß einem nichts anderes übrigbleibe, als sich zu erschießen.

Indessen, er hatte weder das eine noch das andere getan, sondern hatte das Leben fortgesetzt, hatte es körperlich und geistig empfunden und in jener Zeit sogar geheiratet und viele Freuden genossen; er war glücklich gewesen, wenn er nicht über den Sinn des Lebens nachgedacht hatte.

Was ergab sich daraus? Es ergab sich, daß er rechtschaffen gelebt, aber unecht gedacht hatte.

Er hatte (ohne daß er sich dessen bewußt war) nach jenen geistigen Grundsätzen gelebt, die er mit der Muttermilch eingesogen hatte, aber beim Nachdenken über das Leben hatte er diese Grundsätze nicht anerkannt und sich sogar mit Vorbedacht über sie hinweggesetzt.

Jetzt war er zu der Überzeugung gekommen, daß er nur dank jenen Grundsätzen leben konnte, nach denen er erzogen worden war.

Was wäre aus mir geworden, was für ein Leben hätte ich bis

jetzt wohl geführt, wenn ich nicht diese Grundsätze gekannt und nicht gewußt hätte, daß man für Gott statt um seiner eigenen Bedürfnisse willen leben muß? Ich wäre ein Verbrecher, ein Lügner und Mörder geworden. Und alles, was jetzt die Hauptfreuden meines Lebens ausmacht, wäre mir versagt geblieben. Doch sosehr er auch seine Phantasie anstrengte, es wollte ihm dennoch nicht gelingen, sich das grausame Ungeheuer vorzustellen, das er geworden wäre, wenn er nicht gewußt hätte, was seinem Leben einen Sinn gab.

Ich habe eine Antwort auf meine Frage gesucht. Aber die Antwort auf meine Frage konnte mir nicht die Vernunft geben, denn durch Vernunft läßt sie sich nicht erfassen. Die Antwort hat mir das Leben selbst gegeben, die Erkenntnis dessen, was gut und was schlecht ist. Und erworben habe ich diese Erkenntnis ohne mein Zutun; sie wurde mir wie allen Menschen gegeben, einfach gegeben, weil ich sie selbst von nirgendwo nehmen konnte.

Wie bin ich denn zu ihr gekommen? Hat mich etwa meine Vernunft zu der Erkenntnis gebracht, daß man seinen Nächsten lieben muß und nicht umbringen darf? Man hat mir dies in der Kindheit gesagt, und ich habe es bereitwillig geglaubt, weil es dem entsprach, was mir meine Seele sagte. Doch wer hat dies entdeckt? Nicht die Vernunft. Die Vernunft hat den Kampf ums Dasein entfesselt und den Grundsatz aufgestellt, daß man jeden umbringen muß, der uns bei der Befriedigung unserer Wünsche behindert. Das lehrt die Vernunft. Denn auf den Gedanken, daß man den anderen lieben solle, konnte die Vernunft nicht kommen, weil es vernunftwidrig ist.

Und dazu der Hochmut, dachte er, während er sich auf den Bauch legte und bemüht war, aus den Halmen, ohne sie einzuknicken, Knoten zu knüpfen.

Doch nicht nur Hochmut, nein, auch Dummheit des Verstandes ist es. Und vor allem eine Büberei, eine ausgemachte Büberei des Verstandes. Ja, ein richtiges Bubenstück! wiederholte er in Gedanken.

13

Und Lewin erinnerte sich einer Begebenheit, die sich kürzlich zwischen Dolly und ihren Kindern zugetragen hatte. Die Kinder waren sich allein überlassen gewesen und dabei auf den Einfall gekommen, über einer Kerze Himbeeren zu schmoren und sich aus der Kanne in langem Strahl Milch in den Mund zu gießen. Die Mutter hatte sie auf frischer Tat ertappt und ihnen im Beisein

Lewins vorgehalten, wieviel Arbeit es den Erwachsenen gekostet habe, was sie da zunichte machten; diese Arbeit werde um ihretwillen verrichtet, aber wenn sie die Tassen zerbrächen, würden sie nichts haben, woraus sie Tee trinken könnten, und wenn sie die Milch verschütteten, würden sie keine Nahrung haben und Hungers sterben.

Lewin hatte die verzagte Ruhe und mißtrauische Art überrascht, mit der sich die Kinder die Vorhaltungen der Mutter anhörten. Sie waren lediglich betrübt, weil sie ihr interessantes Spiel einstellen mußten, und glaubten kein Wort von dem, was die Mutter ihnen sagte. Sie konnten es auch gar nicht glauben, weil sie außerstande waren, sich von dem Umfang dessen, was sie genossen, eine Vorstellung zu machen, und sich daher auch nicht vorstellen konnten, daß das, was sie zerstörten, eben das sei, wovon sie lebten.

Das kommt alles von selbst, haben sie wohl gedacht, und ist nichts Neues und Interessantes, weil es immer so gewesen ist und sein wird. Es ist immer ein und dasselbe. Darüber brauchen wir nicht nachzudenken, es ist fertig da; wir aber wollen uns etwas anderes, etwas Neues ausdenken, und da haben wir uns eben ausgedacht, Himbeeren in die Tasse zu tun und über der Kerze zu schmoren und uns gegenseitig die Milch aus der Kanne unmittelbar in den Mund zu gießen. Das ist lustig und neu und kein bißchen schlechter, als aus Tassen zu trinken …

Tun nicht auch wir das gleiche, habe ich nicht das gleiche getan, als ich durch die Vernunft die Bedeutung der Naturkräfte und den Sinn des menschlichen Lebens zu ergründen suchte? fuhr Lewin in seinen Gedanken fort.

Und laufen nicht auch alle philosophischen Theorien darauf hinaus, daß sie den Menschen auf einem seltsamen, ihm nicht gemäßen Gedankenwege zu einer Erkenntnis führen wollen, die er längst besitzt und von deren Richtigkeit er so fest überzeugt ist, daß er ohne sie überhaupt nicht leben könnte? Geht nicht aus dem Gedankenaufbau jedes Philosophen deutlich hervor, daß er ebenso unzweifelhaft wie der Bauer Fjodor – aber auch nicht im geringsten klarer – schon im voraus weiß, worin der Hauptsinn des Lebens besteht, und nur bestrebt ist, vermittels zweifelhafter geistiger Spekulationen zu etwas zurückzukehren, was alle ohnehin wissen?

Angenommen, man würde es den Kindern überlassen, sich selbst das Geschirr zu beschaffen und herzustellen, selbst die Kühe zu melken und dergleichen mehr. Würden sie dann Unfug treiben? Sie würden Hungers sterben. Nun, so überlasse man es einmal uns Menschen, mit unseren Leidenschaften und Gedanken ohne die Erkenntnis des einzigen Gottes und Schöpfers fertig zu werden! Oder ohne daß wir wüßten, was gut und was moralisch schlecht ist!

Nun, versucht einmal, ohne diese Erkenntnis irgend etwas anzufangen!

Wir zerstören nur, weil wir geistig satt sind. Die reinsten Kinder!

Woher habe ich ebenso wie der Bauer diese beglückende Erkenntnis, die einzige, die mir Seelenfrieden geben kann? Wie bin ich zu ihr gekommen?

Ich, der ich im Glauben an Gott erzogen bin, als Christ, der sein ganzes Leben mit den geistigen, vom Christentum empfangenen Gütern bereichert hat, von ihnen ganz erfüllt war und durch sie lebte, ich wollte, gleich Kindern, die dafür kein Verständnis haben, diese Güter zerstören, das heißt das zerstören, wodurch ich lebe. Doch sobald im Leben ein wichtiger Augenblick eintritt, wende ich mich – so wie Kinder, die Hilfe suchen, wenn sie frieren und hungrig sind – an Gott und rechne mit noch größerer Zuversicht als die von der Mutter wegen ihrer kindlichen Streiche gescholtenen Kinder damit, daß mir meine kindlichen Versuche, aus lauter Übermut Tollheiten anzustellen, nicht angerechnet werden.

Ja, alles das, was ich weiß, habe ich nicht durch die Vernunft ermittelt, sondern es ist mir gegeben worden, es hat sich mir offenbart, und ich weiß es mit dem Herzen, durch den Glauben an jenes Wichtigste, das die Kirche lehrt.

Die Kirche? Die Kirche! wiederholte Lewin in Gedanken und drehte sich auf die andere Seite, stützte den Kopf auf den Ellbogen und blickte auf die Herde, die in der Ferne am jenseitigen Ufer zum Fluß herunterkam.

Aber kann ich auch alles glauben, was die Kiche lehrt? überlegte er und prüfte sich selbst, indem er sich aller Momente zu erinnern suchte, die seine jetzige Ruhe zerstören könnten. Er rief sich absichtlich jene Dogmen der Kirche ins Gedächtnis, die ihn von jeher am meisten stutzig gemacht und irritiert hatten. Die Schöpfung? Ja, wie habe ich mir denn das Dasein erklärt? Durch das Dasein selbst? Durch nichts? Teufel und Sünde? Aber welche Erklärung habe ich für das Böse? Der Erlöser?

Nein, ich weiß nichts und kann nichts wissen als das, was man mich und alle übrigen Menschen gelehrt hat, dachte er und glaubte nun erkannt zu haben, daß es kein einziges kirchliches Dogma gebe, das dem Wichtigsten widerspräche: dem Glauben an Gott und an das Gute als der einzigen Bestimmung des Menschen.

Jedes kirchliche Dogma läßt sich so auslegen, daß man der Gerechtigkeit dienen müsse anstatt den eigenen Bedürfnissen. Und nicht nur, daß keins der Dogmen dieser Erkenntnis widersprach, nein, jedes von ihnen war notwendig, damit sich auf Erden unaufhörlich jenes größte, allen sichtbare Wunder vollziehen konnte, das darin bestand, daß es jeden Menschen, zusammen mit Millionen verschiedenartigster anderer Menschen – mit Weisen und Schwachsinnigen, mit Kindern und Greisen, mit den Bauern, mit Lwow, mit Kitty, mit Bettlern und Monarchen –, mit allen zusammen in die Lage versetzte, zuversichtlich ein und dasselbe zu begreifen und jenen Seelenzustand zu erreichen, um dessentwillen allein sich das Leben lohnt und für uns Wert hat.

Während Lewin jetzt auf dem Rücken lag, blickte er auf den hohen, wolkenlosen Himmel. Ich weiß doch ganz genau, daß dies ein unendlicher Raum und nicht ein rundes Gewölbe ist. Doch so scharf ich auch hinsehe und sosehr ich meine Sehkraft auch anstrenge, ist es mir dennoch nicht möglich, etwas anderes als ein rundes, begrenztes Gewölbe zu sehen, und ungeachtet meiner Kenntnisse vom unendlichen Raum tue ich zweifellos besser daran, den Himmel über mir für ein festes blaues Gewölbe zu halten, als mich zu bemühen, über dieses hinauszusehen.

Lewin hatte aufgehört zu grübeln und lauschte nur noch auf die geheimnisvollen Stimmen, die um ihn herum eine freudig erregte Zwiesprache zu halten schienen.

Ist das wirklich der Glaube? dachte er und traute sich kaum, an sein Glück zu glauben. „Großer Gott, ich danke dir!" murmelte er, mühsam ein Aufschluchzen unterdrückend, und wischte mit beiden Händen die Tränen ab, die ihm in die Augen getreten waren.

14

Lewin blickte vor sich hin, sah die Herde, sah dann seinen leichten Wagen mit dem vorgespannten Rappen und sah auch, daß der Kutscher, als der Wagen an der Herde vorbeikam, etwas zu dem Hirten sagte. Gleich darauf hörte er, nun schon in nächster Nähe, das Rasseln der Räder und das Schnaufen des satten Pferdes, doch er war so in seine Gedanken vertieft, daß er sich gar nicht fragte, warum wohl der Kutscher gefahren komme.

Er kam erst zur Besinnung, als der Wagen ihn bereits erreicht hatte und der Kutscher ihn anrief.

„Die Herrin schickt mich. Der Herr Bruder ist angekommen und noch irgendein anderer Herr."

Lewin stieg in den Wagen und nahm die Zügel.

Er hatte das Gefühl, aus einem tiefen Schlaf erwacht zu sein, und war lange außerstande, seine Gedanken zu sammeln. Während er das wohlgenährte Pferd betrachtete, die Stellen zwischen den Lenden und am Hals, die von den Riemen gescheuert und schweißbedeckt waren, und auf den neben ihm sitzenden Kutscher Iwan blickte, besann er sich darauf, daß er den Besuch seines Bruders erwartet hatte und daß seine Frau durch sein langes Ausbleiben wahrscheinlich schon beunruhigt war; dann suchte er zu erraten, wer wohl der Gast sei, der zusammen mit seinem Bruder angekommen war. Sowohl an den Bruder als auch an seine Frau und an den Gast, von dem er noch nicht wußte, wer es war, dachte er jetzt mit ganz anderen Gedanken als zuvor. Es schien ihm, daß sich sein Verhältnis zu allen Menschen geändert habe.

In meinem Verhältnis zum Bruder wird jetzt jene Entfremdung aufhören, die zwischen uns immer bestanden hat, wir werden uns nicht mehr streiten; mit Kitty wird es nie wieder zu Zwistigkeiten kommen; den Gast, wer immer es sein mag, werde ich gut und freundlich behandeln; mit den Leuten, mit Iwan, mit allen wird es jetzt ein besseres Einvernehmen geben.

Während Lewin die Zügel straffzog, um das Pferd zurückzuhalten, das vor Ungeduld schnaufte und in Galopp übergehen wollte, blickte er auf den neben ihm sitzenden Iwan, der nicht wußte, was er mit seinen beschäftigungslosen Händen beginnen sollte, und unaufhörlich sein Hemd an den Körper drückte, und suchte nach einem Anlaß, ein Gespräch mit ihm anzuknüpfen. Er wollte ihm eigentlich sagen, daß er den Rückengurt zu hoch angeschirrt habe; aber diese Bemerkung hätte wie ein Vorwurf geklungen, und ihm lag an einem freundschaftlichen Gespräch. Doch etwas anderes wollte ihm nicht einfallen.

„Erlauben Sie, man muß nach rechts ausbiegen, da kommt ein Baumstumpf", sagte der Kutscher und griff nach dem Zügel, den Lewin hielt.

„Laß das gefälligst bleiben und belehre mich nicht!" fuhr ihn Lewin an, der sich über die Einmischung des Kutschers ärgerte. Er war genauso verärgert, wie er es auch sonst bei einer solchen Gelegenheit gewesen wäre, und stellte zugleich bekümmert fest, wie irrig seine Annahme war, daß seine Seelenstimmung sofort seine Haltung gegenüber der Wirklichkeit ändern könnte.

Als sich der Wagen bis auf etwa eine Viertelwerst dem Hause genähert hatte, kamen ihm Grischa und Tanja entgegengelaufen.

„Onkel Kostja! Mama kommt auch, mit Großpapa und mit Sergej Iwanowitsch und noch einem", berichteten die Kinder, während sie auf den Wagen hinaufkletterten.

„Wer ist es denn?"

„Er ist furchtbar grimmig! Er macht immer so mit den Händen", erklärte Tanja, indem sie sich im Wagen aufrichtete und Katawassow nachahmte.

„Ist er alt oder jung?" fragte Lewin, den Tanjas Darstellung an irgend jemand erinnerte, lachend.

Ach, wenn es bloß kein unangenehmer Besuch ist! fügte er in Gedanken hinzu.

Erst als der Wagen von der Landstraße abbog und die ihm entgegenkommende Gruppe sichtbar wurde, erkannte Lewin Katawassow, der einen Strohhut aufhatte und mit den Händen wirklich so fuchtelte, wie Tanja gezeigt hatte.

Katawassow, der sich gern über philosophische Fragen unterhielt, vertrat die Ansichten von Naturwissenschaftlern, die sich nie mit Philosophie befaßt hatten, und während seines letzten Aufenthalts in Moskau hatte Lewin häufig mit ihm debattiert.

Eine dieser Debatten, bei der Katawassow offenbar gemeint hatte, seinen Standpunkt durchgesetzt zu haben, war das erste, was Lewin einfiel, als er den Professor erkannte.

Nein, ich werde mich keinesfalls wieder auf solche Auseinandersetzungen einlassen und unbedacht meine Gedanken preisgeben, sagte er sich.

Nachdem er vom Wagen gestiegen war und seinen Bruder und Katawassow begrüßt hatte, erkundigte sich Lewin, wo seine Frau sei.

„Kitty hat Mitja ins Gehölz gebracht" (das war ein Wäldchen in der Nähe des Hauses). „Sie meinte, daß er dort besser schlafen würde, weil es im Hause so heiß ist", berichtete Dolly.

Lewin hatte seiner Frau stets abgeraten, das Kind ins Wäldchen zu bringen, weil er es für gefährlich hielt, und war daher über diese Auskunft verstimmt.

„Sie schleppt ihn dauernd hin und her und kann für ihn keinen Platz finden", bemerkte lächelnd der Fürst. „Ich habe ihr schon geraten, es einmal mit dem Eiskeller zu versuchen."

„Sie wollte dann in die Imkerei gehen. Sie glaubte, daß du dort seist. Wir wollten auch gerade hin", sagte Dolly.

„Nun, was treibst du Schönes?" fragte Sergej Iwanowitsch seinen Bruder, als er mit ihm einige Schritte hinter den anderen zurückgeblieben war.

„Ach, nichts Besonderes", antwortete Lewin. „Ich beschäftige mich wie immer mit der Wirtschaft. Bist du für länger gekommen? Wir haben dich schon früher erwartet."

„Zwei knappe Wochen kann ich wohl bleiben. Ich habe in Moskau sehr viel zu tun."

Als Sergej Iwanowitsch das sagte, begegneten sich die Blicke der beiden Brüder, und obwohl Lewin schon immer und besonders jetzt den sehnlichen Wunsch hatte, zu seinem Bruder ein freundschaftliches und vor allem ungekünsteltes Verhältnis zu haben, war es ihm peinlich, ihn anzusehen. Er schlug die Augen nieder und wußte nicht, was er sagen sollte.

Nachdem er überlegt hatte, welches Gesprächsthema für Sergej Iwanowitsch Interesse haben könnte und ihn von den Erörterungen über den serbischen Krieg und die slawische Frage ablenken würde, auf die er mit der Bemerkung über seine viele Arbeit in Moskau angespielt hatte, kam Lewin auf das Buch des Bruders zu sprechen.

„Wie war es nun mit deinem Buch? Ist es in der Presse viel besprochen worden?" fragte er.

Sergej Iwanowitsch lächelte, weil er die Absicht durchschaute, die hinter der Frage steckte.

„Dafür hat jetzt niemand Interesse, und ich noch weniger als alle anderen", erwiderte er und wandte sich dann an Dolly. „Sehen Sie mal, Darja Alexandrowna, es wird Regen geben", sagte er und zeigte mit seinem Schirm auf die weißen Wölkchen, die über den Wipfeln der Espen aufgetaucht waren.

Aber diese paar Worte genügten, um das wenn nicht gerade feindselige, so doch gespannte Verhältnis zwischen den Brüdern, das Lewin so gern beseitigen wollte, wiederaufleben zu lassen.

Lewin schloß sich Katawassow an.

„Wie schön, daß Sie endlich hergekommen sind", sagte er.

„Ich hatte es schon lange vor. Jetzt werden wir uns unterhalten, alles erörtern. Haben Sie Spencer durchgelesen?"

„Nein, nicht bis zu Ende", antwortete Lewin. „Übrigens hat es für mich jetzt auch keinen Zweck mehr."

„Wieso! Das ist ja interessant. Warum nicht?"

„Weil ich mich endgültig überzeugt habe, daß ich eine Lösung der Fragen, die mich beschäftigen, weder bei ihm noch bei seinesgleichen finden kann", erklärte Lewin. „Jetzt ..."

Doch als er den ruhigen, belustigten Gesichtsausdruck Katawassows wahrnahm, war es ihm um seine Seelenstimmung, die er durch dieses Gespräch zu zerstören fürchtete, so leid, daß er sich auf seinen Vorsatz besann und den Satz abbrach.

„Wir können ja später noch darüber sprechen", sagte er und wandte sich zu den übrigen um: „Wenn wir zur Imkerei wollen, müssen wir hier abbiegen, auf diesen Fußpfad."

Nachdem sie auf dem schmalen Fußpfad zu einer kleinen ungemähten Waldwiese gekommen waren, die auf der einen Seite mit leuchtendgelb blühendem Wachtelweizen bedeckt war, aus dem an vielen Stellen hohe dunkelgrüne Nieswurzbüsche hervorragten, bat Lewin seine Gäste, im kühlen Schatten der dichten Kronen junger Espen auf einer Bank und etlichen Holzklötzen Platz zu nehmen, die man eigens für solche Besucher der Imkerei aufgestellt hatte, die sich vor den Bienen fürchteten, und ging selbst weiter, um aus der umzäunten Imkerei für die Kinder und Erwachsenen Brot, Gurken und frischen Honig zu holen.

Bemüht, möglichst wenig hastige Bewegungen zu machen, horchte er auf die immer häufiger an ihm vorbeifliegenden Bienen und gelangte auf dem Fußpfad an ein kleines Häuschen. Unmittelbar vor dem Eingang hörte er plötzlich das wütende Summen einer Biene, die sich in seinem Bart verfangen hatte; doch er konnte sie, ohne gestochen zu werden, befreien. Im schattigen Flur nahm er sein Schutznetz, das auf einem Holzpflock an der Wand hing, zog es sich über, steckte die Hände in die Taschen und begab sich in die eingezäunte Imkerei, wo auf dem abgemähten Mittelteil der Wiese in geraden Reihen, mit Bast an den Pflöcken befestigt, die alten, ihm schon gut bekannten Bienenstöcke standen, von denen jeder seine eigene Geschichte hatte, während am Heckenzaun entlang die neuen, in diesem Jahr aufgestellten Bienenstöcke ihren Platz hatten. Vor den Fluglöchern der Bienenstöcke schwirrten und tummelten sich, in der Sonne flimmernd, spielende Bienen und Drohnen, und durch ihren Schwarm hindurch flogen unablässig immer in derselben Richtung, hin in den Wald zu den blühenden Linden und zurück zu den Bienenstöcken, die Arbeitsbienen mit ihrer Last oder um eine Last zu holen.

Lewin tönten unaufhörlich die verschiedensten Laute in den Ohren: bald das Summen einer schnell und geschäftig vorbeifliegenden Arbeitsbiene, bald das Brummen der müßigen Drohnen, bald das Surren der Wächterbienen, die stets zum Stechen bereit waren, um ihr Gut vor Feinden zu schützen. Jenseits der Umzäunung behobelte der alte Imker einen Reifen, ohne Lewin zu sehen. Lewin rief ihn nicht an und blieb in der Mitte des Platzes stehen.

Er war froh, eine Weile allein zu sein, um sich in der Wirklichkeit zurechtzufinden, die seine Hochstimmung schon so stark herabgedrückt hatte.

Er vergegenwärtigte sich, daß er sich bereits über Iwan geärgert, seinen Bruder kühl behandelt und Katawassow gegenüber unbedachte Äußerungen gemacht hatte.

Ist das wirklich nur eine momentane Stimmung gewesen, die sich verflüchtigt hat, ohne eine Spur zu hinterlassen? fragte er sich.

Doch im selben Augenblick, als er sich in Gedanken wieder mit seiner Gemütsverfassung beschäftigte, hatte er das beglückende Gefühl, daß sich in seinem Innern etwas Neues und Wichtiges vollzogen hatte.

Die Wirklichkeit hatte den von ihm gefundenen Seelenfrieden nur vorübergehend getrübt, ihn indessen nicht zu versehren vermocht.

Ebenso wie die Bienen, die ihn in diesem Augenblick umschwirrten, ihn bedrohten und in Spannung hielten, seine körperliche Bewegungsfreiheit beeinträchtigten und ihn zwangen, sich zu ducken, um ihnen auszuweichen, in gleicher Weise hatten ihn die Sorgen, die von dem Augenblick an auf ihn eindrangen, als er in den Wagen gestiegen war, seiner seelischen Ruhe beraubt; doch das hatte nur angehalten, solange er von diesen Sorgen umringt gewesen war. So wie er sich trotz der Gefahr durch die Bienen im ungeschmälerten Vollbesitz seiner körperlichen Kraft fühlte, ebenso war seine seelische Kraft, deren er sich jetzt aufs neue bewußt wurde, unversehrt geblieben.

15

„Weißt du auch, Kostja, mit wem Sergej Iwanowitsch im gleichen Zuge gefahren ist?" fragte Dolly, während sie den Kindern Gurken und Honig zuteilte. „Mit Wronski! Er fährt nach Serbien."

„Und nicht nur allein, er nimmt auf seine Kosten eine ganze Schwadron mit!" fügte Katawassow hinzu.

„Das sieht ihm ähnlich", sagte Lewin, „Melden sich denn immer noch Freiwillige?" fügte er hinzu und sah Sergej Iwanowitsch fragend an.

Sergej Iwanowitsch antwortete nichts; er war damit beschäftigt, aus der Schale, in der ein Stück weißen Wabenhonigs lag, mit der stumpfen Seite eines Messers behutsam eine noch lebende Biene herauszufischen, die in dem ausgeflossenen Honig klebengeblieben war.

„Und wie! Sie hätten mal sehen sollen, was sich gestern auf dem Bahnhof getan hat!" sagte Katawassow, indes er geräuschvoll ein Stück Gurke abbiß.

„Wie soll man sich da zurechtfinden? Erklären Sie mir doch um Himmels willen, Sergej Iwanowitsch, wohin alle diese Freiwilligen fahren und mit wem sie Krieg führen", fragte der alte Fürst, offenbar an ein Gespräch anknüpfend, das schon vor dem Hinzukommen Lewins begonnen hatte.

„Mit den Türken", antwortete ruhig lachend Sergej Iwanowitsch, während er die herausgefischte, vom Honig dunkel gefärbte Biene, die hilflos ihre Beinchen bewegte, vom Messer auf ein kräftiges Espenblatt setzte.

„Ja, wer hat denn der Türkei den Krieg erklärt? Iwan Iwanytsch Ragosow etwa und die Gräfin Lydia Iwanowna zusammen mit Madame Stahl?"

„Den Krieg hat niemand erklärt, aber die Menschen empfinden Mitleid mit ihren heimgesuchten Brüdern und wollen ihnen zu Hilfe kommen", antwortete Sergej Iwanowitsch.

„Aber der Fürst spricht nicht von einer Hilfe, sondern vom Krieg", bemerkte Lewin, für seinen Schwiegervater eintretend. „Der Fürst will sagen, daß sich Privatpersonen nicht ohne Genehmigung der Regierung an einem Krieg beteiligen dürfen."

„Kostja, sieh, da kommt eine Biene! Wirklich, sie werden uns hier noch ganz zerstechen", sagte Dolly, während sie mit dem Arm eine Wespe abwehrte.

„Das ist ja gar keine Biene, sondern eine Wespe", sagte Lewin.

„Nanu, welchen Standpunkt vertreten Sie denn da?" wandte sich Katawassow lächelnd an Lewin, den er offenbar zu einem Wortgefecht herausfordern wollte. „Warum sollen Privatpersonen kein Recht dazu haben?"

„Mein Standpunkt ist der, daß ein Krieg etwas so Bestialisches, Grausames und Furchtbares ist, daß kein einzelner Mensch – und ein Christ schon gar nicht – die Verantwortung übernehmen kann, einen Krieg zu entfesseln, sondern daß dies nur die dazu berufene Regierung tun kann, wenn sie sich dazu gezwungen sieht. Außerdem lehren die Geschichte und der gesunde Menschenverstand, daß die Bevölkerung in politischen Fragen und namentlich dann, wenn es sich um Krieg handelt, ihr eigenes Wollen verleugnet."

Sergej Iwanowitsch und Katawassow hatten schon Erwiderungen bereit und begannen beide gleichzeitig zu sprechen.

„Das ist eben der Witz, mein bester, daß es Fälle geben kann, in denen die Regierung nicht den Willen der Bevölkerung erfüllt, und dann bekundet die Öffentlichkeit, was sie will."

Sergej Iwanowitsch schien diesen Einwand indessen nicht zu billigen. Er runzelte bei den Worten Katawassows die Stirn und brachte ein anderes Argument vor.

„Du beurteilst die Sachlage nicht richtig. Es liegt keine Kriegserklärung vor, sondern einfach der Ausdruck eines menschlichen, von Christenliebe eingegebenen Gefühls. Unsere Brüder, Menschen des gleichen Blutes und des gleichen Glaubens, werden hingemordet; doch nehmen wir sogar an, es würde sich nicht um unsere Brüder, unsere Glaubensgenossen handeln, sondern einfach um Kinder, Frauen und Greise: Das Gefühl empört sich, und russische Männer machen sich eilig auf, um mitzuhelfen, diesen Schandtaten ein Ende zu setzen. Stell dir vor, du kämst eine Straße entlang und würdest sehen, daß ein Betrunkener eine Frau oder ein Kind schlägt; ich nehme an, du würdest dann nicht erst überlegen, ob diesem Unhold der Krieg erklärt ist oder nicht, sondern würdest dich auf ihn stürzen und den Mißhandelten in Schutz nehmen."

„Aber ich würde ihn nicht töten", wandte Lewin ein.

„Doch, du würdest ihn töten!"

„Das weiß ich nicht. In einem solchen Falle würde ich mich von meinem unmittelbaren Gefühl leiten lassen; aber das kann ich nicht im voraus sagen. Was die Unterjochung der Slawen betrifft, so ist ein unmittelbares Gefühl nicht vorhanden und kann auch gar nicht vorhanden sein."

„Dir fehlt es vielleicht, aber andere haben es", sagte Sergej Iwanowitsch und verzog unwillig das Gesicht. „Im Volke sind noch die Überlieferungen von jenen rechtgläubigen Menschen lebendig, die unter dem Joch der ‚ruchlosen Moslems' gelitten haben. Das Volk hat von den Leiden seiner Stammesbrüder gehört und hat seine Stimme erhoben."

„Das mag sein", erwiderte Lewin ausweichend, „aber ich merke nichts davon; ich gehöre selbst zum Volk und fühle nichts Derartiges."

„Mir geht es ebenso", nahm wieder der Fürst das Wort. „Als ich während meines Aufenthalts im Ausland die Zeitungen las, konnte ich, offen gesagt, auch schon vor den Greueltaten in Bulgarien absolut nicht begreifen, warum alle Russen plötzlich von einer solchen Liebe für die slawischen Brüder ergriffen wurden, während ich selbst nichts für sie fühlte. Mich bedrückte das sehr, und ich fragte mich, ob ich wohl ein Ungeheuer sei oder ob Karlsbad eine solche Wirkung auf mich ausgeübt habe. Doch als ich hierherkam, beruhigte ich mich: Ich sah, daß es außer mir auch noch andere Menschen gibt, die sich vor allem für Rußland interessieren anstatt für die slawischen Brüder. So auch Konstantin."

„Persönliche Ansichten spielen hier keine Rolle", erklärte Sergej Iwanowitsch. „Auf persönliche Ansichten kommt es nicht an, wenn ganz Rußland, das ganze Volk seinen Willen bekundet hat."

„Nehmen Sie es mir nicht übel, aber ich sehe davon nichts. Das Volk weiß überhaupt nicht, worum es geht", sagte der Fürst.

„Nein, Papa, das stimmt doch nicht", mischte sich Dolly ein, die dem Gespräch zugehört hatte. „Haben wir es nicht am Sonntag in der Kirche gesehen? – Reich mir bitte das Handtuch!" wandte sie sich an den alten Imker, der lächelnd die Kinder beobachtete. „Es ist doch nicht möglich, daß alle ...“

„Nun, was war denn schon am Sonntag in der Kirche? Der Priester hat verlesen, was ihm befohlen war. Die Leute verstanden nichts und seufzten, wie sie es bei jeder Predigt tun. Und dann“, fuhr der Fürst fort, „wurde ihnen gesagt, daß man in der Kirche für einen seelenrettenden Zweck sammeln werde; da holte eben jeder seine Kopeke hervor und gab sie hin. Doch wofür, das wußte niemand.“

„Es ist nicht möglich, daß das Volk nichts weiß. Das Bewußtsein seiner Bestimmung ist im Volk immer vorhanden, und in Augenblicken wie den jetzigen erkennt es sie besonders deutlich“, erklärte Sergej Iwanowitsch mit Nachdruck und blickte den alten Imker an.

Der schöne, stattliche alte Mann mit dem dunklen, graumelierten Bart und dem dichten, silberglänzenden Haar stand mit einer Schale Honig unbeweglich da und blickte ruhig und freundlich auf die debattierenden Herrschaften hinab, von deren Gespräch er offenbar nichts verstand und auch nichts verstehen wollte.

„Ja, so ist es“, bekräftigte er mit einem gewichtigen Kopfnicken die Worte Sergej Iwanowitschs.

„Nun, so fragt ihn doch mal! Er weiß von nichts und denkt auch gar nicht daran“, sagte Lewin. „Sag mal, Michailytsch, hast du schon vom Krieg gehört?“ wandte er sich an ihn. „Wovon in der Kirche vorgelesen wurde? Was denkst du darüber? Müssen wir für die Christen Krieg führen?“

„Was soll unsereins schon denken? Alexander Nikolajewitsch, unser Zar, hat immer für uns gedacht und wird schon alles für uns bedenken. Er sieht weiter ... Soll ich nicht noch ein paar Scheiben Brot bringen? Für das Jungchen hier?“ wandte er sich an Darja Alexandrowna und zeigte auf Grischa, der den Rest der Brotrinde verspeiste.

„Ich brauche gar nicht erst zu fragen“, sagte Sergej Iwanowitsch. „Wir haben gesehen und sehen noch immer, daß von allen Enden Rußlands Hunderte und aber Hunderte von Menschen kommen, die alles im Stich gelassen haben, um einer gerechten Sache zu dienen, und klipp und klar zum Ausdruck bringen, was sie sich dabei denken und was sie wollen. Sie bringen ihre Groschen dar oder machen selbst mit und sagen offen, was sie dazu treibt. Bedeutet das gar nichts?“

„Das bedeutet meines Erachtens“, erwiderte Lewin, der sich zu ereifern begann, „daß sich in einem Volke von achtzig Millionen zu jeder Zeit nicht nur, wie jetzt, Hunderte, sondern Zehntausende von Menschen finden werden, die ihre soziale Stellung verloren haben, verwegene Heißsporne, die stets zu allem bereit sind, sei es nun, sich einer Pugatschowschen Bande anzuschließen oder nach Chiwa oder Serbien zu marschieren."

„Und ich sage dir, daß es nicht nur Hunderte sind und keine verwegenen Heißsporne, sondern daß es sich um die besten Vertreter des Volkes handelt!" erklärte Sergej Iwanowitsch so erregt, als verteidige er sein letztes Hab und Gut. „Und die Spenden? Daß durch sie der Wille des ganzen Volkes zum Ausdruck kommt, ist doch wohl unbestreitbar."

„‚Volk', das ist ein sehr dehnbarer Begriff", wandte Lewin ein. „Die Gemeindeschreiber, die Lehrer und von den Bauern vielleicht einer von tausend, die werden allenfalls wissen, worum es sich handelt. Die übrigen achtzig Millionen dagegen bringen ebensowenig ihren Willen zum Ausdruck wie hier unser Michailytsch und haben überhaupt keine Ahnung, worüber sie ihren Willen kundtun sollten. Kann man da behaupten, daß es sich um den Willen des Volkes handelt?"

16

Der in der Dialektik erfahrene Sergej Iwanowitsch antwortete nicht unmittelbar auf die von Lewin gestellte Frage, sondern lenkte das Gespräch sogleich auf ein anderes Gebiet.

„Ja, wenn du den Geist des Volkes auf arithmetischem Wege ermitteln willst, ist das natürlich mit großen Schwierigkeiten verbunden. Die Form einer Abstimmung ist bei uns nicht eingeführt und kann auch nicht eingeführt werden, weil sie nicht den Willen des Volkes wiedergibt; aber es gibt dafür andere Wege. Es liegt in der Luft, man spürt es mit dem Herzen. Ich will schon gar nicht von den unterirdischen Strömungen sprechen, die unter der ruhigen Oberfläche des Volksmeeres in Bewegung geraten und für jeden unvoreingenommenen Menschen unverkennbar sind, sondern ich weise nur auf die Gesellschaft im engeren Sinne des Wortes hin. Die unterschiedlichsten Parteien der gebildeten Welt, die sich vorher so feindlich gegenüberstanden, sind zu einer Einheit verschmolzen. Jeder Zwist ist eingestellt, die gesamte Presse schreibt ein und dasselbe, und alle spüren die elementare Kraft, die sie ergriffen hat und in der gleichen Richtung fortträgt."

„Ja, die Zeitungen sagen alle ein und dasselbe", bemerkte der Fürst. „Das stimmt. Aber es klingt dafür auch so eintönig wie das Gequake von Fröschen vor einem Gewitter. Und sie übertönen alles andere."

„Ob es wie Froschgequake klingt oder nicht – ich gebe keine Zeitungen heraus und habe keinen Grund, sie zu verteidigen. Aber ich betone die Einmütigkeit, die in der ganzen gebildeten Welt herrscht", sagte Sergej Iwanowitsch zu seinem Bruder.

Lewin wollte etwas erwidern, doch sein Schwiegervater kam ihm zuvor.

„Nun, über diese Einmütigkeit läßt sich noch manches sagen", meinte der Fürst. „Nehmen wir zum Beispiel Stepan Arkadjitsch, meinen Herrn Schwiegersohn, den Sie ja kennen. Er bekommt jetzt einen Posten als Komiteemitglied der Kommission für ... ich weiß nicht mehr genau, wie sie sich nennt. Zu tun hat er dort nichts – laß mich doch, Dolly, es ist ja kein Geheimnis! –, aber das Gehalt beträgt achttausend Rubel. Fragen Sie ihn doch mal, ob sein Posten irgendeinen Zweck erfüllt, und er wird Ihnen nachweisen, daß er unumgänglich notwendig ist. Dabei ist er ein wahrheitsliebender Mensch, aber er kann sich natürlich nicht eingestehen, daß achttausend Rubel unnütz ausgegeben werden."

„Ja, er hat mich gebeten, Darja Alexandrowna zu bestellen, daß ihm dieser Posten übertragen sei", sagte Sergej Iwanowitsch etwas unwillig, weil er der Ansicht war, daß die Ausführungen des Fürsten fehl am Platze seien.

„So ist es auch mit der Einmütigkeit der Zeitungen. Ich habe mir sagen lassen, daß sich ihre Einnahmen, sobald ein Krieg ausbricht, sofort verdoppeln. Wie sollten sie da nicht für das Schicksal der Völker und der Slawen und alles das, was damit zusammenhängt, eintreten?"

„Es gibt viele Zeitungen, die mir nicht zusagen, aber das ist ungerecht", erklärte Sergej Iwanowitsch.

„Ich würde nur eins zur Bedingung machen", fuhr der Fürst fort. „Alphonse Karr hat das vor dem Krieg mit Preußen sehr treffend in einem seiner Artikel dargelegt: ‚Ihr haltet den Krieg für notwendig? Nun gut! Jeder, der für den Krieg ist, soll einem besonderen Stoßtrupp eingereiht werden, der allen voran zum Sturm, zur Attacke eingesetzt wird!'"

„Das wäre was für unsere Redakteure!" Katawassow lachte hell auf, als er sich die ihm bekannten Redakteure in einem solchen Stoßtrupp vorstellte.

„Sie würden gewiß die Flucht ergreifen und nur Verwirrung anrichten", meinte Dolly.

„Wenn sie die Flucht ergreifen, müßte man ihnen ein paar Kartätschenladungen nachsenden oder Kosaken mit Knuten hinter ihnen aufstellen", erklärte der Fürst.

„Nun, das ist ein Scherz, und ein schlechter Scherz, Fürst, nehmen Sie es mir nicht übel", sagte Sergej Iwanowitsch.

„Ich sehe nicht ein, warum das ein Scherz sein soll. Es ist...", begann Lewin, wurde jedoch von Sergej Iwanowitsch unterbrochen.

„Jedes Mitglied der Gesellschaft ist dazu berufen, die ihm gemäße Aufgabe auszuführen", sagte er. Die Geistesschaffenden erfüllen ihre Aufgabe, indem sie die öffentliche Meinung bilden. Und daß die Einmütigkeit der öffentlichen Meinung uneingeschränkt zum Ausdruck kommt, ist ein Verdienst der Presse und zugleich eine höchst erfreuliche Erscheinung. Vor zwanzig Jahren hätten wir geschwiegen; jetzt hingegen ist die Stimme des russischen Volkes hörbar, das bereit ist, sich wie ein Mann zu erheben und sich selbst für die unterjochten Brüder zu opfern. Das ist ein großer Schritt vorwärts und ein Unterpfand unserer Kraft."

„Aber es handelt sich ja nicht allein um Opfer, sondern auch darum, die Türken umzubringen", wandte Lewin kleinlaut ein. „Das Volk opfert und ist um seiner Seele willen zu Opfern bereit, aber nicht zum Töten", fügte er hinzu, indem er das Gespräch unwillkürlich mit den Gedanken verband, die ihn so lebhaft beschäftigten.

„Für die Seele? Wissen Sie, das ist etwas, dem ein Naturwissenschaftler einigermaßen hilflos gegenübersteht. Was ist die Seele?" fragte Katawassow lächelnd.

„Ach, Sie wissen schon, was ich meine!"

„Nein, bei Gott, ich habe nicht die geringste Ahnung!" antwortete Katawassow laut lachend.

„‚Ich bin nicht gekommen, Frieden zu senden, sondern das Schwert', sagt Christus", nahm nun wieder Sergej Iwanowitsch das Wort, indem er gelassen, als sei es das Allerverständlichste von der Welt, gerade jene Stelle aus dem Evangelium zitierte, die Lewin immer am meisten irritiert hatte.

„Ja, so ist es", sagte wieder der neben ihnen stehende alte Imker, der sich dazu durch einen ihm zufällig zugeworfenen Blick veranlaßt fühlte.

„Nein, mein Bester, Sie sind geschlagen, geschlagen, vollends geschlagen!" rief Katawassow frohlockend.

Lewin wurde rot vor Ärger; er ärgerte sich nicht darüber, daß er geschlagen war, sondern darüber, daß er sich nicht beherrscht und sich auf einen Streit eingelassen hatte.

Nein, ich kann mit ihnen nicht streiten, dachte er. Sie sind mit einem undurchdringlichen Panzer gewappnet, und ich bin nackt.

Er sah, daß es unmöglich war, seinen Bruder und Katawassow zu überzeugen, und noch weniger sah er eine Möglichkeit, sich seinerseits mit ihnen einverstanden zu erklären. Der Standpunkt, den sie verfochten, beruhte auf jenem geistigen Hochmut, der ihm selbst beinahe zum Verderben geworden wäre. Er konnte sich nicht damit abfinden, daß sich ein paar Dutzend Menschen, und darunter auch sein Bruder, auf Grund der Erzählungen, die sie von einigen hundert in die Hauptstädte gekommenen großsprecherischen Freiwilligen gehört hatten, das Recht anmaßten, zu erklären, durch sie und die Zeitungen käme der Wille und die Gesinnung des Volkes zum Ausdruck, und zwar eine Gesinnung, die sich in Rache und im Morden von Menschen äußerte. Er konnte sich nicht damit abfinden, weil er unter dem Volk, in dessen Mitte er lebte, eine solche Gesinnung nicht wahrnahm und weil sie ihm selbst, der ja doch nichts anderes war als einer der Menschen, die in der Gesamtheit das russische Volk ausmachten, völlig fremd war; vor allem aber konnte er es deshalb nicht, weil er ebensowenig wie das ganze Volk wußte und auch gar nicht wissen konnte, worin das allgemeine Heil bestand, wohl aber fest davon überzeugt war, daß sich dieses allgemeine Heil nur bei einer strengen Befolgung jenes Gesetzes des Guten erreichen ließ, das jedem Menschen offenbart ist und mit dem es nicht vereinbar war, einen Krieg zu wünschen und zu propagieren, was immer auch die allgemeinen Belange sein mochten, um derentwillen er geführt werden sollte. Zusammen mit Michailytsch und dem Volke hielt sich Lewin an die Worte, durch die dieses Volk gemäß der Überlieferung seine Gesinnung bei der Berufung der Waräger bekundet hatte: „Werdet unsere Fürsten und herrscht über uns. Wir geloben mit Freuden bedingungslosen Gehorsam. Jede Arbeit, jede Demütigung, jedes Opfer wollen wir auf uns nehmen, aber erlaßt uns, zu richten und zu entscheiden.“ Und nun sollte das Volk den Behauptungen Sergej Iwanowitschs zufolge auf dieses so teuer erkaufte Recht verzichtet haben?

Lewin wollte eigentlich noch anführen, daß man, wenn man schon die öffentliche Meinung als unfehlbaren Richter gelten lasse, die Revolution und die Kommune als ebenso gesetzlich anerkennen müsse wie die Bewegung zugunsten der Slawen. Aber das alles waren Gedanken, die doch zu keiner Entscheidung führen konnten. Eins aber stand offensichtlich fest: Sergej Iwanowitsch befand sich augenblicklich in gereizter Stimmung, und es war daher nicht angebracht, mit ihm zu streiten. So schwieg Lewin denn und machte seine Gäste darauf aufmerksam, daß sich die Wolken verdichtet hätten und daß es ratsam sei, noch vor dem Regen nach Hause zurückzukehren.

17

Der Fürst und Sergej Iwanowitsch setzten sich in die Wagen und fuhren voraus. Die übrige Gesellschaft strebte zu Fuß eilends dem Hause zu.

Aber eine große Wolke, die bald eine hellere, bald eine dunklere Färbung annahm, kam so schnell näher, daß man noch einen Schritt zulegen mußte, um vor dem Regen nach Hause zu gelangen. Die Vorläufer der Gewitterwolke, niedrige, schwarze, wie aus Rauch und Ruß bestehende Wolken, trieben mit ungeheurer Geschwindigkeit über den Himmel. Schon setzte ein heftiger Wind ein, jeden Augenblick war ein Platzregen zu erwarten, und bis zum Hause waren es immer noch gut zweihundert Schritt.

Die Kinder liefen mit aufgeregtem, freudigem Gekreisch voran. Darja Alexandrowna, die mühsam gegen die sich ihr eng an die Beine anpressenden Röcke ankämpfte, ging schon nicht mehr, sondern hastete, die Kinder unverwandt im Auge behaltend, im Laufschritt weiter. Die Herren hielten ihre Hüte fest und schritten weit aus. Die Gesellschaft war bereits vor der Terrasse angelangt, als ein großer Regentropfen gegen die eiserne Dachrinne prallte und zersprühte. Die Kinder und nach ihnen die Erwachsenen liefen mit fröhlichen Rufen unter den Schutz des Daches.

„Wo ist Katerina Alexandrowna?" wandte sich Lewin an Agafja Michailowna, die ihnen mit Tüchern und Decken im Flur entgegenkam.

„Wir dachten, daß sie bei Ihnen ist", antwortete sie.

„Und Mitja?"

„Dann müssen sie wohl im Gehölz sein; die Kinderfrau ist auch mit."

Lewin ergriff ein paar Decken und machte sich im Sturmschritt auf den Weg ins Gehölz.

In der kurzen Zwischenzeit hatte sich die Wolke mit ihrem Schwerpunkt so weit vor die Sonne geschoben, daß es dunkel war wie bei einer Sonnenfinsternis. Der Wind schien eigensinnig seinen Willen durchsetzen und Lewin an seinem Vorwärtskommen hindern zu wollen, er riß die Blätter und Blüten von den Linden, entblößte auf grauenhafte, bizarre Weise die weißen Äste der Birken und drückte alles nach der einen Seite nieder: die Akazien, die Blumen, die Kletten, das Gras und die Wipfel der Bäume. Einige Mägde, die im Garten gearbeitet hatten, flüchteten kreischend unter das Dach des Gesindehauses. Der weiße Schleier eines Platzregens hatte sich bereits über den ganzen sich in der Ferne abzeichnenden Wald sowie über die eine Hälfte des davor liegenden Feldes gesenkt und näherte sich mit großer Schnelligkeit dem Gehölz. Die auf der Erde zersprühenden Regentropfen verbreiteten in der Luft eine spürbare Feuchtigkeit.

Den Kopf vorgebeugt und gegen den Wind ankämpfend, war Lewin bereits bis zum Gehölz vorgedrungen und sah hinter einer Eiche auch schon etwas Weißes schimmern, als alles ringsum jählings aufleuchtete, die ganze Erde zu brennen und das Himmelsgewölbe über seinem Kopf zu bersten schien. Das erste, was Lewin mit Entsetzen wahrnahm, als er seine geblendeten Augen wieder öffnete und durch den dichten Regenschleier blickte, der ihn jetzt vom Gehölz trennte, war die seltsam veränderte Stellung der grünen Krone jener ihm bekannten Eiche, die in der Mitte des Wäldchens stand. Sollte sie am Ende vom Blitz getroffen sein? ging es ihm noch durch den Kopf, als der Wipfel der Eiche bereits immer mehr und immer schneller zu sinken begann, hinter den übrigen Bäumen verschwand und das Krachen des auf die umstehenden Bäume niederstürzenden riesigen Baumes ertönte.

Der Schein des Blitzes, das Dröhnen des Donnerschlags und der kalte Schauer, der zugleich seinen Körper ergriff, verschmolzen bei Lewin zu einem einzigen Eindruck des Schreckens.

„Mein Gott, mein Gott, gib, daß er nicht auf sie gefallen ist!" stammelte er.

Und obwohl ihm im selben Augenblick klar wurde, wie sinnlos es war, jetzt noch, nachdem der Baum bereits niedergestürzt war, darum zu beten, daß er nicht die Seinigen erschlagen haben möge, wiederholte er dieses sinnlose Gebet immer wieder; er wußte, daß er nichts Besseres tun konnte.

Lewin lief bis zu der Stelle, wo sich die Frauen mit dem Kind gewöhnlich aufhielten, traf sie dort aber nicht an.

Sie befanden sich am anderen Ende des Wäldchens unter einer alten Linde und riefen ihn zu sich. Zwei Gestalten in dunklen Kleidern (vorher waren sie hell gekleidet gewesen) standen dort und beugten sich über etwas. Es waren Kitty und die Kinderfrau. Der Regen hatte schon aufgehört, und es wurde wieder heller, als Lewin im Laufschritt auf sie zueilte. Das Kleid der Kinderfrau war untenherum trocken geblieben, während Kittys Kleidung völlig durchnäßt war und an ihr klebte. Obwohl es nicht mehr regnete, verharrten beide noch immer in derselben Stellung, die sie bei der Entladung des Gewitters eingenommen hatten. Sie standen über das mit einem grünen Verdeck versehene Wägelchen gebeugt.

„Ihr lebt? Seid unverletzt? Gott sei Dank!" rief Lewin, während er mit seinen Schuhen, in die das Wasser gelaufen war, durch die Lachen watete, um zu ihnen zu gelangen.

Kitty, deren Hut seine Fasson verloren hatte, wandte ihm ihr gerötetes, nasses Gesicht zu und sah ihn zaghaft lächelnd an.

„Nein, das ist unverantwortlich! Ich verstehe nicht, wie du so leichtfertig sein konntest!“ fiel er in seinem Ärger über seine Frau her.

„Mich trifft wahrhaftig keine Schuld. Wir wollten schon aufbrechen, da wurde er unruhig. Er mußte trockengelegt werden. Wir waren gerade im Begriff ...“, begann sich Kitty zu rechtfertigen.

Mitja war nichts geschehen, er war trocken und schlief ruhig.

„Nun, Gott sei Dank! Ich weiß nicht, was ich rede!“

Die nassen Windeln wurden zusammengepackt, die Kinderfrau nahm den Jungen aus dem Wagen und trug ihn auf dem Arm. Lewin ging neben seiner Frau, und seine Vorwürfe bereuend, drückte er ihr, ohne daß es die Kinderfrau merkte, die Hand.

18

Im ganzen weiteren Verlauf des Tages beteiligte sich Lewin an der sehr abwechslungsreichen Unterhaltung gleichsam nur mit der Außenseite seines Geistes, und ungeachtet der Enttäuschung darüber, daß die erwartete Wandlung ausgeblieben war, empfand er unaufhörlich die beglückende Überfülle seines Herzens.

Nach dem Regen war es zu naß, um einen Spaziergang zu unternehmen; zudem tauchten immer noch Gewitterwolken auf, die sich bald hier, bald dort am Horizont schwarz zusammenzogen und entluden. So verbrachte die ganze Gesellschaft den Rest des Tages im Hause.

Zu Zusammenstößen kam es nicht mehr; im Gegenteil, nach dem Mittagessen waren alle in bester Stimmung.

Nachdem Katawassow die Damen zunächst mit seinen originellsten Scherzen belustigt hatte, die bei der ersten Bekanntschaft mit ihm stets großen Anklang fanden, berichtete er, von Sergej Iwanowitsch hierzu angeregt, von den äußerst interessanten Beobachtungen, die er über das Leben der Zimmerfliegen sowie über die Verschiedenheit der Veranlagung und selbst Gebärden der Männchen und Weibchen angestellt hatte. Sergej Iwanowitsch, der ebenfalls gut gelaunt war, setzte dann beim Tee auf Anregung seines Bruders seine Ansichten über die künftige Entwicklung der östlichen Frage auseinander, und zwar in so einfacher, klarer Weise, daß alle gespannt zuhörten.

Einzig Kitty konnte seinen Darlegungen nicht bis zu Ende beiwohnen; sie wurde gerufen, um Mitja zu baden.

Einige Minuten nachdem Kitty hinausgegangen war, ließ sie Lewin bitten, ebenfalls ins Kinderzimmer zu kommen.

Etwas beunruhigt durch den Gedanken, warum sie ihn wohl rufen lasse, was gewöhnlich nur aus triftigen Anlässen geschah, und zugleich bedauernd, die interessante Unterhaltung unterbrechen zu müssen, ließ Lewin seinen Tee stehen und stand auf, um sich ins Kinderzimmer zu begeben.

Doch obwohl ihn der nun nicht bis zu Ende angehörte Plan Sergej Iwanowitschs, wie die befreiten, aus vierzig Millionen Menschen bestehenden slawischen Völkerschaften zusammen mit Rußland eine neue Epoche der Weltgeschichte einleiten müßten, sehr interessierte, weil er für ihn etwas völlig Neues darstellte, und obwohl er gespannt und beunruhigt war, warum man ihn wohl rufen lasse, war Lewin, sobald er den Salon verlassen hatte und allein war, sofort wieder mit den Gedanken beschäftigt, die ihn morgens erfüllt hatten. Und alle jene Erwägungen über die Bedeutung des Slawentums für das Weltgeschehen erschienen ihm jetzt so nichtig im Vergleich mit dem, was sich in seiner Seele zutrug, daß er im Nu alles dies vergaß und sich in die selbe Gemütsverfassung zurückversetzte, in der er sich während des Morgens befunden hatte.

Im Gegensatz zu früher rief er sich jetzt nicht die ganze Reihenfolge seiner Gedanken ins Gedächtnis zurück (das brauchte er nicht). Er versetzte sich unmittelbar in jenes Gefühl, das ihn geleitet hatte und das durch jene Gedanken hervorgerufen worden war, und fand, daß dieses Gefühl in seiner Seele jetzt noch stärker und ausgeprägter war als vorher. Jetzt brauchte er nicht, wie er es früher getan hatte, seinen ganzen Gedankengang zu rekapitulieren, um ein seiner Seele beruhigendes Gefühl zu ersinnen. Im Gegenteil, dieses Gefühl der Freude und Ruhe war jetzt lebendiger als früher, und das Denken konnte mit dem Gefühl nicht Schritt halten.

Als er über die Terrasse ging und zu zwei Sternen emporblickte, die an dem sich bereits verdunkelnden Himmel hervorgetreten waren, fiel ihm plötzlich ein Gedanke ein, der ihn morgens beschäftigt hatte: Ja, beim Anblick des Himmels habe ich gedacht, daß das Gewölbe, das ich sehe, keine Täuschung ist; aber ich habe dabei irgend etwas nicht bis zu Ende durchdacht und vor mir selbst verborgen, erinnerte er sich. Doch was es auch sein möge, eine Widerlegung ist nicht möglich. Ich brauche nur nachzudenken, dann wird sich alles klären!

Er war bereits bis vor die Tür des Kinderzimmers gekommen, als er sich darauf besann, was er vor sich selbst verborgen hatte. Es war die Frage, warum Gott die Offenbarung dessen, was gut ist, wenn diese Offenbarung der wichtigste Beweis für seine Existenz ist, allein auf die christliche Kirche beschränkt hat. Wie verhält sich diese Offenbarung zu den Glaubensbekenntnissen der Buddhisten, der Mohammedaner, die ebenfalls für das Gute eintreten und danach handeln?

Er glaubte schon eine Antwort auf diese Frage gefunden zu haben; aber er war noch nicht dazu gekommen, sie für sich selbst zu formulieren, als er bereits das Kinderzimmer betrat.

Kitty, die mit aufgekrempelten Ärmeln an der Wanne stand und sich über das im Wasser plätschernde Kind beugte, blickte sich, als sie die Schritte ihres Mannes hörte, zu ihm um und rief ihn mit einem Lächeln zu sich. Mit der einen Hand stützte sie den Kopf des auf dem Rücken liegenden und mit den Beinchen strampelnden kräftigen Kindes, und mit der anderen drückte sie durch regelmäßige Bewegungen einen Schwamm über ihm aus.

„Nun, sieh mal, sieh mal her!" sagte sie, als ihr Mann herankam. „Agafja Michailowna hat recht. Er erkennt uns."

Es handelte sich darum, daß Mitja seit dem heutigen Tage offensichtlich alle seine Angehörigen mit Sicherheit erkannte.

Als Lewin an die Wanne herantrat, sollte ihm dies sogleich an einem Versuch vorgeführt werden, und der Versuch gelang auch vollkommen. Die Köchin, die man eigens zu diesem Zweck herbeigerufen hatte, bückte sich über das Kind. Es verzog das Gesicht und schüttelte abwehrend den Kopf. Nun beugte sich Kitty über den Kleinen – und er strahlte über das ganze Gesicht, stemmte sich mit den Händen gegen den Schwamm und prustete mit den Lippen, was dermaßen zufrieden und komisch klang, daß nicht nur Kitty und die Kinderfrau, sondern auch Lewin überrascht und entzückt waren.

Der Kleine, den die Kinderfrau aus der Wanne gehoben hatte und auf der Handfläche darüber hielt, wurde mit Wasser übergossen, in ein Badelaken gehüllt, abgetrocknet und nach verzweifeltem Geschrei seiner Mutter gebracht.

„Nun, ich freue mich, daß du ihn allmählich liebgewinnst", sagte Kitty zu ihrem Mann, nachdem sie mit dem Kind an der Brust in Ruhe ihren üblichen Platz eingenommen hatte. „Ich bin sehr froh, denn ich war schon ganz bekümmert. Du hast ja gesagt, daß du nichts für ihn fühlst."

„Daß ich nichts für ihn fühle, habe ich doch nicht gesagt. Ich sagte nur, ich sei enttäuscht."

„Wieso hat er dich denn enttäuscht?"

„Nun, ich war weniger von ihm selbst enttäuscht als von meinem Gefühl; ich hatte mehr erwartet. Ich dachte, mich würde überraschend ein ganz neues beglückendes Gefühl ergreifen. Und statt dessen stellte es sich als ein Gefühl des Widerwillens und des Mitleids heraus, auf das ich nicht vorbereitet war ..."

Sie hörte ihm über das Kind hinweg aufmerksam zu und streifte dabei die Ringe, die sie abgenommen hatte, um Mitja zu baden, wieder auf ihre schmalen Finger.

„Und vor allem war es so, daß die Sorge um ihn und das Mitleid bedeutend größer waren als die Freude. Doch heute, während der Angst, die ich beim Gewitter ausgestanden habe, wurde mir klar, wie ich ihn liebe."

Kitty lächelte verklärt.

„Bist du vorhin sehr erschrocken?" fragte sie. „Ich auch, und jetzt, nachdem alles vorbei ist, schaudere ich bei dem Gedanken daran noch mehr. Ich werde mir die Eiche noch ansehen. Katawassow ist wirklich sehr nett. Überhaupt war der ganze Tag so schön. Und auch mit Sergej Iwanowitsch verstehst du so gut umzugehen, wenn du willst … Nun, geh schon zu ihnen. Hier ist es nach dem Bad sowieso immer heiß und dampfig …"

19

Nachdem Lewin das Kinderzimmer verlassen hatte und sich selbst überlassen war, ging ihm gleich wieder jener Gedanke durch den Kopf, der noch einer Klärung bedurfte.

Anstatt sich in den Salon zu begeben, blieb er auf der Terrasse stehen, stützte sich auf das Geländer und blickte zum Himmel hinauf.

Es war jetzt völlig dunkel, und im Süden, wohin er blickte, war der Himmel wolkenlos. Die Wolken hielten sich auf der entgegengesetzten Seite. Von dort leuchteten von Zeit zu Zeit Blitze herüber, und aus der Ferne hörte man ein dumpfes Grollen. Lewin lauschte auf das regelmäßige Aufklatschen der im Garten von den Linden niederfallenden Regentropfen und blickte auf das ihm bekannte Dreigestirn und die Milchstraße, die sich mit ihren Verzweigungen mitten hindurchzog. Bei jedem Aufleuchten eines Blitzes verschwanden zusammen mit der Milchstraße auch die hellen Sterne, um jedoch, sobald der Blitz erloschen war, gleich wieder, wie von einer geschickten Hand hingeworfen, aufs neue an den gleichen Stellen zu erscheinen.

Was ist es denn, das mich irritiert? fragte sich Lewin und fühlte im voraus, daß die Lösung seiner Zweifel, obgleich sie ihm noch nicht klar war, in seiner Seele schon bereitlag.

Ja, ein offenkundiger, unumstößlicher Beweis für die Existenz Gottes sind die Gesetze des Guten, die er der Welt offenbart hat, die ich in meiner Brust fühle und durch deren Anerkennung ich ohne mein Zutun ganz von selbst mit den anderen Menschen zu jener Gemeinschaft von Gläubigen vereinigt bin, die man Kirche nennt. Doch wie verhält es sich dann mit den Juden, mit den Mohammedanern, Buddhisten und Anhängern des Konfuzius? stellte er sich nun jene Frage, die ihm ein kritischer Punkt zu sein schien. Sollen diese Hunderte Millionen Menschen wirklich von jenem höchsten Gut ausgeschlossen sein, ohne das das Leben keinen Sinn hat? Er wurde nachdenklich, korrigierte dann aber sogleich seinen Gedankengang. Was ist es denn, wonach ich frage? hielt er sich vor. Ich frage, in welchem Verhältnis all die verschiedenartigen Konfessionen der gesamten Menschheit zu Gott stehen. Ich frage nach der allgemeinen Form, in der sich Gott zu der ganzen Welt mit allen ihren Nebelflecken offenbart. Was tue ich? Mir selbst, meinem Herzen ist unumstößlich jene Erkenntnis gegeben, zu der man nicht durch die Vernunft gelangen kann, und da versteife ich mich nun darauf, dieser Erkenntnis durch Vernunftsgründe und Worte Ausdruck zu verleihen.

Weiß ich etwa nicht, daß die Sterne nicht wandern? fragte er sich, während er auf einen hellen Fixstern blickte, der seine Stellung zu der Wipfelspitze einer Birke inzwischen verändert hatte. Aber da ich mir, während ich die Bewegungen der Sterne beobachte, nicht vorstellen kann, daß sich die Erde dreht, bin ich im Recht, anzunehmen, es seien die Sterne, die sich bewegen.

Und wäre es etwa den Astronomen möglich gewesen, sich zurechtzufinden und Berechnungen anzustellen, wenn sie alle die komplizierten, mannigfaltigen Bewegungen der Erde in Betracht gezogen hätten? Alle die erstaunlichen Schlüsse, zu denen sie hinsichtlich der Entfernungen, des Gewichts, der Bewegungen und Abweichungen der Himmelskörper gekommen sind, gründen sich einzig und allein auf das, was man wahrnimmt: auf die Bewegung der Gestirne um die unbewegliche Erde, auf dieselbe Bewegung, die ich jetzt vor mir sehe, die Millionen von Menschen seit Jahrhunderten in gleicher Weise wahrgenommen haben und in aller Zukunft ebenso wahrnehmen werden und die sich jederzeit nachprüfen läßt. Und ebenso, wie die Ermittlungen der Astronomen eitel und haltlos wären, wenn sie sich nicht auf die Beobachtung dessen gründeten, wie sich der Himmel von einem bestimmten Meridian und einem bestimmten Horizont aus darstellt, genauso eitel und haltlos wären meine Erkenntnisse, wenn sie sich nicht auf jene Auffassung des Guten gründeten, die für alle Menschen zu allen Zeiten die gleiche gewesen ist und bleiben wird, die sich mir durch das Christentum offenbart hat und über deren Vorhandensein in meiner Seele ich mich jederzeit vergewissern kann.

„Ach, du bist noch hier?“ hörte er plötzlich die Stimme Kittys, die sich auf demselben Wege in den Salon begeben wollte. „Was ist denn? Hat dich etwas verstimmt?“ fragte sie und blickte ihm beim Schein der Sterne aufmerksam ins Gesicht.

Aber beim Schein der Sterne hätte sie den Ausdruck seines Gesichts nicht erkennen können, wenn es nicht abermals von einem die Sterne überblendenden Blitz beleuchtet worden wäre. Beim Aufleuchten des Blitzes konnte sie deutlich seine Gesichtszüge erkennen, und als sie nun sah, daß sie Ruhe und Heiterkeit ausdrückten, lächelte sie ihm zu.

Sie hat gemerkt, sie weiß, woran ich denke, sagte er sich. Soll ich es ihr sagen oder nicht? Ja, ich werde es ihr sagen. Doch im selben Augenblick, als er sich zu sprechen anschickte, redete ihn Kitty ihrerseits wieder an.

„Ach ja, Kostja! Sei doch so gut, geh mal ins Eckzimmer und sieh nach, ob für Sergej Iwanowitsch alles ordentlich hergerichtet ist“, bat sie ihn. „Mir selbst ist es peinlich. Hat man auch den neuen Waschtisch hineingestellt?“

„Schön, ich werde es nicht vergessen“, versprach Lewin, als er sich nun aufrichtete und seine Frau küßte.

Nein, ich werde ihr nichts sagen, beschloß er, während sie vorausging. Es ist ein Geheimnis, das nur für mich etwas bedeutet und von Wichtigkeit ist und sich nicht in Worten ausdrücken läßt.

Dieses neue Gefühl hat mich nicht jählings umgewandelt, beglückt und erleuchtet, wie ich es erträumt hatte; es ist auf die gleiche Weise entstanden wie das Gefühl für meinen Sohn und ebensowenig wie dieses mit Überraschungen verbunden gewesen. Dieses Gefühl – ob es das ist, was man Glaube nennt, weiß ich nicht – hat ebenso unmerklich unter Qualen meine Seele ergriffen und darin einen festen Platz gefunden.

Nach wie vor werde ich mich über den Kutscher Iwan ärgern, werde mich streiten und bei unpassender Gelegenheit meine Gedanken aussprechen; nach wie vor wird eine Wand das Allerheiligste meiner Seele von den anderen und selbst von meiner Frau trennen, der ich nach wie vor meine eigene Angst zum Vorwurf machen und es dann bereuen werde; nach wie vor werde ich beten und mit dem Verstand nicht begreifen, warum ich es tue, aber mein Leben, mein ganzes Leben wird nicht mehr sinnlos sein wie bisher, sondern unabhängig von allen äußeren Begebenheiten in jedem Augenblick den unumstößlichen Sinn des Guten zum Inhalt haben, den zu erfüllen in meiner Macht steht!

Zeittafel

1828 Am 9. September wird Lew Nikolajewitsch Tolstoi als vierter Sohn des Grafen Nikolai Iljitsch Tolstoi und seiner Frau, einer geborenen Fürstin Wolkonskaja, auf dem Gut Jasnaja Poljana im mittelrussischen Gouvernement Tula geboren.

1830 Tod der Mutter

1837 Übersiedlung der Tolstois nach Moskau. Tod des Vaters

1841 Übersiedlung der Familie nach Kasan. Die zweitälteste Schwester des Vaters übernimmt die Vormundschaft.

1844 Immatrikulation an der Fakultät für orientalische Sprachen an der Universität Kasan

1845 Wechsel zur juristischen Fakultät

1847 Austritt aus der Universität. Tolstoi läßt sich auf seinem Gut Jasnaja Poljana nieder. Er beginnt, Tagebuch zu führen.

1851 Beginn der literarischen Arbeit. Tolstoi schreibt sein erstes literarisches Werk, die unvollendet gebliebene Erzählung *„Die Geschichte des gestrigen Tages"*. Im April geht er mit seinem Bruder Nikolai in den Kaukasus und tritt als Junker in die Armee ein. Hier entstehen seine ersten Werke, die ihm literarische Anerkennung bringen.

1852 Die Erzählung *„Kindheit"* erscheint in der fortschrittlichen Zeitschrift „Sowremennik" („Zeitgenosse"). Tolstoi schreibt an einer weiteren Erzählung *„Der Überfall"*.

1854 Versetzung zur Donauarmee, später zur Krim. *„Knabenjahre"* erschien im Oktober.

1855 Veröffentlichung der Erzählungen *„Aufzeichnungen eines Markörs"* und *„Der Holzschlag"*. Tolstoi nimmt an den Kämpfen um die Festung Sewastopol teil. Es entstehen die Erzählungen *„Sewastopoler Erzählungen"*: *„Sewastopol im Dezember 1854"*, *„Sewastopol im Mai"*, *„Sewastopol im August 1855"*.

1856 Austritt Tolstois aus der Armee. Rückkehr auf sein Gut. Die Erzählungen *„Der Schneesturm"*, *„Zwei Husaren"*, *„Der Morgen eines Gutsbesitzers"* erschienen.

1857 *„Jugendzeit"* erscheint Anfang des Jahres. Tolstoi unternimmt seine erste Auslandsreise und besucht Deutschland, Frankreich, Italien und die Schweiz. In der Erzählung *„Luzern"* finden die Eindrücke vom bürgerlich-kapitalistischen Westeuropa ihren Niederschlag.

1858/59 Veröffentlichung der Erzählung *„Albert"*, *„Drei Tode"*, *„Familienglück"*. Tolstoi gründet eine Schule für Bauernkinder und beginnt als Lehrer zu arbeiten.

1860/61 Zweite Reise ins Ausland: Deutschland, Frankreich, Italien, Belgien und England. Tolstoi studiert das Schul- und Bildungswesen in diesen Ländern.

1861/62 Nach der Aufhebung der Leibeigenschaft arbeitet Tolstoi als Friedensrichter und setzt sich für die Interessen und Belange der befreiten Bauern ein.

1862 Tolstoi heiratet Sofia Andrejewna Behrs, Tochter eines Arztes.

1863 Tolstoi gibt die pädagogische Zeitschrift „Jasnaja Poljana" heraus. Die Erzählungen *„Die Kosaken"* und *„Polikuschka"* erscheinen.

1864/69 Arbeit an *„Krieg und Frieden"*. Dieser große historische Roman, der den Kampf Rußlands gegen Napoleon beschreibt, erscheint 1868/69.

1875/77 *„Anna Karenina"*, dieser bedeutende Gesellschafts- und Liebesroman, erscheint; erste vollständige Buchausgabe 1878.

1879/82 Tolstoi sagt sich von seiner Klasse, seinem bisherigen Leben und der orthodoxen Kirche los. Von der Position der patriarchalischen Bauernschaft aus predigt er ein einfaches, undogmatisches Christentum. Er verkündet seine Weltanschauung im religiös-ethischen Traktat *„Die Beichte"*.

1881 Übersiedlung nach Moskau.

1882 In einem Moskauer Elendsviertel nimmt Tolstoi an der Volkszählung teil. Das Ergebnis ist die sozialkritische Schrift *„Was sollen wir denn tun?"*.

1883/84 Der Aufsatz *„Worin besteht mein Glaube?"* greift die offizielle Kirche an.

1885/86 Es erscheinen die Erzählungen *„Der Leinwandmesser"*,

„Der Tod des Iwan Iljitsch" und sein bedeutendes Bauerndrama *„Die Macht der Finsternis"*.

1889/90 *„Die Kreutzersonate"*, die Komödie *„Früchte der Bildung"* und *„Der Teufel"* werden fertig.

1891/94 Tolstoi beteiligt sich an der Organisation von Hilfsmaßnahmen für die von schweren Hungersnöten heimgesuchten Bauern und schreibt darüber mehrere Aufsätze.

1895 Die Erzählung *„Herr und Knecht"* erscheint.

1897/98 Tolstoi polemisiert mit seiner Studie *„Was ist Kunst?"* gegen das Verhältnis der Oberschicht zur Kunst und fordert eine Kunst für das Volk.

1899 Der Roman *„Auferstehung"* erscheint.

1900 Tolstoi schreibt das Drama *„Der lebende Leichnam"*. Er wird Ehrenmitglied der Russischen Akademie der Wissenschaften.

1901 Exkommunikation Tolstois aus der russisch-orthodoxen Kirche. Ende des Jahres erkrankt er und reist auf die Krim. Später siedelt er wieder nach Jasnaja Poljana über.

1903 Vollendung der Erzählung *„Nach dem Ball"*. Es entstehen weiter: *„Hadschi Murat"*, *„Wofür?"*, *„Das Göttliche und das Menschliche"*, *„Es gibt keine Schuldigen in der Welt"*.

1908 Mit dem Aufsatz *„Ich kann nicht schweigen!"* protestiert Tolstoi gegen die vielen Hinrichtungen in der Zeit der Stolypinschen Reaktion.

1909 Er schreibt eine Rede für den Friedenskongreß in Stockholm.

1910 Am 20. November stirbt Tolstoi nach kurzer Krankheit.

Wort- und Sacherklärungen

6 *il mio tesoro* – (ital.) mein Schatz

12 *Rjurik* – sagenhafter Warägerfürst, der unter dem Jahr 862 in der altrussischen Nestorchronik genannt wird und als Stammvater des Fürstengeschlechts der Rjurikiden gilt, die bis 1598 als Herrscher in Rußland regierten

13 *Bentham* – Jeremy Bentham (1748–1832), englischer Philosoph und Vulgärökonom, Gegner der bürgerlich-demokratischen Ideen Rousseaus; erklärte den Schutz des Großeigentums und die Unterdrückung von Volksaufständen als Aufgabe des Staates; begründete die Theorie des bürgerlichen „Prinzips der Nützlichkeit" (Utilitarismus)

Mill – John Stuart Mill (1806–1873), englischer Philosoph und Nationalökonom, Vertreter des positiven Empirismus; vulgarisierte die klassische bürgerliche politische Ökonomie seiner englischen Vorbilder Adam Smith (1723–1790) und David Ricardo (1772–1823) und betrachtete die kapitalistischen Produktionsverhältnisse als naturgegeben und unveränderlich

Graf Beust – Friedrich Ferdinand Graf von Beust (1809–1886), konservativer sächsischer und österreichischer Staatsmann, österreichischer Kanzler von 1867 bis 1871, Gegner Bismarcks

25 *Semstwo* – ein 1864 im zaristischen Rußland geschaffenes Organ der Selbstverwaltung, das sich überwiegend mit Fragen des Handels, der Industrie, der Volksbildung und der Volksgesundheit befaßte; da die Wahlen auf dem Vermögenszensus beruhten, war den adligen Grundbesitzern die Vormachtstellung gesichert

26 *coterie* – (franz.) Sippschaft

31 *Es handelte sich um eine aktuelle Frage* – Tolstoi spielt hier auf den wissenschaftlichen Streit über die Grenzen der psychischen und physiologischen Erscheinungen an, der in den siebziger Jahren des 19. Jahrhunderts in der Zeitschrift „Westnik Jewropy" (Der Bote Europas) zwischen Konstantin Dmitrijewitsch Kawelin (1818–1885) und Iwan Michailowitsch Setschenow (1829–1905) geführt wurde. Kawelin behauptete, daß es keinen unmittelbaren Zusammenhang, sondern lediglich einen Parallelismus zwischen psychischen und physiologischen Erscheinungen gebe, während Setschenow nachwies, daß ein enger Zusammenhang zwischen ihnen besteht.

32 *Wenn Lewin … auf Artikel gestoßen war … über die Entwicklung des Menschen vom Tier* – In den siebziger Jahren des 19. Jahrhunderts erschienen in den verschiedensten russischen Zeitschriften umfangreiche Artikel über das 1871 erschienene Buch „Descent of Man, and Selection in Relation to Sex" (Die Abstammung des Menschen und die geschlechtliche Auslese) des englischen Naturforschers Charles Darwin (1809–1882).

40 *tiny bear* – (engl.) kleiner Bär

43 *turbot* – (franz.) Steinbutt

poudre de riz – (franz.) Gesichtspuder

vinaigre de toilette – (franz.) Toilettenessig

45 *Printanière* – (franz.) Frühlingssuppe

Soupe printanière ... macédoine de fruits – (franz.) Frühlingssuppe, Steinbutt mit Sauce Beaumarchais, Masthühnchen mit Beifuß, Fruchtsalat

47 *„Wir erkennen Rassepferde ..."* – Verse aus einer 1835 entstandenen Anakreonnachdichtung Puschkins; Oblonski zitiert sie ungenau; – Anakreon = griechischer Lyriker (um 550 v. u. Z.), der in formschönen Versen und leichten Rhythmen den Lebensgenuß, die Liebe und den Wein besang

49 *„Mit Abscheu lese ich, was einst mein Leben war ..."* – Verse aus Puschkins Gedicht „Erinnerung" (1828)

50 *Jeunesse dorée* – (franz.) Bezeichnungen für vergnügungssüchtige junge Nichtstuer aus reichen Familien

51 *„Himmlisch ist's, wenn ich bezwungen ..."* – ungenau zitiertes Gedicht aus Heinrich Heines „Nachlese zur Heimkehr"

52 *Du hast gut reden und erinnerst mich dabei an jenen Herrn bei Dickens* – Gemeint ist Mister Podsnap aus dem Roman „Our Mutual Friend" (Unser gemeinsamer Freund, 1864/65) des englischen Schriftstellers Charles Dickens (1812–1870).

53 *beide Arten von Liebe, die Plato ... in seinem „Gastmahl" erläutert* – Der griechische Philosoph Plato (427–347 v. u. Z.) läßt in seinem „Gastmahl" den Philosophen Sokrates (470–399 v. u. Z.) über zwei Arten von Liebe sprechen: über die Liebe zur Schönheit des Leibes und die Liebe zur Schönheit der Seele.

56 *Sie sah, daß Kittys Altersgenossinnen alle möglichen Vereine bildeten* – Am 1. 11. 1872 wurden in Moskau für Frauen die ersten Kurse (in Literatur, Medizin u. a.) angesetzt.

73 *Honni soit qui mal y pense!* – (franz.) Schande dem, der Arges dabei denkt! – Wahlspruch des englischen Hosenbandordens

74 *not in my line* – (engl.) Das ist nicht meine Art.

75 *belle-sœur* – (franz.) Schwägerin

78 *vous filez le parfait amour. Tant mieux ...* –(franz.) Sie haben eine platonische Liebe. Um so besser, mein Lieber, um so besser.

96 *bandeaux* – (franz.) Bänder; hier: falsche Zöpfe

précision – (franz.) Genauigkeit

99 *das geplante öffentliche Theater* – Das erste öffentliche Theater (im Unterschied zu den kaiserlichen Theatern) wurde 1873 in Moskau gegründet.

100 *grand rond* – (franz.) großer Kreis; Tanzfigur

chaîne – (franz.) Kette; Tanzfigur

104 *Kotillon* – Tanz in Form eines Gesellschaftsspiels, bei dem scherzhafte Geschenke verlost werden; seit dem Ende des 18. Jahrhunderts fanden die Bälle mit ihm meist ihren Abschluß

un bijou – (franz.) ein Glanzstück

106 *Noah* – legendäre Gestalt aus dem Alten Testament; angeblich soll er wegen seiner außergewöhnlichen Frömmigkeit mit seiner Familie und etlichen Tieren die Sintflut in einer Arche überlebt haben

108 *Sonntagsschulen* – Gemeint sind die Schulen, die russische Revolutionäre in den siebziger Jahren des 19. Jahrhunderts in den Fabriken einrichteten, um den Arbeitern hier Bildung zu vermitteln.

Viele Studenten, die die Sonntagsschulen unterstützten, wurden von den Universitäten verwiesen.

118 *Tyndall* – John Tyndall (1820–1893), irischer Physiker; sein Buch „Heat as a Mode of Motion" (Wärme als eine Form der Bewegung) erschien 1863 und wurde ein Jahr später ins Russische übersetzt

121 *skeletons* – (engl.) Skelett; hier: Geheimnisse

124 *Baronetswürde* – Mit der Erlangung der Baronetswürde gehört man dem niederen englischen Adel an und darf den Titel Sir bzw. Lady führen.

134 *Panslawist* – Anhänger einer reaktionären politischen Strömung, die alle Slawen unter zaristischer Herrschaft vereinen wollte

137 *Duc de Lille, „Poésie des enfers"* – Der Name Duc de Lille ist fiktiv und soll an den Namen des französischen Lyrikers Charles-Marie Leconte de Lisle (1818–1894) erinnern. Der Titel des Buches „Poésie des enfers" (Höllendichtung) ist ironisch gemeint.

142 *Rebekka* – Hier kann sowohl die Rebekka des Alten Testaments, die Gattin des Isaak und Mutter des Jakob und des Esau, als auch die schöne Rebecca, die Tochter des Juden Isaac, aus dem Roman „Ivanhoe" (1820) von Walter Scott (1771–1832) gemeint sein.

149 *Chignons* – (franz.) künstliche Haareinlagen

157 *Entendons-nous* – (franz.) Verstehen wir uns doch.

158 *Nilson* – Christine Nilson (1843–1921), berühmte schwedische Sopranistin, die in den siebziger Jahren in Moskau und Petersburg große Erfolge errang

161 *Talleyrand* – Charles-Maurice de Talleyrand-Périgord, Fürst von Benevent (1754–1838), französischer Diplomat, mit Unterbrechungen Außenminister von 1797 bis 1807. Auf dem Wiener Kongreß (1814/15), auf dem die europäischen Fürsten und Staatsmänner nach dem Sturz Napoleons I. ihre Herrschaftsansprüche wiederherstellen bzw. sichern wollten, vertrat er geschickt die Interessen Frankreichs.

bonne chance – (franz.) viel Glück

164 *Kaulbach* – Wilhelm von Kaulbach (1805–1874), deutscher Maler und Illustrator; zu seiner Zeit besonders bekannt durch seine Illustrationen zu Werken der Weltliteratur

enfant terrible – (franz.) schreckliches Kind; in übertragenem Sinne jeder, der durch sein Benehmen seine Umgebung bewußt oder unbewußt in Verlegenheit bringt

small talk – (engl.) Geplauder; Plauderei über das Wetter oder alltägliche Ereignisse

165 *Louis XV* – Ludwig XV. (1710–1774), König von Frankreich von 1715 bis 1774; seine Regierungszeit gilt als der Höhepunkt der Mätressenwirtschaft und der moralischen Verkommenheit

diable rose – (franz.) rosa Teufel; hier: schreiend rosa

167 *Es gibt ein Märchen von Grimm* – Gemeint ist die Erzählung „Peter Schlemihls wundersame Geschichte" (1814) von Adelbert von Chamisso (1781–1838).

„Niemand ist zufrieden mit seiner Lage ..." – ungenaues Zitat aus den „Réflexions ou sentences et maximes morales" (Betrachtungen oder Moralische Sentenzen und Maximen, 1665) des französischen Schriftstellers und Moralisten François de La Rochefoucauld (1613–1680)

168 *Buffa* – Gemeint sind Komische Opern.

173 *Rambouillet* – Im Hôtel de Rambouillet, dem Palais der Marquise de Rambouil-

let (1588–1665) in Paris, versammelten sich die höhere Gesellschaft und die Dichter zu geistvollen Gesprächen über Literatur; hier allgemein: ein literarischer Salon.

173 *sneering* – (engl.) höhnisch, spöttisch

die allgemeine Wehrpflicht – Am 1.1.1874 wurde in Rußland der fünfundzwanzigjährige Militärdienst in eine sechsjährige allgemeine Wehrpflicht umgewandelt, die alle Stände, auch der Adel, ableisten mußten.

200 *Ossianischer Frauentypus* – romantisch-empfindsamer Frauentypus, wie er in den Dichtungen des Schotten James Macpherson (1736–1796) gezeichnet wird, die er unter dem Namen des sagenhaften irischen Helden Ossian veröffentlicht hat.

202 *Arktur* – hellster Stern im Sternbild Bootes

204 *Sashen* – altes russisches Längenmaß; 1 Sashen = 2,13 m

205 *„Des Sandes Körner..."* – Anfangsverse aus der Ode „Bog" (Gott, 1874) des russischen klassizistischen Dichters Gawrila Romanowitsch Dershawin (1743–1816)

218 *„Es war ein König in Thu-u-le..."* – Anfangszeile aus Johann Wolfgang von Goethes Gedicht „Der König in Thule"

221 *All right, Sir* – (engl.) Alles in Ordnung, mein Herr.

222 *pluck* – (engl.) Mut

255 *la pointe de la sauce* – (franz.) die Schärfe der Sauce; hier: das, worauf es ankam

265 *engouements* – (franz.) übertriebene Vorliebe

protégés – (franz.) Schützlinge

266 *sa compagne* – (franz.) seine Begleiterin

272 *Witwenasyl* – Im Jahre 1803 wurden in Moskau und Petersburg Heime geschaffen für besitzlose, kranke und hochbetagte Witwen von Offizieren und Beamten, die mindestens zehn Jahre im Staatsdienst gestanden hatten oder im Krieg umgekommen waren.

274 *Il ne faut jamais rien outrer* – (franz.) Man soll niemals etwas übertreiben.

279 *allez* – (franz.) wirklich

Pietismus – protestantische Bewegung im 17. und 18. Jahrhundert gegen die dogmatisch erstarrte Orthodoxie, später auch gegen die Aufklärungstheologie; er erstrebte die Neubelebung einer stark gefühlsmäßigen Frömmigkeit und eines tätigen Christentums; in Rußland war der Pietismus noch unter Alexander I. (1801–1825) in Hofkreisen weit verbreitet und zeichnete sich hier durch besonderen Fanatismus aus; aus diesem Grunde wurde das Wort „Pietismus" in Rußland oft im Sinne von „Scheinheiligkeit" verwandt

296 *Peter-Paul* – Gemeint ist der Peter-und-Pauls-Tag, der zu Ehren der beiden Apostel Petrus und Paulus von der römisch-katholischen und der griechisch-orthodoxen Kirche am 29.6. begangen wird.

316 *prime-sautière* – (franz.) der ersten Eingebung folgend

321 *Petrifasten* – Fastenzeit vom Sonntag nach Pfingsten bis zum Peter-und-Pauls-Tag (s. Anm. zu S. 296), die für die griechisch-orthodoxe Kirche verbindlich ist

323 *please, some more* – (engl.) bitte, noch mehr

343 *„Schöne Helena"* – Gemeint ist die Operette „Die schöne Helena" von Jacques Offenbach (1819–1880). Nach dem griechischen Heldengedicht „Ilias", von Homer, das in dieser Operette parodiert wird, ist Helena die Gattin des Menelaus, eines sagenhaften Königs von Sparta, die Paris, der Sohn des trojanischen Königs, raubt.

343 *ridicule* – (franz.) Lächerlichkeit

349 *Eugubinische Inschriften* – sieben im Jahre 1444 in der italienischen Stadt Gubbio, dem alten Iguvium, aufgefundene Kupfertafeln mit religiösen Inschriften in umbrischer Sprache; der heute richtiger als Iguvinische Tafeln bezeichnete Fund stellt das bedeutendste Sprachdenkmal des Umbrischen dar

350 *Berieselung der Felder im Gouvernement Saraisk* – Die im Jahre 1874 durch Trokkenheit verursachte Hungersnot im Gebiet Samara an der Wolga bewirkte, daß mehrere Vorschläge zur Bewässerung der Wolgasteppen unterbreitet wurden. Sie beruhten aber meistens auf Spekulationen.

362 *les sept merveilles du monde* – (franz.) die sieben Weltwunder

363 *we'll have a cosy chat* – (engl.) Wir machen uns ein gemütliches Plauderstündchen.

364 *einen falschen Sprung machen* – wörtliche Übersetzung des französischen Ausdrucks „faire faux bond" = wortbrüchig werden

365 *seine Haube über die Mühlen werfen* – wörtliche Übersetzung des französischen Ausdrucks „jeter son bonnet par-dessus les moulins" = sich über alles hinwegsetzen

371 *faire la lessive* – (franz.) Wäschewaschen

382 *Tout ça est une blague* – (franz.) Das ist alles Übertreibung.

Cela n'est pas plus fin que ça – (franz.) Das eine ist nicht besser als das andere.

383 *carte blanche* – (franz.) Blankovollmacht

384 *fardeau* – (franz.) Last

terre-à-terre – (franz.) prosaisch

408 *Tschetwert* – altes russisches Getreidemaß; 1 Tschetwert = 2,099 hl

409 *russischer Stampfer* – Dreschmaschine, die mit einem von Pferden betätigten Rundlauf-Göpel angetrieben wird

411 *Schulze-Delitzsch* – Franz Hermann Schulze-Delitzsch (1808–1883), deutscher kleinbürgerlicher Ökonom und Politiker; forderte, Produktionsgenossenschaften zu bilden, die durch Spareinlagen der Arbeiter finanziert werden sollten

Lassalle – Ferdinand Lassalle (1825–1846), deutscher kleinbürgerlicher Politiker und Schriftsteller; im Unterschied zu Schulze-Delitzsch wollte er Produktionsgenossenschaften mit Staatshilfe gründen; sein historisches Verdienst ist die Gründung des „Allgemeinen Deutschen Arbeitervereins" (1863), jedoch gab Lassalle der Arbeiterklasse keine revolutionäre Perspektive

Die Mülhausensche Gesellschaft – eine von dem Industriellen Johann Dollfus (1800–1887) in Mülhausen (Elsaß) gegründete Gesellschaft zur Verbesserung der Lebensbedingungen der Arbeiter

412 *Teilung Polens* – Das durch die Uneinigkeit seines Adels politisch und ökonomisch geschwächte und zurückgebliebene Königreich Polen erlebte drei Teilungen (1712, 1793 und 1795), bei denen sich Preußen, Rußland und Österreich Gebiete des Landes aneigneten. An der ersten Teilung war Friedrich II. von Preußen (1712–1786) maßgeblich beteiligt.

414 *Spencer* – Herbert Spencer (1820–1903), englischer Philosoph und Soziologe, Hauptvertreter des englischen Positivismus der zweiten Hälfte des 19. Jahrhunderts; erkannte die Evolution als das höchste Gesetz alles Bestehenden an; seine Entwicklungslehre trägt jedoch metaphysisch-mechanistischen Charakter

421 *Kaufmann* – Richard von Kaufmann (1850–1908), deutscher bürgerlicher Nationalökonom

421 *Jones* – Richard Jones (1790–1855), englischer Wirtschaftswissenschaftler, Nachfolger von Thomas Robert Malthus (1766–1834) auf dem Lehrstuhl für politische Ökonomie und Geschichte am East India College in Hailebury

Dubois – Emil Du Bois-Reymond (1818–1896), deutscher Physiologe und Physiker; suchte die Lebenserscheinungen auf physikalische Vorgänge zurückzuführen.

Miceli – Luigi Miceli (geb. 1825), italienischer Staatsmann, Minister für Ackerbau und Handel von 1879 bis 1881 und von 1888 bis 1891

423 *Franklin* – Benjamin Franklin (1706–1790), nordamerikanischer Staatsmann, Wissenschaftler und Schriftsteller, bedeutendster Vertreter der Aufklärung in Amerika

426 *wie die Recken* – Die Helden der alten russischen Sagenwelt schöpften neue Kraft, wenn sie, vom Kampf ermattet, niedersanken und die Heimaterde berührten.

430 *tabula rasa* – (lat.) reiner Tisch

431 *métayers* – (franz.) Pächter

434 *Bliny* – russisches Nationalgericht; Gebäck aus Buchweizen, das mit Kaviar oder Butter gegessen wird

443 *Il faut le battre ...* – (franz.) Man muß es schmieden, das Eisen, zerstoßen ...

445 *la constatation d'un fait* – (franz.) die Feststellung einer Tatsache

457 *la pièce de résistance* – (franz.) Kernstück; bei Diners der Fleischgang

460 *„O Moralist, sei nicht so streng!"* – leicht abgewandelte Anfangszeile des Gedichts „Aus Hafis" von dem russischen Dichter Afanassi Afanassjewitsch Fet (1820 bis 1892)

469 *attisches Salz* – svw. geistreiche Bemerkung

470 *Simson* – ein mit sagenhafter Kraft ausgestatteter Held aus dem Alten Testament

471 *Der Schaffner wollte mich ... hinausbefördern* – Anspielung auf ein russisches Sprichwort, das etwa folgendes besagt: Man soll einen Menschen nicht nach seinem Äußeren, sondern nach seinen Äußerungen beurteilen

473 *Jetzt wird nur die humanistische Bildung als vollgültig anerkannt* – Im Jahre 1871 wurde in Rußland auf Vorschlag des Ministers für Volksbildung, des Grafen Dmitri Andrejewitsch Tolstoi (1823–1889), eine Schulreform durchgeführt. Neben Realschulen wurden vor allem humanistische Gymnasien eingerichtet, in denen die Jugend durch verstärkten Unterricht in Latein und Griechisch von den materialistischen und revolutionären Ideen abgeschirmt werden sollte.

disons le mot – (franz.) Sprechen wir es ruhig aus.

487 *secrétaire* – (franz.) Schreiber

489 *nichts mehr, nicht weiter ...* – Worte Popristschins aus Nikolai Wassiljewitsch Gogols Erzählung „Aufzeichnungen eines Verrückten"

501 *Frum* – ein 1870 in Moskau erschienener Reiseführer durch Rußland und Europa

Quos vult perdere dementat – (lat.) Wen er vernichten will, dem raubt er den Verstand.

520 *Jelissejew* – bekanntes Delikatessengeschäft in Petersburg

534 *Nihilist* – Anhänger des Nihilismus, einer Weltanschauung, die alle bestehenden Auffassungen und Verhältnisse verneint, ohne selbst Positives zu entwickeln

539 *Hochzeitsmarschall* – nach dem Zeremoniell der russisch-orthodoxen Kirche Ehrenbegleiter der Braut und des Bräutigams

540 *Gar manchen gibt's, der beides kühn vermengt...* – Worte Tschazkis aus der Komödie „Verstand schafft Leiden" von Alexander Sergejewitsch Gribojedow (1795–1829)

541 *wie jener Bräutigam bei Gogol* – Anspielung auf die Szene aus Nikolai Wassiljewitsch Gogols Komödie „Die Heirat", in der wenige Minuten vor der angesetzten Trauung der Bräutigam aus dem Fenster springt, um dem Ehejoch zu entgehen

545 *Ikonostas* – in der russisch-orthodoxen Kirche eine mit Ikonen geschmückte Wand, die den Altarraum von dem Raum trennt, in dem sich die Gläubigen versammeln

550 *Synod* – oberste Behörde der russisch-orthodoxen Kirche

551 *Responsorium* – liturgischer Wechselgesang zwischen Priester und Chor

Der du Isaak und Rebekka... gesegnet hast – Nach dem Alten Testament wurde Rebekka nach langer kinderloser Ehe Mutter von zwei Knaben, nachdem ihrem Mann Isaak eine göttliche Verheißung zuteil geworden war.

554 *beau-frère* – (franz.) Schwager

557 *Joseph* – Nach dem Alten Testament wurde Joseph von seinen Brüdern nach Ägypten verkauft, gelangte dort zu großem Ansehen und errettete seine Familie schließlich aus der Hungersnot.

Moses – Nach dem Alten Testament wurde Moses als neugeborenes Kind ausgesetzt, auf wunderbare Weise von einer Tochter des Pharao vor dem Tode errettet und später von Gott zum Befreier der Hebräer berufen.

Zippora – nach dem Alten Testament Gattin von Moses, Mutter von zwei Knaben

558 *Berlocken* – Schmuckanhängsel an Uhr- oder Halsketten

561 *Tintoretto* – eigentlich Jacopo Robusti (1518–1594), italienischer Maler

567 *Iwanow-Strauß-Renansche Auffassung* – Richtung in der europäischen Kunst und Wissenschaft, die die Lehre der Kirche von der Göttlichkeit Christi ablehnt und Jesus als „historische Persönlichkeit" auffaßt; – Alexander Andrejewitsch Iwanow (1806–1858), russischer Maler; wurde berühmt durch sein Gemälde „Erscheinung Jesu vor dem Volk"; – David Friedrich Strauß (1808–1874), deutscher protestantischer Theologe und philosophischer Schriftsteller; deutete die Evangelien als Mythen; bekannt durch sein Werk „Das Leben Jesu kritisch betrachtet"; – Joseph-Ernest Renan (1823–1892), französischer Religionshistoriker, Philosoph und Orientalist; lehnte in seiner romanhaften Darstellung des „Leben Jesu" die Göttlichkeit Jesu ab und schilderte ihn als religiösen Fanatiker

568 *Charlotte Corday* – Marie-Anne-Charlotte Corday d'Armont (1768–1793), französische Konterrevolutionärin; ermordete am 13.7.1793 den französischen revolutionären Publizisten und Gelehrten Jean-Paul Marat (1743–1793) und wurde vier Tage später auf Beschluß des Revolutionstribunals guillotiniert.

d'emblée – (franz.) von vornherein

574 *englischer Präraffaelit* – Die 1848 gegründete Präraffaelitische Brüderschaft, eine englische Vereinigung von Dichtern und bildenden Künstlern, erstrebte eine Reformierung der Kunst, wobei sie sich die italienischen Meister vor Raffael (1483–1520) zum Vorbild nahm.

575 *eine neue Rachel* – Anspielung auf Elisa Rachel (1820–1858), eine französische Tragödin

578 *Aber nehmen wir zum Beispiel Iwanow* – Siehe Anm. zu S. 567

588 *broderie anglaise* – (franz.) englische Stickerei

591 *etwas gleichsam Capuanisches* – Anspielung auf das sprichwörtlich gewordene üppige und verweichlichende Leben, das in der süditalienischen antiken Stadt Capua infolge ihres Glanzes und Reichtums geführt wurde

619 *Kurator* – aufsichtführender Beauftragter des Staates; hier: höherer Beamter einer Universitätsverwaltung

620 *J'ai forcé la consigne* – (franz.) Ich bin gewaltsam eingedrungen.

625 *Komissarow* – Ossip Komissarow (1838–1892), russischer Bauer und Mützenmacher; verhinderte im April 1866 das Attentat des revolutionären Studenten Dmitri Wladimirowitsch Karakosow (1840–1866) auf Alexander II. und wurde als Retter des Zaren gefeiert.

Ristić-Kudžicki – Jovan Ristić (1831–1899), serbischer Staatsmann; vertrat als Ministerpräsident und Außenminister Serbiens 1878 sein Land auf dem Berliner Kongreß und erlangte dessen Unabhängigkeit

626 *Madame la comtesse!* – (franz.) Frau Gräfin!

628 *Alexander Newski* – ein nach dem russischen Fürsten und Heerführer Alexander Jaroslawitsch Newski (1220–1263) benannter, von Zar Peter I. (1672–1725) gestifteter Orden

Il fait des passions! – (franz.) Er erweckt Leidenschaften!

bras dessus, bras dessous –(franz.) Arm in Arm

C'est un homme, qui n'a pas ... – (franz.) Er ist ein Mensch, der kein ...

645 *Ça se fait* – (franz.) Das geht schon.

662 *Patti* – Carlotta Patti (1840–1889), bekannte italienische Opernsängerin, die in den Jahren 1872 bis 1875 in Rußland gastierte

663 *Jaschwin n'est pas compromettant* – (franz.) Jaschwin ist nicht kompromittierend.

669 *faire la cour à Madame Karenina* – (franz.) Frau Karenina den Hof machen

Elle fait sensation. On oublie la Patti pour elle – (franz.) Sie erregt Aufsehen. Man vergißt die Patti ihretwegen.

670 *Le moule en est brisé* – (franz.) So etwas gibt es nicht wieder.

687 *dans la force de l'âge* – (franz.) im besten Alter

un jeune homme – (franz.) ein junger Mann

693 *Is, ea, id, eius, eius, eius* – (lat.) Nominativ und Genitiv der Pronomen is, ea, id = dieser, diese, dieses

694 *sainte nitouche* – (franz.) Scheinheilige

695 *fuss* – (engl.) Umstände, Aufheben

701 *tout beau, tout beau* – (franz.) sachte, sachte

708 *Bon appétit – bonne conscience! Ce poulet va tomber jusqu'au fond de mes bottes* – (franz.) Ein reines Gewissen verträgt einen guten Bissen. Dieses Hühnchen wird mir nur so runterrutschen.

Automedon – nach der griechischen Sage Wagenlenker des Helden Achilles

four in hand – (engl.) Vierspänner

711 *Qu'est ce qu'ils disent?* – (franz.) Was sagen sie?

712 *Allons, c'est curieux!* – (franz.) Also los, das wird lustig werden!

714 *Ils ont été charmants* – (franz.) Sie sind reizend gewesen.

Délicieux! – (franz.) Köstlich!

715 *Lafite* – ein nach dem französischen Weingut Château-Lafite benannter roter Bordeaux

716 *Le roi est mort, vive le roi!* – (franz.) Der König ist tot, es lebe der König!

720 *Ça ne tire pas à conséquence* – (franz.) Das zieht keine Folgen nach sich.

720 *Messieurs, venez vite!* – (franz.) Meine Herren, kommen Sie schnell!
Charmante! – (franz.) Bezaubernd!

728 *Entrez!* – (franz.) Herein!
ablutions – (franz.) Waschungen

733 *Figurez-vous, que la petite ...* – (franz.) Stellen Sie sich vor, daß die Kleine ...
Il fait la cour à une jeune et jolie femme – (franz.) Er macht einer jungen und hübschen Frau den Hof.
Je crois que Weslowski fait un petit brin de cour à Kitty – (franz.) Ich glaube, Weslowski macht Kitty ein wenig den Hof.

734 *petit brin de cour* – (franz.) hier: kleiner Flirt

735 *Mais c'est ridicule!* – (franz.) Aber das ist doch lächerlich!
Mais c'est du dernier ridicule! – (franz.) Aber das ist doch äußerst lächerlich!

736 *Et puis c'est ridicule* – (franz.) Und außerdem ist es lächerlich.
On peut être jaloux, mais à ce point, c'est du dernier ridicule! – (franz.) Man kann eifersüchtig sein, aber in dem Maße, das ist doch äußerst lächerlich!

749 *une petitesse* – (franz.) eine niedrige Gesinnung
cob – (engl.) Halbblutpferd
Et vous oubliez votre devoir – (franz.) Und Sie vergessen Ihre Pflicht.
Pardon, j'en ai tout plein les poches – (franz.) Verzeihung, ich habe die Taschen ganz voll.
Mais vous venez trop tard – (franz.) Aber Sie kommen zu spät.

751 *Nansok* – ostindisches Baumwollmusselingewebe

752 *Elle est très gentille* – (franz.) Sie ist ganz allerliebst.

753 *yes, Mylady* – (engl.) ja, gnädige Frau

754 *Mais je ne vous ferai grâce de rien* – (franz.) Aber ich werde dir nichts ersparen.
un chaperon – (franz.) eine Anstandsdame

755 *et puis, il est comme il faut* – (franz.) und außerdem, er ist untadelig
Il est très gentil et naïf – (franz.) Er ist sehr liebenswürdig und unbefangen.
une petite cour – (franz.) ein kleiner Hofstaat

756 *c'est un intérieur si joli ...* – (franz.) Es ist ein so reizendes, ein so untadeliges Familienleben. Ganz und gar nach englischer Art. Man kommt morgens zum Frühstück zusammen, und dann geht man auseinander.
Ce sera admirable – (franz.) Das wird wunderbar.
une partie de lawn-tennis – (franz.) eine Partie Tennis

758 *Mais il ne faut pas laisser ...* – (franz.) Aber wir dürfen den armen Weslowski und Tuschkewitsch nicht ewig dort im Boot warten lassen.
C'est devenu tellement commun les écoles – (franz.) Die Schulen sind dermaßen alltäglich geworden.

763 *Cela n'est pas un pis-aller* – (franz.) Das ist nicht etwa ein letzter Ausweg.

764 *passer par-dessus toutes ces finesses de sentiment* – (franz.) sich über alle diese Feinheiten des Gefühls hinwegzusetzen; es geht um das Glück und die Existenz Annas und ihrer Kinder

768 *Klopot* – (russ. richtig: chlopoty) Scherereien, Umstände
Dochots – (russ. richtig: dochody) Gewinne, Einnahmen
J'adore l'allemand – (franz.) Ich verehre die deutsche Sprache.
Cessez! – (franz.) Hören Sie auf!

770 *Mais pardon, il est un petit peu toqué* – (franz.) Aber entschuldigen Sie, er ist ein klein wenig verdreht.

771 *du train que cela va* – (franz.) bei dem Gang, den die Dinge nehmen

775 *Au fond c'est la femme la plus dépravée qui existe* – (franz.) Im Grunde ist sie das verdorbenste Weib, das es gibt.
776 *N'est-ce pas immoral?* – (franz.) Ist das nicht unmoralisch?
779 *Je fais des passions* – (franz.) Ich erwecke Leidenschaften.
781 *mais excessivement terre-à-terre* – (franz.) aber übertrieben prosaisch
785 *Gautier* – W. G. Gautier, Inhaber eines alten Moskauer Buchladens
790 *Ballotage* – geheime Abstimmung durch Abgabe von weißen oder schwarzen Kugeln; die weißen Kugeln bedeuten Zustimmung, die schwarzen Ablehnung
791 *O sancta simplicitas!* – (lat.) O heilige Einfalt!
798 *fine champagne* – (franz.) guter Weinbrand
coup d'état – (franz.) Staatsstreich
800 *Vestalinnen* – im alten Rom die Priesterinnen von Vesta, der Göttin des Herdfeuers
803 *ami cochon* – (franz.) gut Freund
807 *à propos de bottes* – (franz.) um nichts und wieder nichts
mettre à son aise – (franz.) es sich bequem machen; hier: aufmuntern
808 *faire jouer le télégraphe* – (franz.) den Telegraphen spielen lassen
809 *not in my line* – (engl.) nicht mein Fall
811 *Taine* – Hippolyte Taine (1828–1893), französischer Historiker, Philosoph und Literaturwissenschaftler, Vertreter des Positivismus; im Jahre 1870 erschien sein philosophisches Werk „De l'intelligence" (Über den Verstand)
817 *Aline-Nadine-Geschichten* – svw. Geschwätz
824 *Nun, was halten Sie von den Montenegrinern?* – Aufstände in der Herzegowina und in Ostrumelien gaben den Anlaß, daß sich Montenegro nach dem erfolglosen Versuch von 1862, die seit dem 15. Jahrhundert bestehende Türkenherrschaft abzuschütteln, im Jahre 1876 erneut gegen die Türken erhob. Rußland unterstützte die Balkanslawen und besiegte die Türken 1878 am Schipka-Paß in Bulgarien.
829 *Journal de St.-Pétersbourg* – halboffizielle russische Zeitschrift in französischer Sprache, die seit dem Jahre 1842 in Petersburg herausgegeben wurde
830 *Buslajewsche Grammatik* – Gemeint ist das „Lehrbuch der russischen Grammatik in Anlehnung an das Kirchenslawische", das 1869 von dem russischen Philologen Fjodor Iwanowitsch Buslajew (1818–1897) herausgegeben wurde.
832 *Herzegowina* – Siehe Anm. zu S. 824.
Duma – ein von Katharina II. 1785 geschaffenes leitendes städtisches Verwaltungsorgan
les beaux-frères – (franz.) die Schwäger
834 *als Beispiel eines solchen Fehlers führte er einen Bildhauer an...* – Gemeint ist der russische Bildhauer Mark Matwejewitsch Antokolski (1843–1902), der für Moskau ein Puschkindenkmal schaffen wollte. Sein Projekt, Puschkin auf einem Felsen sitzend darzustellen, während die Helden seiner Werke auf einer Treppe zu ihm emporsteigen, wurde damals lebhaft diskutiert und von vielen verworfen.
836 *Lucca* – Pauline Lucca (1841–1908), weltberühmte österreichische Sängerin, die in den siebziger Jahren des 19. Jahrhunderts in Rußland gastierte
folle journée – (franz.) toller Tag; hier: Ball, Tanzabend
belle-sœur – (franz.) Schwägerin
837 *mille choses* – (franz.) tausend Grüße
ein vielbesprochener Prozeß – Gemeint ist der Prozeß gegen B.G. Strusberg. Strus-

berg wurde wegen Bestechung 1875 vom russischen Gericht des Landes verwiesen.

837 *Fabel von Krylow* – Gemeint ist die Fabel „Der Hecht" des russischen Fabeldichters Iwan Andrejewitsch Krylow (1769–1844).

841 *Inferno* – hier: Spielsaal im Englischen Klub von Moskau

846 *une couveuse* – (franz.) eine Bruthenne

849 *eine neue Bibelillustration eines französischen Künstlers* – Gemeint sind hier die Bibelillustrationen von Gustave Doré (1832–1883).

die jetzige französische Kunst – Gemeint ist der Naturalismus, der sich in den siebziger Jahren des 19. Jahrhunderts in Frankreich herausbildete.

conceptions – (franz.) Auffassungen

combinaisons – (franz.) Kombinationen, Berechnungen

850 *Please order the tea in the drawing-room* – (engl.) Bitte, lassen Sie den Tee im Salon servieren.

851 *Je n'ai pas le cœur assez large* – (franz.) Mein Herz ist nicht weit genug.

Cela ne m'a jamais réussi – (franz.) Das ist mir niemals gelungen.

une position sociale – (franz.) eine gesellschaftliche Stellung

852 *que la glace est rompue* – (franz.) daß das Eis gebrochen ist

875 *Posten eines Ausschußmitgliedes der Vereinigten Agentur für gegenseitigen Kredit ...* – Die Benennung dieses Ausschusses ist ironisch; sie ist aus der Bezeichnung zweier in den siebziger Jahren tatsächlich existierender Unternehmen zusammengesetzt, der „Gesellschaft für gegenseitigen Bodenkredit" und der „Gesellschaft der Süd-Westlichen Eisenbahnen".

881 *Vos scrupules* – (franz.) Ihre Bedenken

Vous professez d'être un libre penseur – (franz.) Sie bekennen offen, ein Freidenker zu sein.

883 *mon oncle* – (franz.) mein Onkel

885 *cafés chantants* – (franz.) Kaffeehäuser

889 *le fameux Jules Landau, le clairvoyant* – (franz.) der berühmte Jules Landau, der Hellseher

891 *Les amis de nos amis sont nos amis* – (franz.) Die Freunde unserer Freunde sind unsere Freunde.

893 *Saulus* – Der Christenverfolger Saul, der spätere Apostel Paulus, soll im Jahre 31 durch die Stimme Jesu zum Christentum bekehrt worden sein.

894 *Vous comprenez l'anglais?* – (franz.) Verstehen Sie Englisch?

„Safe and Happy" oder „Under the Wing" – In den beiden englischen Broschüren „Safe and Happy" (Wohlbehütet und glücklich) und „Under the Wing" (Unter dem Flügel) wurden die Lehren des englischen religiösen Propagandisten George Granville Waldegrave, Lord Radstock (1786–1857) verbreitet.

896 *Mon ami, donnez-lui la main. Vous voyez?* – (franz.) Mein Freund, geben Sie ihm die Hand. Sehen Sie?

Que la personne qui est arrivée la dernière ... – (franz.) Die Person, die zuletzt gekommen ist, diejenige, die fragt, möge gehen! Möge gehen!

Vous m'excuserez, mais vous voyez ... – (franz.) Sie werden mich entschuldigen, aber Sie sehen ja ... Kommen Sie gegen zehn Uhr wieder, noch besser morgen.

C'est moi, n'est-ce pas? – (franz.) Ich bin gemeint, nicht wahr?

902 *costume de natation* – (franz.) Badeanzug

906 *chambres garnies* – (franz.) möblierte Zimmer

910 *tant pis pour elle* – (franz.) um so schlimmer für sie

920 *Mytistschi* – Vorort von Moskau

924 *Tjutkin, coiffeur. Je me fais coiffer par Tjutkin* – (franz.) Tjutkin, Friseur. Ich lasse mich bei Tjutkin frisieren.

926 *The zest is gone* – (engl.) Der Reiz ist weg.

935 *Sewerny shuk* – (russ.) Der nördliche Käfer; fiktiver Name einer humoristischen Zeitschrift, offenbar eine Anspielung auf die Zeitschrift „Sewernaja Ptschela" (Die nördliche Biene), die in den dreißiger Jahren des 19. Jahrhunderts von dem russischen reaktionären Schriftsteller Faddej Wenediktowitsch Bulgarin (1789–1859) herausgegeben wurde

936 *die amerikanischen Freunde* – Nach dem Attentat des revolutionären Studenten Dmitri Wladimirowitsch Karakosow auf Alexander II. (s. Anm. zu S. 625) überbrachte eine amerikanische diplomatische Mission dem Zaren eine Glückwunschadresse des Washingtoner Kongresses.

937 *die slawische Frage* – (Siehe Anm. S. 824).

939 *Živeo!* – (serbokroat.) Hoch sollen sie leben!

940 *all right* – (engl.) alles in Ordnung

les petites misères de la vie humaine – (franz.) die kleinen Beschwerlichkeiten des menschlichen Lebens

945 *prostration complète* – (franz.) völlige Niedergeschlagenheit

946 *Ce n'est pas très bien vu à Pétersbourg* – (franz.) Das wird in Petersburg nicht sehr gern gesehen.

947 *Milan* – Milan Obrenović (1854–1901), serbischer Staatsmann; unter dem Namen Milan I. von 1882 bis 1889 König von Serbien

957 *Chomjakow* – Alexej Stepanowitsch Chomjakow (1804–1860), russischer Schriftsteller und idealistischer Philosoph; in seinen theologischen Schriften stellte er den religiösen Glauben über die wissenschaftliche Erkenntnis

978 *Greueltaten in Bulgarien* – Nach den erfolglosen Aufständen der Bulgaren gegen die türkische Fremdherrschaft vom September 1875 und April 1876 rächten sich die Türken an der bulgarischen Bevölkerung in grausamer Weise.

980 *Pugatschowsche Bande* – Unter der Führung Jemeljan Iwanowitsch Pugatschows (1742–1775) erhoben sich in den Jahren 1773/74 Kosaken, leibeigene Bauern, Arbeiter und Angehörige der nationalen Minderheiten des Ural- und Wolgagebietes gegen Leibeigenschaft und Adelsherrschaft. Nach anfänglichen Erfolgen wurden die Pugatschowschen Truppen am 24. 8. 1774 geschlagen.

Chiwa – Hauptstadt eines ehemaligen russischen Fürstentums; hier ist damit ein in weiter Ferne gelegener Ort gemeint

981 *Karr* – Alphonse Karr (1808–1890), französischer Schriftsteller; wurde vor allem durch seine Tätigkeit als Chefredakteur der zu dieser Zeit liberalen und antiklerikalen Pariser Zeitung „Figaro" bekannt, in der Staat und Kirche scharf angegriffen wurden.

983 *Berufung der Waräger* – In der altrussischen Nestorchronik wird unter dem Jahre 862 berichtet, daß die Slawen Warägerfürsten ins Land gerufen und ihnen die Herrschaft übertragen hätten. Diese Darstellung entspricht der Ideologie der herrschenden Feudalschicht im alten Rußland und verschleiert den tatsächlichen historischen Vorgang – die Anwerbung warägischer, d.h. skandinavischer Kriegerscharen durch die ostslawischen Stämme.

990 *Konfuzius* – lateinische Namensformen für den chinesischen Philosophen Kung-dsi (551–478 v. u. Z.)